欢迎宝宝乘坐『恰似』私享青春列车。

您是本趟列车第9478位乘客，

前方到站8周年告白典藏，

请尽情享受您的青春回忆之旅。

月色与雪色之间

他是第三种绝色

恰似寒光遇骄阳

（上册）

囧囧有妖——著

江苏凤凰文艺出版社
JIANGSU PHOENIX LITERATURE AND ART PUBLISHING

QIASIHANGUANG
YUJIAOYANG

我对我男朋友情比金坚，爱如磐石.
“山无棱，江水为竭。冬雷震震，夏雨雪。天地合，乃敢与君绝！”

目录

CONTENTS

第一章

七年一梦

"恰似"中叶绾绾与司夜寒的故事，
是一部充满温情与力量的传奇。
它让我在阅读的过程中，感受到了
爱情的伟大、成长的艰辛和坚守的可贵。
——昭昭知晗意

读者告白

QIASIHANGUANG
YUJIAOYANG

叶绾绾睁开眼睛，对上了一双令她惊惧不已的眸子。

“啊——”女孩苍白的手指陡然将身下的被子攥紧。

怎么回事？为什么她又回到了这里，回到了这个人的身边？

她出于本能地抵抗着：“别碰我！”

男人如同被碰触了逆鳞，冰冷的面容瞬间阴云密布，冰冷削薄的唇覆下来。

叶绾绾无意识地喃喃着：“为什么……为什么是我？司夜寒，为什么一定要是我……”

“因为，只有你。”

耳边传来男人低沉喑哑的声音。

听着男人与脑海中一模一样的回答，叶绾绾彻底陷入了昏迷。

再次睁开眼睛的时候，窗外已经从黑夜变成了白天。

空气中弥漫着一股沁人的花香，清晨温暖的阳光自窗口洒落进来，令人心情不自觉地放松下来。

然而，下一秒，叶绾绾陡然绷紧了神经。

强大的压迫感随着男人的醒来在整个空间内蔓延。

腰间的手臂陡然收紧，她如同一只抱枕，被搂在男人的怀里。

“还走吗？”耳边传来令人恐惧的声音。

出于求生的本能，叶绾绾下意识地用力摇头。

男人也不知道是否相信了她，目光在她的脸上停留了一瞬，散发着危险的信号。

叶绾绾如同被咬住脖子的小鹿，一动也不敢动。

不知过了多久，男人才将她松开。

男人走下床，逆光勾勒出他修长的身形和劲瘦的腰身。

这样的景象只有一瞬，男人很快便拾起床边的衣服，修长的手指一丝不苟地将衬衫扣子系到了领口第一颗。

明明不久前还凶狠不已，此刻俊美如斯的脸上，却冷冰冰的不带一丝人间烟火气。

直到关门的声音响起，叶绾绾绷得快要断掉的神经才总算放松了下来，终于可以好好理理自己此刻的处境。

她缓缓打量着四周的陈设，以及，对面梳妆台镜子里熟悉又陌生的自己——

说是熟悉，是因为镜子里的女孩，装扮一如既往的夸张——这是为了躲避司夜寒而故意打扮的。更惨不忍睹的是，此刻她脸上的烟熏妆完全被眼泪和汗水晕染，十分狼藉。

说是陌生，是因为她刚刚做了一场很长很长的梦，梦中情景历历在目。明明只是一场梦，可那些记忆清晰又深刻，像是被人深深镌刻在脑海中似的，连细枝末节都能轻松回忆起来。

叶绾绾突然想起，她曾在某本书上看到过，如果一个人毫无预兆地梦到自己完整的一生，那么这些或许是真实发生过的一切，只不过主人公是平行时空的另一个自己。

叶绾绾看着镜子里的自己，竟然有种恍如隔世的感觉。冥冥中像是有股神秘力量在无形中指引着，好让她能够避开梦中的轨迹，有重来一次的机会。

所以她选择相信这个梦，因为梦中的结局太惨烈，她输不起。

梦中就在这一晚，她因为偷偷离开而被司夜寒发现，两人的关系开始朝着不可逆转的方向发展，此后纠缠了整整七年。

而后她失去了爱人、亲人，失去了尊严，失去了自我，失去了一切。

刹那间，巨大的恐惧和绝望几乎令她窒息。

这一切，难道她还要在现实中经历一遍？不，这绝不可能！

可她要怎么才能让自己不再重蹈梦中覆辙？但司夜寒想要的东西，还没有得不到的。

叶绾绾深吸一口气，逼退身体里对那个男人深深的恐惧。

一定会有办法的！

至少那些只是一场梦，既然醒来，自己再也不会那么愚蠢冲动，任人摆布了。

“天哪！绾绾……”这时，耳边突然传来一声激动的惊呼。

听到这个熟悉的声音，叶绾绾顿时脊背一僵，冰冷的目光径直朝着门口看去。

随即，便看到了那张她死也不会忘记的脸，那张楚楚动人让人毫不设防的脸，来人正是她“最好”的闺密——沈梦琪！

“绾绾，司少他怎么可以这么对你！”沈梦琪冲过来，一把抓住了她的手，目光震惊不已。

叶绾绾静静地看着对面看似满脸关心的女孩，这一次，她没有错过对方眸底那一闪而逝的嫉恨和幸灾乐祸。那神情，和梦中一模一样。

“绾绾，你怎么了？你没事吧！绾绾你别吓我啊！”沈梦琪见她眼神奇怪，当她是受了刺激，焦急不已地问道。

叶绾绾不动声色地抽回了自己的手，摇头回复道：“没事。”

梦中的她之所以被司夜寒折磨得那么惨，沈梦琪可是功不可没——

在她最落魄的时候，沈梦琪始终对她不离不弃，还陪着她一起留级，她一直以为沈梦琪是真心待她的，甚至一度认为沈梦琪会是自己未来的嫂子，却不知，沈梦琪留在自己身边的真实目的竟是司夜寒。

她把沈梦琪当成最信任的朋友，自己和司夜寒之间的种种不堪，她不敢告诉任何人，唯独告诉了她。

可是，沈梦琪表面上是在帮她，实际却是在利用她接近司夜寒，并且处处挑拨她和司夜寒之间的关系，让她承受司夜寒的怒火。

她不仅丝毫没发现，还因为沈梦琪为自己“出谋划策”而感恩戴德。

看着镜子里的自己，叶绾绾不由得苦笑，现在想想，梦里的自己可真够单纯的。

其实沈梦琪替她出的这个“扮丑”的主意，她倒是认同。

不管别人怎么看她，只要能够让司夜寒厌恶她就好。

可是，她怎么也没料到，连她这副样子，司夜寒也毫不在意。

“都这样了怎么会没事！绾绾，你别担心，我一定会帮你的！”沈梦琪一副义不容辞的模样。

叶绾绾心中泛起一抹冷笑，果然来了。

梦里沈梦琪也是这般，仗义地提出要帮她离开司夜寒身边，还特意去找了顾越泽帮忙。

最后的结果是，沈梦琪早就私下里把她要跟顾越泽“私奔”的消息告诉了司夜寒。

这件事情彻底激化了她跟司夜寒之间的矛盾，从此司夜寒的性情更加暴躁难测，对她的占有欲也更可怕。

以她现在的能力，跟司夜寒硬碰硬无异于以卵击石。

偏偏梦中她倔得九头牛都拉不回来，对沈梦琪的话又言听计从，一次又一次地撞得头破血流。

好在那些终究只是一场梦，而现在叶家的事情尚未解决，爸爸妈妈在等着她回家，她还要把哥哥从歧途上拉回来，她要做的事情太多太多。

她需要稳住司夜寒，绝对不可以再做任何可能激怒他的事情，给自己树立一个这么可怕的敌人。

“绾绾，你等我！”沈梦琪又自顾自对她说了一堆虚情假意的话，说完便迫不及待地离开了。

沈梦琪走后，叶绾绾面上无助脆弱的表情顿时消失殆尽。

沈梦琪一次次怂恿她，想让她和司夜寒的关系越发僵硬。

那就看看……

这次到底是谁倒霉好了！

转眼已经是三天后。

这三天，叶绾绾没有去学校，大部分时间都在睡觉和整理梦里发生的事情。

司夜寒和梦中一样，整整三天都没有出现，屋子里的下人一个个都是埋头做事，极少跟她说话，甚至连眼神都不敢跟她对视。

偌大的房子，没有一点声音。

叶绾绾换下睡衣，看了眼钟上的时间，随即下楼朝着院子里走去。

今晚的月色很好，凉风习习，让这个曾经令她无比排斥的地方竟也显得没那么讨厌了。

其实，这座园子的景致极佳，毕竟是华都位置最好的一块宝地，何况是司夜寒亲自设计，请了世界顶级建筑团队，花费了五年时间才竣工的。

只可惜，从前的她别说欣赏了，对这栋华丽的屋子只有憎恶。

目光所及之处，都是她的“杰作”：大片被烧毁的草木，故意全部剪断的花圃，满是污浊的池塘……

“绾绾——”

这时，一个熟悉的声音突兀地响起在了夜风中。

叶绾绾从一片枯败的玫瑰花瓣上收回目光，顺着声音传来的方向抬眸看去。

只见对面昏暗的光线下，男人一袭昂贵奢华的高级定制西装，面容深邃俊逸，气度不凡。

不得不承认，顾越泽确实有把她迷得神魂颠倒的资本。

只是，他与司夜寒比，瞬间便显得寡淡了。

顾越泽站在距离她几步远的地方，看了她一眼，眉头顿时不易察觉地皱了起来。

叶绾绾自然察觉了他这一细微的反应，于是垂眸看了眼自己的这身装扮：此刻她还是一副非主流重金属的穿着，脸上化着可怕的浓妆。

因为她的衣柜里根本没有正常的衣服，于是她干脆保持了先前的形象，也算是避免自己短时间内改变太大，引起不必要的怀疑。

顾越泽目光冷冷地盯着她，俊朗的面容上满是失望：“绾绾！你怎么能如此自甘堕落，就这么住在别人家里！”

自甘堕落？

叶绾绾细细品味着这四个字，满心自嘲。

从前她整颗心都在他身上，为了拒绝司夜寒，不惜把自己弄成这副模样。

结果，只换来了他一句“自甘堕落”。

她知道沈梦琪肯定在顾越泽面前没说她好话，可若是这个男人对她还有丝毫情意，也不可能只相信沈梦琪的一面之词。

因为沈梦琪是她最好的朋友，经常过来陪她，所以可以畅通无阻地进出这里，显然顾越泽也是她暗中放进来的。

想到这里，叶绾绾正要开口，脊背陡然升起一阵凉意。

司夜寒——他此刻就在附近！

她几乎是本能地察觉到了那个男人的气息。

梦里她压根就不知道沈梦琪出卖了她，她和顾越泽谈话时，司夜寒就在暗中看着，将两人的相处尽收眼底……

叶绾绾轻轻舒了口气，强行让自己忽略司夜寒的存在，目光淡漠地看向色厉内荏的顾越泽，轻笑一声道：“不知顾公子现在是以什么身份质问我？我的前未婚夫？还是……我的堂姐夫？”

听到叶绾绾明显带着嘲讽的反问，顾越泽脸色微沉，开口说：“绾绾，我知道你怨我，但我也是身不由己，无论如何，你变成今天这个样子，我也有责任，你现在立刻跟我走，我送你离开华都！”

梦中，叶绾绾只觉得自己住在司夜寒家，对不起顾越泽，对于顾越泽那些难听的话一句都没有反驳，听到他说身不由己就完全原谅了他，得知他是来带自己离开的，更是感动不已，觉得他心里还是有自己的。

——简直是蠢得可怜。

殊不知，这不过是男人的自尊心在作怪而已。

她好歹曾是他顾越泽的未婚妻，现在却待在司夜寒的家中，这种事情若是传了出去，让他的脸面往哪儿放？

就在顾越泽说出让自己跟他走的瞬间，叶绾绾明显觉得四周的温度陡然冷了下来。

就在距离叶绾绾几步远的暗处。

男人的面容与夜色融为一体，周身的戾气横生，如同下一秒就会爆发。

司夜寒身旁的副手许易此刻已是汗如雨下，双腿不停地打战。

这倒霉的人生，居然赶上少爷喜欢的人深夜跟别的男人见面！

自从这个叶绾绾出现在少爷身边开始，他们这些手下就没过过一天好日子，少爷一发火，他们全都要跟着遭殃。

而这个女人最擅长的就是把司夜寒惹怒。

这次，某人的怒火级别肯定更上一层楼！

许易绝望地闭了闭眼睛，不用看他也能料到，接下来会发生什么。

顾越泽见叶绾绾不动，神色略显不耐烦，直接朝着她伸出手去，要拉她走。

叶绾绾灵敏地后退一步，躲开了对方的碰触。

“绾绾？”顾越泽蹙眉。

叶绾绾神色微冷，回复道：“顾越泽，我说过我要跟你走吗？”

顾越泽目光中带着怜悯，严厉地说：“绾绾，司夜寒这种身份的人，怎么可能有真心，你何必为了报复我，就这样作践你自己！”

印象里的叶绾绾对他爱得死去活来，向来对他言听计从的，所以顾越泽只当她是想要引起自己的注意。

“作践自己？”叶绾绾仿佛听到了什么笑话，冷笑着开口道，“司夜寒比你有钱，比你有势，比你颜值高，比你身材好，就算他不是真心对我，也强过跟你一辈子！谁给你的自信说出这种话？”

“你……”顾越泽完全没想到叶绾绾竟会说出这种话，脸色唰的沉了下来。

与此同时，暗处的某人周身那疯狂肆虐的气息，竟如同一只被顺毛的野兽，蓦地安静下来。

许易满脸的劫后余生，诧异不已地朝着叶绾绾的方向看去。

这位叶小姐，今天怎么这么反常？

这可完全不像是她可能会说出来的话，她不是爱顾越泽爱得无法自拔吗？

应该是迫不及待地跟着顾越泽私奔才对啊！

难道只是欲擒故纵？

顾越泽这次是真的动了怒，语气极其冷厉地警告道：“绾绾，你别跟我耍小孩子脾气，司夜寒的背景深不可测，为人不择手段，你知不知道他有多危险？留在这种人身边，你不要命了吗！”

对于顾越泽言辞激烈的警告，叶绾绾只是懒洋洋地打了个哈欠，下一秒，眼尾微挑地斜睨了过去，幽幽道：“那又如何，牡丹花下死，做鬼也风流。”

暗处的许易一脸惊叹。

牡……牡丹花！！！

这女人今天哪里是反常，她这是吃错药了吧？

竟然敢把少爷比喻成牡丹花！

虽然少爷那张脸确实貌美得不像话，他是个男人看了都动心，但越是熟悉少爷的人越清楚，少爷的本性到底如何。

许易小心翼翼地偷偷瞥了眼自家少爷，只可惜完全看不出那双黑沉沉的眸子里到底是怎样的情绪。

少爷这……到底是生没生气？

此刻，顾越泽看着眼前面容可憎、言语更是不堪的女孩，最后一丝耐性也告罄，皱着眉头说：“好……好！既然你执迷不悟，以后后悔了别怪我今天没提醒你！叶绾绾，我对你已经仁至义尽！”

叶绾绾看着顾越泽离开的背影，神情有些怔忡。

梦中的这个时候，等待她的应该是司夜寒的滔天震怒，这一次，她却成功改变了人生轨迹，顾越泽走了，而司夜寒……

那股熟悉的气息不知何时也消失了。

这一关，算是过去了吗？

司夜寒的性子莫测，叶绾绾不敢掉以轻心，缓和了一下情绪后，返身朝着屋内走去。

刚踏入客厅的瞬间，那股熟悉气息便无孔不入地钻进了她的每一个毛孔。

“过来。”

沙发上，男人晦暗不明的目光似一张网，铺天盖地地向她张开。

叶绾绾站在原地，脚下好像生了根，她对这个男人的恐惧已经深入骨髓。

但是，如果想要改变命运，她就必须克服这种恐惧。

叶绾绾掐着掌心让自己保持清醒，缓缓朝着男人走去。

她刚走到近前，下一秒，就被带坐在了男人的腿上，紧跟着唇上便是一痛——

男人削薄的唇带着丝丝寒意用力压下来，在她的唇上一点点辗转，不放过任何一个角落……

叶绾绾一动不敢动，强迫自己不要反抗，不要激怒他。

只是她忍不住想，她今天涂的唇膏比上次还夸张，颜色跟中了毒一样，他就不嫌辣眼睛吗？亲得这么毫无心理障碍？

从十八岁认识司夜寒开始，至今整整两年，她一直都在用各种极端的方法掩盖自己的真实容貌，想着总有一款能恶心到他。

早知如此，她何必把自己折腾成这副奇葩模样？

想到这里，叶绾绾猛然回神。她竟然在司夜寒的怀里神游天外起来了？

一回神，更震惊了，她发现自己的脖子有些重，司夜寒像搂抱枕一样将她搂在怀里，不知何时将脑袋搭在了她的脖子上，炙热的呼吸就喷洒在她敏感的颈窝，呼吸平稳而绵长。

睡着了……

怎么可能？！

叶绾绾不敢出声，直到等了半个小时司夜寒还没有动静，才试探着叫了一声："司夜寒？"

男人依旧没有丝毫反应。

竟然真的睡着了！

不远处，因为不放心而候在门口的许易看到这一幕，瞪大了眼睛，如同看到了什么不可思议的事情。

叶绾绾也很诧异。

因为她清楚地记得，司夜寒有极其严重的睡眠障碍，他的体质有异于常人的抗药性，很多药物对他不起作用，每次入睡都需要专业的心理医生帮助。

更糟糕的是，这男人的心理防御也极强，遇到他情绪糟糕的时候，就连心理医生也毫无办法。

司家给他请了无数名医，都没有办法解决，并表示若是这样的情况一直无法好转，对他的身体健康，甚至寿命都会有很大的影响。

叶绾绾自然看到了许易惊讶的表情。

她张了张嘴想要说话，结果许易赶紧比了个噤声的手势，然后又双手合十做请求状，做口型道："九爷已经三天没睡了！"

三天没睡？难道是因为知道了她想要离开？

这两年来，她从未放弃过离开司夜寒，这次是她距离成功最接近的一次，可最终还是没能如愿。

这边许易刚松了口气，一阵手机铃声突然响起在安静的客厅里，简直如同惊雷炸响。

许易吓得魂飞魄散，差点把手机给扔了，赶紧直接按下了关机键。

但是，已经迟了。

司夜寒果然被吵醒了，缓缓睁开的眼睛茫然空洞，看向他时更是冰冷不已，许易全身的血液仿佛都已经被冻结。

叶绾绾也被吓惨了！

司夜寒的起床气可怕到恐怖，要是中途被人吵醒，那简直是世界末日。

心慌意乱之下，叶绾绾下意识地伸出手，掩耳盗铃似的一把蒙住了司夜寒的眼睛，然后另一只手一把将司夜寒的脑袋又按回自己的肩膀上，并用手轻轻地在男人柔软的发顶抚摸着："没事……睡吧……"

一秒钟过去了……

两秒钟过去了……

三秒钟过去了……

司夜寒没有任何动静。

又等了一会儿，叶绾绾小心翼翼地将蒙住司夜寒眼睛的那只手拿了下来，然后便看到，男人安静地闭着双眼，重新陷入了沉睡。

许易整个人差点虚脱，看向叶绾绾的目光也带着一丝感激。

叶绾绾就这么保持着同一个姿势一整夜。

她不知道自己是什么时候睡着的，等她醒来的时候天已经亮了，而她躺在主卧的大床上，屋子里并没有司夜寒的踪影。

叶绾绾揉了揉眼睛坐起来，结果，揉了一手的眼线液和假睫毛以及亮晶晶的眼影。

哪个女孩子不爱美，可为了拒绝司夜寒，只要他在家，她连睡觉的时候都不敢卸妆。

如今得知这么做也没用之后，她反而有种解脱的感觉。

她终于可以做回自己了……

从十八岁如花儿一般鲜嫩的年纪开始，她便再没有以真面目见过人，几乎都已经快忘了自己原本的模样。

叶绾绾带着卸妆油、卸妆棉等工具，又拿了一盒之前司夜寒随手送给她的面膜进了浴室。

她先是把耳朵上夸张的金属耳环和脖子上巨大的项链卸了下来，随后仔细地卸完了妆，在脸上敷了一片面膜，便泡在浴缸里闭目养神。

等醒来的时候，浴缸里的水都已经变了颜色，身体上的涂料痕迹被洗得一干二净。

而她的身体……已经完全露出了本来面目。

她全身上下没有丝毫瑕疵，如同一块上好的羊脂玉，温润细腻，又如月光下堆积的白雪，白皙剔透，除了胸口处那块红色的月牙形胎记。

过了一会儿，叶绾绾泡完澡，随手撕下脸上的面膜，换上浴衣，坐在梳妆台跟前。

镜子里的女孩雾眉淡扫如同远黛，鼻梁高挺精致，娇嫩的双唇原本的唇色极为好看，如同三月的桃花，诱人采摘。最是惊艳的还是那双眼睛，如同盛着一泓秋水，波光潋滟，流转间灿若星辰。

脸上原本因长期化浓妆而干燥枯黄的皮肤在面膜的滋润下，状态恢复到了极佳，与她身体上的肌肤一样细嫩。

不过叶绾绾知道，这只是暂时的，面膜只能使肌肤的状态保持很短的时间，尤其是那些救急型的面膜，治标不治本。她脸上的皮肤若想完全恢复，还需要好好调理。

此刻她在理发店做的夸张发型洗过后也恢复了原样，半干的如墨般的齐腰长发慵懒地披散在肩头。

梦中，这头她最宝贝的长发后来也被她全都剪了，现在却还在……

叶绾绾满心失而复得的喜悦，珍视地用木梳缓缓梳理着。

吹干头发后，叶绾绾对着一柜子奇形怪状的衣服，又开始犯了愁。

算了，去三楼的衣帽间拿一套吧，何必要委屈自己。

三楼一整层都是衣帽间，里面全都是司夜寒让人帮她准备的衣服、配饰、包包，虽然那些东西她从未碰过，但那个衣帽间里永远都是最新一季的新款。

楼下。

餐桌前，司夜寒正慢条斯理地喝着咖啡。

男人眼睑下因为长期睡眠不足而导致的青灰色阴影淡了很多，那张本就俊美的脸今天容光焕发。

“啊，烫烫烫……”林缺看得发呆，不小心被一口滚烫的咖啡烫到。

司夜寒的目光轻飘飘地朝着对面的好友斜睨过去，明显是看傻子一般的表情。

偏偏林缺还觉得，这家伙就算一副嘲讽的表情，依旧是那么帅气！

林缺把手里的咖啡重重一放，问道：“司九！老实交代！你昨晚到底干吗去了？”

司夜寒似乎心情不错，面对林缺的聒噪也没有翻脸。

林缺深深地看着自家兄弟的脸，一副暴殄天物的表情，痛心疾首地说：“九哥啊，你说以你的身份、地位、相貌、身材，喜欢谁不好？何苦非要执着于叶绾绾？”

叶绾绾刚换好衣服从楼上走下来，就听到了林缺的这番话。

为什么林缺这话听起来如此耳熟？

林缺还在碎碎念，对面神态慵懒、对他爱答不理的司夜寒突然微微偏头，目光径直朝着楼上的方向看去。

林缺下意识地顺着司夜寒的目光看了过去。下一秒，他顿觉眼前一亮，满眼惊艳之色。

只见楼上站着一个女孩子，一身纯白色的连衣裙，身形窈窕，长发及腰，明眸善睐，唇若桃李，一身冰肌玉肤，美得不似人间。

这女孩简直……漂亮得不像话……

即使是在司夜寒面前，竟然也没被压过光芒。

直到叶绾绾走到了餐桌前，林缺依旧是一副做梦般的表情。

叶绾绾扫了眼餐桌，以往她都是坐得离司夜寒远远的，这次她想了想，在司夜寒旁边的位置坐了下来。

见女孩竟在自己身旁坐下，司夜寒正盯着女孩的目光微微闪烁了一下。

本着“少说少错”的原则，叶绾绾坐下后就开始一言不发地吃早餐。

从刚才起，那道慑人的目光便一直如有实质般落在她的身上。

突然恢复原样，其实她也挺忐忑的，不知道司夜寒会是个什么态度。

不过，连她之前那副模样司夜寒都不在意，不如美美的，自己看着开心。

叶绾绾想到这里，便安心地开始埋头喝粥。

这时，一只修长的手指突然朝着她的脸颊伸了过来。

叶绾绾神色一紧，整个身体都僵在了那里。

接着，只见那根手指撩起她耳畔一缕差点掉进粥碗的长发，将它顺到了耳后。

司夜寒慵懒地靠坐在椅背上，撩完了女孩的头发便不紧不慢地收回手，目光却一刻都未收回，带着探究和一抹不易察觉的热度，缓缓扫过女孩的每一寸肌肤和每一个细微的表情。

叶绾绾松了口气，赶紧自己用手拨着头发，以免再掉下来。

林缺终于回过神来，兴奋地压低声音凑过去八卦道：“九哥！你终于想通了！早就该找这样的嘛，又好看又有女人味，一看就想好好疼着护着！何必再和叶绾绾那个女人纠缠！”

“啪”的一声，叶绾绾重重地放下了手里的筷子，目光跟利刃一样朝着对面的林缺射去——

“林缺！我胖怎么了！吃你家大米了吗！！”

听到这个熟悉的声音，林缺的表情如同见鬼一般，唰的一下站起来，把身后的椅子都给带翻了——

“叶……叶绾绾！！！”

怎么可能？

“你去整容了？！”林缺瞠目结舌。

可是，也不对啊，整容哪有这么快的，他几天前见她的时候还是那副夸张的样子。

叶绾绾气得都快爆炸了，反驳说：“你才整容了！我本来就长这样！”

见状，司夜寒一贯慵懒空洞的面容上浮现了片刻的恍惚。此刻，女孩的眸子里仿佛燃烧着两团火焰，久违地生动热烈。

愤怒中的叶绾绾突然感觉到一只微凉的手掌覆在了自己的发顶，如同安抚奓毛的小兽，轻轻揉了揉。

与此同时，悦耳的声音缓缓倾泻在她耳边：“不胖。”

叶绾绾顿时一怔，诧异地朝着司夜寒看去。她是疯了吗？竟然觉得此刻的司夜寒……温柔……

叶绾绾回过神后才意识到自己似乎太激动了，有些窘迫地喃喃道："我本来就不胖……"

司夜寒严肃地说："之前也不胖。"

一旁的林缺立即严肃道："九哥，请你摸着你的良心再说一遍！"

叶绾绾气得咬牙。

司夜寒的目光不紧不慢地朝着林缺看了一眼，开口说："城东那块地，我已经给远达了。"

林缺顿时傻眼，连忙拉着司夜寒问道："啥？不带这样玩的啊，九哥！不是答应了给我的吗？怎么给别的公司了！你到底是已经给了远达，还是刚刚那一秒钟才决定给远达的？"

司夜寒："刚刚。"

林缺内心疯狂吐槽，就因为刚刚他说了叶绾绾胖？

"你……你见色忘友！"林缺气绝。

司夜寒不仅不反驳，似乎对这个说法还挺受用，面无表情地开口道："你该走了，碍事。"

重色轻友！竟然嫌他碍事。

林缺心碎成了渣渣，径直离开。

客厅里便只剩下叶绾绾和司夜寒。

刚才林缺在的时候还好，他一离开，叶绾绾原本放松的神经顿时紧绷起来，身旁那男人的存在感也瞬间无限放大了。

"多吃点。"

盘子里多了一个她最爱的那家早餐店的限定小笼包。

叶绾绾的心情很是复杂。

从她出现开始，司夜寒对于她的改变竟然从头到尾都没有任何特别反应。

林缺那样的反应才是正常的吧？

叶绾绾没忍住，问了一句："司夜寒，你不觉得我今天哪里不一样吗？"

司夜寒又给她夹了一只虾饺，回道："什么？"

叶绾绾补充说："我的样子啊！"

司夜寒挑眉问道："有不同？"

叶绾绾顿时被噎住。这个男人是不是瞎？

男人看着女孩黑着脸的模样，微微抬眸瞥了她一眼，随后，云淡风轻地开口道："还是一样的美丽。"

叶绾绾："……"

她以前那惨不忍睹的样子，他竟然也觉得美？还觉得她现在这个样子没什么不同！

所以说，她折腾了这么久，果然全都白折腾了？

叶绾绾简直无语问苍天！

“怎么？有问题？”

“没！”叶绾绾一脸憋屈地回答。

“呵……”耳畔传来男人的轻笑声。

叶绾绾顿时有些惊悚地朝着男人看过去。

司夜寒竟然在笑……

她刚才就发现了，这男人今天的心情好像格外好？是因为昨晚睡得不错吗？

其实司夜寒这个暴躁易怒的性子跟他的失眠症有很大的关系，没谁能忍受这样长期无法正常入睡的状态。

想到这里，叶绾绾的心思开始活络。

她要不要趁着今天司夜寒难得心情不错，告诉他自己想回学校上学呢？

刚刚下楼之前，她收到了班长的短信，通知她去学校上课，否则再这么旷课下去，可能会被学校处分甚至开除。

此前她因为成绩太差，已经留级了两年。

既然自己已经醒悟，就不能自暴自弃，硬生生毁了自己，眼看着叶家的一切被叶依依和顾越泽占去。

自己还是要好好学习！

虽然这次因为试图离开而惹怒了司夜寒，但她没有跟顾越泽走，所以和司夜寒的关系还没有到不可挽回的地步，她应该可以争取一下。

叶绾绾深吸一口气，试探着开口道：“那个，司夜寒，快要考试了，我得抓紧时间学习，我可以……回学校了吗？”

几乎是在她话音落下的瞬间，屋子里的气压就低了下来，男人面上恢复了一如既往的冰冷。

叶绾绾心里咯噔一下，难道他还在生气？

虽然早就料到没那么容易，但叶绾绾多少还是有些失望，神情渐渐暗淡下去，看着她最爱吃的包子也没了胃口。

司夜寒没有说话，只是看着女孩骤然黯淡的眸子，那原本鲜活的表情又变得与以往一样，心情陡然一阵不受控制的烦躁……

一时间，屋里的气氛渐渐凝滞结冰，她和司夜寒的关系仿佛又降到了冰点。

这时一阵脚步声从院子里传来，打破了僵局。

许易带着一群园丁、花匠、建筑工人等走进了客厅，站在司夜寒面前说：“九爷，园子的修整问题……”

许易话说到一半，看到坐在司夜寒左手边的女人，顿时愣住了，他身后的一众用人也面面相觑。

不仅惊讶于这个女孩姣好的容貌，而且所有人都知道，少爷有严重的洁癖，能出现在少爷三步之内的女人，只有叶绾绾一个。

所以，这个女人是谁？

叶绾绾看看许易，又看看那些用人，咬了口虾饺，神色抱歉道："嗯，我今天忘了化妆，是不是吓到你们了？"

叶……叶绾绾！！！

听到这个熟悉的声音，包括许易在内的所有人都惊呆了。

叶绾绾虽然经常打扮得十分夸张，却有一副好嗓子，如同江南婉约的溪水，清澈软糯。

但是，这么好听的声音，却让他们所有人一听到便条件反射性地厌烦。毕竟这个女人住进锦园之后，他们这些下人没少跟着受罪。

此刻少爷身边这个未施粉黛、出水芙蓉般的女孩子竟然是叶绾绾？

看到众人的反应，叶绾绾做严肃状思考，摸着下巴说："果然我之前的样子更好看，我记得我染着绿头发的时候，你们看我的表情最惊艳！不然……明天换回来？"

哪里惊艳了，他们明明是无语！

许易终于回过神来，头摇得像拨浪鼓，回复说："没有没有，小姐您这样挺好的！"

万万没想到，叶绾绾素颜竟然是这个样子。

所以，眼前这位叶小姐，一直以来都不是颜值有问题，而是审美有问题？

少爷的眼光也太毒了吧，到底是怎么透过那比城墙还厚的妆容看清她的本质的？

如果叶绾绾知道此刻许易的想法，一定会告诉他，你家少爷不用穿透"城墙"，你家少爷挺喜欢那层"城墙"的！

"你们是要讨论园子修整的问题吗？"叶绾绾问。

许易下意识地点头："是的。"

叶绾绾立即试探着问道："那我可以提一些建议吗？"

估计她还要在这地方待很长一段时间，何不一切按照自己的心意，让自己住得舒服一点？

她记得，除了离开之外，司夜寒对她的其他要求，无论多过分都是纵容的。

许易听到叶绾绾的要求，顿时想死的心都有了，立即求助地看向司夜寒，希望他能给自己做主。

九爷啊！求您了，别再让她糟蹋园子了！

司夜寒回了叶绾绾两个字："随你。"

许易："……"

好吧，他就知道会这样。

许易只能认命地问道："小姐，您想提什么建议？"

叶绾绾仔细想了想，说："我不喜欢什么玫瑰和薰衣草，可以把那块花田改种向日葵吗？"

许易愣了下，下意识地问："小姐您喜欢向日葵？"

对于"给我把那些花烧了""给我全都拔了"这样的要求相比，叶绾绾的这个要求实在是太正常了。

叶绾绾想了想道："一般般。"

许易不解地问："那为什么……"

叶绾绾的眼睛亮了亮，轻快地说："因为以后可以拿来炒瓜子吃！"

许易："……"

司夜寒："……"

叶绾绾又指向了远处，补充说："还有那片池塘，别养那些昂贵的鲤鱼了，娇气得很还不能吃，放些草鱼、鲫鱼、小虾米……蔷薇花架改成葡萄架吧……其实番薯也可以种一点……

"还有东边的草坪，反正烧都烧了，不如趁着有草木灰，土壤挺肥的，耕出来种点大白菜吧？"

大白菜……

见许易目瞪口呆，司夜寒也是神情莫测，叶绾绾放低声音问道："怎么了？"

司夜寒修长的手指轻点着白瓷杯，抬眸说："在我这儿，平日饿着你了？"

叶绾绾顿时一噎，随后回复说："没有。"

她从小衣食无忧，没忍过饥也没挨过饿，在司夜寒这儿更不可能，锦园的厨师每天换着花样，就为了她能多吃几口。

但她也不知道自己是怎么回事，跟仓鼠一样，有囤食的习惯，身边的食物越多，她越有安全感。

半晌后，司夜寒朝着许易看了一眼，说道："照做。"

许易面如死灰，只好回复说："是……"

他实在是太天真了，还以为这女人真的改性了。

她居然要把顶级私家园林改成菜园子，简直丧心病狂。

叶绾绾一听司夜寒同意了，顿时心情放晴，兴奋道："太好了，这样等到秋天，就可以有很多好吃的了！"

等到秋天……

听到这四个字，司夜寒神色微变，眸子里闪过一丝异样。

从前的叶绾绾满心只想着从他身边离开，怎么可能去想未来？

一整天，叶绾绾详细跟许易商量了什么地方种植什么，全程指挥着用人们干活。

等到傍晚，之前被叶绾绾破坏的锦园已经焕然一新。

东边种着大白菜，西边栽着向日葵，墙边是新插的葡萄架，名贵的花草树木都被蔬菜果木代替，换了水的池塘里，一尾尾肥美的草鱼和活虾欢快地游弋着……

从前的锦园一花一草都是稀世珍品，用人连下脚都要注意，现在这样子，虽然成了菜园子，倒是意外地有烟火气。

不知道是不是运动量加大了的原因，叶绾绾的饭量都恢复了，晚上吃了不少。

吃饱喝足、养精蓄锐之后，她开始重新思考白天的问题。

不仅是她要回学校，更根本的是她和司夜寒目前的关系和状态。

要想彻底改变，她必须找他好好谈一次。

司夜寒的房间在顶楼，是她从前从不会主动步入的地方。

“咚咚咚——”

叶绾绾有些紧张地站在门口，深吸一口气，然后敲响了门。

“嘎吱”一声，房门打开，入目的是一双冰冷深邃的眸子。

“那个，我有事想找你谈谈，现在方便吗？”

男人似乎早就料到她会来，面上没有丝毫意外，一言不发地转身回到了屋里，算是默认了。

叶绾绾急忙上前一步跟上。

今晚无论如何也要把问题说清楚！

这是叶绾绾第一次进司夜寒的房间，刚一踏入就有种强烈的压迫感。

整个房间的色调异常沉闷，显眼的地方摆放着一套看起来很高级的音响设备，正播放着舒缓催眠的音乐，窗帘严严实实地拉着，不留一丝缝隙，整个空间都是完全密闭的。

房间里最多的就是酒，对面偌大的酒柜上整整一排都是各式各样的洋酒。

除了司夜寒之外，房间里还有另外一个人。

司夜寒的心理医生墨玄。

看样子方才司夜寒在准备入睡。

墨玄在看到卸妆的叶绾绾之后，眸底明显浮现出一丝讶异，不过很快便恢复如常。见她来了，墨玄便自发地先退了出去。

头顶昏黄的灯光下，司夜寒走到吧台跟前坐下，倒了一杯酒，递给叶绾绾说：“说吧。”

叶绾绾早就斟酌好了措辞，此刻也不多犹豫，直接开口道：“我想谈谈我们之间的关系！”

“我们的关系？”男人双眸微眯。

叶绾绾点点头，语气郑重地开口问道：“是的……司夜寒，你认为，我们之间现在的关系算什么？”

司夜寒几乎是毫不犹豫地开口说：“你是我的。”

叶绾绾：“……”

对于这个回答的套路，叶绾绾实在是再熟悉不过。

就像是她曾经问他，那个人为什么是自己，他回答说“因为只有你”一样。

都是她完全无法理解的答案。

叶绾绾强迫自己忽略男人的回答，继续开口道：“司夜寒，一直以来我都不明白，你为什么会看上我，以你的身份地位，喜欢你的人绝不在少数。但现在无论原因是什么，既然这点已经无法改变，那么能否试着改变一下我们之间的关系？你一直生气我不断反抗你，那是因为你越强势，我就会越害怕。俗话说，强扭的瓜不甜，相信你也明白这个道理！”

男人静静地听她说完，然后，面无表情地说了一句：“谁说我喜欢甜瓜？”

叶绾绾腹诽，她算是明白了，司夜寒这个人油盐不进，话题到了这里，已经完全进行不下去了。

这家伙，一下子就把天聊死了！

时间缓慢地流逝……

不知沉默了多久，叶绾绾突然站起身，一步一步朝着男人的方向走去。

司夜寒也不说话，只面色淡漠地看着她靠近。

终于，叶绾绾走到男人的跟前站定，下一秒，蓦然倾身说：“你……确定？”

女孩婉转软糯的声音贴着他的唇，带着天真的魅惑，道：“确定不喜欢吃甜瓜吗？”

司夜寒的瞳孔骤然收缩。

那眸光比以往任何时候都要幽暗，如同能够将人的灵魂都吸入进去。

顶着男人炙热的视线，叶绾绾及时退到了安全距离，强撑着继续开口道：“其实……我只是希望可以跟普通的女孩子一样，生活、学习、恋爱……我保证我再也不跟你闹了，你也不要让我做不想做的事情，不要总是那么生气、那么吓人了好吗？

“那个顾越泽，之前是我脑子不清醒，才会对一个渣男念念不忘，我现在已经想明白了。我觉得，以九爷您的身份、地位、颜值，只要我们恢复正常的相处状态，时间久了，我肯定会长成甜瓜的！其实……甜瓜真的很好吃，我觉得你可以试试，没试过怎么知道不喜欢呢，对吧？所以，真的不能再给我一次机会吗？这次我保证会努力好好成长的！好不好？”

叶绾绾说得口干舌燥，然后紧张地等待着男人的回复。

司夜寒的目光落在女孩的唇上，落在她明明害怕，却强撑着直视他的眸子上，看了良久。

那视线仿若能够穿透人的灵魂，令人不寒而栗。

叶绾绾也不知道到底过了多久，终于听到耳边传来男人低沉的声音：“好。”

叶绾绾猛地愣在原地，简直无法置信。

司夜寒答应了，他竟然答应了！

“你答应了！”叶绾绾的眸子里陡然绽放出夺目的光彩，小心翼翼地试探着问道，“那……那我可以回学校上课吗？”

司夜寒看着女孩流光溢彩的眸子，矜傲孤冷的面色恍惚间竟似柔和了几分，然后回复：“可以。”

叶绾绾顿时激动得扑上去，在司夜寒的脸颊上亲了一口，说：“谢谢你！”

这是她第一次尝试跟司夜寒沟通，她都已经做好了失败无数次的准备。

但是她成功了。

为什么她以前就从未想过好好跟司夜寒沟通呢？

“那我去收拾东西啦！有空我会回来锦园照看菜园子的！”叶绾绾兴奋不已，噔噔噔地跑走了。

身后，司夜寒看着女孩离开的方向缓缓伸出手，触上了自己方才被吻过的地方……

回到房间后，叶绾绾迅速把自己的课本还有行李都收拾整齐。

居然真的成功了，简直跟做梦一样！

这时，一阵手机铃声响了起来，来电显示是沈梦琪。

叶绾绾的嘴角扬起一丝嘲讽的弧度，抬手接了起来开口问：“喂？”

手机刚一接通，立即传来沈梦琪气急败坏的声音：“绾绾，我打你电话怎么一直没人接？你是怎么回事？为什么没有跟顾少走？你知不知道我花费了多大的力气才劝动顾少！”

叶绾绾面无表情地开口道：“电话里说不清楚，等我明天回学校再说吧！”

沈梦琪闻言面色微变：“回学校？司先生他没有为难你吗？”

亲眼看到叶绾绾要跟顾越泽离开，司夜寒怎么可能这么轻易就算了？

沈梦琪急忙试探着问道：“是不是司先生看到你跟顾越泽在一起误会了什么，所以才一气之下赶你出去了？”

叶绾绾闻言，不紧不慢道：“你怎么知道司夜寒看到了我和顾越泽？他那几天并不在家，你不是最清楚吗？”

沈梦琪顿时结结巴巴道：“我……我猜的……我还以为你不小心被发现了呢！总之，等你回学校我们再说吧！”

“好。”叶绾绾冷笑一声，挂断了电话。

不急，沈梦琪，我们之间的账，慢慢算！

顶楼的主卧内。

叶绾绾离开之后，心理医生便回到房间，重新引导他入睡。

“司总，现在开始吗？”

司夜寒似乎在想事情，也不知道听清他的话没有，只是随意地抬了抬手。

两个小时后……

司夜寒依旧无法入睡。

解决过无数疑难杂症，被司氏集团高薪聘请来的顶级心理专家墨玄，开始第N次怀疑人生。每次给司夜寒治疗，他都感觉自己是个假医生。

自从两年前司夜寒跟那个叫叶绾绾的女孩在一起，每次两人吵架，都会导致他的失眠症状加重。

可许易不是说那女孩似乎想通了，最近都没有再生事？

方才他见到对方的时候，也吃了一惊，那女孩不仅是妆容打扮大变，整个人的气质以及给人的感觉也变了。

既然那女孩没有再刺激司夜寒，那他为什么入睡又失败了？

此刻，司夜寒躺在床上，眼睑下青黑色的阴影又渐渐浮现出来，额头的青筋鼓胀着，分明正在忍受着巨大的痛苦。

发现司夜寒的状态越来越糟糕，墨玄的脸色也变得凝重了，急忙问道：“九爷，您今天是遇到什么事了吗？方才那位叶小姐过来跟您说了什么？”

司夜寒紧闭的眸子瞬间睁开，眸子里冷光乍现。墨玄无奈地放弃了继续询问。

若是司夜寒愿意与人交流，他的病情也不会这么严重。他的心理防备太重，很难向其他人敞开心扉。就算是再好的心理医生，如果病人不配合，也是无能为力。

想到叶绾绾，墨玄的心情有些复杂。

司夜寒的身体没有问题，他的睡眠障碍基本可以确定是心理原因，而这个女孩极有可能跟司夜寒的心结有关。

否则，实在很难解释一向排斥女人的司夜寒为什么会如此在意叶绾绾，而且据他观察，她能够轻易影响到司夜寒的情绪。

但是，他没办法从司夜寒这边得到答案，从叶绾绾那里也没能得到任何有用的信息。

叶家经营的是娱乐业，旗下的娱乐集团规模盛大，但是，跟真正历史悠久、底蕴深厚的世家相比，叶家也不过是普通的豪门，何况如今叶家已经易主，叶绾绾的父亲早已被扫地出门，现在公司的掌舵者是叶绾绾的二叔。

叶绾绾的家族不可能与司家这样古老庞大的家族有任何关联，叶绾绾也不可能与司夜寒有任何交集，所以，司夜寒对叶绾绾的特殊对待，实在是令人不解。

如今若是再找不到办法治好司夜寒睡眠障碍的毛病，他的身体恐怕撑不了几年。

第二章

重回学院

您的文字总是那么灵动、细腻，仿佛有着神奇的魔力，能将一个个鲜活的人物形象跃然纸上。书中的寒光与骄阳，他们的相遇、相知、相爱，每一个细节都刻画得如此生动，让我仿佛能真切地感受到他们的情感起伏。

他们的爱情故事，既有甜蜜的悸动，又有坎坷的磨难，却始终坚守着那份纯粹与执着，让我相信这世间真的有如此美好的爱情存在。

——韩沐斐

QIASIHANGUANG
YUJIAOYANG

读者告白

第二天早上。

叶绾绾一觉睡到自然醒，然后开始考虑今天的妆容。

其实，之前的重口味妆容虽然让她遭了不少罪，却也是她的保护色，替她免了不少麻烦。

现在她和司夜寒关系有所缓和，但慎重考虑之后，她认识到，在她足够强大之前，这些都是必要的隐忍。

于是，叶绾绾还是恢复了以往的妆容，顺便戴上了一顶闪亮亮的绿色假发。

当叶绾绾下楼的时候，没看到司夜寒，倒是又见到了林缺。

那家伙正在兴冲冲地跟对面的人说着什么，无意间抬眼看到她，“噗”一声把嘴里的咖啡全都给喷了出来——

“我的天！”

叶绾绾白了他一眼，一副少见多怪的表情。

她朝着楼下扫过去，发现今天不仅是林缺，司夜寒的另一个好友谢折枝也在。

谢折枝那双潋滟的桃花眼上挑着，扫向叶绾绾，尤其瞥见她的头发的时候，表情一愣，震惊地说：“林二，这就是你凌晨五点把我叫醒赶来锦园看的惊喜？嗯，确实，是挺惊喜的，小叶子的造型越来越有创意了呢！”

“不！不是，她昨天素颜，没化妆，真的超美，我都惊呆了……”林缺语无伦次地解释着。

谢折枝笑得花枝乱颤：“是是是，超美，你也可以跟九哥一样找个这种风格的女朋友。”

林缺没办法解释，只能一脸憋屈地朝着叶绾绾瞪过去。

叶绾绾挑眉道：“看我干什么？化妆是女孩子对别人最基本的礼貌不知道吗？”

林缺嘴角抽搐：“您真是太有礼貌了！”

这时，一阵脚步声自头顶响起，是司夜寒来了。

男人目光淡淡地扫了一眼楼下，视线掠过叶绾绾时，面上没有任何多余的表情。

要说呢，还是司夜寒的心理素质最强，看到她这个样子连眼睛都不带眨一下的。

叶绾绾没忘此刻最重要的就是刷司夜寒的好感度和忠诚度，好让他相信自己，彻底对自己放心，于是迅速跑到了司夜寒跟前邀功道：“司夜寒，您看我今天好看吗？”

司夜寒看着眼前双眼亮晶晶求夸奖，神情无比生动的女孩，因为女孩的离开而阴郁了一整夜的心情，莫名消散了几分：“嗯。”

叶绾绾顿时喜笑颜开！

林缺一脸惨不忍睹，九哥，你的良心真的不会痛吗？

看着叶绾绾今天与司夜寒的相处方式，谢折枝略有些意外地扬了扬眉，手指轻轻点着下巴，俊逸的脸上露出若有所思的表情。

很快，用人将早餐端了上来，四人都坐下来开始吃饭。

叶绾绾看看身旁的司夜寒，又看看对面的林缺、谢折枝。

跟这三个金光灿灿的大佬坐在同一张桌子上吃饭，让她有种特别不真实的感觉。

毕竟这三人各有各的厉害之处。

不过，因为叶家是做娱乐业的，所以叶绾绾最关注的，还是大明星谢折枝。

大概是察觉到了叶绾绾频繁偷瞄过去的视线，谢折枝斜支着脑袋，冲着她眨了眨那双桃花眼："小叶子，想要签名吗？"

签名！她当然想要！

如今谢折枝已经拿了无数大奖，是现今人气最高的男星。

别说他的亲笔签名了，就算是他随便一张宣传照里出现的电话亭，都能成为热门观光地点，每天有数不清的影迷排着队去跟电话亭合影。

更别提她曾在梦中见证了谢折枝成为Z国第一个拿到奥斯卡的男星！虽然现实中还没实现，但她相信以谢折枝的演技，这一天早晚会到来。

但是，考虑到司夜寒的想法，叶绾绾果断摇了摇头。

见叶绾绾一副明明很想要，瞅了司夜寒一眼之后立刻忍痛摇头的小表情，谢折枝轻笑道："小叶子真可爱。"

叶绾绾无语地想："谢大明星，你够了！你没看你旁边那位兄弟的脸上都阴云密布了吗？"

旁边林缺瞥了谢折枝一眼，嫌弃地撇撇嘴说："谢三，你竟然夸奖叶绾绾！"

谢折枝的手指轻轻抚弄着花瓶内带着露珠的玫瑰花瓣："这世上所有的女孩子都是花朵，都应该被珍惜疼爱。"

这话简直说到叶绾绾的心坎上，叶绾绾立即瞪着林缺道："听到没有？你可学着点吧，难怪你还是单身！"

林缺顿时瞪大双眼："说谁呢！你才是单身！"

叶绾绾扭头看向一旁的司夜寒问道："亲爱的，林二说我单身！你说说他这是什么意思，这不是分明在咒我们分手吗？"

司夜寒听到叶绾绾这声"亲爱的"，目光微顿，听到后面，清冷的目光顿时朝着一旁的林缺射去。

林缺瞬间吓得缩成一团："九哥，我错了！"

谢折枝朝着司夜寒歪了歪脑袋，目光幽深地看着对面一脸浓妆、头顶绿毛的女孩："阿九，几日没见，你家这小丫头倒是跟变了一个人似的。"

司夜寒朝着女孩看了一眼。

变了一个人？

她唯一的变化，不过是稍微聪明了一点，换了个方式想要离开他而已。

见司夜寒的眼神瞬间冰冷，谢折枝挑眉，一副唯恐天下不乱的表情，说："啧，既然明知道她的目的，何必还纵容她？这可不像你的性格哦！"

“吃饱啦！我去上学了！”

这时，叶绾绾已经吃好了早餐，拿起书包和一旁的行李箱，跟司夜寒打了声招呼。

她正要走人，走到一半的时候又折返回来，蹭到司夜寒的跟前，背着书包，柔软的双臂搂着司夜寒的脖子，在男人的嘴角吧唧了一下：“记得想我哦！”

说完，留下目瞪口呆的三个人，蹦蹦跳跳地走了。

半晌后，司夜寒靠在身后的座椅上，漠然的眸子瞥向一旁的好友：“现在知道了？”

这就是理由。

让他无法抗拒的理由。

清禾学院。

这是华都的一所特殊学院，不同于其他学校，这所学校在注重学生教育的同时更愿意培养学生在相应领域的技能，如金融、艺术等。学校共设置了三个年级，为了保证教学质量，学院对于学生的入学年龄有所要求，必须成年。

清禾学院教学质量优秀，学科种类丰富，培养体系完善，学生在完成基础教育后可以在这所学校向上深造，也可以以此为踏板，进入国外顶级名校，因此备受推崇。

相应地，这所学校的学费也十分昂贵，因此能够进入这所学校的学生基本上都是家里有钱有背景，当然，如果学生成绩非常优异，也可以被破格录取，学校为其设置了丰厚的奖学金。

叶绾绾能进这所学校，是因为当时她爸还是叶氏集团的总裁。

清晨的阳光照耀着她耀眼的绿毛，叶绾绾站在清禾学院的大门前，看着头顶熠熠生辉的“清禾学院”四个大字，心中暗暗下定决心——这次谁都别想阻止本小姐好好学习！

走在熟悉又陌生的校园里，道路两旁是年岁很大的古树，空气里满是草木的清香，远处是一排复古的红瓦教学楼，广播里正播放着悠扬的音乐，三五成群的学生叽叽喳喳地往教室里赶着……

看着头顶蔚蓝的天空，呼吸着新鲜的空气，叶绾绾几乎有想要落泪的冲动。

身边异样的目光和窃窃私语，她丝毫没有在意。

比起她梦中所遭受的，学校里的这些流言蜚语对她而言简直不痛不痒。

“那是谁啊！吓得我差点撞树上！”一个男生险险地避开一棵大树，满脸震惊。

旁边的女生尖声道：“连她你都不认识？F班的叶绾绾啊！”

“她就是叶绾绾？真是百闻不如一见！”男生惊讶更甚。

另一名女生满脸嫌恶道：“整天浓妆艳抹、奇装异服也就算了，成绩还那么差，四年了都没毕业，这种人怎么还没被开除？真是丢我们清禾的脸！”

其中一个学生插了一句说：“估计是没办法开除吧！据说她家里很厉害啊。”

女生顿时一脸嘲讽："少来吧！听沈梦琪说，叶绾绾她爸以权谋私，早就被赶出公司了，还欠了一屁股的债！也不知道她到底还有什么好得意的！不过，她的好日子也没几天了，我听说学校已经准备把她开除。毕竟过段时间有人要过来视察，要是被人知道咱们学校有这样的学生，那清禾的百年声誉都要毁于一旦！"

围观的几人全都一脸庆幸道："总算不用继续跟这种人在同一个学校了！"

叶绾绾一边饶有兴趣地听着自己的八卦，获取一些她几乎要忘记的信息，一边悠悠然地踱步到了F班的门口。

她走到门口的瞬间，教室里先是诡异地安静了一秒，随即是疯狂地拍打桌子和吹口哨的声音。

"闹什么闹！全都给我安静！没听到上课铃已经响了吗？"门口传来班主任愤怒的声音。

"叶绾绾，又是你！你看看你这是什么样子？还不回到你的座位上去！"班主任看着叶绾绾那一头绿色的头发，怒气冲天，本来想继续骂她的，结果居然破天荒地直接让她回座了。

反正这个学生马上就要被开除了，没必要跟她多费口舌。

叶绾绾朝着教室里看了一眼，不用回忆，立刻就知道了自己的座位在哪里。

因为每个班级的座位都是按照成绩排名的，而她向来是倒数第一名，自然坐在最后一排。

最后一排靠窗边的位置上，趴着一个男生。

男生一头凌乱的碎发，耳朵里塞着耳机，正趴在课桌上睡觉。阳光透过窗外的枝叶缝隙，跳跃在少年熟睡中精致的侧脸上，让少年整个人看上去如同从时尚画报中走出来的人物。

司夏，清禾学院的校草。

听闻他打架、逃课无一不精通，成绩也是烂得一塌糊涂，但是因为有一副好皮相，家里又很有钱，就这么稳坐了"校草"的位置。

听到身旁的脚步声，原本正在睡觉的少年顿时一脸不耐烦地睁开眼睛："滚开！"

教室里的其他学生，尤其是女生们，见状全都是一副幸灾乐祸的表情。

从前，叶绾绾虽然打扮得嚣张，实际上性子很软，内心更是极度自卑懦弱。

若是以往，被司夏这么一吼，她肯定就乖乖窝到垃圾桶旁那张断了半条腿的课桌边缩着了。

而这一次，面对男生的怒斥，叶绾绾居高临下地站在那里，似笑非笑地看了那男生一眼，就跟没听到似的，直接一屁股在他旁边的位置上坐了下来。

男生的脸色骤变："我再说一遍，滚开！"

叶绾绾不紧不慢地把书包塞进课桌里，掏出了课本和文具盒，随后定定地看向男生道："我凭本事考的倒数第一，凭本事拿到的这个位置，你凭什么让我滚？"

司夏："……"

连班主任的脸都黑了。

瞬间，教室里响起一阵惊讶的窃窃私语。

"叶绾绾疯了吧？居然敢顶撞司夏！"

"她还不是因为想趁机接近司夏！毕竟这么好的机会！"

"她也不看看自己是个什么德行，也敢打我们男神的主意？"

年轻的女班主任气得脸都黑了："叶绾绾！你马上都要被学校开除了，还在这里扬扬得意什么！倒数第一很光荣吗！"

听到老师的话，所有女生顿时都兴奋不已。

"哈哈，差点忘了，叶绾绾要被学校开除了！"

"原来消息是真的啊！"

"太好了！这下看她还怎么嚣张！"

班主任本来是准备忍到她的开除通知正式下来的，这会儿却直接忍无可忍地当着全班同学的面就开始训斥道："你看看你整天打扮成什么样子，成绩也一塌糊涂，次次倒数第一都在咱们班，咱们F班的名声就是被你拖了后腿！如果你对待学习就是这个态度，我建议你换个地方，离开我们清禾！。"

眼见着叶绾绾真的要被赶走了，女生们满心欢喜。

"快走快走！"

"离开我们班！"

……

面对同学们的起哄驱赶，叶绾绾的神色丝毫不变，清冷的眸子朝着讲台直射而去："离开学校？不知道，是谁给梁老师您让我离开的权利？"

见叶绾绾居然还敢质疑自己的话，梁丽华的脸色顿时变得更加难看，厉声道："经过校领导一致决议，你已经被开除了！"

叶绾绾闻言，面上顿时浮现嘲讽的神色。

什么校领导一致决议，她虽然犯过不少校规，但都是小过，而学校按照规定，至少记三次大过才会被开除。

她会被开除，这其中必定有什么问题。

"愣着做什么，还不快出去！"梁丽华指着教室外，厉声说道。

叶绾绾低低地冷笑道："连一份盖章的书面通知都没有，单凭梁老师一句话，我便被开除了？"

梁丽华顿时勃然大变，用力拍着讲台道："叶绾绾！连老师说的话你都不信，你父母到底是怎么教你的！"

梁丽华说着，目光鄙夷地打量了她一眼："不过也难怪，有什么样的父母就能教出什么样的子女！父亲欠债，哥哥是个赌鬼，这种家庭的家教好不到哪里去。"

梁丽华直接把叶绾绾的家事就这么曝光在了所有学生面前。

下面顿时一阵惊讶的窃窃私语，所有人的视线都集中在叶绾绾的身上。

叶绾绾静静地站在原地，面上看起来没有任何表情。

只有离她最近的司夏注意到，在梁丽华说出叶绾绾父母那些话的瞬间，女孩那双一向怯弱麻木的眸子如同寒冰乍破，弥漫出一股极其可怕的冷意。

司夏眉头微蹙，目光中闪过一丝狐疑，是错觉吗？这人怎么可能会有这样的眼神……

短暂的沉默后，叶绾绾不紧不慢地开口道："原来如此，有什么样的父母就能教出什么样的子女……那么，我是不是也可以说，有什么样的老师，就能教出什么样的学生？F 班作为整个学校成绩垫底的班级，不知道，梁老师您作何感想？"

"你……你放肆！"叶绾绾居然敢嘲讽她的教学水平，梁丽华气得都破声了。

F 班在几个班级中成绩最差，这一直是她的痛点。

教室里，所有的学生都已经惊呆了。

这个叶绾绾，竟然敢三番五次这么跟班主任顶嘴……

这还是那个不管怎么骂都不敢吭声的叶绾绾吗？

"丁零零——"

这时，正式上课的铃声响起，打破了僵持的局面。

梁丽华沉着脸色怒道："还有一个星期就要考试了，为了你一个人，差点耽误了所有同学上课！叶绾绾，我回头再跟你算账！现在大家把课本翻开到第七十二页！"

见没好戏看了，底下的学生们一阵失望的唏嘘。

每届学生基础教育学科的三年级岁月都是在不断大大小小的考试中度过的，哪怕清禾学院是不同于其他学校的院校，也会设置考试，来检测学生们的学习效果。

而这次的摸底考试算是比较重要的一次测验，会根据考试的排名重新排座。

叶绾绾目光随意地掠过课本上的内容，随即闭上眼睛。下一秒，方才看过的内容已经清晰地印刻在脑海中。

其实，她的记忆力非常好。

课本上的知识，只要她看过一遍，即使完全不过脑子，也会一字不落地记下来。

可惜，成绩和分数对从前的叶绾绾而言没有任何意义，她的心思从来都不在学习上。现在，她想让学校撤回开除的决定，这次的考试是关键。

一周的复习时间，虽然有些赶，但应付这次的测验也够了。

想到这里，叶绾绾不再分心，开始翻看课本。

一旁趴在课桌上睡觉的男生听到身旁传来书页翻动的声音，顿时皱起眉头朝着身旁看去。

结果，他一抬头，竟然看到叶绾绾正在看书。

这女人……受刺激改性了？

正这么想着，在看清叶绾绾的动作后，男生的脸顿时黑了。

因为叶绾绾翻书的速度简直比她今天翻脸的速度还快。

“吵死了。”男生帅气的脸上满是不悦。

叶绾绾脸色微黑，这臭小子，还来劲了是吧！

她曾意外得知，清禾的校草司夏其实是司夜寒的侄子。换句话说，他们未来说不定还能成为一家人呢。

叶绾绾眉头微挑：“嫌吵就考到前面去啊，学渣没资格发言！”

司夏面上的表情简直无法置信，他刚才居然被全校倒数第一给嘲讽了？

很好，这次的考试，他让她知道到底什么才是真正的实力！

放学铃声响起，一天时间很快过去。

一整天下来，叶绾绾看人已经是重影的，重影上还有密密麻麻的字。

未来七天，学校会放假让大家专心复习迎接考试。

清禾学院是封闭式管理，除非有特殊情况，学生统一要求住校。

复习的这几天，大家可以自己在宿舍复习，也可以去教室里。

放学后，学生们陆续回到宿舍，叶绾绾也拖着行李箱朝着宿舍楼走去。

学校宿舍是四人一间，不过，因为室友的联合排挤，她被安排了一个人住一间。

纤细白皙的手指轻轻推开了宿舍的门，熟悉的气息顿时扑面而来。

这间单人宿舍面积不大，不过她一个人住已经足够，相比大得可怕的锦园，这里反而让她很有安全感。

而且，清禾向来有无数富商和校友投资，宿舍条件很好，不仅有空调，还有独立的浴室和卫生间。

叶绾绾放下行李，把东西都归置了一下。

一切收拾好之后，她正准备坐下继续复习，敲门声响了起来。

打开门，只见穿着一身淡粉色蕾丝连衣裙的沈梦琪正俏生生地站在门口。

女生一看到叶绾绾立即满脸激动，眼睛泪汪汪的：“绾绾！终于看到你了！我都担心死了！看到你没事实在是太好了！”

看着沈梦琪这副关心备至的模样，叶绾绾心中不由得感慨，难怪梦里沈梦琪会那么红，这演技确实没话说。

叶绾绾在书桌前坐下，因为被打扰而神色略显不耐烦：“有事吗？无论你有什么事，七天后再来找我，现在我没有时间。”

沈梦琪以为她是因为跟顾越泽吵架而心情不好，柔声劝道：“顾少估计是误会了你跟司夜寒之间的关系，但他也是爱之深责之切，他心里还是有你的，不然这次也不可能会去帮你！只要你去找他，跟他把误会解释清楚就好了！”

叶绾绾暂时没时间去和这个戏精上身的闺密废话，此刻全部注意力都放在了书本上。

看叶绾绾烦躁地不停翻着书，估计还没消气，沈梦琪也没继续劝了。

“绾绾，那我先走了，快考试了，我得抓紧时间复习，我爸说这次要是能继续保持全班前三就给我买一部新手机。你要是有事，一定记得来找我啊！”

“知道了。”叶绾绾头也不抬。

沈梦琪眉头微蹙，有些不适应叶绾绾冷漠的态度。

正准备离开，她眼角余光蓦然在叶绾绾的课桌上瞥到了花花绿绿的一角，那是一封写给顾越泽的情书。

沈梦琪顿时心中一声冷笑。

还真以为叶绾绾这次能稍微有点骨气呢！

沈梦琪眸光一闪，走到叶绾绾身后的时候，偷偷掏出手机，对着叶绾绾的方向拍了一张照，然后悄无声息地退了出去。

回到宿舍后，沈梦琪自然不是复习，而是立即给司夜寒发信息。

司夜寒是什么人，豪门司家的继承人，对他们这些普通人而言是遥不可及的存在。

沈梦琪想，连叶绾绾都能和司夜寒在一起，她怎么可能不可以。

毕竟那个男人对待自己是那么不同，不仅锦园她可以随意出入，还给了她他的私人号码，甚至她家遇到困难的时候还会帮忙。

沈梦琪的双颊染上红晕，面上满是甜蜜和自信，只要她再稍微努力一点，这个男人迟早会是她的！

“司先生，听说你和绾绾吵架了，您还好吗？你不用担心绾绾，我刚刚已经去看过她了，绾绾她挺好的。”

这条信息还配了一张图，正是她刚才偷拍的照片，照片里，那封情书被拍得非常清楚。

以司夜寒的观察力，绝对会发现这是叶绾绾写给顾越泽的情书！

现在她必须让司夜寒彻底厌恶叶绾绾，没有任何回心转意的可能。

此刻，叶绾绾的宿舍内。

沈梦琪离开之后，叶绾绾本来打算继续看书，却总觉得自己似乎遗漏了什么。

她下意识地朝着自己书桌的一角看去。

果然，只见角落里有一封她之前写给顾越泽的情书，因为没有写完，所以没能送出去。

差点把这东西给忘了！

在她做过的那场异常真实的梦里，沈梦琪就拿这封情书做过文章，当时她跟司夜寒的关系正是最糟糕的时候，这封信就成为压垮骆驼的最后一根稻草。

现在她可是刚刚才跟司夜寒信誓旦旦地保证过，若是被他以为自己骗了他，那后果她简直不敢想象！

想到这里，叶绾绾捡起那封情书，转动着手里的笔，嘴角缓缓扬起。

还好这封情书只是草稿，并没有写是给谁的。

所以，它为什么不可以是写给司夜寒的呢？

叶绾绾拿出手机，对着那封情书拍了一张照，随后发送给了司夜寒，并且配了一个爱心的表情。

发完短信后，叶绾绾便没再管情书的事，争分夺秒地继续复习。

而此时此刻的锦园，已经是天翻地覆、人仰马翻……

许易背后冷汗涔涔，僵直着脊背，站在男人身侧，眼角余光瞥着地板上那个屏幕碎裂的手机。

手机质量太好，屏幕都被摔碎了，还清晰地显示着那封被放大后的情书。

他就知道会这样！

叶绾绾从前那么在意顾越泽，怎么可能会突然转了性子？

这不，前脚刚骗完少爷，后脚立刻又去追顾越泽了。

那封情书上写的是一首英文诗，大概就是什么愿意化作你上衣上的领襟，感受你的馨香之类的意思。

难怪少爷气成这样！

此刻，男人的脸色阴沉似水，浑身散发着冰冷的气息。

绾绾，我说过的，这是我最后一次给你机会，最后一次相信你。

“把她带回来。”沙发上，男人声音沙哑低沉道。

许易被男人阴冷的神情吓得一抖，连忙道：“是！我这就派人去！”

不过片刻，一排黑色的车子悄无声息地从锦园大门开进了夜色。

客厅内，所有的用人都噤若寒蝉，心中满是怨愤。自从那个女人来了锦园之后，他们就没过过一天安生日子。

许易望着窗外浓重得化不开的夜色，心中也是愁云惨淡，接下来等待他们的，怕又是一场狂风暴雨……

“叮——”

就在这时，地上那个碎裂的手机突然响了一声，同时屏幕也亮了起来。

许易下意识地将手机捡起来看了一眼，下一秒，眉头紧蹙。

怎么又是那封情书？

而且这次还是单独的放大版高清照片。

许易正狐疑着，眼角余光瞥到了发件人一栏，一愣，这条短信的发件人不是沈梦琪，而是……而是叶绾绾！

这是什么意思？

难道那封缱绻的情书不是写给顾越泽的，而是叶绾绾写给少爷的？！

这……这怎么可能！

许易的异样自然引起了司夜寒的注意，男人沙哑地说：“拿过来。”

司夜寒森冷的目光看过来，许易不敢耽搁，赶紧恭恭敬敬地把手机递了过去。

男人捏着手机的手指微微紧缩，停顿片刻之后，才终于透过碎裂的屏幕，看向了短信中的内容。

是一张照片，照片里拍摄的，赫然就是方才那封让他怒火中烧的情书。

男人的双眸顿时危险地眯起，就在这时，他眼角余光无意间掠过了上方的一个名字——绾绾！

看清了发件人一栏中的那个昵称后，男人冰冷的表情瞬间冻结在了脸上，化为错愕。

他的手指下意识地继续往下翻动，发现情书照片下面还附带了一个甜蜜蜜的爱心表情。

那封情书是……写给他的！

愿在衣而为领，承华首之余芳；愿在裳而为带，束窈窕之纤身；愿在发而为泽，刷玄鬓于颓肩。

就在男人的表情一片空白的时候，紧跟着一条短信发了过来："司总，怎么还不回我呀？人家写得好不好？求夸奖，求表扬，求么么哒！"

原本躲在角落里瑟瑟发抖的用人们，此刻正面面相觑，不懂为什么前一刻还如同要毁灭世界的自家少爷，后一秒突然便安静了下来，神情还一直变幻不定地盯着手机反复地看，仿佛那手机能看出朵花儿来。

许易也拿不准司夜寒这会儿到底是个什么态度，小心翼翼地试探着开口："司总，您……"

司夜寒开口道："安静。"

许易顿时不敢说话了。

而司夜寒说完后，便开始一脸认真地盯着手机，修长的手指在手机屏幕上敲击着。大概是屏幕碎裂了有些不灵敏，男人微微蹙了蹙眉。

许易实在是太好奇了，所以没忍住用眼角余光偷瞥了一眼。

叶绾绾又新发了一条甜腻到让人没眼看的短信过来，而他家少爷用那个碎裂的屏幕，断断续续地敲了一个字："好。"

许易惊悚地盯着那个"好"字。

完全无法想象，少爷居然觉得叶绾绾写得好？

许易正惊悚着，耳边便传来男人恢复了清冷的语调："让他们回来。"

男人的面色春回大地一般，目光一直在反复看着情书上的那首诗，明显心情很是不错。

"是！"许易急忙应了一声，打电话把刚才那些去学校抓叶绾绾的人都叫了回来。

一场狂风暴雨，竟然就这么解除了？

宿舍。

“司总，怎么还不回我呀？人家写得好不好？求夸奖，求表扬，求么么哒！”

叶绾绾发完短信之后，见那边迟迟没有回应，为了保险起见，又追加了这一条。

其实她心里多少还是有些忐忑，不确定司夜寒到底吃不吃这一套。

还有那首赋，其实是男子写给心仪的美人的，被当成了女人这么肉麻的告白，某人不会生气吧？

正在叶绾绾胡思乱想的时候，掌心的手机突然嗡嗡振动了一下。

叶绾绾微微一颤，缓缓看向那条新进来的短信……

司夜寒回复了她一个“好”字。

叶绾绾盯着那个“好”，直接呆住了，居然这么好说话？

司夜寒似乎与她曾经想象的大为不同。她手指托着下巴，轻轻敲了敲脸颊，随后，又编辑了一条短信发过去：“么么哒，最爱你了！还有一个星期就要考试啦，人家要认真复习，所以这段时间可能没办法给你发信息了，一定要记得每天都想我哦！”

几乎是叶绾绾发出这条信息的瞬间，对方便秒回了：“嗯。”

盯着那个无比干脆的“嗯”，叶绾绾再次错愕地眨了眨眼睛。

这也行？刚才她可是说，要有一个星期都不会联系他啊！这都答应了？

原来随便撒个娇竟然这么有用。叶绾绾呆滞了三秒钟，将脑袋一头磕在桌子上，恨不得把自己给磕晕，早知道司夜寒这么好哄，她之前何必受这么多罪！

搞定司夜寒之后，叶绾绾便心无杂念，一头扎进了书海，全心投入复习。

转眼七天过去。

这七天，叶绾绾每天只睡三四个小时，总算把所有复习资料都过了一遍。

现在她总算知道睡眠不足有多痛苦了，等考完了试，她一定要睡个天昏地暗。

第一天要考的是文综和语文，叶绾绾脚步虚浮地走进了教室。

本来还有些嘈杂的班级在叶绾绾出现的瞬间，如同被消音了一般，陡然安静下来。

今天叶绾绾没戴那顶绿色的假发，妆也化得很敷衍，可是，她为了复习连续熬了七天七夜，那黑眼圈比烟熏妆还要可怕，杂乱的齐腰长发惊悚程度完全不亚于那顶绿毛……

正和以往一样趴在桌上睡觉的男生听到身旁桌椅拉动的声音，不耐烦地睁开眼睛。

下一秒，男生整个身体都被吓得往后一退，椅子摩擦着地面，发出“嘎吱”一声刺耳的声响。

随即，他脸色黑沉地低咒了一声。这女人的脸本来就已经够可怕了，偏偏今天还穿了一身白，大白天的也太吓人了。

因为幼时的一段记忆，他对长得好看的人总有一种天然的亲近感，所以从小到大只跟长得好看的人说话，只听长得好看的人说话，长得好看的小女佣给他喂饭他都能多吃几口。

曾经只因为家里换了个不太好看的女佣，他一口饭都不肯吃，差点饿出病来。

可想而知每天面对叶缩缩的夸张装扮对他而言有多痛苦。

而叶缩缩看到司夏，倒是心情挺好的。

她闷在宿舍里看了七天的书，眼睛都快瞎了。这小子别的不说，那张继承了司家基因的脸倒是很养眼。

叶缩缩冲着对方咧嘴一笑："没想到，咱们的校草大人竟然怕鬼？"

司夏深吸一口气，别开了视线，冷哼一声道："倒是有自知之明，你也知道你现在是什么模样？"

这次无论如何也要考得远远的！这个位置，他一天也待不下去了！

铃声响起，监考老师开始发放试卷。

第一天上午要考的是基础综合科，叶缩缩把试卷从头到尾看了一遍，随后开始答题。

司夏眼角余光发现身旁叶缩缩竟然拿起笔在做卷子，眸子里闪过一丝诧异。

所有人都知道，叶缩缩每次都是交白卷。

正惊讶着，当看清叶缩缩在怎么做题之后，男生顿时嘴角抽搐。

她这哪里是在答题，分明是在乱填。

选择题下笔飞快，估计连题目都没看，完全是在撞运气。

男生暗讽了一句。要是想撞运气，还不如全部填 B 正确的概率大，这么乱填，运气差的话，很可能避开所有正确答案。

男生没继续注意身旁的人，开始专心考试。

很快便到了最后一场数学考试。

叶缩缩盯着数学试卷，看了一眼，又看了一眼，那些函数、代数、几何渐渐变成了重影。

叶缩缩感觉天旋地转，眼冒金星，挣扎了三秒钟，果断地一头趴在了试卷上，开始睡觉。

这个世界上为什么要有数学这么可怕的东西！

虽然她过目不忘，但七天时间，翻完三个年级的课本都已经够呛，想短期内复习好数学，那绝对是不可能的，所以她干脆选择了放弃。

铃声响起，最后一门考试也结束了。

司夏朝身旁看了一眼，结果发现，某人枕着完全空白的数学试卷，早已经睡得天昏地暗。

还以为她开始做卷多少也是想改变了，果然还是江山易改，本性难移！

交完卷之后，所有学生都是一副"劫后余生"的表情。

"总算是考完了！解放了！"

"最重要的是司夏终于可以不理叶缩缩，坐回原来的位置了！"

"不是凭本事拿的倒数第一吗？看她这回还怎么狡辩！"

"只可惜没能在考试之前把她开除，这次咱们班的平均分又要被她拉低了！"

考试结束后，老师们开始连夜阅卷。

因为是模拟测验，所以阅卷流程也基本是仿照学院里的正式考试，阅卷时学生的姓名都是密封的，老师批阅的也不是自己班上的试卷，一直等批阅结束，统计分数和排名的时候才会打开密封线。

今夜注定是个不眠之夜，大家都在紧张地对答案、估算分数。

至于叶绾绾，一交卷立即晃荡到了宿舍开始补觉。

第二天早上，梁丽华走进了教室。

早上她连学生的成绩都还没来得及看就先去了一趟政教处，叶绾绾的开除通知书，终于下来了。

"同学们，安静一下！考试成绩和排名现在已经出来了！不过，在公布成绩之前，我需要先处理一件事情！"

听到这话，所有人都朝着最后一排的方向看去。

果然，梁丽华说着，便拿出了一张通知书，拍在讲台上："这件事情想必很多人已经知道了，我们班的叶绾绾同学，因为多次违反校规校纪，品行不堪，屡教不改，严重损害了我们清禾学院的形象，经过学校决议，已做出开除处理！生效日期就是今天，叶绾绾，你现在就收拾东西走吧！"

在所有人幸灾乐祸的目光下，叶绾绾丝毫没有要走的意思，只是轻轻扬着嘴角，看着讲台上的人。

那嘲讽的目光和淡定的神色，顿时令梁丽华一阵火大："叶绾绾！现在你还有什么问题？不是要学校盖章的书面通知书吗？通知书已经给你了，一切都是按规矩办事！"

叶绾绾清冷的眸子微微上挑，缓缓站起身，开口道："好，既然老师跟我说校规，那么我便跟老师说校规。我似乎记得，校规里有注明一条，若有重大悔过表现，可适当免于处罚，给予学生改过自新的机会。"

梁丽华冷笑："是有这条又怎样？跟你有什么关系，你哪里有半分悔过的样子？"

叶绾绾挑眉："我觉得，老师您还是先看一下我的成绩再说比较好，万一我这次考了全班第一呢？"

梁丽华先是愣了一下，随后当场被气笑了，其他同学也全都是哄堂大笑。

一片哄笑之中，梁丽华面色阴沉道："叶绾绾，你别在这里跟我耍嘴皮子了，倒数第一逆袭成全班第一的可能性你几乎没有！还是，你让我把你那对已经断绝关系的父母给叫过来带你走？"

在说到叶绾绾的父母时，梁丽华刻意拉长了语气。

听到"断绝关系"几个字，叶绾绾的瞳孔骤然紧缩！

这是她做完那个梦后一直回避和最不敢面对的事情。

在梦里，她把自己不能跟顾越泽在一起的原因全都归罪在了父母身上，不停地跟他们争吵，说了无数过分的话，做了无数过分的事情伤他们的心，最后甚至跟他们断绝了关系，不允许他们插手自己的任何事，以此想要摆脱自己身上所谓的“污点”，只为了顾越泽能多看她一眼……

殊不知，父母为了她隐藏了多少真相，承受了多少灾难……

醒来之后，她最迫切想要去见的，就是父母还有哥哥！

但是，她不敢，也不能！

现在的她根本就没有资格，也没有脸面去见他们！

见叶绾绾呆呆地站在那里，还是一动不动，梁丽华大怒地拍着桌子：“叶绾绾！你别挑战我的耐性！！！”

叶绾绾面不改色地坚持开口道：“老师，我不过是提出了正当请求而已。”

梁丽华深吸一口气，强压着怒火，开口道：“好！看你的成绩是吧！我现在就找你的试卷！”

梁丽华早上是准备给大家发各科试卷的，所以现在所有的试卷都已经搬过来了。

她第一个找的是数学。

翻出叶绾绾的数学试卷之后，梁丽华顿时满脸冷笑，把她的试卷摊开在了所有同学的面前：“数学，0 分！叶绾绾，这就是你非要让我看的考试成绩？还全班第一？”

叶绾绾的数学卷子是空白的，除了写了个名字之外，一道题都没做，分数栏上大大的“0”异常刺目。

叶绾绾面无表情地开口道：“还有其他科目。”

这次的数学试卷难度极大，想必大家的分数都不会太高，总分基本拉低不了太多，所以，若是她的其他科目能得高分，就算数学是 0 分的情况下，想要拿到 F 班第一也不是没有可能。

梁丽华继续找出了叶绾绾的语文试卷。

当她看清叶绾绾的语文分数之后，整个人都愣住了：“语文……142 分……”

她以为自己找错了卷子，又去看了一眼姓名栏，可是上面就是叶绾绾的名字！

语文考 142 分是什么概念？清禾学院有自己的评分体系，语文满分 150 分，即使是语文成绩一向很好的尖子生，也极少能有考 140 以上的高分。

梁丽华忍着狐疑，又翻开了叶绾绾的综合科试卷。

竟然更离谱！满分 300 分，叶绾绾考了 290 分，差点就破了上届第一名创下的 292 分历史记录。

最后还剩下英语。

当看到叶绾绾的英语成绩之后，梁丽华已经彻底呆住了，完全说不出话来。

“英语 150 分……这怎么可能！”

她教的就是英语课，而这次她批阅的是 A 班的英语，整个 A 班，她都没有批阅到一个满分，最高分也就 148 分，叶绾绾的成绩单上英语显示的竟然是满分？

梁丽华又慌忙找出了被她塞在最下面的排名表，只见排名表上的第一行，赫然便是叶绾绾的名字。

叶绾绾的班级排名竟然是第一！

“梁老师，请问，我的排名是多少？”最后一排的座位上，女孩目光清冷地开口追问。

梁丽华死死捏着那张薄薄的名次表，脸色越来越阴沉，最后，勃然大怒：“叶绾绾，你可真是长本事了，居然敢作弊！！”

似乎早就料到了梁丽华的反应，叶绾绾不紧不慢地问：“老师凭什么认为我作弊了？”

梁丽华的面色难看到了极致：“你没作弊？你没作弊能语文 142 分、综合科 290 分、英语 150 分，全班排名第一？”

听到梁丽华的话，全班顿时就炸锅了。

“什么？分数这么高？”

“还全班第一？叶绾绾？开玩笑吧！这怎么可能？”

“老师说我作弊，有证据吗？”叶绾绾开口。

梁丽华满脸冷笑：“这还需要证据！叶绾绾，你当别人全都是傻子吗？”

“那么请问，除了数学之外，这几门课还有其他人考这么高分数的吗？如果我是唯一一个，请问我是如何作弊的？”叶绾绾继续反问道。

就在教室里议论纷纷时，数学老师赵星洲恰巧路过，他听到教室里的动静颇大，便晃晃悠悠地走了进来，问道：“梁老师，这又是怎么了？一大早的，怎么发这么大的火？”

梁丽华看着对方这副邋遢的模样，顿时眉头紧蹙：“赵老师，这里是学校，你多少注意一点形象！”

赵星洲打了个哈欠：“早上又没我的课……”

梁丽华虽然看不惯他，但终究还是没多说什么，这个赵星洲虽然人不修边幅，但 F 班的数学成绩每次都是全校最好的，连校长对他都是睁一只眼闭一只眼。

“我还能怎么了！这个学生实在是太不像话了！”梁丽华瞪着叶绾绾怒道。

“哎，叶绾绾，又是你啊……”赵星洲无奈地看了角落里的女孩一眼，打着圆场，“梁老师，你也别太生气了，这丫头确实有不对的地方，不过这个年纪的孩子嘛，标新立异打扮新奇点也不是不可以理解。”

梁丽华脸色异常严肃地开口道：“赵老师！这可不是她个人打扮的问题！这个问题恐怕大了，咱们这次的考题泄露了！这丫头简直胆大包天，居然不知道从哪里把这次考试的题目给弄到了手！”

赵星洲一愣，脸色凝重道：“梁老师，这种话可不能乱说！咱们每次的考题都是绝密的，怎么会泄露呢？再说，这考题要是泄露了，她数学还能考 0 分？这逻辑不对吧？”

梁丽华把叶绾绾的所有试卷还有排名表都递给赵星洲：“赵老师，你看看这个就知道了！”

赵星洲接过去，快速翻了一遍，顿时也是满脸惊讶：“叶绾绾同学，这就是你的不对了啊！门门这么高，偏偏我教的数学 0 分，难道是对我有意见？”

本来他还以为她门门都是 0 分，谁知道叶绾绾除了数学 0 分，其他科竟然全都是绝对的高分，班级排名还是第一！

数学 0 分的情况下还能考到班级排名第一，从某种意义上来说，也是非常厉害了。

听着赵星洲的语气，梁丽华脸色微黑，说道：“赵老师，现在你相信了吧！”

赵星洲摸了摸下巴，没有说话。

这样的成绩对于每次考试都是倒数第一的叶绾绾来说，确实是太令人难以置信了。

“开除通知书都下来了，竟然还闹出这么一出，这种考试作弊的学生继续留在清禾，只能把整个清禾都弄得乌烟瘴气！”梁丽华目光凌厉地射向最后一排的叶绾绾，“叶绾绾，马上跟我去一趟政教处！我告诉你，现在已经不是光开除能解决的问题了！”

考题泄露，这种事情牵扯面可就大了！

……

最后一排靠窗的角落里，男生拿开盖在面上的书本，眉头微蹙地朝着身旁的女孩看了一眼。

事情都发展到了这一步，女孩的脸色却从头到尾都没有变过，那表情反而淡然得如同闲庭漫步一般，看着梁丽华的目光中甚至含着一丝淡淡的嘲讽。

所有人都在说叶绾绾是个傻子，他也觉得这女人实在是蠢透了。

若真弄到了考题，做得隐秘一点，完全可以不被发现的。

“白痴！这次看你怎么收场！”

叶绾绾听到身旁男生鄙夷的冷哼，灿若星辰的眸子懒洋洋地朝着他瞥了一眼：“不劳费心！”

司夏因那双星眸内的光芒而恍惚了一下，等反应过来她说了什么之后，不屑地撇了撇嘴。

政教处。

F 班的所有任课老师都已经被惊动，此刻正围在一起研究叶绾绾的试卷，门外围着好些过来看热闹的学生。

其中一个老师开口道：“这次的综合科试卷虽然出题很刁钻，不过也没超出范围，都是我们曾经复习过的题目，咱们清禾高手如云，A 班就有好几个考了 280 多分的，但重点是，这个成绩是叶绾绾能考出来的？”

“还有，语文这么高的分怎么也说不过去了吧？就算作文恰巧入了阅卷老师的青眼，阅读理解这种东西哪有一分不扣的？”另一个老师也提出了质疑。

语文老师冯瑞安此刻的神情也有些怀疑了：“叶绾绾，我刚才仔细看了一下你的试卷，发现你的第一道阅读理解题居然跟正确答案一字不差，这点你可以解释一下吗？”

“这一题我看到过，背下来了而已，这题出自 ×× 年联考卷！”叶绾绾语速很快地开口道。

听到叶绾绾竟然一口说出那题的出处，冯瑞安的眼睛亮了亮：“不错，这题的出处确实在这里，因为这套卷子太难又超纲了，当初我和其他班的老师都没有要求大家掌握，不过这道阅读理解的题目出得倒是挺不错，所以这次把这题给挑了出来。你这小丫头，竟然连这套卷子都做过？”

阅读理解这种东西，他们教的都是解题方法，不可能让学生去背题目，毕竟到时候考试绝对不会出原题的。

结果，叶绾绾居然把阅读理解题的答案都背下来了？

赵星洲懒洋洋地打了个哈欠，举起手插了一句：“我还有问题，既然是考题泄露了，为什么只有我的数学是 0 分？”

梁丽华不耐烦道：“估计是没弄到数学考题吧！不然正常人谁会去背阅读理解题，还是一套老师根本不要求掌握的卷子，总之现在的问题就是她作弊了，这点跑都跑不掉！”

旁边的政教主任刘文博一脸严肃地看向对面的女孩，厉声质问道：“叶绾绾，你是从哪里弄到考题的？”

叶绾绾面无表情地回答道：“发试卷的时候弄到的。”

梁丽华顿时气怒：“你们看看，到现在她还不老实！”

叶绾绾目光微冷地看向梁丽华，说：“梁老师，你口口声声说我作弊，麻烦请拿出我作弊的证据，如果有证据能证明是我提前拿到了试题，那么我立刻离开清禾！如果没有，希望学校收回对我的开除决议，并且请老师您在全班同学面前向我道歉！”

梁丽华并不相信一个次次考试垫底的人能一下子考出这种成绩，因此斩钉截铁道：“你简直做梦！”

赵星洲找了张椅子，一屁股坐下，摆摆手道：“说了这么多，想知道这丫头的成绩到底是不是真实的，让她重考一次不就行了？不是有备用的第二套试卷吗？拿过来，让她现在当场重考！”

重考？听到赵星洲的话，所有老师都沉默了。

叶绾绾不得不承认，想要弄清楚事情真相，也只有这么一个方法了。

“我没意见。”语文老师点头，他实在很好奇叶绾绾说的到底是真的还是假的。

其他老师见状，面面相觑，最后也都表示了同意。

“叶绾绾，就为了你一个人，兴师动众，浪费了多少老师宝贵的时间，你现在承认还来得及！”梁丽华怒道。

叶绾绾笑了笑，说："梁老师，质疑我的人是您，闹得兴师动众的人也是您，就算浪费时间，也是您在浪费大家的时间吧？"

"你……"

不及梁丽华开口怒斥，叶绾绾看向其他几个老师，直接开口道："各位老师，不必这么麻烦拿备用的试卷，万一梁老师又说我神通广大弄到了考题，我怕是跳进黄河也洗不清，不如各位老师每人现场出五道题，一共二十五题，如果错一题，那就算我作弊！"

如果只有她重考的话，那么排名就不好算了，不如直接证明她的成绩是真实的。

一旁的赵星洲摸了摸下巴："叶同学，这里有六个老师，不应该是三十道？"

叶绾绾脸色微黑："数学不算。"

赵星洲挑眉，看向她："为啥数学不算？"

叶绾绾面无表情地说："因为我讨厌数学。"

赵星洲顿时捂着心口，表示心脏中了一箭，满脸委屈道："不带这样的，数学怎么了，人家的数学明明最有趣……"

叶绾绾腹诽：明明是最虐心吧！

老师们商议了一下，最后一致认为叶绾绾的提议最公平，也节省时间。

几个老师现场每人随机出了五道题目。

很快二十五道题目就被打印出来，分成了五张小试卷。

赵星洲不死心，也跟着出了五道题目，满脸期待地看着叶绾绾。

刘主任看了眼手表上的时间，神色不耐烦道："开始吧，给你半个小时够吗？"

"可以。"叶绾绾没有意见，坐了下来，开始答题。

老师们都坐在不远处的沙发上，一边喝茶一边等着。

叶绾绾先是从头到尾扫了一遍题目，然后便开始下笔。

为了避免运气成分，老师们没有出选择题，基本上都是填空题。

不到半个小时，叶绾绾便已经全部做完。几个老师忙围了过去，迅速批改，最后的结果是全部正确！

而数学——叶绾绾依旧是一题都没做。

为了能够检测出叶绾绾的真实成绩，这几道题的难度不亚于这次的模拟考试，结果这丫头居然又一题不差地全部答对了？

梁丽华改完最后的五道英语题后，脸色大变："这不可能！叶绾绾一直倒数第一，怎么可能一夜之间成绩突然这么好！"

叶绾绾面无表情地开口道："难道不能因为我是天才？"

"噗……"本来正郁闷的赵星洲闻言笑出了声，"这丫头估计是之前就会，故意考试交白卷的吧？叛逆期的孩子嘛，可以理解！总之现在已经真相大白了，咱清禾又多了一个成绩优异的学生，这不是好事吗？"

赵星洲说到这里，一脸委屈地看向叶绾绾：“可是，叶绾绾同学，你这么嫌弃数学，实在是让老师我很受伤！咱们能不能打个商量，以后雨露均沾？”

“抱歉老师，学生做不到。”叶绾绾冷静地说。

她又看向刘文博，问道：“刘主任，我的开除通知书？”

刘文博眼见自己此前的猜测错误，脸色很是有些难看，但这会儿这么多老师都在这里，他也没办法。

最后，刘文博只能黑着脸，中和了一下开口道：“按照校规，你这次的考试成绩优异，开除的决议可以暂缓，先观察一段时间！若是证明你确实改过了，决议自然会撤回！”

“那我要求梁老师跟我道歉是不是也不过分？”叶绾绾并没有打算这么容易就算了。

“我绝对不会道歉的！”梁丽华狠狠瞪了叶绾绾一眼，气得胸口剧烈起伏着。

刘文博轻咳一声，面色不悦道：“叶绾绾同学，梁老师她也是出于公平公正和考试纪律才提出了合理的质疑，你怎么可以让老师难堪呢？”

“梁老师未经查证便在所有同学面前冤枉我，污蔑我的人格，难堪的难道不应该是我？”

“待会儿让梁老师在班里跟大家说清楚，还你一个清白也就是了。”刘文博竟然直接就这么把叶绾绾道歉的要求给压了下去。

叶绾绾冷笑看着对面的男人，又看了眼梁丽华，突兀地开口道：“几个月前，我路过学校的小树林，好像看到了梁老师，当时，旁边好像还有一个人？”

听到这里，梁丽华瞬间变了脸色，赶紧打断她：“行了，我答应道歉！你还有什么事情私下找我说吧，别再耽误其他老师的时间了！”

刘文博也抹了把汗，态度陡然转变，温和开口道：“叶绾绾同学，梁老师已经同意道歉了，这下你总该满意了吧，只是开除的决议按照规定确实可以给你机会，但观察也是必要的，若你在观察期间再犯事，怕是连我和梁老师也保不了你，这点还是希望你理解！”

“知道了。”叶绾绾见好就收。

很快，梁丽华黑着脸回到了班级，叶绾绾也跟在后面回来了。

教室里顿时安静下来，所有的目光都落在了叶绾绾的身上。

梁丽华一字一句地开口道：“同学们，老师们刚才已经用当场抽题重考的方式证明了，叶绾绾的考试成绩是真实的，她确实是全班第一，之前是老师没有查清楚，对此，老师在这里跟叶绾绾同学道歉！”

叶绾绾一副不在意的表情：“没关系，希望下次梁老师不要再这么以貌取人。”

话音落下的瞬间，整个F班都沸腾了。

毕竟一个倒数第一的学生突然变成了全班第一，无论如何也太令人震惊了。

梁丽华狠狠压下了这口气，继续开口道：“排名表已经给你们每人发了一张，现在大家自行按照这次的排名调整座位吧！”

一听到要调座位了，教室里顿时一阵哀号，有人欢喜有人愁。

总算是解决了一大难题，叶绾绾心情不错，一边慢悠悠地收拾着东西，一边跟同桌挥手道别：“再见啦，司夏同学！恭喜你，终于不用再面对我这张脸了！”

少年的手里捏着排名表，额角青筋暴跳！

十几分钟后，大家已经调整好了座位，随后，所有人都目光诡异地盯住了第一组第一排的两个位置。

第一排左边的位置：叶绾绾。

第一排右边的位置：司夏。

此时此刻，叶绾绾身旁的男生瞥着叶绾绾那张脸，眸子里满是生无可恋。

早知道，他就算是考倒数第一也好过考这个第二。

叶绾绾同情地看了眼身旁的人：“少年，人生的路还很长，这点小挫折其实不算什么！”

司夏深吸一口气，强压着濒临爆发的情绪，隐忍道：“闭嘴！”

叶绾绾终于不再刺激他，趴在桌上开始继续补觉，之前消耗太大，她的睡眠还没完全补回来。

等大家把座位都调整好之后，梁丽华接着开口道：“考试已经结束了，接下来还有一件很重要的事情。相信大家都知道，为了迎接校领导的视察，这次学校组织了一次文艺会演，要求每个班都出一个节目。上次的班会上，大家已经确定了咱们班的节目是舞台剧《白雪公主》，王子的人选定了司夏，但是，白雪公主的人选迟迟未定。”

听梁丽华提起了文艺会演的事情，所有人的眼睛都亮了，尤其是班里的女生们。

此前为了这次文艺会演，班里的女生可是好一阵你争我抢，女主角迟迟未定也与此有关。

梁丽华继续开口道：“为了公平，也为了所有同学都有参与的机会，我决定，这个人选，就由抽签来决定！对于抽签的结果，所有人都不许有任何异议！”

“老师，我没意见！”

“我也没意见，就抽签吧！”

对于梁丽华的决定，学生们倒是异口同声地赞同了。

本来机会都在少数那几个女生手里，现在机会平分，大家都有机会了，自然是大部分人都同意了。

只有几个原本机会比较大的女生不甘心地瞪了瞪眼，尤其是总被学生们起哄跟司夏配对的班花程雪。

梁丽华见状松了口气，让班长把班里每个女生的名字都写在一张小纸条上，然后放进了一个小盒子。

“这个名额，就让司夏同学来抽吧！”梁丽华开口道。

否则若是其他人抽出来的，难免那些女生到时候又是各种不服。

所有的女生闻言都点头如捣蒜。

班长抱着盒子走过去站在司夏面前：“司夏同学。”

司夏这会儿正郁闷着，哪里有心情，在无数双期待的目光下，神色不耐烦地随手从盒子里抽了一张，看也没看就扔给了班长。

班长接过那张纸条，开口道：“咳，司夏抽到的人是……”班长一边说一边小心翼翼地打开那张小纸条。

正准备念名字，班长却盯着纸条呆在了那里。

司夏察觉到班长神色的异样，眉头微蹙地朝着他看了过去。

班长的表情，莫名让他有种不祥的预感。

此时此刻，班长几乎不敢正视司夏的眼睛，更不敢去看那些女生的表情，直到被大家催促，才结结巴巴地念道：“被……被抽中的是……叶……叶绾绾……”

“你说什么？”男生一把夺过班长手里的纸条。

只见，字条上，“叶绾绾”三个字，清晰无比！

叶绾绾被身旁的声音吵醒，擦了把嘴角的口水，迷迷糊糊地睁开眼睛，朝着同桌看去：“怎么了？”

司夏看着女生的脸，顿时一阵气闷。

抽签结果一出来，教室里顿时炸锅了。

“叶绾绾？白雪公主？你在逗我！”

“班长，你搞什么啊？”

班长满脸无语地面对着所有女生的指责：“这……这不是我抽的啊！”

关他什么事，明明是司夏自己抽的好吗？

“不可以！司夏绝对不可以跟这种人一起搭档！这不是狼入虎口？”

“那么重要的演出，让叶绾绾去，是想所有班级都看我们F班的笑话吗？”

讲台上，梁丽华的脸色也完全黑了。

叶绾绾！怎么又是叶绾绾？

可刚才她已经当着全班同学的面说了，抽签的结果，所有人都不许有任何异议，现在想换人都没办法换。

梁丽华没办法，朝着司夏看去，询问道：“司夏，你的意思呢？毕竟是你的搭档。”

此刻，男生的手里依旧捏着那张纸条，依旧无法相信这纸条真的是他亲手抽出来的。

他这辈子大概都没经历过这么可怕的选择。

不知过了多久，男生几乎是从牙缝里挤出了两个字：“随便。”

他亲手抽的签，难道他还能当场反悔吗？

听到司夏这么说，所有女生都急了，全都让梁丽华安排重新抽一次。

梁丽华目光微闪地朝着叶绾绾那副乱七八糟的样子看了一眼，沉吟了片刻，随后开口道："同学们都安静一下，刚才我已经说了，为了公平，必须按照抽签的结果来，现在司夏也没意见，所以女主角的人选就这么定了，谁都不许再说！"

现在不怕叶绾绾惹事，就怕叶绾绾不惹事。

想到这里，梁丽华警告地朝着叶绾绾看了一眼："这次的文艺会演非常重要，你要是搞砸了，连我也保不住你！"

直到这会儿，叶绾绾才终于回过神来。

怎么她打个瞌睡的工夫，就被选中演什么白雪公主，还成了所有女生的眼中钉肉中刺？

若是早知道，她一定选择不补这个觉！

以司夜寒那家伙的占有欲和嫉妒心，要是知道她在学校跟别的男生演情侣，肯定会生气。

叶绾绾把自己的头发抓得一团乱，几乎要崩溃了。

而身旁的司夏看到叶绾绾这个反应，脸色已经黑得几乎要滴水。

这女人竟然一副倒了大霉的样子？

"等等……老师！我能弃演吗？"叶绾绾急忙举起了手。

一听到这话，正在义愤填膺的女生们简直出离愤怒了。

男神还没嫌弃她，她竟然还敢弃演！

梁丽华也是满脸怒色："叶绾绾，你当学校是你家吗？想干什么就干什么，没有一点规矩？别忘了，你现在还在考察期！"

听完梁丽华的威胁，叶绾绾暗自低咒了一声。

此刻，身旁的男生终于忍无可忍："叶绾绾，你到底有什么不满？"

叶绾绾斜睨了一眼身旁快要被她气得升天的某校草，托着下巴，苦恼不已地咕哝道："人家可是有男朋友的人，万一被我男朋友知道，吃醋了怎么办？！"

司夏盯着叶绾绾那张多看一眼心灵都会受到剧烈冲击的脸，瞬间沉默。

她男朋友……怕是个瞎子吧？

放学后，叶绾绾唉声叹气地回到宿舍。

她这儿刚把司夜寒稳下来，怎么就出了这样的事！

现在她还在考察期，不能随便拒演，那么就只能让司夏自己提出换人了。

明天给他一个"惊喜"吧，她压箱底的妆容都还没拿出来过呢！

叶绾绾一边暗戳戳地计划着怎么阴人，一边拿着换洗的衣服进了浴室。

卸了妆，洗了个热水澡，她才感觉整个人都活了过来。

叶绾绾哼着歌，吹干了头发，伸手拉开了洗手间的门。

“像我这样迷人的姑娘，像我这样可爱的姑娘，追我的人排到银河系……呃……”

推开门的瞬间，叶绾绾面上的表情瞬间凝固。

只见她书桌旁那张廉价掉漆的椅子上，此刻正坐着一个男人。

男人正襟危坐，白皙修长的手指中拿着的是她今天刚发下来的试卷，一如既往的深黑色的西装，领口的银色暗纹泛着清冷的光泽，幽邃的眸子如同浸染在万年深潭中的寒冰。

司夜寒！

“砰”的一声巨响，叶绾绾用力甩上了卫生间的门。

一定是她开门的方式有问题！叶绾绾心跳如鼓，血液逆流，大脑一片空白。

大概过了有一分钟，她才终于缓和了心神，小心翼翼地重新将卫生间的门打开了一条缝。

结果，司夜寒不仅还在那里，并且在看到她吓得关门之后气压变得更低了。

叶绾绾的第一反应是冲着门口的方向拔腿就跑！

然而，就在她的手指都已经放在门把手上准备扭动的时候，她陡然清醒过来。

叶绾绾额头汗如雨下，与此同时大脑飞速转动。

紧跟着，她原本准备开门的手变了动作，没有去开门，而是将门反锁了起来。

暗暗地深吸一口气之后，叶绾绾转身，一步一步朝着司夜寒的方向走去……

在男人冷得几乎能将人的骨头都冻结成冰的目光下，叶绾绾径直走到男人的身前，抱住了他。

男人周身可怖的气息几乎是瞬间便烟消云散，顺从地任由女孩环着最脆弱和没有防备的颈脖亲吻。

察觉到司夜寒周身气息明显的变化，叶绾绾高高悬空的心脏总算是稍微放了下来。

这样一来，她刚才冲去门口的行为就不是要离开，而是为了锁门而已，这样他总不会生气了吧？

“你怎么来啦？”叶绾绾努力让自己的语气听起来很惊喜很开心。

司夜寒静静地看着她，没有说话。

叶绾绾有点心虚，他是不是看出了自己的小把戏？

半晌后，男人削薄的唇轻启：“来看你。”

叶绾绾微微一笑，献宝似的说：“对啦！我这次考试考了全班第一哦！”

司夜寒的手指轻轻环绕着她耳畔的一缕长发，应了一声：“嗯。”

非常理所当然的语气，竟没有半分意外和无法置信，仿佛她能够做到这些是再正常不过的事情。

想到今天经历的无数质疑，此刻司夜寒的反应，让她的心里莫名有种说不出的感觉。

想不到，唯一一个相信她的人，竟然会是司夜寒。

司夜寒见叶绾绾表情呆呆的，有些失落地看着自己，似有所觉，修长的手指突然捏住了女孩的下巴，在女孩错愕的目光中，轻轻在女孩的唇上印下一吻：“做得很好。”

叶绾绾眨了眨眼睛，又眨了眨眼睛。

这时，叶绾绾突然想起一件事，这里可是女生宿舍啊！他到底是怎么进来的？

不对，重点是，他准备什么时候走？毕竟宿舍随时都可能有人过来查房，万一被发现她藏了个男人……

就在叶绾绾绞尽脑汁怎么劝司夜寒赶紧离开的时候，司夜寒的目光落在她空荡荡的小床上，突然开口问了一句——

“被子呢？”

“啊？被子？”叶绾绾愣了一下，然后下意识地开口回答，“白天抱去外面晒了，还没收回来！我去收！”

男人略点了下头：“嗯。”

叶绾绾不懂司夜寒为什么突然问被子，一头雾水地跑去阳台收被子了。

她吭哧吭哧地把床单被褥全都铺好，拍了拍枕头。

晒后的被子和枕头蓬松而柔软，散发着阳光的气息，看上去非常舒服。

男人还算满意地看了一眼，随后，修长的双腿迈步过去，在她的小床上躺了下来：“帮我定两个小时后的闹钟。”

叶绾绾看着躺在自己的小床上，一副准备入睡模样的男人，整个人都愣住了。

司夜寒居然准备在她这里睡觉！

她的小床铺着学校统一的俗气蓝白条纹床单，学校的被子她嫌不舒服，后来在学校门口的小超市自己买了一条，倒是软和多了，就是被子上大朵大朵的红艳艳的牡丹花实在是很扎眼。

而此刻司夜寒就这么躺在那张与他极其不相符的小床上，身上盖着那床牡丹花被子。

叶绾绾莫名觉得那艳俗的牡丹花此刻都显得贵气逼人了起来。

“那个……你要在我这里睡觉啊？”

“过来。”男人没有回答，而是不容置疑地开口道。

“哦。”叶绾绾乖乖走过去。

然后，就被拉到了他的怀里，一起躺着了。

自己睡就算了，还要拉着她一起睡是闹哪样！

门外不停有人来来回回走动和女孩子们嬉笑着说话的声音，叶绾绾的心都提到了嗓子眼，急忙试探着劝道：“那个，学校的床很硬，睡着很不舒服的！你要是困了的话，要不要回去睡呀？”

男人抱枕一样将她搂在怀里，懒懒地开口说：“舒服。”

叶缩缩坚持不懈地劝说道："九爷，你真不要回去睡吗？你听听我这儿很吵的，床又小，你腿都放不下，而且墨医生不在，你也睡不着啊，还有……"

叶缩缩一个人说了半天，结果某人丝毫没有要走的意思。

叶缩缩终于无奈地闭了嘴。

可是，她不说话了，司夜寒又睁开了眼睛，声音低哑地要求道："说话。"

叶缩缩一时没反应过来："啊？"

司夜寒重复："继续说话。"

叶缩缩："……"

要不要这么难伺候，睡个觉还要她在旁边配音？

叶缩缩简直想一脚把被子踹翻在地，当然，她没那个胆子，便咕哝着点头："哦……"

可是，说话，她要说什么啊？

"我给你背个圆周率，行吗？"叶缩缩试探着开口。

"嗯。"某人点头，表示不挑。

于是叶缩缩只好开始背诵："3.1415926535897……"

圆周率是一个无穷小数，据说有人能连续背诵十几个小时一直背诵到十万位。

叶缩缩也没统计过自己到底能背诵到多少位，反正司夜寒不说停，她也不敢停，只能一直继续背。

躺在她身旁的男人简直帅得能把整个清禾上空都照得亮如白昼，如同被夜色浸染的黑发，轮廓分明的五官，完美得没有一丝瑕疵的肌肤，削薄的唇看似薄情却极其好看，连一根头发丝都处处显示着造物主的极尽偏爱，尤其此刻他还把领口的领带松开了，露出了若隐若现的锁骨……

当没那么恐惧之后，叶缩缩发现，躺在这么一个帅哥身边，真是一件受罪的事情。

叶缩缩不知道自己到底背了多久，背到最后，把自己都背困了，迷迷糊糊间也不知道什么时候就睡着了。

最后，她是被一阵敲门声惊醒的。

"咚咚咚"的敲门声，在安静的屋子里显得极其突兀。

怎么怕什么来什么！

叶缩缩如同惊弓之鸟，一骨碌爬了起来。

身旁的男人似乎睡得正沉，被敲门声惊扰之后，好看的眉头顿时微微蹙起，泛着一丝黑压压的阴云。

叶缩缩有些惊讶，司夜寒居然睡着了？

不是说他入睡特别困难，每次都必须有墨医生催眠才行的吗？

不过现在她也想不了那么多，急忙轻轻推了推身旁的人："司夜寒！醒醒！"

她当然知道司夜寒的起床气有多可怕，但现在她也顾不了那么多了。

“司夜寒，有人来了，你先躲一下好不好？”

果然，听完她的话之后，司夜寒的表情瞬间冰冷。

叶绾绾双手合十，满脸恳求：“拜托拜托！”

某人的脸色依旧是阴云密布。

叶绾绾凑过去，在男人的唇上亲了一口：“好不好嘛！”

女孩眼睛湿漉漉的，声音绵软，简直能让人的心都化掉。

司夜寒的怒气几乎是一瞬间就消失得干干净净，不过，面上依旧是万里冰封的表情。

这个女人，她真以为他是那么好哄的？

见司夜寒冷着脸无动于衷，叶绾绾焦急不已地凑过去，又亲了一口：“求求你啦！”

司夜寒终于点点头：“好。”

叶绾绾顿时满脸欣喜：“谢谢你！你去洗手间里躲一下吧！我这边很快就好的！”

等司夜寒藏好之后，叶绾绾这才去开了门。

吓了她一跳，还以为是宿管呢，没想到是沈梦琪……

看到叶绾绾此刻的模样，门口的沈梦琪猛地愣了一下。

只见女孩未施粉黛，穿着一件普通的睡裙，却鲜嫩得如同刚出水的芙蓉，漂亮得让人挪不开眼。

虽然她早就知道叶绾绾瘦下来之后的样子很好看，但因为太久没有看过她的本来样貌，此刻乍一看到，还是被惊到了。

她在学校里也是公认的美女，更是A班的班花，但此刻往叶绾绾面前一站，即使她特意打扮过，竟也不及随便穿着睡衣的叶绾绾十分之一！

沈梦琪的神情变幻不定，脸上的表情几乎有些挂不住，却强撑着与平时一样的亲昵语气，娇声嗔道：“绾绾，怎么这么久才开门啊？”

“在睡觉。”叶绾绾随口道。

“可是现在才八点多呀，你这么早就睡啦！”沈梦琪惊讶道。

“这么晚了，找我有事？”叶绾绾问。

“来找你当然是来跟你聊天啦！别杵在门口了，我们进屋里说吧！”沈梦琪完全不把自己当外人，直接走进了屋。

叶绾绾眉头微蹙，从前她很期待沈梦琪来找她跟她聊天，每次都要拉着沈梦琪聊到大半夜，如今可没那个兴趣。

不过，她朝着洗手间的方向看了一眼，最终还是没有阻止沈梦琪进来。

进屋之后，沈梦琪立即一脸严肃地盯着她开口道：“绾绾！你也太不小心了，怎么不化妆就去开门啦！万一门外站的人不是我，是别人呢？若是被人知道你的真实样貌就糟糕了！”

叶绾绾欣赏着镜子里自己那张怎么看都好看的小脸，斜睨了她一眼："长得好看是我的错咯？"

沈梦琪顿时被噎了一下："我不是这个意思，只是提醒你要小心，这么久都忍过来了，别功亏一篑。"

叶绾绾听着沈梦琪的话，托着下巴咕哝道："司夜寒连我那么丑的样子都不介意，或许他对我是真爱呢？"

沈梦琪立即脱口而出："怎么可能！这两年他是怎么对你的，难道你都忘了吗？"

叶绾绾点点头说："哦，这样啊……"

不知道司夜寒听到沈梦琪对他的评价，会作何感想呢？

从前她傻乎乎地被沈梦琪利用，不仅给她制造了不少机会接近司夜寒，在司夜寒面前刷好感度，还为了沈梦琪在司夜寒面前帮沈家谋取了不少利益。

现在，沈梦琪还想踩着她的脑袋往上爬，想得倒是美！

沈梦琪完全不知道叶绾绾此刻的心思，生怕叶绾绾对司夜寒动了心，急忙又将顾越泽搬了出来："绾绾，你还在生顾少的气呢？其实要我说，上次真不是顾少的错，是你太冲动了，若你当时跟顾少走了，事后再跟他解释清楚，说不定这会儿你们都已经在一起了！结果你却耍脾气不愿意跟他离开，白费了我这么多苦心，又是帮你联系顾少，又是帮你支开锦园的下人！"

叶绾绾闻言，叹了口气，故作感慨地开口道："梦琪，我知道，你为了我也是操碎了心，是你帮我出的扮丑躲避司夜寒的主意，是你一直想办法帮我离开，也是你在帮我跟顾越泽传话……"

沈梦琪见叶绾绾果然还是那么蠢，眸子里闪过一丝嘲讽，面上却满是真挚地说："绾绾，你是我最好的朋友啊，我不帮你谁帮你！所以，你听我说，你不要再跟顾少闹别扭了，否则再这么下去，你到底什么时候才能和他和好！"

叶绾绾不动声色地朝着洗手间的方向看了一眼，慢悠悠地开口道："谁说我要跟他和好？"

沈梦琪闻言一愣，眉头微蹙道："顾少明明是你的未婚夫，却被你堂姐叶依依给抢走了，难道你要放弃了吗？这怎么可以！"

叶绾绾似笑非笑地看着沈梦琪急得火烧火燎的模样，轻抚着镜子里自己的眉眼："一个我看不上的男人罢了，叶依依若觉得她是占了便宜，那就便宜她好了。"

沈梦琪瞪大了眼睛，完全没想到叶绾绾竟然会说出这种话来。

要知道，顾越泽对叶绾绾而言简直就是神一样的存在，无论任何人都不能说顾越泽半句不好。

沈梦琪心中惊疑不定，错愕不已地盯着她："绾绾，你怎么这么说顾少！这一切全都是叶依依的错。你别忘了，她父亲抢了叶家，她又抢了你的未婚夫。"

以叶绾绾对顾越泽的死心塌地，怎么可能会突然就放弃了。

叶缩缩随口道："没什么，突然想通了而已。"

沈梦琪急忙劝她说："缩缩，你别意气用事，毕竟这么多年的感情了……"

叶缩缩打了个哈欠，明显不想继续这个话题，打断她道："我困了，想睡觉了，下次有空再聊吧！"

沈梦琪还想再说，但是，叶缩缩已经打着哈欠躺到床上了，只能先离开。

沈梦琪总觉得叶缩缩这次回学校后，有哪里不太一样了。以前叶缩缩对自己的话可是言听计从的，现在叶缩缩对自己的态度越来越冷淡。

确定沈梦琪已经离开后，叶缩缩立即起身，朝着洗手间的方向走去。

方才跟沈梦琪的那场谈话，司夜寒应该也听到了，他这下看清沈梦琪的真面目了吧？

叶缩缩拉开洗手间的门，赶紧把他请了出来："对不起，对不起！人已经走了！原来是梦琪，我还以为是宿管查房呢！吓我一跳！"

叶缩缩开门的时候，司夜寒高大的身形正斜倚在盥洗台上，旁边的篮子里放着她换洗下来的衣服，最上面的是她印着草莓图案的贴身衣物。

叶缩缩顿时一窘，忙随手抄了一条毛巾把它遮住，随后偷偷观察着司夜寒的表情。

不过，司夜寒的心思显然不是她这种凡人随便就能猜到的，男人的面上没有丝毫异样的神色，完全看不出在想什么。

司夜寒看了她几秒钟，随后用手指轻轻摩挲着女孩细嫩的下颌，声音低哑地盘旋在狭窄的洗手间内："六个小时，就原谅你。"

"啊？什么六个小时？"叶缩缩一时没反应过来。

"陪我休息。"

叶缩缩的小心脏当场被吓得一抖，可谁让她理亏在先，最后，只能咬牙应了。

等再次躺在床上陪他的时候，叶缩缩突然后知后觉地想，司夜寒刚才是不是故意挖坑给她跳呢？好让她因为理亏不得不乖乖同意这种不平等条约。

还有刚才沈梦琪说的那些话，也不知道司夜寒到底听到没有。

她正暗自嘀咕着，一扭头，发现某人竟已经睡得正香。

难道一直以来她都弄错了什么？

司夜寒的睡眠分明挺正常的啊！哪里像是入睡困难的样子？

叶缩缩一开始还在胡思乱想睡不着，最后大概是被司夜寒的睡意感染，不知不觉也跟着睡着了。

深夜。

床上的男人缓缓地睁开了眼睛。

不过，即使是刚从睡梦中醒来，男人的眸中依旧带着凌厉，直到突然感受到怀中不同以往的柔软，男人的神色猛地怔了一下，才缓缓垂下头朝着自己的怀中看去。

只见柔和的灯光下，女孩如同一只小猫咪一般蜷缩在他的怀里，睡得正香甜。

一瞬间，他胸口的空洞骤然被填满，悬浮的心脏也一下子回到身体里。

男人目光一瞬不瞬地将怀里的人紧盯着，眉宇之间浮现着复杂的神色。

似乎从那天晚上开始，她便一点一点变得令他无法捉摸。

虽然他很喜欢她的这种变化，但这样的美好太虚无缥缈，就如同一个在沙漠中行走太久的旅人，突然看到了绿洲，但可能下一秒便发现，那不过是海市蜃楼，稍纵即逝。

这时，放在一旁的手机一闪一闪地发着光，提示有新信息。

司夜寒眸光微暗，将信息点开。

发件人是沈梦琪——

“司先生，晚上我去看绾绾了，劝了她很久，不过她似乎还在生你的气。顾少毕竟曾经是她的未婚夫，她一时无法忘怀也是难免，相信有一天，她一定会发现你的好。”

司夜寒只略扫了一眼，便神色漠然地将手机扔到一旁，面色没有丝毫变化。

许易在车内等了六个多小时，自家少爷才终于从夜色中出现。

许易自然不敢多问，快速下车拉开了后座的车门。

车上，许易忍不住从后视镜里打量着后座上的男人。

司夜寒一只手背微微斜支着额头，俊美异常的脸上染着一层寒霜，倒映在黑色的车窗上。

少爷的气色相比之前倒是好了不少，就是这脸色却不太妙。

气色好，脸色却不好？

所以，少爷在刚刚那六个多小时里到底经历了什么？

书信事件之后，两人貌似都还挺平静的。想起书信的事情，许易顿时眉头微蹙。

犹豫半天，他忍不住开口道：“少爷，那个沈梦琪，您确定还要继续留着吗？”

这个女人的底细他早就查过，父亲就是个小公司的老板，跟叶家有点生意上的往来，当初沈梦琪接近叶绾绾和她哥哥，都是沈父授意的，不过是想跟叶绍廷攀点关系。

沈梦琪倒也争气，不仅深得叶绾绾的信任，甚至还搞定了叶慕凡。

见司夜寒不说话，许易犹豫了一下，继续开口道：“这女孩心思太重，留在叶小姐身边怕是动机不纯，明显在故意挑拨您和叶小姐之间的关系，这样的人，真的要继续放在叶小姐身边？虽说是个小姑娘，根本不足为惧，但她对叶小姐的影响实在是太大了。”

司夜寒闻言，目光微微转冷，利刃般朝着前方射去：“你认为，我和她的关系，是随便什么人都能挑拨的？”

许易被那道冰冷的视线盯得脊背僵直，简直想要仰天长啸——太能了好吗？

少爷您到底哪里来的自信，竟然认为您和叶小姐之间的关系很牢固？

此刻，许易心中已是了然。

少爷这是完全没把沈梦琪这只小虾米放在眼里！可是，叶缩缩多听沈梦琪的话难道您不知道吗？她居然还把少爷的私人电话给了别的女人！

就算少爷您不把沈梦琪放在眼里，可总要考虑一下叶缩缩那智商啊！

可惜，他没这个胆子在少爷面前说出这些话。

唉，算了，不动也好，叶缩缩如今对沈梦琪那么重视，少爷若真动了沈梦琪，那女人还不知道又要怎么闹呢！

其实他至今搞不懂，自家少爷为什么对叶缩缩这么执着，难道是因为执念？

现在，也只能希望叶缩缩是真的想通了。

第三章

去见奶奶

我真的好喜欢好喜欢你们呢，阿九无忧。

尽管书看了很多遍，但夏天每次洗完澡后躺在床上一看书总是会被逗笑，那是我最美好的时光。

——司理事 nwy

读者告白

QIASIHANGUANG
YUJIAOYANG

第二天早上。

叶绾绾醒来的时候，司夜寒已经不在了，也不知道他昨晚是什么时候走的。

叶绾绾伸了个懒腰，起床去洗漱化妆。

绿色假发重出江湖，镶满了亮片的T恤，破了十几个洞的乞丐裤，满是柳钉如同两只移动钉板的靴子，搭配哥特式的妆容，效果拔群。

一路的回头率也充分证明了她这一身的震撼。

去食堂的半路上，遇到了沈梦琪。

看到叶绾绾这一身打扮，沈梦琪的眼睛顿时亮了亮，似乎很满意。

看来昨晚自己的话，叶绾绾果然还是听进去了！

“绾绾，我正要去找你呢，一起去吃早饭吧！”沈梦琪立即亲昵地挽住了她的手臂。

到了食堂，周围的学生都在偷偷盯着两人窃窃私语。

“快看快看！叶绾绾又出新花样了！”

“梦琪也太善良了吧，到现在还没跟她绝交！这两人站在一起对比太明显了吧！”

“你们别这么说啦，这人能耐着呢，不仅考了全班第一，还打败他们班的班花程雪和文艺委员韩小茹，得到了跟司夏一起演舞台剧的机会！”

“真的假的？你这消息可靠吗？”

……

听到周围的议论，沈梦琪眸光微闪。难道叶绾绾突然对顾越泽的心思淡了，是因为司夏？

沈梦琪笑着开口道：“对了，绾绾，还没恭喜你呢！听说你这次考试考了全班第一？”

叶绾绾的面前摆放着满满一大碗红薯紫米粥，两个大肉包，还有一个加了三块肉两个鸡蛋一根火腿肠的煎饼馃子，她一边吃一边随口道：“嗯，随便考考，怎么了？”

沈梦琪知道叶绾绾的记忆力很好，但得知她考了全班第一之后还是很惊讶：“你不是说最讨厌学习的吗？怎么突然这么用功了？”

叶绾绾咬着包子说：“确实挺讨厌的，我讨厌一切没难度的东西。”

沈梦琪的脸色顿时有些难看，被噎得说不出话来。

她每天拼死拼活地看书做题才勉强保住班级前十，最好的成绩也不过是全班第三，而这次她又跌到了第九，可叶绾绾竟然随便考考就考了第一？

沈梦琪强压下心里的不适，成绩好又怎样？叶家早就不是叶绍廷当家的那个叶家，叶绾绾也早已不是那个光鲜亮丽的大小姐了！

“那你跟司夏又是怎么回事？你不会喜欢上司夏了吧？”沈梦琪终于问到了正题。

前段时间叶绾绾跟司夏是同桌，难道是那个时候，叶绾绾对司夏动了心？

叶绾绾闻言，顿时双眸微眯。

看来，司夏的事情，必须赶紧解决了，否则又要被沈梦琪拿来做文章。

“没兴趣。”叶绾绾随口回了一句。

吃完早饭，叶绾绾朝着教室走去。

距离教室门口还有十几步的时候，叶绾绾远远看到窗口有几颗脑袋探头探脑地往外张望着。

看到她之后，那几颗脑袋如同受到了惊吓，嗖嗖嗖全都缩了回去，教室里传来一阵嘈杂的声响。

然后，是一阵诡异的安静。

叶绾绾站在距离教室门口三步远的地方，正要继续往前的脚步陡然停顿，目光若有似无地朝着头顶的门框看了一眼。

在她驻足不前的时候，教室里始终安安静静没有一丝声响，如同所有人都在等待着什么盛大的场面。

她昨天刚倒霉地被抽中了这么一个大麻烦，那些人不整她才奇怪。

叶绾绾也不着急，就一直在门口站着不动。

过了一会儿，果然有脑袋忍不住探出来张望，然后又小心地缩了回去。

很快，上课铃声响起。

身后传来男人吓得半死的声音：“吓我一跳！叶绾绾，是你啊……”

赵星洲手里抱着一本数学书，捂着胸口，一脸惊慌地盯着她的脸，看样子吓得不轻：“都快上课了，怎么还在门口不进去？”

“思考了一下人生，老师您先。”叶绾绾礼貌地退后了一步。

赵星洲对于她的态度表示很受用：“哼哼，数学考了 0 分，现在知道愧疚了？”

赵星洲一边说话，一边伸手推开了教室的门。

下一秒，“哗啦”一声，一大桶水劈头盖脸地朝着赵星洲泼了下来，顿时把他泼成了落汤鸡。

赵星洲呆滞了一秒钟，随即整个人都炸了：“我早上刚去做的发型！是谁干的？给我站出来！”

教室里先是一阵失望的唏嘘，随即不少人都满脸惊慌。

怎么推门的是数学老师？完了！

F 班所有人都知道，宁可得罪班主任，也别得罪这位看起来总是笑眯眯、很好说话的数学老师！

赵星洲抹了把脸上的水，冷笑道：“不出来是不是？等我自己查出来，那就没这么好说话了！”

过了好半天之后，终于有三个女生和一个男生畏畏缩缩地站了起来。

“你们几个，跟我来办公室一趟！”

路过叶绾绾的时候，赵星洲盯了她好几秒钟，眼神相当幽怨。

叶绾绾眨了眨眼睛，一脸正色和无辜。

赵星洲带着几个闹事的学生离开后，叶绾绾在所有女生的怒视之下，径直走到司夏旁边的位置坐了下来。

大概是因为放学要排练，司夏今天穿了一身英伦风的制服，纯白色的底，边缘镶着金边，领口系到了脖子上的第一颗扣子，相当符合他要演的王子人设。

尤其是他身上那股与生俱来的矜贵气质和高高在上的傲慢神情。

不过也难怪，毕竟是司家唯一的小辈，集万千宠爱于一身，没有任何人能让他放在眼里。

当然，这不包括叶绾绾。

几乎是看到叶绾绾的瞬间，男生那张耀眼夺目的脸唰的一下绿了。

叶绾绾暂时没空在意受惊的同桌，趁着老师不在，抓紧掏出手机，开始给司夜寒发短信，她得在沈梦琪动手前先下手为强。

司夏好不容易从刚才那惊天动地般的一眼缓过来，就看到叶绾绾正在发短信，并且看清了她写的内容。

“亲爱的，学校最近组织文艺会演，每班出一个节目，我被抽中了演白雪公主，我厉害吧！只可惜，跟我对戏的王子没你万分之一帅！”

看到叶绾绾的短信，司夏一口血憋在嗓子眼，上不来下不去。

从小到大，他走到哪里不是众星拱月，还从未受到过如此污蔑！

如果她是想引起他的注意，那么，她成功了。

“没有万分之一帅？”

听到身旁的声音，叶绾绾才发现自己的短信内容被看到了，不过她倒是丝毫不心虚，收起手机，笑眯眯地转头对脸色铁青的司夏开口道：“不用自卑，其实你长得也还可以啦，就是跟我男朋友比，还是差太多了！”

司夏自然不可能说出让她把男朋友叫出来比一比谁帅这种话，便深吸一口气，直接闭上眼睛睡觉去了。

叶绾绾撇撇嘴，他居然不信。

与此同时，司家老宅。

司夜寒刚完成一次例行检查。

除了墨玄之外，现场还有一位年长的医生，对面坐在司夜寒旁边的是一位七八十岁模样的老太太。

老太太满头银发，手中捻着一串佛珠，此刻正满脸忧愁地盯着孙子。

那位年长的医生给司夜寒号着脉，脸色越来越凝重，老太太见医生脸色不好，表情也更加凝重了。

倒是司夜寒本人，号完脉后面上没有任何表情，只是坐在沙发上喝着茶，似乎对自己的身体漠不关心。

老太太神色焦急地问道："墨医生，孙医生，你们俩老实告诉我，不许说一个字假话，小九的身体到底到了什么地步了？"

墨玄朝着司夜寒看了一眼，轻咳一声，没敢说话。

老太太见状顿时瞪了他一眼："你看他做什么！我问你话呢！"

墨玄斟酌了一下措辞，开口回答道："回老夫人，还是老样子。"

老太太冷哼一声说："你少糊弄我！你告诉我，他昨天睡了几个小时，前天睡了几个小时，还有大前天！"

墨玄没办法，只能一一回答道："大前天入睡困难，前天也一样，至于昨夜，司先生是凌晨三点左右回的锦园，并未让我过去给他治疗。"

老太太脸色骤变："三天！怎么又三天没睡好了！"

墨玄没敢说，这整整一个星期，司夜寒的睡眠都相当糟糕。

他判断昨天应该是司夜寒承受的极限了，一直在担心他的身体会出大问题，所以今天看司夜寒的状态没有他想象得那么糟糕，心中难免有些惊讶。

旁边那位年长的医生叹了口气道："老夫人，我也不瞒您，这两年九少爷的情况越来越严重，失眠对他性情的影响也越来越大，若再找不到有效的法子，恐怕……"

老太太顿时被"恐怕"后的未尽之言给刺激到了："我知道，可我光知道有什么用！你们倒是想想办法啊！你们不是都很厉害吗，睡不着觉这点小毛病都治不好？"

墨玄一脸无奈地说："老夫人，司总这是心病，他心情好的时候便能多睡一些，心情一旦阴郁，就更难入睡了。"

老太太怒道："那就想办法让他心情好起来啊！"

墨玄闻言苦笑，心想您又不是不知道您这个孙子的性子有多糟糕，想让他心情好？谈何容易！

说实话，他跟在司夜寒身边这么久了，甚至一次都没见他笑过好吗？

就在客厅里的气氛越来越凝滞的时候，沙发上，神色冰冷漠然的司夜寒看着手机，突然轻轻地低笑了一声。

墨玄刚这么想着，就眼睁睁地看到这位如同压根没有人类感情的大少爷竟然笑了。

不是一贯的冷笑，而是一个正常到不可思议的愉悦笑容，一瞬间如同万里冰封的山岚瞬间解冻。

除了墨玄之外，最震惊的莫过于老太太。

老太太的身体颤抖着，蓦然红了眼眶，她都已经多久没看到小九笑过了。

"小九啊！在看什么呢？这么高兴？"老太太一脸紧张，无比小心地询问，生怕自己刚才看到的只是幻觉。

司夜寒的面上依旧残余着一丝暖色，连语气都比平日里温和："女朋友的短信。"

老太太一听，先是一愣，随即满脸惊喜，连忙追问道："女朋友！小九你交女朋友了？难怪我瞧着你好像哪里不一样了呢！原来是恋爱了！对方是什么样的女孩子，多大了，做什么工作？家里是做什么的？叫什么名字啊？”

旁边的墨玄听到司夜寒的话，顿时愣住。

女朋友？他说的该不会是叶绾绾吧？

司夜寒修长的手指轻点着手机，随口回复道：“绾绾，叶绾绾。”

墨玄腹诽，还真是啊！

老太太满脸认真地点点头：“绾绾？绞丝旁的那个‘绾’吗？名字倒是挺好听的！你这孩子，交女朋友了怎么也不告诉奶奶，奶奶就盼着你赶紧定下来，能有个女孩子在旁边照顾你，你这身边一个个的全都是大老粗，怎么可能会照顾人！赶紧把人家女孩子带回来给奶奶看看啊！”

司夜寒的心情大概确实不错，闻言倒是也没有拒绝：“我问问她。”

老太太喜不自胜地说：“好好好，你好好跟人家女孩子说啊，别吓到人家，不用紧张，就是随便见个面！”

“嗯。”

“那绾绾喜欢吃什么？有什么忌口？我好提前让厨房准备！”

司夜寒的眸底闪过一丝柔色：“她不挑，什么都爱吃。”

“不挑食啊，好好好！”

得知孙子竟然恋爱了，老太太整个人都精神大振，也完全坐不住了，当即就开始张罗着让所有下人好好准备，又去厨房叮嘱用人提早去采购食材。

等忙完之后，她让人去把许易给叫了过来。

“老夫人，您叫我？”许易神情忐忑。

老太太满脸不满地说：“你是怎么做事的？天天待在小九身边，居然连他谈恋爱了这么大的事情都不知道？”

“啊？九爷……恋爱了？”许易一脸蒙。

看他这副样子，老太太更气了：“就是和那个叫叶绾绾的女孩子，刚才小九亲口跟我说的！”

叶绾绾？许易简直有苦难言。

叶绾绾，他当然知道了，这女人待在司总身边都已经快两年了，但要严格定义的话，两人之前的那种别扭状态，根本算不上在谈恋爱吧？

而且九爷不是严禁他们在任何人面前乱嚼舌根，提起有关叶小姐的事情吗？

清禾学院。

放学后，舞台剧的排练在学校的小礼堂进行。

除了几个演员之外，班里以程雪为首的一群女生也在，都红着脸围着司夏团团转，又是嘘寒又是问暖，安慰着他因为要跟叶绾绾对戏而受到的心灵创伤。

“老师也真是的，用抽签决定实在是太乱来了！”

“就是就是！居然真的让叶绾绾来演，简直是对司夏的侮辱！”

“司夏，你别难过了，不然我们集体去找老师抗议吧？”

叶绾绾嘴里叼着一支棒棒糖站在门口，听着那些女生的话，嘴角微抽。

看这群女生的架势，怎么搞得好像司夏是要被怎么样一样？

耳边全是女生的叽叽喳喳声，司夏的神色越来越冷，眉宇间满是不耐烦，正要开口，周围却突然诡异地安静下来。

抬眼朝着门口看去，果然是叶绾绾来了。

叶绾绾一出现，瞬间吸引了所有的火力，几个女孩子气势汹汹地朝着她冲了上去。

“叶绾绾，你还真的来了！”

“早上的事情还没跟你算账呢！”

“抢了我们小雪的角色还来耀武扬威，你也太过分了吧？”

叶绾绾扫了眼冲上来的三个女生。

这三人正是早上那三个策划恶作剧的女生，另一个男生没有出现，估计是把所有事情都扛下来了，这会儿还被赵星洲扣着。

这三个女生都是程雪那边的人，那个男生是程雪在学校认的哥哥，据说是学校的小霸王，无人敢得罪。

这次若不是她横插一脚，无论是从家世，还是在学校的人脉，这个角色最后八成是落在程雪手里。

所以，也难怪程雪这么讨厌她。

程雪穿着一袭定制款蕾丝小礼裙，站在一群维护她的女生身后，皮肤白皙，杏眸剪水，略带混血感的五官显得更加精致立体。

一眼看过去，她与司夏站在一起无比赏心悦目，如同真的是童话世界里的王子公主。

此刻，程雪巴掌大的小脸上满是委屈不忿，可即使是眸底的嫉恨让她看起来有几分狰狞，因为这副好皮相，仍旧惹人怜惜。

程雪不仅是他们F班的班花，还是清禾学院的校花。

叶绾绾记得，这个程雪的家世不简单，跟司夏自小就认识，在梦里两人后来貌似是订婚了。

叶绾绾在那场梦后，心理成熟了不少，此刻看着一群小女生，有种在跟小孩子吵架的即视感，撇撇嘴道：“不过是几秒钟的对手戏，至于吗？”

几秒钟的对手戏？！

王子和白雪公主的戏份确实非常少，直到白雪公主吃了毒苹果昏睡之后，王子才出现在她面前。

可是！那几秒钟的对手戏可是王子要吻醒公主的剧情！

想到这里，程雪简直把贝齿都快咬碎了，叶绾绾这话简直是在故意挑衅：“叶绾绾！你别欺人太甚！司夏，你真的要跟这种人一起演出？”

司夏的脸色一阵难看，否则呢？他一个男人还能出尔反尔？

“行了，签是我抽的，全都给我闭嘴，开始排练，不想演的现在就给我出去！”

因为司夏发话，排练终于得以继续进行。

其他人虽然不情愿，但是因为司夏，也只能憋着气乖乖开始排练。

叶绾绾无所谓地耸了耸肩，演就演呗，看你能撑到什么时候。

司夏的戏份不多，其间就坐在窗边的位置睡觉，直到最后的部分，才被人小心叫醒。

“司夏，到你的部分了……”

接下来的戏份是七个小矮人将白雪公主放在水晶玻璃棺材中，邻国的王子骑着白马赶来，用深情的吻让白雪公主活了过来。

司夏眉头微蹙地睁开眼睛，然后就对上了所有人同情怜悯的目光。

这是什么眼神？

叶绾绾跳上事先准备好的一张桌板，晃荡着双腿，掏出随身的化妆包：“等等哈，我补个妆！”

眼影加深，腮红加重，再补个紫色的口红，效果立竿见影！

“OK，我准备好了。”涂完口红，叶绾绾仰面躺下。

在所有人的目光下，司夏揉了揉睡得微微有些凌乱的头发，烦躁地扯开领口的扣子，一步一步走到了女孩跟前。

盯着女孩绿色的爆炸头，女鬼一样的重金属妆容，以及那紫得发黑的双唇，男生的胃里一阵翻江倒海。

抱着早死早超生的念头，司夏深吸一口气，缓缓俯下身……

自己抽的签，跪着也要演下去！

“啊，不要啊！”有女生吓得直接闭上眼睛，仿佛这不是梦幻童话剧，而是什么惊悚片。

“不是真的要亲吧！没必要这么拼，吻戏借位就可以了啊！”

“废话，当然要借位了！但问题是借位也无法忍受好吗？”

几乎是刚刚俯身靠近一点，司夏便突然背过身去，一阵猛咳，周围的女生见状全都心疼不已地上去递水递毛巾。

程雪狠狠地瞪着叶绾绾，看向司夏的表情简直都快心疼哭了：“司夏，你别为难自己了好不好？”

叶绾绾一骨碌爬起来，满脸无辜：“哎？怎么啦？”

司夏喝了一整瓶水才缓和过来，艰难地开口道：“你……换个唇色！”

叶绾绾眨了眨眼睛，说道：“吃了毒苹果中毒了，嘴唇当然是紫的，多合理啊！”

男生的眉宇间隐约浮现着濒临崩溃的神色：“闭嘴，让你换你就换！”

“好嘛，换就换。”叶绾绾撇撇嘴，一副真难伺候的表情，最后还是掏出化妆棉，卸了紫色的唇膏，换上了相对比较正常的大红色。

“这下行了吗？”

司夏闭了闭眼睛，挣扎着开口道：“再试一次。”

“哦。”叶绾绾只能重新躺下。

司夏重新走向了叶绾绾，再次低下头缓缓靠近。盯着那张浓妆艳抹的脸，以及“血盆大口”，这一次，司夏直接冲出了教室。

不知过了多久，司夏才终于虚脱似的回来了，看起来仿佛整个人都已经被掏空。

叶绾绾见状，颇有些无语，这家伙也是够了，为了这点男人的面子死撑，至于吗？

直接去跟老师抗议要换人多省事啊，她也不用费这么多功夫！

最后，这次排练自然失败了。

叶绾绾回到宿舍，卸了妆洗了个澡，一边思索着明天换什么妆容，一边打开了电脑。

学校的课程对她而言已经不需要花太多时间，她准备在网上多买些导演、编剧等影视方面的相关书籍，抓紧时间自学。

毕竟未来进入华都传媒仅仅是一个开始，她要从叶绍安和叶依依手中夺回属于父亲的一切。

当年她只知道埋怨父亲没用，害得她没办法跟顾越泽在一起，却不知道，害了他们一家的人是她自己。

那时她年少无知，被二叔一家骗着欠下了巨额借款，为了保护她，父亲交出了股份，退出了叶氏。

父亲从小最宠爱的就是她这个女儿，一家人都把她当成宝贝百依百顺。小时候她曾在国外差点被拐，精神受了很大的刺激，父母自责不已，立即把她接回身边，自此对她更是护得跟眼珠子似的。

大概是因为父母的过度保护，导致她太单纯和容易轻信他人，以至于父母付出了那么大的代价。事后，父母怕她太自责受不了刺激，所以一直都没有告诉她真相。

而她还一直傻乎乎的，全然不知因为自己的行为导致了多么严重的后果，甚至为了一个在父亲失势后转头就跟她解除婚约的男人，与他们断绝关系。

错把豺狼当挚爱，误把至亲当仇敌，直到大梦一场，她才在那些迷雾中看到了从前的真相。一想到这些，叶绾绾就恨不得掐死自己。

爸妈，再等等我，这一切我都会一一跟他们讨回来！

这时，她设置的特殊手机铃声突然响了起来，是司夜寒打过来的。

叶绾绾收敛了心神，忙打起精神应付。

“喂？”

“放学了？”手机那头传来那人一如既往低沉冷冽的声音。

“嗯嗯，放学啦！刚排练结束，王子太丑，我本来想跟老师说弃演的，可老师说抽签决定的不可以更改……”叶绾绾嘀嘀咕咕地抱怨着，她刻意透露着自己在学校的行踪和发生的事情，这样到时候司夜寒就没理由说她瞒着他什么了。

手机那头的人很有耐心地听着她抱怨学校里发生的事情，等她说完之后，才开口问道：“周六有空吗？”

“周六吗？应该没什么事吧……”

周六周日学生是可以回家的，如果司夜寒让她回去，她没有理由拒绝，想到这里，叶绾绾的声音难免有些发紧。

她很怕一不小心又惹怒司夜寒，她还有那么多事情要做，绝对不想再回到以往那种生活。

“奶奶想见你。”大概是感受到了她的紧张和排斥，司夜寒的声音似乎也冷了下来。

“啊？奶奶……”叶绾绾闻言，顿时愣了一下。

在司家，司夜寒最亲近的人便是奶奶，这位铁血半生、家世雄厚的老太太在司家的地位非常高，由于司夜寒的父亲早逝，她最宠爱最心疼的便是司夜寒这个孙子，只要是司夜寒喜欢的东西，她全都无条件支持。

同时，她也瞬间回忆起了梦中的一些事情。她记得在那场梦中，司夜寒也曾带她去见过他的奶奶，她却把这位老太太给得罪了个彻底。

当时在梦里，司夜寒的奶奶要见她这么大的事情，她怎么可能不跟沈梦琪商量？

沈梦琪费尽心机，各种教她怎么让老太太憎恶她，而她自然是一一照做。

不仅直接以那副难以形容的打扮去见长辈，还从头到尾都冷着个脸，处处出言不逊。

老太太也是真心疼孙子，叶绾绾弄成这个样子去见她，还表现得如此没有教养，老太太却依旧丝毫不在意。

直到，叶绾绾触及了老太太唯一的逆鳞，那就是司夜寒。

她在老宅的时候，沈梦琪突然给她打了个电话，说顾越泽出了车祸，危在旦夕。

司夜寒怎么可能放她去找顾越泽？

可想而知，两人当时是怎样一场大战，她不仅对司夜寒动了手，还诅咒了他。

听到她竟然诅咒司夜寒，老太太被她气得当场晕了过去，自此对她憎恶到了极点。而她的目的也算达成了，老太太一直在苦劝司夜寒不要跟她在一起。

但，即使是老太太开口，司夜寒也仍旧没有和她分手。

最后，老太太忧思成疾，没多久就去世了，直到临死之前，她心心念念的依旧是孙子的病，和她这颗埋在她孙子身边的定时炸弹。

想到梦里发生的事情，叶绾绾的心里一阵难受。

虽然她在梦里曾经无比憎恶司夜寒，但她看得出来，老太太一开始是真心待她的，即使她如此无礼都不在意，也不在乎她的家世背景……

手机那头长久没有回应，司夜寒的语气已经彻底冷了下来：“算了。”

叶绾绾终于回过神来，急忙开口道：“奶奶要见我吗？那当然要去啦！就是我有点紧张，毕竟是第一次见你奶奶。她老人家喜欢什么？有什么爱好？我穿什么衣服去好？我是不是要准备礼物？”

听叶绾绾突然问了这么大一长串，手机那头沉默了良久。

叶绾绾焦急询问道：“喂？你还在吗？”

“在。”男人的声音略有些暗哑，“你……要去？”

“为什么不去？你还没回答我的问题呢！”叶绾绾追问。

“不用准备，等我来接你。”司夜寒开口。

“那怎么行，这可是我第一次见家长，第一印象很重要的，你也太随便了！”叶绾绾一脸不满，“这样吧，周六你早点来接我，陪我去逛街买东西！”

无论是因为那股没来由的愧疚感，还是因为老太太是唯一能掣肘司夜寒的人，她都应该跟老太太打好关系。

周六上午。

清禾学院北门僻静的巷子口，一辆与斑驳的老墙和破烂的水泥路格格不入的豪华跑车静静地停靠在那里。

黑色的车身外部看起来很是低调，但内里的装饰奢华到了极致，真皮座椅、昂贵的极品天鹅绒毯子、全自动温度空气调节系统、散发着带有助眠功效的淡淡香气，处处都布置得异常舒适。

男人一身剪裁合体的深黑色西装，坐于铺着雪白的天鹅绒毛毯的靠椅上，面上是一如既往的俊美冷漠，眼睑下因为长期失眠的淡淡阴影使他整个人看上去都有些阴郁。

此刻，男人目光没有焦距地看着窗外的虚空，不知在想什么。

驾驶座上，许易顶着两个重重的黑眼圈，面上愁云惨淡，明显是一夜未睡。

他怎么也没想到，少爷竟然要带那个叶绾绾去见老太太，从知道这个消息开始，他便心急如焚。

难道少爷就不怕她的样子把老太太给吓出个好歹来吗？

更别提她惹是生非的性子了。

老太太是什么身份？那是少爷继承家族最大的助力和支持者，这要是在老宅闹了起来，可比在锦园吵吵闹闹严重多了。

原本他还一直抱着一丝侥幸，以为少爷只是一时兴起，哪知道少爷竟然要带人去见老太太。

俗话说娶妻娶贤，少爷若执意跟这种女人在一起，迟早有一天要付出难以估量的代价。

许易越想越后怕，实在忍不住劝道："少爷，有些话您可能不爱听，但我即使是得罪您也必须提醒一句，三思而后行。老太太既是您最重要的亲人，也是司家最有话语权的人，若伤害和得罪了老太太，后果实在是无法想象。若只是谈恋爱也就算了，但既然是能让您带到老太太跟前，那表示她未来可能是要成为司家少奶奶的人选，以叶小姐的品性，实在……"

不等许易继续，后座上便传来冰冷的声音，裹挟着巨大的压迫感："什么时候我做事，轮得到你来置喙？"

许易被突如其来的冷意惊得脊背一寒，瞬间不敢再多话："我知错了！"

下一秒，男人的语气更冷，削薄的唇轻启，说道："没有下次。"

车内的气氛一时凝滞得仿若结冰。

这时，不远处传来一阵细碎的脚步声。

许易抬起眸子朝着脚步声传来的方向看去，只见一个穿着清禾校服的女孩子正从后门朝着他们的方向走来。

女孩未施粉黛，身后背着一个淡蓝的书包，乌黑如墨的长发扎成了一个干净利落的马尾辫，身上穿的是清禾蓝白相间的上下两件套校服，明明是宽大没有设计美感的长袖长裤，却在女孩羊脂玉般通透白皙的肌肤映衬下，满满都是少女的朝气与活泼。

不似那些他见惯的精雕细琢、装扮精致的名媛千金，却令人眼前一亮，宛若一股清流。

看清来人是谁之后，许易整个人都无法置信地呆在那里。

那是……叶绾绾！

叶绾绾想来想去，还是决定穿校服去见老太太。

虽然司夜寒的奶奶身份尊贵异常，但她觉得天下的奶奶们应该还是有些共通性的，八成都喜欢干干净净、乖巧听话的女孩子。

而无论什么样的衣服都没有校服显得乖巧听话。

至于妆容，除了昨晚睡觉的时候做了个面膜，加上基础护肤，她完全没有上妆，头发也扎成了清爽的马尾辫，露出光洁漂亮的额头。

眼睁睁看着来的不是预想之中装扮奇特的女人，而是一个朝气俏丽一看就特别讨人喜欢的少女，许易愣了好半天才总算反应过来，跌跌撞撞地下了车拉开了后座的车门，然后面色奇怪地从后视镜内朝后面看去。

叶绾绾从前最喜欢做的事情就是跟少爷作对，反正仗着少爷的喜欢，就算她做再过分的事情，少爷都会由着她。

今天这样的好机会，她竟然穿得这么正常？

这个叶绾绾，最近实在是太古怪了，她到底在打什么主意？

叶绾绾上了车后，坐到了司夜寒旁边的位置上。

刚一上车叶绾绾就忍不住咋舌，车子外面还看不出什么，可里面简直布置得跟特级豪华酒店似的。

司家的人为了司夜寒能多睡一会儿，也是用心良苦了。

“也不知道会不会留宿，我作业还没做完呢，所以一起带过来了。”叶绾绾把身后的书包拿下来放在了膝上，一边解释，一边埋着头从书包里掏出了一个小本子，忙不迭地开口道，“这是我列的礼物清单，我准备先去万春堂买些药材补品，然后去商场帮奶奶买几套衣服啊包包啊或者围巾什么的，不过我不清楚奶奶的喜好，你得告诉我，还有，我穷，礼物我来挑，但得你出钱……”

女孩大概是小跑过来的，额上布着一层细密的薄汗，此刻盯着小本子说话的样子异常专注，眼中若有星辰。

绾绾，如果你是骗我的……

最好能保证……

骗我一辈子……

叶绾绾正继续说着，突然感觉自己的下巴被人抬了起来，清冽的呼吸一点点凑近，男人俊美到令人心神恍惚的脸在她眼中渐渐放大，随即唇上便是一痛。

感觉到了一丝不易察觉的危险和警告的意味，叶绾绾一头雾水，这家伙又怎么了？她明明啥都没做吧？

难道是因为她这身打扮？

以为司夜寒是不喜欢自己这个样子，叶绾绾只好说：“你是不是不喜欢我打扮成这样啊？可是今天要去见奶奶，老人家肯定不喜欢女孩子浓妆艳抹的，所以我就没化妆，只好委屈你一点了……”

听到女孩说竟然是为了奶奶才特意这么打扮的，司夜寒的神色蓦然一怔，然后抬起手，将叶绾绾揽入了怀中。

用行动证明了，他到底喜不喜欢。

正在开车的许易赶紧把遮板升了上来。

很快就到达了目的地，叶绾绾先是拉着司夜寒去了万春堂，然后又去市中心的奢侈品商场逛了一圈。

药材和补品比较好选，让老板帮她挑些品质好的就可以了，其他东西有司夜寒把关，自然也不会出错。

其实买什么东西并不重要，毕竟在物质上老太太什么都不缺，只要礼数尽到就行。

礼物都挑好后，车子缓缓朝着司家老宅的方向开去。

过了约莫一个小时，叶绾绾看到了记忆中熟悉的别苑。

别苑是一栋中式的庄园，风格古朴大气，车子进了雕花大门之后，又行驶了十多分钟才到了主宅。

主宅门口早有穿着一袭笔挺制服，戴着金丝边眼镜的老管家守候着。

看到司夜寒的车子到了，老管家立即恭敬地迎上前去，弯腰垂眸道：“九少爷！”

“嗯。”司夜寒一如既往不带任何表情地应了一声。

老管家一边说着，目光却不动声色地朝着司夜寒身旁的女孩看了一眼。

少爷性情孤僻冷漠、喜怒无常，老夫人想了无数办法也没能让他松口谈恋爱。

可是现在，少爷竟突然有了女朋友，还将对方带到了老宅，别说老夫人震惊了，就是他们都无法置信。

当看到少爷身边的女孩穿着清禾学院的衣服之后，老管家更加惊讶了。

少爷喜欢上的女孩子年纪竟然这般小？而且看上去娇娇柔柔、弱不禁风的。他还以为，能让少爷倾心的一定是若曦小姐那种稳重大气的类型。

不过，这女孩看上去年纪不大，目光清澈，气质出尘，长相更是出挑，清汤寡水未施任何妆容就已经如此。

单看这相貌，倒是与少爷相配的，就是不知道品性如何。

毕竟是少爷亲自带回来的人，老管家的态度还是非常恭敬的，当即颔首道：“想必这位就是叶小姐，您好，我是老宅的管家钟蠡。”

“您好，钟管家。”叶绾绾礼貌地打了声招呼，并没有多说话。

第一次上门，矜持一点总是对的。

老管家见叶绾绾乖巧地站在司夜寒身旁，矜持腼腆，心中好感又多了几分：“九少爷，叶小姐，快先进屋吧，老夫人已经盼了一整天！”

终于要再次踏入这里，叶绾绾瞳孔一缩，下意识地攥紧了掌心，梦里那些糟糕的事情不受控制地浮现上来……

她真的可以改变梦里发生的一切吗？

司夜寒正要迈进门内，脚步却陡然一顿，脊背变得无比僵直。他垂下眸子，眼神缓缓落在自己的左手上，只见女孩的小手竟不知何时轻轻牵住了他的手。

因为司夜寒突然停下脚步，叶绾绾才发现，因为太不安，她竟下意识地拉住了旁边的什么东西，而被她拉住的，正是司夜寒的手。

叶绾绾顿时有些窘迫，想要将手抽回来。

但，还未来得及有所动作，就已经被男人反握住，继续朝前走去。

感受到略带薄茧的温热手掌将她的小手严密地包裹着，竟让她莫名生出了安心的感觉……

司夜寒他们刚到大门口的时候老太太就已经接到了用人的通报，此刻正在客厅里不安地来回踱着步。

她已经跟许易了解过一些那女孩的情况，据说还在念书，一开始听到的时候吓了她一跳，还好虽然年纪和小九差了几岁，但已经成年了。

只是，女孩的家世不太好，与司家相比是云泥之别。

不过只要小九喜欢，这些全都不是问题，最重要的还是看这个女孩子的品性，对待小九是不是真心。

听到玄关处的脚步声，老太太立即朝着门口看去。

只见管家走在前面，身后跟着两人，自家孙子一如既往跟冰雕似的板着脸，手臂上挂着一个淡蓝色的书包，身旁跟着个俏生生的小丫头。

女孩素净的小脸明若桃李，扎着乌黑的马尾辫，身上穿着清禾学院的校服，看上去异常乖巧，让人一见便忍不住心生怜爱。

最让她惊喜的是，两人竟然是牵着手进来的。

小九的性子她实在是太了解了，可是现在，他居然主动牵着一个女孩子的手，这简直是前所未有过的事情。

于是，老太太看着叶绾绾的眼神瞬间更加满意了。

司夜寒领着叶绾绾走到了老太太跟前：“奶奶。”

老太太眼睛一瞬不瞬地盯着叶绾绾，面上满满都是慈爱，似乎是生怕吓到对方，语气无比和蔼道：“这就是绾绾吧，快到奶奶这儿来！”

叶绾绾朝着司夜寒看了一眼，然后才乖乖朝着老太太走去：“奶奶好！”

“乖！”老太太笑容满面地应了一声，看着身后许易手里拎着的大包小包，心疼道，“累了吧，都说人来就好了，不用特意带礼物的！”

嘴里这么说着，不过语气还是非常开心。

虽然家里什么都不缺，毕竟这是未来孙媳妇送的，意义怎么能一样。

“老夫人，晚餐已经准备好了。”这时，厨房的用人过来通报。

“你们来得倒是巧，都过来吧，咱们边吃饭边聊，家里没有那么多规矩，随意就好。”老太太担心叶绾绾拘谨，特意开口说了一句，亲热地拉着叶绾绾的手朝着餐桌走去，连孙子都丢在了身后。

司夜寒把书包交给老管家，随即也朝着餐桌走去。

老太太这会儿已经亲切地跟叶绾绾聊上了：“绾绾，课业累不累啊？来这里有没有耽误你学习？”

叶绾绾忙摇头道：“没有的，周六周末都放假。”

“小九这孩子，交了女朋友都不告诉我，前些天我看他自己一个人在那儿边看手机边笑，就问他在看什么，结果他说在看女朋友的短信。我这才知道，他不知道什么时候竟然交了女朋友了，当时还吓了我一跳，这才催着他赶紧带回来给我见见！”老太太说着，埋怨地朝着孙子看了一眼。

叶绾绾听到老太太说司夜寒竟然一边看她的短信一边笑，满脸的意外，真是难以想象当时的画面。

老太太又拉着她聊了不少有关司夜寒的事情，饭间的气氛一直很融洽。

就这么被亲奶奶给卖了，司夜寒看起来倒是并不在意。

他的话很少，不过看得出来，他在老太太跟前的时候，明显比平时冷漠疏离的模样多了几分亲近感和烟火气。

老太太让人准备了满满一桌子饭菜，每一道都特别好吃，叶绾绾本来想着第一次上门，好歹克制一点，可是司夜寒虽然话不多，手上却没停，一直在时不时给她夹菜，等察觉的时候，她已经一不小心吃了三碗饭。

“不要再给我夹菜了，我吃不下了！”叶绾绾看着堆得跟小山尖一样的碗，一脸哀怨。

她可不想第一次见面就让奶奶以为她是个饭桶啊。

司夜寒朝着女孩哀怨的小脸看了一眼，长手伸过去，将她的碗端到了自己跟前，毫不在意地帮她吃了。

他不是有洁癖吗？叶绾绾有些惊讶，不过见他帮自己减轻了负担，还是松了口气。

老太太在旁看着两人的小互动，心中满满都是欣慰。

而且这小丫头果然跟孙子说的一样，一点儿都不挑食，胃口也好，倒是比那些每次只吃几小口的千金小姐看着顺眼多了。

晚饭后，老太太担心绾绾一直陪着她闷坏了，体贴地开口道：“小九啊，绾绾第一次来家里，你带她去四处走走吧。”

“嗯。”司夜寒点头。

“那奶奶，我们去了。”叶绾绾跟老太太打了声招呼，然后乖乖跟着司夜寒朝着院子里走去。

夜凉如水，头顶是满天星辰，空气里弥漫着草木的清香。

虽然不似锦园如同皇家园林般的巧夺天工，但老宅的古朴大气也别有一番风味，吃完饭后散着步消消食，倒是很惬意。

叶绾绾这才发现，不知不觉之间，刚来老宅时的不安已经完全消散了。

她正心无旁骛地欣赏着夜色，身旁的司夜寒又不知道哪里出了问题。明明刚才吃饭的时候还好好的，这会儿却好像有点不对劲。

她抬眸朝着他的脸看了一眼，果然发现男人的眉宇之间似有几分不悦，连脚步都渐渐加快了。

叶绾绾哪里跟得上，很快就被甩在了后面。

她又哪里惹得这家伙不高兴了？难道是刚才她跟老太太说话的时候，说错了什么吗？好像也没有啊……

叶绾绾有些怕黑，有人在身边的时候还好，但身旁一没人就怂了。

眼见着前方的人都要融在夜色中消失不见，叶绾绾来不及多想，赶紧小跑着追了几步，然后一把牵住了司夜寒身侧的一只手。

几乎是在她牵住司夜寒的瞬间，刚才她从司夜寒身上感受到的那股若有若无的冷意顿时消散了。

现在她对司夜寒的情绪把控一向非常精准，所以她的感觉肯定不会有错。

叶绾绾错愕地眨了眨眼睛。

难道这家伙一言不发地突然闹脾气，就是因为自己刚才散步的时候，没牵他的手？

司夜寒应该……不会这么幼稚吧？叶绾绾觉得，绝对是她想多了！

不过，不管他到底是哪里不对劲，牵着他走也好，这样就不用担心跟不上他了。

这地方这么大，别回头时迷路就尴尬了。

这次被牵住之后，司夜寒依旧只是略停顿了下脚步，什么也没说，带她绕着老宅里里外外全都逛了一圈。

当他还准备走第二圈的时候，叶绾绾终于忍不住说：“司夜寒，我腿酸了，我们去那边坐一会儿吧？”

司夜寒垂眸看了她一眼，这才带着她在一张木质的长椅上并排坐了下来。

叶绾绾舒了口气，松开手伸了个懒腰，喃喃道：“奶奶人真好，本来我还有些担心奶奶会不喜欢我。”

其实叶绾绾知道，除了因为自己这次表现还算不错之外，最大的原因还是司夜寒，毕竟爱屋及乌。

只要她不闹得太过分，这次的见面基本不会有什么问题，当然，能多刷一点好感度当然更好。

跟司夜寒聊天实在是一件超高难度的事情。沉默半天后，叶绾绾只好没话找话地说：“那个，司夜寒，你排行老九，难道你上面真的有八个哥哥姐姐吗？”

不知为何，叶绾绾觉得自己话音落下的瞬间，司夜寒周身的气息仿佛瞬间阴沉了不少。

就在这时，叶绾绾猛然想到了什么，顿时恨不得打自己的脸。

据说司夜寒和那些亲戚间的关系并不好，天下熙熙，皆为利来，更不用说司家这样的名门了。

就在叶绾绾万分紧张的时候，身旁却迟迟没有反应。下一秒，她突然感觉肩膀一沉。

叶绾绾身子僵了僵，小心翼翼地偏过头去，然后就看到，司夜寒靠着她的肩，合着双眼，呼吸平稳绵长，似乎睡着了……

叶绾绾的脸顿时黑了。怎么又睡了？不过这样也好，好歹躲过了一劫。

司夜寒似乎睡得很熟，叶绾绾也不敢动，只能任由他靠着。可是，晚上的温度有点低，他这么睡的话，时间长了估计会着凉。

正在发愁的叶绾绾并没有察觉，此刻不远处正站着两个人。

老太太见两人迟迟没有回来，便在管家的陪同下，亲自来院子里找了。

令她无比震惊的是，两个孩子并排坐在那里，而孙子闭着眼睛，靠在那小丫头的肩上，看起来竟似是睡着了，这怎么可能？

钟管家是老太太的心腹，自然也知道自家少爷的这个旧疾，此刻同样是满脸惊讶："老夫人，这……"

老太太的面上满是惊疑不定，放缓了脚步，小心翼翼地走到了两人跟前。

见老太太来了，叶绾绾下意识地想要起身，却因为司夜寒靠着自己没能站起来："奶奶……"

老太太面色复杂地看着在她走近之后依旧没有反应的孙子问道："绾绾，小九他？"

叶绾绾害怕司夜寒的起床气，刚才自然不敢叫醒他，这会儿看到老太太过来，才轻轻推了推身旁的人："司夜寒，醒醒……"

靠着她睡得正熟的男人突然被推了一下，好看的眉头顿时皱了皱，原本平静柔和的睡容染上了一丝阴鸷，似乎颇为不满。

老太太盯着孙子的睡容，因为太激动，好半天才回过神来："别！绾绾啊，别叫他了，让他睡会儿吧！这孩子平时睡得太少了……"

叶绾绾闻言倒是松了口气，一边下意识地跟上次一样用手摸了摸司夜寒的头发安抚着，一边声音很轻地开口道："那有毯子吗？他这么睡，怕是会着凉。"

"有的有的，老钟，你去拿。"老太太赶紧道。

"是。"

钟管家很快便拿了一床质地轻柔的灰色绒毯过来。

"谢谢钟叔！"叶绾绾接过毯子，替司夜寒盖上了。

因为她的安抚，司夜寒的眉宇已经重新舒展开，再次熟睡过去。

老太太生怕惊扰了孙子，跟叶绾绾使了个眼色，然后便带着管家一起悄悄离开了。

实际上，老太太根本就没走远，司夜寒睡了多久，她就在原地站了多久，看着孙子的睡脸，双眼直泛红。

"老钟，你去把许易还有墨医生都给我叫过来！"

"是，老夫人。"钟管家立即领命去叫人了。

墨玄和许易都在老宅，收到消息后立即随着钟管家来到了院子里。

"老夫人，您叫我？"墨玄有些疑惑，老夫人这会儿不是应该在见未来孙媳妇吗？这个时候叫他过来做什么？

一旁的许易同样也是不解。

老太太脸色严肃地盯着墨玄问："之前你跟我说，小九最近的情况很糟糕，经常连续好几天都无法入睡，是吗？"

又提到这个沉重的问题，墨玄面色微凝地点头说："是的。"

老太太闻言，朝着不远处指了指："那你告诉我，现在这是怎么回事？"

墨玄不解地朝着老太太指的方向看过去，然后看到，司夜寒竟靠在叶绾绾的身上，睡得正熟。

墨玄顿时一愣："这……"

“我刚去确定过，小九睡着了，而且我一直在这里看着，他已经睡了半个小时。”老太太开口道。

墨玄闻言更加惊讶了，司夜寒竟然自己睡着了？

旁边的许易也惊了一下。

“九少爷是怎么睡着的？”墨玄立即急切地问道。

老太太看着孙子的方向，沉吟道：“这我不清楚，晚饭以后，我让小九带绾绾在园子里逛逛，见他们半天没回来，就去找这两个孩子，然后我就看到小九靠着绾绾睡着了。小九难得能入睡，我便拜托了绾绾，别吵醒他，让他睡一会儿。”

墨玄眉头紧蹙，不解地说：“怎么会？我在九爷身边这么久了，他没有一次是能够自然入睡的，这还是第一次！”

若不是如此，他也不会这么头疼。

这时，旁边的许易不知想到了什么，眼睛亮了一下，急忙开口道：“不，不对……其实这不是第一次了！”

“不是第一次？什么意思？”墨玄和老太太都朝着许易看了过去。

许易回忆了一下，回答道：“我记得有天晚上，九爷也是在类似的情况下睡着的！”

“什么样的情况，你说具体一点？”墨玄追问。

许易简单解释道：“当时九爷也是跟叶小姐在一起，在锦园客厅的沙发上，九爷抱着叶小姐睡了一整夜……”

“一整夜？”

“对，我当时也挺惊讶的，所以特意记了一下时间，九爷是晚上十点多开始睡的，早上六点才醒，整整睡了八个小时！”许易回答。

墨玄捏了捏眉心：“这么重要的事情，你怎么不早跟我说？”

许易一脸无辜：“当时九爷连续好几天没睡，我以为他只是太累了才昏睡的，而且我以为他自己会跟你说。”

墨玄深吸一口气问：“还有吗？还有没有其他的，全都跟我说清楚！”

许易仔细一想，发现还真的有！

“好像还有一次，只是那次我不太确定。”许易犹豫了一下，然后开口道，“九爷来老宅例行检查的前一天晚上，那天直到凌晨才回锦园，其实是因为他晚上去学校找绾绾小姐了。我当时一直在车里等他，等了他六个多小时，他才回来的。那会儿我看九爷的气色好像不错，有点像是刚睡醒的样子，但没有多注意。现在想想，有没有可能是这六个多小时，九爷在绾绾小姐那儿睡了一会儿？”

墨玄沉默着思索了半晌：“如果你的推测是正确的，那么，这三次的自然入睡都有一个共同点，那就是叶绾绾在场？”

许易点点头说：“好像是这样。”

老太太听了这半天，也听明白了，神色激动道：“这意思是，有缩缩在边上的时候，小九会比较容易入睡？如果是这样的话，那可就太好了！”

墨玄谨慎道：“老夫人，您别着急，先观察观察再看吧。九少爷跟叶小姐认识这么久了，之前并没有出现过这种情况，只有最近这三次。”

老太太闻言略有些失落，转向许易开口道：“许易，你天天跟在小九身边，这段时间多注意一下，看看到底是怎么回事。”

“是，我知道了！

第四章

解除误会

恰似寒光遇骄阳，一束光照亮了读者也照亮了主角。喜欢的是书里面的情节，不止情爱更有励志，女主的个人魅力，男主的贴心与隐忍，女主大胆地闯进了男主的世界，男主也以他的方式爱着她，女主真的很阳光。每个角色都有存在的意义。

很喜欢这部小说，喜欢囧囧有妖。

——@鹿青子别熬夜了—凌为紫

读者告白

QIASIHANGUANG
YUJIAOYANG

此刻，叶绾绾并不知道老太太和墨玄他们的猜测，只当是司夜寒现在的病情没有她想象中那么严重。

熟睡中的男人看起来异常无害，丝毫没有平日那种强大的气场，倒是让她放松了不少。

司夜寒睡觉的时候，叶绾绾便拿着手机在那儿刷新闻和最新八卦。这个圈子的气象日新月异，几个月都可能换一拨人，谁也不知道下一个爆红的艺人会是谁。

目前，叶氏集团旗下掌握着多家院线、影视制作公司甚至传媒公司，旗下的皇天作为业界最资深的经纪公司，更是大咖云集，那些大红大紫的天王天后，大部分都是皇天的签约艺人。

可以说，叶氏集团的影响力不容小觑，而这些，都是她父亲呕心沥血的成果。

在叶绾绾那个虚无缥缈的梦境里，未来几年内，沈家也开始飞速发展，从一个小公司到在如今占据了重要的一席之地，甚至渐渐与叶家并驾齐驱。

如今，她绝对不会让这些人好过！

然而，她行动的一切前提是要等到司夜寒完全信任她。

趁着这段时间，她不仅要好好复习备战考试，还要争分夺秒预习未来课业和有关行业的一切专业知识，她要去华都传媒，还要补回留级的那两年时间，尽快完成所有的课程。

她一定要拿回失去的一切！

她知道，以司夜寒的性子绝对不会同意她进圈的，但她可以做幕后的工作，比如经纪人。

而且对她而言，经纪人也确实更适合她积累人脉。

眼前在学校里就有一个非常不错的好苗子，说不定可以提前挖过来。

理顺了目标后，如同迷雾般遮挡在前方的茫然和彷徨如风吹散，叶绾绾更加充满了干劲。

司夜寒睁开眼睛醒来的时候，看到的便是女孩皎月般熠熠生辉的小脸，一双漆黑的眸子如同流淌着整片银河，万千星辰闪烁，美得不可思议。他修长的手指，情不自禁地抚上那片星光。

叶绾绾正专注地做计划，突然感觉自己的眼皮有些轻痒，这才发现司夜寒不知什么时候已经醒了，忙抬起了头："你醒啦！"

"在做什么？"因为刚睡醒，男人的声音略有些沙哑。

"看你睡着了就没打扰你，刷了会儿手机。你是不是困了？要不要回屋里睡？在这里睡会着凉的。"叶绾绾问。

听着女孩的关心，男人的神色略有些怔忡，手臂连着毯子一起，将女孩捞进了怀里，如同一只大型猫科动物般将脑袋搭在她的颈窝，说："你陪我吗？"

这撒娇一般的语气是怎么回事？！

颈窝里传来的温热呼吸和耳边那慵懒而略带困意的声音，叶绾绾整个人都呆掉了。

司夜寒竟然会撒娇？

不知道是因为被惊蒙了，还是这个样子的司夜寒让人说不出拒绝的话，叶绾绾下意识地便点了点头。

等反应过来的时候，司夜寒已经起身往回走去。

回去后，立即便有用人贴心地迎了上来："九少爷，叶小姐！老夫人已经特意命我们帮叶小姐准备好了房间，叶小姐现在要休息吗？我领您过去！"

没办法，刚才一时不察，已经答应了司夜寒要陪他，叶绾绾只好看向司夜寒道："我先把我的东西放一下，然后洗个澡，等下过去找你。"

没睡饱的司夜寒情绪略有些不太好，不过还是同意了："嗯。"

于是，叶绾绾在女佣的指引下来到二楼朝南的一间屋子。

"叶小姐请进，就是这里了。"女佣推门道。

房门推开，只见整个房间全是粉色系，粉色的床单被罩，粉色的窗帘地毯，床头还设计成了小皇冠的造型，头顶是梦幻般的幔帐，简直不要太梦幻太少女。

"小姐，房间您还满意吗？如果有不喜欢的地方，我们可以立刻改。"女佣诚惶诚恐地开口道。

叶绾绾从怔忡中回过神来："不用麻烦了，我很喜欢，帮我谢谢奶奶！"

女佣闻言松了口气，说道："那叶小姐，您早点休息，如果有什么需要的，随时按铃叫我。"

"好的，谢谢。"叶绾绾点头。

房间里，衣服和其他生活用品一应俱全。

叶绾绾从衣柜里拿了一套可爱粉嫩的睡裙，去了浴室洗澡。

女孩子洗漱本来就比较慢，等她洗完澡已经是半个多小时后。

叶绾绾一边擦头发一边推开浴室的门，就看到司夜寒正坐在那张公主床上，也不知已经等了多久。

叶绾绾愣了一下，急忙道："我吹下头发护个肤，很快就好的……"

见司夜寒没说什么，叶绾绾便坐到了梳妆台前开始吹头发。

其间，司夜寒一直都安静地坐在床沿等着她，看她拿吹风机吹头发，看她在脸上拍水，看她抹水乳、精华、眼霜，目光一刻都没从她身上挪开过。

叶绾绾从镜子里偷偷朝着男人看了一眼，神色颇有些无奈。

她莫名觉得这会儿司夜寒的脸上写着几个大字：怎么还不过来陪我。

叶绾绾加快速度，把脸上胡乱抹了一下，收拾好瓶瓶罐罐："好啦，走吧！"

司夜寒的房间与他在锦园的那间卧室的风格如出一辙，冰冷无情。

叶绾绾过去的时候，屋里已经有人在等着。

是司夜寒的私人医生墨玄。

看到两人进来，墨玄站起了身："九爷，叶小姐。"

司夜寒对于墨玄这个时间出现在他房间里早已经习以为常，面无表情地朝着床边走去。

叶绾绾跟在司夜寒的身后，脚步略有些犹豫："那个，我在这里的话，会不会打扰你们啊？"

墨玄看了叶绾绾一眼，理论上来说肯定是会打扰的，但是，想到今天晚上他们的猜测，加上叶绾绾是司夜寒亲自带过来的，他自然不敢赶人，于是便开口道："先试试吧。"

"哦。"叶绾绾这才点了点头。

司夜寒躺在床上，见她还远远站着，眉头顿时微微蹙起。

叶绾绾有些纠结，毕竟司夜寒只是说让她陪他，她又掌握不好这个"陪"到底是怎么陪。

"过来。"就在叶绾绾还在犹疑不定的时候，司夜寒的耐心终于告罄。

察觉到危险的气息，叶绾绾顿时顾不得那么多了，麻溜地窜过去，一屁股在床沿坐下了。

下一秒，腰间便是一紧，男人长臂一伸将她捞了过去，脑袋顺势贴在了她身上。

叶绾绾靠在床头，被当成枕头一样抱着，一动不敢动。

墨玄正在忙着做助眠前的准备工作，见状略有些惊讶于叶绾绾态度的改变。

以往的叶绾绾明知道司夜寒有多可怕，却依旧不撞南墙不回头，就从没有过服软的时候。

但愿她是真的想通了，而不是有什么不该有的念头，否则吃苦受罪的到头来只能是她自己。

片刻后，一切准备就绪。

墨玄走到床沿："九爷，可以开始了。"

床上的司夜寒没有任何回应。

"九爷？"墨玄又叫了一声。

司夜寒依旧没有回答。

最后，是叶绾绾看了眼闭着眼睛睡得正熟的司夜寒，提醒道："那个……司夜寒好像已经睡着了，墨医生您好厉害！"

"……"墨玄沉默了良久，脸色跟走马灯一样转了一遍，完全说不出话来。

厉害什么？他明明什么都还没做好吗？墨玄眼睁睁看着不仅真的睡着了，而且睡得非常安稳，连旁边有人说话都没被吵醒的司夜寒，心情异常复杂。

难道这几次司夜寒的自然入睡，真的跟叶绾绾有关系？

那为什么以前没发现？

墨玄深深地朝着叶绾绾看了一眼："既然九爷已经入睡，那么，我便先离开了。"

叶绾绾并未察觉到墨玄的异样，点头道："好的。"

墨玄走后，叶绾绾继续陪了司夜寒约莫半个小时，确定他已经睡熟之后才回到了自己的房间。

第二天。

院子里的花架下，司夜寒坐在那儿处理公务，叶绾绾就趴在他旁边做作业，两人各做各的事情，看上去却无比温馨和谐。

大概是因为睡得不错，司夜寒一整天的心情都很好，连有人不小心将水泼到了他的文件上都没有动怒，只是眉头微蹙，便挥挥手让人走了，然后令许易又去打印了一份。

那闯祸的用人跟做梦一样跌跌撞撞地走了。

许易拿着重新打印好的文件小心地递到司夜寒的跟前，随后继续安静地候在一旁。

两天下来，许易的心情相当复杂，叶绾绾乖得让他怀疑她是不是换了个人。

不仅如此，甚至连老太太都对她相当满意，原本他担心的一切都没有发生。

或许真的是他想太多了？

就在这时，一阵手机铃声响了起来。

许易下意识地朝桌上望去，只见响的是叶绾绾的手机，来电显示上标注着沈梦琪的名字。

看到这个名字，许易心头顿时升起一股不祥的预感。

叶绾绾很快做完了其他科目的作业，正在纠结要不要去挑战一下数学，便被一通电话打断了。

看到来电显示，叶绾绾目光微闪。

沈梦琪……

如果她没记错的话，在梦里沈梦琪也是这个时候给她打的电话，通知她顾越泽出车祸的消息。

如今沈梦琪并不知道她来了老宅，却还是在这个时间给她打了电话……

梦境里发生的事情都和现实对应上了……

而这么好的挑拨机会，沈梦琪自然不会放过，所以一样给她打了电话。

"亲爱的，我去接个电话！"叶绾绾跟司夜寒说了一声，然后朝远处的树荫下走去。

司夜寒朝着叶绾绾的背影看了一眼，目光幽暗。

就在叶绾绾刚走开没几秒钟，许易的手机也响了起来。

不知道手机那头的人到底说了什么，许易的脸色也变得不太好。

半晌后，许易挂了电话，心神不定地朝司夜寒看去，满脸欲言又止的表情。过了好半晌，他才终于开口说："我刚刚得到消息，说是顾越泽出了车祸，好像很严重，现在正在医院抢救……"

说到这里，许易已经完全不敢继续往下说了。

他担心已久的事情，终于还是发生了，而且情况比他想象中的还要糟糕！

刚才叶绾绾去接的那通电话，估计就是沈梦琪通知她这件事的。

顾越泽伤得这么严重，叶绾绾怎么可能不去看他？

听着电话响，叶绾绾也不着急，等手机响了好一会儿才慢悠悠地接通："喂？"

"绾绾，你怎么才接电话啊！你现在人在哪里，学校吗？不管你在哪里，赶紧到仁爱医院来一趟！顾少他出事了！"手机那头传来沈梦琪焦急的声音。

果然，沈梦琪这通电话的内容与她预想中的一样。

叶绾绾轻轻抚着脸颊旁的一枝蔷薇，故作讶异地挑眉道："出事了？"

"是的，我刚刚得到的消息，顾少出了车祸，而且伤得非常严重，正在急诊室抢救，医生说很可能有生命危险！你不想后悔一辈子的话，就赶紧过去一趟吧！"沈梦琪的语气非常笃定，似乎吃准了叶绾绾听到这个消息之后肯定会不顾一切地赶过去。

之前叶绾绾对顾越泽的态度突然变冷淡，一直让她很不安，这次实在是天赐良机。

以往顾越泽手上破一块皮叶绾绾都要大惊小怪，她就不信顾越泽出车祸了，叶绾绾都忍得下心。

像是生怕叶绾绾不上钩一样，沈梦琪又加了一把火说："绾绾，这次顾少的车祸实在是太蹊跷了，大白天的，那辆车直直地就朝他身上撞，简直就跟故意的一样，难道是顾少得罪了什么人？可什么人有这么大的胆子，连顾家大少爷都敢动？"

这话分明是在暗示，顾越泽的车祸跟司夜寒有关，要是顺带能让叶绾绾和司夜寒之间的误会更深，自然是更好。

叶绾绾听得心中冷笑连连，沈梦琪的套路还是一点没变，以前她跟司夜寒闹得那么厉害，和沈梦琪的挑拨不无关系。

实际上，顾越泽这次的车祸就是单纯的交通事故而已。

沈梦琪绘声绘色地说了这么半天，最后叶绾绾只懒洋洋地回应说："知道了。"

说完，便直接挂了电话。

挂断之后，叶绾绾似笑非笑地盯着手机看了一眼。

现在，沈梦琪肯定就在医院门口蹲着，眼巴巴等着拍她去探望顾越泽的照片，然后偷偷跟司夜寒告密，破坏她与司夜寒的关系，这是沈梦琪一贯的路数。

既然沈梦琪自诩聪明绝顶，能把她玩弄于股掌之中，那她不妨便陪沈梦琪好好玩玩。

挂断沈梦琪的电话后，叶绾绾回到了花架之下。

收拾了一下桌面上的课本，叶绾绾微笑着看向司夜寒开口道："亲爱的，时间不早了，明天还要上课，我得先回学校啦！"

见叶绾绾打完电话回来后，立刻提出要走，司夜寒的面色看上去并没有任何变化，只目光定定地注视着眼前的女孩，那深不见底的眸子宛如一个可怕的黑洞，能吞噬所有的光亮。

“回学校？”他淡淡地开口。

如果是以前的叶绾绾，可能还无法发现司夜寒的异常，但是此刻，叶绾绾自然察觉了司夜寒态度的不对。

司夜寒八成是已经知道一切，以为她要赶着去医院见顾越泽。

不过，她如同完全没有察觉到司夜寒的异样，背起书包，神色自然地开口道：“嗯嗯，你有工作要忙，就不用送我了，我自己回去就好！”

在叶绾绾提出要自己回去之后，司夜寒眼底的暗涌似乎下一秒就要喷薄而出，但这一切转瞬即逝，让人以为只是错觉。

叶绾绾见他不说话，便当他是默许了，一副一无所知的模样，走到司夜寒跟前，在他的脸颊上亲了亲：“那我走啦！我先去跟奶奶道个别！”

说完便欢快地朝着屋里走去。

几乎就在叶绾绾离开院子的一瞬间，司夜寒的脸色立即冷了下来。

此时此刻，许易已经心如死灰。

他一直祈祷，祈祷叶绾绾清醒一点，但最终，还是眼见着她和少爷告别。

这个女人，果然还是要去找顾越泽，还自作聪明地以为少爷什么都不知道，把少爷当成傻子一样哄！

许易额上冷汗涔涔，战战兢兢地开口问：“九……九爷，要拦着吗？”

司夜寒的目光从女孩的背影上收回，缓缓闭上了眼睛。

周围一片寂静。

司夜寒没有下令，许易便不敢轻举妄动。

与此同时，客厅里。

老太太知道叶绾绾要走了，满脸的不舍。她本来就挺喜欢这丫头，这两天孙子的变化她也看在眼里，自然连带着对叶绾绾也更加满意了。

“绾绾啊，我知道，小九他的性子孤僻，脾气也不好，但其实他自己也不想这样的，你估计也知道，小九的睡眠有些问题。你想想啊，一个人要是经常睡不着觉，该有多难受啊，这性情难免也会受到一些影响。可是，小九跟你恋爱之后，我瞧着他的状态倒是好了不少，连性子都温和多了。绾绾，奶奶真的非常感谢你，感谢你对小九的包容和耐心，以后这臭小子要是犯浑欺负你，你随时告诉奶奶，奶奶一定给你撑腰！”

听着老太太一番推心置腹的话，叶绾绾心中满是感慨：“谢谢奶奶！”

无论眼前这位是身份多么尊贵的传奇人物，此刻却只是一个普通的奶奶。

只可惜，老太太一心以为她与司夜寒真的是一对恩爱的情侣，却不知，她与司夜寒的关系就如同泡沫，一触即碎。

因为叶绾绾执意不愿麻烦老太太，最后还是自己叫车走的。

这样的表现，在老太太眼里是懂事；而在许易眼中，自然就成了她迫不及待要甩开他们，赶去医院找顾越泽。

以往，司夜寒绝不会允许她独自一人回校，但这一次，他完全纵容了她的一切行为。

而司夜寒越是这样纵容，许易便越是心惊胆战。

现在的司夜寒完全是暴风雨前的宁静。

这次……叶绾绾怕是真的要惹怒少爷了！

说实话，这些天的安生日子真的让他很怀念，只可惜，果然只是镜花水月。

另一边，叶绾绾乘坐的车子已经开出了一段距离。

行驶到一个岔路口的时候，叶绾绾突然开口说："师傅，不去清禾学院了，改道仁爱医院！"

听到叶绾绾突然改了地址，司机便调转方向盘，朝着仁爱医院的方向开去。

"小姑娘，怎么突然要改去医院了？是身体有哪里不舒服吗？"司机有些不放心，于是多问了一句。

"没有，是我男朋友，他经常失眠，我听说仁爱医院有位很厉害的老医生，给人看失眠很有一手，所以想去咨询看看。"

"这样啊，小姑娘，你男朋友可真有福气！"司机连连夸赞。

叶绾绾笑了笑，没说话，只是目光淡淡地看着窗外。

很快，车子在仁爱医院的门口停下了。

叶绾绾此刻是自己本来的样貌，身上穿着一件粉色的连衣裙，俏生生地站在那里，很是显眼。

一直躲在暗处的沈梦琪几乎是立刻便发现了她。

看到叶绾绾那副招人的模样，沈梦琪的眸底闪过一丝暗芒，不过，见她果然如同自己预料中的一般乖乖来了，顿时满脸不屑的嘲讽之色。

长得再漂亮又怎样，还不是被她玩得团团转。

沈梦琪亲眼看着叶绾绾进了仁爱医院，这才放下心来，拿出手机，给司夜寒发了一条短信："司先生，请问一下绾绾现在跟你在一起吗？我刚才身体有些不舒服去医院，结果无意中看到了一个人，非常像绾绾，也不知道是不是她，我打她电话没打通，实在有些担心，她不会是生病了吧？"

她当然不会蠢到直接去挑拨，而是引司夜寒自己发现。

虽然她不想承认，但司夜寒对叶绾绾确实非常在乎，若是知道叶绾绾生病了，肯定会来医院找她。

到时候，等他满怀担心地找来，却看到叶绾绾在跟顾越泽含情脉脉，那场景，一定很有趣！

发完这条信息之后，沈梦琪便胸有成竹地离开了。

叶绾绾那个傻子，还一直把自己当成最好的朋友呢，她是绝对不会怀疑到自己身上的！

然而，沈梦琪做梦也不会想到的是，就在医院二楼的窗口处，叶绾绾全程目睹了这一切。

叶绾绾立在窗边，缓缓扬了扬唇。她当然要来医院了，只有看到她出现了，沈梦琪才会自作聪明地去告密，才会继续挑拨。

“狼来了”的故事谁都知道，一次两次没什么，若三次、四次呢？

若沈梦琪的挑拨次次都失败，就算下次沈梦琪说的是真的，司夜寒也再不会相信她。

至于司夜寒的心理也是一样。

若是他一次两次三次四次地发现是自己误会了她，那么下次就算她说的是假的，司夜寒可能也会潜意识觉得她说的是真的。

而她要的，就是这样的效果。

她知道这样很冒险，但想赢得司夜寒的信任，只能用一点特殊手段。

此时，老宅的小花园里。

从叶绾绾离开开始，司夜寒便坐在原地，动都没有动过。

直到桌上的手机响了一下，显示沈梦琪发送了一条信息进来。

司夜寒一眼便扫完了短信的内容，他那冰冷得没有一丝温度的面容上依旧没有任何情绪波动，仿佛所有的情绪都被那双宛如黑洞般的眸子所吞噬。

许易瞥到是沈梦琪的短信，再一看司夜寒的反应，还有什么猜不到的。

这沉默不知持续了多久，司夜寒拿起手机，拨了一通电话：“你在哪里？”

许易看到司夜寒用的是快捷拨号，知道他打的是叶绾绾的号码，面色顿时更加灰败了。

这会儿无论叶绾绾是撒谎还是说实话，都已经无法挽回。

只听到手机那头的叶绾绾回答道：“我有点事情，中途去了一趟仁爱医院，因为我……”

不等她说完，便已经被一个冷冽的声音打断：“回锦园，现在。”

打完这通电话，司夜寒冰冷的视线射向了许易，不容置疑地说道：“去查。”

许易愣了一下，立马点头。

叶绾绾刚到锦园便感受到了不同的气氛。

“咔嗒！”

落锁的声音让她的心脏颤了一下，下意识地揪紧了手里装药的袋子。

时隔不到半个月，她再次回到了这里。

即使一切都在掌握中，她依旧无法做到毫不害怕。

门外，一阵熟悉的脚步声由远及近，一步一步，在安静的空间，异常清晰。

“嘎吱”一声，房门被推开。

看着门口的身影，叶绾绾的瞳孔骤然收缩。

下一秒，叶绾绾便被巨大的力道推倒在了床上，手中紧攥的袋子“哗啦”一声掉落在地上。

她想要开口的瞬间，却被司夜寒无情地阻止。

“你已经没有机会……”

伴随着这句判决，男人的脚步声渐远，房门再次关闭。

刚一被松开，叶绾绾立即剧烈地呛咳起来，眸底丝毫不见恐惧的踪影，只剩下幽暗的光。

书房内一片狼藉，偌大的空间气压降低。

男人坐在桌前，如同一尊风化的雕塑，一动不动。

一片死寂中，急促的敲门声突然响起。

“滚——”这声音吓得敲门声顿时停住。

但很快，敲门声又更急促地响了起来。

因为迟迟得不到回应，敲门之人直接推门而入。

屋内的情形比想象中的还要可怕，许易内心恐惧。

上次叶绾绾离开的时候，少爷都没有这么生气。

可接下来的事情太重要了，必须让少爷知道！

许易强迫自己冷静，用尽所有的力气才终于找回了自己的声音，语速飞快地开口道：“九爷，我已经亲自去查过了，叶小姐确实没去学校，而是中途转道去了仁爱医院……”

明显感觉周遭的空气更冷，许易全身都已经汗湿：“但是，监控录像显示，叶小姐去医院后根本就没去抢救室，而是在门诊部挂了个老医生的专家号……”

怕司夜寒没理解重点似的，许易又特意加了一句：“从头到尾叶小姐都没有去见过顾越泽！”

说到这里，许易的面色有些复杂地说：“那个老医生挺有名的，最擅长治疗的便是失眠，最初也替您看过病……叶小姐当时去就诊的监控，我也已经调出来了，您看一下吧。”

许易点开手机上的一段监控录像——

叶绾绾背着书包，神情严肃地坐到了老医生的跟前。

“小姑娘，哪里不舒服？”老医生问。

“医生爷爷，不是我不舒服，我是帮别人来的！”叶绾绾回答。

“你这小丫头，看病怎么还能代替人家来？”老医生眉头紧蹙。

叶绾绾急忙解释道：“医生爷爷您听我说，事情是这样的，我男朋友有很严重的失眠症，他找过很多医生，也用过很多办法，都没有用。医生爷爷您这么有名，他肯定早就找您治疗过。我来这里，只是想多了解一些失眠症方面的知识，了解他的感受。”

老医生听到她的话，倒是有些惊讶，神情看起来也有几分动容：“你这小丫头，倒是挺有心的，像你这样用心的病人家属还真是不多！好吧，我便跟你说一说！”

“谢谢医生爷爷！”女孩顿时露出了一个无比开心的笑容，掏出本子和笔，认认真真地记录起来。

老医生看她这么认真，便详细跟她讲解了不少知识。

女孩的神情从头到尾都无比专注，时不时提出一些很有针对性的问题：“我奶奶跟我说，长期失眠还会影响人的性情是吗？”

老医生点头说：“是这样的，如果严重的话，不仅危害身体，长期下来对人的性格、心态都有很大的影响，这是他们自己都控制不了的。作为家属，应该多开解，多关心他们，对他们多一些耐心！”

“嗯嗯，我一定会的，以前我就总惹他生气……”女孩的神色看起来有几分愧疚，“之前为了应付考试，我突击复习，连续一个星期每天只睡三四个小时，那种缺乏睡眠的感觉，真的很难受！医生爷爷，您再跟我多说一些吧，教教我能帮他做些什么，让他稍微好受些也好！”

十几分钟的监控结束，房间恢复了一片死寂。

女孩关心的话语却还响在耳边。

许易心中百感交集，说不出什么感觉：“九爷，我们好像误会叶小姐了。”

这样的死寂不知持续了多久，等许易反应过来的时候，书桌前的男人已经消失不见。

二楼卧室。

“砰”的一声，房门被人用力推开。

昏暗的屋子，冰冷而安静。

女孩依旧保持着他离开时的姿势，一动不动地抱着膝盖蜷缩在那里，听到开门的声音后，小小的身体顿时剧烈地颤抖起来。

司夜寒站在原地，瞳孔微微收缩。

他的目光缓缓落在床边一个黑色的塑料袋上，袋子里的东西散落了一地。

他缓缓朝着那个袋子走去，弯下腰，一一拾起散落在地上的东西。

几服包裹好的中药，门诊记录单，一个粉色的笔记本……

笔记本摊开的页面上，是女孩密密麻麻的手写记录。

男人一动不动地看着地上的东西，看着那个笔记本，看着女孩一笔一画认真记录的内容。

过了良久，司夜寒将地上的东西小心地一一收好，朝着女孩走去。

此刻，女孩抱着膝盖，深深地埋着头，展现出防备且排斥的姿态，仿佛将自己封闭在一个狭小的世界里。

司夜寒伸出手，似乎想要碰触女孩的肩膀。

然而，他不过是稍稍靠近了些，女孩的身体顿时便抖得更加厉害。

男人的唇紧绷着，伸出的手悬在半空中，半晌后，终究还是收回了手，缓缓后退一步，目光一瞬不瞬地落在女孩身上，脑海中的画面一幕幕闪过。

她对他说，她想通了，她希望能试着跟他正常交往，她说，要努力长成甜瓜。

她愿意去见奶奶，她特意打扮得很乖巧，她认认真真地挑选礼物，她哄得老人家那么高兴。

她知道他有失眠症，大概又从奶奶那里听到了一些，便特意去医院挂了专家号，找了有经验的老医生了解他的病情，做笔记，买药……

最后，得来的却是他莫名其妙的暴怒，毫无理由的斥责，不分青红皂白的冷漠。她怕他，厌恶他。

怎能不怕？

怎能不厌恶？

男人的目光漆黑一片，整个空间都充斥着令人窒息的压迫感。

蜷缩在床上的女孩察觉到了周遭可怕的气息，全身颤抖地抬起埋在膝间的小脑袋，那双眸子里盈满了惊恐和无措，轻声喃喃道："对不起，我错了，我知道错了……"

看着女孩惊恐恍惚的表情，听着女孩的认错，司夜寒的脊背紧绷得如同拉到极致的弓弦。

许易在司夜寒离开后紧跟着追了上去，这会儿正站在门外。

见司夜寒一句话不说，他急得赶紧在旁边打圆场说："叶小姐，事情已经查清楚了，少爷知道你不是去找顾越泽的！"

女孩闻言怔忡了好几秒钟，眸子里陡然浮现了一抹雾气，压抑到极致的委屈也终于一点点倾泻出来，声音断断续续的："司夜寒，我没有骗你，没有背叛你……我是去找医生……你睡不着……"

司夜寒终于走过去，动作略有些僵硬地抱住了女孩："嗯。"

男人简短一个字落下的瞬间，女孩忍耐许久的眼泪顿时大颗大颗地滚落，带着灼热的温度，浸湿了他的胸膛。

或许是因为压抑太久，过往累积的所有负面情绪都在这一刹那喷涌而出，叶绾绾的泪水完全无法遏制，哭了半个多小时仍未有停歇的迹象。

司夜寒从头到尾就那么一言不发地抱着女孩，一动不动。

许易见叶绾绾哭得那么伤心，难免也有些愧疚。

毕竟这次确实是误会她了，不用想也知道她刚刚肯定被少爷吓得不轻，一片好心还被误会，能不伤心吗？好在事情的真相已经弄清楚。

可是少爷啊，人家哭成这样，您好歹也哄一哄啊？光跟冰雕一样杵在那里反而更吓人了好不好？

好吧，对自家少爷而言，刚才那些话估计已经是极限了，他还真想象不出来少爷哄女孩是什么样子。

不知过了多久，一直僵直在那里的男人终于松开了怀里的女孩，面上迅速恢复了他一贯的冰冷漠然。他语气平静无波地开口道：“许易，送她回学校。”

说完，头也不回地转身离开。

许易闻言，先是怔了一下，随即看向自家少爷离开的背影，莫名觉得那背影有些萧瑟。

许易轻叹一声，朝着床上依旧在啜泣的女孩看去，尽量放柔了声音开口道：“叶小姐，别哭了，你放心，事情已经弄清楚了！”

叶绾绾抽噎了一下，轻轻地点点头。

半个小时后，叶绾绾被送到了学校门口。

“叶小姐，到了。”许易稳稳地停下车，然后下车绕过去替她拉开了车门。

叶绾绾抱着书包下了车，神情木木的，小脸上依旧挂着泪痕。

许易看着眼前的女孩，张了张嘴，似乎想要说什么，终究还是什么也没说。

直到那辆黑色的车子离开视线，消失在夜色中，叶绾绾才缓缓迈开步子，朝着学校的方向走去。

她没有立即返回宿舍，而是在学校小湖边的长椅上坐了下来。

微凉的夜风越过湖面，轻轻吹拂在她的脸上，令她清醒了不少。

就在不久前，差点一切重演，而现在，她赢了。

一开始，她只是将计就计，然而，即便一切尽在她的掌控之中，对司夜寒的恐惧却实实在在，当时的委屈也是真真切切。

不仅是这一次，而是积攒了那么久的委屈和怨愤。

哭了这一场，她几乎精疲力竭，但发泄过后，也好受了不少。

好在有惊无险，她顺利度过了这次的危机。

叶绾绾暂时没有睡意，便继续坐在小湖边想事情。正当她出神时，身后忽然响起一阵杂乱的脚步声。

一人脚步急促地走了过来，然后一屁股在她斜后方的椅子上坐下。

“赵星洲，你太过分了，我要去告发你欺负学生！”

夜晚的小湖边非常安静，以至于男生的骂声叶绾绾听得清清楚楚。

听这声音和内容，说话的人似乎是之前在教室门口放置水桶捉弄她的凌东——程雪在学校认的那位干哥哥。

看样子，凌东被赵星洲教育得挺惨！

赵星洲真是没让她失望，居然连周六周末都没放过他。

叶缩缩所坐的位置恰好处于一棵大树的阴影之下，因此凌东完全没有察觉到她的存在。而叶缩缩则借助着月光与路灯的光线，将对方看得一清二楚。凌东脸色枯黄，眼眶深陷，挂着两个明显的黑眼圈。他的身旁散落着一堆杂乱无章的数学试卷，上面还留有几处被踩踏过的黑色脚印。

“还有叶缩缩，居然把我害得这么惨！等着瞧！”凌东用力将手里的饮料瓶捏变形，眉宇之间满是暴躁。

听到自己的名字，叶缩缩的嘴角顿时抽搐了一下。

跟她有什么关系？难道他们要捉弄她，她就必须乖乖上当吗？

这个凌东可是学校里的小霸王，出了名的霸道且不讲道理。由于他的父亲是校董，那些被他欺负的学生即便吃了亏，也只能忍气吞声，而老师们大多也是睁一只眼闭一只眼，不敢去管他。

这次也就是碰到了赵星洲这个硬茬，若是换了别的老师，怕也是随便骂几句就完了。

若是被凌东给盯上了，她日后在学校的日子怕是不会好过。

“叶缩缩居然连我都敢坑，我不会就这么算了的。”

听到后面，叶缩缩实在忍不住了，于是轻咳一声开口道：“凌东同学，貌似是你自己设的陷阱，不小心被赵星洲踩了，跟我有什么关系？”

“啊——”旁边毫无征兆地响起一个声音，凌东吓得整个人都从椅子上滚了下来，好半天才爬起来，抖着声音道，“你是谁？！”

叶缩缩有些无语：“你就当你见鬼了吧！”

“你……你是叶缩缩？”凌东看不清对面的人，但已经听出了她的声音，神色立即变得异常难看。

也不管为什么叶缩缩这么晚了会在这里，男生紧接着开口道：“你居然还敢说！如果不是你故意落后一步，水怎么会泼到赵星洲的身上，我怎么会这么惨！”

叶缩缩抚额，算了，果然不应该跟这些中二少年讲道理的。

见叶缩缩起身要走，凌东怎么甘心，扔了手里的饮料就追了上去，一把抓住叶缩缩的手臂：“我允许你走了吗！给我站……”

话没说完，下一秒，凌东陡然瞪大了眼睛，盯着月光下那张美得不可思议的脸，瞬间呆在那里……

只见眼前的女孩穿着一身嫩粉色的连衣裙，乌黑的长发，肤白如雪。尤其是那双眼睛，比头顶的星星还要璀璨，仿佛刚哭过，残留着盈盈的水光，更显动人心弦，惹人怜爱，令人一看就想要保护……

如果说程雪是漂亮，那么眼前的女孩简直就是仙女下凡！

凌东感觉自己的心脏像是被什么重重地撞击了一下，那嗡嗡的声音久久地在脑海中回响，他整个人都蒙了。

叶绾绾对这种表情早已习以为常，但渐渐察觉到哪里有些不对劲。

凌东一开始确实是跟见了鬼似的，可突然脸越来越红，眼神也越来越奇怪，最后仿佛触电一般松了手，那反应，竟好像是在害羞和紧张，结结巴巴地盯着她开口问：“你……你是叶绾绾？”

叶绾绾闻言眉头微挑，下意识地摸了摸自己的脸，这才想起来，她是从老宅那边直接出门的，穿得很正常，也并没有化妆。

果然，不化妆肯定会吓到同学。

现在看都看到了，她也没法否认，只能笑了笑开口道：“今天没化妆，吓到你了，不好意思。”

说完便懒洋洋地转身走了。

直到叶绾绾离开的背影都已经看不见了，凌东依旧像做梦一样站在原地。

这怎么可能！

凌东抱着无比复杂的心情回到了宿舍。

看到凌东，宿舍里的其他三个男生立即迎了过去。

其中一个平头殷勤地递上一瓶水：“东哥，你回来了！”

见凌东径直走到自己的床铺上坐下，丝毫没有反应，平头愣了愣，问道：“东哥，你怎么了？没事吧？”

凌东上铺的男生看到凌东这魂不守舍的模样，面色也有些担忧：“东哥，你别吓我们啊！”

对面的男生开口道：“赵星洲也太过分了，不就不小心泼了他一身水，至于这么折磨人吗？”

三人正打抱不平，渐渐地却觉得哪里不对劲，凌东表情呆呆的，整张脸通红，还一直喃喃自语着什么“不可能”“怎么可能这么漂亮”“简直是女神”之类的话。

三人面面相觑，凌东这状态，怎么也不像是被赵星洲虐得精神恍惚。

这会儿凌东压根就没听见室友们在说什么，也没留意到他们正盯着自己嘀嘀咕咕，满脑子都是那张令他怦然心动的脸。

凌东正发着呆，突然感觉掌心里好像有什么东西，缓缓张开手一看，是一朵粉色的针织小花，似乎是刚才不经意间从叶绾绾的衣服上扯下来的。

看着那朵小花，凌东陡然惊醒。

不是做梦？

是真的，那女生，真的是叶绾绾！

叶缩缩的本来面目不仅不丑，竟然还这么好看？

叶缩缩直接回了宿舍，并没有太在意湖边的小插曲，没几个月就要考试了，她在学校也待不了多久，没必要在这些幼稚的小事上浪费时间。

第二天早上。

叶缩缩保持着夸张的造型，和往常一样来到了教室。

刚进门，原本吵闹的教室立即安静下来，教室里的学生们一个个都目光灼灼地盯着她，满脸期待。

叶缩缩略有些无奈，这些人表现得这么明显，真当她什么都看不出来吗？

好吧，以她之前的智商恐怕还真发现不了。

叶缩缩装作毫无察觉的模样，径直朝着自己的座位走去。

她用眼角余光一瞥，果然发现她的椅子不对劲，上面涂着一层厚厚的胶水，若不仔细看还真看不出来，肯定就一屁股坐上去了。

这种强力胶，一坐上去，整个人都要被黏在椅子上无法摆脱。

虽然不会造成多少实质性的伤害，却会让她在所有同学面前丢尽脸。

叶缩缩朝着邻桌和往常一样趴在桌上睡觉的司夏看了一眼，暗叹了一句“蓝颜祸水”。

她正要伸手去拉椅子，斜刺里突然冲出来一个人，先是一把将她拉到身后，然后迅速拖出了她的椅子。

椅子被拖到前面，门口的阳光投射进来，椅子上那层厚厚的强力胶被折射出光。

正在睡觉的司夏被刺耳的声响吵醒，目光不耐烦地扫过前方的叶缩缩和凌东，随即视线落在了那张椅子上，微微蹙起了眉头。

叶缩缩没注意到司夏的反应，只是眉头微扬地看着突然冒出来的凌东。

什么意思？

凌东被她盯着，原本嚣张跋扈的表情顿时变得无比僵硬，一声不吭地把她的椅子拖到自己的位置，又将自己的椅子换给了叶缩缩。

这还没完，在所有同学瞠目结舌的情况下，凌东又伸出手，从叶缩缩的抽屉里掏出了一个整蛊玩具。

凌东面无表情地把玩具给扔了，然后用手机的灯光往抽屉里照了照，确定里面已经没东西了，才瓮声瓮气地对着叶缩缩开口道：“坐吧。”

说完，他也不敢正视叶缩缩的眼睛，回到了自己的位置上，脱下身上的外套，往胶水上一盖，就这么坐了下去。

叶缩缩一时无语。不仅是叶缩缩，整个教室里都寂静无声，所有人都被凌东的这一系列行为给弄蒙了。

大清早，这是几个意思啊？

凌东怎么在帮叶绾绾？

尤其是程雪，精致漂亮的小脸愤怒又不可思议地盯着凌东，满脸震惊。

“东哥，什么情况啊？”凌东同桌的平头男一头雾水。

凌东的神情有些不耐烦：“闭嘴！我做事，需要跟你解释吗？”

同桌瞬间噤声。

“怎么回事！我还以为今天肯定有好戏看呢！凌东怎么会帮叶绾绾？”

“谁知道啊！这太奇怪了！”

“估计是被赵星洲给整怕了吧？”

“怎么可能，凌东那小霸王也有怕的时候？不闹得更凶就不错了！”

一片议论声中，叶绾绾在凌东的椅子上坐了下来。

她都做好未来这段时间肯定要被找麻烦的心理准备了，没想到结果却出乎她的意料。

凌东是真的被赵星洲整怕了？还是……

叶绾绾莫名想起昨天晚上，凌东意外看到了她没化妆的样子。

该不会是跟这个有关吧？

很快，上课铃声响起，教室里重新安静下来，叶绾绾也没再多想。

她有些出神地看着放在抽屉里的手机。从昨晚到现在，司夜寒让许易把她送回学校之后，就没有再联系过她。

按照他昨天的反应，应该是没有再生气了吧？

其实昨天她终究还是冒险了。

万一司夜寒盛怒之下完全失去理智，直接关了她不给她解释的机会，后果不堪设想。

还好这段时间她的心思没有白费，司夜寒没有完全听信沈梦琪的话，而是自己去查证了。

下课后，憋了一节课的同学们纷纷盯着叶绾绾的方向窃窃私语起来。看到程雪的三个死党气势汹汹地朝着叶绾绾走去，众人顿时又提起了精神。

“你出来！有事找你！”其中一个尖下巴的女生率先开口道。

叶绾绾虽然不想搭理这些幼稚的争风吃醋，但总被找麻烦也实在影响心情。眼底一道冷光闪过，她悠悠开口道：“好啊！”

一旁原本在趴着睡觉的司夏抬起头，看着眼前的情形眉头微蹙，正要开口，身后传来一个极其阴冷的声音——

“谁准你们动她的？”

凌东站在教室门口，手里提着一个大大的塑料袋，脸色异常可怕。

凌东的长相虽然不像司夏那么俊美，但也帅气俊朗，只是气质与司夏完全不同，更为桀骜。

看到凌东沉着脸站在身后，三个女生被他可怕的表情吓了一跳。其中一个女生壮着胆子解释说："东哥，她太可恶了，不仅抢了程雪的角色，还害得东哥你这么惨，我们不过是想教训她一下，给你出口气而已！"

凌东的目光一一扫过那三个女生，以及教室里的所有人，一字一句地开口道："既然之前我的意思你们还没明白，那么，我现在再说一遍，从现在开始，谁若再敢动她，就是跟我凌东过不去！"

满教室的学生："……"

包括叶绾绾本人都有些傻眼。

三个女生面面相觑，好半天才反应过来，焦急不已地开口追问起来——

"东哥……你到底在说什么啊？"

"东哥，你是不是哪里弄错了？"

凌东满脸的不耐烦："字面上的意思，叶绾绾是我的人，谁也不准动！听不懂人话吗？听清楚了就给我滚！"

三人是程雪的死党，平时跟凌东也很熟，但这是第一次被凌东用如此不客气的语气说话，全都被吼得眼眶泛红。她们还想再说些什么，可一看凌东那吓人的表情，顿时不敢多说，只好跺了跺脚，飞快地朝着程雪跑去。

三人离开之后，凌东重新看向叶绾绾，原本恶狠狠的表情顿时变得有些僵硬甚至生涩。

犹豫几秒钟之后，凌东别开了头，直接将手里一大袋子花花绿绿的零食硬塞进了叶绾绾的怀里，闷声道："给你。"

叶绾绾看着怀里的零食，继续沉默着。

凌东站在她的课桌前，似乎没有要走的意思，脸上满着欲言又止的表情。他几次想要开口，却又没说出来。这样的情况重复了好几次，最终，他深吸了一口气，结结巴巴地对她问道："叶绾绾……你晚上放学有空吗？"

"晚上？"

叶绾绾的脑子里下意识浮现一句大家常说的话——"放学别走"。

似乎是察觉到叶绾绾误会了，凌东忙开口补充了一句："学校附近新开了一家烤肉店……要一起去吃吗？我请你！"

所有正在围观的学生更加震惊，这剧情的发展实在太出乎意料了！

叶绾绾用力捏了捏眉心，什么情况？

"不好意思，凌东同学，我实在是没懂你的意思，请问一下，这是什么新型套路？"叶绾绾直接开门见山地问。

其实这会儿围观的所有人就没一个懂的，要说凌东是因为顾忌赵星洲才不敢对叶绾绾动手还可以理解，但即便是这样，也没必要替叶绾绾出头，还约她晚上一起吃饭吧？

短短一个周末，到底发生了什么？

听到叶绾绾的话，凌东的脸色顿时有些不太好，不高兴道："不是套路！"

叶绾绾笑了笑说："凌东，明人不说暗话，你到底想怎样，直说吧！"

凌东一动不动地站在那里，双眼紧盯着她，双拳因用力而发出咯吱咯吱的响声。就在叶绾绾几乎以为他要动手打人之际，却听见他猛然开口道："叶绾绾，我喜欢你！"

叶绾绾面色一呆。

"咳咳咳……"凌东话音刚落，一旁冷眼旁观的司夏终于绷不住，剧烈咳嗽起来。

满教室的学生更是齐齐倒吸一口冷气，所有人的表情都跟见鬼了一样。

"我刚才听到了什么！东哥居然在跟叶绾绾告白？"凌东的死党同桌下巴都快掉下来了。

另一个男生更是满脸惊悚："东哥疯了吗？"

毫无防备之下，突然就被当众告白的叶绾绾，此刻的内心是崩溃的，满脑子只有"完了"两个大字。

她这刚度过一场大劫，谁知道紧跟着就来了个凌东。

到底是哪里出了问题？

难道是凌东为了报复她，所以准备把她追到手然后再甩了？

叶绾绾很快便打消了这个可能性，因为这个方法完全是伤敌八百，自损一千，只要凌东的脑子没出问题，都不可能用这种方式来报复她。

该不会真的是因为昨晚吧？

如果不是套路的话，她想来想去只可能是这个原因了。

不过是看到了她没化妆的样子，而且也只是匆匆一眼，她压根就没放在心上，甚至想着凌东当时可能都没看清，谁知道那一眼竟然会给她惹出这么大的麻烦。

凌东在学校也是风云人物，他向同样"有名"的自己告白，这样爆炸性的事件，不出半天肯定会传遍全校，司夜寒知道也是迟早的事。以司夜寒的性子，就这么一件事，就足以让她这段时间所做的一切努力全都付诸东流。

刚以为会有几天消停日子的叶绾绾心累得简直不想说话。

"凌东同学，我觉得你需要去看一下眼科。"叶绾绾扶着额头，有气无力地开口。

叶绾绾的话简直说出了大家的心声，所有人都暗暗点头。

凌东的几个死党甚至暗自腹诽，何止是眼科啊，最应该看的是脑科吧！

凌东眉头紧蹙地盯着眼前的女生，一字一句地开口说："叶绾绾，我是认真的！"

叶绾绾自然是想要拒绝的，但她虽然已经成年，但毕竟还是不想过于高调地当众说出自己有男朋友的事实。

于是，叶绾绾只能开口道："抱歉，不管你是在耍我，还是认真的，我都对你没兴趣！"

凌东的表情顿时一僵：“为什么？为什么对我没兴趣？”

叶缩缩见凌东固执地站在那里，表情异常认真严肃，一副得不到答案不罢休的表情，只能开口道：“因为你不符合我挑选男朋友的标准。”

“那你的标准是什么？我哪里不够好？你说，我可以改！”凌东立即开口。

原以为凌东听到叶缩缩的拒绝肯定会暴怒，谁知道他竟然这么低声下气，还说会为了她而改变，凌东的几个死党已经完全凌乱了，更别提那些围观的同学，所有人都感觉自己的三观受到了冲击。

叶缩缩叹了口气，凌东同学啊，别怪我，这可是你非要问的啊！

于是，叶缩缩开口道：“我的第一标准是，至少比司夏要帅个一百倍吧！”

凌东愣了好半天才反应过来：“你在开玩笑？”

一旁莫名躺枪的司夏：“……”

叶缩缩一脸严肃：“我是认真的！”

截止放学，短短一天内，这个爆炸性的新闻便传遍了整个清禾。

所有人都知道了清禾的凌东向叶缩缩告白结果被拒绝的事情，还知道了叶缩缩夸下海口，声称自己挑选男朋友的标准是要比司夏还帅。

学校小礼堂。

凌东远远坐在最后一排的座位上，一脸虔诚地看着前面正在排练的叶缩缩。

被叶缩缩那样没面子地当场拒绝了，他竟还没死心。

他旁边靠窗的位置上坐的是司夏。

凌东看了司夏一眼，一脸严肃地开口道：“司夏，叶缩缩是我喜欢的人，是兄弟的话就注意点分寸，特别是在你们演出的时候！”

司夏的脸似乎龟裂了一瞬：“你想太多了。”

凌东大概也觉得自己想太多了，但还是忍不住提醒一句。

“东哥！”这时，程雪气呼呼地走到凌东跟前，“东哥，你到底在搞什么？不要告诉我，你真的看上叶缩缩了！”

凌东瞥了眼跳脚的程雪：“嗯，真的看上了。”

程雪被噎住：“你疯了吗？看上谁不好，看上叶缩缩？你知不知道现在大家怎么说你！全都在说你脑子坏了！”

“那就当我脑子坏了吧！”凌东抖抖肩，一副众人皆醉我独醒的表情。

排练结束后，凌东立即朝着叶缩缩迎了过去，殷勤地说：“你不想跟我一起吃饭也行，我送你回宿舍！”

叶缩缩捏了捏眉心：“凌东，我之前说过了……”

凌东立即打断她说：“我知道我颜值不够，可你也不能光看脸啊！”

听到这话，叶缩缩顿时嘴角微抽，貌似他才是最没资格说这话的人吧？

“你突然喜欢我，是因为昨晚看到了我没化妆的样子？”叶绾绾直接开门见山地问。

凌东倒是没否认，点点头道：“嗯。”

叶绾绾挑眉：“所以说，你喜欢的只是我的脸而已？”

凌东抿了抿唇：“我承认我很喜欢你的脸，你……你真的很好看……但窈窕淑女，君子好逑，我并不觉得因为你好看而喜欢你有什么错！”

对于凌东的理直气壮，叶绾绾有些哭笑不得，只能开口道：“其实，我已经有男朋友了。”

“你说什么？”听到这话，凌东顿时变了脸色，半晌后又冷静了下来，“你不必用这种方法来拒绝我。”

叶绾绾神色无奈地说：“我看起来很像是没人喜欢？”

凌东蹙眉，回复道：“我不是这个意思，只是……”

不能怪他不相信，毕竟叶绾绾一向是以那副吓人的面貌示人的，怎么可能会有男朋友？

“你男朋友符合你的标准？”凌东转而问道。

叶绾绾果断点头：“符合。”

而叶绾绾这么一说，凌东脸色一黑，更加确信她是在骗自己了：“叶绾绾，你不用再找借口骗我了，你有拒绝我的权利，我也有追求你的权利，我是不会放弃的！”

叶绾绾叹了口气说：“那你要怎样才相信我说的是真的？”

为啥一个两个的听到她有男朋友全都不相信呢？这也太以貌取人了吧！就不兴有人正好喜欢她这一款的吗？

凌东看了叶绾绾一眼，想了想，开口道：“除非我亲眼见到他。”

亲眼见到？带司夜寒去见一个喜欢她正在追她的男生？

叶绾绾仔细想了想：带男朋友去见凌东，似乎也行。

叶绾绾很是认真地沉吟了好半天，终于试探着看向凌东道：“你确定见到了他就死心吗？”

凌东没掉进她的陷阱，谨慎地开口道：“当然，如果他真的像你说的那么优秀，比司夏还要帅一百倍。”

好吧，看来想随便拉个人出来挡也是不可能的，她上哪儿找个比司夏还帅一百倍的男人去？

“好吧，你让我想想，我男朋友他挺忙的，如果我约好了时间会给你答复。”叶绾绾开口道。

凌东只当她还在装，完全没放在心上：“好。”

凌东坚持要亲自护送叶绾绾回宿舍，一路上那场面可想而知。

围观的众人只见一位高大俊朗、身穿篮球服的男生亦步亦趋地紧跟在女生身旁，活脱脱一副护花使者的模样。

可是，被他护送的女生画风突变，可怕的爆炸头，浓重的烟熏妆，简直惨不忍睹。

围观人群中，沈梦琪远远望着那两人，望着清禾学院的风云人物对叶绾绾展现出的殷勤与小心，她的脸色明显僵硬了一瞬。

她还以为今天能看到叶绾绾痛哭流涕的模样，谁知道她不仅好端端的什么事都没有，还春风得意、大出风头。

女生宿舍门口。

凌东离开后，沈梦琪立刻朝叶绾绾走去。望着凌东离去的方向，她一副关心的样子，试探着询问道："绾绾，你和凌东是怎么回事呀？"

此刻，沈梦琪的身后还跟着两个女生。左边的女生身着一袭白色连衣裙，神情矜持而傲慢，居高临下地斜睨了叶绾绾一眼，道："一边打司夏的主意，一边又和凌东走在一起，叶绾绾，你可真是长本事了！"

听着江嫣然的话，沈梦琪的心中顿时一阵快意，随即亲昵地挽着江嫣然劝道："嫣然，你别这么说绾绾，绾绾不是那种人，可能只是普通朋友吧！"

江嫣然闻言，精致的小脸上满是鄙夷和不屑："什么普通朋友，都当众告白了，还巴巴地跟在她屁股后面当护花使者，这是普通朋友？"

沈梦琪右边长相平平、穿着校服的女生阴阳怪气道："也不知道她到底凭什么？"

沈梦琪她们这边的动静吸引了许多女生围拢过来，指指点点。

围观的众人一听方琴的话，纷纷面面相觑，思绪纷飞。

沈梦琪一脸焦急的模样，替叶绾绾辩解道："这件事情肯定是有什么误会！"

江嫣然双臂环胸，见沈梦琪一直在帮叶绾绾说话，蹙眉道："梦琪，你怎么到现在还在跟这种人牵扯不清？！"

沈梦琪眼底满是幸灾乐祸，面上却是一副夹在叶绾绾和江嫣然中间很为难的表情："嫣然，你别这么说，其实绾绾也挺可怜的，家里变成那样，我总不能在她最困难的时候离开她。"

江嫣然冷嗤一声："梦琪，你就是太善良心软了，俗话说，可怜之人必有可恨之处，她家里弄成那样还不是因为她爸？还有她自己品行不端！这种人有什么好值得你同情的？何况人家现在风头正盛，你又何苦心疼呢？"

围观的其他女生闻言纷纷点头附和起来，深以为然。

叶绾绾冷眼旁观着江嫣然和方琴被沈梦琪当作炮筒，一个劲地朝自己开炮，心中不由得泛起冷笑。

这一幕还真是熟悉。

从前便是如此，每一次都是沈梦琪躲在后面装好人，而江嫣然和方琴则替她出面，与自己对峙。

之前，她是和沈梦琪、江嫣然以及方琴同住一个宿舍，甚至起初她与江嫣然的关系还算融洽，而方琴则是典型的墙头草，尽量避免得罪任何人。

可是后来，她也不知道为什么，江嫣然和方琴渐渐开始联合起来排挤她，强烈向校方要求换宿舍。

很久之后她才知道，有流言说她经常有豪车接送，跟校外人士交往密切。

正是因为说她不好的流言越来越多，导致没有人愿意跟她一起住，她才被换到一间单独的宿舍。

这些话是从哪儿传出去的，江嫣然和方琴又是为什么如此相信，可想而知。

叶绾绾似笑非笑地朝着沈梦琪看了一眼。

还想装？她倒是想看看，江嫣然和方琴知道这个“善良单纯”的室友的真面目之后，会是何反应！

沈梦琪惯会网罗人脉，她当然不是唯一一个，江嫣然也是其中之一。

江嫣然的父母均是圈内的老前辈，家学渊源深厚。

在梦里，未来的江嫣然可是著名的实力派演员，前途不可估量，被沈梦琪蛊惑着签约了沈家的公司，成为沈家的摇钱树。

这次回学校，江嫣然便是叶绾绾想要挖的最大目标！

在她做的那个梦里，江嫣然的下场极为凄惨，在事业如日中天的时候，意外死在了自家的浴缸里。

对于江嫣然的死因，外界传闻不一，官方给出的解释是因病去世，而实际上，真相却是她的丈夫宋梓航出轨，出轨对象竟是她最好的闺密沈梦琪。

江嫣然和宋梓航是青梅竹马，江嫣然一直深爱着宋梓航，宋梓航对她却仅有兄妹之情，后来是因为迫于父母的压力才与她结婚。

江嫣然直到最后才知道，宋梓航心里的白月光，竟是她身边最为亲近且最信任的人。

好在现在事情和梦中不同，江嫣然还没有跟宋梓航交往，但宋梓航和沈梦琪的关系已经十分密切了。

脑海中飞快地闪过这些信息，叶绾绾不紧不慢地开口道：“梦琪，我跟凌东是怎么回事，你不是最清楚的吗？”

“我？我也是刚刚才知道的啊！”沈梦琪满脸不解。

不知道为什么，叶绾绾的表情莫名让她有些不安。

叶绾绾一副笃定的表情道：“我跟你说过了啊，我暗中听到凌东跟几个朋友打赌输了，所以要追我，当时我还以为他们开玩笑呢，没想到凌东真的会来追我，你不记得了吗？”

听到叶绾绾说凌东竟然是因为这个原因才追她的，众人顿时露出恍然大悟的表情，如果是这样的话，一切都解释得通了啊！

“你什么时候说的？”沈梦琪眉头紧蹙。

就在沈梦琪想澄清叶绾绾根本没说过的时候，叶绾绾看似不经意地朝一旁的江嫣然瞥了一眼，随后露出一副体贴的样子，顺着话茬提醒沈梦琪：“就是上个月月底的那天，你不是和宋梓航去了游乐园玩吗？可能是你那边太嘈杂了，没听清楚我说的话吧？”

沈梦琪听到这话的瞬间，脸色煞白，慌张地朝着江嫣然看去。

上个月，她确实和宋梓航去了游乐园。当时，叶绾绾不知因为何事给她打了个电话，而她正在享受宋梓航的殷勤温柔，没工夫搭理她，随便搪塞几句就挂了。

可是叶绾绾怎么会知道当时她和宋梓航在一起？难道是她不小心说漏嘴了？

偏偏这叶绾绾居然还当着江嫣然的面直接把这事说了出来！

果然，只见江嫣然陡然变了脸色：“你说什么！上个月月底，沈梦琪和宋梓航去了游乐园？”

方琴也有些傻眼了，看向沈梦琪：“那天是嫣然的生日，嫣然特意邀请了宋梓航，本来准备跟他告白的，结果宋梓航没来，连你也说身体不舒服来不了，你那天怎么会跟宋梓航在一起？”

听到这里，围观的女生们也全都蒙了，江嫣然喜欢宋梓航？

这件事情知道的人不多，但沈梦琪作为江嫣然的室友，关系又这么好，不可能不知道的。

沈梦琪在明知道江嫣然喜欢宋梓航，明知道江嫣然准备在生日那天跟宋梓航告白的情况下，却骗江嫣然说身体不舒服，然后偷偷去跟宋梓航约会？

围观的众人盯着沈梦琪的表情顿时变了。

叶绾绾听到方琴的话，顿时一副说错话后慌慌张张的表情，目光闪烁道：“我是不是说错了什么？”

叶绾绾这话不说还好，一说更加提高了可信度。

因为所有人都知道沈梦琪和叶绾绾关系很好，所以江嫣然会那么相信沈梦琪之前散布的流言，同样地，自然也会相信叶绾绾刚才无意中透露的信息。

更何况江嫣然不是傻子，恐怕平日里也发现了一些蛛丝马迹，只是不敢确定而已。

果然，江嫣然立即颤抖着手拿出手机，点开宋梓航上个月月底发的那条朋友圈。

只见宋梓航发了一条心情：“此生最爱，等你毕业。”

配图是一张游乐园的照片，照片里没有出现真人，却有一男一女两个人拉长的影子。

这意思，显然是宋梓航向对方表白了，而对方回应说毕业后可以在一起。

生日之后，江嫣然看到了那条信息，得知宋梓航之所以没来参加她的生日会，是因为他要去向喜欢已久的女孩表白。

可是她怎么也没想到，那个宋梓航瞒得严严实实的真爱，那个她一直想知道是谁的人，竟然是她视为最好的朋友沈梦琪！

难怪，难怪宋梓航死活不告诉她到底是谁！

此刻，江嫣然满脸无法置信地盯着沈梦琪：“沈梦琪，你告诉我，这是怎么一回事？宋梓航一直以来喜欢的那个人是你？”

沈梦琪完全没想到叶绾绾一句无心之言会给她惹出这么大的麻烦，简直恨不得当场将她撕了。

但现在事情已经这样了，她只能强压着怒火，焦头烂额地开口道：“嫣然，你听我解释，事情不是你想的那样，我那天去找宋梓航是有原因的，我是为了你……”

“那天和他在一起的人，果然是你！所以，你承认了是吗？宋梓航一直以来喜欢的那个人，就是你！”

江嫣然说着，突然笑了起来：“哈哈，沈梦琪……亏我还跟个傻子一样天天跟你分享心情，跟你讨论宋梓航喜欢的女生到底是谁……你看我跟个傻子一样是不是很有趣？看我那么喜欢他，他喜欢的人却是你，你是不是很有成就感？你明知道我为了在生日那天表白准备了那么久，还紧张得好几天晚上睡不着，却故意在那天瞒着我跟他出去，你还说你是为了我？”

沈梦琪急道：“我是为了去跟他说清楚的！”

江嫣然一脸冷笑地看着手机上宋梓航的那条心情，狠狠地把手机砸在了她的脸上：“说清楚？你就是这么说清楚的吗？”

沈梦琪被砸得鼻子酸痛，捂着脸道：“嫣然，你听我解释，我跟他说了我现在只想好好学习，我是拒绝了他的，但他可能误会了我的意思，以为我是说毕业后会跟他在一起……”

听着沈梦琪的辩解，江嫣然满脸怒色道：“闭嘴！宋梓航亲口跟我说过，说你承认对他也有感觉，说你抱了他，你还想狡辩！我不想再听到有关你们之间的半个字！”

那天，她去找了宋梓航，亲眼见到他满眼都是欢喜，说他喜欢的人已经接受了他的心意。

若不是沈梦琪给了他希望，他怎么会是那种反应？

沈梦琪没想到宋梓航连这个都跟江嫣然说了，顿时脸色一白，说不出话来。

看到沈梦琪这个反应，众人哪里还有不明白的。

江嫣然说完，用力推开围观的人群，跌跌撞撞地跑远了。

方琴犹豫地看看江嫣然，又看看沈梦琪，最后还是朝着江嫣然追了过去。

围观的众人本来是准备看叶绾绾的好戏，没想到却看到了这样一幕，这会儿全都盯着沈梦琪窃窃私语起来。

“真看不出来，沈梦琪看着那么单纯，居然会做出这种事来！”

“明知道江嫣然一直喜欢宋梓航，还瞒着她跟宋梓航偷偷联系，确实太不厚道了！”

“说不定只是宋梓航单方面追她的呢？”

“一个巴掌拍不响好吗？没听江嫣然说，人家都主动抱了宋梓航吗？”

“这倒也是！”

……

叶绾绾站在原地，静静地看着江嫣然踉跄走开的背影，莫名有种同病相怜之感。

江嫣然这个人，爱憎分明，疾恶如仇，一如对她的讨厌，一如对宋梓航的喜欢。

正想着，她察觉到沈梦琪目光阴狠地朝她这个方向看了过来。

叶绾绾微不可察地挑了挑眉，一脸无辜地悠悠开口道：“梦琪，我不知道事情会变成这样，你不会怪我吧？”

沈梦琪听着周遭难听的窃窃私语，气得都快发疯了，却只能强自忍下来，干笑道：“绾绾，我怎么会怪你呢，你也是无心的。”

沈梦琪咬牙切齿地说完，扫了眼周围那些还没走的人，急切地跟她解释道：“其实嫣然她真的误会我了，我怎么会抢她的心上人呢！宋梓航确实喜欢我，也一直在追求我，但是我从没有回应过他，还特意去跟他说清楚了，那个拥抱是祝他未来一切都好的意思，我完全没料到他会误解。我就是怕嫣然误会，才一直瞒着她的，谁知道绾绾你……”

仗着江嫣然走了，宋梓航本人也不在场，没人知道实情，沈梦琪便将一切责任撇得一干二净，反而把矛头指向了叶绾绾。

叶绾绾倒是也不拆穿，一副恍然大悟的表情开口道：“我就说嘛，你喜欢的明明是我哥哥啊！”

沈梦琪闻言一惊，随后急忙一脸严肃道：“绾绾，你别乱说，我一直都只是把慕凡哥当成亲哥哥一样的，喜欢也只是对哥哥的喜欢！”

如今沈家旗下的聚星蒸蒸日上，她的前途一片大好，追求她的男生中，条件好的数不胜数，她可不想跟叶慕凡扯上任何关系。

这一句把叶慕凡当成亲哥哥，让叶绾绾内心冷笑，随后，她故作狐疑道：“是吗？当初你给我哥的信还是我帮着你送出去的呢！内容不是写着什么‘第一眼见到你就喜欢上了你，你就是我心目中完美的神’？原来是我误会了，那只是对哥哥的喜欢吗？我还以为你是因为我父亲的事情，看不上我哥哥了呢！”

周围的人听到这里，顿时一阵唏嘘，露出了然的神色来，看着沈梦琪的目光更鄙夷了。

对于沈梦琪的解释，他们本来就半信半疑，大部分人还是站在江嫣然那边。

现在听到叶绾绾的话，顿时觉得沈梦琪确实有点嫌贫爱富的嫌疑，叶绾绾的哥哥叶慕凡当初也是清禾学院的风云人物，无人不知，沈梦琪和叶慕凡的事情也有不少人知道。

现在才来说只是把人家当成哥哥？谁信啊！

沈梦琪的脸色一僵，说：“绾绾，都是那么久远的事情了，那时候我年纪小不懂事，哪里知道什么是喜欢！还有，我怎么可能因为你家里出了事就疏远你和慕凡哥呢？我要是这么想，怎么还会跟你这么要好，还帮忙把你哥介绍进我爸的公司？”

说到这里，沈梦琪顿时有了底气，笑着开口道：“慕凡哥工作还是挺努力的，前些天我爸还夸他！只要慕凡哥努力工作，我爸肯定不会亏待他的！”

沈梦琪看似不经意地说出她哥在沈氏上班的事情，看似真挚的语气里明显带着一丝高高在上的优越感。

听到这话，叶绾绾心头一阵气血翻涌。当年沈洪斌不过是她父亲手下的一个小员工，而她那么骄傲的哥哥，如今居然沦落到现在的境地！

偏偏他还以为自己是为了爱情牺牲，心甘情愿地为了沈家奋斗，为沈家捧出了一大批当红艺人。

在梦里，因为从司夜寒这里得到的好处，又有国际著名演员江嫣然，加上哥哥这个被业界称为“造神手”的金牌形象策划师，沈家的公司蒸蒸日上，未来甚至可以跟叶家并驾齐驱。

而哥哥呢，为了娶沈梦琪，年纪轻轻就累出一身病，最后身体垮了，利用价值被榨干了之后被沈家一脚踢开。沈家为了不落下话柄，还让艺人诬陷他潜规则公司艺人，弄得他身败名裂，被整个圈子封杀，绝望之下自暴自弃……

可是如今她能让江嫣然看清沈梦琪的真面目，却没办法让自己的亲哥哥清醒过来。

叶慕凡当年也是风流倜傥，却偏偏栽在了沈梦琪的手上，把沈梦琪当成心头的朱砂痣，对她比对自己这个亲妹妹还要好。

以自己现在和哥哥糟糕透顶的关系，贸然去说沈梦琪的坏话，别说他根本不可能相信，还会让他们的兄妹关系更加糟糕。

除非找到能让哥哥彻底看清沈梦琪和沈家真面目的证据，才能将哥哥拉回来。

不过，没关系，慢慢来，江嫣然不过是一个开始！

看着沈梦琪那副施舍的状态，叶绾绾故作惊讶道：“我哥在业内可是有‘造神手’之称的王牌形象策划，皇天的死对头环球来挖他，他都没去呢，没想到你随便说几句话他就去了！”

虽然在梦里，沈家的聚星完全碾压环球，与叶家的皇天并肩，但现在沈家的公司还远远无法与这两个业内大鳄相提并论。

这话一说出来，围观的女生们自然而然又开始顺着叶绾绾的引导往某些方向联想了，要说沈梦琪和叶慕凡没关系，叶慕凡怎么这么听她的话，放弃业内数一数二的环球不去，跑去聚星？

而且叶绾绾这话分明是在暗示他们沈家得了便宜还卖乖。

沈梦琪面色微变，强撑着笑脸道：“毕竟我和慕凡哥认识这么久了啊，我的话他还是相信的，聚星虽然没有环球那么大，但很有潜力，发展空间也很大。慕凡哥他虽然很厉害，但你也知道你父亲的事情……今时不同往日，在大公司哪有那么好混啊！绾绾，我回头再跟你聊吧，我有点不放心嫣然，先去找她了！”

沈梦琪怎么也没想到，叶绾绾今天居然这么难缠，三番五次在众人跟前噎得她差点没有反驳的余地。

以免再被她说出什么话让自己不好应对，沈梦琪急忙找了个借口离开了。

叶绾绾看着沈梦琪逃窜的背影，暗暗扬了扬嘴角。

经过今天的事情，无论沈梦琪怎么解释和洗白，大家对她的态度和印象都不会再跟从前一样了。

至于江嫣然，只要她跟沈梦琪决裂了，后面自己有的是机会刷她的好感度。

回到宿舍之后，叶绾绾立即拿起手机，翻到了司夜寒的号码。她还是决定，再冒险一次。

对于司夜寒而言，欺骗才是最可怕的，不如直接坦白。

与此同时，如叶绾绾所料，沈梦琪正暴跳如雷。

宿舍里，江嫣然和方琴都不在。她望着镜中自己被手机砸得迅速肿起来的脸，一把将桌上的东西全都拂到了地上。

全都是叶绾绾害的！她居然还敢提自己当初追求叶慕凡的事情，叶慕凡现在不过是她公司里的一名员工罢了，他也配和自己在一起？

自己绝对不会让她好过的！

沈梦琪面色阴沉地拿出手机，冷笑一声，迅速开始编辑短信：“司先生，绾绾最近似乎交了一些不太好的朋友，跟一个人走得很近，她明知道那个人对她图谋不轨！我好担心绾绾一时犯傻被人骗了。我真的搞不懂，司先生你这么好，对绾绾也这么好，为什么她总是要做伤害你的事情呢！”

沈梦琪三言两语便把是非黑白全都给颠倒了。

表面上是在关心叶绾绾的安危，却是实打实地给叶绾绾扣了一个招蜂引蝶的帽子。

说起告黑状的技巧，沈梦琪倒是无人能及。

除了这条信息之外，她自然不忘又发了几张两人并肩行走的照片过去，这才终于稍稍解了几分气。

她不知道昨天到底是哪里出了问题，叶绾绾居然跟没事人一样照常来学校了，但这次，证据确凿，绝对不会再出意外！

深夜，锦园。

许易盯着已经紧闭了一天一夜的房门，急得团团转：“怎么办，九爷已经把自己关在屋子里一天一夜了，墨医生，你不是最厉害的心理医生吗？你倒是想想办法啊！”

墨玄双臂环胸靠着对面的墙壁，无语道：“我是医生，又不是神仙！”

当他是万能的吗？何况他在司夜寒这里分明起不到什么作用。

“那总不能什么也不做吧……”

许易正暴躁，这时，不远处突然有手机短信的铃声响了起来。

许易顺着声音传来的方向看去，发现是先前被司夜寒扔在地上的手机。

他拾起来一看，只见屏幕上连续弹出了好几条新信息，全都是沈梦琪发来的。

“这女人还真是阴魂不散！还嫌我这儿不够乱吗！”许易低咒了一声，把手机捂紧了，以免司夜寒听到。

墨玄朝着手机看了一眼，略作思索后开口道：“你去查一下，看叶绾绾那边出什么事了，说不定可以把九爷引出来。”

许易闻言，脸色顿时一黑，非要用这种方式让九爷出来吗？

但是想来想去也没其他办法了，少爷继续这么不吃不喝不睡地待下去，身体怎么扛得住。

看来只能这样了。

于是，许易迅速让人去查了一下。

一会儿后，查探的结果便出来了，学校里居然有个小子在公然追求叶绾绾，还闹得全校皆知！

“学校有人在高调追求叶小姐，墨医生，你确定要告诉九爷吗？”许易哭丧着脸问。

平时叶绾绾跟别的男人多说一句话九爷都要动怒，现在居然有人敢打叶绾绾的主意，他肯定更生气，万一两人又闹起来……

墨玄闻言愣了一下说：“你确定？”

叶绾绾那副样子，居然还能惹上桃花？

许易严肃地点头道：“消息准确！而且据说对方还是清禾校董的儿子，长得也挺帅，挺招小姑娘欢迎的，就是眼神可能有问题。”

墨玄捏了捏眉心，也有些迟疑了，思索了半天才开口道：“九爷迟早会知道的。”

许易想了想也是，于是，他只能深吸一口气，敲响了紧闭的房门，小心翼翼地将门推开。

只见屋子里所有的窗帘全部都拉着，只有一道窄窄的缝隙透出了一丝微弱的光亮，落在男人的脸上。

司夜寒躺在沙发上，单腿屈膝，一只手横在眼睛上遮挡光线，总是系到领口一丝不苟的黑色衬衫随意地解开了两颗扣子，脸上带着病态的苍白，整个人散发着一股颓废的气息。

但许易知道，其实，安静时的少爷远比暴怒时的少爷还要危险一百倍。

许易鼓起勇气走了过去：“九……九爷……有您的短信，是沈梦琪发过来的，可能是有急事……”

司夜寒却好像没有兴趣。

许易等了半天，时间久得让他的四肢都快发麻了，无奈之下，只能硬着头皮主动说出那个消息：“九爷，似乎有个男生在学校里追求叶小姐……”

下一秒，回应他的，是整个空间内瞬间暴涨的冷气。

沙发上的男人虽然动都没动一下，只是微微睁开了眼睛，但瞬间周遭的气氛便完全变了。

许易心中泪流满面，默默地为那个男生默哀了一万遍，然后做好一级警备，以应付接下来所有可能发生的事情。

就在许易神经高度紧张的时候，一阵突兀的手机铃声响了起来，吓得他差点直接把手机扔了。

他赶紧看了眼来电显示，原本还以为又是沈梦琪闹什么幺蛾子，结果定睛一看，竟然是叶绾绾打来的！

许易顿时心提到了嗓子眼，这个时候叶绾绾打电话过来做什么？

“九……九爷，是叶小姐的视频电话……”

安静阴冷的房间内，只剩下突兀的手机铃声一直回荡着。

许易实在是猜不透司夜寒的意思，也不知道他到底想不想接这通电话，只能一直举着手机僵立在那里。最重要的是，这个电话让他潜意识里有种不祥的预感，如果可以，他倒是希望少爷别接。

随着铃声的响动，周遭的压迫感越来越逼人，铃声听在耳中简直如同定时炸弹的倒计时。

许易的神经紧绷到了极致，大概是因为太慌张了，手一抖，竟一不小心按下了接听键。

下一秒，画面中出现了叶绾绾那张一如既往辣眼睛的脸。

手机那头，叶绾绾等了好半天都没人接听，眼见着手机都快自动挂断了，这时，画面一闪，视频通话终于接通了。

看清屏幕的瞬间，叶绾绾的瞳孔陡然收缩了一下。

只见屏幕那头的男人正躺在沙发上，一只手臂横在额头，衬衫领口随意地解开了两颗扣子，头发也有些凌乱，尤其是脸色，苍白得不太正常。

即使是隔着屏幕，她都能感觉到男人身上的低气压。

从视频的角度来看，手机似乎是另一个人在拿着，可能是许易。

手机屏幕一直在微微颤抖着，她估摸着是许易的手在抖。

从这细微的颤抖中，叶绾绾瞬间便敏锐地察觉到了一丝危机，八成司夜寒已经得到消息了，她还是迟了一步。

叶绾绾抿了抿唇，敛着眸子道：“对不起，我是不是打扰到你休息了……”

一旁的许易眼见着已经不小心接了，只能满头冷汗地打圆场说：“叶小姐，九爷还未就寝，你这么晚打过来是有什么事吗？要是没什么急事的话……”

叶绾绾不等许易说完便用力点点头：“有的，我有急事！今天学校有个男生跟我表白，说喜欢我……”

许易神色一紧，他就知道不该接这通电话的！

他不易察觉地来回晃动着手机，希望能提醒叶绾绾不要说了。

然而，手机那头已经继续传来叶绾绾咕哝的声音，只听她说：“你可不可以陪我一起去见那个男生？”

许易简直感觉有一道惊雷朝着自己的天灵盖劈下来。

她居然还让九爷陪着她一起去见那个男生？

此刻，沙发上，司夜寒半睁的眸子已然彻底睁开，如同从沉睡中渐渐苏醒的野兽……

就在许易万念俱灰的时候，手机那头叶绾绾愤然地说：“我跟那个男生说我已经有男朋友了，结果他居然不相信我，难道我看起来就这么像单身吗？因为太生气了，我一时冲动就答应了他，要带我男朋友给他看。我明明不仅有男朋友，而且我的男朋友还超级帅的。”

许易呆立在一旁，简直听得目瞪口呆，完全没想到还有这种操作。

叶绾绾这马屁拍得……简直不要太精准啊！

就连沙发上男人一直阴郁的面色也错愕了一瞬。

叶绾绾因为迟迟没等到回应，失落地耷拉下了小脑袋：“对不起……是不是给你添麻烦了？要是你不方便的话，那……”

“时间。”手机那头，男人喑哑的声音打断了她的话。

叶绾绾先是一怔，随后双眼闪闪发光：“明天晚上行吗？就在我们学校附近！”

“可以。”

果然，坦白从宽是对的。

第二天早上，叶绾绾心情放松地来到教室。

刚在位置上坐下没多久，头顶突然落下一片阴影，凌东沉着脸色站在她的跟前。

叶绾绾见状，朝着对方投去了狐疑的眼神。

教室里的其他人也全都八卦地朝着两人看去。

凌东抿了抿唇，一脸严肃地盯着叶绾绾开口道：“叶绾绾，我不知道你到底是从哪里听到的谣言，但我可以发誓，我绝对不是因为跟人打赌输了才追你的，更不是在故意耍你，我是认真的！请你相信我！”

“哦——”周围的同学全都是一片哗然。

叶绾绾则是脸色一黑，昨晚她费尽心思地想出了这么个法子辟谣，结果被这家伙一句话就给毁了。

看着男生一脸因为被误会而受伤的表情，叶绾绾默默地抚了抚额：“我昨天跟你说的话也是真的，你不是也不相信我吗？”

昨天说的话？她说自己有男朋友的那件事吗？

“那怎么能一样！”凌东理直气壮地开口。

“晚上我带你去见他。”叶绾绾的声音不大，只有凌东和她邻桌的司夏能听到。

凌东顿时反应过来叶绾绾口中的“他”指的是谁，面上闪过一丝讶异，但很快便恢复了淡定：“好！”

终于到了放学。

等晚饭过后，校园里没什么人了，叶绾绾将凌东叫出来，两人去了校外不远处的一家餐厅。

凌东坐在对面的沙发上，一副胸有成竹的表情，似乎已经完全看穿了叶绾绾的套路。

要么就是放他鸽子，纯粹是装的；要么就是找个人过来冒充，后者的可能性比较大，但除非他眼瞎，才识不破。

总之，他是不可能放弃的！

叶绾绾自然知道凌东在想什么，也没辩解，看了眼手机上的时间，司夜寒还有二十分钟应该就到了。

“可以问你一个问题吗？”对面的凌东突然开口。

叶绾绾点头：“什么？”

凌东盯着叶绾绾浓妆艳抹的脸，轻咳一声：“你明明那么好看，为什么要故意把自己弄成这样……”

叶绾绾一边吸果汁，一边眨了眨眼睛说：“因为我男朋友喜欢啊！”

凌东顿时一噎。

“绾绾，你不用再装了，接受我有那么难吗？我虽然没有司夏那么帅，但也不差，而且你跟我在一起之后，我绝对不会让任何人欺负你！”凌东的语气很是自信，当然，他也确实是有那个资本。

凌东在学校的人气值仅次于司夏，不然也不会给她拉了这么多仇恨。

叶绾绾托着下巴，真挚道：“我只喜欢我男朋友！”

凌东闻言一副拿她无可奈何的表情，随后应道：“好，绾绾，你总说我不相信你，那现在我便相信你，相信你说的所有话，相信你有男朋友，相信你男朋友真有你说的那么好，但是，如果事实证明你骗我怎么办？”

叶绾绾挖了一大口焦糖布丁，想也不想地脱口而出道：“要是我骗你，那我就答应你呗！”

凌东一听，顿时整张脸都亮了起来：“你说真的？”

叶绾绾诚恳地点点头道：“当然是真的！”

时间一分一秒地过去，转眼便过了二十分钟。

可是，时间到了，司夜寒却没有来。

不过二十分钟整的时候，许易准时给她打了个电话。

“喂，叶小姐，实在抱歉，九爷这边有点事情耽搁了，可能需要您多等一会儿！”

“是有什么急事吗？”叶绾绾急忙问。

许易的语气也不知道为什么听起来似乎有些不对劲，支吾了半天才开口道：“没……没有的，也不是什么大事，您稍等一会儿便可以了！”

“哦，那好的。”叶绾绾这才放下心来。

挂了电话之后，叶绾绾看向对面的凌东开口说：“我男朋友临时有点事情耽搁了，可能要迟点过来。”

凌东双臂环胸，一副早就料到她会这么说的表情，不紧不慢地开口道：“无所谓，我可以等。”

司夜寒平时一直很忙，有事情耽误再正常不过，叶绾绾也没多想，便继续等着。

转眼又半个小时过去了，司夜寒还是没到。

倒是许易又打了个电话过来，语气为难地再次通知她道：“叶小姐，九爷这边的事情还没处理好，您估计还要等一下……”

“哦，没事的，你让他先忙正事吧！”叶绾绾不在意地开口道。

对面的凌东见状，朝着叶绾绾看了一眼：“怎么？又推迟了？”

叶绾绾点头：“不好意思，他特别忙的！”

凌东也不揭穿：“没事，反正我也没事，可以慢慢等！”

就这样，又过了漫长的整整一个小时，餐厅里的人已经越来越少。

一个小时后，许易第三次打了电话过来。

这一次，许易的语气听起来更加不对劲，显得战战兢兢，充满了惶恐，几乎快要哭出来似的，让人不禁猜测他那边究竟遇到了什么棘手的事情。

“实在抱歉，九爷这边还没好……”

“哦……”叶绾绾听到这里，也觉得有些不对劲了，难道出了什么大事？还是司夜寒其实并不愿意来？

可是不对啊，司夜寒要是不想来，直接拒绝她就好了，没必要答应她，还让许易通知了她这么多次。

“要么改天再约？”叶绾绾提议道。

许易一听却瞬间慌了：“千万别！叶小姐，实在是太抱歉了，九爷这边确实暂时抽不开身，但无论如何今晚他肯定会去的，请您务必再多等一会儿，拜托了！”

“呃，那好吧！”

许易都这么说了，叶绾绾也只能答应，只是心里越发好奇，司夜寒那边到底是出了什么情况？

叶绾绾第三次挂了电话之后，凌东看了眼手机上的时间，盯着她开口道：“绾绾，如果过了十二点，你说的人还没来，应该就可以算作是你骗我了吧？”

叶缩缩想到许易那句无论如何今晚司夜寒肯定会来，最后还是点点头说：“可以。”

凌东一听，脸色一喜，顿时一点儿都不着急了，反而期待地看着时间一分一秒地过去。

此刻距离十二点已经只剩下一个多小时，还有一个多小时，眼前的女孩就是他的女朋友了！

餐厅已经快要到打烊的时间，渐渐地，只剩下了叶缩缩他们这个卡座还有人。

最近叶缩缩的睡眠挺规律，平时这个点她早就已经睡着了，所以这会儿一直在犯困。

又等了一会儿人还没来，叶缩缩的眼皮子越来越重，从托着下巴变成趴在桌上，然后一不小心就直接趴在那里睡着了。

凌东本来正在看时间，一抬眼就发现叶缩缩睡得正香。

他盯着女孩的睡容，脑海中不由得浮现出那天晚上的惊鸿一瞥，顿时耳根有些发热。

她说得那么干脆如果是骗他的，就答应做他的女朋友，这是否代表着，其实她也是喜欢自己的，所以才答应的呢？

想到这里，又看了眼越来越接近的时间，凌东难免有些激动，情不自禁地朝着女孩的脸颊伸出手去：“缩缩……”

这时，“哗啦”一声，餐厅的玻璃门伴随着一阵夜风被一只修长白皙至透明的手推开。

“那个，不好意思，本店已经快打烊……呃……”随后是老板说到一半陡然消散在夜风里的话音。

脚步声清晰地由远及近传来。

凌东不知为何莫名地脊背一寒，下意识地朝着门口的方向看去，下一秒，瞳孔剧烈收缩。

视线之中，一个男人正缓缓朝着他们的方向走来。

男人一身复古的经典式黑色西装，寒潭似的眸子如同能够将人的灵魂都冻结。

当他一步一步走来，装饰豪华的餐厅都沦为了他的背景板。

看着男人那一身与生俱来的矜贵气度和完美的脸，凌东的脑海中莫名就浮现了叶缩缩跟自己说过的话——我男朋友比司夏还帅一百倍！

这个世界上，竟然真的有这样的人，还正好被他遇上了！

就在凌东反应过来自己居然盯着一个男人看到发呆的时候，那人已经径直走到他的跟前。

“请问您有什么事吗？”凌东下意识地问。

男人没有说话，目光居高临下地冷睨在他的身上，凌东有种自己沦为猎物的感觉。

就在凌东全身僵硬，额上冷汗直冒的时候，对面睡得一无所觉的叶缩缩因为睡得太熟，身体开始无知觉地往旁边倒去。

眼见着叶缩缩就要摔在地上，凌东一惊，急忙要去接。

对面的男人看似不紧不慢，却速度极快地微微倾了一下身，女孩便精准地落入了他的怀里。

凌东见那男人以拥抱的姿势接住了叶缩缩，顿时眸光一紧。

叶缩缩似乎被惊醒了，迷迷糊糊地揉了揉眼睛，看着眼前的人，先是迟钝地发了会儿呆，随后在男人的身上蹭了蹭，语气极其委屈地咕哝道：“你怎么才来呀……”

男人看着怀里的女孩，清冷的眸底是与他的形象完全不相符的温柔。

凌东看看叶缩缩，又看看这个男人，这是怎么回事？

就在凌东发呆之际，男人已经将叶缩缩抱了起来。凌东这才回过神来，连忙出声拦住对方：“等等，把她放下！你是什么人！”

几乎是在凌东话音落下的瞬间，男人回答道：“叶缩缩的男朋友。”

“哐啷”一声，刺耳的声音响起。

凌东手边的杯子摔在地上，他整个人如同五雷轰顶，目瞪口呆地盯着对面的两个人：“你是……”

如果说他和叶缩缩站在一起是鲜明而突兀的对比，那么眼前这个人怀里抱着叶缩缩的画面简直更加惊人了！

“你是叶缩缩的男朋友……”凌东好半天才找回自己的声音。

即使是他，对着这个样子的叶缩缩也绝不会如此亲昵，司夏更是每天都在各种找借口躲，可是这个男人……

他想起叶缩缩之前说，她之所以化那样的妆容，是因为她男朋友喜欢她这个样子。叶缩缩说的竟然全都是真的！

男人淡若无物的眸子丝毫没有在凌东的身上停留，直接抱着女孩离开了空荡荡的餐厅。

叶缩缩从头到尾都乖顺地蜷缩在男人的怀里。

或许是因为刚睡醒有些迟钝，又或者是司夜寒的亲近让她没有想象中的那么排斥。

呼吸相闻之间，她闻到了一股淡淡的果木清香，不同于司夜寒身上以往的冷冽气息，不过也挺好闻的。

也不知道是不是她的错觉，今晚这人明明依旧一成不变的黑色装扮，却总给她一种非常隆重以及正式的感觉。

譬如他从来不用香水，今天却破天荒地用了；袖口上那枚低调奢华、古董级的黑曜石袖扣，在举手投足间隐隐闪现；领带上别着的特殊金属质地的领带夹，更显别致。这套西装乍看之下与平日无异，但细究其设计细节，不难发现这应该是他第一次穿……

这家伙今晚也太帅了吧！连她见惯了司夜寒那张脸都被惊艳了。

想到刚才凌东的表情，她忍不住有些好笑，这可怜的孩子，估计今晚的三观都被震碎了。

许易方才就候在餐厅门口，透过玻璃窗清楚地看到里面发生了什么，看到那男生直到现在还呆呆地站在原地。

许易擦了把汗，忍不住暗自腹诽："少爷啊，您至于吗？"

其实这会儿叶绾绾也是一样的想法，她居然让司夜寒出来挡这种级别的桃花，这跟用大招对付小兵有啥区别！

"我要下来……"见司夜寒抱着她，完全没有要放她下来的意思，叶绾绾开口。

男人的脚步微顿，气息瞬间冷了一瞬，片刻后，将她放了下来。

叶绾绾原地蹦跶了两下，仰着小脑袋盯着眼前的男人，一脸期待道："换背的可以吗？"

男人闻言，神色明显怔忡了一瞬，旋即缓缓在她身前倾下身体。

叶绾绾立即攀上男人的背，双手环住了他的脖子，困倦地打了个哈欠："还是这样比较舒服！"

一旁的许易看着两人的相处，心脏跟坐过山车一样忽上忽下。

他突然发现，只要叶绾绾稍微主动亲近些，他家少爷就温顺得让人不敢置信。

寂静无人的路上，男人背着女孩缓缓朝着学校的方向走去。

感觉背上的小脑袋一点一点，男人开口问道："困了？"

叶绾绾用脑袋蹭着他的肩膀点点头："嗯……你今晚是不是出什么事了，要紧吗？"

"没事。"

叶绾绾半信半疑地说："真的？可是之前在电话里，我听到许管家的语气好像都快哭了！"

她一边说一边朝着许易投去疑问的目光。

许易脊背一僵，赶紧摆手道："咳，叶小姐，真没什么大事，都已经处理妥当了。"

打死他也不敢说自家高贵冷艳的少爷出门前在家换了三个小时的衣服，折磨了十几个造型师，吓哭一屋子的用人……

听许易这么说，叶绾绾便没多问了，只是嘴里咕哝道："幸亏你及时赶到，不然我差点就要变成别人的女朋友了，之前凌东要跟我打赌，若我骗他，我男朋友没来的话，我就得答应做他女朋友。"

司夜寒眼底的寒意还未来得及弥漫开，紧跟着便听到女孩一副获胜的语气得意地开口道："因为你答应了我会来，所以我知道你肯定会来的，想都没想就跟他赌了！看刚才凌东的反应就知道，这回肯定死心了，毕竟我男朋友这么帅！就算是披个麻袋过来都能秒杀他！"

司夜寒听着女孩这些得意的话，眸底刚结冰的寒潭瞬间融化，看得出叶绾绾这马屁是拍到点子上了。

一旁的许易则是听得泪流满面。

披个麻袋过来？你要是提前说这话，今晚我们这些人也不用遭这么一场折腾啊！

他算是明白了，就算他们这么多人加起来夸一万句，也抵不上这位说一个“帅”字。

从餐厅到学校的路不长，很快便晃悠到了。

叶绾绾从男人的背上跳了下来：“我到啦！”

男人转身，看着跟前的女孩，脸色明显又转冷了。

叶绾绾深深地觉得，这人的心情真是跟三月的天一样，阴晴不定。

与此同时，叶绾绾并不知道，距离她和司夜寒两人不远处的长椅上，正坐着一个人。

司夏原本是因为睡不着出来透气，这会儿却意外地透过枝叶的缝隙看到不远处的路灯下，叶绾绾正站在那里跟一个男人说话。

那个男人是背对着他的，只能看到一个朦胧的背影，但仅是一眼，司夏瞬间就变了脸色——

司夜寒！怎么可能？

司夏满脸惊疑不定，定睛看了过去，只见叶绾绾踮起脚，在男人的脸上轻轻亲了一下：“晚安！”

说完一边离开一边扭着头冲男人挥了挥手。

就在这时，那个颀长清冷的背影转了过来，男人手臂一伸，扣住还没来得及走远的女孩，一把带进自己的怀里。

而司夏看着男人的脸，整个人都呆在了原地。当看到他那位矜傲孤冷的九叔俯身抱住了叶绾绾的时候，他的大脑“嗡”的一声炸响。

叶绾绾……和司夜寒？叶绾绾口中一直说的那个男朋友竟然是他？

司夏强撑着残存的最后一丝清明，稳住心神，重新朝着路灯下看去，只见男人已经转身离开，叶绾绾也正朝着女生宿舍走去。

司夜寒怎么可能会跟叶绾绾在一起？

他突然想到了一个几乎不可能的可能：难道叶绾绾就是锦园里的那个女人？

凌东的宿舍。

“谁啊？”一个穿着背心和大裤衩的男生一脸困倦地拉开门。

当看到门口站着的人竟然是司夏之后，男生的神色明显愣了一下：“司夏？”

虽然在男生宿舍串门很常见，但眼前这位显然家世不凡，与他们截然不同。再加上司夏历来独来独往，平日里与他们交往不多，更别提串门了。

所以，见他深夜过来，男生难免有些意外，问道："那个，你有事吗？"

"我找凌东。"司夏开口道。

"哦哦，你找东哥啊，东哥他在呢，刚回来。"男生挠挠头，表情有些为难，"就是你来得不是时候，东哥现在的状态可能不太好……"

"状态不好？"

"你先进来吧，反正你自己看就知道了！"男生叹着气拉开了门。

司夏刚进门，男生飞快地把门关上了，生怕凌东此刻的模样被其他人发现。

只见凌东一屁股坐在地上，一言不发，周身气压极低。

这状态，明眼人一看就是刚失恋。

"怎么回事？"司夏朝着宿舍里的另外三个男生看了一眼。

三个男生面面相觑，刚才开门的那个男生神神秘秘地凑近他，开口道："东哥今晚去见叶绾绾的男朋友了！叶绾绾居然有男朋友！你敢信？"

"是吗？"司夏眸光微闪。

"可不是吗！本来我们都以为叶绾绾说自己有男朋友是为了搪塞东哥骗人的，还说什么她男朋友巨帅无比，谁信她啊！可是，谁知道，东哥去了之后，还真见到了人！"

"何止是见到了啊，据东哥说，那男的长得真的比司夏你还……"接下来的话，男生轻咳一声，没说出口。

"比我帅，是吗？"司夏轻声开口。

男生摸摸鼻子尴尬道："反正东哥是这么说的，我们都怀疑他是看错了！"

"这世界上怎么可能有这么帅还正好眼瞎的男人看上了叶绾绾？"

"就是啊，就算叶绾绾有男朋友了又怎样，凭咱东哥还能争不过吗？"

几人正你一言我一语地说着，旁边的凌东突然说了一句："那样的人，我还争个什么？"

一旁的三个男生："……"

司夏朝着凌东看了一眼，半晌后，他走到凌东跟前蹲了下来，点开手机递给他，问："你今晚看到的，叶绾绾的男朋友，是他吗？"

凌东迷迷糊糊地朝着司夏的手机看了一眼，一个激灵爬了起来："你怎么会有叶绾绾男朋友的照片？"

听到这话，司夏顿时眯起双眼。

真的是他，司夜寒……

第五章

联名抵制

我一直认为，一本书如果能让人产生情感波动，那么它就具有了永恒的价值。

而“恰似”正是这样一本书，它对我来说，是一段无比珍贵的记忆。

——夕海鲸风

读者告白

QIASIHANGUANG
YUJIAOYANG

第二天早上，叶绾绾和往常一样来到教室。

虽然已经是第三天，但是她和凌东的事情仍然很受关注。凌东还没来的时候，大家就已经在窃窃私语，纷纷议论着待会儿凌东来了之后，他又会做出什么惊人的举动。

直到快上课的时候，凌东才姗姗来迟。

男生顶着两个大大的黑眼圈，脸色看上去很憔悴，一副失魂落魄的模样，进教室的时候差点撞到门框上。

在所有人八卦的目光下，凌东走进了教室，路过叶绾绾时，脚步略微停顿，想说什么，但似乎突然想起了什么，瞬间打消了开口的念头，低着头匆匆走开，就像身后有什么东西在追赶他一样。

看着凌东这副避之不及的姿态，叶绾绾长舒了一口气。

这朵桃花掐得比她想象中的还要彻底。

不过也难怪，她可是连司夜寒都叫出来了，剪个小花枝还是绰绰有余的！

而凌东这表现，看在其他人眼中就又是另一番猜测了。

“凌东今天怎么不跟叶绾绾献殷勤了？”

“我看是叶绾绾被抛弃了吧！这也太快了！这才三天时间！”

“我东哥的脑子终于清醒了！可喜可贺啊！”

除了对八卦的关注之外，另外一件大家比较关注的事情是，今天司夏没来上课。

从早上开始，就已经有不少外班来看司夏的女生失望而归，本班的女生更是一个个担心得恨不得冲去男生宿舍看看司夏到底怎么样了。

时间很快过去，转眼到了下午，司夏依旧没来。

女生们越来越焦虑了，全都望眼欲穿地看着窗外。

“司夏今天怎么到现在还没来？是出了什么事情吗？”

“该不会是生病了吧？”

这时，程雪不紧不慢地开口道：“应该不会吧，我昨晚见到司夏的时候他还好好的呢！”

虽然众人都知道司夏对程雪的态度最为不同，但听到对方说昨晚跟司夏见过这么暧昧的话，还是都露出了嫉妒的神色。

程雪旁边的小跟班先是朝着叶绾绾的方向狠狠瞪了一眼，随即顺着程雪的话尖声开口道：“每天上课身边都坐着这么个人，放学了都没法清净，换你们，你们愿意来上课吗？”

女生的话顿时得到了所有人的点头附和，叶绾绾瞬间被女生们愤恨的目光给湮没了。

“那司夏该不会是以后都不来了吧！太过分了！学校难道就不管吗？任由她把班里搞得乌烟瘴气！”

“这么重要的文艺会演怎么可以让叶绾绾胡来！到时候会来那么多领导和名人，

说小点丢的是我们F班的脸，说大点丢的就是我们整个清禾的脸啊！”

“不如我们联名请求更换演员吧！”

“对！大家一起申请！现在就写一份抵制书，待会儿大家全部签名！”

众人本来还有些顾忌凌东，但看凌东今天的态度，明显已经对叶绾绾没兴趣了，所以便有恃无恐起来。

一群人当着叶绾绾的面开始闹起义，不出片刻那份所谓的抵制书便写好了，然后所有人一个接着一个地开始签名。

抵制书传到凌东这里的时候，他的表情挣扎了半天，终究还是没管，眼不见为净地扔到了一旁。

想到昨晚那男人盯着自己时的眼神，他到现在还全身发寒，再一想男人那张脸，那身气度，更是什么心思都不敢有了……

至于叶绾绾本人，看着那些人在闹，激动得双眼闪闪发光，忍不住暗戳戳地想，太好了，赶紧联名申请吧，我能也签个名吗？

当然，那些人怕她毁尸灭迹，不会把抵制书传给她的。

等抵制书传了一圈，上面已经密密麻麻地签满了名字。程雪的小跟班作为代表，兴奋地把抵制书送去了梁丽华那里，她经过叶绾绾的时候，满脸的得意和嘲讽。

很快到了下午最后一节课。

叶绾绾原本激动的心情顿时蔫了吧唧。

最后一节是赵星洲的数学课。好难熬啊！可是，一想到她若不好好学习，根本没脸回家，顿时又咬了咬牙，把课本翻开。

这段日子，她每天都在疯狂地想要回去见父母，想要跪在他们面前忏悔，但她做的那些混账事根本就不配得到他们的原谅。

她没有脸面，更不想以这种狼狈又可怜的姿态回去，她要成为他们的骄傲，而不是负担和污点。

赵星洲让数学课代表发了一套练习册下去，慢悠悠地说："这节课大家自己做题，做完我当场讲解！"

叶绾绾对数学完全是一窍不通，只要看到数字就头皮发麻，本能地逃避，这会儿正在逼着自己审题，班里突然响起一阵惊呼——

“啊——司夏！”

“司夏来了！”

“啊！我的天哪！我怎么觉得司夏今天特别的帅！”

“抱歉老师，迟到了。”门口传来少年清越的声音。

叶绾绾被喧闹声打扰，下意识地抬起头朝门口看去。

下一秒，叶绾绾瞬间感觉眼前一黑——被闪瞎的。

难怪这些女生突然激动成这样。

眼前这家伙……明明还是和往常一样差不多的装扮，但她怎么觉得他今天有哪里不一样？

平时的司夏帅归帅，但好歹还在正常范畴之内，但今天，就好像他身上那层朦胧的结界和伪装突然消失了一样，整个人的魅力值直线上升。

赵星洲丝毫不在意地笑呵呵道："没事没事，司夏同学，进来吧，你旷了所有的课，唯独我的课赶到了，老师很欣慰啊！"

叶绾绾听得嘴角一抽，这话是不是哪里不对？

你一个老师说这种话没问题吗？也不怕被其他科目的老师围殴……

正在心里吐槽，赵星洲特意朝着她的方向看了一眼："某些同学，若能有司夏同学对数学百分之一的热爱，老师就算是砸锅卖铁也要资助你一百套考题大礼包！"

叶绾绾："……"真的不必了，谢谢老师。

跟赵星洲打过招呼之后，司夏走到了她的跟前。

走近之后，叶绾绾被那张脸晃得一花，急忙站起身，让他进座位。

直到司夏已经回到了座位上，女生们还在叽叽喳喳，赵星洲顿时脸色严肃地开口道："好了好了，都冷静一点，怎么看到我的时候，就没见你们这么激动过？"

"老师，你又不帅！"立即有女生反驳。

"这位同学，你刚才说什么？请你勇敢地大声地再说一遍！"赵星洲的语气明显带着威胁。

"老师，你最帅了！"女生吓得赶紧高喊。

"很好！继续做题吧！"

闹了一阵之后，众人重新开始埋头做题，但是很明显，班里没有一个人的注意力还在学习上。

司夏坐下后，把习题从头到尾扫了一遍便没再管，和往常一样趴在那里开始睡觉。

一旁的叶绾绾瞅得嫉妒不已，跟她交白卷的原因不同，这家伙这么放肆，完全是因为他都会做。

相比她上次侥幸看过原题并记住标准答案才得到的满分，司夏的数学成绩除了因故缺考之外，每次考试都是满分。

在她眼中，这种人简直就是个变态。果然，司家就没一个正常的人！

叶绾绾正一边苦大仇深地埋头做题，一边在心里暗暗腹诽，忽然感到肩膀上一沉，鼻尖隐约嗅到一抹清新干净的气息。

叶绾绾僵硬地扭头望去，随即发现司夏不知何时改变了睡姿，不经意间倚在了她的肩膀上！

刹那间，教室里响起此起彼伏的声音，那些一直将注意力集中在司夏身上的女生，眼睛和下巴仿佛掉了一地，而程雪的目光更是炙热无比。

叶绾绾顶着全班女生的视线，赶紧小心翼翼地试图把肩膀上的睡美人给挪开。

关她什么事啊，她也是受害者好吗？

但她要是真说出这话，能被人打死，于是只能有苦往肚里咽。

还好，挪到一半的时候，司夏自己醒了。

司夏醒后，懒洋洋地斜支着额头，目光落在了叶绾绾的习题册上，说：“这题……”

叶绾绾有些错愕地看了过去，问道：“什么？”

“这题错了，还有这题，这题也不对……”

见司夏连续点出无数道题目，叶绾绾眉心跳了跳，深吸一口气：“你就说我有哪题是对的吧！”

司夏白皙修长的手指在其中两题上分别点了一下：“对了两道选择题。”

“这两道……是我蒙的！”叶绾绾心酸得简直想用头砸桌子。

她还以为自己的数学不至于差到这种地步的！

“我可以教你。”司夏笑着开口。

听到这话，叶绾绾顿时一个激灵，终于发现今天司夏似乎哪里不对劲，以往他可是一天到晚趴在桌上睡觉，一整天都不会看她一眼的。

可今天居然主动找她说了这么多话，还要教她数学？

“不用了，我可不想自己找事！你今天干吗去了？怎么最后一节课才来？班里的人都想你了！”

重点是，那些人把司夏没来的责任全都推到了她的身上！

叶绾绾一边说着，一边思量着，如果司夏真的是因为她不来，那她就向老师提出调换座位的请求。演出她是无法拒绝，但尝试调整座位，应该是可行的。

“是吗？”司夏轻声开口。

“是啊！”叶绾绾点头，然后顺势问，“你今天没来，是不是因为……”

然而，叶绾绾接下来的话还没说完，便听到司夏突然打断她，问了一句：“那你呢？”

“啊？我什么？”叶绾绾一时没反应过来司夏的意思。

司夏幽幽看着她：“你想我吗？”

叶绾绾闻言，全身的汗毛都炸起来了，往后一缩，满脸惊恐的表情：“你……你是不是发烧了啊？”

“好了，大家都停下来吧！我开始讲解了，你们做的过程中有哪些不理解的题目，听的时候全都重点注意一下！”

讲台上，赵星洲的话打断了此刻诡异的气氛。

叶绾绾捂着胸口，满脸的惊疑不定，吓死她了！这家伙是随口耍她的吧？

好不容易终于熬到了放学，那些女生瞪着她的眼神实在太可怕了。

虽然听不到叶绾绾和司夏上课时究竟说了什么，但今天司夏不仅意外地靠了她的肩膀，甚至破天荒地跟她说话了，这两点都让大家极为不满。

虽然事实是司夏不慎靠在她身上，也是司夏先主动与她搭话的，但没有人会在意这些细节，错的人肯定是叶绾绾！

叶绾绾本以为放学就熬过去了，谁知道已经连续好几天没来排练的司夏，今天居然按时到场了。

叶绾绾一边心不在焉地排练，一边暗暗皱着眉头，莫名有种不太妙的预感。

司夏坐在靠窗的位置，和往常一样被一群女生围在那里嘘寒问暖、打抱不平。

说话间，前面其他人那部分的排练已经结束，轮到了司夏的戏份。

班长走到了司夏跟前，弱弱地开口问道："司夏，到你了，你今天……要排练吗？"

在所有人的注视下，司夏缓缓从座位上站起身，视线落在舞台之上："当然。"

叶绾绾以为今天司夏不会排练的，所以涂的是紫色的唇膏。

见司夏走过来，她下意识地问了一句："那个，需要我换个颜色吗？"

她记得上次司夏是很难以接受这个颜色的。

司夏朝着她看了一眼，目光里闪动着异样的热度："不用，很好看。"

叶绾绾吓得连忙补了个妆压压惊，手抖之中眼线画歪了好几笔，唇膏也涂糊了。

司夏看着叶绾绾的脸，面上温柔的神色不易察觉地出现了一道裂缝，只是转瞬即逝。他深吸了一口气，开口道："开始排练吧！"

因为是司夏自己要演，那些女生再不满也没办法，只能一个个不甘心地坐在那儿看着。

最后一场戏"邂逅王子"排练开始。

白雪公主被毒倒之后，一位王子骑着白马闯进了森林，迷路之下鬼使神差地来到小木屋前，看到七个小矮人正伤心地守着白雪公主。

司夏缓缓走到了叶绾绾躺着的那张桌子跟前，凝视着女孩的容颜，琉璃般的眸子里满是深情和哀伤之色。

围观的所有人见状皆是满脸叹服。司夏今天演技爆表了啊！

接下来就是整部戏的高潮部分：王子落下真心的吻，使白雪公主醒来。

司夏伸出手，轻抚着女孩的发丝，一只手撑在女孩身侧的桌上，缓缓俯下身。

大家一边咬牙切齿，一边心疼不已地给司夏准备好了矿泉水和垃圾篓。

司夏轻抚女孩的发丝时，不小心碰到了女孩颈边的肌肤，手指顿时僵硬了一瞬。

叶绾绾脸部以下的肌肤没有涂抹厚厚的粉底，应该是她本来的肤色，皮肤白皙细嫩。

司夏有些意外，被灼伤一般瞬间收回手指，耳根子微微有些发热，随即稳了稳心神，倾身过去，一点点朝着女孩靠近着。

看台上的程雪腾地一下站起了身，怎么回事！

其他女生见状也惊呆了。

这一次，司夏怎么没跟往常一样刚一靠近就受不了地跑开，还越靠越近？

大家眼见着两人只剩下了呼吸相闻的距离，就算是借位也不需要这么近，这到底是怎么回事！就连一直心不在焉地坐在角落里的凌东看到这一幕也变了脸色。

叶绾绾虽然闭着眼睛，但对方近在咫尺的呼吸还是能感觉到的，察觉不对劲的时候，她赶紧睁开了眼睛，下一秒便对上了司夏放大的脸。

就在这时，小礼堂门口突然传来一声惊呼：“梁老师来了！”

果然，门口处，梁丽华走了进来。一瞬间，所有人都松了口气，叶绾绾也赶紧趁机爬了起来。

不知道是不是她的错觉，她起身的瞬间，似乎在司夏的脸上看到了一丝类似被人打扰般的不满表情。

梁丽华手里拿着那份联名抵制书，表情极其不耐烦地朝着叶绾绾扫了一眼：“叶绾绾，怎么每次都是你！你到底还要惹出多少麻烦才甘心？”

说完，梁丽华也不等叶绾绾回答，转向众人开口道：“大家的意见我已经看到了，本来是为了公平才用抽签决定的，现在这个结果却造成了更大的问题，我听说最近的排练很不顺利，加上考虑到班级的形象问题，我决定重新选择白雪公主的人选，大家有意见吗？”

听到这话，现场所有人都精神振奋，说是大快人心也不为过，所有人都齐声回道：“没有！”

叶绾绾也松了口气，终于等到这一刻了。

就在这时，她的身旁却传来了一个突兀的声音：“我不同意。”

说话的人，是司夏。

不远处的程雪顿时急了，忙跑到司夏跟前扯了扯他的衣角，低声提醒：“司夏，你在说什么呀！老师都已经同意了，你还有什么好顾忌的？”

叶绾绾无比警惕地朝司夏看了过去，这家伙又想做什么？

男生目光冰冷地扫过现场所有人：“如果规则可以一改再改，那么下一次选出的人选是否又要中途换人？而且距离演出已经没有多长时间，再换人又要从头开始。我们的排练很顺利，只有最后一场戏，而这场戏的问题，出在我身上，我已经调整好了状态，保证排练可以顺利进行。”

不仅是现场的学生们蒙了，梁丽华也完全没想到司夏竟然会反对，眉头微蹙道：“可是，就算你能顺利演下去，但叶绾绾的形象是个大问题。”

司夏面不改色地开口：“舞台剧本来就是有一定的艺术加工和夸张成分在里面，叶绾绾的形象根本不是问题，何况后期上台的时候，完全可以用造型和面具遮挡等方式来解决，这些我会和班长商议，给您一份详细的可行性计划书。”

司夏的话都已经说到这种地步了，梁丽华虽然不满，也不好再说什么："如果你坚持的话，老师自然也不能反对，但如果出了问题……"

其实叶绾绾还是其次，这件事情最大的问题在司夏身上，她以为司夏对叶绾绾出演白雪公主真的非常不满，所以才重视起来。

可是谁知道，来了之后，司夏的态度却跟学生口中说的完全不一样。

这位主儿可不是她这种小人物得罪得起的。

其他人或许不知道司夏的具体背景，她却是门儿清，那可不是一般的豪门啊！

"白雪公主的人选是我抽出来的，我会负责到底。"司夏开口。

司夏的话音刚落，小礼堂内顿时一片寂静，所有人都因为这意料之外的事情发展而傻眼了。

"既然司夏同学你这么说了，那暂时就这样吧，有什么问题你可以随时来找老师。"

说什么全班联名书，到最后梁丽华自然还是以司夏的意见为主，于是她态度温和地说完这一句便离开了。

梁丽华离开后，程雪忍无可忍地冲着司夏喊了起来："司夏，你为什么要帮她说话！"

司夏没有回应，甚至可能都没有听到程雪的话，此刻，他的注意力和目光都落在叶绾绾身上。

那目光里的专注，竟给人一种温柔情深、等候经年的错觉。

这样的目光彻底点燃了程雪的怒火，她转身就朝着叶绾绾冲过去，猛地扬起了手："叶绾绾！你到底对司夏做了什么！"

还不等叶绾绾这边反应，突然一个人影极快地冲到了她的跟前，随后便是"啪"的一声脆响。

程雪的那巴掌没能打在她的脸上，却扇在了司夏的身上。

因为身高差距，程雪那巴掌扇在了司夏靠近下巴的位置，尖利的指甲瞬间在他白皙的皮肤上留下了刺目的血痕。

程雪见自己不小心打到了司夏，整个人都吓蒙了："司夏……你……我……我不是故意的……对不起……"

司夏神情冷漠严肃："收回你刚才的话，若有下次，别怪我没提醒你。"

叶绾绾此刻的内心是崩溃的，这家伙到底跟她什么仇什么怨！短短几秒钟之内，成功给她拉了这么多的仇恨值。

然而这还不算，司夏转向她的时候，森冷的目光顿时融化，甚至带了一丝小心翼翼和讨好："没事吧？吓到了吗？"

叶绾绾沉默，你说呢，肯定吓到了啊！

谁能告诉她到底发生了什么？

就算她再迟钝也看出来了，今天一整天司夏是在刻意哄她。

可她想来想去都想不通自己到底是哪里得罪了他，让他要这么报复自己。

程雪恶狠狠地瞪了叶绾绾一眼，然后哭着跑远了，小礼堂内的其他人也惊疑不定地陆续离开了。

等只剩下叶绾绾和司夏两个人的时候，叶绾绾终于忍不住开口：“请问，尊敬的司夏同学，我到底是哪里惹到你了？难道就因为我之前说了我男朋友比你帅，你就怀恨在心？因为这个就做到现在的地步，会不会太夸张了？”

就在叶绾绾无语的时候，却见对方突然朝着她走近。

叶绾绾下意识地后退一步，对方却突然在她的跟前蹲了下来，半跪在那里，伸出手去帮她把不小心散开的鞋带系好了。

叶绾绾忙往后一缩，抽回了脚。

只见那根散开的鞋带已经在少年修长的手下被系成了一个完美的蝴蝶结。

“别紧张，我对你没有恶意，只是……”司夏说到这里，却迟迟没有继续开口。

叶绾绾投去狐疑的眼神：“只是什么？”

“只是……想留在你身边……”

叶绾绾越发无奈，如果她的理解能力没出故障的话，司夏这话算变相告白吗？

叶绾绾内心复杂地站在原地，脑海中浮现了一首歌：在那桃花盛开的地方……

这个世界到底是出了什么问题？为什么她怕什么就来什么，桃花一朵接着一朵，还一朵比一朵可怕！

难道司夏和凌东一样，也看到过她的真面目？

可是，她确定这几天很谨慎，绝对没有在宿舍以外的地方露出没化妆的样子，何况司夏和凌东不同，以他的身份和眼界，也不至于因为这个就突然对她的态度发生这么大的变化。

除此之外，叶绾绾忽而想到另一种可能：她虽然对司夏了解不多，但深知他与司夜寒的关系绝非表面看上去那般和睦。

甚至她还曾听说过一个很诡异的传闻，这司夏也不知道是什么毛病，只要是司夜寒身边稍微走得近的女人，就一定要去亲近。

难道是司夏发现了她和司夜寒的关系，所以才有了这么一出？

仔细想想，司夜寒正是昨晚刚来过学校，紧接着，第二天司夏对她的态度就发生了变化。

如果真的是这样，这家伙到底得有多讨厌司夜寒啊？

叶绾绾一脸真诚地开口道：“司夏同学，无论你到底是出于何种目的，没必要对自己这么狠吧？请你仔细看着我的脸，再好好考虑考虑！我跟你说，这还是化了妆的样子，卸完妆只会更可怕！”

司夏盯着她的脸，嘴角抽了抽，似乎也是经过了剧烈的挣扎，随后坚强地深吸一口气，恢复了柔和的神色开口道：“没事，看习惯了就好。”

叶绾绾头疼不已地捏了捏眉心，认认真真一字一句地开口道：“我对我男朋友情比金坚，爱如磐石，‘山无棱，江水为竭。冬雷震震，夏雨雪。天地合，乃敢与君绝！’所以，你还是放弃吧！”

如果司夏遇到的人不是她，以他的身份、背景、颜值加上这套路和演技，估计还真没哪个小姑娘能抵挡得住。

但现在，甭管司夏到底是抱着什么目的，只怕他是要失望了，“色”字头上一把刀，她可不会拿自己的小命开玩笑。

说完她也不管司夏到底作何反应，赶紧遁走，保持距离为上！

直到跑出了好远，叶绾绾才松了口气。

谁知一抬头就看到了一个比司夏还讨厌的人。沈梦琪朝着她跑来：“绾绾！总算找到你了！”

“找我有事？”

沈梦琪惊讶道：“你还不知道吗？快看校园论坛！你跟司夏的事情都已经传遍了！”

之前司夏帮她挡了程雪一巴掌的时候，她就已经有不祥的预感了，只是没想到这么快。

叶绾绾点开论坛一看，果然便看到首页飘红着一篇非常显眼的热门帖子：“清禾司夏和叶绾绾不可不说的故事。”

两人本就有名，这个帖子的标题更是格外吸引人，很快就被打上热门标签。

帖子从她考倒数第一那次开始，详细描写了她是怎么一步步设计接近司夏的。

故意考倒数第一接近司夏，又靠作弊考了全班第一继续紧贴司夏，紧接着想办法抽到了白雪公主的角色妄图靠近司夏。

全篇文章毫无逻辑，完全是为了黑而黑。

成绩的事情有所有老师作证，梁丽华都已经承认了她的成绩是真的；至于抽签，她根本就没有机会碰到签筒，怎么作弊；如果她真的纠缠骚扰司夏，在小礼堂梁老师要换人的时候，司夏为什么要替她说话？

但这些又有什么要紧，没有任何人会去费那个心思追究真伪，只会相信自己愿意相信的事情。

谁让她居然这么幸运能够接近司夏，能够让司夏替她出头，简直是罪大恶极。

最爱寒夜：“我就是F班的学生，我亲眼看到的，上课的时候某人故意往司夏身上靠，太过分了！”

蜡笔没有小新：“天哪，真的假的！”

左手倒影：“也就男神人好脾气好不跟她计较，还一直自责是自己的错！对着那张脸谁能亲得下去啊？”

曾经的记忆：“上次不是说劝退的吗，没有后续了吗！”

最爱寒夜：“呵呵，要是没点本事，能把他们都玩得团团转吗？这种人就该离开清禾！”

……

帖子的后面，凌东的事情也被翻了出来，给她又多扣了一顶帽子，将她黑得体无完肤。

可明知道这些都不是事实，她却无法解释。

怎么解释？说是凌东和司夏都是单方面对她有意思？

到时候她怕是要被口水喷死！

“绾绾，你没事吧？这些人实在是太过分了，怎么可以这么说你！”沈梦琪一副义愤填膺的模样。

她怎么也想不明白，为什么叶绾绾直到现在还能安然无恙，毕竟之前她发送的那些短信都显示已读状态，司夜寒显然已经看过了。

可她不仅好好的，凌东也就算了，现在连司夏对她的态度也越来越特别。

看着沈梦琪一脸关切的表情，叶绾绾似笑非笑地扬了扬嘴角。

这个帖子的发帖人“最爱寒夜”就是沈梦琪的马甲。

最爱寒夜……这 ID，可真是意味深长。

居然跟她玩这一套？手里的东西她本来还想存几天，现在倒是正好派上用场。

“不过，绾绾，你什么时候跟司夏的关系这么好了？我听说他今天不仅帮你在班主任面前说话，还帮你挡了程雪的一巴掌呢！”沈梦琪试探着问道。

之前凌东的事情闹得那么大都没起到丝毫作用，所以即便司夏对叶绾绾的态度不一般，她也没把握这件事捅到司夜寒那里究竟会不会有用。

她实在没想到司夜寒会对叶绾绾越来越纵容，也或许是，其他人司夜寒根本就不放在眼里，只有顾越泽才能让他介意？

其实吧，沈梦琪完全就是想岔了，某人作为“宇宙醋王”，别说是凌东一个大活人了，就算是一条狗，叶绾绾多摸几把，某人恐怕也要祭出打狗棒。

“那当然是因为司夏人好嘛！”叶绾绾直接用帖子里的原话给回了过去。

沈梦琪顿时被噎得没话说了，提醒道：“总之你还是小心一点吧，喜欢司夏的女生这么多，肯定会针对你的，尤其是那个程雪！这个帖子八成就是程雪为了报复你发的！”

叶绾绾心中冷笑，一边装好人一边还不忘把脏水往别人身上泼，沈梦琪可真是厉害。

“知道了，我会小心的，回宿舍了，拜！”

沈梦琪看着叶绾绾离开的背影，满脸的气恼。

之前她还在为叶绾绾离开锦园而高兴，现在却发现，叶绾绾不住在锦园，导致她也没机会再接近司夜寒了。

司夜寒估计是太忙了，从未接过她的电话。她曾试着发短信想约他见面，但那些信息仿佛都石沉大海，杳无音信。有时候，她甚至感觉自己就像个专门传递叶绾绾信息的工具，只有与叶绾绾相关的事情，才能引起司夜寒的注意。

这种感觉实在是太糟糕了！

应付完沈梦琪之后，叶绾绾从后门出去，找了家咖啡厅借用了电脑，然后登上了清禾的校园论坛。

正要登录，她想起自己原来的 ID 名“爱泽一万年”，比沈梦琪的“最爱寒夜”还要夸张。于是叶绾绾注册了一个新的账号，重新想了个名字：八卦的搬运工。

注册好账号之后，叶绾绾编辑了一条帖子。

帖子的标题：“惊！沈梦琪竟和闺密男朋友有这样的关系！”

内容和标题一样，只有这简单的一句话，编辑好后，叶绾绾便随手发了出去。

不出所料，这个极其惹眼的标题瞬间吸引了无数点击和回复。叶绾绾也因此被沈梦琪的拥护者骂得很惨。不少熟悉的 ID 都是从黑叶绾绾的那个帖子过来的，偶尔有几个声称亲眼看到当晚情况的网友，也都被几个马甲喷得体无完肤，甚至被定义为造谣者。

很多时候，真相不一定是最重要的，谁掌握了舆论，谁就拥有话语权，此刻的情况也是如此。

这也就是为什么沈梦琪敢肆意编造谎言洗白自己。

叶绾绾也不着急，就静静地看着他们攻击自己。

曾经的记忆：“楼主不敢出来了！”

最爱寒夜：“无中生有，造谣生事，这种人我见得多了！”

等所有人都喷得差不多了，这个帖子快被彻底定义为造谣帖而沉下去的时候，叶绾绾直接发了一段视频上去。

前天晚上，沈梦琪在和江嫣然争执的时候，她早就偷偷拍下了现场。

相比沈梦琪那条捕风捉影的帖子，她这条可是有图有真相。

清禾的校园论坛上，叶绾绾的消息几乎天天都会出现，真的假的就没断过。尤其是她跟司夏同桌之后，更是每天都要被人吐槽一遍，大家估计都快对她审美疲劳了，沈梦琪的这条汇总性的帖子不过是把她的仇恨值又扩大了一下。

但沈梦琪就不一样了，这样纯洁美好如同一张白纸的女生，竟然私下里和闺密喜欢的人纠缠在一起，这八卦可比黑叶绾绾要劲爆多了。

这时候把沈梦琪的这件事爆出来，正好可以转移视线。

在无法澄清的情况下，用更有爆点的话题转移群众视线，这是经典公关手法之一。

发送完视频之后，叶绾绾点了一些饮料和零食，坐在椅子上静静等待。

短暂的几秒钟沉寂之后，原本已经停止回复的帖子再次炸开了——

寂寞的心：“我的天哪！我看到了什么！大家快来看超级大新闻！”

萌系美男子：“居然是真的！沈梦琪还被江嫣然当场用手机砸得鼻青脸肿！”

我是小可爱 123：“真是一场大戏啊！沈梦琪和江嫣然不是好得形影不离吗？”

爷最帅：“是不是有什么误会啊？”

风吹过的夏天：“视频都出来了，还能有什么误会，没听江嫣然说人家还拥抱了吗？”

呆小萌：“有图有真相，这比隔壁帖精彩多了！难怪楼主一直不吭声，原来在攒着憋大招呢！这下沈梦琪可没得反驳了！”

叶缩缩的这个帖子迅速被吃瓜群众顶上了热门，瞬间压过了之前叶缩缩那条帖子的热度。

原本还在她那个帖子里战斗的网友们都转移到了沈梦琪的帖子里来，求楼主爆更多八卦。

没过一会儿，那个熟悉的 ID 又出现了。

最爱寒夜：“沈梦琪到底是不是主动拥抱，是不是说了那些话，都是江嫣然单方面在说的，真假都还未可知吧？再说，就算是沈梦琪真这么做了，喜欢一个人又没有罪，江嫣然不过是单方面暗恋宋梓航，他们俩又不是男女朋友关系，怎么能说沈梦琪有错？”

叶缩缩扒拉了一口饭，然后不紧不慢地回了一段话上去——

八卦的搬运工：“稍微有点脑子的都知道，江嫣然说的，自然是宋梓航亲口告诉她的，这真假还用说？另外，江嫣然和宋梓航是青梅竹马，自小就有婚约在身的，这件事情圈子里知道的人也有不少，你认为沈梦琪和江嫣然关系这么好，江嫣然又什么事情都对沈梦琪说，沈梦琪会不知道这事？就算她不知道这事，只知道江嫣然喜欢宋梓航，也不该在瞒着江嫣然的情况下私下跟宋梓航走得这么近！是，喜欢无罪！喜欢你可以光明正大地说出来跟江嫣然竞争，相信这样没有任何人会说你，但玩这种把戏是什么意思？难道是因为同样的套路用的对象不止一个吗？”

最爱寒夜：“楼上完全是在无中生有，血口喷人！申请版主删帖！”

八卦的搬运工：“我有视频有真相，怎么就是无中生有了？楼上不久前发的那条全凭道听途说的帖子都风生水起，到我这里倒是成了无中生有了？楼上太双重标准了吧？”

我是小可爱 123：“我觉得楼主说得有道理，而且推测非常合理啊！”

呆小萌：“站楼主！‘最爱寒夜’这个 ID 怪怪的，怎么八卦起叶缩缩的时候那么起劲，偶尔有人说没证据就把对方骂得体无完肤，这会儿却跑来这里这么好心地替沈梦琪说话？反正如果是我的话，我喜欢的男生喜欢上了我闺密，还跟我闺密告白了，我闺密明知道我喜欢那个男生喜欢得死去活来却瞒着我不告诉我，还私下跟他出去约会，我是绝对不会原谅她的！朋友之间最重要的不应该是坦诚吗？这种事情都瞒着，说没有不轨企图，打死我也不信！”

大概是因为心虚，沈梦琪的ID没有再出来说过话，估计是想办法找人删帖去了。

虽然还是有部分男生为沈梦琪说话，但论坛这种地方，战斗力最高的自然还是女孩子，何况女孩子们对这种事情最为深恶痛绝，大家基本上都站在江嫣然这边。

这件事还不足以完全击败沈梦琪，但光是洗白就够她忙活了，省得她总盯着自己找麻烦。

又刷了一会儿帖子，见清一色都是讨伐沈梦琪的，她那条帖子已经渐渐沉了下去，叶绾绾便下机回了学校。

回去之后，叶绾绾没有立即回宿舍，而是绕着小湖边散步消消食。

也不知道是不是她的错觉，从刚才起她就有些心神不宁，总觉得会有什么事情会发生。

司夏这个事情就如同一个定时炸弹般摆在那里。凌东还好解决，司夏怎么办？

难道要让她去对司夜寒说，你侄子似乎在追我吗？

两人的关系摆在这里，司夜寒是司夏的九叔，她贸然跑去告状，那不是成了挑拨他们叔侄之间的关系？

叶绾绾正想着要怎么完美处理掉这个问题，突然听到不远处传来一个愤怒的声音——

“江嫣然，我真没想到你竟然这么过分，之前你对梦琪动手，害她受伤也就算了！现在居然还在学校论坛上发那种帖子毁坏她的名誉！”

叶绾绾顿时眉头微挑，这么巧，宋梓航？

只见宋梓航满脸愤然，而他对面的女孩一脸憔悴苍白，双目通红，身体不停颤抖着，激动地解释道：“我已经说过很多次了，那条帖子不是我发的！就算是我发的，难道帖子里说的有什么错吗？难道不是她背叛了我们的友情吗！”

宋梓航冷笑连连，眸子里满是厌恶之色：“江嫣然，你简直不可理喻，我不是你的所有物，更和你没有任何关系，婚约也不过是家里一厢情愿，我有我自己喜欢的人！若不是你挡在我们中间，我和梦琪早就在一起了，因为顾忌你的感受，她受了多少委屈！你却这样伤害她！你才是我们之间的阻碍！”

这样的眼神简直如刀子一般割在女孩的身上，江嫣然的面色陡然一白，满脸痛到极致的神色，低低地惨笑了起来：“呵，宋梓航，我们从小就认识，你说过要娶我，要保护我不被任何人欺负，要一辈子跟我在一起的。可是现在，你告诉我，你跟我完全没有关系，我是你们的阻碍，阻碍！”

女孩的最后两个字，字字泣血！

而对面的男人却是满脸的心不在焉：“那些早已经是小时候的事情！你别再用儿时的玩笑话胡搅蛮缠！”

江嫣然的指甲狠狠掐进掌心的肉里，一字一句地说：“胡搅蛮缠？原来我记了十几年，念了十几年，盼了十几年的，全都是我胡搅蛮缠？宋梓航，你到底有没有心？我问你，这么多年了，你从来没有喜欢过我吗？哪怕只有一瞬间！”

这时，宋梓航的手机响了起来，他看着短信，目光陡然变得温柔，抬头看向江嫣然时却是满脸不耐烦，面色冰冷道：“江嫣然，我老实告诉你，没有！我对你从来只有兄妹之情！但现在，你已经把我对你的最后这点感情都耗光了！我给你一个小时的时间考虑，你自己删除帖子，要是等一个小时后还没删帖，你别怪我无情！”

宋梓航说完这句话，便头也不回地转身离开了。

江嫣然双唇抖动着，眼睛一片通红，她的眼泪似乎已经流干了，呆呆地站在那里，看着男人离开的背影，如同被抽干了所有的生气。

不知过了多久，她麻木地迈着步子，一步一步，机械地朝着湖面的方向走去。

暗处的叶绾绾看到这里，顿时暗自惊呼一声“不好”。

江嫣然的状态不太对劲！该不会是因为她的插手，没能让江嫣然清醒，却导致了江嫣然想不开吧？

她还以为现在江嫣然对宋梓航的用情应该还没那么深，看来是她估算失误了。

两人青梅竹马，江嫣然从小到大最大的愿望就是嫁给宋梓航，成为他的妻子，此刻这个目标轰然被毁，说是整个世界崩塌了也不为过。

何况同时背叛的另一人是她最信任最好的朋友。

毕竟沈梦琪收买人心的手段她是亲身感受过的，当年沈梦琪对她的时候也是好得上天下地，陪她玩、陪她闹、陪她哭、陪她笑、陪她逃课、陪她追顾越泽，甚至陪她一起留级。

她不仅是把沈梦琪当成最好的朋友，还当成未来的嫂子，当成家人。

谁能知道背后竟然是千疮百孔的阴谋算计。

之前有多在乎，发现真相的时候就有多绝望……

眼见着江嫣然距离湖面只有半步之遥，叶绾绾捏了捏眉心，急忙从暗处走了出来，悠悠开口道：“哟！看看这是谁？这不是我们的江嫣然江大小姐吗？大晚上的在这里，该不会是被抛弃了所以想不开吧！”

江嫣然的脊背陡然一僵，原本呆滞无神的眸子顿时恶狠狠地朝着叶绾绾瞪去，咬牙切齿道：“叶绾绾！现在看到我这个样子你很开心，很得意吧！”

叶绾绾扬唇，语气颇为欠揍：“那是当然了，江大小姐为情所困的模样可太少见了。”

“你……”江嫣然气得双颊通红，“不过是个宋梓航而已，你以为我会在乎吗？以我的家世，想要什么样的男人没有！我不过是讨厌被欺骗而已！”

叶绾绾连连点头，说道：“说得没错，江大小姐自然不愁嫁了！要说损失也该是对方损失才对！”

见江嫣然一副气势汹汹，大有跟她吵上八百回合的架势，看样子应该是打消了轻生的念头，叶绾绾松了口气，拍拍屁股，随意在岸边的草地上坐下来，继续刷着帖子。

江嫣然最经不起激，本来已经做好准备跟叶绾绾大吵一架，却没想到她吵到一半就自顾自地玩起了手机，顿时有种一拳砸在棉花上的感觉。

心情大起大落之下，她感觉浑身的力气都被抽干了，便原地瘫坐下来，呆呆地抱着膝盖：“叶绾绾，你是不是很讨厌我？我是不是真的那么惹人讨厌……”

见叶绾绾完全没有回应，一直在专心看手机，江嫣然下意识地顺着叶绾绾的手机看去。

结果，在看清叶绾绾正在回复的帖子之后，她面色陡然一变。

叶绾绾的回复框里，ID 竟显示“八卦的搬运工”！

“你……你是‘八卦的搬运工’！沈梦琪那个帖子是你发的？”江嫣然满脸愕然。

她还以为这帖子是方琴或者当时在场的什么人路见不平发的，但万万没想到这个人会是叶绾绾！

这条处处替她说话，替她打抱不平的帖子，竟然……竟然是她一直以来视为死敌的叶绾绾发的？

这怎么可能……

“沈梦琪不是你最好的朋友吗？为什么你要这么做？”江嫣然怔怔地问。

叶绾绾挑着眉头，朝她看了一眼：“最好的朋友？她还是你最好的朋友呢！不过我可不像某人，蠢得要别人提醒才知道被耍得团团转！”

其实叶绾绾这话说得还是有些心虚的，她也是被骗了很久才智商上线。

“你……”江嫣然发现，她突然看不懂眼前的人了。

难道叶绾绾当时不是说漏嘴，而是故意当众说出那些话的？

难道是沈梦琪也两面三刀，对叶绾绾做了什么，被叶绾绾发现了，所以叶绾绾的态度才改变这么大？

江嫣然越想越觉得有可能，她甚至联想到叶绾绾之所以被排挤出去，正是由于当初沈梦琪看似不经意地在众人面前透露了叶绾绾的那些“隐私”。

现在想想，以沈梦琪的人品，这些话的可信度实在是值得推敲！

见江嫣然面露惊疑之色，叶绾绾明白以对方的智商，很多事情应该都想明白了，便摆出一副江湖术士的姿态，满面诱惑地启唇道——

“江大小姐，想让姓宋的非你不可、深深爱上你吗？想让沈梦琪的真实面貌公之于众，展现在所有人眼前吗？想让宋梓航认清沈梦琪的本质，并因未选择你而懊悔不已吗？”

江嫣然虽然没有回答，但叶绾绾每说一句，江嫣然的眼睛便亮一分，显然叶绾绾的每个字都说在了她的心坎上。

说到最后，叶绾绾眨巴着眼睛，说了一句："跟我合作吧！"

江嫣然愣了一下，迟疑地朝着对方看过去："合作？我凭什么相信你？凭什么跟你合作？"

叶绾绾想了想，说："凭我长得美？"

"……"江嫣然脸色黑了黑。

"凭我们有共同的敌人，这个理由够吗？"这一次，叶绾绾认真开口道。

因为司夜寒的限制，很多事情她不方便做，每天连离开学校都不敢，确实需要一个合作者。

江嫣然沉吟良久，开口问道："我可以知道为什么吗？为什么你突然跟沈梦琪作对？"

叶绾绾扬唇一笑道："巧了，和你一样，因为她觊觎我的人！"

"你的人……"江嫣然有些惊讶，大概也是不太相信叶绾绾有男朋友。

或许叶绾绾和她一样，是她单方面暗恋的人吧！

想到这里，江嫣然倒是有几分同病相怜。

所以，刚才叶绾绾故意说那些难听的话刺激她，其实是为了阻止她想不开吗？

虽然对叶绾绾有所改观了，但刚刚经历过一次欺骗，江嫣然也没那么容易相信别人，警惕地开口道："你别以为在这里随便说几句我就会相信你，我跟你还是敌人！"

"有句话说得好，敌人的敌人就是朋友嘛！你好好考虑下吧，如果你愿意，我可以保证，一天之内，我就让从来不会多看你一眼、视你为敝屣的宋梓航对你刮目相看！当然，你要是想让我删帖，我也无所谓！"叶绾绾留下这句足以勾得江嫣然无比动心的话就离开了。

江嫣然怔怔地看着叶绾绾离开的背影，虽然她不相信叶绾绾，但也不得不承认，叶绾绾给她画的大饼实在是太诱人！

她最不甘心的，便是宋梓航竟然从头到尾都没有喜欢过她，最恨的，是沈梦琪的欺骗和戏弄！

她要让宋梓航悔不当初！她要让沈梦琪付出代价！

可是，她完全不知道自己该怎么做，若是她知道，也不会落得今天这个下场。

叶绾绾，应该相信她吗？

跟江嫣然聊完之后，叶绾绾回到宿舍，卸完妆，敷了个面膜，洗了个澡，然后躺到床上继续想怎么掐那朵"霸王花"。

其实，司夏和凌东应该也没什么区别吧？说不定只要她表一下衷心，司夜寒也没那么在意呢？

叶绾绾一边摸着手机，一边这么想着。

正在犹豫要不要给司夜寒打电话，手机铃声突然炸响，吓了她一跳。

再一看来电显示，更惊了，电话是许易打过来的！

“喂，叶小姐？”

“许管家，有事吗？”叶绾绾问。

“叶小姐，九爷要见你。”

叶绾绾心里顿时咯噔一下：“他在哪里？”

“伽蓝酒吧。我已经在你学校门口，老地方等你。”许易回答。

叶绾绾深吸一口气：“知道了，我马上出门。”

挂了电话之后，叶绾绾不敢耽误，也来不及收拾，迅速换了一身衣服就出了门。

之前便是如此，无论她在哪里，无论何时何地，如果司夜寒要见她，她就必须第一时间赶到。

其实司夜寒每次突然急着找她，似乎也没什么事。往往都是她过去之后，他忙他的，而她则在他视线可及的范围内，静静地呆坐着。

有时候甚至是他看了她一眼，就把她放回去了，简直莫名其妙。

现在回想，每次司夜寒传唤她过去的时候，他的状态和情绪都有些不太好，似乎只有她在他的视线范围内，才能让他安心。

司夜寒现在的情绪不好？会是因为什么事？

联想到今天的事情，叶绾绾莫名有种不太好的预感……

忐忑地上了车，叶绾绾试探着跟前面正在开车的许易打听道：“怎么突然叫我过去？是有什么事吗？”

许易乍一看到叶绾绾，神情一愣，叶绾绾这会儿没化妆，只穿了一身简单到不能再简单的白裙子，但就是漂亮得让人挪不开眼，冰肌玉骨，芙蓉如面……

然后他很快便回过神来，回道：“这个，抱歉，叶小姐，我也不清楚，九爷的性子你也知道的，我只是奉命行事！”

“那他今天的心情怎么样啊？”叶绾绾又问。

许易顿时不说话了。

看许易的反应，叶绾绾认命地叹了口气，好吧，她已经知道答案了。

第六章

别离开我

囧的文虽然没有那么多华丽的言语，但是就是在这没有太多华丽言语里，是她让我看到了每一个角色的性格特点、为人处世的方式，才让角色们栩栩如生地在我脑海里出现，那种感觉真的很微妙。

——谨穆爱吃糖

读者告白

QIASIHANGUANG
YUJIAOYANG

半个小时后，伽蓝酒吧。

顶层只预留给指定客户的VIP包厢门口，叶绾绾顿住脚步，深吸一口气，告诉自己待会儿无论发生什么一定要冷静。

“叶小姐，请进吧！”

许易正要推门，叶绾绾忙阻止了他：“等等，别开门！容我先探听下情况！”

叶绾绾说完悄悄推开了一条门缝，然后小心翼翼地往里面看去。

身后，许易看着叶绾绾这副做贼似的样子，嘴角不由得抽了抽，不过，只要她愿意配合过来，他就谢天谢地了。

即使是已经做好了充分的心理准备，当叶绾绾推开一条门缝的时候，还是被里面的气氛给吓到了。

包厢里的人不多，她只认识林缺，还有几个估计是司夜寒的朋友。

司夜寒正坐在沙发的一角，指间拿着一方湿巾，慢条斯理地擦拭着手背。他的手背已被擦得红了一大片，但男人似乎没有要停下的意思。他此刻的面色阴沉至极，整个人仿佛被黑夜包裹，不露丝毫光亮。

司夜寒的对面，一个女孩正面色惨白、瑟瑟发抖地站在那里。女孩长得极为好看，红着眼眶泫然欲泣的模样更是动人。

可是，对着这样楚楚可怜的美人，司夜寒的脸依旧冷得像冰块。

看到这诡异的情况，叶绾绾不由得愣了一下。

怎么回事啊？

她正满头雾水，就见其中一个身形微胖的年轻男人满头大汗地打着圆场道：“九爷，这丫头实在是无心的，您大人不记小人过……”

无心？司夜寒的眸光一转，看向那男人，面冷如水。

男人吓得心脏都差点停止跳动，赶紧低着头避开了那冰冷的视线，求救地转向一旁的林缺：“林少，您看这……”

林缺也觉得司夜寒这家伙反应太过了，人家女孩子只是碰了他一下，他却表现出一副嫌弃的样子，恨不得把手泡进消毒液里。

但能有什么办法，司夜寒厌恶旁人接触是圈子里尽人皆知的事情，谁让你非要犯他的忌讳。

林缺心情烦躁，没好气地瞪了对方一眼：“别看我，九哥的规矩你又不是不懂，你叫个女人过来是什么意思？故意找不自在呢！”

林缺想想就来气，这局还是他组的，而今天司夜寒的情绪本就不大对劲，这家伙偏偏往司夜寒的禁忌上撞，害得他都要跟着受牵连。

崔皓更是悔得肠子都要青了，这件事往小了说是一个女人的事情，往大了说那就是他们崔家一家的事情。

据说上次企图让自家女儿接近司夜寒的王家，已经灰溜溜地离开华都了。

想到王家的下场，崔皓终于意识到了深刻的恐惧，他露出一副死到临头的表情，朝着司夜寒扑过去求饶：“司总，我真的知道错了！我不该触犯您的禁忌！”

旁边的女孩绝望地跌坐在地上哭着。

就在这时，沙发上，正不停地用消毒纸巾擦拭手背的男人突然目光凌厉地朝着门口的方向看去。

林缺顺着司夜寒的视线看了过去，眉头微蹙：“谁躲在那儿？”

叶绾绾脊背一僵，被司夜寒那冰刃似的目光吓得一下子扑了进来。

当叶绾绾跌入包厢的一瞬间，充斥着求饶声和哭泣声的包厢陡然噤声。

只见一个女孩猝不及防地进入包厢，黑发白裙肌肤胜雪，一双眸子宛若秋水星辰。

崔皓呆站在那里，保持着大张嘴巴的姿势，整个人愣住了。正在哭泣的女孩也一脸茫然。

林缺看到叶绾绾，脸色顿时有些不太好，这个麻烦怎么来了？

“我来啦！”偷窥被发现，叶绾绾尴尬地整了整衣角，然后朝着司夜寒的方向走去。

众人看到突然出现的女孩神色皆是一惊，纷纷猜测着叶绾绾的身份。

司夜寒不是不喜欢旁人接触吗，怎么看起来却好像和这个女孩十分亲昵？

看着沙发上即将爆发的男人，叶绾绾深深叹了口气。

真够倒霉的，怎么正赶上他发火的时候。

她差不多弄清楚现在的情况了，司夜寒极其厌恶旁人的碰触，就跟强迫症患者一样。

有些强迫症患者洗手能洗一天，司夜寒的情况也差不多，被碰一下，他能把手擦到破皮为止。

当初刚知道司夜寒这个毛病的时候，她还奇怪为什么自己碰他就没事。

司夜寒看着站在距离他三步远之处的女孩，脸色愈加阴沉。

见司夜寒的神色不善，叶绾绾急忙收回思绪，迅速走过去坐到了司夜寒的旁边，认命地开启顺毛模式。

她抬起头，看向许易开口道：“有消毒液吗？”

“有。”许易轻车熟路地从身上掏出了一小瓶喷雾递了过去，随后嗖的一声缩远了。

林缺无语地朝着叶绾绾斜了一眼过去：“别折腾了，刚才他都喷了一整瓶了！”

叶绾绾没搭理林缺，自顾自地执起了司夜寒的手。

众人看到叶绾绾居然敢去碰司夜寒的手，全都是满脸惊恐。

可是，众人下一秒震惊地发现，司夜寒似乎没什么反应，居然就这么乖乖被她牵住了手。

叶绾绾不在意周围的视线，全神贯注地用消毒喷雾在司夜寒手背象征性地喷了一下，随后用纸巾擦拭干净。她粉嫩的唇微微凑近，轻柔地对着红肿部位吹气，最后，像哄小孩一样亲了一下那里，问：“好些了吗？”

那手背上轻轻的气流，温热柔软的碰触，莫名让司夜寒感觉心情平静了下来……

片刻的沉默后，司夜寒点了点头：“嗯。”

一旁的林缺一口酒喷了出来，说：“这也太离谱了吧？”

崔皓：“……”

这女孩就那么玩儿似的哄一哄，司夜寒竟然真的没有继续擦拭的动作，可怕的表情也全都恢复到了正常，眼中甚至看上去有几分温柔之色。

崔皓忍不住暗暗地跟林缺打听道：“林少，这位是何方神圣啊？”

林缺没好气地回复说：“这可是你的救星！你运气好，这事儿解决了，还不快让你的人走！”

闻言，崔皓连连点头，趁着司夜寒这会儿心情好，赶紧跟还跌坐在地上的女孩使眼色。

女孩一骨碌爬了起来，战战兢兢地冲着司夜寒道歉：“司总，对不起，我……”

“出去。”司夜寒的神色略显不耐烦。

女孩本以为这回闯了大祸，没想到峰回路转，对方这么轻易就放过了她，简直无法置信，她先是一愣，随后才赶紧不停地鞠躬：“是！谢谢司总。”

司夜寒突然变得这么好说话，崔皓简直喜极而泣：“司总，今日实在抱歉，我自罚三杯！”

这会儿，包厢内的人目光全都在叶绾绾身上打量着。

叶绾绾谁也不看，眼观鼻鼻观心，乖乖挨着司夜寒坐着，小手时不时抓着桌上的花生。

司夜寒自然注意到了那些令人不悦的视线，不过，见女孩无比乖巧地坐在自己身边，像小松鼠一样欢快地剥着花生，小脸上皆是满足，神色才又缓和下来。

叶绾绾埋着头，熟练地剥好了一小把花生米，自己却没有吃，而是全都伸到了司夜寒的跟前，一脸邀功的表情。

于是，一晚上除了喝酒，什么都没吃过的司夜寒，将女孩手里的花生米一粒不剩地吃了。

大概是因为心虚，叶绾绾今晚铆足了劲讨好司夜寒，喂完了花生米又喂开心果，喂完了开心果又喂水果。

至于司夜寒则是女孩喂他什么，他便吃什么。

就这样，包厢内的其他无辜群众，也被“喂饱了”。

单身人士林缺的一张脸黑如锅底，感觉他们这些人已经不是电灯泡了，他们简直如同日月，光芒万丈！

“司总，这位是……”旁边有人试探着问道。

司夜寒是很讨厌被人探听隐私的，那人刚问出来就后悔了，却没想到，男人还真回了他一句——

“女朋友。”

听到这三个字，包厢内的所有人都惊了。

女朋友？这三个字的重量可不一般！

林缺嘴角微抽，朝着司夜寒看了一眼，难道这家伙突然把叶绾绾叫过来，就为了让她宣示一下主权吗？

崔皓抹了把额上的冷汗，赶紧套近乎说道：“哎呀，难怪司总平日里洁身自好，原来是家里藏着这么个漂亮的女朋友！不知道这位小姐您贵姓？”

“你们好，我姓叶。”叶绾绾简单打了个招呼。

叶？众人顿时在脑海中把华都姓叶的名门望族全都想了一遍，结果却不知道到底是哪个叶家。

华都能叫得出来名字的叶家，貌似也就一家，但以那家的资格还远不够入他们这个圈子的，何况那家的千金已经跟顾家订亲了。

众人见好就收，不敢再多探听，又开始吃饭聊天活跃气氛。

接下来的一切都变得无比简单，崔皓努力了大半年都没能谈成的项目，终于在今晚与司夜寒达成了合作意向。

最后碰杯的时候，崔皓泪眼汪汪，看着叶绾绾的表情如同看着救苦救难的观世音菩萨。

本来他还以为死定了，哪里知道不仅化解了危机，单子也谈成了。

于是，临走的时候，崔皓无比热情地从怀里掏出一张金色的卡片，递给叶绾绾，笑容满面地开口道：“叶小姐，初次见面，我的一点小心意，不成敬意。”

叶绾绾用眼角余光扫了那张卡片一眼，眼睛顿时亮了亮，竟然是华都最大奢侈品商场——百盛广场的金卡。

凭着这张卡可以享受顶级 VIP 服务，所有的奢侈品都能拿到最低折扣。

一般能拿到这个卡的除了内部高层，就是必须达到一千万的消费额度。

真正的有钱人，买个珠宝玉佩可能就够额度了，但对普通人，甚至一般的豪门来说，一辈子也不可能在一家商场花这么多钱的。

这人居然随便一出手就送了她一张百盛的金卡？

崔皓？她突然想起来了，难道这人是百盛集团的少东家？

叶绾绾见状，倒是没有收，而是朝着身旁的司夜寒看了一眼。司夜寒淡淡地瞥了崔皓一眼，对他的行为似乎没有反感：“收着吧。”

见司夜寒同意了，叶绾绾才收了下来，随后礼貌地回复道：“谢谢！”

崔皓顿时松了口气：“不客气，不客气，实在想不到什么好送的，你们女孩子都喜欢购物，想着这个你们应该会喜欢！”

他算是看出来了，这女人对司夜寒的影响力不容小觑，所以打好关系总没错。

等司夜寒的车子离开之后，林缺朝着身旁的崔皓看了一眼，说：“你倒是机灵！”

崔皓干笑道：“识时务者为俊杰嘛！不过林少，这女人到底是什么来头？真不能透露一点吗？”

林缺拍了拍对方肩膀：“什么来头无可奉告，不过我可以告诉你……”

“什么？”

“马屁拍对了。”

车子平稳地行驶在夜色中，很快到了学校门口。

车子停下之后，司夜寒突然开口对她说了一句：“别相信司夏的任何话。”

叶绾绾闻言，神色微怔，随即试探着问道：“司夏？是因为……你们有什么过节，你怕他会对我不利吗？”

司夜寒的语气异常冰冷：“你只需要照做。”

“哦，我知道了。”叶绾绾点头。

一时之间，气氛有些凝滞。

沉默半晌后，她面色认真地盯着眼前的男人，一字一句地开口道：“司夜寒，我既然答应过你，要好好跟你重新开始，就绝对不会食言，我会相信你。但前提是，你需要给予我同样的信任……”

说到这里，叶绾绾顿了一下，继续开口道：“否则，我不排除，半途而废的可能。”

“你在威胁我？”男人低沉的声音响起，车厢里的温度也瞬间冷了下来。

感觉腰间的手掌力度蓦然加大，叶绾绾深吸一口气让自己冷静下来：“我承认，我很怕你，我也没有任何力量可以与你抗衡。但你要知道，有些东西，只有我自己可以做主……我的爱……我的心……”

说到这里，叶绾绾突然凑过去，亲了亲男人已经紧绷到了极致的嘴角，然后甜甜地说：“当然，就目前来说，我似乎，越来越喜欢你了……”

叶绾绾话音落下的瞬间，男人的眸子里明显闪过一丝错愕，车厢内的寒冰似乎也瞬间寸寸龟裂，最后消失在空气里：“你刚刚……说什么？”

叶绾绾歪了歪脑袋：“不排除半途而废的可能？”

司夜寒黑沉的目光盯着她，冷声道：“不是这一句。”

叶绾绾想了想：“我很怕你？”

司夜寒的双眸危险地眯起：“叶绾绾！”

看着男人难得气急败坏的样子，叶绾绾失笑，缓缓重复道：“我说，我似乎，越来越喜欢你了……”

司夜寒死死盯着她，却还是不满意：“去掉多余的两个字。”

“好吧，我越来越喜欢你了！”叶绾绾识相地去掉了“似乎”二字。

“喜欢……”男人深深地看着她，“哪种喜欢？”

叶绾绾眨了眨眼睛：“嗯，就是想和你一起走下去的那种喜欢。”

叶绾绾话音落下的瞬间，男人的瞳孔骤然收缩，似乎是陷入了某种沉痛的回忆。

还不及叶绾绾看清男人眼中的深意，下一秒，男人便俯下身……

叶绾绾乖乖地被亲吻着，心头重重地松了口气。

方才她看似一直微笑着，显得很淡定，但实际上紧张得心脏都快要跳出来了。

刚才她居然敢威胁司夜寒！虽然她知道这太危险了，但是，有些话，有些原则性的问题，她必须让他清楚地知道，否则她只能一退再退，对两人的关系毫无增益。

还好最后还是把他给安抚回来了。

不过她也是没想到，打一棒子再给一颗甜枣这种低级的套路，居然真的对司夜寒有用。

真是谜一样的男人！

良久，男人在她的耳边低喃着：“绾绾，永远都别离开我。”

叶绾绾的大脑晕晕乎乎，听到男人的话，神情一阵恍惚。

即使两人已经纠缠了这么久，她依旧搞不明白，这个男人对自己到底是怎样一种感情。

在那场万分真实的梦境中，她死得太突然了。

梦里，自己一场大闹之后，司夜寒终于同意与她离婚。

她拿着离婚证书，第一件事便是要去找顾越泽。

在沈梦琪的刻意误导之下，她从头到尾都以为自己是有希望的，以为顾越泽还爱着自己，甚至一直在想办法救她，不过是碍于司夜寒的权势压迫才无能为力。

当时办完离婚手续后，司夜寒竟然真的放她离开了，不仅如此，还亲自开车将她送到了顾越泽所在的地方。

可是，当她满怀希望地找去的时候，就在那栋父亲为她买的，原本应该是她和顾越泽的婚房里，看到顾越泽和叶依依亲密地依偎在一起。

她呆呆地站在门口，从门缝里看着这一切，更是从顾越泽和叶依依的对话中得知了一个让她痛彻心扉的事实。

父亲的失势自始至终都是叶依依和二叔的阴谋，甚至顾越泽也牵涉其中，早在与她交往期间，他就已经私下里与叶依依勾结在了一起。

而她和她的愚蠢才是害了他们一家人的罪魁祸首！

她疯了一般推开门进去怒骂两人，最后得到的，只有顾越泽的嫌恶，和叶依依居高临下的鄙夷和嘲讽，一字一句，将她的心扎得鲜血淋漓。

“叶绾绾，你也不照照镜子，看看你自己的样子，越泽又不是眼瞎，有哪个男人疯了，会喜欢你？”

“你知不知道当年你黏着越泽的时候他有多恶心？现在更是把自己打扮成这副模

样，你到底哪里来的自信以为越泽会喜欢你这种人？”

“设计你！我是设计你了又怎样？只能怪你太蠢！再说了，这一切还不是因为你仗着自己父亲有权有势，逼迫越泽娶你在先！”

“绾绾，抱歉，从头到尾我喜欢的只有依依一人！”

她不知道自己究竟是怎么离开那里的，内心痛苦万分，失魂落魄地去找沈梦琪，跟以往一样，想要向她倾诉这一切。

没想到的是，她在沈梦琪的别墅门口看到了司夜寒。

而沈梦琪……竟然正在跟司夜寒告白！

她亲耳听到沈梦琪说：“司先生，我喜欢你，从第一次见你的时候就喜欢上你了，我真的搞不懂，为什么你这么好的男人，绾绾却不懂得珍惜。如果是我，我一定会把我的一切都给你……”

她刚跟司夜寒离婚，这个一直站在自己身边帮她控诉司夜寒的好闺密，竟转身就跟她的前夫告白！

她当时整个人都已经傻了，司夜寒说了什么，她并没有听到，只记得司夜寒的神色极冷，应该是拒绝了，而沈梦琪娇羞的脸色也一瞬间白了下去。

司夜寒离开之后，她终于回过神来，跑去跟沈梦琪对峙，问她为什么要这么做？

而沈梦琪似乎因被拒绝心生怨愤，以极其恶毒的口吻，满脸嘲讽与鄙夷地盯着她，道出了她所做的一切。

说着她这些年是如何把叶绾绾下当作傻子一样耍得团团转，炫耀着她是如何利用完叶绾绾下的哥哥又毫不留情地抛弃，随即转身与她最大的仇敌叶依依结成联盟，再对她进行疯狂的咒骂，怒斥她根本不配得到司夜寒……

她挣扎了这么多年，抵抗了这么多年，为的竟然是一个狼子野心的渣男。

她当成亲妹妹一样的好姐妹，竟从头到尾都在害她，利用她，觊觎她的丈夫。

她爱的，她信任的，全都在一天之内粉碎，她的世界，天崩地塌……

后来的梦境渐渐模糊，她全都不太记得清，也不知道梦中自己最后到底是被谁害了。

但她还记得，梦中的那片黑暗之中，那种仿若灵魂被火烧般的疼痛。毕竟，这世上想她死的人实在是太多，沈梦琪、叶依依、秦若曦……

尤其是秦若曦，毕竟自己可是抢了原本该属于她的司太太的位置。

以秦若曦的家世背景，只要稍微使点手段，便让她成了整个司家的公敌。司氏家族上至老太太，下至直系旁系的元老族人，无一不想除去她这个司夜寒身边的污点。

“在想什么？”耳边又传来男人低哑的警告。

方才那一刻，女孩脸上的表情，莫名地让他一阵不舒服。

她明明就在自己身边，却好像随时会消失。

第一次，他发现自己竟看不透她。这种失控的感觉让他无法忍受。

叶绾绾看着男人不满的表情，面上一阵无奈："当然是想你啦！"

这人也太霸道了，在他面前连分个神都不行是吧？

虽然女孩的语气难逃敷衍的嫌疑，但男人的面色还是缓和了几分，随即说道："回去吧，不许乱跑。"

"知道啦，我最近一次都没有逃课好吗？也没有迟到和早退！"叶绾绾解开安全带，照例给了他一个告别吻，然后下了车，"晚安啦！"

就在叶绾绾下车的一瞬间，她眼角余光无意间瞥到了车座前面置物架的一角，好像是一沓家教的资料。

看到那些东西，叶绾绾的心里顿时咯噔一下。

给她请家教？他原本的打算是让她离开学校，留在锦园自学吗？

好险……

叶绾绾已经离开好久，许易依旧呆呆地坐在副驾驶座上，好半天都回不过神来。

他刚才见叶绾绾居然敢威胁九爷，魂儿都快被吓没了，结果这叶绾绾打一棒子再给颗甜枣，居然就这么啥事都没有了，还顺带塞了他一肚子的狗粮。

而且，九爷不是打算让叶绾绾在家学习的吗？

他都准备好迎接一场激烈的争吵了，结果怎么什么都没发生？

"许易。"片刻的静默后，司夜寒突然毫无征兆地开口。

"在！九爷，您有什么吩咐？"完了完了，果然还是要发飙吗？许易顿时全身的神经都绷紧了。

司夜寒的目光追随着夜色中小小的身影，语气平静无波道："这个月，你的工资双倍，包括锦园的用人。"

许易瞬间一呆，这幸福来得也太突然了吧！

许易起码呆滞了三分钟才回过神来，难道是因为叶绾绾刚才说了一句"越来越喜欢他"？

所以，要普天同庆吗？

学校小湖边。

江嫣然已经在那里待了整整两个小时，其间宋梓航打了电话过来，连威胁带警告地跟她谈判了好几次。

一想到宋梓航失望、厌恶的表情，她便心如刀绞。

可是让她删帖，她怎么能咽得下这口气。

就在她还在犹豫的时候，随手一刷，在那条帖子下面刷到了一条最新回复，顿时瞳孔一缩。

"梦里寻她千百度"……这熟悉的ID，分明是宋梓航。

梦里寻她千百度："诸位，我是宋梓航！第一，我跟江嫣然没有任何关系，婚约不过是长辈们的玩笑；第二，并不是梦琪主动抱我，是我一时情不自禁唐突佳人，梦琪也没有说过毕业后在一起这样的话，只说现在要好好学习；第三，从头到尾我喜欢的人只有一个，沈梦琪！你们有什么冲着我来，别伤害无辜的人！"

"宋梓航！你好样的！"看着帖子上一字一句的维护，江嫣然咬破了嘴唇。

而下面那些迅速跟帖的回复更是如同刀子在她的心口上割——

"哇！原主出现了！莫名觉得宋队长好帅啊！"

"只有我一个人觉得江嫣然很可怜吗？明明是她认识宋梓航在先吧？结果就这么被撬了墙脚！而且宋梓航的话也不一定全是真的！"

"可这也是没办法的事情吧？感情这种事情，本来就是两情相悦的嘛！人家都说从没喜欢过她了，全是她一厢情愿而已！自己没本事追到人家，关沈梦琪什么事啊！"

"宋梓航的选择也无可厚非吧？要是我，我也选沈梦琪啊！哈哈哈……"

虽然仍有部分人对宋梓航的话持怀疑态度，认为他是出于维护沈梦琪的目的而故意如此说，但宋梓航的这番回应还是迅速改变了风向，甚至使得沈梦琪在清禾内部的人气更上一层楼。

与此同时，叶绾绾回到了宿舍。

也不知道为什么，她总觉得今晚自己鬼使神差地说出那句"想跟你一起走下去的那种喜欢"，有种莫名的熟悉感，仿佛在某个时刻，她也对某个人讲过这句话，但那个人肯定不是顾越泽，毕竟对顾越泽说过的每一句话，她都记得一清二楚。

呸呸呸……对人家说了这种话，还把人家忘得一干二净，她怎么可能做出这么渣的事情！

叶绾绾挥去脑子里的胡思乱想，刚准备睡觉，手机突然响了，来电显示是江嫣然。

叶绾绾眉头微挑，接了起来："喂？"

刚一接通，手机那头立即传来江嫣然激动的声音："叶绾绾，你不许删帖！我同意跟你合作！你要怎么合作都可以！"

突然态度变化这么大？看来沈梦琪已经搞定宋梓航，让他亲自出马洗白了。

"没问题。"叶绾绾开口回道。

"你现在立刻就告诉我，该怎么做！"

"别急，我的大小姐，你可以先来我的房间，我们慢慢谈。"叶绾绾刚说完，就发现这话怪怪的，似乎哪里不对劲。

好像电视剧里的经典台词。

"好，我马上到！"江嫣然毫不犹豫便答应了。

挂了电话后，叶绾绾点开了那条帖子查看，果然如她所料，宋梓航亲自出面，上演了一场英雄救美的戏码。

沈梦琪是得救了，江嫣然却成了所有人的笑柄，现在全校都知道江嫣然暗恋的人竟然喜欢她的闺密。

为了心上人，可真敢说啊，居然连两家订下的婚约都敢推得一干二净。

敲门声很快响起。

“来了！”叶绾绾站起身，走去打开了房门。

“叶……”看清给她开门的人之后，江嫣然陡然噤声。

“进来吧！”

听着对方熟悉的声音，江嫣然更是满脸无法置信：“你是叶绾绾？”

江嫣然记得叶绾绾是一个人住，这间宿舍除了她之外，没有别人。

可眼前这个比程雪还要漂亮的女孩子，怎么可能会是那个叶绾绾？

据说叶绾绾从前又胖又丑，后来瘦了下来，就只剩下丑了。

所有人，包括她在内，都以为叶绾绾化这么浓的妆是为了遮丑，抑或是自暴自弃。

清禾学院学风严谨，但由于学生基本上都已经是成年人的缘故，校风还算开放，提倡个性化、多元化，不限制学生的服装和妆容，大家都是铆足了劲彰显自己，像叶绾绾这样自黑的还是唯一一个。

叶绾绾领着江嫣然进了门，给她倒了一杯水：“随便坐。”

反正都是同盟了，江嫣然又是女孩子，她就没费那个事大晚上的再化一次妆了。

“你真的是叶绾绾？”江嫣然还是觉得自己跟做梦一样。

“需要我证明一下身份吗？”叶绾绾拿起一旁的绿色假发。

“不用了！”江嫣然急忙摆手，“可是……你平时为什么要把自己弄成那个样子？”

叶绾绾挑眉道：“我平时怎么了？不好看吗？”

想打扮成什么样，是叶绾绾的自由，江嫣然只是震惊叶绾绾原来竟然这么好看，但她也没有立场多说什么，忍不住多看了叶绾绾好几眼之后，开口问正事：“你真的有办法吗？”

叶绾绾托着下巴，也不卖关子了，直接开口道：“如果你相信我的话，那么，你现在要做的第一步是，让你父母立刻跟宋家解除婚约！”

而且，必须尽快！

她记得梦中的江家就是在这个时候，近乎掏空了家底全力支持宋家，让宋家成功拿到了一个政府大工程，使得宋家鲤鱼跃龙门，一下子从一个小公司晋升到足以跟江家并驾齐驱；其后，宋家公司的规模更是逐年赶超江家……

江嫣然闻言脸色顿时一白：“什么？解除婚约……”

叶绾绾挑眉问：“不要告诉我，直到现在你还没死心，还想着要嫁给他吧？”

“怎么可能！我现在只想要让他后悔！”江嫣然的表情有些混乱，“可是，叶绾绾，事情没你想的这么简单，我们两家的公司有太多业务往来和合作项目，我若突然跟我父母说解除婚约，这影响实在是太大了！这件事情必须从长计议……”

叶绾绾微微一笑，开口道：“从长计议？我最近看新闻，听说宋家正在竞争政府的一个大工程，你家注资了不少呢，一下子投这么多钱，怕是冒着资金周转不灵的风险，把公司的流动资金全都掏空了吧？你爸妈是为了让你日后过得好一点，才这么帮宋家的，你现在都已经看清那个男人的真面目了，还不快刀斩乱麻，难道还要让他好处得尽了，然后再拿着这些从你家得来的东西去讨好沈梦琪？”

这次若是等宋家得到了这个至关重要的大工程，再解除婚约，恐怕就晚了！

江嫣然闻言死死咬着唇，终于不再犹豫，说：“我现在就给我爸妈打电话……只是我爸妈很喜欢宋梓航，解除婚约这么大的事情，就算我去说了，他们也只会当是我们小孩子吵架，不会当真，何况两家现在还有个这么大的合作在这里……”

叶绾绾伸出手：“手机给我，这个电话，我来帮你打！”

叶绾绾回想着江家二老以往对江嫣然的疼爱，她觉得即便可能要费点周折，但二老最终肯定还是会站在女儿这边。

“你帮我打？”江嫣然迟疑地看着对方。

其实直到现在，江嫣然还觉得自己是病急乱投医，没有完全相信叶绾绾，此刻看着她的眼睛，却不自觉地想要去相信她。

最终，江嫣然还是同意了。

叶绾绾用江嫣然的手机拨通了江嫣然母亲的号码。

“喂，嫣然啊！怎么这么晚给妈妈打电话？是不是钱不够用了？”

听到电话里母亲的声音，一旁的江嫣然顿时鼻子一酸。

叶绾绾则是立即语气满是惊惶，无比焦急地开口道：“阿姨！我不是嫣然，是她的同学，您快过来学校一趟吧！嫣然她刚才情绪不太好，似乎有点想不开。”

江嫣然听到叶绾绾的话顿时傻眼，急得正要说话，被叶绾绾以眼神阻止了。

手机那头江妈妈说话的调子都变了：“你说什么？你说我们嫣然想不开？你是不是骗子……”

“阿姨，我不是骗子，我真的是嫣然的同学，不过您别担心，嫣然已经没大碍了，她正在我的宿舍休息，只是精神状态很不稳定。您若不信，直接来学校一趟就知道了，嫣然现在就在我的宿舍里……”叶绾绾报出了自己的宿舍号。

江妈妈一听对方没有敲诈勒索，便知道不太可能是骗子了，于是急忙开口道：“好好好，我马上就到！”

电话挂断之后，江嫣然眉头紧蹙：“绾绾，你这样不是在……”

“什么？骗人吗？你敢说你刚才不是差点想不开？”叶绾绾一副理所当然的语气。

江嫣然顿时不说话了。

若不是叶绾绾突然出现，她当时恐怕真的会钻牛角尖。

“你也说了，事关重大，解除婚约不是儿戏，若不说清楚，你爸妈是不会立即行动的。也是为防止你爸妈耳根子软，被宋家的人随便道个歉又回过头来改变主意！”叶绾绾解释道。

江嫣然一想，也确实是这个道理，顿时点了点头，目光炯炯地盯着叶绾绾。

“看我做什么？”叶绾绾眨了眨眼睛。

江嫣然轻咳一声，转开了头说：“就是觉得你变化好大……”

叶绾绾笑道：“变化？你了解过真正的我吗？”

江嫣然一想，自己似乎从没跟这个室友深交过，后来更是一直误解她，也确实不知道真正的她是什么样子。

“以前的事情抱歉，误会了你。”江嫣然有些别扭地开口道，“为什么我这么对你，你还要帮我？”

“我已经说了，是合作啊，我当然也会有需要你帮忙的时候。”

对于叶绾绾坦诚直接的态度，江嫣然倒是多了几分好感，立即道：“你需要我帮什么，只要我能做到的。”

“暂时还没有，不过长远的倒是有一个……”叶绾绾盯着江嫣然，眼神亮得惊人。

江嫣然被叶绾绾盯得有些不自在：“长远的？是什么？”

叶绾绾眼睛亮晶晶地瞅着她：“若你以后进圈，麻烦优先考虑让我做你的经纪人。”

听到叶绾绾的话，江嫣然有些惊讶：“因为我爸妈的影响，我确实打算从事演艺事业，但以我的外形条件，还是更适合做幕后工作吧？倒是你，其实你素颜的样子真的太美了，怎么不直接出道，却要做经纪人？”

叶绾绾仔仔细细地朝着江嫣然打量了一番，啧啧咋舌道：“我说亲爱的，你未免也太妄自菲薄了！相信我，你的颜值真的不比沈梦琪差！只是你实在是太不会发挥自己的优势了，不过别急，回头我会帮你改造一下！”

江嫣然估摸着是为了刻意讨好宋梓航，于是留着黑长直，日常淑女裙不离身。

这样的装扮打扮好了，会跟沈梦琪一样，成为众多直男心目中的女神；但江嫣然明显就不适合这样的风格，不仅丝毫没有美感，反而看起来古板呆滞。

在梦里的江嫣然走的也一直是实力派路线，经常出演苦情和扮丑的角色。

但她清晰地记得，某次的颁奖典礼上，江嫣然一身大红色的性感晚礼裙上台领“最佳女演员”奖，秒杀了当晚的所有女艺人。

不过江嫣然也就穿过那一次，后来叶绾绾再也没看到她穿过那种风格，八成又是被沈梦琪蒙骗了。

“呃……”江嫣然回忆着叶绾绾平日里那副奇葩装扮和审美，明显对她这话是一个字都不信的。

叶绾绾知道她现在不信，倒是也不在意，从自己的衣柜里拿出了一套衣服递给她：“你去换一身我的睡衣，然后躺到床上去吧，你爸妈应该快到了。”

“谢谢。”江嫣然点了点头。

江嫣然的父母来得非常快。

听到敲门声，叶缩缩调整了一下状态，然后立即走过去打开了门。

“嫣然呢！我们嫣然呢！”

“我女儿在哪里？”

江爸爸和江妈妈急得满头大汗。

“叔叔、阿姨，你们总算来了，嫣然在床上躺着呢，你们快去看看她吧！”叶缩缩忙开口道。

夫妻俩立即冲到了床前，看到床上躺着的女儿之后，顿时心都快碎了。

江嫣然的面色本来就非常憔悴，脸颊苍白得没有一丝血色，双眼也全是红肿的，江爸爸和江妈妈压根就没有任何怀疑。

“嫣然，你怎么这么傻啊！到底出了什么事情？”

“嫣然，快告诉爸爸，是不是学校里有人欺负你了？”

江嫣然怔怔地看着匆匆赶来的父母，见到亲人之后，那压抑的委屈顿时再也忍不住，扑在母亲的怀里便失声痛哭起来：“爸爸妈妈，我好难受……好难受……”

江妈妈被女儿哭得心如刀绞：“宝贝乖！你是要急死爸爸妈妈吗？你这到底是怎么了啊？”

叶缩缩站在一旁，眼泪也跟着吧嗒吧嗒往下掉，边哭边说：“叔叔阿姨，你们一定要帮嫣然出口气啊，嫣然在学校都快要被欺负死了！”

江爸爸顿时满脸怒容：“什么人，竟敢欺负我女儿！”

叶缩缩回答道：“是宋梓航和沈梦琪！”

江爸爸面色微变：“梓航，还有沈梦琪？这怎么可能？梓航绝对不可能欺负嫣然的，还有，梦琪不是嫣然最好的朋友吗？”

叶缩缩急忙解释道：“根本就不是这样的，宋梓航压根就不喜欢嫣然，还私下里跟嫣然最好的朋友沈梦琪交往甚密。沈梦琪作为嫣然最好的朋友，不仅不告诉嫣然这件事，还在明知道嫣然跟宋梓航有婚约的情况下，偷偷跟宋梓航暧昧。”

江爸爸面色严肃道：“这绝对不可能！梓航那孩子的人品我是了解的，他对我们嫣然也是一片真心。”

江妈妈也跟着附和：“是啊，平日里我们也都是看在眼里的。”

叶缩缩心中冷笑，这个宋梓航还真会做表面功夫，难怪江嫣然之前担心父母不相信呢。

叶缩缩继续告状，说：“叔叔、阿姨，你们全都被骗了，宋梓航从头到尾只是在你们跟前装装样子而已，只要两家长辈不在的时候，就对嫣然冷冰冰的，还跟嫣然说他已经有喜欢的女孩了。可是嫣然太傻了，根本就不在乎这些，甚至只要偶尔宋梓航给个好脸就高兴得不得了，傻乎乎的以为自己有一天可以感动他。

“嫣然她一个女孩子，为了讨他欢心，大冬天的摸黑起早去十里外的早餐店给他买他最喜欢吃的早点；大夏天的天那么热，天天跑去篮球场为他加油打气！她一个千金大小姐，在家里半点阳春水都不沾，却为了讨好他，做整个篮球队的后勤，默默地给所有队员买水买零食、收拾衣物。”

因为她跟江嫣然做过一段时间室友，而且那段时间跟江嫣然的关系也还没闹僵，所以对于江嫣然的事情还是知道一些的。

光是听到这里，江爸爸已经勃然大怒：“糊涂！嫣然，你是爸爸妈妈最疼爱的女儿啊！你怎么可以为了一个男人就这么作践自己！他宋家要是没有我，早就破产了，他合该把我女儿当成公主一样宠着！结果那浑蛋居然这么糟践你，把你当成保姆一样使唤！”

江妈妈也满脸无法置信：“傻孩子！你怎么这么傻！为什么你从来都不告诉爸爸妈妈？”

“嫣然自然是担心若跟你们告状，宋梓航会更加讨厌她……”

叶绾绾抽噎着，满脸愤然地继续说道：“可是，嫣然付出了这么多，到头来换到的是什么，是他心安理得地享受着嫣然的付出，享受着叔叔阿姨你们的资助，却跟嫣然的好朋友暗中交往。

“因为我实在看不过去，就发了个帖子揭露了一切，结果宋梓航以为帖子是嫣然发的，跑过去用各种难听的话骂她，想要逼她把帖子删了！因为帖子没删，宋梓航竟然直接在校园论坛上发了一条声明，说他跟嫣然没有任何关系，婚约根本就不存在，还说他从头到尾喜欢的人只有沈梦琪一个！”

江爸爸的脸色已经阴沉到了极致：“你说的这些全都是真的？”

“千真万确！叔叔、阿姨，帖子还在这里，你们看一下，就会知道事情的所有经过了！”叶绾绾用手机点开那条帖子，递到了两人面前。

沈梦琪不是最喜欢告状吗？那么这次她便以其人之道还治其人之身。

夫妻二人急忙去看那条帖子。

安静的宿舍里只有视频中争执对话的声音——

听着女儿满脸绝望、字字泣血的质问，江爸江妈的心都揪起来了，而后面宋梓航的那条声明则是彻底引爆了江爸江妈的怒火。

江爸爸气得连声音都在发抖：“嫣然跟他没有任何关系？婚约不过是长辈们的玩笑？好啊……好一个玩笑！宋啸威，你生的好儿子！”

江妈妈看着后面网友对女儿的嘲讽，更是直接气哭了，气愤地说：“天哪！这些人怎么可以这么说嫣然！嫣然，都是妈妈不好，妈妈对不起你。妈妈竟然没有早一点发现，让你受了这么多的委屈……”

她的嫣然看到这些话该有多难过！

难怪女儿情绪崩溃，这些人简直是太过分了！

江嫣然看着心痛不已的父母，急忙安抚道：“妈妈，这次多亏绾绾救了我，因为一些误会，之前有段时间我跟绾绾的关系一直不太好，但是经历过了这次，我才知道谁才是真正的朋友！”

江妈妈感激不已地拉住了叶绾绾的手：“好姑娘，真是太谢谢你了……”

“阿姨哪里话，这都是我应该做的。”

江爸爸长叹一声：“嫣然，你能趁这次机会看清那么多事情也是好事，咱们一切都能从头开始，你受的委屈，爸爸妈妈绝对会帮你讨回来，你可千万别再想不开了！”

“你爸爸说的对，嫣然，你要是有个三长两短，爸爸妈妈可怎么活啊！”

“对不起，爸爸妈妈，是我太自私了，我再也不会了……”

江嫣然在父母面前大哭了一场，把委屈全都宣泄了出来。

等三人冷静一些后，叶绾绾开口问道：“叔叔，阿姨，你们准备怎么给嫣然出气？”

江爸爸冷哼一声，说：“自然是如宋家那臭小子的愿，跟他们宋家解除婚约！”

江嫣然露出担忧的神色：“可是我们两家这么多年的交情，各种业务和项目盘根错节……”

江爸爸给了女儿一个安心的眼神：“嫣然，这些不用你操心，交给爸爸来办就好。也幸亏我们知道得早，否则再晚一天，我那笔钱就要打到宋家的账上了！现在我就算是拿去打水漂，也不会便宜他们！”

看着江爸爸的反应，叶绾绾总算是松了口气道：“江叔叔，您太厉害了！嫣然，现在你总算安心了吧！就算为了叔叔阿姨，你也一定要振作起来！”

“绾绾说得没错，爸爸的女儿怎么可以这么没出息，咱们绝对不能活得让人看不起！”

江妈妈看着床上的女儿，满脸不放心地说：“怎么办，这学校我们也不能久待，嫣然，你要不要跟爸妈回去住两天？”

江嫣然闻言摇了摇头，面色坚定道：“爸、妈，我没事的，我现在已经想通了，我不想耽误学习。”

听到女儿这么说，应该是真的想通了，夫妻二人皆是满脸欣慰。

“绾绾，那嫣然就麻烦你帮忙照顾一下了，真是不知道该怎么谢你了！”

“是啊！这次多亏了你！”

夫妻二人感谢了叶绾绾一次又一次，最后又不放心地开导了江嫣然好半天，这才依依不舍地离开了。

虽然舍不得女儿，但是他们还要立即回去为女儿讨回公道！

夫妻两人走后，江嫣然突然极其认真地看向了叶绾绾：“叶绾绾……”

叶绾绾扭头看过去：“怎么了？”

江嫣然眼眶微红，真诚地说：“谢谢！真的谢谢你！”

如果不是叶绾绾，以她的个性，八成不会把这件事情告诉父母，就算说了，等到那时候恐怕也迟了。

叶绾绾轻笑一声，揶揄道：“口头上说说可不行哦，真想谢我，那就‘以身相许’吧。”

江嫣然被她逗笑了，说道：“知道啦，以后我如果想进军演艺事业，肯定去投奔你，光是今天我就看出来了，你这演技都堪比演员了，危机公关能力也是一流！”

“不错，有眼光！”叶绾绾赞同地连连点头，随后开口道，“好啦，你爸妈那边已经搞定，现在你什么都别多想，好好敷个面膜，睡个美容觉，老师那边明天也请个假吧，休息一下调整下状态，等明天放学咱们就开始第二步！”

“第二步？”江嫣然脸色一僵。

“带你去改变形象啊！”叶绾绾理所当然地点头。

她记得明天放学后，清禾和隔壁学院的篮球队可是有一场非常引人注目的比赛呢！搞事情的好机会！

“一定要吗？”江嫣然挣扎。

虽然她对叶绾绾已经完全信任了，但叶绾绾的审美她是真的是担心。

叶绾绾瞥了她一眼，递了一个镜子过去：“难道你要顶着这样一张憔悴的脸出现在全校同学面前，让所有人看你的笑话吗？”

“我当然不想，可是，你真的行？”

叶绾绾摸了摸下巴说：“我要是搞砸了，大不了我剃光头陪你，想想我还从没试过光头呢！”

看叶绾绾的表情，竟然似乎还挺期待的样子。

江嫣然无语道：“不必了，谢谢……”

叶绾绾搭着对方的肩膀，吹了声口哨：“别一副准备壮烈牺牲一样的表情好不好！跟你说，我的眼光可好了！就比方说你吧，你就根本不适合走文艺小清新的风格，你这么好的先天条件，那种清汤寡水的风格真的不适合你。”

江嫣然瞬间捂住了胸口，双颊通红：“叶绾绾！你在说什么！”

“我说的是实话好不！”叶绾绾又多看了好几眼，“相信我，你就适合走明艳大气的霸气女王路子！总之明天到了理发店，你听我的就好！”

江嫣然想着，若是被弄得不能见人，大不了戴帽子好了，于是认命地开口道：“总之，你别让我染绿头发就行，其他的随便你想怎么弄吧！”

“你确定啊？我让你剪短发也愿意？”叶绾绾问。

江嫣然笑了笑，说道：“我连他人都不要了，还心疼我这头为他留的头发？”

叶绾绾满意地点点头：“不错不错！孺子可教！”

一夜过去。

昨晚江嫣然没回宿舍，直接在叶绾绾这儿睡了。

叶绾绾早上起来，也没吵醒她，轻手轻脚地洗漱好便去上课了。

因为昨晚睡得很迟，叶缩缩一直在犯困，到了教室之后就趴在了桌上开始补觉。

倒是平时总在睡觉的司夏，今天一副精神奕奕、闪耀夺目的模样，而且居然来得比她还早。

见叶缩缩来了，少年的眸底顿时更明亮了几分，将一小块精致如艺术品般的蛋糕递到了她跟前，问道："缩缩，吃早饭了吗？这个杏仁蛋糕很好吃，要不要尝一点？"

听到旁边传来的温柔声音，叶缩缩却只觉得烦躁："我不爱吃杏仁。"

听到叶缩缩说不爱吃杏仁，司夏的面色微微僵硬了一下，但只是转瞬即逝："那你喜欢吃什么？"

叶缩缩几乎要崩溃，随口敷衍道："太多了，说不完。"

见叶缩缩精神不振的模样，司夏眉头微蹙："缩缩，你昨晚没睡好吗？"

叶缩缩深深吸了一口气，头都不抬地继续保持着趴在那儿睡觉的姿势，脱口而出道："嗯，没睡好，和我男朋友打了一夜的电话。"

说完，也不管同桌到底是何种表情，叶缩缩安心地继续睡觉了。

迷迷糊糊之间，她又做了一个梦。

到处都是爆炸声、嘶喊声……

梦里视线所及之处全是铺天盖地的鲜血和火光。

她早已经精疲力竭，却依旧要不停地跑，不停地跑，似乎停下来就会遇到危险。

她不知道自己到底跑了多久，好像那条路永远没有尽头……

终于，前方已经没有了道路，只剩下一片悬崖，身后是黑茫茫的漩涡，身前是越来越逼近的险境，退无可退，她用力挥出了手中的刀……

"丁零零——"上课铃声响起。

叶缩缩猛地惊醒，全身都是冷汗。

怎么又做这个噩梦了？自从当年在国外差点被拐后，她就经常梦到这个画面。

梦中的自己陌生得就好像不是她……

一旁，司夏见叶缩缩好像做噩梦了，眉头微微蹙了一下，似乎想要开口，下一秒，突如其来的一句"打了一夜电话"回荡在脑海中，令他闭上了嘴。

因为"一夜电话"的效果显著，叶缩缩这一整天都非常清净。

刚一放学，她就回宿舍找江嫣然了。

因为今天学校篮球队有比赛，很多人都想去看，所以班长给他们放了一天假，今天不用排练。

回去后，叶缩缩看到她那间原本还挺空的宿舍，此刻已经被堆得满满当当。

正在整理东西的江嫣然见她回来，有些忐忑地开口道："我已经跟老师申请了换宿舍，趁着今天请假，就把东西都搬过来了，你要是介意跟我一起住，我让老师重新安排……"

叶绾绾自然不会介意，就是有点担心。

万一司夜寒又跟上次一样突然出现怎么办？还不得把江嫣然给吓着！

算了，回头打个电话跟司夜寒说一声吧！有个正当的理由以后不用提心吊胆怕他突袭。

“介意什么，你不说我也会让你过来的。”江嫣然那样的情况，肯定是没法继续跟沈梦琪一起住了。

叶绾绾说完，看向江嫣然问道：“对了，问你个事啊，隔壁锦绣学院篮球队的楚风，是不是喜欢你啊？”

“你怎么知道……”江嫣然闻言有些意外。

“之前在垃圾篓里看到过他写给你的信。”叶绾绾回道。

江嫣然愣了一下，有些尴尬，不过也没否认：“他确实跟我告过白，当时我一心都在宋梓航身上，便没有搭理他。你怎么突然问这个？”

叶绾绾摸了摸下巴，开口道：“发个短信，约他晚上一起吃饭。”

江嫣然顿时愣住了，回复说：“啊？可我对他完全没感觉的。”

其实她对谁都没感觉，而且她跟宋梓航刚闹翻，这个时候，合适吗？

叶绾绾自然知道她在担心什么，挽住了她的手，语重心长地开口道：“不试试怎么知道呢？忘记一段感情最好的方法，就是开始一段新的感情！

“我跟你说，曾经你以为你非他不可，以为他就是你的全世界，事实会证明，你不过是坐井观天！世界那么大，为啥不去闯一闯，非得在宋梓航这一棵树上吊死？”

楚风家世好、学习好、运动好、长得又帅，哪点不比宋梓航强？

不过叶绾绾一方面是为了虐宋梓航，另一方面也是担心江嫣然。

以江嫣然的性格，这次的事情肯定也会对她造成很大的心理阴影，以后很有可能难以相信别人。

若是江嫣然跟楚风能成最好，不能成转移一下注意力也是好事。

其实追江嫣然的人也不少，她唯独只记得楚风，是因为在梦里江嫣然死后，宋梓航立即投拍了一部大制作，指定沈梦琪为女主角，就在那部片子的发布会现场，楚风突然发疯一样冲上台把宋梓航暴揍了一顿，当时事情闹得挺大，到处都能看到有人在八卦。

据说后来宋梓航对楚风提出了诉讼，无奈因为有人从中调和，最后以和解告终。

她至今还记得梦里楚风暴怒哀痛的表情……

当时在梦里江嫣然结婚都已经好几年了，可这个男人却依旧记着她，所以叶绾绾才觉得这人倒还是不错，真心可以试一试。

听着叶绾绾的话，江嫣然有些自嘲地苦笑道：“宋梓航怎么可能生气？”

虽然这么说着，不过，最后江嫣然还是按照叶绾绾说的做了。

也许绾绾说得没错，她是该跳出那口狭窄的井了。

亲眼看着江嫣然发完短信，叶绾绾放心了，随后上下打量了她一眼，又皱了眉头："不要告诉我，你准备今天就穿这个？"

"怎么了？这是我最好看的一件衣服了！我今天特意挑出来的！"江嫣然开口。

叶绾绾长叹一口气，审美有问题的是江嫣然才对吧？

"软趴趴的毫无质感，哪里好看？"

"这是最近非常流行的……"

"文艺森女棉麻风是吧？"叶绾绾翻了个白眼，从江嫣然的衣服箱子里找了找，一眼挑出了一件印花连衣裙，"换这件！"

大朵复古的花纹拼接，明艳却并不夸张，夺目耀眼又不失青春活泼，很适合江嫣然的风格和年纪。

换别人穿可能会很村很土，但如果是江嫣然，绝对很适合！

江嫣然有些意外地看了那件衣服一眼："你可真会挑，这是我最贵的一件衣服。生日的时候，我妈妈送给我的，C家最新出的限量版高定款，可是我觉得颜色太花哨太艳丽了，所以一次都没穿过……"

"去试试！我想看！"叶绾绾双眼亮晶晶地盯着她，满脸期待。

江嫣然无奈失笑道："好吧！"

当时妈妈怎么劝她，她都不愿意试，她不愿意尝试任何宋梓航可能不喜欢的东西，可是对叶绾绾，明明知道叶绾绾这方面不靠谱，却还是对叶绾绾有种莫名的信任。

"好了没？需要帮忙吗？"

江嫣然都已经进去十分钟了还没出来，叶绾绾忍不住催问。

洗手间里传来江嫣然尴尬的声音："绾绾，我还是换下来吧，总觉得怪怪的！"

叶绾绾实在等不及，直接推开门便进去了。看到换好衣服的江嫣然，叶绾绾顿时愣住。

虽然知道江嫣然肯定适合，但这一眼还是被惊艳到了："知道你身材好，没想到这么好！"

平时江嫣然总喜欢穿那种很宽松文艺风的衣服，所以根本就看不出身材，而这一身衣服的剪裁把江嫣然所有的优点全都衬托出来了。

叶绾绾想到这是江妈妈送给女儿十八岁的成人礼，顿时觉得确实是太合适了。

看着镜子里的江嫣然，叶绾绾有种少女破茧成蝶之感。

"你又打趣我！"江嫣然气得跳脚。

看着江嫣然这副羞恼的模样，叶绾绾失笑道："我说的是实话好不好？"

虽然现在江嫣然年纪还小，要有霸气女王的气场还早得很，但现在这样如同含苞待放的花朵，同时带着女人的娇媚和少女的青涩，更是动人。

"放心好了，相信我，一点都不奇怪，只是你自己不习惯而已！要说奇怪也是你的发型跟你的气质风格实在不配，现在收拾下东西，咱们转战理发店！"

“你确定？”

“确定，要我现场夸奖你一万字吗？”

“好吧……”

“走啦走啦！”

快速收拾了一下，叶绾绾迫不及待地把江嫣然拉出了门。

到了理发店。

叶绾绾让理发师严格按照自己的要求帮江嫣然弄了一个发型。

理发师本来还挺不耐烦叶绾绾不懂装懂地指手画脚，不过，等最后的效果出来之后，顿时没话说了。

镜子里的女孩改变了沉闷死板的黑长直，一头长至锁骨的蜂蜜茶色微鬈发，让她整个人都变得明媚时尚起来。

本来他还觉得锁骨这个长度不尴不尬，也不懂叶绾绾口中说的“睡不醒卷”是什么意思，没想到弄出来之后效果这么好。

只是改了一个发型，却让眼前的女孩如同变了一个人，让人完全挪不开眼。

“小姑娘，你可以啊！在哪儿看到的这个发型？确实好看！”理发师没话说了，不过让他想不通的是，看这女孩的审美还挺不错的，怎么把自己给捯饬成了那样呢？

此刻，江嫣然看着镜子里的自己，也是好半天都回不过神来。

她一直对自己很没有自信，知道宋梓航和沈梦琪的事情之后，更是几乎陷入了自卑的沼泽，总认为叶绾绾是在安慰自己，她从来不知道，自己原来也可以有这样的一面……

“怎么样？是不是被自己美到了？”叶绾绾笑。

“很好看。”江嫣然诚实地点点头，毕竟是女孩子，看到自己变好看了，连心情都变好了起来。

“真的超级漂亮好吗？现在大功告成！咱这就去篮球场！”叶绾绾暗戳戳地兴奋不已。

今天这场篮球赛是三年级的最后一场比赛，算是告别赛，所以格外受关注。

叶绾绾站在门口远远看了一眼，只见赛场上两队的队员正在热身，没看到楚风，大概还没来。

至于宋梓航，高大的身影很显眼地站在观众席第二排的位置。

那里坐着沈梦琪、方琴和其他几个 A 班的女生。

那些女生看着宋梓航的目光全都闪闪发光、满是崇拜。

而宋梓航的眼里却只有沈梦琪。

宋梓航目光专注地盯着眼前的女孩，有些激动地开口道：“谢谢你们来替我们加油！”

“哈哈，宋队长其实是想谢谢梦琪来看他打比赛吧！我们全都只是顺带的！”

“有梦琪加油，今天肯定是宋队长的主场！带着咱清禾杀得锦绣片甲不留！”

“那是一定的！”

沈梦琪今天穿了一身淡绿色的长裙，清新文艺。闻言，她嗔了起哄的众人一眼说：“你们别闹了！给本校篮球队加油也是应该的！”

叶绾绾站在不远处，看得啧啧咋舌。

江嫣然为整个篮球队打水买饭收拾东西，一句好都落不到，沈梦琪不过坐在这里看个比赛，就把宋梓航感动得跟什么似的。

“没事吧？”叶绾绾有些不放心地朝着江嫣然看了一眼。

江嫣然深吸一口气，从前面打情骂俏的两人身上收回目光：“没事，走吧。”

自从在论坛上公开发了那条回复之后，宋梓航就开始直接追求沈梦琪了。

叶绾绾和江嫣然两人一前一后朝着前排的空位走去。

篮球场内的众人看到叶绾绾全都是一阵窃窃私语，不过叶绾绾名气本来就大，大家都见怪不怪了，很快所有人的注意力都转移到了叶绾绾身后的女生身上。

看到江嫣然的一瞬间，几乎所有人都是眼前一亮。

“哇塞！快看快看！美女！”

“这美女哪班的啊？怎么好像没见过？”

“哎？这不是A班的江嫣然吗！就是换了个发型和衣服而已！”

“是我以前瞎了眼！没想到江嫣然居然这么漂亮！”

……

篮球场内的动静很快引起了前排沈梦琪和宋梓航等人的注意力，也跟着转头朝身后的方向看去。

宋梓航只隐约听到了有人说“江嫣然”的名字，潜意识里便生出了一股反感。

难道那女人又不死心地跟过来纠缠了？

宋梓航眉头紧蹙地顺着众人的视线看过去，结果，下一秒，面上的表情顿时一呆。

只见眼前的女生穿着一身复古印花的连衣裙，精致的剪裁勾勒出了少女的曲线，茶色的齐肩鬈发让她看上去明媚又动人，丝毫没有往日里沉闷刻板的模样。

这个漂亮到足以让所有男人惊艳的女孩子，竟然是……江嫣然！

宋梓航几乎不敢相信自己的眼睛。

此刻周围人的议论声也更大了，尤其是在看到了宋梓航和沈梦琪之后。

“喂？你们难道不觉得江嫣然比沈梦琪漂亮多了吗？”

沈梦琪的长相加上合适的妆容打扮确实算得上气质美女，但跟明艳动人的江嫣然一比，瞬间便显得寡淡了。

“漂亮太多了好吗！平时可真看不出来！”

“而且仔细想想，江嫣然的家世也比沈梦琪好多了，父亲是名导，母亲是著名编剧，而沈梦琪的父亲据说以前就是给叶绾绾她爸开车的司机，你们说宋梓航是不是傻啊？放着这么一个对他死心塌地、家世又好的白富美不要？”

这些话自然是清晰地传到了宋梓航和沈梦琪的耳中。

宋梓航的脸色顿时黑了下来，沈梦琪的脸更是一阵青白。

她怎么能接受一向都是自己陪衬的江嫣然竟然成了众人瞩目的焦点，还被拿来对比嘲讽她。

平时江嫣然对她很好，甚至帮了她不少忙，但她最讨厌的就是对方那高高在上施舍的姿态，就像她当初讨厌叶绾绾一样。

就因为她爸爸是叶家的司机，她就要像个跟班一样绕着那个大小姐团团转，讨好叶绾绾，把叶绾绾当祖宗哄着，甚至被迫陪着叶绾绾一起留级。

周围人的那些话完全是在往她最在意的地方刺，方才宋梓航眸底的惊艳之色更是令她面色一片阴沉。

为什么跟她想象中的完全不一样，以江嫣然的性格，刚被宋梓航甩了，怎么可能还有心思打扮，还这么光鲜亮丽地出现。

这一身也完全不是江嫣然平日里喜欢的风格，她太清楚江嫣然的性子，绝对不会穿得这么招摇。

沈梦琪想不通江嫣然为什么突然转性了，难道是因为受了刺激？

她很快收回了思绪，满脸担忧地看向江嫣然：“嫣然，这两天你去哪里了，我们到处找你，打你电话也没人接，今天回宿舍还看到你的东西也不见了，我们都担心死了，怕你出了什么意外。”

沈梦琪一副梨花带雨的表情，如果不知道的，怕是还以为被流言攻击到体无完肤的人是她。

江嫣然冷眼看着沈梦琪在那儿装模作样，冷冷地说：“真是谢谢你这么关心我！”

一旁的叶绾绾趴在前排的座椅靠背上，眨巴下眼睛，一派天真无邪地问道：“哎？梦琪，你很担心嫣然吗？”

沈梦琪有些狐疑为什么叶绾绾是跟江嫣然一起过来，但也没有多想，以为她们是碰巧遇上的，闻言立即语气急切地开口道：“我怎么可能不担心！嫣然也是我最好的朋友啊！”

叶绾绾露出狐疑的神色，小声嘀咕着：“哦……这么担心还有心情来看篮球比赛啊？”

叶绾绾看似在自言自语，可是那声音足以让周围的人全都听清楚了。

沈梦琪顿时脸色一变，暗暗瞪了叶绾绾一眼，随即解释道：“绾绾，不是这样的，是因为今天的比赛很重要，我只是……”

叶绾绾不等她说完就打断了她，一副理解的表情，点点头：“也是，我也觉得比赛更重要！这场比赛我期盼了很久呢！要是不来看实在是太可惜了！”

叶绾绾这句看似无心的话，却分明是在暗示众人：对沈梦琪而言，一场比赛比她口中最好朋友的安危还重要。

听着叶绾绾那傻乎乎的话，周围顿时此起彼伏地响起“扑哧”的嘲笑声。

沈梦琪死死掐着掌心，心中已经骂了叶绾绾无数遍，面上却露出委屈的表情，双眼泛红地解释道：“不是这样的，我是想着嫣然这么喜欢宋队长，而今天的比赛又这么重要，嫣然会不会来篮球场，所以才过来碰碰运气的……”

叶绾绾听得叹为观止，对沈梦琪颠倒黑白自圆其说的功力也是五体投地。

江嫣然输得不冤！

见沈梦琪满脸委屈难堪，一旁的宋梓航瞬间保护欲爆棚，一想到宋家即将今非昔比，底气顿时也足了，当即愤怒地看向江嫣然道：“江嫣然，你闹够了吗？明明是你自己任性让身边的人为你担心，现在还来怪梦琪，你以为所有人的世界都要绕着你这个千金大小姐转吗？”

绕着她转？

这么些年，到底是谁绕着谁转？

江嫣然看着宋梓航那副义正词严维护沈梦琪的嘴脸，心中满是悲凉。

她一定是疯了，之前才会以为毕竟这么多年的感情，这个男人多少还是会在意她的。

见江嫣然死死咬着唇，叶绾绾双眸微眯，看向宋梓航，幽幽开口道：“宋队长，你为什么要骂嫣然啊？她刚才不是在感谢梦琪关心她吗？就算你喜欢梦琪，也不能这么冤枉嫣然吧？就算我是梦琪的好朋友，但连我都看不下去了！”

叶绾绾这话成功带了一波节奏，众人刚才可是亲眼看到江嫣然从头到尾只说了一句话，全程都是沈梦琪在装可怜，而宋梓航居然还真的莫名其妙就为了她骂起了江嫣然来！

偏偏叶绾绾说完还故意看向了沈梦琪，问道：“梦琪，你说我说的对不对？宋队长这话也太没道理了！”

此时此刻，沈梦琪已经快要被叶绾绾给气到吐血了，叶绾绾不会说话就给她闭嘴，今天句句给她惹事，偏她还完全没办法跟叶绾绾讲道理！

为了保持纯洁美好的形象，沈梦琪只能硬忍了下来：“宋队长，你别怪嫣然，一切都是我的错……”

宋梓航本还要说话，但比赛已经开始，下面教练已经在催了。

“梦琪，我先走了！”

“去吧，你们加油！”沈梦琪含羞带怯地说了一句。

本来她对宋梓航其实感觉一般般，可是根据最近得到的消息，宋家倒确实是个不错的对象。

“一定会的，我会把奖杯作为送给你的礼物！”

宋梓航说完，意气风发地回到了赛场上，周围所有看戏的人也都回到了座位，将注意力放到了赛场上。

叶绾绾和江嫣然在沈梦琪他们后一排斜对面的空位坐了下来。

江嫣然疲惫地坐在椅子上，一脸自嘲地说："绾绾，谢谢你，我突然发现自己好没用……"

叶绾绾轻笑："你今天表现得已经很好了，你的无视就是对他们最好的蔑视！其他的事情交给我就好，既然我敢让你来，就绝对不会让你受欺负的！"

听着叶绾绾一副将自己划归到了她的领地保护的语气，江嫣然心中一阵暖意，笑道："我也是第一次发现你居然这么机智！"

沈梦琪被黑了都不知道，还真当叶绾绾是傻呢。

"多谢夸奖！快看！楚风！"叶绾绾眼尖地看到一个阳光俊朗的男生从休息室走出来。

只见男生穿着一身蓝白相间的篮球服，微微有些自来卷的深棕色短发，额上绑着一条缎带，裸露出来的肌肉线条漂亮又不夸张，出色的相貌在一群男生之中看起来异常显眼。

低年级的小学妹已经按捺不住惊呼出声。

在锦绣篮球队里，楚风论打球技术并不出名，但人气却是居高不下！

不过，相比往常的吊儿郎当，今天楚风的状态却明显完全不同。

只见男生目光凌厉，一脸严肃地走在队伍之中。

叶绾绾正想也夸一句，结果转瞬就看到男生走得好好的，突然一个踉跄，差点当场摔倒。

叶绾绾可以确定，楚风摔倒的一瞬间，朝着江嫣然的方向看了一眼。

"定力太差了啊小伙子！"叶绾绾扶额，"这看一眼就差点摔了，你待会儿可怎么打比赛？"

观众席上响起一阵善意的哄笑和"楚风学长加油"的呼声，帅哥连差点摔跤也是可爱的。

江嫣然看着赛场上正在尴尬地挠头的男生，神情有些怔忡。

虽然已经决定试试，但其实以她现在的状态，真的没法这么快就对另一个人投入一份感情，只是，看着男生尴尬窘迫的表情，她似乎并没有想象中的排斥。

江嫣然正朝着楚风的方向看着，莫名感觉有一道灼热的视线落在自己的身上，目光一转，竟正好对上了宋梓航的目光。

宋梓航……竟然在看自己？

错觉吧，他刚才看的应该是沈梦琪吧？

叶绾绾发现江嫣然在看宋梓航，立即提醒："看哪儿呢？从现在这一刻开始，你的视线只可以落在楚风的身上，一眼都不许看宋梓航，记住了！"

江嫣然这才回过神来，点了点头说："嗯！"

从叶绾绾她们的方向可以看到，宋梓航的队友们正笑嘻嘻地围着宋梓航，似乎是在打趣他，一群男生时不时地朝着沈梦琪和江嫣然的方向看着，议论着两个女孩都喜欢宋梓航。

哪个男人没点虚荣心，队友们的话显然充分满足了宋梓航的虚荣心，所以连带着看江嫣然都顺眼了不少，何况今天的江嫣然也确实非常令人惊艳。

宋梓航满脸春风得意，斗志昂扬地说："好了，别跟这儿开玩笑，比赛马上开始了！这次大家一定要赢！知道了吗？"

"知道！"

正在动员队友的宋梓航并没有注意到，对面锦绣的队伍里，一道视线火光四射地盯向了他。

哨声响起，比赛正式开始。

叶绾绾从包里掏出了早就准备好的爆米花、可乐和炸鸡，一边吃一边津津有味地看了起来。

说起来，她选择日后往经纪人发展而不是艺人，这口腹之欲也是很大的原因，要是让她天天节食，这个不能吃那个不能吃，这人生还有什么意义？

也不知道锦园里的菜籽发芽了没有，长得怎么样，还有她的小鸡小鱼小葡萄……

叶绾绾不过一晃神的工夫，场上的比分已经是 11∶0。

清禾 11 分，锦绣 0 分。

"什么情况？"叶绾绾傻眼。

江嫣然摇头道："不知道，楚风今天的状态似乎不太好。"

叶绾绾急忙朝着楚风看去，果然看到对方今天频频失误，脚步都是虚浮的，像是没有睡醒一样。

刚才明明看他气势还挺足的啊，当着喜欢的女孩的面，不是应该好好表现才对吗？

这家伙……该不会是亢奋过头了吧？

"得得得，算我错了，嫣然你别盯着他看了……"

听出叶绾绾话音里的揶揄，江嫣然有些赧然地移开了视线。

然而，等江嫣然挪开视线之后，某人的状态更凌乱了，叶绾绾隔得老远都能听到锦绣教练近乎崩溃的嘶吼声——

"楚风你个臭小子！你吃错药了啊！打的什么玩意儿！"

"你给我下来！我跟你谈谈人生！"

下半节的两分钟休息时间，教练全都用来骂楚风了。

男生垂头丧气地耷拉着脑袋，一眼都不敢抬头往看台上望。

然而，下半节也没能挽回锦绣的劣势，最终上半场的比赛以 23∶6 告终。

叶绾绾不忍直视地闭上了眼睛。

接下来是中场休息十五分钟。

清禾的同学们全都欢呼尖叫着冲去赛场上给队员们送水送毛巾嘘寒问暖去了，而锦绣那边便有些惨淡了。

“锦绣搞什么啊！怎么打成这样！我都没眼看了！”

“这也是没办法的事情吧，清禾篮球队的实力本来就很强啊！”

“那我们也不能输得这么难看吧？楚风学长今天到底是怎么了？是不是身体不舒服？”

叶绾绾千算万算，也是没想到某人的定力居然差到了这种地步，再这么下去，她今天的计划就要全毁了。

“现在只能以毒攻毒了！”叶绾绾双眸微眯。

“以毒攻毒？什么意思？”江嫣然不解。

叶绾绾无奈地从包里掏出一瓶水和一条毛巾，塞给江嫣然：“给楚风送过去！”

“啊？”江嫣然略有些为难，“这行吗？”

江嫣然也没想到自己对楚风的影响这么大，心里难免有些愧疚：“我现在是不是应该回避一下？”

叶绾绾叹了口气：“你要是走了，他状态只会更差，去送吧。”

她刚才让江嫣然别看楚风了，结果那家伙的表情瞬间跟被主人抛弃的宠物一样，下半节不仅自己没进分，还把别人的节奏全带歪了。

江嫣然只好点点头：“好吧。”

此刻，赛场上。

锦绣的队长搭着楚风的肩膀，语重心长地做着他的心理工作：“楚风，你今天到底怎么回事啊？难道是失恋了？”

“你才失恋，你全家都失恋！”楚风瞬间炸了。

队长一脸无语：“没失恋你今天魂不守舍的，没失恋你一副怨念的表情做什么？”

见对面的宋梓航被一群女生包围着，队长满眼羡慕：“真是人比人气死人！宋梓航那小子怎么这么好命！一个沈梦琪，又来一个江嫣然，全都是大美女，楚风你瞅瞅人家，你真是白瞎了你这张脸！”

楚风这小子虽然长得帅，可是情感史几乎为零，别说恋爱了，连喜欢的女孩子都没有。

队长说着，却发现楚风的表情似乎哪里不对劲，尤其是当看到江嫣然朝着宋梓航的方向走去的时候，楚风盯着宋梓航的眼神，简直如同利刃。

队长察觉他的状态不对劲，急忙压住了他，说：“我的祖宗，你又要做什么？表情这么吓人是闹哪样？刚才我就觉得你看宋梓航的眼神不对劲了！他欠你钱？”

与此同时，另一边的清禾篮球队。

“宋队长你实在是太厉害了！”

“学长好棒！加油加油！下半场继续虐得锦绣满地找牙！”

“梓航，喝点水吧！”沈梦琪将手中的矿泉水递了过去。

宋梓航被一群人包围着，沈梦琪亲自给她递水送毛巾，甚至连对他的称呼都从“宋队长”换成了“梓航”。

宋梓航从未觉得如此得意畅快，他难得大胆地当众拉住了沈梦琪的手：“梦琪，等着我把奖杯捧到你的手上！如果今天我赢了，到时候你可不可以……”答应我的追求。

宋梓航话没说完，周围突然有人惊呼一声，朝着对面不远处看去：“江嫣然！江嫣然也来了！有好戏看了！”

宋梓航看见不远处的女孩娉婷的身影，双眸顿时一亮。

其实江嫣然倒是也不错……家世背景，甚至连相貌，其实都不输沈梦琪，只是性子太无趣，处久了就觉得没什么意思。

这时，清禾篮球队的队员无一不朝着宋梓航投去羡慕的目光，随即朝着江嫣然起哄。

平时江嫣然对篮球队太好了，以至于这些人把她的付出都已经当成理所当然。

沈梦琪自然发现宋梓航看江嫣然的神情不对劲，暗自咬了咬牙，面上却是一副坦然大方的模样走过去：“嫣然，你来了！刚才就想叫你一起的，可是又怕你还在生我的气，快过来吧，大家都在等你呢……”

宋梓航朝着沈梦琪看了一眼，明显很是满意。

这样大方懂事的女人才能配得上他日后的身份，不过江嫣然这样爱吃醋的，偶尔看起来也很可爱。

宋梓航似乎也觉得自己之前对她的态度太恶劣了，于是主动朝着江嫣然走去，面色柔和了不少，不过语气却是高高在上：“嫣然，我知道你对我的心意，但感情的事情勉强不来，你之前那样确实令我很不舒服，但毕竟我们也认识这么久了，只要你以后做事情别那么过激，也别再做伤害梦琪的事情，大家以后还能做朋友。”

江嫣然面无表情地看着站在她跟前的沈梦琪和宋梓航，语气不耐烦地开口道：“好狗不挡道，麻烦让让可以吗？”

沈梦琪和宋梓航闻言，齐齐面色一僵。

江嫣然也没搭理他们，说完便径自越过两人，手里捏着瓶水，继续朝前走去。

看到这一幕，周围的人全都是一呆，片刻后面面相觑。

在无数好奇八卦的视线之下，江嫣然竟然真的朝着锦绣篮球队的方向去了。

不仅是清禾这边的人，锦绣篮球队那群垂头丧气的队员看到一个漂亮的女生朝着他们的方向走来，也都愣住了。

其中一个染着黄发的男生推开众人，一脸殷勤地走到了江嫣然的跟前，问道：“这位同学，你找谁？”

“那不是江嫣然吗？怎么跑我们这里来了？”不远处还在给楚风做心理辅导的篮球队队长狐疑地嘀咕着。

话音落下的瞬间，就听到江嫣然回答说：“我找楚风。”

“楚风……”

谁？楚风？

队长顿时惊讶地朝着楚风看去，而后者此刻表情呆滞，耳根子通红，呼吸也越来越急促，跟刚跑完三千米似的。

黄发男生闻言顿时满脸失望，哀叹道：“哎，不是吧！居然是找楚风那个拖后腿的！嗷——谁踹我！”

黄毛话刚说完，就被身后的楚风踹了一脚。

楚风紧张得几乎要同手同脚了，还故作淡定地强撑着，朝着江嫣然走去：“嫣然，你找我？”

江嫣然点头。

“有事吗？”楚风觉得自己完蛋了，肯定是刚才表现太丢脸，要出师未捷身先死了！

不知过了多久，就在楚风疯狂联想的时候，江嫣然突然将那瓶水递到了他的跟前：“给你。”

楚风顿时满脸无法置信，简直仿佛一瞬间从冰天雪地到了春暖花开。

楚风无比激动地接过了那瓶水：“谢谢……”

江嫣然递完水之后，下意识地朝着看台上看了一眼，只见叶绾绾正在用夸张的口型提醒她继续下一步。

江嫣然没办法，想想他今天打成这样自己也有责任，于是只好按照叶绾绾教她的做了。

江嫣然抬起手里那块白色的毛巾，轻轻擦了擦男生额头上的汗，然后开口道：“你加油。”

楚风：“……”

我是谁，这是哪，为什么他眼前开满了小花……

刹那间，锦绣篮球队所有的男生全都激动地号了起来。

“噢噢噢噢——”

“哎哟！楚风你深藏不露啊！敢情今天突然这么反常的原因在这儿啊！”

“难怪这小子刚才一直往观众台上看！”

“全都给我闭嘴！”楚风没好气地瞪了那些人一眼。

“那我先走了，我朋友还在等我。”江嫣然开口道。

楚风顿时满脸不舍，有些忐忑地问：“那……回头见？”

“嗯。”江嫣然点头。

听到这声“嗯”，楚风那颗已经绕着地球蹦跶了一圈的心脏，终于回到了身体里。

他没有被嫌弃！今晚的约会还作数！

相比锦绣这边的一片喧闹和揶揄声，清禾那边则是气氛诡异。

几乎所有人的目光都落在宋梓航的身上。

毕竟就在前一刻，他还自作多情地以为江嫣然是来找自己的，结果人家居然是去找对面楚风的。

“哇！江嫣然和楚风是什么时候认识的？”

“虽然很震惊，但莫名觉得这两人还挺般配。”

“确实挺般配的，而且门当户对，听说楚风的家世也很好！”

“我还以为江嫣然被抛弃之后会一蹶不振呢，没想到转瞬就找到了新人！”

“你们也是瞎操心，人家江嫣然这条件放在这里，想找什么样的没有啊？倒是宋梓航，我真觉得他是眼神不好！”

……

宋梓航眼睁睁看着江嫣然竟去给别的男生送水，还亲昵地给对方擦汗，气得脸都黑了，一听周围的议论，脸色更是难看。

当江嫣然路过他们这边的时候，宋梓航大步流星地走过去拦住她的去路：“江嫣然，你这是什么意思？”

“什么？”江嫣然眉头微蹙。

宋梓航此刻的脸色近乎有些狰狞：“口口声声说喜欢我，结果转头就跟隔壁学校的走到了一起！你不会是之前就已经跟他有什么关系吧？”

江嫣然冷笑一声，说：“是又怎样，不是又怎样？我喜欢谁，关你什么事？”

“噗——”周围人闻言顿时都笑出了声。

毕竟江嫣然说的也不是没道理啊，本来他们俩又没关系，之前某些人给沈梦琪开脱洗白的时候不就是用的这套说辞吗？

宋梓航气得几乎要发疯，想也不想就脱口而出道：“你别忘了我们可是有婚约的，可是你竟然背着我……”

“婚约？我们什么时候有过婚约？”

“我们……”宋梓航本来要反驳，可是目光在看到沈梦琪之后，顿时说不出话了，毕竟不久前他才公开发了帖子说自己跟江嫣然没有任何关系，婚约也并不存在。

如果这时候又说有，岂不是自打嘴巴。

“江嫣然，你想清楚你这么做的后果！”宋梓航硬生生憋回了一肚子的怒火。

“后果吗？很快你就会知道了。”江嫣然笑了笑，头也不回地转身离开。

回到座位后，江嫣然几乎虚脱。

叶绾绾一脸“吾家有女初长成”的欣慰表情，说道：“厉害了！刚才很棒啊！”

“谢谢，都是你教得好。”江嫣然苦笑，她自己也很惊讶，没想到有朝一日自己会用这样的语气态度和宋梓航说话。

很快十五分钟的休息时间结束，下半场的比赛开始。

哨声响起，赛场上的气氛顿时紧张起来。

所有人都发现了，这下半场的气氛明显跟刚才不一样了，硝烟味浓重，火花四射。

宋梓航轻蔑地朝着楚风看了一眼，旁边的队友也是一脸不屑。

楚风没在意对面那些人刻意的嘲讽，看向一旁的队友们开口道："待会儿，所有人都把球传给我。"

黄毛哀号道："那我们不是要拿鸭蛋了！"

"要是输了，我请全队吃一个月的饭。"

"一个月啊！这可是你说的啊，大家记得待会儿全都把球给他！"

"哈哈，没问题！"

很快，赛场上所有人开始飞速奔跑起来，锦绣的队长从对面清禾前锋手里抢过球，迅速朝着楚风扔过去。

他真怕楚风又接漏了，还好这次楚风稳稳接住。

但很快清禾的人就朝着楚风逼近，楚风一路被逼到了三分线边缘的位置。

宋梓航冷笑一声，在队友的掩护之下便要去抢楚风手中的球，这个位置，他只要拿到球就进定了。

然而，就在他要碰触到篮球的一瞬间，楚风竟然后退一步，随后直接将手中的球用力投了出去。

所有人的视线都随着球投射的方向看去，几秒钟之后——

"哇——进了！三分球！"全场雷鸣般的惊呼。

开场不过才三十秒的时间，居然就进球了，还是一个三分球，所有人都猝不及防，他们几乎都没看清楚楚风到底怎么操作的，一切几乎都发生在一瞬间。

"漂亮！"

"楚风学长太棒了！"

"运气好而已，得意什么！"清禾的队员道。

上半场有十七分的比分差距呢，他们一点儿都不担心。

但接下来，他们便轻松不起来了，锦绣篮球队所有人都把球传给了楚风，而楚风跟完全变了一个人一样，几乎零失误，只要拿到球就必进。

到了后来，清禾竟然被打得毫无还手之力。

全场的观众都惊呆了，直到此刻他们才发现，楚风从前竟然都是隐藏了实力。

锦绣篮球队队长一脸兴奋地搂了搂楚风的脖子："臭小子，难道你刚刚突然开窍了？"

楚风朝着看台上看了一眼，说："你懂什么！"

那可是嫣然给的水！效果立竿见影。

转眼过去一半的时间，此刻两队的比分是：0∶17。

清禾那边连一个球都没有进，这么大的分差，下半场的时间才过去一半，居然就已经被拉平了。

然而，这才仅仅是一个开始，后半段依旧是锦绣一边倒碾压的局面，而且几乎是楚风一个人的独秀。

观众呼唤着“楚风”的尖叫声几乎要冲破屋顶。

眼见着距离比赛结束只剩下一分钟的时间。

两队比分已经被拉至0∶24。

清禾依旧一球都没能进，而锦绣已经反超了清禾七分。

想在一分钟之内赢七分，这是不可能的，清禾输定了。赛场上，所有人都在庆贺锦绣的胜利。

果然，最后一刻的时候，篮球又到了楚风的手里。

清禾的队员基本上已经被打得没脾气了，完全放弃了挣扎。

“给我拦住他！”宋梓航怒吼。

就算是输定了，也不能以0分的方式输，他宋梓航丢不起这个人。

无奈，所有人只能打起精神拦住了楚风。

在所有观众的视线关注和清禾全员的围堵之下，楚风神色悠然地将篮球在手里转了一圈，突然做了一个所有人都没想到的举动。

他猝不及防地调转方向，朝着自家球框的方向跑去，手将球往上一扔，进球了。

尖锐的哨声响起，比赛结束，清禾队：得两分。

楚风在所有人瞠目结舌中，不紧不慢地走到了宋梓航的跟前，开口道：“这两分是哥哥我赏你的，不用谢。”

一个乌龙球，一个楚风故意投进自家篮圈的乌龙球，送了宋梓航两分。

“你……”被这么当众羞辱，宋梓航气得脸都扭曲了，顿时便要冲过去，被其他队员一把拉住。

而短暂的沉默之后，全场尖叫声四起。

最后，下半场的比分是2∶24。清禾和锦绣的总比分是25∶30。

在上半场拉开了那么大分数的情况下，下半场锦绣后来居上，赢得了全场的胜利。

看台上，叶缩缩总算是松了口气：“这才像话嘛，算我没白帮你一场！”

明显楚风最后那一球就是故意为江嫣然出气的。

叶缩缩说完看向江嫣然道：“怎么样？解气不？”

江嫣然点点头，不可否认，确实特别解气。

赛场上，楚风被兴奋的队员们抬了起来，高高地抛着，少年面上满是明媚的笑容。

被放下来之后，楚风似乎跟队友们嘀嘀咕咕商量了一阵，随后就拿着比赛的奖杯朝着江嫣然的方向走来了。

站在江嫣然面前，楚风立即又恢复了手足无措的模样：“那个，这是送给你的……”

江嫣然愣了一下，说道：“给我吗？可是，这是你们全队的奖杯，而且，我要这个好像也没用。”

“啊……你不喜欢吗？我以为你们女孩子都会喜欢的，不过这东西好像也确实没什么用，对不起！”楚风顿时耷拉下了脑袋。

叶绾绾笑了笑，朝着某个方向看了一眼：“怎么没用了？多有纪念意义！”

有人可是想要都没得要呢！

只见宋梓航恶狠狠地盯着江嫣然和楚风的方向，一脚踹翻了旁边的椅子，然后怒然离开。

江嫣然听了，看着楚风落寞的模样，想到他在赛场上那么拼命为自己出气，终究还是心软了：“那……谢谢。”

楚风顿时春暖花开，看着叶绾绾的目光中透着感激。

叶绾绾顿时被那小鹿一样湿漉漉的感激眼神盯得一脸无语，拍了拍屁股站起来：“比赛也看完了，不打扰你们俩了，我回宿舍啦！”

江嫣然一听，顿时挽住了叶绾绾的胳膊：“你不陪我一起去吗？”

叶绾绾一阵无语，她怎么发现江嫣然现在似乎越来越黏她了。

叶绾绾无奈开口道：“抱歉亲爱的，我晚上还有约会。”

今天观察下来，她觉得楚风这人确实还挺不错的，而且可以肯定是真的喜欢江嫣然，所以也不介意继续撮合两人。

“约会？是去见你男朋友吗？”

叶绾绾点头说：“嗯。”

“这样啊，那好吧！”听她这么说，江嫣然便不好再拉她一起了。

一旁的楚风一脸感激地看向叶绾绾，问道：“你好，实在不好意思，还没来得及打招呼，你是……嫣然的朋友？”

“你好，叶绾绾。”叶绾绾简单自我介绍了一下。

江嫣然也跟着介绍道：“绾绾是我最好的朋友。”

楚风顿时有些惊讶地朝着叶绾绾看过去：“原来你就是叶绾绾，久闻大名！”

叶绾绾轻笑着说：“全都不是什么好名声！”

楚风正色道：“看到你真人才知道跟传闻中的完全不一样，可见传闻不可信。”

“你才跟我见一次面，说几句话吧？怎么知道我跟传闻中的不一样？”叶绾绾幽幽地问。

“当然因为你是嫣然的朋友啊！”楚风一副理所当然的表情。

叶绾绾顿时挑眉道：“还以为你傻乎乎的，看不出来挺会说话的嘛！”

楚风一听，顿时一张俊脸爆红，江嫣然神色也略有些不自在。

看着这俩纯情少年，叶绾绾莫名生出一种年轻真好的感叹。

跟江嫣然还有楚风告别之后，叶绾绾先回到了宿舍。

卸完妆洗了个澡之后，她翻开了课本。

这段时间她不仅恶补了前面落下来的课程，顺带把大学的课本也都看了一遍。她之前因为留级耽误了两年的时间，现在自然要抓紧补回来。

同时她也在密切关注圈内的一切动向，以便能抓住一切可以利用的机会。

如果她没记错的话，梦里在不久后，某位大腕将会遇到一次毁灭性的公关危机，自此陨落退圈，他所在的公司也损失惨重，而她恰巧知道能让他起死回生的办法，到时候若能好好利用一下，完全可以让她有一个好的起点和开始……

梦里她最大的悲剧，除了因为司夜寒，归根结底还是因为她太弱小，无论是她的力量还是内心。

看了会儿书之后，叶绾绾扫了眼手机上的时间，合上课本，准备去一趟锦园。

虽说是为了不做电灯泡搪塞江嫣然的借口，不过倒是提醒了她，叶绾绾觉得确实有必要回去看看。

趁着最近和司夜寒的关系还不错，不如趁热打铁，否则总是被动应对，效率太低。

毕竟很快她就要毕业了，到时候要做的事情更多，还是需要尽早和司夜寒搞好关系，到时候更容易沟通。

出了校门，她顺路在学校附近一家特别受欢迎的包子店里买了五个大肉包，准备带回去投喂一下某人。

一个小时之后，出租车在锦园附近停下。

到了之后叶绾绾发现，原本准备带给司夜寒的包子，竟然不知不觉间被她自己给吃了四个！

到锦园的时候已经只剩下一个了，还是她强忍着诱惑省下来的。

赶紧走，最后这个一定要保住！

为了制造惊喜，叶绾绾没有告诉任何人她回来了，而是悄咪咪地从后门小花园摸了进去。

等快到的时候，叶绾绾才后知后觉地想到，万一司夜寒今天不在锦园怎么办？

叶绾绾一边想着，一边穿越院子往里走，客厅内似乎只开着小灯，光线有些昏暗，但既然开着灯，应该是有人在的。

于是，叶绾绾加快脚步朝着客厅的方向走去，然而，就在她走到偌大的落地玻璃门边上，准备推门往里走的时候，瞳孔陡然一阵紧缩，一下子顿住了脚步，这里安静得不像话。

玻璃门拉着厚厚的窗帘，此刻她没办法看清客厅里发生了什么事情。

“啊——”

就在叶绾绾精神极度紧绷的时候，客厅里突然传来一阵撕心裂肺的喊声。

“司夜寒，你到底想怎么样！”

叶绾绾整个人都木在了那里，一动不敢动。

在男人撕心裂肺的哭喊声中，她看到司夜寒正坐在沙发上，一袭低调奢华剪裁得体的深色西装，腕上的表盘散发着冷光，而他的脚边，竟然卧着一只通体雪白的白虎。白虎慵懒地眯着眼睛，看上去是在休息。

在本国，繁育性的白虎是可以被私人饲养的，不过需要经过一系列复杂程序，并办理相关证件。由于花费不菲，因此饲养的人非富即贵，寥寥无几。

司夜寒的右边是许易，左边是一个黑衣青年。

而距离司夜寒几步远的地方，一个男人正瘫坐在地板上。

男人继续尖叫着：“司夜寒，我是你的亲哥哥！你居然敢这么对我！”

叶绾绾听得心里咯噔一下，什么？这个男人是司夜寒的亲哥哥？

是哪一个？

看年龄应该不是司夏的父亲……

那男人癫狂地怒吼着，司夜寒也不阻止，便这么静静地看着男人。

与此同时，她身前的那扇玻璃门也在她的不慎之下猝不及防地被推开。

司夜寒身旁的许易看到叶绾绾，整个人都傻住了，满脸的惊恐：“叶小姐……你怎么会在这里？”

完了！

为什么叶绾绾会突然出现在这里？她不是应该在学校吗？

司夜寒另一边的黑衣青年，则是居高临下地看着吓得脸色惨白的叶绾绾，蹙着眉头，眸中明显是厌恶。

叶绾绾的胃里一阵翻江倒海，这段时间她和司夜寒的关系缓和了不少，竟让她放松了警惕。

叶绾绾以极快的速度冷静下来，背着书包，拎着手里的袋子，目不斜视地朝着司夜寒的方向一步一步走去，终于，她走到了司夜寒的身前。

女孩把手里装着肉包子的塑料袋递到他跟前，问道：“你饿吗？我回来的时候顺路买了些很好吃的包子。”

沙发上，男人的眸底越发阴沉。此刻，许易已经是汗流浃背，他万万想不到，叶绾绾居然会在这个时候跑回来，最要命的是刚巧撞见这一幕。

他竟然犯了这么严重的错误，完全没有发现叶绾绾的出现，就这么让她闯进来了。

完了，许易的身形摇摇欲坠，心如死灰。

然而，就在这时候，他竟眼睁睁看着叶绾绾径直走到了少爷跟前，听到叶绾绾对少爷说了一句“你饿吗”。

许易放大的瞳孔骤然朝着叶绾绾看去，以为自己出现了幻听。

他刚才听到了什么？

此情此景之下，叶绾绾的反应竟然是问少爷是不是饿了，要不要吃包子？

她的反应难道不应该是情绪失控地尖叫、大闹、逃跑吗？

司夜寒另一边面色冰冷的青年则是双眸微微眯起，朝着叶绾绾投去警惕探究的眼神。

叶绾绾没有精力去管别人的反应，她全副身心都在沉默的司夜寒身上。

只见男人正眸色深沉地盯着自己，那审视的目光仿佛能将人的灵魂都穿透，令人的脊背一阵阵发寒。

不知过了多久，在这样几乎要让人窒息的沉默之中，司夜寒看了眼她手里那只孤零零的包子，终于开口，问了一句：“怕吗？”

叶绾绾面色微怔，随即毫不犹豫且语气坚定地开口回道：“不怕。”

叶绾绾嘴里虽然这么说着，但其实内心是崩溃的。她真的不知道，司夜寒到底哪里来的勇气问她这个问题的。

但是就算她已经害怕到了极致，也绝对不会在司夜寒面前表现出来。

司夜寒的性情太莫测，从前她根本就不知道自己哪个地方做错了，哪句话又不经意将他惹怒。

虽然现在她依旧看不透这个男人，但她可以根据以前的经验避免任何可能惹怒他的事情。

在叶绾绾紧张的等待之中，司夜寒注视了她几秒钟，也不知道到底相不相信她的说辞。

几秒钟之后，男人伸出冰冷刺骨的手指，在她的下巴上捏了捏，沙哑低沉地轻声说：“乖女孩。”

看这样子……是很满意她的回答和表现。

即使他可能并不相信，但他却并不在意。

她答对了！叶绾绾紧绷的神经猛然松懈下来，靠在了司夜寒的怀中。

就在这时，身旁投来一道探究的目光，是方才那名黑衣青年，名流影。

此人看起来年纪轻轻，却是司夜寒身边最得力的助手之一，很多重要事情都是由他来处理的。

司夜寒看着双手双脚缠住他的女孩，目光微微顿了一下，随后，伸出宽大的手掌，在女孩的头顶拍了拍，双眸微眯地朝着白虎看去：“斯鲁特。”

白虎接收到主人的警告，依旧在低低地嘶吼着，看着叶绾绾的眼神也毫不温和。

一人一虎就这样对峙良久，好几分钟后，白虎才终于在主人冰冷的目光下不情不愿地踱着步子离开。

白虎离开之后，司夜寒朝着许易冷睨了一眼，说：“先把人带走，然后自己去领罚。”

正在发呆的许易，闻言赶紧应了一声："是！"

他知道，这已经是最轻的结果了。

叶绾绾方才鬼使神差的那句"你饿吗"救了所有人，也救了她自己。

这估计是她吓蒙了之后的反常反应吧，否则一个人怎么可能前后性情变化这么大？

第七章

嫣然醒悟

前天我刚刚出院，生病期间我终于再次捧起想看很久的书，当然在此期间我也重温了一遍“恰似”。每次读着我就会感到很开心很幸福，像是我并不在这个令人窒息的世界里，会发现自己原来可以这么高兴地笑起来，会发现原来文学一直在我心里，而一直被埋藏的那份骄阳也会被再次剥开来温暖我整个灵魂。

——叶与颖

QIASIHANGUANG
YUJIAOYANG

读者告白

深夜，华都某高档酒店。

一个身形微胖的中年男子接了个电话之后面色剧变，急匆匆地跑了出去。

男子抖着手，赶紧拨了一通电话：“夏夏，出事了！”

手机那头传来少年慵懒闲适的声音，问道：“怎么？”

“我刚得到消息，你五叔落到了司夜寒的手里！”

少年闻言轻嗤一声：“真没用。”

中年男子一边抹汗一边满脸焦急地开口道：“夏夏，你得赶紧想想办法救他出来啊！”

少年语气不屑：“我可不想在一个废物身上浪费时间。何况，你以为现在去还有用？！”

“那现在怎么办，难道就这么什么都不做吗？”

“自然是……不能让他这么好过！”

锦园内。

一阵手机铃声突然响了起来。

许易垂眸看了眼来电显示，面色顿时一慌：“少爷，老夫人的电话！”

司夜寒目光微沉地说：“接。”

许易点头，然后开了外放：“喂，老夫人，这么晚了，您有事吗？”

手机那头传来老夫人明显不悦的声音：“许易，你让小九接电话！现在！”

许易紧张地朝着司夜寒的方向看去。

司夜寒抬了抬手。

许易忙走过去，将手机递到了司夜寒的手里，之后与身旁的流影对视一眼，两人的面上皆是有着不安。

“奶奶。”

“小九！你为什么不接电话？你老实告诉我，你现在在哪里，在做什么！”老太太会这么问，明显是得到了什么消息。

许易和流影听到老太太的话，已是满头冷汗。

老太太一向重视亲情，万一被她知道今晚的事情，后果不堪设想。

“锦园。”司夜寒回答。

“我问你，老五他是不是在你……”

老太太的话没说完，这时，一旁的叶绾绾急吼吼地探着脑袋过去，对司夜寒开口问道：“是奶奶打来的吗？”

盛怒之中的老太太听到叶绾绾的声音，顿时愣住，片刻后，意外地开口道：“绾绾？”

“奶奶！是我！”叶绾绾听到奶奶叫自己，出于礼貌，便冲着手机打了声招呼，然后对司夜寒开口道，“快让我跟奶奶说话！”

司夜寒若有所思地看了她一眼，随即将手机递给了她。

流影见司夜寒竟然这么轻易就把如此重要的电话交给了叶绾绾，顿时脸色骤变，想阻止却来不及了。

万一这女人说了什么不该说的话，他简直不敢想象！

“奶奶，是我，我是绾绾！”叶绾绾拿到手机之后，立即甜甜地开口。

听到叶绾绾的声音，老太太的语气顿时柔和了不少，但还是有狐疑：“绾绾啊，你在小九那儿呢？你不是住校的吗？”

叶绾绾有些不好意思地开口道：“我有些想他了，就回来了。”

老太太的语气很欣慰，又问道：“在和小九做什么呢？”

老太太每问一句，许易和流影的心脏便缩紧一分，生怕叶绾绾说错一个字。

流影的眸子里更是已经满是寒意了，随时准备着如果这个女人敢乱说，就立即捂住她的嘴！

许易此刻的心情也好不到哪里去，叶绾绾毕竟不是少爷，没有那样的心理素质，就算她不提方才的那一幕，但以老太太的犀利，只要她的语气有半分不对，都绝对会被发现。

许易一边担心一边朝着司夜寒看去，结果就见自家少爷那表情就仿佛这只是个再平常不过的家常电话。

真是皇帝不急，急死太监！

在许易和流影紧盯的视线下，叶绾绾脆生生地回答道：“在吃包子，我从学校门口一家很好吃的包子店带回来的，可好吃了！”

手机那头的老奶奶沉默了一会儿，似乎是在判断，片刻后，终于发出了一声安心的叹息，慈爱地开口道：“绾绾喜欢吃包子啊！下次来奶奶这儿，奶奶让人给你做，保管比你买的好吃！”

叶绾绾顿时期待不已：“谢谢奶奶！那我可不可以下个星期就去啊？”

老太太听了，开心道：“好好好，当然可以了，你随时都可以过来，奶奶盼你来还来不及！”

老太太说完，在电话里唤了一声：“小九啊！”

叶绾绾忙把手机还给了司夜寒。

可司夜寒却没有接，只是顺着叶绾绾的手贴近了听筒：“我在。”

“小九，你跟绾绾要好好的，你对别人天天黑着脸就算了，对女朋友可不能这样。还有啊，绾绾学习累，你多注意给她补充营养！”

“知道。”

“别光知道，你那些坏毛病还有坏脾气都得改改！”

叶绾绾在旁边听得连连点头。

老太太拉着司夜寒絮絮叨叨说了半天，才终于挂断了电话。

恢复安静的客厅内，许易和流影都松了口气。

一场危机，竟然就这么因为叶绾绾的误打误撞而解除。

如果不是叶绾绾，就算少爷否认了，老太太心里也绝对还是会存疑的。

这个叶绾绾，在这种情况下居然从头到尾的语气都没有丝毫异样。

这种情况不是心理素质极其可怕，那就是真的单纯。

不用猜也知道，肯定是后者了。

接下来，流影和许易迅速将人带走，场面恢复了安静。

其实叶绾绾也松了口气，今晚这关她是过去了吧？还顺带着为司夜寒打了一把掩护，立了个功呢！

许易和流影离开后，客厅内只剩下了叶绾绾和司夜寒两个人。

“怎么回来了？”司夜寒看着女孩问。

叶绾绾回道：“因为我室友去约会了，所以我也想见你了啊！对了，我现在有新室友了，叫江嫣然。”

叶绾绾趁机提醒司夜寒自己现在已经不是一个人住的事情：“以前我和江嫣然就是一个宿舍的，但性格合不来，关系不太好，这几天发生了一些事情，我们已经和好了！”

司夜寒应该对他们小女孩之前关系的好坏并不太在意，闻言并没有说什么。

于是叶绾绾趁机把沈梦琪做的缺德事也给说了：“虽然梦琪是我最好的朋友，但这件事情我真的觉得她做得太过分了，她怎么可以抢自己好朋友喜欢的人呢？你可不许也被她骗了啊！”

司夜寒眸光幽深地看了女孩一眼，似乎是在意外以她的智商还能察觉这种事。

叶绾绾紧张地东拉西扯了好一通，总算是成功转移了话题。

司夜寒没有再提方才发生的事情，也没怀疑她今晚明显异常的态度。

直到说得口干舌燥，叶绾绾才停住，惊呼道：“啊，怎么都这么晚了，我要回房睡觉啦，明天还要早起上学！”

男人静静地凝视了她几秒钟，半晌后，终于开口说：“去吧。”

得到允许后，叶绾绾如蒙大赦，凑过去在男人的脸颊上亲了亲，随即道了一声“晚安”便要上楼。

结果，刚走出没几步，身后却传来男人微沉的声音：“等等。”

叶绾绾顿时脊背一僵，下意识地捏紧了放在身侧的手指，缓缓转过身来，问：“怎么了？”

司夜寒没有说话，而是朝着她伸出了手。

叶绾绾呆呆地盯着那只骨节分明的手，不懂对方是什么意思：“什么？”

“不是给我的？”男人的目光在她的手上停顿了一秒。

叶缩缩顺着男人的视线低头一看，随即便看到了那只装在塑料袋里的包子，先是愣了一下，随即反应过来，赶紧道：“哦哦哦！是给你的！”

说完立即跑回去，把包子递给了他，然后盯着那只包子咽了咽口水。

还以为他已经忘了这茬，可以把这只包子留下来呢！

虽然这些包子本来就是准备带给司夜寒的，但是一路跟着她这么久，已经有感情了啊！

记得青春期那会儿，她的饭量越来越大，而且十分护食，她哥有次不小心吃了她一袋薯片，被她追在后面打了几条街。

男人抬眸，看向眼前一脸肉疼的女孩：“怎么？”

叶缩缩盯着那个包子，说：“那个，有些凉了，你热一热再吃。”

“嗯。”

见她还没走，男人开口问：“还有事？”

“没了！我走啦！”叶缩缩说完生怕自己反悔似的，赶紧上了楼。

再见了我的包子，我的爱！

男人看着女孩飞快钻进房间的身影，目光落在掌心的包子上，迟迟没有移开目光。

回到房间之后，叶缩缩给江嫣然发了个短信告诉她自己晚上不回宿舍了，让她不用担心回来晚会打扰。

发完短信后，叶缩缩重新洗了个澡。

夜静悄悄的，叶缩缩躺在床上，滚了好半天，迟迟睡不着。

最后，不知道想到什么，叶缩缩突然兴奋地一骨碌爬起来，从书包里掏出一袋牛肉干和几袋猪肉脯，然后轻手轻脚地下了楼。

客厅里安安静静的，她踮着脚尖，视线缓缓在客厅的每一个角落里寻找着，结果，找了半天什么也没发现。

难道回它自己的窝了？

就在叶缩缩失望地准备回房的时候，突然在沙发跟前那块白色的地毯上发现了一团什么东西。

是斯鲁特！

天哪！这家伙，待在哪里不好，偏要躺在一块白色的地毯上，那身雪白的毛跟地毯几乎融为一体了，害得她找了半天才发现。

发现目标之后，叶缩缩的眼睛一下子亮了，立即抱着怀里的肉干跑了过去。

就在她迈下楼梯的一瞬间，原本趴在毯子上的白虎立即抖了抖耳朵，猛地睁开了眼睛，神情犀利。

但叶缩缩从刚刚的事件中已经发现了，白虎其实非常通人性，晚上的时候司夜寒接触过她，表明过她是自己人的态度，所以它即使再凶，也不会去伤害她。

叶缩缩在白虎凶狠的视线中挨挨蹭蹭地摸了过去，她明显能感觉到自己靠得越近，那双兽瞳内的警告意味越浓重。

叶绾绾没有靠太近，在四五步远的地方停住脚步，撕开了一袋猪肉干，伸长了手在它跟前挥了挥：“斯鲁特……吃吗？很好吃的猪肉干哦！”

当她挥手的时候，白虎立即龇着牙发出了一声危险的低吼。

“呃，不喜欢吗？”叶绾绾只好又肉疼地撕开了那唯一的一袋牛肉干，“牛肉干吃吗？这个真的超好吃的！”

“吼——”原本匍匐着的白虎陡然立起身，前倾着身子更加凶狠地冲着她“嘶”了一声。

虽然知道它不会伤害自己，但面对着这么一只大型动物，难免本能地惧怕。

叶绾绾吓得小心肝扑通扑通，可是又实在不想放弃，于是壮着胆子继续朝前走去。

一步，两步，三步——

当她距离白虎只有一步之遥的时候，“吼”的一声惊天动地的巨大虎啸声响彻整个锦园上空。

叶绾绾的耳膜一阵嗡嗡作响，硬生生被震得一屁股跌坐在了地上。

很快，大门“砰”的一声被人从外面推开，许易匆匆赶来：“怎么回事？！”

楼上也传来一阵脚步声，司夜寒眉头微蹙地朝着客厅看去。

只见叶绾绾正一屁股跌坐在白虎跟前，周围各种花花绿绿的袋子洒了一地，而白虎正不耐烦地在踱步。

“叶小姐！这是怎么了？”许易看到这一幕，简直蒙了，叶绾绾大半夜的没事去招惹斯鲁特做什么？司夜寒的视线也朝着叶绾绾投去。

叶绾绾顿时一脸委屈地噔噔噔朝着司夜寒扑过去告状：“大白凶我，呜呜呜呜……”

许易内心升起无数问号：大白是什么？

司夜寒闻言，沉默了几秒钟，问：“你在做什么？”

“我……我只想把我的零食给大白吃！大白这么可爱，我想跟它玩……”叶绾绾看着依旧在低低嘶吼凶自己的大白虎，顿时更加委屈了。

许易的内心几乎是崩溃的，可爱又是什么形容词？！

司夜寒捏了捏眉心，说：“离它远一点。”

叶绾绾瞅瞅大白虎毛茸茸的脑袋，又瞅瞅大白虎毛茸茸的大肉垫，万分心动地说：“真的不可以跟它玩吗？我就摸一下脑袋……不然爪子也行，不可以吗？”

“不行。”司夜寒的语气毫无转圜的余地。

叶绾绾显然不服气：“为什么呀？”

司夜寒面无表情地朝着女孩看了一眼，开口道：“强扭的瓜不甜。”

叶绾绾顿时一噎：“……”

她竟无法反驳！

万万没想到，有朝一日她会被自己的话打脸。

“不摸就不摸！”叶绾绾用看大坏蛋的目光瞅了司夜寒一眼，然后气呼呼地跑了。

总有一天她会把大白扳成甜瓜的！她就不信了！

叶绾绾离开后，许易不放心地轻咳一声：“少爷，要不要禁止斯鲁特以后出入锦园？万一再次吓到叶小姐？”

司夜寒若有所思地朝着女孩离开的方向看了一眼：“不必。”

清禾校门外的烧烤摊。

已经是大晚上，摊子上依旧人声鼎沸，一群人高马大的男生围了满满一大桌正在吃饭聊天。

“老大，别生气了，不值得！那个楚风家里也就现在看着风光，最近房地产业这么不景气，指不定哪天就破产了！哪像老大你家啊，那可是跟政府合作的大工程！前途不可限量！”

从球场下来后，宋梓航本来一肚子火，听到这里气才稍微顺了些。

正要开口，手机响了起来，宋梓航看了一眼说：“我爸的电话，我去接一下，你们先吃着！”

“宋董的电话啊，那你快去吧！”

“快去吧老大！”

宋梓航拿着手机走到了安静的地方，语气有些兴奋地问道：“喂，爸？是不是已经搞定了？”

宋父语气微微有些不快：“还没有，江家的钱还没入账。”

“什么？还没到账？不是说早上就打过来吗？”宋梓航顿时变了脸色。

“江家那边说是资金突然出了点问题，暂时周转不过来，要过几天。”

“这江家也太不靠谱了，几个月前就谈好的事情，怎么能这种时候出问题？他们知道出了差错会造成多大的损失吗？”宋梓航激动道。

宋父显然也很是不满，闻言沉声说：“行了，所幸问题不大，最迟下个星期资金也该到账了。”

宋父说着，顿了一下，然后问了一句道：“最近你跟嫣然怎么样了？”

宋梓航闻言莫名有些心虚，随意敷衍道：“还能怎么样，就是老样子呗！”

宋父在手机那头语气严肃地叮嘱说：“你没事多哄哄人家女孩，买点小礼物，陪她逛逛街什么的，别这么不上心！”

宋梓航的语气顿时有些不耐烦：“我又不是他们江家的用人，凭什么总要迁就她，哄着她，还陪吃陪玩的，再说了，爸，我都跟你说过了，我有喜欢的女孩了。”

“胡闹！我都跟你说过多少次了，现在还不是你为所欲为的时候，该忍的时候就得忍！等咱们宋家起来了，你喜欢谁都可以！

"现在这点小事都忍不了，你以后还能做成什么大事？尤其是这段时间，你务必给我把嫣然给哄好了！听到没有？"

宋梓航黑着脸，半晌后才咬牙道："知道了，最近嫣然那边我会好好哄着的。"

"这就对了。"

第二天早上。

去教室之前，叶绾绾先回了一趟宿舍。

还没等她拿出钥匙，宿舍门已经唰的一下被人从里面拉开："绾绾，你回来了！"

江嫣然一脸开心地站在门口，估计是听到了她的脚步声。

习惯了一个人，这种突然有人替自己开门的感觉让叶绾绾愣了一下。

"快跟我说说，昨晚约会什么情况啊？"叶绾绾连忙询问。

江嫣然迟疑了一下，开口道："我告诉楚风真相了。"

叶绾绾愣了一下："啊？你告诉他什么了？"

"我就跟他说了，约他出来是你的主意，而我自己一开始其实多少也是抱着想要用他来气宋梓航的心思，我不想利用他，所以还是跟他说清楚了，以我现在的状态，也实在没办法立刻投入另一段感情，这对他不公平。"江嫣然回答道。

"好吧。"叶绾绾叹气。

以江嫣然的性子，这个结果她多少也猜到了一点，本来她也没指望这两人会这么快就成。

"没关系，反正就先当个朋友处嘛，楚风人还挺不错的，你不用想太多。"叶绾绾安慰道。

"嗯。"江嫣然点点头，随即开口道，"对了，昨晚我爸给我打了电话，说以资金出了问题为由，没有给宋家汇钱，同时也已经在暗中抽回两家其他合作项目上的资金，那边并没有怀疑。"

叶绾绾笑了笑说："江叔叔办事自然是没问题的，你就放心好了！走吧，下去吃饭！"

两人一边说着一边收拾好课本下了楼。正准备一起去食堂吃饭，不巧迎面撞上了一个令人颠倒胃口的人。

宋梓航手里提着豆浆、蒸饺，猝不及防地挡住了两人的去路，俊脸上堆着明显不太情愿的笑意，看着江嫣然开口道："嫣然，还没吃早饭吧？我给你买过了，你不是最喜欢香满楼的豆浆和蒸饺吗？"

叶绾绾见状，眉头微挑，无事献殷勤，八成是宋家那边不安心，所以提醒过宋梓航了吧。

这时候才想起来提醒，未免也太晚了。

看到宋梓航的温柔表情，江嫣然顿时一阵恍惚，但很快便冷了脸："我并不喜欢，那家的豆浆太甜，蒸饺也不好吃，喜欢吃的是沈梦琪。”

宋梓航的脸色顿时一僵，说：“是吗？我给你买过一次，我明明记得你说很喜欢的啊！”

江嫣然心中冷笑，那只是因为他难得给自己买了一次早饭，她怎么可能说不喜欢？

现在想起来，他当时买了很多，还叮嘱她分给宿舍的人一起吃。

什么分给其他人一起，分明就是特意买给沈梦琪的吧！

“不过，我买都买了，不吃多浪费啊，你就拿着吧！”宋梓航说着就要把早餐往她手里塞。

叶绾绾在一旁看得也是无语了，连献殷勤都献得这么没诚意，把人当垃圾回收站呢？

刚才远远看到宋梓航的时候，叶绾绾就已经偷偷给楚风发了一条短信。

至于能不能抓住机会，就看那家伙自己的悟性了。

叶绾绾从手机上收回目光，随即一脸狐疑地看向宋梓航嘀咕道：“宋队长，嫣然都说了她不喜欢了，为什么你还要逼她吃啊，她又不是垃圾桶……”

宋梓航一听，脸顿时黑了下来，面色不善地朝着叶绾绾瞪了过去，反驳说：“什么垃圾桶，叶绾绾，你别在这里挑拨离间，我不过是不想浪费而已！”

宋梓航没再搭理叶绾绾，强忍着怒气继续哄道：“嫣然，之前的事情我知道是我做得过分了一点，但如果不是你伤害梦琪在先，我也不会出此下策，当时我不出面给梦琪解围，她会被多少人误会和攻击？你和梦琪关系这么好，难道你就忍心吗？”

江嫣然以为自己会心痛，可是再听到这些话，却已经只剩下麻木，淡淡一笑道：“所以你就忍心让我被误会和攻击，是吗？”

宋梓航从来都没把江嫣然放在眼里，原以为只要他稍微对她好一点，示一点弱，她绝对会巴巴地跑回来，感激涕零，哪知道江嫣然竟然会这么不给他面子。

于是宋梓航渐渐失了耐心，冷着脸拎着手里的塑料袋，语气里带着几分高高在上的不耐烦：“嫣然，网上那些回复是我也无法预料到的，再说他们顶多说你几句，对你又造不成什么实质性的损伤，你难道因为这点小事就要跟我绝交吗？我虽然不小心记错了你的喜好，但我是真心跟你道歉的！”

嘴里说着真心，这话里却没有一个字体现了真心。

宋梓航还在高谈阔论，突然，一个影子一阵风似的冲到了他们跟前。

只见高大俊朗的男生满头大汗地跑到了他们跟前，弯着腰气喘吁吁：“嫣……嫣然……”

“楚风？”江嫣然有些惊讶地看着连衣服都已经被汗湿的楚风，“你这是怎么了？”

“我没事！我给你买了早餐，可是我又不知道你喜欢吃什么，所以每样都买了一点！”

只见楚风连抹汗的手都没有，手里大包小包，甚至连胳膊上都挂满了，简直不要太夸张，不知道的还以为他是外卖小哥呢！

看包装，楚风买的也是香满楼的早餐，却几乎把香满楼菜单里有的全都搬过来了。

相比楚风的诚意，宋梓航那一杯豆浆、一盒蒸饺满是敷衍！

果然，宋梓航一看到楚风就变了脸色，再一看他手里的东西，更是脸色黑如锅底。

江嫣然愣了愣，说："可这也太多了……我怎么可能吃得了这么多？"

楚风立即道："你挑你喜欢吃的拿走就行！"

"那不是很浪费吗？"

"不会的，不会的，剩下的，我拿去扔给班里同学，他们肯定很开心！你快挑吧！"

江嫣然看着对方脸上的汗水，还有眸子里满满的紧张，拒绝的话在嘴里绕了几圈，终于还是没能说出口："那好吧，谢谢你了。"

"不……不用谢！其实我就是闲得没事随便买点！"楚风说完，急忙又看向叶绾绾开口道，"绾绾姐，你也挑！"

这声姐叫的，嘴还挺甜。

叶绾绾受用地扬了扬唇："那我就不客气了！"

三人开开心心地分着早餐，完全把旁边的宋梓航给忽略了。

宋梓航死死捏着手里的塑料袋，简直感觉受到了前所未有过的羞辱，满脸愤怒地说："江嫣然！算我过去看走了眼，真看不出来，你居然是这种人！我听梦琪说，你搬出去之后跟叶绾绾住在一个宿舍，近朱者赤，近墨者黑，梦琪这么优秀这么善良的室友你不要，跑去跟这种人待在一起，难怪现在变成这样！"

叶绾绾闻言，颇为好笑地挑了挑眉，他居然好意思说嫣然？

恐怕很快他就会知道，沈梦琪的真面目。

江嫣然的脸色顿时一白，她从未想过，她喜欢了这么多年的人竟然是这样的人。最让她难以忍受的是，他不仅侮辱了她，还污蔑了绾绾。

江嫣然气得浑身发抖，正要开口，身旁的男生突然上前一步，将她护到身后，目光冷冽地盯着宋梓航开口道："你这种忘恩负义的人，也有资格说别人？绾绾姐成绩全班第一，年级排名也遥遥在前，比你口中的什么沈梦琪优秀多了。就她那水平也敢立优秀的人设？谁给她的自信？嫣然对你好的时候你不珍惜，把她的好当成理所当然，把她的真心放在地上践踏，甚至当着全校的面否认与她的婚约，现在竟还理所当然地责怪嫣然没有继续乖乖地任由你欺负，到底是谁给你的脸？"

听着楚风这么一番话，叶绾绾颇有些意外，看不出来啊，这小子面对嫣然的时候说话都结巴，居然还有这么犀利的一面。

只见宋梓航被他骂得脸都扭曲了："你……"

"你什么你！你瞎了眼可不代表别人也都是！"

“噗……”叶缩缩听得简直都忍不住要拍手鼓掌了。

“楚风！你找死！”宋梓航终于恼羞成怒，扔了手里的东西便扑了上去。

楚风迅速把手上的东西放下，也迎了上去，但是因为稍微晚了一步，被宋梓航一拳打在了眼睛上，身体踉跄地朝着后面退去。

江嫣然顿时惊呼一声：“楚风！”

叶缩缩的表情倒是挺平静，这场架其实是必然的，而且无论结果如何，楚风都赢了。

因为江嫣然担心的是楚风，而不是宋梓航。

“缩缩，怎么办！宋梓航他从小就练过，楚风肯定会吃亏的！”江嫣然焦急道。

宋梓航出手又狠又毒，而且速度非常快，看架势就知道确实受过一点专业训练，说话间楚风已经中了好几招。

叶缩缩眉头微蹙，虽然让嫣然心疼一下很好，但被宋梓航揍，实在是憋屈了点。

可是这种事，她们两个女孩子也帮不上忙啊？

叶缩缩集中注意力凝神看去，然后发现宋梓航那又快又狠的招式下一步可能攻向哪里，以及他的弱点所在，似乎也不难猜……

叶缩缩没来得及多想，就已经脱口而出：“楚风，躲开！向右！”

楚风愣了一下，还好他反应很快，瞬间往右一偏，果然躲开了宋梓航来势汹汹的一拳。

“攻他左肋！”叶缩缩紧跟着开口。

宋梓航防守不及，左肋空门大开，顿时被楚风一拳砸在左边的肋骨上，痛苦地弯下了腰。

宋梓航刚直起身准备攻击楚风的腹部，结果又被一旁的叶缩缩提醒道：“小心腹部！”

几分钟之后，原本被吊打的楚风已经完全占了上风，不管宋梓航怎么做都会被他躲开，紧跟着揍回去。

宋梓航满脸气急败坏，扭头瞪着叶缩缩说：“楚风，到底是谁不配做男人，你一个大男人，打架竟然还要靠女人！”

旁边的叶缩缩顿时一脸无辜地咕哝：“嗯，人家一个女孩子，随便乱说几句话而已，就能让你被揍，宋队长，你也太弱了吧？”

“你……”宋梓航满腔怒火。

这个叶缩缩实在是太诡异了，要是一次两次也就算了，可她竟然每次都能看出他下一秒可能怎么出招。

难道叶缩缩也是练家子？

她一个女生，这怎么可能！

要知道他爸花大价钱给他请的那位师傅在国际上可都是有名气的，他就算只学了点皮毛也够用了，他的招数怎么可能被叶绾绾看破？

这时，路上的学生已经渐渐多起来，宋梓航怕继续纠缠下去，会当众丢脸，最终只能狠狠瞪了三人一眼，然后掉头走了：“江嫣然，你会后悔的！”

宋梓航被气走之后，楚风随手抹了一把带血的嘴角，兴奋不已地走到了叶绾绾跟前，说道：“绾绾姐，你好厉害！你怎么跟会读心术一样，知道他下一步想干吗？”

江嫣然也满眼惊讶地朝着叶绾绾看去。

叶绾绾轻咳一声说：“旁观者清嘛！宋梓航的武术底子不算很好，你们仔细点看也能看出来的！”

“这样啊……”

两人都没有多想。

“你流血了……”江嫣然满脸愧疚地看向对面嘴角和眼睛都受了伤的男生：“抱歉，害得你被连累。”

楚风挠挠头，耳根子红红的，又恢复了傻样：“怎么会，是我没用，没有保护好你！从今天开始我要好好锻炼！”

江嫣然不知道该说什么：“我陪你去医务室吧！”

楚风正下意识地想说不用麻烦了，结果就对上了对面叶绾绾提醒的目光，于是顿时把原本要说的话咽了回去，话锋一转道：“那……那就麻烦你了！”

江嫣然看向叶绾绾道：“绾绾，你先去吃饭吧，我陪楚风去下医务室。”

叶绾绾忙摆摆手：“快去吧！”

江嫣然和楚风离开之后，叶绾绾站在原地，面色微凝，陷入了沉思。

其实，对于一些身手好、有经验的练家子而言，能够看破他人的路数和招式是很正常的事情。

对他们而言，这就好像一加一等于二，是一种本能。

其实，照理说，这种本能并不应该出现在她的身上。

从前父亲为了让她有点防身技能，也特意请师傅教过她，可她也不过只学了短短一个月的时间而已。

但是，她发现无论是练武，还是学习其他什么技艺，甚至是一些在常人来看很生僻的技能上，自己都有着超强的领悟力，学什么都很快。

就好像那些东西本来就是存在于她的脑子里的，她不是去学习，只是把原本属于她的记忆调出来了而已。

从前为了躲避司夜寒，她掩藏的不仅是自己的相貌，还有她会的一切技能，一切可能崭露锋芒的一面。

而现在她自然不会再那么傻，明明手里有筹码，还让自己和身边的亲人沦落到那种悲惨的下场。

放学后。

叶缩缩刚出教室的门，就看到沈梦琪正殷勤地站在门口等她。

看样子是发现她最近突然跟江嫣然走得这么近，开始急了。

“缩缩！”一看到叶缩缩，沈梦琪立即热情地走过来挽住了她的胳膊，“晚上我们一起去吃烤肉吧？”

叶缩缩一副与平常无异的语气：“好啊！”

沈梦琪一边走，一边试探着开口问道：“缩缩，听说你现在跟嫣然住在一起？嫣然那个性子，肯定很难相处吧？你要不要搬到我这边来？”

“还好吧，懒得搬来搬去了。”叶缩缩无所谓地回道。

沈梦琪还是有些不放心地说：“那个，嫣然是不是跟你说我什么了？缩缩，你是最了解我的，嫣然那件事情，我真的是无心的，宋梓航他一直缠着我不放，我也没办法，为了怕嫣然伤心，我已经很努力在隐瞒这件事了，谁知道最后还是让嫣然伤心了，并且还误会了我……缩缩，你肯定会理解我的对不对？”

要是过去的叶缩缩，她当然会理解了，别说理解了，就算是证据摆在眼前了，她恐怕也会选择相信沈梦琪。

叶缩缩先是皱了皱眉头，似乎纠结了一会儿，到了最后还是点点头，一副被说服被洗脑的表情开口道：“梦琪，我当然理解了，你这么好看，这么善良，这么优秀，有很多人喜欢你也是难免的事情啊！这怎么能够怪你呢？”

沈梦琪听到这话，顿时满心得意，掩去眸底的一丝嘲讽，亏她还紧张了一下，叶缩缩果然还是一样的好骗。

两人正说着话，沈梦琪的手机突然响了起来。

叶缩缩眼角余光瞥到是二年级一个学弟的名字，沈梦琪的追求者之一，家里也有点小钱，但与如今的宋梓航当然是没法比的。

“喂？”沈梦琪也不避讳叶缩缩，直接接通了电话。

“周六吗？恐怕不行，我要补课的。周日也没有时间，实在抱歉了，下次好吗？”

沈梦琪用无比为难、无比温柔的声音婉拒了对方。挂了电话后，她看向叶缩缩，继续开口道：“不过我真没想到，嫣然她平时看起来那么喜欢宋梓航，竟然一转头就跟楚风在一起了，大概是因为楚风家世不错吧……”

看这样子，她不仅要给叶缩缩洗脑，还准备在叶缩缩面前给江嫣然上眼药，暗示江嫣然虚伪花心、嫌贫爱富。

然而实际上以沈梦琪这种精明的性子，根本和其他人一样，清楚地认为，楚风家里不过是现在风光，因为行业不景气，正在走下坡路。这种人，她当然是看不上的。

两人一边说话一边朝着宿舍走去，准备先把课本放回去。

刚走到女生宿舍门口，突然发现门前围着一大群人。

那些人看到沈梦琪之后，眼睛顿时亮了，朝着她投去无比艳羡的眼神，高声打趣道：“来了来了！沈梦琪来了！”

走近一些之后，叶绾绾看到，女生宿舍楼下，围了一大圈心形的蜡烛，中间用蜡烛拼出了沈梦琪的姓名缩写，还大手笔地在周围用玫瑰铺出了一片花海。

而宋梓航高大英俊的身影立在那里，怀里捧着一束半人高的巨大红玫瑰花束，正无比深情地朝着沈梦琪的方向凝视着。

沈梦琪见状配合地做出一副惊讶受惊的表情，那小白兔一般无措又害羞的表情，足以让所有人心动。

众人围观之下，宋梓航抱着花，大步流星地走到了沈梦琪跟前，说道："梦琪，请原谅我的冒昧，但有些话，有些心意，我已经再也无法忍耐！我喜欢你，从第一次见到你的时候便是如此。我喜欢你的单纯，你的善良，你的天真，你的一切！我知道，你就是我想要的那个人，就是我命中注定的那个人，就是我想要相守一生的那个人！"

宋梓航的表白引来周围一片尖叫。

"啊啊啊！太浪漫太深情了吧！"

"答应他！答应他吧！"

叶绾绾看着那些蜡烛、红玫瑰，无语地翻了个白眼，对她而言，这种告白的方法也太俗气了。

这个宋梓航，还真是没让她失望啊，不到黄河心不死！

宋家特意跟他打了招呼，让他去安抚江嫣然，结果他倒好，因为早上在江嫣然这里被扫了面子，自尊心受挫，为了报复，便直接大张旗鼓地给沈梦琪搞了一场盛大的告白。

这会儿，叶绾绾远远看到江嫣然也在人群里。

周围的人正对着她指指点点，有人幸灾乐祸，有人充满同情。

"哎，江嫣然也是挺倒霉的，明明是她喜欢宋梓航在先的！"

"是啊，楚风虽然也不错，但楚家最近那么多烂摊子在那里，估计也到头了吧！哪里像是宋家，最近经济版面全都是宋家的新闻！"

"不过也不能怪宋梓航选沈梦琪啊，这年头像沈梦琪这样单纯善良的女孩子确实不多了！"

……

本来叶绾绾还有些担心江嫣然的反应，不过，还好江嫣然的心理素质比她想象中的要好，只是冷冷看了一眼，便没兴趣再看宋梓航的表演，毫不在意地直接捧着书回宿舍了。

而她身旁的沈梦琪在周围羡慕不已的目光和宋梓航的深情告白之下，一张小脸通红，满是羞怯，直让人想马上搂进怀里。

看着沈梦琪羞怯如花的小脸，宋梓航白天在江嫣然那里受到的打击顿时全部烟消云散，眼角余光看到江嫣然离开的背影，更是认为她是伤心黯然地离开了。

宋梓航看向沈梦琪，激动地继续告白道："梦琪，跟我在一起吧，给我照顾你的机会，给我守护你的机会，给我让你幸福的机会！”

这么好的抓住宋梓航的机会，沈梦琪当然不会放过。

但是，以她的城府，自然也不会当众答应得这么直接，她从头到尾都是一脸娇羞，半推半就地接过了宋梓航的花，却始终一言不发，红着脸逃进宿舍楼了。

这样的反应，看在宋梓航和其他人的眼中，可以认为她是接受了，但事后她想反悔，或者安抚那些追求者，也完全可以有说辞圆回去。

叶绾绾心情颇好地看着宋梓航的行为，心中暗暗算了下时间，江叔叔那边，应该快了吧，而她也是时候准备了。

接下来的一个星期内，宋梓航彻底放飞了自我，跟沈梦琪往来密切。

叶绾绾这边不动声色地一边关注江家那边的动态，一边暗中收集信息和等待机会。

正好司夏这一个星期都没来招惹她，排练的时候也是规规矩矩的。

安静地等待几天之后，叶绾绾终于等到了期待已久的消息。

今天便是政府公开竞标的日子。

晚上刚回宿舍，江爸爸的电话就打过来了。

叶绾绾急忙眼睛亮晶晶地催促江嫣然：“快接！”

江嫣然点头，直接开了扬声器：“喂，爸？”

手机那头传来江爸爸慈爱的声音：“嗯，嫣然，爸爸打电话来，是要告诉你一个好消息，今天的竞标很顺利，工程已经由我们江家拿到了！”

虽然是意料之中的结果，叶绾绾还是挺激动。

正开心着，便听到江爸爸继续开口道：“而且，我已经当众宣布了你与宋家的婚约解除。也是多亏了你那位朋友的提醒，还好发现得及时，在打草惊蛇之前，我把其他项目上的资金也暗中撤回来了，解除了之前的不少商务合作与往来，最大限度地挽回了损失！”

最重要的是，那个大工程也揽到了江家自己手里。

所以怎么算也是赚了！

“对了，你那位朋友在吗？”

“她在的。”江嫣然忙把手机递到叶绾绾手边。

“江叔叔，我在呢！”

“绾绾，有空来家里吃饭，叔叔这次欠你一个大人情，以后有什么需要叔叔帮忙的地方，也尽管开口！”

“谢谢叔叔！”

“哎，是叔叔该谢你！”

与此同时，学校食堂里。

宋梓航对刚刚发生的事情一无所知，还在甜甜蜜蜜地跟沈梦琪一起共进晚餐，这几天两人同进同出，俨然已经是一对热恋中的小情侣。

今天两人还在一如既往地形影不离。

“梓航，今天就是你家参与政府竞标的日子了吧？也不知道结果怎么样了……”沈梦琪一副关心的语气，试探着开口打听道。

一提起这个，宋梓航顿时志得意满，胸有成竹地开口道：“昨晚我还跟我爸通了电话，一切都打点好了，资金也肯定到位了，绝对没问题的！”

沈梦琪松了口气道：“那就好，本来我还担心自己会连累你呢，万一嫣然在她爸妈面前说了些什么……”

宋梓航一脸有恃无恐地开口道：“怎么会，梦琪你也太单纯了，我们两家这么多年的合作，早已经密不可分，可不是江嫣然一个任性的大小姐随便挑拨两句就可以轻易破坏的！你看江家现在这么风光，还不是因为有我们宋家在背后帮衬着，不然早就撑不下去了，江嫣然她爸妈两个人从前都是在圈子里混的，半路出家，能懂什么做生意？”

“这倒也是，确实多亏了你们家了，嫣然也太不知感恩了，跟楚风做出那种事，不是故意让你难堪吗？”沈梦琪一副维护的表情，满脸仰慕地朝着对面的男人看去。

宋梓航对这样的目光极为受用，继续滔滔不绝地吹嘘：“别提那个女人，她怎么能跟你比！梦琪，我是我爸唯一的儿子，往后我肯定是要继承宋家的，到时候，我一定会给你全世界最好的一切！”

“梓航……”沈梦琪一脸感动，“我不在意那些，我只要能够跟你在一起就够了！”

就在两人你侬我侬的时候，宋梓航的手机响了。

看到来电显示，宋梓航顿时脸色一喜：“我爸打过来的，肯定是来报喜的！”

沈梦琪闻言也很是激动。

“喂，爸？”宋梓航立即接起了电话。

“梓航，你现在立刻给我回来一趟！”手机那头传来宋父凝重的声音。

宋梓航还沉浸在刚刚的美好畅想中，完全没有听出父亲语气的不对，立刻回复：“知道了，我马上回来！”

挂了电话，宋梓航对沈梦琪开口道：“梦琪，我爸让我回去一趟，估计是让我去参加庆功宴的！”

“那你快去吧！”沈梦琪露出欣喜的神色，她果然没押错宝。

宋梓航握住了女孩的手：“梦琪，我回去之后就跟我爸妈说我们的事情，等下一次，我就可以带你一起回家了！”

宋梓航迫不及待地以最快的速度赶了回去。

“爸！恭喜啊！今晚是不是要开庆功宴？”宋梓航意气风发地推门走进客厅。

结果，刚一踏进去就迎面被一只茶杯重重地砸在脑袋上：“混账东西！”

宋梓航额上一阵剧痛，直接被砸蒙了：“爸，你疯了！”

一旁的宋母见儿子被砸破了脑袋，心疼不已地拿着帕子按住，说："老宋！有什么话不能好好说，非得下这么重的手！"

"好好说，你让我怎么跟他好好说！"宋父气得脸色涨红。

"妈？到底发生了什么事？今天不是竞标的日子吗？爸怎么发这么大的火，一回来就打我！我到底是不是他亲儿子！"宋梓航一脸怨气。

宋母忌讳地一把捂住儿子的嘴："别提竞标了！本来江家那边答应得好好的，一定在竞标之前把钱汇过来，谁知道直到竞标开始都没汇，却以竞标者的身份参与了竞标跟我们竞争，最后那个单子，落在了江家的手里……"

宋梓航瞬间脸色大变，怒不可遏地吼道："妈！你说什么？！江家这是背信弃义！他们怎么能这么做！那个单子明明是我们家的！"

宋母面色凝重地继续开口道："这还不是最糟糕的，我们两家是亲家，他们要是不放心我们家，自己拿了也就算了，反正迟早是一家人，江家就一个女儿，东西早晚也都是你的。"可是，那个江海潮在竞标结束之后，竟然当着所有人的面宣布解除我们两家的婚约，还说老死不相往来，咱们两家的所有合作也在一夜之间全部被切断了！"

宋梓航满脸无法置信："妈！你说什么？解除婚约？他们江家说解除就解除，当我们宋家是什么？利用价值榨干了就扔吗？简直欺人太甚！这件事情绝对不能就这么算了！"

宋母迟疑地打量了儿子一眼："梓航，我问你，这些事情你完全不知道是怎么回事吗？你是不是做了什么不该做的事？"

听着母亲怀疑的语气，宋梓航顿时脱口而出道："妈！你这是什么意思？我怎么会知道？我能做什么？还有爸，我还想问呢，你不是一直都说肯定没问题的吗？为什么会突然就变成这样？是不是你们一早就谈崩了？"

宋父闻言用力一拍桌子，发出巨大的声响："你不知道？你不知道江海潮口口声声让我回家问我生的好儿子？不是你还能是谁！你知不知道为了这次的竞标，公司投入了多少人力物力财力，还借了大笔的外债，所有的钱都投入到了那批机械厂房设备，现在单子没了，那些东西也全都成了一堆废铁！"

什么？江海潮让父亲回家来问他？

听到这里，宋梓航心里咯噔一下，背后的冷汗顿时便下来了："问我？"

宋母急道："是啊！梓航，你快好好想想到底做了什么，或许还有补救的方法，不然公司真的要完了，到时候我们一家都要睡大街！其实，从当初江家突然推迟打款，我就觉得哪里不对劲了，现在想想，江海潮应该从那时候开始就已经在暗中准备，不然不可能项目撤得这么快，竞标也这么顺利，让我们措手不及！我和你爸想了很久，都确定这段时间没有任何异样，江海潮的态度一直都很正常，我们两家没有任何不和，所以实在想不通他怎么会突然翻脸。你好好想清楚，这段时间你到底做了什么？"

宋父不知想到了什么，满脸怒色地瞪着对面的儿子说："那天我还特意打电话让你这段时间好好哄一哄嫣然，你照做了没有？我问你，你是不是惹嫣然生气了？”

宋梓航此刻已经是脸色煞白，面对着暴怒的父亲，咽了口唾沫，强自镇定了下来，然后毫不犹豫地否认道：“怎么可能！爸，妈，你们还不知道我吗？我哪次不是把江嫣然那个千金大小姐当成公主一样伺候着，只有她给我气受的时候，我怎么可能会惹她生气！我这些年是怎么过来的，难道你们还不清楚吗？我真没想到，我都已经忍气吞声到这种地步了，他江海潮居然还是对我不满意！这分明就是他们江家忘恩负义、过河拆桥啊！江海潮从前就看不起我们家，怕是早就想撕毁婚约，给女儿另攀高枝了！”

宋父目光凌厉地盯了儿子许久，见他信誓旦旦，语气也异常肯定，已经信了几分。

宋母一听，更是已经完全站在了儿子这边：“老宋！平时梓航是怎么对嫣然的，我们可都是有目共睹的啊，就差没把她供起来了，怎么可能会是梓航的错呢！”

宋父气得脸色铁青，此刻已经完全把恨意转嫁到了宋家：“好你个江海潮！亏我把他当一家人，他居然当面一套背后一套，还倒打一耙！”

见父母没有再怀疑，宋梓航暗暗松了口气。

还好平日里他在两家家长面前的表面工作做得滴水不漏，别说他爸妈，就算是江海潮也不会怀疑他。

那么，怎么会这样，为什么事情会变成这样呢？

眨眼间，他竟然什么都没了，单子没了，合作完了，生产线废了，公司还欠了大笔外债面临破产！

他太了解江嫣然了，更是自信那个女人早已经被他牢牢握在掌心里，无论他做什么，她都不会反抗，因为怕他厌恶，更不可能回家里告状。

即使是他当众维护梦琪跟她告白又怎样，这只会让那个女人因为嫉妒而对他更加死心塌地而已！这段时间她打扮得这么漂亮，又故意跑去招惹楚风，不都是为了刺激他，让他回心转意的吗？

可是，他怎么也没想到，江海潮居然直接把两家的婚约给解除了！

他知道了，一定是这次江嫣然那个女人被逼急了，所以才用了这种强硬的方式想逼他就范！

宋梓航试探着问父亲说：“爸，现在我们该怎么办？”

宋父一脸疲惫地回复：“如今我也只能再想想办法，如果江家愿意跟我们一起合作政府的这个单子，事情还是有挽回的余地的。

“可江海潮若真要做得那么绝，我就算是拼个鱼死网破也不让他好过，我要让所有人都知道他们江家背信弃义、阴险狡诈的真面目！看看他们江家以后在圈子里还怎么混！”

宋梓航道：“爸，你说得没错！咱们宋家也不是好惹的！”

宋母看着儿子，一脸心疼：“梓航，这些年真是委屈你了！你对嫣然这么好，他们江家居然这么无情！”

从家里离开之后，宋梓航怒火中烧地赶回了学校。

与此同时，叶绾绾和江嫣然为了庆祝，刚在烤肉店里大吃了一顿，正在操场上散步消食。

这时，江嫣然的手机响了一下。

江嫣然点开短信看了一眼说："宋梓航约我见面。"

叶绾绾略抬了下眸子，不在意地开口道："那就见吧！"

毕竟是让江嫣然彻底看清那个渣男真面目的好机会。

江嫣然捏了捏手指，然后回了对方一句："我在操场。"

"我去那边等你！"叶绾绾回避了一下，坐在了不远处的看台上。

只见宋梓航来得非常快，几乎是一路飞奔着跑到了江嫣然的跟前，刚站定就是劈头盖脸地一顿怒骂道："江嫣然！我真想不到你是这种人！为了跟别人在一起就要把我一脚踹开！居然让你爸解除婚约！你以为这婚约是你们江家一句话想解除就解除的吗？你把我们宋家当成什么了，召之即来挥之即去？"

江嫣然面无表情地看着眼前的男人："说够了？"

"怎么？被我说破了心虚了？我真没想到你竟然这么狠！那单子明明是我们家的，你凭什么抢！"

听着宋梓航这番话，连叶绾绾都惊讶了一下，被某人的不要脸震惊了。

江嫣然心中说不出的悲凉："我狠？我要解除婚约？到底是谁当众声明婚约不存在，说与我没有任何关系？我不过是成全你而已，怎么，有错吗？"

宋梓航的眸底闪过一丝寒光："江嫣然，你少在这里拿那件事说事！我警告你，你最好回去让你父亲收回解除婚约的话，与我们宋家一起合做那个单子。当然，你若非要解除婚约也可以，作为补偿，单子必须全部转给我们宋家。这样我勉强可以当这件事情没发生过，否则，你这辈子都别指望我会原谅你！别再挑战我的忍耐力，你任性也要有个限度！"

宋梓航这态度，似乎是吃准了江嫣然，以为她做的一切都是为了逼他回心转意，以为她还喜欢着自己，以为眼前还是那个只要他一生气就会任何事情都妥协的女孩。

看着眼前自己曾经喜欢了那么多年的人，听着那一句比一句无耻的话，终于，江嫣然眸子里的最后一丝光亮也熄灭了："宋梓航，你可真让我恶心。"

"你！"宋梓航看着女孩决然离开的背影，一脸气急败坏。

女生宿舍。

回去后，叶绾绾察觉江嫣然的脸色有些不太好看，担心地问："你还好吧？"

江嫣然苦笑道："只是突然觉得很可怕，万一我没有提前看清这个人的真面目，最后我会是什么样的下场？"

想到那个梦里江嫣然的下场，叶绾绾也是心头一寒。

叶绾绾倒是很理解她这种心中曾经的信仰幻灭的心情，叹气道："谁没有过看走眼的时候呢？”

江嫣然被她逗得笑了出来：“说起来我们好像真的有些同病相怜，其实我一直也挺好奇的，你之前那么喜欢顾越泽，怎么突然就想通了？”

叶绾绾眸光微沉，淡淡道：“无意中知道了一些真相而已。”

接下来的几天，因为竞标的结果还在走流程没有正式公开，所以只有极少一部分人知道结果。

因为宋梓航之前的吹嘘，同学们都以为是宋家拿到了，这些天大家都会上前去恭喜宋梓航。沈梦琪敏锐地发现了宋梓航这些天似乎有些心不在焉，也不知道是因为看江嫣然变漂亮又动心了，还是得势了心高了。

无论如何，她都不能让煮熟的鸭子飞了，于是对宋梓航殷勤了不少，周六还主动约了他出去。

单子一天没拿回来，宋梓航就一天没法真正安心，但他至今还抱着幻想，笃定江嫣然最后肯定会妥协，自然是有恃无恐。

她正带着沈梦琪在外面一起逛街，再次接到了家里的电话。

宋梓航避开沈梦琪，接通了电话：“喂，妈，事情怎么样了？”

手机那头立即传来母亲愤怒到极致的声音：“梓航，这次江家实在是太绝了！我们现在连江海潮的面都见不到！不过是伸伸手指就能帮忙解除困境，可他宁愿我们公司高价买来的设备全都烂掉，也不愿意跟我们合作，这分明是要故意把我们往死里逼啊！”

“他居然这么对我们？”宋梓航闻言暴怒。

绝望之下，宋母的声音里已经有些癫狂：“我不会放过他们，我绝对不会放过他们的！江海潮！他以为他躲着不见我就没事了吗？我要让所有人都知道他们江家是怎么背信弃义毁约的！”

“妈，你想做什么啊？”

“你别管！妈一定给你出这口气！”

“等等！妈？妈！”

手机那头已经挂断了。

沈梦琪一脸担忧地走上前去问：“梓航，发生什么事了？谁的电话？”

“没事……”宋梓航摇摇头，有些心神不宁，江家居然到现在还没松口？

沈梦琪一心想跟江嫣然争抢，完全没有多想：“那我们快去拍大头贴吧！不然待会儿人多就要排队了！”

她已经把这些天宋梓航的异常归结于江嫣然在搞鬼。

又是打扮得花枝招展，又是跟楚风走得很近，真当她不知道江嫣然的真实意图吗？

若是江嫣然放弃，她或许还不会这么费心思。

第八章

盛世美颜

期待二囧的新书与《恰似寒光遇骄阳》早日到来！祝《恰似寒光遇骄阳》顺顺利利！初心不忘，陪囧囧有妖光芒万丈！愿时光温柔以待，陪你岁岁年年相伴！

——KL 开心无限 HLGC

QIASIHANGUANG
YUJIAOYANG

读者告白

清禾学院。

没几天就是文艺会演了，这个休息日，大部分学生都没有回家，所有人都在忙着布置教室礼堂和彩排节目。

会演的大礼堂里，各班级正在排队彩排，人群熙熙攘攘，异常热闹。

三年级A班报上去的节目是芭蕾舞，江嫣然和沈梦琪都参演了。

“A班！下一个节目是A班的《天鹅湖》，人到齐了没有？”主持人高声问。

“等等！还少一个人！已经在路上了，马上到！”A班舞蹈队队长回了一句。

“让她快点儿！”

“知道了！”

“我们班谁还没到啊？”有人问。

“沈梦琪，她今天出去了。”队长回答道。

“出去了？去哪里了啊？连彩排都迟到了！”

“早上我好像看到她跟宋梓航一起出校门了！”有人小声回答。

“哦——”众人顿时发出恍然大悟的声音，同时意味深长地朝着角落里正在压腿的江嫣然看去，然后压低了声音窃窃私语。

“沈梦琪和宋梓航已经在交往了吧？”

“看这样子肯定是啊！还别说他俩郎才女貌，真的挺般配的！哪像有些人啊，死缠烂打没用，居然编造出从小有婚约这种可笑的谎话来！”

“可不是吗，明明自己是那棒打鸳鸯的大锤子，还想污蔑人家沈梦琪！”

江嫣然平时说话直来直去，得罪了不少人，加上她天资过人，跳舞又是最好的，嫉妒她的人不少，此刻自然是都趁机嘲讽她几句。

就在快轮到A班上去彩排的时候，门口，一个穿着藏青色旗袍的中年女人突然气势汹汹地推开人群，朝着舞台的方向走来。

教室里全是学生，突然来了一个陌生的中年女人，大家都下意识地朝着那个女人看了过去。部分人认出了这好像是宋梓航的母亲。

只见那个女人满脸怒色，踩着高跟鞋，径直走向江嫣然，随后，她二话不说便是一巴掌扇了过去。

宋母来得太突然，江嫣然避之不及，就这么重重地挨了一巴掌。

原本喧闹的大礼堂里，一下子鸦雀无声。

宋母指着江嫣然的鼻子破口大骂：“你们江家一家子都忘恩负义！当初要跟我们家梓航订娃娃亲，现在得势了就把人一脚踹开，撕毁婚约，你们真当我们宋家好欺负，是不是？还把我们家的订单都抢了，你们这是要把我们宋家往死里逼！平日里我把你当大小姐供着，你还真当自己是根葱了？论才貌，论品行，你哪里配得上我儿子？我儿子对你一心一意，你居然还不知好歹，说我儿子的不是！”

宋母口若悬河，越说越难听，江嫣然敬重对方是长辈，从头到尾一声不吭，身体微微颤抖着，神情一阵恍惚。她怎么也想不到，平时里待自己那么温和慈爱的宋阿姨，她心中当成母亲一样对待的人，竟会说出这么恶毒的话来。

难道一直以来宋阿姨表现出来的对自己的喜爱全是假的吗？她竟然从头到尾都觉得自己配不上宋梓航？

人群中，叶绾绾的目光在江嫣然红肿的脸上停留了一瞬，眸底闪过一丝冷光，随即，她突然语气夸张地大声惊呼起来——

“天哪！江嫣然跟宋梓航竟然有婚约？这怎么可能！”

还在骂人的宋母听到有人质疑，顿时更加来劲了，扫了在场的所有人一眼，信誓旦旦地开口道：“怎么不可能？江嫣然是不是骗人说她跟我们家梓航没关系？我告诉你们，我们两家的孩子从小就有婚约。我儿子对她这么好，一心一意地把她当成公主一样宠着，她怎么有脸否认的？你们要看清楚她的真面目！”

听到宋母说的话，围观的人都愣住了。

这阿姨说什么？宋梓航跟江嫣然真的有婚约？！

她居然说宋梓航对江嫣然一心一意？

宋母察觉周围的人看自己的目光很不对劲，却又不明白到底哪里出了问题。

叶绾绾一脸嘲讽地看了她一眼，用极其质疑的语气开口道：“不可能！这位阿姨，你肯定是在撒谎！宋梓航的女朋友分明是沈梦琪，跟江嫣然有什么关系？”

宋母怎么可能忍受这种质疑，顿时大怒，想也不想就开口道：“我撒谎？我可是宋梓航的妈！我的话还能有假？分明是江嫣然在骗人！沈梦琪又是谁？你在胡说八道什么？”

叶绾绾不服气地开口：“梦琪是我最好的朋友！她才是宋梓航光明正大的女朋友，我们所有人都知道的！你怎么可以乱说呢？你这么说，岂不是在污蔑我们家梦琪是第三者？你太过分了！”

“你说什么？梓航的女朋友？”宋母的面色一怔，目光落在江嫣然红肿的脸上，心底莫名浮现一丝不安。

听到这里，几乎所有人已经明白是怎么回事了。

接下来已经不用叶绾绾开口了。

宋母边上的一个女生对她说道：“你是宋梓航的妈妈？那你知不知道，宋梓航在全校同学面前说他跟江嫣然没有任何关系，还说婚约根本就不存在，只是两家人的玩笑，并且当众跟另一个女孩子告白了？”

宋母回过神来，立即怒斥道：“这……这不可能！我儿子怎么可能会做这种事情！你们少血口喷人！”

周围不少人都听不下去了，七嘴八舌地开口——

“我们怎么血口喷人了？这些事情我们全校人都知道，所有人都能做证。”

“就是啊！那会儿江嫣然发现宋梓航跟自己最好的闺密沈梦琪私下约会，就跟沈梦琪吵起来了，大家本来都帮着江嫣然骂沈梦琪的，结果宋梓航为了沈梦琪，当众打了江嫣然的脸，在校园论坛上发表了声明，亲口说他跟江嫣然压根就没婚约！你要是不相信，自己去校园论坛上看啊！江嫣然和沈梦琪对峙的视频，还有宋梓航维护沈梦琪的那条声明全部在那里摆着呢！”

“宋梓航又是蜡烛又是玫瑰，那么大阵仗地跟沈梦琪告白，这几天两人天天腻歪在一起，现在你又来说他和江嫣然是有婚约的？这不是自己打自己的脸吗？”

这会儿周围的议论声越来越大，所有人都表示被这样的反转惊呆了。

“没想到宋梓航从头到尾都在说谎！沈梦琪真的是第三者！”

“本来我还以为宋梓航挺男人的，没想到竟然是这种渣男！他妈妈居然还好意思说他对江嫣然一心一意？怎么有脸说的啊？”

“什么背着啊，他这是当着江嫣然的面就直接跟沈梦琪在一起了好吗！”

“啧啧，还有啊，宋梓航最近一直在吹的那个大单子原来早就泡汤了啊！八成是江家的报复吧？真是活该！”

“我还以为宋家多厉害呢，原来这些年靠的都是江家的帮助！”

“他妈妈居然还跑到学校来颠倒是非，扇江嫣然巴掌，倒打一耙！我的天！简直三观都被颠覆了！这一家子都是什么人啊！简直是忘恩负义的白眼狼！”

……

宋母听着周围铺天盖地的嘲讽，脸色越来越白。

她怎么也没想到，自己来找江嫣然出气，想毁了对方的名声，结果得到了这样的事实，差点儿当场气晕过去。

江家突然解除婚约竟然是这个原因！

梓航当众否认了婚约，直接在学校里就跟其他的女孩子在一起了？

这怎么可能？这绝对不可能！

叶绾绾眼角余光瞥见人群中某个似乎想要溜走的人影，顿时身形敏捷地冲了过去，一把挽住了沈梦琪的胳膊，焦急不已地开口道：“梦琪，你总算来了！你快跟大家解释清楚，这其中是不是有什么误会？你跟宋梓航是正经交往的，对不对？”

话音一落，所有人都朝叶绾绾的方向看去，只见被叶绾绾拦住的沈梦琪正神色慌乱地和宋梓航并肩站在一起。

叶绾绾的话看似在维护沈梦琪，却再次把她推到了风口浪尖。

沈梦琪用力挣脱了一下，愣是没挣开叶绾绾的手，顿时，她被围观的众人堵住了去路。

这会儿她整个人都是蒙的，怎么也没料到事情竟然会变成这个样子。

她心气儿高，最大的目标是司夜寒，但她也很清楚，那个男人有多遥远，可能性太渺茫，她不会傻到死守着一个可望而不可即的目标。

毕业在即，她已经在筹备事业发展，所以需要一个大的靠山。

她太清楚自己的优势，不同于那些已经进入社会的老狐狸，尚在学校的这些小男生天真多了。

她平时重点留意的那些男生中，只有郑家大少爷的条件最好。但这些富二代虽然身份尊贵，在家里却没有那么大的话语权。等到他继承家业，当家做主，还不知道要等到哪一年。

她试探了几次，知道自己想要的东西目前从他那里得不到，便和对待其他人一样，暂时把他当作普通朋友了。

而宋梓航，他一毕业就能进公司，且那个政府的订单拿到之后，瞬间便是巨大的盈利和流动资金入账。

原本一切都很顺利，今天约会的时候，宋梓航跟她承诺了，等一毕业，他就说服他的父亲投资一部上亿元的大戏，指定她做女主角，男主角和重要的配角也指定她家公司旗下的艺人。

若是她能拉到这么一个大投资，立即便能站稳脚跟，还能让公司也上一个台阶。

约会结束后，宋梓航说要陪她一起过来彩排，她欣然同意，想着在江嫣然面前炫耀一下自己的战利品。

谁知道一进门，她看到的便是宋梓航的母亲在礼堂里撒泼，还亲口将宋梓航和江嫣然有婚约的事情说了出来。

不仅如此，刚才宋母的话是什么意思？

那个政府的订单宋家根本就没拿到不说，现在还被江家逼得面临破产？

分明前一秒宋梓航还意气风发地说要把她捧成最火的艺人，还说什么江家没了他们宋家不行，江家是绝对不敢得罪宋家的！

他居然从头到尾都在骗她！她千挑万选出来的男人，居然很快就将是一个一无所有的穷光蛋！

早知道如此，她还不如多花点儿心思去郑彬那里下功夫！

听着周围那些难听的话，面对着沈梦琪难以置信的眼神，宋梓航的脸色一阵青白交加，气得几乎要发疯。他迅速冲到母亲跟前，厉声质问道：“妈，你疯了吗？你跑来学校干什么？”

“你还问起我来了！我问你，他们说的都是真的吗？你真的背叛了嫣然吗？对象就是她？”宋母的目光如同利箭一般朝着沈梦琪射去。

因为叶绾绾的纠缠没能及时离开，沈梦琪只能下意识地往宋梓航的身后缩了缩。

宋梓航黑着脸护住沈梦琪，说：“妈，有什么事情我们回家再说！”

事实摆在眼前，宋母只觉得天崩地裂。一想到自己刚才在冲动下竟然扇了江嫣然一巴掌，怕是事情更加无法挽回，她顿时悔得肠子都青了。

愤怒和惊慌交加，宋母把所有的恨意全部发泄到沈梦琪的身上，她一把抓住了沈梦琪。

沈梦琪没想到叶绾绾随口一句话又把焦点引到了自己身上，当场痛得尖叫起来：“啊——我没有……我没有……我不知道……我什么都不知道……”

“你不知道？你还给我装！你还不是看着我们家梓航条件好想攀高枝，你这种人我见得多了！”

宋梓航见心上人被母亲这么怒骂，顿时急了：“妈，你干什么啊！赶紧放开梦琪！我都说了这件事情跟梦琪没关系，就算有错也是我一个人的错！我喜欢梦琪怎么了，梦琪单纯又善良，比江嫣然好一百倍一千倍！”

“你给我闭嘴！你还不快滚过来给嫣然道歉！我看你是被猪油蒙了心了！”

说着，宋母又看着沈梦琪，怒斥道：“你到底给我儿子灌了什么迷魂汤？你去把你的家长叫过来！我倒要看看，是什么人家居然养出了你这样的女儿！”

宋梓航看着沈梦琪哭泣的模样，只觉得心都要碎了：“我不道歉，凭什么让我道歉？就算我不这么做，他们江家怕是也早就存了这个心思，你以为江嫣然很爱我吗？还不是马上就跟楚风在一起了！”

沈梦琪哭得泣不成声，抽噎着说：“阿姨，对不起，真的对不起，我真的不知道梓航已经有婚约了。我确实很喜欢梓航，梓航这么优秀，我想没有哪个女孩子会不动心的。一开始我是因为嫣然才强忍着感情，后来是梓航给了我勇气，但如果我知道他和嫣然有婚约，我是无论如何也不会介入他们之间的。”

沈梦琪哭得梨花带雨，三言两语把所有的事情都撇得干干净净，还把自己置于受害者的位置。

看她那委委屈屈的模样，不禁让宋梓航心疼不已，连宋母听到她夸自己的儿子优秀，下手都软了不少，围观的众人甚至也渐渐动摇了。

“看沈梦琪这样子，应该确实不知情吧？”

“唉，沈梦琪也是太单纯了。”

叶绾绾隐匿在人群中，嘴角泛起一抹嘲讽。

都这种时候了，沈梦琪居然还妄想撇清关系，她真是期待宋梓航知道所有真相后会是什么表情。

叶绾绾不动声色地走到僻静处，拨了一通电话。

“喂，郑学弟，我是梦琪的朋友，她现在遇到了一点儿麻烦，正被宋梓航欺负呢，你赶紧过来一下吧！我们在学校大礼堂……对，十万火急，这件事情只有你能帮梦琪了……”

给郑彬打完电话，叶绾绾朝人群中看了一眼，发现越来越多的人在为沈梦琪说话，其中不少人是沈梦琪的仰慕者。

江嫣然冷眼看着沈梦琪哭得梨花带雨、乞求原谅的脸，看着宋梓航面色狰狞地对自己不断地怒骂，一脸疲惫，闭了闭眼睛，想要离开。

叶绾绾悄无声息地走到江嫣然的身旁，压低声音道：“你这就满意了？别着急，好戏还在后面。”

江嫣然神色微怔，朝叶绾绾看了一眼。

叶绾绾轻笑道：“你还记得我当初答应过你什么吗？”

江嫣然下意识回忆起叶绾绾在湖边跟她说过的话。

就是因为叶绾绾的这些话，在她最绝望的时候让她燃起了斗志。

她不知道叶绾绾到底想做什么，但她知道，叶绾绾答应自己的肯定会做到。

此刻，沈梦琪依旧哭得泣不成声：“嫣然，对不起……真的对不起……”

“梦琪，你有什么错！别跟她道歉！是我的错，是我没保护好你！我应该庆幸早点儿看清这个女人的真面目！”

叶绾绾在一旁看得也是钦佩不已，在这种情况下，沈梦琪都能凭借着谎言和演技扭转乾坤，恢复她无辜小白花的人设。

尤其是宋梓航，从头到尾都在被她利用，关键时刻还被拉出来背锅，竟还心甘情愿地护着她为她说话。

“妈！你让我去跟江嫣然低头道歉，不如让我去死！梦琪才是我这辈子最爱的人！”宋梓航被沈梦琪的眼泪刺激得心头热血沸腾，男人的尊严让他无论如何也不可能在心爱的女人面前向江嫣然道歉。

就在宋梓航为了守护真爱大义凛然，众人差点儿快要被他感动的时候，人群中突然冲过来一个男生，一把推开宋梓航，把沈梦琪护在了怀里。

“宋梓航简直是胡说八道！梦琪是我的女朋友，跟你有半毛钱关系？你一直纠缠着梦琪，到底要不要脸？”

宋梓航被撞得晕头转向，看到沈梦琪被对方揽在怀里，一下子怒了，道：“我纠缠梦琪？臭小子，你是哪根葱？快放开她！”

郑彬自然不可能放开沈梦琪，一脸傲然道：“我？我才是梦琪真正喜欢的人！”

“郑彬，你怎么来了？”沈梦琪顿时心慌，直觉不妙，想要支开他，“这里没你的事，你快回去！”

郑彬看着沈梦琪满脸泪痕的模样，保护欲瞬间燃起，自然是不肯走，他梗着脖子说：“我不回去！我再不管这事，你会被这群人一起欺负的。我要告诉所有人这个渣男的真面目！”

两人的情绪都太激动，如同斗架的公鸡一样，都不愿意在这种问题上示弱，沈梦琪根本拦不住，只能眼看着两人当众大吵了起来。

宋梓航当即怒骂道：“你倒是说说，我是什么真面目？”

郑彬不甘示弱地回骂：“你的真面目就是你癞蛤蟆想吃天鹅肉，明知道梦琪有男朋友了，还对她死缠烂打！”

“真是搞笑，梦琪是我女朋友，我用得着死缠烂打吗？这位同学，你是不是脑子有病？梦琪的男朋友，你该不会想说是自己吧？”宋梓航一脸冷笑，压根没把他的话放在心上，只当这人是喜欢梦琪，出于嫉妒才跑来找麻烦。

郑彬在愤怒下脱口而出："昨天我和梦琪还打了一夜的电话，她亲口跟我说是你单方面纠缠她的！"

沈梦琪的心里顿时咯噔一响，赶紧打断他们："你俩别吵了！这件事情肯定是哪里有误会，我们私下里再好好说清楚，好吗？别在这里让人看笑话了！"

沈梦琪焦急不已，劝着两人。

看着沈梦琪乞求的眼神，宋梓航和郑彬都犹豫了一下。

不远处，叶绾绾双眸微眯。今天只要给了沈梦琪喘息的机会，她毫不怀疑沈梦琪转头就能把这两个男人都安抚好。

于是，叶绾绾义愤填膺地指着宋梓航，大骂道："好你个宋梓航！我还以为你对梦琪是真心的，没想到是你一直在纠缠强迫梦琪！你怎么可以这样？你对得起嫣然，对得起梦琪吗？"

宋梓航被叶绾绾的胡搅蛮缠刺激得火气又上来了："你走开！我都说过了我没有强迫梦琪！不信你们可以自己去问梦琪！"

沈梦琪气得脑袋一阵发晕，朝着叶绾绾狠狠瞪了一眼。

而另一边，郑彬的火气也上来了："宋梓航！梦琪不过是看在同学一场还有江嫣然的面上才不好当面给你难堪，结果你还蹬鼻子上脸了，天天缠着她不放！我跟你说，不用问梦琪了，你自己听！"

只见郑彬愤愤地掏出手机，点了几下，手机里瞬间传来一男一女对话的声音——

"梦琪，你跟宋梓航到底是怎么回事？"这是郑彬的声音。

"我已经说过我跟他没关系了啊，他是嫣然喜欢的人，我怎么可能跟他怎么样，只是他缠着我，我也是实在没办法！"而这道熟悉的声音，明显是沈梦琪的。

"那我们就公开关系！你告诉他，告诉所有人，我才是你的男朋友！这样他不就死心了？"

"不行，不能公开，我爸妈不让我现在谈恋爱的。"

"那你为什么不告诉宋梓航，你已经有男朋友了？你到底还有没有把我当成你的男朋友？"

"我当然告诉过他了，可是没有用啊！你怎么可以这样说我？你要是不相信我，那我们就分手好了！"

"我没有不相信你！梦琪，你别生气啊！我只是讨厌宋梓航一直缠着你！"

"你别冲动，他毕竟是嫣然喜欢的人，我不想把事情闹得太僵，再说了，他再缠着我又能怎样，我喜欢的人是你啊！你才是我的男朋友！别生气了，好不好？"

"那你亲我一下……"

后面便全是沈梦琪和郑彬腻腻歪歪的情话，郑彬炫耀似的继续放着录音。

"关掉！快关掉！"沈梦琪听到这段录音几乎要疯了，她近乎崩溃地嘶喊着，瞪向郑彬，“为什么？为什么你要录音？”

看到沈梦琪异样的反应，郑彬眉头紧蹙，脸色顿时阴沉下来：“梦琪，你怎么了？我只是看不惯他欺负你！至于录音，其实我们每次通话我都有录音的，我想要多听听你的声音，你说不想影响学习，所以都不肯跟我多约会，我只好用这种办法了。”

沈梦琪僵直着脊背站在那里，只觉得天旋地转，她简直不敢去看宋梓航的脸，还有周围所有人的表情。

而叶缩缩听到录音后，仿佛底气更足了，得意扬扬地看向宋梓航道：“现在你还有什么话好说？我就知道，梦琪人这么好，这么善良，怎么可能明知道嫣然喜欢你，还跟你在一起！原来从头到尾都是你在挑拨离间！梦琪都有男朋友了，你还缠着她！”

宋梓航听着那段录音，呆呆地站在那里，满脸的难以置信。

而叶缩缩的话，更是往他的心口上插刀。

宋梓航气得全身发抖，面容扭曲到近乎狰狞，咬着牙朝沈梦琪逼近，说：“沈梦琪，我纠缠你？当初在游乐园的时候，是谁说早就对我有感觉的？是谁说每次看到我跟嫣然在一起就心如刀绞的？是谁亲口答应我毕业后就跟我在一起的？是谁主动抱我的？怎么就成了我纠缠你？还有，你跟这个臭小子是怎么回事？那天你都已经亲口答应我的告白了，结果昨晚你还跟他打了一晚上电话？你说他才是你的男朋友，那我呢？我算什么？”

宋梓航说完，抖着手从包里掏出一沓大头照，劈头盖脸地扔在了沈梦琪的脸上。

一张张，全是两人的亲密照，照片里的沈梦琪一脸甜蜜，可没有半分被逼无奈的模样。

宋梓航又一把攥住沈梦琪的手，她的手指上赫然戴着一枚银色的戒指，和宋梓航手上的那枚是一对情侣戒：“被逼无奈？她的戒指、项链，包括这身衣服，全是我买的！”

郑彬这会儿已经傻眼了：“这不可能！我跟梦琪半年前就已经在一起了！”

接下来，两人的骂声不断，你来我往，转瞬间就把沈梦琪的老底揭了个彻底。

沈梦琪打得一手好算盘，宋梓航跟她告白的时候，她没有当场答复，私下里在宋梓航面前承认了两人的关系，在郑彬的面前却完全否认了，说是宋梓航单方面纠缠她。

沈梦琪自恃能够将所有人都玩弄在股掌之上，谁能想到两人会在这种情况下撞上，两人一碰头，一对质，让她的谎言一下子被戳穿了。

“梓航，够了，别吵了，还嫌不够丢人吗？你就是为了这么一个人把自己，把我们宋家害成这个样子？”宋母气得一巴掌重重地扇在从来不舍得打的儿子的脸上。

宋梓航失魂落魄地站在那里，脸火辣辣地疼痛，却一句话都说不出来。

他不相信！他不相信自己一直以来喜欢的女孩子竟然是这种人，她从头到尾都在欺骗他的感情，她跟自己浓情蜜意的同时，还在跟另外一个男人交往。

而他呢？为了维护她被弄得身败名裂，成了一个彻头彻尾的傻子。

“你敢骗我！你居然敢骗我！”宋梓航猛然惊醒，疯了一样朝着沈梦琪冲了过去。

沈梦琪见了，慌乱之下喊道：“郑彬，郑彬帮我！”

郑彬怎么可能去帮她，不跟着上去踩一脚就不错了，少年气得双眼通红，道：“沈梦琪，你好样的，就因为我现在没办法给你想要的，没办法捧你，你就这样玩弄我？我以为我是你的真爱，天天战战兢兢地不敢打扰你学习，不敢跟任何人说我们的关系，结果你居然这么对我！”

听着郑彬的怒吼，周围的人全部咋舌，看着沈梦琪披头散发、鼻青脸肿的模样，没有丝毫同情。

“我没有，不是这样的……”沈梦琪跌坐在地上，机械地摇着头，周围的声音如同刀子一样割在她身上。

她在学校里向来是所有人眼中的好学生，所有男生心目中的白月光，何曾受过这样鄙夷的目光和难听之极的嘲讽。

她的大脑一片混乱，直到这一刻，她都不知道事情怎么会发展到这个地步，她怎么会落得这个下场。

叶绾绾站在几步远的地方，静静地看着沈梦琪跌坐在那里。

片刻后，她一步一步缓缓走过去，满脸心痛的表情，开口道：“梦琪，怎么会这样，你怎么会做这种事？那我哥哥呢？我哥哥也是因为没有利用价值了，才被你一脚踢开的吗？”

听到这里，沈梦琪骤然惊醒。

没想到叶绾绾竟然完全说中了她的心思，她顿时焦急不已地辩解道：“我没有！绾绾，你相信我！这一切都是误会！我怎么会这样对慕凡哥，我是真心帮助他的！”

见沈梦琪到现在还这副模样，众人看着她的表情明显更加鄙夷了。

不远处，江嫣然眼见叶绾绾把沈梦琪弄到这个地步，而沈梦琪却毫无察觉，还在焦急地跟她解释，心中默默无言。

这时，宋梓航推开沈梦琪，痛哭流涕地冲到江嫣然的跟前，说：“嫣然，求你原谅我！我不知道会这样，我是被那个女人骗了，我真的没想到她这么有心机，求你原谅我这一次吧……”

此刻，宋母简直要被宋梓航气死了，他居然被一个小丫头玩得团团转，宋家的脸都被他丢尽了。

“嫣然啊，你也看到了，都是别人骗了梓航，看在阿姨的面子上，你就原谅他这一次吧！你看我打也打了，骂也骂了，他以后绝对不敢再犯浑了！你回去跟你父亲解释一下，公司的事情实在拖不得了！”

宋母这轻描淡写的语气，令江嫣然的眉头微蹙，她抿了抿嘴唇，开口道：“宋阿姨，抱歉，公司的事情不是我能够决定的。至于婚约，确实如同梓航所说的，只是长辈们的玩笑，一直以来都是我看不清。”

见江嫣然态度坚决，宋母顿时面色微沉，冷声问道："嫣然，你真的要这么绝情吗？我跟梓航都这么跟你道歉了，你还要抓着这个错误不放？就因为一件小事，你要毁了我们两家人这么多年的情谊？"

就在宋母话音落下的瞬间，对面突然传来一道暴怒的声音："嫣然，你的脸怎么了？"

只见江海潮焦急不已地赶了过来，身后还跟着宋梓航的父亲宋啸威。

江嫣然看到父亲，有些惊讶，下意识地伸手挡了挡自己红肿的脸，说："爸，你怎么来学校了？我没事……"

江海潮看着自己一直放在掌心里捧着，连碰都舍不得碰一下的女儿竟然被人扇了巴掌，当场怒不可遏，问道："谁打的你？是不是钱如兰？她竟然敢打你！"

宋母没想到江海潮竟然会来学校，顿时一慌，忙解释道："老江，你怎么亲自过来了？这是误会，我不是故意的。其实从头到尾就只是一点儿小事，你真的不用这么兴师动众……"

江海潮将女儿护在怀里，此刻他已是怒到了极致："小事？我女儿被你儿子欺负成那样，也叫小事？那天晚上，我和嫣然的妈妈接到电话后，魂飞魄散地赶到学校，若不是有人救了嫣然，后果不堪设想，这叫小事？钱如兰，宋啸威，你们是不是真当我们江家好欺负？"

"老江，我不是这个意思，可嫣然这事，我完全不知道啊……"宋母愣住了。

宋啸威听到这里，也完全变了脸色，满脸愤怒地看着妻子和儿子，一个两个全是成事不足败事有余！今天他好不容易见到了江海潮，本来是去问罪的，结果却得知压根是自家儿子背叛嫣然在先，弄得他在江海潮面前丢尽了脸面。他费尽口舌，好不容易说服江海潮看在两家的交情上不要把事情做得这么绝，与他们合作那个订单，谁知道，江海潮却突然接到了一通电话，说他老婆跑去学校闹事了！

宋啸威狠狠地瞪了老婆和儿子一眼，也只能硬着头皮开口："老江啊！实在是抱歉，这些事情我和如兰确实是不知情，若是我们知道，肯定饶不了这个臭小子的！"

江海潮冷笑连连，说："不知情？你们当然不知情！连我都是不久前才知道的，我女儿平日里跟老妈子一样给你儿子打水、洗衣、送早饭，而你儿子竟然当着嫣然的面给她难堪，帮着别的女人欺负她，我们家嫣然竟然受了这么多委屈！我告诉你们，宋啸威、钱如兰，这件事没完！你们就等着破产吧！"

江海潮说完，再不理会宋家人的辩解，护着女儿头也不回地离开了。

围观的众人从江海潮的口中知道了事情的始末，顿时全部目光鄙夷地对着三人指指点点。

这也太忘恩负义了吧，怎么会有这么不要脸的一家人？

……

学校门口，江嫣然安抚了好半天，总算是缓解了父亲的怒气，将他送了回去。

“缩缩，是你给我爸打电话的？”江嫣然问。

叶缩缩点头道：“以防万一，找个撑腰的人比较保险。”

“谢谢。”江嫣然感激道。

她总是把一切都想得那么周全。

“你别总说谢谢了，我也是为了自己。”叶缩缩不在意道。

江嫣然开口：“这次就算沈梦琪再怎么巧舌如簧，恐怕也不会有人相信她了。”

叶缩缩闻言，有些头疼地捏了捏眉心，无语地说：“总会有那么一两个傻子相信她的。”

“你是说叶学长吗？”江嫣然一脸担忧地问。

叶缩缩不置可否。

毕竟恋爱中的人智商都是负数，这点她自己也是深有体会的。

梦里，她哥可是看到沈梦琪跟别的男人暧昧都矢志不渝，还只觉得是他自己没用，保护不了心爱的女人。

她已经能想象让那家伙彻底清醒有多困难了。

“毕竟你和叶学长是亲兄妹，你好好跟他说，他肯定会站在你这边的。”江嫣然安慰她。

叶缩缩深吸一口气，又看了眼手机上的时间，说：“没事，我既然能揭穿沈梦琪一次，就能揭穿她第二次，你别担心我了。倒是你，回去好好睡一觉，或者找个地方放松一下心情。”

“嗯，你待会儿是有事吗？”江嫣然问道。

“今天周六，我要去我男朋友他奶奶那里吃饭，你要是有什么事就给我打电话。”

“好的。”

和江嫣然分开后，叶缩缩回宿舍换了一套衣服，卸了妆，随后从后门出去。

熟悉的黑色车子已经停在老地方等她。

叶缩缩的长发如瀑，穿着白色连衣裙，她拍了拍脸，切换成小白兔的状态。

她刚走近，驾驶座旁边的车门便打开了，许易快步下车，替她拉开后座的车门，同时忍不住多看了她几眼。

虽然许易已经不是第一次看到她换装后的样子，但每次还是觉得神奇。

后座上，司夜寒正在忙碌，戴着蓝牙耳机，前方放着笔记本电脑，似乎正在开视频会议。

不知道是不是会议开得不太顺利，司夜寒的脸色并不好看，眉宇间隐约浮现着怒气，周围都是一股生人勿近的气场。

叶缩缩自然不敢去招惹他，乖乖地在旁边的角落里坐着，尽量减少存在感。

她无意间一抬眼，突然发现今天车上除了许易，副驾驶座上还坐着一个青年，是上次在锦园见过的流影。

叶绾绾抬眼的时候，正好对上流影倒映在后视镜里的视线，眼神一如既往的不屑。

对于这样的眼神，叶绾绾早已习以为常，司夜寒身边的人似乎都不太待见她。

虽然早就习惯了，但并不代表她要和从前一样全盘接受。

这家伙的眼神实在是让她很不爽！

叶绾绾朝身旁的司夜寒看了一眼。

男人正面色冰冷地和视频那边的高层说话，谈论的全是她完全听不懂的生涩词汇。

流影见她一直看着司夜寒，目光更加警惕。

叶绾绾的嘴角微不可察地扬了扬，下一秒，她整个身体突然朝着司夜寒扑了过去。

司夜寒在毫无防备下，居然就这么被她扑倒了。

男人眉峰一凛，正要开口，却被她紧紧地抱住了。司夜寒的神色明显一怔，随后修长的手指极快地合上了笔记本电脑，隔绝了视频那头的人的视线。

视频会议那头的一桌子高层本来正全神贯注地开会，却突然眼前一花，似乎看到有个女人朝着他们家司总扑了过去。

当他们再想看清楚的时候，大屏幕已经黑了。

大家一时面面相觑。

与此同时，比屏幕更黑的，是流影的脸。

那家伙的眼睛瞪得像铜铃，双颊涨得通红，满脸难以置信，显然他是被叶绾绾的行为惊呆了。

许易虽然已经被塞过好几次狗粮，但还是有些尴尬，急忙升起挡板，隔绝了后面的画面。

“哼！”眼角余光瞥到流影那黑如锅底的脸，叶绾绾才总算解气了一些。

不过，出完气之后，她发现自己还是太冲动了。

叶绾绾一脸僵硬，眨了眨眼睛，看向正被她抱住的司夜寒。

刹那间，叶绾绾的冷汗都流下来了，她这可真是伤敌八百，自损一千！

可是没办法，她扑都扑了，只能继续扑下去。

叶绾绾趴在男人的胸口上，轻声抱怨道：“我来这里半天了，你都不理我，这个东西有什么好看的？你一直在看，有我好看吗？到底是我好看，还是它好看？”

车子里，挡板能隔离视线，却隔绝不了声音，流影这会儿听到声音肯定血压飙升。

她仿佛能听到前面的磨牙声了。

事实上，叶绾绾的猜测也没错。

流影已经按捺不住叫停司机的欲望了。

许易险险把人拦住。他压低声音道：“你小声点儿！你又不是第一天知道这件事了，怎么还这么冲动？被少爷听到了怎么办？”

流影气得头发都快着火了，怎么可能还忍得住：“叶绾绾最近突然这么古怪，明显是不怀好意，少爷怎么这么糊涂，一点儿防备都没有？”

许易急忙安抚道：“一个小丫头，能掀起什么风浪，你别太紧张了！”

流影被气笑了，说道：“掀不起风浪？那个女人刚才分明是故意做给我看的！她这是在挑拨离间，挑拨我和司总之间的关系！”

“挑拨离间是什么意思？你别说得好像她是你的情敌，好不好？总之你要冷静，就算她是妖妃，咱们少爷还能是昏君吗？你把少爷看成什么人了？”许易开口道。

听到这句话，流影的怒气才稍稍平息。

毕竟在他的心目中，司夜寒就是一个完美无缺的人，怎么可能是昏君！

然而，几乎就在许易把这话说完的瞬间，两人就听到后方传来男人沙哑低沉的声音：“你好看。”

流影和许易一脸呆滞。

偏偏这个时候叶绾绾还没消停，估计她是看司夜寒没生气，胆子顿时又大了起来。

叶绾绾朝着车前座的方向瞥了一眼，继续问司夜寒：“那如果有一天，我跟流影一起掉进河里，你先救谁？”

流影和许易顿时觉得好无语。

他们万万没想到，这个女人温柔的时候比惹事的时候还可怕！

空气瞬间凝滞，一阵静默后，后方终于传来了男人的声音——“救你。”

此时此刻，流影的表情已经跟怨妇没什么两样了，许易几乎能看到他头顶上黑色的怨气冲天而去。

许易生怕他情绪失控，真的去欺负叶绾绾，火急火燎地劝道：“流影！冷静！少爷还是看重你的啊！少爷这么说，完全是因为你会游泳，根本就不用他救啊！咱们千万别跟叶绾绾一般见识！”

许易劝着劝着，突然觉得哪里不对劲。

听到司夜寒毫不犹豫地选了自己，叶绾绾总算是气顺了，满意了。

司夜寒用手虚扶着女孩的腰身，以免她滚下去，声音低哑道：“你闹够了？”

叶绾绾弱弱地嘀咕：“谁让他老是用看祸水的目光看我的，我明明这么纯良……”

纯良？司夜寒的目光朝着自称纯良的某人扫去。

叶绾绾轻咳一声，大概她也觉得这话说得有些心虚，撇撇嘴，道：“他不喜欢我，我还讨厌他呢！”

“你别招惹他。”司夜寒的语气里带着淡淡的警告。

叶绾绾顿时一脸委屈，说：“你偏心！”

司夜寒用清冷的眸子看了她一眼，说：“我确实偏心。”

叶绾绾：“……”

好吧好吧，她承认刚才司夜寒已经非常给她面子了，够偏向她了。

“总之，人不犯我，我不犯人啊，他要是再瞪我，那我就要去祸害他家的少爷！气死他！”叶绾绾开口道。

司夜寒：“……”

莫名躺枪的流影的少爷司夜寒，大概从没想过还有这种操作。

嗯，他给流影加点儿工资吧？

很快车子开到了老宅。

下车的时候，叶缩缩意料之中对上了流影似刀的目光。

叶缩缩知道今天这梁子算是结下了。

不过那又怎样，反正有完美无缺的秦若曦珠玉在前，不管她做什么，那家伙都不可能看她顺眼的。

她就是恃宠而骄，怎么了？

进屋后，老太太看到叶缩缩和司夜寒来了，顿时露出笑容：“你们回来啦！”

司夜寒说：“嗯。”

老太太一脸埋怨，看了一眼惜字如金的孙子，随即热络地拉住了叶缩缩的手，说：“缩缩，让我好好看看你！”

“奶奶！”叶缩缩甜甜地叫了人。

也不能怪老太太对她的印象不错，除了因为这一次她没有犯错，还有个重要的原因——她这种打扮非常乖巧，容貌和气质也讨人喜欢，看上去纯良无害，让人下意识便放松了警惕，并且忍不住心生怜爱。

“不错，还好你没瘦，胖了一点儿！你太瘦了，一定要多吃一点儿东西！”老太太打量着她，满意地点了点头。

叶缩缩之前真的是太瘦了，瘦得一阵风都能吹跑。最近这段时间，她已经增重了不少，不过整体上还是有些偏瘦。

但是以叶缩缩现在的食量，不用怀疑，长肉只是时间问题。并且如果一直不节制，搞不好她一不小心就会超额完成任务。

“我知道了，奶奶，我有好好吃饭的。”

“乖！对了，我差点儿忘了，缩缩啊，来，我给你介绍一个人！”老太太笑容满面地带着她走进了屋里。

给她介绍一个人？

能让老太太特意介绍的人，会是谁？

叶缩缩面露狐疑，跟在老太太的身边。

经过客厅，踏入院子里，一个熟悉的身影猝不及防地撞入她的眼帘。

只见几株珍贵的牡丹前面，正立着一个高挑纤细的身影。

女子一头栗色的鬈发，穿着轻便的驼色风衣，长相并不惊艳，却端庄大气，气质沉稳，举手投足间自然流露出高贵优雅，那是真正有底蕴的世家才能熏陶出来的。

这就是华都第一名媛——秦若曦！

看清那人的瞬间，叶缩缩的瞳孔骤然收缩，一种看到天敌的本能让她顿时开启所有的警惕和防备。

“绾绾，这是我的侄孙女，秦若曦，也是小九的好朋友。”老太太向她介绍道，语气中明显难掩骄傲和自豪。

直到老太太开口，叶绾绾嗡嗡的大脑才稍稍冷却了几分，开始飞速运转。

司夜寒已逝的爷爷有个结拜兄弟，叫秦秉松，秦若曦是秦秉松的孙女。

秦若曦的身份可不仅仅是老太太轻描淡写的一句“小九的朋友”。

她是司夜寒的左膀右臂，在司夜寒身边的地位无人能取代。

无论是公司还是在司家，秦若曦都有着极高的威望，几乎是所有人眼中未来的少夫人。

可是，司夜寒喜欢的人是自己，而不是她。

在那个和司夜寒纠缠七年的梦里，她不是没有动摇过。

梦中，她也曾想，既然改变不了现实，那便妥协和接受吧。

但是，现实让她一次又一次心灰意冷。

以秦若曦的道行，不可能直接对自己下手，用这种低级的方式惹司夜寒不快，她只需要几句话，便会有无数人替她出头。

流影便是最好的例子。

更何况，光是这个女人的存在就足以把她比到尘埃里，抹杀她所有的光亮。

对一个人而言，最可怕的不是身体上的折磨，而是精神上的折磨。

叶绾绾眸底汹涌的暗潮迅速被压下，态度自然地打了声招呼：“秦小姐，你好。”

秦若曦的嘴角扬起一抹恰到好处的微笑，说：“你叫我若曦吧，原来你就是奶奶之前一直跟我提的绾绾，你和奶奶形容的一样漂亮，阿九真有福气！初次见面，这是一点儿见面礼。”

接着，便有用人捧着一个精致的小盒子走过来。

叶绾绾接过盒子打开，里面是一只翡翠镯子，看着晶莹剔透，水头十足，属于满色老坑玻璃种翡翠，光这一只便价值连城。

秦若曦明知自己是司夜寒的女朋友，甚至司夜寒已经带自己见过奶奶，这意味着什么，秦若曦不可能不知道。

她的态度却从头到尾没有一丝一毫的嫉妒和不满。这心思，不可谓不深。

“谢谢若曦姐姐，镯子很漂亮。”叶绾绾合上盒子，装作毫无察觉。

“你喜欢就好。”秦若曦跟她打完招呼，便转向了司夜寒。

她看向司夜寒时，原本疏离客气的态度顿时亲昵了不少，眼神也瞬间柔和了：“阿九，深城那边的事情已经办妥了，具体情况晚上我跟你详细说明。”

“辛苦了。”司夜寒不动声色地从叶绾绾的身上收回目光。

方才在看到秦若曦的那一瞬间，叶绾绾的表情很不寻常。

“你真觉得我辛苦，就嘴上说说？”秦若曦挑眉道。

司夜寒朝着许易看了一眼，许易立即拿出早就准备好的东西，竟是一坛子好酒。

秦若曦见状，顿时一脸欣喜："七哥酿的竹叶青！上次我要拿一卷绝版的古医书跟他换，他都不肯！你是怎么弄到的？"

"许易弄的。"

"你又欺负许易了，总是使唤他做难如登天的事情！"

叶绾绾静静地立在司夜寒旁边，看着两人交谈甚欢，旁人完全没有插足的余地。

这时，门口传来流影兴奋的声音："若曦小姐，你什么时候回来的？"

流影一看到秦若曦就跟看到了主心骨似的，眼睛顿时亮了。

秦若曦笑道："我刚到，我听说你最近新学了一套拳法，陪我去练练？"

"好！"流影立即点头。

"这皮猴子，一回来就找人打架，一点儿女孩子的模样都没有！"老太太一脸无奈地嗔怪，不过那语气明显是宠溺的。

对于司夜寒选择的女人居然不是秦若曦，而是她这个凭空冒出来的小丫头，老太太想必是失望的吧。

只是好歹有了一个女人，不管是谁，好不好，总比司夜寒单身这么多年要好。

老太太说完便去厨房忙活了，叶绾绾则是跟着司夜寒在花架下的木桌旁坐了下来。

此刻，秦若曦脱去了身上的外套，正在和流影对招。

叶绾绾像没骨头似的坐在藤椅上，静静地看着那两个肆意潇洒的身影。

第一次会面，秦若曦在云淡风轻间就给了她一个下马威。

从司夜寒到老太太，再到许易，到流影，无一不在宣示她的主权，她在告诉自己，司夜寒的身边，根本就没有自己的位置。

那个奇怪的梦里也是这样，秦若曦看似没有对她造成任何实质性的伤害，却一点点将她孤立到绝望。

在司夜寒的世界里，她从来都是孑然一身、孤立无援的。

不过也是她自己太愚蠢。

就算秦若曦收买了司夜寒身边的所有人又怎样，她只需要抓住一个人，便能立于不败之地。

叶绾绾支着脑袋，看向身旁仿佛在闪闪发光的金大腿，软声呢喃："司夜寒，我想吃瓜子！"

司夜寒方才便察觉她身上的气息不对，只是他还没来得及理清思绪。

原本他正若有所思地打量着她，却看到她突然仰起了娇艳的小脸，带着甜美的笑容跟他撒娇，仿佛刚才的感觉只是他的错觉。

叶绾绾晃了晃他的手臂，说："最近作业好多，我的手疼，你帮我剥瓜子嘛！"

在场的人听力都不错，正在和秦若曦对招的流影清晰地听到叶绾绾方才说的话。

青年手下的动作顿时乱了一拍，方才好不容易忍下来的怒气终于爆发："她太过分了！”

秦若曦不动声色地拦住他，说：“流影，别冲动！”

流影气急，道：“若曦小姐，连你也要拦着我！今天我已经忍够了！难道你就一点儿都不生气吗？”

秦若曦朝着不远处看了一眼，说：“阿九这样的身份、地位，喜欢他的人多是再正常不过的事情。”

“可……可是这个女人不一样！”流影焦急地辩驳。

秦若曦闻言，面色微寒，不过转瞬便恢复了平静：“有什么不一样？流影，你记清楚，她并没有什么不同，你不必如此在意。”

流影原本还想说话，终究还是没有出声反驳，只是心中根本无法平静。

她哪里一样了！

少爷居然真的给她剥瓜子了，剥了七十八颗！

少爷那双养尊处优的手，怎么可以用来剥瓜子！

最重要的是，少爷已经和她相处整整两年了。

原本他也没有将这个女人放在眼里，谁知少爷竟将她带到了老夫人的跟前。

有资格让少爷领到老夫人跟前的人，只能是司家未来的少夫人。

少爷带这种女人来见老夫人，是什么意思？

这边流影已经快要气炸了，另一边，叶绾绾正眼巴巴地瞅着司夜寒帮她剥瓜子。

他那修长有力的手指，一瞬间剥一颗，瓜子仁颗颗饱满，落入那精巧雅致的白瓷小碟里，越聚越多，看上去实在是太诱人了。

没办法，老天有时候就是这么不公平，有些人剥颗瓜子都这么赏心悦目！

感受到身旁一直落在自己身上的目光，司夜寒手上的动作略顿，他朝着女孩看了一眼，随后，便对上了女孩无比火热的视线。

那双清澈的眸子无比明亮闪烁，满满写着：求投喂！

看了那么久她害怕的样子、冷漠的样子、憎恶他的样子、躲避他的样子……女孩此刻的表情太生动，太鲜活了。

叶绾绾本来正盯着司夜寒剥瓜子的手，结果发现司夜寒突然不动了，于是略带不满地抬起了头。

他怎么不剥瓜子了？还不够吃呢！

不等叶绾绾开口，她的头顶突然落下一片阴影，男人低哑的声音贴着她的嘴唇响起：“谁准你用这种眼神看我的？”

叶绾绾不解道：“我怎么了？我的眼神有什么问题？我就是想吃瓜子而已！”

下一秒，不远处传来“砰”的一声巨响。

叶绾绾眼角余光清晰地看到，流影失手打碎了手里的杯子。

青年死死地捏着拳头，朝着叶绾绾的方向瞪了一眼，然后不顾秦若曦的询问，掉头就走。

其实刚才，她真的只是想吃瓜子而已。

话说回来，也难怪秦若曦能坐到这个位置，即使看到她和司夜寒亲密的画面，也能不动声色，还反过来劝慰流影。

这样内外兼修，又不拈酸吃醋的女人，简直就是完美。连她都觉得司夜寒眼睛有问题，更别说他的心腹和员工了。

“你在想什么？”察觉她的分神，男人的语气明显带着不满。

这还用问吗？你家小流影都被气走了。叶绾绾在心中暗叹了一声，然后嘀咕：“我在想你挑女朋友的眼光是不是有点儿问题……”

司夜寒的双眸微眯，开口道：“你倒是说说，哪里有问题？”

叶绾绾犹豫了一会儿，随后壮着胆子开口问：“为什么你不挑一个内外兼修、能力出众、上得厅堂下得厨房的女人，偏偏选了我？”

司夜寒闻言，目光沉沉地盯着女孩的脸。

就在叶绾绾被他那目光盯得心里发毛的时候，终于听到对方不紧不慢地开口，他回了她四个字：“为色所迷。”

叶绾绾顿时被他这个回答噎住了。

吃晚饭的时候，司夜寒一如既往惜字如金。

而秦若曦则像什么事都没有发生，若无其事地和老太太说着家常，聊着趣事，逗得老太太开怀大笑。

显然秦若曦也深知老太太的重要性。

叶绾绾心里清楚，老太太对她建立在“爱屋及乌”之上的喜爱只是浮于表面，秦若曦一回来，她之前在老太太面前获得的那点儿好感便化为了浮云。

对此她也早已有了心理准备，秦若曦在司家的地位根深蒂固，不是她一朝一夕就能动摇的。

吃完晚饭，叶绾绾掏出试卷，趴在书桌上开始做作业。

司夜寒则手中执着一沓文件，坐在不远处的沙发上翻看着。

敲门声响起，秦若曦走了进来，看样子是来汇报工作的。

“阿九，深城的事情……”秦若曦说着，朝着正在做作业的叶绾绾看了一眼。

她的意思很明显，这么机密的事情，叶绾绾自然是应该回避的。

叶绾绾正要收拾东西走人，司夜寒放下手里的文件，抬起眸子，看向秦若曦，说了一个字：“坐。”他竟然完全没有让叶绾绾离开的意思。

叶绾绾悄悄抬起头，朝对面的两人看了一眼，有些心慌。其实，她真的希望司夜寒能让自己回避啊，她一点儿都不想知道那些机密的事情！

可是，司夜寒无论什么事情都从来不避讳她。

那么机密的事情、他的卧室、他最重要的书房、他的保险箱……全部这么肆无忌惮地摊开在她的面前。

秦若曦闻言，朝叶绾绾的方向看了一眼，沉默了一瞬，终究什么也没有说，开始跟司夜寒汇报具体的细节。

安静的书房里，只剩下秦若曦条理清晰的声音，偶尔夹杂着司夜寒的回应。

叶绾绾也不再管那两个人，开始做作业。

她的数学作业都堆积如山了，哪还有空去管别的。

不知过了多久，房里突然响起“咚”的响声。

秦若曦和司夜寒一齐抬头，朝着叶绾绾的方向看去。

然后他们就看到，叶绾绾的脑袋正隔着一张薄薄的试卷重重地砸在桌面上。

女孩盯着那张数学试卷，眼神里满是不忿。

片刻诡异的静默后，司夜寒捏了捏眉心，示意秦若曦暂停，随即他站起身，朝着叶绾绾走去。

司夜寒走到女孩身旁，说：“哪一道题？”

叶绾绾愣了一下，抬起红红的额头，疑惑地问：“啊？”

“你哪一道题不会做？”司夜寒重复着，同时伸出修长的手指，眉头紧蹙，抚向她的额头。

叶绾绾缩了缩脖子，条件反射地回答：“第一题、第二题、第三题、第四题、第五题、第六题……”

司夜寒：“……”

司夜寒从柜子里拿出医药箱，给她红肿的额头抹了药，便开始给她讲解题目。

看到司夜寒竟然在给自己讲解题目，叶绾绾发呆了一会儿，显然有些意外，不过很快她就被司夜寒的讲解方式吸引了。

十分钟后，叶绾绾看着司夜寒的眼神已经闪闪发光。

万万没想到，那些原本晦涩难懂的公式和题目从他口中说出来后，顿时从困难模式变成了简单模式。

不知不觉间，半个小时过去了。

一直坐在沙发上安静等待的秦若曦终于开口说：“阿九……”

司夜寒从草稿纸上抬起头，看向秦若曦道：“你先回去。”

从头到尾都淡然自若的秦若曦听到这句话后，眸子里的情绪终于有了一丝波动：“可是深城的事情今晚必须……”

“我有分寸。”

秦若曦被打断了，面色微僵，沉默了几秒后，她终于站起身说：“好的。”

收拾起茶几上的文件，秦若曦带上书房的门离开了。

见秦若曦走了，叶绾绾自己也觉得意外。

秦若曦方才说的事情肯定很重要，实际上，由秦若曦经手的事情就没有不重要的，可是，司夜寒因为教她做作业把这种事情延后了？

察觉到她的分心，司夜寒的手指轻轻地点了点桌面，问道："你听明白了？"

"啊？没有！你可以再说一遍吗？"叶绾绾急忙集中注意力。

算了，不管司夜寒是怎么想的，她正发愁数学怎么办，如今机会难得，赶紧抓住机会。

楼下，流影抱臂靠在院门口，本来正在生闷气，听到身后熟悉的脚步声，有些意外地转过身，说："若曦小姐？你不是在跟少爷说事情吗？这么快就谈完了？"

秦若曦的表情有些复杂，摇头道："还没有，阿九在忙，让我先回去。"

"少爷在忙？出什么事了？"流影顿时紧张地追问，比深城那件事还重要的，那自然是大事。

秦若曦忙道："没有，你别紧张。"

"那少爷在忙什么？深城的收购工作刚刚完成，所有的事情都一团乱，都在等着少爷下达指令……"

见秦若曦迟迟不言，流影哪里还有猜不到的，顿时怒道："是不是又是那个叶绾绾？若曦小姐，现在你知道了吗？少爷为了她，连这么重要的事情都能放在一边不管！还有今天在车上的时候，少爷正在开视频会议，结果这个女人当着我和许易的面就和少爷腻歪在一起，最重要的是，少爷不仅没有斥责她，还为了她中止会议……"

秦若曦的脑海中浮现方才司夜寒给那个女人讲解题目的画面，她的眸底闪过一抹寒芒："阿九也是男人，这位叶小姐又年轻，长得又这么美，他会一时沉迷也是人之常情，这些都无关紧要，在大事上，没有任何人可以影响到他。"

"若曦小姐，现在少爷已经被她影响了好吗！都这种时候了，你还在为少爷说话！"流影气得不行。

秦若曦一脸无奈，看了一眼身旁的青年，说："你啊，就是太容易冲动，往后切记不可如此了，小心被人挑拨了你和阿九之间的关系，她还不值得你这么费心思。"

流影面露不忿，说："我只是实在看不下去，那个女人除了一张脸以外，一无是处，若这么发展下去，就算不惹出什么事，也迟早会是少爷的拖累，她连若曦小姐您的一根头发都比不上……"

秦若曦的眉头微蹙，严肃地提醒道："流影，以后这种话可不许再说了，她现在毕竟是阿九的女朋友。"

流影满脸愤怒，显然还是不服气。

楼上，叶绾绾意外解锁了司夜寒的新技能之后简直如获至宝，不知不觉间竟让司夜寒给她讲了一晚上的题目。

直到江嫣然的电话打过来。

这会儿快凌晨了，照理说江嫣然应该已经睡着了，怎么还给她打电话？

叶绾绾一脸狐疑地接通电话。

结果，电话刚一接通，手机那头便传来了江嫣然的哭声。

叶绾绾顿时变了脸色，说："嫣然？你在哭？发生了什么事？"

"绾绾，怎么办？我突然发现我好没用，为什么……为什么我已经看清了他是什么样的人，还是那么难受，我好难受……"江嫣然断断续续地抽噎。

"你现在哪儿？"叶绾绾不放心地问。

"湖边……"

"学校的小湖边？"

"嗯……"

叶绾绾头疼不已，说："大晚上的，湖边太不安全了，你快回宿舍吧！"

"可是我……我迷路了。"

叶绾绾再度无语，腹诽道："我的大小姐，你在自家学校也能迷路？"

于是，她无奈地说："算了，你找个地方待着别动，我打电话叫人过去接你。"

叶绾绾叮嘱了江嫣然好几遍，然后又给楚风打了电话，让他去小湖边找江嫣然，这才挂断电话。

打完电话后，叶绾绾看向司夜寒道："是嫣然的电话，就是我之前跟你提过的新室友，她在学校找不到回宿舍的路了，我就给隔壁学校的一个男生打了电话，让他去找人，那个男生喜欢嫣然，人还挺好的……"

顿了顿，叶绾绾继续道："不知不觉都这么晚了，我得回去了，虽然明天是周末，但是早上有我们班的彩排，我还得赶回去，嫣然一个人在宿舍我也不放心，你赶紧和若曦小姐谈正事吧！"

虽然司夜寒还是一如既往地面无表情，也没有说话，但叶绾绾莫名能感觉到此刻的他并不高兴。

她深深地觉得司夜寒的心思简直比女人还难猜。

之前自己那么惹事胡闹，三番五次故意气流影他都没有生气，现在自己这么懂事又体贴，他倒是不高兴了？

这是什么道理？

好在最后司夜寒还是同意让许易送她回去。

因为很晚了，老太太已经睡下了，叶绾绾便没有去打扰她，只跟老管家说了一声。

客厅里，秦若曦一直在等着，还没入睡。她见叶绾绾下楼跟自己告别，有些意外，道："叶小姐要走了？这么晚了，你怎么不直接在这边休息？"

一旁的流影冷笑了一声，说："她怎么有资格在老宅留宿……"

流影的话说到一半，被上方一道清冷的视线逼退，瞬间噤声。

那看似淡淡的一眼，却仿若带着巨大的压力。

流影埋着头，背后瞬间出了一层冷汗，惊惧过后，却是更大的愤然。

叶绾绾和许易离开后，司夜寒朝着青年看去，说：“流影，你跟我过来。”

流影捏着拳头，回复道：“是！”

秦若曦顿时一脸担忧，朝二人看去：“阿九，你别怪流影，他是无心的，你也知道他的性子直率……”

“若曦小姐，你不用替我说话。”流影说完，跟着司夜寒进了书房。

书房内一片沉寂。

男人坐在宽大古朴的黄花梨座椅上，静静地看着笔直立在书房中央的青年。

青年的脸上满是倔强和不甘，想要让这样的人认可对方，只有一个办法，那就是比他更强大。

不知过了多久，座椅上的男人终于开口：“你对我挑女朋友的眼光有意见？”

流影听到这话，顿时瞪大眼睛，他当然有意见。

“我不敢。”沉默片刻，青年闷声开口。

“不敢？”男人低沉的声音裹挟着巨大的压迫感。

青年咬着牙，忍了半天，终究还是没能忍住：“我确实有意见！少爷，我不懂，为什么你会选叶绾绾？”

“那你认为，我应该选怎样的人？”司夜寒反问。

流影毫不犹豫地回答：“当然是内外兼修，实力出众，足以与你匹配的人，怎么可以是一个时刻需要你保护的人呢？”

跟在少爷身边这么久，他清楚地知道少爷的眼光有多苛刻。

“内外兼修，实力出众……”司夜寒略微顿了一下，看向青年道，“你的意思是，我应该选你和许易？”

司夜寒话音落下，流影瞬间大脑宕机，整个人傻在了那里，随后从耳朵红到了脖子，他激动地辩驳：“怎么可能！我的意思明明是……”

虽然他和许易一个主外一个主内，一个武一个文，加在一起还真就符合了他说的条件，但他怎么可能是那种意思！

少爷他这分明是在偷换概念。

“谁告诉你，我的伴侣只需要这八个字便足够了？”司夜寒开口，清冷的目光直视流影。

流影顿时认真求教道：“那少爷你认为应该如何？”

他还从没听自家少爷提起过他的择偶标准，自然是很想知道的。

流影屏息凝视司夜寒，等待着对方的回答。

良久后，静谧的空气里响起了男人低哑的声音：“绝世无双。”

流影震惊后，是深深的无语，少爷，你是认真的吗？

叶绾绾到底哪里符合绝世无双的描述？即使是若曦小姐，也担不起这四个字。

许易送完人回来便看到流影蹲在墙根底下，他无奈地叹了口气，走过去说：“你挨骂了吧？”

“许易，你知道少爷挑选伴侣的标准是什么吗？”流影突然瞅着许易问道。

许易愣了愣，说：“不知道，反正要求肯定很高吧！”

流影说：“刚才少爷告诉我了，他说了四个字。”

“哪四个字啊？”许易顿时也来了兴趣。

“绝世无双！”流影一字一句地开口，“那个叶绾绾哪里担得起这四个字？”

许易一脸尴尬，抹了一把汗，说：“这大概是因为情人眼里出西施吧！”

学校小湖边。

迟迟没有等到楚风回她的电话，叶绾绾便自己找了过去。

她刚到附近，就听到不远处传来了一阵争执声。

“嫣然，我真的知道错了，我发誓以后一定好好对你，我们一毕业就结婚！”

“我说过，你别再出现在我的面前。”

“嫣然，你敢摸着自己的良心说，你跟这臭小子接触不是为了刺激我？你敢说你一点儿都不喜欢我了？”

“我……”

“嫣然，别再欺骗自己了，你何必为了气我就跟一个自己不喜欢的人在一起，你根本就不喜欢他，你喜欢的人是我！”

宋梓航一直缠着江嫣然，江嫣然的脸上满是疲惫。她身旁的楚风则死死地捏着拳头，瞪着对面的宋梓航。因为此刻的他没有立场，也没有资格，所以，楚风一句反驳的话都说不出来。

看到楚风说不出话，宋梓航更加得意了：“我跟嫣然自出生起就认识了，嫣然那么喜欢我，怎么会看上你？你别做梦了。”

叶绾绾看着不远处的三人，轻轻地叹了一口气。

江嫣然还是太心软了，脸皮也太薄了，哪像宋梓航，能把江嫣然的念旧重情硬说成是对他余情未了。

而以江嫣然的性子，就算她此刻对楚风已经有些好感，也是不可能说出口的。

叶绾绾往左右看了一眼，从脚边拾起一颗小石子，在手心里捏了捏，随后将它用力地朝楚风的小腿砸去。

“啊——”楚风正失魂落魄地站在那里，结果小腿一痛，顿时狼狈地踉跄了一下。

“楚风！”江嫣然见状，陡然清醒过来，迅速冲到了楚风身边，问，“你怎么样？”

“嫣然，我没事。”

“宋梓航，你别太过分了！”江嫣然的怒火瞬间燃了起来。

宋梓航眉头紧蹙，不满地说：“我怎么了？我什么都没做。”

“你还狡辩！”

夜晚光线昏暗，但这里只有他们三个人，宋梓航又一贯仗着自己有点儿武术底子就欺负别人，不是他砸的还能有谁？

“谁说我是为了刺激你，谁说我还喜欢你，谁说我不喜欢他？”江嫣然说完，突然一把拉下楚风的脖子，紧紧地抱住了他，“你看清楚了？”

见江嫣然竟然当着自己的面抱楚风，宋梓航的脸色顿时青了：“江嫣然！”

至于楚风，整个人变成了一个开水壶，已经快要沸腾得冒烟了。

叶绾绾打了一个哈欠，没继续围观，便悄无声息地转身回了宿舍。

她知道江嫣然是不可能原谅宋梓航的，可宋梓航现在把江嫣然当成唯一的救命稻草，肯定会死缠着她，以江嫣然那个绵软的性子，若不逼她强势一点儿，还不知道要被纠缠多久。

无论如何，江嫣然这边总算是搞定了，她也算是了却一件心事。

叶绾绾正要回宿舍，路过小树林时，眼前猛然冒出一个人影。

她的第一反应是摸脸。

还好她这次很谨慎，虽然已经是大半夜，但为了避免发生之前凌东那样的情况，回来的路上她已经在车上补了一个足够夸张的妆，绝对保险。

对面那人在发现她之后，明显比她更受惊，她清晰地听到了对方倒吸冷气的声音。

叶绾绾向前几步，走到路灯下，才看清了对方的脸。

“司夏？”

他大半夜的不睡觉在这里干什么？

上次之后，司夏安分得不像话，加上她最近也挺忙，这几天他们连话都没说几句，以至于她都快把这个人抛在脑后了。

“你怎么这么晚了还没睡？”叶绾绾随口问道。

“因为我满脑子都是你，无法入睡。”

叶绾绾顿时无语。

“绾绾……”耳边突然传来少年悠长的低喃。

“啊？什么？”叶绾绾回过神来。

“你这么晚不睡，是在等我吗？”少年的眸光里倒映着枝叶间漏下来的月光。

叶绾绾突然觉得，不能再这么下去了，必须想一个一劳永逸解决问题的方法。

深吸一口气之后，叶绾绾强装镇定下来，随后不紧不慢地开口：“嗯，是啊，我在等你。”

少年的眸子顿时亮了亮，带着几分难以置信的狐疑问道：“真的？”

叶绾绾一脸真诚，毫无作假的痕迹：“当然了。我知道你去打工，特意在这里等你回来的。”

说到这里，叶绾绾羞怯地垂下了头，紧张地绞着手指：“司夏同学，其实……其实我已经喜欢你很久了。”

司夏一愣，估计是没料到她这突如其来的告白：“什么？”

现在你知道突然被告白有多可怕了？叶绾绾掩去眸底的暗芒，继续开口：“我也喜欢你。”

叶绾绾一边说，一边激动地朝着他走近：“从我第一次看到你的时候，我就喜欢你了，可我从来没有奢望过跟你有任何可能，但是我真的没有想到，我会这么幸运，可以跟你成为同桌，还获得了跟你同台演出的机会，你肯定不知道我有多高兴……”

司夏更加错愕了，说：“你不是对司夜寒矢志不渝吗？”

叶绾绾垂着眸子苦笑道：“我当然是骗你的。”

叶绾绾说着，突然无比激动地抬起头，朝着司夏看去：“可是我没想到，司夏你居然会对我……你是真的喜欢我吗？还是只是在耍我？”

司夏一直以来都镇定自若的目光终于浮现了几分不确定，迟疑了半天才开口：“对我而言，你很特别，和其他女生都不一样，不仅是因为你的脸。”

叶绾绾的眼睛顿时亮了，一个箭步冲到他跟前，说：“那我们今夜就在一起吧。”

“什么？”司夏明显呆住了。

叶绾绾一脸亢奋，趁着司夏傻眼的瞬间，突然一个用力，朝着他扑了过去。

两人瞬间骨碌碌一起倒在旁边的草丛里。

“绾绾，你，等等……”

司夏刚要起身，立即被叶绾绾用力压了回去，她说：“怎么了，你不是喜欢我吗？我也喜欢你，难道你不愿意与我在一起？”

司夏嗖地往后退了退，连忙说道：“不是，你冷静一点儿。”

“你看今夜良辰美景，咱们择日不如撞日。”

看着那张顶着夸张妆容的脸在眼前越放越大，下一秒就要凑上去，突然，一股大力将她掀开，同时，耳边传来了少年的怒吼——

“走开！”

怒吼声之后，是一片沉寂。

叶绾绾的脸上恢复了冷漠的表情，随即她理了理白裙的衣角，慢条斯理地站起了身，居高临下地看着滚了一身草叶、狼狈不堪、脸上残留着愤怒和惊惧的少年：“司夏少爷，终于装不下去了？”

少年猛地抬起头，难以置信地盯着她。

叶绾绾笑了笑，说：“你不必沮丧，能对着我这张脸忍到这种程度，你已经很厉害了。”

说到这里，叶绾绾顿了一下，面上的笑容收敛：“我不管你是出于何种目的，也不管你跟司夜寒之间有什么过节，请别把我扯进去，姐姐我没工夫陪你玩游戏，你听清楚了吗？”

叶绾绾说完，便径自转身离开。

叶缩缩走后，少年好半天才缓过神来，握着拳头，面色凶狠地低咒了一声。

夜晚的风很凉，头顶是越发清冷的月光。

少年一动不动地呆坐在那里。

不知过了多久，少年缓缓地将脑袋埋在膝间，脊背微微颤抖着，双手在草地上抓出了深深的痕迹：“你才不是……”少年的声音越发阴沉，“你才不是姐姐……”

片刻的沉默后，少年如同被抽干了所有的生气，原本的声音也一下子变得无比虚弱：“姐姐……姐姐才不会这么对我。”

第二天早上，叶缩缩是被江嫣然的惊呼声吵醒的。

“啊——”只见那个丫头一脸惊慌地翻身坐起来，爬满红晕的脸颊上满是懊恼。

看样子她是想起自己昨晚做了什么了。

“你醒了？”叶缩缩打了一个哈欠。

江嫣然看向她，几乎快要哭了，语无伦次道：“缩缩，我昨晚……”

“你昨晚咋了？”叶缩缩一脸啥也不知道的表情。

“天哪！”江嫣然捂住脸说，“昨晚我心情不好，后来给你打电话了，你让我在那儿等着，说让人过来接我……”

“对啊！怎么了？”

“后来楚风过来了，要送我回宿舍，可宋梓航不知道怎么找到我的，一直缠着我，还非说我还喜欢他，说我是在用楚风报复他刺激他，他还打伤了楚风。”

“然后呢？”

江嫣然的脸更红了，说：“然后我太生气了，为了反驳宋梓航的话，一时冲动就当着他的面抱了楚风。”

江嫣然也不知道有没有听到叶缩缩的喃喃，崩溃不已，道：“我根本就不确定自己对楚风的感情，怎么可以做出那么令他误会的事情，更糟糕的是，昨晚我还直接说了‘从今天开始他就是我男朋友’这种话。”

事情居然比她想象的进展得还顺利。

叶缩缩笑道：“那小子的运气也太好了吧，我都要嫉妒他了。”

不仅有她这个神助攻，连老天都在帮他。

江嫣然一脸无奈道：“缩缩，你别开玩笑了，快帮我想想办法吧，我现在该怎么办？”

叶缩缩想也不想地回道：“很简单啊，你告诉他，你喝多了，昨晚做的事说的话，都不算数。”

江嫣然的眼睛顿时亮了亮，说：“真的可以吗？”

叶缩缩点头说：“当然可以啊，顶多他明天独自缩在角落里黯然神伤。”

江嫣然说：“呃……”

叶绾绾轻笑一声，说：“我逗你的，如果你真的很讨厌他，趁早说清楚自然最好。”

江嫣然立即开口说：“我没有讨厌他。”甚至……

叶绾绾也理解她现在的心情，毕竟她还是小女孩，突然一下子遇到这么多事情，会混乱纠结也在所难免。

叶绾绾想了想，随即站起身，走到窗户前，“哗啦”一下拉开了窗帘，看向江嫣然道：“嫣然，你过来，看下这个再做决定。”

这时候还早，天刚蒙蒙亮，窗棂上还沾着雾气和露珠，校园里空荡荡的，一个人也没有。

可是，江嫣然顺着叶绾绾的目光看去，却在楼下看到了一道熟悉的人影。

男生像个门神一样，一动不动地站在女生宿舍楼下。

而江嫣然注意到，男生身上穿的竟然还是昨晚的那身睡衣。

昨天叶绾绾打电话过去时，楚风已经睡着了，因为是匆忙赶来的，所以他连睡衣都没来得及换。

可现在都已经是早上了，他还是那身衣服。

难道他根本没回去，在这儿站了一整夜？

想到这里，江嫣然的心脏像被什么重重地撞了一下，她转过身，迅速朝着楼下跑去。

叶绾绾看着江嫣然的背影，莫名有种欣慰的感觉。

楼下，正在一个人发呆的楚风看到突然跑过来的江嫣然，顿时愣住了，随后他的俊脸以肉眼可见的速度变红，手脚都不知道怎么放才好：“嫣……嫣然。”

“你……”江嫣然一时不知道该说什么，犹豫着开口，“你昨晚没回去睡觉吗？”

男生挠了挠头，不敢撒谎，跟做错事的孩子似的站在那里，老老实实地回答：“我不敢睡。”

“你为什么不敢睡？”江嫣然一脸不解。

男生抿了抿嘴唇，沉默了一下，然后很小声地回答：“我怕我是在做梦，怕我睡醒了……”你就反悔了。

虽然楚风后面的话没说出来，但江嫣然还是明白了他的意思。

这些年她一直追在宋梓航的身后，几乎忘了被人珍视是什么感觉。

楚风虽然笨拙，甚至有些傻，却让她觉得真实和安心。

江嫣然静静地看着眼前的人，眸底的阴霾和迷雾一点点散去，在男生紧张不安的目光中，她开口道：“你快回去休息吧！”

她往前走了几步，踮起脚，在男生的脸上蜻蜓点水地落下一吻，轻声道：“你不是在做梦。”

“哦，我这就回去。”楚风眨了眨眼睛，又眨了眨眼睛，随后立正，转身，一步一步乖乖地走了。

“咦，他这么淡定？”

楼上，叶绾绾清晰地看到了方才的那一幕，正感叹这小子进步了，结果下一秒，她就发现楚风走路同手同脚了。

叶绾绾轻笑一声，托着下巴，莫名有些羡慕他们，这样纯粹地喜欢一个人可真好啊。

吃饱了“狗粮”，叶绾绾躺回床上又睡了个回笼觉。

她睡醒之后，正好到了去小礼堂彩排的时间。

江嫣然已经洗漱好，把早餐都买回来了，她知道叶绾绾要去彩排，担忧地看了她一眼，提醒道：“你小心一点儿。”

说起来程雪也确实够拼的，为了司夏，竟然不惜挤了另一个女生的位置，出演了恶毒后妈。

叶绾绾一边专心致志地咬着包子，一边吐字不清地道：“你安心啦，最严重的结果也就是被泼一脸卸妆油。”

江嫣然：“……”

学校小礼堂。

表演组的服装道具已经全部到位，大家正兴奋地围在一起查看。

“哇！衣服都好漂亮啊，太华丽了！”

“多亏了程雪，这些衣服和道具全是她帮忙从专业剧组那里借过来的，到时候咱们班的节目肯定让人最惊艳。”

“你做梦呢！再华丽的服装道具也弥补不了叶绾绾那张惨不忍睹的脸，好不好？”

“我真是对她无语了，也不知道她怎么好意思占着白雪公主这个角色的，逼得程雪都去演反派皇后了。”

“那又怎样，没有对比就没有伤害，小雪一定是史上最美的皇后。”

这时，一旁有人提出了质疑：“等等，就算舞台剧有夸张的成分，但叶绾绾的妆容还是夸张过头了吧？让她这样上场，真的没问题吗？”

程雪身旁的小跟班白了叶绾绾一眼，然后满腹抱怨地道：“可不是，连服装和道具都拯救不了她，最后逼得我们只能把剧本都给改了。”

“啊？改剧本？怎么改的？”

程雪一脸无奈地回答：“剧本改成了白雪公主的母亲为了保护她，让她从小到大都化着伪装容貌的浓妆，这样叶绾绾就可以从头到尾都不露脸了。”

“哈哈哈哈哈，这也行？”

小跟班冷哼一声，说：“不然还能怎么办？到时候那么多重要的领导到场，把人家吓到了，谁负责？”

众人你一言我一语地嘲讽着叶绾绾，时不时向她投去厌恶的眼神。

叶绾绾则是摸着手里自己的服装，支着下巴，笑眯眯地听着他们在那儿议论纷纷，等他们聊得差不多了，她突然插话：“哎，其实我可以卸妆上台的，我卸完妆还挺好看的。”

叶绾绾话音落下的瞬间，周围陡然一阵沉默。

片刻后，嗤笑声此起彼伏。

叶绾绾一脸认真道：“哎，我卸完妆真的挺好看啊，一直化成这样，那完全是怕太好看了引起混乱。”

现场所有人都是一脸不信的表情。

叶绾绾见没人信自己，叹了一口气，她今天心情不错，难得说一回真心话，居然没人信。

“你别在这里做梦了，赶紧过来彩排。还有，你把衣服放下，现在不准换，等上台那天才可以换，不然弄坏了你赔得起吗？”程雪的小跟班叉着腰，恶狠狠地瞪着她。

改了剧本之后，叶绾绾基本从白雪公主改成了灰姑娘，小跟班口中那件贵重的衣服实际上灰扑扑的，也不知道是什么做的，又丑又硬又难穿。

叶绾绾本来就懒得换衣服，闻言自然求之不得，将衣服扔到了一边。

程雪这会儿倒是已经早早换好了皇后的戏服，精致的造型衬得她更好看了。

程雪并没理会旁边众人的夸赞，目光一直落在门口的方向。

直到等待已久的人出现，程雪才立即双眸发光，拎着裙摆迎了上去：“司夏，你来了！”

说完，她的脸上带着几分羞涩，直直地看着他。

然而，司夏对她今天的精致造型一眼都没有多看，目光径直越过所有人，精准地落在人群之后的叶绾绾身上。

程雪顺着司夏的目光朝叶绾绾看去，猛地咬住了牙齿。

叶绾绾到底哪里特别，值得他三番五次地特殊对待？

“司夏，你看我这身衣服好看吗？”程雪摇晃着司夏的手臂，试图引起他的注意。

司夏却没有回应她。

程雪的脸色僵了僵，说：“司夏，你在看什么？”

此刻司夏看上去有些失神，似乎完全沉浸在自己的世界里，落在程雪的眼中却是他盯着叶绾绾出神了。

程雪顿时不满，提高音量喊道：“司夏……司夏！”

司夏的脸色几乎是一瞬间沉了下来，眸底微寒：“闭嘴，很吵。”

程雪瞬间瞪大了眼睛，完全不敢相信司夏居然会用这种态度当众吼她。

“你……”程雪抖着双唇，双眼通红地推开人群跑开了。

“小雪！”

程雪的几个跟班朝着司夏看了一眼，又瞪了叶绾绾一眼，然后立马去追程雪。

一时间，礼堂里的气氛凝滞。

司夏看都没看哭着跑开的程雪，找了一个靠窗的位置坐下来，支着下巴，继续盯着叶绾绾。

至于被他盯着的叶绾绾……她磨着牙齿，恨不得当场揍他一顿。

在尴尬的气氛中，过了好半天，大家终于把程雪哄好了开始彩排。

直到彩排开始，司夏的目光依旧落在叶绾绾的身上，眼睛都不眨一下。叶绾绾走到哪里，他的视线就追随到哪里，几乎是寸步不离地黏着。

大家虽然都很好奇，但因为司夏刚刚发过火，一个两个全部不敢出声，只敢暗暗腹诽。

叶绾绾难道会魔法吗？司夏现在的状态真的太奇怪了吧？

彩排就在这无比诡异的气氛中结束了。

司夏除了一直盯着她，其他的倒是什么也没做，以至于叶绾绾想发作都找不到理由。

好不容易熬到彩排结束，叶绾绾正准备走人，身旁的司夏在拍完最后一个借位的吻戏后，起身的瞬间突然身形一晃，整个人毫无征兆地倒了下去。

“司夏。”

“啊！天哪！司夏晕倒了！”

“快来人啊！”

一瞬间，尖叫声惊呼声此起彼伏，现场一片混乱，所有人都朝着司夏围了上去。

叶绾绾傻眼了，整个人进入一级戒备状态。

叶绾绾躺在水晶棺道具里，透过人群的缝隙朝着司夏看去，只见少年面色惨白，神情痛苦地蜷缩在地上，呼吸也越来越急促。

叶绾绾愣了愣，看他这样子，怎么不像是装的？

“天哪！司夏到底怎么了？刚才他还好好的，怎么会突然变成这样？”

“司夏的哮喘发作了。”程雪焦急不已地开口。

“司夏有哮喘？那快看看他身上有没有带药啊！”

“我看过了，好像没有，他很久没发作哮喘了，怎么会突然发作呢？”

“先别讨论这个了，赶紧送他去医务室吧。”

一旁的叶绾绾：“……”

一片混乱中，程雪和另一个女生急忙要扶司夏去医务室。

结果，空气里突然传来“啪”的一声响。

司夏竟用力地挥开了程雪的手，一边喘息，一边用那双因为太难受而略带水光的眸子朝着叶绾绾的方向望去：“绾绾……绾绾送我……”

程雪本要去扶司夏的手陡然僵硬，她看着叶绾绾的眼神已经阴沉到了极致。

原本她完全没把叶绾绾放在眼里，毕竟跟这种档次的女人争风吃醋实在是太跌份了，可是不知道叶绾绾对司夏做了什么，居然把他迷成了这样。

众目睽睽下，程雪当众又被打了一次脸，脸色一阵青一阵白，好半天才强忍下来，无比愤怒地瞪着叶绾绾，说："司夏在叫你，你听不到吗？"

一旁程雪的小跟班没好气地怒斥道："你还不快点儿过来。要不是你，司夏怎么可能会犯病。"

周围的人也纷纷开始指责叶绾绾。

叶绾绾虽然觉得自己这次完全无辜，但她莫名想到哮喘好像是不能做太剧烈的运动，情绪也不能有太大的起伏。

她听程雪说司夏已经好久没犯病了，可今天他好端端的却突然犯病了，该不会是因为昨晚被她吓得太厉害了吧？

而且，今天从一开始他的状态就不太对劲，整个人都精神恍惚，真的有点儿像是被吓蒙了。

想到这里，叶绾绾莫名有些心虚。

眼见司夏的呼吸越来越困难，毕竟人命关天，于是她也顾不得那么多了，没办法，只能迅速从水晶棺里跳出来，一把拉起少年的手臂，将他扶了起来。

被叶绾绾扶起来之后，某人立即自发自动地黏过去，把所有的重量都压在她的肩膀上，急促的呼吸一下一下喷洒在她的脖子上。

叶绾绾迎着一众嫉恨的目光，简直恨不得把肩膀上的人扔给他们，他们要想扶他们来好了，这福气她可消受不起。

一番手忙脚乱之后，她总算把人送到了医务室。

校医大叔迅速给司夏用了哮喘专用的喷雾，然后又给他做了一些基础的检查。

"39.5℃，你烧得太厉害了，得输液。你估计是受了凉，又太耗费心神，这段时间一定得好好养着，尤其记得不能太激动也不能太劳累了。"校医一脸严肃地叮嘱。

高烧，受凉，费神……

听着校医的话，叶绾绾越来越心虚了，他不是装的啊，是真病了。

受了凉？昨晚这家伙在湖边待了多久？

校医务室里，这会儿程雪等人都在。除此之外，还围了一大群女生。看着司夏这副虚弱的样子，一群小姑娘都在哭哭啼啼，心疼得不行。

校医被她们吵得脑子疼，没好气地瞪了她们一眼，说："他不过是发烧加哮喘发作，你们至于一副重病不治的表情吗？行了行了，你们别围在这里了，这么多人不利于空气流通，也影响病人休息，全部出去吧，留一个人在这里就可以了。"

校医的话音刚落，程雪顿时一脸期待地朝司夏看去，其他女生也舍不得走。

至于叶绾绾，她一路把这个家伙扶过来，感觉肩膀都快断了，在确定他没事之后，便准备悄悄地走掉。

明显此处不是她久留之地。

谁知她刚迈出一步，衣角陡然一紧。

下一秒，她一低头，便看到了一只白皙得几乎透明的手紧紧地揪住了她的衣角。

而窄窄的病床上，少年正用被抛弃的眼神瞅着她，说：“你去哪儿？”

叶绾绾：“……”

司夏就这样保持着拉住叶绾绾衣角的姿势，目光微冷，转向其他女生说：“你们，出去。”

“怎么这样啊……”

“为什么又是叶绾绾这个丑八怪？讨厌！”

女生们见状，一个个气得跺脚，但司夏都发话了，她们也只能不情愿地离开。

程雪身形微颤，站在床边，心已经完全被怒火充斥，最终她忍无可忍，看向病床上的司夏，一字一句地开口：“司夏，你知不知道自己在做什么？你不要告诉我，你真的喜欢上这个丑八怪了。”

司夏的双眸顿时浮现一抹冷意：“收回你刚才的话。”

程雪闻言，神色一怔，收回她刚才的话？

难道司夏的意思是他并不喜欢叶绾绾吗？

她就知道不可能。司夏怎么可能喜欢上叶绾绾，中间一定是有什么隐情。

结果她刚这么想，便听到司夏一字一句道：“她不是丑八怪。”

程雪气得差点儿吐血：“司夏，我看你真的是疯了。”

她转过身，恨恨地看着叶绾绾说：“叶绾绾，你别得意得太早！”

说完，程雪用力地将旁边的叶绾绾撞开，跑了出去。

叶绾绾想要追她，但衣角被死死地拉着，只能绝望地伸长了手，说：“哎，别丢下我一个人啊……”

第九章

当场打脸

很感谢二囧所创作的“恰似”，”塑造了叶绾绾这一鬼马少女，并在书中用正确的价值观引导了我。很多年过去我或许会忘记书中内容，但我将永远记得“恰似”“叶绾绾 & 司夜寒”还有我们最好最好的囧囧有妖。

——坠梦长空

读者告白

QIASIHANGUANG
YUJIAOYANG

华都，司氏集团。

许易接了一通电话之后，表情微变，他急忙敲开了总裁办公室的门，说道："少爷，刚刚学校打来电话，说是司夏少爷犯病了。"

司夜寒闻言，从一堆文件中抬起头，面无表情地开口："备车。"

"是。"许易露出意料之中的表情。

司夏少爷太胡闹叛逆，谁都管不住，连他父母的话也不听。所以老夫人特意叮嘱了少爷多加照看他，他要是出了什么事，少爷轻则要承担责任，重则可能又会被人怀疑。

清禾只有校长和极少数的几个高层领导知道司夏的身份。

听闻司夜寒要亲自来学校，校长早早便在偏门处等着了。等司夜寒一到，他便领着对方往医务室走去。

"好端端的，他怎么会犯病？"一旁的许易问道。

校长抹了一把汗，生怕被责怪照顾不周，急忙回道："这是因为他彩排的时候受了一点儿惊吓……"

"受了惊吓？"许易一脸不解，彩排的时候能受什么惊吓？

校长一脸为难地回答："说是跟他对戏的那个女孩子长相似乎有点儿吓人。"

许易在心里暗忖：那个女孩子该不会是叶小姐吧？

"人怎么样了？"司夜寒开口。

"现在已经没有大碍了，只是有点儿发烧，他正在输液。"

清禾，医务室。

其他人都走后，医务室里便只剩下叶绾绾和司夏大眼瞪小眼。

衣角一直被揪着不放，没办法，叶绾绾只能开口询问："怎么，你想跟我再去一次小树林？"

本来她看他病着，不想刺激他。

她话音落下的瞬间，本来紧抓着她衣角的手指顿时缩了回去。

叶绾绾对这个效果很满意，道："该说的我昨晚已经说得很清楚，你别白费力气了。"

这边许易和自家少爷刚走到医务室门口，就听到里面传来了熟悉的声音，这声音竟是叶绾绾的。

糟糕，她怎么也在医务室？

许易脸色一变，紧跟着自家少爷，便听到屋里传来了司夏激动的声音："叶绾绾，你真的喜欢司夜寒？"

许易听到这个问题，额头上的冷汗都要流下来了。

他们怎么来得这么不是时候！

是他太疏忽了，明知道叶绾绾和司夏在一个学校，应该先确认这边的情况的。

室内，叶绾绾长长地叹了一口气，说："我都说了八百遍了，你到底还要我重复多少次？我对你九叔情比金坚，爱如磐石，山无棱，江水为竭，冬雷阵阵，夏雨雪，天地合，乃敢与君绝！够了吗？"

门口的许易一脸震惊。

这个叶绾绾真是越来越上道了啊！

可是，司夏少爷可不是省油的灯，若他有心挑拨……

许易完全不敢松懈，正担心着，果然便听到司夏冷笑一声，开口说："叶绾绾，你说这种话，自己信吗？你喜欢他？你喜欢他的什么？他的钱，他的权势，还是他那张脸？你以为我不知道？你根本就不是真心的！还有你打扮成这个样子，完全是为了躲避他吧？"

叶绾绾顿时低咒一声，这熊孩子，果然没那么好对付，居然就这么直接地把她的老底都给揭了。

叶绾绾额头上的青筋暴起，终于她所有的忍耐告罄，怒吼道："躲避什么啊！你这个熊孩子，怎么我说的话你就不信呢？是不是非要我现在把司夜寒叫过来，当着你的面亲他一口，你才相信？"

"咳咳……"门口的许易在惊悚之下直接呛咳出声，肺都差点儿咳出来。

这个叶绾绾，还真是什么话都敢说啊，他简直不敢去看自家少爷的表情。

与此同时，以免叶绾绾再说出什么惊人之言，许易赶紧推开了门，说："司夏少爷，叶小姐。"

正怒气冲冲的叶绾绾听到门口的声音，顿时脊背一僵。

接着，她一扭头就看到了许易，还有司夜寒。

为什么这两个人会在这里？

叶绾绾盯着司夜寒那张冰山脸，感觉自己如同一艘泰坦尼克号，整个人都触礁了。

她的脑海里满满都是自己刚才气吞山河吼出的那句话。刚才她的声音那么大，司夜寒绝对听到了。

她纯洁的形象没了。

叶绾绾的脑子嗡嗡作响，眼前金星乱冒，好半天才从这一巨大的打击中回过神来，结结巴巴地说："司……司夜寒，你怎么来了？你是来看司夏的？刚……刚才我逗小孩子玩呢，你别当真……我绝对绝对绝对没有那么热情奔放。"

司夜寒没有说话，只是神色颇为微妙地看着她。

叶绾绾被司夜寒那双清冷的眸子静静地注视着，也不知道他在想什么，头皮一阵阵发麻。

不知过了多久，就在她恨不得冲去庙里剃个光头以示清白的时候，对面男人单薄的嘴唇终于轻启，说："夏夏才刚成年。"

叶绾绾一愣，说：“啊？所……所以呢？”

她完全没懂司夜寒这突然风马牛不相及的一句话是什么意思。

司夜寒垂着眸子，理了理袖口，随后云淡风轻地斜睨了她一眼，说：“所以，他还是一个孩子，有些画面他还不能看。”

叶绾绾差点儿当场吐血三升。

因为司夏刚成年，所以不能当场表演亲司夜寒一口？这哪里不对吧？

她简直要给司夜寒的逻辑跪下了，重点是他居然还用这么一本正经的语气说出来。

至于此刻还躺在病床上的司夏，叶绾绾用眼角余光看了他一眼，只见对方面色铁青，默默地抖着手，摸索着床头的喷雾。

可怜的孩子……

“身体怎么样？”司夜寒说完，目光终于转向病床上的少年。

病床上，司夏冷哼一声，说：“虚伪。”

司夜寒没有理会少年的态度，一如既往地面无表情，道：“输完液让许易送你回去休养几天。”

一旁的叶绾绾连连点头，跟着附和道：“是啊是啊！夏夏，你这身体实在是太差了，婶婶担心得很，你还是回家好好休息吧。”

少年艰难地捂住胸口，已经快被这两人气死了。

他弄成这样都是谁害的，现在她倒是想起来他的身体了？

与此同时，女生宿舍。

程雪的梳妆台一片狼藉，地上铺满了碎裂的镜片和昂贵的护肤品。

宿舍里的其他三个女生战战兢兢地躲在角落里，谁都不敢靠近她。

三人你推我，我推你，等了半天，直到程雪把能砸的东西砸得差不多了，其中一个短发女生才小心翼翼地走上前，说：“小雪，别生气了，叶绾绾心机深沉，司夏肯定是被她的花言巧语给骗了。其实我有个主意，保管彻底揭穿叶绾绾的真面目。”

程雪一脸不耐烦地朝着短发女生看去。

另外两个女生则急忙催促道：“什么主意，你倒是快说啊！”

短发女生神秘兮兮地开口：“你们知道叶绾绾最怕的事情是什么吗？”

“是什么？”两人一脸不解，程雪也露出思索的神色。

短发女生兴奋道：“当然是卸妆了！我们同班这么久，你们有看到过叶绾绾不化妆的样子吗？”

两人面面相觑，其中高高胖胖的女生用力地摇头道：“还真没有，不过这不是肯定的吗？她哪敢露真容，这么浓的妆才能勉强遮住她的本来面目好吗！”

另一个尖下巴的女生满脸嘲讽地笑道：“她还仗着反正没人知道她到底长什么样子，就恬不知耻地在人前说自己其实长得可美了，怕引起混乱才故意化成这样呢，真不知道她怎么敢说出这种话的。”

"噗，大概她以为所有人都跟她一样傻吧！"

"想知道她的真实容貌还不简单，亲眼看看不就知道了？"短发女生阴笑着开口。

两人不解道："啊，这要怎么看？"

短发女生神秘一笑，朝着程雪走去，凑到她的耳边小声嘀咕起来。

只见程雪的脸色渐渐转晴，朝着短发女生看了一眼，似乎是对她的主意很是满意："这个主意还不错，就按照你说的办吧！"

转眼就到了文艺会演当天。

整个校园被打扫得干干净净，到处挂满了"欢迎领导莅临参观指导"的横幅，大礼堂内张灯结彩。

那天司夜寒来学校之后，司夏就被接回家养病，直到昨天才回学校。司夏的那些拥护者也消停了不少，以至于叶绾绾这几天过得颇为惬意。

等今天的文艺会演一结束，考试也快开始了，到时候她就能彻底摆脱这朵霸王花。

想到希望就在眼前，叶绾绾连穿那身硬邦邦的衣服时都觉得没那么难受了。

程雪也真是够费心的，给她准备的这套服装比她平时的造型还要可怕。

厚厚的爬满了蜘蛛网的头套，一身破破烂烂的皮衣服，真是相当"用心"。

"大家抓紧时间过来排队化妆啊，都快一点儿。叶绾绾你就不用了，你就那样吧！"

"哈哈哈哈，她还用化什么妆啊，本色出演就够了。"

于是叶绾绾脸上的妆容还是保持了平时的样子，配合这身衣服，效果出类拔萃。

至于后台某个单独的化妆间里，三个女生正忙碌地围着程雪给她做造型。

"哇！小雪，你今天实在是太美了！"

"是每天都很美好吗！咱们小雪的美貌可是大家公认的。"

程雪被恭维得心情还不错，用戴着蕾丝手套的手指轻轻抚摸着自己妆容精致的脸颊，语气微凝，道："我让你们做的事，都做好了吗？"

短发女生一脸兴奋地点头，说："好了好了，全部安排好了，小雪你放心，今天绝对让你看一场精彩绝伦的大戏。"

这时，高高胖胖的女生有些犹豫地开口："我们这么做，司夏知道了会不会发火啊？"

程雪的脸色顿时冷了，说："你的意思是，司夏会因为叶绾绾跟我发火？"

眼见程雪又要动怒，三人急忙摆手："当然不会！当然不会了！怎么可能呢！"

"对对对，等司夏看到了她的真面目，肯定会第一个远离她。"

听到这里，程雪才神色稍缓，说："今天的事情要是再出差错，你们也不用跟着我混了。"

"是是是，这次一定不会有问题的，我们已经全部安排得妥妥的，小雪，你尽管放心。"

舞台上的灯光亮起，伴随着一阵激扬的音乐声，一男一女两位主持人满面笑容地走上舞台。

台下坐满了领导、老师和学生，黑压压一片。

主持人说完开场白，校领导冗长的发言结束后，今晚的文艺会演终于正式开始。

各班的节目种类丰富多样，唱歌、跳舞、相声、小品应有尽有，充分展现了学生的才艺和学校全面发展的办学宗旨，台下不时响起热烈的掌声。

三年级F班的节目被排在了最后压轴，毕竟是难得的校花、校草同台演出，早在刚传出消息时，就已经备受瞩目。

“下面有请三年级F班，他们今晚为我们带来舞台剧《白雪公主》。对于这个经典童话故事，相信大家已经耳熟能详，不过，他们今天给大家带来的表演是经过大胆创新，与众不同的，让我们期待他们精彩的表现吧！”

“哗啦啦——”

台下顿时响起今晚最激烈的掌声，原本以为等待太久而昏昏欲睡的观众全部打起了精神。

少男少女纷纷举起了手机拍照录像，尖叫声和欢呼声经久不息。

“司夏！司夏！司夏！”

“程雪！程雪！程雪！”

在热烈的掌声和尖叫声中，台上的幕布缓缓升起，只见程雪身着一身极其华丽的大红色丝绒复古礼裙，头戴皇冠，姿态优雅地站在一面镜子前。

“程雪今天也太美了吧！这绝对是史上最美的王后了！”

“小雪演的竟然是王后，不是白雪公主？这不科学啊！白雪公主可是比王后还要美的女人，程雪演王后了，那白雪公主谁能演？”

“你还不知道？白雪公主是叶绾绾演的。”

“叶绾绾？你在逗我？”

台上。

王后说：“魔镜，魔镜，谁是世界上最美丽的人？”

魔镜说：“王后您美丽动人……但是，我见到了一位少女，破衣也遮挡不住她惊人的美貌，她才是世界上最美丽的人。”

王后说：“不可能！没有人可以比我漂亮！她是谁？”

魔镜说：“她，唇红如玫瑰，发黑如乌，皮肤白嫩如雪，她就是白雪公主。”

这时，舞台上的道具和背景迅速变换，叶绾绾上台了。

女孩顶着一头杂草似的乱发，穿着破破烂烂的裙子，赤着脚走在地上，一张浓妆艳抹的脸比巫婆还要可怕。

“哈哈哈哈，这就是白雪公主？”

“这绝对是史上最丑的白雪公主，没有之一！难怪主持人说创新了呢，这也太有创意了！”

“哪里是创意啊，完全是因为叶绾绾占着白雪公主的角色，大家没办法才改了剧本。”

前方的校领导们看到白雪公主出现的时候也都愣住了，听到旁白解释说是白雪公主的母亲为了保护她，才勒令她从小到大必须这么打扮，才纷纷点了点头。

王子和丑陋的公主在一次意外中邂逅，公主救了王子，虽然公主的容貌吓人，但王子被公主的善良所打动，还是深深爱上了公主。

剧组挖空了心思，总算把剧情圆了过来，而且圆得不错，领导和老师们看着都很是满意，甚至夸赞连连。

当舞台上出现猎人的时候，台下一片起哄声——“快解决她”“让这个公主消失”“让王子和王后幸福地在一起吧”。

至于白雪公主被巫婆的毒苹果毒死的时候，台下则是一片欢呼。

光从观众的反应来看，这场舞台剧可以说是非常创新了。

终于，万众瞩目的王子出现了。

眼见男神身着一袭光彩夺目的礼服，缓缓地走到水晶棺前，台下所有女生的表情一个比一个心疼。

司夏为了这次演出，简直牺牲太大了。

叶绾绾躺在水晶棺里都快睡着了，直到旁边传来一阵脚步声，她才稍稍清醒过来，以防意外发生。

万一这小子在这种时候来个突袭，那她可真要被全校的女生骂死了。

她能感觉到司夏的呼吸越靠越近。

“你知道有多少女孩想让我亲吗？”不知过了多久，耳边传来一声抱怨，随后那道呼吸终于远离。

被她的连环大招攻击之后，熊孩子果然安分了不少，司夏最后还是错位了。

叶绾绾松了一口气，急忙做出一副被吻醒的样子坐起身，演完了接下来的剧情。

谢天谢地，这场演出终于结束了。

而直到最后一幕结束，白雪公主也没露出真容。

“我还以为最后白雪公主要露出真容惊艳一下观众呢。”某校领导笑呵呵地开口。

旁边知道内情的几位老师尴尬地打着圆场：“呵呵，那样难免就俗套了，几位领导这边请，我们已经订好了酒店。”

文艺会演总算顺利结束，视察的领导们都很满意，一众老师和校领导皆松了一口气，接下来便是设宴吃饭。

学生们也陆续离场。

因为F班的节目是最后一个，叶绾绾等几个演出的同学正在台上收拾道具。

“走了走了！老师和领导全部走了！”高胖女生气喘吁吁地跑回后台，通知程雪等人。

他们的舞台剧内容都是由老师严格审核过的，何况方才还有这么多领导和老师在场，她们没办法动手脚，但是现在就不同了。

程雪给短发女生使了个眼色，女生会意一笑，立即拿起话筒，走到台上说道：“各位同学，都别急着离开，下面还有彩蛋哦。”

女生的声音在大礼堂里突兀地响起，引得不少原本已经要起身离开的观众看过来。

正在台上收拾道具的叶绾绾一脸狐疑，扭过头朝说话的女生看了一眼。

女生是今晚的主持人，也是程雪的小跟班之一。

听到这话，原本已经准备退场的学生纷纷好奇地朝着舞台的方向看去。

“彩蛋？什么彩蛋啊？”

“不知道啊！又不是看电影，没听说还有彩蛋的。”

短发女生似笑非笑地朝着叶绾绾的方向看了一眼，说：“大家想知道白雪公主真正的面目吗？”

众人不解道：“白雪公主的真面目？什么意思？”

“是说叶绾绾吗？”

叶绾绾见状，眉头微蹙。

她知道经过上次的事情，程雪肯定不会这么轻易算了，但学校里的小打小闹，顶多不过是跟之前那样泼水整蛊、一起孤立她之类的幼稚把戏，她压根就没放在心上，也没打算在这些人身上花费心思。

至于今天，她一直防备的也是司夏。

现在演出已经结束了，她自然也完全放松了下来。

然而，就在那个短发女生话音落下的瞬间，舞台中央毫无防备的叶绾绾就这么猝不及防地被一大桶水劈头盖脸地泼了下来。

叶绾绾瞬间被淋成了落汤鸡，脸色顿时黑了。

没完没了了？同一个招数到底要用几次？

短发女生得意扬扬地开口：“安静安静！你们猜猜，刚才泼的是什么？”

听到这话，叶绾绾顿时一愣。

台下则是议论纷纷。

“提醒你们一下，这可不是一般的水哦。”短发女生提醒。

“那总不会是卸妆水吧？”

短发女生在听到人群中的话后，立即笑嘻嘻地开口：“猜对啦！就是卸妆油！”

叶绾绾原本还漫不经心，在听到“卸妆油”这三个字后脸色瞬间变了。她赶紧伸手去挡，但是来不及了，那一大桶水状的液体已经全部倾倒下来。

她下意识地伸手摸脸，便摸到了一手黏糊糊的粉底液。

叶绾绾傻愣愣地呆立在那里，好半天都回不过神来，她怎么也没想到自己竟然也会有阴沟里翻船的一天。

有没有搞错，还真泼卸妆油？

“大家快拿出手机拍下来，我们还从没见过叶绾绾到底长什么样子呢。”

“大家快来啊！看看白雪公主到底有多美，哈哈……”

不远处，江嫣然被疯狂的人群挤在后面，怎么也过不去，只能眼睁睁看着，她急得都快哭了。

叶绾绾身上的衣服是皮质的，倒是防水，但外面那层皮毛很吸水。此刻，衣服仿佛铁块一样沉甸甸地压在她身上，而被淋湿的假发更是与她脸上渐渐化开的浓妆黏到了一起，整个人看起来无比狼狈。

闹剧愈演愈烈，没过一会儿，大礼堂里已经重新围满了人。

叶绾绾站在舞台中央，无路可逃。而程雪一袭华丽的礼服，妆容精致，静静地站在一旁，欣赏着叶绾绾被假发糊了一脸的模样。

叶绾绾的双眸危险地眯起，手指一点儿一点儿捏紧，她终是被这群聚众欺凌的熊孩子激出了怒火。

终于，她没再动作，也不再躲闪，而是缓缓地放下了遮挡的手。

下一秒，她的手指落在自己的领口处，一颗一颗地开始解那件戏服的扣子。

“哇，大家快来看，叶绾绾又要耍什么花招？”

正在泼水的两个女生见状，也激动地停下了手里的动作，纷纷拿起手机开始录像。

这可比文艺会演精彩多了。

在众人的尖叫声和口哨声中，叶绾绾手上的动作未停，一颗一颗，直到解开最后一颗扣子。

“哗啦”一声，她脱掉了那身厚重的戏服，连同戏服的内衬也直接脱了下来，只剩下里面一件她自己身上打底的白色连衣裙。

接着，她用那件脱下来的戏服内衬将脸上残余的污迹擦拭干净。

最后，她把手指覆在耳畔摸索了几下，将头上湿漉漉的假发连同头套一起拽了下来。

下一秒，一头乌黑如瀑的长发解开束缚，顺着女孩的肩头垂落下来，而女孩原本被假发遮挡的面容也彻底暴露在所有人面前，并且通过身后的大屏幕清晰地放大到每个人的眼中。

原本疯狂吵闹的大礼堂，瞬间噤若寒蝉。

那些正在吹口哨的、尖叫的、录像的，全都盯着舞台上青丝如瀑、肤白胜雪、美得不似人间的女孩，呆若木鸡。

一片死寂中，女孩将假发随手扔在地上，抬起头，灿若星辰的眸子如同冰刃一般扫向了现场的所有人，她一字一句地开口：“你们玩够了？”

美人如斯，即使是冷若冰霜的模样，也让人不敢呼吸。

一瞬间，叶绾绾如蒙尘的明珠重见天日，耀眼夺目，那眼神更是如同一团火焰，将她所有的伪装焚烧殆尽，绽放出耀眼的光华。

当司夏得知消息赶到的时候，看到的便是这样的画面，他怔怔地站在台下，整个人都呆住了。

那些前一刻还在疯狂嘲笑看戏的人，此刻都愣在原地。

唯一还算淡定的，大概只有唯一的知情者凌东了。

不知过了多久，寂静的大礼堂内，突然发出“哐当”一声巨响，不知道是谁不小心推翻了一排道具。

直到这时，众人才蓦然惊醒，整个礼堂爆发出巨大的惊呼声和议论声。

“好美。”

“简直是盛世美颜！这到底是怎么回事？那……那是叶绾绾？”

“不可能！我绝对是在做梦！叶绾绾怎么可能会这么好看？你摸摸我的小心脏，跳得都快起飞了。”

……

舞台中央，叶绾绾看着台下比刚才还疯狂的众人，微微皱起了眉头。

尤其是那些男生，前一秒还在对她冷嘲热讽，后一秒居然转变为一口一个“好美”了。

她坚持了这么久，本来打算至少撑到毕业的，结果一朝破功，全完了。

叶绾绾正头疼着，眼角余光突然看到了人群中的江嫣然。

江嫣然似乎是被推搡的人群撞倒了，正面色痛苦地躺在地上。

所有人的注意力都在她身上，甚至不断有人往里面挤，场面一片混乱，根本没有人注意到江嫣然。

眼见人群还在推搡，叶绾绾立即迈步朝着台下走去。

拥挤的人群看到叶绾绾走过来，全部露出激动不已的表情，如同潮水一般自发地让开了一条道。

“哎，她要去哪儿啊？”

“不知道啊！”

“她是不是去找司夏？”

原本呆立在台下的司夏见叶绾绾走过来，瞳孔也微微收缩了一下。

然而众人看到，叶绾绾径直越过司夏，走到了江嫣然的跟前，说：“你的脚扭伤了？”

江嫣然愣愣地摇了摇头，她没想到叶绾绾在这种情况下还能发现自己：“我没事。”

叶绾绾蹙着眉头，将她扶起来，说：“我送你去医务室。”

等着看八卦的众人顿时一阵失望，但所有人的目光依旧舍不得从叶绾绾的身上挪开。

叶绾绾本来已经要走了，不知想到了什么，突然顿住脚步，看向不远处的程雪，微微扬起嘴角，开口道：“程雪，如你所愿，你还满意你看到的吗？”

说完这句话，叶绾绾才不紧不慢地带着江嫣然离开。

“你……”程雪死死地盯着叶绾绾，当场气得脸都青了。

她无论如何都想不到，叶绾绾那可怕的妆容下竟然是这样一张脸。

而在叶绾绾那张脸面前，她今晚费尽心思化的精致妆容和穿的华丽礼服全部成了一场笑话。

此刻，周围的人盯着程雪的方向全都露出了异样的目光，开始窃窃私语起来。

叶绾绾卸掉了所有的妆，完全是素颜，身上也只穿了一条简单的白色裙子，却把盛装出席的程雪衬托得暗淡无光，这是什么情况？

“你们还记得叶绾绾曾经说过，她不露真容是因为怕麻烦怕引起混乱吗？居然是真的。”

“叶绾绾要是早点儿露出真面目，还有程雪什么事。”

“今天这一出就是程雪搞出来的吧？本来她想教训叶绾绾的，谁知道却打了自己的脸。”

“这叶绾绾和程雪，果然就是白雪公主和恶毒王后，绝了！”

程雪看着那些嘲讽的目光，听着那些议论，狠狠推开身旁的两个跟班，朝着后台冲去，她一边跑，一边用力撕扯着身上华丽的礼服。

而那个给程雪出主意，一手策划了给叶绾绾泼卸妆油的短发女生这会儿早已经傻眼了，她哪敢在这个时候凑到程雪的跟前，赶紧埋着头，能有多远就躲多远。

喧闹的人群中，沈梦琪死死地握着拳头站在角落里，面色青白一片。

该死的，凭什么？凭什么现在她落得人人唾骂的下场，而叶绾绾不过是露出了真实的一面，就突然成了大家心中的白月光？

到底是哪里出了问题，自从叶绾绾没有按照她预想中的跟顾越泽离开锦园开始，一切都朝着不受她控制的方向发展了。

不仅如此，叶绾绾对她也越来越疏远，反而跟江嫣然走得越来越近。

手机铃声突然响了，沈梦琪看了眼来电显示，深吸一口气后，朝着礼堂外面走去。

看着来电显示上面的名字，沈梦琪的脸上浮现一丝厌恶，但接通电话的时候，她的声音仍然很娇软：“喂，慕凡哥？”

“今天的演出还顺利吗？”

“还好吧……”沈梦琪的面色微冷。

顺利？这场芭蕾表演她跳的是最出彩的黑天鹅，今晚原本该光彩夺目，可就因为宋梓航那件事，她上台的时候，等待她的只有下面的一片嘘声。

手机那头的人大概察觉到她的情绪低落，急忙担忧地开口询问：“你还在因为那件事情心情不好？”

沈梦琪闻言，顿时委屈不已，轻轻啜泣起来：“慕凡哥，我好难受，真的好难受，明明从头到尾都是那个男生在纠缠我，威胁我，为什么就是没有人相信我……”

“乖，还有我相信你啊，真正喜欢你的人，都会相信你的，你何必因为一些无关紧要的人而伤心呢？”

“可是缩缩，连缩缩也不相信我。”沈梦琪激动地开口，仿佛心痛到了极致。

听到叶缩缩的名字，手机那头的叶慕凡瞬间沉默，半晌后才开口，语气却明显冷了下来：“她不相信就不相信吧，我之前就劝过你，别跟她走得太近了，她不值得你那样真心对待。”

“可是，我一直把缩缩当成最好的朋友。”

“这种朋友，不要也罢！好了，你别想不开心的事情了，想想毕业之后你就将成为万众瞩目的新星，到时候会有很多很多的人喜欢你。”

沈梦琪的眼睛亮了亮，连忙问道：“真的吗？我真的可以吗？”

“当然，我一定会让你成为最耀眼最夺目的那颗新星！”

从医务室出来，叶缩缩便和江嫣然一起回了宿舍。

江嫣然坐在床沿，担忧地看着叶缩缩，说：“缩缩，你没事吧？”

虽然叶缩缩平时看起来总是对什么都不在乎，但她看得出来，叶缩缩的心里藏着很多事情，包括她这张脸，之所以从不露出真容，恐怕也是另有隐情。

现在她被迫露了真容出来，被所有人看到了，真的没有关系吗？

叶缩缩苦笑着摊了摊手，说：“老实说……其实有事，而且很严重。”

“很严重？”江嫣然顿时变了脸色，“到底为什么你一直不能露出本来的面目？”

“当然是怕招桃花啊！我的男朋友很爱吃醋的。”叶缩缩叹道。

江嫣然闻言一愣，接着猛地松了一口气，她还以为是什么可怕的后果呢，结果居然被秀了一脸恩爱。

叶缩缩知道江嫣然在想什么，也没有解释。

唉，司夜寒要真的只是吃吃醋那么可爱倒好了！

叶缩缩觉得自己必须赶紧提前想好应对方法了。

“嫣然，有件事情我要跟你说一下，接下来这段时间，我可能不住宿舍了。”叶缩缩开口。

“不住宿舍？你要回家住了吗？”江嫣然问。

叶缩缩闻言，顿时微怔，回家？她哪里还有家可以回啊。

“嗯，是吧，我是想回家住了，有点儿想家了。”叶缩缩只能顺着江嫣然的话说。

她总不能回答说自己是为了回去给某人顺毛吧？

“我听沈梦琪说，之前你跟家里人闹得很僵，现在你能想通也好，哪个父母不是为了子女好的，有什么误会说清楚了就好，别等到以后后悔。”江嫣然劝道。

叶绾绾点头道：“嗯，我知道。”

睡觉之前，叶绾绾给司夜寒发了一条短信。

亲爱的，人家好想你呀，每天都想你想得睡不着觉，我准备跟老师申请走读，不住宿舍了，所以，从下周五开始，我就直接回家住啦！你开不开心？

如今秦若曦从深城回来了，司夜寒那边她确实要多抓紧一点儿，加上考试在即，正好还可以趁机找司夜寒给她恶补一下数学，一举两得。

没过几秒，手机短信铃声就响了，司夜寒回了她一个字：嗯。

叶绾绾躲在被子里偷偷笑了笑，哎，她真的好想知道司夜寒每次看到她这些肉麻的短信时到底是什么表情。

她真是佩服他每次都能这么淡定地回复她。

对啦对啦！大白在家吗？我想跟大白玩儿！叶绾绾又特意追问了一句。

嗷，她好想大白，就是不知道大白在不在锦园。

这次司夜寒隔了很久才回复她：在家。

太好了！

想到她种的大白菜和大白，叶绾绾顿时对回锦园都不那么排斥了。

深夜，锦园。

许易突然被自家少爷叫过去，布置了一个令他一脸蒙的任务：“你去把斯鲁特找回来。”

“啊？”许易傻眼了。

大半夜的，让他去后山上找斯鲁特？

那家伙这会儿还不知道在哪儿玩耍呢，他要到哪里找它去？

月黑风高的，少爷就不怕他有什么意外？

“你还有事？”司夜寒抬起头，看了他一眼。

“没……没有，我这就去找它。”

“周五前找到它。”

“是。”许易苦哈哈地领命，带着人漫山遍野地找老虎去了。

他实在想不通，少爷为什么要这么急着找斯鲁特，还规定周五前必须找到。

第二天早上，叶绾绾习惯性地搬出了自己那个超大的化妆包。

搬出来之后她才想起，昨晚她已经露馅了。

所以，妆她化还是不化呢？

继续化妆完全就是欲盖弥彰，可是不化的后果也好不到哪里去。

叶绾绾正纠结着，楼下突然传来一阵嘈杂的声响，隐约还夹杂着她的名字。

“怎么这么吵？”叶绾绾蹙眉道。

江嫣然从阳台走了进来，看了她一眼，欲言又止，最后无奈地开口：“你自己去看吧。”

叶绾绾一脸迷茫道：“什么情况啊？”

她放下化妆刷，挠了挠头发，起身朝着阳台走去，刚一走到阳台，她便差点儿被楼下夸张的喊叫声冲破耳膜。

这时她才发现，楼下围了黑压压的一群人，大部分是男生在起哄。

而她们这栋以及附近几栋女生宿舍的窗户几乎全打开了，大家都探出脑袋来看热闹，简直是唯恐天下不乱。宿舍管理员听到动静，已经出来提醒了好几次，但压根儿没用。

叶绾绾顿时很无语，虽然她料到会有麻烦，但实际情况比她想象中的还要夸张。

不过也难怪，昨晚那么多人在拍照录像，事情肯定早就传遍了，加上学生生活枯燥无聊，有一点点事情都能八卦好久，何况是昨晚那么刺激的场景。

一旁的江嫣然无奈地开口：“事情都已经这样了，你再化妆恐怕也没用。”

叶绾绾怔了怔，最终还是将那个巨大的化妆包放回了柜子里。

她的原罪从来都不是这张脸，而是弱小。

隐藏了这么久，叶绾绾第一次没有化妆。

她先是给自己敷了一张补水面膜，然后将那些乱七八糟、奇形怪状的衣服全部收了起来。

取而代之的，是一件件她尘封在箱底，曾经最喜欢的各种粉嫩漂亮的裙子，是她已经失去过一次的少女时代。

叶绾绾将长发梳理柔顺，旁边的小碎发随手挑起，用一个音符形状的小发夹夹了上去，随后找出一条枣红色的连衣裙换上。

一字领的设计，宽松的蝴蝶袖，下摆如同盛开的花朵，精致的剪裁勾勒出她纤细的腰身和曲线。裙子的颜色更是将她原本就白皙的肌肤衬得更加洁白如雪。

看着镜子里自己身上的连衣裙，叶绾绾的神情一阵恍惚。

这还是两年前她生日的时候，叶慕凡送给她的生日礼物。

叶慕凡的眼光自然是没得说的，即使是两年之后，这条裙子也完全不过时。

只可惜，后来她与家里人以及叶慕凡的关系变得越来越紧张，不久后便大闹了一场，与父母断绝了关系，和叶慕凡也是吵得天翻地覆。这条裙子，她再也没有穿过。

父亲是为了保全她才失去了一切，可她却鬼迷心窍地因为沈梦琪的几句怂恿，便说出了断绝亲子关系这种话来。

叶慕凡肯定是怨恨有这么一个愚蠢又没良心的妹妹吧？

因为她，叶家易主，父亲打拼的一切都毁了，他也失去了叶家大少爷的光环，失去了爱一个人的资格。

家被她害成了这样，他们却还要因为担心刺激到她，都瞒着她真相。

只有她这个罪魁祸首还在没心没肺地活着，被一个在父亲失势之后转头就与她解除婚约的男人迷得神魂颠倒。

怪只怪她太没用太软弱，家人才要为了她牺牲到这种地步。

叶绾绾从回忆中抽回思绪，她推开洗手间的门，走了出来。

“好看吗？”叶绾绾问。

江嫣然转身看到女孩的瞬间，脑子里便冒出了那一句“冰肌玉骨花做颜”。

这个世界上，有些人真的是独受造物主的宠爱。

“太好看了！”江嫣然愣愣地开口。

昨晚叶绾绾一身打底的白裙和随意披散的长发就已经惊艳了全场，更何况她现在是认真打扮过的。

叶绾绾打起精神，笑道：“我去上课啦！”

“哦……”这一刻，江嫣然突然非常理解叶绾绾她男朋友的心情。

有这样的女朋友，恐怕每时每刻都无法放心吧。

当叶绾绾出现在F班门口的时候，整个班里鸦雀无声。

程雪早就防着这种情况出现，今天一早就开始精心打扮，连衣服上的每一道褶皱都认真处理过。谁知道叶绾绾一出现，便轻易夺走了所有人的目光。

原本在等待着什么，神情有些焦躁的司夏在看到门口的叶绾绾后，支着下巴的手一滑，脸差点儿砸到桌面上，眼珠子都不会转动了。

昨晚他匆匆一瞥根本没能够看清，也无法确定。

而眼前一身红裙的女孩，猝不及防地与他记忆中的某个影子重叠到了一起。

叶绾绾这张脸给他的感觉，尤其当她穿着一身红裙的时候，像极了记忆里的那个人。

叶绾绾没注意到司夏惊疑不定的目光，拉开椅子，在自己的座位上坐了下来。

眼见女孩在司夏身旁的位置上坐了下来，确定了她就是叶绾绾后，班里顿时炸开了锅，响起此起彼伏的惊叹声。

这一幕，气得程雪嘴唇都快咬破了。

这时，程雪前排的两个女生不服气地反驳：“哪里漂亮了，也就一般般吧，比小雪差远了。”

“就是就是，你们男生都什么眼光啊。”

“唉，嫉妒使人丑陋啊！”有男生意味深长地开口。

女生一听，顿时尖着嗓子叫出声：“谁丑陋了？你才丑陋！”

一群人吵吵嚷嚷的时候，叶绾绾正在用力地把书包往课桌里塞，结果塞了半天都塞不进去。

怎么回事？抽屉里又有东西？

叶绾绾埋头去看，然后发现里面塞满了花花绿绿的东西：情书、巧克力、糖果……

她真是受宠若惊。

叶绾绾自然早就注意到身旁某人直勾勾的目光，这次她反而淡定了。

反正她现在已经是债多不压身了。

“啧……”旁边传来司夏咋舌的声音。

叶绾绾找了一个袋子，把那些东西装起来腾出地方，总算是把书包塞进课桌，她扭头瞪他：“你又想干吗？”

司夏支着脑袋看着她，冷哼一声，一副暴殄天物的表情：“你早这样，用得着被人嘲笑这么久吗？”

叶绾绾白了他一眼，说：“我家宝宝喜欢就行了啊，为了我家宝宝，别说扮丑了，就算扮鬼我也愿意，你管我。”

宝宝？司夏听到叶绾绾对司夜寒的称呼，差点儿一口水喷出来：“你……”

叶绾绾挑着眉，回道：“我怎么了？”

司夏说：“你为老不尊。”

叶绾绾：“……”

算他狠，攻击不了她的颜值，就攻击她的年龄是吧？

上课铃声响起，班里总算安静了下来。

基本上每堂课老师都要问下她是谁，还有老师怀疑她是来替课的。

转眼便到了下午，其间，叶绾绾除了每节课上都要被老师盘问，每到课间还要被围观。

几乎各个班级的人都来了一遍，如同在看什么奇景。

叶绾绾托着下巴，嘀咕：“再看我要收门票了！”

一旁的司夏立即冲着她眨了眨眼睛，说：“一起吧！我觉得我俩合作会发财。”

叶绾绾很无语，随即看了一眼窗外渐渐暗下去的天色：“怎么突然这么冷？”

“受台风影响，今天会大降温，你不知道吗？”司夏开口。

“你居然还有看天气预报的习惯？”叶绾绾表示惊讶。

“没有啊！”

“那你怎么知道的？”

司夏掏出手机扔给她，她探头一看，看到了一大片提醒他天气变化注意保暖的爱心短信。

叶绾绾：“……”

好吧，他有很多人帮他看天气预报。

果然，外面很快便下起了雨，温度也越来越低了。不过大家基本上也跟她一样穿得不多，毕竟昨天还热得像夏天，早上也没有变天的迹象。

她现在只穿了一条裙子，宿舍里的也都是夏装，连一件厚外套都没有。

司夏瞥了她一眼，问：“你冷吗？”

叶缩缩很无语，说："废话！"

司夏叹了一口气，道："冷也没办法，我只穿了一件衣服，要是脱给你，那我就衣不蔽体了。"

叶缩缩立马拒绝道："不用了，谢谢！"

司夏说着，突然朝门口看了一眼，说："不过，很快你的'送衣大军'应该就会到达了。"

什么"送衣大军"？

司夏的话音刚落，门口就来了一个模样白净的小学弟，他看向叶缩缩，说："学姐你好，我是二年级 A 班的张瑞，天气这么冷，你今天穿得太少了，这样会生病的，要不你穿我的衣服吧？"

F 班男生的好胜心瞬间被激起，于是不出一会儿，叶缩缩的跟前就收获了一堆衣服。

正当叶缩缩一个个拒绝的时候，司夏那边的大部队也到场了。

前面一个小姑娘手里拿着一件黑色的男式大衣，说："司夏，你怎么穿得这么少呀，前段时间你还生病了，可千万不能着凉啊！不嫌弃的话，你就穿这件衣服吧！这是我刚才去隔壁班跟我哥哥借的。"

司夏神情冷淡，道："不用，我不习惯穿别人的衣服。"

"这样啊……那好吧……"小姑娘一脸失望，拿着衣服走了，而那些在旁边跃跃欲试的女孩子也全部退下了。

还在奋战的叶缩缩在一旁看得惊叹不已，心想他厉害啊，一句话就搞定了。

司夏似乎看出她在想什么，顿时面露得意之色："怎么样，你要不要跟我取取经？叫一声哥哥，我就教你啊！"

叶缩缩的嘴角抽搐，道："你在做梦。"

"阿嚏。"叶缩缩说完，就被风吹得打了一个喷嚏。

没办法，她坐在第一排，正对着门口，冷风呼呼地对着她吹。

因为天气变化，这会儿已经有不少家长急匆匆地赶来或是派家里的用人过来给大家送衣服。

叶缩缩正在考虑要不要冒雨回宿舍拿一条毛毯过来，眼角余光突然看到对面教学楼 A 班门口有个熟悉的身影。

看到那人，叶缩缩瞬间变了脸色，唰地站起了身。

哥哥……

只见沈梦琪穿着单薄的裙子从班里走了出来，门口的叶慕凡从手中的袋子里拿出一件长款棉衣，严严实实地将沈梦琪裹了起来，抬起她的手，摸了摸温度，随即面带心疼地跟她说着什么。

叶缩缩如同失了魂儿般，怔怔地看着那一幕，眼眶瞬间便红了。

司夏立即发现了叶绾绾的异样，眉头微蹙，顺着她的目光朝着对面看去，他先是看到了沈梦琪，然后看到了一个身形颀长、长相极其俊美的男人。

即使是以他挑剔的标准，也不得不承认对面那人绝对是难得一见的美男子。而且让他有些惊讶的是，这人的眉眼似曾相识，竟好像跟叶绾绾有点儿神似。

“你干吗？看帅哥看到发呆？”司夏不解地问。

而叶绾绾没有丝毫反应，视线一直追随着那个男人，看着那个男人对沈梦琪嘘寒问暖，不停地叮嘱着什么，看着他目送沈梦琪走进班里，又看着他下了楼，看着他驱车离开了学校的大门……

直到那辆车子消失在雨幕中，司夏看到叶绾绾的眼泪瞬间涌了出来。

见叶绾绾突然哭了，司夏顿时被吓了一跳，说：“喂，你怎么了，好端端的怎么哭了？你……你没事吧？”

叶绾绾依旧盯着叶慕凡离开的方向，眼泪无声地涌出来，根本不受她的控制。

半晌后，叶绾绾极缓慢地坐下来，趴在桌子上，埋起了满是泪痕的脸，肩膀微微颤抖着，轻轻地啜泣起来。

“坏人……”他明知道她和沈梦琪就在一个学校，明知道她就在对面的教室，给沈梦琪送衣服，却把她忘得一干二净。

这是惩罚吗？

如果是的话，他成功了。

现在她已经委屈难受得要命。

一想到曾经那么疼爱她的哥哥，现在把所有的一切都给了沈梦琪……偏偏这一切都是自己造成的……

这么久以来，她的情绪第一次这么不受控制，也不想再控制，她真的太难受了。

司夏从没像此刻这样手足无措，他说：“叶绾绾，你到底怎么了？坏人？谁是坏人？你别哭啊！”

耳边的人一直不停地吵她，她头痛欲裂，说：“你别管我，我冻哭了不行吗？”

司夏紧紧地抿着嘴唇，盯着趴在桌上的女孩，小声嘀咕：“我真是怕了你了。”

他说完，抓起自己身上那件卫衣的下摆，随手一翻，便干脆利落地将衣服脱了下来，又用力地套在叶绾绾的身上。

和他说的只穿了一件衣服不一样，卫衣里面还有一件薄薄的背心。

班里大概静默了十秒，随后，看着司夏若隐若现的锁骨和肌肉线条，整个班上的女生爆发出了一阵尖叫。

超级大福利啊！司夏竟然在她们面前秀身材了！

司夏被音浪冲得皱了皱眉头，嫌弃道：“麻烦……”他就知道会这样。

至于叶绾绾，一抬头就发现司夏只穿了一件白色背心，而他身上的衣服已经劈头盖脸地套在她的身上。

叶绾绾当场就蒙了。

她不过是哭了一会儿，请问发生了什么事？

“你干吗？”

“你不是冷吗？都冻哭了。”司夏一副理所当然的表情。

她随口说说的啊！他这都听不出来吗？

再说就算是她冻哭了，请问这件小破卫衣能有什么用？唯一的用处是给她拉成吨的仇恨值。

此刻不仅是F班的女生，隔壁班、对面班的女生闻讯之后也都炸开了锅。

A班，一群人原本正围着沈梦琪问东问西。

“喂，沈梦琪，刚才给你送衣服的那个人是不是我们清禾已经毕业的叶慕凡学长啊？”

沈梦琪这段时间一直被排挤，此刻见有人主动找自己说话，眼睛亮了亮，点点头解释道：“是慕凡哥，我爸爸拜托他顺路给我送衣服过来。”

“我就知道！几年没见，叶学长真是越来越帅了！”

“亲自送衣服上门，这也太体贴了吧！”

周围的人看着沈梦琪身上的名牌大衣，难免有些唏嘘：“以前沈梦琪不过是叶绾绾的一个小跟班，借着叶绾绾才有机会接近叶学长，现在叶学长居然成了她家打工的，还被差使着过来给她送温暖，”

“三十年河东，三十年河西嘛，谁让叶家倒了霉呢。”

大家原本正说着话，对面的F班突然爆发出巨大的尖叫声，于是众人顿时抛下沈梦琪，纷纷探出脑袋好奇地看了过去。

“什么情况？F班出什么事了？”

“好像是司夏刚刚脱了衣服，他的身材实在是太好了，我要去看。”

“你激动个什么劲儿啊，你前男神是给别的女人送衣服的，你现男神也是脱衣服给别的女人穿的好吗！”

“是谁？司夏脱衣服给谁穿？程雪吗？”

“错，是一战成名的叶绾绾。”

“又是叶绾绾！不过也真是没想到，叶绾绾居然那么漂亮，她跟司夏确实挺般配的。”

沈梦琪听着周围的议论声，眼见着叶绾绾仅凭一张脸就让他们的看法发生了如此大的改变，目光越来越阴沉，心中不祥的预感也越来越强烈。

她没想到昨晚之后，叶绾绾居然彻底露出了本来的相貌，她难道已经不顾及司夜寒了吗？

叶绾绾该不会真的突然开窍了，不要顾越泽，看上了司夜寒吧？

怎么可以！

而且据说司夏家里也非常有钱，为什么叶绾绾身边总有那么优秀的男人，而她却因为一个宋梓航就落到这种地步？

不过，叶绾绾，你也别太得意了，程雪那个女人可不是好惹的。

第十章

视觉盛宴

喜欢“恰似”也快3年了，无论过了多久，在床榻上用着破旧的手机看“恰似”的青春永远是我最美好的回忆，曾经的我是自卑敏感的，孤僻的，却遇见了那么热烈的绾绾，她好像从天而降破门而入的天使给我生活下去的勇气，我答应过自己要成为像绾绾一样温暖的人。

——靠近向日葵的海。

读者告白

QIASIHANGUANG
YUJIAOYANG

F 班。

司夏见叶缩缩一脸嫌弃，脸色顿时黑了：“我还不是看你哭得太可怜，才冒着这么大的风险给你衣服，你居然还嫌弃！”

叶缩缩听着周围的尖叫声，看着不断赶来围观的少女看向自己的眼神，简直无语凝噎。

他有什么风险？倒是她，小命都快不保了。

就在这时，兴奋的尖叫声中，突然响起了一道尖厉的声音：“长得好看又怎样？长得好看就可以到处胡作非为了吗？”

听到这些话，司夏面上的表情顿时垮了下来，冷冷地瞥了一眼发声的程雪。程家想要跟司家攀上关系却苦无门路，最后想从他那个窝囊废老爹下手，试图把女儿塞过来联姻。

他不过是看她那张脸还算顺眼，给她几分面子，她倒是挺会得寸进尺啊。

程雪看着司夏对叶缩缩那副维护的模样，早已经气得发抖：“叶缩缩，是我小看了你，你倒是好本事，连司夏都对你言听计从，这本事我确实学不来，甘拜下风。”

叶缩缩在心里吐槽：我大侄子尊老爱幼，听自家叔叔女朋友的话，有什么问题吗？

司夏越发不耐烦了，说道：“闭嘴！”

程雪此刻已经彻底爆发，面容近乎扭曲，尖声道：“闭嘴？我为什么要闭嘴？难道我说错了吗？明明就是她恬不知耻地抢了我喜欢的人！”

叶缩缩面色微冷，道：“程雪同学，我想你似乎弄错了什么，我早就说过，我已经有男朋友，以我男朋友的条件，我还真没必要抢你的东西。”

听到这话，司夏的脸色顿时黑如锅底，她就算要证明清白，也别往他身上扎刀啊！

至于程雪，则是当场嘲讽笑出了声：“你男朋友比司夏的条件还好？叶缩缩，你可真敢说！你知道司夏是谁吗？”

一旁的小跟班顿时连连附和：“真是笑死人了，说这种谎话也不怕闪了舌头，当我们都是没见识的傻子呢？”

周围人听着叶缩缩的话也是有些无语，程雪那个小跟班的话虽然难听，倒也是事实，毕竟叶缩缩现在就是一个落魄千金，唯一有的只有这张脸，跟程雪那样的世家小姐是完全没法比的。

“叶缩缩这牛吹得有点儿大了。”

“以前她就一直在吹牛，说什么她男朋友比司夏还帅一百倍。”

“太扯了！”

大家正七嘴八舌地议论着，不知道谁突然盯着窗外，发出一声惊呼：“哇，好帅——”

“怎么了，怎么了？又怎么了？”

“你们快看对面那个男人，快看快看！”

只见对面的天桥上行走着一个人，男人身着一袭纯黑色的西装，高挺的鼻梁，淡如樱花色的薄唇，眉宇间如同染着冰霜，精雕细琢的轮廓完美得如同神话中的神。

男人的身旁站着一个人，正神态恭敬地替他撑着黑色的伞，而男人便站在伞下，一步一步踏着风雨而来，如同一幅泼墨山水画。

还没从司夏的腹肌中缓过神的众人硬生生被这场美色盛宴震在原地，不敢发出一丝声响，似乎生怕发出了一点儿声音，就会破坏这梦境般的画面。

当看到窗外的这一幕，叶绾绾整个人愣在原地，耳边的尖叫声一瞬间全部远离了她，只剩下一片静默，只剩下眼前的那个男人。

那是司夜寒！

叶绾绾的第一反应是被司夜寒的美色震得目瞪口呆，心醉神迷。

第二反应是：完了！今天的事情肯定不能轻易解决了！到底谁能告诉她，为什么司夜寒会突然出现在学校里？

更别提她的身上正披着别的男人的衣服，旁边还坐着一个“衣衫不整”的男人。

她简直快要疯了。

“我要被你害死了！”叶绾绾一边说一边手忙脚乱地把身上的衣服脱了下来。

但是，明显已经迟了。

她坐的位置太靠近门口，她可以肯定，刚才那一眼，司夜寒绝对已经看到了她，她现在的行为无异于欲盖弥彰、做贼心虚。

一旁的司夏从司夜寒的身上收回目光，看着被她脱下来的那件衣服，脸色顿时有些不好：“你就这么怕他？”

叶绾绾白了他一眼，说：“你这不是废话吗？”

司夏：“……”

此刻，A 班的众人也发现了司夜寒的存在，个个目瞪口呆。

“这人是谁？也太帅了吧！为什么他会出现在我们学校？”

“看年纪也不太可能是学生家长啊！是来找校领导的吗？”

“不知道啊，完全没见过！今天到底是什么好日子，出现了这么多对我眼睛很友好的人。”

“看看，这人不仅帅，而且气场太可怕了，来头肯定不小。”

“我太好奇了，他到底是什么人？”

“好像朝着 F 班的方向去了……”

当众人激烈讨论的时候，沈梦琪已经完全呆滞了，眸子里满是难以置信。

司夜寒……他居然来学校了！

以往通过叶绾绾的关系，她还能见到司夜寒几次。

可是，自从她联系顾越泽去帮叶绾绾离开，结果失败那次开始，她就再也没有机会见到司夜寒。

无论她怎么怂恿叶绾绾约司夜寒出来，叶绾绾就是不上当。

这还是这么长时间以来，她第一次见到他。

当看到男人的瞬间，她那原本已经熄灭的渺茫希望又熊熊燃烧了起来。

宋梓航算什么，叶慕凡算什么，司夏算什么，如果她能跟这样的人在一起……

沈梦琪正心潮澎湃，突然就看到司夜寒去的似乎是F班的方向，于是脸色瞬间变了。

司夜寒是去找叶绾绾的？那岂不是所有人都会知道司夜寒跟叶绾绾的关系了？

一想到这里，她简直一刻都坐不住了，就好像属于自己的东西被人抢走了。

绝对不可以！

这时，沈梦琪不知想到了什么，面上突然露出一抹兴奋之色。

不对！叶绾绾今天完蛋了，这会儿她身上搞不好还穿着司夏的衣服呢。

不过，司夏，司夜寒……两个人都姓司，难道是有什么关系？毕竟司这个姓氏并不常见。

沈梦琪的眸子里闪过一丝狐疑，但很快便被她抛到了脑后。

司夏的家世就算再好，怎么可能跟司家扯上关系，何况司夏是从深城那边转学过来的，家里估计也就是个中层阶级。

“来了来了！他真的来我们班了！”

“他是来找谁的？难道也是送衣服的吗？”

“我的天！不会吧？到底是谁？”

F班乱成一片。

眼见司夜寒越走越近，叶绾绾差点儿忍不住钻到桌子底下，她连忙将烫手山芋一样的衣服塞到司夏的手里，说：“你给我把衣服穿上。”

司夏冷哼一声，道：“不穿！”

叶绾绾咬牙切齿地说：“快穿！你信不信我揍你？”

司夏呵呵一笑，回复道：“那你信不信我把裤子也脱了？”

叶绾绾：“……”

说话间，司夜寒已经走到了教室门口。

一旁的许易看到叶绾绾手里推推搡搡的衣服，又看了一眼衣着单薄的司夏小少爷，整个人都凌乱了。

叶绾绾对上许易那世界末日般的表情，默默地以手掩面。

司夏完全没有穿上衣服的意思，就这么坐在那里，挑衅似的朝着司夜寒看去，直到大腿上传来一阵剧痛。

这该死的女人，肉都要被她掐下来了。

掐吧！掐死他也不穿衣服！

叶绾绾磨着牙，恶狠狠地瞪了旁边那宁死不屈的小浑蛋一眼。

最后，她只能认命地战战兢兢地站起身，走出座位，朝着门口走去。

在众目睽睽下，所有人看着叶绾绾朝着男人走去。

叶绾绾这会儿哪有心思管别人的目光，此刻她全身上下的每一个毛孔都处于极度紧张的状态，所有的注意力都在眼前的男人身上。

叶绾绾定了定心神，僵硬地扯出一抹笑，说：“亲爱的，你怎么来啦？”

叶绾绾一边说着一边还在垂死挣扎给司夏使眼色，逼他穿衣服，手里还在试图把因为放不下而堆得到处都是的情书、糖果、巧克力推到司夏那边去。

这些都是他的，是他的！跟我一点儿关系都没有！

司夏见她把东西都往自己这边推，面色微黑，挑着眉，随手拿起了一封信，封面上赫然是“致绾绾”几个放大加粗的字，旁边还画着几颗红色的爱心。

叶绾绾恨不得暴打司夏一顿。

司夜寒的身上还残留着室外的寒意，脸上也染着冷霜，视线扫过衣着单薄的她。

叶绾绾觉得，她被冻得五脏六腑都快结冰碴子了。

这时，一阵冷风吹过来。

“阿嚏。”心理上和生理上的冷意让她连打了三个喷嚏。

而她明显感觉到司夜寒身上的气息更可怕了。

这次她真的完蛋了，现在不仅有司夏这朵霸王花，还有“十里桃花”啊！

“亲爱的，事情是这样的……”

即使觉得解释了可能也没用，叶绾绾还是想挣扎一下。

她正绞尽脑汁想着怎么解释，这时，司夜寒突然朝着他身旁的许易看去。

许易接收到自家少爷的眼神，立即恭恭敬敬地将方才手里提着的袋子拿了出来，从里面掏出了一团白色的物体。

那似乎是一件外套？

下一秒，叶绾绾冷得发抖的肩头蓦然一暖，司夜寒面无表情地将那件外套披在她的身上。

见她呆呆地站在那里，司夜寒先是看了她一眼，随后眉头微蹙，如同照顾小朋友一般，帮她将手伸了进去，然后给她系上每一颗扣子。

这是一件非常柔软蓬松的斗篷式外套，边缘镶着一圈无比暖和的白色绒毛，瞬间隔绝了外界的冷意。

叶绾绾被包裹得严严实实，只露出巴掌大的小脸，在那圈白毛的映衬下，她那张脸显得更加楚楚动人，而那双怔怔看着他的眼睛，更是亮得惊人。

男人看着眼前的女孩，目光陡然便暗了下来，眸底仿佛有炙热的暗流涌动。

叶绾绾怎么也没想到，等待她的不是怒火，而是一件温暖的外套。

她感受着那云朵般的柔软质地和暖意，周身的寒意竟一点点从身体退去，取而代之的是一股异样的暖流。

这猝不及防的外套，竟让她的鼻子有些发酸。

司夜寒竟然是来给她送衣服的？

见叶绾绾的表情不对，司夜寒原本没有任何表情的脸上浮现一抹阴沉：“怎么了？”

他给的衣服就让她这么难以接受？

叶绾绾瞬间回过神来，她抬起头，看着眼前的男人说：“没事，就是我还冷……手冷……”

司夜寒闻言，脸色似乎缓和了一些，又朝许易看了一眼。

许易立即明白过来，从袋子里掏出了一双手套。

他真是准备齐全。

而叶绾绾看着那双手套，脸都黑了。她刚才故意那么说，是想逗他一下的。

正常男人的反应难道不应该是拉住她的手，帮她取暖吗？

掏出一双手套是什么操作？

叶绾绾在无比复杂的心情中将那双手套接了过来。

她还以为能趁着牵手把气氛缓和了，这样他或许就可以不生气了呢。

不过现在这个情况，他到底是生气还是没生气啊？

他低情商也就算了，还面瘫，有这样的男朋友实在是太难受了，完全猜不出他的心思。

就在叶绾绾叹气的时候，周围的人盯着门口的两人，已经被惊得完全说不出话来了。

“我看到了什么，叶绾绾竟然真的有男朋友了！”

“说比司夏的条件还好竟然一点儿都不夸张，光这张脸就够了，好不好！”

听着周围的议论，程雪一动不动，整个人如同被定住了一样，那脸色异常惨白，如同看到了什么极其可怕的事物。

司夜寒……那个传说中雷厉风行的司家家主。

即使她因为司夏只远远见过他一次，但她也绝对不会认错他。

这个男人，只要见过他一次，就没有人会忘记。

可是，怎么可能，叶绾绾的男朋友怎么可能会是司夜寒？

如果是这样的话，叶绾绾怎么可能放着司夜寒不要，选择司夏？

难道司夏从头到尾对叶绾绾这么特别照顾，竟然是因为这个？

因为叶绾绾是司夜寒的女朋友！

天哪，万一让司夜寒知道自己对叶绾绾做的事情……

想到这里，程雪的脸上陡然浮现巨大的惊恐。

与此同时，她也蓦然回忆起司夏的那句警告“闭嘴”。

就在所有人都被惊呆的时候，门口处，男人的身后突然传来了一道声音。

“司先生……”

只见穿着粉色连衣裙的沈梦琪正含羞带涩地站在那里，跟司夜寒打着招呼。

周围人见状，顿时露出好奇的目光，沈梦琪也认识这个人？

察觉到凑过来的沈梦琪，司夜寒的目光在她的身上停留了一瞬，可那目光不为所动，就好像眼前的人根本就不存在一样。

许易对沈梦琪的印象本来就不太好，见她巴巴地凑过来，顿时冷着脸往司夜寒的身边走了一步，挡住了她继续靠近司夜寒的意图。

见司夜寒对自己竟然一点儿反应都没有，沈梦琪有些难堪，咬了咬嘴唇，但她一想到这个男人本来对谁都是这样，心里才好受了一些。

沈梦琪无法靠近司夜寒，便一副亲昵的姿态走到叶绾绾的旁边，语气熟稔道：“你来给绾绾送衣服吗？这衣服可真好看，手套也好可爱啊，上面还有一只小老虎呢……”

沈梦琪说了半天，司夜寒自然是不会理她的，连叶绾绾都完全不搭她的话，就好像是她一个人的独角戏。

沈梦琪渐渐有些尴尬，眸底闪过一丝阴霾。

随后，她眼角余光似乎不经意地朝着司夏的方向看了一眼，便如同想到了什么心虚的事情，突然惊慌失措地朝着司夜寒开口：“司先生，你千万别误会绾绾和司夏，司夏只是见绾绾有点儿冷，才会把衣服脱下来给她穿，他们没什么的，只是普通朋友。绾绾是绝对不可能跟外面那些乱七八糟的人乱来的，你一定要相信她……”

这话说的……就算是没关系，都要被误会成有关系了。

叶绾绾的脸上浮现一抹嘲讽，她静静地看着沈梦琪终于按捺不住，当着她的面开始了自导自演的大戏。

也是，沈梦琪应该并不知道司夏和司夜寒的关系。

更何况，沈梦琪在司夜寒跟前的面具早就被她撕毁了，沈梦琪的话也已经失去了可信度。

她要是不来这一出倒还好，这么明显的挑拨，司夜寒反而不会相信。

与此同时，一旁的程雪正惊讶地盯着沈梦琪的方向。本来她还以为沈梦琪这女人真的认识司夜寒，并且跟他也很熟。

当程雪听到她说司夏是乱七八糟的人之后，才一脸无语。

司家其他几位兄弟都还没有孩子，司夜寒更是没有结婚，司夏是司家唯一的小少爷，身份何等矜贵。

虽然很多人都说以司夜寒多疑的性格不会和拥有继承权的亲人关系过于亲近，但事实上，至少从表面上看，司夜寒对这位侄子是相当不错的，并且给了他无上的尊贵待遇。

甚至有传闻说，有一次有个不长眼的旁系自以为欺负司夏就可以讨好司夜寒，便当众羞辱司夏，还大骂他的父亲。结果，司夜寒得知后，当场让人停止了和那人公司的合作。

自此以后，司家再没有任何人敢轻视司夏。

而现在，沈梦琪居然说司夏是乱七八糟的人，还当着司夜寒的面说这种话。

沈梦琪看到司夏到现在都没有把卫衣穿回去，兴奋得无法自制，她就不信了，都这样了司夜寒还能淡定。

要知道，叶绾绾不过是跟别的男人多说一句话都会惹得他不开心，何况是以这样本来的美丽模样接受一个男人的衣服。

沈梦琪一副为了叶绾绾而焦急不已的模样，恳求般对司夏道："司夏，你还是赶紧把衣服穿上吧，你这样会让人误会绾绾的。"

司夏看着沈梦琪的表情，基本上跟看傻子差不多了。

这到底是哪里冒出来的人？叶绾绾居然跟这种人是闺密？

果然是脑子有问题，难怪会喜欢上司夜寒了。

司夏冷冷一笑，把手里的衣服随手一扔，往后一靠，那穿衣显瘦脱衣有肉的身材隔着背心展露无遗："我偏不穿，我就是要脱衣服给她穿，怎么着？"

司夏话音落下的瞬间，整个教室里简直是死一样的寂静。

而叶绾绾瞪大了眼珠子，若不是司夜寒在这里，她简直会扑上去给他一闷棍了。

他们到底有什么仇什么怨，这小子是专门给她使绊子的吧？

沈梦琪没想到司夏的表现比她预想中的还要让她惊喜，顿时更加得意了，更卖力地继续演了起来，露出难以置信的表情："你怎么可以这样！你明知道绾绾有男朋友了还做这种事，这就是司少爷你的家教吗？"

沈梦琪为了在司夜寒面前表现自己，一脸义愤填膺，可谓是用尽了心思。

司夏闻言，眉头微微上扬。

他的家教？他的家教可都是司夜寒教的呢。

司夏一副纨绔的模样，还故意朝着司夜寒看了一眼，大声说道："我怎么了？就算绾绾让我脱裤子，我也照样脱给她看，你有意见？"

所有人被这一幕惊呆了，都在悄悄地关注司夜寒的反应。

在无数人的注视下，司夜寒面对司夏的恶意挑衅，表情从头到尾都没有任何变化，等他挑衅完了，才淡淡地看了他一眼，道："你闹够了？"

那目光如同在看一个无理取闹的小孩子，顿时让司夏一阵火大，眸底瞬间燃烧起火焰。

司夜寒见他不吭声，目光陡然变冷，语气也瞬间沉了下来："怎么，你看到我，连人都不会叫了？"

司夏顶着那可怕的压迫感，整个身体如同压着一座大山，让他几乎不能动弹。

时间一分一秒地过去，明明是这么冷的天气，他的额头上竟然渗出了一层细密的汗珠。

不知过了多久，少年终于咬着牙齿，一字一句道：“九叔。”

九……九叔？

听到司夏对叶绾绾她男朋友的称呼后，看好戏的所有人都傻眼了。

沈梦琪得意扬扬的表情更是彻底僵住。

然而这还没完，司夜寒眼角余光又瞥向叶绾绾，随即开口：“你方才叫她什么？”

司夏死死地握着拳头，那几个字几乎是从他的牙齿缝里蹦出来的：“九婶婶。”

这是什么情况啊！听着司夏的那声九婶婶，本来就凌乱的众人更加看不清状况了。

他们万万没想到，司夏跟叶绾绾竟然是这样的关系。

所以说，从头到尾司夏对叶绾绾这么好，处处维护她，全因为她是他叔叔的女朋友？

而比他们更震惊的却是叶绾绾本人。

厉害了，司夜寒，居然一个眼神就让司夏叫她一声“婶婶”。

这样一来，就解除了她在学校里所有的误会。

司夜寒听到这声婶婶后，终于收回了警告的目光，然后他朝一旁的许易看去。

许易刚刚经历完这惊心动魄的一幕，愣了一下才反应过来，赶紧从那个袋子里拿出一件男式外套，递到司夏的跟前，盯着对方明显心情恶劣的脸，小心翼翼地开口：“司夏少爷，您这病刚好，赶紧把衣服穿上吧！别着凉了！”

司夏沉着脸，最终还是把手边自己的衣服穿上了，然后接过许易手里的外套，敷衍地套上。

“厉害了，叶绾绾，她居然是司夏叔叔的女朋友。”

“我总算知道为什么司夏对叶绾绾这么照顾了。”

“刚才沈梦琪说什么？居然说司夏没家教？噗！这不是把司夏他叔也一起骂进去了？”

说到这里，周围的人顿时向沈梦琪投去了异样的目光。

“沈梦琪也是挺搞笑的，人家正主还什么都没说呢，她巴巴地跑上去一通解释，知道的人当她是姐妹情深，替叶绾绾担忧，不知道的人还以为她是故意在叶绾绾男朋友面前抹黑叶绾绾呢。”

“我看后者的可能性很大吧！沈梦琪可是有前科的，她不是最喜欢抢闺密的男朋友吗？”

“被你这么一说还真是啊，她连宋梓航都不放过，更别说是这么优质的男人了。刚才她八成是在故意挑拨。”

“她的人品也太差了吧！而且我听说，到现在她还和叶绾绾的哥哥关系密切呢。”

沈梦琪早在听到司夏叫司夜寒九叔的时候就已经吓傻了。

这会儿她听着周围人的话语，更是脸色青白一片。

怎么会这样？司夏跟司夜寒竟然是叔侄关系？

她刚才竟然当着司夜寒的面说出了“没家教”这种话。

还有，司夜寒会不会以为她刚才那些话是在挑拨他们的叔侄关系？

她可是听闻司夜寒最忌讳这个！

一旁的程雪见状，冷笑一声，露出了意料之中的表情，她就知道会这样。

今天幸亏有沈梦琪转移了司夜寒的注意力，不然她就麻烦了。

可是，万一叶绾绾回去之后告状……

相比程雪的担忧，沈梦琪正结结巴巴地和司夜寒解释：“司先生，我不知道……我不知道司夏是您的侄子，真的很抱歉，是我误会了，我只是……只是太担心绾绾了才会这样的，请您千万别介意……”

司夜寒没有说话，甚至都没有看她一眼，而是朝着叶绾绾看去。

司夜寒的漠然让沈梦琪的心如坠冰窟，她只能像抓住救命稻草一样向叶绾绾投去求助的眼神：“绾绾，我真的是无心的！你是最清楚的，我是因为担心你啊！”

叶绾绾看到沈梦琪居然到现在还想忽悠她，眸光微微一凝，说道：“真的吗？可他们都说你在故意挑拨我和我男朋友的关系啊！”

“怎么可能，绾绾，你难道连我都不相信了吗？”沈梦琪急了。

许易冷冷地看着沈梦琪演戏，心想叶绾绾这个傻女人估计又要被骗了。

叶绾绾听着沈梦琪的辩解，面露挣扎，最后，她一脸抱歉地开口：“对不起了，梦琪。你之前已经抢了一次嫣然的男朋友，我真的很难相信你。我想，我们以后还是不要联系了，否则，万一你又要抢我的男朋友，那可怎么办？我的男朋友这么帅……”

叶绾绾一边咕哝，一边紧张不已地贴到了司夜寒的身边，占有欲十足地抱住了他的手臂，满脸防备。

司夜寒看着突然抱住他手臂的叶绾绾，平静无波的眸底难得闪过一丝诧异。

至于许易，简直欣喜若狂，叶绾绾可算是开窍了，简直是千年等一回。

沈梦琪被说中了心思，面上顿时闪过一抹心虚，不过很快她便换上了因为被误会而伤心欲绝的表情：“怎么可能！绾绾，你是我最好的朋友，我怎么会抢你的男朋友呢。”

沈梦琪说完，双眸泛红，单薄的身体轻轻颤抖，她委屈地向司夜寒投去求助的目光：“司先生，我对您只有敬仰和崇拜，绝对没有其他的意思。”

结果，沈梦琪刚迈出半步，许易便冷着脸挡在了她跟前，说道：“沈小姐，请自重！”

“噗——”

见沈梦琪被人家的下属当场打了脸，众人顿时喷笑出声。

“敬仰、崇拜？一个女人敬仰崇拜一个男人是什么意思，这还用多说吗？这都当面告白了，还没其他意思？”

“江山易改，本性难移，她连江嫣然的男朋友都不放过，何况是眼前这个人。叶绾绾的男朋友看上去可比宋梓航的来头大多了。”

“刚刚叶慕凡明明给她送了衣服过来，她还穿成这样在人家男朋友面前瑟瑟发抖，又是卖惨又是哭诉心意，当别人都是盲人呢？”

“我记得和叶绾绾有关的那些流言，都是从她这里传出去的吧？”

沈梦琪顿时变了脸色：“不是这样的，我怎么会传这种谣言……”

最近江嫣然跟叶绾绾走得这么近，该不会是江嫣然对她说了什么吧？难怪她对自己的态度变化这么大。

叶绾绾站在一旁，冷眼看着沈梦琪在人群中百口莫辩。

她曾经因为沈梦琪的设计污蔑，被所有人排挤嘲讽，而如今，这一切她全部还给了她。

当然，这还远远不够。

“丁零零——”直到预备铃声响起，被围攻的沈梦琪才终于得以脱身。

“绾绾，无论你怎么误会我，我都没有做过那些事，我下次再来找你。”沈梦琪掩去眸子里的阴沉，咬着嘴唇向司夜寒投去哀怨的目光，这才匆匆离开了。

叶绾绾没再理会沈梦琪，起身将司夜寒送到了走廊上。

看着对面的男人，叶绾绾一时间没有说话。

“你去上课吧。”司夜寒见她不吭声，只当她害怕与自己说话，没再多言。

然而，就在司夜寒迈步的瞬间，手腕却蓦然一紧。

一只小手轻轻地揪住了他的衣袖。

司夜寒顿住脚步，朝着自己的衣袖看去。

叶绾绾也不知道自己怎么就拽住了他，她反应过来后，急忙缩回手，有一搭没一搭地拨弄着衣领上的那圈白毛。

司夜寒也不催促她，就静静地站在那里看着她。

叶绾绾没话找话道：“你会喜欢上沈梦琪吗？”

司夜寒深深地看了她一眼，然后面无表情地说：“不会，我的眼光很高。”

叶绾绾愣住了，半晌后才惊讶地抬起头，眼睛眨了眨，又眨了眨。

呃，她刚才是不是被变相夸奖了？

许易看看自称眼光很高的少爷，又看了一眼旁边一脸天真的叶绾绾，默默无言。

此刻他真是相当理解当流影听到少爷说他的择偶标准是“绝世无双”时的心情。

“你还有要问的吗？”司夜寒问。

叶绾绾摇摇头，说：“没有啦，谢谢你给我送衣服，还有手套上面绣的小老虎很可爱，是你挑的吗？”

司夜寒回复道：“是许易准备的。”

许易在心里疯狂吐槽：“少爷，请您摸着自己的良心再说一遍！东西确实是我准备的，但是我足足准备了一百双手套，您才从里面挑出了这一双满意的，好吗！”

“哦……”叶绾绾点点头，然后又问了一句，“大白在家吗？”

“在家。”司夜寒开口。

许易听到这句话，顿时蒙了。

大白哪里在家了，他压根还没找到斯鲁特啊！

叶绾绾顿时安心了，说：“快上课了，我回去啦，你路上小心一点儿！”

叶绾绾走后，许易立刻焦急地看向司夜寒，说：“少爷，斯鲁特……”

“你还有一天时间。”司夜寒直接打断了他后面的话。

许易顿时一噎，心中泪如雨下：“我一定在明天叶小姐回来之前将斯鲁特找到。”

难怪少爷突然让他去把斯鲁特找回来呢，原来是要哄女朋友开心。

第二天放学后，叶绾绾收拾好行李，跟江嫣然告别。

“你一个人住习惯吗？不然你申请一下调到别的宿舍？”叶绾绾建议道。

江嫣然摇摇头，说：“不用啦，都快考试了，我一个人正好专心复习。”

清禾虽然教学质量很好，但和普通学校的学习氛围相比还是有所不同。不少学生毕业后都打算直接去留学，根本不在乎成绩。有些女生在宿舍里天天讨论的几乎是名牌和化妆品。

江嫣然是家里的独生女，父母舍不得她离家太远，所以她准备留在本地。

原本她也没想好到底去哪里，但这段时间与叶绾绾相处下来，她已经决定去华都电影学院的表演系学习。

她莫名期待未来也能与叶绾绾成为合作伙伴。

因为从小受父母耳濡目染，专业课她倒是不担心。

她听说叶绾绾想去华都传媒的公共关系专业学习。

叶绾绾现在的成绩虽然还不错，但她的数学成绩实在是不够看，若她想去华都传媒，恐怕够悬。

“绾绾，你要不要趁着回家，晚上报个数学补习班啊？你这数学实在是大问题。”江嫣然一脸担忧地问。

叶绾绾闻言，摆摆手，回道：“你放心放心，我早就报补习班了，给我补习的数学老师超级厉害。”

门口，许易刚走过来准备给叶绾绾提行李，就听到了叶绾绾和一个女孩子的对话，不禁愣了一下。

叶绾绾报了补习班吗？他怎么不知道？

毕竟叶绾绾的一切事宜可都是他在负责的。

难道是少爷帮叶绾绾报的补习班？

江嫣然闻言放心了一些，说：“能让你都说厉害的数学老师，那肯定是真的很厉害了。”

“安心，你也要加油！那我走啦，你要记得想我哦。”叶绾绾走过去，抱了抱她。

江嫣然的脸色微红，无奈地白了她一眼，说：“你快走吧，周一就见面了好吗！”

自从叶绾绾不化妆后，她这张脸实在是太晃眼了，连自己都快受不了了。

也幸亏昨天叶绾绾的男朋友来了一趟学校，断了那些人的心思。

江嫣然朝着许易看了一眼，忍不住压低声音感叹道：“我真没想到你的男朋友居然是司夏的叔叔，大家都说他的来头很大，甚至有人说他是司家那位神秘的家主司夜寒，毕竟那气场实在是太强大了，一看就不是普通人。”

叶绾绾听得顿时一阵呛咳，脱口而出否认道：“怎么可能，简直异想天开！司夜寒要是我男朋友，那M国总统就是我爸爸。”

一旁的许易：“……”

江嫣然失笑道：“我也觉得不可能，毕竟是传说中的人物，怎么可能轻易见到，大家也都是乱猜而已，而且传闻司夜寒长得很吓人很可怕的，怎么可能这么帅，还那么温柔。”

再说了，司家所有的继承人上的都是国际顶尖的学校，从小接受专业的培养和教育，怎么会出现在国内的私立贵族学校。

就算对方可能和司家有点儿关联，估计也是八竿子打不着的旁支了吧？

不过即便如此，只要跟司家沾亲带故，也已经是让普通人都仰望的存在。

温柔？叶绾绾干笑道：“是啊是啊！我男朋友很温柔的，很温柔……”

跟江嫣然道别之后，叶绾绾便和许易一起离开了。

离开之前，许易下意识地向江嫣然投去了探究的目光。

这女孩就是叶绾绾的新室友？这好不容易刚走一个坏室友，可别又来了一个。

不过目前从他调查她的家世背景和方才第一眼的印象来看，这个女孩似乎还可以，希望她不会变成下一个沈梦琪。

车子很快开到了锦园。

叶绾绾隔得老远便迫不及待地趴在车窗上，探着头往外面张望。

终于，她在大门口看到了一个威风凛凛的白色影子，它正一丝不苟地蹲坐在那里。

更让她惊讶的是，白虎的脖子上居然还系了一个粉红色的蝴蝶结，简直是又帅又可爱。

“哇！大白——”叶绾绾蹿下车，立即兴奋地朝着大白虎扑了过去。

然后，意料之中她被吼了一脸。

不过叶绾绾被吼了也丝毫不在意，她锲而不舍地绕着它团团转，喜欢得不得了。

大白虎明显挺烦她的，看那表情估计都恨不得一尾巴甩过来，偏偏又无可奈何，谁让它碰到了一个没有底线的主人。

简直太过分了，要哄女人不会自己去哄啊，居然靠出卖动物的“色相”。

愚蠢的人类居然让它跟愚蠢的石狮子一样蹲在这里等这个愚蠢的女人，还在它尊贵的脖子戴上如此愚蠢的凡物。

叶绾绾简直爱死了大白那一脸“愚蠢的人类”的傲娇小表情，拿起手机不停地给它拍照，还拍了许多合照，依旧意犹未尽。

一旁的许易看叶绾绾在那儿兴高采烈地绕着斯鲁特打转，额上的冷汗都快掉下来了。

这个叶绾绾到底是吃错了什么药，以前她明明怕斯鲁特怕得不得了。

还好叶绾绾有分寸，只绕着它看，没有上手去碰它，否则万一伤到了这位小祖宗，恐怕要天下大乱。

其实叶绾绾真的超想摸一下斯鲁特的，但是她也知道斯鲁特极其厌恶人类的触碰，所以便没有勉强它，只能眼馋地看着它毛茸茸的脑袋和大肉垫。

要是有一天大白愿意让她摸该有多好啊！

“许管家，我的菜怎么样了？”

“小姐放心，一直有专人妥善照看。”

“你快带我去看看！”叶绾绾兴奋地催促。

说完，她又看向白虎道：“大白大白，你要不要跟我一起去看看我种的大白菜？”

许易的嘴角微抽，说：“我觉得大白……斯鲁特应该不会感兴趣的。”

人家可不是吃素的！

等等，他都快被叶绾绾带偏了，居然也叫起了斯特鲁大白。

叶绾绾一脸遗憾道：“嗯，好吧！那大白，我先去看菜园子啦，等下来找你玩哦。”

叶绾绾放下书包，就匆匆跑去了后面的院子。

果然，她离开前种植的花果蔬菜全部被照顾得非常好，果树已经开始抽芽，向日葵也已经长高了不少，有些周期短的蔬菜已经快成熟可以采摘了，池塘里的鱼也是条条活泼肥美，不远处还有几只黄色的小鸡在觅食……

原本如同金丝笼一般冰冷可怕的宅院，此刻在夕阳下处处透着温柔亲切的气息。

叶绾绾开心地巡视着自己的成果，某管家则是跟在她后面默默地心疼，世界顶尖建筑师天价建造的锦园啊，就这么变成了农庄。

不过，自从被叶绾绾这么乱七八糟地一通改造后，整个锦园内的气氛倒是变得轻松了。

至少用人们再也不用每天小心翼翼地照顾那些昂贵的花草树木和锦鲤，还要时刻担心会被叶绾绾毁了。

这会儿见叶绾绾回来了，还都竞相邀功起来，这个说自己照顾的大白菜水灵，那个说自己养的萝卜标致，简直让他哭笑不得。

叶绾绾前前后后看了一大圈，又摘了不少已经可以食用的新鲜蔬菜，这才心满意足地回去了。

她刚回到客厅，就看到司夜寒从楼上走了下来，看了一眼她手里的菜篮子，说：“你回来了。”

叶绾绾立即立正站好，然后邀功道：“嗯嗯，我看到大白啦，还去看了一下我种的菜，你看，长得可好了！”

司夜寒应了一声：“嗯。”

叶绾绾眨了眨眼睛，为啥她觉得司夜寒的心情貌似不太好啊？

一旁的许易倒是很想回答她这个问题：你一回来，第一件事是找大白，第二件事是找大白菜，少爷他的心情能好吗？

不过他是绝对不会承认自家说一不二的少爷连老虎和白菜的醋都吃的。

叶绾绾虽然不知道司夜寒到底为什么心情不好，但是她顺毛的技能已经炉火纯青，于是她凑上去道：“大白的蝴蝶结是你挑的吗？真好看。”

许易再次暗中吐槽：“大白的蝴蝶结虽然是少爷挑的，但是是我系的啊！你怎么不夸我？”

“还有这些大白菜，可新鲜了，我等下就拿去厨房做了给你补身体。”叶绾绾又娇娇软软地说道。

叶绾绾这么软声软气地顺毛，司夜寒的气基本上就顺了一大半。

于是叶绾绾开开心心地把菜送去厨房了。

晚饭后，叶绾绾悄悄地从冰箱里掏出了一块牛排，然后就去院子里找大白了。

只见大白虎正晃着尾巴在院子里巡视，路过那群小鸡的时候，它毫不客气地张嘴就吞了一只。

叶绾绾顿时急了，赶紧飞奔过去，说：“大白，快吐出来！这鸡是用来下蛋的，不可以吃！”

大白虎用看傻子一样的眼神看了她一眼，然后嘴一张，一只沾满了口水的小黄鸡就骨碌碌滚了出来，飞快地离开了。

它怎么可能会吃这种生物，不过是含着玩玩而已。

叶绾绾见白虎压根没有吃那只小鸡，这才松了一口气，谄媚地从身后掏出了刚才从冰箱里偷出来的那块牛排，说：“大白大白，你吃这个吧！”

这是一块非常新鲜的生牛肉，一看就是白虎会喜欢的那种东西。

一向对她无动于衷的大白虎终于动了动鼻子。

叶绾绾眼睛一亮，激动地开始诱惑道：“这可不是几块钱一包的牛肉干，是顶级特供的黑安格斯牛肉哦！超级好吃的！”

而且巨贵，她好不容易才偷出来的。

她拿司夜寒的牛肉喂他的白虎，应该不算偷吧？反正都是他的东西。

叶绾绾知道斯鲁特从不吃陌生人给的东西，但她都在锦园住了两年了，也不算陌生人了啊！

“你来吃一口嘛，真的很好吃的，我不骗你。”叶绾绾再接再厉地哄着。

只是大白虎一副铁石心肠的模样，只动了动鼻子，便继续无动于衷了。

它这么自律？

叶绾绾哭丧着脸说：“你怎么比你主人还难哄啊？”

不对，它的主人其实还挺好哄的。

叶绾绾没办法，她想了想，只能把那块牛排放在白虎旁边一块干净的草地上，然后自己远远地走开了。

她在暗处躲了大概十分钟，趴在那边休息的大白晃晃尾巴，玩玩小鸡，最后，它终于用大爪子将那块牛排拨了拨，纡尊降贵地把牛排咬进嘴里，一口吞掉了。

叶绾绾开心得就差当场放礼炮了，她第一次看着别人（虎）吃东西，比自己吃东西还要开心。

大白连吃东西的样子都这么可爱。

此刻的叶绾绾并不知道，她在院子里所做的一切，她花痴一样盯着大白的表情，尽数落入楼上某人和他家总管的眼里。

许易小心翼翼地瞥了一眼正将目光落在大白身上的自家少爷，腿不自觉地抖了抖。

他有种明天的菜单可能是白虎炖白菜的预感。

唉，少爷非要下令让他把斯鲁特找回来，现在被争宠了吧！

叶绾绾兴奋地绕着大白转个不停，即使大白不理她，她也能一个人嘀嘀咕咕说半天，又是给它讲故事，又是给它编花环，院子里还时不时传来大白嫌弃的咆哮声和她的碎碎念。

等叶绾绾回过神的时候，天已经黑了，她这才依依不舍地离开了有大白和大白菜的院子，悲壮地走进有数学和司夜寒的屋子。

挥别大白后，叶绾绾心情沉重，抱着书包上了楼。

看到许易从书房里走出来，叶绾绾急忙上前问道：“司夜寒现在忙吗？”

一看到叶绾绾，许易顿时快哭了，这位大小姐可算是玩够了。

忙啊，能不忙吗，里面那位忙着吃醋呢。

少爷明明是想用大白讨美人欢心的，谁知道美人直接被拐跑了，他算是知道啥叫“养虎为患”了。

“少爷没事，您要是找他，现在赶紧进去吧！”许易立即道。

“那他现在心情怎么样？”叶绾绾不放心地问，要是他心情好的话，她求补课应该会比较容易同意。

“挺好的啊！”许易毫不犹豫地把叶绾绾给骗了。

“哦哦，那就好……”叶绾绾松了一口气，毫无察觉地走进了书房。

进去后，只见男人坐在阳台的藤椅上，手上拿着一本外文书籍，面容隐在阴影中，表情看不清楚。

“有事？”见她走近，男人才缓缓地抬起头，用清冷如头顶皎月的目光看着她。

叶绾绾也不知道是不是自己的错觉，她总觉得许易在坑她。

司夜寒这会儿的心情真的挺好的？

她想了半天，实在找不到司夜寒心情不好的理由，于是便没有多想了。

“那个，是这样的……还有不到一个月就要考试了，可我的数学成绩太差，想要补救一下。你最近忙吗？可不可以教教我？每晚给我补习两个小时，不，一个小时就可以啦！”

叶绾绾不敢要求太多，毕竟他是大忙人。

不过俗话说得好，“听君一席话，胜读十年书”，就算只有一个小时，对她来说也获益匪浅了。

除了因为司夜寒的讲解方式非常容易让她接受，还有一个生理性的原因，那就是她在司夜寒面前绝对不敢开小差，精神都是高度集中的，效率特别高。

叶绾绾说完，便紧张地等待着男人的回答。

半晌后，男人放下手中的书，语气与平时无异地开口道：“我可以给你两个小时。”

“两个小时！”叶绾绾一听，眼睛顿时亮了，“真的吗？”

“不过，我有条件。”司夜寒的目光微暗。

叶绾绾的神经顿时绷紧了：“什么条件？”

司夜寒回复：“相对应地，你也要付出一定的报酬。”

叶绾绾不解地问：“这个报酬指的是？”

司夜寒补充道：“给我八个小时。”

叶绾绾顿时一愣，说：“啊？”

给他八个小时做什么？

下一秒，她突然回忆起之前在宿舍的那次，也遇到过类似的情况，当时司夜寒提出的条件是六个小时，对，就是陪他睡六个小时。

所以，此刻司夜寒口中的这八个小时，大概就相当于——

“你的意思是让我陪你睡一晚上？”叶绾绾瞪大了眼睛，脱口而出。

听着叶绾绾的话，司夜寒看了她一眼，随即开口问：“你只需要我给你补习一晚？”

叶绾绾条件反射地摇摇头，说：“一晚上肯定不够，至少要持续到考试结束。截至考试前，估计每天晚上都要的，如果你有空的话……”

司夜寒拿起手边的茶杯，抿了一口茶：“嗯，那就是每晚陪我睡八个小时。”

叶绾绾的大脑瞬间宕机。

为什么他可以顶着高冷的冰山脸说出“每晚陪我睡”这种话来啊？

不知道的人还以为他们在这儿做什么少儿不宜的事呢，而实际上他们只是在纯洁地讨论补习数学而已。

叶缩缩好不容易从震惊中回过神，立即扳着手指头算了算，她得到了两个小时，却要付出八个小时的报酬，这学费是不是太贵了？

简直是奸商！她的数学是很差，但还没有差到这种地步好吗！

感觉智商受到了侮辱的叶缩缩顿时气呼呼地开口：“这是不是哪里不对？为什么你给我两小时，我得给你八小时？”

司夜寒一副“完全无所谓这个交易成不成立”的表情：“你可以拒绝。”

“我……”叶缩缩顿时没话说了。

这会儿司夜寒在她眼中简直是一尊金光闪闪的学神，她能不能去华都传媒就靠他了，她哪肯放过。

叶缩缩纠结了半天，被迫问出她上次似乎问过一次的问题：“那……那只是睡觉吗？字面上那个意思的睡觉？”

她记得以往在学校，还有在老宅的时候，他们只是盖着棉被单纯睡觉。如果是这样的话，她倒也不吃亏，反正她也是要睡觉的，区别不过是旁边多一个人罢了。

叶缩缩这么想着，本来已经松了一口气，便看到司夜寒放下手里的茶杯，浸染了夜色般的眸子缓缓看向她，开口说：“这我无法保证，毕竟我是一个正常男人。”

司夜寒话音落下的瞬间，叶缩缩整个人愣在了那里。

“你考虑一下。”司夜寒说完，便站起了身。

本来还在发呆的叶缩缩在司夜寒起身的瞬间，突然一个箭步冲到他的跟前，仰着脑袋盯着他，斩钉截铁地道：“成交！”

司夜寒的表情似乎有些意外，说：“你确定？”

叶缩缩点点头，说：“确定啊，反正我又不吃亏。”

顿了顿，叶缩缩立即催促他：“快快快，今天就开始吧！”现在对她而言，什么也没有比考上华都传媒重要，她不能再浪费时间了。

于是，叶缩缩殷勤地帮司夜寒收拾好桌子，摆放好书本和文具，又给司夜寒泡了一杯茶。

司夜寒站在一旁，眼睛里带着一抹不易察觉的探究之色，他静静地看着女孩在房间里忙碌。

忙完之后，叶缩缩跟小学生一样端正地坐下，说：“老师，可以开始补课了。”

司夜寒在女孩身旁的位置坐了下来，也没有翻书，一只手轻轻地斜支着额头，直接开口：“我先跟你说上次没讲完的知识点。”

叶缩缩惊讶地眨了眨眼睛，都过去这么多天了，上次没讲完的知识点他居然还记得？

所以，这次的学费交得……应该也不算吃亏吧？

顺利得到了两个小时的开挂时间，叶缩缩心满意足地回房间继续自己的做题练习了。

时间一晃而过，叶绾绾如痴如醉地沉浸在知识的海洋里，转眼已经夜深。

叶绾绾磨磨蹭蹭地洗完了澡，司夜寒也没来催自己，她等得着急，又不想去找他，于是给他打了一个电话。

与此同时，书房里，许易正在例行汇报工作。

片刻后，墨玄也走了进来，问道："司总，您叫我？"

好像还没到司总入睡的时间啊，他怎么这么早叫自己过来？

司夜寒抬起头，看向对面的墨玄说："从今天开始，你暂时不用来了。"

墨玄一听，愣住了："不用来了？那九爷您的病……"

旁边捧着一摞文件的许易也是满脸惊讶。

少爷这段时间的状态可并不理想，怎么好端端的突然让墨玄不用来了？

"少爷是找到更合适的医生了？"许易问道。

墨玄蹙眉，不是他自夸，对司总的病的研究，他如果称第二，没人敢称第一，司总不可能找到更好的医生。

这时，司夜寒的手机突然响了。

两人眼角余光看到，来电显示的是叶绾绾的名字。

叶绾绾在家里，干吗还要打电话？

他们正狐疑着，便依稀听到手机那头传来的叶绾绾的声音——

"司夜寒，我是想问一下……你什么时候睡觉？是我去你那儿，还是你过来我这儿啊？"

因为书房内极其安静，所以叶绾绾的话还算清晰，两人听完后都愣了一下。

"我处理完一些事情就过来。"

司夜寒挂了电话，随即看向墨玄，继续开口道："薪资照发，我需要你回来的时候会让许易给你打电话。"说完，他便让两人都出去了。

墨玄直到出了书房，还有些反应不过来："这是什么情况？"

许易同情地拍了拍他的肩膀，说："你还不明白吗？叶小姐现在走读了，少爷已经有人陪睡了，你暂时不用来了。"

墨玄脸色一黑，说："你这话怎么听起来怪怪的？"搞得好像是他被甩了一样。

顿了顿，他沉吟道："我倒是真挺意外的，没想到叶绾绾这次安分了这么久，而且突然如此识时务，这可实在是不像她的性子会做出来的事情。我还以为上次两人大闹一场之后，她会闹得天翻地覆，结果竟然平静得让人难以置信……"

只怕事出反常必有妖啊。

许易自然知道他在想什么，笃定地说："不管她是真的想通了，还是依旧想着逃跑，都没什么区别，九爷不可能放她走的。如果她想做伤害九爷的事情，就凭她？那更是不可能。"

墨玄叹了一口气，说道：“我暂时不来也好，总算能休息休息了，我不在的时候，你多注意一下九爷的情况，随时反馈给我，说不定叶绾绾真能解开九爷的心结呢。”

“我知道了。”许易应了一声。

房间内，叶绾绾听着司夜寒那句“我处理完一些事情就过来”，表情很是无语。

为什么这话说得好像自己是一个在等丈夫忙完的妻子？

复习了一晚上数学，精力消耗太大，叶绾绾刚沾上枕头就开始犯困。

迷迷糊糊间，她好像听到了熟悉的脚步声，随后一股清冷的气息如影随形，浸透了她的呼吸，沾染了她的身体。

叶绾绾因为被惊扰而皱了皱眉，小嘴一直在碎碎念着什么。

司夜寒盯着女孩的嘴唇，粗粝的手指轻轻抚摸着，他俯下身去，结果他刚凑近就听到叶绾绾在那儿念叨：“等差等比两数列，通项公式N项和……两个有限求极限，四则运算顺序换……”

嘀咕了好半天，女孩突然随着热源的方向蹭到了他的怀里，喃喃：“爸爸。”

司夜寒：“……”

叶绾绾叫了这一声之后，便没了动静，似乎是睡着了，过了好半天，她的肩膀才微微轻颤，面色焦急而慌乱地喃喃：“绾绾有乖乖的……绾绾有乖乖念书……不要生我的气了……不要不认我……好不好？”

司夜寒目光复杂地盯着女孩的小脸，半晌后，他伸出手，用指腹拭去了女孩眼角的泪。

第二天早上六点，闹钟准时响了。

叶绾绾下意识地把脑袋钻进被子里，躲避着闹钟的声音，半晌后，她才不情不愿地钻了出来，把闹钟关了，然后双目无神地爬了起来。

结果，她刚起身到一半，腰间陡然一股大力将她扯了回去。

她又躺回了床上，目瞪口呆地对上了司夜寒那张帅气的脸。

屋子里的窗帘拉着，只有一缕微弱的光线投射进来，柔软又温暖的大床上，旁边还躺着一位俊逸出尘的帅哥，要是一般人，估计恨不得睡一辈子不起来。

叶绾绾没想到她担心了半天，结果因为太累了，直接一觉睡到了早上，连昨晚司夜寒到底什么时候来的都不知道。

叶绾绾的腰身被宽大的手掌搂着，身体也完全被当成一只抱枕拥在怀里，过于亲密的姿势让她心里直打鼓：“我得起床复习了。”

男人的眼睛都没睁开，丝毫没有放她起床的意思，声音低哑道：“还差两个小时。”

叶绾绾顿时无语。

昨晚她是十二点才睡的，而现在是早上六点，距离睡满八个小时，还差两个小时。

他居然还特意计时了！要不要这么小气？

这些天叶缩缩已经习惯了早起，虽然她真的很困，但是让她安心地躺在床上睡满八个小时实在太有罪恶感了，于是只好跟他商量：“嗯，司老师，咱们商量一下呗，能不能打个折？六个小时行不行？我还要考试，数学又这么差，必须抓紧时间了，不然考砸了怎么办？”

身旁，男人的眼睛终于缓缓睁开，瞳仁宛如黑曜石：“你在怀疑我的能力？”

叶缩缩顿时没话说了，默默吐槽：“那万一考砸了呢？能全额退学费吗？”

其实她也知道，司夜寒的补习加上她的记忆力，一个月其实是没问题的。

只是，只有不停地忙碌才能让她安心和平静。

她想妈妈，想爸爸，想哥哥，想家……想得都快发疯了。

她知道司夜寒从未完全相信过她，她知道此刻自己不可以做任何可能惹怒他的事情。

她好不容易才将司夜寒安抚到这个程度，现在还不是合适的时机。

何况她还有不良前科，曾经为了离开他，好几次谎称是回去看父母。

若是她这时候跟司夜寒提她要去看她的父母，基本上就跟他在说她又要走了。

但是，自从前天在学校见过哥哥，这样的心情便越来越无法压抑。

叶缩缩躺在床上，已经没有丝毫睡意，她怔怔地盯着身旁的男人，数着他闭上眼睛时那根根分明的睫毛。

到底怎样才能让司夜寒同意自己回家呢？

两个小时后，司夜寒准时起床。

本来她还在猜测司夜寒昨晚到底有没有睡着，不过光看他那精神极佳的脸，便知道他睡得不错。

反观叶缩缩，一脸无精打采。

吃早饭的时候，叶缩缩心想要不试试吧，她最近这么乖，没准儿有希望。

叶缩缩先是稳了稳心神，然后试探着开口：“司夜寒，今天是周六……我可不可以回去看看我父母？”

一旁的许易听到这句话，顿时倒吸了一口冷气。

昨晚他还在跟墨玄说叶缩缩最近特别安分呢，这该不会又想离开了吧？

果然，听到她说要回去的时候，司夜寒的眉宇顿时染上了冷意。

他放下手中的餐具，冰冷的眸子带着极其迫人的压力，语气也冷得没有一丝温度：“叶家的一切都与你无关。”

听到这句话，叶缩缩的心脏顿时一抽。

她知道，她早就跟家里断绝关系了。她的目光微暗，低喃：“之前我不该为了顾越泽跟他们大吵的，是我不懂事，伤了他们的心，现在我真的很想见见他们……”

司夜寒周遭的气息更冷了，他一字一句地说：“我不想重复一次。”

虽然是预料之中的反应，但是叶缩缩还是忍不住一阵难受。

叶缩缩心不在焉，趴在院子里的圆桌上做题目，连下雨了都没发觉，还在拿着笔发呆。

直到在屋檐下趴着打盹的大白突然大吼一声，她才猛地回过神来，赶紧收拾了东西回到屋子里躲雨。

回到屋里后，叶缩缩和昨天一样，从冰箱里偷了一块牛排，放到白虎的旁边，然后远远地躲开了。

雨越下越大，外面渐渐打起了雷。

叶缩缩抱着一本练习册，盘腿坐在地板上，迟迟没有翻页，脑子里思绪纷乱，完全静不下心来。

她一时想到如今还寄人篱下住在舅舅那里的父母，一时又想到顾越泽和叶依依。

没人知道，其实叶依依不是她的堂姐，而是她同父异母的姐姐。

都说豪门深似海，叶家便是典型。

表面上叶家是这一行的开山鼻祖，风光无限，实际上内里复杂混乱。

叶依依的母亲梁美萱，和她的母亲梁婉君，其实也是同父异母的姐妹。

梁美萱是梁家的私生女，十八岁才被接回梁家。

母亲生性善良单纯，见梁美萱柔弱可怜，虽然对她并不亲热，也从未亏待过她。

梁美萱当年已经上大学，在宿舍里被室友排挤，经常被欺负，带着一身伤回来。

外公梁世钧便提出想让梁美萱去母亲那里住，因为叶家正好距离梁美萱的学校非常近。

家里的房间很多，不过是多个人住进来而已，单纯的母亲当时并未在意，便答应让梁美萱住到家里。

然后，这便成了母亲噩梦的开始……母亲的性子太沉闷，又不会讨好公婆，加上她的身体不易受孕，都嫁过来三年了还没能怀孕，公婆对她的意见一直很大。

而梁美萱活泼可爱又嘴甜，刚来没多久就得到了全家人的欢心。又过了一年，母亲还是没能怀孕，而这时候梁美萱却怀孕了。

她怀的，是叶缩缩父亲叶绍廷的骨肉。

梁美萱嫉妒母亲得到的一切，更嫉妒母亲命好嫁入豪门，从住进来起便在策划一切，直到找到了那个机会。

父亲对母亲一心一意，得知自己被设计喝醉后碰了梁美萱，不仅没有隐瞒，还立即把事情告诉了母亲，求得她的原谅。

母亲第一次动了怒，强硬地把梁美萱赶了出去。

母亲和父亲冷战了大半年，好不容易关系有所缓和，这时候梁美萱竟然又被公婆接了回来，而且大着肚子已经快临盆了。

一个是不孕的儿媳，一个是怀了叶家骨肉的女人，二老会选谁可想而知。

当时二老一致要求让梁美萱把肚子里的孩子生下来，逼父亲离婚娶梁美萱，父亲坚决反抗，跟家里闹得不可开交。

二老誓死要保住叶家的骨肉，父亲却不愿意背叛母亲，加上梁美萱的肚子都这么大了，孩子当时已经没法儿打掉，事情陷入僵局。

最后，是叶绾绾的二叔跳了出来，说自己其实一直深爱着梁美萱，还说愿意娶她，会把她肚子里的孩子当成亲生骨肉。

父亲自然不同意，这太荒谬了，怎么能让自己的弟弟娶一个怀了他孩子的女人。

但当时叶绍安态度坚决，连梁美萱也表示为了孩子愿意嫁给叶绍安。

二老逼父亲做出选择，要么他娶梁美萱，要么让叶绍安娶梁美萱。

父亲在痛苦之下，还是拒绝了娶梁美萱。

孩子在梁美萱的肚子里，他也不能强迫人家做决定。梁美萱想嫁给谁，也不是他能左右的。

就这样，她同父异母的姐姐叶依依成了她的堂姐。

叶依依出生后，虽然她是女孩，但二老因为心疼孙女受的委屈，对梁美萱和叶依依母女都非常好，对母亲也越发不待见。

母亲在叶家的日子越来越难过，天天看着梁美萱和叶依依在家里，更是几乎被逼到崩溃的边缘，她多次跟父亲提出离婚，父亲也是痛不欲生。

幸运的是，不久后，母亲竟然也怀孕了，而且怀的还是男孩。

三年后，母亲又怀上了她。

爷爷奶奶对母亲的成见这才打消了。

二叔叶绍安一直不被爷爷看好，公司基本上是父亲在管理，这些年他仗着自己帮父亲养着女儿，仗着父亲欠他这么一个大人情，处处得寸进尺，在公司里弄了烂摊子，也是让父亲善后。

直到叶绍安越来越过分，终于犯了叶家的禁忌，挪用了大笔公款中饱私囊。

父亲查到这些事情后大发雷霆，决定这次无论如何也不会再姑息他。

可就在父亲准备把证据交到爷爷那里的时候，叶绍安却用她威胁了父亲。

既然叶依依这个女儿已经无法影响他了，那没关系，还有一个他更宝贝的女儿叶绾绾呢。

果然，父亲一看到那些东西，立刻就妥协了。

叶绍安做的那些事情，全被嫁祸到父亲头上。

爷爷勃然大怒，直接把父亲赶出了公司。

接着，她被父亲送到了一个安全的地点，还给她留了一笔钱，为她安排好了一切。

她并不知道父亲为了保全自己已经四面楚歌，还在埋怨父亲为什么不相信自己，为什么要把自己送到那么可怕的地方。

那时的她天真单纯，自然没有多想，她只知道自己终于自由了。

离开家后，她第一时间便想去找顾越泽，而等待她的，却是外面早已天翻地覆的世界：父亲被赶出了公司，家里的房子车子全部没了，她一夜之间从千金小姐变成了人人嘲讽的落魄凤凰，而她深爱的未婚夫成了叶依依的男朋友。

在那个离奇的梦里，当她知道这些真相后，曾经试图揭穿叶依依的真面目，可惜对方伪装得太好，她一无所获。

不过，她倒是意外地查到了一个惊人的秘密。

太多的回忆在脑海里肆虐，叶绾绾的额头针扎一般疼痛，她靠在沙发的边缘，陷入了可怕的噩梦中。

大概是因为下暴雨气温骤降，她的身体一阵阵发冷，胸腔里沉甸甸的，如同灌了铅，呼吸越来越艰难。

“吼——”

耳边似乎传来猛兽凶狠吓人的低吼，叶绾绾紧闭的眼睑颤了颤，她想要醒来，可神志陷在泥沼里，无法脱身。

原本远远躲着叶绾绾的白虎不知什么时候缓缓朝叶绾绾走去。

白虎看到趴在毯子上双颊潮红、呼吸急促的女孩，似乎有些焦躁，绕着她来回踱步了好几圈。

“吼——”又是一声咆哮，女孩依旧没有丝毫反应。

家里的用人没得到吩咐时，都会自觉待在用人房里，何况客厅里大白还吼得这么凶，更不可能有人敢跑去送死了。

白虎吼了几声，又绕着女孩走了半天，最后，它踱步靠近女孩，庞大的兽身贴着女孩趴了下来，将女孩圈在了温暖的白色绒毛里，长长的虎尾覆盖在女孩裸露的小腿处。

雷雨交加的夜色里，黑色的车子如一道黑色闪电般行驶着。

透过后视镜，许易不安地看了一眼后座上神情淡漠的男子。

他还以为少爷今天不会回去了，没想到八点少爷就从宴会上离席。

他知道少爷最忌讳的便是失去控制。

现在的叶绾绾越来越让人看不透了，无论是她做的事情，还是她这个人。

她要是真的安安分分也好，但连他都能看出来，她是在一点儿一点儿试探少爷的底线。

一旦被触碰了这道底线，就算叶绾绾伪装得再好，恐怕也没用。

很快，车子开到了锦园。

客厅里安静得有些诡异，少爷特意留了斯鲁特在家。按照叶绾绾的个性，应该兴奋得咋咋呼呼一整晚，可是此刻，里面一点儿动静都没有。

许易接过了司夜寒手中的外套，然后狐疑地跟着他一起走进了客厅。

两人刚一走进客厅，便看到沙发前印着复古图腾的地板上蜷着一团白色的东西。而此刻叶绾绾竟然蜷缩着靠在斯鲁特的身上，双手紧紧抱着它的爪子，嘴里一直在呢喃：“妈妈……”

“吼——”听到脚步声，被叶绾绾揪着毛抱着爪子叫妈妈的斯鲁特立即低低地吼了一声。

愚蠢的人类，还知道回来，你女朋友还要不要了？

许易瞪大了眼睛，难以置信地看着眼前的画面。

最讨厌与人类亲近的斯鲁特此刻竟然紧挨着叶绾绾，乖乖地趴在那里，被她又揪毛又抱爪子。

不过，叶绾绾的状态怎么好像不对劲？

许易的心头一凛，刚发现叶绾绾的异样，身旁已经有个人影快步走过去，将叶绾绾从大白的怀里抱起来。

“去请孙老！”

“是。”许易汗如雨下，赶紧冲了出去。

万一叶绾绾有个好歹，这一屋子的人恐怕都要倒霉。

半个小时后，整个锦园灯火通明。

所有用人在客厅里颤抖着站成了一排，屋外一辆黑色的车子停下，白发苍苍的老者被一个年轻人扶了下来。

两人在许易的指引下，匆忙朝着屋内走去。

整个锦园的上方都笼罩着一团阴云。

孙老和他的首席大弟子赶到的时候，只见床上躺着一个女孩，而司夜寒正坐在床沿，一只手被女孩紧紧地抱在怀里。

在看清女孩的面容后，一旁的小徒弟眸底瞬间闪过一丝惊艳。

这女孩也太美了，即使是病中虚弱，也美到极致，难怪能让这位传说中性情暴戾的家主这么紧张。

不知道这女孩是得了什么重病。

“麻烦孙老。”

司夜寒说着，试图将自己的手从女孩的怀里抽出来。

然而，只要他稍微动一动，女孩便露出痛苦不已的表情，抱得越发紧，如同抱着最后一根浮木。

司夜寒看向老者，道：“可否就这样把脉？”

孙老闻言，轻咳一声，说：“恐怕不行，会影响诊脉的结果。”

他还以为是这位年轻的家主因为长期无法入睡，身体终于支撑不住，没想到病的不是他，而是一个女孩。

司夜寒犹豫片刻，这才用了一些力道，将自己的手臂抽了出来，把女孩的手轻轻地按在脉枕上。

男人将手抽走的瞬间，女孩眼角的泪水便滚落了下来。

孙老不敢怠慢，没让徒弟去诊脉，而是亲自诊脉。

这次诊脉的时间意外地长，以至于一旁小徒弟的神色都越来越紧张，心想难道是什么让师父都觉得棘手的症状？

孙老诊了三次脉，才终于看向司夜寒，道："司先生请放心，这位小姐只是风寒发热，只需要吃点儿退烧药就会恢复的。"

孙老诊脉结束后，司夜寒看了一眼已经委屈得把枕头都哭湿了的女孩，立即将手臂伸过去让她重新抱住，这才看向老者道："以防万一，烦请孙老您暂住一晚。"

听到两人的对话，孙老旁边的小徒弟眼珠子都快瞪出来了，居然只是发烧？

这种小病自己在家里拿个温度计量一下不就好了，居然把早已经半隐居的神医孙百草都请了过来，还要求观察一宿。

小徒弟张了张嘴，似乎想要说话，不过紧接着他就看到身旁的师父朝着他摇摇头，示意他不要多言。

接着，老者起身道："那就叨扰了。"

叶绾绾醒来的时候，已经是第二天早上。

偌大的房间里静悄悄的，窗外已经放晴，天空湛蓝如洗，空气中萦绕着草木和泥土的清香。

有不知名的鸟雀在枝头鸣叫，"哗啦啦"扑棱着翅膀，很快便飞远了。

"你醒了。"

叶绾绾正怔怔地看着窗外飞远的小鸟，耳边突然传来低沉的声音。

叶绾绾别过头一看，竟发现司夜寒就坐在她床边的椅子上，一只手里拿着几份文件，另一只手……竟然正被她牢牢地抱在怀里，还要死不死地压在自己的胸口处。

叶绾绾一惊，赶紧将司夜寒的手松开。她刚想开口说话，却发现自己的嗓子像被火烧过一样，嘴唇也是干裂的。

"别动。"

司夜寒放下文件，用棉签蘸着水，一点点在她的唇上擦拭着，然后将她扶了起来，将床头的一杯水递到她的唇边。

叶绾绾下意识便张开了嘴，温度适宜的水流润过干涸的嗓子，顿时让她舒服了不少。

"我怎么了？"喝完水，叶绾绾疑惑地问。

她不是应该在客厅做题目吗？怎么一眨眼到了卧室，而且天都亮了？

"你发烧了。"司夜寒回答，神情似乎冷淡了一些，"你自己没感觉？"

叶绾绾因为刚退烧醒来，还是有些呆呆的，喃喃："昨晚我是有点儿不舒服，头昏脑涨的，可我还以为是做数学题目做的，就没注意……"

察觉到司夜寒微冷的表情，叶绾绾下意识往被子里缩了缩。

司夜寒最终没有说话，身上的冷意刚散发出来，又硬生生收了回去，他按下了手边呼唤用人的铃。

叶绾绾回过神后，有些奇怪地看着眼前的男人，怎么她一醒来他就在这里，他是刚过来的吗？

很快房门被人敲响，有用人端着白粥走了进来。

司夜寒伸手接过白粥，说：“你吃点儿东西。”

不知道是不是她的错觉，司夜寒看起来虽然还是很吓人，但语气似乎比平时柔和了一点儿。

叶绾绾看着寡淡无味的白粥，明显不是很感兴趣，不过她还是皱着眉头乖乖地吃了。

“你还有哪里不舒服吗？”

叶绾绾摇摇头，她只是身上没什么力气。

然后便是沉默，两人都没有再说话。

过了片刻，叶绾绾突然打破沉默，低声说：“我昨晚好像做梦了……”

“你梦到了什么？”

叶绾绾回忆着说：“一个是噩梦，一个是美梦……噩梦我不记得了，不过美梦可真美呀。”

看着叶绾绾陶醉的表情，司夜寒问：“是吗？”

叶绾绾点头说：“我梦到大白让我摸它的爪子了，可软可舒服可好摸了！”

结果没想到她醒来抱着的却是司夜寒的胳膊，心里有点儿遗憾呢。

被当成大白抱了一晚上的某人：“……”

司夜寒深吸一口气，随即捏了捏眉心，拿着粥碗站起了身，说：“你好好休息。”

他转身的瞬间，又补了一句：“你病养好了就可以回去。”

直到司夜寒走出房间了，叶绾绾才反应过来他刚才说了什么。

她昏迷的时候，到底发生了什么事情？司夜寒居然同意她回去了？

叶绾绾知道可以回去了，立即满血复活。

她量了体温，又来了一位老者给她把脉，确定她已经没事后，司夜寒果然派许易开车送她回去。

大概是近乡情怯，过了这么久，她终于可以见到父母，却突然一阵没来由地紧张。

家里破产之后，父母便投奔了舅舅，如今他们住在舅舅那里。

舅舅梁家豪平庸无能，普通大学毕业，身无长物，一直没什么建树，当初他连结婚娶老婆都是她父母出钱帮着安排的，婚房也是父亲名下的产业。

这些年在父亲的帮衬下，他已经是一家公司的小老板，日子过得挺滋润，舅妈则是全职太太，专心在家里陪女儿读书。

如果她没记错的话，她的表妹梁诗涵今年也上三年级，即将参加升学考试。

梁诗涵性子骄纵任性，处处喜欢与她攀比，只要是她有的新鲜玩意儿，总是想方设法要得到。

母亲自小很疼爱这个弟弟，对外甥女也很是疼爱，基本上给她的礼物，也会给梁诗涵准备。母亲几乎把梁诗涵当成亲女儿一样疼爱，曾经还让她嫉妒得跟母亲吵了好几次。

家里出事之后，母亲自然第一个想到了去投奔最亲的弟弟。

叶绾绾想着心事，很快车子开到了一个别墅区。

别墅区的绿化做得不错，每栋别墅都是独立的门户，带一个小花园。

叶绾绾远远便看到了熟悉的建筑，急忙让许易停车。

她正要下车，前面驾驶座上的许易突然神情哀怨地扭头看她。

叶绾绾被他那眼神盯得有些发毛："许管家，你有什么话想说吗？"

他一副想交代遗言的表情是什么意思？

许易继续幽怨地盯着她说："叶小姐，我还是单身，我还没娶老婆……"

叶绾绾挑眉道："所以呢？"

许易弱弱地开口："至少你让我等到娶媳妇的那天，成吗？"

他不久前还说少爷有原则有底线，万万没想到一夜后，少爷竟然直接答应让叶绾绾回来了。

今天出门的时候，以防万一，他跟少爷请示了多带一些人出来，寸步不离地跟着叶绾绾，少爷却只派了他一个人做司机。

这意思，分明是没打算监视叶绾绾的行踪了。

但如果叶绾绾不见了，第一个倒霉的也是他！

叶绾绾闻言，嘴角微抽，道："你要是不放心，就跟着我一起去吧！"

"真的可以吗？"许易的眼睛顿时亮了。

叶绾绾说："可以啊，顶多被我爸妈看到后误以为你是我男朋友。"

"我觉得我还是待在车里等您比较好。"

叶绾绾看着天际，神色淡淡，道："你放心好了，我不会走的，因为我还想过上'后宫三千人'的生活呢。"

许易心里一惊，大小姐，你别说这么可怕的话好不好？关键是她就这么说出来让他听到了。

他一点儿都不想听！

叶绾绾看着被吓傻的许易，扬唇笑了笑。她知道许易不敢把这话告诉司夜寒，也无所谓许易知道这些，反正她伪不伪装，司夜寒的这些手下都不会相信她。

叶绾绾目光微闪，朝着许易看去，她也是时候拉个同盟了。

在许易受惊过度的状态下，叶绾绾一脸坦诚地道："许管家，我也不想瞒你，我如今所做的一切，确实是为了自保。我知道司夜寒把我的一切事宜都交由你负责，如果我出了什么问题，第一个倒霉的就是你，所以，不如我们合作？”

许易看着眼前仿佛变了一个人的女孩，脸色微变：“合作？什么意思？”

叶绾绾双眸微眯，说：“我不想再出现类似之前误闯锦园，撞上司夜寒处理背叛公司的人这样的状况，你在司夜寒身边这么多年，对他的禁忌也最了解，若关键时刻你可以提点我几句，避免惹怒他，我想这样对你我都好，你觉得呢？”

叶绾绾的话看似没有任何问题，却让许易心惊肉跳。

这岂不是等于让他做内奸吗？

这个叶绾绾，胆子也太大了！

叶绾绾看了一眼许易，自然知道他在想什么，不紧不慢地道：“你别这副表情，我一没让你透露什么机密，二没让你做对你家少爷有害的事情，就算司夜寒知道了，也不会对你造成什么影响。”

叶绾绾说着，顿了一下，目光流转间继续开口：“更何况，我很可能是司家未来的夫人，是你未来的老板娘，就算是现在，我也是司夜寒唯一带到过老夫人跟前的女人，以后你若是不小心触怒了司夜寒，或者闯了什么祸，我都可以帮你说话，让你逃过一劫，就算哪天我跟司夜寒闹翻了，也不会选在你当班的时候闹事……”

听着叶绾绾的话，许易再次惊呆了。不仅仅是震惊，简直是目瞪口呆。

这女人实在是太会诱惑人心了，有那么一瞬间，他竟然真的动心了。

他莫名感觉自己是正在被圣上的宠妃收买的大内总管。

“许管家，你考虑一下吧。”叶绾绾说完，便下了车。

如果对方是流影，她不可能对他说这么一番话。

但是许易不一样，许易为人圆滑，八面玲珑，又是司夜寒身边最亲近的人，如果她能得到许易的帮助，日后的生活将会顺利很多。

许易呆愣在驾驶座上，看着叶绾绾离开的方向，他陷入沉思。

下车后，叶绾绾凭着记忆找到了舅舅的家。

她在门前站了半天，还是决定从小花园的后门悄悄进去。

她不想惊动其他人，只想远远地看看他们，知道他们过得怎样。

没想到她刚一进去，便看到了母亲熟悉的身影。

叶绾绾下意识地闪到了树丛后面，透过缝隙小心地朝着母亲的方向看。

只见母亲原本美丽的面容苍老了不少，身体也瘦得仿佛一阵风就能吹走，此刻她正端着一大盆衣服在外面晾晒。

叶绾绾略微看一眼便知道，那些不仅是父母的衣服，那件粉红色的，明显是梁诗涵的连衣裙，还有那件宝蓝色的西装和大红色的长裙，应该是舅舅和舅妈的……

母亲居然在给舅舅一家洗衣服。

叶绾绾正眉头紧皱，这时，一阵脚步声传来。

只见一个穿着华贵，烫着鬈发的女人从屋里走了出来，手里还拿着一条玫红色的裙子，神情很是不悦地走向母亲，道：“姐姐，我这件衣服怎么弄成这样了？”

母亲回头看了女人一眼，又看了一眼她手中的裙子，神色有些惊讶：“这怎么会抽丝了？”

“你是不是用洗衣机洗衣服了？”舅妈方秀敏脸色难看地问。

“我当时问了你，你说可以机洗，我便放进去了。”

方秀敏顿时激动地道：“怎么可能可以机洗，这可是真丝的！当时我正在教涵涵功课呢，没注意听就随口应了一句，可是姐姐你好歹是穿过好衣服的，怎么如今连料子都认不出来？”

梁婉君的神色有些尴尬，她不安地说：“对不起，最近我熬夜赶制客人订的手工，看东西有些模糊……你告诉我多少钱，我赔给你吧！”

方秀敏心疼地看着手里的衣服，闻言嘲讽道：“一万多块呢，你拿什么赔？你做的那些廉价玩意儿，一百个也不够买这一件衣服的。”

“我跟绍廷手头暂时没这么多钱，等慕凡回来……”

方秀敏一脸不耐烦，眸子里透着鄙夷，晦气地摆摆手，一副大方不计较的姿态道：“算了，他打工的那点儿工资，每个月自己都不够花吧？这件衣服也不用你赔了，不然家豪回来还当我为难姐姐呢。”

这时，一个长相娇美，穿着淑女裙的女孩从屋里走了出来，神情傲慢地扫了梁婉君一眼，说：“姑姑，以后所有的衣服你都用手洗吧，省得又洗坏了什么，而且洗衣机的噪音实在是太大了，吵死了，我还怎么复习？”

方秀敏一看到宝贝女儿，立即紧张地走了过去，说：“宝贝，你出来做什么，你现在最重要的是专心复习！”

方秀敏说完，立即有些不高兴地看向了梁婉君，面露抱歉地道：“姐姐，真不好意思，涵涵快考试了，一点儿噪音都听不得，否则会分心，只能麻烦姐姐手洗一下了。本来家里是有保姆的，也不用姐姐来做这种事，但实在是如今家里的人多，花销太大了，我只好把保姆给辞退了，我这边又要照顾涵涵陪她读书，实在腾不出空，只能辛苦一下姐姐了，姐姐您不会在意吧？”

梁婉君抿了抿嘴唇，说：“没什么，我来洗吧。”

原本她也不愿在这里白吃白住，洗衣服做饭这些力所能及的事情也是她自愿帮忙的。

一旁的梁诗涵闻言，不满地皱起了眉头，道：“妈，你干吗对她这么客气，他们吃我们家的饭，住我们家的房子，用我们家的东西，不过是让她洗几件衣服，怎么了？我好讨厌家里有外人，烦死了！”

方秀敏急忙哄道：“宝贝乖，我让她离你远一点儿，没事不要出来影响你，你专心备考，不可以分心，千万别弄得跟你表姐一样。”

梁诗涵顿时满脸鄙夷地说：“妈，你在开玩笑吗？怎么可以拿叶绾绾跟我比！”

方秀敏看着漂亮又优秀的女儿，满脸自豪道："是是是，妈妈错了，我女儿这么好看又优秀，等你考上了华都传媒，我就让你爸去找你美萱姑姑，让你去皇天实习。"

"真的吗？我真的可以去皇天实习？"梁诗涵一脸惊喜道。

"当然了，叶氏集团的总裁夫人是你亲姑姑，这还不是她一句话的事情。"

两人说话完全不避讳梁婉君，连叶绾绾都听到了，梁婉君肯定也听得清清楚楚。

叶绾绾清晰地看到母亲在听到自己的名字后，脸色一瞬间变得惨白。

梁美萱是梁诗涵的亲姑姑？

当时父亲还未失势，方秀敏对梁美萱是一口一个私生女，现在倒是成了梁诗涵的亲姑姑了。

梁诗涵本来还在不满地撒娇，听到门口传来一阵汽车引擎的声音，顿时露出了笑容，开心地迎了过去："爸，你回来了。"

叶绾绾顺着梁诗涵的视线看去，看到是舅舅梁家豪回来了。

"老公，你回来了，工作辛苦了！"方秀敏小鸟依人地迎过去，替他拿着包。

下班回来，受到娇妻和可爱的女儿迎接，梁家豪的心情很是愉悦："你们都在院子里做什么呢？"

"我帮姐姐晾衣服呢。"方秀敏脸不红心不跳地回答。

梁婉君似乎习惯了方秀敏当面一套背后一套，她不想影响弟弟夫妻俩的感情，于是和以往一样什么都没有说，只是担忧地往停车的方向看了看，然后看向弟弟，问道："家豪，你姐夫呢，他怎么没跟你一起回来？你不是说今天周末，可以提前回来休息吗？"

梁家豪有些为难地开口："公司最近的事情有点儿多，姐夫他还在加班。"

梁婉君担心丈夫的身体，听到这里顿时有些急了："你也知道你姐夫身体不好，怎么也不劝着他一点儿，让他这么劳累？"

梁家豪被说得有些心虚，一时说不出话来："我……"

他其实根本就不擅长管理公司，加上方秀敏一直说不用白不用，只当是收房租了，所以就干脆把事情都推给了姐夫。

旁边的方秀敏听到这话，顿时眉眼微挑，掐着嗓子道："姐姐，你这话说得我可就不爱听了。姐夫挪用公款，劣迹斑斑，若不是家豪让他进公司，哪个公司敢要他？既然他进了公司，自然要工作，公司又不是养闲人的地方。别人都能加班，为什么他不能？难道他是老板吗？"

方秀敏说着，看向梁家豪，一脸的委屈和心疼："家豪，我因为敬她是你的姐姐，有些话本来不想说的，但姐姐的话实在太让人寒心了。你不仅要养着这个姐姐，还要养着姐夫，住这么久一分钱房租都没收过他们的，还好心给姐夫安排了工作，姐姐却在这里要求那么多，我们家的日子还要不要过了？"

一旁的梁诗涵也生气地附和："姑姑你怎么可以这样，住着我家的房子吃着我家的饭，还骂我爸爸，真是白眼狼！你这么受不了，那就搬出去好了，干吗还赖在这里，把我们家搅得不得安宁？”

梁家豪的眉宇间一片郁结：“涵涵，你怎么可以这么跟你姑姑说话！秀敏，你也少说两句。”

“本来就是，我又没有说错，爸爸你居然凶我……”被呵斥的梁诗涵红了眼眶，哭着跑开了。

梁家豪终究还是不忍心苛责平日里最宝贝的女儿，无奈地看向姐姐，道：“姐，我能做的都已经做了，一大家子人都靠我养活，我的压力也很大，我能帮的也就这么多了……”

叶绾绾隐匿在树丛后面，看完这一切，她气得浑身发抖。

好啊！好你个梁家豪！好你个方秀敏！

她爸妈当初那么帮他们一家子，夫妻俩还把梁诗涵当成亲女儿一样疼爱。梁家豪那个小破公司的资金人脉全是她父亲提供的，连他们现在住的房子也本来是父亲的产业。梁家的一切都是她父母给的。

现在父亲失势了，他们一家人居然这样对待他们。

梁家豪眼见自己的妻子女儿当面羞辱姐姐，竟然也一句话都不说。

院子里，梁家豪一家人进屋后，只剩下母亲孤零零地站在原地。

她知道，以母亲的性格，她在梁家遭受的这一切委屈只会一个人憋在心里，不会告诉任何人。

以他们现在的经济条件，在外面住负担就更重了，所以母亲只会一直忍耐。

叶绾绾死死地掐着手心，只见母亲呆呆地站了半晌后，便缓缓地弯下腰，继续拿起那些衣服，一件一件地晾起来。

看着母亲单薄的身影，叶绾绾恨不得立即冲到她的身边。可是现在她去了，能做什么？除了哭着请求母亲原谅，除了让母亲知道她现在过得有多糟糕，除了让母亲更加操心之外，她什么也做不了。

她一定会尽快把爸妈都接出来，再也不让他们受这种屈辱。

之前为了在顾越泽面前强撑那点儿自尊心，父亲留给她的那笔钱，早已经被她挥霍一空，买了一些华而不实的东西。

现在她需要钱，需要很多很多的钱。

不仅是给父母买一栋房子的钱，不仅是让父母过上好日子的钱，而是能让他们家东山再起的财富。

一旦财富积累到一定的程度，那么权势和人脉就都有了。

她知道，以自己现在的情况想要东山再起难如登天，叶依依一定会全力打压她。

她需要一个足以与皇天抗衡的合作者。

敌人的敌人就是朋友，目前她最好的选择便是皇天的死对头环球。

但是，环球那样的大公司，怎么可能和一个一无所有的小丫头合作？

她缺一个分量重到足以让环球与她合作的资本。

还好，她等待已久的机会很快就要到了——如果那个梦里的事情真的会发生……

叶绾绾掩去眸底所有的情绪，拿出手机，点开自己最近一直在关注的一位环球当红艺人的最新资讯。

别墅不远处，正当许易准备给自己买口棺材的时候，他终于看到叶绾绾从院子里出来了。

他激动得仿佛看到了末日的曙光。

叶绾绾拉开车门，坐进车里。

一看许易的表情，叶绾绾就知道他在想什么，笑道：“许管家，我说过了，我就算是惹事也不会选择你当班的时候，自然会信守诺言。”

许易听完竟然还挺感动，轻咳一声，道：“叶小姐，你能想通自然最好，但是你的提议恕我实在无法答应，只要你安分守己，我想少爷是不会为难你的。”

叶绾绾怔忡了一会儿，道：“这不是他是否为难我的问题，以我现在的身份、地位，想在司家立足有多困难，你应该很清楚。”

她清楚地记得，那个梦里她跟顾越泽离开的事情被发现之后，司夜寒立即把她带到了民政局领证，然后带着她，在司家所有人面前宣布了她的身份，随之而来的便是整个司家人的反对。

虽然只是一个梦，却是司夜寒能做出来的举动。

叶绾绾轻叹一声，道：“没关系，我知道你有你的难处，在司家，许管家算是对我最好的人了，我也不是不懂得感恩的人，你就当我投桃报李吧！”

这话听得许易莫名心虚，他的表现虽然没有流影那么激烈，但其实也非常厌恶和排斥叶绾绾，对她存有偏见。

许易纠结半天后，终于开口道：“你想让我怎么帮你？”

叶绾绾见许易动摇，斟酌了一下措辞，道：“其实很简单，就是稍微帮我盯着一点儿司夜寒，比如他在做什么，什么时候不方便我打扰，哪天心情不好，有什么禁忌喜好，跟哪些女孩子走得比较近，比如那位秦若曦小姐，她喜欢你家少爷吧？”

叶绾绾说了这么多，其实重点还是“秦若曦”这个头号情敌。

前面倒还好，听到后面，许易的冷汗都流下来了：“叶小姐，其他的我可以提点你一些，但后面有关若曦小姐的事情，恕我实在爱莫能助。”

他怎么敢透露少爷的私事，还是关于若曦小姐的。

“我知道了，多谢许管家。”

果然，秦若曦不是她可以轻易撼动的，不过对于这个结果，叶绾绾已经很满意了。

将叶绾绾送回锦园后，许易上了楼跟司夜寒复命。

“少爷，我已经送叶小姐去过她舅舅那里了，不过叶小姐只待了十几分钟就出来了。”

“知道了，还有事吗？”见许易汇报完却没有离开，司夜寒从文件中抬起头，朝他看去。

许易被他那似乎能穿透人心的目光看得一阵心虚，终究还是没能撑住，开口道：“叶小姐拜托了我一些事。”

“她拜托你什么？”

“她……她希望我能帮忙盯着您。”

“盯着我？”司夜寒的眸光微闪。

“是的，不过也没什么大事，就是她怕惹怒您，让我帮忙提点一下您平时的禁忌喜好，还有就是您……”

许易咽了一口唾沫，紧张地继续道：“还有您跟……跟哪些女孩子走得比较近，尤其是若曦小姐，叶小姐还说若曦小姐喜欢您，我看叶小姐的态度……似乎是对若曦小姐有些敌意。”

书桌前，司夜寒的表情讳莫如深，沉默了好半晌后，他终于开口说了一个字：“嗯。”

许易在心里直打鼓，“嗯”是什么意思？

司夜寒看了他一眼，道：“你好好盯。”

许易：“……”

最后，许易一脸无语地走出了房间。

亏得他在那儿做贼心虚、两面为难，纠结得要死，结果少爷居然让他“好好盯”。

少爷连涉及若曦小姐的事情，也丝毫没有生叶绾绾气的迹象。

他怎么就忘了少爷在叶绾绾面前没有底线呢？

……

接下来，叶绾绾便进入昏天黑地的地狱式考前复习中。

自从司夜寒去过学校一次，加上即将考试的紧张气氛，这段时间她在学校过得都挺安生。

至于原本一直跟她作对的程雪，简直像变了一个人，在她回学校的当天，就往自己脸上泼了一脸卸妆油，然后当着全班同学的面向她道了歉。

程雪不仅不再跟她作对，还对她嘘寒问暖，打个不恰当的比方，程雪简直把她当成亲人一样照顾。而且每次沈梦琪来找她，也都被程雪戗走了。

她知道程雪在担心什么，不过她又不是小学生，本来也没有告状的爱好，吃了一个月程雪变着花样送的各种零食，什么仇怨都烟消云散了。

平时在家里，司夜寒都不准她吃太多零食，她自己又穷得叮当响，司夜寒给她准备了一屋子的衣服、化妆品、包包，但不会给她钱，她需要什么，只能让许易去帮她买，许易当然不可能给她买零食了，她实在是忧伤。

很快，距离考试只剩下一个星期的时间。

放学前，班主任把志愿表发了下来，让他们回去跟家长商量后填写。

叶绾绾和以往一样去老地方等许易来接，结果司夏也跟了上来。

叶绾绾一脸警惕地说：“你跟着我干吗？”

虽然这家伙最近也算安分，但是她不敢掉以轻心。

司夏悠悠地跟在她后面，说：“我蹭车不行吗？”

上了车，她发现司夜寒也在，估计是今天下班早，许易先接了他，再来接自己。

叶绾绾坐了过去，然后解释道：“夏夏要蹭车！”

说完，她立即看向司夏道：“你去前面坐，后面拥挤。”

司夏很无语，看了一眼宽敞得足以开一个小型会议的后座，哼了一声，道：“谁稀罕坐后面。”

叶绾绾上车后，司夜寒递给她一个盒子，里面装着一块精致漂亮的草莓蛋糕。

司夜寒虽然限制她吃零食，但偶尔会给她准备一些小点心安抚安抚她。

叶绾绾看到蛋糕后，眼睛顿时亮了，一点儿都不心虚地接了过来，准备打开：“这是给我的吗？谢谢！”

司夏在学校的时候，眼睁睁看着她吃个不停，这会儿居然又准备吃，顿时脸色黑了下来：“吃吃吃！小心你胖成球！”

叶绾绾白了他一眼，说：“那又怎样？你以为你叔叔跟你一样是颜控吗？我再胖他也不会嫌弃我的。”

又被拿来跟司夜寒对比，司夏额头上的青筋暴起，他忍无可忍，忽然冷冷地笑了一声，说：“叶绾绾，你还真当自己是我婶婶了？整个司家，整个圈子里，谁不知道我九婶婶是秦若曦？”

司夏话音落下的瞬间，车里的气氛便冷了下来。

不过，这样的冷意竟是从叶绾绾的身上散发出来的。

司夜寒则是面沉如水。

叶绾绾用力地捏着蛋糕盒子，目光如同利箭一般朝着司夏射去，她一字一句道：“司夏，你再说一遍！”

司夏因为女孩眸底那冷到极致的寒意而怔忡了一瞬，但下一秒便因为愤怒脱口而出：“说就说，我又没有说错！我九婶婶肯定是秦若曦，你算哪根葱！”

“哗啦”一声响，纸盒子被捏爆了，叶绾绾唰地朝坐在前面的司夏扑了过去。

“叶绾绾，你竟敢打我！打人不打脸……你还来……”

前面开车的许易连忙把车停下，看着打成一团的两个熊孩子，简直快要哭了：“司夏少爷，叶小姐，别打了，快别打了！危险啊！”

“你打我做什么？打死我也改变不了这个事实！我九婶婶就是秦若曦！”

“我让你说！让你说！”叶绾绾一爪子挥过去，“我告诉你，这司太太的位置我就是喂狗也绝对不会让给秦若曦。”

两人打得不可开交，连许易都遭了殃。

这时，叶绾绾的腰身突然被一只手捞住。

下一秒，嚷嚷着“喂狗也不给秦若曦”的叶绾绾已经坐到了司夜寒的腿上。

叶绾绾还想往前扑，却被牢牢按住，接着，她的耳边传来男人大提琴般低哑的声音：“乖，不许骂自己。”

她才没有骂自己！

叶绾绾愣了一下，才反应过来司夜寒的意思——不许骂自己是狗。

在听到男人的话后，叶绾绾莫名平静了许多，她抬头瞪着司夜寒，道：“你不许娶秦若曦。”

叶绾绾刚说完，便察觉自己的情绪被司夏那熊孩子刺激得有些失控了，抚了抚额头，闷闷地开口：“算了，你想娶谁是你的自由。”

司夜寒目光幽暗地看着她，沉默半晌后道：“我并不需要自由。”

叶绾绾有些讶异他这个回答，道：“难道你喜欢被人管着？我要是天天查岗，天天对你管东管西，你不生气吗？”

司夜寒的手掌一下一下轻轻抚摸着叶绾绾的头发，说：“不生气。”

叶绾绾显然不相信，撇撇嘴又问道：“那……那要是等我有权有势，变成了女强人，哪儿都不许你去，连你爹妈都不让你见，不管你去哪里都派人跟着呢？”

司夜寒听到这话，突然低低地笑了一声。

叶绾绾这话明显是意有所指，在控诉他呢。

叶绾绾的脸色黑了，说：“你笑什么？”他还有脸笑！

司夜寒盯着女孩红扑扑的小脸，垂下头，在女孩的唇角亲了亲，说：“我很期待。”

叶绾绾反应过来司夜寒说了什么后，眼睛都瞪成了铜铃。

至于车子里的其他两个人……

“咯咯……”许易内心崩溃——他能不能打扰一下，车上还有人啊！

而司夏，满脸都写着“我要下车”。

叶绾绾简直被某人的脑回路惊呆了。

她都这么说了，他居然还挺期待？

所以，她还能说什么？

叶绾绾已经不指望跟司夜寒沟通了，开始心疼那块被她捏爆的蛋糕。

她为什么要跟食物过不去！心痛！

至于某个罪魁祸首，一直在吵着要下车。

许易一脸为难，朝后面看了一眼，请示道：“少爷，这……”

司夜寒不紧不慢地说：“你打个电话给大哥，就说夏夏今晚不回去。”

“是。”许易应声道。

司夏一听毛都要竖起来了，用力地敲着车窗，说：“司夜寒，你想对我做什么？你放我下车！我要回去！”

司夜寒微冷的眸子透着一丝警告：“今天老师打了电话过来，说志愿表发下来了。”

“那又怎样，我的事情不用你管。”司夏冷哼一声。

司夜寒没有理会司夏的话，继续问道：“你准备考哪所学校？”

“我都说了不用你管！我不想上大学了，行不行？”司夏不耐烦道。

司夜寒点头说：“可以。”

司夏闻言，有些惊讶地看过去，说：“真的？”

司夜寒看了一眼怀里正因为蛋糕而难过的小丫头，说：“你别想了，回去我给你买新的。”

安抚好了叶绾绾，他才对司夏道：“你不想上学就结婚。”

“结……结婚？”司夏如遭雷劈，简直难以置信，“司夜寒，你还有没有人性？我才刚成年，你居然这么急着要把我给卖了！”

看司夏那表情，活像要被狠心的父王送去和亲的小公主。

司夜寒面无表情地道：“那你就继续上学，这次如果你考不上华都大学，一个月后我给你安排婚礼。”

司夏握着拳头，心想这家伙是赤裸裸的报复。

叶绾绾看着司夏倒霉，很是幸灾乐祸。

锦园。

就这样，司夏本来想蹭车顺便恶心一下司夜寒的，结果被强制带回了家，还要被逼着填写志愿表。

桌子上，叶绾绾和司夏两人一人趴一边，司夜寒就在旁边看着，简直像是监考老师。

司夏被司夜寒强制要求填报华都大学。

叶绾绾看到司夏的下场，终于有同病相怜的感觉，她有些紧张地问道：“那个，我想读华都传媒大学的公共关系专业，可以吗？”

“太远了。”司夜寒果不其然拒绝了。

叶绾绾哭丧着脸道：“也没多远吧，反正在市内，距离锦园不就两三个小时。”

见司夜寒丝毫没有改变主意的迹象，叶绾绾有些激动地道：“你不是很期待我成为女强人吗？你总是不让我做这个，不让我做那个，我什么时候才能成长？现在只是上大学，那我以后实习、工作怎么办？你都不让我去吗？这样一来我什么时候才能变强啊？”

司夏翻了一个白眼，问道：“我能不能走了？”

司夜寒看了她一眼，说：“你不用成为女强人，你现在就很厉害。”

司夏要抓狂了，说：“你们到底有没有听到我说话？”

叶绾绾气得抓起司夜寒的手咬了一口，说：“你怎么这么讨厌！”

走不成的司夏在悲愤交加下，决定搞事情。他一听到叶绾绾的话，连连附和点头：“对对对！你看到了吧，他就是这么讨厌！这个不让做，那个也不让做，没有比他更讨厌的人了！”

司夜寒的眸子夹着冷意，他看了司夏一眼。

“本来就是……”司夏顶着他的目光继续说，只是声音越来越小。

司夜寒没再理会他，眼角余光看了一眼手背上的牙印，随后抬起头，目光缓缓落在叶绾绾的身上。

空气似乎一瞬间凝固了。

不知过了多久，司夜寒终于道：“我可以让你去，也可以从今天开始，就让你做你想做的事，不限制你的任何自由，不插手你的任何事，除非……”

叶绾绾越听越觉得难以置信，听到最后两个字，她又紧张地捏紧了手指，说：“除非什么？”

司夜寒说：“第一，你主动来求我。”

叶绾绾谨慎地思索着，沉吟道：“那你能保证不给我使绊子吗？”

司夜寒瞥了她一眼，那表情明显是根本不屑给她使绊子：“我保证。”

叶绾绾惊疑不定，朝着司夜寒看去，司夜寒既然答应了，应该是不会骗她的。

可他这是什么意思？看不起她吗？觉得她靠自己就肯定会碰得一鼻子灰回去求他？

“第二呢？”叶绾绾屏住呼吸，继续问。

司夜寒道：“第二，受伤。”

听到这个回答，叶绾绾愣了一下，说：“这个……受伤的程度是什么？”

对司夜寒而言，她是他最在意的人，自然是不允许她有任何损伤。

司夜寒面无表情地说：“我的判断。”

叶绾绾有些无语道：“这也太主观了，岂不是你说了算……难道我磕破一块皮被虫子咬一口也算受伤吗？”

叶绾绾强压着激动的心情，深吸一口气，道：“是不是只要我证明了我有能力处理好一切，并且有能力保护自己，就可以了？”

司夜寒冷冷地盯着她，说：“若你做不到，那么一切回归原点，你没有第二次机会。”

叶绾绾咬了咬牙，说：“好，一言为定。”

总有一天她要翻身做主人。

司夜寒看着女孩眼里灿若星辰的光芒，说："还有第三条。"

"还有什么要求？"叶绾绾一脸警惕地问。

她就知道没这么容易！

司夜寒说："禁止招惹异性。"

叶绾绾腹诽："请你看着我的脸再说一次，这也太强人所难了吧！"

司夜寒继续说："第四，禁止打架。"

叶绾绾继续默默吐槽："请你看着我柔弱的小脸再说一次，我像是会打架的人吗？"

司夜寒的神情更加严肃了："最后一条，禁止喝酒。"

叶绾绾简直无语——到底为什么禁止喝酒会是压轴出场？

最后，司夜寒说道："以上我答应你的所有条件，看我的心情。"

看……看心情？

叶绾绾已经什么都不想说了，所以他的意思就是，他要是心情不好，说的这些就会全部作废？他到底还讲不讲理啊？

叶绾绾很无奈，只好扑上去亲了司夜寒一口，说："行啦！你说什么都行，我就知道你最好了！我最最喜欢你了！我这么乖，怎么会喝酒打架，我要招惹也只招惹你啊！而且我怎么可能惹你生气，让你心情不好呢？"

刚咬完人说讨厌人家的叶绾绾顿时态度一百八十度大转变。

虽然司夜寒的要求太变态，但比起终于能够放心大胆地做自己想做的事情，这些条件就都不是问题。

本来她都准备一哭二闹三上吊了，如今无疑是最好的结果。

反正她拍马屁，不，顺毛的技能也不是吹嘘的。

一旁挑拨彻底失败的司夏目瞪口呆。

为什么结果又变成了这样？

别说是司夏，连侍立在一旁的许易都有些蒙了，整整两年啊，无论叶绾绾怎么闹都没用，现在虽然提出了诸多条件，但少爷竟然真的松口了。

她一个小丫头，都还没毕业，跟家里的关系又一团糟，这两年锦衣玉食地供着，出入无数保镖用人跟着，现在突然放她一个人在外面，要怎么生存？

难道少爷是转变了策略，想她在外面碰了壁然后心甘情愿地待在他身边？

司夏唰地站起身，愤怒地说："叶绾绾，你的脑子被猪啃了？这么不平等的条约你也签？"

叶绾绾生怕好不容易谈妥的事情又被搅黄了，立即瞪了他一眼，说："我就爱和我家宝宝签不平等条约，怎么了？"

臭小子！三番五次挑拨他们的关系，简直太欠揍了！

司夜寒看了她一眼，问道："宝宝是谁？"

叶绾绾立即甜甜地道："宝宝就是你啊，这是对恋人的昵称哦。"

此时此刻，少年已经被虐到怀疑人生。

为什么他觉得自己不仅没有挑拨成功，还反而成了助攻？！

司夏打断两个秀恩爱的人，咬牙切齿道："志愿表已经填了，我现在可以走了吗？"

"可以。"司夜寒的心情不错，终于大发善心放人了。

司夏刚走出没几步，一个穿得花团锦簇的男人从屋外走了进来，他说："夏夏，你也在啊！这孩子怎么了？怎么这副表情？"

这表情看起来莫名熟悉啊！

司夏没心情搭理他，黑着脸走了。

叶绾绾看到穿得花团锦簇的林缺，嘴角一阵抽搐，这人的审美简直绝了。

要不是有一副好皮相，他穿成这样能把人的眼睛闪瞎，居然还好意思吐槽她。

"九哥，我都约你多少次了，你一次都不来，也太不给我面子了吧！"

看样子林缺是约不到人就亲自上门来逮人了。

林缺气势汹汹地控诉道："平时也就算了，今天你居然也不来！今天可是我介绍女朋友给你们认识的重要日子，这兄弟没法儿做了，绝交吧！"

司夜寒斜支着额头，瞥了他一眼，说："好。"

一阵冷风吹过。

林缺："……"

连一旁的叶绾绾都忍不住同情林缺了。

不过他交女朋友算重要的日子吗？明明他换女朋友的速度跟换衣服一样快。

林缺眼含热泪，伤心欲绝地哭诉道："你无情你无耻！你怎么可以这么对我！你都一个月没搭理我了！你一天到晚到底在忙什么？"

司夜寒头都没有抬一下，用红色的笔在练习册上勾画着："女朋友考试，近期我不参加应酬。"

林缺一愣，这才注意到司夜寒手里的东西，赫然是一本数学练习册，上面红色的批改印迹全是司夜寒的字迹。

林缺呆滞了好半晌，才低咒了一声。

他总算知道刚才为什么觉得司夏的表情熟悉了，那明明是单身狗被虐到的表情。

他已经好久没交女朋友了，因为觉得没意思，这次他纯粹是为了报复之前被虐，特意想炫耀一下的。

谁知道，他有女朋友护体还是被虐成了渣渣。

继司夏之后，林缺也被气走了。

叶绾绾的心情有些复杂，看向司夜寒，问道："你这些天晚上一直在家，是为了给我补习吗？"

刚才她听林缺说，才想起来司夜寒最近这段时间确实都是晚上八点之前就回来，从未晚归过。

司夜寒没有否认，意味深长地看了她一眼，说：“以免有人对教学不满，要退学费。”

“噗，咯咯……”被戳中心事的叶绾绾顿时一脸心虚，“怎……怎么会。”

退学费什么的，她还真的想过。

提交了志愿表后，接下来的一个星期里，叶绾绾全身心进入考前最后的冲刺阶段。

转眼到了考试的前一天晚上。

身旁的司夜寒已经入睡，而叶绾绾因为明天就要考试有点紧张，正在床上辗转难眠。

唉，不知不觉间她跟司夜寒已经一起睡了一个月了。

从一开始的提心吊胆，到现在她已经能完全把自己当成一个抱枕。

因为司夜寒所说的睡觉，真的就是睡觉，而且睡得很安稳。

除了她不太习惯这么亲近的姿势，其他倒是还好。

而且明天就考试了，这是最后一晚“交学费”了。

大概是因为她今晚睡得不太安稳，司夜寒的睫毛微微颤动了一下，然后缓缓睁开了眼睛。

黑暗中，他盯紧搂在怀中的女孩，稍一垂首，下一秒便覆上了女孩的嘴唇。

正在动来动去的叶绾绾顿时瞪大了眼睛。

“你吵醒我了。”男人的语气明显带着浓浓的怨气。

完蛋了，她居然不小心把他弄醒了！大魔头的起床气啊！

叶绾绾咽了一口唾沫，说：“我……我不是故意的……就是明天要考试了，我太紧张了睡不着。”

“那就别睡了。”

话音落下的瞬间，男人已经紧紧地将她抱在怀中。

叶绾绾简直快哭了，说：“我错了，我错了！我一定乖乖睡觉，不乱动了！你冷静一点儿，这样会影响我明天的考试啊！”

“不会。”司夜寒笃定地说。

叶绾绾随手抓住一个枕头挡住他，说：“怎么不会？”

“那些题目，你就算闭着眼睛也会做。”

叶绾绾一阵无语，心想你给我灌迷魂汤也没用。

叶绾绾趁着男人刚睡醒比较迟钝，远远地滚到了床的边缘。

男人一脸不满地盯着挣脱了的叶绾绾，眼里带着警告：“过来。”

叶绾绾没办法，只能小心翼翼地蹭过去，然后趁着司夜寒重新将她抱入怀中时，柔软的小手一下一下轻轻抚摸着他的头发和后颈，温柔的语气令人仿佛陷入柔软的云端："乖乖睡觉嘛，好不好？我陪你一起睡。"

"不……"男人只说了一个字，头便埋在女孩的颈窝里，呼吸渐渐变得绵长。

察觉到男人不动了，叶绾绾眨了眨眼睛，又眨了眨眼睛。

他睡着了？没想到真的行！

她记得第一次的时候，司夜寒差点儿被许易的手机铃声吵醒，当时她就是这么把他重新哄睡着的，这次不过是情急之下随便试试，竟然成功了。

真是越来越奇怪了，明明从前司夜寒的失眠症严重到连医生都束手无策的程度，现在怎么会这么容易睡着？

之前她还以为是巧合，但如今她都观察一个月了，应该不会有错。

是因为她最近的举动导致了什么她所不知道的改变吗？

就像是蝴蝶效应，一个很小的改变都足以引起很多无法预知的重大变化。

无论是什么原因，总之叶绾绾保持着这个姿势，再也不敢吵醒他了。

大概是因为司夜寒方才的那一句"你就算闭着眼睛也会做"，竟让她原本紧张的心情莫名放松下来。

就是啊，她有什么好紧张的，这些科目的知识点她看过一遍就不会忘，至于数学成绩，也在司夜寒的补习下突飞猛进，她自己在家用模拟试卷测试过好几次，没有一次是低于一百四十分的。

想到这里，困意渐渐来袭，叶绾绾终于睡着了。

第二天早上。

叶绾绾精神抖擞地醒来，一个翻身坐起，麻溜地把被子一掀，准备起床。

结果，她刚起身到一半就被横在腰间的手压回了枕头上。

叶绾绾扭头瞅了瞅身旁的男人，弱弱地开口："时间已经到了……八……八个小时了。"

司夜寒那张完美得没有一丝瑕疵的脸上，跳跃着从窗棂的缝隙洒落进来的细碎晨光。他刚睡醒的眸子里仿佛还萦绕着雾气。

也不知道是不是她的错觉，这段时间司夜寒的颜值好像又提高了不少，皮肤如同极品瓷器，没有半点儿毛孔，比她的都要好。有好几次，她都忘了害怕，差点儿就趁着他睡着时偷摸他的脸。

难道是睡眠变好的缘故？看来"美容觉"真的是有科学依据的。

"是七小时五十九分，三十一秒……"

话音落下的瞬间，男人继续昨晚的事情。

锁骨被咬了一口的叶绾绾一脸无语。

他好执着，都睡一觉醒来了居然还记得这件事。

只剩下二十九秒了，你能干什么？

叶绾绾暗戳戳地抬起了手。

这一次，不等叶绾绾故技重施，她的手就被反扣在枕头上。

男人的眸子微微眯起，垂下头吻住了她。

就在叶绾绾心惊胆战的时候，墙上的挂钟“当”的一声响，终于指向了六点整。

等叶绾绾因为缺氧从晕晕乎乎中回过神，发现司夜寒已经下了床，脱了睡衣，开始换衣服。

黑色的西装裤，白色的西装，扣子一丝不苟地系到第一颗，面上是清醒而冷冽的表情，瞬间他又变成了不食人间烟火的模样。

他一边穿衣服一边面无表情地命令她：“准备起床。”

“哦……”叶绾绾愣愣地回答，惊叹不已。

这样居然都能收住，从某种程度上来说，这家伙也实在够可怕的。

自制力强大到能够战胜生理和本能的人，为什么平时总会因为一些难以理解的事情生气呢？就是因为从前他太容易生气，情绪完全无法掌控，所以她才会这么害怕他的。

就比如现在，司夜寒盯着她明显走神的小脸，清冷的面上隐隐有风暴酝酿：“你在想什么？”

她差点儿忘了在他的身边却分心想别的事情也是司夜寒的禁忌之一，她赶紧回过神来，说：“没什么没什么，我就是觉得你的身材好好呀，不小心看呆了。”

第十二章

化名叶白

美好的爱情需要双向奔赴，好的故事也是创作者和读者之间的双向奔赴，所以我们彼此守护，彼此成就。

——sunrise-朝式快乐

QIASIHANGUANG
YUJIAOYANG

读者告白

吃完早餐，准备好一切用品后，叶绾绾便准备出门了。

临走的时候，她突然想起什么，于是顿住脚步，道：“等等！我突然想起还有一件很重要的事情没做。”说完，她一溜烟钻到院子里，脚步极轻地朝着树荫下的一团白色物体挪去。

最近大白虽然经常在锦园，但司夜寒都不许她跟大白玩，理由是“玩物丧志”，会影响学习。

还好她马上要熬出头了，等放假了她就可以跟大白一起玩了。

大白似是察觉到有人靠近，抖了抖耳朵，并不屑搭理，依旧懒洋洋地趴在那里，尾巴悠悠地甩着。

三步两步一步……

“大白大白，让我蹭蹭你的霸气，让我能在考场上大杀四方吧！”

叶绾绾深吸一口气，趁着大白不注意，飞快地在它的身上摸了一把，然后扭头就跑。

不远处的司夜寒：“……”

她所谓非常重要的事情，就是偷摸斯鲁特？

许易看着动作猥琐的叶绾绾，嘴角一阵抽搐，他发现叶绾绾似乎真的挺喜欢斯鲁特的。

斯鲁特跟它的名字一样，生性好斗，性情更是凶狠。

叶绾绾会怕它，他一点儿都不意外，但现在，叶绾绾居然能说出要沾沾它的霸气，大杀四方这样的话。如果不是真的喜欢，是绝对无法说出这样的话的。

司夜寒亲自将她送到考场。

考场外，黑压压的围满了前来送考的学生家长。

父母们都在关切地叮嘱和鼓励着子女，目送着孩子们进门。

“我进去啦！”叶绾绾解开安全带，准备下车。

“等等。”这时，身旁的司夜寒突然叫住了她。

叶绾绾顿住了，然后朝着司夜寒看去，嗯，难道他是要给她鼓励和打气吗？

“早点儿交卷，别浪费时间。”司夜寒开口。

叶绾绾顿时一噎：“……”

别人的家长都是千叮万嘱不要提早交卷，要多检查几遍，结果他让她早点儿交卷。

真是没有对比就没有伤害啊！

还好，她已经有大白的霸气了。

“嘿，我知道了……”叶绾绾轻咳一声，推开车门。

今天考的是综合科，应该花不了多少时间。

车门推开到一半，身后突然又传来司夜寒的声音：“等等。”

“嗯……还有事吗？”叶绾绾一脸不解，又退了回去。

又怎么了？

司夜寒看了她一眼，那目光让她很是发毛，她又哪里惹到他了吗？

她正在心里打鼓，男人突然俯下身，在她的额头上印下微凉的一吻。

感受到额头微凉的温度，叶绾绾顿时愣住了，然后她下意识地摸了摸额头。

这难道是爱的鼓励？

司夜寒什么时候情商上线了？

司夜寒落下一吻后，便重新坐直了身体，不紧不慢地看了她一眼，说："你不是想大杀四方吗？"

叶绾绾："……"

所以司夜寒的意思是，蹭他比蹭斯鲁特更能大杀四方吗？

从某种意义上说，她真的无法反驳呢。

"谢谢。"

下了车，进考场之前，叶绾绾给叶慕凡发了一条短信：哥哥，等考试结束，我们见一面好吗？

之前她发信息给哥哥，说了沈梦琪在学校做的事情，如她所料，哥哥没有任何回应，打他的电话也从来不接。

今天这条短信和以往一样，依旧石沉大海。

叶绾绾等了半晌，终于还是关了手机，排除一切杂念，深吸一口气，走进了考场。

算了，她现在行动自由，等考完试，她随时可以去找他。

接下来的两天，叶绾绾集中精神，全力奋战考试。

第二天下午，最后一门数学也考完了。

叶绾绾走出考场，看着头顶蔚蓝的天空，身心舒畅，整个人仿佛获得了一次新生。

周围的学生一个个如同刚从笼子里放出的小鸟，欢呼雀跃着冲向过来接他们的家长。

叶绾绾看着人群，突然眼前一亮，她好像看到了一个熟悉的背影。

父亲？可是当她再去看的时候，却发现那个人影已经没了。

大概是她太想念父亲产生幻觉了吧！

"绾绾！"

这时，身后传来江嫣然的声音，她的旁边还跟着楚风。

两人很巧合地和她同在一所学校考试，就在楼上的考场。

"绾绾姐，你考得怎么样？一定很好吧？"楚风兴冲冲地问道。

"还可以，你们呢？"叶绾绾问。

楚风不好意思地挠挠头，说："数学最后一道大题空着没做，太难了，是我完全没见过的题型啊！大家都在议论，说是不是超纲了。"

叶绾绾轻咳一声，问："有这么难吗？"

其实没有超纲，只是把几个知识点很巧妙地串联起来，出了一道大题。

比起司夜寒给她特训时出的那些地狱级难度的题目，这还真不算什么。

本来她是想着能考个差不多的分数就可以了，只要数学不是太差，以她的文科成绩，考华都传媒问题不会太大。

无奈她家的补习老师实在是太敬业了，难易等级从简单到普通到困难到地狱，全部给她补习了一遍。

察觉到一旁的江嫣然脸色似乎不太好，叶绾绾关心地问道：“嫣然，你怎么了？没发挥好吗？”

江嫣然盯着手机屏幕，失魂落魄地摇摇头，说：“不……不是。”

结果她的话音刚落，眼泪就流下来了。

这下叶绾绾被吓了一跳，说：“你怎么哭了？到底出什么事了？”

江嫣然一下子扑到她的怀里，伤心欲绝地说：“怎么可能！我不信！我男朋友怎么可能做这种事！我男朋友绝对不是变态！”

叶绾绾一头雾水，说：“哈？你男朋友？楚风吗？他怎么了？”

楚风委屈得快在太阳底下融化变形了，说：“绾绾姐，嫣然说的不是我，是她的偶像韩羡羽。”

原来如此。

听到“韩羡羽”三个字，叶绾绾顿时眸光一凝，韩羡羽出事了？这么快？

她感觉应该就是这几天的事情，所以最近一直在留意，没想到还是没江嫣然这个超级支持者发现得早。

叶绾绾点开手机里的几个知名门户网站，只见两个小时前，也就是他们还在考场里的时候，各大网站纷纷爆出了一则消息：亚细亚人气小天王韩羡羽被爆惊人丑闻！

韩羡羽是环球目前最火最赚钱的男艺人，素有“少女收割机”“亚细亚人气小天王”之称。

他因为出色俊美的外表，痞帅的气质，一出道便俘获了需求少女的芳心，一路顺风顺水，大红大紫，风头一度盖过此前最火的皇天艺人凌少哲。

两人因为年龄、定位接近，竞争相当激烈。

不久前，韩羡羽刚接下了一部投资上亿的大制作，顶级特效团队，全明星阵容，上映后绝对会大火，让他的事业再上一个巅峰，谁知道却在这个节骨眼上出了这种事。

若是韩羡羽完了，他手中这部电影肯定会落到凌少哲的手里，包括身上的大量资源，都会被趁机瓜分夺走。

江嫣然哭着说：“肯定是对手公司搞的鬼，是他们在背后给羡羡泼脏水。”

一旁的楚风小声嘀咕：“可是，有受害人的证词……”

江嫣然立即从叶绾绾的怀里抬起头，瞪着他说：“证词怎么了？证词就不可以是他们在说谎吗？”

楚风的声音更弱了："可受害者体内还被发现了安眠药的成分……"

江嫣然的眼睛里已经能喷火了，说："那也不能证明一定是我男朋友给她吃的啊！有证据吗？有谁看到了吗？"

楚风瞬间点头如捣蒜："是是是！假的，肯定是假的！韩羡羽一直那么热心慈善事业，对小孩子也那么友善，绝对不可能做出这种事情来。"

看着江嫣然和楚风争吵，叶绾绾一阵失笑。

叶绾绾记得自己的那个梦里也有这件事，梦中的一切实在是太真实了，让她恍惚不已。所以，她才一直密切关注韩羡羽的动态。

如果梦中的故事都是真的，那么江嫣然方才的话一个字都没错，这从头到尾都是一场恶劣到极致的骗局。

那个所谓的"受害女生"的父母为了索取和敲诈巨额赔偿，自导自演了这一切，给自家女儿喂了安眠药，还让她一起说谎，诬陷韩羡羽猥亵性侵。

虽然女生父母的诬陷并不高明，在没有更有效证据的情况下，无法给韩羡羽定罪，但这种民事案件，如果一定要打下去，不仅结果无法预知，更糟糕的是会拖上数年。

当时在外界压力骤增的情况下，公司安排他选择庭外和解，赔钱了事。

直到几年后，那个女生大概是因为愧疚说出了真相，才终于洗清了韩羡羽的污名。

但他的事业因为这段丑闻的影响早已一落千丈，一颗耀眼的星星就这样陨落。

梦醒后，叶绾绾回忆起这件事，便一直留意着事态的动向。

虽然韩羡羽是对手公司的艺人，但叶绾绾对他的印象其实还挺不错的，这人是难得颜值高、演技也在线的当红小生，连父亲都曾夸过他。

其实之前她有想过要不要提前给他预警，但想想又觉得不现实，她是因为做了一个格外真实的梦，但她若贸然以这个理由去告诫他人，未免也太荒谬了。

江嫣然满脸焦急地说："怎么办？好多人都相信了那个女生和她父母的话，还说羡羡经常组织慈善晚会邀请受资助的贫困学生参加，都是为了方便自己行不轨之事，他们怎么可以无凭无据这么妄加猜测？实在是太过分了！"

叶绾绾略微扫了一眼网络上的评论，看热闹的不嫌事大，大部分路人都是不问真假，无脑唾骂，何况其中肯定还有皇天在趁机踩一脚。

短短几个小时内，这个消息已经侵占了各大板块的头条。

叶绾绾沉吟道："除非对方亲口承认自己是为了骗取巨额赔偿而说谎的，否则……"

江嫣然脸色一白，说："他们若是真的有心诬陷，怎么可能承认？"

没错，这就是问题所在。

如何让对方亲口说出真相？

毕竟若是等到不知道多久以后女生自己坦白，到时候黄花菜都凉了。

"要么狠一点儿，吓吓他们？逼他们把事情说出来？"楚风建议道。

叶绾绾摇摇头，说："现在韩羡羽是受制方，怎么可能用这种过激的手段，何况皇天肯定紧盯着，就等着环球自乱阵脚，一旦被发现这边用暴力逼迫受害人，韩羡羽便会陷入万劫不复之地。"

楚风想想觉得也是，只好安慰道："吉人自有天相，说不定事情会出现转机呢？"

江嫣然无精打采地点点头，说："但愿如此吧，总之在有更确切的证据之前，我是不会人云亦云的，我相信他。"

楚风连连附和："咱们一起为羡羡加油！"

江嫣然感动地抱住了楚风，说："楚风，谢谢你。"

楚风的身体顿时僵成了一根冰棍，脸颊上满是红晕，他一脸恍惚地道："谢……谢我做什么，你的偶像就是我的偶像。"

旁边被虐了一脸的叶绾绾暗想：唉，出来秀恩爱，迟早是要还的。

华都某高档别墅门口，一大群黑压压的记者将刚从保姆车里下来的韩羡羽和经纪人围得水泄不通。

"韩羡羽，请问赵氏夫妻的爆料是真实的吗？你是否对他们的女儿进行了猥亵甚至性侵？"

"这些年你所谓的慈善活动和救助贫困学生，邀请他们去你的庄园里做客，只是一个借口吗？"

"韩羡羽，请问你的心理方面是否存在疾病？"

韩羡羽一身黑色，面上戴着大大的墨镜，遮住了大半张脸，从头到尾他都一言不发，被保镖和经纪人护送着往里面走。

经纪人伸手拦住一个几乎要把话筒塞到韩羡羽脸上的记者，大声道："让一让！麻烦各位让一下！清者自清！诸位的问题等真相查明自会给大家一个满意的答复。"

这时，其中一个记者义愤填膺地掏出一张放大的照片，声音尖厉地道："清者自清？那这些照片你又要怎么解释？照片中数名少女身处你的私人卧室，还与你一起躺在你的床上，我们是否可以推测，被你威胁和侵犯的女生不止一人？"

其实记者拿出的照片并不私密，还是公司之前主动放给媒体看的。

韩羡羽名下的一个庄园被他改造成了主题乐园的样式，他经常邀请一些他救助的学生和小支持者来家里玩。

当时公司拍了很多韩羡羽和他们有爱互动的画面，有一起做游戏的，一起玩耍的，一起滚在草地上笑闹的，他和女生们一起躺在床上的那张照片，只是其中一张，还有不少和男孩子闹成一团的照片。

照片中的地方的确是韩羡羽的卧室，因为他卧室里的那张床做成了海盗船的形状，大家都很喜欢，所以经常跑去跟他抢床。

现在被媒体这么单独拿出来，竟也成了他居心不良的证据。

韩羡羽摘下墨镜，盯着那张照片，面上的怒意一点点升腾。

而在场的媒体见状，顿时更加疯狂地冲了上去，连连追问：“韩羡羽，你到现在还想否认吗？那名女生都已经亲口指认你对她欲行不轨，做出这种事情，你简直禽兽不如！”

韩羡羽止步，静静地看着那名说话的记者：“你再说一遍。”

记者们见韩羡羽终于有反应了，眸底全部闪过兴奋，纷纷激动地架起了摄像机。

那名尖嘴猴腮的记者满脸嘲讽和鄙夷地说：“怎么，你敢做还不敢认吗？什么优质偶像，什么清流，就是一个道貌岸然的伪君子！对了，我听说你有个妹妹呢，六岁的时候就生病死了，如果她还活着，也就和那名受害者差不多大吧？”

记者话音落下的瞬间，伴随着一声杀猪般的哀号，韩羡羽重重的一拳砸在他的脸上。

“啊——”

现场惊呼声四起，顿时乱作了一团。

“打人了！韩羡羽打人了！”

“他竟然打记者！是被说中恼羞成怒了吗？”

“太过分了！”

“住手！羡羽！你疯了！”经纪人满脸绝望道。

而韩羡羽早已经失去了理智，经纪人和保镖一起都没能拉住他，眼见着他将那名记者按在地上，一拳又一拳地揍着。

这一切全部被记者清晰地记录了下来。

最后，所有保安都出动了，才终于将混乱的人群驱散。

那名记者面色阴狠，捂着被揍得鼻青脸肿的脸，面色扭曲地说：“韩羡羽，你等着！正义永远不会缺席！我一定会揭穿你的真面目！”

一番混乱之后，韩羡羽总算是回到了家里。

韩羡羽坐在沙发上，眸底还残留着方才打人时的戾气，经纪人费扬则是焦头烂额，不停地接电话。

此时，方才的一幕已经迅速被制成图片和视频传到了网上，以飞快的速度传播着。

现在网友一面倒，全部在支持那名记者，被那句“正义永远不会缺席”所点燃，原本对他们不利的讨论声越来越多了。

费扬在电话里被公司高层骂得狗血淋头，面色灰败地挂了电话，他看向韩羡羽道：“羡羽，你太冲动了！我都千叮咛万嘱咐让你一定要冷静！那些记者就是想搞大新闻，故意用话激你，一个个的巴不得你失控做出什么事情来，你倒好，自己把把柄往他们手里递。”

费扬气得还想继续说，但见韩羡羽一声不吭地坐在沙发上，看着手机上妹妹的照片，终究还是叹了一口气，没有开口了。

今天那个记者的话确实太过分了，但网上那些人不可能站在韩羡羽的角度想问题，甚至会顺着记者的话往更肮脏龌龊的地方联想。

费扬正想着怎么挽回他的形象，这时，他的手机突然响了，是一个熟悉的号码。

是那个女生的父亲打来的。

费扬顿时眸光一凛，生怕韩羡羽失控下又说出什么不该说的话来，急忙道："你把手机给我，我来跟他谈。"

"法院的传票收到了吗？"手机那头传来女生父亲冰冷彻骨的声音。

"我是韩羡羽的经纪人费扬，赵大勇，想要多少钱你可以提，只要你在媒体面前说出真相。"费扬按下录音键，随后试图套对方的话作为证据。

手机那头的男人闻言，先是沉默片刻，旋即开口，声音中仿佛掺杂无尽的怒火："你这话是什么意思？韩羡羽是一个变态，就算他再有钱，也不能不顾道德，肆意妄为，颠倒是非黑白！"

到底是谁颠倒是非黑白？

费扬此刻总算理解方才韩羡羽失控的心情了，他深吸一口气，道："赵大勇，你女儿生重病，手术费、医药费全是羡羽出的，你这么污蔑他，良心过得去吗？"

"因为韩羡羽给我女儿出了手术费，我就该假装一切都没发生？"

"你……"费扬怎么都没想到对方居然无耻到了这种地步，不仅没套出话来，还被气得半死。

"韩羡羽为了满足自己的私欲，做出这种事情，他就是一个畜生！"

这时，一旁的韩羡羽突然从费扬的手中夺过电话，一字一句道："我告诉你，你告我也没用，我一分钱都不会给你。"

手机那头的男人冷笑着说："好，韩羡羽，你既然死不悔改，那咱们就走着瞧！"

和楚风、江嫣然分开之后，叶绾绾看了一眼自己的手机短信箱。

跟哥哥的短信记录中，最后一条依旧是昨天她约他见面的那条，他还是没有回复她。

叶绾绾扬着嘴唇笑了笑，眸底升起一抹火光，很好，他非要逼她用非常手段是不是？

叶绾绾不紧不慢地又发了一条短信过去：十秒内，你给我打电话，否则你跟那些前女友的亲密合照将会出现在沈梦琪的邮箱中！

发完短信后，叶绾绾站在原地，在心里默默数着：十、九、八、七、六、五……

倒数到最后一秒的时候，手机便响了，手机屏幕上"世界无敌霹雳帅哥"几个字急促地跳动着。

叶绾绾不紧不慢地接通电话："喂？"

"叶绾绾，你敢！"手机那头传来叶慕凡气急败坏的声音。

叶绾绾轻笑一声，说："哟，大忙人终于舍得回电话了？我为什么不敢？反正我这种人什么事情都做得出来的，不是吗？”

叶慕凡咬牙切齿道：“你怎么会有那些照片？”

“我偷拍的不行吗？”

“叶绾绾，你有毛病啊！”叶慕凡怒吼着，随即他反应过来，“你少唬我！你怎么可能会有那些照片，你以为我会上你的当？再说了，梦琪知道我的过去，她就算看到了照片也不会怎样。”

叶绾绾正要说话，叶慕凡那头突然传来一道吊儿郎当的陌生男人的声音：“哎哎哎，开局了开局了！叶慕凡，你到底还玩不玩啊？玩就赶紧下注，磨蹭死了。”

“知道了，你催什么催，我马上来。”叶慕凡不耐烦地开口。

叶绾绾听着叶慕凡那头嘈杂的声响，脸色顿时变了：“叶慕凡，你又在玩牌？”

叶慕凡的语气冰冷：“你少管闲事，跟你没关系。”

叶绾绾眸底的怒火升腾，质问道：“你这样不学无术，整天混日子，沈梦琪知道吗？”

因为自小含着金汤匙出生，又是家里唯一的男孩，叶慕凡硬是被宠成了不学无术的纨绔子弟，整天跟一帮狐朋狗友浑浑噩噩地过日子。

但是他相貌好，嘴又甜，对她这个妹妹也是真心好，无论去哪儿玩都不忘给她准备稀奇古怪的小礼物，只要她一个电话，不管他在做什么都会赶过去。

可后来，她痛恨他为什么不求上进，甚至家里都变成这样了，依旧在自暴自弃；叶慕凡也因为她不顾自尊地倒贴顾越泽而跟她的矛盾越来越深，两人一见面，说不到几句话便是大吵，根本无法交流，直到后来他们渐行渐远。

果然，叶慕凡一听到叶绾绾的话，语气更冷了：“你别动不动用梦琪威胁我，反正我在你们眼里就是个一无是处的废物，梦琪跟你不一样，她从来不会因为这些对我横加指责！从来不会瞧不起我！”

“那是因为她根本就不在乎你，你这个傻子。”叶绾绾忍无可忍地怒吼。

叶慕凡顿时被叶绾绾的话激怒，冷笑连连道：“我蠢？我不学无术，我整天混日子？叶绾绾，你有什么资格说我？你知道我们家是因为什么才变成今天这个样子的吗？你知道你一直跟随的顾越泽又是什么人吗？你知道最狼心狗肺的人是谁吗？”

叶绾绾被叶慕凡这些难听的话气得浑身发抖，死死地将指甲掐进掌心的肉里：“是我……是我蠢！是我不学无术！是我整天混日子！是我害得叶家家破人亡！是我狼心狗肺，跟爸妈断绝关系！可是，我也是被冤枉，被陷害的！然而，你信过我吗？我什么都不知道就被送到那个可怕的地方，隔绝了外界的一切信息，爸爸、妈妈和你全部联系不到，而等我一出来，我身边的一切便天翻地覆，朋友离我而去，未婚夫跟我分手，亲戚家人甚至爷爷奶奶全部在痛骂我的父亲，至于你给我的，是劈头盖脸的指责怒骂还有那一巴掌！可是，哥哥……我被陷害的时候，你在哪里？这两年我孤身在外面是怎么过的，我到底遭遇过什么，你有关心吗？你有问过我一句吗？你又有什么资格说我？”

说到最后一句，叶绾绾的心已经快破碎了。

手机那头安静了好半天，才传来叶慕凡略显慌乱的声音：“你……你知道了。”

叶绾绾强压着颤抖的音色，继续道：“是我太任性，才落入了对方的圈套；是我太骄纵，才一次又一次伤了爸妈的心；是我太弱小，才让他们为了保护我做出了这么大的牺牲……我让他们为了护着我身败名裂，我让他们寄人篱下受尽欺辱和委屈，而我这个罪魁祸首却在一无所知地活着……可是，我不知道，我什么都不知道！没有任何人告诉我，我又怎会知道自己的无知和愚蠢竟将我最亲的人害到了这种地步！”

叶慕凡的语气微冷：“你到底怎么知道的？爸妈告诉你的？不对，不可能，他们不可能告诉你……”

“我怎么知道的不重要，叶慕凡，你要混就继续混吧，你要继续信一个外人也无所谓，以后爸爸妈妈由我照顾和守护，叶家的仇，由我来报！”叶绾绾说完，没等叶慕凡的回应，直接挂了电话。

那通电话之后，叶绾绾便心不在焉地回到了锦园。

之前打电话时，她还是有些失控了，但压在心头那么久的愧疚、自责和委屈堆积在一起，又听到从来不曾对自己说一句重话的哥哥对自己说了那么难听的话，她便没有控制住情绪。

叶绾绾深吸一口气，努力平复着情绪。

这时，手机“叮”的一声响，弹出了一条娱乐新闻。

叶绾绾点开一看，只见媒体又爆出了最新的八卦，韩羡羽恼羞成怒殴打记者，网上一片骂声，情势对韩羡羽越来越不利了。

对于这种突发性的恶性丑闻，在有效的时限内必须及时澄清，否则如果时间拖长了再来解释，就算澄清了也会给公众留下固有的印象。

她得尽快去找韩羡羽那边的人谈谈，及时扭转情势。

不过，在处理这些事情之前，她需要一个合适的身份。

想到这个，叶绾绾颇有些纠结。

其实之前她就已经在头疼了，因为司夜寒给她定的规矩里有一条非常变态的规定：禁止招惹异性。

这怎么可能做得到啊？

幸亏她没打算做艺人，不然光是这一条她就玩不下去了。

但就算是幕后工作者，她这张脸也不可能是完全安全的。

她想过要不要继续用那种奇葩的浓妆形象，但是想想并不现实，社会比学校要残酷和现实得多，何况这个圈子是一个看脸的地方。

顶着那样可怕的脸，怕是她还没跟人家谈合作，就已经把人吓跑了。

叶绾绾正绞尽脑汁地想办法，身后传来一阵熟悉的脚步声，伴随着男人清洌的声音：“你考完了？”

叶绾绾立即扭过头去，然后就看到一身黑色正装，一如既往赏心悦目的某人：“你回来啦！这么早？不是说今天要开会吗？”

“开完了。”

“哦。”

司夜寒盯着她看了几秒，问了一句话：“你没考好？”

叶绾绾闻言，不解地眨眨眼睛，说：“啊？没有啊，我感觉我这次发挥得还蛮不错的，数学最后一道大题大家都说巨难，我都做出来了，你怎么突然这么问？”

司夜寒说：“你不高兴。”

“呃……”叶绾绾顿时有些无语，她回来的时候特意去洗了脸，还平复了半天的情绪，就这他都能看出来她不高兴？

叶绾绾轻咳一声，说：“也没有不高兴啦，我就是在头疼一个问题。”

“什么问题？”司夜寒扯了扯领口的领带，在沙发上坐了下来。

叶绾绾斟酌了一下措辞，挨着他坐下，然后道：“是这样的，宝宝啊，之前你给我的规定里有这样一条，就是禁止招惹异性，我觉得这条规定实在是太不合理了。”

司夜寒看了她一眼，问道：“不合理？”

叶绾绾立即连连点头，说：“是啊是啊！你想啊，你女朋友有多美，你心里没一点儿数吗？我顶着这张脸，怎么可能不招桃花啊？就算我日后的职业规划不是艺人，而是幕后工作者，也不可能百分之百保证做到啊！所以，你能把这条规定删掉不？毕竟这是我的脸招惹的，又不是我想招惹的。”

司夜寒听着她脸不红心不跳的那句“你女朋友有多美”，斜睨了她一眼，说：“我并未说过它合理。”

听着司夜寒这“朕定的规则需要合理吗”的语气，叶绾绾顿时没话说了。

好好好，臣妾自己想办法行了吧？

叶绾绾一脸烦恼，抓着头发说：“我这张脸只有浓妆才遮得住，但扮丑在这个圈子里混太吃亏了，可是到底要怎样才能彻底避免不吸引异性不招惹桃花呢？我想来想去，只有一个办法了。”

司夜寒感兴趣地朝她看了一眼。

于是叶绾绾眼睛亮晶晶地看向司夜寒，道：“办法就是……扮成男人。”

这样她就不会再招惹到桃花了吧？

她简直是一个天才！

对于叶绾绾的脑洞大开，一旁司夜寒的表情已然麻木。

叶绾绾蹭了蹭司夜寒，卖力地继续道：“你不觉得这是最安全的方法吗？以后宝宝你再也不用担心我会招惹桃花了。”

叶绾绾越想越觉得靠谱，其实顶着这张脸她自己也挺烦恼的。本来她一个女孩子在圈子里混也挺不方便，扮成男的正好方便她行走江湖，最开心的是还不用浪费她的颜值。时下就特别流行比女孩子还漂亮的男孩子。

司夜寒微微斜支着脑袋，目光微转，对于叶绾绾的提议不置可否。

小丫头说的话确实有道理，只是他莫名觉得哪里不对劲。

叶绾绾小声咕哝："我真的已经尽我最大的努力在遵守你的规定了。"

正说着，许易从厨房走了过来，通知他们晚餐已经准备好了。

叶绾绾看到许易，立即企图拉同盟，冲着他招招手，道："许管家，快过来，有件事情问问你的意见。"

"我？"许易先是看了自家少爷一眼，然后狐疑地走了过去。

叶绾绾立即说："现在不是放暑假了吗，而且马上我要上大学了，大学的课程我早就自学得差不多了，所以未来我肯定会将精力重点放在工作上，就是我这张脸太不利于家庭和谐……为了避免一些不必要的麻烦，所以我想扮成男人，你觉得这个方法怎么样？是不是特别好？"

叶绾绾一边说一边不停地给许易使眼色，表示他们是同一条绳上的蚂蚱。

"扮成男人？"许易深深觉得叶绾绾的脑洞很大。

可是，如果叶绾绾是男人，那岂不是不会再有男人招惹她了？只要少爷不吃醋，那就是晴天啊！

许易谨慎地想了想，竟然觉得这个主意很靠谱，于是果断道："男人确实要方便很多，也安全一点儿。"

叶绾绾听后顿时面上一喜，说："宝宝你看，许管家都这么说了。"说完，她的眼珠子转了转，"宝宝，我要赶紧工作赶紧赚钱，未来才能更好地和你在一起。"

司夜寒沉吟半晌，最后还是道："可以。"

终于搞定，叶绾绾顿时欢呼一声，在司夜寒的脸上亲了一口。

多年以后，经常有人问这位运筹帷幄的司家历史上最出色的家主，此生是否做过什么错误的决定。

每每被问到这个问题，司夜寒都会回忆起这一天。

而某直男管家也沉痛地表示，人生观受到了颠覆。

解决了这个大难题后，叶绾绾便放心地进行接下来的计划了。

她伪装成记者，加了女生父亲赵大勇的私人联系方式，把他的朋友圈、QQ 空间，以及所有个人社交账号上发布的日常信息从头到尾看了一遍，然后凭借着记忆找到了自己想要的内容。

叶绾绾查看赵大勇的社交信息看了一整夜，第二天早上是被江嫣然的电话叫醒的。

挂了电话，半个小时后，叶绾绾来到了法院门口。

不少穿着时尚的年轻男女会聚一处，高举牌子，牌子上都是"韩羡羽是被污蔑的""韩羡羽无罪"等字样。

除此之外，还有大量媒体记者守在法院外。

此前，女生父母已经对外宣布，今天将会把韩羡羽告上法庭。

“绾绾姐，你也来了。”一身休闲装的楚风从人群中挤出来，走到叶绾绾的面前。

“嗯。”叶绾绾点头道，“刚才嫣然给我打了电话。”

江嫣然是韩羡羽的死忠粉，第一时间得到女生父母上法院状告韩羡羽的消息，随后将楚风和叶绾绾也叫了过来。

“绾绾，你来了。”江嫣然一看到叶绾绾就委屈得差点儿掉眼泪，“那些所谓的证据，稍微有点儿法律常识的都知道根本就不成立，为什么所有人都信誓旦旦地说羡羡有罪？既然来法院了，难道不应该用证据说话吗？”

“那对父母为了钱简直无所不用其极，更过分的是那些煽风点火的记者。”楚风愤怒道。

“今日，赵氏夫妇来到法院起诉当红艺人韩羡羽，据悉，法院已正式受理此案件，本报将持续追踪报道……”

一身正装的女记者，在摄像机前开腔。

附近不少居民也前往法院门口凑热闹，你一言我一语地议论着。

“现在的人，真是没有下限，什么都做得出来。”

“可不是，那个韩羡羽，又是把家里的别墅改成游乐园，又是天天做慈善，没想到都是他的幌子。”

“唉，赵氏夫妇和那个女孩还真是可怜……这女孩得留下多大的心理阴影啊！”

“受害的肯定不止那个女孩，要不是赵氏夫妇把这件事情捅出来，还不知道有多少人倒霉呢。”

……

“这些人是白痴吗？”看着围观者信誓旦旦的样子，楚风顿时火大，作势就要冲上去理论，不过却被叶绾绾拦了下来。

“你干吗？”

“绾绾姐，他们什么证据都没有，听风就是雨，这法院都还没开始审理案件呢，就给我家偶像定罪了，凭什么啊？”楚风咬牙切齿道。

叶绾绾一脸无语，心想：少年，你确定韩羡羽是你偶像吗？小伙子入戏太深可不太好啊。

“你现在过去跟人争论，不是给韩羡羽抹黑吗？到时候又是一片舆论哗然，说韩羡羽的无脑粉公然撒泼。”叶绾绾道。

楚风一愣，旋即连连点头，呆呆地看着叶绾绾，说：“绾绾姐，你说得对。”

江嫣然点头道：“无论别人怎么说，我们羽毛都不会动摇的！”

韩羡羽的支持者质量倒还算不错，千言万语，皆汇于举着的牌子上，并未同任何人起争执。

而法院门前的记者却有意引导风向，激发群众的情绪，直接将韩羡羽定罪。

那些八卦的路人听到江嫣然他们的对话，纷纷露出鄙夷的目光："哎，这年头的孩子真是越来越是非不分了，都到这个份上了，还认不清事实，非说那个姓韩的没有犯罪，是被冤枉的。"

江嫣然气得眼眶泛红，这些人根本就不懂，不懂偶像对于他们的意义。

这时，一个尖嘴猴腮、身材高瘦的记者不怀好意地从人群中挤到江嫣然的跟前，同时让随行的摄像师将镜头对准了她。

"这位小姐，请问你是韩羡羽的支持者吗？"高瘦记者阴阳怪气地问了一句。

江嫣然看向对准自己的摄像头，不闪不避，道："是的。"

记者将话筒递了过去，问道："对于韩羡羽猥亵女生一事，你怎么看？"

江嫣然强压下心头的愤怒，镇定地道："记者先生，在我回答你的问题之前，我认为你的用词不妥，法院的判决还未下来，不应该轻易用'猥亵'这样的词语。"

记者冷笑一声，说："那名女生的口供早已经尽人皆知，体内检测出安眠药成分的医院报告也清清楚楚，圈内多位知情人，甚至连韩羡羽的前女友都已经爆料他的确不是好人，还有他与多名女生躺在同一张床上的照片为证，人证物证俱在，你还认为他无罪吗？"

江嫣然握了握拳头，说："从法律意义上来说，这些证据没有一样能够证明韩羡羽做过这些事情，口供只有女生单方面的，安眠药也无法确定到底是谁喂女生服下的，那些所谓的知情人爆料更是空口无凭，还有那些照片……"

"都证据确凿了居然还在这里否认狡辩，韩羡羽支持者的素质我算是见识到了，口供、照片、医院的检测单全部摆在这里，竟还能颠倒是非，果然是有什么样的偶像就有什么样的支持者。"记者义愤填膺地打断江嫣然的话。

江嫣然也被这话激怒了："什么叫'有什么样的偶像就有什么样的支持者'？韩羡羽出道以来一直热心慈善事业，给支持者宣传正能量，他……"

"可事实是，这些全是他伪装自己龌龊行为的遮羞布！"记者再次打断她的话。

"既然法院已经受理了案件，难道不应该以法院判决的结果为主，你们有什么权利……"

"这么明显的证据摆在这里，法院的结果还用说吗？还是韩羡羽花钱买通女生父母不成，又想给法院施压？我告诉你，无论法院的判决结果是什么，韩羡羽猥亵女生的事实不会变，如果法院无法给受害者公道，那么就由我们记者来给受害者讨公道。"记者大声喊道。

高瘦记者的话顿时激起了周围部分记者的附和：

"对，说得没错！我们誓要为受害者讨回一个公道！别以为有钱有势就可以仗势欺人！"

"仗着支持者多就可以颠倒黑白吗？简直妄想！"

“看你挺漂亮的一个女孩子，怎么这么恶毒？人家孩子这辈子都被那个姓韩的毁了，你居然还在这里为他说话，还有人性吗？”

“我没有，我只是在说事实。”

“事实已经摆在眼前。”

江嫣然从头到尾都在冷静地讲道理，但根本没人想跟她讲道理，更没人去管证据的合理性，所有人都疯狂地围攻她，用摄像机疯狂拍摄她的脸。

楚风看到事情发展到难以控制的局面，江嫣然竟然被记者围攻，自己被人群挤在外面，急得团团转。

“啊——谁踢我？”

这时，江嫣然身旁的摄像师突然小腿一阵剧痛，身影歪到了一旁，将他旁边另一个记者的摄像机给撞到了地上，两人顿时吵了起来。

趁着人群短暂的混乱，叶绾绾悄无声息地来到江嫣然的身边，迅速将手中的外套罩在她的脑袋上，说：“走，别犯傻，跟这些人讲不清楚道理的。”

三人终于离开了记者的包围圈。

“嫣然，你怎么样？有没有受伤？都怪我没有保护好你。”楚风自责不已。

江嫣然呆呆地站在那里，一言不发，显然她因为方才的事情受到的打击很大。

叶绾绾轻轻地抱了抱她，然后对楚风道：“你送嫣然回去吧，这段时间最好别出门。”

记者不会放过这个爆点，肯定会拿江嫣然的这段采访做文章。

果然，第二天，江嫣然的采访就被这个记者断章取义地发布，全网都是。韩羡羽的支持者都被扣上了无脑粉的名头，任何为韩羡羽说话的支持者都会被正义人士围攻，甚至出现多起恶性搜索支持者隐私的事件。

紧接着，那名高瘦记者所在的东南日报挖出了更劲爆的信息，一名曾经在韩羡羽别墅内工作的员工爆料，经常看到韩羡羽单独带着女生消失就是一个下午，房间里还传来女生哭喊的声音，引起众人无数遐想。

所有的证据都在指向韩羡羽猥亵女生，单纯的八卦事件迅速扩大成了全民热议的话题。

宽大的落地镜前，叶绾绾低下头，漫不经心地理了理袖口，嘴角微微扬起，下一秒，她忽地抬起头来，那张绝艳的面容上，却忽地被一抹异样的凌厉与洒脱取代，那一丝丝少女独有的柔美，正一点点被锐利的锋芒侵吞。

此刻，环球公司大楼正被愤怒的记者和激动的市民包围得水泄不通。

窗户被砸破了好几扇，门口弥漫着烂菜叶臭鸡蛋的恶臭，一天二十四小时都有人拉着横幅举着牌子在大声抗议——

“环球包庇毒瘤！”

“还受害者一个公道！”

环球公司会议室内，所有人都垂着头，一言不发，气氛凝重到几乎冻结成冰。

“如今事情闹得这么大，一群人跑到公司外面叫骂了几天，你们现在一个个全部哑巴了！这件事情到底怎么解决？你们今天必须给我想出一个办法来！”环球总裁褚洪光将一堆乱七八糟的报纸全数扔在会议桌上，暴怒地吼着，肥硕的身躯气得直喘气。

顿了顿，他深吸一口气，强压下心中的暴怒，看向对面的律师说：“我问你，官司你有几成把握能赢？”

律师面色微白，有些僵硬道：“现在民众群情激昂，法院多少也会受到民间呼声的压力。就算真的要打官司，光是想要寻找确实扭转的证据，只怕都会拖上很久……”

“很久？要多久？”褚洪光脸色一沉，事情拖久了，对于韩羡羽而言等同于慢性封杀，韩羡羽如今是事业黄金期，若是此时有这么负面的新闻缠身，怕是星路要彻底断送，哪个导演和品牌商会启用这么一个负面消息缠身的人？

律师吞了吞口水，给了一个保守的数字。

“最好的情况，也要两三年……”

“两三年？”褚洪光脸色一黑，若是背这么一个黑点两三年，就算最后官司赢了，韩羡羽也彻底废了，还要平白搭上公司的名誉数年之久。

“还有没有别的法子？”

律师迟疑了片刻，道：“我建议庭外和解，尽最大可能降低这件事情的影响。”

费扬一听，立即急道：“那怎么行，要是庭外和解岂不是默认了罪名？羡羽这辈子都洗不清污名了。”

这时，费扬对面一个穿着灰色西装，面容儒雅的男人道：“所以，就要为了韩羡羽一个人，把全公司的艺人都拖下水？”

费扬顿时变了脸色，怒斥道：“周文斌，你这话是什么意思？”

周文斌耸了耸肩，说：“费扬，做人可不能太自私，这件事情因韩羡羽而起，连累了公司上下，股票更是一跌再跌，如今你们连一点儿有说服力的证据都没有，难道还想让公司所有人一起被拖下水等死？”

周文斌的话顿时引起了不少其他经纪人的附和。

“文斌说得对，没道理让我们所有人都为韩羡羽的错误买单吧！”

“我也认为现在最妥当的解决方法是及时止损。”

众人的议论声响起，几乎所有人都赞同私了的方法，甚至不少人的言语中都透着一股子抱怨，怨怼韩羡羽此事连累了他们手下的艺人。

一片议论声中，费扬的脸色越来越难看，双手更是气得发抖。

当初韩羡羽风光的时候，多少人跟在后面拍马屁，这些附和的经纪人手下的艺人，哪个不是靠着韩羡羽才被大众认识的？现在却是墙倒众人推。

“羡羽，你倒是说句话啊，他们这是要逼死你啊！”费扬忍不住对一直噤声的韩羡羽道。

韩羡羽安静地坐在会议室里，周身的议论和嘈杂好似完全没有听到，只是他微白的脸色和眼下的乌青泄露了他这段时间的状态。

他冷眼看着这群想要将他弃之不顾的人，心里说不出是什么滋味。

周文斌听着周围众人的附和，面上闪过一丝不易察觉的得意，看向褚洪光道："褚总，事关公司的名誉，还请您尽快做决定。"

褚洪光听着底下那些人的争论，一个头两个大。他自然也舍不得韩羡羽这棵摇钱树，但从现在的情况来看，想在这件事情上把韩羡羽捞回来怕是不可能了，若是再拖下去，只怕整个公司都会被殃及，连带着公司其他艺人的名誉也会被抹黑。

费扬眼看着褚洪光有些动摇，急忙道："老板，羡羽绝对没有做过那样的事情，那对夫妻是在敲诈，摆明就是为了钱！若是我们这么稀里糊涂地给了钱，那么羡羽这辈子就完了。"

"费扬，现在韩羡羽有没有做过这件事情还重要吗？"周文斌冷笑一声，扫了一眼面色发白的韩羡羽，道，"现在重要的是外面那些人都认定他做了这件事。"

费扬还想和周文斌争辩。

褚洪光却忽地抬起手，打断了两人的争论，他沉声道："文斌说得没错，韩羡羽有没有做过这件事根本不重要，重要的是如何维护公司的利益。"

褚洪光的话让费扬的脸色瞬间煞白，他慌忙看向韩羡羽。

一直安静地坐在一旁的韩羡羽，脸上只剩下麻木与死寂，在听到褚洪光那句"有没有做过根本不重要"时，他只是略微扯了扯嘴角。

不重要……所有人都觉得这不重要。

在所有人等待的目光下，褚洪光深吸一口气，嘴角微动，准备开口。

韩羡羽缓缓地闭上眼睛，无须听褚洪光接下来的话，他就已经能够预想到自己接下来的命运。

"对于韩羡羽此次的丑闻事件，经过慎重考虑，我决定，为顾全公司大局，遵照律师的提议，立即进行庭外和解……"

"砰"的一声巨响，刹那间吞没了褚洪光最后脱口的一个字。

会议室里的众人，赫然间循声看去。

会议室的大门不知何时竟被人直接推开，一名漂亮得晃眼的青年毫无征兆地出现在会议室的门口。

"不好意思，打扰一下。"青年的嘴角微扬，勾勒出一个弧度。

会议室内的众人即使见惯了各种美人，也不免被青年惊艳的容貌晃了神。

但是，随即有人迅速回过神来。

眼看着褚总就要下决定却被打断，周文斌顿时露出不悦的神色，目光凌厉地盯着眼前的生面孔，说："你是什么人？谁让你进来的？"

青年身后，韩羡羽的小助理弱弱地开口："这……这位先生说他有办法解决羡羽这次的危机……”

周文斌的眉头微微一挑，脸色顿时更加难看了：“费扬，这就是你手底下的人？还懂不懂规矩？他知道这里是什么地方吗，就随便放个陌生人进来？保安呢？把不相干的人给我轰出去。”

被打断了话的褚洪光眉头紧皱，看着门外的青年，同样面色不悦。

几名保安闻声赶来，抬手就要抓人。

然而青年含笑的目光从那几个五大三粗的保安身上扫过，嘴角的弧度好似加深了些许，他云淡风轻地站在那里，不紧不慢地道：“如果褚总想亲手毁了自家这棵摇钱树，大可以让保安赶我出去。”

小助理也是关心则乱，这会儿被骂之后才后怕自己把一个陌生人带过来太鲁莽，但是，此刻看着对方坚定的眼神，却莫名觉得心安。

褚洪光不知是不是被“摇钱树”三个字刺中死穴，阴沉的脸色忽地一僵，就在保安动手的瞬间，他道：“等等。”

那几个保安立刻不敢乱动了，周文斌的面色却突然黑了些许，眼神中透着一股不安。

褚洪光目光凌厉地看着青年，说：“这位朋友，你到底是什么人？你方才说有办法解决羡羽的事情，可是真的？”

“不错。”青年悠然地开口，弯起的嘴角让他晃眼的面容显得更加耀眼。

会议室内不少经纪人都暗暗诧异这青年的容貌，心中不由得怀疑这么漂亮的男人到底是哪里冒出来的。

褚洪光的眉头轻皱，他确实心疼韩羡羽，若非万不得已，怎么也不会砍了这棵摇钱树，现在听到青年说有办法，即使只一线希望，他也忍不住问道：“你有什么办法？”

周文斌见褚洪光动摇，顿时盯着青年，眼神中透着一股阴鸷。

只要没了韩羡羽，他手下那名和韩羡羽戏路一样的男艺人立刻就能借着韩羡羽留下的资源蹿红。

这个机会他等了很久，怎会容旁人轻易搅了局？

“老板，我们连这人是谁都不知道，怎么能相信他，万一他是对面皇天的人……”

青年闻言，抚着袖口，垂眸轻轻一笑，说：“我若是皇天的人，这会儿应该在开庆功宴，怕是没空光顾贵公司。”

偌大的会议室，因为一位陌生男子的到来陷入诡异的气氛。

“你到底是什么人，连我们环球的公关部都没办法，就凭你，能够消除外界对韩羡羽的偏见？”

“小兄弟，千万莫要在这里信口开河。”

“现在韩羡羽的名声是次要的，主要是整个环球都被事件捆绑……”

几位环球高层的目光都落在青年身上。

“褚总，您别听这小子花言巧语，他肯定是皇天派过来打探消息的。”周文斌急忙起身道。

闻言，褚洪光眸内寒光一闪。

众所周知，皇天同环球早已是水火不容，韩羡羽的事件对环球的影响十分恶劣，皇天派人进入环球打探消息，并非没有可能。

青年看向周文斌，嘴角微微上扬，勾勒出一丝嘲讽的弧度，冷声笑道：“你这样的智商，我很难理解你是如何能够参加环球总部会议的。”

周文斌愣了片刻，旋即眸子瞪大，怒道：“臭小子，你说什么！”

“说什么，”青年的双肩微微一耸，说，“在场的众人应该都知道我在说你是一个笨蛋。”

“你……”周文斌的面容有些狰狞。

眼前这个不知从哪里蹦出来的青年，竟然闯入会议室，并且当着所有高层和经纪人的面，说他是笨蛋。

“保安！保安！”周文斌勃然大怒，道，“把这个浑蛋给我打出去！”

听见会议室里的暴怒声，等候在外面的四五名保安又围了上来。

“你们还愣着干什么，没听见我说的话吗？”周文斌看向门外几名安保人员。

“啧……”青年摇了摇头，看也不看周文斌一眼，而是将目光落在主座上的褚洪光身上。

“外界都说，环球的褚总魄力非凡，可惜百闻却不如一见，环球的总部会议，原来是一位名不见经传的经纪人说了算，今日也算长见识了。”青年无瑕的面容上挂着一丝淡漠的笑意。

名不见经传？周文斌差点儿被气死。

而褚洪光的眉头微微蹙起，瞥了周文斌一眼，随即看向那些保安道：“都退下去！”

等保安离开后，周文斌咬牙道：“褚总，这小子……”

然而这一次，不等他说完，就被褚洪光不满地挥手打断。

周文斌察觉到褚洪光一脸不悦，这才强忍下了怒气。

方才他是被这不知来历的青年气得乱了方寸，否则也不会越权擅自叫来安保人员。

“褚总，以环球现在的情况而言，您觉得皇天有必要派人来打探消息吗？”青年反问。

褚洪光沉思片刻，并未有所回应。

正如此人所说，现在环球的情况，众所皆知，无论如何都已经无力逆转，皇天应该也不会多此一举。

“小兄弟叫什么名字？今日来到我环球，有什么指教？”褚洪光问道。

“鄙人姓叶，名白，目的谈不上……”青年说着，脸上的笑意逐渐敛去，“叶某今日前来，只不过是想同贵公司做一笔交易，而叶某交易的筹码，则是能够证明韩羡羽的清白，消除此次事件对环球的影响。”

听闻青年所谓的筹码，会议室众人皆是一愣，包括当事人韩羡羽的面容也不再平静，他终于缓缓地抬起头，眸子里带着复杂的情绪，朝着青年的方向看去。

周文斌满脸鄙夷地说：“真是笑话！你以为你是谁？”

费扬怔忡片刻后，不悦地道：“周文斌，老板都没说什么，你一直在这里急得跳脚，是生怕有人帮羡羽洗清罪名吗？”

周文斌顿时冷笑道：“费扬，我看你的专业是吃到狗肚子里了，这件事完全是因为外界的压力，连整个环球都没有这个能力，凭他？他算个什么东西？”

虽然周文斌的话不好听，但费扬也知道他说的是事实，不由得陷入沉默。

青年没有理会周文斌，而是不紧不慢地对褚洪光道：“褚总，既然环球已经束手无策，何不赌一把？若赢了，结果自不用多说，若输了，也对环球没有任何影响，不是吗？”

褚洪光沉吟片刻，终于道：“叶先生是吗？我不管你是谁，如果真能如你所言，解决这件事情，那么我们环球必定予以重谢。若是你只是来捣乱的，那么……”

后面的话褚洪光没有说完，可是任谁都能够看出他眼底的警告和威胁。

青年微微一笑，好似完全没有注意到褚洪光眼底的威胁，说：“褚总是爽快人，我说的是真是假，您很快就会知道。”

“哦？我要如何知道？”褚洪光的眉峰微挑。

青年笑道：“七天内，我会还韩羡羽一个清白。”

“七天？”褚洪光的脸上不由得露出诧异的神色。

一旁的周文斌脸色突变，赫然间起身，指着青年道：“就算我们让你试试，你有什么本事大可以直接说出来，何须在这里顾左右而言他？我看你根本是在故弄玄虚！”

说罢，周文斌又看向褚洪光，道：“褚总，这人来历不明，年纪轻轻谁知道他到底是来做什么的？这样的人，怎么可以轻易信他的话？”

褚洪光的眉头轻皱，他被一群人吵得头昏脑涨，正在迟疑之际，一道略显沙哑的声音忽地打破了这一刻的安静。

“我信。”

会议室里，所有人微微一愣，当即顺着声音看向那人。

开口的竟是一直垂眸不语的韩羡羽。

韩羡羽微微抬起头，略显憔悴的眸子对上了青年灿若星辰的双眼。

他深吸一口气，站起身来环视一周，目光最终定格在褚洪光的身上：“褚总，我信他。”

所有人都舍弃了他，可是现在有一个人站出来，说要还他一个清白。

褚洪光的神色颇为复杂，韩羡羽自始至终没有开过口，这是韩羡羽今天说的第一句话。

褚洪光叹了一口气，说："好吧，羡羽，公司不是不愿意帮你，若是这位朋友真有办法，我自然全力支持。"

随即，褚洪光看向了一旁的青年，说："你需要我们做什么？"

青年的嘴角微扬，勾勒出一个弧度："看戏。"

众人听到青年如此嚣张的话，顿时议论纷纷，面上自然是质疑和嘲讽。

褚洪光笑了笑，说："年轻人很自信啊！好吧，说说你的条件。"

青年朝着四周看了一眼，说："叶某的条件是跟褚总谈，还是和大家谈？"

听出青年的言下之意，褚洪光挥了挥手，解散此次会议，让众人先行离开。

临走前，周文斌走至青年的身前停下，狠狠地瞪了他一眼。

该死的，本来已经是板上钉钉的事情，却被这小子搅黄了，他倒要看看，这小子到底能耍出什么花样！

片刻后，会议室里只剩下青年和褚洪光。

"请说吧。"褚洪光点了一支雪茄。

青年坐在对面的皮椅上，直接道："第一，我要一个在环球的工作机会。"

褚洪光爽快地回道："这个简单，你若真能帮环球度过这次的危机，我们自然欢迎你这样的人才，还有呢？"

青年闻言，沉默了片刻，才继续开口："第二，我要褚总名下的一处房产。"

褚洪光微微扬眉，问："我名下的房产？不知小兄弟你要的是哪一处？"

青年掩去眸底的幽暗之色，平静地开口："金都碧海。"

听闻青年的话，褚洪光的手指顿了一下，说："小兄弟倒是会挑地方。"

当年叶绍廷破产之后，连老巢都被法院拍卖了，他为了硌硬这位昔日的死对头，就将这处房产买了过来，作为战利品。

青年面不改色，笑了笑："此处地段有市无价，我也不过是个俗人。"

褚洪光闻言表示理解，答应说："可以，没有问题。"

听到对方肯定的答复，青年不易察觉地放松了几分，站起身道："那么，褚总，合作愉快！"

"合作愉快，褚某就等你的好消息了。"

聊完之后，褚洪光派人客气地将青年送出了公司。

直到出了环球的大楼，叶缩缩紧绷的神经才猛地松下来，她扯了扯领口，轻轻地呼出了一口气。

虽然事情有点儿波折，但总算是谈成了。

毕竟是第一次以男装示人，来之前她一直挺紧张的，真到了那时候，却发现自己自然而然便切换到另一个角色的状态。

很久之前，她就发现了自己的技能中包括擅长演绎和模仿各种人物。而最近这段时间，她看了大量的专业书籍，效果貌似更好了。无疑，这种天赋对她而言是极为有利的。

叶绾绾正准备打道回府，此时，身后突然传来一道低哑的男声——

“叶白先生，请留步。”

叶绾绾顿住脚步，朝着来人看去，说：“韩先生？”

在人前从来都是光彩夺目、洒脱自信的韩羡羽，此刻一脸憔悴疲惫，眼睑下染着一片青色的阴影。

乍一对上青年的目光，韩羡羽便是一愣，在阳光下，青年的肌肤如雪，微微敞开的领口露出一小片精致的锁骨，一双潋滟的眸子仿若倒映着星河，流转间令人几乎挪不开眼睛。

青年的容貌即使是放在美人如云的圈子里，也极为出众，甚至与他相比，也丝毫不逊色。

明明是漂亮到极致的一张脸，却没有一丝轻浮和女气，眉宇间的凌厉疏狂，眸底漫不经心的嚣张，皆表明他是一个极富魅力的男性。

韩羡羽站在青年跟前，放在身侧的手指紧了紧，说：“无论你的目的是什么，为什么要帮我……谢谢，谢谢你相信我。”

青年微微一笑，凌厉的眉眼瞬间融化，如同能够驱散世间一切的阴霾：“不客气，我朋友是你的支持者，很喜欢你，我也是。”

明明已经听过太多这样的恭维，韩羡羽却莫名有种当年刚出道时，在大街上初次被支持者搭讪的悸动，冰冷刺骨的心脏增添了一丝暖意。

第十三章

洗刷冤屈

有人可能会说小说是虚拟的，什么用都没有，但是我觉得，热爱无敌！在无数个想要放弃学业、想要放弃理想、想要放弃希望的时候……它不仅是一本小说，更是我的精神支柱。它支撑我熬过许多个黑夜，“恰似”对于我来说，是黑暗中的光，也正如书名《恰似寒光遇骄阳》。

——九 RLSFXJY

QIASIHANGUANG
YUJIAOYANG

读者
告白

回去的路上，叶绾绾路过一家花店。

本来她计划今天谈判结束后约司夜寒一起吃饭的，不过她早上起来的时候，司夜寒已经去公司了，所以没能跟他提起。

以免后院起火，无论什么时候，叶绾绾日常顺毛都不能忘。

“您好，欢迎光临！”

花店里，穿着淡绿色连衣裙的女孩听到门口有客人进门的提示音，和往常一样打着招呼，随即下意识地向来人看去。

只见一只修长的手缓缓地推开玻璃门，一名穿着白色衬衫，留着亚麻色短发的年轻男子迈步进来。

店内摆满了各种花朵，如同神秘的伊甸园。男子伴随着轻快的音乐缓步踏入，面容在花丛中若隐若现。

路过一大束红色的玫瑰花时，男子微微停下脚步，随手执起了其中的一枝，垂下蝶翼般的睫毛，轻轻地嗅了嗅。

透过窗棂洒落的阳光跳跃在男子精致的脸庞上，娇艳的红玫瑰竟都无法夺去他半分风采，反而尽数沦为他的衬托。

“你好，请问可以帮我包一束红玫瑰吗？”

直到耳边传来清越低哑的男声，店员才猛地从恍惚中回过神来，对上男子琉璃般的眸子，双颊一阵发烫，她急忙回道：“可以，当然可以的，不知道您需要多少枝？”

叶绾绾轻轻地抚摸着花瓣，想了想，随即道：“九十九枝吧！”

“好的好的，我这就帮您包装。”小店员一边迅速忙碌，一边时不时偷偷抬头打量对面的男子。

天哪！这人也太好看了吧！

不知道哪个女孩子运气这么好，竟然能被这么帅的男人送红玫瑰，还是九十九朵。

小店员的八卦之心顿时熊熊燃起。

“这玫瑰花是今早刚空运过来的，很新鲜，买回去之后可以放很多天……您看这种包装可以吗？最近很流行这种复古的包装纸。可以的话，我就帮您用这种包装纸了。”

“可以，很好看。”男子点头。

被男人盯着说“很好看”三个字，小店员明知道他说的是包装纸，可她还是莫名一阵脸红，碎碎念了半天，随后状似不经意地打听：“先生，您是买来送女朋友的吗？”

男子摇头说：“不是。”

小店员一听，有些惊讶：“不是送女朋友？”

竟然不是送给女朋友的？

“那就是送给喜欢的女孩子了？”小店员猜测，随即她更加好奇地喃喃，“先生，您这么帅，居然还要追女孩子，对方一定是一个超级大美人吧？”

男子闻言，不知道想到了什么，突然微微扬起了嘴角，笑着说：“不错，确实是一个大美人。”

小店员顿时双眼放光，果然啊！

小店员正一边羡慕一边想象着能被对方说是大美人的女人到底是怎样的长相，就听到男人继续道：“不过，她不是我喜欢的女孩子。”

小店员闻言，有些发蒙：“那她是？”

“是我最在意的人。”男子回答。

正在包花的小店员闻言，长叹一口气，最在意的人啊，想必还在追求中吧。

小店员把包扎好的花束递过去，对方接过后，笑着道了声谢。

小店员看着对方微笑时更加让人怦然心动的脸，不由得再次心跳加速。

离开花店后，叶缩缩给许易打了电话。

“喂，许管家，九爷这会儿在锦园还是在公司？”

“公司，正在开会。”

“他今天晚上有应酬吗？”

“行程单上并没有安排。”

“那我现在方不方便过去找他？”叶缩缩问。

“这……叶小姐，您稍等，我请示一下九爷。”对于叶缩缩的话，许易难免有些意外，毕竟这还是叶缩缩第一次主动找九爷。

因为她极其排斥她跟九爷的关系被人知道，从不会在公开场合与九爷一起出现。

很快许易便回了电话，说：“叶小姐，您过来吧，跟秘书直接报您的姓氏就可以。”

“好的，谢谢。”

司氏集团。

“你好，请问您贵姓？有预约吗？”

来公司的大部分是商务人士，乍一看到这么鲜嫩的小帅哥，手里还捧着一大束惹眼的红玫瑰，女秘书不禁眼前一亮。

“我姓叶，找司总，跟许特助预约过了。”叶缩缩道。

“原来您就是叶先生……”小秘书方才已经被许易叮嘱过，急忙起身迎接，只是心中有些狐疑，许特助说的不是小姐吗？

估计是他忙晕了吧。

只是看对方的样子，似乎不是来谈事情的，反倒像是来公司接女朋友下班的，如果能被这么帅的男朋友捧着玫瑰花来接……

这时，“叮”的一声响，电梯门打开了。

女秘书的视线这才从男人绝美的侧脸中收回来，道：“叶先生，司总正在开会，还请您在会客室稍等片刻。”

叶绾绾点头说：“好的。”

秘书小姐说着，便要领对方去会客室。

结果两人刚走没几步，便看到一群人从会议室里走出来。

为首的正是他们一身黑色西装、面容冰冷的老板，后面跟着一众高层，每人都神情肃穆。

司夜寒正侧身听着身旁的许易汇报工作，却发现自家员工突然没声音了。

男人的眉峰轻蹙，朝着许易看去，然后就看到许易盯着前方一脸呆滞。

司夜寒顺着许易的目光看去，只见对面站着一名女秘书，而秘书身旁的竟是……

看到女秘书身旁抱着一大束红玫瑰的年轻男人，司夜寒的瞳孔顿时微微一缩。

因为自家司总突然停下脚步，他身后的所有高层也都跟着停下来，同时也发现了对面的一幕。

在所有人的注视下，只见对面穿着白色衬衣，如清晨的朝露般清澈的青年手捧玫瑰，一步一步朝着他们的方向走来。

青年径直在司夜寒的跟前停下，比手中的玫瑰还要娇嫩的唇瓣微微上扬，亚麻色碎发下的眸子闪烁着星星点点的笑意，他道：“司总，有这个荣幸邀您共进晚餐吗？”

一众高层和小秘书都呆若木鸡。

沉默的空气中，仿若有瑟瑟寒风刮过。

刚才，他们家司总是被一个男人给撩拨了吗？

司夜寒身边的许易盯着对面穿男装的叶绾绾，差点儿一口血喷出来。

虽然他早就知道叶绾绾要扮成男人，但怎么也没想到这女人竟然能做到这种地步。

明明还是那张漂亮到极致的脸，不过是妆容、发型以及服装做了改变，但是给人的感觉却完全变了，而且毫无违和感。

女装的叶绾绾美则美矣，却是柔弱的、压抑的，甚至是缥缈虚浮的，但男装打扮的叶绾绾给人的感觉瞬间锋芒毕露，如同原本压制已久的光华骤然倾泻出来，这种气势无关性别，却令人完全挪不开眼睛。

当然，这些都不是重点。

重点是，她现在是男人，在所有人眼中，她是一个男人啊！

作为一个男人，叶绾绾捧着花对另一个男人说出这种话，是要闹哪样？

他不用猜都知道这些人的脑子会想歪到哪里去。

叶绾绾这女人这次玩得也太过分了，少爷不会同意的，绝对不会同意的！说不定还会大发雷霆！

许易正这么想着，就看到他们家高贵冷艳、面若寒霜的少爷看了对面的“青年”一眼，随即接过“青年”手里的玫瑰花。

许易大为震惊，他家少爷是疯了吗？

看着自家少爷从叶绾绾手中接过那束鲜艳的红玫瑰，许易的内心仿佛经历了一场海啸。

“砰”的一声巨响传来，是身后财务总监手里那堆厚厚的财务报告摔了一地，至于方才领叶绾绾进来的那名小秘书，眼珠子都快瞪出来了。

少爷，不带你这样玩的啊！周幽王烽火戏诸侯都没你这个可怕！你这让我怎么收场？

崩溃的许易绞尽脑汁地给自家少爷善后，赶紧对已经全部石化的众人开口：“咯咯……这位是司总的朋友，在国外长大的，性格比较开朗，喜欢开玩笑，呵呵……”

众人面面相觑，是这样的吗？居然有人敢这么对司总开玩笑？

叶绾绾其实多少是抱着几分报复的小心思的，但没想到司夜寒竟然真的当众接受了她的花，连她自己都挺惊讶的。

不过她无法否认，司夜寒这家伙顶着一张冰山脸，怀中拿着一束娇艳如血的红玫瑰，这样极致的反差下，画面简直令人目眩神迷。

要是有一天她真成了女霸总，还真挺想设金屋以藏之的……

“怎么了？”见叶绾绾一直盯着自己，司夜寒向她投去询问的眼神。

叶绾绾这才从眼前的美色中回过神来，不过目光依旧没有从司夜寒的身上挪开，琉璃般的眸子毫不掩饰地看着他，道：“没什么，闲看花时风也醉……就是一时看呆了。”

在场所有人：“……”

许特助，你刚才的解释是认真的吗？

而许易正在腹诽：这差事没法儿干了。

出了公司大楼，叶绾绾的惊人气势顿时如同泄了气的皮球，蔫了下来。

“宝宝啊，咱们能不能打个商量？”叶绾绾试探着开口。

司夜寒骨节分明的手指轻轻触碰怀中带着露珠的红色花瓣，说：“商量什么？”

叶绾绾弱弱地开口：“商量一下……要不咱们改天再约吧？”

果然，司夜寒闻言，脸色几乎一瞬间便冷了下来。

叶绾绾急忙开口解释：“我不是要放你鸽子啊，本来我是准备请你吃一顿浪漫的烛光晚餐的，结果我刚刚才想起来，我最后的积蓄都用来买这束花了。”

听到她说用最后的钱买了这束花，司夜寒的脸色才缓和了一些。

叶绾绾不知想到了什么，眼睛亮了亮，继续道：“不过要是你愿意请客的话，那也是可以的，如果你直接给我钱，那就更可以了。”

司夜寒淡淡地吐出两个字：“回家。”

叶绾绾：“……”

宝宝啊，以你的情商，这辈子都别想追到别的女孩了。这种时候的正确答案不应该是掏出一张黑卡，让我随便花吗？

司夜寒估计是猜到她在想什么，斜睨她一眼，面无表情地道："男人有钱会变坏。"

叶绾绾顿时满头黑线。

她以为自己已经够入戏了，没想到这里还有一个比她更入戏的。

大魔头不愧是大魔头，口味海纳百川，连她的男装接受起来都毫无压力。

是夜，华都某高级公寓。

这里是环球为旗下艺人安排的员工宿舍。

因为韩羡羽的多处房产信息被恶意曝光，门外全部有记者围堵，于是他便搬回了这里。

此刻，屋里的灯全部关着，偌大的客厅冷冷清清，只有电视机里传出的声音。

韩羡羽坐在电视机对面的沙发上，在液晶屏幕幽光的映衬下，俊美的脸上带着病态的苍白。

电视里正在播放一则新闻，背景是他之前居住的别墅。

门口围满了激愤的群众，一名女记者正在就地报道——"韩羡羽猥亵女生一案不日即将开庭，此次案件因影响极其恶劣，受到民众广泛关注。当事女生的父亲赵先生表示，两天后将召开记者发布会，详细描述案件的更多具体细节。我们现在所在的地方便是韩羡羽目前的住所，不过这里一直大门紧闭，环球包括韩羡羽本人都没有就此次事件做出过任何正面回应。我们从女生父亲处了解到，韩羡羽曾私下找到他，想用钱让他撤回起诉并在媒体面前说谎，不过遭到了女生父亲的拒绝。从一个优质偶像到猥亵女生甚至拒不认错的嫌疑人，这样的真相实在令人痛心……"

经纪人费扬拿着几粒药丸，摸黑倒了一杯水过来，有些紧张地朝沙发上的韩羡羽看去，劝道："羡羽，别看这些东西了，你忘了医生的叮嘱吗？这段时间你就安心在家里休息，什么都别看别听，有什么情况我会通知你的。"

自从事情发生后，韩羡羽的精神状态越来越糟糕，费扬没办法不担心他的身体状况。

毕竟这件事不仅会影响他的事业和人生，也会让他的心理产生阴影。

明明是出于善意而帮助那些人，最后却反被污蔑陷害；明明没有做过，却要一辈子背负这种可怕的骂名。而那对贪婪的夫妇却踩着他的善意，得到整个社会的同情，未来或许还会靠着巨额赔偿金过着锦衣玉食的日子。

若今天没有那个姓叶的年轻男人出现，公司强行逼羡羽用给钱的方式庭外和解了，他真的难以想象羡羽还能不能撑下去。

见韩羡羽不说话，费扬又安慰道："你也别太悲观了，褚总不是同意再试一次吗？说不定真的有转机呢？那个叶白若不是有什么招数，应该不敢在会议上夸下那么大的海口……"

而费扬不敢想的是，万一叶白失败了……

更甚者，万一那人根本是心存不轨……

听到“叶白”这个名字，韩羡羽的眸子才动了动，眼前恍惚浮现出一抹温暖的笑容。

片刻的怔忡后，他缓缓地闭上眼睛，隔绝了眸底望不到尽头的旋涡。

两天后。

赵氏夫妇联合各路媒体的一场“讨伐大会”如期召开，并且采取了全程直播的模式。

明明已经起诉了，却在开庭之前特意召开这样一场记者发布会，其险恶用心昭然若揭。

以免韩羡羽的情绪受到影响，费扬已经提前断了家里的电视线和网线，并且没收了韩羡羽的手机。

他正想着还有没有遗漏的地方时，韩羡羽的私人手机突然响了。

来电显示：叶白。

看到这个名字，费扬急忙接通电话，神情谨慎地开口：“喂，叶先生。”

“打开直播。”手机那头的人并没有寒暄，而是直接开口。

费扬闻言，有些错愕：“现在？”

叶白说：“是的。”

费扬犹豫了一下，然后开口：“好，我知道了。”

费扬赶紧打开电脑点击直播网站，然后敲响了韩羡羽卧室的门：“羡羽……羡羽……你醒了吗？”

他推门进去后，一如既往的是满屋子熏天的酒气。

韩羡羽躺在地板上，旁边滚落了一地的酒瓶，听到费扬叫自己，他也没有任何反应。

看到他这个样子，费扬又生气又心疼，但费扬也知道如果不让他发泄一下，他恐怕真的会发疯，这才没有阻止他。

“你快起来，刚才叶先生打电话过来了，让我们看记者发布会。”

与此同时，华都大酒店。

酒店最大的多功能会议厅内，挤满了上百家媒体记者，女生的父亲赵大勇、母亲李巧红正坐在发布台上。

赵大勇身形微胖，剃着寸头，身上穿着一件与他的形象不太相符的黑色旧西装，神情看上去很是沉重：“非常感谢各位媒体给我们一家人的帮助，韩羡羽有权有势，我们小老百姓想讨回公道简直难如登天。还好这个世上好心人比较多，让我们夫妻能有个说理的地方，不然我们真不知道该怎么办才好。”

他旁边的李巧红头发有些发油，穿着半旧不新的灰色裙子，神情怯弱，一直在垂着头抹眼泪：“我真没想到韩羡羽是这种人，我居然亲手把女儿送到了这种人渣的手里……”

两人看起来都是最朴实的底层民众，贫穷困苦，日子过得艰难，又遭受了这样的打击。他们刚一出现在镜头里，便有无数观众对他们的遭遇表示同情，更多的自然是对韩羡羽的谩骂。

公寓里，费扬看着夫妻两人无耻的行径，整个人气得快爆炸了，更别提韩羡羽本人看到这一幕后的心情。

“羡羽，你还好吧？”费扬不放心地问。

韩羡羽一言不发地盯着屏幕里的那两个人，突然不知道看到了什么，目光微微变了一下：“是他。”

“谁？”费扬一脸不解，然后顺着韩羡羽的目光看去。

随后，他在媒体席上意外看到了一个熟悉的身影，《火星周刊》记者旁边坐着的男人，好像是叶白。

他也到场了？

这个叶白，到底准备做什么？

眼下这种舆论一面倒的情况下，根本不可能扭转乾坤。如果他准备在今天这种场合给韩羡羽洗白的话，只会把韩羡羽害得更惨。

费扬的眉头紧蹙，陷入深深的不安中。

直播画面中，最先发言的是那个曾被韩羡羽揍过的，《东南日报》的高瘦记者严正阳。

这次事件很多所谓的大爆料都是出自《东南日报》的手笔，同时他们也是这次发布会的发起者和组织者。利用这次的热度，《东南日报》在业界可谓是名利双收，更被赞为业界良心。

在提问之前，严正阳先用幻灯片的形式给大家展示了事件的全部始末：“这张韩羡羽与多名女生共处一室，还躺在一张床上的照片，大家应该已经看过了。当初就因为我拿着这张照片去做了一些合理的采访，韩羡羽便对我大打出手。作为一个公众人物，这样的素质，我有理由怀疑他除了心理问题，还有一定的暴力倾向。”

“就是啊！再怎么样也不能打人啊。”

“被戳中痛脚了呗。”

“真是难以想象那些受助人在他那里还遭受过多少可怕的事情。”

严正阳的话得到了在场所有媒体和正在看直播的观众的附和，尤其是媒体，对于打记者这种事情更是深恶痛绝。

严正阳继续道：“事情爆出来之后，韩羡羽慈善背后的肮脏内幕纷纷浮出水面，从受害人亲口指控的录音，到张张真实的照片；从别墅被辞退的前员工的爆料，到前任女友亲口透露韩羡羽不为人知的癖好……在这样的证据下，韩羡羽的支持者依旧妄图洗白，依旧妄图钻法律的空子，实在是令人寒心至极。”

严正阳义正词严的控诉结束，随后他看向女生的父母道：“赵先生，赵夫人，我很理解你们夫妻的心情，本不想再让你们反复回忆那些痛苦的事情，但是，为了让罪犯得到应有的惩罚，为了正义得到伸张，希望你们能为大家详细说一下事件的始末，将真相还原给大众。”

“好的……”

赵大勇深吸一口气，然后开始条理清晰地叙说自己那天回家后是怎么发现女儿神情异样，又是怎么与女儿谈心，怎么发现女儿被韩羡羽长期猥亵的。

说完之后，赵大勇现场播放了与女儿对话的录音。

“他摸我了。”

“摸你哪里？”

“摸我的胸口……”

“还有呢？”

李巧红听到一半就开始捶着胸口大哭：“我的女儿……我可怜的女儿……我唯一的宝贝女儿……她以后可怎么做人啊！这辈子就这么毁在那个畜生手里了！”

赵大勇死死地握着拳头，说：“是我的错，作为父亲，我没有尽到父亲的责任，是我没用，没有保护好她，才害得她遭受了这样的事情。他简直是社会的渣滓。”

父亲愤怒的表情、母亲崩溃的哭声、揭露真相的录音，瞬间将现场人愤怒的情绪推高到了极致，直播观众的刷屏更是铺天盖地——

“韩羡羽还是人吗？”

“韩羡羽这种人好恶心！”

“何止是恶心，他是连人性都没有了。而且事情发生到现在连一句道歉都没有，冷血到令人发指。”

……

费扬看着那些铺天盖地的恶毒弹幕，脸色一阵难看：“羡羽，还是关了吧。”

费扬一边说着，一边注意着屏幕角落的某处。

只见穿着白色衬衣的男人微微支着脑袋，从头到尾都神情淡漠地看着群情激愤的这一幕，没有任何出手的意思。

就在他担心韩羡羽承受不了，准备关掉直播的时候，穿白色衬衣的男人突然不动声色地侧了侧脑袋，对他身旁那名《火星周刊》的记者说着什么。

记者神情专注地侧身听着，不时双眸发光、点头。

随后，只见《火星周刊》的记者高飞唰地站起身，大声道：“人证、物证俱在，铁证如山，韩羡羽居然还死不认错，简直是丧心病狂！就是因为有这种人，风气才被带坏了！”

《火星周刊》向来以情报快、狠、准出名，多次爆出地震级的大八卦，不过近几年他们越混越差，这次韩羡羽的事情，甚至全是在炒别家早就爆出来的冷饭。

台上，严正阳看到高飞起身说话，眸子里闪过一丝不屑，什么华国第一娱记，不过是一个过气娱记而已。

今天在他的主场，《火星周刊》还想抢风头？

高飞先是义愤填膺吼了一嗓子，随后看向台上的赵大勇，态度谦和地道："赵先生，我是《火星周刊》的记者高飞，非常同情您的遭遇，不知道是否可以向您提几个问题？"

见高飞与其他记者一样，都是帮着自己痛斥韩羡羽的，赵大勇掩去眸底的自得，面上表情沉痛地道："记者先生，请问！"

高飞点头道："谢谢，在我提问之前，我想请赵先生和在座的诸位看一段视频。"

说完，高飞走到一旁的投影仪前，请工作人员将自己准备好的U盘插了进去。

赵大勇和众人闻言，都下意识地朝着多功能厅内那面巨大的屏幕上看去。

先是一阵动感的音乐声响起，随即屏幕里出现了一个十来岁的小女孩，女孩穿着黑色的皮质露脐上衣和超短裙，正在模仿一位很火的H国女星跳舞。

舞蹈的动作很成人化，由十来岁的女孩子跳出来之后却是完全不同的感觉，少了一些性感，多了几分天真。

视频放完后，高飞看向赵大勇，问道："赵先生，这段视频您看过之后，有什么想法？"

赵大勇不知道高飞为什么突然给他们看这段小女孩跳舞的视频，如实回答道："很可爱。"

"那么诸位觉得呢？"高飞看向在座的记者们，又问。

席上的媒体看到这段视频后，都在议论着。

"天哪，小女孩太萌太可爱了吧！"

"这模仿能力简直绝了，小小年纪跳舞就跳得这么好，太有天赋了。"

"这个视频我有印象，这个小女孩跳舞的视频很多年前在网上就很火了，她模仿过很多女星跳舞，可厉害了。"

……

正在看直播的观众也纷纷表示被视频里的女孩萌到了。

众人议论的同时，看着高飞的表情有些狐疑，不懂他突然在今天的记者发布会上放这样一段视频有什么用意。

高飞在知晓了众人对这段视频的看法后，点了点头，在投影仪上点了一下，说："好的，那么现在请大家再来看几张截图。"

下一秒，投影仪上出现了一张截图。

截图上的日期是七年前，一个很火的博主转发了这个小女孩跳舞的视频，和在场的媒体以及观众的反应一样，评论都是在夸小女孩可爱。

但是，幻灯片放到最后一张截图的时候，出现了一条不堪入目的网友评论。

当这条评论被放大呈现在大屏幕上的时候，现场沉寂了一秒，随即全场哗然。

“这人是谁啊？变态吧？对着小姑娘也说得出这种话？”

“就算是在网络上，也不能说话这么不负责任吧？”

……

高飞给截图上所有网友的ID都打了码，这条也一样。

众人骂着骂着，渐渐有人不知想到了什么，纷纷开始猜测。

“这张截图里的人该不会是韩羡羽吧？”

“肯定是他！这是他的小号被《火星周刊》挖出来了吧？”

“我刚还想说《火星周刊》这几年越来越不行了，看来还是有点儿能力的，这还是第一次有人挖到韩羡羽的小号。”

一见又有新的东西可以深挖，在场的媒体顿时又兴奋起来。

与此同时，公寓里。

密切关注事态的费扬没等到逆转，却等到了更糟糕的情况，整个人都快急疯了。

“什么小号，这群媒体是疯了吗？”

到底怎么回事？这个《火星周刊》的记者不是叶白安排的人吗？

韩羡羽歪靠在床沿，盯着屏幕，依旧是那副表情——麻木和空洞。

此刻，直播网站也在疯狂刷屏——

“这个劲爆啊！韩羡羽的小号曝光了！”

“肯定不止这个吧？”

……

得到预想中的反应后，高飞表情沉重地开口：“大家都看到了，正常人看到这样的视频，都只会觉得视频里的小女孩可爱，只有那些内心阴暗的人才会有肮脏的想法。”

赵大勇见这位记者又拿出了新的证据，眼睛顿时亮了几分，当即附和道：“没错！而且，这条博文的日期显示是七年前，韩羡羽隐藏了这么久，也不知道害了多少无辜的人。”

而媒体席上，白衣男子扫了一眼手机上直播的弹幕，听着现场媒体以及赵大勇的话，嘴角不易察觉地微微上扬。

猎物，进套了。

台上，高飞不动声色地朝着媒体席的方向看了一眼，随即目光扫过全场，最后在赵大勇的身上定格，面上微微流露出一丝惊讶，眉头微挑，问道：“赵先生，您竟然也这么认为吗？认为这个网友的评论有问题？”

赵大勇一听，当即毫不犹豫地道：“这是当然了，都说出这种话了，怎么可能没有问题。”

其他人也交头接耳，一时间，台下议论纷纷。

高飞笑了笑，并不否认，而是在投影仪上点了一下：“那么，大家现在就看一下，这条不堪入目的网友评论，到底出自何人之手吧。”

听闻高飞的话，所有人都屏息凝视，下意识地坐直了身体。

韩羡羽的小号啊，里面的内容肯定很劲爆吧？

大屏幕上，画面切换，还是那张截图，但是这一次，马赛克不见了，那名网友的ID清晰地出现在所有人的面前——寂寞香烟。

而寂寞香烟的博客认证赫然是——明星猥亵女生事件当事人父亲赵大勇！

当在场的媒体看到那个他们无比熟悉的ID后，偌大的多功能厅内，陷入一片无比骇人的沉寂。

赵大勇原本暗自得意的笑意一下子僵在了嘴角，脸上先是不可思议和恼火，随后不知突然回忆起什么，一点点染上了慌乱和惊恐。

良久的沉默后，全场一片哗然。

“这……这怎么可能？”

“这不是韩羡羽的小号，而是赵大勇的账号？”

“真的假的？这图是不是修的？这话怎么可能是赵先生说的？”

“这绝对不可能！肯定是假的！”

……

原本还神态自若的严正阳这会儿已经脸色骤变，唰地站起身，当场怒斥道：“高飞，你疯了吧？好歹你们曾经也被业界称一声‘华国第一娱记’，挖不到新闻竟然就不顾职业道德搞这种作假的东西，吃相未免也太难看了！”

高飞冷冷地看了严正阳一眼，说：“严记者，你我为同行，你说这话不觉得可笑吗？今天是什么场合？在座这么多的媒体朋友，我怎么可能会说出这种随时被戳穿的谎话？这条博文发布自七年前，怕是连当事人赵大勇先生都忘记了他曾经在网上说过这样暴露本性的话，所以直到现在都没有删除评论吧？原博文我已经转发，大家现在可以当场自行查看，评论第七页第三条。”

听到高飞的话，众人顿时又议论起来。

“这可是《火星周刊》的爆料，《火星周刊》现在虽然已经不行了，但从未爆过虚假的新闻，所以才得罪了那么多人，被整得快倒闭了！”

“就算是一般的小刊也不可能当着这么多媒体的面用假图忽悠人的。”

“我翻到了！我翻到了！真的是赵大勇发的，你们快去看啊！”

在场的媒体包括正在看直播的观众，几乎在一瞬间点开了高飞几秒前最新转发的那条博文，然后真的在那一页里看到了赵大勇的评论。

与此同时，高飞用蓝牙连接了幻灯片和自己的手机，在大屏幕上给所有人展示了赵大勇的言论，以及是怎么跟其他网友对骂的。

高飞不紧不慢地朝着台上面色惨白的赵大勇看去，说："怎么样，赵先生，现在回忆起来了吗？"

赵大勇抖着手拿着手机，额头上冷汗涔涔，正在慌乱地点着什么。

高飞冷笑一声，说："现在你想删博文？未免也太晚了吧！"

赵大勇的手指一顿，大概也知道没用了，面上的惊恐更甚，随后，他强撑着站起来道："这都是那么多年前的事情了……我也是无心之言，这并不能证明什么！"

高飞似是早就料到他会这么说，道："赵先生，你刚才好像不是这样说的，方才在场的所有人可都听到你亲口承认了，能说出这种话的人，绝对有很大的问题，现在你又说并不能证明什么？"这分明是自打嘴巴。

高飞说完，不动声色地与台下某个角落的人对视了一眼，然后，又连续放出了五六张截图，全是赵大勇在各种社交账号上发表的类似言论，全部不堪入目。

有三五年前的，一年前的，还有一张是最近的。

大屏幕上每放出一张截图，赵大勇的脸色就白一分，看到日期最近的一张截图后，更是整个人都跌坐在身后的椅子上。

怎么可能？这个人到底是怎么做到的？

他那么多年前发表的社交信息，甚至连他自己都已经忘记的东西，竟然全部被翻了出来。

他在网上的那些评论纯粹是好奇博眼球，寻求存在感而已，但是这些信息被单独拿出来，他有嘴都说不清。

果然，看到那一张张证据后，在场的所有媒体已经完全惊呆了，直播前的观众更是全炸了。

"我的天！我看到了什么？赵大勇竟然是这种人！"

"而且你们看他在博文上对网友说的那些话，简直不堪入目。"

"他到底是怎么做到在那儿义正词严地指责韩羡羽的？"

"简直难以置信！"

……

严正阳此刻也已经慌了，他万万没想到，赵大勇居然会留下这么大的把柄。

不行！绝对不能让事情这么发展下去！

就算赵大勇有问题，韩羡羽的罪名也抵赖不掉，他必须把韩羡羽的名声拉回来。

想到这里，严正阳立即站起身，拿起话筒准备说话："诸位……"

然而就在这时候，高飞抢先一步，直接打断严正阳，大声开口怒骂："正如大家所看到的，没错，赵大勇就是这样的人。"

严正阳说："赵大勇是什么样的人先不说，韩羡羽他……"

高飞的神情仿佛愤怒到了极致，他用力一拍桌子，再次打断试图说话的严正阳："从这样的人嘴里说出的话，可信度到底有几分？而且据我了解，赵大勇还曾多次殴打自己的女儿，那么之前的录音，真的是出自他女儿的本心吗？”

伴随着高飞这一声怒到极致的嘶吼回荡在大厅里，本来就已经无比震惊的众人直接被震得傻在了原地。

连严正阳都忘了说话，完全呆住了。

直播网站上，片刻的停顿后，铺天盖地的弹幕把屏幕全部遮住了。

已经完全没有人去注意严正阳刚才想说什么，所有人的注意力都被高飞的这个惊天爆料吸引了注意力。

原本正在慌乱中的赵大勇听到这一句话后，先是一呆，随即勃然大怒，唰地站起身，说：“你血口喷人！那是我亲生女儿，我怎么会这么对她？”

再三被打断的严正阳在高飞爆出更猛的料后瞬间瞠目结舌。

几秒后，他猛然回过神来，立即看向高飞，大声怒斥道：“高大记者，做事情可是要讲究证据的，你嘴一张就给人扣下这么一顶大帽子，跟草菅人命有什么区别？你这根本就不是记者，而是刽子手！”

赵大勇也终于想起这里是记者发布会，冷静下来，道：“这位记者，请问你有证据吗？怎么可以血口喷人呢？”

高飞似乎早就在等着他们质问了，道：“证据是吗？赵大勇，我看你是不见棺材不掉泪！”

伴随着高飞的话音落下，大屏幕上出现了一张照片。

照片中是一个女孩，女孩已经隐约能够看出身形，身上只穿着轻薄的家居服，看着镜头的表情很紧张。

照片中的人，正是赵氏夫妇的女儿。

而这张照片，是赵大勇自己发在朋友圈的，还配了一句——“我女儿，怎么样？”后面配了一个猥琐坏笑的表情。

这张照片一出现，顿时引起了全场媒体的不适。

“怎么这样，这个年纪的女孩已经有性别意识和隐私意识了好吗，作为父亲，他居然把女儿这种暴露的照片发在朋友圈里，简直恶心！”

“这种人也配做父亲？”

赵大勇看着那张照片，气得脸红脖子粗，当即辩解道：“这只是我记录女儿的日常而已，再正常不过了。”

高飞冷笑一声，说：“没事，照片你不承认没关系，我还有人证。今天，我就要彻底揭穿你这个人渣的真面目！”

伴随着高飞掷地有声的怒斥，现场所有媒体都蓄势待发，架起了设备，等待着高飞接下来的证据。

不知不觉中，众人竟然已经下意识地跟着高飞的节奏在走。

“前天，我走访赵大勇的邻居，征得对方的同意后，录下了一段采访……”高飞一边说一边播放了一段采访记录。

记录中，高飞正在采访一个男人，为了保护人证，男人的面容被刻意隐藏在阴影中。

听到高飞说采访了自己的邻居，又看到了屏幕上那个熟悉的人影，赵大勇顿时脸色微变。

但此时，采访视频已经开始播放。

高飞说："在你的印象中，赵大勇是什么样的人？"

邻居说："游手好闲，不务正业吧。"

高飞说："那他有什么恶习吗？"

邻居说："喜欢打牌算不算？"

高飞说："打牌？他很喜欢打牌吗？"

邻居说："我听说他连女儿的医药费都输掉了，最后不是被那个大明星救助了，他女儿才得救的吗？真是走了狗屎运了！"

高飞说："你对赵大勇指认那个大明星猥亵他女儿的事情怎么看？"

邻居说："大明星猥亵他女儿？真是贼喊捉贼！还不知道到底是谁在真正欺负他女儿呢！"

高飞说："你这话的意思是？"

邻居说："他每次打输了牌，都会回家殴打女儿，好多次了。"

高飞说："你怎么会这么说？那可是他的亲生女儿，他怎么会做出这种事？请问你有什么证据吗？"

邻居说："证据？我就住在他家隔壁，他家那点儿事我能不知道吗？屋子里隔三岔五传出打人声和哭喊声，又不止我一个人听到。你不信的话，大可以去问问其他人。"

高飞说："那女孩的母亲难道不管吗？"

邻居说："他老婆上夜班，晚上就父女两人在家里，不过，就算她在家里，我估计也是不管的，夫妻俩都是黑心的。"

……

长达十多分钟的采访很快结束，后面还有一些其他邻居的采访录音。不少人都表示，晚上经常能听到女孩哭喊的声音和赵大勇的骂声。

这段采访中透露的内容，简直是让人震惊。

所有人都没想到，这位众人眼中口口声声不畏强权、保护女儿的慈父，竟然是一个丧心病狂到家暴亲生女儿的人。

"赵大勇，你现在还有什么好说的吗？"高飞厉声质问。

赵大勇听着邻居的指认，面对着高飞的质问，还有四周媒体所有异样的目光，气得几乎要发疯："这种东西也能算证据？赵强斌平时跟我有过节，那小子是故意栽赃嫁祸我。"

“赵先生，苍蝇不叮无缝的蛋，更何况，指证你的可不止一个邻居。”

“那是因为我女儿做错事，我在教育她。孩子不听话，家长打骂是天经地义的。”

“哦，所以你教育的方式就是家暴吗？”高飞步步紧逼。

赵大勇气得整张脸都涨红了，开始喘着粗气：“我都说了，我没有殴打过她。”

高飞的眼神更冷淡了，言辞更加激烈：“人证物证俱在，到现在你还在狡辩，甚至没有丝毫悔意，简直是丧尽天良！”

“垃圾记者，你说够了没有！”终于，赵大勇忍无可忍，一脚踹翻身下的椅子，朝着高飞扑过去，一拳砸在他的脸上。

“啊——”高飞结结实实地挨了一拳，半边脸都肿了。

赵大勇还要继续打人，旁边的其他记者和几个保安迅速冲上来，赶紧将情绪激动的赵大勇给拉住了。

高飞抹了一把嘴角的血迹，痛心疾首地开口：“大家现在相信了？这个人不仅心理变态，还有一定的暴力倾向，可以想象他的女儿在他手下到底遭受了怎样非人的待遇。”

听到这话，赵大勇的面色更加狰狞，一边疯狂地嘶吼一边往高飞的方向扑着：“我跟你没完！你给我等着！你等着——”

在铁证面前，赵大勇不仅死不悔改，还当场殴打记者，瞬间将所有人的愤怒引爆到顶点。

直播网站的点击量和流量在这一瞬间突破了纪录，一条又一条的留言飞快地刷过——

“简直三观都被颠覆了，我们居然被一个人渣骗了这么久！”

“到底丧尽天良到什么地步，才能连自己的亲生女儿都打成那样？”

疯狂的骂声后，网友自然而然便开始往另一个方面想了。

“这种丧尽天良的人说的话能相信吗？我的天！韩羡羽该不会真的是被冤枉的吧？”

“这绝对有可能啊！”

“我们羡羽本来就是被冤枉的好吗！就因为他们是弱势群体，你们就不分青红皂白地站在他们那边，完全不给其他人说话的机会，我们说一句就要骂我们是傻子，现在你们知道真正无耻的人到底是谁了吧。”

“可怜之人必有可恨之处，羡羽那么帮他们一家，结果他们竟然这么诬陷羡羽，若是今天没有那个记者揭穿赵大勇的真面目，羡羽都要被扣上那个会毁了他一辈子的罪名了！”

“羽毛终于等到真相大白的这一天了！羡羽是无辜的！”

“我就知道韩羡羽不会做那种事。”

……

深夜，某高档公寓。

费扬眼见着高飞一步步揭穿了赵大勇的真面目，眼见着现场媒体和直播前的网友对赵大勇叫骂，直到越来越多的人开始质疑赵大勇的话，为韩羡羽鸣不平……局势瞬间逆转。

费扬激动得差点儿抱着笔记本电脑大哭一场，说："羡羽，你看到了吗？舆论开始逆转了！真的开始逆转了！那个姓叶的实在是太厉害了，我们环球派人盯了赵大勇那么久，也只挖到一点儿他打牌酗酒这样不痛不痒的事情，叶白到底是怎么发现赵大勇还家暴的？"

韩羡羽盯着直播里的画面，看着屏幕上一条又一条怒骂赵大勇的弹幕，缓缓靠在了身后的椅背上，闭上了眼睛，良久都没有说话。

费扬还在那里激动地怒骂："赵大勇这个畜生，我以为他只是贪得无厌，忘恩负义，没想到他连亲生女儿都殴打。"

听着经纪人的怒骂，韩羡羽缓缓地睁开眼睛，朝他看了一眼，说："扬哥，你真的认为事情这么简单吗？"

突然听到韩羡羽的问话，费扬有些不解："难道不是？这么多证据摆在这里，还能有假？"

韩羡羽语气清冷地道："从表面上看，证据确实很多，但其实并没有什么直接性的证据。"

费扬在韩羡羽的提醒下冷静下来，仔细思索了一番，说："被你这么一说，好像还真是的。所有的证据单独拿出来看的话，似乎没什么。比如赵大勇在那个视频下面的猥琐留言，以他那个文化层次说出这种话其实并不奇怪，就算是他所有的社交记录摆在一起，最多只能证明他人品低劣。他发的他女儿的那张照片，如果单独拿出来看，完全可以被认作是单纯地炫耀女儿。至于邻居的证词，极有可能是邻居确实跟他有过节，借机踩他一脚。他的邻居，就像是你那个前女友，他们的话都极容易让人相信……"

说到这里，费扬猛然意识到了什么，整个人都呆住了："难道赵大勇他根本没有……"

韩羡羽轻声道："他有没有做过，已经不重要了。"

听到韩羡羽这句话，费扬陡然心里一沉："你说得没错，已经不重要了，重要的是，在别人眼中，他到底有没有做。"

费扬紧盯着直播视频里媒体席上起身走出大厅的一抹白影，若有所思地从头开始整理这件事情："叶白没有让环球的人出手，是因为只要环球的人介入，不管环球说什么，信任度都会大打折扣。环球不是没有指控过赵大勇，但没有任何用处，因为所有人只会觉得环球是在抹黑赵大勇，为你洗白，所以，他找了曾经在业界有很高威望的《火星周刊》合作。他安排高飞不要一开始就告诉大家那条博文是赵大勇发的，而是任由所有人误会，到最后才说出真相，打了所有人一个措手不及。毁掉赵大勇慈父的人设，暴露他的本性之后，高飞所说的一切都会更加容易让媒体相信。接下来，从他发的女儿的照片，到所谓的各种人证，最后是高飞故意激怒赵大勇打他，这全部与媒体对你做过的事情一模一样……这个叶白，他这完完全全是在……”

韩羡羽长长地叹了一口气，补充完费扬未说完的话：“以其人之道，还治其人之身。”

叶白设的这场局，从头到尾都是仿照赵大勇利用媒体对他做过的事情，把他这段时间遭遇过的全部还到赵大勇的身上。

不仅如此，叶白的策划完美无缺，甚至连混迹社会多年的费扬都没看出来，更别说今天在场的那些记者还有网友了。

他也是因为经历了这一切，才一眼看出叶白的设计。

韩羡羽盯着直播画面里消失在大厅门口的那抹背影，胸口有一股暖流在缓缓涌动着。

他真的没想到……那个人不仅做到了，还选择了用这样的方式来还他的清白。

第十四章

要的是他

“恰似”对我来说不仅仅是一部喜欢的小说，它还是我努力前进的动力。

——桃桃乌龙

QIASIHANGUANG
YUJIAOYANG

读者告白

因为赵大勇情绪失控，记者发布会被迫中途结束。

华都酒店门口被媒体围得水泄不通，赵氏夫妇寸步难行。

“赵先生，对于你家暴亲生女儿一事，你有什么想说的吗？”

“赵夫人，你对此知情吗？”

“你是否有暴力倾向？”

……

四周全是疯狂的媒体和刺眼的闪光灯，各种尖锐的问题如同潮水般涌来，赵大勇被人群挤得头昏脑涨，混乱中被摄影机撞了好几下。

李巧红只知道一个劲儿地说不知道，什么都不知道。

听到那些越来越荒谬的提问，赵大勇气得肺都快炸了：“胡说八道！污蔑！全是污蔑！你们这些记者是傻子吗？连这种话也信。”

“那你在网络上发表的那些言论又怎么解释？”

“我……那就是我一时失言。”

“那邻居的证词你又要怎么解释？”

“是那小子跟我有过节故意栽赃我！栽赃我！我都解释一百遍了，你们到底还要我说多少次？”

“一个邻居可以跟你有过节，难道所有邻居都跟你有过节吗？证据确凿，你难道还想否认吗？”

“你无话可说了吧？你一直说韩羡羽利用做慈善猥亵你女儿，事实该不会是你自己策划的这一切吧？”

“我没有！”

“那是你为了钱而故意污蔑韩羡羽吗？”

……

媒体正疯狂追问赵大勇，不知看到了什么，顿时又呼啦啦地朝着另一个方向拥去。

是高飞从酒店里出来了。

“高记者，你从一开始就已经怀疑赵大勇的为人了吗？”

“我不过是根据手里得到的情报做了一些合理的猜测。”

“那么高记者，请问你对这次事件真相的大逆转有什么看法吗？”

高飞朝着人群里脸色无比难看的严正阳看去，不紧不慢地回道：“透过现象看本质，将真相还原给大众，我不过是做了我该做的事情，我相信，正义永远不会缺席。”

听着高飞话音里的嘲讽，严正阳简直气得吐血。

这段时间他一直在为赵大勇奔走，原本他才是正义的一方，现在被高飞这么一闹，他的名声全完了，他成了包庇赵大勇的帮凶。

严正阳眼睁睁看着事情一步步发展到这个地步，在旁边不停地寻找机会想要插话，想要解释，想要扭转局势，想要怒斥高飞那些证据的荒谬和站不住脚。

可是，没有任何人搭理他。

所有人的关注点已经全部集中在父亲殴打亲生女儿，还反咬救命恩人这个无比劲爆的大八卦上。

毕竟吃瓜群众最爱看的就是一波三折，惊人反转。

媒体很清楚什么样的新闻更值得深挖。

他想不通，原本尽在掌握中的局势，怎么转瞬就逆转了？

就凭那个快倒闭的《火星周刊》？还是背后有什么人在操控这件事？

到底是哪方势力，能有这样的手段？

“这个浑蛋！活该！比起你所遭受的一切，他还差得远呢！让他也好好尝尝网络暴力的滋味！”

费扬骂完，不免又开始担忧：“叶白说七天内还你清白，可是按照目前的趋势，大众看法虽然逆转了，也有越来越多的人为你鸣不平，但赵大勇要是继续死咬着你不放怎么办？

“就算不用担心大众的看法了，官司赢面也很大，但总归是硌硬啊！

“斩草不除根，春风吹又生，如果不彻底解决事情，就怕随时再被人挖出来做文章。”

记者发布会结束后，大众看法如同叶缩缩预想中的彻底逆转。

原本对韩羡羽的指责怒骂，全部转移到赵氏夫妇的身上。

赵家终日有记者围堵，工作单位也不能幸免，走到哪里都能碰到无孔不入的媒体以及愤怒的民众。

没两天，赵大勇就被所在的公司辞退了，身边的亲戚朋友都跟躲瘟疫一样避着他。

媒体接触不到他，就四处找他身边的人打探消息。他平日里风评就不太好，现在更是墙倒众人推，几乎所有的被采访者透露出的都是不利于他的内容。

李巧红也好不到哪里去，在众人看来，作为孩子的母亲，她不可能不知道丈夫做了什么，可她助纣为虐，两人完全是狼狈为奸。

赵家。

一阵丁零当啷的声响后，屋子里乱七八糟的东西扔了一地，女孩蜷缩着躲在卧室里，一声不吭。

李巧红一只手拖着箱子，一只手拖住女儿，头也不回地要往外面走。

走到一半，她被赵大勇一把拉住，怒吼道：“你干什么去？”

李巧红厉声道：“干什么？我还能干什么？我要离婚！我要带女儿离开这里！这日子我一天都过不下去了！”

赵大勇顶着两个重重的黑眼圈，面色一片灰白：“你闹什么，现在外面全是记者，你再坚持几天钱到手了，我们就能远走高飞了。”

李巧红一把扔开他的手，说：“钱钱钱，你就知道钱，现在我们一家都要被逼死了！要钱你有命花吗？我的手机上二十四小时不间断全是骂我的信息，屋子被人泼了红油漆，我没有一分钟不提心吊胆。之前你弄得这么高调，我们的信息照片所有人都知道，能走到哪里去？我们走到哪里都会被人戳脊梁骨，连家里的亲戚都跟我们断绝关系了。我当初就让你不要那么做，你偏不听，现在好了，得罪人了吧？你自己被泼那些脏水就算了，现在连累我都要跟着你一起受罪！女儿的名声也彻底被你毁了！”

李巧红说着，扔下手里的东西，一屁股坐在了地上，说：“我这是造的什么孽啊，要受这种罪！他们这是要逼死我啊！”

“妈妈……”女生一脸慌乱无措，站在妈妈的跟前。

李巧红一把将女儿抱住，开始哭号：“女儿……我可怜的女儿……你这是造的什么孽……摊上这种爹。”

赵大勇被老婆吵得脑子发晕，就在这时候，他的手机又响了。

赵大勇正气得发疯，接通电话就开始怒骂：“滚！全部给我滚！”

他正吼着，手机那头突然传来一道男人的声音：“赵先生，火气别这么大，我是来帮你的。”

赵大勇顿时噤声，警惕地开口：“你是什么人？”

若是以前有人说要帮他，他自然会相信，可是现在，怎么可能有人会帮他？

“我是什么人不重要，重要的是，我可以帮你摆脱眼前的困境，让媒体不再骚扰你。”

听到对方说可以让媒体不再骚扰自己，赵大勇即使并不相信对方有这么好心，也忍不住问：“你倒是说说，你有什么办法让媒体不再骚扰我？那些媒体全是疯子，我说什么都没有用。”

“你现在就是一只热腾腾的大包子，他们自然追着你不放。”手机那头的男人笑了笑，然后道，“只要你撤销诉讼，在公众面前澄清真相，说明你是为了钱而污蔑韩羡羽的，事情水落石出了，这件事的热度消散了，媒体自然不会再关注你。”

赵大勇怔忡了片刻，随后大怒道：“你当我是傻子吗？你是韩羡羽派来的吧？”

他要是说出来，一分钱都拿不到，还会多一项罪名。

他除非是傻子，才会这么做。

听着赵大勇的怒斥，手机那头的人却很是轻松悠闲：“赵先生，只怕糊涂的是你，你该不会到现在还以为能拿到赔偿金吧？之前环球确实是打算给你钱庭外和解，但那是因为外界的压力，他们担心时间拖长了，韩羡羽被毁了不说，还会影响公司的形象。但是现在不一样了，如今公众已经站在韩羡羽那边，环球不用再顾忌负面声音，而你提交的那些证据，你自己心里也清楚，根本无法对韩羡羽定罪。”

手机那头的人顿了顿，接着道：“从前，你可以有恃无恐，那是因为全世界都站在你这边，而现在，啧……你若是说出一切真相，媒体再没东西可挖，几天后自然风平浪静。但是，只要你一天不撤销诉讼，只要事情一天没有结果，便会不断有人关注你，抓着你不放，你这辈子都将活在媒体的纠缠和世人的唾骂中……”

接完这个来自陌生人的电话后，赵大勇陷入良久的沉默。

那人最后的那句话如同诅咒一般在他的脑海里回放。

才短短几天，他已经快要发疯了，何况是一辈子？虽然他不知道给他打电话的人是谁，但对方说的是事实。之前他有恃无恐，是因为媒体和民众都在为他保驾护航，但是现在，已经没人相信他的话，原本站在他这边的人，全部到了他的对立面，他不仅再也威胁不到韩羡羽，还将被所有人唾弃。

想到这一点，赵大勇最后的心理防线濒临崩溃。

几日后。

就在网上讨伐赵大勇的呼声愈演愈烈，愤怒的民众甚至上演了好几次暴力事件后，赵大勇发布了一条博文，表示将再次召开记者发布会，说清楚事情所有的真相。

记者发布会当天，现场人山人海，场面比上一次还要宏大。

夫妻俩低垂着头，神情惨淡地站在众媒体和愤怒的民众跟前。

赵大勇面容憔悴，脸色蜡黄，在正义人士连日的疯狂攻击下，眉宇间满是惊慌和畏缩。

发布会刚一开始，他几乎是迫不及待地用早已准备好的说辞道：“韩羡羽根本就没有猥亵我的女儿，这一切都是我自导自演的，我为了得到赔偿金，才故意编造了这样的谎言。是我教女儿说那些话，录下那些口供的，也是我说服妻子帮我一起欺骗媒体，我从头到尾只是想从韩羡羽那里弄点儿钱。”

听到赵大勇的话，短暂的静默后，全场一片哗然。

“我的天哪！韩羡羽竟然真的是被污蔑的！”

“这夫妻俩的心肠到底是有多黑啊！对于好心帮助他们的人居然能够做出这么没良心的事情来！”

“他们无耻到一定的境界了。”

……

赵大勇一心想要媒体放过自己，所以无比诚恳地道歉：“我已经去法院撤销了诉讼，对不起，真的非常抱歉。对不起一直以来帮助我们的媒体，对不起那些支持鼓励我们的网友，对不起我的女儿、我的妻子。当然，我最对不起的还是韩羡羽先生。我真的知道错了，是我鬼迷心窍，猪油蒙了心，求大家原谅我……”

赵大勇说着，深深地鞠了一躬，旁边的李巧红也跟着他向公众道歉。

众人听着夫妻二人的道歉，全部在怒骂。

“道歉就行了吗？这简直是在把我们当傻子耍。”

“恶意消费我们的同情心，实在是太过分了！”

现场韩羡羽的死忠粉们听到了赵大勇的澄清，听到了赵大勇的道歉，忍不住激动得潸然泪下。

“我就知道羡羽不会做这种事，这些媒体和网友还好意思说赵大勇夫妻，他们难道不应该道歉吗？”

“还好我们等到了！我们终于等到了！等到了真相大白的这一天！”

“正义可能会迟到，但正义永远不会缺席。”

……

锦园。

正在看直播的叶绾绾听着众人齐声呼喊着那句令人热血沸腾的“正义可能会迟到，但正义永远不会缺席”，心中难免有些感叹。

这句话出自一句法谚，原文其实是“Justice delayed is justice denied”，意为“迟到的正义，等同否定正义”，后来在翻译过程中，才逐渐演化成前面那种解释。

在叶绾绾曾经的梦里，韩羡羽倒是等到了正义，可那时他的整个人生已经毁了，迟来的正义还有什么意义？

迟到的正义，根本就不配叫正义。

某高档公寓。

在赵大勇说出真相并且道歉的瞬间，原本紧张得大气都不敢出的费扬激动地直接跳了起来，说：“他说七天还真是七天，一天不差，绝了！我一直想不通叶白要怎么还你清白，没想到竟然是让赵大勇亲口说出真相，这下你是彻底没有后顾之忧了。这次真的是押对宝了！还好之前在会议上你力挺相信了他，周文斌打得一手好算盘，一心巴望着你倒台，公司就能捧他手下的人，我看他还怎么得意。”

费扬正激动着，却发现韩羡羽一直心不在焉地盯着手机，于是叫他：“羡羽……羡羽，你想什么呢？你看到没有，赵大勇当众跟你道歉了。”

“我看到了。”韩羡羽依旧在摆弄自己的手机。

费扬见状，想了想道：“你是不是在等叶白的电话？也对啊，这么多天了，他怎么都没打个电话过来？我打过去问问吧！”

费扬说完，便拨了一通电话出去。

结果，手机响了半天都没人接。

“他怎么不接电话？”费扬一脸狐疑。

费扬这边正要挂断电话，不承想接通了，然后传来了一道无比甜美软糯的声音：“喂？哪位？”

费扬冷不丁被手机那头女孩的声音酥了一下，随后一脸蒙，说：“你是……”

韩羡羽离得近，也隐约听到了接电话的是一个女人，蹙眉问道：“打错了？”

费扬盯着手机看了一眼，说：“没有啊，难道我按错了？怎么是一个女人？羡羽，你把号码再给我看一下。”

与此同时，锦园。

叶绾绾刚看完直播，准备去洗澡，正找换洗的衣服，听到手机响了。

因为是陌生号码，她没多想就随手接了，谁知刚接通就听到那边传来有些熟悉的声音，好像是费扬。

自己大意了！叶绾绾暗叹一声，急忙捂着手机，清了清嗓子，切换到了男声：“喂，费经纪人吗？我是叶白。”

她之前研究了一下变声的方法，很快便掌握了诀窍，切换起来还算顺利，不过就是容易出现这种乌龙情况，看来以后她还得小心一些。

听到手机那头传来叶白的声音，费扬才重新将手机拿起来：“叶先生？我还以为我打错电话了呢，方才接电话的是？”费扬下意识地八卦了一句。

叶绾绾随口回道：“是我朋友。费经纪人，有事吗？”

费扬闻言，表情顿时有些意味深长。

朋友？这么晚还在一起的朋友，该不会是女朋友吧？

不过人家长得这么帅，有女朋友也是很正常的事情。

费扬回过神来，急忙道：“嘿，你叫我费扬就行了，也没什么事，就是我跟你说一下，直播我和羡羽已经看了，叶兄弟，你太厉害了！不仅逆转情势，还狠狠报复了那个浑蛋，最后彻底还了我们羡羽清白，真的太感谢你了！你有什么需求，可以尽管提。”

“扬哥客气了，我要的东西，我自会去找褚总取的。”叶绾绾道。

费扬见对方言语坦诚，反倒多了几分好感：“那好吧！”

这时，一旁的韩羡羽伸出手，示意费扬将手机给自己。

“叶兄弟，羡羽要跟你说话。”费扬将手机交给了韩羡羽。

韩羡羽沉默了几秒，最终只说了两个字：“谢谢。”

叶绾绾听着韩羡羽的感谢，笑了笑，道：“若你真想谢我的话，哪天有机会帮我签个名吧，我送给我朋友，她一定很高兴。”

韩羡羽语气郑重地点了点头，说：“好。”

临睡前，叶绾绾点开网页，浏览了一下有关韩羡羽的所有信息。

韩羡羽的支持者欢欣鼓舞，奔走相告，媒体和网友也纷纷向韩羡羽道歉，并且重新报道韩羡羽曾经做过的各种慈善。

这次的事件算是圆满解决，不仅如此，韩羡羽的人气还暴涨了数倍，连带着之前据理力争帮韩羡羽说话却被网友攻击的江嫣然，也跟着小火了一把，被称为“最美支持者”。

现在，只剩下她明天去找褚洪光兑现他的承诺了。

第二天，环球公司。

相比上次差点儿被保安轰走，这一次，叶绾绾被当成座上宾，由褚洪光的特助亲自领到了总裁办公室。

一看到叶绾绾，褚洪光立即自红木座椅上站起身，神情愉悦地拊掌大笑：“长江后浪推前浪，叶兄弟真是年轻有为，后生可畏啊！”

叶绾绾礼貌地颔首，说：“褚总谬赞了。”

“坐！”褚洪光招呼青年坐下来，又吩咐特助去准备茶水。

褚洪光点燃了一支雪茄，心情颇好地开口：“叶兄弟这次的公关非常完美，羡羽不仅保住了，还人气大涨，连带着我们环球也是名声大噪！这行事手段，比多少从业多年的 CPO 都要老辣，叶兄弟确实是一个难得的人才，不错不错……”

叶绾绾静静地坐在那里喝茶，耐着性子听着，等了半晌，见褚洪光就是不提正事，便用茶杯拨了拨杯中的茶叶，不动声色地提醒：“褚总您满意就好，那么，褚总您承诺我的两件事？”

“瞧我这记性！”褚洪光这才一副刚想起来的模样，弹了弹雪茄，拿出一摞文件，推到她跟前，“叶兄弟放心，你要的东西，褚某早就帮你安排好了。”

叶绾绾抬眼看去，只见那摞文件上面的，是金都碧海的房产转移文件。

看到那无比熟悉的四个字，叶绾绾的眸光微闪，欲伸手去接。

然而，就在叶绾绾的手指碰到那份文件的瞬间，褚洪光突然道：“叶兄弟啊，我实话跟你说，这处房产对我而言，有着非常特殊的意义，我本人呢，对它非常喜欢，不过既然叶兄弟帮了我这么大一个忙，你又看上了，就算再难以割舍，褚某也会信守承诺……”

说到这里，褚洪光的身子微微后倾，靠在真皮座椅上，话锋一转，道：“叶兄弟，你也清楚，那个地段的房子确实是有市无价，不过呢，你很快就是自家人了，咱们一家人不说两家话，我绝对不会让你吃亏，这样，你只要给我七成的房款，这房子就是你的了。”

褚洪光一副爽快的姿态说道。

而听完褚洪光的话，叶绾绾的眸光顿时便是一闪。

褚洪光还真不愧是出了名的老狐狸。

当初谈的时候，她的意思是直接要这栋房子，现在他居然偷换概念，要卖给她。

褚洪光这只老狐狸，怎么会不知道就算是七折，对常人而言那也是一笔天文数字。

然而，叶绾绾的脸上没有太多情绪，嘴角的那抹弧度依旧延续着。

她就知道，这褚洪光绝对不会那么厚道地遵守承诺。

不过那又如何？

褚洪光本想看对方面色大变，却发现叶绾绾的脸上没有丝毫的愤怒与不甘，一时间心中有些奇怪，不过面上依旧是那副忠厚伪善的模样：“你放心，协议我都拟好了，这房子我肯定是给你留着的。”

叶绾绾微微挑眉，嘴角的笑意浓了些许，那双摄人心魄的眸子微微上抬，掠过褚洪光那张虚伪的老脸，说：“那就多谢褚总了。”

褚洪光一时间有些摸不清叶绾绾到底是什么情况，不过多年的历练让他把自己的心思藏得极深，他故作淡定地笑了笑，随即又拿了一份合同给她：“你的职位我也帮你安排好了，完全是为你量身定做的，你看一下，没问题的话，咱们今天就可以签约。”

“哦？那真是让褚总费心了。”说着，叶绾绾便拿起合同看了一眼，刚翻到第一页，叶绾绾的双眸便微微眯起。

这根本就不是环球娱乐的合同，而是环球旗下的一家子公司光耀传媒的经纪人合同。

环球旗下的多家子公司里，光耀传媒的实力是最弱的，旗下唯一拿得出手的只有周文斌带的艺人宫旭，可以说是周文斌的一言堂。

褚洪光一副语重心长的语气道：“光耀如今的处境，确实是有些艰难，几乎整个公司只能靠个别艺人撑着，实在是让我头疼，而叶白你这次的表现确实是令我非常惊艳，我慎重考虑了许久，才决定将这个重任交给你，我相信以你的能力，肯定能带领光耀走出困境。”

叶绾绾的手指轻轻敲击着白瓷茶杯，心中冷笑连连。

不愧是褚洪光，居然能把“流放”都说得这么好听。

父亲跟褚洪光争斗多年，她早就知道褚洪光为人狡诈，是圈子里有名的笑面虎，摆着一张笑脸能把你坑得连骨头都不剩。

褚洪光的这些把戏，她又怎会猜不到？他不过是看到她这次的应对完美，既想用她，又怕驾驭不住她，自然要给她一个下马威，并且设置了诸多牵制关卡。

见叶绾绾不说话，褚洪光又递了厚厚一摞资料过去，说：“我已经给光耀那边下达了命令，让各部门全力配合你的工作。另外，光耀的所有艺人，除了宫旭，他是一直跟着文斌的老人了，不太好中途换经纪人，其他人你可以随便挑，我给你开放最大的权限。”

随便挑？整个光耀，除了宫旭，没有一个拿得出手的艺人，她能挑什么？

叶绾绾也没有同褚洪光这只老狐狸啰唆，只是拿起褚洪光给她的名册，不紧不慢地翻看起来。

在那一摞资料中，根本没有一个拿得出手的艺人，褚洪光嘴上说得大方，实际上却是处处给她使绊子。

叶绾绾不动声色地一页页翻动着名册。

就在她翻到最后一页的时候，手指略微停顿了一下，目光悄然落在印在角落的一个名字上——洛辰，代表作《惊龙》。

对于洛辰，叶绾绾有些印象，因为她是武侠迷，自然看过经典武侠电视剧《惊龙》。

如果她没记错，洛辰三年前便出道了，在《惊龙》中饰演反派大司总，一夜爆火。

这么高的起点，加上他超高的颜值，本该顺风顺水，此后不知为何再无音信。

洛辰这份简历里的演艺经历简单得可怜，除了《惊龙》这唯一拿得出手的作品，入行三年，他竟连一个龙套的角色都未曾有过。

这份简历唯一的亮点，只有他的照片。

照片中，夕阳下的操场上，少年穿着白色的T恤和牛仔裤，坐在栏杆上迎风而望，无比精致的侧颜，柔软的头发在风中有些凌乱，清澈至极的目光中满是蓬勃的朝气。看他这颜值和气质，不愧曾被冠以“国民初恋”的称号。

只可惜，三年杳无音信，早已让这位曾经的“国民初恋”被世人遗忘。

按常理而言，这样一个过气的演员，根本没有可能在短时间内爆火，为叶绾绾赚取足够的第一桶金。

可是，叶绾绾在看到洛辰的名字时，眼底闪过一抹笑意。

她一早就猜到，褚洪光不会把她留在总公司，也不会让她去什么好的地方，所以她之前就算准了，褚洪光会把她“流放”到星途贫瘠、隐有落魄之势的光耀传媒。

而叶绾绾自始至终看准的第一个艺人，就是洛辰。

按照她的梦境发展，不久之后，洛辰将有一次重新大火的机会。只要好好把握，洛辰就可以再次爆红。然而不知为何，洛辰错过了这个机会，就像他在十八岁正当红时，突然销声匿迹一样。

之后，洛辰这个名字再也没有出现在人们的视线中。

但这一次，她不会轻易让洛辰放过这样一个绝佳的机会。

她誓要让洛辰这个名字重新登顶。

想到这里，叶绾绾的手指在洛辰的资料上点了一下，直接道：“我要他！”

褚洪光顺着叶绾绾指定的人选看过去，面上掠过一丝意外：“你确定？”

他确实有些诧异叶绾绾的选择，光耀传媒旗下的艺人没几个上得了台面的，不过叶绾绾选的这个人，比其他人更加透明，连他都忘记有这么一号人的存在了。

“确定。”叶绾绾毫不迟疑。

褚洪光见她态度坚决，心中不由得泛起一丝冷笑。

之前他看这人能处理好韩羡羽的事情，还当她有多大的能耐。如今看来，她虽然有些手腕，但看人的眼力差了太多。

这个艺人的名字他连听都没有听过，好像是拍过一部当时还算火的武侠剧，但此后再无任何作品，完全没有曝光度，不过是空有一张脸而已。

这一行里长得好看的人太多了，每年像他这样的不知道会更新多少。

这叶白终究是太年轻了，锐气有余，经验不足。

褚洪光有意让叶白吃点儿亏，对这个结果倒是乐见其成，于是也不再劝了，大笔一挥，直接在其中一份文件上签了字：“行，这个人现在就归你了。你拿着这个直接去找文斌办交接手续。”

叶绾绾同样在合约上签下了自己的名字："谢谢褚总。"

"你的办公室我已经让人收拾妥当，员工宿舍也都是顶级待遇，你今天就可以过去看看，如果有哪里不满意的，尽管跟我提。"

褚洪光挺着啤酒肚，将一串钥匙放在叶绾绾的面前，笑着开口："叶白啊，好好干！我对你可是抱着很大的期望！"

叶绾绾接过钥匙，看了一眼钥匙上镀金的字样：万景名苑。

这点褚洪光倒是没有坑她，这确实是环球最好的员工宿舍，不少金牌经纪人和大腕艺人都住在那里，韩羡羽爆火之前也在那边住过一段时间。

那么今天她先去公寓看一下，安顿下来了再说吧。

根据她这段时间的观察，司夜寒确实如同他承诺的那样，完全没有插手她的任何事情。但是，搬出锦园这么大的事情，她就不太有把握预测司夜寒的态度了。

走出环球的大楼后，叶绾绾先试探着给司夜寒发了一条短信：

宝宝，我今天去了环球，工作已经搞定了，不出意外的话明天就会上班，继续住在你那里有些不方便，所以我估计会搬到员工宿舍那边住了……

平时她发短信过去，司夜寒的回复都很快，可是这一次如同石沉大海，迟迟没有回应。

等了好半天都没等到回复，叶绾绾又给许易发了一条短信：许管家，九爷在做什么？我刚给他发了一条短信，他看到了没有？

过了一会儿，许易回复她：在开会呢，他刚才看手机了，应该是看到了，我的小姑奶奶啊，你给他发什么了啊？

虽然许易没有说司夜寒看到短信后到底是什么反应，但光从许易的语气，她已经能猜到了。

司夜寒果然生气了啊！

叶绾绾扶着额头，轻轻地叹了一口气。

没办法，一般经纪人不会住得离艺人太远，很多经纪人甚至是和艺人住在一起的，因为随时要应付各种突发情况，所以住在锦园实在是不方便，她早晚得搬走，这一步是肯定避免不了的。

唉，上次她用玫瑰花，这次用什么才能哄好他呢？

叶绾绾想了半天，回了一趟锦园，又去了一趟超市买东西。

买完东西后，叶绾绾掐着快要下班的点，再次去了司氏集团。

小秘书对叶绾绾的印象深刻，一看到她眼睛亮得都放光："叶先生，您找司总吗？司总的会议应该快开完了，我带您上去。"

叶绾绾差点儿被她那熊熊燃烧的八卦之光闪瞎了眼睛，嘴角微微抽了一下，礼貌地点了一下头，说："谢谢。"

上楼后，小秘书直接领着她在会议室对面的员工区坐了下来，说："司总应该马上就结束会议了，要不您就在这边等吧？”

“好的。”叶绾绾点了点头，把手里的东西放下来，然后下意识地朝着会议室看去。

从她这个方向，正好可以透过玻璃窗看到里面正在开会的司夜寒。

正面若冰霜地与众人说话的司夜寒似乎发现了她，目光在她的方向停留了一瞬。

叶绾绾正要挥手打个招呼，司夜寒已经将视线移开了。

小秘书自然不能让贵客一个人待在这里，便在旁边陪着，同时一直偷偷打量叶绾绾。

男人的眉目如画，皮肤比女人还要好，完美无瑕的侧脸简直如同艺术品，此刻男人正支着下巴，有些忧愁地盯着会议室的方向。

小秘书见状，不禁询问道：“叶先生，我看您今天的心情好像不太好，是出什么事了吗？”

青年盯着会议室内高贵冷艳的美男，轻轻地叹了一口气：“是啊，心情是不太好，你家司总跟我闹别扭呢……”

小秘书的心里缓缓升起一个问号，这副“女朋友跟我闹脾气了”的语气是闹哪样？

她家如同天神般高高在上，不食人间烟火的老板会闹别扭？

小秘书觉得自己的三观简直遭遇了一场浩劫。

时间一分一秒地过去，不知不觉间，叶绾绾已经在外面等了两个多小时。

小秘书时不时探着脑袋往会议室里面看，神情明显有些尴尬：“之前许特助明明说会议马上就开完了啊，怎么这么久？抱歉，叶先生，大概是会议上遇到了什么问题……”

老板该不会是真的在闹脾气吧？毕竟对比上次，他可是提前结束会议出来的。

“没关系，工作重要，你也去忙你的吧，不用在这里陪我了。”叶绾绾好脾气地道。

小秘书的手头确实还有一堆工作，闻言，她只好依依不舍地离开了。

与此同时，会议室内。

按照正常流程，会议应该早就结束了，结果却不知为何延迟到现在。

眼见天色越来越暗，会议却仍旧没有结束的趋势，叶绾绾忍不住给司夜寒发了一条短信：你什么时候忙完啊？

她确定自己透过玻璃窗看到正在听员工汇报工作的司夜寒拿起手机看了一眼。

可是，男人看完之后便移开了视线，没有任何反应。

叶绾绾只好继续等。

过了一会儿，见会议还没结束，她又发了一条短信：还没好吗？

连续发了好几条短信都没反应，叶绾绾趴在桌上，慢腾腾地按下几个字：我摘的大白菜都快蔫儿了。

直到天色完全暗下来，司夜寒才从会议室里出来了。

一群高层被虐得连八卦都不敢听了，一出来就四散而去，跑得比兔子还快，只有许易硬着头皮跟在他后面。

司夜寒迈着大长腿，目不斜视地快步朝前面走着，同时他对一旁的许易吩咐："订下一班飞巴黎的机票。"

许易小心翼翼地用眼角余光偷瞄了旁边等着的叶绾绾一眼，不敢耽误，连忙应声："是，我马上去订！"

叶绾绾见司夜寒终于出来了，立刻站起身，结果刚起身就听到司夜寒似乎要去国外出差。

叶绾绾愣了一下，正要开口，下一秒却传来"哗啦"一声响。

因为起身太急，她怀里满满一大袋子东西全部掉在了地上。

袋子里有蔬菜、肉类、火锅底料，除此之外，还有一些牙刷、毛巾等日用品，应该是她准备搬到宿舍用的。

看到散落在地上的那些东西后，司夜寒的神色瞬间更冷了几分。

然而下一秒，他看清了叶绾绾准备的那些日用品，不管是牙刷、毛巾，还是拖鞋，全是两份。

一份是粉色，一份是蓝色，而且都是他惯用的牌子，应该是从锦园找用人拿的。

看到那些双份的日用品后，司夜寒的脸色倏忽一变，顿住了脚步。

叶绾绾弯下腰，一件一件地把东西捡回去，然后仰起小脸，喃喃："你要出差吗？我找到工作了，想跟你一起庆祝来着……"

男人抿了抿嘴唇，面无表情地开口："没有，是许易要出差。"

许易说："啊？"

"不是你要去吗？"叶绾绾有些黯淡的小脸顿时恢复了几分神采。

"不是。"某人面不改色地开口。

许易简直一脸蒙，腹诽道："少爷，不带这样的啊，我什么时候要出差了？不是您自己要去的吗？我的年假您今天刚批下来的，您忘了吗？"

许易已经了解到一些叶绾绾的近况，虽然这次是少爷答应放她出去的，但估计是抱着让她在外面吃点儿亏，然后心甘情愿回来的心思。

可谁知道，自从少爷放她自由后，这女人不仅丝毫没有碰壁，还在外面混得风生水起，越来越脱离掌控，逮着机会就想躲得越远越好，少爷怎么可能气顺呢！

他本来还以为自家少爷这次的怒气肯定会持续得久一点儿，结果，这女人不仅是自己搬家，还连带着少爷也一起搬家。

最后，某人只能泪流满面地看着扬言要去巴黎出差的司总跟着叶绾绾去了新居，而自己却悲催地去出差了。

万景名苑。

“就是这里了。”叶绾绾打开门，按下墙边的开关，又给司夜寒拿了一双拖鞋。

司夜寒往屋内略微扫了一眼，随即又看到叶绾绾摊开在墙角的箱子，眼神越来越深邃。

叶绾绾自己根本没搬多少行李过来，明显只是把这里当作方便工作、暂时落脚的地方，反而是他惯用的东西准备了不少，几乎是一应俱全，连脚下的拖鞋都与锦园的是同一款。

叶绾绾一边把袋子里的食材拎到厨房里忙活，一边嘀嘀咕咕：“其实宿舍的环境还可以，不过我怕你回头来我这儿的时候会待不惯，就干脆让家里的用人把你常用的东西在这边也准备了一份，要不是担心吓到人，我连大白都想带过来玩，还好这边除非工作必要，我应该也不会常住，对啦，宝宝，你吃不吃那个……”

叶绾绾正埋着头洗菜，话说到一半，腰身陡然一紧，下一秒，她被用力带进了一个炙热的怀抱里。

刹那间，熟悉的清冽气息铺天盖地地侵袭了她所有的感官。

猝不及防地被男人从身后拥住，叶绾绾眨了眨眼睛，手上的动作顿了一下，说：“怎么啦？”

身后，男人一言不发地又将她往怀里按了几分，微凉的吻，一个又一个落在她的耳畔、颈窝。

“叮——”就在这时候，门铃声突然响了。

叶绾绾急忙扭头道：“有人按门铃！”

司夜寒眸底暗涌微澜，显然因为被打扰而很不满。

“乖，我去看看是谁，可能是公司的人。”

今天是她第一天搬过来，应该只有公司的人知道她住在这里，难道是褚洪光派来的？

司夜寒几乎从未在外界露过面，没人知道他是谁，就算被看到也没什么，所以叶绾绾倒是不担心。

于是，安抚好司夜寒之后，叶绾绾便去开门了。

“来了——”叶绾绾边说边拉开了房门。

打开门的瞬间，当看到门口的那张俊脸，叶绾绾顿时有些意外，说：“韩羡羽？”

叶绾绾见韩羡羽突然出现在自己的宿舍门口，手里提着大包小包的东西，怔忡了好半天，才错愕地道：“你这是……”

“我刚从扬哥那里知道你搬到了我的隔壁，所以过来拜访一下。”韩羡羽礼貌地开口。

叶绾绾闻言，惊讶地朝着隔壁的方向看了一眼，说：“你住在这里吗？”

韩羡羽有些无奈地回答：“本来我是住在城东那边的别墅，不过你也知道的，因为前段时间的事情，我所有的私人住址都被泄露了，所以就暂时搬回这边住了。”

叶绾绾这才了然道：“原来如此。”

叶绾绾说完，不禁多看了韩羡羽一眼。只见他今天穿着牛仔裤，黑色的皮夹克，内搭印花衬衫，白色球鞋，左耳戴着一枚箭羽形状的标志性银色耳钉，偏棕色的短发微微凌乱。

这身打扮很休闲，看上去洒脱又帅气，再加上韩羡羽那出色的外形和长期在镜头前的气场，随便一站都是一幅海报。

然而最惹人注意的还是他那双眼睛，明亮有神，如同闪烁着光。

对比那日在环球会议室看到他时的颓废阴沉模样，此刻他的状态已经好了太多。

她印象中的韩羡羽，会把支持者撩得嗷嗷叫，也会谦逊地弯腰九十度去扶年老的前辈；会开着大红色的跑车疾驰在大街上，也会在路边喂流浪猫……

他看似洒脱不羁，却有一颗善良柔软的心。

他自由得如同一阵风，耀眼得仿佛头顶的阳光，无论何时都用他的热情和善良感染着周围所有的人。

这才是真正的韩羡羽。

她会喜欢韩羡羽这个艺人，也是被他身上这股热烈自由的生气所打动。

正因为他太美好，梦中他的陨落才令人异常惋惜。

还好，在现实生活中，这颗明亮的星星依旧闪耀。

韩羡羽被对方专注地凝视着，却不知为何莫名心头一紧，轻咳一声，道：“希望我没有打扰到你。”

叶绾绾回过神来，忙开口道：“怎么会，快请进！”

没想到这么巧，韩羡羽居然就住在她隔壁，还登门拜访了。这会儿司夜寒还在里面呢，怎么办？

可人家都提着这么多东西上门拜访了，她也不能连门都不让人进啊！

没办法，叶绾绾只能先把人领了进去。

还好她现在是男装，安全系数很高。

另一边，韩羡羽刚一进门，便看到沙发上坐着一个人，不禁一愣——这个男人的外貌和气质太惹眼了。

他一向对自己的外貌很有信心，平时随便发一张照片都有无数支持者点赞，但在眼前这个男人的衬托下，自己瞬间就黯淡下去。

如果自己是英俊帅气，那眼前的男人简直是祸国殃民。

“这位是？”韩羡羽下意识地问。

“嘿，这位是我朋友司……司九。”叶绾绾简单地介绍了一下，然后有些紧张地看向司夜寒，“阿九，这是韩羡羽，很有名的演员，我之前跟你提过的。”

叶绾绾说完，咽了一口唾沫，暗暗祈祷，希望司夜寒不要奓毛。

一秒过去，两秒过去，三秒过去……

司夜寒清冷的目光在韩羡羽的身上停顿片刻，然后他面无表情地开口：“你好。”

韩羡羽略微点了一下头，说：“你好！”男人的气场太慑人，看向他时的眼神，不知为何给他一种不寒而栗的感觉。

韩羡羽看向叶绾绾，试探着问：“你朋友是圈子里的人吗？”

见司夜寒竟然没有奓毛，叶绾绾总算是松了一口气，回道：“不是，他是圈外的，生意人。”

韩羡羽闻言，了然地点点头。

若是圈子里的人，以他这样近乎逆天的外貌条件，恐怕早就爆火了，没道理自己从未见过。

叶绾绾招呼韩羡羽：“你随便坐，我今天刚搬过来，东西都还没整理，地方有点儿乱，你喝什么？我这儿好像只有白开水，我找找看有没有茶叶。”

韩羡羽忙道：“你不用忙了，白开水就行，之前你帮了我那么大的忙，我一直还没来得及感谢你，本来想今晚请你吃饭的，不过看你今天有客人……”

叶绾绾给他倒了一杯水，说：“韩先生客气了，我的想法之前已经说过，你其实并不用谢我的。”

“我知道，但褚总是褚总，我是我。这次如果不是你，我很清楚我的下场会是什么。”

韩羡羽掩去眸底残余的阴霾，看向对面的青年时，目光柔和了不少，笑了笑，道：“我一直在想到底应该怎么谢你，可想来想去都找不到合适的方式，怕太唐突，不然我给你介绍一个女朋友？”

叶绾绾闻言，一个踉跄，差点儿把手里的水杯给摔了，她惊魂未定，朝着沙发上的某人看了一眼，赶紧拒绝：“不用了，谢谢，我已经有女朋友了。”

而且正主儿就在这里好吗！

韩羡羽闻言，暗想他有女朋友了？难道是那天晚上自己在电话里听到的女声？

“这样啊……那好吧，那你哪天有空，我们另外约个时间，这顿饭是肯定要请的。”韩羡羽的态度很坚决。

叶绾绾觉得，即使自己这会儿的身份是男人，但当着司夜寒的面答应别的男人的邀约，也绝对是在作死。

果然，当她朝司夜寒看去的时候，敏锐地发现他的脸色从韩羡羽要给她介绍女朋友开始就不对劲了。

可是，韩羡羽的态度又这么坚决，她实在不好推辞。

就在叶绾绾为难的时候，司夜寒居然主动开口了：“韩先生可以留下一起用个便饭。”

听到司夜寒的话，叶绾绾简直受宠若惊。

果然，当初她女扮男装的主意是明智的，司夜寒居然这么好说话了，简直让人难以置信。

叶绾绾猛地松了一口气，看向韩羡羽道："真的不用特意请客了，这样吧，今天我朋友过来看我，我们准备在家里自己弄个简易的火锅，如果你不介意，也留下来一起吃吧？"

韩羡羽倒是没有意见，说："我当然不介意，其实在家里反而方便，只是不应该是我请你吃饭吗？"

"哎，都是大老爷们的，讲究这么多干吗？你别婆婆妈妈的，就这么定了。我去洗菜。"

这时司夜寒的手机突然响了，于是他起身去了阳台接电话。

韩羡羽倒是没什么架子，不好意思什么都不做，便主动去了厨房给叶绾绾帮忙。

只见正在洗菜的青年白色衬衣的袖子随意地往上卷了几道，水流下白皙的手腕看得他一阵恍神。

这个叶白，不仅是那张脸，就连骨相都无一不精致。

最近几年很流行这种比女孩子还好看的男人，随便一个小鲜肉拉出来都能让女人自惭形秽，他身边就有不少。但那些刻意包装的所谓花美男，很多行为举止矫揉造作，而叶白却如同山峦大漠中、黎明暮霭里刮起的一阵风，灵气逼人又肆意洒脱，似乎能吹散人间一切的阴霾。

意识到自己竟然盯着一个男人看呆了，韩羡羽急忙摇摇头，回过神来："我帮你吧！"

他说完，拿起了旁边的青菜，一边洗一边问道："叶先生，我听说你签约了环球？"

"别总叶先生地喊了，听着怪别扭的，叫我的名字好了。"叶绾绾说完，也不避讳，直接回道，"是签约了环球，今天刚跟褚总谈妥。"

韩羡羽之前一直在想，他和褚总谈的条件到底是什么，原来是一个进入环球的机会。

以叶白这样特别的气质和外形条件，对一个艺人来说简直是绝佳的天赋，不过，以叶白的能力，选择经纪人倒也不算埋没，甚至比艺人更适合他。

"叶先……叶白，你去的是哪家公司？"韩羡羽问。

"光耀传媒。"叶绾绾回答。

听到"光耀传媒"四个字，韩羡羽的眉毛顿时微微蹙起。

不过，略微一想倒是不意外，他沉吟着道："褚总这个人戒心很重，一开始确实不太可能直接让你进总部。不过这样也有好处，总部和其他太强的分公司基本上人员已经饱和了，各有各的圈子和势力网。你没有资历和人脉，中途空降过去太难混。光耀传媒如今只有周文斌，你从那里起步，倒是会容易一些。"

“我也这么认为。”叶绾绾点点头，想到明天就要去光耀传媒报到了，于是打听道，“对了，周文斌这人怎么样？外界的风评好像还不错？”

因为她对周文斌手下的艺人宫旭有些关注，所以连带着周文斌也知道一些。

宫旭在业界是出了名的脾气差、难搞定，喜欢耍大牌，虽然他的资质与韩羡羽不相上下，但因为负面绯闻太多，始终无法超越韩羡羽。在周文斌之前，他换过不知道多少个经纪人，只有周文斌能够应付得了他。

平时在人前，周文斌也总是一副好好先生的模样，对谁都是一脸和善。

提到周文斌，韩羡羽面色微冷，说：“不过是在媒体和公众面前制造的假象，他什么德行，圈子里相熟的人都知道。总之，他私下里绝对不是你想的那样，跟他打交道的时候，注意多留几个心眼，以免被他害了。”

叶绾绾感激地点点头，说：“多谢提醒，我会小心的。”

韩羡羽敢直接对她说这样的话，说明是真没把她当外人看。

当司夜寒打完电话回来的时候，看到的是叶绾绾和韩羡羽两人在厨房里一边洗菜一边愉快交谈的画面。

女孩面对韩羡羽时，脸上的神情是在面对他时从未有过的放松和真实。

三人围桌坐下，韩羡羽坐在一边，叶绾绾和司夜寒坐在对面。

韩羡羽看了半天，总觉得缺了什么：“要喝点儿酒吗？我那儿还有一瓶珍藏的好酒。”

叶绾绾知道司夜寒不喜欢自己喝酒，于是下意识地朝着身旁的司夜寒看了一眼，自觉地道：“不好意思，我不会喝酒，不然你俩喝一点儿吧？”

韩羡羽有些失望，不过倒也没勉强叶白，他看向对面的男人问道：“司先生的酒量怎么样？”

司夜寒不知道在想什么，面上似乎笼罩着一层看不见的薄雾，透着几分让人看不透的幽远，他闻言淡淡地道：“尚可。”

“行，那我去拿酒，我俩喝一点儿。”

韩羡羽很快便从隔壁拿了一瓶红酒过来。

“这瓶酒是去年一位F国的朋友送的，我一直没舍得开瓶。叶白，你真的不喝酒啊？反正在家里，醉了也没事。”韩羡羽不死心地劝道。

叶绾绾叹道：“我女朋友不喜欢我喝酒。”

韩羡羽一听，顿时失笑：“她管得这么严啊？反正她这会儿又不在，你也太听话了。”

叶绾绾在心里咆哮，问题是他在这儿好吗！

韩羡羽打趣了她几句，三人便一边聊天一边喝酒吃火锅。

虽然红酒配火锅实在有些诡异，但重要的是气氛，三人都不介意。

饭桌上，大部分时间都是他和叶白在说话，而叶白身旁的男人很少开口，也没吃多少东西，都在喝酒。只有当叶白帮他夹菜时，男人才会吃上几口。

男人骨节分明的手指端着红酒杯轻轻晃动，光从他品酒的动作来看，韩羡羽就觉得叶白的这个朋友身份地位不一般。

他举手投足间的气度是长期在上流贵族环境中浸润熏陶才能够形成的，与他们艺人被刻意培训出来的形象有着本质的区别。

男人的另一只手自然而然地搭在叶白身后的椅背上，明明一直是自己在和叶白聊天，男人从头到尾都没说过几句话，但男人与叶白之间却萦绕着一股他说不清道不明，外人完全插不进去的东西。

“阿九，你多吃点儿东西啊，怎么一直喝酒，羡羽，你怎么也吃这么少？”埋头苦吃的叶缩缩终于发现只有她一个人在吃东西。

司夜寒自己都没夹过菜，韩羡羽好像只吃了几片菜叶子。

韩羡羽无奈道：“我们这一行都这样的，要控制饮食。”

叶缩缩闻言，顿时又庆幸自己选择的职业是经纪人：“你们确实挺辛苦的，饭都吃不饱。”

韩羡羽耸耸肩，道：“没办法，上镜胖十斤，要想在屏幕里看起来好看，必须比正常人要瘦，大家平时看到的电视里那些很瘦的艺人，在现实中更瘦。”

叶缩缩连连点头，说：“你也是啊，这么瘦了还在减肥。”

两人正说着话，这时，一阵手机铃声响起，是司夜寒的手机。

司夜寒放下酒杯，拿起手机放在耳边：“喂。”

司夜寒没有开口，听手机那头的人说了一会儿话后，才声音低哑道：“你打电话让姜总监先过去，我随后就到。”

一旁的叶缩缩盯着司夜寒，咬了咬筷子，等他挂了电话才问：“你要走啊？”

“有点儿事情要处理。”司夜寒说着，站起了身。

“哦……工作重要，那你快去吧！”叶缩缩站起身，帮他把外套拿了，然后将他送到了门口。

韩羡羽也起身跟在后面，说：“他喝了酒，不能开车吧？”

“司机在吗？”叶缩缩问。

司夜寒说：“在。”

叶缩缩这才放心，将手里的外套递给他，说：“那你路上慢点儿！”

虽然喝了不少酒，但司夜寒的样子跟平常没有任何不同，看起来非常清醒。他那句“酒量尚可”看来是谦虚了。

听着叶缩缩的叮嘱，司夜寒一言不发地接过外套穿上，一颗一颗地扣上了西装的扣子，然后淡淡地应了一声：“嗯。”

“我看你喝了不少酒，回头让人给你买点儿醒酒汤。”叶缩缩一边推门一边开口。

司夜寒看了叶缩缩一眼，没有说话，垂着头扣上最后一颗扣子。在对方的注视下，他伸出手抱住了叶绾绾，然后道：“好。”

反应过来这一瞬间发生了什么后，叶绾绾的脑子轰的一声炸响。

而韩羡羽的表情简直跟被雷劈了一样。

而始作俑者竟然在叶绾绾凌乱得快要灵魂出窍的情况下，抱完她之后，就这么面不改色地直接推门离开了。

大概过了足足十秒，叶绾绾才终于回过神来，僵硬地扭头看向身后的韩羡羽，说：“韩羡羽，你……你听我解释。”

今晚司夜寒从头到尾都无比平静，让她放松了戒备，以为穿男装就能万事大吉，万万没想到，临走时他竟然给了她一个措手不及。

她简直快要疯掉了，这让她怎么跟韩羡羽解释啊？

“我这朋友是M国华裔，在国外长大的，性格比较开朗，喜欢开玩笑。”情急之下，她竟然完全照搬了许易当初跟公司高层解释的话。

真是一报还一报啊！

至于韩羡羽对这个解释的反应——

性格比较开朗？

喜欢开玩笑？

你确定？

别说你这个朋友根本不是开朗的性格，就算是，临走的时候跟一个男人依依不舍地拥抱，这是开玩笑的范畴吗？

叶绾绾大概也知道自己照搬的这个解释有多离谱，但她只能硬着头皮继续扯下去：“他喝醉了酒是这样的，喜欢开玩笑，平时我还叫过他宝宝呢，以前我的宿舍里有两个男生，天天故意搂搂抱抱的，简直没眼看。”

韩羡羽看叶绾绾一本正经地吐槽，也迷惑了，觉得叶绾绾说得有道理，但又觉得哪里不对：“是这样吗？”

叶绾绾立即道：“当然了，我可是有女朋友的人。”

韩羡羽瞥了她一眼，欲言又止。

好吧，他勉强接受了这个答案。

第十五章

颠倒乾坤

我并不是一个长情的人，但在喜欢你们的这条路上，我坚持了一年又一年，我始终相信热爱可抵岁月长！

——冬天很寒冷

QIASIHANGUANG
YUJIAOYANG

读者
告白

清晨，光耀传媒公司大楼。

顶楼尽头的办公室内，装修极尽奢华，墙上挂着几幅中世纪油画和复古的兽角，桌上五彩斑斓的珐琅花瓶在阳光下折射着炫目的光彩。

周文斌端着一杯黑咖啡，整个身体都放松地陷在身后的真皮沙发里，神情相当惬意。

男人穿着AM高级定制西装，戴着BDB的限定款腕表，头发梳得油光发亮。虽然他已经四十多岁，不过却保养得很不错，看上去顶多三十岁出头。

此刻，周文斌的对面正坐着一个人，身上穿着略旧的白色T恤和水洗牛仔裤，简单的黑色短发，面容干净，没有任何妆容，背对着光线的阴影中是一张完美无瑕的脸。

那人的双眸却黯淡无光，嘴唇也没有一丝血色，全身上下都笼罩着一股冰冷的气息。

周文斌悠然地抿了一口咖啡，势在必得地抬眸朝对方看去，说："洛辰啊，怎么样，考虑好了吗？"

洛辰的身形异常单薄消瘦，脊背却挺得笔直。他听到周文斌的话，笔直的脊背微不可察地颤抖起来，黯淡的眸子里射出一抹寒意，但很快连那一抹寒意都被眸底的黑暗吞噬，化作绝望的灰白。

这时，一阵"咚咚咚"的敲门声响起，打破了室内的沉默。

一个穿着灰色西装、身材臃肿的男人满头大汗地冲了进来，一看到周文斌，就惊慌失措地道："周总监，大事不好了。"

被打扰了的周文斌顿时眉头紧蹙，不满地朝着对方看去："大清早的，你嚷嚷什么？"

胖子焦急开口："周总监，上面连招呼都没打，突然派了一个新的经纪人过来，说是今天就到，还让我们所有人都全力配合他的工作，你说褚总这是什么意思？"

虽然光耀传媒的业绩在环球众多子公司中是吊车尾，但毕竟隶属环球，背靠大树好乘凉，相比其他小经纪公司还是好太多了。

无论是艺人还是经纪人，想进入光耀传媒都并非易事，必须有相关职业经验以及教育背景，面试也得过五关斩六将，要求相当苛刻。

而现在周文斌作为光耀传媒的一把手，任何艺人和经纪人进公司之前都要先通过他点头才可以。

突然空降了一个经纪人过来，还给他这么大的特权，谁都不可能服气，尤其是周文斌的亲信，自然会格外关注。

周文斌闻言，双眸微眯，面上闪过一丝冷笑，冷哼一声，道："那个叫叶白的？"

胖子连连点头，说："对对！是这个名字，周总监，你知道他？"

周文斌不知想到了什么，脸色更加难看了："不过是一个初出茅庐的毛头小子，落在我的地盘还能翻天？你该做什么做什么去，一点儿小事就值得你大惊小怪。"

叶绾绾手一伸，拖来一把椅子，懒洋洋地坐了下来，挥了挥手里的文件，道：“我过来报到，还麻烦周总监与我做一下交接。”

周文斌整了整衣襟，强忍着怒气走了过去。他略微扫了一眼，叶白手里的果然是交接文件。

周文斌脸色阴沉，迅速翻了一下那些合同和文件，然后拿出一支钢笔，在几份确认书上签下了自己的名字。

签完字后，周文斌深吸一口气，说：“可以了？”

“多谢！”叶绾绾心满意足地收起了文件。

“那你还不快滚！”周文斌憋了一肚子的火。

整整三年，他好不容易要说服洛辰低头为自己所用，结果就被这个臭小子打断了。

叶白这不知天高地厚的臭小子，他有的是时间收拾，但今天的重点还是洛辰。

洛辰自然知道今天周文斌不可能这么轻易放过自己，见周文斌一副不耐烦送客的表情，两人的工作交接也已经完成，那个陌生男人离开后，他还是要接受周文斌那些背地里的安排。

果然，周文斌签完字之后，叶绾绾也不多逗留，直接悠然地站起了身。

洛辰如坠冰窟，心沉到了谷底。

然而，就在叶绾绾起身的瞬间，她那双明亮的眸子却突然落在了洛辰的身上，令他心神一晃。

紧接着，洛辰便听到对方道：“洛辰是吗？跟我走吧！”

洛辰猝不及防地对上叶绾绾的目光，瞬间愣在那里：“这人是在对我说话吗？”

不仅是洛辰愣住了，连周文斌也瞬间变了脸色：“叶白，你这是什么意思？”

叶绾绾眉头微挑，修长白皙的手指轻轻点着文件上的某一处文字，说：“周总监方才难道没看到吗？”

“看到什么？”周文斌一脸不耐烦。

叶绾绾似笑非笑地瞥了他一眼，神情慵懒地道：“洛辰，现在是我的人。”

“你说什么？”周文斌的脸色蓦然一僵。

一旁的洛辰同样呆了呆，似乎没能理解她的话。

“我说，洛辰，现在已经是我的人了。”叶绾绾重复了一遍。

周文斌听得冷笑连连：“你的人？好大的口气，洛辰三年前就签在我的名下，你有什么权力带走他？”

叶绾绾一副理所当然的语气：“方才的确认书上已经写得很清楚了。”

周文斌刚才根本没细看那些文件，此刻闻言，立即一个箭步冲上去，拿起那摞文件翻看，他越看脸色越差，最后近乎咆哮道：“这不可能！”

叶绾绾耸了耸肩，说：“这是褚总亲口答应我的，文件上褚总也已经签过字，周总监若是不相信，可以自己打电话过去问。”

周文斌死死地盯着文件看了好半天，最后啪地将文件拍在桌面上，眼神冰冷地盯了她一眼，咬牙切齿道："我自然要问！"

叶绾绾也不着急，悠然地踱步到沙发上坐下来，给自己倒了一杯茶，执起杯盖，轻轻地拨了拨茶叶，懒洋洋地抿了一口，道："周总监请便，不过，还请快一点儿，我家艺人的伤口需要立即处理。"

与此同时，洛辰就站在几步远的地方，心神恍惚地盯着沙发上那个突然出现的人。

叶白竟然敢直接说出"我家艺人"这种嚣张的话来，周文斌自然怒火中烧。他在光耀传媒向来是说一不二，哪里容得下一个毛头小子踩在他的头上挑衅，他当即把电话打到了褚洪光那里，而且开启了视频通话。

周文斌是光耀传媒的金牌经纪人，光耀九成的收入都来自他旗下的艺人，光是宫旭一人，就足以让他的位置稳如泰山，因此他在总部的话语权也丝毫不轻。

一个是公司元老，一个是刚入行的年轻经纪人，褚洪光会偏向哪边几乎是不言而喻的。

洛辰刚燃起的希望瞬间又被一盆凉水浇熄。

"喂，褚总。"

"你跟叶白见过面了吗？工作交接了？"视频里，褚洪光正坐在办公室宽大的红木椅上。

周文斌神色冰冷，朝着叶白的方向看了一眼，随即道："他这会儿就在我这儿呢，我也正要跟您说这件事。"

"怎么，有什么问题？"褚洪光自然也看到了视频那头的叶绾绾。

"褚总，我看了交接的文件，他挑走的艺人原本是我手下的人，还是我三年前就签下来的，我们的经纪合约未满，中途换人，这恐怕不合规矩。"周文斌道。

褚洪光回忆了一下，说："是那个叫洛辰的？不过是一个没名气的小艺人，给他就是了，有什么不合规矩的？"

周文斌面不改色地道："若是把大把精力花在这种烂泥扶不上墙的艺人身上，未免太浪费公司的资源，对于叶白看人的眼光，我不敢苟同。"

一旁的洛辰听着周文斌的话，苍白的嘴唇紧绷成了一条直线，而他身旁那个叫叶白的男人却从头到尾都是云淡风轻的表情，看向周文斌的目光里带着淡淡的嘲讽。

"人是他自己挑的，我也已经答应了。"褚洪光似乎并没有改变主意的意思，显然他并不在意周文斌的话。

周文斌的眸底闪过一丝阴鸷，摆出一副"为了公司鞠躬尽瘁操碎心"的表情苦劝道："褚总，叶白此举实在是破坏公司的规矩，更是让其他更有潜力的艺人心寒，我作为总监，绝对不能看着他这么乱来！"

周文斌说完，又变脸似的换上善解人意的表情，替褚洪光排忧解难道："褚总，不如这样，我把林浩换给他，林浩上部戏演的配角非常出彩，大火了一把，趁着这个热度，下部戏再努力一下，他小爆都没什么问题。”

周文斌这番话可谓既顾全了公司的利益，又表现了自己的大度，完全不会让人怀疑他的真实目的。

他在心中冷笑，一个叶白还想跟他斗？

“叶白，文斌要把林浩给你，你怎么看？”褚洪光注意着叶绾绾的神情。

“要换人？也可以啊！”意外的是，叶绾绾的态度竟然很是爽快。

周文斌双眸微眯，他居然这么容易就答应了？

他还以为叶白肯定会在褚总面前告他一状，和他争执到底呢。一个才冒头的林浩就让叶白屈服了，就这点见识，看来不足为惧。

听到叶绾绾的话，洛辰心里陡然一空，人仿佛从高空轰然坠落。

一个是前途大好的未来新星林浩，一个是整整三年没有作品、早已被人遗忘在角落的他，不管是谁都知道该怎么选择。

他早该知道的，周文斌说得没错，整个环球，谁敢要他？谁会要他？他这辈子早就完了。

周文斌见对方同意，暗暗露出鄙夷的表情：“啧，不过是一个小艺人就妥协了，叶白也就这点儿见识了。”

周文斌语气傲然，一副施舍的语气：“既然叶经纪人没有意见，那就这么定了，我这就让人把林浩的经纪合约拿过来改签给你。”

“慢着！”叶绾绾却打断了周文斌。

周文斌蹙着眉，似有不满：“怎么，你还有要求？”

叶绾绾似笑非笑地朝着周文斌看了一眼，眼中满是轻蔑：“换人自然可以，只是周总监，林浩怕是不够格呢，你若要换人，就拿宫旭来换。”

听到这话，周文斌先是一愣，随即变了脸色，当场暴怒：“叶白，你好大的口气！你真以为我不敢把你怎么样？褚总，您听到了，这小子就是故意找事。”

他竟然拿一个名不见经传的小艺人来换自己手下最火的艺人，简直狂妄！

别说是周文斌，就连洛辰听到这话都愣住了，眼中满是难以置信。

叶绾绾的脸色却丝毫不变，冷笑道：“我找事？到底是谁在找事？褚总，您可是亲口下了令，让光耀传媒的所有人配合我的工作。”

说到这里，叶绾绾眸底的漫不经心瞬间消散，她陡然朝着周文斌厉声呵斥：“周总监，你呢？正常的工作交接，你却三番五次推诿阻拦，难道你不是光耀传媒的人？不是褚总的员工？还是周总监你以为，光耀传媒就是你的天下，你可以越俎代庖，单独做决定，连褚总的话都不听了？”

叶绾绾太了解人性，想要抢占先机，必须抓住主要矛盾，精准打击。那么，以褚洪光的为人，最在意的是什么？只有他的权威和地位。

周文斌如今的架势，就如同远离权力中心的藩王，坐守封地，拥兵自大。

而在这一行里，最忌讳的就是经纪人一手遮天的局面，要知道，多少实力强盛的公司就是因为经纪人出走，带走了手下大批的艺人，从而一夜之间走向分崩离析。

听着对方一连串的质问，周文斌的眸子里渐渐浮现慌乱，冷声怒斥道：“叶白，你少在这里挑拨离间！我什么时候说过这种话？”

要知道褚洪光最忌讳的就是有人挑战他的权威、脱离他的掌控。

他慌忙看向镜头，果然，视频里的褚洪光已经变了脸色。

即使褚洪光明知道叶白是在故意挑拨离间，但叶白的话他也听进去了。

这段时间，周文斌确实有点儿飘了，三番五次不把他这个董事长放在眼里，他甚至听说，周文斌跟叶氏集团的人私下有接触。

想到这里，褚洪光终于开口道：“文斌，你把手续还有合约都交接一下，这件事情我已经决定了。”

“可是，褚总……”

褚洪光的脸色陡然阴沉下来：“怎么，我现在连个艺人都调不动了？你要是不愿意，那就把宫旭换给他。”

居然说出这种话，可见褚洪光是真的动怒了。

“怎么会……褚总，我不是这个意思，我这就安排。”以免继续惹怒褚洪光，周文斌只能退让。

褚洪光冷哼一声，挂断了视频电话。

看来把叶白放过去是对的，光耀传媒继续让周文斌这样一人独大下去，不是什么好兆头。一旦周文斌有异心，恐怕整个光耀传媒都会被掏空。

可叶白太年轻气盛，为了赌气不考虑长远利益，非要争那个叫洛辰的过气艺人，和周文斌比起来实在是不够看，凭他真能牵制住周文斌？

结束视频电话后，周文斌咬牙切齿地让助理和律师过来处理交接的相关事宜。签字时，他盯着叶绾绾的眼神，简直恨不得将她生吞活剥。

洛辰转移到她名下的合约全部处理完后，叶绾绾拿着合约晃了晃，扬起嘴角站起身，说：“周总监，多谢了！”

事情发生得实在太突然了，直到在新的经纪合约上签下自己的名字，洛辰依旧有些回不过神。直到看到叶白已经转身离开，他才猛地清醒，下意识便跟了上去。

他刚迈出脚步，身后便传来周文斌阴森森的声音：“洛辰，你最好考虑清楚，真的要跟着这个初出茅庐、毫无资质人脉的经纪人？”

洛辰的脚步停顿了一下，不过一秒，他便随着叶白向外走去。

“砰”的一声巨响，办公室里传来周文斌踹翻茶几的声音。

公司里想要红的艺人多的是，有的是人想到他的麾下。洛辰居然这么不识好歹，他倒要看看，洛辰跟着叶白能有什么好下场。

二楼办公室。

毕竟是褚洪光亲自下令空降的人，表面功夫还是要做到位的，叶绾绾的办公室虽然没有周文斌的那么奢华，但条件相当不错，大气简约，采光很好。

“自己处理一下。”叶绾绾从一个抽屉里找出了医药箱。

洛辰埋着头，一声不吭地给自己的伤口消毒，然后简单地处理了一下伤口。

叶绾绾拉开椅子，坐在办公桌前，不动声色地打量着眼前的男人。

说是男人，她倒觉得用少年形容更加贴切。

因为此刻的洛辰和她看到的照片里三年前的那个少年几乎毫无差别。

虽然相貌没变，但一个人的气质是会发生变化的。

三年前的洛辰如同一张白纸，充满灵气和天赋，这独特的气质在物欲横流的社会简直是一股清流。

如今的洛辰面容依旧精致完美，却少了朝气，明明还是少年的模样，眸底却一片荒芜，没有一丝光亮。

本来叶绾绾还想不通，当年《惊龙》的主角全部大火了，连配角也都混得不错，为何只有洛辰销声匿迹，现在她总算明白了。

当年的洛辰才十八岁，刚进入大学，怀揣着一腔热血，成功拍了人生中的第一部戏，并且大火。他的人生刚刚起步，终于可以开始自己热爱的事业，终于可以赚钱让母亲过上好日子。

可这一切，就这样被周文斌扼杀了。

他无权无势，人微言轻，周文斌一句话便能将他逼到绝路。他眼睁睁看着身边同期的艺人，包括那些远不如他的艺人一个接一个红了，远远将他甩在身后。

他眼睁睁看着母亲的身体越来越衰弱，而他依旧一事无成，完全看不到未来的希望。

叶绾绾在脑海里搜寻着和洛辰有关的记忆，只可惜梦里洛辰在《惊龙》播出后几乎消失在大众的视野，无人知晓他后来如何，但想来签在周文斌这样的人手下，日子绝不会好过。

沙发上，洛辰的身形单薄，纯黑的头发看上去很柔软，苍白的皮肤似乎一触即破。

叶绾绾看着他低垂脖颈，一声不吭地处理伤口的模样，心莫名一软。

没办法，看到这样单纯柔软的小羊羔，她难免“母爱泛滥”。

洛辰大概注意到落在自己身上的目光，有些不安地抬起头，他的眼中带着防备和警惕。

整整三年的打压，几乎完全消磨了他所有的天真和单纯。他无法轻易相信任何人，即使这个人才刚刚从周文斌的手里救了他。

谁知道他会不会是下一个周文斌？

想到这里，洛辰的神经瞬间便绷紧了。

此刻，叶绾绾也已经回过神来，开始做正事。她翻开一个黑色封皮的笔记本，直接问道：“你这三年接了哪些剧本和通告？”

洛辰的面色一片晦暗，声音沙哑道：“没有剧本，也没有通告。”

这回答和她了解到的一样。

叶绾绾说：“私活呢？”

洛辰摇头道：“没有，公司不允许。”

叶绾绾继续问：“你谈恋爱了吗？有没有交往的对象？包括过去式。”

洛辰略愣了一下，身体因为这个问题紧绷起来，抿了抿嘴唇，回答：“现在没有，过去也没……”

叶绾绾闻言有些意外，她敲了敲手里的钢笔。虽然洛辰年纪不大，但二十一岁也不算小了，加上他的长相，居然一次恋爱都没有谈过？

这也太纯情了吧！

“有没有违法犯罪记录？”叶绾绾神情严肃地继续问。

如果没有最好，如果有，她必须提前处理好他的一切黑历史。

大概因为叶绾绾问得太直白，洛辰的脊背绷得更直了：“没有。”

叶绾绾严肃的表情这才消失：“很好。”说完，她继续公事公办地问道，“你的博客现在是谁在管？在不在你手里？”

“在斌哥那儿。”洛辰回答。

难怪三年来他的博客动态少得可怜，叶绾绾蹙着眉，随即开口：“行，我会接过来。回去后你将你的所有社交账号仔细检查一遍，有不妥的内容立即删掉，我会检查。”

洛辰下意识便听从了对方的安排：“好的。”

“对了，公司有给你发基本工资吗？”叶绾绾问。

洛辰神情苦涩，说：“有半年没发了。”

“那你这段时间都在做什么？”叶绾绾问。

洛辰似乎有些难堪，说：“打零工。”

不能做跟演艺圈有关的事情，又不能接私活，否则会被公司告，想要维持生计也只能打零工了。

叶绾绾闻言，面色微冷。签约艺人是有基本工资的，但周文斌不给他安排通告和工作，又死捏着他的合约不放他走，甚至连这点基本工资都要扣掉，分明是把他往绝路上逼。

那些少得可怜的基本工资，其他艺人可能一个通告，给杂志拍几张照片就能赚回来，但对洛辰而言，那是他在公司能拿到的唯一收入。

光想象也能知道他这三年是怎么过来的。明明他有一身天赋和灵气，本该在演艺圈尽情施展才华，却每天只能在底层做些毫不相干的工作来赚钱糊口。

洛辰估计一心想着再熬两年就能签约其他公司，可是他最宝贵的五年就这么被耽误了。就算合约到期，以周文斌的手段，也绝对不会让他有机会出头。

没人会要一个过气又一身麻烦的艺人。

之前在周文斌的办公室，她好像听到洛辰连母亲的医药费都快付不起了，她想了想，然后道："公司这边拖欠你的工资，我让人一次性发给你，你先拿去应急。"

叶绾绾说着，便给财务部那边打了电话。

褚洪光刚发了飙，周文斌不敢在这种事情上为难她，这种小事她还是能做主的。

果然，财务部那边也就抱怨了几句，说公司要开源节流，不养闲人，最后还是同意给他结算了工资。

"可以了，回头你直接去财务部领工资吧。"

洛辰见叶绾绾随意打个电话便帮他把大半年的工资要回来了，目光微动，声音干涩地开口："谢谢。"

虽然大半年的基本工资加起来只有一万多块钱，却解了他的燃眉之急。

可是以后呢？他完全不知道会怎样。这个男人是真的想要带他吗？

为什么偏偏是他？

为什么周文斌用林浩跟他交换，他都不同意？

他不知道自己哪里值得对方花费这么大的精力，甚至不惜与周文斌结仇。

三年前他刚出道的时候，确实红了一把，甚至本有机会大火，但这三年新人辈出，真正能火起来的也就那么几个人，竞争极其激烈。

光是他们公司，就有不少与他定位一致的新人和练习生，而且每一个都容貌上乘，年纪也都比他小，而他已经错过了最好的时代和年纪，处境非常尴尬。

这些他都非常清楚。

叶绾绾看着对面神情纠结的小羊羔，放软了语气："很抱歉我问了你这么多问题，有些问题可能让你不适，但是现在我是你的经纪人，对于你的一切，我必须全面了解。从今天开始，你的一切事宜，不论大小都归我负责，不仅限于工作方面，接的戏，排的通告，你的衣食住行，你平时的社交活动，身边交往的朋友，恋爱的对象，对外的人设，言行举止，这些都必须听从我的安排。有任何突发情况，你必须第一时间告诉我，包括你方才回答我的那些问题，不可以有任何隐瞒。对于我说的这些，你有问题吗？有问题现在可以提。"

相比周文斌一贯的巧言令色，这位新经纪人对他的态度简直称得上严厉，可是这样的态度令他莫名心安，低垂的脑袋轻轻地点了点，乖顺地道："我会配合的。"

叶绾绾见状，露出满意的神色，她没有浪费时间，继续和他沟通其他细节。

直到确定没什么遗漏的事情，叶绾绾才道："OK，今天到此为止，你加一下我的联系方式。晚上早点儿睡，明天早上九点之前来公司的摄影棚。没什么问题的话，你可以回去了。"

洛辰依言存了叶绾绾的手机号码，添加了她的微信，然后心情复杂地离开了办公室。

这个男人是真的选定了他？

这个男人为什么这么笃定地把筹码押在他的身上？

他已经整整三年没有演过戏了，他真的可以吗？

与其说害怕这个男人，他更怕的是自己不行。

叶绾绾一整天都在熟悉业务，忙于各种交接手续，等回过神来的时候，天色已经暗了。

见天色已晚，叶绾绾便伸展手臂活动了一下筋骨，将文件整理好后便准备回家。

虽然目前她要做的和要学习的事情很多，但她很享受这种充实的感觉，这让她觉得未来充满希望。

出了公司的大门，叶绾绾走在路边，身后突然传来一阵车喇叭的声音，随即一辆银灰色的保时捷缓缓地开到了与她并行的位置。

车窗降下，驾驶座的位置露出了一张俊朗的脸。

“叶白。”车内的人叫了他一声。

叶绾绾意外地顿住脚步，说：“韩羡羽？”

“上车。”

叶绾绾知道他不方便在路边多待，于是迅速拉开车门，坐上了副驾驶座：“你路过吗？”

韩羡羽的眼角化开一抹柔和的笑意，说：“我特意等你的。是不是周文斌为难你了？怎么你第一天就加班到这么晚？”

叶绾绾的唇角微微扬起，带着几分天生的嚣张：“他倒是想呢！”

言外之意，周文斌没有得逞。

“我也觉得你不会吃亏。”韩羡羽轻笑一声，安下心来。

“你最近不用工作吗？”叶绾绾有些担忧地看了韩羡羽一眼。

猥亵女生那件事已经解决，照理说这段时间他应该非常忙才对，光是想采访他的记者就能绕华都一圈了。

可是韩羡羽除了发过一条博文感谢相信支持他的人外，再没有在公众面前露过面，以至于他的支持者个个提心吊胆，生怕他因为这次受到的打击太大，心灰意冷退圈。

察觉到对方的担忧，韩羡羽的心头一暖，说：“我给自己放了几天假，休息一下而已。对了，晚上我有个朋友举行派对，你要一起去吗？有很多圈子里的人，我可以介绍给你认识。”

前一阵子的事确实让韩羡羽心力交瘁，即使事情已经澄清了，对他也造成了很大的影响，以至于最近他感觉对什么事情都提不起精神。

经纪人怕他憋出毛病来，逼着他出去晃晃，顺便澄清一下他要退圈的谣言，他这才敷衍地出了门。他在路上漫无目的地开着车，不知不觉就开到了光耀传媒前面。

叶绾绾想了想，她现在确实需要积累人脉，也知道韩羡羽有意帮自己，于是感激地开口："好啊，正好今晚我也没什么安排，谢了！"

韩羡羽原本还兴致索然，见对方答应了，不知为何心情就好了起来。

等到了地方后，叶绾绾有些傻眼了。

派对举办的地点是一个露天泳池，随处可见衣着清凉的美女和只穿着泳裤的帅哥在泳池里笑闹嬉戏。

"你怎么没告诉我是泳池派对？"

"怎么了？"韩羡羽一脸不解。

叶绾绾捏了捏眉心，说："没什么。"

还好大家也不是全部穿着泳衣，岸边也有不少穿着礼服在喝酒聊天的年轻男女。

前段时间韩羡羽的事情轰动世界，所有人都在关注，此刻多日未见的韩羡羽突然出现在人前，瞬间便吸引了所有人的目光："天哪！快看，门口那个人是不是韩羡羽？"

"出事之后他就没在圈子里出现过，今天居然出现了！我还以为他真要退圈去国外隐居了呢，吓我一跳。"

"怎么可能，他也算因祸得福，现在可是当红小生第一人，红得发紫！这次的事情之后，咖位和人气稳压凌少哲和宫旭！"

当初所有人都以为韩羡羽肯定完了，毕竟传闻连环球都已经准备放弃他，谁知道局势瞬间逆转，他不仅没有退圈，还因为这次的事件人气和名声上涨不少，达到了巅峰。

这一行捧高踩低的人不少，韩羡羽遭难的时候那些人都躲得远远的，这会儿见他回归了，又全部凑上去套近乎。

除此之外，韩羡羽身旁的生面孔也引起了不少人的注意。

"等等！韩羡羽旁边的那个人是谁？好帅！"

"不知道，没见过啊，环球的新人？"

好奇下，已经有人上前询问："羡羽，这位是？"

"我朋友，叶白。"

"环球什么时候出了这么标致的新人？我居然不知道。"

"他是经纪人。"韩羡羽回答。

叶绾绾适时递上自己今天刚印好的名片："你好，这是我的名片。"

"经纪人？"对方惊讶地看着眼前举手投足都自带气场的年轻男人。

虽然圈子里也有相貌堪比艺人的经纪人，但这么年轻帅气的确实不多见。

韩羡羽怎么突然跟新入行的经纪人走得这么近，总不可能是要换经纪人吧？

叶绾绾也没指望一次就能拉到什么资源，纯粹是想跟在韩羡羽身边混个脸熟，同时记一记自己见过的人。

指不定什么时候，哪条线就能用上了。

韩羡羽领着叶绾绾跟几个熟识的朋友打过招呼后，便找了一个角落坐下来闲聊。

有侍应生用托盘端了几杯酒过来，韩羡羽拿过一杯，在侍应生走向叶绾绾的时候，他对侍应生道："他不怎么喝酒，麻烦给他一杯白夜天使。"

叶绾绾意外地扬了扬眉，没想到韩羡羽这么细心，只一次就记住了她的习惯。

不过，白夜天使？她曾在网上看到过，这种鸡尾酒只添加了少量伏特加，大部分都是牛奶，虽然口感不错，但这多数情况下不是适合女孩子喝的吗？

"不用麻烦了，就这杯吧！"叶绾绾道，她从托盘上端了一杯威士忌。

韩羡羽见状，不解道："你不是说女朋友不让你喝酒吗？"

叶绾绾撇撇嘴，那是因为上次"女朋友"就坐她旁边，她不敢好吗！

今天来之前，她已经跟许易打听过了，司夜寒昨晚被电话叫走之后，就飞国外出差了，今天肯定赶不回来，她自然可以"放飞自我"了。

当然，最重要的是，为了"男人"的尊严。

"叶白"可是一个大男人，再这么小心翼翼下去，人设都要崩塌了。

"'她'这两天不在。"叶绾绾一副偷得浮生半日闲的姿态，将一个惧内又偷偷耍滑的男人形象演得淋漓尽致。

韩羡羽也是男人，自然觉得叶绾绾的行为再正常不过，他笑了笑，随口问道："对了，我听说你挑了洛辰？"

叶绾绾点头说："是啊！"

"为什么是他？"

叶绾绾也不好解释理由，她总不能说她梦见过洛辰会是好苗子，于是便随口回道："合眼缘吧。"

韩羡羽轻笑道："你不如直接说他长得帅。"

叶绾绾也笑了，耸耸肩道："事实不是这样吗？见到真人更帅！不愧是当年的'国民初恋'！"

而且这次见面还是在洛辰状态很差的情况下，他依旧这么让人惊艳。

"但相貌好的也不难找，不是吗？洛辰的资质是不错，可惜运气差了一点儿……而且现在他的处境很尴尬。"韩羡羽说到这里，眸底闪过一丝类似厌恶的情绪。

虽然周文斌做的那些事情瞒得死死的，但不代表没人知道。

洛辰为什么会被雪藏，他多少也能猜到一点儿。

虽然他不知道叶白的计划是什么，但他潜意识相信他选择洛辰自有他的道理。

"总之，你有需要帮忙的地方就提出来。"韩羡羽道。

叶绾绾抿了一口酒，说："放心，我不会跟你客气的。"

叶绾绾的态度让韩羡羽的心情更好了几分，他朝着泳池看了一眼，然后道：“你不下去游一圈？”

叶绾绾端着酒杯，悠悠地支着额头，说：“我懒得换衣服，你去吧。”

“来泳池派对不游泳？”

“我看你游。”

韩羡羽看着她懒洋洋的模样，只能无奈地摇了摇头，自己去游泳了。

很快韩羡羽便换好衣服出来了，全身只穿了一条蓝黑色的紧身泳裤。

韩羡羽的皮肤是很健康的淡蜜色，身材保养得相当好，一看就是有长期健身的习惯。

标准完美的八块腹肌，令人遐想连篇的人鱼线，宽腰窄臀，最下面的两条大长腿很笔直……

在场的男生大多文弱，韩羡羽的身材在其中尤为突出，这不，他刚换好衣服出来，就有小女星在旁边激动得尖叫了。

韩羡羽对自己的身材还是挺有信心的，大大方方地站在那里任由大家看，然后随手将手机扔给了叶绾绾，说：“我下去游几圈，你帮我拿下手机。”

手机这种私密的东西都交给她保管，可见他对她毫无防备。

韩羡羽下水后，周围又是一阵惊呼。

也不知道是不是受酒精的影响，叶绾绾听着周围惊叹的声音，脑子里莫名浮现出另一个画面——

清晨，阳光下，男人宽阔的背影。

不似韩羡羽这种严格按照健身标准锻炼的身材，那个男人身体的每一处线条都有着极强的爆发力和野性，完美流畅得如同艺术品。

自己真喝醉了？

叶绾绾骤然回过神，在心中哀叹，这里这么多俊男美女，她的脑海里却只有司夜寒。

另一边，韩羡羽游了几个回合后便上来了，身上挂着水珠，走到了她跟前。

叶绾绾随手把放在椅子上的浴巾递给他。

“谢谢。”韩羡羽接过白色浴巾，随手擦了擦身体，然后让侍应生给他倒了一杯红酒。

韩羡羽刚坐下来，就看到一个穿着红裙的鬈发女人踩着高跟鞋朝着两人的方向走来。

女人二话不说便朝着韩羡羽的腹肌摸了一把，做了在场所有女星想做却没能做成的事情。

“哎呀，羡羽小天使，身材越来越好了啊！”

看到来人，被揩油的韩羡羽面上闪过一丝无语：“歆姐！”

叶绾绾这会儿已经有些醉意，突然看到一个赏心悦目的大美人朝着自己走来，眼睛顿时亮了几分，这可是大明星乔可歆啊！

不对，现在的乔可歆好像还没拿到影后，不过颁奖典礼也快了。

乔可歆是靠脸“大杀四方”的典型，而且是那种艳丽型的御姐，人气一直很高。可惜因为形象的限制，三十多岁了她连一个有含金量的奖项都没有拿到，因此饱受非议，每每都被敌对的女星拿着这个来抹黑她。

叶绾绾隐约记得梦中她拿金兰影后似乎是在这一年……

说起来，她还挺喜欢乔可歆的，虽然她的个性张扬，交过不少男朋友，但她是鲜少活得真实肆意的女星。

好吧，她纯粹是羡慕乔可歆的异性缘，她每一个前男友都是超级大帅哥，而且全部年龄比她小。

此刻，乔可歆的目光正肆意地在韩羡羽身旁的青年身上打量着，毫不掩饰自己的兴趣：“羡羽，这是你朋友啊？怎么没见过？有这么帅的小弟弟也不给我介绍一下？”

韩羡羽抬头看了她一眼，直接道：“我朋友，叶白，但人家已经有女朋友了。”

被当场揭穿了目的，乔可歆笑呵呵的也不在意，媚眼如丝，瞥了他一眼：“有女朋友又怎么了？姐姐我又没想做他的女朋友。”

韩羡羽拿起浴巾擦了擦头发，看了她一眼，然后语气平静地道：“是啊，你只想和人家共度良宵。”

乔可歆顿时娇嗔着瞪他一眼，说：“讨厌啦！”

韩羡羽道：“歆姐，他不是那种人，你别打他的主意了。”

韩羡羽这边话音刚落，一旁便传来青年的声音：“哎，我怎么就不是那种人了，我就是啊！”

韩羡羽：“……”

叶绾绾说完，看着乔可歆，展颜一笑：“小姐姐喜欢我吗？”

乔可歆硬生生被那双星辰般的眼睛撩得心尖一颤。

她见过的帅哥多了去了，鲜嫩的也有一大把，但眼前这个男孩子真的是太吸引人了。

她交往过的那些男友虽说个个是极品帅哥，但多了之后就觉得没什么意思，全部跟一条流水线上生产的产品一样。

可这个叫叶白的人太特别了……方才他一个人坐在椅子上品酒，明明是身处喧闹的派对，却好像身处竹林深处，惬意洒脱，自斟自饮，又带着一分不符合他年龄的寂寥。

她远远地看着便被吸引了注意力，想必今天现场和她抱着同样想法的人也不在少数。

一旁的韩羡羽看着画风突变的叶白，尴尬地轻咳了一声：“不好意思，他喝醉了……”

没想到这家伙喝醉酒会是这个样子，难怪他女朋友不喜欢他喝酒呢，这也太危险了。

然而叶绾绾这会儿已经不是韩羡羽能控制得住的，她完全无视了他的话，主动与乔可歆攀谈起来：“小姐姐，我给你算一卦怎么样？”

乔可歆来了精神，感兴趣地坐过去，道：“你还会算卦？”

“而且我算得很准哦！”当青年注视着她时，那双桃花眼勾人于无形。

这种低级的撩妹招数乔可歆见得多了，但不知道为什么，由叶白做起来，她丝毫不觉得无聊和轻浮。

她将涂着红色指甲油的手指伸了过去，说：“哦？那你给我算算，就算……这次的金兰奖影后是谁？是不是我？”

叶绾绾执起乔可歆的手，煞有介事地看了看对方掌心的纹路，然后道：“这届金兰奖的影后……当然是小姐姐你了。”

叶绾绾清晰地记得，自己在梦中由于无聊，看完了这届金兰奖的颁奖典礼，每个奖项得主她都记得很清楚。

醒来后，她还特地去找了乔可歆参评的影片来看，这部作品乔可歆可以说是超常发挥，演技惊艳，不出意外的话，影后桂冠必会被她收入囊中。

乔可歆轻笑出声，状似不满地嗔道：“你哄得可真没诚意。”

谁都知道这次的大热门是另一个实力派女星。

叶绾绾一脸认真道：“我可没哄人，姐姐你就是这次的金兰奖影后，我不仅算出了姐姐你是影后，还算出了其他人，比如影帝是李忠义前辈，最佳女配角是林佳音，最佳男配角是孟良珏，最佳新人是……”

乔可歆听得忍不住笑出了声：“噗，什么是一本正经说瞎话，我算是知道了。”

一旁的韩羡羽听着叶绾绾在那里瞎扯，也是满脸无奈。

叶绾绾似乎察觉了他们不相信，开口道：“姐姐，我可是认真的，你不信的话，我们打赌。”

“好啊，你要赌什么？”乔可歆轻笑道。

叶绾绾的眸光微转，说：“上面我说的奖项，要是错了一个，就算我输；如果我都说对了，自然算我赢。如果我输了，随便小姐姐让我做什么；如果我赢了……”

“你赢了……怎样？”

“姐姐给我一个吻吧。”

乔可歆先是一愣，随即一张脸红了个彻底：“你这小子……”

一旁的韩羡羽眼见叶白在那儿和乔可歆交谈甚欢，整张脸都黑了，头疼不已地扶额：“小白，别闹了！”

兄弟，你忘了你是有女朋友的人了吗？

韩羡羽简直震惊了，他还是第一次看到纵横情场未遇敌手的乔可歆脸红。

毕竟人是自己带过来的，韩羡羽怕叶白玩得太过火，赶紧扶着人撤退了。

韩羡羽开车回公寓，叶绾绾就坐在副驾驶座上，估计是彻底醉了，她的目光没有焦距，只是一个劲地盯着他的脸看。

韩羡羽以为对方喝多了不舒服，所以一边开车一边稍稍朝着身旁的青年看过去：“怎么了，你是不是想吐？车上有垃圾篓。”

副驾驶座上，叶绾绾的目光渐渐恢复焦距，继续盯着他的脸看，她骤然缓缓一笑，星点的笑意自眼波弥漫，黑夜中的眸子如同有花盛开：“对着这么好看的脸，我怎么会想吐？”

“吱”的一声，韩羡羽在大马路上开出了一个“S”形。

万分惊险下，车子终于开到了公寓。

韩羡羽迅速将人扶到门口，迫不及待地想赶紧把人扔到屋里去。

这家伙的酒品实在是太差了！

他情不自禁又回忆起方才他在车上时对着自己的那一抹笑，心脏陡然漏跳了几拍。

“你这个祸害……”

本来他还觉得叶白的女朋友管得太严，现在突然非常同情这家伙的女朋友。

韩羡羽一边叹气一边扶着人走出电梯，正朝前走着，猛然看到门口站着一个人。

是司九，叶白的朋友。

男人似乎是从某个正式场合直接过来的，身上穿着纯黑色的西装，完美的剪裁勾勒出修长挺拔的身形，清冷如烟的眉峰，高挺的鼻梁，深邃如墨的双眸，组合成了一张完美到极致的脸。

因为男人太迫人冷冽的气场，整个空间仿佛都逼仄起来。

男人的眼神落在自己身上，韩羡羽莫名有种被抓包的错觉。

韩羡羽愣了一秒才反应过来，忙道：“嘿，司先生，你来找叶白吗？这小子喝醉了……”

韩羡羽这边话音刚落，被他扶住的青年双眸陡然亮起来，一把推开他，朝着对面的男人走去：“美人……”

韩羡羽一脸震惊，叶白啊叶白，你对着一个大男人喊美人？就不怕他扇你吗？

韩羡羽本来想阻止，但青年已经如同脱缰的野马，双眼发亮地盯着眼前气场强大的男人，说：“美人，我们是不是在哪里见过？”

韩羡羽听得嘴角直抽，这标准的搭讪台词，怕不是电视剧看太多了。

事实上，眼前这个男人的定力明显比他强多了，被好友调戏之后，依旧面无表情地站在那里，只是周身的气压越发低沉了。

而叶绾绾似乎完全没有感受到眼前的危险，依旧撩得欢快：“美人小哥哥，我看你我有缘，不如我给你算一卦，可好？”说完，也不等面前的男人同意，在韩羡羽难以形容的目光中，她直接牵起了男人的手。

哪里是算卦，那家伙拉着对方的手上上下下摸了个遍。摸够了之后，他还煞有介事地道：“小哥哥，我看你周身萦绕紫金之气，乃罕见的尊贵命格。只可惜你这姻缘线薄浅，注定婚姻难就，乃永世孤鸾之相，怕是要此生孤独一人。如想破除，只有一法……”

叶绾绾的神色非常凝重。

一旁的韩羡羽见状，都快有些相信她是不是真的懂算命了，不禁也紧张地听起她的破除方法。

“哦？何法？”男人面无表情地问。

叶绾绾一边摸着他的手，一边道：“无妨无妨，小哥哥不必紧张，你这是命里缺我，我有办法帮你破除……”

韩羡羽吓得一个踉跄。

各自回屋之后，韩羡羽挠挠头，担忧地在客厅里来回走动。

最后他走到卧室，将耳朵贴到墙壁上，想听听隔壁有没有什么动静，可惜这里的隔音效果太好了，什么也听不到。

这两人不会出什么事吧？

现在他总算知道为什么叶白的那位朋友看上去哪里不太对了，有这样的朋友，每天都有新“惊喜”。

隔壁。

叶绾绾一副大尾巴狼的架势，拉着司夜寒就把他往卧室里带。

“美人，今夜不如与我看星星看月亮，谈谈诗词歌赋，聊聊人生哲学……我保证，什么也不做。”

她一边说着什么也不做，一边已经把人带到床上了。

司夜寒毫不留情地拨开对方蠢蠢欲动的小手，声音冷得没有一丝温度：“如果今晚的人不是我，你也会这样？”

女孩的手被拨开后又悄悄地伸过去，大概是察觉到对方生气了，扬起小脑袋，讨好地说：“怎么可能，小哥哥你是我的命定之人，我只与你一人在一起。”

男人深吸一口气，眼神逐渐变得深邃，忽然他发现触碰到的地方手感似乎不太对，低头一看，便发现女孩从胸口到腰身都被裹得严严实实。

男人捏了捏眉心，一点点替她解开衣服。

女孩虽然喝醉了，但还是本能地维护自己作为男人的人设，立即警惕地翻身，反将人压到身下，潋滟的桃花眼眨了眨，手指按在他的手掌上：“哎，美人，不可以做坏事哦。”

然而说话间，她的假发被扯歪掉落，一头青丝瞬间垂落下来。

司夜寒盯着女孩红扑扑的小脸、灿若星辰的眸子、肩头散落的发丝，目光瞬间便幽暗了，手掌扣住对方的腰身，咬牙切齿地开口："你看清楚，我是谁！"

女孩趴在男人的胸口，怔怔地盯了他一会儿，神情专注，如同整个世界只有他一个人。她的声线也渐渐恢复了女孩的软糯甜美："看清楚啦！你是大美人，是小哥哥，是我家宝宝……"

女孩在他的颈窝蹭了蹭，声音更软了："宝宝天冷给我送衣服，喂我吃粥，宝宝有大白，我喜欢宝宝。"

看着对方眸底的温柔，司夜寒的表情蓦然一怔，随即暗忖："你以为这样我就会饶了你？"

……

第二天早上。

叶绾绾醒来的时候发现自己身上已经换上了干净的睡衣，头上的假发也被摘下，恢复了女孩的模样，吓得她一骨碌爬了起来。

昨晚她喝多了，完全不记得发生了什么，只记得自己跟韩羡羽去了一个泳池派对。糟了，自己的身份该不会被韩羡羽发现了吧？

叶绾绾急匆匆地趿拉着拖鞋跑出卧室，然后看到了正在客厅里喝咖啡的司夜寒。

看到是司夜寒后，叶绾绾猛然松了一口气，一颗心这才落了地。

"宝宝，你不是出差回不来吗？完蛋，怎么都这么晚了，我还得去公司。"叶绾绾看了一眼时间，一边慌慌忙忙地洗漱换装，一边问。

司夜寒朝着女孩的方向斜睨了一眼，一言不发，浑身都是低气压。

叶绾绾乔装扮丑这么多年，早已熟能生巧，换装的速度很快，相比每天换着花样折腾奇葩的妆容，男装造型对她而言简单多了，只需要加粗一下眉毛和脸部轮廓的阴影，使得五官稍微英气和有立体感一点儿就可以了。

之前她把自己那些乱七八糟的装备一口气全放在二手网上卖掉了，换成了各种男生服饰。

因为要去公司，叶绾绾今天换了比较正式的英伦风西装，白色的衬衫打底，领口处搭配复古的流纹刺绣，胸口口袋的位置绣着一朵红色暗纹的玫瑰。随后，她刻意用刘海稍稍遮住那双过于潋滟勾人的眸子。

再出来的时候，叶绾绾已经从刚起床迷迷糊糊的女孩子变身成中世纪欧洲上流社会矜贵风雅、养尊处优的小公子。

"哎，宝宝，你昨晚把我的增高鞋垫儿脱哪儿了？"叶绾绾慌里慌张地问。

虽然她每次站在司夜寒面前都显得很娇小，其实她本身并不矮，但这种让她更有气势的神器自然也不能少。

叶绾绾一边到处找东西，一边看向司夜寒，结果敏锐地发现司夜寒的眼睑下有一层青黑，不由得啧啧称奇：司夜寒昨晚居然没睡好？她的秒哄睡技能难道失效了？

更让她震惊的是，她竟然眼尖地在司夜寒的领口下发现了可疑的痕迹。

下一秒，叶绾绾一个箭步冲过去，扯开司夜寒的衣领，说："宝宝，你居然背着我在外面乱来。"

司夜寒隐忍了一早上，眸子里终于炸开了一抹冷光，声音也冷到了极致，一字一句开口："我乱来？"

叶绾绾指着他脖子上的暧昧痕迹，一边解他的扣子一边质问："你还不承认？你看你脖子上的印子，简直不堪入目！没想到你是这种人！"

司夜寒的脸色黑如锅底，他将对方的手拍开，重新将领口系上，明显气得不轻。

早知道昨晚他不对她心软了。

这时，门铃突然响了。叶绾绾瞪了司夜寒一眼，然后去开了门。

门口站着的是韩羡羽。看到叶绾绾这身打扮后，他眸子里明显闪过一抹惊艳，随即一边探着脑袋往里面看，一边道："早上好，我买了早餐，要一起吃吗？"

叶绾绾看了一眼韩羡羽提着的袋子，不想让他看出异样，于是神色缓和下来，拉开门让他进来了："谢谢，你休假还起这么早？"

韩羡羽摸了摸鼻子，不知道该怎么回答。难道他要回答自己贴着墙壁一晚上没睡吗？

"这两人应该没什么事吧？"韩羡羽正这么想着，一进门就看到餐桌旁的男人正冷着脸整理凌乱的领口。

韩羡羽顿时朝着叶绾绾看去，随后凑近了一些，压低声音问道："喂，小白，昨晚……昨晚你没把你朋友怎么样吧？"

叶绾绾一脸不解道："我朋友？你说司九吗？我能把他怎么样？"

韩羡羽见她竟然毫无印象，顿时有些无语："你都不记得了吗？昨晚你喝醉了调戏他，叫他美人，叫他小哥哥，还非要给他算卦，拉着他的手摸了半天，说他是什么孤独终老的命，还说他命里缺你，除非跟你在一起才能破解，然后你就跟强盗似的把他拉进屋里了，我想拦着也没拦住，担心了一晚上。"

叶绾绾大惊失色。韩羡羽的话就像一个八百斤的大锤子，狠狠地砸在她的脑袋上，让她眼冒金星、天旋地转。

"你刚才说什么？"叶绾绾呆呆地盯着他。

韩羡羽轻咳一声，说："你真不记得了？"

叶绾绾和韩羡羽说话的声音虽然不大，但司夜寒明显听到了。对方将领口一丝不苟地系好后，正冷若冰霜地看着她。

叶绾绾艰难地咽了一口唾沫，完全不敢正视司夜寒的眼睛，只好死死地盯着韩羡羽道："怎么可能！我怎么会做这种事？我心里只有我女朋友一个人，你别乱说啊！"

韩羡羽无奈地看了她一眼，说："我乱说？你昨晚不仅调戏了你朋友，你还把歆姐弄得脸红了，你也不记得了？”

韩羡羽话音落下的瞬间，桌旁的司夜寒脸色明显更难看了。

很好……

“歆姐又是谁？”叶绾绾一脸蒙。

韩羡羽说：“乔可歆啊！”

影后乔……乔可歆？她的女神？

韩羡羽只好帮着她回忆：“歆姐似乎对你挺感兴趣的，为了给你解围，我就说你已经有女朋友了，不是那种随便的人。结果你倒好，偏拆我的台，说你就是那种人，还拉着歆姐要给她算命，说她会是这届金兰奖的影后，你不仅算出了金兰奖的影后是她，还把影帝、最佳男主角、最佳女主角的人选都‘算’出来了，接着跟她打赌……”

“赌什么？”叶绾绾莫名有种不好的预感。

韩羡羽看了她一眼，说：“打赌要是她赢了，你随便她怎样；要是你赢了，她得给你一个吻……”

叶绾绾不愿面对现实，这绝对不是真的！她怎会是如此伤风败俗之人！

就在叶绾绾拼命回忆的时候，韩羡羽深深地看了她一眼，又说道：“你连我都调戏了！”

韩羡羽完全不知道自己的一番话把叶绾绾给卖了个彻底，不放心地继续道：“我和歆姐你只是嘴上调戏了几句，但你朋友就比较惨了，你真没把他怎么样吧？”

叶绾绾默默地低下了头。

所以，司夜寒身上的那些痕迹竟然是她弄出来的？

别说了，让她静静。

大概是察觉到这会儿屋内的气氛哪里不太对劲，韩羡羽放下早餐就遁走了。

一时间，屋子里便只剩下叶绾绾和司夜寒两个人。

叶绾绾在夺门而出还是抱腿求饶之间纠结了好半天，最后还是没敢撒腿就跑，而是小心翼翼地朝着司夜寒挪了过去，说：“宝宝，我错了！是我不对，是我错了，是我不堪入目……我知道我违约了，但人非圣贤，孰能无过，人无完人，难免犯错，我……”叶绾绾实在编不下去了，于是来了一句，“我可是你最爱的小心肝呀！所以，你可以再给我一次机会吗？”

男人似笑非笑地看了她一眼，意思很明显。

叶绾绾也知道这次的事情闹得有点儿大了，举起手道：“我请求申诉。昨晚韩羡羽出于好心想带我认识一些圈子里的人脉，所以请我一起去了一个派对。派对这种地方，宝宝你也懂的，免不了要喝酒。本来我只想装装样子，维持一下人设，我也没想到自己的酒量这么差，一不小心就喝醉了……后来的事情我真的没有印象了，我不知道自己的酒品这么差……”

见司夜寒还是无动于衷，叶绾绾狠了狠心，说：“宝宝，不如这样吧，从今天开始，我随时随地做你的贴心小枕头，你什么时候想睡觉，我随传随到，行吗？”

司夜寒斜睨了她一眼，用清冷的声音道：“你搬回锦园住岂不是更方便？”

叶绾绾听得顿时小心脏冰冷，绞尽脑汁道：“那还是有区别的，天天住在锦园多没意思啊，你不想找点儿新鲜感吗？”

司夜寒没开口，叶绾绾悄悄地凑过去，说：“不生气了嘛，好不好？我虽然喝醉了有点儿行为失控，但对其他人压根没走心，就算喝醉了酒，没有意识了，最终带回家的只有宝宝你啊！这说明什么？说明我对宝宝你是真爱啊！”

司夜寒的嘴角微微抽搐了一下。

叶绾绾见男人似有松动，立即麻溜地顺着竿子爬上去：“我就知道宝宝最好啦！”

司夜寒：“……”

他有说要原谅她吗？

男人捏住她精致的下巴，缓缓逼近，一字一句道：“叶绾绾，你当真以为我那么好糊弄？”

叶绾绾顺着这个姿势，在司夜寒的脸颊上迅速亲了一口，说：“没有没有！宝宝你这么英明神武，一点儿都不好糊弄，你只是疼我爱我舍不得我而已。”

司夜寒：“……”

光耀传媒。

上面空降了一个经纪人的事情已经在公司里传遍了。

同为经纪人的老员工自然不满，空降也就算了，还这么年轻。

年轻好看，不如去做艺人，何必来吃经纪人这碗饭？

毕竟经纪人和艺人不同，艺人是越早出道越好，而经纪人却需要熬资历，攒人脉。大部分经纪人都是从助理或者宣传员做起，没个三五年都不可能独立带艺人，因此圈子里的经纪人极少有三十岁以下的。

但老员工们心里也清楚，褚总已经开始忌惮周文斌这个独揽大权的艺人经纪部总监，所以才会给叶白这么大的权力，放出话让所有人配合他的工作。

目前大家都处在观望的阶段，不敢随意站队，不过很明显所有人都不看好叶白。

周文斌在褚总面前碰了钉子，表面功夫自然会做，但私下怎样就不是褚总能控制的。这个年轻人没背景没后台又没资历，挑的还是一个连新人都不如的过气艺人，拿什么跟周文斌斗？

摄影棚内，此刻正是一派忙碌的景象。

一群新人正在里面拍宣传照。

几人全部不满二十岁，最小的甚至才十六岁，都是最青春的年纪。

洛辰一早就到了，他的身上依旧穿着朴素的T恤和牛仔裤，脚上是一双洗得发白的球鞋，他沉默地在角落里等着。

此时是九点十分，距离经纪人昨天跟他说的时间已经过去了十分钟。

这时，一个艺人因为正在与人笑闹，走路没看前面，一不小心便撞在了洛辰身上。

看到挡住去路的人是洛辰之后，对方的脸色顿时就变得难看起来：“洛辰……”

说话的人是周文斌手下的艺人林浩，因为跟着的经纪人实力最强，上一部出演的剧又大火，他在新人里风头正盛，其他几个新人基本上围着他讨好。

昨天在周文斌办公室里发生的事情已经传了出来，那个新来的经纪人选择了周文斌手下毫无存在感的过气艺人洛辰。据说当时周文斌不愿意放人，竟然不惜拿他去交换洛辰，最可恶的是，那个新经纪人还嫌弃他，害得他成了整个公司的笑柄。

这会儿见到洛辰，林浩自然是一肚子气，他扬了扬精致的下巴，目光鄙夷地上下打量着洛辰，说：“你来这里做什么？”

“经纪人让我在这里等他。”洛辰似乎早就习惯了别人这样的态度，一动也不动地站在那儿，面无表情地道。

林浩顿时笑出了声：“噗，经纪人，那个新来的小白脸吗？”

旁边几个新人为了巴结林浩，也都你一言我一语地嗤笑起来：“哎哟，我当是谁呢，这不是新经纪人钦点的未来新星吗？找到靠山了啊，难怪底气这么足。”

“他该不会以为换个经纪人就能翻身了吧？”

“连斌哥都捧不起来的废物，居然还想着咸鱼翻身。”

林浩抱着手臂，笑嘻嘻地道：“你们别这么说，人家可是前辈，三年前就出道了呢。”

这个圈子是一个巨大的名利场，等级分明。无论你出道多早，没有名气只能处在底层，如同低贱的蝼蚁，谁都能踩上你一脚。

这三年，洛辰对此已经习惯了。一开始，他还试图为自己争取和反抗，到了后来，就对这一切已然麻木。

林浩朝着身旁的小艺人看了一眼，小艺人会意，用肩膀重重地撞了洛辰一把，说：“不好意思，我们要开始拍摄了，麻烦你出去，别在这里碍手碍脚。”

若是以往，洛辰可能就走了，但是想到昨晚经纪人的叮嘱，他的脚步便迟疑了一瞬。

小艺人阴阳怪气地嘲讽：“你听不懂人话是不是？没见过这么死皮赖脸的，想红想疯了吧，前辈？不是春风得意抱上大腿了吗，怎么连我们这些小新人的拍摄也要蹭？”

察觉这边嘈杂的动静，一旁的摄影师也有些不耐烦了，喊了一声：“无关的闲杂人全部出去，不要影响其他人。”

小艺人嗤笑道：“你听到了？还不快滚回你经纪人少爷那里去。”

洛辰捏了捏放在身侧的手指，最终还是转过身，准备离开。

然而就在他转身的瞬间，肩膀却被一只温热的手掌按住。

来人神态慵懒，脚步悠闲，一副漫不经心的表情：“哟，很热闹嘛！”

看到叶白，那名方才还仗着有林浩撑腰就嚣张跋扈的小艺人顿时退缩了几分，朝着身旁的林浩看了一眼。毕竟叶白如今是褚总面前的红人。

林浩一看到这个让他丢尽脸面的罪魁祸首，顿时脸色更加阴沉了，说："叶大经纪人，麻烦管好你家的艺人，别让他出来丢人现眼。"

叶缩缩闻言，几乎要笑出声，就算她认识洛辰才一天，也知道这孩子有多寡言少语，结果在对方口中倒成了洛辰在丢人现眼。

叶缩缩微微一笑，说："我管不管得好我家艺人不重要，不过我想雪藏一两个人，应该还是很简单的。"

叶缩缩话音落下的瞬间，林浩的眸底满是愤怒的火光，他冷笑道："雪藏我？就凭你？你以为你是谁，拿着鸡毛当令箭，还真当自己是一根葱了？"

他可是斌哥手下的人，他就不信这个初出茅庐的新经纪人敢动自己。

叶缩缩依旧是那副漫不经心的表情，她斜睨了一眼对面那个因为过度整容，表情明显有些僵硬的男人，然后懒洋洋地拿起手机，拨了一通电话："喂，褚总吗？"

方才还一脸有恃无恐的林浩见对方竟然二话不说给褚总打电话，脸色顿时一僵。

叶缩缩还在不紧不慢地开口："褚总，也没什么事，就是雪藏一个人而已，跟您要一个权限。方才有个不懂事的，说我拿着鸡毛当令箭呢！什么？不用请示您？我做决定就可以？"

听到这里，林浩最后一丝强撑的镇定也维持不住了，整个身体都开始打战。

而他旁边方才跟着他一起对洛辰冷嘲热讽的艺人更是大气都不敢出，不动声色地往后面退着，生怕跟林浩扯上关系被牵连。

叶缩缩扬着嘴角，看了一眼已经吓得脸色发白的林浩，继续对着手机道："可是，对方是周总监手下的艺人呢。"

"什么？二线以下随便我处理吗？"

"好的，那多谢褚总了。"

听到这里，林浩终于忍不住了，当即一个箭步冲到叶白跟前，说："叶经纪人，我错了，是我一时冲动，刚才我不该对您不敬！求您……求您给我一次机会，我再也不敢了。"

林浩这会儿已经完全慌了神，哪里还有半分嚣张。

叶白的这通电话如同一记重锤，一下子将他砸醒了。

因为最近火了一部剧，身边有不少新人巴结讨好他，他有些得意忘形，竟忘了自己如今也不过是一个小艺人。

而叶白却是褚总亲自派下来的人，连斌哥最近都避其锋芒，不敢与他正面起冲突。更别提对方已经请示过褚总了，以斌哥的个性，昨天能拿他来换洛辰，今天就能直接放弃他。

他是真的可能会被雪藏！

叶绾绾似笑非笑地看了对方一眼，说：“你该道歉的人不是我。”

林浩脸色一沉，死死地握着拳头，最终还是转向洛辰，一字一句地开口：“洛辰前辈，对不起，请您原谅我的无礼行为。”

说完，他立即紧张地看向叶绾绾：“现在可以了吗，叶哥？求您跟褚总重新说明一下，我真的知道错了。”

叶绾绾似乎这才满意了，于是把掌心的手机摊开，放到了他的跟前。

随后，包括林浩在内的所有人都看到，手机上的画面是电话簿的页面，叶绾绾刚才根本就没有拨通电话。

林浩像傻子一样张大嘴巴，呆呆地盯着叶绾绾的手机，他在反应过来发生了什么后，脸涨得像猪肝色。

他居然被耍了！

林浩气得肺都要炸了，正要怒骂出声，却对上了对方凌厉冰冷的目光：“这只是一个警告。”

言外之意，林浩若再敢挑衅，他真的会这么做。

而叶白真的拨打电话的后果……想到这里，林浩顿时噤声，一把推开身旁的人，怒气冲冲地走了。

其他人见识到新经纪人的手段后，哪里还敢继续站在这里，也全部作鸟兽散。

毕竟比起林浩，他们更加什么都不是。

洛辰看着瞬间空了的摄影棚，又看了一眼身前依旧云淡风轻的经纪人，肩膀上仿佛还残留着方才对方手掌的温度。

他早已经习惯了面对这些，这是第一次有人为了他这样一个毫无价值的人出头。

这时，旁边的摄影师眼睁睁看完叶白这新官上任的第一把火，生怕自己成为第二把，赶紧擦了擦额头上的冷汗，走过来解释道：“实在不好意思，叶哥，昨天您就预约过了，但因为这批新人有组重要的宣传照需要拍，催得比较急，所以我才让他们先拍了。”

所幸对方没有拿他开刀的意思，而是拉了一把椅子坐下来，直接道：“开工！”

“好嘞！”摄影师松了一口气，赶紧催促众人准备，与此同时，洛辰也被带进化妆间换衣服做造型了。

当洛辰从化妆间里走出来的时候，所有人都眼前一亮。

之前因为头发过长，洛辰整个人看上去有些阴沉。此刻他的黑发剪短了，刘海也经过修饰，露出了光洁饱满的额头和一双极其漂亮的眼睛。

不同于那些刻意割出来的欧式大双眼皮，洛辰的眼睛是那种特别有复古气质的丹凤眼，双眼皮的弧度非常自然流畅。他的五官精致立体，皮肤细腻得没有一个毛孔。

洛辰身上的服装也是按照叶绾绾之前的要求，没有弄得太夸张，上身是一件极简洁的经典款白衬衫，唯一的装饰是领子上绣的五角星图案，下身是黑色的裤子。

妆容和打扮干净简单，十分契合洛辰本身的气质，带着淡淡的疏冷感和距离感，如同所有人青春记忆中的那一抹美好懵懂却又可望而不可即的影子。

也难怪周文斌整整三年都在试图让洛辰低头，洛辰身上的气质太干净了，这样的气质非常难得。

大概是因为太久没有这样郑重其事地做造型，面对着工作人员和叶绾绾打量的目光，洛辰的表情有些不自在。

“叶哥，您看怎么样？成吗？”化妆师询问。

“不错。”叶绾绾点头道。

“主要还是洛辰的底子好，皮肤也嫩得不像话，我都不用怎么修饰。”化妆师这话虽然是讨好，但也是真心话。

她化妆这么多年，能一眼看出对方的底子如何，洛辰这张脸绝对算得上是佼佼者。

这时，摄影师一边调整灯光一边走过来，问：“叶哥，不知道今天的拍摄主题是什么？”

“录一段视频。”叶绾绾开口。

摄影师本来以为是要给洛辰拍宣传照，没想到竟是录视频，不由得有些意外：“拍视频？是什么内容？”

一旁沉默的洛辰也狐疑地看了过去。

叶绾绾将手机里的一段文档点开，将手机递到洛辰跟前，说：“这段台词你还记得吗？”

洛辰接过手机看了一眼，下一秒，他的神情一阵恍惚——竟然是《惊龙》中的一段台词。

他当然记得，他怎么可能不记得。

《惊龙》里的每一段台词，他都记得清清楚楚！

他是真的喜欢演戏，热爱在戏里诠释各种人生的感觉。

演《惊龙》的时候，是他最开心的一段时光，在那之后的三年里，在剧组的一幕幕，那些刀光剑影、江湖狼烟，依旧经常在他的梦里出现。

那是他入行以来，唯一珍贵的回忆了。

“记得……”洛辰怔怔地开口。

“今天我们就录这一段。”

洛辰闻言，眸光颤了颤，叶白是要让他重演这一段吗？

叶绾绾也没耽误时间，身体朝着椅背的方向靠了靠，直接道：“没问题的话，现在就开始吧，我给你三分钟调整状态。”

洛辰愣了一下才回过神来，急忙开始准备，摄影师也赶紧把设备调整好。

灯光、摄影就位，洛辰也站在镜头前。

叶绾绾坐在对面的椅子上，静静地等待着。

很快，三分钟的准备时间过去。

叶绾绾说：“时间到。”

洛辰的眸底闪过一丝慌乱，仓促地开口：“生来便是罪恶，好一个生……生……”

大概是因为一时还不适应镜头，洛辰刚说一句话就卡壳了。

叶绾绾的眉头微蹙，说：“重来。”

洛辰握了握放在身侧的拳头，深吸一口气，重新开始。

“生来便是罪恶，好一个生来便是罪恶……我与诸位……”

正要继续念，叶绾绾直接打断了他：“你的表情太僵硬，我是让你重演，不是让你念台词。重来。”

洛辰的脸色白了几分，他微微闭了闭眼睛，调整状态，然后再次开口。

“生来……”

然而这一次，他才开口说两个字便卡住了。他面上的血色已经完全退去，说：“对不起！”

叶绾绾的面上没有任何表情，说：“再来一次。”

只是第四次，洛辰依旧没有找到感觉。

接下来是叶绾绾不断喊卡的声音，洛辰一连重拍了十几次都没过。

第二十次，面对着洛辰一次比一次糟糕的表现，叶绾绾一下一下敲击座椅扶手的手指停下来，总是懒洋洋的脸上此刻已经没有一丝温度。

似是感受到这位经纪人的极度不悦，摄影棚里的气氛压抑到了极致，所有人大气都不敢出。

而在所有人注视下的洛辰此刻全身已经被汗湿了，手指死死地握成了拳头。

他果然还是做不到。

曾经在镜头前的他如鱼得水，而如今的他一面对镜头和旁人的视线便会生理性地全身僵硬发冷，根本无法控制，甚至从内心深处产生深深的自我厌弃感。

叶绾绾自然也发现了洛辰的状态不对。

不仅是对镜头的排斥，甚至是对自己的排斥。

从前的洛辰灵气四溢，面对镜头时无比自信，仿佛那里是他的主场、他的天地。可是现在，镜头对他而言却如同一座牢笼，他的整个身体都像是被无形的枷锁捆绑。

除此之外，她还看出洛辰似乎非常厌恶自己的这张脸，总是下意识地躲避镜头。

虽然多少料到了一些，但洛辰的情况比她想象中的还要糟糕。

“啪”的一声响，叶绾绾将手中的一沓资料重重地扔在旁边的桌子上，声音冰冷：“这张脸是你最大的优势，是多少人可望而不可即的天赋，是老天爷赏饭吃！你排斥它，厌恶它给你带来的厄运？我告诉你，你的一切悲剧不是因为这张脸，而是因为你的懦弱无能！孟良初十八岁拿影帝，因母亲病重，沉寂六年，二十四岁复出，照样拿下第二个影帝；李忠义演了三十年男配角，五十三岁才出演男主角，剧集也能一炮而红；乔可歆自出道以来便被黑至今，却逆流而上，从未示弱，直到今年被提名金兰奖影后……而你不过是错过了三年的时光，遭到了不公平的待遇，便觉得人生已经到此为止了？”

说到这里，叶绾绾的面色已经冷到极致：“若想登上巅峰，未来你还将经历比这可怕百倍千倍的不堪与压力，若你只有这种抗压能力，很抱歉，我劝你趁早退圈，我不会在毫无信念感的艺人身上浪费时间。”

一时间，整个摄影棚内的气氛几乎冻结了。

原本那个看上去很好说话，总是神情慵懒的年轻男人，此刻却面容严肃，周身都散发着骇人的气息。

连一旁的摄影师和其他工作人员都已经被对方瞬间爆发的可怕气场镇住了，更别说处在风暴中心的洛辰。

洛辰颤抖着身体，面上没有一丝血色，嘴唇紧绷成了一条直线。这一番震耳欲聋的呵斥让他全身发烫，恨不得化成空气消失。

叶绾绾稍稍收敛了怒气，不过面上的冷意丝毫没有削弱：“现在，最后一次机会，如果你依旧是这种状态，我们之间的合作到此为止。”

听到最后四个字的瞬间，洛辰的瞳孔瞬间收缩，一下子抬起头来。

他再一次被放弃了吗？

他和光耀传媒的合约还未到期，若是叶白放弃他，那么他的经纪合约又会回到周文斌的手上。

叶绾绾看都没有看他一眼，朝着工作人员扫了一眼，说：“所有人准备。”

一旁的工作人员愣了半天才回过神来。摄影师赶紧调整角度，灯光师根据角度打光，化妆师匆匆小跑上前给洛辰擦汗补妆。

看着男孩惨白的脸，化妆师有些同情对方，但她无话可说。职场本来就是弱肉强食的地方，叶白的话虽然严厉甚至刻薄，却也是事实。

很快，一切准备就绪，灯光下终于只剩下洛辰一个人。

所有人的目光都落在灯光下那个穿着白色衬衫的男孩身上。

洛辰茫然而呆滞地站在那里，似乎依旧无法从叶绾绾方才的话语中回过神来，脸上的表情脆弱得仿佛一碰即碎。

就好像他被整个世界抛弃……

“开始。”

伴随着叶绾绾的一声“开始”，摄像机上亮起了红光，机器开始工作。

所有人都下意识地屏住呼吸。

一秒过去，两秒过去，三秒过去了……

洛辰依旧像失了魂儿一样站在那里，不动也不说话。

又过了几秒，洛辰依旧没有反应，如同一尊没有生机的木偶。

化妆师有些惋惜地摇了摇头，摄像师也暗暗地叹了口气，准备关闭设备。对面高背座椅上，年轻男人的脸色也一点点冷了下来。

难熬的死寂中，叶绾绾终于开口：“既然如此……”

就在叶绾绾开口的瞬间，偌大的摄影棚里，响起了一道低沉沙哑的笑声：“嗬……”

灯光下，洛辰低垂着眉眼，突然低低地笑了一声。

很快，洛辰抬起了头，那双干净如斯的眸子扫了在场的所有人一眼，说：“生来便是罪恶……好一个……生来便是罪恶……”

少年清澈的眸底暗流涌动，仿佛有什么正在试图冲开牢笼：“我，林落尘……与诸位无冤无仇，你们一个个，你们所有人却咄咄相逼，偏要置我于死地……我一生与人为善，可世人欺我辱我，我自问无愧于天地，可这天地也轻我贱我！”

说到这里，少年突然笑了，那笑容如同开到荼蘼的花。

他明明只是站在摄影棚里，周遭却仿佛有猎猎狂风呼啸，纯真的面容一点点染上了靡丽的色彩，一瞬间竟然惑人到了极致。

他的眸光里一点点泄露出癫狂：“既如此，从今往后，一人阻我，我便屠戮一人，世人不容，我便杀尽世人，天下负我，我便——颠倒这乾坤！”

当少年最后一句话落下的瞬间，似乎有什么东西终于挣脱了束缚，从他的身体里挣脱而出，冲向九霄。

静默……

摄影棚内的所有人都被惊到了，呆呆地盯着仿佛完全蜕变成另一个人的洛辰。

明明还是那个人，明明还是那张脸，怎么可以惊艳成这样？

不知过了多久，大家才恍然惊觉洛辰是在演戏，演的是《惊龙》里反派大司总黑化瞬间的经典画面。

太震撼了！《惊龙》当年火遍大街小巷，几乎所有人都看过，洛辰方才的演绎瞬间让所有人都回忆起了《惊龙》里的那一幕。

此刻的洛辰与当年电视里被逼到走投无路的少年林落尘瞬间重叠起来。虽然洛辰这会儿穿的是现代装，但其效果完全不逊于电视原画，甚至从现场看更加震撼。

不过，碍于这位经纪人的余威，所有人依旧不敢说话，视线全部投向座椅上一言不发的男人。

这样的程度已经非常厉害了呀，该不会还是不通过吧？

洛辰缓了一会儿才从剧情里走出来，随后周身的气场瞬间消失，又恢复了本来的样子。

他不安地盯着对面的经纪人，身体因为过度紧张而绷成了一条直线，无比僵硬地站在那里。

他仿佛在等待最后的判决。

一阵沉默后，座椅上的叶绾绾终于缓缓地站起身。

在所有人的注视下，她一步一步朝着少年的方向走去。

随着她的走近，少年明显越来越紧张和身体僵硬，甚至连呼吸都快停止了。

终于，叶缩缩在少年的跟前站定，伸出了一只手，在少年柔软乌黑的碎发上随手摸了摸，语气如同融化的冰雪，轻声道："这不是做得很好吗？"

洛辰的面色先是一空，清澈的眼睛大大地睁着，下一秒，眼泪顺着眼眶漫出，"吧嗒"一声顺着精致的脸颊坠落。

似乎是没料到这样的情况，叶缩缩覆在少年发间的手指微不可察地僵硬了一瞬。

他怎么哭了啊？

她居然把人弄哭了！

是她太凶了吗？

刚才她真的有很凶吗？

叶缩缩的内心凌乱，面上却依旧要维持自己的威严和人设，于是她拿出一块手帕递了过去，冷声道："哭什么，男儿有泪不轻弹。"

洛辰哽咽着，点了点头，然后用力在眼睛上抹了一把，小心接过了那方手帕。

办公室里。

"你有武术基础吧？"叶缩缩问。

洛辰抿了抿嘴唇，说："有一点儿，只是……"

当初为了拍《惊龙》，他练过一段时间武术，只是已经时隔三年。

叶缩缩直接递给他一张课程表，说："估计你太久没练也生疏了，我给你安排了武术课程，这几天你专心跟着老师训练，其他事情不用管，无关紧要的人也不用理会，狮子永远不会因狗吠而回头。"

洛辰郑重地点了点头，默默地接过课程表，一句都没有多问，也没去想为什么其他经纪人都是让手下的艺人练习唱歌跳舞，自己的经纪人却让他去练武术。

他同样没问叶缩缩今天让自己拍的那个视频有什么用处。

看着洛辰乖巧顺从的模样，叶缩缩的小心脏又软了好几分："现在你还养不起团队，暂时先在公司临时调人凑合着吧，不过，未来这些都会有的。"

这一句话，与其说是一个承诺，更像是一个预言，笃定他会做到的预言。

洛辰看着眼前叶缩缩冰冷的脸，心底有一股久违的热流涌动。

接下来的这段时间，洛辰每天两点一线，除了去医院照看母亲，便是来公司跟着武术老师训练。

公司里，所有人都在等着那个新来的经纪人叶白的动作，结果他给洛辰录了一段视频后，便没做什么了，每天只知道让洛辰去练武。

没事老让艺人去练武干吗？这不是浪费时间吗？难道是准备让他去做武术演员？

真是脑回路清奇。

洛辰对于周围所有异样的目光和流言都充耳不闻，每天该做什么就做什么。

而这时，林浩已经接下了一部青春偶像剧的男主角。

刚出道不久的第二部戏便能出演男主角，这样的待遇足以让所有新人眼红，林浩未来的前途无疑一片大好。

这日，林浩和往常一样来到公司，身旁跟着一大群谄媚讨好的新人和练习生。

路过洛辰身边时，林浩顿住了脚步。此刻，他的脸上已经完全没有了当日被叶绾绾戏弄的狼狈，又恢复了高高在上、不可一世的神情。他居高临下地看着洛辰，仿佛与洛辰多说一句话都会有失身份。

看着洛辰满身臭汗的模样，一群光鲜亮丽的小鲜肉纷纷嗤笑出声。

“噗，洛辰前辈可真辛苦啊！又去训练了呢，这么努力，前途肯定不可限量。”

“毕竟是跟了狗仗人势，不对不对，是跟了有能耐的经纪人少爷嘛。”

“洛辰前辈加油哦！”

“洛辰前辈给我签个名吧！只怕改明儿我们连见你一面，跟你说话的资格都没有了呢。”

说罢，一群人纷纷大笑起来。

洛辰抹了一把额上的汗，面无表情地扫了那些人一眼，直接绕开他们走了。

楼上，周文斌的办公室内。

周文斌一边把玩着新入手的古董，一边道：“最近那小子怎么样了？”

胖经纪人忙道：“斌哥，您放心好了，什么水花都没折腾出来，八成是虚张声势、故弄玄虚。”

“别掉以轻心。”周文斌瞥了他一眼，敲打道。

男人搓着手，神情谄媚道：“瞧您说的，斌哥您是谁，您都在圈子里混了二十多年了，什么大风大浪没见过，哪能是他一个毛头小子可以比拟的，很快褚总就会知道，咱们光耀传媒啊，还得靠斌哥您。”

周文斌明显被恭维得心情不错，随口问道：“宫旭最近的情况怎么样？”

“斌哥放心，宫旭最近都挺乖的，没闹出什么事来，上次的绯闻热度已经消退下去了，过几天应该就可以露面了。”

“嗯。”周文斌吹了吹手里的瓷器，满意地点点头。

数日后。

洛辰和以往一样拖着疲惫到极致的身体回到家。

破旧狭窄的出租房里弥漫着一股发霉的味道，屋里墙壁的白漆已然剥落。

转眼已经两个星期，经纪人除了让他跟着老师练武，任何事情都没有给他安排，没有宣传、没有通告，更没有试镜，而他为了训练，连之前打的零工也辞了。

母亲的病用药越来越贵，之前拿的那一万多块支撑不了多久，如果再没收入的话……

洛辰洗了个澡，心不在焉地打开了电视机。

电视机闪了半天雪花才弹出画面。

电视里正在播放一则新闻，新闻里插入了一段影视剧的片段。

猝不及防看到屏幕上的画面，洛辰的神情一阵恍惚。

是《惊龙》。

画面里，男主角凌少哲的动作飘逸洒脱，一张脸俊朗无双。

当年，他虽然是男二，但因为角色设定讨喜，风头完全不逊于男主角，不仅与凌少哲平分秋色，甚至隐隐压他一头。

可是三年后的今天，凌少哲签约叶氏集团旗下的皇天，已经是地位与韩羡羽相当的当红小生。

而他……

洛辰看着又开始不停闪烁雪花的电视机，眉宇间满是苦涩。

电视里传来女主持人沉痛的声音：“三日前，当代著名武侠小说作家林宗老先生逝世，享年八十三岁，大家纷纷发文悼念。”

听到这句话，洛辰又是一怔，林宗老先生居然逝世了？

为了避免自己被周围那些人的冷嘲热讽影响，最近他疯狂地练习，因此没有关注这些事情。

电视里的声音还在继续——

“众所周知，林宗创作了众多经典武侠作品，其中最为经典的便是《惊龙》。三年前，《惊龙》一经播出便红遍大江南北，剧中主演悉数走红。《惊龙》中男主角云海的扮演者更是一夜成名。据悉，他最近刚接拍了姜导的新戏……”

接下来便是长篇大论地介绍凌少哲的各种消息，剧中其他几位主演也做了一定的介绍。

至于他，得到的只有一句“《惊龙》之后便淡圈，再无音信”。

这时，女主持人身后的大屏幕上出现一张熟悉又陌生的脸。

画面中的少年眉目如画，与男主云海凌空对招，如行云流水。那是林落尘，是他自己。

恍惚间，一阵手机铃声突然响了，打断了他的思绪。

看到来电显示的时候，洛辰有些意外。

给他打电话的是当初与他一同出道的某艺人。虽然那个艺人起步不如他，但后来发展得还不错，早已与他没有任何往来，今天怎么会突然打电话给他？

洛辰摇了摇头，挥去压抑在心头的阴霾，接通了电话：“喂？”

洛辰刚一接通电话，手机那头立即传来一道有些激动的声音：“洛辰，你小子可以啊！真有你的！真看不出来你藏得这么深！”

洛辰被说得莫名其妙，微微蹙了蹙眉头，说：“什么？”

手机那头的人道："怎么，你跟我还装呢？"

"我确实不知道你在说什么。"

听洛辰的声音不似作假，手机那头的人迟疑地道："你还不知道吗？你火了啊！你那条博文都被转疯了！"

"博文？"洛辰一脸狐疑，打开手边的笔记本电脑，登录博客。

之前经纪人帮他把博客要回来了，但是他从没登录过。

笔记本电脑的系统有些老旧，洛辰等了半天才登上去，然后他就被疯狂涌出来的消息卡得掉线了。

洛辰沉默了几秒，似乎没反应过来发生了什么。

随后，他登录了好几次博客，还关闭了消息提醒，才终于登录上去。

洛辰点开自己的博客主页，一下子便愣住了。

他记得自己已经很久没有发过博文，但最新一条博文的更新时间显示是两个星期前。

最让他难以置信的是，这条博文的转发量竟然有好几万，点赞更是有十几万，评论留言无数。

博文的内容是一段视频，洛辰点开视频，原来是截取了他在《惊龙》中的一个经典片段，正是那天他在摄影棚里面演的那一段。

不过是一部老片子的经典片段，怎么可能会有这么多的转发量？他又不是当红艺人。

他之前的博文转发量从未过百，只有一些死忠粉会转发评论。

洛辰耐着性子继续往后看，画面中，少年的双眸燃烧着："……若这天下负我，我便颠倒这乾坤！"

前面都是老片段，但是到了最后一句的时候，视频被截成了两半，一半的画面是原剧中的片段，另一半的画面竟然是那日他在摄影棚里拍摄的。

"颠倒这乾坤——"

三年前剧中的他，与两个星期前穿着现代装的他，同时说出了这五个字。

当过去的自己与现在的自己同时出现在一个画面里，连他自己都被震撼了。

与此同时，他才注意到这条博文配的文字："好久不见，我回来了！"

这相当于一条宣布他复出的公开声明。

不过，两个星期前发博文的时候估计是没有任何热度，甚至没人发现他发了这么一条博文。

但是现在，由于林宗老先生的病逝，重新掀起了一股重温武侠剧的潮流，当年所有演过《惊龙》的艺人都发布了相关博文，而他的这条博文正好赶上了这波热度，一下子就火了。

洛辰一脸恍惚，扫了一眼这条博文下面的评论。

洛辰最爱的宝贝："啊啊啊啊啊！活久见！洛辰居然发博了！最后三秒帅到炸裂！"

这个ID号洛辰很熟悉，是三年前他刚火的时候就跟着他的一个死忠粉，三年来每次他发博文，她都会留言，直到他半年前被迫断更。

甜甜妈："我的天，我的天，我的天！我看到了什么，这条博文是什么意思？洛辰是要复出了吗？唯爱我辰，星辰永不落！"

这个也是他的死忠粉，没想到过了这么久，他还能看到她们。

山泉有点儿甜：之前我还在好奇《惊龙》里的林落尘到底去哪儿了，然后就看到了这条博文。最后三秒是洛辰最近的样子吗？比三年前更帅了！居然一点儿都没长残！

游云惊龙：不愧是当年能与凌少哲平分秋色的艺人，只是不知道为什么居然没火，实在是太可惜了。

专业坑队友：我只想问新的片段为什么只有三秒？颜控党表示已经迫不及待了！乖乖小绵羊黑化反派大司总什么的太带感了！当年《惊龙》的最后一幕正好停在这里，简直让人抓心挠肝！到底什么时候能出第二部啊？这都过去三年了。

蒙脱石散：你们还不知道吗？《惊龙》的导演刚发了博文，已经确定要拍摄第二部了。不管其他角色谁演，林落尘简直非洛辰莫属！时间在他身上好像停止流动了一样，他与当年的林落尘简直一模一样！不对，是更惊艳了！

闲美人：啊啊啊！真的要拍第二部了吗？简直是有生之年系列！不管其他角色是谁扮演，林落尘非洛辰莫属！我绝对接受不了其他人扮演林落尘！"

……

后面大部分是当年《惊龙》的支持者，喜欢林落尘的读者，以及路人和颜控党们，所有人汇集在一起，合成了一股不可阻挡的大流，将这条博文越顶越热。

洛辰已经不记得自己多久没有被人这么关注了，看着那一条又一条热情的评论，还有在不断继续增加的热度，有种梦境般的恍惚感。

电话没有挂断，里面传来那个艺人羡慕不已的声音："短短几个小时就有这么大的转发量和关注度，按照这个热度发酵，明天的头条肯定是你。毕竟大家一直对你挺好奇的，何况还有林落尘那不亚于男主角的庞大支持者基数摆在那里。还有那个《惊龙2》演员选角的投票，林落尘这个角色扮演者的选票你稳居第一！对了，你那段视频是请哪个高手给你策划的？绝了啊……"

那个艺人一直在说个不停，一直聊了半个小时才挂断电话。

洛辰这边还没回过神来，紧接着，手机又响了，又有几个久未联系的圈子里的人打给他，或恭喜或打探消息。

洛辰神情怔忡，看着一直响个不停的手机，他从来不知道，自己在圈子里竟然还有这么多"朋友"。

第二天早上。

博客热门醒目地挂着洛辰那条宣布复出的博文。

热门话题前三名分别是“洛辰 林落尘”“洛辰复出”“《惊龙》续集即将启动”。

一夜之间，洛辰的名字就这么重新出现在所有人的视线里。

事情从发生到现在不过十几个小时，洛辰就以迅雷不及掩耳之势翻红了。

“这怎么可能！”

办公室里，周文斌听着手下的汇报，勃然大怒。

昨晚他带着手下的艺人陪投资人喝酒喝得昏天黑地，直到今早才得知这个消息。

朱行勇抹了抹额头上的汗，说：“这……这我也完全没料到。”

周文斌死死地盯着网络上那些铺天盖地的信息，强自镇定道：“不过是火了一条博文，你慌什么。”

朱行勇哭丧着脸说：“可是，宋导昨晚发了消息，表示将正式启动拍摄《惊龙》第二部，博客上还有一个选角投票，目前林落尘这个角色的票数，洛辰稳居第一。”

“什么？《惊龙》要拍第二部？”周文斌的脸色顿时一沉，这下他是彻底说不出话了。

朱行勇忍不住嘀咕：“因为林宗老先生病逝，武侠剧突然大热，紧跟着，宋导表示为了完成林宗老先生的遗愿，要拍摄《惊龙》第二部！叶白那小子也太走运了吧，怎么这么会选时间？简直是天时地利人和。”

第十六章

检验成果

文字共鸣之时有很多难言之语，但我始终相信这份共鸣会伴我同行，

于世间，于瞬间。

今后希望《恰似寒光遇骄阳》这部作品能与更多人共鸣，也希望你的文字能温暖更多人，也期许你能继续闪闪发光。

文字，记录我们永恒的爱。

——叶与颖

QIASIHANGUANG
YUJIAOYANG

读者告白

环球，总裁办公室。

“哈哈哈……不错！我果然没有看错人！叶先生确实是不可多得的人才！”同样得到消息的褚洪光大为高兴，第一时间将叶绾绾叫过去谈话。

之前因为他突然重用叶白，底下不少人对他不满，现在洛辰骤然爆红，无疑证明他看人的眼光没错，他自然心情很好。

叶绾绾一脸谦虚，毫无邀功的意思：“那也是褚总您不拘一格，给我这个机会，否则我再怎么样，也不过是一个无名小卒。”

这话褚洪光可谓相当受用，更加觉得叶白比周文斌识时务，用得称心。

于是，他爽快地从抽屉里拿出一沓文件和一串钥匙，推了过去，说：“我这人赏罚分明，你这次做得非常好，这个月我会让财务部给你额外发一笔奖金，这套房子也提前给你了，房款的问题不用急，你可以慢慢给。”

叶绾绾笑了笑，倒也不客气，直接收下了，说：“多谢褚总。”

褚洪光这只老狐狸看似在施恩，还一副多大方的姿态，也不过是提早几天给她房子而已，实际上什么都没损失。

褚洪光说完，试探着开口：“叶白啊，《惊龙》这部戏里，林落尘的角色，你有几分把握拿到？”

当年《惊龙》横空出世，捧红了无数新人。原本计划拍摄第二部，但由于投资方和制片人之间出现了各种问题，导致中途搁置。后来，武侠剧的时代过去，第二部也无后续。

直到林宗老先生逝世，武侠剧又掀起一波热潮，加上宋金鳞想要完成林宗的遗愿，这部剧绝对是能造星的大制作，机会难得。

宋金鳞发布消息的短短十几个小时内，各家经纪公司已经开始行动了，但谁的速度都没有叶白快。

叶绾绾神情淡然地开口：“非洛辰莫属。”

褚洪光闻言大笑，说：“好！那我便等你的好消息了！”

这个叶白，实在是有些奇怪，当初谁也不要，执意选择洛辰，又正好掐在这个时间点让洛辰复出，难道他还能提前料到后续，料到宋金鳞近期会拍《惊龙2》？

不过，无论他是怎么做到的，都不是自己需要关心的事情，只要他能牵制住周文斌就行。

从环球离开后，叶绾绾没有去光耀传媒，而是回了锦园。

毕竟今天是一个非常特殊的日子。

当外界都在疯狂打听洛辰翻红事件的幕后策划者是谁时，传说中的“神算子”叶大经纪人正蹲在家里，专心致志地守着电脑，准备查询自己的考试成绩。

“司老师，检验你教学成果的时刻到了！”叶绾绾把电脑抱在怀里，紧张地搓着手。

相比叶绾绾的紧张激动，司夜寒则是坐在对面的沙发上，云淡风轻地抿了一口茶。

时间一到，深呼吸好几次后，叶绾绾终于登录网站，输入了自己的准考证号码。

手指放在回车键上，她停顿了一秒，然后用力地按了下去。

天哪，即使她已经估过分，可在看到总分后，她也激动得直接跳了起来。

这个总分，去华都传媒妥妥的！

叶绾绾一把推开电脑，噔噔噔地朝着司夜寒扑了过去，喊道："啊啊啊！司老师，我爱死你了！我的数学考了满分！竟然是满分！赵星洲估计会激动得哭的！司老师的学费果然是物美价廉，为啥你一点儿都不惊讶？是不是提前偷偷查过我的成绩了？"

"你认为有必要吗？"司夜寒腾出手，将女孩接了个满怀，一副"我教出来的成绩还需要查吗"的表情。

大概受女孩心情的影响，男人的神色似乎比平日里要柔和几分。

叶绾绾连连附和："是是是！不需要！也不看看是谁教出来的！"

看完成绩，叶绾绾的心好半晌都无法平静。

好开心！自从她幡然醒悟后，第一次这么开心。

工作步入正轨，房子拿到手了，考到足以拿得出手的分数……

她终于可以回家了。

马上就是爷爷的寿宴，正好她可以趁着这个机会回去一趟。

她记得在那个梦里，她以一身奇葩丑陋的造型登场，让所有人看了叶家的笑话，把老爷子气得半死。

不仅如此，顾越泽还在爷爷的寿宴上公开了已经与她解除婚约一事，并且当场宣布了他与叶依依即将订婚的消息。

在叶依依明里暗里的故意刺激下，她失控大闹，不仅让父母颜面尽失，把爷爷得罪得彻底，也把自己的名声毁了。

更惨的是，她和司夜寒之间的关系也变得更加僵硬。

好在那些是梦，在现实生活中，她绝对不会允许那些人当众欺辱她的父母，不会将爷爷奶奶越推越远，更不会让顾越泽称心如意。

她还要利用这次的机会，让司夜寒彻底相信她。

"连我这种后进生都能被教成学霸，司老师简直是点石成金，化腐朽为神奇，辛苦啦，学生给你捏捏肩。"叶绾绾今天尤其谄媚。

司夜寒感受着肩上柔软的小手，斜睨了她一眼，眸底没有任何情绪波动，如同丝毫没有察觉她的意图。

深夜。

许易站在自家少爷身前，神情很是纠结。

"联系了？"男人顶着那张毫无表情波动的脸，缓缓开口。

许易立即回道："是，梅大师那边已经确定下来，届时会以绾绾小姐的名义前去为叶家家主叶鸿维贺寿。"

许易的语气看似淡定，实际内心已经抱怨成河。

说好的不许叶绾绾离开锦园呢？说好的禁止叶绾绾与家人来往呢？

原则一个接着一个打破也就算了，现在甚至悄悄地给人家撑腰。难道是因为寿宴上顾越泽肯定也会去，所以他家少爷要在情敌面前找回场子？

梅景州可是国际著名的国画宗师，且为人极其清高。整个华都，除了他家少爷，恐怕再无人能够请动他。

这种级别的宴会请这样的国宝级人物去撑场子，也不怕把场子撑破了。

算了算了，只要叶绾绾这次见到顾越泽别闹出什么事来，就算撑破天了也无所谓。

数日后。

升学考试录取结果陆续公布，叶绾绾成功考入华都传媒，与此同时，爷爷寿宴的日子也到了。

下班前，叶绾绾给司夜寒发了一条短信：宝宝，今晚是我爷爷的寿宴，我得去贺寿，不要等我一起吃饭啦，么么哒！

这几天，她在为洛辰去《惊龙2》剧组试镜做准备，忙得天昏地暗，连寿礼都没来得及准备，只能回到宿舍匆匆化妆，换了一套礼服，然后直接奔向古玩市场。

她的奖金不多，买不了多贵重的礼物，所以只能从心意上下手了。

古玩街，大大小小的店铺林立，古朴的年代感扑面而来，仿佛让人置身另一个时代。

叶绾绾朝四周扫视一圈，精致的眉头微微蹙起，目光投向十米外。

只见一个穿着破旧牛仔装、不修边幅的青年男子蹲守在古玩市场内的地摊旁，不时朝叶绾绾打量，目光坦然，没有丝毫避讳。

为了节省时间，叶绾绾直接穿着礼服就过来了，一路上吸引了不少目光。然而，这个青年的目光有些不同。

不是像其他男人一样看待异性的目光，而是打量与探究的目光，就好像认识她一样。

青年男子一副慵懒的模样，当他与叶绾绾四目相对时，嘴角微微上扬。

叶绾绾走上前，盯着青年男子打量了片刻，双臂环胸，试探着道："你看够了？"

青年男子忽然一笑，说："我看你有些面熟，好像在哪里见过。"

听闻青年男子此言，叶绾绾顿时失笑，这搭讪方式似乎太老套了吧？

"妹子，我一天没开张了，讨生计不容易，求光顾！"青年男子看向自己摊位上的货品，竟然开始推销起来。

在确定自己并不认识这人之后，叶绾绾不再浪费时间，转身欲走。

“哎，别走啊，我卖的可不是普通的货品，不买也看看啊！”眼见叶绾绾要走，青年男子顿时大声喊道。

叶绾绾转过头，朝着青年男子的摊位打量片刻。

仅一眼，叶绾绾便停下脚步。

摊位上的货品，造型各异，不同于一些小饰品和古瓷器，更像是用某种坚硬材料锻造的艺术品。

“这是什么？”叶绾绾被精美的雕工吸引，指着其中一个雪白的盒子，开口询问。

见叶绾绾看向自己摊位上的货物，青年男子眸底的慵懒敛去，顿时打起十二分精神，脸上露出一丝傲然：“妹子，算你有眼光，我看你就不是普通人，果然识货！”

青年男子清了清嗓子，神秘兮兮道：“这是我几年前独闯A国北方寒原时猎到的雪狼，用其腿骨打造成的精美盒子，非常霸气。虽然A国捕猎合法，但还是有一定的危险性，像我手里这样的好货可不多，绝对适合你，放在家中都能辟邪。”

叶绾绾：“……”

独闯北方寒原，猎杀的雪狼，雪狼腿骨锻造的骨盒？这营销的手段也太独特了，他怎么不说这是A国北方寒原狮子的头骨打造的？

叶绾绾强忍着笑意，指向另外一件尚算入眼的货品，又问：“这个呢？”

“这你就更有眼光了，这是A国南川山脉成年雄狮的头骨锻造，也是我徒手捕猎到的。”青年男子的脸上挂着得意之色。

叶绾绾：“……”

见叶绾绾神色古怪，青年男子急道：“你以为我在忽悠你？”

叶绾绾摇了摇头，将手中的钱包在青年男子眼前晃了晃，笑道：“当年在A国北川山脉，我徒手捕猎了一只几千斤的棕熊后，扒了它的皮毛做成了钱包。”

“啊？”青年男子看着叶绾绾手中的皮包，微微一愣。

“不会吧……”男子抚了抚鼻子，一脸疑惑之色，“我在A国空手猎到的棕熊也不少，怎么不知道还有几千斤重量的棕熊……”

叶绾绾看着青年男子满脸疑惑之色，心中着实有些无奈，他关注的重点居然在棕熊的重量上。

“几千斤的棕熊我是没见过，一般的棕熊只能在一千两百斤左右。”青年男子神色认真道。

“那你挺不容易的。”叶绾绾轻声一笑，觉得这人挺有意思的。

“还好，棕熊这种东西，对付起来也有技巧，捕猎也不算困难。”青年男子道。

叶绾绾却是摇了摇头，说：“我的意思是，你去国外打猎时，还要随身带着电子秤，称一称重量。”

闻言，青年男子似乎有些不乐意，道：“妹子，这你就是在侮辱我了，以我而言，哪里需要刻意去称重，一眼扫去，就知道大概重量。”

“哦？那你看我多重。”叶绾绾随口问道。

青年男子倒也实在，看了叶绾绾几眼后，笃定道：“一百五十斤，上下差距不超过三斤。”

叶绾绾的脸色瞬间黑了，这个人真的不是故意找事的吗？

看时间来不及了，叶绾绾已经不准备跟这家伙继续胡扯，直接转身走了。

“妹子，你不买几件东西吗？”青年男子在身后大声喊道。

叶绾绾恍若未闻，东西她虽看不出是什么，但做工着实不错，她个人还挺喜欢的，可惜她的资金有限，还是赶紧去挑寿礼。

“便宜啊！”青年男子不死心，继续喊道。

叶绾绾的身形一顿，未曾回头，声音却下意识地传了出去：“怎么个便宜法？”

青年男子说：“十万块一件！”

叶绾绾说：“再见！”

青年说：“一万块！”

叶绾绾头也不回。

“一千块，不能再少了。”青年男子急了。

“一百块！”叶绾绾开口。

“有你这么还价的吗？十万块还到一百块，抢劫呢？”青年男子简直惊呆了。

但下一秒，青年男子生怕她走了似的，赶紧喊道：“一百就一百，够我吃几顿饺子了。你们女人的生意真不好做，要不是我三个月都没开张，十万块少一个子儿都不行。”

叶绾绾就是随口一说，没想到这人居然真的答应了，于是果断转身，指着其中一件方才自己便看上的雕刻品道：“我要这件，给我包起来。”

反正一百块也买不了吃亏，买不了上当。

“好嘞！”青年男子拿出精美的礼品盒，将物品放入其中。

“妹子，你叫什么？”收完钱后，青年男子问道。

“问别人名字时，应该先报上自己的姓名。”叶绾绾笑了笑。

“我叫聂无名。”青年男子报自己的名字时，表情似乎挺得意的。

“哦，我叫叶有名。”叶绾绾随口道。

这家伙，不仅卖假货，连名字也是假的吧？哪有人叫无名的？

“这是个什么鬼名字，你是亲生的吗？”聂无名诧异地看向叶绾绾。

“恐怕你也未必是亲生的吧？”叶绾绾的嘴角微抽，不再同聂无名废话，身形一转，消失在古玩街。

等叶绾绾离开后，聂无名整理了一下身上微皱的牛仔上衣，随即坐在摊位旁，恢复了最初那无比慵懒的模样，将身体调整到最舒适的姿势。

“叶有名……有点儿意思！”青年男子的嘴角微微上扬，勾勒出一丝慵懒的笑意。

“妈妈，我要这个。”

此刻，一位少妇带着七八岁模样的小孩出现在摊位前，聂无名急忙站起身，说：“小兄弟，有眼光，这是我当年在极北部空手猎到的熊……用之皮毛……哎，别走啊！”

叶家老宅。

豪华庄园外站满了保安人员，形成了一片隔离区。

多家媒体记者守在数百米外，一个个伸长了脑袋，朝着叶家老宅内观望。

一辆又一辆高档跑车缓缓驶到老宅门外，那一排豪华超级跑车，看花了众记者的眼。

身着华丽礼服的明星大腕接连打开车门，迈着优雅的步伐，朝着叶家老宅内走去。

媒体记者站在封锁区外，一面惊叹连连，一面不停地举着手中的相机，争先恐后地抓拍着一个个身影。

“程曼妮……目前国内身价前十的当红艺人……”一个记者举着相机，看着刚刚走过的曼妙身影。

“那是皇天的一哥一姐？他们竟然都来了？”

一个个身份贵重的大腕鱼贯而入，瞬间让众人恨不得多长两只手，多抓拍几个身影。

“今天可是叶老的寿辰，这一行的半壁江山都来了，这阵势，金兰奖颁奖典礼现场也不过如此。”

“如今的叶家，可不就是半壁江山。”

“可惜现场全部封锁了，如果能混进去，随便拍几张照片，那可真是……”

说到这里，媒体记者们纷纷哀怨地叹息摇头。

他们能够站在外围，感受一下叶老寿辰的盛况，已算荣幸之至。就叶家保安的手段而言，别说混进去了，就算是稍稍靠近大门，怕是都会瞬间被他们扔出去。

“这叶家果然厉害，竟然有这么多的巨星前来捧场，这么大的阵仗，我可还真没见过。”

“这就叫大阵仗了？叶家现在虽是当之无愧的龙头老大，但多年前的那件丑闻，却让叶家元气大伤，难以企及当年最辉煌的时候。若是没有发生那件事情，这叶家怕是还要繁盛一倍……”

“丑闻？什么丑闻？”听到这话，有些新入行的媒体记者顿时来了兴趣，一个个眼神激动地看向方才开口的那名记者。

“能够让叶家元气大伤的丑闻，那得是多大的事……”

“前辈不妨说出来让我们长长见识。”

一位年岁稍长的媒体记者，一身职业装束，指尖抵住镜框，朝着上方轻抬，在连连追问下，用一副神秘的语气八卦道：“这算是叶家的家丑吧，当年叶家虽然想要极力隐瞒，但事情闹得太大，终究是纸包不住火，被许多人联手挖了出来，到今时今日，也已经成了不算秘密的秘密。”

像叶氏这样的豪门，自然不像表面上一样风雨平顺，毫无波澜。

数年前叶家被挖出的丑闻就曾轰动整个业界，差点儿动摇叶家的根基。

新入行的几名记者越听越兴奋，纷纷朝他身前靠近数步，竖起耳朵，生怕漏听了什么重要的信息。

“众所周知，现在叶氏集团的总裁是叶老的二儿子叶绍安，可在几年前，叶绍安在叶氏集团的职位不过是一个助理。”年岁稍长的记者神秘兮兮道。

“什么意思？”几名记者神色不解。

叶氏集团的叶绍安，谁人不知晓，那可是叶氏集团的掌门人。

年纪稍长的记者看着众人充满了好奇的目光，当即小声道：“那叶绍安是叶老的二儿子，而叶老的大儿子，名叫叶绍廷，在丑闻未被爆出之前，叶绍廷才是叶氏集团的实际掌权人，叶绍安不过是他的副手。”

“还有这种事情？”

那些新入行的记者，对于叶家的家庭成员自然不会过于熟悉。

“那还有假，只不过当时传闻叶氏集团掌门人叶绍廷为人不端，以一些非法手段挪用私吞大笔公款，才被拉下马。”

这些往事放在此刻，仍像一枚重磅炸弹，让那些新人记者震惊不已。

这叶绍廷莫不是疯了吧？竟然干出这么吃里扒外的事情。

“事情发生大约一个月后，叶绍安大义灭亲，主动揭发叶绍廷，在确凿证据下，叶绍廷也亲口承认。叶老震怒，之后与叶氏高层一同把叶绍廷逐出公司，驱逐了这颗毒瘤，自那之后，集团就交给了叶老的二儿子叶绍安管理。”年长记者提起这段过往，有些唏嘘。

“那现在叶绍廷如何了？”有记者好奇地问。

“他啊？他干出这样的事情，谁还敢用他？现在据说他在某家小公司打工，一对儿女也没什么出息。大儿子叶慕凡在给叶绍廷当初的司机打工，女儿更是极品，长得丑陋不说，还是不学无术的小太妹，到处惹是生非。”年长记者将自己知晓的消息缓缓道出。

对于叶绍廷一家人，他显然并无任何好感。

“真是没想到，叶家竟然还出了这么一堆极品，真是……”

“叶绍廷一家都是扶不上墙的阿斗，不过叶绍安的女儿叶依依倒是品行极好，相貌不俗。她年纪轻轻，本事却比父亲叶绍安还大，如今她已是叶氏集团旗下皇天艺人经纪部的总监，带出大火的艺人无数，这同是叶家一辈的女孩，却有天壤之别……要是叶绍廷有叶依依这样的女儿，也不至于这么落魄。”又有记者出声。

“有道是，龙生龙，凤生凤，老鼠的儿子生来会打洞，叶绍廷吃里扒外便证明其自身品行低劣，既有这样的父亲，那他的一双儿女又能是什么好人？还不是上梁不正下梁歪。”

随着这人的话音落下，一辆白色的宾利越过人群，缓缓驶入叶家的老宅。

从侧窗能够看见女子仿若美玉雕琢般的精致盛颜。

只一瞬间，所有记者的注意力都被那女子的侧颜吸引过去，一个个睁大了眼睛，生怕错过了什么有来头的人物。

很快，宾利停靠在叶家的老宅旁，司机从驾驶座走出来，将后座的车门打开。

车内的女子缓缓地自左侧的车门下车。

一身白色晚礼裙仿佛为她量身定做，墨染般的长发松散地在脑后绾成一个髻，用一支碧玉簪子固定。整个人显得高贵而优雅，又透着一股令人怦然心动的柔弱感，美得不可方物。

那女子不过刚刚出现，便瞬间惊艳了封锁区的记者们，引来一片惊叹之声。

“那是哪位？怎么之前从来没见过？”

“那就是叶依依，叶家二老最宝贝的嫡孙女，叶氏集团总裁叶绍安唯一的女儿。”知情的记者道。

这一句话顿时引来不少新记者的感叹。

“叶依依长得也太好看了吧，就她这个容貌，完全能够同那些最美的艺人比肩，更别说她的那股气质，根本不是艺人能够相提并论的。”

叶依依很少在公众面前露面，每次媒体记者见到她，总是免不了一番惊艳。

“这个气质，的确是骨子里带的……”

“如果叶依依出道，不说旁的，光是这张脸和那股气质，就足够她红到发紫。”

“叶依依何等身份，哪里需要进圈，人家可不是空有美貌的花瓶，能力厉害着呢，将来整个叶氏集团都将是她的……”

一群记者正说着，却见一名年轻男子紧跟着从车里走了出来。

男子身材高挑，俊美无俦，身着 B 家专属定制西装，每一个细节都近乎完美，面带淡淡笑意，径直走到叶依依的身旁。

“哇，我看到了谁？那不是……华都顾氏集团继承人顾越泽吗？”

“啊啊啊！他好帅啊！”

外围的一些女记者见到顾越泽，纷纷惊叫起来，比见到那些当红艺人还要激动。

那些小鲜肉与这位相比简直黯然失色，抑或根本无法相提并论，仿若身处完全不同的两个次元。

那些颜值较高的小鲜肉，也仅限于颜值，自身气质则是经过系统培训，后天刻意展现，而顾越泽和叶依依的气场浑然天成，完全是骨子里迸发出来的，并非系统培训出的一板一眼。

此刻，一些皇天旗下的年轻男女艺人站在顾越泽和叶依依的身旁，瞬间失去了所有的色彩，两相比较下，更是形成强烈的对比。

在众人惊艳的目光下，叶依依微微撩过肩头的发丝，手自然而然地挽住了顾越泽的手臂。顾越泽低下头，对着叶依依展露一抹宠溺的微笑，另一只手掌覆在叶依依搭在他手臂上的小手上，郎才女貌的两人，不徐不疾，朝着叶家老宅内走去。

“咦……”见叶依依和顾越泽如此亲密，有记者不免疑惑，“顾越泽和叶依依的关系，看起来很不一般啊……”

“这都不清楚吗？”那位年长记者道，“顾越泽和叶依依正在交往中，顾越泽如今不仅是顾氏集团的继承人，更是以准女婿的身份成为叶氏集团旗下，皇天的执行总裁。”

“顾越泽和叶依依在交往？可我怎么听说，顾越泽是有未婚妻的？”

“未婚妻？嗬……的确，顾越泽是有未婚妻，他的未婚妻也是叶老的孙女，名叫叶绾绾，就是叶绍廷的小女儿。”

提及叶绾绾，一些老记者皆露出了颇有深意的表情。

“叶绍廷的女儿啊……”

“叶绍廷如今在一家小公司打工，自身温饱都成了问题，他那个女儿，可是出了名的不学无术，而且长得奇丑无比，就凭她也能攀上顾越泽？顾越泽也好，顾氏集团也罢，除非瞎了眼，否则怎么可能瞧得上叶绾绾？”

“可不是！我还听说，当年是叶绍廷硬逼着顾越泽和顾氏集团承认这门婚事的……实际上，当年顾越泽喜欢的便是叶依依……”

“虽然是小道消息，但感觉不像是作假，那叶绾绾不光长得丑，而且体重惊人，以叶绾绾那副又胖又丑的模样，谁愿意娶她？要不是当初仗势欺人，用下三滥的手段拆散了顾越泽和叶依依，这顾越泽未婚妻的位置哪里轮得到她？”

叶绾绾的相貌，这些媒体记者大多也是听说，并未见过。

但众口一词，都说叶绾绾“貌丑人作”，想必不会有什么出入。

听得多了，假的也成了真的，人言向来如此。

媒体记者大约围守了几个小时，来往此处的艺人逐渐不再频繁，叶家老宅的宾客迎接终于进入尾声。

而大多记者并未离去，谁也无法保证，叶老寿宴的中途是否会传出新闻。

即便是捕捉到当红艺人的醉态，也不枉等候的辛苦。

又过了两刻钟，前来为叶老祝贺之人几乎全部到场，再也无人露面。

傍晚，一辆出租车缓缓驶入此处，在一众豪车之间，那辆略显破旧的出租车自然显得格外扎眼。

“走错地方了吧……”

见到出租车，几名记者面露疑惑，来参加叶家寿宴的，哪会有坐廉价出租车的？

叶家保安则是在封锁区外将出租车拦下，称这儿是私人地带，禁止通行。

司机将出租车停下，略微不耐烦地转身，看向后座的一家三口。

中年男子两鬓斑白，面上也染着风霜，抱歉地朝着司机笑了笑，付过车费后，挽着妻子下了车。

副驾驶座上，一名长相俊朗的青年也随之推开车门。

“这里是私人区域，闲杂人等，请绕行。”几名保安冷着脸看向一家三口，眼底写满了不耐烦。

被保安阻拦后，青年的眉宇间顿时染上一抹怒气：“你知道我们是谁吗？”

“慕凡，别那么冲动！”梁婉君看到自家儿子如此大喝，忙轻声提醒。

叶慕凡眉头紧皱，咬了咬牙根，虽然不太情愿，却还是闭了嘴。

叶绍廷看了儿子一眼，在心中叹息一声，随即上前几步，态度温和地开口：“麻烦通报一下，就说叶绍廷前来给父亲拜寿。”

“叶……叶绍廷？”

听闻此言，为首的保安顿时一愣。

他来到叶家负责安保已有数年，当初叶氏集团的掌门人，正是叶绍廷。

虽然他并未见过叶绍廷本人，但这名号如何能够陌生。

“你……你是叶绍廷，叶家大少爷？”

保安的神色有些古怪，目光自这一家三口身上扫过，除了青年穿着得体一些，这对夫妻打扮得实在过于普通，在今日寿宴众多的宾客中，甚至可以说是穿得相当寒酸。

这哪里像当年叱咤风云的叶绍廷……

“请问……您有叶家的请帖吗？”保安迟疑了片刻，问道。

“你说的什么话！”不等叶绍廷开口，叶慕凡怒了，“我们来给爷爷拜寿，要什么请帖！”

而此刻的叶家老宅内，热闹非凡。

走进老宅，映入眼帘的是一处巨大的露天庄园，柳树成排，张灯结彩，极为喜庆。

老宅管家是一位上了岁数的中年男子，一双狭长的眸子内敛精明。

“黄管家，别来无恙！”

几名前来参加寿宴的中年男子满脸笑意，朝着管家打招呼。

管家一一点头示意，态度不卑不亢，但若仔细打量，却隐约能从其眸内看出一丝人上人的傲气。

不远处，皇天旗下，几个颜值不低的小鲜肉凑在一处，窃窃私语。

“不就是一个管家吗，态度太傲慢了吧？”

他们看着管家那副姿态，颇有些不解。

与黄明坤打招呼的，几乎全是华都有头有脸的人物。

“态度傲慢？”某位年长的艺人笑道，“黄管家可是叶依依小姐身前的第一红人，在叶家的权势也极大，颇有地位，且靠着叶依依的关系，他和许多显贵都有交情，人家的面子可比你们多多了。”

那几个小鲜肉不由得暗暗咋舌，叶家了不得，没想到叶家的管家都这么有来头。

管家能够做到这个分儿上，也算难得。

几人更是意识到叶家的庞大，行为更加谨慎了起来。

此刻，叶绍廷、梁婉君与叶慕凡三人径直走入庄园，缓缓走至黄明坤的身前。

“黄管家，麻烦带我去见下父亲。”叶绍廷看着黄明坤，面带笑意。

黄明坤听到这一声，顿时停止同另外几人的客套，斜眼扫过叶绍廷，眼底闪过一丝异样，语气不冷不热道：“老爷正在换衣服，现在怕是不太方便见大少爷您呢。”

黄明坤口中唤着“大少爷”，可是那语气中的轻慢格外刺耳。

黄明坤身前的几位中年男子听见黄明坤这话，目光不由得从叶绍廷一家三口身上扫过，看着三人略显寒酸的衣着，眼底都泛着轻蔑的笑意，纷纷摇头暗笑。

当年叱咤风云的叶氏集团掌门人，如今也算是到头了，就连黄明坤也不拿正眼瞧他。

这“大少爷”三个字，如今是何等的讽刺啊。

叶慕凡的脸色顿时一变，一双眼睛死死地盯着狗仗人势的黄明坤，垂在身侧的双手紧握，他下意识地想要上前说些什么，却被梁婉君一把拉住，眉头轻皱，看着他摇了摇头。

叶慕凡冰冷的目光落在黄明坤身上，双拳握得咔嚓作响，当初如果不是父亲叶绍廷的赏识，他黄明坤能够走到今时今日的地步？

如今他父亲落魄，就连黄明坤都来落井下石。

气氛压抑间，一道声音忽然响起：“黄管家，好久不见！”

梁家豪和方秀敏带着女儿梁诗涵于此刻现身。

“梁先生！”

黄明坤见到梁家豪后，淡漠的面容瞬间挂上笑颜，态度明显变了。

梁家豪是如今叶氏集团当家主母梁美萱同父异母的亲弟弟，这身份待遇自然不同，黄明坤能够混到如今的地位，自然有一定的眼力见儿。

“诗涵，还不叫人。”方秀敏笑眯眯地看向女儿梁诗涵。

“黄叔叔好。”梁诗涵朝着黄明坤笑道。

“乖。”黄明坤热络地笑着，“诗涵真是越来越漂亮了。”

方秀敏闻声，一脸得意，她的女儿能不漂亮吗？

还不等方秀敏继续开口，她眸光一瞥，看到了身前的叶绍廷，当即脸上的笑容淡去，眉头蹙起，道：“姐夫，你怎么这么早就来了？”

叶绍廷看着方秀敏说：“今天是父亲的寿宴，我怕路上堵车，所以提前了一些。”

方秀敏闻言，脸立刻拉了下来，她上下打量着叶绍廷，语气不悦道：“我说姐夫，

是郎才女貌，依依比起你以前那个未婚妻叶绾绾可是不知好了多少……”说至此处，方秀敏自觉场合不对，连忙打住。

然而方秀敏那捧高踩低的话，过于刺耳，这次不等叶慕凡开口，梁婉君的面色就已经冷了下来，这位一直默默忍受流言蜚语的母亲，在听到方才那番话后，满脸愤怒地看着方秀敏道：“方秀敏，你什么意思？”

“大姐，什么什么意思……我又没说什么。”方秀敏撇了撇嘴，并不觉得自己说的话有什么不对。

“你刚才说的话，我都听见了。”梁婉君呼吸有些急促。她已是忍无可忍，叶绾绾是她的女儿，纵然女儿有什么不好，可是天下间，又有哪个母亲能够容忍旁人说自己儿女的不是？

旁人说他们夫妻什么，梁婉君都能忍下，可是唯独折辱她的儿女，她不能忍！

“姐，秀敏就是心直口快了一些，其实没有恶意的……”梁家豪眼看着梁婉君的脸色不对，连忙打圆场。

“你们……怎能这样……”梁婉君看着一直努力打圆场的弟弟，声音微颤。

坐在一旁的叶依依一直冷眼看着梁婉君和方秀敏之间的争执，端庄优雅的面容上却隐隐显露出一抹笑意。

“我们怎么样了？”忽然，坐在叶依依身旁的梁诗涵站起身来，说，“你们吃我们家的，住我们家的，这些年，要不是我爸妈好心养着你们，你们早就流落街头了。自己的女儿什么德行，你们自己心里难道还不清楚吗？叶绾绾本来就是不学无术，长相不佳，性格还那么作，难道不让人说了……”

“诗涵，你怎么说你绾绾姐呢！”梁家豪瞪了梁诗涵一眼。

“爸，我又没说错，况且我和她是同辈，凭什么不能说她？她若真有本事，让她来把自己爹妈接走啊，成天吃喝在我们家算怎么回事，我们养了她爸妈这么多年，你看他们家有一点儿感恩的意思吗？这么多年，要不是因为他们，你怎么会和母亲吵架？”梁诗涵寸步不让，心中对叶绍廷一家早已经厌恶到了极点。

梁家豪看着叶依依身旁的梁诗涵，对于自己的宝贝女儿，着实有些无奈。

最终，梁家豪叹息一声，不再多言。

梁婉君面对梁诗涵的指责，只能沉痛地闭上双眼，心中生疼。

叶慕凡双拳紧握，看着眼前的一切，心中压抑到了极致。

此刻，附近入座的宾客朝着此处投来异样的目光。

梁诗涵看向沉默的梁婉君几人，冷笑道：“如果是我的父母，我肯定不会放任他们不闻不问。”

“诗涵，那你会怎么办？”方秀敏故意问道。

“肯定努力赚钱，给你们一个安身立命之地，再怎么样，也不会让你们住在旁人家中数年，如此麻烦别人。”梁诗涵理所当然地回道。

“唉……”方秀敏故作欣慰地叹了一口气，说，“要是别人的女儿都像你这样懂事便好了……可偏偏某些人还将自己的女儿当成宝贝，没有丝毫自知之明。”

梁婉君被这对母女的冷嘲热讽气至呼吸急促。

“大姐，我知道你们不容易，可我们一家子同样也不容易，家豪开个公司容易吗？那些钱还不都是拿命换的？我们也不是大富大贵，实在养不起闲人啊！”方秀敏冷冷地开口。

一旁众多的宾客，此时目光纷纷落在此处。

虽然他们知晓叶绍廷这些年落魄了，不承想这一家子却这般无耻，将别人的家当成自己家，一住便是数年，不但不知感恩，甚至丝毫没有离开的意思。

叶依依看着此间的争执，眼底掠过一抹笑意，面上却是一片温和，她缓缓开口，抬眼看向一脸不悦的方秀敏和一脸无奈的梁家豪道：“我先给舅舅和舅妈赔个不是，也代绾绾给你们道歉……今天是爷爷的寿辰，和气为主，还是别太动气，若是让爷爷知晓了，怕是又要不高兴了。”

听叶依依开口，方秀敏的面色才好了几分，又顾忌是叶鸿维的寿宴，自是不敢过于闹腾，便摇了摇头，说：“依依，我们一家也不容易，这几年，这一家把我们折腾得也够呛，你说哪有人这样厚颜无耻，自己没了家，却要赖在旁人家中不愿离开，自己一家过得不好也就罢了，还要连累旁人。”

叶依依在心中暗笑，眼角扫过叶绍廷一家，面上还是温婉高雅的表情，正当叶依依想继续说些什么时，后方却传来一声惊呼。

众人闻声，齐齐转身。

只见一抹火色的身影忽地映入众人的眼帘。

一个绝色女子穿着火红色的晚礼裙缓缓走入众人的视线，在灯光的映照下，那张近乎完美无瑕的脸瞬间引起了所有人的惊叹。

女子的一颦一笑皆令人怦然心动，一双若月牙般的眸子，皆是灵动至极的光泽，似蕴含星辰，虽是娇弱女儿身，气质却莫名超凡脱俗，不似人间。

只一瞬间，所有人都被那一抹惊艳的身影吸引了视线。

“这……这是谁？长得未免也太好看了吧。”

“圈子里的行人？不可能！我从来没见过。”

“这相貌、气质……方才我还觉得叶依依已经长得很是出众了，没想到竟然还有人长得更加好看，这女的到底什么来头？”

在场宾客，无论男女，皆是一愣。

如此盛世美颜……

众人心中疑惑，纷纷猜测来人究竟是谁。

叶依依等人也注意到那名绝色的女子，原本叶依依的容貌已是今晚最亮丽的一道风景线，却不想那名女子的出现，生生压了叶依依一头。

叶依依用复杂的目光盯着那名容貌出众的女子，看着那女子踏着优雅的步伐，一步步朝着他们这桌走来，眉头不由得微微皱起，心中莫名升起一股不太好的预感。

梁诗涵也被那个女子的容貌震惊了，面上虽然不显，内心却暗忖：没想到竟然有人比叶依依长得更加好看。

女子缓缓走过人群，身影所过之处，无不引起一片惊叹之声。

就在众人好奇这女子是何身份时，却见她竟然直接走到了叶绍廷他们这一桌，缓缓站定，那双摄人心魄的美目掠过桌上的众人，目光最终定格在方秀敏的身上。

她的红唇微微开启，悦耳的声音骤然响起——

“舅妈所言甚是。”

舅妈？方秀敏盯着女子，在恍惚中疑惑这美女到底是谁？怎么好端端地喊她舅妈？

不只是方秀敏和梁家豪，近乎四周的所有宾客，皆是神色一震。

“你是……”方秀敏看着女子，心有疑惑，不免有些迟疑。

女子微微一笑，红润的嘴角勾勒出一个弧度，缓缓道：“几日不见，舅妈就忘了我？我是叶绾绾。”

叶绾绾？一瞬间，所有人都被那女子的话语震惊了。

开什么玩笑呢！这位盛世美颜，竟然是叶家出了名的丑女——叶绾绾？

那些曾经见过叶绾绾的宾客，瞬间傻了眼。

以往，叶绾绾皆是浓妆艳抹，造型雷人，任谁也没有想到，卸去了浓妆，露出真容的叶绾绾竟然会美得如此不可方物。

这个震撼效果，着实让在场的众人都蒙了。

“前辈，你方才不是说叶绾绾是丑女吗？”

某个皇天的小鲜肉从惊艳中回过神来，看向一旁的青年，面带古怪之色。

“这……”青年目不转睛地盯着叶绾绾，僵在原地，嘴角微微抽动。

谁能想得到，叶绾绾卸了妆竟然会这么好看！

“骗……骗人的吧？这是叶绾绾？”

“这就是你们说的，爱顾越泽爱到死去活来，还被顾越泽嫌弃的叶家丑女？”某位宾客被气笑了，人言毕竟是人言，还是亲眼所见方可信。

叶家丑女？逗人玩呢？

就叶绾绾这容貌，莫要说丑了，怕是连叶依依都要逊色几分，这若是丑……那那些以颜值取胜的女星，还有几个能算是不丑的？

此刻，顾越泽看着叶绾绾，神情微微恍惚，他根本没有想到，眼前美丽的女子竟然是那个整日浓妆艳抹的叶绾绾。

然而……顾越泽眼角余光扫过眉头微皱的叶依依，当即敛去了眼底的那一抹惊艳之色，故作淡定地坐在那里。

“绾绾……”

见叶绾绾忽然出现，梁婉君一时间未能回过神来，几乎不敢相信，眼前的女子就是自己的女儿。

“妈。”叶绾绾平复了一下心绪，微微一笑，看着满脸诧异的母亲，给了她一个宽心的眼神。

梁婉君微微一愣，还以为自己听错了，叶绾绾竟开口叫她……

一旁的方秀敏脸上顿时一阵青白交加，打死她，她也想不到眼前这名长得如此绝色的女人竟然是她口中屡屡提到的丑女叶绾绾。

看着叶绾绾那张精致至极的小脸，再看看自家女儿梁诗涵的面容，方秀敏的脸色顿时又难看了几分。

若叶绾绾是丑女，那她方秀敏的女儿又算什么？

方秀敏这边还在嘴角抽搐，叶绾绾却于此刻将目光重新落在她的身上，嘴角微扬，双目半眯，似笑非笑地看着她道：“舅妈，您方才的话，绾绾认为很有道理。”

方秀敏微微一愣，一时间竟然想不起来自己刚才说了什么。

倒是从震惊中清醒过来的梁诗涵在看到叶绾绾美艳无双的容颜时，眼底直接涌出一抹嫉妒。

凭什么？凭什么叶绾绾会长得如此好看？

梁诗涵想起此前方秀敏说过的话，当即冷笑道：“叶绾绾，既然如此，你还不将你父母接走。”

此前方秀敏一直在数落叶绾绾不管父母，让父母住在旁人家中。叶绾绾既然觉得对，那就让她对个够！

梁诗涵得意满满地盯着叶绾绾，就等着叶绾绾回应。

长得好看有什么用，还不是一个不学无术的花瓶。

叶绾绾似笑非笑地看着梁诗涵那张小人得志的脸，嘴角的弧度悄然加深，她略微歪着脑袋，笑着道：“要将父母接走的，难道不是表妹你吗？”

叶绾绾的话着实让方秀敏和梁诗涵愣住了。

“叶绾绾，你说什么？”当下，方秀敏腾地站了起来，指着叶绾绾怒喝。

然而，叶绾绾面上的笑意迅速敛去，眸内透着一丝清冷：“舅妈，自你和舅舅结婚起，便一直住在我家，如今已过二十多载岁月。”

不等方秀敏和梁诗涵开口，叶绾绾继续道：“家中本就不算富余，房子也不大。你和舅舅有了表妹后，房子更加拥挤，正因这般，我和我哥有家不能回，只能居住在外。方才表妹豪言壮志，口口声声道会将你们接走，不愿麻烦别人，如此极好，我与哥哥也能回家居住，伴父母膝下。”

“叶绾绾，你在胡言乱语什么？”方秀敏瞪着叶绾绾道，“分明是你父母住在我们家中。”

面对怒极的方秀敏，叶缩缩的嘴角微微上扬，勾勒出一丝动人的笑意："舅妈，您年事已高，怕是忘了，当年您与舅舅结婚时，两人穷困潦倒，莫要说买房子了，就连你们两人的婚礼都是我父母一手操办，而你们现在所住的房子，当初可是我父亲买下，借给您与舅舅暂时居住的。而后来舅妈和舅舅皆不曾有搬离的意思，我父母也不好多言，毕竟都是亲戚，我父母自然做不出驱赶亲人的混账事来，二十多年来，连房租也未收取一分。不过，我方才听表妹的豪言壮语，似有接舅舅舅妈搬离房子的意思，这才多几句嘴，若是表妹真有这般的骨气，我这个做姐姐的自然很是欣慰。"

话至此处，叶缩缩别有深意地看向梁诗涵，故作疑惑道："只不过，我见表妹目前似乎并未有这个能力……毕竟表妹也一直在我家中居住，从未离开过，又何谈接走父母？"

"叶缩缩，你！"方秀敏咬牙切齿，脸阴沉到了极点，心脏却是急速地跳动着。

当初她与梁家豪结婚，确实没有一分钱，婚事的所有花费，都是叶绍廷一并付了的，可是她从不觉得这有什么，既然是送给他们的，东西自然就是他们的了。

她做梦也没有想到，叶缩缩竟然会当众将这一切揭开。

"唉……"叶缩缩看着方秀敏气白了的脸，状似无奈地摇了摇头，朝着叶慕凡道，"哥，这些年当真苦了我们，不过，舅舅一家带着一个小拖油瓶也不容易，舅妈既不愿意搬出去，我们做晚辈的只能自己苦一些，也不好将他们一家三口赶出去。"

叶慕凡诧异地看着巧舌如簧的叶缩缩，怎么也没想到自己的妹妹竟然会在今日当众给方秀敏等人这么大的难堪，心中万分痛快，虽然对于这个妹妹他还是无法释怀，但此刻仍然配合着道："我们的脸皮自然是薄了一些。"

叶缩缩颔首说："的确，我们不如旁人似土匪般占地为王，将主人的东西当成自己的，甚至要赶走主人。"

"有句成语怎么说来着……"叶慕凡托腮深思，和叶缩缩倒是颇有默契。

"鸠占鹊巢。"叶缩缩轻笑着，目光似有若无地落在方秀敏等人的身上。

梁家豪因为叶缩缩的一番话，臊得脸涨红，找不出一句反驳之言。

此刻，众宾客面面相觑，一副诧异的模样。

方才听闻梁诗涵同方秀敏之言，他们还以为叶绍廷一家赖在方秀敏家中不肯离去，可现如今看来，事实似乎并非如此。

原来梁家豪同方秀敏一家的住所，原本便是叶绍廷借给其居住的。

"这……方秀敏一家的房子，竟然是叶绍廷买的？"

"还真是看不出来，听方秀敏一家人方才说的话，我还以为是他们给了叶绍廷一家多大的恩惠，现在看来，反倒是方秀敏他们占了叶绍廷一家天大的便宜！"

"叶缩缩那句鹊巢鸠占，当真无可挑剔。"

"享着叶绍廷一家的恩德，如今却还对房子的主人冷嘲热讽，欲让他们搬离……脸皮厚实，倒也算世所罕见。"

“嗬，那个梁诗涵，还这般牙尖嘴利，没有一丁点儿家教，我倒想看看，她如何接走父母。”

“接走父母？你没听叶绾绾说，梁诗涵自己还住在那里……”

……

“叶绾绾，你说谁是拖油瓶？你有没有文化？”方秀敏的脸涨红，眸光阴狠。

“妈，这种人有什么文化，当年还不是靠着自己父亲才进入清禾学院，成绩年年全校倒数第一，怕是已经被开除了。”梁诗涵道。

叶绾绾含笑未语，片刻后才道：“我自然是不如表妹有文化，表妹这般有本事，还望早些将父母接走，也好让我和没本事的哥哥回家居住。”

听闻此言，叶慕凡身体一僵，瞥了叶绾绾一眼。

“笑话。”梁诗涵嗤之以鼻，“送出去的东西，还有收回的道理？”

“叶绾绾，当年也不是我们求着你父母要房子，是他们主动给我们的，现在你翻出来说，是什么意思？”方秀敏恶声道。

当下，四周宾客再一次惊呆，只怕“脸皮厚”三个字已经不足以形容这对母女了。

“舅妈倒也不必动怒。”叶绾绾的嘴角含笑，说，“其实，如今看来，我父母借给你们的房子的确不大。即便你们搬走，对我们一家四口而言也是小了些许，如此，我便代表父母，将房子送给你们。”

言罢，叶绾绾看向叶绍廷和梁婉君，说：“爸、妈，舅舅一家三口本就不容易，如果真撵他们搬走，怕也是无家可归，反而落人口实，道我们情薄……”

叶绾绾的手中不知何时握着一串钥匙。

“爸，妈……”叶绾绾将钥匙轻轻地放在两人身前。

钥匙呈乌紫色，约一指长，上面有“金都碧海”的标识。

“金都碧海的房子？”

见到那串钥匙，方秀敏和梁诗涵瞬间看直了眼睛。

金都碧海乃华都十分豪华的别墅区之一，现如今，它有价无市，即便有钱，也难购获。

“这……怎么可能！”

方秀敏满脸无法置信，叶绍廷在金都碧海的房子不是早就抵押给法院了吗？就算赎回来，也是一笔天价，叶绾绾怎么可能有那么多钱？

梁婉君呆呆地拿过钥匙，与丈夫面面相觑，也是回不过神来，连叶慕凡的眸子里也满是惊讶。

叶绾绾的长发随意地散落身后，眸光扫过梁诗涵一家，带着似有若无的笑意，道：“所以，那房子还是舅舅舅妈自己留着吧，我爸妈怕也住不惯。”

言外之意，他们当成宝贝的房子，根本就不配给她父母住，那房子不过是自家看不上扔给他们的。

方秀敏当即气得直咬牙，却半个字都说不出来。

此刻，叶绍廷看向叶绾绾，神色复杂，眼前之人，当真是他记忆中那个嚣张跋扈的女儿吗？

在叶绍廷的脑海深处，两道身影始终无法重叠，无论是从如今她的模样，抑或是气质，再至行为谈吐，全部判若两人。

“叶绾绾，即便你有金都碧海的别墅又如何，谁知道你那房子是怎么弄到的，小小年纪，不务正业，还没毕业就被校方开除，以后小心成为社会的蛀虫。”梁诗涵站起身来，指着叶绾绾冷哧道。

她早就听闻清禾要开除叶绾绾了，也不知道这个“好表姐”现在在外面做些什么。

叶绾绾却看也未看梁诗涵半眼，似连搭理半声的欲望也没有。

“诗涵，你即将进入华都传媒大学，毕业后便是社会精英栋梁，莫要再同这种混迹社会的闲杂人争论。”方秀敏闻言，冷笑开口。

“华都传媒？那可是传媒业金字塔的至高圣殿。”

在场宾客神色诧异，忍不住打量了梁诗涵数眼。

“以她这年龄，便考入华都传媒，前途着实不可限量。”

“许多传媒名家想要进入华都传媒深造都不可得。”

华都传媒大学，号称华都招生最为严格的学府，每一届人数虽然不多，可但凡走出去，便是传媒界的精英。

听人议论，方秀敏一扫阴霾，脸上挂起傲然之色，居高临下地扫了一眼叶绾绾。

“诗涵，走，咱们去给老爷子拜寿！”

方秀敏起身带着梁诗涵朝最前方的首席走去。

随着梁诗涵同方秀敏的到来，首席上一群老者将目光移至两人身上。

“爷爷，祝您松龄长岁月，蟠桃捧日三千岁！”梁诗涵看向首席主座上的老者，乖巧地笑道。

叶鸿维一动未动，十分沉稳，面容虽有些苍老，却挂着雄狮般的威严。

许久后，叶鸿维点了点头，算是示意。

“诗涵。”方秀敏指着叶鸿维身旁的一位满头白发，戴着老花镜的老者道，“这位可是华都传媒的客座教授，李岳教授，快打招呼！”

不久后，梁诗涵便要进入华都传媒大学，方秀敏自然想趁这个机会结识李岳教授。

“李教授，您好！”梁诗涵甜美的声音传来。

李岳闻声，微微一笑，道：“梁诗涵对吧，你们这一届的学生，我几乎都知道，以你这个年龄，能考入华都传媒，十分不错，以后要加倍努力。”

“谢谢李爷爷夸奖，我一定会努力的。”梁诗涵乖巧地点头。

方秀敏刚想开口，身后却传来一道女声。

“爷爷，祝您生辰快乐。”

叶绾绾一身得体的晚礼服，举手投足间优雅不凡。

看见叶绾绾，叶鸿维的眉头却是瞬间蹙了起来。

对这个孙女，叶鸿维几乎没有好印象，前后几年，叶绾绾闯入叶家老宅大闹过数次，每一次都让叶鸿维对这个孙女的印象变差一点，现如今他已然不想再见到她了。

“嗯。”叶鸿维的声音里透着明显的冷淡。

知晓老爷子对叶绾绾的态度，梁诗涵便毫无顾虑，瞥了叶绾绾一眼，说：“我与母亲还有事同爷爷和李岳教授商讨，还请你先离开片刻。”

还不等叶绾绾说话，李岳教授却忽然站起身来，眯着双眼，指尖抚了抚镜框，仔细打量叶绾绾，说：“你是哪个学校毕业的？”

“李老爷子，说来也不怕您笑话，叶绾绾没毕业就被校方开除了。”方秀敏瞥了叶绾绾一眼，不等叶绾绾回答便冷笑着道。

“叶绾绾？”当下，李岳教授一愣，眼底闪过一抹诧异，道，“你可是清禾的学生？”

见李岳教授这般神态，叶鸿维的面色有些难看，这一桌皆是他重要的客人，难不成这叶绾绾丢人都丢到李岳教授那里去了？

想到此处，叶鸿维看向叶绾绾的神色更加冰冷了。

叶绾绾看向李岳教授，微微颔首道：“正是。”

“我说怎么看你如此眼熟。”李岳教授神色有些激动，眸光浮现一丝炙热。

“老叶头，你这宝贝孙女可了不得！”李岳教授看向神色冰冷的叶鸿维，眉宇间透着一丝兴奋。

听闻李岳教授的话，在场众人皆一愣，有些不明所以。

方秀敏和梁诗涵母女面面相觑，自然也不知道发生了什么。

叶鸿维也是一愣，疑惑地问道：“这是什么意思？”

“哈哈哈，老叶头，你莫非还不知道？”李岳教授笑出声来，抬手指着叶绾绾道，“你这孙女可了不得，这一届新生中，绾绾她可是稳稳的第一名。不，往前推三届，皆无人超越绾绾，我们华都传媒为了她，差点儿和华都大学争得头破血流，幸好绾绾最终选择了华都传媒。

“我之前还说，是哪家有这么大的福气，能养出这么出类拔萃的丫头，倒是没想到，竟然是你家的！我说叶老头，你可真是把这宝贝孙女藏得够深的，之前我只听你提起过依依，却没想到你私下里还养出了更厉害的叶绾绾，我真是服了。”

李岳教授越说越兴奋，不停地看向叶绾绾，眼底透着毫不掩饰的赞赏。

“李教授谬赞，运气使然。”叶绾绾微微一笑，落落大方地回应，让人觉得很是得体。

“绾绾，我当年要是有你这个运气，只怕早就膨胀到不知道自己姓甚名谁，你这丫头倒是沉得住气。”李岳教授笑着摇头，越发喜欢这个不卑不亢、沉着冷静的小丫头了。

“绾绾，这就是你的不对了。”忽然，主桌上另外一位老者站起身来，瞥了一眼李岳，颇为不悦。

这位老者身着白色西装，神采奕奕，一身富贵之态。

眼前的老者，在场众人皆不陌生，正是号称“华都第一学府”华都大学的董事，周青刚。

“绾绾，当初我们华都大学为了你，可是承诺过无数条件，可你最后还是选择了华都传媒大学，当真是伤了我们的心，华都大学可是真心实意想邀请你入学的，我们的实力可一点儿也不比华都传媒大学差啊。”

周青刚除了叹息，只剩下可惜，这么好的苗子，他们竟然没抢过华都传媒……早知道这叶绾绾是叶鸿维的孙女，他一准儿先来叶老这边抢人了。

“周青刚，绾绾贤侄女已经选择了我们华都传媒，你就别在那儿多话了。反正等到开学，绾绾就是我们华都传媒大学的学生了，你啊……就死了这条心吧！”李岳教授笑道。

“那可未必，这事又没完全确定下来，绾绾只是有这个意向罢了，说不准儿，最后她还是会选择咱们华都大学。”周青刚不服气，说完还不忘看了叶绾绾一眼，表示出自己看好她的强烈态度。

此刻，两位华都德高望重的泰斗级人物竟像孩子一样争夺叶绾绾。

这一幕让整个宴客厅陷入沉默，仿佛整个世界仅剩下周青刚和李岳的声音。

梁诗涵和方秀敏母女仿佛脚底生根，彻底呆滞在原地，大脑内伴随着一阵轰鸣声，变得空白一片。

她们口中不学无术的社会蛀虫叶绾绾，竟被华都传媒大学和华都大学两位院士级人物抢夺？

“之前，梁诗涵和方秀敏不是说叶绾绾被开除了吗？”

“谁说不是呢，我都以为她们说的是真的，没想到啊，这峰回路转的……”

“我看叶绾绾都未曾反驳过一句……”

“呵呵，哪里是不反驳，这种姿态，完全是将方秀敏母女当成了小丑，连开口搭理她们的欲望都没有。”

“这才是女神。”

叶绍廷和梁婉君看着前方因为绾绾而争吵不休的李岳、周青刚两人，大脑一片空白，他们根本无法将现在的叶绾绾和那个让他们操碎了心的女儿联系在一起。

“老叶头，你劝劝你那宝贝孙女，让她来我们华都大学，我们的教学质量水平，你心中必然有数。”周青刚看向叶鸿维，直接转移目标，从叶鸿维这边下手。

叶鸿维瞬间成为主桌上的焦点。

“这……”叶鸿维微微一愣，目光复杂地看向宠辱不惊的叶绾绾，方才周青刚和李岳两人间的对话着实让他回不过神来。

叶绾绾竟然会考出如此惊人的成绩，这着实超出了所有人的意料。

“老叶头，你可别使坏，不然我跟你绝交。”李岳瞬间不乐意了，赶忙开口，生怕被周青刚给截胡了。

“绾绾，你的意向可是咱们华都传媒，可别被拐走了。”李岳还不忘朝着叶绾绾嘱咐。

一直站在一旁的叶绾绾被这两位老者闹得有些哭笑不得，偏头间，她的目光对上了叶鸿维复杂的眼神，随即她的嘴角扬起了一抹笑意，脚步轻缓地走到叶鸿维身前，柔声道：“我听爷爷的。”

听爷爷的？在场的宾客还以为产生幻听了。

早先他们听闻，叶绾绾同叶家老爷子势如水火，曾三番五次来到叶家老宅大闹不休。

可是此刻，叶绾绾站在叶鸿维面前，完全是一副乖孙女的模样，何来一丝一毫的记恨？

今晚，仿佛每一件关于叶绾绾的传闻皆成了谣言，下一刻便会被叶绾绾亲手击溃。

莫说宾客，便是叶绍廷和梁婉君也有些难以置信。

这当真是几年都不曾看望他们，扬言和叶家不死不休的女儿？

至于叶慕凡的眼神，差不多跟见鬼一样。

方秀敏和梁诗涵脑中空白一片，一个接一个的消息轰然间砸来，直接将她们此前的高傲和自满打得支离破碎，她们不知如何回到座位上的，甚至连一句话都没敢再说，恨不得让所有人都遗忘她们。

主位席上，老爷子叶鸿维重新打量身前的孙女，心中不知在想些什么。

“老叶头，这还真是你的宝贝孙女，连去哪所大学都要听你的……”周青刚颇为无奈。

“老叶头，你怎么说？”李岳教授急忙道。

叶鸿维沉思片刻，一双充斥睿智和威严的眸子微微敛住光泽，目光自叶绾绾含笑的脸上扫过后，他收回了目光，沉稳有力的声音缓缓道出：“既然她自己的意向是华都传媒，那便如此吧。”

“你这老叶头……”周青刚唯一的希望再度破灭，一脸怨念。

“哈哈哈哈，老叶头还是疼孙女，知道我华都传媒的实力！”李岳满脸笑意，对叶鸿维的话十分满意。

第十七章

解开心结

思君夜夜寒江水，念念我心虑无忧。感谢18年的相遇，当年在看这部小说的时候充满了美好的时刻，冰冻的寒光总会遇上独属于他的小太阳，在烟花绽放时表达自己的心意，自从，冰雪融化，温暖伴随在主角和读者身边。很庆幸也很幸福，我会永远喜欢下去，在平行世界，司夜寒聂无忧和堂堂一定会更幸福。

——凌星赫祈－顺屿尧逸

QIASIHANGUANG
YUJIAOYANG

读者告白

远处，一直沉默的叶绍廷眉头轻轻蹙起，看着如今像变了一个人的叶绾绾，他的心中充满疑虑。

他印象中的女儿，绝不会如此懂事乖巧，而且对叶家极为反感。

所以叶绍廷怀疑，叶绾绾这次突至她爷爷的寿宴，是否真为祝寿这般简单，抑或有别的目的，想要毁了这场寿宴，让叶家丢尽脸面。

叶绍廷也不愿将自己的女儿想得如此不堪，可是这么多年下来，他当真有些累了。

无意间，叶绾绾捕捉到父亲叶绍廷的目光，心中不免有些落寞。

从前，自己的所作所为着实过分了，与叶家水火不容，和父母终至陌路。

恍惚间，她想起了自己做过的那个格外真实的梦。梦中，爷爷的寿宴她也到场了，却当着众多宾客的面，扰得寿宴鸡犬不宁，让父母和整个叶家丢尽了脸面，甚至气得爷爷心脏病突发，在医院里度过半个月的时光。

想到这儿，叶绾绾收回了视线，再次靠近叶鸿维，更加亲昵了几分，而叶鸿维也没有拒绝叶绾绾的亲近，脸上的寒光也敛去些许。

此刻，寿宴已过去些许时辰，宾客陆陆续续来到主席位贺寿，并且送上贺礼。

宾客的贺礼大多流于表面的形式，在老一辈的眼中，并无什么意义价值，不过扫一眼。

片刻后，梁家豪和方秀敏一家人上前，梁诗涵捧着一块价值不菲的砚台，走至叶鸿维的身前，极尽乖巧道：“爷爷，您喜欢题字作画，这是我爸妈准备了许久的砚台，希望您喜欢。”

这块砚台是方秀敏费了不少心思才得到的，就是准备在叶鸿维的寿宴上博他一笑，方才因为叶绾绾的事情，让方秀敏的面子很是挂不住，如今只盼着这块砚台能获得老人家的喜爱。

叶鸿维的目光从那块砚台上扫过，略微点了点头，让人将砚台放在一旁。

叶鸿维虽然没什么特殊的表示，可是那微微点头的动作，就已经是一种认可，这让方秀敏和梁诗涵不由得暗暗松了一口气。

旋即，梁诗涵瞥向两手空空的叶绾绾，开口道：“怎么，爷爷的生辰，某些人连贺礼都没有准备吗？”

“啧，诗涵，以后可别学某些人，只懂得装腔作势，自己亲爷爷的寿辰，只剩下一张嘴。”方秀敏方才在叶绾绾面前失了面子，如今可不会放过任何一个埋汰叶绾绾的机会。

“爷爷？”叶绾绾看着方秀敏和梁诗涵这一唱一和的戏码，嘴角微微上扬，勾勒出一丝冰冷的笑意，“谁是你们爷爷？”

随着叶绾绾的话音落下，一些反应较快的宾客顿时笑出声来。

梁诗涵脸上的笑意也在这一瞬间凝固在嘴角。

叶绾绾的话中之意已经很明显，方秀敏一家人没一个姓叶的，梁诗涵这一口一个

"爷爷"却叫得如此亲热，仔细想来，着实令人有些作呕。

"你！"方秀敏盯着叶绾绾，面色难看至极。

"两位，最好还是别带着自己的女儿胡乱攀亲带故，我们叶家没有乱认亲的习俗。"言罢，叶绾绾转过身，不再搭理两人。

叶绾绾几句话瞬间让众人意识到，她才是叶鸿维的亲孙女，她才是真正流着叶家血液的人。这里，是她的主场。

而方秀敏和梁诗涵，则在叶绾绾那轻描淡写的一句话后彻底成为跳梁小丑。

此刻，母女俩面色难看，面对众宾客的小声议论，彻底红了脸，不敢继续多言。

送贺礼的环节仍在继续，其实不光是方秀敏和梁诗涵在挑拨，众人也十分好奇，叶绾绾究竟准备了什么礼物？便是连主席位的叶鸿维，也不时看向叶绾绾。

对此，叶绾绾心中有些无奈。

如今的她一穷二白，并无多余的闲钱准备贵重的礼物。所以她花费了一些心思，在古玩市场买了一些佛珠，亲手制作了一串佛珠手链，这礼物只有心意，却不贵重。

随着上一位宾客的贺礼送出，叶绾绾上前几步，看着叶鸿维，柔声道："爷爷，绾绾也给您准备了小礼物。"

"好。"叶鸿维略微点头。

然而，还不等叶绾绾将准备的佛珠取出来，管家黄明坤却从外面走至宴会厅内，手中捧着一个精致的礼盒："老太爷，这是绾绾小姐给您准备的礼物，之前落在前面了，我刚巧碰见，就给取了出来。"

黄明坤说话间，眸内透出一丝得逞的意味。

叶绾绾见状，神色微微一变。

这礼盒之前被她故意放在山庄外，便是怕引起误会，所以未带入宴会厅。里面所装的东西，乃是用一百元从聂无名手中所购的奇怪骨制品。

叶绾绾仔细打量，礼盒的包装明显被人动过，显然是黄明坤之前便拆开过礼盒，发现其中的物品后，故意带入会场，意图陷害自己。

今日是爷爷叶鸿维的寿辰，大喜之日，老一辈多少有些忌讳，若发现其中类似头骨般的制品……

叶绾绾的心头泛着一丝冷意，这黄明坤对叶依依可真是忠心耿耿，到了这个时候，也不忘给自己使绊子。

然而礼品盒已经被送至叶鸿维的手中，叶绾绾想要阻止，已然来不及。

"叶绾绾送的是什么？看起来分量很足。"

"不清楚，感觉挺重的。"

叶绾绾是叶鸿维的亲孙女，她所送的贺礼自然吸引了在场所有人的目光，加之今晚的叶绾绾给他们带来了不少惊喜，众人都不由得猜测，这次她的礼物有何等特殊之处。

当下，叶鸿维伸出双手，将礼盒缓缓打开。

然而，在礼盒打开的下一秒，宴会厅里骤然响起一片吸气声，所有人的脸色猛然大变。

叶绍廷和梁婉君在看清礼盒里装的东西后，更是全身僵硬，面如死灰。

只见那看似精美的礼盒里静静地躺着一块森白的骨头，不知属于何等猛兽，在灯光下，那骨头显得格外刺眼狰狞。

所有人都在这一刻消了声，所有人的目光都齐刷刷地聚集在叶鸿维的身上。

当下，叶鸿维的瞳孔猛然一缩，几个呼吸后，气至全身发抖，他赫然间抬起头来，冰冷的目光像刀锋般刺向叶绾绾。

“叶绾绾，你简直混账！”方秀敏尖锐的声音响起。

“爷爷的寿辰，你竟送这么可怕恶心的东西，你到底有何居心？当真恶毒！”梁诗涵一看到叶绾绾送的贺礼，当即站起身来，一脸愤怒地指着叶绾绾呵斥道。

主席位的一群老者，甚至李岳和周青刚两人也是眉头蹙起，有些难以置信地看向叶绾绾。今天是她爷爷的寿辰，她怎么敢送如此不吉之物？

切莫说是叶鸿维的喜日，即便放在平时，也绝不能给长辈送这个，这哪里是用来贺寿的？分明是拿来催命的。

感受到叶鸿维冰冷的目光，叶绾绾眉头微蹙，心忽地一沉，说：“爷爷，这并非我送给您的寿礼。”

“叶绾绾，这东西黄管家都说是你送的，你敢送却不敢承认，没想到你居然如此歹毒！你好歹身体里也流着叶家的血，怎么能够干出如此荒唐的事情！你到底安的什么心？”方秀敏根本不给叶绾绾解释的机会，迫不及待地落井下石。

主位席上，几乎所有老者的目光都落在叶绾绾的身上，唯有一位年约八旬的老学究，目光落在骨制品上，不时露出疑惑之色。

宴客厅内，众多宾客在看完叶鸿维眼前的骨制品后，眸内皆浮现古怪和诡异的情绪。

叶绾绾的礼物着实令人大开眼界。

梁诗涵与方秀敏母女的指责和痛骂，被叶绾绾自动无视，精致的面容上平静无波。

她也未料到，自己会被管家黄明坤摆上一道。

叶绾绾将一丝心绪敛去，暗忖对策。

叶鸿维整个人像一座不化的万年冰川，眸内寒光骇人，见者不寒而栗。

主桌上，由叶鸿维亲自招待的一群老者宾客，面面相觑。

另一边，叶绍廷和梁婉君静若木桩，因为叶绾绾，这场老爷子的寿宴恐怕无法平静地收场。

“拿放大镜来。”忽然，某位眯着眼睛的老学究打破了沉寂。

虽然不知老者是何用意，但依然有人取来放大镜递给他。

接过放大镜后，老者迫不及待地朝着骨制品继续打量。

老者的此番举动，让在场宾客无法理解。

“这……”

老者透过放大镜，口中时不时传来疑惑和惊叹声。

叶鸿维等主桌上的一群老者，都是一阵莫名其妙。

未过片刻，老者站起身，干脆将骨制品从叶鸿维的身前捧起，放在自己的眼前。

“大手笔……”老者不知轻声嘀咕什么，眸内的光泽闪烁。

“老叶头，我跟你商量一件事……”老者看向叶鸿维，忽然开口。

叶鸿维听后一脸不解。

“你把这东西给我吧。”说至此处，老者顿时摇头，“不不不……我用‘龙之崛起’跟你换，如何？”

随着老者此话一出，整个宴会厅再次陷入沉默。

然而短暂的沉默后，随之便传来阵阵惊叹。

“‘龙之崛起’？莫非是雕刻大师欧阳昱的收藏品之一？”

“应该是，那老学究正是欧阳昱本人。”

“‘龙之崛起’是近两年欧阳大师的得意之作，竟然……”

场上的宾客愣了愣神，叶绾绾所送的究竟是何物，甚至不惜让欧阳昱以自己的心爱之物来交换？

莫要说宴会厅里的宾客，便是叶鸿维本人也觉得莫名其妙。

“哈哈，老叶头，你上次不还说十分欣赏我那件‘龙之崛起’吗？来来来，咱们换了吧！”欧阳昱的目光炙热，话虽然是对着叶鸿维所言，可双眼一直在骨制品上不曾移开，其中仿佛蕴含着万分炙热。

原本正在想应对方法的叶绾绾看着欧阳昱，一脸茫然。

她是谁？她在哪里？发生了什么？

雕刻大师欧阳昱要用“龙之崛起”换她在古玩市场用一百元买到的不明物品？

“老叶头，咱们就这么决定了，这个我带走，明天我就让人将‘龙之崛起’带过来。”欧阳昱将骨制品往自己身前一揽，看模样竟是不愿意归还了。

叶鸿维身为叶家之主，何等精明，立即道：“给我。”

“怎么，你不换？你不是嫌弃这个不吉利吗？”欧阳昱顿时有些不乐意。

“暂时不换。”叶鸿维面无表情道。

“你……你咋这么抠门呢？这样吧，‘龙之崛起’再加‘孔雀东南飞’！”欧阳昱咬了咬牙。

“‘孔雀东南飞’？”

主位席一桌顿时响起了诧异之声。

“孔雀东南飞”是欧阳昱早年的作品，虽然不如“龙之崛起”，但也绝非凡品。

"老叶头，千万别跟他换，欧阳昱这老小子从来就没吃过亏！"李岳教授首先回过神来，急忙提醒。

"不换。"叶鸿维有力的声音响起。

欧阳昱闻言，满脸失望，十分不情愿地将骨制品归还给了叶鸿维，目光仍不愿从上面离开。

看着欧阳昱极为依依不舍的表情，主桌上的众老者都好奇地打量骨制品。

只可惜，他们着实看不出什么门道。

即使叶鸿维见多识广，同样没瞧出个所以然来。

"老叶头，你这个孙女当真孝顺！此件寿礼送得大手笔啊。"欧阳昱忍不住说道。

此刻，叶绾绾心中有些发虚，这雕刻大师该不会老眼昏花，看错了吧？

"欧阳老头，绾绾送的到底是什么？我没看出来。"周青刚好奇地询问。

叶鸿维闻言，目光也落了过来。

欧阳昱点上一支烟，深吸了几口，道："它的做工手法和专业程度，堪称一绝，以这种手法锻炼，加上这等骨料，寓意非凡，应该是千年前的顶尖锻造工匠为帝王宫殿开辟气运所用，把它放在家中，可震退邪祟之气。"

欧阳昱也有些疑惑，说："只不过，这材料看不出什么门道……但锻造的手法绝对不会有假，对我来说，它是一个宝贝。"

"哦？"

欧阳昱所言，叶鸿维全部听在耳中，他忍不住仔细打量骨制品。

他眸内的晦气和厌恶之色近乎消散，转而被惊喜所取代。

越是打量，叶鸿维越发发现这件骨制品十分霸气。

听完欧阳昱的话，梁诗涵和方秀敏母女险些惊掉下巴。

原本她们以为叶绾绾所送之物十分晦气，不承想在欧阳昱口中却是一个宝贝。

眼看梁诗涵和方秀敏还想开口说话，梁家豪顿时怒目一睁，今晚他们丢的脸还不嫌多？

"滚回去！"梁家豪狠狠地瞪向方秀敏。

眼看从不曾发火的梁家豪首次动了如此大的怒火，母女二人心中发虚，一言不发，只能跟在梁家豪的身后离开。

主桌，欧阳昱看样子依然不死心，道："老叶头，换不换，给句话啊！"

叶鸿维沉默片刻，然后道："这并不是我的贺礼。"

方才绾绾已经说过，这件艺术品不是她送的。

叶绾绾闻言，眸光微转，走近叶鸿维，声音娇软地道："爷爷，这件艺术品虽然不是我送的，却是父亲送给您的。"

"哦？"叶鸿维看向不远处的叶绍廷。

此刻，叶绍廷微微一愣，他什么时候准备了这个？

“爸……”当下，叶绾绾迅速上前，一把挽住叶绍廷的胳膊，顺势将叶绍廷带至叶鸿维的面前。

“爷爷，这个东西是爸爸花费近半年，从一位高人手中求来的。”叶绾绾信口胡诌。

“哪位高人？”叶鸿维问道。

“爷爷，那位高人早已退隐，所以不肯透露姓名……”叶绾绾生怕父亲不知如何作答，只能接着胡诌。

对于这般说辞，叶鸿维倒也未深想，毕竟东西是真的，这点欧阳昱已经证实。

“绍廷，这真是你给我准备的贺礼？”今晚，叶鸿维第一次正眼看向这个一度让他失望透顶的大儿子。

“这……”叶绍廷看向身旁的叶绾绾，他本不想承认，但因为女儿一直以眼神催促，才最终点了点头，道，“是的，父亲，希望您能喜欢。”

叶鸿维的神色难得缓和了几分，说：“难得你有这份心。”

叶鸿维说完，瞥了欧阳昱一眼，旋即起身，将骨制品从欧阳昱的手中拿了回来。

既然是送给他的东西，他自然能决定去留了。

“你这么抠，让我研究都不行？”欧阳昱顿时有些不满。

叶鸿维并未搭理他，而是将骨制品放在一旁，又道：“绍廷，这东西有什么叫法？”

骨制品的珍贵程度，完胜欧阳昱的“龙之崛起”，叶鸿维自然要知晓其名。

叶绍廷自然无法回答，叶绾绾立即正色道：“爷爷，爸爸的那位朋友说，此物无名，等有缘人赐名，不如爷爷帮忙取一个吧！”

“是吗？”叶鸿维仔细打量骨制品，沉思片刻，说，“那就叫‘镇邪’，如何？”

一旁的欧阳昱抚了抚胡须，不情不愿地哼了一声，说：“镇邪……倒也配得上此物……”

众人闻言，纷纷出声附和称赞起来。

黄明坤一见不仅没能让叶绾绾出丑，反而让她大出风头，脸色沉得滴水。本来他还想再说些什么，但在接触到人群中叶依依暗中的目光后，还是不甘愿地默默退下了。

随后，叶绾绾与父亲叶绍廷也返回了席位。

他们这桌在角落里，席间除了他们一家人，没有别人。

各自坐定之后，一家人都沉默了下来。

叶绾绾在叶慕凡身旁的空位上坐下来，面对着父母，叶绾绾方才呛舅舅一家时的嚣张模样，在爷爷以及众人面前应对自如、游刃有余的模样，此刻全部化作了无措和茫然，完全不知道如何开口。

叶慕凡一直在埋头喝酒；叶绍廷神色复杂；梁婉君的目光一直落在女儿身上，坐立不安，她有无数个问题想问，无数话想说，可一想到女儿对他们的误会和态度，又欲言又止，竟一时不知道如何与女儿相处和交流。

气氛一时间有些僵持。

叶绾绾捏了捏放在身侧的手指，几度想要开口，可话到嘴边又咽了回去。

明明来之前她已经想了无数次见到他们时该说什么、该做什么，这会儿脑子里却是一片迷茫。

她该说什么？说对不起吗？

她之前做的那些混账事，就算说一千一万次对不起也没有用。

她拼命地学习，费尽心思做了这么多事，可真到了这个时候，发现根本没有任何用处。

在看到父母苍老憔悴的面容后，看到父母被舅舅舅妈一家当众羞辱时，她内心的愧疚和自责蔓延成灾，让自己更加无法面对他们。

“我……”叶绾绾张了张嘴，嗓子异常嘶哑。

到最后，还是梁婉君看着女儿这个样子，实在忍不住，也顾不得女儿可能对自己的排斥和厌恶，本能地伸出手，在女儿的头发上轻轻地抚摸了一下，眸底满是心疼：“绾绾瘦了……在外面肯定吃苦了吧？”

听到这一句，叶绾绾先是一怔，随即眼泪滚落下来，“吧嗒”一声打在身前的桌面上。

而叶绾绾的这滴眼泪就如同一个开关，一下子打破了沉默。

梁婉君再也顾不得其他，赶紧越过丈夫和儿子走到女儿跟前，连忙问道：“绾绾，怎么了？你怎么哭了？是不是在外面受委屈了？还是被欺负了？”

不仅是梁婉君，连一直不善言辞始终沉默的叶绍廷也急了，面上露出慌张的神色：“宝贝怎么了？快告诉爸爸，是不是有人欺负你了？”

叶绾绾的眼泪一下子流得更凶了。

她之前那么对待他们，做了那么多过分的事情，她一直在担心他们会不会永远都不原谅自己，要是他们真的再也不原谅她该怎么办？

可是没有，她担心的事情全部没有发生。

只因为她的一滴眼泪，他们便毫无芥蒂一如既往地关心她、爱护她。

“妈妈……”叶绾绾一下子扑到梁婉君的怀里，说，“对不起，对不起……我不该那么对你和爸爸，不该说那些伤你们心的话。我知道错了，你们不要生我的气，不要不要我，好不好……”

突然被女儿主动拥住，听着女儿的这些话，梁婉君满脸难以置信，眼泪也一下子流了下来：“傻孩子，爸妈怎么可能会生你的气……”

叶绍廷的眼眶也有些泛红，连忙掩饰似的别开了脸。

叶慕凡看着如同变了一个人的妹妹，面色复杂地沉默着，不过眸底明显还有疑虑。

叶绾绾看向父亲，说："爸爸，对不起，我已经知道了。都是我害的你，你是为了保护我才会变成这样，我们一家会这样，都是被我害的……"

听到叶绾绾这话，叶绍廷瞬间变了脸色，压低了声音道："你……你怎么会知道？谁告诉你的？"

叶绾绾抽了抽鼻子，想了想，好像她没法儿解释她是怎么知道的，于是扭头朝着一旁的叶慕凡看去，然后道："哥哥……是哥哥告诉我的。"

推黑锅给亲哥好了。

正埋头喝酒的叶慕凡听到这话，顿时一脸蒙，然后他还没反应过来，就被亲爹一巴掌拍在后背上，说："臭小子，我不是跟你说绝对不可以告诉你妹妹吗？"

"不是我说的！我怎么可能会说！"

"不是你说的？那你倒是说说你妹妹是怎么知道的？"叶绍廷显然不相信他。

梁婉君也是一脸责备："慕凡，你太胡闹了！万一绾绾出了什么事……"

叶慕凡气得瞪向叶绾绾，说："真不是我说的！这丫头在撒谎！"

叶绾绾埋在妈妈怀里，眨了眨眼睛，弱弱道："我没有撒谎，是哥哥撒谎。"

"臭小子，你还撒谎！"叶慕凡又挨了亲爹一通揍。

"凭啥你们信她不信我啊？"叶慕凡被气得半死，一直在嚷嚷着不是他，可亲爹亲妈没一个信他的。

被这么一闹，一家四口的气氛倒是融洽了不少。

叶绾绾为什么会变化这么大，似乎也解释得通了。

与此同时，梁婉君和叶绍廷更多的是担忧，他们害怕女儿受到的刺激太大，精神崩溃了。

叶绾绾自然看出父母的担忧，安慰道："爸、妈，别担心，我很好，我刚知道的时候，确实很难受，但我知道，难受和悲伤没有任何用处，我要认真学习，成为你们的骄傲，要努力工作，让你们衣食无忧。是我的错，我便自己承担，我会将叶家的一切都夺回来！"

叶慕凡闻言，忍不住多看了她一眼。

若是以前，他肯定会对这些话嗤之以鼻，可是她确实考上了华都传媒，还是以第一名的成绩。她今日的态度也是大变，只是她曾经做的事情让他还是无法轻易相信她。

梁婉君和叶绍廷看着女儿好似一夜之间长大，感动之外，更多的是心疼。

一个人该有多痛彻心扉才能有这么大的变化。

叶绍廷叹了一口气，道："绾绾，不是你的错，是爸爸的错，爸爸没有保护好你。"

梁婉君心疼不已地说："绾绾，你不用这么辛苦，爸妈没关系的，爸妈只要你好好的。"

叶绾绾擦干眼泪，倒映着灯火的目光恍若盛着星辰："爸，妈，你们不要总是把我当小孩子看待，我已经长大了，可以保护你们了。”

叶绾绾的话听得夫妻俩又是一阵眼眶泛红。

一旁的叶慕凡似乎有些喝醉了，眸子里满是嘲讽之色，低低地嗤笑着：“保护？就凭你，你要怎么保护？我们家完了……早就已经完了……什么都完了……”

现在他们一无所有，拿什么跟二叔一家斗？拿什么去夺回失去的一切？

啧，她真是天真！

因为叶慕凡的话，饭桌上的气氛再次陷入沉默。

这时，主桌处突然传来一阵惊叹声。

当即，在场所有的宾客都朝着前方望去。

只见叶依依同顾越泽两人取出一幅字画，将其摊开。

字画上弥漫着某种古朴悠远的气息，仿佛将世人带入了画中，体验那悠远时代的山水。

叶鸿维盯着字画半晌，眸内浮现一丝诧异。

主桌上几名酷爱字画的老者连忙起身，走至叶鸿维的身旁，一番打量后，口中传出惊叹。

“了不得啊！这当真是梅景州梅大师的笔墨字画！”某位老者兴奋道。

字画的最下方，乃梅景州的印章。

“《秋暝山居图》？”叶鸿维甚至无法从字画上移开目光。

叶鸿维酷爱字画古玩，而当今世上的名家大手，他最为欣赏的就是国宝级国画大师梅景州。

梅景州的每一幅字画，收藏价值奇高，属国内第一人，无法超越。

“爷爷，这正是《秋暝山居图》。”叶依依柔声开口。

“依依知道您喜欢梅大师的字画，几经辗转，终于从梅大师处求来这《秋暝山居图》。”顾越泽笑道。

前不久，顾越泽利用顾氏集团的关系，以父亲的名义求来此画，原本他想着让梅大师出席宴会，只可惜梅景州大师着实难请，只道考虑一番，并未给出明确的回复。

原本，顾越泽和叶依依两人还有所期待，可直至今日，梅大师处依然没有任何消息传出来。

“依依辛苦了。”叶鸿维看向叶依依，眸内浮出宠溺之色。

“只要爷爷喜欢，依依便心满意足。”叶依依道。

“这是今晚爷爷收到的最惊喜，也最满意的礼物，好孩子，你们有心了。”叶鸿维的脸上挂着笑意。

此时，管家黄明坤连忙跑至叶依依的身前，在她耳旁轻声说了几句。

“真的？”叶依依满脸惊喜之色。

方才黄明坤同她说，梅景州大师亲自带着贺礼登门。

“越泽，梅大师来了！”叶依依将顾越泽拉至一旁，有些兴奋道。

听闻此言，顾越泽微微一愣，诧异道：“梅大师真来了？”

“嗯……”叶依依颔首道，“方才他进了宅子，稍后便到。”

顾越泽看向叶依依，柔声笑道：“我早就说过没问题的。”

叶依依闻言，也是满脸欣喜，看向顾越泽的眸子里满是钦慕之情：“多亏了顾叔叔的面子。”

话至此处，宴会厅内众人的目光齐刷刷移至后方。

只见一位大约六旬的老者，着一身灰白色的唐装，带着一名助理，大步朝着此处走来。

“天哪！”

“不会吧？”

“当真是本人？”

“梅景州……梅大师？”

皇天旗下的几位艺人顿时看直了眼睛。

叶依依和顾越泽立即朝着老者走去。

“梅大师，十分荣幸，今日终于得见真容。”叶依依的脸上挂着一丝惊喜，无比热情。

“梅大师您好，我是顾苍之子顾越泽。”顾越泽笑着自我介绍。

梅景州闻言，颔首道：“你好。”

华都顾氏集团的顾苍，他的确认识，两人曾有些交集，前段时日，顾苍还从他这里花了不小的代价求去一幅《秋暝山居图》。

眼看叶依依同顾越泽站在梅景州的左右，宴会厅内的宾客恍然大悟。

“老爷子的寿辰，不只是送了梅景州大师的一幅字画，竟然还将梅景州大师本人请了过来……”

不远处，叶绍廷也不停地朝着梅景州大师望去。

同自家老爷子叶鸿维一样，叶绍廷也十分欣赏梅景州大师的字画，对梅景州大师更是非常尊敬，早就想见梅景州一面。只不过梅景州为人十分低调，平日里也很少露面，所以一直没有什么机会。

叶绾绾双眸微眯，有些诧异地说：“竟真是梅景州……”

叶绾绾对梅景州并不熟悉，但父亲叶绍廷和爷爷叶鸿维对梅景州大师的字画十分喜爱，耳濡目染之下，她也了解一些，自然知道此人代表着什么。

如今顾家的权势已经到了这种地步了吗？竟然梅景州本人都能请到叶家来给爷爷贺寿？

叶绍廷叹道：“是梅景州大师本人，不会错的。”

叶慕凡斜睨了一眼叶绾绾，道：“哼！是啊！是梅景州！你这位未婚夫可是本事大得很！”

“梅大师，这边请。”顾越泽的右臂微扬，做出恭请的姿态，自前方带路，朝着主位席走去。

叶依依陪在梅景州的身边，举止优雅，轻声告知叶鸿维的情况。

刚至主位席旁，一群老者便纷纷站起身，与梅景州打着招呼，似十分熟稔，主动上前握手。

“哈哈，叶老，你这孙女当真本事不小，竟然能将梅景州先生请来。”某位老者开口一笑，一脸羡慕。

此刻，叶鸿维早已起身来到梅景州的身旁，见到梅景州，似乎还有些难以置信。

“叶老先生生辰，梅某略备了一些心意。”

叶鸿维简直受宠若惊，愣了半晌才反应过来，连忙推辞道：“梅大师，您能来，叶家便已经是蓬荜生辉。”

梅景州淡淡一笑，让助手上前，取出两幅字画。

助手将两幅字画逐一展开，放在叶鸿维的面前。

第一幅字画展开，是一只威风凛凛的白虎，虎啸山林，一怒震河山，白虎栩栩如生，其姿态仿佛是要脱画而出。

“好……不愧是出自梅老之手，果然令人钦佩！”李岳和周青刚仔细打量画后，赞不绝口。

叶鸿维更是诧异，梅景州的这幅画比起《秋暝山居图》还要高一个层次。

很快，第二幅画映入眼帘。

乌云弥漫，雷雨轰鸣，云层中，一条青色的神龙拨开云雾，露出龙首，俯视着人间。画中青龙那傲然和睥睨霸绝的气势，令人从心底里不由自主地生出臣服之感。

许久之后，叶鸿维的目光才从两幅画上移开，忍不住惊叹道：“梅先生的作品令人大开眼界，佩服……佩服！”

“此画名为《天地》，龙为天，虎为地，看似两幅，实则两幅画摆放一处，才称得上一幅完整的作品。”梅景州笑道。

“《天地》？龙为天之主，虎为地之首……好名字！”

一群老者纷纷开口。

“叶先生，这两幅画是梅某赠予您的寿礼，还望叶先生收下。”梅景州道。

“这太贵重了……”叶鸿维虽然无比欢喜，但这般贵重的贺礼自然是要来回推辞几番的。

“叶先生客气了，不过是闲时画的作品，您喜欢便好。”梅景州笑道。

“爷爷，这是梅大师的一番心意，您便收下吧！”叶依依在一旁道。

叶鸿维闻言，也点头道：“好……那多谢梅先生的厚礼。”

此刻，宴会的众人皆无比诧异，这叶依依和顾越泽当真是送出了今晚最压轴的贺礼。

一幅《秋暝山居图》不算，更是将梅景州本人请来，旋即又送出了《天地》……

叶鸿维看向叶依依，眸光宠溺，今天的寿宴，孙女叶依依给了他太多惊喜。

“老叶头，你有依依这样的乖孙女，可真是大福气。”

“哈哈，的确没想到，她竟然将梅大师请来给你贺寿……”

“依依和顾越泽这两个孩子，这份心意，让人无话可说。”

听主桌上这些宾客的夸奖，叶鸿维自然十分受用。

叶依依柔声笑道：“爷爷喜欢的，我们后辈自然要想尽办法争取。”

梅景州敬了叶鸿维一杯酒后，众人本要与他攀谈，却发现他转身朝着另一侧走去。

不远处，叶绾绾正平静地看着这一幕，此时，见梅景州身形一转，与她四目相对，接着更是朝着自己走来。

“绾绾小姐，别来无恙。”很快，梅景州走至叶绾绾的身前，面带笑意道。

见梅景州突然跟自己说话，叶绾绾顿时一愣。

别来无恙？她似乎从未见过梅景州吧，她也不可能有这个资格见到。

“叶绾绾也认识梅大师？”

“能让梅大师主动上前打招呼……应该是相识吧？”

叶鸿维端着酒杯，也跟在梅景州的身后，诧异道：“梅先生，您认识绾绾？”

听闻此言，梅景州颔首道：“自然认识，我与绾绾小姐可是忘年之交，很早便相识了。”

“哦？”叶鸿维更加诧异，叶绾绾竟然和梅大师熟悉。

叶绍廷和梁婉君也是同样的神色，他们从来不知道叶绾绾认识梅景州。

“绾绾小姐，其实你应该早些跟梅某说，不然梅某可以准备得更加充分。”梅景州又道。

哈？叶绾绾眨了眨眼睛，怔在原地，她完全不知道梅景州这番话是什么意思。

他真的是在跟自己说话吗？

“梅大师……这？”叶鸿维等人同样莫名其妙。

“怎么，叶先生还不知道？”梅景州笑着解释，“今晚梅某正是受绾绾小友所托，前来叶先生的寿宴，给叶先生祝寿。”

梅景州的一番话如同平地起惊雷，让整个宴会厅瞬间寂静无声。

宴会厅内，众人的目光瞬间从叶依依和顾越泽的身上移开，转向了叶绾绾。

他们原本以为，梅景州是叶依依请来为叶鸿维贺寿的，可方才梅景州大师亲口说，他的到来，和叶依依毫无关系，完全是因为叶绾绾。

随着梅景州的话音落下，叶依依和顾越泽两人面上的笑意顿时僵住。

“梅大师的意思是，您是因为叶绾绾而来？”顾越泽沉声问。

“自然。”梅景州一副理所当然的语气。

顾越泽噎住了。

而叶绾绾这会儿虽然一副深不可测的模样，实际上整个人都是蒙的。

什么情况？梅景州为什么会自称认识她，还说是受她的托付才来爷爷的寿宴？

整个叶家恐怕没人能请动梅景州，她这面子得多大啊，才能请动这尊大神？

叶绾绾怎么也想不通，直到脑海里忽地闪过一个名字——司夜寒！

如果是他的话，完全可以轻易做到。

可是这怎么可能呢？

他不阻拦自己来这里已经是天大的退让了，怎么会安排人给她爷爷送寿礼？

顾越泽自然无法相信，梅景州怎么可能不是他父亲请来的，而是为叶绾绾而来？

他本想继续追问，但看梅景州的态度已经非常明显，继续问下去不过是自取其辱，于是，他只能镇定自若地道："无论如何，都非常感谢您今日能来。"

叶依依也一脸真诚地附和道："是啊，只要爷爷开心便好！没想到绾绾竟会认识梅景州大师这样的人物……"

此时，宴会厅内已经是惊叹声连连。

"看来我们全部看走眼了，叶家这位传闻中不学无术的孙女分明是深藏不露啊！"

"可不是！竟然能和梅景州这样的人物成为忘年交，华都哪家后辈能有这个本事？"

"即使叶绍廷如今落魄了，到底也是虎父无犬女。"

此刻，叶鸿维看向叶绾绾的目光再次发生了不小的变化。

难道他这个早已经不抱希望的孙女是真的开窍了？

叶绾绾谦虚地与爷爷和众人聊了几句后，找了一个机会单独和梅景州说话。

"梅先生，您真的认识我？"叶绾绾向他投去探究的目光。

虽然对方没有恶意，但事出蹊跷，她还是想搞清楚。

梅景州一本正经地道："那是自然，绾绾小姐何出此言？"

见梅景州态度笃定，叶绾绾更加狐疑了，自言自语："怎么可能，我怎么一点儿都不记得了……"

"怕是小友你忘了！"梅景州面不改色，随即似乎有些失望。

叶绾绾的嘴角抽搐，道："我还很年轻……"

"什么意思？"梅景州一脸不解。

叶绾绾解释道："意思是，我不太可能这么早就得阿尔兹海默症，我想，我确定不认识您，梅先生。"

梅景州轻咳一声。

叶绾绾也懒得绕弯子了，直接问道："梅先生，是不是司夜寒让你来的？"

梅景州蹙了蹙眉头，面露迷茫："在下并不知道叶小姐您口中所说的人是谁。"

看着对方完全看不出破绽的表情，叶绾绾简直无话可说，她很确定自己不可能也没有机会认识梅景州这样的人物。

没想到大师竟然是一个戏精，这演技也太好了吧？

算了，既然对方不承认，她再问也没什么用。

叶绾绾只好放弃继续谈话，回到了父母那里。

顾越泽从刚才起一直盯着叶绾绾的方向，见两人交谈甚欢，脸色一阵难看。

那件雕刻品还能说得过去，但叶绾绾就算再有本事，也绝无可能请到梅景州这样的人物来一个私人寿宴捧场。

有可能请到梅景州的，整个华都恐怕只有……

想到那人，顾越泽的脸色一下子便阴沉了。

上次从锦园离开后，他便没有再过问叶绾绾的事情。

他能为叶绾绾出手一次已经是仁至义尽。

原本他以为叶绾绾没几天就会被甩，没想到的是，时隔这么久，她仍然在跟那个男人牵扯不清。

"越泽……越泽……"

"依依，怎么了？"

"你没事吧？在想什么？"

顾越泽看向身旁的柔弱美人，表情顿时温柔如水："自然是在想我们的事。"

叶绾绾要作践自己便作践自己，反正她的事情已经与他没有任何关系，今日他便会与她彻底撇清关系，给依依一个名分。

叶依依知道他指的是什么，顿时小脸一红，道："我去跟大伯还有大伯母打个招呼！"

顾越泽的眉峰微蹙，说："有什么好打招呼的！"

叶依依无奈地看了他一眼，劝道："越泽，别这样，毕竟都是亲戚。"

顾越泽无法拒绝她的要求，只好说："我陪你去。"

于是，两人端着酒杯走到了叶绍廷那一桌。

叶依依客气有礼地道："大伯，大伯母，你们难得回来一次，有什么需要的，尽管跟我说。今日爸妈还有奶奶他们因M国大雪，机场封锁，无法赶回来，只有我一人操持寿宴，有什么招待不周的地方，还请大伯和大伯母见谅。"

这番话可谓滴水不漏，却完全是一副主人的姿态。

顾越泽似乎没有跟叶绍廷等人开口说话的意思，甚至连看都没有看叶绾绾一眼，仿佛生怕叶依依吃亏，始终守在叶依依身旁。

方才叶绍廷看到这两人在宴会中出双入对，便已经心中不快，此刻看他们当着自己的面便这般，脸色顿时更加难看了。

叶绍廷看向眼前这个昔日自己一直都非常欣赏的青年，说："越泽，我一直视你为亲生儿子，如今你与绾绾的婚约仍在，却公然跟依依这般，将绾绾放在何处？"

面对叶绍廷的质问，顾越泽的面上明显闪过一丝不快，他道："叶叔叔，昔日我一直视您为最尊敬的人，但实在没想到您为了一己私利会做出出卖家族损害公司利益的事情。道不同不相为谋，我不能因为昔日的情分便无视道义！"

顾越泽一脸正气地说完，随即又看向叶绾绾，道："我与绾绾本来就没有感情，不过是叶叔叔您以权压人，我至今没有撕破脸面，已经是仁至义尽。"

听着顾越泽的话，叶慕凡死死地握着拳头。

明明是这浑蛋自己见利忘义，一见父亲失势，便跟叶依依鬼混到了一起，怕被人嚼舌根才没有立即解除婚约，现在却说成忍辱负重，真是无耻至极！叶慕凡虽然在心中冷笑连连，却故意什么话也没说，而是似笑非笑地朝着叶绾绾看去。

果然如他所料，一看到顾越泽，叶绾绾立即就怂了，从头到尾一句话都不敢说。

"抱歉，叶绍廷先生，为了顾全昔日那点儿情意，我已经委屈依依太久了，我与叶绾绾的婚约，到此为止！"顾越泽连"叶叔叔"也不叫了，说完直接搂着叶依依转身离开。

"绾绾……"叶依依看向叶绾绾的方向，一脸抱歉地被顾越泽护着离开。

"这个混账！"叶绍廷气得脸色涨红，胸口剧烈起伏着。

今日受到再多屈辱他都没有动怒，此刻却怒不可遏。

梁婉君满脸担心地拉住女儿的手，说："绾绾……"

叶慕凡看着始终沉默的叶绾绾，满脸嘲讽地说："叶绾绾，你可真有出息，一看到顾越泽，什么话也说不出来了？刚才在爸妈面前，你不是说得很好听吗？怎么，看到人家对叶依依呵护备至，黯然神伤了？说什么保护爸妈，只怕姓顾的钩钩手指，你就忘了自己姓甚名谁，是谁生你养你了！"

"慕凡，别说了！"梁婉君嗔怪地看了叶慕凡一眼。

叶慕凡冷哼一声，道："我说错了吗？江山易改，本性难移，这种事情又不是没有发生过！我奉劝你们今晚把她看好了，否则还不知道要怎么丢人现眼。"

对于叶慕凡的态度，叶绾绾倒是不在意，嘴角扬起，轻笑一声道："哥哥多虑了，我不说话，不过是懒得与那人说话罢了。哥哥，人是会长大的，眼光自然也会变，所以，如今顾越泽那种档次的人，你妹妹我还真看不上。"

叶慕凡听得一愣，显然他没料到叶绾绾会说出这种话来，从前只要他说半句顾越泽的不好，她可是就要跟自己翻脸的。

叶绾绾不紧不慢地继续补充："我可不像哥哥你，这么多年，看人的眼光还是一点儿长进都没有。"

叶慕凡听出了叶绾绾的言外之意，脸色顿时变了，当即把酒杯重重地往桌上一放，说："叶绾绾，你什么意思？"

叶绾绾似笑非笑地说："哥哥口口声声说我为了一个男人忘了自己姓甚名谁，连父母都不认，可哥哥你呢，又能比我好到哪里去？还不是被一个女人迷得神魂颠倒？不惜自降身份，当牛做马。”

“你……”叶慕凡气结。

“好了好了，今天好不容易我们一家人能聚在一起，都别吵了！”梁婉君见兄妹两个又吵了起来，急忙打圆场。

叶慕凡强自憋回了一肚子的怒火，埋着头不停地喝酒。

此刻，宴会已经进行到一半。

叶依依拿着话筒，站在台上落落大方地说着迎宾祝寿词，周身一股浑然天成的高贵优雅。

因为叶绍安夫妻以及老夫人因大雪无法按时赶回来，这一场盛大的宴会，从头到尾都是叶依依一手操持，此刻宴会被安排得井井有条，主客尽欢。

宾客们落在叶依依身上的目光都很是赞赏。

“不愧是叶家二老最疼爱的孙女，年纪轻轻便已经有当家主母的风范，若是能娶到这样的贤内助回家，那可真是有福气了。”

“别想了，早就被顾家抢先了！你没看两人今天一整晚都形影不离吗？”

“两人确实是郎才女貌，是天造地设的一对。”

“啧，只怕有人纠缠不休啊……”

……

说到这里，宾客们的目光顿时投向角落里的某个身影。

“其实论相貌，叶绾绾甚至要略胜叶依依一筹。”

“她还以这么高的分数考入华都传媒大学，甚至和梅老也有交情……”

众人知道，说是“略胜一筹”其实都委婉了，叶绾绾今日的露面说是惊艳全场也不为过，且不论她今日种种令人惊讶的表现。

不过大家也很清楚，就算叶绾绾再漂亮再优秀，又如何？

以叶绍廷现在的情况，叶绾绾无论如何也无法与叶依依相提并论，就算她再纠缠，与顾越泽也已经是两个世界的人。

众人正唏嘘感叹，只见叶依依的讲话结束后，顾越泽突然朝着台上走去。

叶依依朝着男人看了一眼，眸中似有不忍和犹豫。

顾越泽握住叶依依的手，眸子里满是怜惜，轻声道：“依依，我知道你顾忌你堂妹的感受，但是算我求你，偶尔也想想自己，想想我！我想让所有人，让全世界都知道……你是我的……”

叶依依听着顾越泽的话，眸光中盈满感动，终究还是点了点头。

众人看到顾越泽突然走上台，纷纷下意识地将目光落在他的身上，不知道他要做什么。

只有角落里的叶绾绾知道，今晚顾越泽不仅要宣布与她解除婚约，还要当场公布他将与叶依依订婚，将他们一家人的脸面踩在地上碾压。

“诸位，很抱歉，耽误大家一点儿时间。”顾越泽拿起话筒，突然开口。

全场人的目光都集中在台上高大俊朗的男人身上，等待着他接下来的话。

叶绾绾仰起头，饮尽杯中最后一口茶水，然后站起了身。

叶慕凡见叶绾绾起身，神色顿时一变，他下意识按住了她的手，说：“叶绾绾，你想做什么？”

叶绾绾的嘴角微微上扬了几分，不动声色地将手掌从叶慕凡的掌心抽出，说：“与你无关。”

叶慕凡气恼之下也不管了，只能看着叶绾绾一步一步朝着台上的顾越泽和叶依依走去。

“我说她一见到顾越泽就会失去理智，现在你们总相信我的话了吧？”叶慕凡的眸底隐匿着一丝痛色，捏着杯身的手指已经捏得发白。

若不是因为这个浑蛋，他与妹妹的关系怎会变成这样？

梁婉君看着女儿的目光里满是担忧：“慕凡，你别这么说绾绾，绾绾这次真的改了很多，我相信她不会再冲动行事……”

叶绍廷叹了口气，没有说话，就算女儿失控下做出什么事，可他这个做父亲的，连女儿的幸福都无法守护，又有什么资格去责备她，阻止她？

当察觉到那抹火红色的身影正朝着台上走时，在场所有人的目光顿时从顾越泽和叶依依的身上移到叶绾绾的身上。

毕竟叶绾绾的相貌和气度实在太惹人注目了，只要她出现，便会理所当然地吸引所有人的视线。

顾越泽看着缓步走上台的女孩，脸色一点点冷了下来。

平心而论，今天的叶绾绾确实让他刮目相看，但也仅限于此。他不会娶一个弃子的女儿，一个毫无用处的女人。

这样的女人，或许能谈一场恋爱，但绝对没有资格成为他顾越泽的妻子。

叶绾绾这般纠缠，虽然满足了他作为男人的虚荣心，但做得太过分了，未免也惹人生厌，尤其是在今天这样重要的日子。

在叶绾绾靠近的瞬间，顾越泽立即将叶依依往自己的身边揽，一副警惕防备的姿态：“叶二小姐，有事？”

叶绾绾的眉目间缓缓漾开一抹微笑，她客气地道：“顾先生，可否将话筒借我一用？”

她那一抹笑容，简直如冬日的艳阳，颠倒众生。

台下瞬间响起一阵倒吸冷气的声音，连顾越泽都怔忡了一瞬，冷冽的双眸微微眯起，黑沉的眸子带着探究。

叶绾绾也不说话，只静静地等着。

而台下的众人这会儿已经炸开了锅，所有人都在低声议论着。

“哇！新欢旧爱同台登场，好劲爆啊！”

“这个叶绾绾难不成又要闹出什么事来？”

“该不会是当众告白吧？要么就是撒泼闹事了，毕竟这种事情她可没少做。”

……

看着突然走上台的叶绾绾，叶鸿维的脸色顿时有些不好看，他正想让人去阻止，只见这时台上的顾越泽已经将手中的话筒递给了叶绾绾。

“谢谢。”叶绾绾接过话筒，客气地道了声谢。

顾越泽神色淡漠，不置可否。

叶依依有些担忧地抬起头，朝顾越泽看了一眼，顾越泽则是给了她一个安心的眼神。

无论叶绾绾怎么闹，他都没打算阻止，相反，叶绾绾越闹，对他越有利。

“尊敬的诸位来宾，诸位好友，感谢大家今日的到来……”叶绾绾不紧不慢地说着场面话。她那气场丝毫不逊于方才的叶依依，相反，她闲庭信步般的淡定神色更加凸显了自信的姿态。

寒暄一番后，叶绾绾终于进入正题：“今日，趁着诸位亲朋好友都在，晚辈想耽误大家一点儿时间，宣布一件事情。”

宣布一件事？台下顿时响起一阵议论声，好奇叶绾绾到底准备做什么。

此时老爷子已经叫来了管家黄明坤，让他做好应对一切的准备。

而黄明坤的眸子里闪着精光，立即叫来了一批保安在不远处守着。

叶慕凡死死地盯着台上，将满满一杯酒一饮而尽。

女孩清越的声音在宴会厅的上空响起——

“诸位都知道，我与顾氏集团执行总裁顾越泽先生有婚约在身。”

听到这里，众人顿时露出果然如此的表情，就知道她是要说这个。

“她这是要宣布主权？逼人就范？”

“眼见人家双宿双栖的，完全不搭理她，能不急吗？”

“叶绍廷现在弄成了这样，被赶出家门，还欠了一屁股债，她自然要抱紧顾越泽这棵大树。”

就在众人交头接耳的时候，台上，女孩继续说：“但是，很抱歉，今天在这里，我将遗憾地跟大家宣布，我，叶绾绾，从此刻开始，正式与顾越泽先生解除婚约。”

当叶绾绾最后一个音节落下的瞬间，整个宴会厅落针可闻。

所有人都没反应过来叶绾绾方才到底说了什么……

不知过了多久，沉默的宴会厅才轰然炸开声音。

“刚刚叶绾绾说什么？解除婚约？她疯了吗？”

“跟牛皮糖一样死缠着顾越泽不放的叶绾绾怎么可能主动解除婚约？”

“骗人的吧？难以置信……”

台上，顾越泽的脸色瞬间冷到了极致。

叶绾绾居然主动提出要跟他解除婚约？

虽然他原本就准备在今天宣布这件事，但现在竟然被叶绾绾提前说出来，就成了叶绾绾甩了他！

激动之下，顾越泽一把扼住了叶绾绾的手腕，厉声问道：“叶绾绾，你说什么？”

叶绾绾的表情丝毫没有变化，冷声说：“顾先生，我理解你的愤怒，但很抱歉，我对你已经没有感情，还请自重，别在诸位宾客面前弄得太难看了。”

叶绾绾的话通过话筒传到了每个人的耳朵里。

“你……”

他闹得难看？顾越泽气得呼吸一窒：“叶绾绾，欲擒故纵？你以为这样我就会多看你一眼？你未免太看得起自己了。”

叶绾绾抽回手，扭了扭手腕，道：“顾先生，太看得起自己的怕是另有其人，我对你确实已经没有感情，我有喜欢的人了。”

叶绾绾的表情过于平静，看向顾越泽时没有任何变化，在所有人的眼中看起来竟不似作假。

“有喜欢的人……”听到这话，顾越泽不知想到了什么，表情顿时一僵。

难道是……

叶绾绾看着顾越泽的表情，接着道：“顾先生终于想起来了？那人你也见过。我想，你应该不希望逼我当众说出他的名字。”

就在叶绾绾说这些话的时候，她手中的手机一闪一闪地亮着，显示为拨通状态。

几分钟前，叶家老宅外。

隐匿在阴影处的某辆车内，男人面色清冷地坐在车子的后座上。

前方的驾驶座上，许易已经默默吐槽了小半个时辰。

方才本要回锦园，结果少爷突然让他掉转方向，说是去另一个住处，结果，车子开到一半的时候，少爷突然让他停车了。

他正好奇少爷为什么要去那个几乎从未去过的住处，又为什么让他中途停车，然后就发现停车的地方正好是叶家老宅附近。

得！去另一个住处是假，刻意路过看心上人是真吧？

许易正吐槽的时候，司夜寒的手机突然响了，他的小心脏吓得陡然一跳。

接着他眼角余光一瞥，就发现来电显示是叶绾绾。

这女人这会儿不是在里面参加她爷爷的寿宴吗？这时候打电话给少爷干吗？

他正心慌慌，后座上，男人停顿片刻后，按下了接通键。

下一秒，女孩的声音便从手机里倾泻而出。

“顾先生，可否将话筒借我一用？”

听到这句话，后座上，男人的眸光微不可察地暗了几分。

许易则是愣住了，这是什么意思？

叶绾绾好像在跟别人说话？这说话的对象还姓顾？该不会是顾越泽吧？

紧跟着，叶绾绾的话陆续传了出来——

“尊敬的诸位来宾，诸位好友……”

“今天在这里，我遗憾地跟大家宣布，我，叶绾绾，从此刻开始，正式与顾越泽先生解除婚约……”

“顾先生，我理解你的愤怒，但很抱歉，我对你已经没有感情……”

“我已经有喜欢的人……”

……

与此同时，宴会厅内，顾越泽在听完叶绾绾的威胁后，瞳孔骤然紧缩。

他自然不希望有人知道，他顾越泽的未婚妻竟然成了司夜寒的女朋友。

若是其他的男人，他自然可以不屑，甚至整个华都的富家公子也没有几个是他需要忌惮的，但偏偏……偏偏是司夜寒，那个他们这些世家大族连仰望都没有资格的存在。

当顾越泽冷着脸沉默的时候，叶绾绾裙摆一转，已经翩然离开。

现场，有世家公子三五成群地聚在一起，惊叹连连。

“我有没有看错？咱们的顾大公子现在是被人甩了吗？”

“噗，何止是被人甩了，未婚妻当众宣布爱上别的男人，要解除婚约。”

“没想到顾大公子也有今天啊！”

……

顾越泽今晚的计划本来非常完美：先解除婚约，再宣布他与叶依依订婚的消息。其间叶绾绾若大闹失态，对他则更为有利。

但他万万没想到，最终他被叶绾绾摆了一道。现在他成了那个被甩的人，还是以对男人而言最丢脸的方式。

不仅是顾越泽，叶依依温柔的小脸也完全僵硬了。

分明是叶绾绾被甩被嫌弃，可被叶绾绾这么一闹，倒成了她捡叶绾绾不要的男人。

“你……”

叶慕凡这会儿已经完全清醒，看着叶绾绾的表情简直跟见鬼了一样。

梁婉君和叶绍廷也是满脸震惊，显然他们没料到女儿会这么做。

“绾绾，你……你刚才说的那些话都是真的？”梁婉君紧张地追问。

叶绾绾来之前便谨慎地考虑过。之前因为她与父母关系疏远，倒也没什么，但现在，她和司夜寒在一起的事情很难一直瞒下去，迟早有一天他们会发现。

与其日后让父母胡乱猜疑，得知一些不该知道的事，不如她提前消除隐患。

于是，叶绾绾点点头，道：“爸，妈，是真的。”

梁婉君大喜过望，说：“那对方是哪里人？多大了？做什么的？靠谱吗？”

叶缩缩有些无奈地道："妈，今天不方便细说，以后有时间我会详细跟你们解释，然后带他回家给你们看看。"

她考虑过，还是觉得这样下去不是办法，她得想办法让司夜寒不要那么排斥她身边的人。

叶缩缩说到这里，突然听到手机里传来一阵嘈杂的声响，她这才发现自己的手机一直忘了关，而司夜寒也始终没有挂断电话。

叶缩缩一脸狐疑，把电话挂了。

那是什么声音？她刚才没说错什么话吧？

听到女儿的话，梁婉君和叶绍廷这才终于放下心来，连连点头。

叶缩缩站在父母跟前，面露温柔而乖巧的微笑："爸，妈，我们回家吧！"

"好……好。"

直到此时，夫妻俩才终于确定他们那个刁蛮任性又冲动的女儿是真的改变了。

临走前，一家人去跟老爷子道别。

叶绍廷和梁婉君担心老爷子责怪缩缩，正想开口说话。

然而不等老爷子发难，叶缩缩已经垂着头主动认错道歉："爷爷，对不起，缩缩今天太冲动了。但是继续这么拖下去，对我，对顾越泽，对堂姐都是一种痛苦，倒不如快刀斩乱麻。以前是我执念太深，现在我已经想通了，我想要过自己的人生。"

叶缩缩说话时神色隐忍而痛苦，仿若隐含着无数的委屈和苦衷。

老爷子原本是有一肚子火的，看到小丫头垂着脑袋咬着嘴唇的模样，却又莫名生不起气来。

他要气什么？气她擅自说出解除婚约这种事吗？

但她与顾家那小子的婚约确实早已经名存实亡，正如她所言，拖着对三人都没有好处。

至于她当众说解除婚约是因为有喜欢的人，背负着背叛未婚夫的罪名？那更站不住脚了。

归根结底，顾越泽在有婚约的情况下已经当众与依依出双入对，他实在没有立场指责叶缩缩的行为。

于是到了最后，叶鸿维竟然发现自己说不出一句责备的话。

相反，看着孙女改变追在顾家那小子身后的姿态，主动斩断一切，倒是有几分他们叶家人应有的风骨。

"好了，下不为例，你回去吧。"半晌后，叶鸿维也只说了这句话。

叶缩缩乖巧地点点头，说："嗯，爷爷再见，爷爷您保重身体，我会经常过来看您的。"

平日里叶鸿维是不允许他们一家人来老宅的，此刻听到叶缩缩的话，竟也没说不准，只随意地点头应了一声。

“少爷，对不起……”

脚误……

方才听到叶绾绾说要带自家少爷去见父母，许易激动之下，不小心一脚油门踩了下去。

他吓得魂飞魄散，急忙战战兢兢地把自家少爷手中摔落的手机捡起来递回去。

然后他一抬眼，就看到自家少爷的脸上露出了前所未有的表情。

似是如临大敌，遇到了什么极其棘手的事情。

不过可以确定的是，没有生气的迹象。少爷该不会因为要见岳父岳母而紧张吧？

许易急忙挥去脑子里的想法，问道：“少爷，要等绾绾小姐吗？”

“回锦园。”

“是。”

……

宴会进行到尾声，宾客们陆续离开。

叶依依和顾越泽强撑着精神在门口送客。

如果没有叶绾绾这一出，此刻二人应该已经宣布了要订婚的消息，正在接受众人的祝福，可此刻，他们面对的只有宾客们异样的目光。

叶绾绾从老宅走了出来，眼角余光看到远处一辆黑色的车子缓缓驶离，不由得怔忡了一瞬。

那辆车看起来怎么这么熟悉？

“绾绾，怎么了？”梁婉君问。

“妈，没事。”叶绾绾摇摇头，然后拉住了母亲的手，道，“爸、妈，我们回家吧！你们的行李我已经让人搬到别墅了。”

梁婉君闻言，担忧地朝着叶绾绾看了一眼，说：“绾绾，你真的把房子赎回来了？”

叶绍廷也沉声道：“据我所知，那套房子拍卖之后被褚洪光买过去了……”

叶绾绾点头道：“不错，这套房子正是我从褚洪光手里赎回来的。”

叶绍廷闻言，一脸惊讶地问道：“什么？那只老狐狸，你是怎么……”

叶绾绾知道父母在担心什么，给了二人一个安心的眼神，说：“爸、妈，你们放心好了，房子我肯定是通过正当手段得到的，回头我再跟你们解释。”

梁婉君和叶绍廷看着女儿淡定自若的表情，心莫名就安定下来，点了点头。

叶慕凡站在一旁，脑海中莫名回忆起那日叶绾绾在手机里对自己说的话：“以后爸爸妈妈由我照顾和守护，叶家的仇，由我来报。”

当时他只觉得她异想天开，过于天真，又或是一时兴起，却没想到短短几个月，她不仅说了，还真的去做了，并且做到了这种地步。

梁婉君不知想到什么，欲言又止，问道：“绾绾啊，我们家这个情况，你男朋友知道吗？”

叶绾绾点头道：“嗯，他知道的。”

“那他不在意？”梁婉君和叶绍廷最担心的，自然就是怕家庭的原因而影响女儿的幸福。

为了让父母放心，叶绾绾暗暗思索了一瞬，果断道：“爸妈，你们放心，他不是咱们圈子里的人，就是一个普通人，普通上班族，人非常老实忠厚，长得也特别安全。”

叶绾绾觉得，这个谎话可能用了她毕生的功力了。

叶绍廷听完果然放心了，一脸欣慰地说：“好……普通人好啊！不需要大富大贵，就算长得普通一点儿也没什么，只要对你好就可以了。”

梁婉君也表示很满意：“男人有钱就容易变坏，长得太好看了也不安全，我也担心你驾驭不住那样的男人，现在这样挺好的。”

叶绾绾只能附和道：“咯……嗯……”

一家人正要离开，身后突然传来梁家豪的声音。

“姐……”

梁婉君的身形微顿，看着梁家豪的目光没有一丝感情。

曾经她有多疼爱这个弟弟，如今对他就有多失望。失望累积太多，已经连伤心难过也不剩，只剩下麻木。

“姐，你们真的要搬走吗？”梁家豪问。

梁婉君朝着女儿看了一眼，目光坚定了下来：“嗯，我们也麻烦你们够长时间了。”

“姐，我……”梁家豪叹了一口气，说，“我知道你和姐夫当初帮了我们很多，对不起，我也实在是很为难……那公司那边，姐夫还会去吗？”

叶绾绾站在一旁，冷笑了一声，他说了这么多，就是想问她爸去不去公司吧？

把一个人当好几个人，甚至当牛当马用，自然是舍不得这么划算的劳动力了。

她这个舅舅根本就没什么管理能力，这段时间有父亲在，他自然是轻松了不知道多少，这一家人却还得了便宜又卖乖。

不等父母回答，叶绾绾已经开口：“正如表妹所言，我们做子女的怎能让父母在外面奔波劳累。”

一句话，完全撇清了他们与梁家豪一家的关系。

若是亲戚照拂也就算了，但这一家子白眼狼连陌生人都不如。

身后，方秀梅一听顿时急了：“那怎么行，公司还有那么多事情做到一半，他就这么走了，也太不负责任了。”

叶绾绾笑了笑，说：“哦，不负责任？那不如我父亲来做老板，负责到底？我突然想起来，这公司当初也是我父亲投资建立的吧？”

“你……你做梦！”方秀梅脸色一变。

“不及舅妈您会做梦。”叶绾绾说着，轻轻笑了笑，一副安心的语气，“舅妈也别紧张，无论是房子还是公司，我们都没兴趣，毕竟我们家没有把扔出去的骨头捡回来的嗜好。”

这话分明是在嘲讽他们一家猪狗不如了。

叶绾绾也懒得再跟这一家人继续扯皮，直接挽着父母离开了。

方秀梅在后面气得半死，对着梁家豪怒骂道：“你就这么眼睁睁看着我被那个小丫头欺负，一句话都不说？”

见梁家豪不说话，方秀梅推了他一把，说：“你倒是说句话啊！叶绍廷走了，公司那一大摊子事情谁做？”

梁诗涵满眼嫉恨地盯着叶绾绾的背影，说：“妈，他们走就走，几只丧家之犬而已，得意什么，公司没了他难道就不行了吗？”

方秀梅深吸一口气，说：“诗涵说得对，那就是几只丧家之犬，有什么好嚣张的，日后你美萱姑妈和依依姐会帮衬咱们的，这破房子破公司我们还不稀罕呢！”

梁诗涵连连点头，说：“现在大半个娱乐圈都是姑父的叶氏集团旗下的，依依姐是皇天艺人经纪部的总监，姐夫是皇天的执行总裁，他们连工作都找不到，居然还妄想翻身，简直异想天开！”

金都碧海。

“我还有事，先走了。”已经到了门口，叶慕凡却没有进去。

“慕凡！慕凡！这么晚了，你去哪儿啊……”梁婉君一脸无奈地看着儿子离开。

一旁的叶绍廷沉着脸，眉宇间满是疲惫：“算了，不用管他。”

“爸，妈，别担心，我会帮忙劝哥哥的。”叶绾绾安慰着，眸底闪过一抹冷光。

哥哥现在这个情况，若想让他醒悟，必须下猛药才行，她还需要好好计划一下。

“绾绾乖！”看到女儿，梁婉君和叶绍廷这才欣慰了几分。

别墅里有专门的管家，每月派人维护清扫房间，所以虽然房子长期没有人居住，却依旧整洁干净。

屋子里比较贵重的陈设都已经被拍卖了，但其他东西还在。

叶绾绾看着这个无比熟悉的地方，眼眶忍不住有些泛酸。

她终于回家了。

其实这栋小楼只是地段难得，地皮很值钱，加上母亲喜欢这周围的环境，之前才一直住着。

这房子本身不算大，因为年代久远，也已经有些老旧了。

日后等她赚了钱，会给他们买更好的房子。

叶绾绾怕父母担心，所以她在褚洪光手下做事的事情还没敢跟他们说。她只告诉父母，自己以前帮过一个朋友，在他最困难的时候借给他一笔钱，房子是那个朋友为了报答她而赎回来的，而她现在也在那个朋友的工作室帮忙和实习。

一家三口许久未见面，一直聊了很久。

除了聊她，梁婉君和叶绍廷问得最多的就是她那位普普通通又老实本分的男朋友。

“缩缩啊，你喜欢的那个人该不会就是你这个叫叶白的朋友吧？”梁婉君试探着问。

“不是那个朋友！妈，我知道你和我爸担心我重蹈覆辙，又被骗了，但是你们放心，他跟顾越泽不同，那什么见利忘义啊，什么为了金钱和权势就抛弃我啊，我男朋友他是绝对做不出来的。”

叶缩缩这话还是说得面不改色的。

那可是司夜寒！他自己就是霸道总裁的化身，有什么金钱和权势能让他见利忘义的？

“等我们的关系再成熟一点儿，我肯定会带他来见你们的。”

嗯，等我想到办法，能让大魔头看上去“普通”一点儿。

晚上，叶缩缩和父母聊了很久，因为第二天她还要工作，最后，还是依依不舍地和父母道别，回去宿舍。

夜凉如水，一弯月牙挂在头顶的虚空中。

出租车行驶至半途，叶缩缩却忽然让出租车停下来，付完车费后，她朝着闹市区的一家大排档走去。

今晚在爷爷的寿宴上，她几乎没吃什么东西，刚才跟爸妈聊天的时候还没察觉，这会儿胃已经开始疯狂抗议了。

大排档内，装潢虽然不算高档，却显得朴实，四周散发着食物的香味。

相比那些高档餐厅，其实这种地方才有真正的美食。

好吧，其实只是因为她比较抠而已。

叶缩缩挑选了一处稍显僻静无人的角落坐了下来。

“美女，吃点儿什么？”

老板是一名中年男子，在看清昏暗角落里女孩的容貌后，顿时恍了一下神，旋即才满脸笑意地将手中的菜单递了过去。

“我看看啊……给我一份糖醋排骨，一份红烧肉，一份清蒸鲫鱼，再来二十串羊肉，十串猪肉，十串脆骨……”

叶缩缩一口气点了不少吃的，算是犒劳一下自己，再说这种地方点这么多东西也要不了多少钱。

老板不禁打量了叶缩缩好几眼，现在的女孩子都减肥节食，没想到这个女生如此特立独行。

当然，作为老板他还是非常喜欢这种客人的。

“好嘞，您稍等！”大排档这个点很忙，老板也没有多逗留，用纸笔记下叶缩缩点的菜后，迅速转身离开。

叶缩缩拿出手机，原本她想给司夜寒发条短信，然而后方突然传来一道有些熟悉的声音。

“老板，给我来五碗饺子。”

叶缩缩斜眼望去，只见一个穿着破旧牛仔外套的青年男子快步走入大排档。

“聂……无名？”叶缩缩一愣。

当下，叶缩缩瞬间别过头去，生怕聂无名认出自己，甚至有些心虚。

毕竟她可是用一百块从他手中买了一件宝贝，要是这家伙见到自己，后悔将宝贝卖给她了，怎么办？

很快，聂无名找到一张圆桌坐下，不停地催促道：“老板，快点儿，饺子要肉馅，包大个儿的！”

顿了顿，聂无名似乎想起了什么，又问：“对了，饺子多少钱一碗？”

“十块钱。”正在炒菜的老板回答。

“哦……”青年沉思片刻，嘴角微动，仿佛做了什么重大决定，“来六碗饺子！”

没过多久，六碗饺子被老板端上了桌。

不到几分钟，饺子就被聂无名一扫而空。

“老板啊，我点了那么多饺子，你们饭店要不要赠送一点儿红烧肉、红烧排骨、红烧鱼什么的？”聂无名一脸期待。

“你跟我开玩笑呢？”老板被气笑了，说，“六碗饺子才六十块钱，我一碗红烧肉都好几十块钱了。”

“哦……”聂无名想了想，说，“那实在不行，你再送我两碗饺子。”

老板斜眼瞥向聂无名，估计是懒得继续搭理他。

聂无名的话音刚落，从大排档外面又走进一人。

男子的身形壮硕，身上满是灰尘，戴着一顶绿色的工地帽，双眼呈碧蓝色，一看便是外国友人。

“队长，你吃饭怎么也不早点儿叫？”戴着安全帽的外国友人一屁股坐在聂无名的身前，正色问道。

听闻此言，聂无名的神色微微一变。

“老板，我要吃土，给我来点儿土！”外国友人操着一口极为生疏的国语，看向老板。

不远处，叶缩缩刚扒了一口饭，听后，米饭瞬间从口中喷出。

“你神经病吧？跑我这饭店来吃土？吃土你去田里成吗？要多少有多少。”老板盯着外国人，满脸的无语。

“别别别……老板……我这朋友国语不怎么样，他说的吃土……其实是吃饭的意思……”聂无名将老板拉到一旁，小声解释。

“老板，上点二土，不要太贵，但味道要好。”老外摸了摸下巴，一脸天真。

“得得得，我给你上土。”老板哭笑不得，转身离开。

叶绾绾耳尖，听到聂无名跟老板的对话，顿时满脸无语。

估摸着那外国人是被聂无名耍了，故意骗他吃土就是吃饭的意思。

有这么坑朋友的吗？

老板离开后，聂无名若有所思地看向老外，问道：“今天你搬了多少砖？”

老外一身结实的肌肉微微颤动，满脸骄傲地说：“不多不多，五千块砖。”

聂无名闻言，顿时来了兴趣，说：“那今天你赚了不少钱吧？”

“还可以啦，队长。”外国人嘿嘿一笑，拍了拍自己的兜。

当下，聂无名心中有了底气，招呼道：“老板，再来十碗饺子，一盘红烧肉，一盘红烧鱼，还有红烧排骨。”

叶绾绾：“……”

她还以为自己已经够饭桶了，这家伙是一个饺子桶？

等待的过程中，又有两人走入大排档。

“队长，我们回来了哟。”

为首的男子虽然穿的是男装，但一张脸精致无比，雌雄莫辨，若不仔细辨认，倒像是一名相貌美艳动人的女子。

另一个男人则一头乌黑的长发，身后背着担架，整个人散发着冷气，眸内没有丝毫人类的情感波动。

还不等聂无名开口，冰山美男已经旁若无人地将担架放在地面上，旋即，整个人慵懒地躺在了担架上。

“起来。”

聂无名见状，捏了捏眉心，似乎有些头痛。

然而冰山美男一动不动，似乎躺得很是舒坦。

“你是有多懒？怎么不懒死你！”聂无名一副恨铁不成钢的语气。

“给我站起来！”聂无名冷声喝道。

见聂无名有了火气，冰山美男才极不情愿地缓缓起身，从睡姿变成了坐姿。

“我是让你站起来，不是让你瘫坐着！”聂无名一脸崩溃地喝道。

冰山美男沉默良久，最终还是听了聂无名的话，将担架收起来，重新站起身。

“哎呀，队长好帅，连发火的样子都这么帅！几天没见，队长，人家好想你，你想不想人家？”那个长相精致的男人一头钻进了聂无名的怀中。

“滚。”聂无名满脸不耐烦。

“队长，你好讨厌！”男子乖乖地坐直了身体。

然后，他转身看向一旁的长发冰山男，眨眨眼睛，道：“你不会吃醋吧？”

然而冰山美男只是瞥了一眼，并未搭理他。

道士有些心不甘情不愿地拿出两张崭新的十元钞票。

“你的呢？”聂无名看向冰山美男。

“队长，您忘了吗？我跟宝贝是搭档，宝贝演身患重病的人，我卖艺唱歌，这些钱是我们共同的收入哟。”精致男朝着聂无名眨了眨眼。

一直在关注那边的叶缩缩一阵无语，这赚钱方式厉害了。

“绝了。”聂无名拍了拍圆桌，指着几人道，“你们这几个废物，今天一共赚了不到五十块钱！”

“最近生意不好做，今天只有一个人找我算卦……还说不准，没给我钱，二十块钱还是我走路捡的。”长相出尘的假道人叹息一声。

“不要找理由！”聂无名挥手打断他，指着搬砖外国友人道，“看看小甜甜，一天搬了五千块砖，赚了那么多钱，再看看你们，演重病患者，去卖艺……赚了不到五十块钱，你们丢不丢人，羞不羞愧，要不要脸？”

“噗，小甜甜……每次听到这个名字，我就起一身鸡皮疙瘩……”假道人偷偷朝着外国搬砖友人看去。

“队长，你给我起的名字，为什么他们都笑我？‘小甜甜’到底是什么意思？”外国搬砖友人满脸不乐意。

“嘿……”聂无名看向外国搬砖友人，语重心长道，“小甜甜是非常威猛、霸气的意思，他们笑你，是因为他们驾驭不住这个名字。”

外国搬砖友人点了点头，正色道：“队长，我喜欢这个霸气的名字，等我赚到钱，请你吃土。”

聂无名抽了抽嘴角，说：“这就不必了。”

小甜甜？叶缩缩闻言表情复杂，这是什么名字？

“你们到底有完没完？”老板站在一旁，面色有些难看。

这几个神经病，难道没钱付账？

“和我们队长说话，注意你的语气和态度。”道士眸内的冷光微闪。

“哟，跑我这儿吃霸王餐，还跟我装大爷？”老板的手中不知何时多出了一把菜刀。

“老板，别冲动。”聂无名一见，连忙挥了挥手。

然后，他看向外国搬砖友人，说：“小甜甜，把钱拿出来。”

外国搬砖友人点了点头，从兜里掏出一张钞票。

“还有呢？都拿出来。”看着外国搬砖友人手中的十元钞票，聂无名笑道。

“队长，没了，都在这里。”外国搬砖友人操着一口十分生疏的国语道。

“没了？”聂无名愣了愣神，说，“你不是搬了五千块砖吗？”

“对，都在这里了，老板说五千块砖就是这么多钱。”外国搬砖友人道。

“你搬了一天砖，老板就给你十块钱？”聂无名忍住想要吐血的冲动，说，“下次你多搬一点儿，搬十万块砖。”

“好的，队长。”外国搬砖友人连连点头。

“队长，你今天赚到钱了吗？”道士好奇地问道。

“赚到钱了吗？”聂无名的嘴角上扬，一副傲然之色，伸手入怀，自怀中掏出一张百元大钞，“你们看清楚点儿。”

见到聂无名手中的百元大钞，四人立即一字排开，齐声道：“诛神队长，风流倜傥，帅帅帅帅，强强强强。”

“队长好棒！”精致男一把搂住聂无名。

然后，他被聂无名一巴掌拍开了。

叶绾绾默默地看着聂无名手里的那一百块钱，心想那不会是她买礼物给的那一百块吧？

“讨厌啦，队长连发火都这么帅！”精致男的表情却更加崇拜了。

“小甜甜，把他丢出去。”聂无名道。

“好的，队长。”外国搬砖友人擦了擦手，像拎小鸡般将精致男丢出了大排档。

只不过半刻钟，精致男又冲了回来，指着外国搬砖友人道：“臭搬砖的，再用你的爪子碰我，我打得你满地找牙。”

说完，精致男又一把挽住冰山美男的手臂：“他欺负我，你都没反应吗？”

此刻，看着这群戏精，老板终于忍到了极限：“快点儿给钱！神经病吧，你们！”

“老板，便宜点儿，打个折。”聂无名道。

盯着聂无名手中零零散散，一共不过一百六十块的钞票，老板冷笑道：“打骨折怎么样？”

“老板，这样吧……”聂无名不知从哪里拿出一块骨制品，清了清嗓子，神色认真道，“这是我从极北方冰原地带猎杀的深潭猪鳄，用其头骨以失传手法锻造而成，我一般卖十万元，今天便宜你了，当饭钱怎么样？”

“老板，你赚了！”精致男连忙开口。

“老板，快收下吧，如果你觉得不好意思，那再给我们队长上几碗饺子。”外国搬砖友人也点头道。

老板已是满头黑线，这几人吃霸王餐就算了，现在还把他当成傻子。

“我信了你们的鬼！”老板操起菜刀，一副“我跟你们没完”的神色。

角落里，叶绾绾看了半天的戏，终于坐不住了，轻咳一声，起身走过去，取出三百元放在聂无名的身旁，说：“借给你。”

你们赶紧走人，别再刺痛我的眼睛了。

“咦，叶有名小姐，这么巧！”聂无名有些诧异，随后死死地抓住叶绾绾放在桌上的三百元，再也不愿意撒手。

当下，那道士模样打扮的男人盯着叶绾绾，双眼放光，道：“队长，你从哪里认识了这么一位小美人……”

“摆摊时候的顾客，叫叶有名，别说这名字，跟我还真有缘。”聂无名摸了摸下巴，道。

叶缩缩一阵无语，自己随便报的名字，他居然还当真了。

“唉，队长，您好歹也有头有脸，如今居然要靠一位妹子救济……”小道士一副痛心疾首的模样。

“别废话了。”聂无名有些不耐烦道，“这个月，谁赚的钱最少，就给我滚去F洲执行任务。”

“不……我只想混吃等死……”道人一脸惊恐，连连摇头，距离月底已经没几天了，他一定是赚钱最少的那个。

“啧啧，曾经风光无限的人，现在竟然要混吃等死……”精致男忍不住嘲笑道。

“我曾经一人打败一整队人，你确定要用这种态度与我说话吗？”道士眸内的寒光一闪。

“哎哟……可不是，吓死我了！不过就几十个人，看把你能耐的。”精致男捧腹大笑。

邪魅道人气得呼吸一窒，冷哼道：“不管多少人，足够证明我的实力了。”

叶缩缩咽了一口唾沫，盯着这几个人，头皮都有些发麻。

她见过能吹的，可吹成这样的实在是少。

按他们说的，一行人个个有头有脸，能力超群，可这描述跟他们到底哪里沾边了？

看起来精神病院倒是比较适合他们。

“喝了几瓶酒，你们吹得都不知道自己叫什么了？几百块钱都付不起，还在这里可劲儿吹牛呢？”大排档老板似乎有些受不了了，挥着菜刀冷笑道。

“老板，别冲动……”聂无名将手中的钱一把交给老板。

收到饭钱，老板的神色才好看一些。

“等下，我多给了十块钱。”聂无名急忙跑上前，又从老板手中抢回一张十元的钞票。

“我开饭店这么多年，形形色色，什么样的人没见过……你们这样的，我服！”老板对着聂无名几人竖起大拇指。

付完了钱，聂无名一脸感激地看向叶缩缩，说：“刚才多谢叶无名小姐解围。”

叶缩缩摸了摸鼻子，说：“举手之劳。”

就算是对那件礼物的感谢好了，毕竟确实是她占了便宜。

“那啥，虽然有点儿冒昧，但我实在有些好奇，你们几个是干什么的？不会是诈骗团体吧？”叶缩缩忍不住问。

精致男一听，顿时怒道：“放肆！你说谁是诈骗团体呢？”

这时，旁边的道士一屁股挤开了他，走到叶绾绾的跟前，说：“非也非也，我们是正规的团队，小姐有兴趣加入吗？我们的队伍还没女孩子呢，尤其是像小姐你这样骨骼清奇、天赋异禀的。”

叶绾绾连连摆手，道：“不必了，谢谢，我什么都不会的……”

她只是一个手无缚鸡之力的弱女子，撑不住这么“正规”的团队。

道士还在游说她：“美女，你啥都不用做，可以做团宠，给你最好的待遇！为了表示我的诚意，我可以免费给你算一卦。我看你面带红云，眸泛霞光，是大好兆头，未来很可能会有桃花运啊！”

叶绾绾大惊，他果然是骗子神棍！

什么大好兆头，桃花运对她来说分明是大劫好吗！

叶绾绾果断地头也不回地走掉了。

第十八章

翻身机会

绾绾见过阿九所有的样子，
但不妨碍一直想救赎阿九。
阿九可以是任何形状，
因为绾绾会直视阿九的灵魂。
我爱你，我就爱你的每一种可能。
——白糖有点闲

QIASIHANGUANG
YUJIAOYANG

读者
告白

光耀传媒。

洛辰刚一踏入公司便吸引了所有人的注意。

以往看都不会多看洛辰一眼的新人和练习生一见到他，纷纷主动上前打着招呼。

“辰哥早！”

“洛辰前辈早！”

“前辈恭喜啊！我看了你博客上发的视频，实在是太帅了！”

“我觉得这次林落尘这个角色肯定非洛辰前辈莫属！”

虽然已经过去了好几天，但洛辰依旧有些无法适应自己现在的地位。面对众人的恭维，他还是有些不自在，于是抿了抿嘴唇，目不斜视地快步朝楼上的办公室走去。

另一边的角落里，林浩盯着洛辰离开的方向，眸子里满是不忿之色。

林浩身旁的几个小艺人忍不住咋舌，凑在一起低声议论着。

“真是世事难料，谁会知道过气三年的洛辰一下子就爆火了。”

“看不出来那个新来的经纪人有两下子啊！不仅看人的眼光独到，连对市场的预料也如此精准。”

“不知道他还带不带新人了……”甚至有小新人起了想要跟他的心思。

一旁的林浩双臂环胸，冷哧一声，说：“这件事情的起因是林宗逝世，宋金鳞是为了完成林宗的遗愿才起了拍摄《惊龙》续集的念头，跟市场预料有什么关系？他不过是走运而已。”

一旁的一个小新人闻言，小声嘀咕：“可是，主要也是靠那个视频啊，创意确实是太好了，瞬间就把洛辰推向了大众。”

小新人怕惹怒林浩，还有句话没敢说。

在这行，运气也是实力的一部分。

林浩一脸不屑道：“简直天真！你们知道现在这个角色有多少人在竞争吗？就凭他一个无名小卒，还真以为火了一条博文就能进组了？”

对于林浩的话，几人倒是同意的，这次《惊龙 2》的选角，竞争确实非常大。

虽然洛辰现在是呼声最高的，但他的竞争者每个都来头不小，甚至有愿意自带投资进组的，这个角色最后会花落谁家，还真不好说。

叶绾绾的办公室里，“咚咚咚”的敲门声响起。

“请进。”叶绾绾刚给司夜寒发完短信，约他晚上一起烛光晚餐，听到敲门声后开口道。

“叶哥。”

“坐。”叶绾绾示意洛辰坐下，抬起头问道，“最近你练习得怎么样了？”

“还好。”洛辰回答，同时眸底闪过一抹复杂之色。

原本他还在质疑经纪人让自己学习看似根本没有用的武术，他为了练习这些，甚至孤注一掷地把打的零工都辞了，每天都在担忧和自我怀疑中度过。

可现在洛辰才知道，叶白让自己做的一切全部有他的用意。

《惊龙》中就有不少武打镜头，《惊龙2》的剧本中武打镜头更多，若是他身手好，会是很大的优势。

以洛辰的性格说还好，那就应该有九十分以上的水准了。

叶缩缩满意地点点头，然后道："你把上衣脱了，我看一下。"

办公桌前的青年话音落下的瞬间，洛辰的脸色唰地白了，猛然抬起头，如同听到了什么骇人的事情。

叶缩缩大概是反应过来自己的话似乎引起了误解，下意识地嘴角微抽。

只是让你脱件上衣而已，你不要这副惊慌失措的表情好吗！

姐姐我看你脱衣服才是冒着巨大的风险呢，小心肝吓得都在颤抖。

她知道因为之前的经历，洛辰的警惕性很高，应该还没有完全相信自己，但是，如果他继续保持这样的态度，那么接下来的工作她会很难进行。

艺人和经纪人之间，最重要的就是信任。

洛辰不知回忆起了什么，死死地咬着嘴唇，脸上的血色一点点退尽。

他的目光落在办公桌前的男人身上，见他虽然说着这样的话，但神情清风朗月，眸子里没有任何污浊和不堪，与他所看到过的那些贪婪神态完全不同。

叶缩缩知道信任这种事情，不是一朝一夕能培养出来的，何况洛辰之前有严重的心理阴影。

看到洛辰的脸色惨白，终于，她还是决定不勉强他了："算了，你不……"

结果，她刚准备说不用了，却见洛辰突然站起来，手指抓住两侧的衣角，然后翻起衣服的下摆，将身上那件略旧的套头白色T恤脱了下来。

这下叶缩缩倒是有些意外了，她没想到以洛辰对别人的排斥和厌恶程度，居然可以做到这一步。

怔忡片刻后，叶缩缩开始打量洛辰的身材。

平时他穿着衣服的时候还看不太出来，现在脱了衣服后，叶缩缩便看到他已经瘦得快脱了形，几乎能看见肋骨，皮肤也是常年不见阳光的惨白。

这还是她让他跟着武术老师训练了大半个月的成果。

这情况比她想象中的还要糟糕。

叶缩缩头疼不已，捏了捏眉心，虽然说上镜胖十斤，但也不是说越瘦越好，洛辰这完全是瘦过头了。

若是拍一些需要展示身材的镜头，他这身材根本没法儿看啊！

她之前特意翻看了剧本，不同于《惊龙》里林落尘是一个天真无邪又单纯的少年，甚至他孱弱柔美一点儿都没关系，但是《惊龙2》里的林落尘年纪和性情都有了很大的变化，不能继续是少年形态，而且其中有好几幕需要秀身材的场景。

总不能到时候找替身吧？

以宋金鳞导演对质量的苛刻要求，是绝对不允许这样的。

叶绾绾在笔记本上记了几笔，随即面色冷凝道：“不行，你太瘦了，先增肥，然后增肌，回头我给你制订计划书，你照着上面做。另外，你的其他训练课程，还有营养师，我都已经帮你安排好了。宿舍也已经申请下来，为了方便我管理，你跟我住一栋公寓，这是钥匙，今晚你就可以搬过去。之前我把你上次拍摄的完整视频发给了《惊龙2》剧组，刚刚我收到剧组的邮件通知，你已经过了初试，回去好好准备一下吧，下个月就试镜了。我就住你楼上，有事可以随时找我！”

听到对方说的全是他未来的安排，看着对方递过来的刻着“万景名苑”几个字的钥匙，洛辰恍惚了半晌才接过钥匙，攥在手心里，默默地点了点头，说：“嗯。”

经纪人的工作时间自由，也不必每天都待在公司。叶绾绾将洛辰的训练课程、健身教练和营养师安排妥当后，又在网上发布了招聘团队人员的公告，这才打车前往司氏集团。

小秘书直接带着她朝总裁办公室走去。

大概是察觉到这位与自家总裁关系神秘的先生今日有心事，小秘书试探着问道：“叶先生，您今天看上去好像有些心烦？”

叶绾绾捏了捏眉心，并不否认：“是啊！心烦……”

小秘书眨了眨眼睛，说：“怎么了？是出什么事了吗？”

难道是总裁他又闹脾气了？

小秘书只听到身旁容颜绝美的青年哀怨地叹了一口气，说：“你家司总长得太招人了……”

小秘书一脸震惊，这语气怎么有种因为女朋友长得太漂亮而烦恼的既视感？

总裁办公室内。

叶绾绾进去的时候，司夜寒还有一点儿事情没处理完，他正在电脑前跟别人视频通话。

叶绾绾自觉地走到沙发上坐着，一边等，一边托着下巴盯着办公桌前正戴着蓝牙耳机，一口流利外语的男人发呆。

男人的身后是一整片窗户，可以看到天际火烧连天的霞光，与男人清冷至极的面容形成鲜明的对比，构成了一幅美到极致的画面。

明明只是随随便便地坐在那里，脸色也是面若寒冰，没有一丝人间烟火气，只一眼却让人有种历尽人间繁华也不如眼前这盛世美色之感……

叶绾绾艰难地收回视线，几近崩溃地将脸颊埋入掌心里。

作孽啊！

扎眼！

这也太扎眼了吧！

这么扎眼，让她怎么带得回去？

带回去让她爸妈看到了，还不得操心死？

真是自作孽不可活。

最后，叶绾绾还是没有恶趣味地选择高级餐厅的烛光晚餐，而是订了一家酒吧。

明明应该是与司夜寒的气质格格不入的地方，但在这样喧闹的环境里，司夜寒的存在就像是一方寂静的桃花源，让人心静。

叶绾绾正支着脑袋，盯着对面的美人发愁，只见司夜寒不紧不慢地放下酒杯，抬起头，身体靠进背后卡座的沙发里，目光忽而落在她的脸上，薄唇轻启："你看够了？"

"咳咳……"叶绾绾先是一愣，随即猛然一阵狂咳，这才发现自己的目光太肆无忌惮了，尴尬地开口，"那啥……你好看嘛！"

叶绾绾终于稳住心神，准备说正事："宝宝啊，昨天晚上我在爷爷寿宴上说的话你都听到了吗？我跟顾越泽解除婚约的那些话……"

司夜寒道："嗯。"

看司夜寒的表情，应该是心情不错。

叶绾绾的眼睛顿时亮了亮，试探着开口："那……看在我表现这么好这么乖巧的分上，我可不可以提一个小小的要求呢？"

司夜寒抿了一口酒，斜睨了她一眼，说："你说说看。"

叶绾绾酝酿了好一番，才道："是这样的，之前为了顾越泽那个渣男，我跟我爸妈之间的关系一直很糟糕，这次回叶家，我已经跟我爸妈说清楚了，为了让他们放心，相信我是真的想通了，我把我俩的事情也跟他们说了……"

说到这里，叶绾绾顿了一下，一边观察司夜寒的神色，一边继续说："加上我俩交往到现在也有两年多的时间，所以，你要不要跟我回去见见我爸妈？"

她最担心的就是哪天自己和司夜寒的事情意外地被父母发现，以司夜寒对她父母的态度，加上万一父母知道两人当初是怎么开始的，这后果她简直不敢想象。

所以她必须在事情发展到最坏的情况前，想到两全的解决办法。

如果司夜寒同意，并且愿意配合的话，那就再好不过了。

叶绾绾话音落下的瞬间，莫名感觉周围嘈杂的声响全部从耳边退去，她全部的注意力都在对面男人的反应上。

司夜寒的手指顿了一下，因为酒吧光线昏暗，他的表情看不太清晰。

时间一分一秒地过去。

"不可以吗？"叶绾绾见状，落寞地敛下眸子，面上一片沉静，"司夜寒，我对你而言，到底是什么？你不开心了，就冷着我，开心了，就哄哄我……我知道你可能不太喜欢我跟其他人交往过密，甚至是我的父母。但是，如果你是这样的态度，我爸妈搞不好会以为我是被坏人抓走了，甚至会胡思乱想。"

司夜寒沉着脸，只见女孩越说越委屈，似乎快哭出来了：“他们是我的爸爸妈妈，也是你未来的岳父岳母啊，难道你只想跟我玩玩，从没想过跟我结婚吗？”

听到“结婚”两个字，司夜寒冰冷的表情有一瞬间的波动，随即，他终于开口：“可以。”

司夜寒话音落下的瞬间，叶绾绾的小脑袋就跟看到太阳的向日葵一样唰地甩了起来，说：“啊！真的吗？那你到时候可不可以变个装，让自己看起来丑，不对，看起来贤良淑德，也不对，我的意思是……看起来安全一点儿？”

司夜寒刚缓和几分的脸色顿时如同北风呼啸，声音也冷得结冰，一字一句问道：“我很见不得人？”

叶绾绾急忙把头摇得像拨浪鼓，说：“怎么会，只是你也知道的，在经历了顾越泽的事情后，我爸妈一直担心我被骗，太帅太有钱的都怕我驾驭不住，怕对方会抛弃我啊出轨什么的，更何况我居然找了一个富可敌国的大帅哥！我要是直接告诉他们，他们估计会担心得夜不能寐。所以，在我有能力让他们完全放心之前，我还不能直接告诉他们，你的身份……所以，只好稍微委屈你一下啦……”

司夜寒似乎是被气笑了，好整以暇地看着她，说：“你要多安全？”

叶绾绾暗戳戳地掏出手机，从里面翻出了一张照片递给司夜寒看，说：“差不多这种程度就可以了。”

叶绾绾一边说一边直接把照片传给了司夜寒。

只见照片里似乎是某个喜剧演员，穿着二十世纪八十年代老掉牙的红色格子衫和绿色直筒裤，戴着厚厚的黑框眼镜，皮肤黝黑，一口大门牙，而且是一个光头，形象极为一言难尽。

叶绾绾兴奋地问：“怎么样？是不是非常安全啊？”

何止是安全，绝对没人认得出来是谁！

司夜寒看到那张照片时，面色复杂。

叶绾绾大概是良心发现，觉得让司夜寒这盛世美颜按照这张照片来变装估计有点儿困难，于是稍微退了一步，道：“嘿，头发可以有的……”

“红衬衫你要是嫌弃太艳丽了，给你换成绿色的？”

“眼镜也给你去掉？嗯，不行不行，你的眼睛太勾人，眼镜不能去……”

见司夜寒的脸色似乎越来越难看了，叶绾绾咽了一口唾沫，语重心长地道：“宝宝啊，我也不想的，谁让你这张脸看上去实在是……”

司夜寒面若寒霜，说：“会出轨？”

叶绾绾忙道：“怎么会！宝宝你对我的心意，我还能不知道，你看过我最丑的样子都没有嫌弃我，我只是怕我爸妈不放心……”

最后，叶绾绾的嘴皮子都快说破了，可还是谈崩了。

万景名苑。

回到公寓后，叶绾绾还在不死心地垂死挣扎。

“哎，亲爱的，你这么想嘛，你要是很丑，身边却跟着一个大美女，那别人肯定会觉得你真厉害，这感觉多爽啊！好像哪里不对，你本来就很厉害。”

叶绾绾简直绝望。

将叶绾绾送到门口后，司夜寒干脆连门都没打算进了，直接转身便要走。

叶绾绾一时急了，猛地拦到司夜寒跟前，用力地将他推进屋子里，说：“你怎么这么不讲理？我为了你扮丑那么多次，你为了我扮丑一次都不行吗？”

司夜寒被推到了沙发边缘，双眸微眯，似乎正要动作，可是下一秒，不知道越过叶绾绾看到了什么，却突然不动了，任由叶绾绾一副强迫良家少女的恶霸姿态将他压在身下。

“若我说不行呢？”司夜寒问道，那双染着冰雪的眸子惑人到了极致。

叶绾绾被这美色晃得眼睛又花了一秒，更加坚定地觉得不能让他的原貌出现了，于是，她直接将男人推倒在沙发上，单膝压在他的身侧，说：“今天你从也得从，不从也得从！”

叶绾绾话音落下的瞬间，“哐当”一声响，紧接着又是“啪”的一声……

身后突然接连传来两声异样的响动。

叶绾绾的心里突然有一种极其不好的预感，僵硬着脊背转过身去，然后就看到穿着睡衣拖鞋的韩羡羽一脸惊吓地愣在玄关处，脚边是摔在地上的一箱子罐装啤酒。

更让叶绾绾绝望的是，韩羡羽身旁那个身形单薄的青年竟然是洛辰。

可怜的孩子人都已经傻了，剧本撒落一地。

在看到身后门口的两人后，叶绾绾整个人犹如五雷轰顶。

韩羡羽的俊脸跟调色盘一样，洛辰惨白的小脸简直如同被猛烈的狂风吹打过的小白花。

三双眼睛你看我，我看你，大眼瞪小眼。

空气一阵诡异的沉默。

“你们听我解释，这绝对是一个误会。”韩羡羽闻言，盯着她的腿。

叶绾绾垂头一看，急忙把抵在司夜寒身侧的膝盖放下来。

“总之事情绝对不是你们想的那样……”

韩羡羽又盯向她的手。

叶绾绾又赶紧像扔烫手山芋一样把扯在司夜寒领口的手松开了。

“那个啥，洛辰，你羡羽前辈可以做证的！”叶绾绾示意韩羡羽赶紧帮自己安抚一下洛辰，瞅瞅人家孩子都吓成啥样了。

韩羡羽盯着衣衫不整的男人，摸了摸鼻子，表示道：“这个……我也很受惊啊！”

叶绾绾气得瞪了沙发上的某人一眼，从司夜寒的角度，肯定早就看到门口的人了，可他居然完全不提醒她。

她好不容易才刷了一点点的信任感，现在好了，一朝回到了从前。

司夜寒不紧不慢地坐起身，理了理领口的领带和衣襟，作为被强扑的对象，他却是最淡定的那个。

韩羡羽倒是还好，就算误会自己应该也没什么，但洛辰就不同了，若是被他误会，恐怕从今往后他都无法再直视她了。

于是，叶绾绾将重点转向了洛辰，俯身将地上散落的剧本捡起来，然后递到他跟前。

在她伸出手的瞬间，洛小绵羊明显瑟缩了一下。

叶绾绾在心里默默流泪，强撑着用淡定自若的语气解释道："洛辰，介绍一下，这是我朋友，姓司，刚才我跟他闹着玩呢，因为我有事求他帮忙，他偏不答应……嘿，没有吓到你吧？"

洛辰依旧呆呆地站在那里，神情恍惚呆滞。

好吧，她已经知道他的回答了。

没办法，叶绾绾只好故作轻松地转移话题："你们俩找我有事？"

韩羡羽轻咳一声，说："我出门后在半路上遇到他，见他是去找你的，就带了路。"

这时，洛辰终于结结巴巴地道："叶哥，我……我没什么事，只是想跟您聊聊剧本……既然您这边有客人……就改天再说吧。"

洛辰刚说完，便迫不及待地转身跑了个没影儿。

他跑出去的时候，还一不小心头撞在门板上，发出"砰"的一声响。

叶绾绾看着摇晃的门板，默默掩面，在心里哀号：我刚开始攻略的小绵羊啊，就这么删档格式化，又要重刷了。

韩羡羽轻咳一声，偷偷看了眼一旁正面无表情整理衣襟的男人，随即看向叶绾绾，压低声音道："你这也玩得太过火了！连我都被你吓到差点儿误会，别说人家小孩子了。"

叶绾绾沉着脸，说："别说了，我只想问，还有办法挽回吗？"

韩羡羽摸了摸鼻子，说："我看难……除非……"

"除非什么？"叶绾绾立即追问。

韩羡羽一副玩笑的语气，摊了摊手，道："除非，你是一个女人。"

叶绾绾："……"

除非她是一个女人？

她本来就是女人，是喜欢男人的女人好吗！

可问题是，她若让别人知道了她是女人，司夜寒那边怎么办？

比起洛辰小绵羊，明显还是大魔头那边更棘手，所以她的真实身份是绝对不能暴露的。

她只能再想其他办法跟洛辰解释了。

韩羡羽表示爱莫能助，随后便搬起他的啤酒离开了，临走前还体贴地帮他们带上了房门。

屋子里，叶绾绾一脸哀怨地朝着司夜寒看去，说："现在你消气了吗？"

她都已经付出这么惨重的代价了！

司夜寒突然定定地看着她，说："你真以为我只是介意扮丑？"

叶绾绾被他用那眼神看着，下意识地问道："那是什么？"

司夜寒什么也没说，看向她的眼神却让她有种周遭的一切全部化作荒芜的冷寂感。

这个冰冷疏离似乎没有人类感情的男人，此刻却莫名给她一种落寞和孤独的感觉。

叶绾绾看着男人寂寥的侧影，心脏莫名发痛。

好吧，她承认，自己之所以想让他去见父母，并非他们的关系已经成熟，到了见父母的地步，只是为了试探他的态度，害怕未来他可能会做出伤害她父母的事情。

她知道，一直以来她从未有过安全感，对于眼前的人也从未真正敞开心扉。

可是，这样一段原本就不平等的关系，让她如何能毫无保留地交付一切？

甚至刚开始她还有过大不了熬到司夜寒死，如此便能解脱的念头。

梦中的一切历历在目：司夜寒的身体状态一直不好，从这个时候起已经有各种并发症爆发出来，她和司夜寒离婚的那一年，司夜寒的身体已近乎油尽灯枯。

她清楚地记得，梦中司夜寒签下"离婚协议书"时，连笔都已经握不住。而离开司夜寒之后，她曾在报纸和传言中多次听到有关他病危的消息……虽然这是他自己身体的原因，但不可否认，她的存在加速了他的死亡。毕竟为了她，他与整个家族为敌，每日要处理各种事情，原本就虚弱的身体因为过度消耗，更加迅速地被掏空和衰败下去。

司夜寒对她的感情过于偏执甚至偏激，让她无法承受，时刻想要逃离。

但不可否认的是，无论是梦中还是现实中，这个男人不管表面上看起来有多恐怖，但从头到尾都没有做过伤害她以及她身边人的事情。

而这段日子以来，她更是发现了司夜寒越来越多她以往从未发现的一面。

明明她一心只想要获得自由，明明只是为了保命，可是为什么一想到他越来越差的身体，想到他的病，想到可能几年之后他就会病入膏肓，甚至……她的心脏就如同被一只巨大的利爪撕扯般难受。

其实司夜寒很清楚吧，清楚地知道她一直以来都是在刻意伪装。

是啊，以他的城府，又怎会看不明白她的那点儿小心思。

原本她认为司夜寒只是把她当成一个特别在意的物件，并不在意她的真心与否，只需要她乖巧听话便可以。

这个男人又从不会表达自己，她也从没有多想过。

但是，方才司夜寒看向自己，说出"你真的以为，我只是介意扮丑"的那一瞬间，她莫名有种这个男人在失落和伤心的感觉。

不知过了多久，叶绾绾失神间，空气里传来男人低哑的声音：“我会去。”

司夜寒说完便站起身，朝着门外走去。

然而他推门离开的瞬间，手腕突然一紧。叶绾绾不知何时从身后跟上来，拉住了他的衣角，说：“谢谢。”

司夜寒没有说话，脸上也没有任何表情。

在司夜寒要再次迈步离开的瞬间，叶绾绾突然道：“今晚你留下来吧！”

司夜寒的眸光似乎微微闪动，眼睛垂了下来，看向她。

叶绾绾见他不动，便直接拉着他的手，将他带回了屋子。

“你的黑眼圈好像又重了一点儿，以后如果方便的话，尽量都来我这边吧，如果我没什么事，就去锦园找你。”

见司夜寒一直盯着自己，叶绾绾说：“怎么了，你不是跟我在一起的时候会睡得比较好吗？”

怕他觉得自己的行为突然变化太大，叶绾绾又加了一句：“嘿，就当是我对你的报答啦！谢谢你！”

她知道对于一个控制欲这么强的人来说，刚才的妥协有多不容易。

叶绾绾的语气状似轻松，但只有她自己知道，方才那一瞬间，她的心里到底经历了什么。

虽然那个真实到极点的梦里，因为司夜寒对自己的偏执和可怕的占有欲，她曾痛不欲生，但这个人从未欺骗和背叛过她，也是因为他，最后她才看清了沈梦琪和顾越泽那些人的真面目。

她知道自己无法接受这种与他地位不对等的情况下，如同危墙般随时可能坍塌的关系，无法接受他对自己毫无缘由的占有欲和随时可能失控的情绪。

但是，她也不可否认，现在换个方式与他相处后，他的改变带给她的动容。

她说不清楚现在的自己对司夜寒到底是什么感情，但她可以肯定的是，至少她并不希望他死。

算了，既然她想不通就不想了，随心所欲吧。

她就算想要获得自由，也不希望是通过他的死亡这样的方式。

夜晚静悄悄的，两人安静地躺在床上。

司夜寒睡觉的时候特别安生，一点儿动静也没有，叶绾绾也不确定他到底睡着了没有。

叶绾绾的心绪不宁，睡了半天都没睡着，于是扭过头轻声问道：“对了，有件事情我要问你，那个，梅景州你认识吗？”

旁边传来司夜寒一如既往的清冷声音：“不认识。”

叶绾绾眨了眨眼睛，说：“哎，不是你让他去我爷爷的寿宴的吗？”

叶绾绾脸色微黑，道："不玩！我又不是来玩的！"

见司夜寒跟以往一样无论商量多重要的事情都不避讳这个女人，还让她在这么机密的场合里待着，现在她还直接当着众人的面要脾气，流影的脸色难看得已经濒临爆发。

许易抹着汗，在一旁小心地盯着他，防止他那暴脾气忍不住。

秦若曦依旧是温和自然的表情，微笑着道："叶小姐别生气，司总这会儿确实有要事要跟我们商议，等忙完就会陪你了。"

叶绾绾似笑非笑地朝状似在体贴解围的秦若曦看了一眼，没有理会她，拿着平板电脑坐到一旁的沙发上去了。

司夜寒那边迟迟不结束工作，叶绾绾只能百无聊赖地拿着平板电脑刷着新闻。

其间，她的手机振动了一下，是韩羡羽发给她的微信。

韩羡羽发了几张照片给她，问她哪张比较帅。

叶绾绾扫了一眼，挑了其中一张发过去：这张，你的左边脸更好看。

很多人都有最美的角度，并且每次面对媒体镜头的时候都刻意只露出那个角度，而韩羡羽的左脸更为完美。

韩羡羽回了她一个"OK"。

然后叶绾绾刷了一下网页，就看到韩羡羽发了一条博文："有人说我的左脸更好看。"

配图就是叶绾绾给他选的那张照片。

评论下面一片"彩虹屁"。

"啊啊啊！天哪！老公终于发自拍了！等死宝宝了！"

"帅帅帅！老公什么角度都帅！"

"人？有人是谁？"

……

叶绾绾一边心不在焉地刷新闻，一边朝着司夜寒的方向看着。

时间一分一秒地过去。

转眼已经过了半个小时，司夜寒等人似乎没有结束工作的意思。

一想到司夜寒那脆弱的身体，叶绾绾的眉头就越皱越紧，手指有些不耐烦地在沙发扶手上敲击着。

又过了二十分钟，时针已经指向了晚上九点。

敲击扶手的手指顿住，叶绾绾唰地站起身，拿起茶几上已经冷掉的餐盒，朝着里间的休息室走去。

三分钟后，叶绾绾拿着重新热过的饭菜走了出来，径直走到司夜寒的跟前，拖了一把椅子在他旁边坐下。

因为叶绾绾突如其来的动作，一瞬间所有人的目光都落在她的身上。

手下汇报的声音也蓦然停住了，有些无措地朝着许易投去询问的眼神。

许易也蒙了，他不知道叶绾绾到底想做什么。

从今天早上那通电话开始，她就有些不对劲。

叶绾绾扫了一眼盯着自己的众人，说："你们继续。"说完，她用勺子舀了一口饭菜，递到司夜寒的嘴边。

司夜寒微微一怔，黑沉沉的眸子盯着身旁的女孩。

叶绾绾保持着喂饭的姿势，面无表情地看向面色复杂地盯着自己的司夜寒，道："反正你这快一个小时的时间里也只说了八句话，加起来四十七个字，吃顿饭而已，总不耽误你商议事情吧？"

见司夜寒不动，叶绾绾又靠近他一些，一副"他要是敢不吃就没完"的表情。

司夜寒盯着女孩看起来明显心情不太好的小脸，沉默良久，终于配合地张嘴。

叶绾绾从刚才起就一直很难看的脸色这才稍微缓和了一些。

办公室里的其他人看着司总身旁正在喂饭的美人，默默无言。

是不耽误事情，但问题是，他们被这波恩爱秀得眼睛都快瞎了！

一直淡定自若的秦若曦看着正在喂饭的叶绾绾，表情终于有了一瞬间的波动，随即开口："是我疏忽了，忘了司总还未来得及用餐。"

流影冷哼一声，眸中满是鄙夷之色，她跑到这里故意演这一出给谁看啊？宣示主权吗？

许易听到秦若曦的话，则是目光动了动。

若曦小姐这话说的……好像是因为她的疏忽才导致九爷还没用餐。

实际情况却是，自家少爷根本就是一个工作狂，一旦工作起来，是不允许任何人打扰的，即使是若曦小姐，也不可以。

若曦小姐很清楚少爷的禁忌，所以从不多嘴。

可是现在，叶绾绾居然直接在少爷商议要事的时候进来打断，还喂起饭来了。

而自家少爷似乎也没生气？

"嘿，大家继续吧！"

直到许易示意大家继续，众人才回过神来，赶紧恢复节奏，继续各自的汇报。只是，这回大家再也忍不住，时不时偷偷抬头看向两人。

都说司总对这位宠上了天，现在看来真是一点儿不假啊！

他们何曾见过自家不食人间烟火的司总有过这么接地气的一面？

原本他们一直觉得司总和秦小姐才是一对，但是现在这么一对比，这才是正常的恋人状态吧？

司总和秦小姐的状态完全是工作关系。

"上个季度公司的纯盈利额达到了……"秦若曦正在汇报工作，话说到一半，看到叶绾绾喂了司夜寒一筷子芹菜，下意识便道，“司总他不吃芹菜的。”

叶绾绾闻言，有些意外地抬起头，司夜寒不吃芹菜吗？

角落里的流影冷哧一声，说：“你连少爷的饮食习惯都不清楚。”

“你不吃芹菜？”叶绾绾看向司夜寒问。

司夜寒看了她一眼，随即回答：“嗯。”

“哦……”

果然还是秦若曦比较了解他，不过也难怪，自己认识他的时间确实没有她长。

叶绾绾把筷子收了回去，准备夹别的菜。

结果，她这边刚准备收手，筷子一空，司夜寒已经面不改色地将芹菜咽了下去。

叶绾绾怔了怔，朝着司夜寒看了一眼，说：“你不是说……不吃芹菜的吗？”

流影幸灾乐祸的表情瞬间僵在了脸上。

许易则是默默掩面，他就知道会这样。

重点不是什么菜，而是谁喂的。

见叶绾绾不动，司夜寒斜支着额头，投去询问的眼神，意思是继续喂。

叶绾绾眨了眨眼睛，迟疑地又夹了一筷子芹菜过去。

司夜寒再次面不改色地吃了。

这下众人哪里还看不出来自家司总是刻意给人家撑腰，甚至不惜驳了秦若曦的面子。

不过简单的一个小细节，亲疏立现啊！

屋内的众人下意识地朝秦若曦看去，不过人家混到这个位置上也不是白混的，脸色倒是丝毫不变。

喂完饭后，叶绾绾也不多待，重新回到沙发那儿坐着了。

又过了半个小时，司夜寒总算是忙完了。

“工作结束了吗？”叶绾绾立即抬起头。

一旁的许易道：“九爷还要去总公司开个会。”

叶绾绾的脸色唰地又黑了：“这都什么时候了？怎么大晚上的还要开会？”

许易轻咳一声，说：“这个会议比较重要。”

重要……又是重要。

叶绾绾看向司夜寒，问道：“不能改天吗？”

秦若曦在一旁解释：“这次的会议确实很重要，不能拖，希望叶小姐可以理解司总。”

叶绾绾没有回秦若曦，只是死死地盯着司夜寒。

司夜寒伸出手掌，在叶绾绾的脑袋上揉了一下，说：“你先回去。”

听到这句话，叶绾绾方才压抑的火气瞬间飙起来了。

他就知道工作，工作难道比他的命还重要吗？

自己的身体什么样子，他心里没点儿数？

叶绾绾看向许易，强压着胸口起伏的怒气问道：“从这里到公司要多长时间？”

看两人这会儿的气氛似乎不太好，许易小心地回答：“大概一个小时。”

叶绾绾立即道：“那我也去。”

司夜寒闻言，神情莫测地朝着女孩看去。

叶绾绾没好气地瞪他：“你看我干吗？我不能去吗？”

司夜寒面无表情地说：“随你。”

上了车后，叶绾绾和司夜寒一起坐在后座上。

叶绾绾气得不轻，扭过头坐在座位的另一头，生着闷气。

正在看笔记本电脑的司夜寒大概终于察觉女朋友生气了，将膝上的笔记本电脑收起来，朝叶绾绾看去。

大概是觉得她今天的情绪似乎格外暴躁，于是他开口问道：“你今天经期？”

叶绾绾闻言，顿时额头青筋暴跳，没来“大姨妈”都要被他气出“大姨妈”了！

算了算了，她不跟他一般见识。

这家伙的脑回路压根不在人类的范畴，他能知道女孩子经期会暴躁已经是非常不容易的事情了。

叶绾绾深吸一口气，让自己冷静下来，然后也不耽误时间，板着脸，一把扳过司夜寒的脑袋，按在自己的腿上：“还有一个多小时，你睡一下。”

这家伙早上六点就出门了，到现在晚上十点，中间连饭都没吃，这么连续高强度地工作了整整十六个小时，就算是好的身体也禁不住这么消耗的。

他真当自己不是人类了吗？

司夜寒枕着女孩柔软的双腿，清冷的面上闪过一抹类似意外和探究的情绪。

叶绾绾立即瞪着他，说：“闭上眼睛，睡觉。”

应该是真的太累了，叶绾绾的话就跟按下了某个开关一样，司夜寒眸底的探究之色还未来得及弥漫，那双黑曜石般的眸子已经被合上的眼睑遮挡。

叶绾绾想到，很多小孩子都喜欢抱着心爱的玩具或者毛绒玩偶睡觉，一旦玩偶不在身边，就无法入眠。

自己对司夜寒而言，可能就像那只被孩子抱在怀中入眠的小熊玩偶。

前面正在开车的许易透过后视镜看到后座上的画面，脸上一片复杂之色。

从早上那通电话询问少爷的身体状况，到亲自跑过来几乎半强迫地喂少爷饭，现在又趁着路途中这短暂的一个多小时让少爷入睡休息……

叶绾绾到底在打什么主意？总不会是真的为了少爷的身体着想吧？

车子平稳地行驶着，车内装饰都是以舒适为主，司夜寒很快便睡熟了。

叶绾绾从储物柜里拿出一条毯子给他盖上，随即试探着问许易：“未来这几天司夜寒有出差的安排吗？”

许易道："有的，下周末。"

"去哪里？"叶绾绾立即问。

"B国，去谈一个重要的合约，今晚的会议就是在商议这件事情。"许易也不避讳叶绾绾，直接回道。

毕竟自家少爷对叶绾绾的态度已经摆在那里，他还有什么好瞒着的。

叶绾绾一听到"B国""谈合约"几个词，心陡然一凉。

居然与梦中的发展一模一样，司夜寒真的要去B国！

"一定要去吗？或者可不可以改期？必须司夜寒亲自去吗？"叶绾绾问。

许易一脸为难道："这……恐怕不行吧！这次的合作项目整个公司准备了三年多的时间，不可能不去，也没办法随便改期的，很早之前就已经约好了，而且也只能少爷亲自过去……绾绾小姐下周是有什么事吗？"

叶绾绾沉着脸，没有说话。

听许易这意思，这次他是非去不可了，而且因为事情很重要，必须由他亲自过去。

她若想毫无理由地阻止，几乎是不可能的事情。

好端端的，凭什么不让他去？

说司夜寒这次会遇到危险差点儿死在B国，谁会信她？

难道梦境真的会成真吗？

到了公司门口，叶绾绾将司夜寒叫醒，说："你继续开你的会吧，我回去了。"

"让许易送你。"估计是睡了一会儿精神好了不少，司夜寒的语气似乎比平日里要温和。

然而叶绾绾的心情没有丝毫好转，郁结地盯着某个工作狂，然后一声不吭地转身走了。

真是皇帝不急急死太监！

万景名苑。

回去之后，叶绾绾便开始发愁，要怎么阻止司夜寒去B国。

可惜她想了半天也没想出什么好法子。

她又不是秦若曦，说出来的话完全没有分量。

算了，船到桥头自然直，这几天她多吹吹耳边风，实在不行的话，还有美人计。

叶绾绾叹了口气，换回男装，然后给洛辰发了一条短信：五分钟内，你到我的房里来。

先搞定这边再说，再拖下去，那孩子还不知道会怎么胡思乱想。

叶绾绾一边等一边看着手机上的时间。

大概是因为这次她短信里的语气比较强硬，洛辰没敢再无视她，敲门声几乎正好踩着五分钟响了起来。

叶绾绾随口道：“请进。”

门虚掩着，一阵脚步声响起，洛辰缓缓地推门走了进来。

洛辰好像刚洗完澡，头发还有些湿漉漉的，衣服穿得也很匆忙，一只鞋的鞋带系得很凌乱，看上去更让人忍不住心软了。

值得一提的是，这大夏天的，洛辰穿了一件颇厚的外套，整个人包裹得严严实实。

叶绾绾扫了一眼他这身打扮，嘴角略微抽搐了一下，这孩子以为自己叫他过来要做什么吧？

“坐。”叶绾绾的目光落在自己身旁的沙发上，示意道。

洛辰顿了一下，半晌才迈着脚步朝她走过去，不过他没有在她旁边的位置坐下，而是坐在了沙发的另一头。

叶绾绾穿着休闲装和拖鞋，姿态慵懒惬意，眉头明显不满地蹙了蹙：“你坐这么远做什么？”

洛辰抿了抿嘴唇，往她那边挪了一点点——真的只是一点点，大概一只手掌的距离。

叶绾绾今天的心情本来就不好，此刻耐心已经告罄，直接站起身朝着洛辰的方向走去。

叶绾绾起身的瞬间，洛辰明显整个人紧绷成了一张弓，手指紧紧握成了拳头。

当她几乎要走到他跟前的时候，他终于坐不住了，如同弹簧一般唰地站起身。

然而他还来不及动，就被叶绾绾按住肩膀，用力地压了回去。

叶绾绾保持着将人压在沙发靠背上的姿势，双眸微眯，居高临下地看着他，眸光一片冷冽：“你跑什么？”

洛辰的眼睛完全不知道该往哪里看，似乎下一秒就要夺门而出，却又因为某种原因强自忍耐着。

叶绾绾盯着他，一字一句地道：“接下来我要说的话，你听清楚。

“第一，我对你没兴趣。

“第二，我对潜规则手下艺人这种事情没有兴趣。

“第三，除非我喝了酒，你记得离我远一点儿，其他时候，参照第二条。”

叶绾绾的目光紧锁着他，阻止他逃避自己的视线：“你听明白了吗？”

洛辰原本正在消化她的第三句话，闻言下意识地点了点头。

叶绾绾不满道：“说话。”

洛辰急忙道：“明白了。”

叶绾绾的神色这才稍稍缓和了几分，说：“我若真想对你做什么，早就动手了，何必等到现在？我看中的是你真正的价值。我知道不少经纪人会对手下的艺人提出一些越过底线的非分要求，因为这种风气在圈内的盛行，想认真演戏和走正道的艺人在别人眼中反而成了傻子。不过我可以保证，不会强迫你做那些事情，所有的事情有我，你只需要做好一件事，就是演好戏！但前提是，你得值得我花费这么大的精力。”

听到这里，洛辰的神色已经缓和了不少，并且一点点坚定：“我会努力的。”

叶绾绾坐回沙发上，定定地看着他说：“不是努力，而是背水一战，这是你唯一翻身的机会。你也清楚，周文斌一直在盯着我们，这次我们之所以会成功，完全是占据了先机，天时地利，大势所趋，他想阻止也有心无力。如果这次你失败了，那么所有的一切前功尽弃，你可能一辈子都没有第二次这么好的机会。”

“我知道了。”

“知道就好，你回去后早点儿休息吧，剧本明天再聊。”

“嗯。”

司家老宅。

老太太看着棕色纸袋内的一沓资料，手指颤抖得越来越剧烈：“这……这简直……”

老太太的身旁坐着一位穿着得体的名媛，她担忧不已地道：“奶奶，您千万别太激动了！我之前一直不敢将这些东西给您看，就是怕您气坏了身体。”

老太太看着纸袋内那沓有关叶绾绾的资料，满脸的难以置信，更多的则是震怒：“这些都是真的？”

名媛忙道：“千真万确！奶奶您若是不相信，可以自己去查证的。奶奶，您别怪我多管闲事，之前我听圈子里的姐妹说了一些有关这位叶小姐不好的事情，本来我是不相信的，毕竟九哥看人的眼光向来很好。但对方说得有鼻子有眼，我实在是担心九哥，于是擅自去查了一下，这不查不知道，一查竟然查到了这么多不可思议的事情。这位叶小姐任性妄为，品行不端，跟九哥一起交往的时候还和别的男人关系匪浅。这……这简直是……咱们九哥那么优秀的人，怎么能跟这种女人交往？”

名媛的语气满是愤慨。

老太太闭了闭眼睛，半晌后，她终于强自压下了眸内所有的情绪，说：“行了，我知道了，你回去吧！”

名媛的眉头微蹙，道：“奶奶，那这个叶小姐，您打算怎么办？我听说九哥被这个女人迷得神魂颠倒，现在能劝动九哥的人，恐怕只有您了。”

老太太目光凌厉地看向对方，说：“我自有分寸。沁渝，你记得管住自己的嘴，这件事情不许让任何人知道。”

“奶奶，沁渝明白的，毕竟家丑不可外扬。”

名媛还想多说，但怕过犹不及，于是乖巧地与老太太道别，离开了。

名媛走后，老太太的面上已经恢复了一贯的沉稳，说：“老钟，你安排人去查查。”

她了解自家孙子绝对不是胡来的人，所以从没过问叶绾绾的身份和过去，即使知晓她的家世与司家悬殊，也想着只要孙子喜欢，她这把老骨头拼死也会支持他的决定。

前提是，这个女人必须是真心对待阿九！

她不会轻易相信一个外人的话，但空穴不来风，她既然知道了，便不能坐视不管。

“是。”老管家应声。

夜渐深，老太太一夜未眠。

直到第二天早上，管家用最快的速度将查到的资料摆在她的跟前。

“老夫人，我已经派人查过了，叶小姐的过往确实有些任性，但没有做过什么极其出格的事情。另外，叶小姐的交际圈子其实很单纯，只是……

“只是叶小姐在认识九少爷之前真的有一个未婚夫，不过倒也不能说是叶小姐背叛司总，因为和九少爷在一起的时候，叶小姐似乎并没有那么喜欢少爷。”

对于这个结果，老太太明显有些意外，毕竟还没有不喜欢她孙子的女人。

“那她之前和阿九之间表现出的恩爱又是怎么回事？”

“这……毕竟人都是有感情的……或许是相处中两人渐生情愫？”钟管家斟酌了一下措辞后开口。

老太太深吸一口气，眉宇间满是疲惫之色：“我对她没有任何要求，也不管他俩到底是怎么认识的，既然现在已经在一起了，我只求她是真心对待阿九的。”

钟管家安慰道：“自从九少爷恋爱后，确实在往好的方向发展，那位叶小姐瞧着也不像是心思叵测之人。今日我还听许特助说，叶小姐特意赶去公司催促九少爷吃饭，您也知道，九少爷工作起来就什么都顾不上，可那叶小姐倒是个有办法的人，硬是亲自喂九少爷让他吃了饭，路上那点儿时间也陪着九少爷。所以说，儿孙自有儿孙福，九少爷有祖宗庇佑，老夫人还是放宽心吧。”

老太太神色稍缓，长长地舒了一口气：“但愿如此。”

恰似寒光遇骄阳

（下册）

囧囧有妖——著

江苏凤凰文艺出版社
JIANGSU PHOENIX LITERATURE AND ART PUBLISHING

QIASIHANGUANG
YUJIAOYANG

"俗话说，强扭的瓜不甜，
相信你也明白这个道理！"
"谁说我喜欢甜瓜？"
"你……确定不喜欢吃甜瓜吗？"

目录

CONTENTS

第十九章

如临大敌

《恰似寒光遇骄阳》不仅仅是一部小说，更是一段刻骨铭心的情感旅程，它让我相信，在这个纷繁复杂的世界里，真爱始终存在，如寒光与骄阳相遇便能绽放出最耀眼的光芒。

——DumBo-小菲象-欧气版

读者告白

QIASIHANGUANG
YUJIAOYANG

这一周里，叶绾绾密切关注司夜寒的一切行踪和动向，盯着司夜寒的一日三餐和休息情况。

时间一晃而过，明天就是司夜寒要去出差的日子。

这几天她一直没能找到合适的时机和理由阻止他。

她仔细想过了，在无关紧要的事情上，司夜寒可以纵容她，但这么大的事情，不可能任由她胡闹。

枕边风和美人计都不太可能有效，所以大概就只剩下苦肉计了。

叶绾绾愁得不行，没办法，最后只能咬了咬牙，从冰箱里把自己一早就准备好的几抽屉冰块给搬了出来，全部倒进了浴缸里……

叶绾绾泡了好半天的冰水澡，冻得直哆嗦才爬了出来。

自从醒悟过来后，叶绾绾还没受过这种罪，她为了阻止司夜寒，真的很努力了。

回到客厅，叶绾绾将自己这几天准备的东西全都收拾好，塞进一个巨大的行李箱，然后拖着一起回锦园。

她打车到达锦园的时候已经是深夜。

叶绾绾将手里的箱子交给用人抬到楼上，随后问道：“九爷回来了吗？”

“回绾绾小姐，还没有。”用人回答。

叶绾绾闻言，顿时眉头紧蹙。

为了这个项目，司夜寒几乎有整整三年的时间都是连续高强度工作，最近这段时间，因为是关键时刻，更是每天都要加班，连三个小时的睡眠都保证不了。

这还是叶绾绾紧盯着他，见缝插针逼他小睡一会儿的结果。

明知道他继续这么下去，身体会恶化成什么样子，她却没法阻止……

叶绾绾躺在床上，等到凌晨她都要睡了，司夜寒都没有回来。

醒来的时候已经是第二天早上，她身旁还残余着熟悉的清冷气息。

看着窗外亮起的天色，叶绾绾瞬间清醒，一个箭步跳起来朝着楼下跑去。

远远看到门口停着好几辆车子，一辆是司夜寒的主驾，其他的是护卫乘坐的车辆。

司夜寒正和锦园的用人交代着什么，说完便朝着门外走去。

许易小跑在前，拉开了后座的车门，流影等人也陆续准备上车。

眼见着司夜寒就要走人，叶绾绾的瞳孔骤然紧缩，以最快的速度飞奔着追了上去。

就在司夜寒要迈步上车的瞬间，身后突然一股冲力猛地撞了上来，下一秒，便被一团馨香的柔软死死搂住了腰身。

司夜寒先是怔忪了一秒，随即缓缓转过身。

只见叶绾绾头发乱糟糟的，身上穿着睡衣，脚上只有一只拖鞋，气喘吁吁、满脸焦急地说：“你不许走！”

司夜寒看着女孩光着的一只脚，眉头紧蹙，问道：“鞋子呢？”

这都什么时候了，还管什么鞋子！

叶绾绾喘息着，一边死死抓着司夜寒的手，一边焦急地重复道：“你不要走！不要去出差！不要去B国！”

一时之间，许易、流影、众护卫等所有人的视线都落在了叶绾绾的身上。

锦园的用人匆匆帮叶绾绾把跑掉了的那只拖鞋捡了回来。

司夜寒正要帮她穿上，叶绾绾暴躁地一脚把另一只拖鞋也给踹掉了：“别管鞋子了！我说的话你听到了没有？不要去B国！”

这段时间叶绾绾的情绪一直都起伏不定，暴躁易怒，司夜寒倒是也习惯了，只当她又在闹脾气，开口道：“我一周后就回来。”

叶绾绾气得不行，腹诽道：“回来个屁！等你回来的时候说不定你小命都快没了！”

叶绾绾哭唧唧地说：“不许走不许走，我身体不舒服，难受死了，你要丢下我一个人吗？”

司夜寒眉头微蹙：“哪里不舒服？”

叶绾绾立即开口道：“我头晕眼花四肢无力呼吸都困难，肯定是发烧了……”

司夜寒闻言，伸出宽大的手掌覆上她的额头，片刻后，神色稍缓：“温度正常，没有发烧。”

叶绾绾的脸色顿时一黑。白泡了那么久冰水，刚才起床的时候她就发现了，她不仅没发烧，而且还神清气爽、活蹦乱跳的！

没办法，只能飙演技了。叶绾绾顿时一脸控诉地说：“胡说，那我为什么会这么难受？你的手一点都不准！骗子！你就是想走！就是想丢下我！”

出于谨慎，司夜寒看了她一眼，随即执起她的手腕，指腹搭了上来。

叶绾绾看到司夜寒的动作，面色一呆，看傻眼了，他啥时候连把脉都学会了？

叶绾绾赶紧把手一缩，不过司夜寒大概已经把出来了，知道她的身体没事，神色略有些无奈道：“不许胡闹，大白在后院，你去找它玩。”

大白回来了吗？就在后院？

叶绾绾硬生生抵制住这巨大的诱惑，艰难地咬了咬牙，搂住司夜寒的腰身不放：“我不！我不要！不要大白！我要你！就要你陪我！”

司夜寒的神色似乎有些意外，心脏莫名一软：“是不是做噩梦了？”

叶绾绾的小脑袋埋在他胸口，连连点头说：“嗯，做噩梦了，做了一个很可怕很可怕的噩梦，梦到你这次去B国会遇到危险，所以，你不要去好不好？”

司夜寒抚摸着她的头安慰说：“梦境都是相反的。”

叶绾绾急道：“可是非常真实！每一个画面、每一个细节我都记得清清楚楚！我记得你们所有人都遭遇了袭击，记得你受了重伤，差点死掉！”

这时，一旁的流影终于忍不住了，看向叶绾绾开口道：“叶小姐怕是多虑了，梦境里的事情怎么能当真？少爷有我们保护，绝对不可能出事的，还请放宽心！”

叶绾绾瞪他：“我知道你们厉害，但你怎么保证没人比你们更厉害？怎么保证没有任何突发状况？”

流影只当她是强词夺理，眸中的厌恶更甚，看向司夜寒，恭敬地提醒道：“少爷，时间快来不及了。”

叶绾绾急了，盯着司夜寒说：“你要是敢去，我立刻就去地窖，把所有的酒都给喝了！我把全华都的男男女女全都给撩一遍！等你回来的时候，头上将是一片青青大草原！”

司夜寒：“……”

叶绾绾踮着脚尖去亲他的下巴，拉着他的手往屋子里拖：“不要走嘛，留下来陪我！”

说完凑近他耳边，用只有司夜寒能听到的声音开口道：“别去好不好？我们回屋里单独相处啊！”

司夜寒深邃的眸底瞬间幽暗下去，捏了捏眉心，死死盯着某个即将引火烧身的小丫头。

“推迟半小时出发。”最终，司夜寒开口道。

说完，他将赤着双脚的叶绾绾抱了起来，朝着屋内走去。

叶绾绾顿时不满地咕哝道：“就半小时吗？会不会太短了？”

司夜寒怒道：“闭嘴！”

司夜寒离开后，流影气得一拳砸在车门上：“生什么病！面色红润，嗓门这么大，哪里像是生病的样子！在这么多人面前就这样缠着少爷，简直不知羞耻！”

一旁有护卫感叹道：“这还是我第一次看到司总的女朋友，真是绝色尤物啊！也难怪咱们司总这样的人物都动了凡心！”

流影瞪了说话的人一眼，冷哼道：“红颜祸水！一天到晚就知道耍脾气、拖后腿，缠着少爷不放，连这种时候也分不清轻重！总有一天少爷要被她害死！”

其他人也纷纷叹着气开口道：“这么重要的事情，是有点太不顾全大局了……”

“耽误了谈判，她担待得起吗？简直不知所谓！”

“听说这女人就是个小门小户家的千金，自然不可能跟若曦小姐一样识大体。”

“别拿那种女人跟若曦小姐相提并论！”

“哎，也不知道司总是怎么想的，这种女人无论怎么看也不够资格成为司家的少夫人吧？”

……

楼上卧室。

被警告之后，叶绾绾依旧不怕死地窝在司夜寒的怀里小声嘀咕：“我又没说错啊，真的太短了，其实我觉得七天最合适……”

司夜寒将女孩放在沙发上，扯了扯领口的领带，盯着女孩的视线恨不得将她生吞活剥。

叶绾绾咽了口唾沫，终于闭了嘴，不敢再作死了。

司夜寒盯着她：“说吧，想做什么？”

叶绾绾胡搅蛮缠地说：“说什么呀？我能做什么？就是舍不得你，不想你走而已不行吗？一点都不解风情！好啊！你去啊！去吧！随你去哪里好了！我再也不会管你的事情了！”

她千方百计想帮他避祸，昨晚被冻得骨头都冰了，还要被他的员工当成祸水，她容易吗？

结果这家伙还一点都不领情！

叶绾绾说完便抄起一旁沙发上的毯子，把自己给蒙了起来。

毯子里面传来女孩闷闷的声音：“坏蛋，骗子，大魔头……对我这么坏，这么讨厌！总是冷冰冰的，一点儿都不温柔！我干吗要管你？你想去哪儿就去哪儿好了！”

四周一阵静默。

不知过了多久，就在叶绾绾以为司夜寒已经走了的时候，她感觉到毯子似乎在被一个力道拉扯，叶绾绾立即用力抓住一角不放。

司夜寒稍微用了些力气，还是将叶绾绾蒙头的被子给扯开了。

他正要开口说话，结果，却猝不及防地对上了女孩满面泪痕的小脸。

叶绾绾跪坐在那里，随手抹了把脸，面无表情道：“有事吗？你干吗还不走？”

司夜寒薄唇紧抿着，如同遇到了什么极大的危机和难题，一动不动地盯着她。

良久后，男人终于开口：“除了这件事情之外，其他的我都可以答应你。”

叶绾绾闻言，蓦然一顿，随后，缓缓扭过头看向他：“任何事情都可以吗？”

司夜寒颔首道：“是。”

叶绾绾想了想说：“那我要跟你一起去！”

见司夜寒不说话，叶绾绾立即作势又要钻回毯子里。

下一秒，司夜寒答应道：“好。”

叶绾绾一直冷着的小脸这才缓和了几分，抽了抽鼻子，朝着男人张开手臂：“抱我去那边，我要去换衣服！”

司夜寒看着向自己张着双臂的女孩，终究还是走了过去，将她抱起来，放到了床上。

叶绾绾快速换好衣服，收拾完行李，又把墙角的大箱子拖了过来。

与此同时，楼下。

“你说什么？那女人也要跟着我们一起去？”听到许易的话，流影满脸无法置信。

没想到那女人为了缠着少爷，眼看阻止不了他们的行程，就干脆自己跟着，简直是无耻到了一定境界！

许易轻咳一声："咳，是的，为了方便，估计还要调几名女性护卫过来。"

流影满脸暴躁地说："这简直是太荒谬了！这么重要的事情，带她一个碍事的女人去做什么？"

许易叹气道："哎，你少说两句吧，又想被骂吗？九爷都已经决定了。你就算再怎么不喜欢她，她也好歹是九爷选定的人……"

"若不是因为她是九爷选定的人，你以为我还能忍到今天？"

流影正满脸怒意，只见叶绾绾已经挽着自家少爷的手臂，换了一身衣服从屋里走了出来，身旁两个护卫帮她拖着箱子。

叶绾绾的行李有一个粉色的小箱子、一个行李包，还有一个她昨晚从公寓那边带过来的三十寸的超大黑色箱子。

行李拎下楼之后，众人不由自主地纷纷对叶绾绾的大包小包侧目，尤其是那只大得惊人的箱子。

带这么多东西，这位大小姐当是去旅游的吗？

叶绾绾也不在意那些人的视线，面不改色地叮嘱道："箱子里面都是我最心爱的衣服和化妆品，一定要保管好，别丢了，尤其是黑色那只。"

"是，小姐！"护卫们整齐应声。

流影快步走上前，焦急地看向司夜寒道："少爷，这次旅途时间颇长，途中条件也并不轻松，若带着叶小姐，恐怕有诸多不便。"

言外之意，无非是嫌弃叶绾绾拖后腿。

叶绾绾抱着司夜寒的手臂撇了撇嘴，朝着流影斜睨了一眼："反正我男朋友会照顾我，你未免操心太多了吧？"

流影气结："少爷这次去是有正事，你若真的关心少爷，就不该在这种时候给少爷添麻烦……"

话未说完，司夜寒清冷的目光朝着流影看了一眼："流影。"

接收到少爷警告的视线，流影死死捏紧放在身侧的拳头，不甘地噤声。

见司夜寒为自己撑腰，叶绾绾生怕流影不够生气似的得意地扬了扬小脸，还在司夜寒的脸颊上亲了一口。

反正看到流影生气，她就开心。

果然，流影看到她那"不要脸"的样子，立即就气得更厉害了。

叶绾绾似笑非笑地勾着嘴角看了流影一眼，幽幽开口道："我看，你还是担心担心你自己吧！我闲来无事给你算了一卦，算出你到B国的第一天就有血光之灾，啧啧，小心点吧！"

叶绾绾之所以会这么说，是因为她记得在那个梦里，司夜寒遇劫的事情闹得非常大，一行人回来之后，叶绾绾从众人的对话中了解到了事情的所有经过，对于很多细节都印象深刻。

其中就包括到B国第一天，流影不知道因为什么原因跟人打了一架，还被打破了头的事情。

“你……”流影只当叶绾绾是在诅咒自己，气得肺都快炸了。

司家老宅。

穿着一身C家最新高定的名媛坐在沙发上，殷勤体贴地给老太太泡着茶，口中乖巧道：“奶奶，九哥这段时间都不在家，沁渝怕您一个人寂寞，特意过来陪您！”

老太太手里捏着一串佛珠，面色不变地点点头：“嗯，你有心了，不过，我也不用你们陪着，你们照顾好自己便可以。”

名媛急忙附和道：“奶奶说的是！其实，陪奶奶这种事情，怎么也轮不到我来做才是，只是……”

名媛刻意顿住话音，看了老太太一眼，才继续开口道：“听说……那位这次跟着九哥一起去了，九哥不在，若曦姐姐一个人又要忙公司的事情，分身乏术，我这才多事来这一趟，奶奶可别嫌弃我！”

老太太闻言，转动佛珠的手顿了顿：“你说绾绾跟着小九一起去B国了？”

“是啊。奶奶您还不知道吗？是我多言了！”名媛一副发现自己说错话的表情。

“绾绾怎么会跟着小九同去？”老太太问。

“这……”见老太太追问，名媛才一副为难的表情开口道，“大概是叶小姐和九哥的感情太好了，舍不得他离开吧！听说叶小姐早上闹了好半天，说自己身体不舒服，后来又说做了噩梦，梦到九哥这次去会有危险，怎么也不肯让九哥走，九哥实在没办法，便带着她一起去了！”

老太太听到这话，平静的脸色顿时不易察觉地沉了几分，尤其是在听到那句“九哥这次去会有危险”时。

老人家本就对这些事情比较忌讳，即使是随口说的话，听着也还是心里有些不舒服。

只为了让小九留下陪她，就能随便把这样的话说出口？

老太太闭了闭眼睛，心中长叹一声：终究还是年纪小，心性不成熟……

外人只知道她的小九处在那个位置上，是多么的风头无两，却不知他走到今天这一步，到底吃了多少苦。

哪怕到如今，也只是表面上平和。有谁知道外面和司家内部，有多少暗藏的危机？有多少人盯着他？

那些人，随时会扑咬上来，等着他露出破绽，好踩着他上位。所以小九一时一刻都不能掉以轻心……

孙子从小到大在这样的环境里长大，几乎没有感受过任何同龄人应有的快乐。

无论那个女孩的过去怎样，条件和家境如何，只要能够让她的小九开心，她便可以忍受那个女孩的一切。

但如今，她也不得不为了孙子的未来担忧。

如果执意让这样一个女人做少夫人，未来小九的路，将会难走数倍。

她已经这把年纪，还能在小九身边待几年？

若只是家庭条件不好，自身聪颖贤惠，倒是也能弥补，怕就怕……

她最满意的孙媳人选还是若曦，有若曦在小九身边辅佐，她百年之后也能安心了。

无奈小九对若曦丝毫没有那方面的意思。

或许，等小九回来，她该跟他好好谈谈了……

B国。

私人飞机平稳地在停机坪上停了下来。

一行人转往酒店，今晚会稍作休整。

B国如今时局不稳，司夜寒他们所要去的地方途中不能飞行，只能驱车前往，全程大概需要三天时间。

整整三天时间都在途中，途经的城镇条件也无法保证，他们其他人都训练有素，自然不会在意这种小事。但若带上叶绾绾这么一个一看就娇滴滴又事多的女人，众人心中难免多有不满。

毕竟这次的谈判非常重要，容不得丝毫差错。

一到酒店，司夜寒就开始进入工作状态。

叶绾绾托着下巴趴在他的办公桌旁边："工作！工作！就知道工作！你那破电脑比我还好看吗？"

司夜寒敲击键盘的动作不停，眼角余光朝女孩看了一眼，随即微微偏下头，在女孩的脸颊上亲吻了一下，算是安抚。

叶绾绾的脸色顿时黑了，随后一脸严肃地盯着他："要不要这么敷衍？打发小猫小狗吗？"

司夜寒手上的动作总算是停住了，冷如寒潭的眼中仿若隐匿着火种，盯着身旁的女孩，然后开口道："等我忙完。"

闻言，叶绾绾简直要崩溃了！这日子没法过了！

为了让他能稍微休息一会儿，她都拼了好吗，结果这家伙的回答简直让她吐血！

这家伙这么努力到底是为什么？

她总感觉司夜寒的身后好像有什么在追赶着他似的。

可是，到底是什么能够威胁到他？

叶绾绾觉得自己再待下去能被气死，于是气呼呼地跑出房间，一边走一边想：她干吗要生气？他自己要这样的，反正跟她也没关系……

走到大堂的时候，叶绾绾看到了流影等一群人。

看到叶绾绾在大堂里晃荡，流影顿时满脸阴沉：“叶小姐，B国的夜晚并不安全，你还是待在屋子里不要随意乱走为好，否则出了事情我们还得要分神去救你。”

叶绾绾心情正郁闷呢，闻言当即冷笑一声：“流影队长，这话我原样还给你，我之前就跟你说过了，你今晚有血光之灾，你还是待在房间里不要到处乱走为好，否则耽误了事情，拖了大家的后腿可就不好了！”

“我有血光之灾？恐怕要让你失望了！”流影满脸嘲讽。

流影身旁的几个手下听到叶绾绾的话，也纷纷摇头觉得好笑。

“咳，叶小姐，我们队长上次流血还是三年前呢！”

“是啊，以我们队长的身手，根本没人能近得了他的身，更别说让他受伤流血了！”

“血光之灾什么的，这确实太荒谬了……”

叶绾绾打了个哈欠，懒洋洋地朝着那些人看了一眼：“我算的卦可是很准的，既然你们不信，那就没办法了！”

叶绾绾走后，大堂里的一群人全都笑开了。

“哈哈哈，居然说咱们队长会有血光之灾，这简直是我今年听到的最好笑的笑话了！”

“就是就是！这个笑话我可以笑一年！”

……

叶绾绾溜达了一圈，发现附近有个沙滩，于是走了过去散散心。

沙滩边有一块大礁石，叶绾绾抱着膝盖坐了上去，看着眼前翻滚的海浪发呆。

她突然有一瞬间的迷茫……

她的打算原本一直都是暂时安抚好司夜寒，然后想办法离开，过属于她自己的人生。

可是现在，不知不觉中，她的人生与那人的交织却越来越多，连她自己都无法分辨和看清她的未来到底会怎样。

叶绾绾抱着膝盖蹲在那里，不知不觉便迷迷糊糊地睡了过去。

不远处，暗中保护叶绾绾的女护卫手机铃声突然响了起来，她立即恭敬地接通，对着手机那头报了自己的位置。

很快，一个颀长的身影朝着礁石的方向走去，俯下身，将女孩抱了起来。

大概因为察觉到是熟悉的气息，叶绾绾立即自发自动地钻进男人的怀里，嘴里喃喃地咕哝着：“过分……太过分了……想让我守活寡吗？”

“不会。”低沉的声音开口。

“骗子……骗子……”

梦中他们若是没有离婚，她最后的结果肯定就是变成寡妇……

第二天早上，叶绾绾醒来的时候发现自己已经在酒店房间的床上了。

司夜寒并未在身边，八成又是跟那帮高层开会去了。

叶绾绾无奈地抚了抚额头，换了衣服起身去楼下餐厅吃饭。

冤家路窄。

她刚迈进餐厅就看到了流影和他的护卫队也在吃饭。

一群人高马大的护卫在看到门口处走过来的叶绾绾之后，吃饭的动作瞬间全都顿住了。

一双双眼睛齐刷刷地朝着叶绾绾看去，那眼神十分复杂。

叶绾绾见状，眉头微微上挑，随后视线下意识地朝着人群看去。

流影坐在餐桌前，一如既往地穿着一身黑衣，脸色是前所未有地难看。大概是因为知道队长今日心情不好，他四周的手下全都静悄悄的，不敢发出一点声音。

看到叶绾绾之后，众人的眼神全都下意识地朝着自家队长的脑袋看去……

叶绾绾便顺着众人的视线清楚地看到——流影的额头上包扎着一圈白色的纱布，纱布上渗着鲜红的血迹。

叶绾绾见状，憋闷的心情顿时大好，悠悠地走了进去，还故意挑了流影对面那桌坐了下来，一只手托着下巴，欣赏着流影额头上的纱布："哎呀，我是眼花了吗？这不是咱们身手了得、三年没有流过血的流影队长吗？居然被人打得头破血流？！我是不是在做梦？"

流影的脸色比他手边的黑咖啡还要黑几分，手中的勺子瞬间被捏弯了。

那些昨晚口口声声嘲讽叶绾绾的护卫此刻全都埋着头，咳嗽声此起彼伏，觉得自己的脸生疼。

谁会想到，这女人的话居然真的会应验！

简直见鬼了！

叶绾绾看着那一群跟鹌鹑一样的大老爷们儿，面上笑呵呵地："现在知道我的卦有多准了吧？怎样，有没有人想让我帮着算算吉凶的？给你们打八折哦！"

还要帮他们算卦？

听到叶绾绾的话，所有人的表情更精彩了。

叶绾绾在那儿幸灾乐祸也就算了，居然还"妖言惑众"！

流影强忍着怒气开口道："叶小姐还请慎言，昨晚我不过是运气不好。"

一旁有个身形劲瘦、剃着平头的青年，估计是流影的拥趸，他见队长被侮辱，脸色有些不好："叶小姐，这种事情还是不要拿来开玩笑了吧？！"

叶绾绾这会儿心情不错，倒是没跟他计较，而是朝着说话的青年打量了一眼："你叫什么名字？"

青年愣了愣，回答道："宋靖！"

"啊……"叶绾绾顿时多看了他好几眼，神情很是微妙。

没想到居然是他……

“叶小姐有何指教？”宋靖总觉得叶绾绾那表情盯得他有些发毛。

叶绾绾垂着眸子，笑了笑，伸出手，做了个掐指的动作，随即抬头看向宋靖开口道：“我方才给你算了一卦！算出……”

“算出什么？”宋靖下意识地问出口。

旁边一群看热闹的人虽然不屑，倒也好奇地朝着叶绾绾看过去，想看她又要胡说八道些什么。

叶绾绾幽幽道：“算出，你近期会有一劫。”

众人闻言，嘴角微抽，又是有劫？能不能换点新鲜的？

宋靖面色不变，问道：“什么劫？”

叶绾绾摸着下巴，斟酌了一下措辞：“唔，算是……桃花劫吧……”

众人愣了愣，暗自腹诽，桃花劫是什么？

“不是桃花运哦，是桃花劫，而且此劫非常凶险！”叶绾绾一副煞有介事的表情。

归结于她超强的记忆力，即使是梦中的只言片语，只要她注意到了，便会记得很清楚。

她记得梦中有几个护卫闲聊的时候，提及有个叫宋靖的，在B国的时候被一个国外的大佬看上了，差点“强抢民男”，故事相当劲爆……

现在流影的事情应验了，恐怕宋靖的“好事”也不远了。

叶绾绾托着下巴，语气蛊惑：“我这边倒是有破解之法，需要我提醒你一下吗？八折哦！”

宋靖脸色微黑道：“不必了，感谢叶小姐关心。”

叶绾绾一副担忧的表情：“真的不用吗？是真的很凶险啊！可能会对你造成极大的创伤！”

宋靖嗤笑一声，没再接话。

见宋靖完全不以为意，看着自己的眼神仿佛看着一个傻子，叶绾绾只能遗憾地叹了口气，不再多言，吃完饭便回去了。

看着叶绾绾离开的背影，宋靖一脸无语地吐槽道：“这女人是不是脑子有问题？”

“是有点神神道道的！”身旁的人好笑地摇摇头。

“可队长那件事她居然真的说对了啊！”有人开口道。

“那是她走了狗屎运而已，你跟她一样脑子出问题了吗？还桃花劫？还非常凶险？完全不知道她在胡说八道些什么！”

……

早饭后，一行人准备妥当，启程上路。

两天时间过去，一路上都相当平静，没有丝毫异样。

这次跟过来的有两批人马，一批在暗中，以流影为首的这一批在明面上。

其实这次的准备已经非常充分，何况以如今司夜寒的身份地位，哪个不要命的敢在老虎头上乱来？

所以司夜寒的这次出行，被当成一次再正常不过的出差，根本没人觉得会出事。

只有叶绾绾，越是接近目的地，心就绷得越紧。

原本以这样的人员配置，确实不可能有危险，但谁能料到，来的会是那样一帮人……

车子里。

叶绾绾瞅着身旁面色微微有些苍白的男人："亲爱的，你确定不要再多加点人手吗？我总觉得心里慌慌的，觉得可能会出事！你相信我！我的直觉真的很准的！"

同样的话，这两天叶绾绾已经说了无数次。

虽然她知道如今的人员配置已经是顶级，但还是完全放心不下来。

司夜寒听了那么多次，倒也没有不耐的神色，看了女孩一眼，也没说话，而是长臂一伸，直接将她揽进了自己的怀里。

温热的怀抱一下子将她包裹，同时手掌一下一下轻轻拍着她的后背。

叶绾绾面色一愣，一颗七上八下的心在这一瞬间蓦然就安静了下来。

她抬起头，然后就看到男人一手拿着文件，一手保持着搂她在怀安抚的姿势，仿佛给她撑起了一方天地。

被男人搂在怀里安抚小孩子一样哄着，叶绾绾的心情无比复杂。这家伙，说他情商低，有些时候又会突然开窍。

夜晚，他们开车到达了下一个城镇。

众人在附近的酒店落脚。

深夜，司夜寒在与高层开会，叶绾绾一个人待在房间里睡不着，于是干脆起身，找到了许易。

"叶小姐，这么晚了还不睡？"

"睡不着，总觉得心神不宁……"叶绾绾叹了口气，"许易，你能不能劝司夜寒将计划改期？"

如果对方是有意针对司夜寒的话，就算临时改期可能也躲不过，但说不定改期之后结果会有所变化呢？总比一切按照梦中的轨迹发展要好……

许易也知道这几天叶绾绾总缠着自家少爷说些可能有危险的话，闻言无奈开口道："绾绾小姐，连你都劝不了，我去说更没用了！"

许易说完安抚道："绾绾小姐，你应该是太紧张了，这次的行程非常安全，不会有任何问题的，你去好好睡一觉，或者去楼下做个 SPA 放松一下心情，最迟明晚我们就能到目的地了！"

"有危险？这又是叶小姐你算到的吗？"许易话音刚落，身后就传来流影的声音。

叶缩缩没心情跟流影争执，冷冷地看了他一眼：“是又怎样？”

流影的脸色有些难看：“叶小姐，因为你是少爷的人，所以我敬你三分，但如果你妄想做任何损害和威胁到少爷的事情，别怪我丑话没说在前面。你这几天一直在胡言乱语，动摇人心，已经给大家造成了很恶劣的影响，还请你，谨言慎行！”

流影说完便冷着脸甩手离开。

许易在原地尴尬地打着圆场：“咳，流影就是那个性子，你别介意。”

叶缩缩没说什么，毕竟她早就料到不会有人相信她，也知道自己说的那些话会让其他人怎么看她。

她只求尽力而为，问心无愧。

深夜，酒店顶层的酒吧。

连续在路上跑了两天，护卫们在酒吧里想稍微放松下。

一群人正在喝酒聊天。

“哎，你们都听说了吗？那女人这几天跟神经病一样一直在司总身边吹耳边风，说司总有劫有危险，撺掇司总别再往前走！”

“还真当自己是算命大师了？”

“别扯了！她也就是乌鸦嘴，凑巧把队长的事情说中了而已！她还说宋靖有桃花劫呢，结果这都两天过去了，宋靖还不是好好的？”

宋靖冷笑道：“队长说她是红颜祸水，真是一点没错！”

一群人正说着话，这时，突然有个金发碧眼的外国人带着几个保镖朝他们走了过来，径直走到宋靖跟前，眼睛放光地盯着宋靖腰上挂着的一把刀，操着一口还算流利的中文道：“哇哦，如果我没看错的话，这是把华国有名的唐刀吗？”

见来人懂行，宋靖倒是来了几分兴致：“你一个老外，还懂这个？”

“我不仅喜欢华国的文化，还喜欢华国的……”

“还喜欢华国的什么？”

“没什么！”对方笑了笑，开口道，“我家里有很多华国的武器，要跟我回去看看吗？我家就在附近！”

“真的？行啊！”

第二天早上。

叶缩缩几乎一晚上没睡，游魂一样飘到了楼下去吃早饭。

与此同时，酒店餐厅内。

一群大老爷们儿正将一个身形劲瘦的平头青年围在中间，拍着他的肩膀，你一言我一语地安抚着。

“别郁闷了啊，幸亏我们赶去得及时，那人不是没得逞吗？”

“谁知道那人竟然想要霸王硬上弓！还专门挑华国的男人！这不，借着看刀把宋靖给骗到了家里！”

“最可恶的是这人还带着几个保镖，一个人根本打不过！我们若是晚去一步，宋靖的清白就不保了！”

……

当事人宋靖额头青筋暴跳，越听脸色越黑，暴躁地怒吼道：“全都给我闭嘴！谁再提昨晚的事情，我就揍得他满地找牙！！！”

“是是是，不提了不提了！”众人忙打着哈哈。

叶绾绾踏入餐厅的时候，正好听完了详细版的过程，表示果然一言难尽。

叶绾绾坐在距离宋靖他们那一桌不远处，随后将服务员招呼过来：“服务员，麻烦给我上一壶花茶。”

听到叶绾绾的声音从旁边传来，神色刚缓和几分的宋靖立马脸色一僵，随后扭头朝着叶绾绾的方向看去。

一旁的其他护卫也动作极其同步地齐刷刷朝着叶绾绾看去，眼神明显比上一次更加复杂了。

本来他们还没反应过来，这会儿看到叶绾绾之后，突然想起了一件非常巧合的事情，几人便凑在一起窃窃私语。

“我突然想起来……叶小姐之前给宋靖算命，不是说他有桃花劫吗？她说的桃花劫不会就是这个吧？”

“好像真的是！她当时说这话的表情很是认真，还说这一劫非常凶险，会给宋靖带来巨大的创伤！”

“果然非常凶险……果然非常创伤啊……一点不差……”

“又算对了？这也太神奇了吧？”

“要是上次宋靖听了叶小姐的，会不会就能躲过这一劫了啊？”

……

看着叶绾绾神情闲适地点着餐，宋靖的脸色越发黑了，同时心中怪异的感觉也越来越甚。

难道这女人还真会算命不成？

不然这会不会太巧合了一点？

“别闲聊了，还不快去准备，马上就要出发了，今天是最后一天，都仔细点！”这时，流影走了过来，眼角余光朝着叶绾绾的方向扫了一眼。

宋靖的事情他也听说了，确实有些巧合，但怎么可能真是那女人算出来的。

不过是瞎猫碰到死耗子，胡言乱语碰巧罢了。

见队长来了，众人这才纷纷作鸟兽散。

叶绾绾眼见着又要出发，没办法，只好决定故技重施，继续苦肉计加美人计拖延一下时间。

这边她正聚精会神地想着办法，没有注意到时间一点一滴过去，许易那边竟迟迟没来通知她出发。

“怎么回事？”叶绾绾面上浮现一丝狐疑。

以司夜寒的时间观念，不应该出现这种情况。

梦中她只知道这次出了事，但具体什么时间出事的并不清楚，其他太过细节的东西也无从得知，所以自然不知道这会儿是什么事情耽搁了行程。

又等了一会儿，还是没动静，而且她给司夜寒打电话那边也没回应，叶绾绾渐渐觉得不对劲了。

难道跟她预想的不一样，不是途中遇袭，而是就在酒店里出事了？

想到这里，叶绾绾立刻站起身朝着楼上跑去。

他们昨晚开会的地方并没有人，许易也不在屋里。

她又朝着她和司夜寒住的套房跑去，刚走近就看到门口围了一圈人，每个人的神情都异常凝重。

“怎么回事？”看着这些人的表情，叶绾绾的心脏莫名咯噔一下。

其中一个高层开口道：“方才我们在商议事情的时候，司总他突发疾病……晕倒了……”

“你说什么？”叶绾绾脸色一变。

与此同时，套房的卧室内。

医生都是从锦园随行过来的，此刻正面色凝重地给司夜寒检查着身体。

“情况不容乐观，九爷的病来得太急，而且很凶险！”

“好端端的怎么突然就这样了？”许易焦急不已。

“唉，怎么会是好端端的？九爷的身体本来就有隐患，我都已经提醒过你们好多次了，只是九爷，包括你们，从没把我的话放在心上过！

“九爷之前虽然表现得与正常人无异，这次就是因为身体承受到了一个临界点，量变引起质变，必然后果而已！”

“那……那现在怎么办？情况很严重吗？”流影一时之间也慌了神。

“先用药物维持，只能暂时稳定住，必须尽快到专业医院做进一步的检查！”医生说着，先给司夜寒注射了一剂针剂，随即迅速从医药箱里拿出药，准备喂司夜寒服用。

越是慌乱越是乱，司夜寒的药怎么也喂不进去。

屋子里人心惶惶，乱成一团。就在这时，“砰”的一声，房门被打开。

一人匆匆走了进来。

叶绾绾走到卧室门口的时候，只看到司夜寒面色惨白地躺在床上，屋子里许易和流影等几个高层都在，还围着好几个医生。

那些医生似乎正在试图给司夜寒喂药，但根本就喂不进去，水已经将司夜寒的衬衣都弄湿了一片。

医生急得不行，喃喃自语道：“这可怎么办……”

守在床边的流影正心烦意乱，听到推门声，立即不耐烦地大声怒叱道：“谁？别进来添乱！”

叶绾绾死死盯着病床上毫无知觉的男人，脸上如染了一层寒霜，快步朝着病床方向走去。

流影看到是叶绾绾，脸色顿时更差了，目光冰冷地开口道：“请你出去！别碍事！否则我……”

叶绾绾看都没看他一眼，目光如利刃般朝着挡在自己跟前的流影射去：“滚开！”

说完她径直越过流影，又推开病床前的医生，迅速接过医生手里的水杯和药，将药丸扔进自己嘴里，喝了一口水，然后在所有人的视线中覆上了司夜寒的唇。

司夜寒的喉头上下滚动两下，药物被顺利送了进去。

从头到尾不过三秒钟。

许易及众高层和医生全都看得一愣一愣地，呆呆地站在那里，连流影暴怒的表情都怔住了。

这边大家还没反应过来，叶绾绾已经从柜子里拿出干净的衣服，快速解开司夜寒的衬衣，给他换上了。

看到叶绾绾迅速处理好这些棘手的事情，众人全都松了口气。

“麻烦绾绾小姐了！”许易感激道。

医生也道了声感谢：“多亏了绾绾小姐！”

流影没说话，神色有些别扭，不过倒是缓和了几分。

“司夜寒的情况怎么样？”叶绾绾问。

此刻，叶绾绾总算知道那个离奇的梦里，司夜寒等人会损失那么惨重的真正原因了。一方面是因为那些幕后黑手，另一方面便是因为司夜寒突发重病……

之前她就一直在担心司夜寒的身体状况，结果最担心的事情还是发生了。

高强度的工作和长途跋涉，使得司夜寒的身体隐患一下子被激发，毫无征兆地暴发了。

之前司夜寒的身体情况还没有这么严重，甚至没有表现出任何异样，所以，虽然不少医生都预言他的身体如果这么下去肯定会撑不住，但司夜寒在众人心中的形象实在是太完美了，如同天神一般，似乎没有任何事情可以打倒。

直到现在，大家才知道，医生的话不是危言耸听，他们的司总是真的已经支撑到了极限。

一时间，所有人都呆在那里，如同失去了方向的船桨。

“司先生必须尽快得到全面的检查和救治，一刻都不能耽误！”医生脸色严肃地开口。

“最近的医院在哪里？”许易问。

流影咬牙道：“这边的医疗条件不行，哪能把少爷送到那种地方，少爷的身体最重要，回国吧！”

听到流影的话，所有人都你看我、我看你，陷入了沉默。

明天就要谈判了，现在回国？

可是若不回国的话，现在司总的身体情况摆在这里……

叶绾绾朝着窗外的天际看了一眼，心头阴云密布。

回国？怕是回不去了！

就在众人紧锣密鼓地商议对策时，突然，有手下神色匆匆地冲了进来，大声道：“队长！不……不好了！”

“什么不好了？吵什么？”流影没好气地吼道。

“我……我们被包围了！”手下满脸慌乱地开口。

流影微微变了脸色，一把揪住那人的衣领，问道：“你说什么？什么叫我们被包围了！一刻钟之前我还派人检查过酒店周围！就算被包围了，我们会无人预警？”

手下咽了口唾沫，战战兢兢地开口道：“酒店周围确实一切如常，但更外围已经完全被封锁，对方来者不善，明显是冲着我们来的！”

流影闻言，脸色瞬间铁青，一旁的许易也是神色大变：“怎么会这样？来者何人，胆子这么大？知道我们是司家的人，还敢这么做？”

手下的脸色一片绝望，结结巴巴地开口道：“我方才已经查明，如果没出错的话，对方是……是式盟的人……”

“开什么玩笑！”流影和许易的面上同时浮现极大的惊恐之色。

式盟是国外一个规模庞大、背景复杂的组织，据说高层手腕非凡，行事毫无底线，因此没人愿轻易招惹。

司家从未与这个组织有过任何交集，为何对方会与他们作对？目的又是什么？

现在司夜寒昏迷着，群龙无首，所有人的脑子里都是一团乱麻。

叶绾绾守在床边，怔怔看着病床上虚弱的男人。

她习惯了他矜傲孤冷的样子、不食人间烟火的样子、雷厉风行的样子，还是第一次看到他这么虚弱的样子。

从前，她只知道司夜寒的身体状况不好，但却从未亲眼看到过他虚弱病痛的一面。

四周陷入惊人的沉默。

最后，许易打破了沉默。

许易朝着叶绾绾看了一眼，果断开口道：“先派暗 1 小队把绾绾小姐送出去！”

暗 1 小队是司夜寒手下功夫最好的精锐护卫小队，队员个个都有以一当十的能力。

流影面色一沉，怒斥道："开什么玩笑？大敌当前，把最精锐的力量分散开去送她先走？"

许易板着脸沉吟道："流影，你很清楚，就算再来十个暗1小队，也改变不了现在的局面。缩缩小姐跟司家无关，他们也不会在意一个女人不见了，所以把她送出去很容易。趁着那些人还没开始收网，立即将她送离，否则再晚就来不及了！"

对于许易的提议，流影断然拒绝："我不同意！就算还有一线希望，也要全力保护少爷！你这样做会让少爷陷入更危险的境地！难道就为了她一个女人？"

许易的脸色前所未有地严肃，厉声道："流影！如果我们连缩缩小姐都保护不好，等少爷醒来之后，你要怎么跟他交代？"

"我……"流影也很清楚司夜寒对叶缩缩的态度，对于许易的话无法再反驳，可是，他又绝对不肯为了叶缩缩这样一个一无是处的女人做出这么大的牺牲。

在许易和流影争执的时候，叶缩缩一直静静地注视着司夜寒，从头到尾都没有说一句话。

"缩缩小姐，请你准备一下，我会立即派人送你离开B国！"许易不再耽误，当即看向叶缩缩开口道。

一时之间，屋内所有人的目光都落在那个漂亮的女孩子身上。

这危难关头，她的选择会是什么？

如果她是真心对待司夜寒的话，不会在这个时候离开，肯定会选择留下来同生死、共存亡吧？

短暂的沉默后，女孩抬起头来，面无表情地开口道："好，我知道了。"

叶缩缩话音落下的瞬间，众人全都不自觉地皱起了眉头，看向叶缩缩的目光都有些不太好。

流影面上的嘲讽之色瞬间蔓延，低低冷笑道："少爷，这就是您一直疼着宠着的女人……"

危难关头想也不想，连犹豫都没有，立刻便急着要自己逃命。

如果是若曦小姐，绝对不可能丢下重病的少爷一个人！

许易只是轻轻叹了口气，倒是没说什么。叶缩缩毕竟只是一个弱女子，这种时候会想要保住性命也是本能，何况她对少爷的感情也没那么深。

在众人刺目的视线之下，叶缩缩朝着病床上的男人深深地看了一眼，然后，头也不回地转身离开。

很快，两名穿着一身黑色劲装的男人前来接应叶缩缩。

"叶小姐，请快上车！"黑衣护卫催促。

"慢着！"叶缩缩突然开口。

"叶小姐还有事？"其中一人开口。

"我屋里的黑色箱子，帮我一起带上。"叶缩缩要求道。

“叶小姐，此行凶险，还是不要带太多行李！”

黑衣人蒙着面，所以看不清表情。因为他们训练有素，语气中也完全听不出情绪，但叶绾绾光凭猜想也知道这两人心中的愤怒，搞不好他们还以为箱子里装的是她在司夜寒这里积攒的值钱的东西。

叶绾绾的神色丝毫不变，坚持道：“这个箱子非常重要，必须一起带上，否则我不会离开！”

听到叶绾绾这么说，气氛一时便僵住了。

两个黑衣人对视了一眼，最终，其中一人还是将那个箱子给拎了过来：“叶小姐，现在可以走了吗？”

叶绾绾这才点头道：“可以！”

一辆黑色的车子发动引擎，混在一众离店的客人中，迅速驶离了酒店。

将叶绾绾送离之后，剩下的人也立即收拾整齐，护送着司夜寒离开。

流影的面上一片灰败。

离开酒店有什么用？

B 国本来就是别人的地盘，他们去哪里都是瓮中之鳖。

他们出不去，救援也进不来。就算他们等救援进来，也来不及了，远水救不了近火。

整个城镇表面看上去风平浪静，实际上已经危机四伏，大网越收越紧，直到将他们一行人全部困在此处。偏偏此时少爷又病重，他们连最后的心理支撑也倾塌了。

司夜寒的情况并不乐观，路上又发起了高烧。

执行任务以来，流影从未如此绝望过。

车上，流影的面色如同一块寒冰，眸底寒芒闪烁，内心却做好了最坏的准备。

其他人皆是如此，整个车队一片阴霾笼罩。

许易看着后座上的司夜寒，神色焦急不已，沉声询问道：“流影，B 国那边有回应了吗？”

流影回复道：“没有。”

向 B 国那边发出的求援宛如石沉大海。

流影看着天际翻滚的阴云，面色森寒地开口道：“这完全是一场有计划、有预谋的行动！”

许易死死捏着拳头：“到底是什么人？竟然连式盟都卖他面子！”

流影低笑一声：“管他是什么人，想害少爷的人还少吗？”

是的，现在这个问题已经不重要了。

若来人不是式盟，他们或许还有一线希望。

可偏偏是式盟，道上的人都知道，式盟向来不出手则已，一出手便一击必中。

原本还以为对方的目的只是这批设备，而现在看来不仅如此。

许易不知道该说什么，半晌没有开口，良久后，才神色疲惫地问道：“绾绾小姐那边的情况怎么样了？”

流影冷笑一声，看了眼通信器：“她这会儿应该已经远走高飞了。”

对方的目标是司夜寒，就算发现跑了一两条小鱼小虾，也不会费那个心思去追。

许易闻言，再次陷入沉默。

城镇的道路和繁华街景在车窗外飞速倒退，一行人越来越接近边境。

眼见着生机越来越近，但所有人心中抱有的都不是希望，而是越来越浓重的绝望。

那些人迟迟没有出现，而这无疑更让人提心吊胆。

流影终于忍无可忍，对着车窗外安静的空气怒斥道：“原来式盟的诸位竟是一群藏头露尾的鼠辈吗？”

就在此时，一道红色的激光突然出现。

许易神色大变，立即朝着流影扑了过去：“流影！小心！所有人都趴下！”

就在众人趴下的瞬间，一道巨大的爆炸声让所有人耳旁一阵轰鸣，好半天才终于恢复了听力。

当众人回过神来的时候，发现那些人已经如同鬼魅一般将他们包围了。

前方，一辆黑色的改装越野车如同一只巨大的野兽一般拦截在那里，越野车内的几人陆续走了下来……

看清陆续下车的那些人后，流影等人的心顿时沉入谷底。

为首三人，中间那人是一个身高一米九的亚细亚面孔，穿着迷彩背心，面色凶煞，胳膊上的肌肉鼓胀，连青筋都能看清，令人侧目的是他左边胳膊上标志性的十字架文身。

左边那人戴着个小丑面具，笑容诡谲，身形瘦弱矮小，但气势丝毫不逊于前者。

右边的男人金发碧眼，皮肤极其白皙，长相阴柔，神情狡黠，穿着一身白色西装，正似笑非笑地朝着流影的方向看着。

看清那几人之后，流影的身体瞬间紧绷得如同一张拉到了极致的弓，全身上下都进入了警惕状态。

中间那个胳膊上文着十字架的是式盟的负责人，代号K，没有人知道他的真名和来历。

K左右两边的是他的副手，代号“小丑”的杰森和代号“狐狸男”的尤金。

“果然是式盟……”看到为首的那三人之后，许易心中最后的希望也破灭了。

虽然见过他们真容的人不多，但光看这些人的特征便足以猜到他们的身份。

“该死！”流影低咒一声。

众人迅速下车，如临大敌。

“狐狸男”尤金轻抚着比常人要长出一截的手指，盯着头发被烧掉一截、灰头土脸的流影，笑道：“你就是司夜寒手下第一高手，流影？”

对方那如同看蝼蚁般的轻蔑眼神，瞬间点燃了流影的怒火。

流影正要动作，许易一把将他按住，随即上前一步开口道：“既然知道我们是谁，敢问一句，司家与贵盟并无恩怨，诸位为何要与我们过不去？”

尤金轻笑一声道：“没有恩怨，难道我就不能为难司夜寒了吗？”

“你……”听到对方竟然如此随意地说出这样的话，流影气得手上青筋暴起。

许易冷笑一声道：“自然可以，我也相信贵盟有这个实力，但诸位可曾想过后果？”

今日若他们真的死在这里，若司夜寒真的丧命，那么式盟必将迎接整个司家的怒火！

就算式盟再强大，也不可能抵抗整个司家。

所以许易才感到奇怪，为何式盟敢这么做，敢冒这么大的风险？

许易强自镇定下来，继续开口道：“无论你们的目的是什么，又是受何人所托，我都相信这并不是一个明智的选择。”

听到许易话语中的威胁之后，为首三人的面色似乎都微微有了一丝波动。

就在许易心存一丝希望的时候，尤金突然笑了起来：“可是，怎么办呢？我就是喜欢这种刺激感呢！”

一旁的“小丑”杰森也跟着笑得肆意，沙哑的声音道：“我也是！”

另一边。

叶绾绾已经被送到安全地界。

“叶小姐请上飞机。”护卫之一冷声开口。

叶绾绾面无表情地扫了两名护卫一眼：“谁说我要走？”

另一名护卫沉稳的语气终于显出了几分不耐：“叶小姐，现在的情况非常危险，请不要拿自己的性命开玩笑。”

他们这些人，本该守在少爷身边，如今却被派来护送一个女人，可这个女人还在三番五次地找事，即使再训练有素，他们也早已经忍耐到了极致。

叶绾绾没有理会护卫的话，沉默着迅速打开了她一直放在手边的箱子。

只见箱子里面放着的全都是衣服……

叶绾绾从中拿出了一套黑纱礼裙以及一顶黑纱复古小礼帽。她迅速套上礼裙，然后看了眼手表上的时间，立即转向两名护卫开口：“你们暗中还有几人？让他们出来，将我箱子里的衣服全都换上！”

都这种时候了，她还有心思换衣服，还让他们也一起换？

这个女人到底知不知道自己在做什么？

护卫深吸一口气，强忍怒火说道：“叶小姐，请你……”

叶绾绾的目光瞬间寒如冰雪，裹挟着巨大的威压：“闭嘴！不想你们少爷死的话，立刻按照我说的做！我再说一次，让所有护卫立即集合，三分钟内将衣服换好！然后，跟我走！”

这女人是什么意思……好不容易逃出来了，她竟然要回去？

这女人不是贪生怕死丢下了少爷吗？

“知道玫瑰集团吗？”叶绾绾看向护卫队长。

听到这个名字，护卫队长面色微变，斟酌了半天才开口道：“和式盟齐名的玫瑰集团？”

如果说式盟深不可测的话，那么玫瑰集团则显得更为神秘了，从未有人见过玫瑰集团任何组织成员的真容，只有各种捕风捉影的传闻。

这女人突然提这个做什么？

她又是怎么知道这种连他们这样身份都极少有人知道的组织的？

叶绾绾将帽子戴上，隔着黑纱的面容冰冷，整个人给人的感觉在一瞬间突然变了：“现在，我们就是玫瑰集团！”

什……什么？

她的意思是……让他们假扮成玫瑰集团？

虽说玫瑰集团可能是式盟唯一忌惮的组织，但式盟的人又不是傻子，怎么可能被这种拙劣的伪装欺骗？

“你凭什么让式盟相信这种拙劣的伪装？”护卫队长忍不住问出了声。

叶绾绾黑纱下的目光朝着怀疑自己的护卫射去：“你们只能信我。”

如果毫无准备，她自然不敢冒这个险，但梦中的她却听到过有关玫瑰集团的底细，甚至知道诸多不为人知的机密……

……

尘沙蔓延。

许易和流影面色阴沉地对视一眼，看这帮人的态度……竟完全有恃无恐……

一直没有开口说话的首领K点了一支烟，不耐烦地挥了挥手：“速战速决！我待会儿还有事！”

K话音落下的瞬间，对面流影等人的神经顿时全都紧绷了起来，所有人进入备战状态。

一旁的尤金闻言有些不满地开口道：“K，别这样，好不容易有这么好玩的事，让我多玩一会儿。你要是有事，待会儿可以先走！”

K掐了烟，眉头微蹙：“别惹事。”

这次并不轻松，司夜寒手下的这些人并不是好对付的。

尤金自然知道他的担忧，嗤笑了一声：“K，你什么时候变得这么胆小了？一群瓮中之鳖，难不成你还怕他们跑了？”

K冷睨了他一眼："给你半个小时。"

"啧……"

尤金虽然还是不满意，但也不敢真的惹怒对方，勉为其难地答应了。

尤金碧绿色的瞳孔中满是冰冷，目光朝着对面的流影等人扫去："怎样？诸位有没有兴趣，与我玩个游戏？"

许易一边不动声色地让人护着最中间的那辆车，准备一有不对便让人护着少爷先走，一边开口道："阁下请说。"

哪怕能拖延一点时间也是好的……

虽然这种情况下，就算是再拖延时间也没有任何作用。

他们所处的地带，信号并不稳定，此时此刻对外的消息一直显示发送失败，通话也无法拨出。

正如那个尤金所说，他们现在确实就是一群瓮中之鳖。

"听闻司夜寒手下高手如云，本人很想见识见识，你们只要有任何人能打败我，说不定我会放你们一马哦。"

大家听着尤金如此嚣张的挑战，气得肺都快炸了。流影当即从队伍中走出来："我跟你打！"

"流影！别冲动！"许易谨慎地提醒。

据说那个尤金最擅长的便是格斗，敢提出这种挑战，实力肯定不容小觑，就算是流影，恐怕也……

流影的目光紧锁着那个男人，丝毫没有动摇。

他作为队长，作为少爷最信任的人，怎能在这种时候退缩在后。

流影没有理会许易的阻止，身形如利箭般朝着尤金冲了上去——

一招……

两招……

三招……

"嗖"的一声，尤金的脸颊被流影的拳风擦过，留下一道血痕。

尤金的招式刁钻诡异，但流影胜在敏捷，因为速度奇快，出其不意，竟三招之内就近了尤金的身。

尤金神情一怔，似乎是无法置信，缓缓伸出手，在自己的脸上摸了一把。

男人面上的惊讶之色一点点化为巨大的兴奋和趣味："有意思，不愧是司夜寒手下第一高手。哈哈哈，实在是太有意思了！不如你留下来，加入我们吧！"

"那就看看，你有没有这个本事了。"流影冷笑一声，再次攻了上去。

这次尤金有了防备，流影便没有那么好近身了，一时之间，两人僵持不下。

虽然两人一时不相上下，但许易却丝毫没有松懈，脸色反而越来越沉。

这个尤金太狡猾了，他看出了流影的长处是速度，所以就故意拉长战局消耗流影的体力。

流影自然也看出来了，但此刻已经完全无法脱身，只要稍一分神就可能露出破绽，其他人也全都大气不敢出，生怕影响到他。

转眼一刻钟过去，杰森阴阳怪气地催促道：“真慢！尤金，你要是不行，那就放着我来！”

“闭嘴！”

尤金低斥一声，重新看向流影，目光渐渐认真起来。

这小子，倒确实是有点本事，竟然能让他花费这么久的时间。

时间一分一秒地过去，尤金突然眸子一亮：“哈……找到了……”

“不好！”

许易正要出口提醒，但已经来不及了，尤金已经在流影下一招之前发现了他的破绽，拳似利刃，劲道如风，重重地击在流影的腹部。

受到重击，流影脸色惨白地后退几步，感觉自己的五脏六腑都在隐隐作痛。

“流影！”许易赶紧冲过去将人扶住。

“队长！”其他人也全都围了上去。

这个尤金的格斗功夫果真深不可测，竟然连流影都败在他手中。

看到流影受伤，宋靖气得目眦欲裂，大喝一声从队伍里走了出来。

“我跟你打——”

“宋靖！回来！你不是他的对手！”流影厉声呵斥道。

“队长，输人不输阵，我一定给你报仇！”宋靖说完又压低声音道，“就算我输了，至少可以探出他的底细！”

流影阻止不及，宋靖说完已经冲了上去。

见事情已经变成了这样，许易只能自我安慰道：“护卫里，宋靖的身手最好，悟性也最高，说不定真能试探出对方的破绽……”

这些人里面最难搞定的就是这个尤金，如果能有机会将他击败，或许会有转机。

宋靖目不斜视地朝着前方走去，看向对面脸色苍白、嘴唇猩红的男人，开口道：“请！”

“哎呀，又来一条小杂鱼，似乎比那条弱一些呢。不过，有点意思……勉强陪你玩玩吧！”

尤金盯着他，目光如同在享受一场盛宴，散漫地扭动着脖子，下一秒，身形如电一般冲了上去。

宋靖眸光一凛，也毅然迎了上去……

看着缠斗在一起的两人，所有人的心都提到了嗓子眼。

那“小丑”杰森和式盟的其他人却好整以暇地站在那里，一个个笑得相当开心，令人心中的不安愈来愈甚……

看着缠斗的两人，杰森一副同情的语气："啧啧，真是天真……居然想找尤金的破绽……"

转眼之间，宋靖和尤金已经对了上百招。

然而，流影等人心中却没有丝毫喜色，脸色反而越来越苍白。

尤金从头到尾就跟在戏耍老鼠一样遛着宋靖玩，而宋靖此刻身上已经满是伤痕。

短短几分钟时间，宋靖已经气力不支，摇摇欲坠。

流影满目阴沉，挣扎着要起来，但又因为剧烈的疼痛而弯下身子，额上冷汗涔涔，呼吸急促道："快！阻止宋靖！人家分明就是在耍着他玩！"

然而，就在流影话音落下的瞬间，"砰"的一声，响起令人毛骨悚然的声响。

宋靖的腹部猝不及防地挨了尤金一拳，当场痛得他几乎昏厥，但他很快又直起身，摇摇晃晃地再次冲了上去。

然而，此刻宋靖已经是强弩之末，刚有所动作，对方又故技重施朝着他的小腹攻去……

"够了！"流影的双拳几乎要捏碎，双目一片猩红。

其他队员也全都红了眼睛，嘶吼着要冲上去。

"别……别过来……"宋靖知道其他人就算来了也是无用，不如他一个人多拖延一些时间，于是，他再次用尽全力朝着尤金扑过去。

尤金这次不再是猫捉老鼠一般跟他闹着玩，而是招招用力，宋靖身上的伤口也越来越多。

"哎……就这点程度吗？没意思……"

尤金无趣地喃喃了一句，眸子里闪过一丝厌烦，与此同时，准备出招结束这次战斗。

"队……队长……对不起……"宋靖朝着队长和自己深爱的队友们深深地看了一眼，眸子里满是歉意。

天际的浓云翻滚得愈加剧烈，空气中气压低沉，所有人眼中一片肃然……

就在这时候，呼啸的风中突然传来了女人妖娆魅惑的声音——

"黑衣小子，攻他云门、中府、气户……"

宋靖这会儿大脑已经昏昏沉沉地，但还保留着最后一丝清明，不甘就这么放弃。

当耳朵里陡然落入这个声音，他下意识地凭借最后一丝力气，不躲反进，迅速朝着那声音说的三个穴位攻去……

"啊——"一声痛呼。

却不是来自宋靖，而是从尤金口中发出。

尤金如同受到了什么巨大的疼痛一般，捂住肩膀连连后退了数步，宋靖就这么躲过了致命的一击。

第二十章

神秘女人

绾绾和司夜寒这个故事让我们明白，爱里不仅仅只有轰轰烈烈和甜甜蜜蜜的爱情，更多的还有责任与陪伴，理解与支持！其实爱有时候就是这样，我爱你，我愿意为你而改变，不管代价如何！

——谨穆爱吃糖

QIASIHANGUANG
YUJIAOYANG

读者告白

突如其来的变故，让现场包括式盟在内的所有人都陷入错愕之中……

刚才……发生了什么？

一阵汽车引擎声响起，方才注意力全都在宋靖和尤金身上的众人这才发现，他们外围不知何时竟悄无声息地闯入两辆黑色的车子。

“什么人？”杰森顿时警惕地厉声呵斥。

这四周他都已经派人把守了，这些人是怎么过来的？

最重要的是，什么人胆子这么大，敢闯他们式盟的地界？不要命了吗？

因为事情发生得太过诡异，对方的来头也暂时不清楚，一时之间所有人都不敢轻举妄动。

众人的视线一齐朝着那两辆诡异地出现的车子看去。

流影等人迅速把宋靖救了回来，也投去了狐疑的目光。

方才出声的似乎是个女人？

流影和宋靖连番出马都没能打败尤金，可那女人竟然一出口就道出了尤金的破绽，让宋靖逃过了那致命的一击！

这简直……不可思议！

到底是什么人？

所有人的视线之下，只见前面那辆车子里，一名身形高大挺拔，面上戴着半边银色面具，穿着风衣的男人从驾驶座上走了下来。

另外一辆车内，其他与这个男人装扮相同的手下也陆续下车。

那男人下车之后，绕到后座的位置，态度极其小心恭敬地打开了后座的车门，将一个穿着一身黑色纱裙的女人从车上扶了下来。

女人一身黑裙，头上戴着一顶复古的帽子，帽子上半面黑色蕾丝隐约遮盖了半边面容，她轻轻扶着男人的手臂，款款走下车，动作优雅得如同一个中世纪的贵妇。

虽然有黑色纱网遮面，加上距离有些远，看不清女人的脸，但仅从形状姣美的红唇和精致完美的下巴便能看出，这绝对是个颠倒众生的美人……

“来者何人，报上名字！”尤金怎么也没想到自己竟然会阴沟里翻船，死死盯着那行人，捂着伤处怒喝。

“呵……”女人垂眸不言，只是低低地笑了一声，并未回答尤金的问题。

而那一声低笑，含义万千，分明是在说，他还没有资格与她对话，甚至没有资格被她看入眼中。

尤金自然听出了那声嗤笑里的不屑与质疑，正要发怒，女人的面容却微微转向了式盟首领K的方向，慵懒妖媚的声音缓缓从红唇之中倾泻而出——

“仇洪海，很威风啊！当年不过是被流焰驱逐出门的丧家之犬，如今摇身一变，倒成了一群乌合之众的首领……连姑奶奶我要的人都敢抢！”

说到最后一句，女人慵懒的声音蓦然转冷，犹如极寒之地的冰雪，令人的骨髓都在发寒。

而那原本一直不动如山，面上没有任何表情的式盟首领K，听到那女人竟然一语道破了自己的真实身份之后，脸上的表情瞬间剧变。

随即，他死死盯着女人随从的装扮，又朝着女人那一身黑纱看了一眼，脸上竟浮现出深深的恐惧，声音有些颤抖地朝着拦在女人跟前的杰森和尤金厉声怒斥了一句："杰森，尤金！退下！不得无礼！"

见式盟的首领K竟然真的让人退下，并对叶缩缩极其恭敬的模样，众护卫银色面具下的眸子里滑过一丝不易察觉的错愕。

竟然……真的成功了……

就在半个小时之前，他们一行人将叶缩缩送到了安全地带。

正准备紧急将她送上飞机，谁知这女人却又不走了，还当场把她非要带过来的大箱子打开，换了一身黑纱裙子，又让他们几个护卫也将箱子里的那些面具和风衣换上。

他们自然是不肯，这种危急关头，居然让他们陪着玩"换装游戏"？

简直是太荒谬！

可是女孩的厉声催促和那一瞬间的眼神，以及那只有在少爷身上才看到过的强大威压，让他们下意识地听从……

反正他们就算失败，结局也不会更坏了。

他们宁愿和少爷共同进退，也不愿护送着这女人一起逃生。

原本他们都以为这么拙劣的伪装绝对会被看穿，他们所有人都已经做好了拼尽全力的准备。

但是，结果却让所有人大跌眼镜……

这女人不仅一来就道出了尤金的弱点罩门，千钧一发之际救下了宋靖，还道出了绝无人知晓的K的真实身份。

老谋深算的K竟也被她糊弄住……

此刻，所有护卫的内心都相当复杂，但是却没有任何一个人表现出丝毫异样。

对他们来说，这种级别的伪装是最基本的，反而是叶缩缩这样一个生长在温室里的女人，在面对这么一群恶徒之时居然还能够如此风轻云淡地与对方周旋，气场甚至压了K一头，实在是令他们震惊……

这个女人，似乎与他们想象中的不一样……

此刻，式盟那边也已经陷入震惊之中。

K竟然是流焰集团当年的第一高手仇洪海？

当年被流焰驱逐，同时被当时势力最盛的几大集团联合封杀的仇洪海？

当听到那女人一口道出K的真实身份，杰森和尤金的面色瞬间变了。

K的真实身份是个禁忌，道上曾有人开价上亿都没能打探到，连他们这些跟着K的老人都不知晓。

这个女人怎会知道？

而且看K的表情，对方竟真的说中了！

难怪连K都突然改变态度，如临大敌。

光看此人知道K的身份，来头便绝对不容小觑。

“小丑”谨慎地打量来人，只见对方清一色穿着纯黑色的风衣制服，胸口处绣着红色暗纹的玫瑰，风衣的内里被风吹开，是刺目的猩红，还有那些人脸上堪称标志性的银色面具。

再看为首的女人，一身奢华靡丽的黑纱裙，黑纱遮面……

难道——

“小丑”不知想到什么，面上浮现一丝骇然之色，下意识地后退了一步：“玫瑰集团……”

听到“玫瑰集团”四个字，一旁的尤金也愣住了：“你说什么？玫瑰集团？怎……怎么可能？！”

玫瑰集团，简单来说，是一个只存在于传说之中的极为强大的组织。

没有人见过玫瑰集团任何成员的真容，有关玫瑰集团的消息，只有极少量的传闻。

据说玫瑰集团的所有成员都是一身绣着暗纹玫瑰的黑色风衣、银色面具，而他们的首脑是个穿着一身黑裙、黑纱遮面的女人，人称“黑寡妇”。

没人知道那个女人的来历、年纪，有传闻说已经六十多岁，也有人说面容可怖狰狞……

而且这女人随行的数名手下，虽人数不多，但光从步伐和气息便能看出，个个不是一般角色。装束、外貌全都跟传闻对得上，还带着这样一支队伍……

“难道……她……她是黑寡妇？”尤金也踉跄地跟着杰森后退了一步。

如果说手腕高超，那这个女人绝对是鼻祖，比他凶狠千百倍。

而且这女人尤其喜欢长得好看又身份尊贵的男人，连M国斯伯格家族的族长都曾被她掳去。

当时斯伯格家族盛怒之下倾巢而出，最终以惨败收场。

玫瑰集团十年前最盛行的时候，惹过的强大势力不计其数，但结果全都是那些势力落败。

因此，如果跟玫瑰集团对上，想要占得上风，难上加难。

难怪……

难怪这个女人竟然可以一语道破他的罩门所在，甚至连K的底细都一清二楚……

与此同时，流影等人也已经察觉到不对，齐齐后退了数米。

“玫瑰集团？”流影刚生出的希望又变成了更深的绝望。

“怎么可能？！”许易满脸惊恐。

那不是传说中的集团吗？都已经十年没有过任何消息！

原本见那女人出声帮宋靖，还以为是援军，谁知道竟然是个更加可怕的对手，而且听对方的话音，竟然也是冲着他们来的！

这简直是刚出虎穴又入狼窝！

所有人的心，再次跌入谷底……

宋靖捂着伤口，若有所思地盯着那黑裙女人身旁的护卫，断断续续地开口道："我怎么……怎么觉得那护卫的身形有些熟悉……"

不仅如此，也不知道是不是他的错觉，除了护卫之外，他觉得那女人竟然有些像叶绾绾。

护卫？

流影和许易闻言，朝着正扶着那女人的护卫看去，果然……确实有几分熟悉……

"身形和十一有些相似……"许易喃喃。

十一是护送叶绾绾离开的暗1小队的队长，因为身形比常人要高瘦，所以辨认度比较高。

提到十一，便想到了丢下他们离开的叶绾绾，流影的脸色瞬间又沉了下来。

流影等人只是觉得身形有些像，但此情此景下，他们也没有心思多想，全都神经紧绷地朝着前方的那两派势力看去。

今日……怕是很难全身而退了。

若是落在玫瑰集团的手中，那还不如落在式盟手里。

只是不知为何，十年未有音信的他们，竟然盯上了司家……

"前辈竟也对司家感兴趣？"K试探性地开口问道。

毕竟玫瑰集团这种只存在于传闻中的组织太过神秘，连他都从未见过。虽然这女人看上去来头不小，但对于她的身份，以K的谨慎，自然还是存着疑问。

女人慵懒地抚了抚指甲："我对谁感兴趣，需要跟你交代？"

"不必！不必！自然不需要！只是……"

听着对方语气中的冰冷，K的神色看上去似乎有些为难，思索着开口："前辈您要的人，就是借我一百个胆子也不敢与前辈您争，但这次实在是巧了，我们的任务也是这些人，若是中途失败，我们也不好交代，所以，不知前辈可否打个商量……"

"哦？你想如何？"女人漫不经心地朝着他看了一眼。

K的眼珠子转了一圈，神色殷勤道："前辈看上的，想必是司家家主，若前辈今日肯将这行人让给我们，我定会为您寻来比司夜寒还英俊的人，绝对让前辈您满意！"

"呵……"空气之中传来女人一声低笑，这笑意令人毛骨悚然。

K莫名有种不好的预感，也不知道对方到底是什么意思，心里直打鼓："前辈……"

周遭暴风雨前的狂风骤然大作，天色蓦然阴沉下来。

女人的语气虽然依旧慵懒漫不经心，但周遭的气息却完全变了："不如，仇首领将你自己献与我？”

这巨大的压迫感令他额上冷汗涔涔，仇洪海当即开口道：“不……不敢！”

“不敢？我倒是觉得仇首领胆量不错，毕竟你这话的意思，不就是说我什么垃圾都碰吗？”女人周遭的气息瞬间更加骇人，而她身后那神秘莫测的队伍也进入了战斗状态。

“怎么会！我绝对没有那个意思！”仇洪海的后背都快被汗湿了。

果然还是失败了……

“黑寡妇”看上的东西，怎么可能松口。

何况她挑男人的眼光挑剔至极。

但是，这次的任务确实非常重要，绝对不能失败。

想到这里，K一时间陷入两难。

另一边，流影等人听着这两方势力把自家少爷当成货物一般讨价还价，早已是满心怒火。

但此时人为刀俎，我为鱼肉，在这样强大的势力之下，他们只能任由宰割。

这时，女人身旁身形高瘦的手下，面具之下的瞳仁中迸出冷光，骤然射向式盟众人：“那还不快滚！”

“是……是是……”仇洪海急忙退后到一旁。

到手的鸭子就这么飞了，仇洪海的不甘可想而知，但谁也没想到螳螂捕蝉，黄雀在后，对方又是他完全招惹不起的存在。

“老大，这些人……真的是玫瑰集团？”这时，式盟中另一名一头红发、瘦骨嶙峋的男人走到仇洪海身边，附耳过去小声询问。

仇洪海沉着脸色，他的老底都被揭了，除了玫瑰集团，还有谁能有这么通天的耳目？

“小丑”杰森观察着对面一行人，喃喃道：“她身边跟着的那些人，个个都是顶级高手。”

而且“黑寡妇”爱戏弄身份尊崇、容貌出众的高位者也是众所周知的事情，一切都解释得通。

尤金没有说话，脸色从方才起就一直很难看。

因为这个女人的出现，今日他竟然被一个无名小卒击中罩门，并从他手下逃脱，简直是奇耻大辱。

红发男人狐疑地喃喃自语道：“但这行人出现得也太诡异了……玫瑰集团都已经消失了十年，怎会正巧在这个时候突然出现？”

红发男想了想，继续道：“而且说了这么久，怎么都没见那首领的贴身武器？”

听到红发男子的话，尤金的眸底顿时精光乍现：“对了！我竟然忘了这个！据说‘黑寡妇’功夫极高，出手极快，武器从无人看清过，不过，我却有幸从一名隐居的匠人那里看过草图，只要能让我看一眼，就能辨出真假……”

“你真的看过？”仇洪海问。

“千真万确！”

“那东西是什么样子？听说极其复杂？那应该没有伪造的可能性！”仇洪海沉声道。

尤金冷冷一笑：“样子吗？除了‘黑寡妇’本人和玫瑰集团内部的人，绝对无人知道！那匠人曾经正是玫瑰集团内部成员！要是刚才老六不提，我都差点忘了，我这就去探探那个女人的底！”

尤金说着，面色不虞地捂了捂自己剧痛的肩膀处，随即上前一步，看向黑纱女人的方向开口道：“在下亚历克斯·尤金，对您敬仰已久，听闻您的金蝉丝相当厉害，不知道，今天是否有幸一见？”

听到尤金的话，叶绾绾身旁刚放松了几分的护卫队长顿时绷紧了神经。

其他护卫也一齐进入警备状态。

完了……

衣服、妆容可以轻易伪装，有所差别也问题不大，但武器这种东西，尤其是“黑寡妇”的贴身暗器，只有玫瑰集团的人才会知晓其真容。

先不说武器是什么模样，就算知道，其制作工艺肯定也非常复杂，不是可以轻易伪造的。

其他事情叶绾绾或许可能有特殊渠道得知，这个恐怕……

对方既然问了，自然是有备而来，肯定对“黑寡妇”的武器很了解，若是随便拿个什么东西糊弄，绝对会被一眼看穿。

现在怎么办？

都已经到了这一步，却要功亏一篑吗？

所有人面上不显，却都已经做好了最坏的打算。

见对面的黑纱女人迟迟不开口，尤金阴柔的脸上浮现出一抹嘲讽，幽幽开口道：“怎么，前辈，您该不会是今日走得匆忙，没有带在身上吧？”

四周一片沉默，只能听到风呼啸的声音，一时之间，气氛凝滞到了极致。

就在仇洪海、杰森等都已经开始露出怀疑的神色时，女人突然动了。

只见她伸出白皙如玉的手指，轻轻把玩着耳边一缕乌发，抬手的瞬间，长至手背的衣袖缓缓垂至手肘，于是，她手腕上缠绕的一缕金丝瞬间映入了尤金的眼中……

与此同时，她的目光如有实质地落在尤金身上，幽幽地笑了几声，随后极轻柔地开口：“你是说……这个吗？”

还好，她做过那样一个奇幻的梦，梦里司夜寒无论商议什么机密都不会避讳她，她知道的东西，可不止这些。

只是没想到会在这样的情况下派上用场……

从尤金的角度，他清晰地看清了女人手腕上那一圈简单到了极致，没有任何多余装饰的金丝线，嘲讽的表情顿时僵在脸上，瞳孔因为惊恐而剧烈收缩，身体出于本能迅速后退了一步。

所有人都以为“黑寡妇”的武器多么复杂可怕，但只有真正看过的才知道，其实那传闻中神秘无比的物件，不过是一根再简单不过的金丝线。

但就是这根金丝线，不知道帮她打败了多少人。

看到那根金丝线后，尤金早已没了方才的镇定，身体抖如筛糠，完全乱了方寸：“多……多谢前辈……今日一见……果……果然不同凡响……”

尤金语无伦次地说着，因为他已经清晰地从对方的眼中看到了冰冷，只要对方手指一动，他便绝对躲避不过。

果然，他刚要转身回去，身后便传来女人悠然的声音：“既然你对我的金蝉丝这么了解，那自然也应该知道，见过它的人，会有什么下场吧？”

式盟的人当然知道……

眼见着“黑寡妇”眼中暗芒越来越盛，尤金僵硬着身体，一句话都不敢回，只是急切地看向仇洪海开口：“老大，撤吧，没必要为了一个任务折损在这里！”

那可是玫瑰集团，若惹怒了对方，他们整个团队都会栽进去。

仇洪海看尤金这反应，就知道他已经看过对方的武器，确定对方身份无疑了，于是当机立断，扫向所有手下开口道：“所有人，立即撤退！”

说完他对着黑纱女人的方向匆匆抱了抱拳：“既然这些是前辈要的人，我们自然不敢觊觎，这便离开，今日多有得罪，还请前辈海涵！”

“呵呵……”

一行人正要走，身后却传来了一声令他们毛骨悚然的笑声。

女人慵懒地扶着随从的手臂，转过头去，看向身后一干随从，幽幽开口道：“好久没遇到这么不知死活的人了，真是有趣！你们说，是吗？”

护卫十一听到叶绾绾的话，立即顺着她的话音，森冷的目光扫向对面式盟那些准备逃跑的人，冷声开口道：“站住！谁允许你们走了？既然知道我们的规矩，还敢玩这种花样，仇队长，你想好后果了吗？”

听到这话，仇洪海的脚步顿时一僵，而尤金的背心都已经被冷汗浸湿了。

对方这意思，分明是不肯善了。

这会儿尤金的肠子都已经悔青了，后悔自己刚才为什么要一时冲动去冒险。

但此时说什么都已经来不及。

于是，尤金立即转向仇洪海开口道：“老大，就算他们是玫瑰集团的人又怎样？他们躲着十年没出来，谁知道他们现在的实力还剩下几分？搞不好就是在这里装装样子而已！我们一起上，肯定能打败他们！到时候我们岂不是名声大振？”

黑纱女人身后的一众随从听到这里，如同听到了什么极为好笑的笑话，纷纷大笑起来。

“哈哈哈哈哈……说得不错……真是好久没遇到过这么有趣的人了！”

“想试试玫瑰集团的实力？不如今天就好好陪他们玩一玩！”

“别一下玩死了！要活的！”

那些人的笑声刺耳，响彻在沉闷的头顶上空，令人骨髓生寒。

此时仇洪海的镇定已经完全撑不住了，令人闻风丧胆的式盟，在这些人面前却弱小得如同任人宰割的小羊羔。

仇洪海朝着尤金大声呵斥道：“你给我闭嘴！”

他自己死就算了，现在却连累了整个集团都可能被毁灭！

没办法了……

为了保全组织，尤金，必须舍。

仇洪海的大脑飞速转动，很快便做出了选择，猝不及防地出手攻向尤金。

尤金毫无防备，直接被打晕了过去。

“前辈，是我管教不严，手下人不懂事，让前辈动怒了！现在我已经处理了这人，还请前辈息怒！”仇洪海说完便一直保持着垂头致歉的动作，如同等待判刑。

仇洪海额上豆大的汗珠一滴一滴地往下坠落……

不知过了多久，“黑寡妇”身旁的随从朝着她请示地看了一眼，才终于冷睨着仇洪海开口道：“滚！”

“是……多谢前辈……多谢前辈海涵……”对方只一个字，仇洪海却如蒙大赦，连连道谢，然后指挥着所有手下赶紧撤离，生怕对方反悔一般，一秒钟都不敢停留。

一群人不过片刻便跑了个没影。

撤退了……

式盟竟然……就这么撤了……

流影等人站在原地，眼睁睁看着式盟的人潮水般退去，惊讶不已。

回过神后，却是更大的绝望和恐惧。

若是式盟，他们或许还有一战之力，但是玫瑰集团，他们连挣扎的余地都没有……

流影等人全都如临大敌般盯向对面那一群人。

式盟的人离开之后，叶绾绾身旁的所有护卫依旧不敢轻举妄动，而是下意识地保持着伪装的状态，等待着叶绾绾的指示。

原本他们也和流影等人一样，不懂少爷为何会选择那种娇弱的温室花朵。

可这次，从叶绾绾拒绝离开，到让他们伪装，再到式盟全线撤退，他们再看向这个女人的目光已经发生了翻天覆地的变化，眸底甚至有着一丝敬畏……

他们原本都以为她不过是个贪生怕死的金丝雀，谁知她却带领他们走出了绝境……

在所有护卫敬畏的视线和尚不知情的流影等人冰冷的目光之下，一身黑纱裙的女人慢悠悠地朝着前方一步一步走去，腕上的金丝线散发着寒芒，声音慵懒地开口道：“碍事的人走了，现在，总算是能开始我们的正事了……”

十一等护卫对于叶绾绾的话没有丝毫质疑，如影随形地跟在她的左右。

流影啐了一声：“要杀便杀！少废话！”

叶绾绾闻言，嘴角微微抽搐了一下，面上却丝毫不显，保持着冰冷的目光，朝着身后抬了抬手。

身后的人会意，立即将众人包围。他们作为司夜寒手下最精锐的力量，司夜寒身边剩下的这些人自然不是他们的对手，何况流影和宋靖都已经重伤。

流影等人只能眼睁睁看着自己刚出虎穴又入狼窝。

此地不宜久留，叶绾绾没有多耽搁，随着她一声令下，流影等人被“挟持”着，迅速行至安全的地界。

确定没有危险了之后，叶绾绾才下了车子，朝着中间那辆车走去。

十一恭敬地将后座的车门打开，只见车内正躺着一个面色苍白、容颜如霜的男人。

再次看到司夜寒，叶绾绾心中说不出是什么感觉。

虽然过程惊险，可是，她终于改变了梦中的轨迹。

梦中的事情不会再发生，司夜寒不会身受重伤，后来的身体状况也不会恶化到那种地步，或许还有调养的可能……

从一个星期之前知道司夜寒要去B国开始，她就已经在计划。

以她一己之力根本无法阻止这次事件发生，于是她只能选择了这个方法，利用自己在梦中得知的一些机密信息，扮成了式盟唯一忌惮的玫瑰集团。

让她扮演一个冰冷无情的女魔头，其实她自己也没底，好在真正驾驭起来的时候，比她想象中的还要轻车熟路，加上司夜寒的暗1护卫小队确实个个训练有素，这才达成了一场完美的配合，成功将那些人骗到，躲过这一场危机。

“别碰少爷！”叶绾绾刚伸出手，流影便发疯一般怒吼起来。

“若我，偏要碰呢？”叶绾绾说着，手指已经碰触上了司夜寒的脸轻轻抚摸。

接着，在所有人的目光之中，叶绾绾倾身过去，红唇直接印在了男人冰凉的唇上。

“你！我杀了你——”

见少爷被“玷污”，流影瞬间暴起。

叶绾绾看着朝自己攻来的流影，静静地立在司夜寒身边，神色丝毫不变。

果然，流影刚一靠近，就被叶绾绾身旁的十一拦截住，连她的衣角都没碰上。

好像觉得流影气得还不够似的，叶绾绾又幽幽地斜睨了他一眼：“我不仅要碰，还要睡呢！”

一旁的暗1小队众护卫纷纷无语，咳咳，绾绾小姐，别玩了吧……不然流影没被式盟怎么样，却要被她气死了！

流影果然气得都快炸了，不要命般更加疯狂地朝着叶绾绾攻去，大有同归于尽的架势。

十一这才不得不开口：“流影！住手！”

听到这个无比熟悉的声音，流影整个人都愣住，手下攻击的动作也瞬间停顿，呆呆地朝着男人看去：“你……”

十一摘下脸上的面具，看向流影开口道：“流影，别激动，是我！”

“你……十一？”看到面具下的那张脸之后，流影瞬间一呆，许易也傻眼了。

原本都已经做好鱼死网破准备的众人全都蒙了。

让他们更无法置信的是，紧跟着，“黑寡妇”的其他随从也陆续摘下脸上的面具……

看着一个个露出真容的随从，看着一张张熟悉的脸，流影、许易、宋靖等所有人的表情都跟做梦一样。

这些人……这些“玫瑰集团”的成员……竟然是护送叶绾绾离开的暗 1 小队？

他们不是已经离开了吗？

这到底是怎么一回事？

为什么“玫瑰集团”的人会变成暗 1 小队？

难道……这一切都是假的？

是暗 1 小队伪装成了“玫瑰集团”？

这简直让人无法置信……

“玫瑰集团”是暗 1 小队，那……“黑寡妇”……

不知想到了什么，流影的目光唰地朝着叶绾绾看了过去。

接收到流影震惊的视线，叶绾绾伸出手，缓缓摘下头上的帽子，被黑纱遮掩的绝美容颜瞬间展露在众人眼前。

眼见着那女人的脸一点点从黑纱后露出来，流影的瞳孔也跟着一点点收缩，最后化作了巨大的震惊和呆滞，整个人都仿佛成了一尊僵硬的雕像。

叶绾绾微微一笑：“流影，别来无恙。”

呆滞了整整十秒钟，流影才终于回过神来：“叶……叶绾绾！！！”

这……这怎么可能！

“黑寡妇”竟然是叶绾绾？

方才那个气场强大，吓得连式盟都跟落水狗一样败退离开的女人是……叶绾绾？

不仅是流影，所有人都已经瞠目结舌、傻在那里，仿若见鬼了一般。

“怎……怎么会是你……你不是走了……还有十一你们……你怎么可能……”因为太过震惊，流影都已经语无伦次。

许易的神色也是相当复杂、震惊，难怪他刚才就觉得这女人的身形和语气有些熟悉，尤其是当她接近少爷，故意气流影的时候，那熟悉的感觉就更明显了。

但是他怎么也没想到，她竟然……竟然是叶绾绾！

流影身旁的宋靖同样满脸空白，完全不知道该作何表情。

方才救他一命的人……竟然会是那个一无是处、只知道拖后腿的叶绾绾？

所有人都面面相觑，良久之后，恍若梦中的众人总算是回过神来。

“十一，这……这到底是怎么一回事？”流影惊问。

十一早就猜到了他们的反应，见状笑道：“说来话长，总之这次多亏了绾绾小姐，先进屋再说吧！你们的伤口需要马上处理！”

流影：“……”

处理什么伤口啊！现在的重点是伤口吗？他整个人都快疯了！

与此同时，华都，司家老宅。

司老太太正在客厅里喝茶，秦若曦与另一名公司董事神色匆匆地赶来。

“你们俩，怎么这时候过来了？”司老太太揉了揉额头，神色略有些疲惫地问道。

也不知道怎么了，这一整天，她总觉得有些心神不宁。

看到秦若曦和公司的一位高层元老这个时候过来找她，心里顿时生出一股更加不好的预感。

秦若曦朝着身旁的董事看了一眼，董事面色为难，似是极其难以开口，看向秦若曦道：“若曦小姐，还是你来说吧！”

秦若曦犹豫片刻，再三斟酌措辞后，才终于开口道：“奶奶，我有要事跟您商谈，但请您听完之后……务必保重身体，一定不要太过激动……”

老太太闻言，眉头顿时蹙了起来：“什么事情？这么严重？”

“是……”秦若曦深吸一口气，“是阿九，他出事了……”

老太太顿时变了脸色，声音急切地追问道：“小九？小九他怎么了？”

秦若曦沉声开口道：“阿九一行人在B国被一股不明势力包围，许易发出了求救信号，我们已经第一时间迅速组织了营救，但没想到的是，他们所在的区域信号不稳定，再加上我们的人对那里不熟，根本找不到他们的具体方位，许易那边的消息也被中断，传递不出来，我们现在……已经完全失去了那边的消息……”

司夜寒他们这会儿已经完全失联，下落不明，虽然担心老太太会受不了，但这么大的事情，他们不敢瞒着老太太。

秦若曦话音落下的瞬间，老太太腾地一下站起身，但只起身到一半便因为这个消息的刺激太大而仰面一倒，晕了过去。

“奶奶！”

“老夫人！”

老太太突然晕倒，客厅里瞬间乱成了一团。

秦若曦一边让管家去叫医生，一边赶紧按老太太的人中。

老太太半晌后才转醒，刚醒来便激动地一把揪住了秦若曦的衣服："你……你说什么？！若曦，你刚才说什么？阿九他们被人劫持了？"

"目前来看，是的……"秦若曦面色沉重，眼睑之下也是一片青黑，显然一夜未眠。

老太太的面上一片愤怒之色："什么人，敢对我们司家的人动手？！"

"是一个名为'式盟'的组织，与司家并无过节，我猜测，是被人雇佣的。"秦若曦回答。

听到"式盟"两个字，老太太的脸色瞬间更加苍白，显然也听闻过有关那个组织的传闻。

是什么人，有什么样的深仇大恨，为了对付司家，居然联合这种亦正亦邪的组织？

本来她还在猜测，对方的目的是不是为了那些昂贵的设备，抑或是为了破坏这次重要的谈判。

现在看来，怕是冲着小九来的！

此时，老太太突然想起之前沁渝来陪她时跟她说的话，她说临行前，绾绾一直缠着小九，试图阻止小九离开，还说梦到了他可能会有危险。

当时她认为是小丫头任性不懂事，随便找的借口，不想让男朋友出差那么久……

谁知……阿九竟然真的遇到了危险……

因为流影和宋靖的伤势很重，他们一行人到达华国境内后，先是就近找了个地方为他们救治。

等安顿下来，早已经好奇不已的众人终于可以听十一解释事情的来龙去脉。

十一看着一双双紧盯自己的眼睛，从头开始解释道："当时，我们确实已经将绾绾小姐送到了安全的地界，但是，到了地方之后，绾绾小姐却突然拒绝离开！"

"拒绝离开？"许易喃喃。

"是的，当时我们都很愤怒，之前在酒店的时候，这种逃命的情况下，她还非要带上她装衣服和化妆品的箱子，我们误以为这次她又是要使性子，可没想到的是……"

再次回忆的时候，十一的语气依旧有些激动："她执意要一起带走的那个箱子里，装的全都是用来伪装玫瑰集团的道具……"

流影、许易和护卫队的所有人闻言都面面相觑。

叶绾绾那个一直宝贝得不行的巨大的黑箱子里，装的竟然是这个？

流影立即问道："那'黑寡妇'的武器金蝉丝呢？"

十一摸了摸鼻子："咳，据绾绾小姐说，是在网上花了九块九买来的，那些衣服也全都是在网店里定制的。因为买得多，所以是批发价，算下来一件不到一百块吧……"

所有人的表情都麻木了。

就靠着这些网上买来的廉价道具，吓走了令人闻风丧胆的式盟？

这简直就跟在听童话故事一样……若不是他们方才真实经历了这一切，真的无法相信。

“可问题是，她怎么会对玫瑰集团的信息这么清楚，甚至连K的真实身份都知晓？还提前做好了这些准备？”有队员开口问道。

这大概是所有人的疑问。

十一摊了摊手：“这个嘛……我就不知道了……”

这时，一旁赤着上身，全身上下都裹着纱布的宋靖轻咳了一声，喃喃道：“那啥，该不会又是算到的吧？”

提起这个，在场所有人的表情都有些微妙。

来这里的第一天，叶绾绾算到了流影会有血光之灾，来这里的第三天，叶绾绾算到了宋靖会有桃花劫，甚至，来这里之前，她便断定少爷此次出行会有危险……

她所预言的事情，每一件每一桩，都应验了。

“厉害了！我突然发现，绾绾小姐至今说过的话，似乎全都成真了……”

“这也太神了吧？”

“不愧是咱少爷看上的女人！果然不同凡响！”

众人纷纷感叹不已，不过也有人心中存着质疑，哪有人真的会算命的？

她一个普普通通的弱女人，是从何得知这些绝密情报的？

听完十一的解释，看着众人疑问的神色，许易扫向众人开口道：“无论绾绾小姐到底是怎么知道这一切的，可以肯定的是，她帮了我们，救了我们所有人的命，绝无恶意。”

确实如此，如果不是她，他们这些人早就没命了……

听到许易这话，众人内心的那一丝疑虑也打消了。

尤其是跟着叶绾绾一起经历了生死，一起配合救下众人的暗1小队，更是从没怀疑过。

叶绾绾明明可以选择明哲保身的，却选择了铤而走险，返回救人。

光凭这一点，就值得他们敬佩。

更让他们叹服的是，作为一个柔弱的女人，在那种生死攸关的情况下，却比他们这些训练有素的护卫都要镇定，全程带领着他们掌控全局，脱离危险……

对于许易的话，流影无法反驳。

他作为队长，没能保护少爷，甚至连自己的队员都护不住。

如果不是叶绾绾及时出现，宋靖肯定凶多吉少，那样他一辈子都不会原谅自己。

叶绾绾救了他们所有人，这点，他无话可说。

卧室内。

叶缩缩刚给司夜寒喂了药，正在给他换衣服。

男人沉睡时没有了平日里令人胆寒的气息，虚弱的模样使得这个强大如斯的男人看起来竟给人一种无害而柔和的感觉。

已经一整天了，司夜寒完全没有清醒的迹象。

她记得梦中的司夜寒昏迷了整整三个月，差点就没能熬过来。好在现实中他躲过了受伤，但他自身的病灶对他的身体还是造成了很大的损伤，也存在极大的隐患。

也不知道这次他要昏迷多久才能醒……

叶缩缩正在失神，“咚咚咚”的敲门声响起，一名护卫端着饭菜走了进来。

“缩缩小姐，吃点东西吧。”小护卫对她明显与之前有所不同了。

以往流影的那些手下表面上不会对她表现出什么，但目光中的冷漠和嘲讽却是无法掩饰的。

“好的，谢谢，放在那里吧！”

小护卫将饭菜摆放好，却没有立即离开，而是站在原地，一副欲言又止的神色。

“怎么了？还有事吗？”叶缩缩见状开口问。

小护卫脸色一红，似乎有些不好意思，犹豫着挠了挠头，这才开口道：“没事没事，是那个，那个……缩缩小姐，您可以帮我算一卦吗？”

叶缩缩一愣：“什么？”

帮他干啥？

小护卫急忙道：“不用打八折！全额！全额就行！”

叶缩缩无语，她什么时候成算命的了？

“可……可以吗？”小护卫一脸期待地问。

叶缩缩顿时有些无语，看来是之前那几次自己吹嘘得太成功了，这些人居然真的相信她会算命。

她这情况，有时候倒是能比算命的还要精准，但问题是，她也不是什么都梦到过的啊！

比如眼前这个。

看着眼前这非常眼生的面孔，梦里也没看到过这人的相关信息，叶缩缩只能随口敷衍道：“咳，我这边是有规矩的，我只给有缘人算。”

至于到底怎样才算有缘，那还不是她说了算。

小护卫闻言只好一脸失望地走了。

这时，门口传来一声轻笑：“缩缩小姐，那能给我算一卦吗？”

许易也不知道什么时候来的，从门口走了进来。

看到来人，叶缩缩挑了挑眉，许易？

叶缩缩笑道：“许管家就别取笑我了，不过是逗他们玩的，我哪能真这么玄乎啊！我要是什么都能算出来，还能混得这么惨？”

实际上，作为司夜寒的左右手和最亲近的人之一，许易的命运，她一清二楚……

这时，不知回忆起什么，叶绾绾的神色突然变得凝重起来。

最近她一直在发愁司夜寒的事情，并没有注意其他，现在被许易这么一提她才想起来，梦中许易的下场……似乎很悲惨……

而且，如果她没记错的话，造成许易一切悲剧的导火索，正好和这次事件有关。

梦中司夜寒被围困这么大的事情，司家自然要彻查元凶。

这一查，最后查到了自己人身上，公司出了内奸。

而被查出来的所谓“内奸”……正是司夜寒最得力、最信任的副手许易！

因为许易的地位和影响力，当时整个司家都被惊动了。

那时司夜寒处在昏迷状态，处理这一事件的是老太太、公司的高层以及家族的元老。

多位内部高层人员联合审查，最后认定证据确凿。

设备被劫，整支队伍损失惨重，司夜寒本人更是昏迷不醒，如此大的罪名，司家对许易这个背叛者的处罚方式可想而知。

当时许易拼命解释，四处求人，否认他做过这些事，但在那样翔实严密的证据面前，没有任何人相信他、站在他那一边。

最后，许易孤立无援，不仅被赶出了司家，就连许家的生意也被打压，濒临破产。

许易的父亲一气之下心脏病突发，很快撒手人寰。

身负永远都洗不清的背叛者的罪名和丧亲之痛，可想而知，许易的余生都处在极大的痛苦和折磨之中……

叶绾绾记得梦中司夜寒找到他的时候，许易右腿残疾，衣衫褴褛地躺在天桥下，整个人都已经疯疯癫癫、神志不清。

虽然司夜寒醒来之后查出了幕后真凶，但这一切对许易来说已经没有任何意义。

后来，司夜寒将许易接了回去，派人照看医治，可是，没过多久，许易便在一个大雨滂沱的夜晚消失，自此再也没有出现过，不知生死……

从那以后，司夜寒身边再无如此亲近之人，“许易”这个名字，成了所有人不敢提的禁忌。

所以说，梦中许易的下场真的是挺惨的……还不是一般的惨……

而不管是在现实生活中，还是在那个离奇的梦里，她的一切事宜都是许易负责的，那时候她几乎每天都要不停地惹事找碴儿，收拾烂摊子的永远都是许易。

虽然许易对她也是持防备的态度，但始终尽职尽责，还帮她瞒了不少事情，尽力化解着她与司夜寒之间的误会和矛盾，自从许易离开之后，她在司家的日子就更难过了。

所以，如果可以的话，她也不希望许易的下场会那么凄惨。

“绾绾小姐……绾绾小姐……”

耳边突然传来许易的唤声，让沉浸在回忆中的叶绾绾一下子惊醒，回过神来：“什么？”

“流影和宋靖的伤口已经处理好，我们可以出发了。”许易开口道。

“哦，好的。”叶绾绾点点头，随后下意识地微微蹙起了眉头。

虽然梦中许易的下场很惨，但是，现实生活中由于她的插手，根据蝴蝶效应的原理，许易的命运有很大可能应该也会改变吧？

或许事情并不会那样发展呢？

但愿是她杞人忧天了……

否则，在司夜寒昏迷的情况下，许易的处境真的会很糟糕……

第二十一章 平安归来

故事的开始是一个小喽啰用烧饼跳跳糖拐走了另一个小喽啰，故事的结尾是绝美小红帽拐走了英俊大灰狼。

——情盈婧

读者告白

QIASIHANGUANG YUJIAOYANG

司家老宅。

老太太正与秦若曦、公司高层、一众家族元老等紧急商议营救之事，门外突然传来了一阵急促的脚步声。

紧跟着，书房的门被人一把推开，用人满脸激动之色，气喘吁吁地开口道："老……老夫人……回来了……九少爷他们已经回来了！"

老太太愣了一下，随即满脸狂喜："你说什么？小九回来了？"

秦若曦也腾地一下站起身："他们人在哪里？"

"已经到门口了！"

老太太急忙挣扎着起身："快！快扶我过去！"

管家立即扶起老太太，脚步匆匆地朝着大门口走去。

老太太之前听到噩耗之后站都站不住，这会儿却健步如飞，恨不得立刻见到孙子。

果然，只见门口处停着几辆车子，许易、流影等人陆续下车。

随后司夜寒被人小心翼翼地从车上抬了下来，叶缩缩跟随在一旁下了车。

看到被抬下车的司夜寒，老太太的激动之色顿时化为惊慌："小九受伤了？"

许易急忙安抚道："九爷没有受伤，老夫人您放心，只是九爷之前因为劳累过度昏迷了，还请老夫人立即请孙医生上门给九爷看一下！"

老太太心中有无数疑问，但此刻她所有的注意力都在孙子身上，于是立即让老管家派人去请孙百草，随后赶紧让众人小心地把司夜寒抬进屋。

一时间，司夜寒便被老太太、秦若曦、一众元老以及用人们给围住了。

叶缩缩很快就被挤到了人群之外，只好远远跟在后面。

卧室内。

再三确定孙子是疲劳过度而昏迷并没有受伤之后，老太太的一颗心才总算稍稍放了下来，但一看到孙子苍白虚弱的脸色，想到他竟然生生给累到昏迷，顿时红了眼眶，颤抖地紧握着孙子的手指。

稍稍平静之后，老太太立即换了面色，转向许易等人："到底是怎么回事？你们是怎么回来的？"

许易斟酌了一下措辞，便条理清晰地将整个事情的经过都与老太太等人禀报了一遍。

"我们在B国途中的第三天，正准备继续出发的时候，司总的身体支撑不住，突然晕倒，没过多久，护卫得到消息，我们被围困了，最后调查证实，那股势力竟然是式盟。

"当时我们对外的联系完全中断，几乎是孤立无援，老夫人您应该也很清楚式盟意味着什么，我们带去的人手就算再多几倍，也不是那些人的对手。

"这种情况下，我只能分出一支小队，让他们暗中保护缩缩小姐离开，对方的目的明显是司家，不会在意一个无关紧要之人的消失……"

担心老夫人会责怪许易，一旁的十一又补充了一句："当时的情况下，就算我们留下来也无法改变局面，所以许特助才让我们保护绾绾小姐离开。"

对于许易的做法，老太太无法说他的不是。

"许易最是了解小九，如果当时小九醒着，肯定也会这么做。"老太太虽然这么说，不过到底还是微微蹙了蹙眉头，眉宇间有几分失望之色。

听到许易等人的汇报，在场几位司氏的族老全都沉了脸色。

司家未来的少夫人，这个位置有多少人在盯着？

原本司夜寒身边没有任何女人，大家还可以相安无事，谁知司夜寒会突然带了一个陌生女人去老宅见老夫人，打破了这表面的平静。

碍于司夜寒的威慑力，所有人对此都保持了缄默，但不代表他们心里没有意见，而这种矛盾和不满会随着时间的推移渐渐激化。

其中一个族老坐在沙发上，手中端着一个紫砂壶，不紧不慢地开口道："那位小姐毕竟是外人，确实没有必要被我们司家的事情连累，许特助的做法没有任何问题，我也非常赞同。"

说到这里，族老目光淡漠地朝着角落里的叶绾绾看了一眼："既如此，现在是我们家族内部涉及机密的谈话，还请这位小姐回避。"

叶绾绾不动声色地朝着说话的人看了一眼。

司家内部各个嫡系、支系之间的争斗非常厉害，分为很多不同派别，说话的人与秦家关系密切，是秦若曦的重要支持者之一。

原本最有望坐上少夫人之位的人便是秦若曦，为了攀结秦家，这些人投入了不少筹码，彼此的关系盘根错节，利益早已密不可分，这会儿突然冒出来一个人，占了这个位置，他们怎么可能坐得住？

加上这些人最会察言观色，怕是看出了老太太对她也有不满，所以想趁着这个大好机会除掉她。三言两语之间，便当众否决了她的身份。

果然，老太太虽然眉头微蹙，但到底还是没有开口说什么。

走就走，这些天一直提心吊胆地，她早就困得不行想去睡觉了，没兴趣听这些人在这里长篇大论。

可是……

叶绾绾朝许易看了一眼，此情此景，真正的内奸为了掩饰自己，一定会在司夜寒等人刚回来时就对许易下手，当场给他扣上内奸的帽子，将他当成替罪羔羊。只有这样，他们才能完美隐藏自己。

所以，接下来的发展很有可能还会跟梦中一样……

见叶绾绾一动不动地继续站在那里，一副死皮赖脸的模样，族老的目光略冷了几分："这位小姐还有事吗？如果没事的话，请你离开吧。"

这时，秦若曦解围道："冯叔，叶小姐是阿九的女朋友，也是司家未来的少夫人，不能算外人。”

秦若曦话音刚落，门口处便传来一声娇蛮的冷嗤：“少夫人？真是笑死人了！凭她也配？”

族老朝着门口的女孩看去：“沁渝，你怎么来了？”

“爸，我是来陪奶奶的，结果我在门口竟然听到你们说九哥他们遇险，而这女人就那么恬不知耻地丢下九哥和族人自己跑了！”冯沁渝一脸义愤填膺。

许易闻言，眉头微蹙，也顾不得失礼，打断冯沁渝的话，试图解释道：“冯小姐，我方才的话还没说完，事情不是你想的那样……”

结果，许易话没说完，便被冯沁渝厉声呵斥着打断：“你是什么东西！我与父亲说话，有你插嘴的份吗？连九哥都保护不好，司家养你这种废物有什么用？”

许易被呵斥得面红耳赤，双手紧握成拳，正准备开口的十一脸色也难看起来。

冯沁渝居高临下地朝着叶绾绾投去鄙夷的视线：“既然她是九哥定下的未来少夫人，这种情况下理应与大家共进退！可她这般贪生怕死，丢下九哥和族人自己逃命，怎么担得起这个主母的位置？按照司家的家规，光是背弃同伴这一条，就该被逐出家门！”

其他族老闻言，看向叶绾绾的神色皆是一片漠然，纷纷表示附和。

“沁渝说的不错，方才冯老只是让她离开，已经是给足她面子了。”

“无论之前她是什么身份，从她背弃族人的那一刻起，她就已经与司家没有任何关系！”

“既然她觉得自己不是外人，偏要妄图这个身份，那就如她所愿，按照家规来办好了！”

……

见叶绾绾始终不发一言，冯沁渝缓缓朝着她走过去，轻嗤道：“怎么一说到家规就不说话了？你不是要‘少夫人’这个名头吗？怎么，现在又不敢要了？

“我告诉你，你这种女人我见得多了，为了钱，为了攀高枝，什么恶心的手段都使得出来，还妄想做少夫人？你这种人我连多看一眼都嫌脏！”

看着突然对自己发难的名媛，叶绾绾的眸底一片漠然，梦中的种种一一浮现。

冯沁渝，又见面了……

叶绾绾眸底翻涌的神色转瞬即逝，先是给了许易和十一一个少安毋躁的眼神，接着便不紧不慢地朝着冯沁渝看去：“冯小姐，不知可否问你一个问题？”

冯沁渝好整以暇地看着她，说道：“好啊，你问！”

她倒是要看看，死到临头了，叶绾绾还能玩出什么花样！

“按照冯小姐方才所说，是承认了我未来少夫人的身份，是吗？”叶绾绾问。

冯沁渝双臂环胸，一脸嘲讽和鄙夷：“九哥和奶奶都承认了，我怎么敢不承认？”

这个蠢女人，直到现在居然还霸着这个身份不放。

叶绾绾闻言，点了点头，随即看向许易开口道：“许管家，家规有没有规定，以下犯上，对主母不敬，该当如何处置？”

许易下意识地回答：“按照家规，对主母不敬，应当严惩……”

几乎就在许易话音落下的瞬间，“啪”的一声响起。

叶绾绾在所有人惊诧的目光中，重重地扇了冯沁渝一巴掌。

冯沁渝整个人都被打蒙了，呆呆地捂住自己的脸。其他人也瞠目结舌，连从头到尾都冷眼旁观的老夫人都侧目看去。

在所有人震惊的目光之下，叶绾绾悠悠然地收回了手，风轻云淡地开口道：“严惩就不必了，这一巴掌，就当是给冯小姐一个教训。”

“你打我……？你居然敢打我？！凭你也敢教训我？”

冯沁渝气得一张脸涨成了猪肝色，举起手便要朝着叶绾绾狠狠扇过去！

下一秒，许易和十一同时上前一步，如两座磐石一般挡在了叶绾绾前面。

十一喊道：“冯小姐！不得对绾绾小姐无礼！”

许易驳斥道：“请冯小姐注意自己的言行！”

冯沁渝满脸怒容地瞪着两人：“好……真是好啊……你们是不是被这个狐狸精迷得连自己的雇主是谁都忘了？居然护着这种贪生怕死、忘恩负义的女人？”

十一眸底的怒色一闪而过，目光没有一丝温度地开口：“冯小姐，绾绾小姐确实没有选择跟我们一起赴死，可是，她救了我们所有人！”

冯沁渝一愣，随即嗤笑出声：“救了所有人？就凭她？为了维护这个狐狸精，你们还真是什么话都说得出来！居然敢当着奶奶，当着我们这么多人的面信口开河！”

“沁渝，安静！”老太太目光凌厉地朝着冯沁渝看了一眼，随即看向十一问道：“你刚才说的，可是真的？”

面对老太太和在场所有人质疑的目光，十一丝毫不惧：“我不敢有一句虚言，如果不是绾绾小姐，我们这些人，包括少爷，此时恐怕都已经是一具尸体！

“绾绾小姐机智过人，胆识更是令人钦佩，当时她不过是假意跟随我们离开，之后出主意让我们扮成了式盟极为忌惮的另一方势力，前去将式盟的众人全部吓退了，我们这才有机会脱身！冯小姐方才对绾绾小姐如此言辞侮辱，出言不逊，未免太过！”

虽然此刻复述起来，不过是风轻云淡的几句话，但只有他们这些亲身经历过的人才知道，当时有多惊险，只要稍有不慎，等待他们的便是万劫不复。

一旁的许易接着开口道：“当时我们的人已经跟式盟对上，流影和宋靖都身受重伤，是绾绾小姐带着暗 1 小队及时赶到。我们一开始也误会了绾绾小姐，直到危险解除，十一他们露出了真容，我们才知道真相！”

十一和许易说完，现场陷入一阵极其诡异的静默之中。

半晌后众人才回过神，在场的几位元老面面相觑，皆是满脸愕然。

“真的假的？最后竟然是她一个小丫头去把人给救出来的？”

“怎么可能……我还以为是有什么厉害的势力帮忙……”

……

老太太看向现场唯一没有开口的流影，沉声问道：“流影，许易和十一方才说的话，可都是真的？”

流影抿了抿唇，虽然他对叶绾绾有诸多不满，但也不可能在这种事情上说谎，最终还是垂着头，如实回答道：“回老夫人，是真的，确实是叶小姐出的主意救了我们。”

听到流影都这么说了，秦若曦的眸光不易察觉地动了动。

“怎……怎么可能……”此刻，冯沁渝已经完全变了脸色。

竟然是这个只会卖弄美色的女人救了九哥他们？

冯沁渝咬着牙，满脸愤恨地嘀咕道：“什么足智多谋，不就是耍了点小聪明？！谁不会啊！”

听到冯沁渝的话，十一的目光里满是嘲讽，只是耍了点小聪明？这些深闺里的千金大小姐，真是天真到愚蠢！

此刻，老太太看着叶绾绾的神色已经缓和了不少，方才叶绾绾以少夫人的身份打冯沁渝那一巴掌时的气势，倒也令她另眼相看。

“绾绾，毕竟你只是小九的女朋友，还没有嫁入我们家，司家没有立场要求你一定要做些什么，但是，你能留下来跟小九同进退，还想办法救了大家，这点，还是让奶奶很欣慰。”

这次回来之后，叶绾绾明显发现老太太对她的态度突然冷淡了不少。

她不用想也知道，肯定是有人在老太太耳边说了些什么。

不过叶绾绾对此倒是并不在意，就算如此，也没什么，毕竟梦中她顶着那副尊荣去见老太太，老太太都可以面不改色。

只要她不像梦中一样作死，不触犯老太太的禁忌，她那些所谓的“黑历史”不会对她造成什么实质性的影响。

叶绾绾面上浮现几丝羞怯，乖巧地开口道：“奶奶，我没做什么的，只是动动嘴皮子而已，全靠大家齐心协力，一起帮忙，才能躲过这次的危机！”

见叶绾绾并不邀功，老太太点了点头：“好了，你就不要谦虚了，这次你功劳确实很大，奶奶会记着！”

此时，一众族老终于也无话可说。

其中一个蓄着白须，看上去最年长的族老冷眼朝着叶绾绾看了一眼，随即神色漠然地开口：“既然如此，这个问题就到此为止吧！我们的当务之急应该是赶紧查清楚这件事情的幕后主谋是谁。司家与式盟这种深不可测的组织毫无瓜葛，更无仇怨，为什么式盟要跟我们司家作对？那些人明显是有人指使的！”

一旁的青衫老者满面怒色地附和道：“不错，竟敢对我们司家家主下手！简直狂妄！无论付出多大的代价，也必须把那人给揪出来！”

“可是……现在毫无头绪，要从何查起？”有人蹙眉道。

听到这里，老太太面色微凝，看向许易等人开口询问：“你们当时与那些人对上的时候，有没有得到什么有用的信息？”

许易闻言，回忆着当时的情形，开口道：“与式盟的那些人对峙的时候，我当时警告过对方，有没有想过这么做的后果，如果他们真的对九爷做些什么，那么将要面对的肯定是整个司家的怒火，即使是式盟，也不可能对司家毫无忌惮，但是，对方的态度异常嚣张，甚至有恃无恐，似乎有些蹊跷……”

这时，年长的白须老者眸中冷光乍现：“有恃无恐？对方为什么会有恃无恐？我们是否可以猜测，这次幕后之人，就是司家内部的人，并且地位不低，甚至有继承权，觊觎家主之位，妄图取而代之，所以，式盟的人才会不惧怕司家的打击报复？！”

谋杀司夜寒，妄图取而代之？这罪名可不是一般的大……

白须老者的话回响在整个屋内，震得在场所有人都噤若寒蝉。

白须老者是司夜寒爷爷的二弟司明荣，也就是司夜寒的二叔公，在族中的辈分和威望最高，即使是老夫人，很多事情也都会与他商议，听从他的意见。

在家族里，他就相当于执法者，多年来对司家忠心耿耿，尽心尽力扶持家主，从不怕得罪任何人。

司明荣话音落下的瞬间，几乎所有人都朝着角落一个西装革履、正悠闲喝茶的老者看去。

西装老者六十多岁的模样，此时他见众人全都盯着自己，脸色顿时有些泛黑：“咳，荣叔，你这话也不能这么说吧？”

说话的人是司夜寒的堂叔司怀良，是司夜寒三叔公的儿子。当年司夜寒的父亲司怀璋死时，司夜寒的几位叔伯争得你死我活，直到多年后司夜寒夺回了集团掌门人的位置，那些人私下里依旧动作不断。

尤其是司怀良，平日最爱拉帮结派，甚至多次醉酒之后大闹，表现出对司夜寒的不满，咒骂他一个毛头小子凭什么霸着家主的位置，还曾扬言不会放过这小子。因此，出了这种事，也不能怪别人第一个想到司怀良身上。

白须老者目光威严地扫了司怀良一眼：“我不过稍作猜测，你这么心虚做什么？难不成那些人是你派的？”

司怀良顿时急了：“荣叔！您话可不能乱说！我只是觉得光凭手下人的一句话，毫无证据就怀疑自家人，未免太伤和气了！你们说是不是？”

其他人闻言，你一言我一语地开口了。

“荣叔的怀疑不无道理，不过，这么严重的罪名，自然需要仔细彻查，找到确切的证据才行！”

“是啊，现在家主重病昏迷，群龙无首，我们不能自己人先乱了！”

白须老者厉声道："自然是要查！而且就是要从我们自己人查起！只要你们行得端坐得正，就没什么好乱的！"

老太太深吸一口气，睁开紧闭的眼睛，一想到孙子这次差点就性命不保，扫向众人的目光顿时冰冷彻骨："你们荣叔说的不错，既然没有证据，那就查出证据来为止！就从我们内部开始查起，所有人都必须配合调查，否则，就当作叛徒处理！

"我已经三番五次警告过你们，严禁内斗！若被我发现还有人敢犯禁忌，我决不轻饶！"

司怀良撇撇嘴，不敢有异议："是是是，大伯母，我一定配合！但是，我要声明一点，大伯母，您是最了解我的，我就是刀子嘴豆腐心，平日里虽然说些混账话，但绝对不可能对阿九做出这种事情来！还请您明察！"

老太太冷睨了他一眼："只要不是你做的，自然不会冤枉你！"

说完，她对一旁的老管家开口道："传我的命令下去，三天之内……"

老太太正要开口下令，这时，角落里一个穿着藏青色唐装的老者眸中精光一闪，突然开口道："慢着！"

众人不约而同地朝着打断老夫人说话的老者看去。

一直在密切注意事情发展的叶绾绾见唐装老者开口说话，顿时眉心一跳。

"怎么？"老太太蹙眉。

穿着唐装的老者冰冷的目光不易察觉地朝着许易的方向看了一眼，随即对老夫人开口道："大嫂，之前我这边得到了一些东西，因为还未查清楚，就没有轻易拿出来，直到这次家主遇袭，两件事情一联想，我才惊觉事情不对！事关重大，凭我个人也无法判断，还请大嫂和诸位一同看一下！"

眼睁睁看着这一幕发生，叶绾绾终于变了脸色。

与她预想的一样，该来的，还是来了……

说话的人，正是幕后元凶，司夜寒的四叔公，司明礼！

司夜寒的爷爷有三个弟弟，白须老者司明荣，已经去世的司明孝，以及这个幕后主使人司明礼。

司明礼位高权重，地位与司明荣不相上下。

可是以叶绾绾现在的情况，就算明知道会发生什么，也根本没有能力去阻止……

更何况，司明礼的背后还有势力更深不可测之人，而这个人她至今都不知道是谁。

梦中，司家不仅查出了司明礼，还查出司明礼这些年来一直在跟一个神秘人联系。

只可惜，直到叶绾绾离婚后离开司家，那个幕后最大的黑手也没能查出来。

为了调查这件事，连当时本就已经病重的老太太都遭到了毒手……

看着此刻还对将要发生的事情一无所知、满心想要为自家少爷抓到凶手的许易，又想到他在那个梦里的下场，叶绾绾微微捏紧了放在身侧的手指。

很快，司明礼拿出来的棕色档案袋就在老太太和众族老的手里都过了一遍。

看完之后，所有人脸上的表情都异常阴沉。

白须老者司明荣的面上更是一片凝重之色，重重地将手里那沓厚厚的资料放下之后，目光如同利刃一般朝着角落里的许易看去：“许易！”

许易自然感觉到了那些族老突然朝自己投过来的异样视线，微皱了一下眉头，随后上前一步：“在！”

司明荣的手“砰”的一声拍在桌案上：“许易！你好大的胆子！司家对你不薄，你竟然背叛司家，勾结式盟，妄图暗杀家主！”

“什么？背叛少爷……勾结式盟……”许易完全蒙了，半晌后才急忙开口，“请荣老明察，我怎么可能会背叛司家，暗杀家主！跟式盟更不可能有丝毫关系！”

“哼，我看你是不见棺材不掉泪！”司明荣将桌案上的东西直接扔到他的脸上，“你居然说没有勾结式盟？那你倒是说一下，这些东西你要怎么解释！”

叶绾绾顺着许易的视线看去，果然看到，那些材料全都是许易和式盟的人暗中勾结的证据，铁证如山。

最棘手的是，这些证据并非作假，全都是真的，许易确实跟式盟的人暗中联系过，这点完全抵赖不掉……

司明礼很清楚，这个证据足以置许易于死地。

只要许易被拖出来，“真相”找到，他们自然也就安全了。

许易一直是司夜寒最信任的人，很多事情司夜寒都放手交给他去做，如果不是许易在旁分担，司夜寒的身体这些年恐怕会亏空得更厉害。

实际上，许易当时联系的那个所谓式盟的成员，根本就不是式盟的人，而是许易多年前安插在式盟的内线，是自己人。

只可惜还没能查出什么有用的信息，那人便在一次任务中意外丧生。

谁能想到，真正的幕后凶手为了找个替罪羔羊，将许易与那个内线联络的所有证据全都搜集出来，污蔑他跟式盟的人勾结。

现在内线死了，死无对证。这么敏感的时候，那些人将这件事情扒出来，许易就算有十张嘴也说不清。

果然，看到那些证据之后，许易的脸色顿时变了：“这……这些是……”

司明荣目光凌厉地盯着他：“你敢说这些不是真的？你没有暗中与那人联系？”

“这些证据我已经再三查实过，绝非作假。”司明礼语气笃定。

许易额上冷汗涔涔，感觉无形之中有一张巨大的网将自己包裹，他强自让自己镇定下来，开口道：“这些是真的，我确实跟此人联络过。但跟这人有联络，是因为他是我派去式盟的内线，是我们自己人，我与他联络是为了收集情报！”

司明礼冷笑一声：“内线？自己人？那你收集的情报呢？这次家主被劫，为什么你什么消息都没得到？”

许易立即道：“那个内线一个月前就死了！”

司明礼了然地点点头："所以说，死无对证，一切都凭你一张嘴说，是吗？"

许易急道："我……但我说的一切都是真的！"

司明礼低低地轻笑一声："原来如此。那我问你，这次的项目全程保密，除了内部人员，外人都以为家主这次不过是一次普通的出行，为何式盟偏偏挑了这次下手？

"式盟能封锁整个B国，至少已经准备了一个月，这表示他们一个月前就已经知晓了少爷的行程，而一个月前正是你跟那个式盟的人最后一次联络的时候！"

"这次的项目确实全程保密，但项目整整筹备了三年，经手人员众多，可能出问题的环节也很多！"许易回应道。

"那我再问你，家主被式盟的人包围之时，是兵分三路撤离，为何式盟能够第一时间准确地找到家主所在的位置？"

"当时我们所处的地方在式盟的掌控之中，兵分三路不过是没有办法的办法，实际上无论兵分几路，我们的行动都已经在式盟的眼皮子底下，他们之所以不立即动手，不过是在玩猫捉老鼠的把戏，故意戏弄我们！"

司明礼呵呵一笑："好……好啊！真是完美无缺的借口！跟式盟的成员联系，是因为他是内线；找不出人来对峙，是因为他已经死了；行程泄露与你无关，撤离路线被掌握是因为式盟手眼通天！许特助真是好计谋、好手段！难怪这么多年来能骗了家主，骗了老夫人，骗了我们所有人！"

说到最后一句，司明礼厉声怒斥，抓起手边的茶杯便朝着许易掷过去。

"啪"的一声，茶杯掉在地上摔得四分五裂，许易的额头顿时血流不止。

一旁的流影和十一呆呆地看着那些证据，完全说不出话来。

前两项控诉确实存疑，但许易暗中联络式盟却是抹不掉的事实。

许易……怎么可能……

此时此刻，其他族老盯着许易的眼神也全都冷漠如冰。

"许易，现在都已经证据确凿，你还在这里巧舌如簧地狡辩！什么内线死了，分明就是你的借口！"

"为什么你要背叛司家？你幕后的主使人是谁？目的又是什么？"

"真是一条养不熟的白眼狼，当初若不是老家主，你们一家都已经走投无路了！事到如今竟然恩将仇报！简直是畜生不如！"

"我看整个许家怕都已经被买通了！"

……

许易额头上的血液顺着眉骨流淌进眼睛，如同泣血。

面对着一张张冰冷的脸，一道道如同刀子一般的视线，他缓缓抬起一双猩红的眸子，一字一顿地开口："我没有背叛家主，我方才所说的每一个字，都是真的！我父亲跟了老家主一辈子，我自小就跟在少爷身边，我们许家上下对家主绝无二心！今日，我许易如果有一个字说的是假话，死后下地狱！"

司明礼嗤笑一声："如果发个毒誓就能证明清白，这世上怕是就没有罪人了。"

司明荣寒着脸色，沉吟良久："其他一切不提，这些证据是铁证如山，你可有证据能够证明你暗中联络的这人是你派去的内线？"

这件事情，从头到尾只有那个内线能够证明他的清白，现在内线已经死了，死无对证……

"看来，已经不用再查了。"司明礼朝着老夫人看去，"大嫂，事情现在已经很清楚，请大嫂处置！"

一直沉默的老太太，面色异常凝重，略有深意地打量许易数眼。

司明礼嘴角微微上扬，挂着冰冷彻骨的笑意，这次，许易在劫难逃。

不止许易本人，连许易身后的整个许家，都要被牵连在内。

"老夫人！"

此刻，一位身着黑色素衣，年约六旬的老者快步推门进来，神情急切地看向沉默不语的老太太。

闻言，众人的目光纷纷落在老者身上。

这老者名唤许常坤，正是许易的父亲，他为司家工作了整整三十年，如今也是司家族老之一。

"我儿许易，绝对不会做出这等丧尽天良、勾结外人之事，还请老夫人主持公道啊！"许常坤身躯微微颤抖，身为司家族老，他哪里会不清楚，如果许易的罪名被坐实，下场绝不会好！

即便司家家主司夜寒此刻苏醒，如果拿不出许易无罪的证据，也是枉然……

老太太眸子微闭，冷着脸色，并未搭理许常坤，他是许易的父亲，自然会帮许易说话。

"哼！"司明荣一声冷喝，"许常坤，到了此时此刻，你还敢为许易说话，这件事，整个许家都逃不脱干系！"

许常坤当场红脸反驳："我自己的儿子，我如何不了解！"

"你了解？"司明荣将棕色档案袋啪地甩在许常坤脚下。

许常坤急忙弯腰将档案袋捡起，仔细翻阅。

每翻一页，许常坤的面色便黯然一分，直至将档案袋里的资料看完之后，他面如死灰，整个人踉跄着后退数步，不敢置信地看向许易。

"许易……你……你……"许常坤坚定的心，终于动摇。

无论许易是否被冤枉，但这份档案资料不会有假，就算现在司夜寒出面为许易说话，也无济于事了。

"父亲，我是冤枉的，我真没有……我没有！"

看着父亲质疑和心碎的神色，许易彻底陷入绝望，连他的父亲，也已经……

许常坤摇了摇头，满脸自嘲般的苦笑，面朝老太太说道："是我许常坤教子无方。

对不起老太太，对不起家主，更对不起司家……老太太如何处置许易，又想如何处置许家，我……没有……怨言……”

许常坤说完，整个人仿佛瞬间苍老了十数岁，退回远处，再也没有开口。

“许易，你可知错！”司明荣指着许易，怒声喝道。

“我没做过，我根本没有做过！”许易摇头，他绝不会承认。

此刻，老太太看着许易，眸中满是深深的失望和极度的愤怒，事到如今，他竟然还不肯承认。

当真是千防万防，家贼难防！

“许易，我对你们许家不薄，你跟在小九身边这么多年，我也一直把你当成最信任的人，将小九托付于你照看，却万万没想到，我竟亲手将一把催命的刀子放到了小九身边！

“你实在是太让我失望了！那些人到底给了你什么好处，让你连做人的良心都不要了？”

老太太冰冷的眸光闪烁。

许易的手指关节捏得发白：“老夫人，我说的一切都是真的！我父亲跟在老太爷身边三十多年，忠心耿耿，我怎么敢玷污我父亲的忠义！”

司明礼用茶杯盖拨了拨茶叶，轻飘飘地扫了他一眼，如同看着一只濒死却依旧要垂死挣扎的兽：“大家都说许特助八面玲珑，见人说人话，见鬼说鬼话，把所有人都哄得服服帖帖，连家主都对你毫不设防，今日一见，果然是厉害，都已经到了这种时候，居然还能面不改色地说出这些话来，若不是证据确凿，连我都要被你感动了！”

司明礼继续提醒道：“许易跟在家主身边这么多年，知道多少机密？家主之前就遭到过好几次暗杀，其中有多少是出自他与那幕后之人的手笔？细想起来，简直让人不寒而栗……”

老太太听到司明礼的话，脸色顿时冷到了极致：“许易，还有什么话，你留着对法院的人去说吧！”

一旁面色严厉的司明荣紧跟着沉声开口道：“把他带下去！看住许家的人，严防他们畏罪潜逃。”

这件事情已经盖棺论定，成为定局——与叶绾绾梦中的结局一模一样。

梦中许易被带走后，紧跟着，司明礼会以许家妄图反抗为由，迫不及待地阻击许家的生意！

许易肯定也已经猜到自己被设计了，这一次，不仅是他，他的家族也难逃一劫，而且，就算少爷醒了，也根本无法保他周全……

所以，在听到老太太和司明荣的话后，许易的瞳孔骤然紧缩。

他单膝跪在地上，额头还在不停流血，缓缓流淌在他脸上，不管他怎么解释都不会有人相信他，不管他发怎样的毒誓都会被当成虚情假意，他没有任何办法可以证明清白！

“不是我！不是我做的！我没有背叛家主！那个人真是我安插的内线！”

许易瞬间被巨大的绝望淹没，他目眦欲裂地大吼着，可是，面对的，只有一双双冰冷漠然的眸子……

司明礼冷冷道：“先把人带下去！”

两个高壮的护卫手持特制长棍，面无表情地朝着许易走了过去，似乎是怕许易失控之下伤人，其中一名护卫直接将许易按倒在地。

一旁的叶绾绾若有所思，如果她没记错的话，许易残废的那只脚，就是这个时候受的伤……

“放开我……我是冤枉的，我是冤枉的！”许易绝望地嘶吼着。

“砰砰砰！”

护卫有些不耐烦，连续数拳砸在许易的脸颊上，直至许易再也无力反抗。

此时的许易，挨了数记重拳之后，满脸是血，原本精明睿智的双眸变得黯淡无光。

“想我许易……对少爷忠心耿耿，从未有过半点异心……对司家之人，视若我自家兄弟姐妹……可事到如今，却没有一人愿意信我……哈哈……既然都想让我滚，那我还有什么好辩解的……”

像是认命了一般，许易仰天长笑。

另一位手持长棍的侍卫收到暗中示意，右臂扬起，旋即猛然发力，一阵破空之音响起，长棍狠狠朝着许易的右脚砸去。

“少爷，许易不能陪在你身旁了……”

许易满脸苦笑，绝望地闭上了双眼。

正当此时，一道娇弱的身形朝着前方一闪而过。

“砰！”

带着摧枯拉朽之力落下的长棍，忽然停在了半空。

而棍子的另一头，则是被一只小手紧紧握住。

许易眉头微蹙，下意识睁开双眼，仅是一瞬间，面色便有些呆滞。

眼前的女孩虽看似娇弱，却又如同巨人一般，挡在他的身前，截住了敲向他右腿的棍子。

侍卫看向叶绾绾，面色有些愕然，这女人的力气，未免也太大了……

“这……”侍卫看向各位族老。

这女人的身份，可是司家未来的少夫人，此刻少夫人站了出来，他一个小小的侍卫，哪里还敢造次。

“混账，你是什么东西，敢插手司家内部事宜？”司明礼顿时怒了。

闻言，叶绾绾面无表情地瞥了一眼司明礼，声音冰冷彻骨：“四叔公，这若是平日里，你是长辈，我应当敬你。可今日，场合不同……你又算什么东西，敢如此侮辱司家未来的少夫人？”

“你……你……你！”司明礼指着叶绾绾，一时间，竟不知该说些什么。

“四叔公，你仗着辈分，完全不将司家少夫人放在眼中，那我可否认为，四叔公同样不将司家家主放在眼里？”叶绾绾冷漠道。

“胡说！”司明礼一惊，这叶绾绾竟然三言两语就将这样大的帽子扣在了他的头上……

此刻，在场所有人的目光全都下意识地朝着叶绾绾看去。

见叶绾绾在这种时候逞威，司明荣的眉头顿时不满地皱了起来。

司明礼敛住心绪，冷冷道：“我的意思是，诸位族老正在处理要事，哪里容得你一个女人在这里随便插嘴！”

叶绾绾依旧一动不动地站在许易身旁，面无表情地开口道：“许管家并非内奸，我相信他说的全都是真的！”

闻言，许易呆呆地朝着叶绾绾看去，满脸错愕，他怎么也没想到，最后唯一一个站出来替他说话的人，竟然是叶绾绾……

听到叶绾绾居然站出来为一个内奸说话，如此不知轻重，在场这些族老的脸色全都不怎么好看。

秦若曦站在人群中，嘴角微微勾勒出一丝冰冷笑意。

这个女人，当真是愚蠢至极，公然和整个司家对立，要保住内奸，她倒要看看这场好戏，究竟会如何收场。

司明礼恼羞成怒的神色突然化作一抹笑意，看着叶绾绾不紧不慢地开口道：“你相信他说的是真的，他说的就是真的？如今证据确凿，你却帮着一个内奸说话，到底是真的愚蠢无知，还是……别有居心？”

说到这里，司明礼陡然话锋一转，继续开口道：“叶小姐胆识过人，老朽很是佩服，只是我有一点不解，式盟这样的组织，普通人不可能知晓，何况是比式盟更令人忌惮的存在。你一个处在深闺之中的千金小姐，是如何得知那些的？想要骗过式盟，恐怕不仅是知道就可以，还要对那个组织相当熟悉和了解，才能做到以假乱真，我说的对吗？”

司明礼一边说，一边将目光投向一旁的流影和十一。

两人互看了一眼，都不置可否，算是默认了。

“流影，我问你，你们当时伪装的是什么组织？”司明礼问。

流影迟疑了一下，开口道：“玫瑰集团……”

什……什么？玫瑰集团！

听到“玫瑰集团”四个字，一众族老皆是面色一变，难怪能把式盟都吓走！

“你们是如何伪装的？”司明礼又问。

十一只能如实回答道：“当时，绾绾小姐提前准备了服装和道具……另外，绾绾小姐对玫瑰集团的一些情况也确实很了解……”

听到这里，司明礼满意地点了点头：“所以，我就要问了，叶小姐，你是如何得知连司家的情报网都打探不到的消息，又是如何能提前预料到事情的发展，一早连伪装的道具都已经准备好？难不成你还能预知未来？”

霎时间，所有人的注意力全都集中到了叶绾绾的身上。

方才急着查幕后之人，所以没有细问，现在被司明礼这么一说，这件事情确实有太多匪夷所思的疑点。

“这个女人……该不会也是内奸吧？”

“我看像内奸！”

“这些事情她是怎么知道的？总之，这个女人肯定有问题！”

……

许易见叶绾绾为了帮自己说话，竟也被牵扯进来，一时心急如焚，却又无从解释，甚至不敢替叶绾绾说话辩解。

现在他已经被认定成了内奸，如果这个时候帮叶绾绾说话，不是帮她，而是害了她！

于是他只能不断以眼神提醒叶绾绾，让她不要再管他了。

可是，叶绾绾却丝毫没有要避讳的意思，从口袋里掏出一方手帕，在众目睽睽之下，轻轻地按在了许易的额头上：“擦一下吧，许管家。”

“你……”许易满脸怔然。

而在场的族老们脸色都已经沉得能滴水。

这个女人，居然敢当着他们的面跟一个内奸不清不楚！

方才就应该直接将她赶出去！

叶绾绾完全没看周围那些族老气极怒极的表情，而是朝着一副胜券在握的表情看着她的司明礼看去，不紧不慢地开口道：“四叔公玩笑了，怎么可能有人能预知未来？”

司明礼怎么可能把叶绾绾一个小丫头放在眼里，斜睨了她一眼道：“那……既然是这样，叶小姐该不会就是玫瑰集团的内部人员吧？”

听闻司明礼此言，在场族老纷纷震惊。

“我和玫瑰集团，没有任何关系。”叶绾绾平静地开口。

“死到临头，你还敢狡辩！”司明礼冷道，“我看你就是玫瑰集团之人，今日定要将你驱逐出去！”

说着，司明礼朝四周几名侍卫使了个眼色。

得到示意，几名侍卫连忙上前，准备拿下叶绾绾。

“只凭推测，就要正法司家的少夫人？”叶绾绾瞥了眼上前来的几名侍卫，“我看谁敢！”

几名侍卫面面相觑，一时间拿不定主意。

当下，叶绾绾朝着司明礼冷笑一声道："四叔公，如果你不是存心想让司家惹上大麻烦的话，那你的智力可能有些不足，我真无法想象，一个智商不足的人，竟然也能位列司家高层。"

"你说什么？！"司明礼面色一变。

叶绾绾笑道："我若真如四叔公推测那般，是玫瑰集团内部之人……司家今日挑衅我的后果，你可曾考虑过？"

随着叶绾绾此话一出，在场众族老顿时一愣。

玫瑰集团背后的势力错综复杂，司家若是招惹了玫瑰集团……后果的确不堪设想！

"当然，我和玫瑰集团没有半点关系。"叶绾绾继续笑道，"玫瑰集团若想针对司家，应该不必在司家安排一个内奸这般麻烦吧？"

司家众族老虽对叶绾绾之言不满，但她说的却是实话，如今的司家，还不足以和玫瑰集团对抗。

不远处的司明礼暗暗咬牙，这女人……

"所以我说，四叔公究竟是没脑子，还是别有用心，想让司家陷入万劫不复之地？"

"你说我没脑子？简直放肆！"司明礼目光阴沉。

"四叔公既然有脑子，那就是故意陷害司家咯？"叶绾绾面色不改。

"你……！"司明礼咬了咬牙，"我不跟你逞口舌之威能，既然你说相信许易是无辜的，就必须有证据，否则，就算是家主，都无法保他！"

"证据，自然是有。"叶绾绾扫了在场的所有人一眼，然后开口，"早在阿九他们出发之前，我就已经知道了式盟会对司家下手。"

叶绾绾话音落下的瞬间，现场顿时一片哗然！

她知道？

她是怎么知道的？

如果不是对方的人，怎么可能会知道对方的计划？

"你是如何得知的？"司明礼问。

他倒是要看看，这女人要怎么圆！

居然敢坏他的事，今日他就将这不知天高地厚的女人一起除了。

在所有人目光之下，叶绾绾一副理所当然的表情开口道："自然是有人告诉了我。"

有人告诉了她？

众人正在狐疑，便听到叶绾绾继续道："一个星期之前，突然有人找到了我，跟我说，不久后阿九去B国的途中将会被式盟的人围困，请我务必阻止阿九这次的出行，还说如果实在无法阻止，就扮成玫瑰集团之人，一个式盟最忌惮的组织。

“我所知道的有关式盟以及玫瑰集团的一切消息，全都是那人告诉我的。”

叶绾绾顿了顿，朝着许易看了一眼，继续开口：“本来我至今都不知道那人到底是谁，直到方才你们拿出所谓的许管家和式盟勾结的证据，我才终于知道，那日前来找我报信的人，原来是许管家口中说的那个内线，那个内线怕是暗中得知了式盟的计划，所以才匆忙赶来报信！”

听完叶绾绾的一番话，众族老全都愣住了。

简直峰回路转……

事情的真相竟然是这样？

就连许易自己都呆了一呆，只不过，他心中十分清楚，那个内线早已经出事了。

叶绾绾这是想要保自己……

一片安静之中，司明礼陡然大怒地出声呵斥道：“简直胡言乱语，错漏百出！”

叶绾绾神情平静地开口道：“不知道我的话哪里有问题，还请四叔公指教。”

司明礼怒道：“笑话！内线就算是要通风报信，不找许易，不找流影，为什么偏偏要去找你？你以为你是谁？”

叶绾绾淡淡地朝着司明礼看了一眼，那眼神莫名有种轻蔑之意：“那内线突然消失，必然是式盟那边发现了什么，并且受到了严密的监控，试问这种情况下，他怎么可能去找许易和流影？只有我是司总身边最不会被防备的人，他自然找上我了。”

司明礼冷笑，又问道：“好，就算这个解释说得通！那你方才说这个内线一个星期之前便已经找了你，还说式盟的人要围困家主，这么大的事情，为什么你不直接上报，直到现在才说出来？”

叶绾绾叹了口气，面色有些失望：“四叔公，就算是三岁小孩子也知道不能轻易相信陌生人的话，可惜，四叔公却不懂。”

不等司明礼开口，叶绾绾又道：“当时那人凭空出现，说完那些话之后便再无音信，我怎么知道他到底是敌是友？怎么知道他不是为了破坏这次谈判，故意利用我来阻止阿九的？

“当时我能做的，也只有不断提醒阿九这次B国之行可能会有危险，让他加强防范。毕竟无论那人说的到底是不是真的，有备无患总是好的。

“所以为了以防万一，我还是按照那人所说的做好了一些伪装的准备，不想却真的派上了用场！

“度过危险之后，我才可以确定，那人应该是友非敌，只是不知道到底是谁。

“原本我打算等阿九醒来后与他说这件事，没想到就发生了刚才的一幕，我这才反应过来，那个给我通风报信的人，原来就是许管家派出去的内线了！”

叶绾绾一番话说下来，合情合理，解释了一切疑点。

在场的族老们纷纷沉吟，露出思索的神色，看那反应，明显是觉得叶绾绾的话可信度很高。

不然，无论如何也解释不了她一个弱女子怎么可能会有这么大的本事。

直到此时，司明礼才终于变了脸色。

他怎么也没想到，这个女人三言两语就化解了他的陷阱，还把他布了这么久的局轰然打碎！

那个内线明明已经处理掉了，怎么可能跑去跟她通风报信？

这个女人简直就是在信口开河！

一旁的老太太也越想越觉得叶缩缩说的话半分没错："竟是这样……难怪你之前一直吵着闹着不让小九走，还一定要跟去！"

叶缩缩点点头："是的，奶奶，这次阿九能得救，真的多亏了许管家在式盟安插的内线及时通风报信，不然后果简直不堪设想！"

老太太朝着依旧半跪在地上的许易看了一眼，良久，才开口道："许易……你起来吧……"

许易呆愣了好几秒才反应过来，机械地站起了身："是……"

司明礼则是一脸阴沉，眼角剧烈地抽动着，但此刻连老太太都已相信叶缩缩之言，许易和许家，只怕短期内，再也动不得……

"呵呵……许管家，原来事实如此，这却也着实巧了，下次一定要仔细小心，不要弄巧成拙才好。"司明礼嘴角抽动。

许易瞥了司明礼一眼，并未搭理他。

秦若曦眉头微蹙了一下，她万万没想到，一场死劫，却被叶缩缩巧妙化解……

"多谢……多谢叶小姐，还我儿清白，还我许家清白！"原本面如死灰的许常坤，这下满是激动地朝着叶缩缩道谢。

"许伯伯不必客气，我只是实话实说罢了。"叶缩缩道。

"呵呵……"司明礼冷笑，骤然发难，"错怪了许易是不假，但，你却一定有些问题。

"谁知道你是不是式盟安插在我司家的内线，这次故意救下家主，是为了获取司家和家主的信任，以达到更大的目的。当然，这些需要进一步调查，待到调查结果出来后，真相到底如何，自会知晓！"

司明礼说着，快步走到老夫人和司明荣跟前："二哥，大嫂，这女人身上疑点太多了，我看不如趁着今日，查个清楚！这件事，关系到整个司家，未来的少夫人，如果是敌方的内线……"

司明荣一向抱着宁肯错杀一万，也不放过一人的原则，他的态度，自然是倾向于司明礼此刻的说法。

司明荣道："谨慎为上，调查清楚，不无必要。"

事关重大，老太太蹙着眉头，一时没有开口。

司明礼见状，不等老太太开口，便迫不及待地朝着门口大吼："来人！把她给我关起来！"

几名训练有素的护卫点头，朝着叶绾绾和许易走去。

"你……你们！"许易心急如焚，原本想要说些什么，但想到自己目前尴尬的处境，只能又闭上了嘴巴，否则弄巧成拙，结果只会更加糟糕。

许常坤也是同样的想法，当即对着许易摇了摇头，让他不要出声。

只能在这场家族会议结束之后，再想办法！

叶绾绾双眸微眯，难道今天还是难逃一劫？

虽然她有把握能洗清许易的罪名，却忘了她与司明礼之间的地位等级差距太大。在绝对的强大面前，一切计谋都没有任何用处。

她现在还是太弱了……

神情森冷凶悍的护卫径直朝着叶绾绾走去，粗大的手掌朝着她用力抓去……

"咳……"

就在这时候，一片嘈杂声中，突然响起了一个极轻的声音。

那声音极轻，却如同一阵冷风，瞬间将在场所有人都冻结成冰。

原本嘈杂的声响顿时全都消失，所有人都喉头一哽，安安静静地，不敢发出半分声响。

众人机械地顺着声音传来的方向看去……

只见司夜寒不知什么时候已经醒了！

男人穿着宽松单薄的睡衣，扶着门框站在那里，重病的脸上是完全没有血色的苍白，脚步也很虚浮，深不可测的眸子里一片暗色——

"四叔公，我倒是不清楚，司家什么时候成了由你随意做主的地方？"

男人嘶哑的声音，响起在所有人的耳中。

明明只是个病弱到随时会晕倒的男人，在场众人却感受到了极为压迫的气势，后背沁满了冷汗。

尤其是司明礼，方才的嚣张气焰顿时一点不剩，满脸惊恐之色，额上迅速爬满了细密的汗珠，张了张嘴似乎想要说话，竟硬生生被震慑得说不出来……

"家……家主……"

"九爷醒了！"

……

众人终于陆续反应过来。

司夜寒淡漠的目光丝毫没有在那些人身上停留，径直穿过所有人，落在了叶绾绾的身上："过来。"

男人黑发如墨，双眸如冰，脸色惨白，只有唇瓣泛着一抹微红。他的睡衣单薄而松散，露出了苍白至病态的锁骨，周身都萦绕着一股阴郁的感觉。

这副重病的模样，不仅丝毫没有影响他的气场，反而让人觉得危险到了极致……

叶绾绾一时傻在了原地。

梦中昏迷了整整三个月的司夜寒，现在竟然在这个时候醒了……

眼前这个男人，曾经是她生命中最大的噩梦。她甚至无数次希望离开他，可是，看着他明明虚弱无力却又仿若高山一般立在她身前，看着他终于苏醒过来，自己的眼眶却忍不住一阵泛酸……

此刻，男人那张完美无瑕的脸上一如既往地没有任何表情，只有在女孩走到自己跟前时，漆黑无光的眸底才滑过一丝不易察觉的星芒。

“扶我过去。”

“哦……”叶绾绾回过神来，忙把司夜寒扶到了对面的沙发上坐了下来。

见到孙子醒来，老太太激动不已：“小九，你醒了！还病着呢，怎么就下床了？赶紧回去躺着！”

“奶奶，我没事。”司夜寒说着，目光不紧不慢地朝着站在一众族老之间的司明礼看去。

所有人都垂着头，大气都不敢出一声。司明礼作为幕后主谋，本来就心虚，此刻自然更加慌神了。

一旁老太太的神情有些尴尬，生怕孙子烦心，急忙解释道：“小九，其实没什么大事，之前有些误会，但已经弄清楚了。只是，整件事情还有一些疑点，保险起见，你四叔公想请绾绾过去配合一下调查……”

“配合调查？”司夜寒淡淡开口，但是那声音却凉得让人遍体生寒。

“是……是这样的……”

于是，司明礼只能硬着头皮把事情的经过从头到尾都详细说了一遍，然后，佝偻着腰身，一副衷心谏言的表情开口道：“家主，我方才是情急之下才会一时失言，越过了老夫人下令，可是，我谨慎行事也是为了司家的安危啊！”

原本司明礼的计划完美无缺，谁知中途居然被这死丫头完全打乱。

许易现在是动不了了，但这不知天高地厚的丫头，他绝对不会放过，否则怎能消他心头之恨！她既然逞英雄要救许易，那这个替罪羊就由她来当好了！

司明礼的想法很好，但唯一没料到的是，司夜寒居然醒了！还醒得如此及时！

再晚一秒钟，这个女人就别想脱身！

现在司夜寒一醒，事情立即变得棘手了……

司夜寒闻言，略一颔首：“四叔公辛苦，只是不知道，究竟是谁给了你权力，让你行使家主的职责？莫非，你是想要取我而代之？”

司明礼的面色一片冰冷，怨毒的目光朝着叶绾绾的方向射去。这该死的女人，居然把他害到如此地步！

司明礼当即厉声开口道：“家主，我对你的忠心天地可鉴！就算你就此记恨我，我也必须要说，这个女人要详查！我之所以怀疑许易，好歹还有真凭实据，可是这个女人却全凭她自己一张嘴，颠倒黑白，却拿不出一点实质性的证据！

“谁知道她口中的那个内线到底存不存在？万一她自己就是式盟的人呢？

“她可是司家未来的少夫人，这样的身份，若是式盟的探子，后果不堪设想！请家主务必顾全大局！”

司明礼话音落下，周围的族老们互相看了一眼，纷纷低声议论起来，毕竟站在他们的角度看，司明礼的怀疑不无道理……

司明荣则是沉着脸色，方才他同意带这女人去调查，也是为了保险起见。

一旁的许易和许常坤见状，都露出了焦急的神色。

这个司明礼，今天是要死咬着绾绾小姐不放了！

如果少爷今天一定要护着绾绾小姐的话，司明礼自然是没有办法，但是如果这么做了，未免难以服众，连绾绾小姐那里也会留下隐患……

司夜寒修长的手指一下下在沙发的扶手上轻轻敲击着：“四叔公的意思是，绾绾是式盟安插在我司家的内线，这次故意救下我，是为了取得我的信任？”

“不错！既然这个女人的目的不是暗害家主，那么肯定就是为了情报，而只有完全获取了家主你的信任，她才可以获取更多的机密！”司明礼的语气愈加笃定，看着叶绾绾的眸子里也是一片冷意。

不过一个小丫头，他就不信拿她没有办法！

“绾绾……”司夜寒突然朝着叶绾绾看了一眼，开口道，“东西呢？”

东西？什么东西？

众人闻言，纷纷一头雾水地朝着叶绾绾的方向看去，许易也是一脸迷茫。

叶绾绾眨了眨眼睛，乖乖地从自己随身的包包里掏啊掏，掏出了一沓皱巴巴的文件……

“给四叔公看看。”司夜寒似笑非笑地开口。

叶绾绾又乖乖地把文件递到了司明礼跟前。

司明礼看了她一眼，冷着脸把文件接了过去，结果，刚看到第一页的时候脸就黑了，再往后一翻，脸色更是黑如锅底！

“这……这……这不是这次项目的绝密资料和合同起草书吗？”司明礼脸色大变。

司夜寒居然把这么重要的东西随随便便地塞给这个女人保管？

众族老闻言，纷纷探着脑袋去看，也全都惊呆了。

“什么……？Energy 项目的绝密资料？”

“甚至还有合同起草书！”

“这……家主对这个女人也太信任了吧！”

这是要多信任一个人，才能把这么重要的东西交给她保管！

以司夜寒对这个女人的信任程度，她哪里还需要绕这么大一圈去取得他的信任，这不是搞笑吗？

司夜寒淡淡开口道：“现在，四叔公还有问题吗？”

司明礼死死捏着那些文件，气得差点一口气喘不上来，半晌才涨红着脸憋出几个字来：“没……没有……”

司夜寒面色一凝：“既然四叔公没有问题，那刚刚越俎代庖的账，我们也该算一算。看在您年纪大的分上，就小惩大诫，子代父受吧。”

闻言，司明礼不敢再顶嘴，只好以沉默应答。

许易盯着那些文件，猛然松了一口气，心里提着的一块大石头，总算是放了下来。

少爷不仅将机密文件交给绾绾小姐保管，平日更是无论说什么都不会避讳她，这一点除了他，流影、秦若曦，甚至很多公司高层全都可以做证的。

若是绾绾小姐真的想要探听什么消息，真是太简单了，哪里需要这么麻烦绕那么大一个圈子。

这下总算不会再有人怀疑绾绾小姐什么了……

果然，司明礼与一众族老再也说不出话来。

司明荣虽然对司夜寒将如此机密的文件交给一个女人保管很是有些不满，但叶绾绾现在的身份是司家未来的少夫人，司夜寒将文件交给她，完全无可厚非，根本挑不出毛病来，于是他也只能闭口不言。

此时，一旁的角落里，秦若曦看着那些文件，脸色微微白了几分。

这些机密文件连她都不曾看到过，阿九竟随便交给了这个女人……

原本，她完全没有将叶绾绾放在眼中。

以叶绾绾的家世、才学、品行，想嫁进司家无异于痴人说梦，她何必与这种人计较，降低自己的身份。

可是，这次B国之行之后，她却不得不开始注意这个女人了。

这个女人的运气当真这么好？

内线偏偏找上了她，让她得了救人的大功；不仅如此，今日还救下了许易，让许易欠了她一个天大的人情；司明礼正要对她发难，阿九却醒了……

老太太心疼孙子，生怕司夜寒太过操劳，急忙开口道：“好了好了，现在事情总算是全都搞明白了，你们没什么重要事情的话，就全都回去吧，一切等小九的身体养好了再说！”

好戏散场，众人同情地看了今日吃了大亏的司明礼一眼，纷纷告辞离开。

“是，老夫人！那我们先走了！”

“望家主千万保重身体！”

……

因为司夜寒不宜走动，叶绾绾帮忙将众族老送了出去。

门口处。

许常坤看着眼前身形单薄柔弱的女孩，浑浊的眸子里满是感激之色：“若不是缩缩小姐，今日许家怕是危在旦夕！缩缩小姐的大恩，我许常坤记下了！”

生意受阻甚至破产并不是最可怕的，可怕的是他们许家忠心耿耿这么多年，却会被永世钉在“叛徒”的耻辱柱上。

许常坤说着，深深地对女孩弯下腰身，鞠了一躬。

叶缩缩赶忙将许常坤扶了起来：“许伯伯言重了，方才我已经说过，我只是说了实话而已。”

许常坤闻言，摇头苦笑。那种情况下，整个家族无一人上前为许家说一句话，没有任何人相信他们，而她一个年纪轻轻的小姑娘，却能上去拦住护卫。

光凭这一点，就难能可贵。

叶缩缩说着，看向一旁的许易开口道：“何况，平日里许管家对我照顾颇多，我没少给他添麻烦……”

许易听着叶缩缩的这些话，垂着头，只觉得羞愧难当。

仅仅只因为平日里自己随手做的那些微不足道的事情而已，她却豁出性命相救，若不是少爷及时醒来，后果他不敢想象……

许易心里很清楚，那个内线这么久没有联系他，肯定已经出事了，当时根本无人可以证明他的清白。

是叶缩缩为了保下他，才故意那么说的。

所以，叶缩缩其实也不知道他到底是不是被冤枉的，可是却依旧选择了相信他。

当时如果不是她及时站出来，他肯定已经被扣上内奸的帽子，整个许家也都会被拖累。

许易笔直地挺立在那里，注视着女孩的目光一点一点变得坚定起来，眸底隐隐带着敬畏之色，一字一顿地开口回道：“缩缩小姐，您是司家未来的少夫人，这些都是我应尽的责任！”

听到许易的回答，叶缩缩露出了几分意外的神色。

许易这话音……竟是承认她的身份了……

没想到误打误撞之下，因为这次的事情，许易对她的态度倒是完全改变了。

如今她在司家孤身一人，若有许易这样的人能真心支持她，对她而言自然是好事。

何况许易不仅是司夜寒身边最亲近的人，他代表的还有他身后的整个许家。

要知道，许易的父亲许常坤在老爷子身边待了三十年，立下大功无数，在家族中的威望甚至比一些旁系血脉的族老还要高……

族老们离开不久，孙医生终于匆匆赶到。

老太太赶紧让人把他请上楼：“孙医生，你快帮小九看看，他之前突然昏迷不醒，刚刚才醒了过来！”

灰色的大床上，男人听到推门声，略抬了下眉眼，看到来人之后，又恢复了一贯的冰冷。

男人阴郁的眸底似乎有几分不耐：“缩缩呢？”

老太太有些无奈地看着孙子，这都什么时候了，不注意着自己的身子，第一件事就是想着缩缩，她不是才离开几分钟吗？

这时，一阵“噔噔噔”的脚步声响起，叶缩缩送完许常坤等人，急忙赶上了楼。

看到叶缩缩，老太太松了口气：“喏，这不是来了？现在可以让孙医生给你看看了吗？”

司夜寒道：“过来。”

这话明显是对叶缩缩说的。

叶缩缩乖乖走到了床边。

叶缩缩来了之后，司夜寒整个人如同有某种无形的气场瞬间撤去放松下来，直接闭上了眼睛，任由孙百草及其大弟子在他身上做各种检查。

良久之后——

“怎么样了，孙医生？”老夫人见孙百草的脸色不太好，顿时有些发慌。

一旁的叶缩缩也蹙着眉头朝孙百草看去。

梦中司夜寒是因为重伤才会那么严重，那现在会不会好一点？

孙百草摇着头，长长地叹了口气：“司总的身体……已经开始恶化了……恐怕，不容乐观……”

“恶化？这……这是什么意思？”老太太手上的珠子激动之下直接被她扯断，滚落一地。

孙百草神色凝重：“我一早就说过，他的身体就是一副虚架子，表面看上去没有任何问题，但内里亏空得实在是太厉害了，不仅无法调养修复，还一天天地在继续透支，等他连最后的那点底子都被掏空了，这隐藏的病症，自然会爆发出来，他现在的状况不过是时间迟早的问题……”

孙百草摇着头，长长地叹了口气：“五脏亏损，气血两空，现在他可能还只是偶尔晕倒，到了后面，免疫系统会越来越差，身体会越来越虚弱，器官也会渐渐衰竭……”

“怎……怎么会这样……”老太太越听脸色越白，急道，“孙医生，您不是说小九好好调养会好的吗？”

孙百草无奈道：“不错，我是说过，司总的病药物作用有限，只能靠慢慢养回来。但是，‘调养’二字，对他人容易，对司总来说，却是难如登天。

“他的身体本就有旧疾，失眠症不仅让他无法休养，更是雪上加霜。这次，他又不听劝告如此透支身体，造成了二次损伤，已经催发了旧疾！

“其实他能撑到现在才倒下，已经是比我预想之中的要好，原本按照我的预测，他几个月前就可能发病……”

老太太强自镇定下来，手指颤抖着开口道：“孙医生，您给我个准话，小九的病现在还有救吗？他到底已经严重到了什么程度？”

“这……”孙百草有些顾忌地朝着司夜寒的方向看了一眼。

毕竟作为医生，有些话是不方便当着病人的面说的。

司夜寒从头到尾都没有什么表情，冷漠得好像他们说的不是他的身体，抑或是生死对他而言并不重要。

闻言，司夜寒淡漠地开口道：“无妨，孙医生请直说。”

孙百草也知道这位家主的性格，只好直接回答：“据我保守推算，再这么继续下去的话，司总最多……活不过半年。”

什么……半年？

听到孙百草的话，老太太顿时眼前一黑，差点直接晕死过去。

连一旁的叶绾绾也完全变了脸色。

活不过半年？怎么可能？！

她那个仿若预知的梦里，司夜寒明明直到他们离婚都还没有死，何况现在他没有受重伤，情况应该比梦中要好才对，怎么会严重到这种程度？

到底是哪里出了错？

叶绾绾拼命回忆着梦中的一切细节，良久之后，终于明白过来为什么……

梦中，司夜寒确实拖了很久都没死，但是在那几年里，他因为器官衰竭，连续做了好几次大手术。

司夜寒是司家家主，整个司氏家族的主心骨，司家为了保他，自然不惜一切代价，就算是换遍他身体里的器官也不惜为他续命。

梦中，她对司夜寒的情况漠不关心，只知道司夜寒经常做手术，但是，当时“做手术”三个字对她而言就只是普通的冰冷的三个字，并没有什么概念，何况司夜寒在她面前也极少露出虚弱痛苦的模样，几乎与常人无异。

然而，实际上他那时恐怕已经病痛缠身，还要在短短几年之内连续多次进行那么伤人的大手术。

因为身体太过虚弱，他的器官会迅速衰竭，就算刚换了新的，又侥幸撑过了排异反应，可能一两年之后，刚换的器官又开始衰竭，需要再次动手术换新的……

这样的痛苦，她光是想象一下都受不了。

在这样无止境反复的手术的痛苦和病痛的折磨里活着，还不如死了。

可是，梦中的司夜寒就这么从原本不到半年时间的寿命硬生生地拖了那么久……

老太太激动不已地走到孙百草跟前：“半年？怎么会就剩半年时间了呢？！孙医生，真的没有其他办法了吗？拜托您再想想办法！无论您要多少钱，有什么要求，我便是举全家之力，也为您办到！”

孙百草摇了摇头：“老夫人，很抱歉，我虽有一身医术，但对司总来说却并无任何用处。司总最需要的是固本培元，而固本培元、五行排毒又都是在入睡时进行，无论是食补还是药补，五脏六腑的修复都需要充足的休息，用通俗的话来说，睡眠乃人之根本，他若连基本的睡眠都无法保证，我的一切治疗也都是枉然！”

老太太顿时对着门口厉声呵斥：“墨玄呢？去把墨玄给我叫来！”

一直候在门外的许易立即走了进来：“回老夫人，少爷之前……让墨玄去休假了。”

“你说什么？”老太太一脸惊讶，随即震怒不已，“小九胡闹，难道你们也不知道劝着吗？还不去把人找来！”

面对着盛怒中的老太太，许易只能赶紧去找人：“是……”

当听到自己可能只有半年的寿命时，司夜寒的眉头都不曾蹙一下：“奶奶，我没事，我自己的身体，我自己心里清楚。”

老太太双目通红，隐忍着说道：“你清楚什么？！都这样了还说你清楚！”

无论外面还是家里，明里暗里，多少双眼睛虎视眈眈地盯着他，盼着他死。

现在大家都以为他不过是劳累过度昏迷了，若是被那些人知道他只能活半年，还能坐得住？还不得全都把他生吞活剥了！

“小九，你怎么能这么任性，拿自己的身体开玩笑？！为什么要让墨玄休假？”老太太怒骂。

司夜寒面无表情地开口说：“他在也并无用处。”

老太太气急：“你……他就算是再无用，多少也能让你好过一点！”

老太太其实知道，即使墨玄回来了，以孙子现在的身体情况，也没有用了。

一想到孙子只剩下半年寿命，自己竟要白发人送黑发人，老太太便满脸哀恸，泣不成声。

这时，叶绾绾从梦中的记忆中回过神来，凝神思索之后，看向孙百草开口问道：“孙老医生，那……如果从现在开始，严格按照您的要求好好调理的话，确定还能养得回来吗？”

孙百草摸了摸胡子，神色有些为难：“如果他能忌怒、忌躁、忌劳累，严格配合我的药物和针灸疗法，最重要的是每天至少保证八个小时的睡眠时间，他现在年纪轻，或许还能慢慢养回来，但到底能恢复到什么地步，看个人体质，这个我也无法保证。”

孙百草说完便又摇了摇头，他方才说的那些假设，不过是空话，有几条司夜寒是能做到的？

若是真能做到，司夜寒的身体也不至于会拖到今天这个地步。

老太太自然也知道这一点，所以才更加绝望。

难道她还是留不住小九吗？

早知如此……

早知如此，她当初就不该同意让小九走这条路……

叶绾绾垂着头，并没有和老太太还有孙医生说她好像可以让司夜寒入睡的事情，毕竟这种事情不确定因素太多，何况孙医生现在的回复也是模棱两可。

还是得先试过才知道有没有用……

孙百草给司夜寒又多开了一服药，然后叹着气离开。老太太仿若一瞬间苍老了数岁，神情悲痛地将孙百草送出了门。

一时之间，卧室内只剩下了叶绾绾和司夜寒两个人。

屋子里静悄悄的，没有一丝声音，压抑的气氛笼罩着。

男人安静地躺在床上，即使听到自己只剩下半年的寿命，神情也依旧没有任何变化。

叶绾绾张了张嘴，好几次想要开口说话，却没能说出口。

这时，一阵手机铃声响了起来，打破了沉默。

司夜寒随手拿起一旁的手机，声音一如既往地理性沉稳，没有一丝破绽："喂？是我。"

"史密斯先生，您好。"

"劳您挂念，我的身体并无大碍。"

"当然，谈判一切照旧。"

"好，那三日后……"

司夜寒的话说到一半，手机突然"砰"的一声被撞落在地上，发出"嘟嘟嘟"断线的声响。

叶绾绾不知什么时候走了过来，一把抓住他的手腕，近乎恶狠狠地盯着眼前的男人，一字一顿地咬着牙开口："司、夜、寒！你刚才到底有没有听到孙医生的话！"

门口处，刚送走孙百草回来的老太太也听到了孙子的电话，正眉头紧蹙想要说话，便看到叶绾绾已经跟只小兽一样吼着朝孙子扑了过去，不由得顿住脚步。

叶绾绾盯着司夜寒那张冷若冰霜的脸："你现在只剩下半年的寿命！为什么你还可以像什么事情都没有发生一样？这些工作，这些项目，难道比你的命都重要吗？你到底有没有把自己的身体放在心上？！"

司夜寒沉默了几秒钟，然后语气平静地开口道："我自有分寸。"

叶绾绾顿时被气笑了："哈！你有分寸？你有什么分寸？你的分寸是不是准备等你的身体虚弱到器官都开始衰竭，然后大不了再换个器官，接着身体更虚弱，器官又衰竭，而后拖着病体继续换，一直换到你整个人都被掏空为止？"

叶绾绾深吸一口气，让自己冷静下来："你忘了奶奶刚才说了什么？就算举全家之力也要保住你的性命。你有没有想过，你若是死了，奶奶怎么办？你准备让她白发人送黑发人吗？"

说到这里，叶绾绾顿了半晌，才继续缓缓开口："就算你宁愿强大地死去，也不允许自己有任何破绽和弱势，就算你有再多需要守护的东西，可你若死了，你还怎么去守护他们？你就这么……这么不在乎你的命？"

司夜寒盯着女孩的脸，缓缓伸出手去，触上她那双因愤怒仿若在燃烧的眸子。

叶绾绾一怔，回过神来，仓促地转过身去，随手抹了把眼睛："司夜寒，我不想做寡妇！"

我不想……让你死……

门口，老太太侧身退到一旁，看着女孩匆匆地从屋子里跑出去，眸子里闪过一丝动容。

唉，这孩子……

卧室内，男人看着女孩离开的方向，眸底一片浓得化不开的暗色。

不在乎自己的命？

怎能不在乎呢……

她离他越来越近……

越来越真实……

近乎触手可及……

……

叶绾绾跑出去之后，便一个人蹲在一个小花圃下面生闷气。

真的是快要被他给气死了。

哪有人前脚刚累得元气大伤又经历了一场围困，还被医生判定只剩下半年寿命，后脚就跟合作商通话说三天后要去谈项目的。

就算不要命也没见过这样的啊！

早知道他这么不要命，她何必还要拼死拼活地去救他？

叶绾绾感觉自己就像个傻子。

算了……他爱怎么样就怎么样吧！

如果他自己不配合，压根就不拿自己的身体当回事，她再怎么做也没用！

叶绾绾正要起身，耳边突然传来了两个嘀嘀咕咕的对话声。

"你去送吧！"

"不不不，还是你去吧！我上次去的时候九少爷在工作，他光是抬头一个眼神，我就连走路都不会走了！"

"喂，为什么又是我？上次我都已经去过一次了！你又不是不知道九少爷最讨厌吃中药！我端着药过去，十米之内都能感觉到九少爷的冷气！更惨的是如果九少爷忙工作忘了吃或者没有按时吃，我们还要被老太太责罚！"

"责罚就责罚嘛！我倒是不怕被老太太责罚，就是九少爷太可怕了，上次小张去送药的时候似乎不小心撞上九少爷刚睡醒，九少爷也不知道是做噩梦了还是怎样，差点把他撂倒……"

"那怎么办？听说九少爷这次劳累过度昏倒了……情绪肯定更不稳定吧……"

“不然咱们再等等看？”

“我想直接去领罚了……”

……

一旁似乎传来一声叹气的声音，随即有人开口道：“给我吧。”

花圃底下突然冒出一个大活人来，两个小女佣吓得差点儿魂都没了。

“啊！你……”

“叶……叶小姐？您怎么会在这里？”

两个小女佣一脸惊讶。

叶绾绾方才蹲在花圃下面，本来已经被司夜寒气得都走了，结果听到两个小女佣嘀嘀咕咕你一言我一语地小声议论着，说到最后，竟然吓得决定拖延时间，甚至不惜领罚也不想去送药……

药物必须按时服用，药效才能发挥最大功效，怎么能拖延？

叶绾绾面无表情地开口：“我乘凉。你们不是要送药吗？给我吧，我正好要去找你们九少爷，我去送。”

“真……真的？！”两个小女佣顿时大喜过望，看着叶绾绾的表情简直就像是看着救苦救难的观世音菩萨。

“谢谢叶小姐！”

“谢谢您！叶小姐您端好了，小心烫手！”

两个小女佣连连道谢，然后小心翼翼地将一小盅中药交给了叶绾绾。

叶绾绾眼睛一眨不眨地盯着手里的药，懊恼地闭了闭眼睛，她是不是疯了？

叶绾绾站在门口，犹豫了半天，最后因为担心耽搁久了影响药效，还是推门走了进去。

叶绾绾的身后，两个小女佣也不放心地跟了上去，此刻正躲在门缝边上。

两人想来想去还是觉得让叶绾绾去送不太妥当，毕竟这是她们的任务，怎么能随便推给叶小姐呢？

万一叶小姐待会儿送药的时候出了什么意外，或是闹出了什么事情来，她们怎么担得起？

宽大的灰黑色大床上，皮肤苍白的男人如同石像一般一动不动地靠坐在那里。

风从窗外吹进来，掀开他衣服的一角，露出了一截消瘦的手骨。

不过是短短一个多月的时间，他便因为忙碌而瘦了一圈。

叶绾绾本来还是一肚子火的，结果只一个照面，怒气就跟被针戳破的皮球一样。

估计是中药难闻的气味飘了过去，男人冰封的眉头顿时微不可察地皱了皱，目光顺着门口的方向投来。

皱什么皱！

这可是能救他命的东西！

叶绾绾快步朝着床边走过去。

看到进来的人竟然是去而复返的叶绾绾，司夜寒沉寂的眸底似乎滑过了一抹意外，目光追随着她一直来到床边。

门口，两个小女佣眼见叶绾绾朝着司夜寒走过去，紧张地“咕噜咕噜”咽着口水。

九少爷的眼神……好可怕……

而叶绾绾如同没有看到司夜寒紧皱的眉头，直接把手里那中药的盖子给掀了。

顿时，一股刺鼻的中药味扑面而来，当场熏得叶绾绾一阵猛咳，差点吐了……

孙老……

您这下手是不是有点狠啊？

这也太可怕了！

可是，不喝也不行啊，这是能救命的东西，再难喝一咬牙也就过去了，总比以后身体差得不行，器官衰竭做手术换器官要好吧！

于是，叶绾绾轻咳一声，继续冷着脸，看向男人开口道：“喝药。”

门口处的两个小女佣见状，心都已经提到了嗓子眼，只希望叶小姐有什么特别的方法，可以劝动九少爷按时喝药，不要出什么意外才好……

两人刚这么想着，只见九少爷抬了抬眉眼，伸出手，端过了叶绾绾手里的药碗。

三秒钟后，一碗药已经见了底。

两个小女佣眨了眨眼睛，对视一眼，看着空掉的碗，好半天都没反应过来发生了什么。

这……这就喝了？

叶小姐刚才分明啥也没做啊！

就往那儿一站，说了“喝药”两个字而已。

这也行？

叶绾绾见司夜寒老老实实地喝了药，脸色这才缓和了几分。

闻着空气里难闻的药味，见他方才一口气喝完，竟然从头到尾都面不改色，她又不由得有些心软，问道：“还好吗？是不是很难喝啊？”

听到她的问题，司夜寒看了她一眼，伸出手去，扣住女孩的后脑勺，一倾身，覆上了她的唇。

刹那间，中药的苦涩夹杂着属于他的清冽气息顿时盈满她所有的感官……

叶绾绾瞬间瞪大了双眼。

几秒钟后，叶绾绾一把将男人推开，跟被踩到了尾巴的猫一样弹开，然后端起不远处茶几上的杯子，一口气灌了好几杯水！

她只是问问而已，并不想知道药到底多难喝好吗？

这家伙到底是不是人？还是他没有味觉？刚才居然一口气喝完了？

叶绾绾自己喝了好几杯水，然后没好气地给司夜寒也倒了一杯：“给你。”

“不用。”司夜寒微微支着脑袋，风轻云淡地开口，好像刚才喝的只是一杯茶。

“你不苦？”叶绾绾一脸惊悚地问。

司夜寒勾唇一笑：“不苦。”

叶绾绾疯狂腹诽：果然非人类！

叶绾绾端着药碗刚离开不久，手机铃声再次在安静的卧室里响起。

司夜寒沉默了几秒钟，然后接起了电话：“喂。”

“没事，方才信号不好。”

听手机那头的人说了一会儿之后，司夜寒继续开口：“抱歉，出了点意外，谈判恐怕要推迟一个月。”

“是。”

“所有后果和损失，由司氏集团承担。”

……

深夜，华都某豪华庄园。

“啊——啊啊啊！痛！痛啊！疼死我了！轻点！你们想疼死我啊！”

男人的哀号一声接着一声，响在庄园上空，所有用人全都战战兢兢地，大气都不敢出。

卧室内，一个细皮嫩肉的男人正痛叫着趴在床上，他身上青一块紫一块，像是刚刚经历过一场殴打。

“医生，我儿子的情况怎么样？”司明礼面沉如水，紧张地追问。

虽然司家护卫那边他已经打点过了，但那些人也不敢做得太明显，下手最多也就收了两三分力道而已。

一旁的医生面色为难地开口道：“这……逸杰少爷身上的伤口都是皮外伤，都还算好，时间长点可以养回来，但是，右腿的小腿上有一处伤到了骨头，怕是……”

“怕是什么？”司明礼目光一凛。

医生硬着头皮开口：“怕是会落下终身残疾……影响行走……”

“你说什么？！落下残疾？！”司明礼重重地拍着桌子站了起来。

这岂不是说逸杰会变成一个瘸子？

“那个姓叶的！老夫不会就这么放过她的！”司明礼暴怒地吼着。

“什么？你什么意思？你这个庸医！什么叫我腿残了？难道以后我会变成瘸子？”躺在床上的司逸杰惊怒地叫唤了起来。

“逸杰少爷，不可乱动，你身上的伤口刚缝合，千万不可以乱动啊！”医生赶紧阻止。

“行了，你出去吧！”司明礼阴沉着脸开口。

“是……是……”医生和屋子里的用人全都求之不得地退了出去。

“爸，到底是谁使的坏？！是司夜寒身边的那个女人吗？我一定要双倍奉还！爸，你怎么会在一个女人手里吃了亏，还把我连累成这样！”

司逸杰一听到自己的腿要瘸了，气得整个人都快发疯，口不择言地喊道。

“行了，你给我闭嘴！”司明礼没好气地瞪了叫嚷的大儿子一眼。

他的长子因为一个女人变成了残废，他难道就能咽得下这口气？

但咽不下有什么用？

这次计划失败之后，再没有这么好的机会了，司家日后一定会严加防范，并且彻查此事。

为免暴露，他们短时间内绝对不可以再轻举妄动。

只要司夜寒还在那个位置上一天，他们就动不了那个女人分毫！

司明礼正面色阴郁时，敲门声响起。

“进来！”司明礼不耐烦地开口。

司明礼心腹之一神色匆匆地推门进来，无比兴奋地看向司明礼，开口道：“老爷，方才我从司家老宅那边打探到一个非常惊人的消息！有关司夜寒的！”

“惊人的消息？什么消息？”司明礼斜睨过去。

心腹忙走近了几步，压低声音，激动地开口道：“我方才得到消息，探子说，司夜寒身患重病，恐怕活不过半年！”

原本还在为儿子的腿烦心的司明礼，一听到心腹的话，神色顿时一变，腾地一下站了起来：“你说什么？司夜寒得了重病？还活不过半年？”

连床上的司逸杰都停住了痛呼叫嚷的声音，费力地把脖子扭了过去：“什么？司夜寒病得快死了？真的假的？你别是搞到了假消息吧？！”

司明礼盯着心腹，面色异常严肃，也沉声问道：“司夜寒好端端的，怎么突然就重病到要死了？你确定你得到的消息是真的？”

心腹的语气极其笃定：“老爷，这么重要的消息，不再三确认了，我怎么敢轻易报上来？这消息是我花重金从孙医生的大徒弟那里得到的！千真万确！

“原来，这些年孙医生出入老宅根本就不是什么日常调理，而是司夜寒的身体本就有重疾，这些年一直在治疗！这次去 B 国的途中，他也不是因为过度劳累而晕倒，而是病情恶化了。

“今天，就在族老们离开后不久，孙医生刚去给司夜寒诊治过，断定司夜寒绝对活不过半年时间！”

听心腹说得如此笃定详细，司明礼这才终于信了，起身在屋子里踱步了好几圈，似是想到什么，突然站定，问道：“难道没有救治的办法？”

心腹想了想，回答道：“孙百草那徒弟胆子小得很，不敢透露太多，没有详细说病情，但既然孙医生都已经下了这样的判定，自然是无药可医了！连孙医生都治不了的病，还有谁能有办法？”

“你说的不错……”司明礼点头。

“哈哈哈……所以说司夜寒真的快死了？”刚才还在哀号的司逸杰听到这里，顿时大笑起来，“真是报应！报应啊！”司逸杰说着，眸子里闪过一丝得意。

司明礼没有理会儿子的话，全副身心都在这个消息上。

自从司夜寒那小子成了家主，就把司家整治得跟铁桶一样，害得他们不知道少捞了多少油水。

他当年在司家呼风唤雨的时候，司夜寒还没出生呢，现在不过一个年纪轻轻的黄毛小子，竟然也骑到了他的头上！

如果司夜寒活不久了，那可真是天大的好消息！

司明礼又和心腹详细了解了一番情况，随后独自走进书房，拨通了电话。

“先生，方才我的人得到消息，说是司夜寒得了重病，最多撑不过半年！”

“不错，我已经再三确认过，消息准确，所以，我们现在要不要……”

“您的意思是……我们先按兵不动，而是放出风去？”

“是……是……我明白了！先生果然好计谋！放出消息后，让那些人先斗起来，我们好坐收渔翁之利！”

“不过是个以色事人的小丫头而已，先生是不是多虑了？”

“是……我会留意……”

第二十二章

病来山倒

由衷感谢老师的故事让我在夏天见到太阳，我会永远保持热爱，与你共同成长。

@囧囧有妖

——叶与颖

QIASIHANGUANG
YUJIAOYANG

读者告白

孙百草下了半年后的死亡通知之后，老太太便开始派人暗地里到处寻找名医。

即使知道不可能再找到比孙百草更好的医生，她却还是存着一线希望。

老宅，小花园里。

墨玄一脸惊讶，问道："怎么会突然这么严重？你不是说那女人似乎能让九爷更容易入睡吗？"

"虽然效果比你稍微好一点，但也没到能抑制九爷病情发展的程度吧！何况调养是长期坚持的过程，像九爷那样作息生活没规律，偶尔补一下，紧跟着又加倍透支出去了，能起什么作用？"许易说着，叹了口气继续道，"九爷现在不仅缺个医生，还缺个管得住他的人！"

墨玄失笑："管得住九爷？那得顶级驯兽师吧？"

许易一阵无语，"驯兽师"是什么形容？

许易和墨玄两人正在院子里说着话，透过枝叶的缝隙，突然看到不远处有两个人走了过来。

原来是叶绾绾抱着一大坨白乎乎的东西走在前面，身边跟着的小女佣手里也抱着一坨物品，好像是毯子，另外还有一干护卫，搬着一张躺椅和一张凳子。

一行人浩浩荡荡地往小花园里走着。

司夜寒则是穿着一身灰色的亚麻布休闲装，不紧不慢地跟在他们身后。

叶绾绾带着几人径直朝着一处花荫下走去，先是对司夜寒开口道："你先等一下。"

接着，她又指了指落满了金色树叶和花瓣的草地，吩咐护卫："躺椅放这里，凳子放旁边。"

躺椅上面被她铺了舒适柔软的垫子，摆放好之后，叶绾绾吩咐两个小女佣："毯子给我吧！"

"是，叶小姐。"小女佣依言将毯子递过去。

然后叶绾绾将枕头放了上去，伸手拍了拍，随即扭头对身后逆着阳光的司夜寒看去："愣着做什么？过来呀！"

司夜寒的眉峰似乎微微上扬了一下，随后从善如流地走了过去。

"坐下。"叶绾绾拍了拍躺椅。

司夜寒在椅子上坐了下来。

叶绾绾表示很满意，开口道："对，然后躺好了。"

司夜寒又躺了下来。

躺椅很长很宽大，司夜寒修长的身体躺上去一点也不会觉得憋屈。

等司夜寒躺好之后，叶绾绾将毯子给他盖上，随后居然不知道从哪里掏出了一块秒表来："现在开始睡午觉，计时开始。"

司夜寒偏头看向她："我昨晚睡过了。"

叶绾绾的脸色黑了黑，磨牙道："别以为我不知道，昨晚你有两个小时是在装睡，也不知道在想什么，今天必须得补回来！为了让你睡得开心，能换换心情，我还特意给你找了这么个地方！"

对于叶绾绾的话，司夜寒不置可否，而是朝着躺椅边的凳子看了一眼。

叶绾绾顺着他的视线也看了眼凳子，然后虎着脸瞪他："看什么，我要坐在这里监工的！"

说完，她一屁股在凳子上坐了下来，说："闭眼，睡觉了！"

这一次，司夜寒没有闭上眼睛，反而若有所思地看了她好几秒。

叶绾绾被他看得发毛："你看我干吗？"

当然，指望司夜寒说出"你好看"这种话来是不可能的。

司夜寒双眸微眯，看着她，问："不怕我了？"

叶绾绾一听，大概是终于想起来自己胆大包天地到底在跟谁说话了，心里顿时咯噔一下，强自镇定地结结巴巴道："有……有什么好怕的！你就是一只纸老虎！还能把我吃了？"

司夜寒低低一笑："要试试？"

叶绾绾黑着脸说："不许瞎想，睡觉！"

空气里满是草木清新的气息，细碎的阳光从枝叶间洒落下来，跳跃在女孩的身上，照射着女孩的脸颊，几乎能看清女孩皮肤上的绒毛……

在女孩注视的目光下，一切阴霾和那些背负在他身上的枷锁，仿若在这一瞬间都消融而去……

司夜寒静静地看了女孩良久，终究还是没有去问那个问题——

为什么不想他死？

在叶绾绾的催促下，司夜寒还是闭上了眼睛。

约莫几分钟之后，男人斜支着额头的手指渐渐软了下来。

叶绾绾连忙小心地把他的手拿下来，放进毯子里盖好，然后坐在一旁的凳子上，一边翻看剧本，一边时不时朝着旁边看一眼……

不远处看完了全程的许易和墨玄。

墨玄一脸惊叹："顶级驯兽师！看到了吧，这就是了！这会儿叶小姐的气场，手里就差一条鞭子了！"

"咳……"许易轻咳一声，无语地看了他一眼。

墨玄叹气道："我说，兄弟啊，你叫我回来干吗？我发现我还是没有用处啊！"

许易白了某个带薪休假还在抱怨的浑蛋一眼："谁说没用处？叫你回来分担一下狗粮不行？"

他一人承受不来……

墨玄耸肩："好吧，你赢了！"

“顶级驯兽师”叶绾绾严密监控了司夜寒好几天，直到父母那边询问她工作的情况，让她有空回去吃个饭，洛辰那边也因为她这么长时间不出现，小心翼翼地提醒她还有几天就是试镜的日子，她才不得不暂时离开。

走之前，叶绾绾悄咪咪地钩钩手指，把许易给拖到了角落里。

“这个拿着。”叶绾绾塞给他一个小本子。

“绾绾小姐，这是？”许易不解。

“我给他列的日常时间表，你一直待在他身边，帮我盯着点，如果他没按时做的，给我打电话。”叶绾绾开口。

许易咽了口唾沫：“呃……”

叶绾绾问：“咋？”

许易小心翼翼地开口道：“绾绾小姐，您这是，让我给您打……小报告？”

“咳咳！”叶绾绾顿时轻咳一声，“别说得这么难听嘛！什么打小报告，分明是你忠心护主的表现！放心，有我给你撑腰呢！”

许易哭丧着脸，烫手山芋一样拿着那本日常时间表问：“您确定……撑得住？”

“当然撑得住了！”叶绾绾拍着胸口保证。

许易面色凄然，还是怕得要死。

见许易这么怂，叶绾绾无语地白了他一眼：“实在不行我用美人计总行了吧！”

许易立马回答道：“好的，一定完成任务！”

接着，叶绾绾又给许易洗脑好半天，总之核心思想就是，坚决提倡打小报告，司总发火有她撑腰。

她撑不住的话，还有老太太呢！

这些天老太太也知道她在盯着司夜寒调养，肯定会给她撑腰的。

大概是因为面对喜欢的人时，司夜寒的心情和情绪都会更愉悦和缓，这几天观察下来，老太太发现，孙子和绾绾在一起的时候，状态确实要轻松不少。

而且之前的发现似乎也不是偶然，有绾绾在的时候，小九似乎更容易入睡。

只是她并不知道绾绾做的这些，到底对小九能有多大程度的改变？

毕竟，根据之前钟蠡的调查，绾绾和小九在一起都已经两年了，那么长的时间里，小九的状态都没有改变，她实在不敢期待，在如今小九只剩下半年时间的情况下，他的身体是否能够好转。

连孙医生都断言无药可医的情况下，她如何能寄希望于一个女孩……

离开老宅之后，叶绾绾先去了爸妈那里吃饭。

其间两人自然又提到了她男朋友的问题，司夜寒现在这个情况，叶绾绾只能推说男朋友工作很忙，有机会一定带去见他们。

随后叶绾绾便换了男装驱车赶去公司。

叶绾绾回到办公室，先处理了一下最近的邮件和一些报纸杂志的宣传事务，然后去训练室找洛辰。

小绵羊还挺勤奋的，正在训练室里挥汗如雨。

不枉她费这么多心思。

虽然现在她给洛辰奠定了非常好的起点，但这并不意味着他可以高枕无忧。

这次的竞争非常激烈，洛辰唯一的优势就是他是原版林落尘的扮演者。

虽然“原班人马”是剧组考虑的重要因素之一，但绝对不是唯一的因素，投资商的意见和艺人本身的人气，都有非常大的影响。

洛辰这次最大的对手只有一个，那就是叶绾绾梦里那个《惊龙 2》中林落尘的扮演者。倒不是说对方演技有多好，人气有多强，但人家和投资商关系好。

而洛辰……只能凭实力。

现在洛辰的人生轨迹已经和梦中完全不同了，所以她也无法确定选角结果花落谁家。

叶绾绾陷入沉思：梦中《惊龙 2》男主的扮演者依旧是原版男主，叶家皇天旗下人气小生凌少哲。

凌少哲和洛辰一同出道，又同时因出演《惊龙》而大火。

当年洛辰虽然饰演男配，但因为角色太受欢迎，风头比凌少哲这个男主还盛。

可如今凌少哲已经是皇天当家小生，人气与韩羡羽、宫旭都不相上下，洛辰却泯然众人，想来令人唏嘘不已。

之前她为了陪司夜寒去 B 国，耽误了不少时间，现在距离试镜只剩下三天，她必须要赶紧跟洛辰说一下戏。

叶绾绾停下思绪，对着训练室内的青年叫了一声：“洛辰！”

看到门口处的男人，青年的眼睛顿时亮了一下，擦了把汗，立即快步朝着门口跑去，欢快道：“叶哥！”

“叶哥，您回来了！”小绵羊虽然刻意收敛了情绪，但还是看得出眸底的激动。

以洛辰没有安全感的性格，她离开这么多天没有音信，估计没少胡思乱想。

叶绾绾没有耽误时间，直接开口道：“收拾一下，去我那儿，我给你说下戏。”

“嗯。”洛辰没有犹豫，立即点头跟了上去。

万景名苑。

“随便坐。”叶绾绾脱了外套，然后给他倒了杯水。

相比之前来她这边时的紧张，这次洛辰的表情已经淡定不少。

叶绾绾在沙发上坐下，准备检查功课。

洛辰盯着叶绾绾拿着剧本的手，看样子有些紧张。

叶绾绾手里拿着剧本，不过却没有看，直接开口挑了一场戏：“十三幕，第七场。”

这是林落尘杀人的一场戏。

剧情很简单，林落尘一剑杀死一名正道武林人士，然后转身离开。

没有台词，只有眼神和肢体动作。

叶绾绾主要想通过这场戏，看一下洛辰对第二部中的林落尘这个角色的理解已经到了哪一步。

“就这场吧，有问题吗？”叶绾绾抬头，问道。

洛辰摇头：“没问题。”

说完，他走到客厅中央，深吸一口气，闭上眼睛。

三秒钟之后，他再睁开眼睛，眸底已经是一片森冷至极的冰冷。

洛辰一手负在身后，另一只手拔剑刺出，一剑刺穿来人的心脏，面上的表情再不复少年时的单纯清澈，转为邪魅、冰冷、无情，盯着来人的眼神更是万分可怕。

片刻后，洛辰收去戏中的状态，转身朝着叶绾绾看去，有些紧张地等待着叶绾绾的评价。

叶绾绾支着下巴，沉吟片刻，缓缓开口：“嗯……大魔头演得不错……”

说完，顿了顿，她继续补充道：“不过，稍微浮于表面了！”

叶绾绾站起身，走到洛辰对面的位置。

“唰！”

她将手中的剧本当成利剑，一剑刺向洛辰的心脏，片刻都未逗留，旋即抽出。

她的目光里，与方才洛辰演绎的一样，是邪肆、冰冷、无情，不同的是，没有任何杀气。

取而代之的，是漠然，一种轻蔑和冷漠到了极致的漠视。

就仿佛站在她眼前的不是一个人，而是一个没有生命的物件。

“看出区别了吗？”叶绾绾开口问。

洛辰的额上一片冷汗涔涔，直到叶绾绾开口，他才从那种巨大的威压中脱离出来，闻言，神色有些怔然。

他知道叶绾绾的演绎方式比他要高出好几个境界，却不知道为什么。

为什么明明没有杀气，却会让人觉得更加可怕。

叶绾绾循循善诱道：“那个时候的林落尘，经历了人世间所有的不公与磨难，他的性情大变，这点你表现得没错。但他和从前最大的区别是什么，你知道吗？”

洛辰垂眸，思索了片刻，然后迟疑地开口说道：“是……对生命的敬畏感？”

叶绾绾顿时展颜一笑，洛辰的悟性确实不错，一点就通。

“不错，就是对生命的敬畏感。将人命放在眼中，才会有杀气。但如果在他眼中，人命已经如同草芥尘埃，那么他在杀人的时候，有的只会是漠然！”

洛辰的双眸骤然明亮，犹如醍醐灌顶。

“我明白了！”

“嗯……”叶缩缩点头，正要开口，这时，一旁的手机响了起来，看来电显示，是许易打过来的。

许易的电话？小报告来得这么快！

“你先自己消化一下，我接个电话。”叶缩缩对洛辰开口。

洛辰点点头，然后乖乖拿着剧本走到沙发上坐着去了。

“您好，我是叶白。”叶缩缩开口。

手机那头的许易听到传来男人的声音之后愣了一下，很快反应过来叶缩缩那边估计有其他人，所以用的还是叶白的身份。

“咳，缩缩小姐，方才用人送药进来，但已经过去十分钟了，九爷还没用药。”许易尽职尽责地开口。

“他在做什么？”叶缩缩蹙眉问。

“您离开之后，九爷就一直在看文件。”许易弱弱地回答。

“呵呵。”叶缩缩冷笑一声，然后直接把电话给挂了。

许易看着被挂断的电话，下意识地咽了口唾沫。

怎么觉得缩缩小姐方才的冷笑……有点瘆人？

不过，天高皇帝远的，缩缩小姐真的能有办法让少爷乖乖喝药吗？

客厅里的洛辰也下意识地朝着自家经纪人看了一眼。

不知道他方才是跟谁打电话，这会儿的表情似乎比方才入戏时的状态还要吓人……

挂了许易的电话后，叶缩缩戴上蓝牙耳机，然后给司夜寒拨了过去。

拨的是视频通话。

过了十几秒钟，那头接通了。

“有事？”

伴随着低哑的声音，手机屏幕上顿时出现了一张清冷出尘的脸。

叶缩缩被那张脸晃得恍了下神，差点被美色迷得忘了生气，稳了稳心神才缓过来。

叶缩缩斜支着额头，懒洋洋地笑了笑，说道：“没什么啊，就是方才闲来无事，给你算了一卦！”

手机屏幕上，司夜寒盯着叶缩缩的小脸，眉头微微上挑，叶缩缩明明面上笑靥如花，但明显藏着威胁，竟让某人的人生第一次有了类似心虚的情绪……

果然，下一秒，女孩便变了脸色，笑盈盈道：“我算出你手边现在放着一碗药，已经过去十分钟了你还没喝掉它！”

司夜寒闻言，朝着门口的方向看了一眼。

门口处，躲在那里的许易吓得一哆嗦，慌乱间撞到门板，发出“砰”的一声响。

叶缩缩一字一顿地冷声开口道：“现在，距离我三步远的地方，就有一个水灵灵的小美人，你要是再不喝药，我现在就过去调戏他！”

叶绾绾三步远处的洛辰小绵羊：“……”

手机屏幕上的司夜寒：“……”

叶绾绾的目光丝毫不动摇，明晃晃地在告诉对方，他要是不喝药，她是真的什么事都做得出来。

最后……司夜寒手臂微伸，端起了一旁的药碗。

叶绾绾见司夜寒乖乖喝药了，这才满意：“现在去休息半个小时再继续工作！不许挂电话，我看着你休息！”

说完，她将手机保持着视频通话的状态，放在一旁，准备继续去给洛辰说戏。

然后，叶绾绾一抬头，就看到洛辰低垂着头，耳根子似乎有些泛红。

这时她才反应过来，她三步远的地方，还真的有个小美人……

叶绾绾急忙轻咳一声，解释道：“咳，我女朋友的电话，她不肯乖乖吃药，我只能用些特殊手段了！”

洛辰点了点头，表示理解。

虽然方才他的表情真的很吓人，但还是能听出语气之中掩饰不住的关心。

原来是女朋友的电话……

接下来的时间里，司夜寒自然是不可能再继续工作了，光是盯着叶绾绾跟小美人就够忙了……

藏在门口的许管家惊叹不已。

绾绾小姐也太厉害了，少爷不仅乖乖喝药了，连工作都停止了……

到底是怎么办到的？

因为只剩下三天就要试镜，叶绾绾抓紧时间，一连跟洛辰说了好几个小时的戏。

等结束的时候，叶绾绾去拿手机，结果刚将手机拿起来就吓了一跳，因为她发现手机居然还是视频通话的状态。

“你还没挂啊？”叶绾绾惊讶。

司夜寒通过摄像头看了她一眼，那眼神竟然似乎有些哀怨……

不过也难怪，女朋友跟别的男人待了一下午，自己却只能在那儿盯着视频通话的画面看她。

叶绾绾急忙柔声安抚道：“宝宝，你乖啦！只要你好好养病，好好调理身体，活得长长久久，以后我们还有很长很长的时间可以在一起，可以白头到老呢！对吧？”

即使知道她哄人的话不过是随口就来，没有几分真心，司夜寒的脸色还是缓和了不少，淡淡开口问：“晚上回来吗？”

“回来回来！你身体不好，就别奔波了，我去找你！先挂了哈，我换下衣服就出门了！”叶绾绾说完便挂了电话，然后去换回了女装。

去老宅之前，叶绾绾特意先去了一家甜品店，准备给司夜寒买些甜点和蜜饯。

虽然每次他吃药的时候都面不改色，但是那些中药光是闻起来就已经够可怕了，更别说是亲口喝下那些药。买些蜜饯可以让他每次喝完药以后吃几颗，应该会好一点。

这家甜点店的生意非常好，排了很长的队伍，叶绾绾排了近半个小时才终于轮到了她。

“小姐，请问需要些什么？”店员问。

叶绾绾主要是买蜜饯——这家自己秘制的蜜饯口碑非常好。

于是她对着剩下的三罐开口道：“每人最多可以买三罐是吗？”

“是的。”

“那这些都给我吧！”叶绾绾开口。

“好的。”店员一边开口，一边微笑着开始打包。

叶绾绾正准备再挑些别的，可是，就在她方才说“都给我”的瞬间，她的背后似乎传来了一阵倒抽冷气的声音。

叶绾绾下意识地一转头，就看到身后一个年轻男人极其痛心似的捂着自己的心脏处。

男人有一米八几，穿着新潮的限量版镭射外套，破洞牛仔裤，亚麻色的头发上染着几缕显眼的樱花粉。

大晚上的，这人脸上不仅戴着厚厚的口罩，还戴着一副大大的墨镜，整张脸都遮得严严实实。

以叶绾绾敏锐的直觉，大晚上包裹成这样的，八成是个……公众人物……

“小姐，您的蜜饯包好了，还需要些别的吗？”店员询问。

叶绾绾这才回过神，又加了一个草莓蛋糕、一个杧果慕斯。

“谢谢光临，欢迎下次再来！”店员弯腰送客。

叶绾绾提着东西离开了店里，结果，她明显感觉到有个人亦步亦趋地跟在她的身后。

叶绾绾转过身，发现跟着她的正是刚才排在她后面的那个口罩男。

她刚一转过头，男人就状似很酷地手插口袋站在路边，一副在等车的模样。

叶绾绾再次迈步离开，这一次，男人并没有跟上来。

但是，叶绾绾却莫名感觉到了一道非常灼热的视线，一直盯着她的后背。

没办法，叶绾绾只能第二次下意识地回了下头。

结果发现……男人虽然没跟上来，但正面朝向她，即使大大的墨镜完全遮住了眼睛，那哀怨心痛至极的目光依旧仿佛穿透墨镜，落在了她……严格来说，是她手里的蜜饯上。

大概是察觉到了叶绾绾的目光，男人又扭过头去，装作没有在看她。

叶绾绾不禁失笑。

几盒蜜饯而已，至于吗？

不过，如果他真的是哪个明星的话，她倒是挺能理解的，明星们每天都要节食减肥，想吃点自己喜欢的东西都是奢侈。

叶绾绾想了想，最后还是从袋子里拿出一盒，迈步走到那个男人跟前。

男人看到她朝着自己走来，明显后退了一步，一副要逃命的姿态。

大概以为她是支持者，认出自己来了？

叶绾绾也没继续上前，站在离他一步远的地方，将那盒蜜饯递了过去，开口道：“你喜欢这个？抱歉，最后三盒都被我买了，这盒给你吧！”

男人似乎是一时没有反应过来，呆呆地站在那里。

“拿着啊！”

直到叶绾绾再次催促，男人才小心翼翼地伸出手，生怕她后悔似的，一把将那盒蜜饯给拿了过去。

叶绾绾不禁失笑道：“这个糖分挺高的，如果要节食的话，还是少吃点吧！”说完便转身离开。

男人手里拿着那盒蜜饯，怔怔地站在原地，脑海里满满都是方才女孩展颜失笑的画面……

那笑容……比蜜饯还要甜……

等男人终于回过神的时候，立即疾步追上前去，却发现女孩早已消失在了夜色里。

“我这记性！”男人懊恼不已地低咒了一声，摘下面上的墨镜，露出一张漂亮到极致的脸。

这时，旁边响起一阵急促的脚步声。

一个胖乎乎的男人气喘吁吁地朝着男人跑来，压低了声音开口道：“宫旭！我的小祖宗！你怎么跑这儿来了，真让我好找！你是不是又偷买甜点了？斌哥千叮万嘱你不可以吃这些东西的……”

助理在碎碎念，见他一直盯着某个方向看，狐疑地问道：“你在看什么？”

宫旭手里攥着那盒蜜饯，依旧呆呆地盯着方才女孩消失的方向，喃喃开口道：“我好像……”

“好像什么？”助理不解。

宫旭失神地说：“好像……恋爱了……”

助理顿时满头黑线：“又恋爱？！你怎么买个蜜饯都能恋爱？！还能不能行了？！”

男人一脚踹过去：“滚蛋！这次是真的！”

助理无语地嘀咕道：“你哪次不是真的……上次的绯闻闹得满城风雨，去国外躲了这么久，现在才刚消停下来，你可别又闹出什么事来！”

宫旭不耐烦地摆摆手，说：“知道了知道了！烦死了！对了，这边的路段有监控吗？”

“没有吧。你想干啥？”助理一脸警惕。

宫旭的桃花眼忽闪忽闪地盯着他：“刚才有个小仙女，送了我一盒蜜饯，你帮我把她找出来！”

助理顿时崩溃：“我的祖宗！你到底听没听到我刚才说的话啊？斌哥说了让你这段时间禁止接近一切女性生物！绝对不可以再闹出任何绯闻！求你稍微消停几天吧！”

宫旭吹了吹眼前的一缕粉毛，撇撇嘴道：“不找就不找呗，紧张什么！”

助理闻言，这才松了口气，但又总觉得哪里不对，这家伙什么时候这么好说话了？

……

半个小时后。

一条博文迅速跃入大众视野，掀起一阵桃色风波。

前阵子因为与某女星的绯闻而闹出轩然大波的宫旭消失许久之后终于出现。

这一出现，就发了一条极其劲爆的寻人博客。

宫旭：[今晚八点十六分，Candy 甜点店门口，我坠入爱河，请各位帮我寻找那位在 Candy 买走了最后三盒蜜饯的小仙女。她赠与我一盒蜜饯，却将我的心偷走。]

配图是一幅宫旭画的手绘图，那幅抽象派的人像……很是一言难尽……

短短几十分钟时间，宫旭博客下面的评论区整个都炸裂了。

[我看到了什么？！男神对路人女孩一见钟情并公开表白？我又失恋了？]

[又坠入爱河？这是第几次了？跟程曼妮的绯闻过去还没两个月吧？]

[众所周知，宫旭喜欢好看的人，每任绯闻女友都是超级大美人，这次居然对偶遇的路人一见钟情，那妹子得多美？]

[送了他一盒蜜饯？该不会是支持者吧？哪个支持者运气这么好？！]

[逻辑不对，如果是支持者，应该三盒全送啊！应该真的只是个路人。而且宫旭也不可能不遮脸就出门。]

[难道只有我的关注点是他又大半夜的出来偷买甜点吃了吗？]

……

除了来自支持者们善意的吐槽，讨厌他的人，对他“渣男”“花心大萝卜”的评论也是铺天盖地，整个评论区异常热闹，加上一些看热闹不嫌事大的圈中好友的转发调侃，很快就将这条博文顶上了热门。

一时之间，热门讨论也全都是“宫旭甜点店艳遇”“宫旭公开告白”“宫旭一见钟情”之类的话题。

华都某别墅内。

周文斌焦头烂额地盯着热度越来越高的那条博文，把助理骂得狗血淋头：“蠢货！我千叮万嘱让你看好他，你怎么办事的？一回来就闹出这么大的事情！”

"我……我阻止了啊！可是没用！我也没料到他答应得好好地，结果居然偷偷发了博客！"助理哭丧着脸。

"不是让你把他的博客拿过来，别让他碰吗？"

"宫大少爷的脾气，我……我哪敢啊！"助理怯怯地咕哝。

"废物！"周文斌气得在屋子里暴走。

助理则垂着头，心中暗自吐槽，你也只敢骂我，有本事你去骂宫旭试试啊？

里间的卧室里，宫旭躺在沙发上，在跟微信群里的一干好友聊天。

宫旭：兄弟们，全都记得帮我转发啊！我一定得找到那妹子！

赵明哲：已经转发了，旭哥！

安宇风：到底是什么样的美女，居然用一盒蜜饯就把咱们宫大少爷的魂儿给勾走了！

宫旭：美若天仙！

安宇风：你就吹吧，难道比程曼妮还美？

宫旭：根本就不是一个层次的，我家小蜜饯纯素颜都美得我魂飞魄散！

莫非：魂飞魄散是什么鬼……你语文老师怎么教你的！

宫旭：反正就是那么个意思，我家小蜜饯不仅长得漂亮，笑起来比蜜饯还甜！我觉得我这次是真的动心了！她对我微笑的那一瞬间，我的心跳好快！

微信群内的众人皆是一阵无语……

唐星火：牛啊宫旭！我还以为你上次被骂得狗血淋头之后消停了呢，结果一回来就搞这么大阵仗！圈子里敢这么玩的也就只有你！

宫旭：哎，我也很慌的好吗？要是混不下去，那就只能回家继承百亿家产了！

唐星火：……

莫非：……

安宇风：……兄弟们一起打死他！

众人正在群里八卦，许久不冒泡的韩羡羽难得出来说了一句——

韩羡羽：Candy 甜点店？就在我住的公寓楼下啊！我说今天怎么人山人海的，原来是你闹的！

宫旭：哎，羽哥！那店就在你公寓楼下吗？那你有没有看到过我说的那个妹子？

宫旭一边说着，一边把自己画的抽象图发了过去，还发语音对韩羡羽说道：巨美巨仙！你要是在附近见过，肯定会对她有印象！

韩羡羽嘴角抽搐地看着那张幼儿园小朋友水平的人像图，然后发了一句语音过去：抱歉，没见过。

这时，"咚咚咚"的敲门声响起，打断了宫旭的热聊。

"咳，宫旭，在忙呢？"周文斌一脸殷勤小意地开口，跟方才在助理面前时的态度判若两人。

“干吗？有事？”没能找到自家小蜜饯，宫旭的心情明显不是很好。

“宫旭，你要是想吃甜点，可以让助理去帮你买啊，何必亲自冒险，万一被有心之人发现你的身份，故意用些手段接近你……”周文斌循循善诱地提醒。

宫旭白了他一眼，说道：“小蜜饯若是真的有意接近我，我做梦都能笑醒！”

周文斌被噎住，顿时没话说了。

“呵呵，这才不到一个小时，就已经上热门和头条了，说明你的人气还是非常旺的啊！不过绯闻这种东西，如果太多，对你的风评确实不太好，何况你刚跟程曼妮分手，光是她家支持者那边就不好解释……”

周文斌连夸带捧了一番，才说出了自己的真实目的：“所以，你看，这条博文你要不要先删掉？”

宫旭的眸光顿时一冷：“什么时候我做事，轮到你来指挥了？”

周文斌闻言脸色一僵，但丝毫不敢得罪这位大少爷，加上他这会儿还有事找宫旭帮忙，只能先把这件事给放下。

“对了，宫旭，这段时间公司里有关那位新来的经纪人的事情，你听说了吗？”周文斌状似不经意地问。

宫旭双眸微眯，问道：“就是那个拿我跟一个过气艺人相提并论的经纪人？”

周文斌见他面露不悦，眸子里闪过一丝精光：“不错，就是那个小子，仗着有褚总撑腰，嚣张得很！我当时说拿林皓去跟他换洛辰，结果他口出狂言，说除非我拿你去换！最近他手下那个洛辰是《惊龙2》里男二的热门人选，风头正盛着呢！”

“嘁，这点小事也值得你放在心上？”宫旭一双大长腿架在茶几上，满脸不屑之色，直接开口道，“放心好了，那小子，我一根手指头都能捏死他！”

周文斌见宫旭成功被激怒，嘴角顿时得意地上扬。

既然宫旭开口了，那就一定不会让叶白好过！

哼，不过是一个新上任的小经纪人而已，也敢跟他斗！

……

锦园。

“我回来了！许管家，你家少爷今天的情况怎么样？有好一点吗？”

叶绾绾此刻对网上发生的一切还一无所知，拎着袋子走进屋，然后第一时间问司夜寒的情况。

许易一看到叶绾绾回来，便跟看到了主心骨一般，莫名觉得心安，忙回道：“少爷今天的状态……还算好吧，早上从椅子上起身的时候稍微眩晕了一会儿，中午那顿药吃完不久就吐了，后来重新吃了一次。下午您盯着吃的那次还好，没有再吐了……”

许易说着，面色微有些凝重地继续开口道：“另外，老夫人今日又请了一位西医来给司总看病……”

“结果怎么样？”虽然明知道结果，叶绾绾还是急忙追问。

许易轻叹着摇了摇头，低落地说：“和孙医生的结论一致，都是说至多只有……半年寿命……”

叶绾绾面色微沉，随即深吸一口气，开口道：“别着急，病来如山倒，病去如抽丝，这才没几天呢，慢慢来！孙医生也说了，调养是一个长期的过程，急不得的！”

许易点点头，面色沉重地开口道：“绾绾小姐，不瞒您说，现在还有更棘手的事情……”

“什么事？”

“九爷病重的消息不知道怎么泄露了，现在司家已经有不少异动，老夫人担心九爷身体，不允许他插手，现在亲自去查内奸的事情了！”这些事情许易对叶绾绾都没有隐瞒。

叶绾绾神色微凛，不由得回忆起那个梦。

当时内奸的事情似乎也是老夫人去查的，就在所有线索快要拼凑出结果的时候，老太太突然去世，导致一切线索又中断了。

当时司家对外说老太太是病重而亡，但怎么可能这么巧，偏偏在老太太准备处理内奸前夕病故？老太太的死肯定跟幕后之人脱不了干系！

一旦确定司夜寒的身体状况继续恶化，那些人肯定会更加有恃无恐……

司明礼其实不足为惧，以老太太的手段，查到他是早晚的事，棘手的还是他幕后之人。

而那个幕后之人，连叶绾绾都不知道到底是谁。

“知道了，如果老夫人那边有什么消息，及时联系我。”叶绾绾开口。

许易立即颔首道：“好！”

叶绾绾闻言，微微挑眉问：“许管家这么信任我？”

许易应该很清楚，那个内线已经出事了，她知道的那些事情根本就不是内线告诉她的，照理说，他应该怀疑她的身份才是。

许易面色沉静地开口：“我相信绾绾小姐，也相信九爷看人的眼光。”

叶绾绾失笑：“不错，你这觉悟可比某些人高多了！”

许易知道叶绾绾说的是谁，轻咳一声道：“咳，流影他……只是性子有些直……”

叶绾绾也没多说什么，摆摆手道：“我去看你家少爷了！晚上的药应该煎好了吧？我去送吧！”

“好了，我去端过来！”

片刻后，叶绾绾从许易手中接过药碗，上楼朝着卧室走去。

“吱呀”一声，门被推开。

只见司夜寒正靠坐在阳台上的藤椅里，身前的圆桌上摆放着一壶清茶、一本书册，书页在夜风中轻轻翻动着。

难得看到司夜寒不是在工作状态中。

不知为何，安静地坐在那里的司夜寒莫名给她一种寂寥到仿佛整个天地之间只有他一人的错觉。

司夜寒工作的时候像是一个运筹帷幄的神，一切都在他的计划和掌握之中；而当他闲下来的时候，就仿佛一个迷路的人，似乎突然之间就不知道自己该何去何从了。

这个男人……

难道他除了工作就没有什么其他乐趣了？

摸鱼偷懒难道不是人的本能吗？

难得能趁病休息一下，也不知道自己找点乐子，居然只知道坐在那里发呆！

叶缩缩无奈地端着药走了过去，喊道："吃药啦！"

听到女孩的声音，男人才缓缓偏过头去，幽邃的眸子落在她身上，才终于有了一丝焦距。

这次，司夜寒不需要叶缩缩催促，便直接端起那碗黑乎乎的中药，一口气喝了下去，非常配合。

叶缩缩咽了口唾沫，替他觉得苦。

等他喝完之后，叶缩缩急忙接过药碗放在桌上，然后赶紧掏出一颗方才自己从甜品店买来的蜜饯："快张嘴！"

司夜寒看了她一眼。

叶缩缩等不及他回应，直接用小手捏着那颗蜜饯，塞进了他的嘴里，然后一脸期待地看着他。

"咔"的一声轻响，蜜饯轻轻磕在牙关上，被挤入了嘴里，司夜寒只感觉到一股甜香的气息骤然被她塞入口中，瞬间冲淡了嘴里浓重的苦涩。

察觉到男人的眉宇似乎舒缓了几分，叶缩缩一脸得意地邀功道："甜不甜？我特意去店里给你买的蜜饯！以后你每次喝药的时候就吃几颗，这样就不苦了！而且它是去了核的，吃起来也方便！"

"不用这么麻烦。"司夜寒开口。

叶缩缩眨了眨眼睛："不麻烦啊！能少吃点苦，干吗要硬撑？"

话音落下的瞬间，叶缩缩只感觉身体突然被一股大力扯了过去，下一秒，便已经坐在男人的怀里，男人低哑的声音响起在耳边："这样就好……"

这意思是……

她比蜜饯还甜？

叶缩缩坐在男人的怀里，颇为意外地扭头朝着他看了一眼，震惊于司夜寒居然还有这样的情商。

难道是因为一场重病让他变了？她总觉得司夜寒最近似乎……温柔了很多……

叶缩缩正这么想着，司夜寒保持着将她搂在怀里的姿势，接了一通电话。

听手机那头的人说了一会儿之后，他面无表情地开口道：“不用，直接逐出司家。”

叶绾绾闻言，脸色顿时一黑。

这么旖旎的时候，说话能不能注意一点气氛？

温柔什么的，果然就是浮云。

……

临睡之前，叶绾绾习惯性地扫了下新闻，结果发现，铺天盖地都是宫旭的名字。

“宫旭新宠‘蜜饯小仙女’上线”“全民搜索蜜饯女孩”“一盒蜜饯引发的爱情”“宫旭隔空告白路人女孩”……

宫旭回国了？

毕竟是周文斌手下的头牌，看到宫旭的名字，叶绾绾顿时多留意了几分。

不过，“蜜饯小仙女”“蜜饯女孩”是什么称呼？

叶绾绾迅速点开了其中一篇报道，发现起因是宫旭的一条寻人博客。

这位业内有名的花花公子这次似乎是看上了某个偶遇的女孩。

作为一个公众人物，宫旭在不久前刚因为绯闻而闹得人气大跌的情况下，竟然转头就敢公开发这种博客，又是告白，又是找人，绝对不是一般的有钱任性。

周文斌这会儿估计已经焦头烂额。

宫旭的背景，确实是张极为有力的牌，但是，想驾驭住他，可不是件那么容易的事。

抱着看热闹不嫌事大的心态，叶绾绾一边吐槽，一边颇感兴趣地去看宫旭发的那条博客的具体内容。

[今晚八点十六分，Candy 甜点店门口，我坠入爱河……]

看到第一句的时候，叶绾绾的第一反应是有些惊讶，事情发生的地点居然是她今晚刚刚才去过的地方。

可是，看到第二句，叶绾绾顿时一蒙。

[请各位帮我寻找那位在 Candy 买走了最后三盒蜜饯的小仙女。]

Candy 甜点店全华都只有他们公寓楼下的那一家，而今晚买走了最后三盒蜜饯的人……不是她吗？

什么情况？！

叶绾绾呆滞了好一会儿，随后急忙继续往后看，然后，就看到了那一句公开告白——

[她赠与我一盒蜜饯，却将我的心偷走。]

“……”叶绾绾大张着嘴巴，起码呆滞了十多秒钟才终于反应过来，整个人都是蒙的。

她今晚不仅买走了最后剩下的三盒蜜饯，而且也送了一盒给别人。

仔细再看一眼前面的内容，连时间、地点……也全都对得上……

所以，今天晚上她在甜点店遇到的那个蒙得严严实实的口罩男……竟然是宫旭？

之前她还在猜测会不会是哪个明星，谁能料到不仅真的是个明星，还是周文斌手下的王牌！

要不要这么巧？！简直是……冤家路窄……

这是什么孽缘？

叶绾绾赶紧继续往下看，随即惊悚地发现，宫旭竟然还画了她的人像图！

完蛋了！她心里顿时咯噔一下，几乎不敢继续往下拉页面。

叶绾绾鼓起勇气，只敢把眼睛撑开一条缝，抖着手指往下一翻……

看清那张人像图后，叶绾绾再次蒙了。

呵呵，宫旭，我谢谢你！

把她画成了什么鬼样子啊？

除了衣服的颜色画对了，到底有哪里像她的？

吐槽的同时，叶绾绾也松了口气，幸亏那家伙画的一手烂画。

作孽……

早知道她就不瞎好心送什么蜜饯了，还不是当时看那家伙太可怜……

现在闹得所有人都在找她，她也不确定当时买蜜饯的时候有没有什么人注意到她，看来最近这段时间要多注意一下，尽量不要以女装出入公寓附近了。

……

第二天，叶绾绾换回男装，为了保险还戴了口罩，悄悄去Candy甜点店门口探查了一下。

虽然宫旭那家伙的风评差得一塌糊涂，但人气却是没话说，“绯闻小王子”的名头不是吹的。

不过一夜之间，Candy甜点店都已经快成了网红景点，无数支持者前来拍照留念，加上来看八卦的路人，整条街都被围得水泄不通。

还有记者正在门口采访昨晚当值的那名店员。

叶绾绾站在人群里，竖起耳朵听着。

记者提问：“你好，这位小姐，请问昨晚接待蜜饯小仙女的店员是你吗？”

店员回忆道：“是的，因为当时只剩下三盒蜜饯，那位小姐全都要了，所以我有一点印象，加上那个女孩子……”

记者继续提问：“那个女孩子怎样？”

店员回答：“那个女孩子长得非常漂亮！”

记者顿时一脸兴奋地问：“真的吗？非常漂亮？”

店员认真地说："是的，而且，是那种……非常有气质的漂亮！我在这边工作以来经常能看到一些明星，甚至当红明星也有过。当时我还以为那女孩也是哪个大明星呢，不过很脸生，可以确定没在电视上看到过，应该不是明星！"

记者立即激动地追问："那你能形容一下那个女孩的长相吗？"

店员面露为难，抱歉地回答道："这个，抱歉，涉及顾客的隐私，这个问题恕我无法回答。"

接着记者又追问了几次，都被店员婉拒了。

听到这里，叶绾绾略松了口气。

还好这家店还是挺正规的，没有私自泄露顾客隐私。不过就算店员形容了，光凭口头描述她的相貌，也不可能找到她。

叶绾绾待了一会儿，便朝着公寓走去，今天她还要继续跟洛辰说剧本。

刚进门没多久，敲门声便响了起来。

叶绾绾以为是洛辰，结果发现敲门的是韩羡羽。

"羡羽？今天怎么有空过来，你广告拍完了？"叶绾绾打开门。

"拍完了，昨天夜里回国的。"韩羡羽一边进门一边说，想到了什么，又一副八卦的语气问道，"对了，最近宫旭的绯闻你看了吗？"

叶绾绾轻咳一声，说："看了，怎么？"

"都说可能是我们公寓的住户，可我印象里并没有宫旭口中形容的那个女孩子！"

叶绾绾面色微黑，韩羡羽自然不可能见过，她极少以女装的状态在附近出现，哪知道不过是买个甜点而已，就遇到了这种事情。

"他怎么形容我的？"叶绾绾下意识地问。

韩羡羽闻言一呆，问道："形容……你？"

叶绾绾也呆住了，反应过来方才自己说了什么之后，简直恨不得打自己一顿。

越心虚越慌，越慌就越容易出错！

叶绾绾急忙道："不是！我的意思是……怎么形容我们那个不知名的邻居的？"

韩羡羽狐疑地朝着叶绾绾看了一眼，半晌后才开口道："我也不确定到底是不是我们这儿的住户呢……"

"哦，你还没回答我的问题呢，宫旭怎么说啊？说不定我见过呢！"叶绾绾急忙岔开话题。

韩羡羽在客厅的沙发上坐下，点开了手机里的微信，随手递给她，一脸疲惫地按了按两边的太阳穴，开口道："昨晚我差点被那小子给折磨疯了，你自己听吧！"

叶绾绾接过手机，便看到韩羡羽和宫旭的私聊记录里，宫旭给韩羡羽发了无数条语音信息，都凌晨了还在断断续续地发。

叶绾绾将那些语音点开，只听到……

"羽哥！拜托拜托了！帮我好好想想有没有见过！我真的觉得很有可能她就住在

这栋公寓里，甚至可能就是你的邻居也说不定呢！”

叶绾绾：“……”

这直觉……要不要这么可怕……

“她当时穿着一身白色的连衣裙，袖口和领口的地方有绣花，粉色细高跟鞋，扎着马尾辫，皮肤跟荔枝一样，眼睛像是蛋糕上的杏仁，嘴巴就像樱花果冻……”

叶绾绾沉默了，这都是什么清奇的形容？

“羽哥羽哥！你别不理我啊！如果我找不到她，我的人生将是一片虚无的沙漠！求你一定要帮帮我啊！你让我做什么都行！”

“嗷！羽哥你睡了吗？我睡不着啊啊啊！我梦里全都是小仙女！我买下了整个世界的蜜饯都留不住她，我该怎么办？”

“羽哥！我又做了个噩梦！梦到我的小仙女被一个大魔王困住了！我要去救她！”

叶绾绾又好气又好笑，某种意义上居然被他说对了……

后面还有上百条语音，叶绾绾简直听得脑壳都疼，同情地朝着被骚扰了一夜的韩羡羽看了一眼：“这家伙真是……”

一言难尽。

韩羡羽失笑道：“我就算知道那女孩是谁，也不可能告诉他的，省得又多一个姑娘被他祸害！”

叶绾绾连连点头，坚决表示同意韩羡羽的正义行为：“没错没错！”

韩羡羽想了想，沉吟着开口道：“不过，这次跟以往倒确实是有些不一样，以往宫旭那家伙只是没有节操，来者不拒，倒是从未主动追过哪个女孩，理由是嫌麻烦。这还是我第一次看到他主动，还这么疯狂……不过，江山易改，本性难移，谁知道他这次能有几分钟热度！”

韩羡羽说完，这才终于想起说正事，正色开口道：“对了，差点忘了正事。洛辰那边马上就要去《惊龙2》剧组试镜，周文斌绝对不会什么都不做的，八成会给你使绊子，而且很可能是利用宫旭那边的人脉，你记得小心一点！”

叶绾绾谨慎地点点头：“谢谢，我知道了！”

第二十三章

是你的人

感谢二囧将他们带进我们每个读者的生活里。也是因为“恰似”，我开始有了自己的奋斗目标，有了我的抱负。并为之努力奋斗。笔墨有限，但我还是想说我们来日方长！

——我要变成小幸运

读者告白

QIASIHANGUANG
YUJIAOYANG

送走韩羡羽之后，叶绾绾哭笑不得地回忆着宫旭发的那些语音。

这家伙的嘴也太毒了吧，不如摆个摊子去算命得了，随便乱说都说中这么多，都能跟她抢生意了！

接下来的两天，叶绾绾一边留意周文斌的动向，一边加紧陪洛辰吃透剧本。

周文斌那边似乎没有任何动静，也不知道到底在打什么主意。

至于宫旭，那家伙一向高调，找个人找得天下皆知，不仅发动支持者，还动员了身边的所有人，现在整个圈子里都已经知道了。

还好她平时从不以女装在公寓出入，偶尔一两次出入的时候也都戴着口罩，就算那天店里有人见过她，找到她的可能性也不大。

这种事情最多一个星期的热度，找不到人也就消停了，所以叶绾绾便没有放在心上，专心准备试镜。

转眼到了试镜当天。

《惊龙2》项目的启动，闹得沸沸扬扬，不少演员为了分一杯羹，都铆足了力气。

在试镜当天，几个演员早早来到了试镜现场，因为宋金麟等人还未到，这几个演员便聚在一起聊了起来。

“听说凌少哲出演男一的事情已经定下了？”

“当然定下了，他不仅是《惊龙》的原班人马，还是皇天的当红小生，现下红得发紫，如今肯腾出档期来续演，剧组当然是求之不得。”一个小明星理所当然地开口。

“这次《惊龙2》拍摄，据说大多是首选原班人马。”

就在这几人议论之时，叶绾绾带着洛辰走了进来。

几人抬眼看到那走入的两人，眼神不禁变得有些古怪起来。

“原班人马？呵……这不又来了一个原班人马吗？”一个小明星上下打量了一番站在叶绾绾身边的洛辰，眼底不由得带着几分奚落的意思。

“当初《惊龙》出来的时候，这洛辰倒是也火了一段时间，可是现在……”

那人话说了一半，却没有说完，可是那未说完的话，在场的几人都心知肚明。

洛辰在《惊龙》里的表现是不错，当年也是火了一把，可这也仅仅是当年，之后的这几年时间，洛辰根本连半点消息也没有，而和他同时出道且一同出演了《惊龙》的凌少哲却大红大紫，直到今日，已经有了寻常演员难以比肩的地位。

同一部电视剧捧出来的两人，经历几年之后，却是天壤之别。

“《惊龙2》说是要首选原班人马，可也不是绝对的！洛辰沉寂了这么几年，想要再回来争夺这个角色，哪有这么容易。我听说……这男二的角色，一早就被徐铭给内定了。”

“徐铭？他不是跟《惊龙2》某个投资人关系匪浅吗？那我看……洛辰这次八成是没指望了。”

“还指望什么，他还以为是几年前？他不过是最近运气好，凭着一条博客火了一把而已，能得到试镜资格就不错了！”

几个小明星聚在一起暗暗讽刺了一番，丝毫不觉得洛辰有争夺男二的可能。

他们几人的议论声虽然不大，可还是或多或少地传入了洛辰和叶绾绾的耳中。

当听到“徐铭”的名字时，洛辰的脸色略微有些僵硬。

“叶哥……”洛辰欲言又止地看向叶绾绾，眼底明显少了几分自信。

叶绾绾看着洛辰这副模样，微微挑了挑眉道：“怎么？怕了？”

洛辰当即摇了摇头，低声说：“不是，我……”

“用不着想别的，你只要记住，从试镜开始的那一刻，你就是林落尘。”叶绾绾看着洛辰不安的双眼道，眼眸之中透着一抹锐气。

洛辰看着叶绾绾的眼睛，心头微微一震。

他垂下眸子，想起这段时间以来叶哥为他铺设的一切，暗暗地握了握拳。

这是叶哥费心为他筹划的一切，便是仅有千分之一的机会，他也不能辜负叶哥的这番苦心！

洛辰再次抬起眼时，眼底的那点不安已经悄然逝去。

叶绾绾看到洛辰眼底的坚定，嘴角勾起了一抹笑意。

就在此刻，徐铭由他的经纪人陪同着，走入了摄影棚内。

原本还在议论纷纷的几个艺人，在看到徐铭进来之后，立刻就噤了声。

徐铭外形颇为优秀，长得很符合现在大众的审美，一米八几的身材宛若衣架，气质也没什么可以挑剔的地方，再加上演技还不错，近年来他在圈内势头正猛，人气更是节节攀升。

徐铭大步走入摄影棚内，面容略显张扬，眼神傲气地在四周扫了一圈，跟在他身后的经纪人则满脸笑意道：“阿铭，宋导他们还没来，你在这儿稍等片刻。”

徐铭淡淡地点了点头，目光在掠过洛辰和叶绾绾时，眉峰不由微微一挑。

经纪人也察觉到了徐铭的视线，顺着看过去，低声道：“阿铭，洛辰他们今日也来了，估摸着也是来试镜男二的角色的。”

“我知道。”徐铭随意道。

说罢，徐铭忽然朝着洛辰和叶绾绾所在的地方走了过去。

洛辰正在调整心态，准备接下来的试镜，看到徐铭带着经纪人走了过来，眼底微微一闪，下意识地看了一眼叶绾绾。

叶绾绾淡定地给了洛辰一个少安毋躁的眼神，随即看向了缓步走来的徐铭。

就外貌而言，徐铭可以说是相当出色，如果能拿到《惊龙2》“林落尘”一角，人气想必会更上一层。

只不过……单凭演技而言，徐铭和洛辰之间，还差得不少。

这也是叶绾绾敢让洛辰争夺“林落尘”这一角色的原因。

“洛辰。”徐铭走到洛辰和叶绾绾的身边，眉峰微挑，眼神之中透着一股高傲。

“徐哥。”洛辰比徐铭小一岁，虽然之前不曾接触，倒也客气地回复道。

徐铭微微一笑道：“洛辰，你当年参演的《惊龙》我看过，很是惊艳，林落尘一角，我也很喜欢。”

洛辰眼底颇有些诧异，徐铭竟会夸赞自己？

可是，还未等洛辰说些什么，徐铭却话锋一转道：“不过这么几年过去了，你都没再演过戏，如今却想要重新参演《惊龙2》，不知道演技方面……”

说着，徐铭便上下打量了一番洛辰，笑着道：“同为演员，我很清楚，几年不演戏，演技的下降会有多可怕。不过你放心，虽然林落尘这一角你怕是撑不起了，但是在《惊龙2》里寻个别的龙套也不是不可以。”

徐铭这话虽说得好似颇为客气，可是字字句句都暗藏着讽刺。

旁边几个看好戏的艺人，自是听出了徐铭语气中的讽刺，这不是摆明了嘲讽洛辰已经没了演技，还非要来蹭《惊龙2》的热度吗？

“徐铭说的没什么问题，洛辰都消失多久了，总共不就演了《惊龙》那一部剧吗？拿什么来跟徐铭抢林落尘这一角？”

“就是，他也太没有自知之明了，当真以为顶个原班人马的名头，就可以稳操胜券了？也不看看……就他现在，不论是演技、人气还是背景，有哪个能跟人徐铭比的！”

徐铭的这番表现可谓嚣张。

不过，他也确实有嚣张的资本，后台硬，本身的实力也不弱。

虽然他那点演技相比那些真正的老戏骨来说还差得远，但人都是比较出来的，徐铭的演技放在一众偶像派小生中已经算是很不错。

比如典型的反面教材宫旭，虽然凭借着超高颜值和顶级资源而人气爆表，但那演技，简直惨不忍睹。

所以，徐铭这样有人气、有投资商捧、演戏也还算可以的小生可以说是难能可贵了。

也难怪他会成为洛辰竞选林落尘这个角色的劲敌。

如果导演是别人，叶绾绾或许还不敢赌能够与徐铭去争，但是，这次的导演是宋金鳞，是为了完成林宗的遗愿而促成了《惊龙2》的宋金鳞。

对宋金鳞而言，比原班人马、投资商和其他一切都更重要的原则，是艺人的演技，以及对角色的领悟力。

如果没有洛辰，对于宋金鳞而言，或许徐铭已经是最好的人选。

但是，若有比徐铭更合适的人选……

之前她帮着洛辰做的前期宣传，只是一张入场券，现在，才是洛辰真正的战场。

面对众人的嘲讽和不屑，叶绾绾微微勾起嘴角，风轻云淡地开口道：“论人气，论背景，论后台，洛辰确实不及徐铭，甚至，不及在场的任何一人。

“但今日既是试镜，那么我想，评判的标准应该只有一个，那就是演技。

“而我听徐先生方才所言，似乎对我家艺人的实力有些误解？那么，今日恐怕要让诸位失望了，若没有任何内幕，只凭演技，没有任何人可以代替洛辰来饰演林落尘！”

叶绾绾这话顿时引起了轩然大波。

“这人还真敢说啊，没有任何人可以代替洛辰来饰演林落尘？说大话也不怕闪了舌头！”

“这新经纪人也太嚣张了！”

“我看是没脑子吧！今天这种场合，连这种话也敢乱说，简直是在给自己招黑！”

……

徐铭闻言，脸都黑了。他的经纪人吴正飞看着对面的同行，冷笑着出声道：“叶经纪人，说话可别太满，等会儿被打脸，怕是不太好看！”

叶绾绾摊手道：“那不如，现场直播，公开试镜？”

吴正飞闻言，眉头紧蹙。

叶绾绾也不理会吴正飞，直接看向徐铭开口问道：“怎么，不敢了？”

听到叶绾绾的话，现场顿时一片哗然。

“疯了吧？！居然要求公开直播试镜？这是嫌不够丢脸吗？”

“你们懂什么，这个叶白精明着呢，能把一个过气艺人塞进这样的试镜里，能没点手段吗？这明显是想蹭徐铭的热度呢！”

“原来如此，明知道必输无疑，还妄想趁机蹭一波热度！可真够无耻的！”

众人正议论纷纷，导演、副导演、制片人等陆续进场，几人进来的时候，就听到了叶绾绾与徐铭等人的对话。

宋金鳞脚步微顿，下意识地便朝着那个口出狂言的年轻经纪人的方向看了一眼。

徐铭年轻气盛，怎能忍受叶绾绾这样刺激，何况他向来被吹嘘是偶像小生中演技最好的，一直对自己的演技相当有信心。

于是，徐铭当即走到宋金鳞跟前开口道：“宋导，我请求公开试镜！省得到时候有人嫉妒眼红，到处说别人是凭后台、靠关系内定了这个角色！”

“公开试镜？”宋金鳞闻言，面色微凝。

“是的！”

“阿铭，别乱来！没必要跟这种只会钻空子的跳梁小丑计较！”吴正飞立即谨慎地拉了徐铭一把。

徐铭却丝毫不以为意，径直看向洛辰开口道：“洛辰，敢跟我打个赌吗？”

洛辰微微捏起放在身侧的手指：“赌什么？”

徐铭神色傲然道：“若我赢了，请你录一段视频，告诉所有网友和原著的粉丝，你，洛辰，不配饰演林落尘！”

吴正飞本来还想阻止徐铭，但是，听到徐铭这么说，又犹豫了一下。

这种拍续集的情况，最怕的就是原著粉总拿原版跟续集相比，徐铭若是能在今天的试镜中，直接打破洛辰在原著粉心目中的形象，那么对徐铭来说，将会非常有利。

他早就打听过洛辰的底细，这三年来没接过任何作品，据光耀内部工作人员透露，连当时那段让洛辰爆火的视频也是NG了一整天才拍出来的。

反观徐铭，吴正飞却是花了大价钱，请了老师给他做了大半年的特训，演技不是一般小鲜肉可以比的，这部剧是吴正飞特意为徐铭选的朝着实力派发展的转型之作……

面对徐铭的挑衅，洛辰沉默了良久：“若我赢了这个角色呢？”

徐铭完全没想过这个可能似的，嗤笑一声开口道：“若你赢了，随你怎样。”

这一次，洛辰的眼中没有丝毫退缩，朝着一旁的经纪人看了一眼，随即一字一顿地开口说：“若我赢了，请你的经纪人吴先生，为他方才所说的话，对我的经纪人道歉！”

一旁的叶缩缩刻意没有说话，想看洛辰自己要怎么处理，却没想到，他会提出这样的要求……

吴正飞听到洛辰的话，脸色顿时沉了一下。

他在圈子里也混了七八年，居然让他跟个刚入行的新人道歉？

徐铭则是耸耸肩，不在意地开口说：“可以！”

此时，宋金鳞与制片人和副导演那边正在商议。

对于剧组而言，公开试镜这种可以引发热度的事情，他们自然是求之不得。

若是能够借着公开试镜将徐铭的人气再往上推一推，获得原著粉们的支持，那是再好不过。

于是，剧组连洛辰的意见都没问，直接便同意了徐铭的要求。

很快，剧组的官博便发布了一条博文，通知说半个小时之后，将直播林落尘一角的试镜全程。

虽然是临时决议，但这条博文还是迅速吸引了无数支持者和网友的注意。

直播刚一开始，直播间里便涌进了大量观众。

叶缩缩立在一旁，冷眼看着剧组效率超高地准备好了一切直播事宜。

这是断定洛辰技不如人，巴不得想用洛辰原版林落尘扮演者的身份做徐铭的垫脚石，实现利益最大化。

而她也正是利用对方这样的心理，以及徐铭的自负，促成了这场直播的顺利进行。

洛辰看向叶缩缩，想到自己擅自答应了徐铭的赌注，神色略有些自责：“叶哥……我刚才是不是太冲动了？”

叶缩缩轻笑一声道：“冲动？难道不是默契吗？”

原本公开直播试镜就是她最先提出来的。

得到叶缩缩肯定的回答，洛辰顿时便如飘摇的小船有了风帆，目光瞬间变得坚定。

这段时间以来，《惊龙 2》的选角一直都是热门话题，试镜更是备受瞩目，剧组临时改为直播方式公开试镜全程的消息刚一传出去，几乎所有的网友都沸腾了。

自从直播普及以来，这还是第一次有剧组直播试镜，猎奇心也吸引了大量的路人进入直播间观看。

很快，直播开始。

所有候选者现场抽签排序，然后按照顺序准备试镜。

为了方便直播，试镜现场改在了一个可以容纳百人的大厅，在艺人试镜的时候，其他等待试镜的艺人也都可以在一旁观看，可谓前所未有地公开、透明。

剧组安排了剧务做此次直播的主持人，剧务添油加醋地把这次为何会选择直播的缘由说了一遍。

大意是洛辰那边挑衅在先，徐铭应战，为了证明自己的实力，所以选择了公开直播的方式。

剧务为了提高话题度，连方才徐铭和洛辰私下里的赌注也直接说了出来。

弹幕上迅速开始刷屏。

[什么鬼？除了洛辰，没有任何人可以饰演林落尘？人外有人，天外有天，这话未免也太嚣张了吧！]

[我承认原版的林落尘确实很经典啦，但洛辰都已经三年没演戏了，谁知道他能不能驾驭住过去的经典？]

[反观我们徐铭，入行以来的演技和努力都是大家看得见的，前段时间他为了提升自己，还特意空出了好几个月的档期去国外深造！这才是对待角色应该有的态度，而不是不思进取，多年没有作品，为了红只能反复炒冷饭！]

[铭铭加油，让某人输得心服口服！]

除了徐铭的支持者，原著粉和一些路人也表示了担忧。

[其实比起其他试镜者，我更怕林落尘这个角色会毁在原版的扮演者身上，那样我心目中的经典才真算是毁了！]

[是啊，如果如今的洛辰驾驭不了这个角色的话，不如就让我们的记忆停留在最美好的时候吧！]

……

为了拉高热度，剧组刻意将徐铭和洛辰的试镜排在最后。

苛刻的原著粉几乎将前面所有的试镜者都批得一文不值，宋金鳞对众多试镜者的表现显然也并不满意，从头到尾眉头就没有舒展过……

现在，只剩下最后两个试镜者。

一个是男二的大热门，演技与颜值并存的当红小生徐铭；另一个是在原著粉中人气颇高的原版林落尘的扮演者洛辰。

方才吴正飞已经再次打听过，确定了洛辰这段时间除了常规的练习，没有做过任何特训，也不曾请过什么名师指导。

当年洛辰饰演林落尘的时候胜在够鲜嫩，以及本色出演，单就演技而言，其实还是有些青涩。就算他的演技依旧能保持当年的水准，也无法和如今的徐铭相比。

毕竟，第二部中林落尘这个角色的难度比第一部要难上好几个档次。

何况这么一个浮躁没脑子的经纪人，能带出什么艺人来，也就只会这种低级手段罢了。

想蹭徐铭的热度？那就让他们蹭个够！

只希望到时候他们……受得住！

制片人看着徐铭和洛辰两人，眸子里闪过一丝精光："现在只剩下徐铭和洛辰了，这两位也是大家最关注的林落尘一角人选，为了能够更加明确地对比和区分两人的实力，我看，不如这样吧！"

制片人想了想，建议道："徐铭和洛辰可以同时试镜，我和两位导演抽题，随后由两位分别用自己的方式演绎一遍！你们看如何？"

制片人都发话了，一旁的副导演自然附和道："这主意不错！不过，谁先谁后？先演的似乎比较吃亏啊。"

"那就由我先来吧，洛辰前辈毕竟已经几年没有演戏，我不想胜之不武。"徐铭朝着一旁的洛辰看了一眼，开口道。

对于徐铭的谦让，制片人满意地点点头说："既然如此，那就徐铭你先吧！"

副导演也表示同意，宋金鳞微微蹙了一下眉头，不过也没有开口表示反对。

叶绾绾双臂环胸立在一旁，嘴角暗暗勾起一抹冷笑。

因为是当场出题，先演的准备的时间难免就比较少，表面上看起来，是比较吃亏。

然而，实际上的情况却是，第一个试镜的人可以随心所欲，而第二个试镜的人，因为是同一道题，如果洛辰恰巧跟徐铭演的一样，即使那就是他自己的演绎方式，也肯定会被说成照搬徐铭的。

加上先入为主的想法，后演的洛辰会非常被动。

宋金鳞抽的第一场戏，是林落尘堕入魔教多年后，重逢男主，面对男主的一番质问，林落尘作出的回答。

徐铭站在大厅中央，闭上眼睛。

不过短短五秒钟，已经进入了角色状态。

他单手负在身后，仿佛迎着猎猎狂风而立。

"正道？邪道？何为正，又何为邪？云海，你还是那么天真！"

徐铭看着虚空，如同男主云海正站在那里，对着他露出轻蔑而嘲讽的眼神。

接着，徐铭的神色瞬间变为三分疯癫七分狂狷："让我来告诉你，历史，向来由胜利者书写！从今往后……这江湖……我说它正，它便是正，我说它邪，那么，它便是邪！"

徐铭的每个动作、每个眼神的设计都非常到位，连说话的语速和停顿都非常符合人物的情绪。

比起之前那些小鲜肉浮夸的表演，根本就不在一个层次。

[嗷！我们铭宝好棒！完全就是我心目中的林落尘！到底是谁说洛辰版的林落尘无法超越的？]

[原著粉表示……确实不错，比之前那些试镜者都好多了！很有黑化后的林落尘的感觉，特别是那种挣脱束缚、超脱世俗的感觉！]

[总觉得洛辰好占便宜，不仅有更多的时间准备，还能仿照我们铭宝的演法蒙混过关，太不公平了吧？]

[我倒要看看他接下来要怎么演，要是敢抄袭……]

……

对于徐铭的演绎，副导和制片人全都连连点头，连今晚一直都臭着脸的宋金鳞脸色也难得地缓和了几分。

轮到洛辰时，副导演的神色明显敷衍了几分，随口提醒道："洛辰，你可以开始了！"

相比徐铭的五秒钟迅速进入剧情，洛辰在副导演说了开始以后，依旧坐在自己的位子上。

直播间内很快便有人开始吐槽。

[搞什么啊，入戏这么慢？刚才徐铭可是五秒钟就入戏了！]

[对一个专业演员而言，能够迅速入戏是最基本的素质，居然连这个都做不到，这还是在徐铭让他后演的情况下！]

[这两人的差距太大了！]

[路人表示站徐铭！期待徐铭给我们带来全新的林落尘！]

[原著粉表示，看过徐铭的表现之后，似乎确实可以期待一下！]

……

洛辰的处境其实非常不利，正因为他是原版，起点太高，支持者们对他的要求也更为苛刻。

他要超越的不仅是所有试镜者，还有他自己。

大约过了整整十五秒，洛辰才终于有所动作。

他缓缓抬起头，朝着徐铭的方向看去，目光中没有邪肆，也没有冷漠，反而有几分亲近和怀念之意——

云海是他曾经最好的同门兄弟，可如今，两人的境遇已经是天差地别。

云海是正道中最出色的后辈，而他是人人唾弃的大魔头。

然而，即使在这种物是人非的情况下，在林落尘早已经摒弃了过去一切的情况下，他在面对云海这个昔日同生共死的兄弟时，依旧是把对方当成故友的。

当洛辰看向徐铭的刹那，明明徐铭什么都没有做，但方才还在饰演林落尘的徐铭，此刻却瞬间成了男主云海。

这场戏是单人戏，导演没有安排人扮演男主跟他们对戏，方才徐铭是自己虚构了一个人，而洛辰，却将徐铭当成了云海。

洛辰朝着徐铭看了一眼，便垂下眸子，低低地笑了一声。

“呵……”

洛辰那张年轻而俊美的面容，如同经历了沧海桑田、风云变幻：“正道？邪道？何为正？又何为邪？”

洛辰轻轻叹息着，看向徐铭，清澈的眸子里仿佛倒映着昔日与自己一起谈天说地纵马扬鞭的少年：“云海，你还是那么天真！”

当洛辰演绎到这里，也不过是说了短短的两句话，并且是和徐铭一模一样的两句台词，甚至接下来的剧情和台词是什么，大家也全都知道了，但是……

现场的所有人，包括直播前原本都在吐槽的观众，此刻竟然全都下意识地屏息凝视，等待着洛辰接下来的表演。

只见，洛辰说完这一句之后，终于缓缓站起了身。

他一步一步，走到了徐铭跟前，站在昔日好友的身侧，与他并肩而立，抬眼之间，仿佛眺望着远处的浩瀚星辰——

“让我来告诉你，历史，向来由胜利者书写！”

“从今往后，这江湖，我说它正，它便是正，我说它邪，那么，它便是邪！”

洛辰在说这句话的时候，不似徐铭的演绎，狂狷而霸道。他的语气甚至是风轻云淡的，如同在说一件再寻常不过的事情，语气平静得如同一汪沉静的寒潭。

说完，他便缓缓迈步，与徐铭擦肩而过。

这意味着，昔日一同论道舞剑的兄弟，就此分道扬镳，走上彻底不同的道路……

良久之后，现场依旧落针可闻。

连直播中的弹幕都停止了。

“我的试演结束了。”

直到洛辰转过身，面对着导演和制片人鞠了个躬，所有人这才从剧情之中恍然回神。

席上，一直不动如山的宋金鳞面上明显露出了激动的神色，紧紧盯着洛辰，似乎是不敢置信。

连徐铭本人都神色恍惚，面色有些发白。

他方才全程参与到了洛辰的演绎之中，所以感受比任何人都更加直观。

他刚才差点被洛辰带入了戏，以为自己就是云海……

方才几乎已经暂停的弹幕，这会儿疯狂地开始刷屏——

[太厉害了！这简直是林落尘附身啊！]

[什么林落尘附身！这分明就是林落尘本人！我以为刚才徐铭的演绎已经算完美了，看过了洛辰才知道什么是本尊亲临！]

[徐铭的演绎方式确实很完美，可我知道他是演技非常好。但是洛辰，他不是演技好，他是压根没有用演技！他完全沉浸在剧情之中，因为他就是剧情里的那个人，他就是林落尘！]

[这活生生就是本尊和演员的区别啊！明明刚才徐铭还是林落尘的，却一秒钟被洛辰带入戏，成了云海！]

[其实刚才你们都在注意徐铭的时候，我一直在注意洛辰，发现他根本就不是入戏慢，而是他从一开始就已经在林落尘的状态里了，所以根本就不需要入戏！]

[太激动了，果然原版就是原版！根本不是其他人能轻易取代的！]

……

席上，宋金鳞已经彻底陷入沉思。

他今天选这段剧情不是随便选的，而是有他的深意。

这段剧情看似很简单，其实是全剧中一个很重要的情感转折，是林落尘与男主之间重要的一个分割点。

要知道第二部里，男二和男主之间的对手戏和感情处理相当重要，他们亦敌亦友，彼此理念不合，却又惺惺相惜。

这种矛盾感极难表现。

比如方才徐铭的试演，虽然很不错，但是很单薄，单单只是演出了那段剧情，却忽略了和男主以及整个剧情之间的关联与互动。

而洛辰的演技太有张力了，短短几句台词，一段简单的剧情，却融合了整个故事，同时也完美表现出了角色的矛盾和挣扎。

若不是下了苦功，完全吃透了这个人物，绝对不可能做到这种程度。

但是，他需要再确定一下。

洛辰方才到底是偶然的运气，还是真的有这样的实力？

想到这里，宋金鳞当机立断地开口道："十三幕，第七场，你们分别按照你们自己的理解试演一下！"

随着宋金鳞的开口，原本正在亢奋的众人顿时又屏住呼吸，紧张地朝着两人看去。

弹幕上徐铭的支持者不甘心地开始反驳起来——

[还没结束呢！你们急什么！刚才搞不好就是运气！]

[就是，洛辰刚才明明是在耍小聪明，徐铭是自己隔空演的，效果自然差一点，洛辰却利用徐铭帮他对戏！太有心机了！]

……

洛辰没有注意周围人的反应，只是在听到宋金鳞说出"十三幕，第七场"的时候，神色怔忪了一瞬。

这一场戏，叶哥亲自教过他，并且重点跟他说过戏，没想到宋导真的挑中了。

洛辰正在怔忪，徐铭已经重新调整了状态开始试演。

不愧是受过专业训练的，徐铭很快便调整到了最佳状态，重新进入下一段剧情里。

“唰！”徐铭作势抽剑，瞬间朝着对面攻去，眉宇之间的戾气与冰冷如有实质一般，仿佛能够隔着屏幕传到所有观众的眼中……

[好……好厉害啊！这才是徐铭真正的实力吧！仅仅只是一个眼神而已，就让人毛骨悚然！]

[把冰冷的大魔头演得淋漓尽致！]

……

就在所有人都在感叹徐铭陡然爆发出的这比方才还要惊艳的演技时，洛辰却是在暗自思索比较。

徐铭方才演这场戏的方式，与他被叶哥指导之前演的方式一模一样。

如果叶哥没有跟他说过这场戏，他的演法肯定会与徐铭相同。

但是现在……

徐铭的试演获得了满堂喝彩，一旁他的经纪人吴正飞也松了口气，副导演和制片人都是连连点头。

然而，坐在中间的宋金鳞神色却丝毫不变，径直朝着洛辰看去：“洛辰，你开始吧！”

徐铭自然看出了宋金鳞对洛辰的格外注意，深吸一口气，强压下心中的不快，冷眼朝着洛辰看去。

这幕戏当初老师特意指导过他，他敢断定他的演绎方式已经是极致。

如果洛辰与他相似，便会处于弱势……

洛辰点头，很快开始。

他严格按照叶绾绾教过他的，演完了这场戏。

洛辰的那种演绎方式远没有徐铭的侵略性和情绪化，拔剑杀人时的眼神冷漠、荒芜、空无一物……

面上没有任何表情，却让人打心底里发寒……

在看完了洛辰的这场戏之后，宋金鳞的脸色终于失去了淡定，语气略有几分起伏地开口询问道：“为什么你要用这种方式演这场戏？说说你的理解！”

洛辰朝着叶绾绾的方向看了一眼，斟酌了一下措辞，神情镇定地开口道：“我认为，那个时候的林落尘，经历了人世间所有的不公与磨难，他的性情确实大变。但是，他和从前最大的区别和变化不是性情，而是，对生命的敬畏感。

“拥有对生命的敬畏感，将人命放在眼中，才会有杀气。但如果在他眼中，人命已经如同草芥尘埃，那么他在杀人的时候，有的应该只是漠然！”

洛辰话音落下的瞬间，宋金鳞当即一拍桌子：“说的好！”

宋金鳞的眼眶微微有些泛红，开口道："林宗老师临终之前，曾拉着我特意与我说了这场戏，当时他说起林落尘这个角色前后最大的变化之处，正是你方才所说的那些。洛辰，你很不错！看得出确实是用心研究角色了！"

当宋金鳞说出这句话的时候，叶绾绾轻轻呼出一口气。

她知道，这个角色，洛辰已经拿下了。

对于所有原著粉包括路人粉而言，林宗的名字就意味着权威。

当宋金鳞说出这句话的时候，所有人看着洛辰的目光更加不同寻常了。

[厉害了！不愧是原版！理解得就是更透彻！居然连林宗老师的用心都揣测得分毫不差！]

[感谢剧组公开试镜过程，让我们可以亲眼看到我们心目中那个林落尘再次归来！]

[林落尘非洛辰莫属！]

……

看着疯狂刷屏的弹幕，吴正飞的脸色铁青。

原本他是准备给徐铭造势的，甚至连事后的各种通稿都已经让人写好了，谁知道到头来竟然是为他人作嫁衣裳，硬生生被那小子踩了一头。

偏偏他们还选择了公开直播的方式，全程都是实时直播，想在事后扭转舆论，再暗中让王总帮忙打点更改结果都不可能！

这次是他太轻敌了！

宋金鳞说完那番话之后便站起身，走到洛辰跟前，伸出手道："欢迎加入《惊龙2》，很高兴能够再次与你合作！"

听着宋金鳞的话，洛辰的心脏微颤，缓缓伸出了手，真诚地说："感谢宋导给我这个机会！"

看着这堪称历史性的一幕，男一、男二全都成功由原班人马出演，直播弹幕上一片欢呼雀跃。

徐铭一向自视甚高，完全没料到自己这次居然在众目睽睽之下输给了一个过气艺人，当即气得转身就走。

再留下来已经没有意义，吴正飞黑着脸色，也匆匆跟了上去。

路过洛辰的时候，洛辰却突然冷声开口道："吴先生似乎忘了什么。"

一旁的叶绾绾见状，微微挑眉，没想到小绵羊居然难得硬气了一次。

吴正飞咬了咬牙，皮笑肉不笑地开口道歉道："真是抱歉，叶经纪人确实手段了得，方才，是我看走了眼。不过，山高水长，以后日子还长着。"

说完，他冷哼一声，迈步离开。

叶绾绾和导演组聊了一些合作细节之后，也带着洛辰离开了试镜大楼。

筹备了这么久的试镜终于顺利结束，叶绾绾也总算稍稍松了口气。

光耀传媒。

回到办公室后，叶绾绾开始抓紧时间替洛辰准备签约进组的相关事宜，同时开始筹备组建洛辰的团队。

上次发了招聘通告之后，因为她临时去B国，只来得及招聘了一名助理。

“《惊龙2》是你复出后的第一部戏，重要性相信不用我多说，这段时间你需要做的事情只有一件——专心准备剧本，其他事情有我这边……”

叶绾绾坐在办公桌前，正与洛辰说话，这时，一阵急促的敲门声响了起来。

“请进。”

助理小晴神色慌乱地推门进来，焦急地看向叶绾绾和洛辰，开口道：“叶哥，不好了！刚刚剧组打来电话，通知我们说……”

“说什么？”叶绾绾眉头微蹙。

“说男二已经换成了别人，不能用洛辰了！”

“什么？”叶绾绾闻言微微一愣，一旁的洛辰脸色也瞬间变得惨白。

这次是公开试镜，吴正飞就算是找投资商也没用，剧组不可能冒着这么大的风险中途换人的。

“你说换人了，换成了谁？”叶绾绾压下心中的狐疑，不动声色地问道。

小助理目光闪烁，不敢开口，弱弱地递过来一张纸：“这……这是剧组那边刚刚发过来的传真，叶哥您自己看吧，几位主演的名单，下午就要对外公布了！”

叶绾绾接过传真，一眼扫过去，下一秒，便看到男二林落尘饰演者的后面赫然写着两个字——宫旭！

“宫旭？”看到那个名字之后，叶绾绾的眉头不由微微皱起。

她就说，到底是谁有那么大的本事！她都已经做到这种地步，竟然还能让剧组转头就换人。

而宫旭虽然在圈子里名声极差，但他的背景极深厚，他姑妈还是M国行业巨头SA公司的创始人之一，完全不是一般的富二代可以比拟的，否则他也不可能作成这样依旧这么火。

她策划了这么久，花费了这么大的精力，最后竟然遭遇这样的巨变！

叶绾绾双眼微微眯起，眼底好似闪过了什么。她捏了捏眉心，正要开口，这时，门口传来一阵脚步声。

周文斌穿着一身银灰色的高级定制西装，神色悠然地立在门口，摇头看着叶绾绾，遗憾地开口道：“哎，年轻人，还是历练太少。作为过来人，又是公司同仁，我实在是不得不提醒叶经纪人一句，《惊龙2》这样的大制作，可不是有点演技就有资格合作的……”

叶绾绾冷眼看着周文斌这副耀武扬威的嘴脸，一言不发。

周文斌得意地欣赏了一会儿叶绾绾落败的姿态，又看向洛辰道：“小辰啊，斌哥一早便教过你，在这一行里，虽然你的职业是演员，不过嘛，演技这种东西，其实是最没用的！”

周文斌一边说话，一边缓缓踱步到洛辰跟前，伸手朝着他的肩膀覆过去：“小辰，若你现在后悔……”

在周文斌的手指碰触到洛辰之前，一只白皙的手腕已经稳稳将他拦截住。

周文斌不在意地笑了笑，收回了企图碰触洛辰的手，幽幽道：“你若现在后悔，倒是还来得及……只是，你若想再回来，可得让我好好看看你的诚意！”

说完，他便一边嗤笑一边得意扬扬地踱步离开了。

周文斌走后，四周一片沉寂。

良久，洛辰努力露出了一个微笑，开口道：“叶哥，我没事的……你已经帮我够多了！是我……是我自己没用！如果当初叶哥选的是别人，哪里需要费这么大的心思，又怎么会被周文斌针对……”

叶哥，你还是……选别人吧……

洛辰正要说出这一句，叶绾绾的嘴角却突然勾起了一抹笑意，按住他的肩膀，让他在沙发上坐了下来，一字一顿地开口道：“给我乖乖坐着！”

“叶哥？”洛辰一脸茫然地朝着叶绾绾看去。

叶绾绾站直身子，微微一笑，道：“既然他们不按照规则来，那就别怪我也用非常手段！”

周文斌，他怎么抢的角色，她就让他原封不动地吐出来！

说罢，叶绾绾看向小助理，开口问：“宫旭现在在哪儿？”

小助理老老实实地回答道：“就在公司，我刚才还在楼上的化妆间看到他……”

得到答案之后，叶绾绾整了整衣襟，大步流星地出了办公室。

“叶哥！”洛辰喃喃地看着叶绾绾离开的背影，不知道他要做什么，眸底满是担忧之色。

楼上化妆间内。

宫旭靠在宽大舒适的座椅里，一条腿横架在另一条腿上，手里拿着手机，正在噼里啪啦地玩游戏，旁边的发型师、化妆师、造型师等围着他团团转。

旁边的两个小助理，其中一个手里捧着一只硕大的椰子，殷勤地站在一旁，瞅准宫旭打完一局的空当，就小心地把椰子递过去喂他喝一口。

另一人则站在几步远的地方，“咔嚓咔嚓”不停地给他拍着照片。

“旭哥，拍好了，您看这些可以吗？”助理紧张地拿着相机走过去请示。

宫旭略扫了一眼，一脸嫌弃道：“啧，没拍出小爷万分之一帅！”

小助理急忙拍马屁，连连说道：“怎么会，旭哥您三百六十度无死角，怎么拍都帅的！”

宫旭对这种不走心的夸赞已经没有任何感觉，不耐烦地随手点了几张道：“这张，这张，还有这张，发我手机上，我要发博客……”

“好的，马上！”

“别忘了把我额头上的痘痘修掉！”

“是是是！”

照片弄好之后，宫旭抱着手机，一脸哀愁地发了一条博文。

他先是配上自己的照片，随即酸了吧唧地戳了一行字：[遇到你的第三天，还是没有你的音信，小蜜饯，茫茫人海，我该去何处寻你？]

旁边的小助理伸长脑袋，眼睁睁看着宫旭发了这条博文，顿时脸都黑了。

他们家艺人又开始花样作死了，心好累啊……

“轻点！小爷的头发一根多宝贵你知道吗？”

“对不起对不起！”发型师连连道歉。

最近宫旭的心情格外暴躁，也更难伺候了，他们这些人也只能跟着倒霉……

一屋子人正战战兢兢地哄着这位小祖宗，突然传来“砰”的一声巨响，房门被人从外面一脚踹开。

只见一个年轻男人神色悠然地站在门口，懒洋洋地扫了眼屋内众人之后，目光似笑非笑地落在了宫旭身上。

宫旭盯着门口那胆敢踹他化妆间门的男人，目光微蹙，问道：“你谁啊？”

宫旭身旁的小助理看了来人一眼，赶紧附在宫旭耳边小声道：“旭哥，他就是之前我跟你说过的那个叶白。这小子怕是知道你抢了洛辰的角色，找麻烦来了！”

“他就是叶白？”宫旭挑眉。

锁定目标后，叶绾绾二话不说，勾着嘴角一步一步朝着宫旭走去，随后，一脚踩在了宫旭的椅子上。

一股强大的压迫感陡然扑面而来，宫旭顿时下意识地往后缩了缩，大声喊道：“哎哎哎，你想干吗？造反啊！”

“叶白！你想干吗？！”两个小助理也急了，一边厉声呵斥，一边朝着外间喊道，“保安！保安人呢？！”

叶绾绾不紧不慢地点开手机里的一张照片，放到宫旭的眼前，给他看了一眼。

正在嚷嚷的宫旭在看到那张照片的瞬间，眼睛都直了。

这……这不是他的“小蜜饯”吗？

为什么这小子会有他家“小蜜饯”的照片？

等宫旭想继续看清楚那张照片的时候，叶绾绾已经迅速将手机收回，开口道：“看着我。”

宫旭下意识地朝着叶绾绾看去，这一看之下，竟看得愣住了……

“你……”

“像吗？”叶绾绾在他耳边压低了声音问。

宫旭盯着男人的脸，连连点头。

刚才乍一看到的时候还没觉得，因为气质相差太多，但仔细一看之下，却发现这男人长得跟他的“小蜜饯”怎么这么像？

“照片里的人，是我妹妹。”叶绾绾开口。

男人话音落下的瞬间，宫旭瞪大了眼睛，眼底写满了难以置信。

什……什么？！

他这几天快找疯了的“小蜜饯”，竟然是这家伙的妹妹？

一时之间，宫旭盯着叶绾绾的眼神简直像在看着太阳神，眸子闪闪发光，恨不得顶礼膜拜一番！

叶绾绾和宫旭的对话只发生在几秒钟之内，方才拿出照片的时候也只有宫旭一人看到。

这时，门口传来一阵凌乱的脚步声，屋内的工作人员带着几个保安匆匆赶了过来。

人高马大的保安气势汹汹地开口道：“是谁在这里闹事？！”

一旁的小助理立即指着叶绾绾说：“就是这个男人，他不仅在这里闹事，还企图伤人，你们立刻把他给赶出去！”

若是伤到了宫旭一根头发，他们可担不起。

几个保安闻言，便朝着叶绾绾扑去。

然而，不等几人靠近，宫旭却瞬间冷了脸，用力一拍桌子，怒吼道：“滚开！我看谁敢动他！”

看着宫旭的反应，两个小助理和几个工作人员全都愣住了。

保安们也面面相觑，不敢乱动。

小助理忙凑近宫旭，小心翼翼地开口问道：“旭哥，怎……怎么了？刚才这男人胆大包天地冒犯了你啊！”

宫旭顿时把他骂得狗血淋头：“冒犯什么？！谁准你对我叶哥大呼小叫的！”

小助理被喷了一脸，顿时蒙了，疑惑地问道：“哈？”

宫旭没再搭理助理，站起了身，把自己刚才坐的椅子一拉，看向叶绾绾，表情别提多谄媚：“叶哥！叶哥你坐！”

看着宫旭这一百八十度的大转变，一屋子的人都面面相觑，傻在了那里，完全不知道到底发生了什么。

另一个小助理呆呆地说：“旭哥……你……你这是？”

宫旭扭头就骂：“是什么是！还不快给叶哥倒茶！有没有点眼力见儿啊？还有你！立刻去给叶哥拿个椰子！”

两个小助理对视一眼，更迷惑了。

到底发生了什么？

他们家的大少爷怎么突然对叶白这么殷勤恭敬了？

虽然完全搞不清楚状况，但又不敢违背宫旭的命令，两人赶紧一个去倒茶，一个去削椰子。

宫旭亲自接过削好的椰子，插了吸管进去，递到了叶绾绾跟前："叶哥，你喝，你喝！"

叶绾绾似笑非笑地朝着男人那张漂亮闪耀的俊脸斜睨了一眼，一只手斜支着额头，幽幽开口道："听说……宫少爷准备出演《惊龙 2》？"

宫旭闻言，脸色一僵，顿时想起自己刚刚才从叶白手里抢了林落尘这个角色。

一想起自己连"小蜜饯"都还没找到，就得罪了未来的大舅子，宫旭额上的冷汗唰地下来了。

短暂思索之后，宫旭毫不犹豫地开口道："《惊龙 2》？谁说的？！我要出演《惊龙 2》我怎么不知道？没有！这压根没有的事情！"

"哦？是吗？"叶绾绾笑了笑，手指一扬，将方才小助理给她的传真拿了出来。

宫旭瞄了眼那张演员选角表，顿时咬牙切齿，恨不得把周文斌给拖出来打一顿。

要不是周文斌一直在自己耳边啰唆，他又怎么会多事去抢叶白手下艺人的角色，又怎么会得罪了"小蜜饯"的哥哥！

生怕自己会因为这件事而跟"小蜜饯"天各一方，宫旭咬死不承认道："叶哥，误会，这绝对是误会！好端端的，我怎么可能会突然去演个男二号！"

说完，他立即扭头看向一旁的助理，甩锅道："你们俩，到底怎么回事？谁准你们擅自给我接这种角色的？"

两个助理这会儿已经完全凌乱了，互看一眼之后，其中一人开口说："哈？旭哥，这个角色不是您自己……"

不是他自己非要接的吗？还说要让叶白长长记性来着！这会儿怎么跟失忆了一样？

助理话没说完就立即被宫旭紧张地打断了："闭嘴！你还敢狡辩！你胆子大了，居然还敢背着我擅作主张了！立刻去给我把周文斌叫过来！"

助理没办法，这种情况他实在是处理不了，于是只能赶紧冲出去找周文斌了。

化妆间内的其他人也完全搞不懂这事情的发展，愣愣地站在那里……

小助理去找人之后，宫旭水光潋滟的桃花眼眨巴着，可怜兮兮地朝叶绾绾瞅去："叶哥，真的是误会，我怎么可能抢叶哥你家艺人的角色呢……"

叶绾绾抿了口茶，淡淡地笑着，也不揭穿他。

……

二楼办公室内。

周文斌正心情愉悦地一边在擦拭他的宝贝古董，一边跟人打电话。

"叶白拿到了林落尘这个角色？谁告诉你的？"

“不过是个毛头小子，你也太高看他了！这个角色，现在在我的手里！”

“怎么，还不信？试镜公开了又怎样？你以为公开试镜就一定是他的了？”

周文斌正跟朋友打着电话，宫旭的助理突然神色匆匆地推门进来：“周……周总监！”

看着小助理慌慌张张的样子，周文斌心情不错，便没有与他计较，斜眼看了过去，问道：“慌慌张张地做什么？”

小助理也搞不清楚状况，不敢乱说，只能苦着脸，一脸为难地开口道：“旭哥让您过去一下……”

“怎么，这大少爷又闹脾气了？”

周文斌对于这种情况早已习以为常，不在意地站起身道：“走吧，去看看！”

不一会儿，周文斌便跟着助理来到了宫旭的化妆间。

“宫旭啊，怎么了？又有谁惹你不高兴了？”

周文斌一边好脾气地开口，一边迈步进门，结果，一抬眼，竟看到化妆间里除了宫旭之外，叶白也在里面，不由得愣了一下，随即便露出了嘲讽的神色。

叶白这小子，真是自寻死路，居然敢直接跑来质问宫旭，怕是狗急跳墙了吧？

不过也难怪，洛辰若是拿不到这个角色，就等于是废了。

他早就说过，只要他还在光耀一天，洛辰迟早会自己乖乖回来！

想到这里，周文斌的心情更加愉悦，悠悠踱步进去：“叶白，你来这里做什么？林落尘一角剧组已经定了我们宫旭，你跑来这里闹，吃相未免也太难看了！”

听到周文斌一来就出言不逊，一旁的宫旭脸色顿时冷了下来。

叶绾绾则是架着腿，单手斜支着额头，似笑非笑地朝着周文斌看了一眼：“哦？林落尘定了宫旭？我怎么不知道？”

此时正春风得意的周文斌丝毫没有发现宫旭的异样，见叶白这副不愿相信事实的模样，当即冷笑连连道：“我们宫旭忙着准备进《惊龙2》剧组，可没时间应付你的无理取闹！”

洛辰废了，叶白无法再与他对抗，对褚洪光而言便没有了利用价值，而他却有宫旭这个人傻钱多的富二代罩着，根本不需要顾忌这个不知天高地厚的小子。

周文斌说完，当即对候在门口的几个保安喊道：“保安呢，还不过来把人赶出去，公司养你们是让你们吃闲饭的吗？耽误了宫旭备戏，你们就跟他一起滚！”

就在这时，不及保安们有所动作，一旁的宫旭骤然起身，“砰”的一声用力拍在化妆桌上，忍无可忍地呵斥出声：“周文斌，你给我闭嘴！谁说我要参演《惊龙 2》，谁说我要演林落尘了？”

周文斌正得意扬扬地示威，听到这话，顿时一愣，似乎是没有反应过来宫旭的意思：“宫旭，你这是什么意思？不是你让我……”

宫旭眉峰一挑，眉宇之间独属于他的嚣张顿时显露出来，衬得那张原本就光彩夺目的脸更加耀眼："我让你什么？！谁允许你擅自帮我接林落尘这个角色的？洛辰本来就是原版的林落尘扮演者，演技又这么好，众望所归，你却横插一脚跑去抢同公司艺人的角色，你到底什么居心，还有没有半分团队精神？现在你居然还想把这口黑锅往小爷我头上扣，你是想抹黑我吗？"

周文斌僵直着身体站在那里，脸上满是错愕，迟迟回不过神来，直接被宫旭这番话给骂蒙了。

一旁的两个助理盯着宫旭这副正义凛然的模样，也是目瞪口呆。

宫旭今天这是……中邪了吗？

还有，抹黑他是什么鬼？

这位大少爷光自黑就够了，谁能抹黑得了他？

别说其他人，就连一旁的叶绾绾嘴角都微微抽搐了几下。

到底是谁说宫旭演技渣的？

这家伙的演技……明明好得很嘛……

不知道的，恐怕还真以为他是个五讲四美的正义青年呢！

周文斌好半天才回过神来，也终于发现了不对劲，微微变了脸色朝着宫旭看去："宫旭，这到底是怎么回事？之前我们不是还说得好好的吗？是你说一定要林落尘这个角色，我才……"

周文斌话没说完就已经被宫旭给喷了一头一脸："滚蛋！谁跟你说得好好的了？你什么意思你？你是在说我是那种仗势欺人、以权谋私，抢同公司艺人角色的无耻小人吗？"

宫旭一副谁敢在他未来大舅子的面前抹黑他，他就咬死谁的凶悍表情！

见宫旭在那儿睁眼说瞎话，周文斌的脸色黑如锅底，却只能硬着头皮开口道："怎么可能……当然不是了……"

宫旭这才满意，冷哼一声道："所以，还不是你阳奉阴违，背着我擅作主张！你自己惹出来的事情，自己解决干净！你现在、立刻、马上就给剧组打电话，把事情说清楚，这个角色我不可能接！"

到手的角色怎么能就这么推掉，还亲手送还给洛辰？周文斌一听，脸色顿时更加难看了，强压下眸底的阴沉之色，凑到宫旭身边，好声好气地哄道："宫旭啊，现在剧组都已经定好人选，马上就要公布了，你临时又说不演，我这边实在是没法跟剧组解释！现在肯定是换不了的！"

周文斌自然是不肯轻易把这个角色给吐出来。

叶绾绾怎能不知道周文斌的心思，笑了笑，说："周总监真是谦虚，我前脚刚跟剧组谈好合作事项，后脚回到公司便被告知男二换人，周总监的办事效率，可是众所周知。"

周文斌这会儿正烦躁，当即对着叶白怒斥出声道："我跟宫旭说话，哪里有你插嘴的份！你算什么东西！”

周文斌话音落下的瞬间，宫旭紧跟着便拍着桌子怒骂出声：“周文斌！你怎么跟叶哥说话呢！”

叶哥？

周文斌听着宫旭对叶白的称呼，顿时瞪大了眼睛，满脸的无法置信。

宫旭居然叫叶白那小子“叶哥”？

这……这到底是怎么一回事？

宫旭抚了抚额前细碎的刘海，周身矜贵傲慢的气息陡然压迫下来：“换不了是吗？好啊！你若做不了，那不如，我换个人来做？”

周文斌一听这话，顿时如同被戳中死穴，脸色一片煞白。

宫旭这个没脑子的大少爷，心情好的时候很好说话，但若是脾气上来了，是真的什么事情都做得出来，万一惹毛了他要换经纪人，那自己就全完了……

周文斌顿时顾不得叶白那边了，当机立断道：“宫旭，这次事情确实是我考虑不周，是我的错，我不该不跟你商量就擅自做决定，我这就去跟剧组说清楚，一定会把事情解决！”

周文斌说完便走到一旁，焦头烂额地给剧组打电话，收拾烂摊子。

剧组那边都已经准备公布演员表了，这边周文斌却突然打来电话又说宫旭不演了，态度自然不会好，周文斌只能强忍着怒气解释，硬是把已经到手的角色给推了……

化妆间这边的动静闹得太大，这会儿外面已经围了不少艺人和员工，见周文斌被宫旭骂得狗血淋头，都在窃窃私语地八卦着。

打完电话后，周文斌抹着额上的冷汗，心有余悸地走到宫旭跟前，僵硬地笑道：“宫旭，我已经按照你的意思，跟剧组说清楚了……”

宫旭不耐烦地挥挥手，示意周文斌闪一边去，然后眨着桃花眼，一副乖巧的模样，迫不及待地凑到叶绾绾跟前邀功：“叶哥，事情已经搞定了，你看，我就说跟我无关吧！不过……说到底还是因我而起，为了表示我诚挚的歉意，不如，晚上我请你吃饭吧？”

叶绾绾似笑非笑地对上男人那双闪闪发光的星星眼，谢绝道：“宫少客气了，这倒是不必。”

宫旭一听，顿时急了，觉得肯定是因为抢角色的事情给叶白留下了不好的印象，人家不愿意让妹妹接近他了。

那怎么行！他好不容易才找到他的“小蜜饯”！

他得赶紧把好感度刷满！

可是……这要怎么刷？

宫旭正急得抓心挠肝，突然不知想到了什么，双眼一亮。

宫旭换了一副沧桑又无奈的表情，叹着气开口道：“唉，叶哥，这些年我在圈子里的名声这么差，全都是因为遇人不淑，被那些不负责任的经纪人坑得好苦！所以，我真的是特别羡慕洛辰，有叶哥你这么专业、负责、有眼光，还长得这么帅的经纪人！

“叶哥，不瞒你说，从你刚进公司的第一天开始，我就知道叶哥你不是一般人，要不然整个公司那么多艺人，你怎么会一眼看中洛辰这只潜力股。当时你说，除非周文斌拿我来换，你才肯换洛辰，真是让我觉得荣幸之至……”

叶绾绾简直要被宫旭的“灵机一动”气笑了。

见宫旭这个眼比天高的大少爷拍叶白的马屁拍得那叫一个口若悬河、天花乱坠，一旁周文斌的表情如同见了鬼……

该死的！宫旭今天到底是怎么回事？

这边，宫旭声情并茂地拍完了马屁，又谄媚地说道：“叶哥，我知道我资质差，可是，我有一颗努力向上的心，只缺一个叶哥你这样的伯乐调教！所以……叶哥，你可不可以，收了我？”

周文斌见宫旭在拍叶绾绾马屁，本来还只是脸色难看，听到这里，则是瞳孔骤然收缩。

叶绾绾的嘴角一阵抽搐：“收你？”

宫旭头点得像小鸡啄米，讨好地一笑：“嗯嗯，叶哥，我真的很想跟你！叶哥你做我的经纪人好不好？”

对艺人来说，换经纪人是无比重要的事情，可是在宫旭的口中说出来，就跟换块手表、换部手机一样。

当宫旭说出要换经纪人的瞬间，化妆间里的助理、工作人员，以及门口处围观的所有人都惊得下巴掉了一地。

他们听到了什么？

宫旭竟然要换经纪人，还主动求着要跟叶白！

周文斌更是脸色惨白，神色骤变地朝宫旭看了过去，连忙阻止道：“宫……宫旭……你要换经纪人？这怎么可以！”

宫旭眉梢一扬，眸底顿时满是桀骜，嚣张地说：“怎么，小爷换个经纪人而已，还需要经过你的同意？你算什么东西！”

他哪任经纪人不是他一句话想换就换的，就算是褚洪光在这里，也管不到他跟谁。

宫旭说完便不再搭理周文斌，作乖巧可爱状凑到叶白跟前：“叶哥，行吗行吗？你就收了我吧！我保证乖乖听话，什么都听你的！”

亲自接触过宫旭之后，叶绾绾才有些理解，为什么宫旭名声这么差、绯闻这么多，还能有那么多死忠粉。

这家伙顶着一张漂亮得不像话的脸装可怜的模样实在是太招人，简直让人忍不住想原谅他做的任何事情，答应他的一切要求。

若是让他的支持者看到了，尖叫声怕是要冲破云霄。

不过，对于宫旭的保证，叶绾绾表示，一个字都不信。

有关宫旭的“光荣事迹”她可是一清二楚。

宫旭会乖乖听经纪人的话？这绝对可以入选业内年度最佳谎言。

就在宫旭话音落下的瞬间，所有人的目光都落在了叶白的身上，等待着他的回答。

周文斌死死盯着叶白，那目光简直要将他灼穿：“宫旭，是不是这小子对你说了什么？这小子阴险狡诈，你可千万别被他给骗了！”

宫旭生怕叶白一生气就不要他了，急忙呵斥道：“周文斌！你……”

然而，就在这时，耳边突然传来了男人清越的声音：“好。”

伴随着叶绾绾的这一声“好”，整个化妆间里落针可闻。

宫旭瞬间噤声，先是一呆，似乎是无法置信，随即双眼陡然闪闪发光，兴奋不已地朝着叶白看去：“叶哥！你……你同意了？你愿意收我？”

为什么不收？

叶绾绾的目标是叶家，是皇天，以她现在的进度，距离那个目标还太远。

即使洛辰通过这部戏火了，她也依旧会被周文斌压着，想要稳固势力，还有漫长的路要走。

若是能收了宫旭，对她而言会是极大的助力。

她知道，宫旭是一把双刃剑，极难驾驭。

不过，那又如何？

职场本来就充满各种冒险和博弈，她没道理将这么好的机会给推出去。

叶绾绾不紧不慢地开口道：“我目前只有洛辰一个艺人，如今他开始步上正轨，再带一个也无妨，只是……”

叶绾绾说着，意有所指地朝着角落里的周文斌看去。

宫旭见状，立即开口道：“叶哥，只要你同意就行，其他的事情都不用你操心，我会搞定！”

宫旭说完，便迫不及待地朝着周文斌看去：“还愣着做什么？没看叶哥已经同意了吗？还不去把我的合同拿过来！”

周文斌怎么也没料到，前一刻叶白还被他打压得毫无还手之力，后一刻便天翻地覆，不仅角色被迫还给了叶白，连宫旭都要跟叶白跑了！

更荒谬的是，直到现在他都搞不明白，到底发生了什么，为什么宫旭前后的态度转变会这么大？

不行！绝对不可以！

他好不容易才抱住宫旭这个财神爷的大腿，怎么能放宫旭走！

周文斌当即恸哭着说：“宫旭！我带了你整整三年，对你掏心掏肺，没有功劳也有苦劳，你居然为了这么一个只会玩弄心机的小子，就要一脚把我踢开？”

这会儿围观的人已经越来越多了，在场众人都是公司内部人员，谁不清楚周文斌的为人，看着周文斌这副丑态，全都有些作呕。

平时周文斌在公司里作威作福，早已经怨声载道。尤其是底层的员工，全都对他的行径深恶痛绝，不过是碍于宫旭的背景在，大家才敢怒不敢言。

如今见他被宫旭一脚踹开，众人只觉得他活该，看着他惺惺作态的样子，所有人都面露鄙夷之色，彼此窃窃私语着。

“虽然搞不懂宫旭这到底是闹哪出，但周文斌也太恶心了！功劳苦劳？掏心掏肺？他是怎么说得出口的？”

“就是！自从签了宫旭，他仗着这条金大腿在公司横行霸道、欺压员工，强行收取高额回扣，谋了多少私利，坑了多少艺人？”

“报应不爽，他也有被宫旭一脚踹开的一天！没了牙的老虎，看他还怎么嚣张！”

……

宫旭冷睨着周文斌那“劳苦功高、忠心耿耿”的嘴脸，灿若骄阳的眸子里滑过一抹冷色，轻嗤一声道：“周文斌，别在这儿装乖卖惨的，你跟我这儿刮了多少油水，自己心里没点数？还是……你真当我是人傻钱多的冤大头？”

听到这话，周文斌额上的冷汗瞬间就下来了，第一次意识到眼前的这个公子哥虽然嚣张跋扈、不学无术，却不是那种可以随便蒙骗的白痴。

周文斌这才终于开始慌了，语无伦次地说：“宫旭……宫旭你不能这么对我……不能……”

这几年因为日子过得太顺畅，他越发不知收敛，得罪了不少人，褚洪光更是紧盯着他，想将他赶出公司，一旦失去宫旭这个靠山，他难以想象他的下场……

宫旭本就不是有耐性的人，浪费了这么多时间已经到了极致，于是，直接一个电话就打给了人事部。

这边的事情闹得这么大，人事部自然早已经听说了，得知周文斌失宠的消息，在第一时间提前请示了褚洪光。

褚洪光那边的态度可想而知。

于是，宫旭刚一个电话打过去，人事部便以超高的效率给宫旭办好了一切流程和更换经纪人的手续。

人事部总监亲自拿着新的经纪人合约屁颠屁颠地跑了过来。

见人事部效率这么高，宫大少爷的脸色总算缓和了几分，一把将人事总监手里的合约给抽了过来，看也不看地翻到最后一页唰唰唰签下了自己的大名，然后乐颠颠地走到叶白跟前：“叶哥，你快看下，要是没问题的话就签个字吧！”

宫旭的桃花眼忽闪忽闪地催促着，满满的都是美好的粉色幻想——

啊！我的“小蜜饯”！马上就有机会利用职务之便以权谋个私，趁机打听下“小蜜饯”的消息，要个手机号码什么的了……

叶绾绾被那灼热的目光盯得有些无语，接过合约，签下了自己的名字。

一旁的周文斌眼睁睁看着叶白签下最后一笔，整个人就如同失了魂儿一般，面色灰败地呆滞在那里。

宫旭宝贝似的捧着新合约，看那样子简直恨不得变成蝴蝶在屋子里飞几圈儿：“叶哥，从今天开始，我就是你的人了！”

第二十四章

天生一对

我这个超级没有耐心，对万事万物都三分钟热度的人，因为“恰似”，因为与二囧的相遇，让我有了一份热爱——看小说！即便是一件在很多人眼里没有意义的事，但于我而言确实不同。

——坠梦长空

QIASIHANGUANG
YUJIAOYANG

读者告白

化妆间里，围观的人群散尽后。

宫旭暗戳戳地对叶白开口道：“叶哥，你看，咱们现在都已经是这种亲密的关系了，是不是可以……”

叶白朝着宫旭斜睨了一眼，缓缓从椅子上站起身，说：“看你表现。”

宫旭虽然有些失望，不过，很快又打起了精神，大舅子要考察他，这是有戏啊！

想到这里，宫旭顿时原地满血复活：“叶哥放心，我一定会好好表现！”

看着这位纨绔大少爷一副上进好青年的模样，叶白忍不住展颜失笑。

“很期待你的表现。”

叶白嘴角微扬，笑意如同涟漪一般在嘴角蔓延，一直荡漾到了人的心里。

这个微笑看在宫旭的眼中，竟与那日送他蜜饯的那女孩的微笑重叠……

宫旭呆呆地站在原地，面色不禁一阵恍惚，耳根子有些发烫。

因为是兄妹的缘故吗？

刚才那一瞬间，两人真是像极了……

周文斌不知道自己是怎么回到办公室的。

刚进那间奢华宽敞的办公室没多久，还没缓过神来，他的手机突然响了。

见电话是褚洪光打来的，周文斌的心里顿时生出一股不祥的预感。

“喂，褚总……”

手机那头，褚洪光叹了口气，说：“文斌啊，你也是公司的老人了，怎么连个人都留不住？”

周文斌急忙道：“褚总，我跟宫旭根本就没有任何嫌隙，一定是叶白那小子私下里耍了什么见不得人的手段……”

“行了行了，宫旭已经换了叶白，这件事情也成了定局。我现在要跟你说的，是另外一件事！”说到最后一句，褚洪光的语气陡然变得冷肃起来。

“另一件事？”周文斌迟疑地问。

褚洪光沉声道：“我刚刚发了些东西到你邮箱，你自己去看吧！”

周文斌急忙打开电脑，点开了褚洪光最新发过来的邮件。

当看清邮件里的那些内容，周文斌面上的最后一丝血色也褪尽了。

“褚……褚总，你听我解释！我……”

褚洪光当即一声厉斥道：“解释？你手下的那几名艺人联名举报你私收高额回扣，侵占公司利益，证据确凿，你还想怎么解释？”

“不是这样的，褚总你是知道的，这年头要想捧红一个艺人，需要花费多少资源和金钱，我收回扣只是为了更好地……”

“不用狡辩了，我只需要知道，你私收回扣是事实。念在你也是公司的老员工了，只要你补齐私吞的回扣，公司可以不追究你的法律责任！”

“褚总！褚总……”

不等周文斌说话，褚洪光已经挂断了电话。

周文斌看着被挂断的电话，白着脸，身形一晃，一屁股跌坐在身后的椅子上。

完了……

这一次，他是彻底完了……

叶白的办公室内。

自从叶白突然离开之后，洛辰便一直一动不动地呆坐在沙发上。

不知过了多久，伴随着一阵急匆匆的脚步声，房门突然被人一把推开。

助理小晴站在门口，惊讶地看向屋里的洛辰，问道："洛辰，你怎么还在这里啊？"

洛辰低垂着头，整个人如同失去了所有的光亮，沙哑着声音道："小晴……我想回周文斌那里了……"

"哈？你说什么？"小晴瞪大了眼睛。

洛辰手指关节捏得发白，微微泛红的眸子里是挣扎后的坚定："我不想再连累叶哥！"

小晴一愣，急忙说："洛辰，你还不知道呢？！你跟什么周文斌啊！周文斌都被公司开除了！"

洛辰似乎是没有听懂小晴在说什么，怔怔地开口道："你说什么？周文斌被开除了？这……这怎么可能！"

小晴当即把方才在楼上化妆间里发生的一切全都原原本本地跟洛辰说了一遍。

洛辰听完，整个人彻底蒙在原地，原本黯淡无光的眼底写满了无法置信……

小晴还在一脸兴奋地继续说着："而且叶哥还升职了，现在叶哥已经是艺人经纪部总监了！"

在洛辰听得发呆的时候，门口传来了脚步声。

叶白大步流星地回到办公室，而身后跟着的，竟是宫旭！

宫旭刚化完妆、做完造型，整个人闪闪发光，一进来就衬得办公室都熠熠生辉。

"嗨！"宫旭扬唇一笑。

"啊！宫……宫旭！"小晴惊呼一声。

宫旭走到哪儿都众星拱月一般，有众多护卫跟着，即使是在同一个公司，小助理也从未这么近距离地看过宫旭，这会儿看到真人，简直激动得差点晕倒。

"你好，小甜心，以后就是一家人了，请多多关照哦！"宫旭见状，更加嘚瑟地释放着自己的荷尔蒙，微笑时嘴边的小虎牙若隐若现，把小助理迷得死去活来。

叶白轻咳一声，略显无奈地朝着宫旭看了一眼，示意他差不多行了。

宫旭这才收敛了几分，随后，目光朝着一旁还处在呆滞中的洛辰看去，眉头微挑道："叶哥，这就是你手下的洛辰？"

“嗯。”叶白点头，随即看向洛辰，柔声开口道，“洛辰，宫旭刚签到我手下，打个招呼吧！”

宫旭大大咧咧地在沙发上坐下，见叶白对洛辰说话的时候，是与对待自己时完全不同的温柔，不知怎么，心里就有点不舒服。于是他托着下巴，撇撇嘴开口道：“叶哥，你都有我了，还要这小子干吗？不如你以后专心只带我一个人呗！”

听到这话，正要与宫旭打招呼的洛辰面上的表情顿时僵住。

叶白的脸色也沉了下去。

宫旭这家伙，还是高估他了！

这才刚来，本性就已经开始暴露了……

叶白眸光一闪，朝着宫旭投去警告的一眼：“如果你想继续跟着我，这种话别让我再听到第二次。”

宫旭见叶白动了怒，立即摆出招牌式的笑脸，说道：“叶哥别生气，我开个玩笑而已！”

洛辰的脸色依旧有些不太好看，面色也黯淡了几分。

“叶哥，待会儿一起去吃饭吧！算是庆祝我的加入啊！”宫旭一点都不见外地主动要求道。

叶白一边整理宫旭那边交接过来的各种工作，一边开口道：“改天吧！我现在要尽快完成你的工作交接！”

“晚上也没空吗？”宫旭问。

叶白头也不抬地开口说：“晚上我有安排。”

“什么安排呀？”宫旭不死心地又问。

“约了女朋友。”叶白开口。

“哦……”宫旭这才终于没话说了，神色蔫蔫的，像个没吃到糖果的小孩。

几个小时一晃而过，天色渐渐开始暗下去。

叶白见时间差不多了，赶紧把桌上的东西收拾好，然后飞奔着出了公司大楼。

从解决韩羡羽的事情进入光耀，到签下洛辰，再到成功替洛辰拿到《惊龙2》的男二，今日又意外地扳倒了周文斌这个最大的对手，还签下了宫旭。

她费尽心思努力了这么久，一切总算是开始步上了正轨！

此时此刻，她迫切地想要与人分享这个消息。

而在这一瞬间，她脑海中第一个浮现的，竟然是那个在夜风中显得寂寥的背影……

锦园。

傍晚微风浮动，小花园里弥漫着大白菜、黄花菜与向日葵的气息。

树荫下的圆桌旁，司夜寒端着一杯参茶，脚边趴着一头油光水滑的白虎。

此刻，圆桌旁边还坐着一人，五官与司夜寒略有些相似，身上穿着一套白底镶金边的复古西装，气质一派矜贵，正百无聊赖地撑着脑袋等在那里。

“我九婶婶怎么还不回来？”

“有事？”司夜寒面色清冷地开口。

“我找我九婶婶，又不找你！”

司夏说着，眸光微闪，顿了顿又开口道：“对了，听说……九婶婶又新收了一个艺人，而且还是他们公司的头牌明星、当红小鲜肉……真是看不出来，九婶婶还挺能干的呢！”

司夜寒闻言，唯一的反应只有端着茶杯的手指微顿，难以从他深邃冰冷的眸子里看出任何情绪。

见司夜寒居然没反应，司夏自然是不甘心，幽幽开口道：“我倒是没想到，九叔你居然真的放心让九婶婶出去，还任由她男艺人收了一个又一个，你就不担心？

“外面那么多小鲜肉，乱花迷人眼！九婶婶年纪又小，自然更喜欢跟她一样年纪小的，九叔还是不要太自信……”

司夜寒还是没什么反应，但旁边的许易听到这里，脸色便有些难看了。

这个司夏少爷也是，唯恐天下不乱，少爷和绾绾小姐的关系刚缓和一点，结果他一来就在少爷面前胡说八道。

他到底是来探病的，还是来气人的？

以少爷现在的身体状况，怎么经得起刺激……

无奈许易偏偏不能透露司夜寒的真实病情，只能开口道：“司夏少爷，您误会了，绾绾小姐是以男装示人！”

司夏闻言，轻嗤一声说：“男装怎么了？别到时候男人女人给你一起招回来。”

如同没有看到司夜寒渐渐转冷且一点点变得危险的脸色，司夏还在继续开口说：“比如九婶婶新收的那个艺人是谁来着？哦，对了，是宫家那个花花公子，据说挺英俊潇洒、风流多情。”

听到司夏越说越不像话，许易实在忍不住了，正想打断他，身后突然传来了一阵飞快的脚步声，于是他下意识地朝着声音传来的方向看去。

接着，三人只看到一抹粉红色的身影如同一阵风一般，朝着他们这边跑来。

女孩径自忽略了司夜寒之外的人，跑过来，一头扎进了司夜寒的怀里。

仓促之间，司夜寒将女孩接了个满怀，同时手中的参茶猛地一晃，险些洒到女孩身上。

司夜寒眉头微蹙，正要开口说话，下一秒，微凉的唇上却蓦然一软……

叶绾绾刚一扑过去便低下头，飞快地在男人的唇角亲了一口，因为奔跑而喘息的胸口处略有些急促地起伏着，灿若星辰的眸子里满是生机与活力。

“亲爱的，我回来啦！想我不？”

司夜寒周遭因司夏方才的话而升起的一抹阴郁，顿时被女孩撞得烟消云散。

叶绾绾晶亮着眼睛，满脸急切，一副“求表扬”的表情：“快夸我！我升职啦！而且又收了一个艺人哦！是不是很厉害？”

司夜寒越过女孩放下手中的茶杯，将女孩扶稳，然后，极其配合地夸奖道：“嗯，不错。”

担心自家少爷生气担心得要死的许易：“……”

好不容易以为自己终于扳回一局挑拨成功，却还没来得及得意就被迫吃下狗粮的司夏少爷：“……”

成功得到了夸奖，叶绾绾顿时心满意足。

这时，叶绾绾眼角余光一转，一下子看到了趴在司夜寒脚边那毛茸茸的一团白。

“大白！”叶绾绾顿时“嗷”的一声从司夜寒身上爬下来，转而朝着白虎扑了过去。

通过她这段时间锲而不舍的死缠烂打，如今她总算可以靠近大白一步以内，并且偷撸一把边缘处的虎毛。

司夏前一秒才眼睁睁看着叶绾绾一秒钟安抚好了他九叔阴沉的脸色，后一秒又看到她朝着斯鲁特伸出了跃跃欲试的手，而斯鲁特竟然没有反抗。

一时间，他整个人都有点迷惑。

这还是冷厉严肃、眼里容不得半点沙子的司夜寒吗？

这还是生人勿近、高冷傲娇的斯鲁特吗？

“太离谱了吧？”司夏忍不住出声道。

叶绾绾这才抬起头，朝着旁边的某人看去，一脸惊讶道：“司夏？你怎么也在？”

司夏一听，那张矜贵的俊脸上，表情瞬间寸寸碎裂。

他一直都在这里的好吗？

“你是来探病的吗？”叶绾绾眨了眨眼睛问。

“有问题？”司夏没好气地开口道。

叶绾绾立即道：“哦，那你探完了吗？”

听出叶绾绾话音之外的逐客之意，司夏黑了脸：“叶绾绾，你什么意思？”

叶绾绾微微一笑说：“就是……如果你探完了的话，就赶紧回家吧，因为我要跟你九叔出门了！”

司夏蹙眉问道：“出门？这么晚了你们出去干什么？”

叶绾绾一副理所当然的模样：“当然是约会啊！”

司夏简直气得肺疼：“我一从深城回来，就立刻赶过来探病，现在连口饭都没吃，你就要赶人！有你们这么做长辈的吗？”

叶绾绾大概是良心发现，沉吟着开口道：“没说不给你饭吃啊，我和你九叔去约会，你留下来吃饭，我让厨房给你做，你想吃什么给你做什么！”

司夏一字一顿地喊道："叶、绾、绾！"

叶绾绾被熊孩子吼得耳膜疼："那你想怎么样啊？"

司夏深吸一口气，说："要么你们哪儿也不许去，要么，带我一起去！"

叶绾绾扭头朝着司夜寒看去，问道："宝宝，你介意多个电灯泡吗？大概有五百瓦的那种……"

司夜寒表情不变："我随意。"

于是，原本的二人约会最后就这么变成了三个人。

半个小时后，车子在一处商场停下，叶绾绾准备带司夜寒去吃一家人气很旺的餐厅。

司夏临出门前还非让人给自己另准备了一套休闲服换上了。这会儿他穿着牛仔裤、运动鞋，上身则是一件粉色的 T 恤，看上去很是青春洋溢。

三人的颜值加在一起实在是太惹眼，从刚才起就惹来了不少目光。

走到店门口，只见店里的生意一如既往地红火，外面摆了好几张桌子，全都是在等待排队的客人。

年轻的女店员拿着宣传海报，正在跟客人说今天店里有情侣活动。

司夏瞥了瞥叶绾绾身上与自己的 T 恤同色系的连衣裙，微微勾起嘴角，然后凑到叶绾绾身旁，故意开口问道："九婶婶，你看，我们这样……像不像是情侣？"

司夏和叶绾绾本就年纪相仿，这会儿又穿着同色系的衣服，走在一起确实是很容易被误会成一对。

这个惹事精！

叶绾绾先是紧张地朝着司夜寒看了一眼，然后咬着牙，挽着司夜寒的手臂，笑眯眯地开口道："难道不是像爸爸妈妈带着儿子？"

司夏挑事的表情霎时间整个龟裂在了脸上，随后暴躁地说："叶绾绾！你说谁是儿子呢？！"

见司夏在那边炸毛，叶绾绾非常好心地安抚道："好吧好吧，是爸爸妈妈带着一个很帅的儿子行了吧？现在有没有开心一点了？"

并、没、有、好、吗！

司夏一头埋在小桌子上，什么话也不想说了……

身旁，司夜寒静静地坐在那里，看着女孩面上小狐狸一样狡黠的光芒，清冷的眸底似有皑皑白雪融化，嘴角浮现一抹淡淡的笑意。那笑意转瞬即逝，如微风吹过湖面，漾起层层涟漪……

自从那次重伤之后，他的性子越发难测，身体里如同住着一只暴躁嘶吼的野兽，连他自己也无法控制，只能清醒地看着自己的思想和意识一点点被主宰、侵蚀。

可是，不知从什么时候起，这种狂躁的情绪似乎越来越平静，他几乎已经不记得自己上次动怒和失控是什么时候。

叶绾绾朝着一旁的服务员开口询问道：“你好，服务员，请问我们大概要等多长时间？”

服务员看了一眼他们的号牌，开口道：“这个时间是用餐高峰期，排桌比较慢，估计还要等一个半小时！”

“什么？这么久！”司夏立即站起来。

叶绾绾斜了他一眼：“我的大少爷，生意稍微好点的餐厅都是需要等的，不要这么大惊小怪好吗？”

司夏皱着眉头，他哪次出门吃饭不是前呼后拥，还是VIP专座，现在居然还要跟这么多人挤在一起排队，还要排这么久？

“排什么队，浪费时间，让许易安排一下好了！”

叶绾绾翻了个白眼说：“小孩子不懂情趣就不要多话！”

如果她只是想跟司夜寒一起随便吃个饭，直接预订个高级餐厅，吃完走人就好了，干吗这么麻烦。

可是那种约会有什么意思？

司夜寒这家伙太不食人间烟火了，正好带他来体验一下凡人的生活。

这时，叶绾绾眼尖地看到服务员手里的东西，感兴趣地开口问道：“你手里的那个是星星纸吗？”

服务员忙拿出几沓亮闪闪的长条纸，开口道：“是的，这些是叠星星的彩纸，我们店有活动，客人叠出一百五十颗小星星的话，就可以抵三十元用餐费，三位等餐还有很长时间，要试试吗？”

居然这么好？还能抵用餐费！

估计是店里怕客人等待时间太长，为了留住客人想出的小点子。

“好啊好啊！给我吧！”叶绾绾立即开心地接了过来。

她看向对面的司夏：“愣着干啥，快过来叠星星啊！可以抵用三十块呢！”

司夏不可思议地盯着她问道：“你……在逗我？”

为了三十块钱，让他浪费时间去叠这玩意儿？

这时，耳边传来一个低沉的声音，司夜寒修长的手指随意抽出了一张粉色的彩纸：“怎么叠？”

“我教你，很简单的！你看着我做一遍肯定就会了！”叶绾绾凑到司夜寒跟前，手把手地开始教他叠星星。

“看明白了吗？”叠了一颗出来之后，叶绾绾问。

司夜寒手指微动，很快，一个比叶绾绾叠的还要完美的小星星就出现在掌心里：“这样？”

“对对对！宝宝你好厉害！”叶绾绾立即在司夜寒的脸颊上亲了一口。

司夏看着对面自家矜贵高冷，穿着一身昂贵的定制西装正在叠小星星的九叔："……"

恋爱中的人，智商是不是都有问题？

见司夏还坐在那里不动，叶绾绾义正词严地催促道："三十块钱就不是钱了吗？你九叔分分钟赚千百万都没说什么！快点叠！"

说完，便将一沓蓝色的星星纸递了过去。

司夏看着叶绾绾手里闪着亮粉的星星纸，深吸一口气，慢腾腾地接了。

他到底是来做什么的？

叠得最好的是司夜寒，小星星的每一个角都完美如艺术品，然后是正常人水平的叶绾绾，最后是司夏，他叠的星星坑坑洼洼、松松散散……

司夜寒用的是粉色的星星纸，司夏用的是蓝色的，叶绾绾用的黄色的，三人分工合作，等一百五十颗全都叠好之后，叶绾绾立即开心地把服务员叫了过来。

"都叠好了！"

"小姐，你们叠得真好看！"服务员看着粉色和黄色的那两袋星星，忍不住夸赞道。不过，在看到司夏那袋的时候，她的脸色明显抽搐了一下。

叶绾绾自己也实在是看不下去："这袋蓝色的叠得有点丑，能用吗？"

司夏正在揉着酸疼的手指，听到叶绾绾这话脸都黑了，居然嫌弃他叠得丑！

服务员轻咳一声开口道："咳，没事的，都可以抵用，数量够就行。"

听到服务员这么说，司夏的脸色才好看了几分。

好不容易叠了这么多，要是还不能用，他真能把这家店都给拆了。

服务员说着，便要将三袋小星星给收走，叶绾绾却犹豫着叫住了对方："等等！"

"小姐，还有事吗？"服务员问。

叶绾绾想了想，问道："一百五十颗抵用三十元，那是不是五十颗可以抵用十元？"

"是的。"

"哦，那这样吧……"叶绾绾将司夜寒叠的那袋粉色的小星星给留了下来，看向服务员道，"这袋不兑换了，只用那两袋，兑换给我二十块钱就可以！"

"好的！"服务员依言只收了另外两袋小星星。

服务员走后，司夜寒看着叶绾绾问："这袋怎么不用？"

叶绾绾捧着那袋粉色小星星，笑靥如花道："这可是司氏集团首席执行官、司家的家主大人亲手叠的小星星哎！突然舍不得给别人了，我要留着做纪念！"

司夜寒叠的小星星，实在是太难得了有没有。

司夏腹诽：所以，我的就可以随便卖了是吗？

等终于轮到他们那桌的时候，司夏几乎快要被虐得奄奄一息了。

店里座无虚席，空气中弥漫着食物的香气，桌上摆放着鲜花，店中央还有人在拉小提琴，环境还不错。

此时，台上还有一个女主持人和一对情侣，似乎正在做游戏。

叶缩缩很快点好菜单，然后便一边等菜，一边托着下巴看向台上，问道：“这是什么游戏啊？”

旁边正在给他们倒水的服务员解释说：“这个游戏叫‘心有灵犀’，规则就是主持人用电脑随机挑出十组物品，每组两样，展现在大屏幕上，女方从两个物品之中挑出一个，由男方来猜女方挑中的是什么，一共十次机会，共计十分，今晚得分最多的情侣会有奖品送出！”

叶缩缩的眼睛亮了亮：“好像很有意思！”

司夏兴致缺缺地朝着台上看了一眼，说了声：“无聊！”

叶缩缩没搭理司夏，看向服务员问道：“奖品是什么啊？”

服务员回道：“得分最多的客人会送一台笔记本电脑，如果排名并列会加赛。因为一般这种活动就算彼此之间再了解，也没有能得到满分的，咱们店里最高分纪录是八分，所以店里有规定，如果有人能得满分，可以得到一份大奖！”

“大奖是什么？”叶缩缩立即问。

服务员笑着说：“三万元现金！”

居然直接给钱……真是深得她意！

叶缩缩一听立即心动了，还挺想上去试试。

不过，这样的想法也只是闪过一瞬而已，司夜寒不喜欢抛头露面，方才让他一起叠小星星还可以是情趣，但拉他上台去做这种幼稚的游戏，就有点太过了。

“小姐，你们可以上去碰碰运气哦！”服务员开口。

“谢谢，不过算了，我运气肯定没这么好。”叶缩缩笑了笑开口。

这时，百无聊赖的司夏突然提问：“喂，非要是情侣才能上去吗？”

服务员道：“今天我们店里办的有情侣特别活动企划，不过因为你们来得太迟，前面几个情侣专属的活动已经结束了，现在这个节目是面向所有客人的，只要两人一组就能上去玩，无论是情侣、朋友还是亲人，都可以上去玩的！”

司夏斜支着额头，朝着叶缩缩看去：“九婶婶……”

“干吗？”叶缩缩突然有种不好的预感。

“我想玩，你陪我！”司夏果断开口。

叶缩缩一脸无语：“你刚不是还说无聊的吗？”

司夏眉头微挑，说道：“现在不无聊了，我想拿三万块，最近零花钱不够用。”

叶缩缩一听就知道他在胡扯。

司夏双眸微眯：“是你带我出来的，难道就扔着我不管吗？作为长辈，连我这么一点小小的要求都不能满足？”

叶缩缩无语，搞得好像她愿意带他一起来一样。

“再说了……你明明也很想玩！”司夏幽幽道。

叶绾绾立即否认："谁说的，我一点都不想！"

"你确定吗？三万块哦！"

刚才三十块都不放过，现在三万块她怎么可能不动心。

司夏很清楚司夜寒不会陪她去玩这种东西，所以才故意在旁边撺掇。

叶绾绾自然知道这熊孩子的意图，狠狠瞪了他一眼，坚定道："说不玩就不玩！"

一旁的司夜寒抿了口茶，面上似乎并没有不悦的神色，放下茶杯，看向叶绾绾开口道："去玩吧。"

叶绾绾闻言，有些惊讶地眨了眨眼睛，朝着司夜寒看去。

看样子今天司夜寒的心情很好啊，居然这么好说话，同意她陪司夏上去玩游戏？

司夏立即道："现在可以去了吧，九叔都同意了！"

说完不等叶绾绾说话，他就迫不及待地对服务员开口："麻烦帮我们俩报名！"

等叶绾绾反应过来的时候，服务员已经过来统计好名单了，与此同时，上面那一对正好结束，轮到他们上台……

因为叶绾绾他们这桌距离台上很近，便直接坐在座位上玩游戏。

看到这一桌的三人，主持人顿时眼前一亮，走过来问道："请问要参加的是哪两位？"

叶绾绾指了指自己和对面的司夏："我们俩！"

"不知道两位是什么关系，朋友吗？"

主持人本来想问是不是情侣，可是这女孩跟对面的男孩子看起来虽然像是一对，但她跟她旁边的男人却明显更亲密。

以防司夏乱说，叶绾绾急忙抢先回答道："亲戚。"

"原来如此。那么，在开始之前，我说一下，目前的最高得分是八分，你们需要超越这个分数才有可能拿奖，如果分数并列，到时候会安排加赛。如果两位没有其他问题的话，我们现在就开始了！"

"没问题，开始吧！"司夏催促。

没办法，叶绾绾也只能陪玩了："我也没问题。"

"小姐，请你拿好手中的遥控器，等下开始之后，大屏幕上会随机出现两张图片，请你在三秒钟之内选中一张图片，你的选择结果，会在你对面的帅哥猜完后公布。"

主持人简单说明了一下，就宣布游戏正式开始。

大屏幕上的图片飞快转动，然后缓缓停了下来。

只见左边的图片是黑色的玫瑰，右边的图片是金灿灿的向日葵。

本着吃货的心理，叶绾绾果断选了向日葵。

"这位帅哥，现在请你猜一猜，她选的是什么？"

叶绾绾有些紧张地盯着司夏，等待着他的回答。

司夏在两张图片上扫了一眼，想也不想地开口道："黑玫瑰。"

主持人闻言，一脸遗憾地说：“抱歉，猜错了，这位美女选的是向日葵。”

说完，大屏幕上出现了叶绾绾的选择结果，向日葵的图片旁打了一个大大的钩儿。

“只是第一局而已，还有很多机会，下局继续努力吧！”主持人开口道。

很快，第二组图片出来了，左边是小黄鸡，右边是大白虎。

这题还用选吗？肯定是大白虎啊！

光看她的表现应该也知道她比较喜欢大白虎的，这题司夏应该不会错的吧？

主持人再度发问：“先生，您的猜测是？”

司夏回答道：“小黄鸡。”

叶绾绾一阵无语，他哪只眼睛看到她喜欢小黄鸡的……

“咳，这两题可能有点难猜，下面继续努力吧！”主持人在一旁打着圆场。

现在他们已经错了两题，如果第三题再错的话，就肯定拿不到奖了。

叶绾绾深吸一口气看向大屏幕，终于，第三组图片出来了。

左边图片是一把枪，右边图片是一束美丽的鲜花。

叶绾绾眼睛一亮，太好了，这题容易啊！

叶绾绾毫不犹豫地选择了鲜花，然后期待地看着司夏。

结果，下一秒便听到司夏开口道：“M416。”

司夏说的是枪支型号。

叶绾绾的额头青筋暴跳，终于忍无可忍地瞪向司夏，问道：“你怎么猜的啊？”

司夏也火了：“我当然是按照你的喜好猜的！我还要问你呢，你怎么选的？！”

听他还在狡辩，叶绾绾顿时怒火中烧：“我的选择有什么问题吗？有哪个女孩子会不选花去选枪的？第二题，我那么喜欢大白，你看不出来吗？怎么可能选小黄鸡！还有第一题，黑玫瑰是什么？黑乎乎的谁会喜欢啊！你没看我种了一院子的向日葵吗？”

“你明明……”司夏沉着脸色，张了张嘴，终究还是什么也没说。

已经错了三题，肯定是拿奖没戏了，剩下的题两人也没心情继续做，直接就结束了游戏。

叶绾绾跟司夜寒哭诉道：“这熊孩子气死我了！这么容易的题目都能猜错！”

“我没猜错！”司夏板着脸道。

“三题全错了，还说没错！”叶绾绾炸毛。

司夜寒没有说话，宽大的手掌在女孩的发顶抚了抚，神情讳莫如深。

因为叶绾绾跟司夏吵了起来，气氛略有些冷凝。

台上，主持人已经开始统计分数：“目前最高分是八分，23号桌的一对情侣朋友，如果今晚没有人继续挑战的话，那么奖品就属于这两位啦！”

司夜寒朝着身旁闷闷不乐的女孩看去，问道：“不开心？”

叶绾绾回过神来，缓了缓脸色开口说：“没有啦！”

输就输了，其实叶绾绾倒是觉得没什么，可气的是司夏那小子的态度，明明他自己猜错了，还一副是她的错的模样。

司夜寒放下手中的饮料杯，看着叶绾绾说："陪我玩一次？"

叶绾绾闻言，惊讶地扭头朝着男人看去。

什么？陪他玩一次？

司夜寒怎么可能想玩这种游戏？

那就是……他故意这么说……其实是想陪她玩？

想到这里，叶绾绾的心跳蓦然漏了一拍。

糟糕，她怎么发现司夜寒竟然开始会撩妹了？

司夜寒投去询问的眼神："嗯？"

叶绾绾顿时轻咳一声道："咳，当然可以啦！"

司夏朝着司夜寒看了一眼，僵硬着脸色别开了头。

"我们可以挑战吗？"叶绾绾忙起身询问。

主持人看到是刚才连错三题的叶绾绾，有些抱歉地开口道："每组只能参加一次哦！"

"这次不是跟他一组了，是跟我男朋友，可以吗？"叶绾绾问。

主持人这才开口道："那是可以的！"

于是，游戏再次开始。

叶绾绾略有些紧张地捏紧了手里的遥控器。

与此同时，大屏幕上浮现了第一组图片。

左边的图是草莓蛋糕，右边的图是杏仁蛋糕。

"杏仁……"司夏咕哝。

叶绾绾没搭理他，埋着头选了草莓蛋糕，她明明更喜欢吃草莓好吗？

很快，司夜寒开口回答："草莓。"

叶绾绾眼睛一亮，对了！

不过这题很简单，司夜寒会猜对也正常。

主持人兴奋地宣布："恭喜，猜对了！下面请看第二组图片！"

接着，第二组图片展示出来。

左边的图是一件白裙，右边的图是一件黑裙。

当然是仙气飘飘的白裙子了，叶绾绾果断选白裙。

司夜寒不假思索地说："白色。"

又对了！

这一次，司夏终于闷声不开口了。

很快，第三组图片又显示出来。

左边是一瓶酒，右边的是一瓶橙汁。

叶绾绾选了橙汁。

司夜寒继续回答道："果汁。"

叶绾绾一阵激动，连续猜对三题了！

"果然情侣就是不一样，心有灵犀，已经连续猜对三题了哦！"主持人笑道。

叶绾绾笑眯眯地，心情大好，她果然还是跟司夜寒比较有默契……

第四组图片。

左边的是芹菜，右边的是香菜。

叶绾绾记得司夜寒是不喜欢吃芹菜的，于是果断选了香菜。

果然，这一题司夜寒又猜对了。

继续按照这个节奏下去的话，拿奖有望了啊！

本来餐厅里的客人都只是当个热闹看的，现在渐渐地全都开始关注起来。

因为叶绾绾和司夜寒居然一口气猜对了八题。

连叶绾绾自己也傻眼了，呆呆地看着对面的司夜寒。

"司夜寒，你会读心术吗？"

司夏本来还一直臭着脸，不屑一顾，在看到他们俩连对八题之后，脸色也变了。

"这对情侣实在是太厉害了，居然一连对了八题！现在只剩下两道题目了，如果再对一题，就能拿到第一名的奖励，如果两题全对，便能拿到特别大奖哦！"主持人激动地开口道。

其他客人也都感兴趣地朝着两人看去，俊男美女，还这么默契，简直是人生赢家啊！

"第九组图片，请看大屏幕！"

伴随着主持人的声音，大屏幕上缓缓切换到了另一组图片。

左边的图片是炊烟袅袅，右边的图片是星辰大海。

看着这两张图片，叶绾绾想了想，觉得比较符合她性格的应该是安逸平和的生活，于是便选择了第一幅图片。

司夏自言自语地嘀咕道："第二张……"

叶绾绾已经听到司夏嘀咕了好几次，结果全都错了，简直是对他无语。

从某种意义上来说，这家伙能够避开所有正确答案，也是绝了。

与此同时，司夜寒开口说："第一张。"

"回答正确！天哪！连对九题！已经破了我们店的纪录了！最后一题，这两位超级默契的情侣到底能不能答对呢？让我们拭目以待！我都已经有些紧张了呢！"主持人夸张地深呼吸着，然后点开了最后一组图片。

居然连对九题了！

叶绾绾呆呆地瞪大眼睛，心脏都开始怦怦直跳。

终于，第十组图片出来了。

这组图片有些特别，两张图片上的都是枪支，而且两把枪几乎一模一样。

叶缩缩顿时有些无语，这到底是“心有灵犀”，还是“大家来找茬”？

这两张图片看起来明明一模一样吧？

果然大奖不是那么好拿的……

主持人看到图片也有些愣住，解围道：“这组题似乎有些困难啊！这两把枪似乎一模一样？只有手柄处和枪口的地方有些细微的差别，不知道这位美女会选哪张呢……”

叶缩缩仔仔细细地看了好几遍。

也不知道是不是她的错觉，虽然两张图片一模一样，但是，她的目光却始终忍不住停留在第一张图片上，觉得那张图片看起来比较亲切。

奇怪……

叶缩缩选了半天也选不出来，最后便想着，要么……就凭直觉选吧？

毕竟第一张看起来比较顺眼的样子！

就是不知道司夜寒这次能不能猜到了……

其他的多少还能通过平时他们之间的默契和了解猜到一点蛛丝马迹，可是这组图片却完全只能靠运气。

最后，深吸一口气之后，叶缩缩在桌底下按下了第一张图片的选项……

一旁的司夏原本神情郁郁地趴在桌上，此刻却突然抬起了头，目光严肃地盯着大屏幕：“柯尔特 M2000……”

叶缩缩闻言，有些惊讶地朝着司夏看去。

可真是难得，这次司夏居然猜对了！实在是太不容易了！

不过，柯尔特 M2000 是什么？

难道是手枪的型号吗？

“什么东西？”叶缩缩下意识地问出口。

司夏目光复杂地看了她一眼：“你选的那张图。”

叶缩缩满脸疑惑：“啊？”

与此同时，司夜寒也朝着大屏幕看去，之前他几乎都是秒选，可这一次，他考虑的时间似乎尤其长。

男人深邃黑沉的眸子盯着屏幕，眸底是意味不明的光芒。

主持人见状，紧张地开口道：“最后一组图片，这位客人选择的会是什么呢？不知道她的男友是否能猜到哦！现在倒计时还剩下五秒钟，需要尽快作答，五……”

四……

三……

二……

叶缩缩盯着司夜寒，心都提到了嗓子眼。

几乎是掐着倒计时结束的最后一秒，司夜寒终于开口说：“第一张。”

店内突然静默了一秒钟，所有人都朝着主持人的方向看去。

只见主持人先是一愣，随即激动地瞪大了眼睛，开口道：“恭喜这位先生，答对了！”

与此同时，大屏幕上出现了叶绾绾的选择，果然是第一张图。

店中掌声雷动，所有人都是一脸羡慕。

“居然连对十题！这得多默契啊！”

“这男人会读心术吧？要么就是把所有的题库都背了一遍！”

“一边去，题库里几十万张图片呢，怎么背！”

“啊啊啊好羡慕！你个浑蛋，我们俩上去只对了两道题，你对我到底还是不是真爱啊？”

……

主持人正在激动，这时，突然有个工作人员走上台来，对主持人耳语了几句。

主持人听完之后，兴奋地跟在场的客人们解释道：“我们老板是枪械爱好者，喜欢各种经典型号的枪械，方才他解释说，这组图片不是故意为难大家，而是图片中的两把枪看似一模一样，实际上一把是真的，一把是仿造的，真的这把正是第一张图片中的这把！”

主持人说完，看向叶绾绾问道：“这位小姐难道也是同好，认出了第一张里的是真的？”

面对主持人的问题，叶绾绾无奈笑道：“我不懂这些，完全是瞎猜的！”

主持人笑道：“两位果然是心有灵犀！那么，恭喜两位获得今晚的超级大奖，同时也祝两位能够和和美美，白头偕老！”

叶绾绾甜美地笑道：“谢谢！”

主持人又恭喜了好几次，并当场发放了超级大奖的现金奖励。

吃完饭后，叶绾绾挽着司夜寒，美滋滋地揣着赢来的三万块出了餐厅。

“亲爱的，我们果然是心有灵犀，天生一对啊！”

叶绾绾向来知道司夜寒对自己的掌控欲极强，对她的一切都了如指掌。

曾经她非常讨厌这样被掌控的感觉。

但是，通过今天的这个小游戏，她却突然有了不一样的感觉。

这种被了解的感觉，似乎也不是那么难以接受，反而让她觉得……

司夜寒盯着女孩心满意足的小脸，神色似乎有些心不在焉：“开心就好。”

稍微落后一步的司夏闻言，面露嘲讽地轻嗤了一声，说：“心有灵犀？”

叶绾绾闻言，立即板着脸扭头瞪了司夏一眼：“我还没吐槽你呢！你到底是怎么完美避开了所有正确答案的？”

司夏沉着脸色：“谁说错的是我？”

叶绾绾嘴角微抽，说：“是是是，你好歹最后一题对了呢！”

而且还是因为司夏可能对枪械比较了解，认出了真枪，所以才猜了第一张而已。

被叶绾绾吐槽了好半天，司夏难得地没有再与她争吵，反而反常地沉默，周身萦绕着一股陌生的气息。

司机先将车子开到了司夏家门口。

车子停下后，叶绾绾从奖金里抽出了一百块："来，大侄子，给你零花钱！"

司夏看着叶绾绾递过来的一百块，嘴角微抽，明显很是嫌弃，但还是接了过去。

夜风里，司夏站在车门外，目光冰冷地朝着司夜寒的方向看了一眼，随即又落在了叶绾绾的脸上，骂了一句："白痴女人！"

莫名其妙被骂，叶绾绾顿时脸一黑，这熊孩子是不是欠打！

不等叶绾绾开口，司夏已经单手插着口袋，转身消失在了夜色里。

将司夏送回去之后，车子很快开回了锦园。

回到锦园之后，时间已经挺晚，叶绾绾掐着点催促司夜寒按时睡觉。

躺在床上，叶绾绾有些睡不着，在床上翻来覆去好半天，满脑子都是今天玩游戏时那些图片里的画面。

其实今天在做选择的时候，很多张图片她都差点选择了相反的选项，最后是为了符合自己平时的习惯，好让司夜寒可以猜到，才选择了另一个选项。

不过这种情况也没什么奇怪的吧？毕竟一个人的喜好、习惯和行为模式都是有可能改变的。

让她不安的是，她总觉得今晚司夏的反应有些怪怪的，就连司夜寒的态度，似乎也有点不同寻常……

想到这里，叶绾绾下意识地朝着身旁的男人看去，司夜寒睡觉的时候和以往一样，非常安静。

安静得有时候几乎会让人忽视有这么个人。

所以虽然已经同床共枕这么长时间了，叶绾绾却几乎不会感觉到不习惯。

偶尔她甚至在想，这家伙果然是不近女色吧，她发现自己的存在就跟木头桩子和枕头一样。

叶绾绾正一边翻滚一边胡思乱想，大概被她吵到了，身旁突然伸过来一只手臂，一把将她按进了怀里。

刹那间，她贴近一片硬邦邦的胸口，胸腔里心跳的声音一下一下就在她的耳边，犹如擂鼓。

叶绾绾愣了几秒，便稍稍探出了脑袋。

结果，刚一抬头，便对上了一双清醒的眼睛。

昏黄的灯光中，司夜寒盯着她的目光极具侵略性，仿佛又回到了之前的状态，如同密密麻麻的枷锁和天罗地网，疯狂地将她禁锢在属于他的世界。

这样的眼神让叶绾绾眉头微蹙，心底下意识地生出一股逃离感。

"是不是吵到你……"

不等叶绾绾的话说完，男人毫无预兆地垂下头，微凉的唇覆了下来。

叶绾绾的瞳孔骤然收缩，愣在那里。

与此同时，男人宽大的手掌抚上了她的腰肢，吻她的力度也越来越失控。

自从她幡然醒悟，转变了和司夜寒相处的态度以来，尤其是司夜寒被诊断出只剩下半年寿命之后，司夜寒的性情温和了不少，她几乎都已经忘了真实的他是什么性情。

可是此时此刻，对他的一切可怕的记忆瞬间被唤醒。

司夜寒已经很久没有这样过了，为什么突然又情绪失控？

今天明明没有发生过什么可能刺激到他的事情，相反气氛一直很愉快……

面对这种状态下的司夜寒，叶绾绾完全不敢反抗。否则，她这段时间做的所有努力，都可能功亏一篑。

何况早在决定不再刺激和违逆他的时候，她就有过心理准备，这种事情不可避免。

“绾绾……”

耳边传来男人低声的喘息，是与他平日里的清冷截然相反的情绪。

叶绾绾因为紧张而紧绷到了极致的声音，莫名因为这声轻唤而战栗了一瞬。

“记得我的话吗？”

“什……什么……”叶绾绾神色怔忪。

“别相信他。”

别相信谁？

叶绾绾的脑子一片混沌，恍惚了良久才终于反应过来司夜寒在说什么。

他的意思是，别相信司夏的话……

她记得自己改变之后，原本与她毫无交集的司夏不知为何突然开始主动接近她，就在那时候，司夜寒对她说过同样的话，让她不要相信司夏。

叶绾绾没有去思考缘由，只是潜意识地从司夜寒的身上感觉到了安全感。

一种毫无缘由的直觉告诉她……无论这个世界上谁要害她，那个人都不可能是司夜寒。

叶绾绾仰着脸，认真回答道：“嗯，我只相信你。”

女孩的眸底如同承载着一场绵绵细雨，司夜寒身上的戾气一点点在女孩的目光中被浇熄，眸子也渐渐变得清明。

如同经历了一场极其耗费精力的征战，司夜寒面上的风暴渐渐平息，转为浓重的疲惫……

见司夜寒缓缓闭上眼睛，叶绾绾长长地舒了口气。

为什么司夜寒这么忌惮司夏？

叶绾绾下意识地想到那个隐藏在司家的终极幕后之人。

这段时间她排查研究了司家很多的族老和各派系势力，始终没有头绪。

难道这个人跟司夏有关？

司夏是仅剩的几个拥有继承权的嫡系血脉，想要争夺家主之位不无可能，如今看来，司夏跟司夜寒之间的关系也确实是水火不容。

只是，她总觉得司夏不像是那种冷血到连老太太都会下手的人。

想到这里，叶绾绾蓦然发现，自己竟然满脑子都是司夜寒的事情。

明明原本只是为了暂时安抚他，等着他有朝一日对自己失去兴趣，等着离开的机会，可不知不觉间，却发现自己与他之间的羁绊和牵扯越来越深。

叶绾绾正思绪纷乱，耳边突然传来了男人的声音：“奶奶希望我们要个孩子……”

听清司夜寒的话之后，叶绾绾因为惊吓，眼睛顿时瞪大了。

什……什么？要个孩子？

婚都还没结呢，怎么都跳到要孩子了？

似乎是感觉到了女孩的僵硬，司夜寒的语气恢复了一贯的清冷：“放心，我没那个打算。”

不知道是不是听出了司夜寒话音中的“必死之意”，叶绾绾的眉头不易察觉地蹙了蹙。

她知道司夜寒没打算要孩子，毕竟梦中她与司夜寒结婚那么多年，也没有孩子。

是因为自己活不久，所以才不想要吗？何况现在他们甚至连婚都还没结。

以她现在的身份背景，作为司夜寒的女朋友就已经让司家族老很不满，若是真成了少夫人，无疑她会成为众矢之的……

梦中，若不是她跟顾越泽逃跑的事情刺激了司夜寒，或许两人也不会那么早就结婚吧？

他在完全不合时宜的时间强行要与她结婚，导致遭到了来自整个家族的反对。

虽然已经过了那么久，但是叶绾绾依旧清晰地记得梦中的许多细节。他们离婚的时候，司夜寒的身体已近油尽灯枯，家族矛盾激化到不可调和，各派势力明争暗斗，司家内部一片混乱，外部也受到了一股不明势力的攻击……

而现在无论是出于什么考虑，她也不希望在这种时候重蹈覆辙，任由事情发展到那种地步，更何况是要孩子。

不管是以司夜寒现在的身体情况，还是她自己的状况，都无法承担一个小生命的到来。

叶绾绾神色微凝，认真地说：“我也不想要……”

月光从窗户洒落进来，身旁，司夜寒的面上仿若浸染了一层冰霜。

叶绾绾喃喃着开口道：“以我们现在的情况，原本就不适合要孩子，这是对一个小生命的不负责任，更何况，你的身体情况摆在这里，难道你不仅想让我做寡妇，还想让我做单亲妈妈？”

说到这里，叶绾绾顿了顿，又继续开口补充道：“若是……”

说出这两个字之后，叶绾绾半晌都没有开口。

司夜寒深潭般死寂的眸子微微泛起波澜，朝着女孩看去，静静地等待着她接下来的话。

叶绾绾其实刚说出口就有些后悔了，但一直被男人的目光紧盯着，于是只能轻咳一声，说完了未完的话：“若是……若是你的身体养好了，才可以考虑要。”

女孩话音落下的瞬间，司夜寒眸底倒映的一池清冷月光似乎猛地一晃，裂成了碎片。

那目光似乎是不可思议般一眨不眨地凝视着她，如同要看进她的灵魂深处……

叶绾绾心头一颤，下意识地一把捂住了司夜寒那双令人莫名心慌意乱的眸子，催促道：“所以啊，不许再跟我说话了，快睡觉！”

司夜寒抬起手，握住女孩覆在自己眼睛上的小手，转而覆在了自己的心口处。

掌心下的心跳似乎……很快……

半晌后，静谧的深夜里，响起了男人低哑的声音——

“好。”

男人说话时带起了胸腔的微微颤动，叶绾绾覆在男人心口处的手掌不禁一阵发烫。

很快，身旁便传来了男人平稳绵长的呼吸声，叶绾绾的手一直被男人包裹在掌心里，感受着男人规律的心跳。

叶绾绾扭头朝着男人的睡颜看了一眼，哀怨地叹了口气。

要不要这么听话啊，居然真的就这么睡着了？

现在倒好，轮到她失眠了……

第二十五章

不够资格

我爱书中的每一个情节，无论是寒光与骄阳初见时的尴尬与懵懂，还是相处过程中的甜蜜与默契，亦或是面对困难时的相互扶持与鼓励，都让我为之动容。

每当我翻开书页，就如同走进了他们的世界，与他们一同经历生活的酸甜苦辣，一同感受爱情的温暖与力量。

——韩沐斐

QIASIHANGUANG
YUJIAOYANG

读者告白

第二天早上。

叶绾绾醒来的时候，身边已经不见了人影。

司夜寒已经起床了？这么想着，她摸起手机一看，原来已经快中午了，估计是因为她昨晚失眠，所以今天才睡迟了。

叶绾绾在床上呆坐了一会儿，然后揉揉头发起了床。

路过书房的时候，叶绾绾看到门口站着两个小女佣，正在窃窃私语。

“真的假的？你刚一送进去，九爷立刻就喝了？”

“对啊，当时九爷在处理公务，估计是比较棘手，脸色很吓人的样子，我本来已经准备退出去待会儿再去送，结果，九爷突然把我叫住，让我把药端过去，一秒都没耽搁，直接喝了……”

“不会吧？！你运气也太好了！”

不远处，叶绾绾听得深感宽慰，某人终于有点觉悟了。

按时吃药的事情已经不用发愁，最重要的睡眠也能够得到保证，现在还需要做到保持情绪平和，忌躁忌怒忌劳累，这些全都缺一不可。

说起来似乎都是一些很容易做到的事情，只是每样对于司夜寒来说都异常艰难。

现在剩下最棘手的是忌劳累。

司夜寒不相信任何人，所有的事情都亲力亲为，这点属于不可抗力，基本是无法避免的。

正因为如此，司夜寒才生生给累到身体恶化，病情加重。

没办法，权力越大，职责越大，司夜寒处在那个位置上，就必须承担这些事情，若是让他现在立刻就甩手把所有的事情都放下不管，也明显不现实。

到底怎样才能让他不要那么耗费心力？

叶绾绾站在门外，看着轻轻咳嗽的司夜寒，心情又变得沉重起来。

这点她暂时也没想到解决方法，只能尽量催促他定时休息，等下次孙百草给司夜寒例行检查的时候，看下他的情况再说了。

……

转眼到了例行检查的这天。

叶绾绾、老太太与司夜寒一起来到了孙百草的私人住所，给司夜寒做全面的诊断。

此时距离孙百草断言司夜寒只剩下半年寿命已经过去了半个月的时间。

叶绾绾陪着老太太，心情复杂地等在检查室门外。

“奶奶，您别着急，这段时间阿九按时吃药休息，情绪也很稳定，说不定有改善呢？”叶绾绾安慰。

老太太知道叶绾绾这段时间以来一直陪在孙子身边，拍了拍她的手背，长叹一声道：“但愿如此……”

一旁的许易盯着紧闭的金属门，心情也是一片凝重。

这段时间他是亲眼看着叶绾绾怎么费心帮九爷调理身体的，但是九爷身体的亏空不是一天两天导致的，而且都已经开始病变，怎么可能在这么短的时间里就补救得回来。

这次的检查结果恐怕依旧是不容乐观。

更糟糕的是，九爷的病已经被添油加醋地传得几乎整个家族都知晓，恐怕要瞒不下去了……

等了整整一个小时之后，眼前的金属门终于打开。

司夜寒面色微白地从里面走了出来。

“阿九！”叶绾绾立即走过去扶住他。

昨晚降温，司夜寒不过是稍微受了点凉，早上起来立刻就感冒了。

他的身体抵抗力确实是在急速降低……

老太太看向紧跟着走出来的孙百草，声音微颤地开口问道：“孙医生，阿九的身体怎么样了？有没有好转一点？”

孙百草带着几人到前厅坐下，斟酌了好半晌，才开口道：“因为之前我预测九少爷的身体器官可能会开始病变衰竭，所以这次特意让他过来做个更详细的检查，结果……”

“结果怎样？”老太太立即追问。

叶绾绾也面色凝重地朝着孙百草看去。

孙百草开口道：“九少爷的身体确实是有一点好转的迹象……”

不等老太太欣喜，便听到孙百草话锋一转，语气更加严肃地开口道：“可是，这种程度的好转，对于九少爷而言，无异于杯水车薪。九少爷的身体就像一场不断蔓延的大火，绵绵细雨根本无法浇熄。方才我检测到，他身体的多处器官，果然已经开始衰竭，尤其是肝脏和肾脏的情况最为严重……”

老太太闻言，身形一晃，跌坐在了身后的红木椅上。

叶绾绾的心脏也不禁一阵紧缩。

还是……不行吗？

许易轻轻叹息一声，露出了“果然如此”的表情，脸色也更加凝重了。

“器官开始衰竭了……那要怎么办？”老太太强自镇定下来问道。

孙百草回答道：“只能移植更换器官了。而且，我建议越早越好，最好是在三个月内、器官完全病变之前移植。”

“更换之后是不是就能好了？”老太太立即又问。

孙百草摇头：“移植器官也只是治标不治本的，九少爷的身体就如同一片贫瘠的土壤，一朵花枯萎了，再重新移植另一朵花，也不过是保持短暂的生机而已。但是，移植器官已经是目前唯一的方法。”

虽然有办法……可是这办法却无异于饮鸩止渴……

叶绾绾没想到，事情还是发展到了与梦中一样的境地。

她从未像此刻这般无力过。

明明已经用尽了全力，却依旧无法改变命运和结局。

“除了移植器官，没有别的办法吗？”叶绾绾不甘心地追问。

孙百草开口道：“按照九少爷目前的病情发展……确实只能如此。”

叶绾绾捏了捏放在身侧的手指，目光清亮地开口说：“孙医生，您刚才也说了，阿九的身体已经开始好转，如果，三个月之内，我能让他的身体继续改善并且调理到最佳状态呢？”

看着女孩笃定的目光，孙百草迟疑了一瞬：“这……”

思索半晌之后，孙百草谨慎地道：“理论上来说，如果真能在这么短的时间内调理到最佳状态，让器官功能慢慢恢复，当然是可以不用移植更换的。但是这种可能性，实在是微乎其微……”

叶绾绾眼神微亮，追问道：“那也就是说，还是有可能的，不是吗？”

“是有可能。但是叶小姐，你也要清楚一点——九少爷的身体情况太复杂了，很多事情我也无法预测，他身体里开始病变的器官就像是一颗定时炸弹，万一你无法做到，三个月内他的身体和器官继续病变衰竭，或者哪一天突然恶化病发，那么将会随时危及他的生命……”

听到孙百草的话，屋内的人一时间全都沉默了。

“你们好好考虑一下吧。”孙百草叹了口气，转身离开。

老太太的面上一片灰败，看向孙子的目光满是痛心：“小九，你的意思呢？不然还是尽早移植病变的器官吧，否则万一……”

后面的话，老太太不敢再说下去。

片刻的沉寂后，司夜寒面色清冷地开口道：“开会决议。”

叶绾绾闻言，眉头一蹙，开会决议？

略一思索之后，她明白了司夜寒的意思。

现在司夜寒的病情已经完全泄露，集团和司家的人都在暗中打听消息。何况如果要做手术，这么大的事情肯定是瞒不住的。

与其藏着掖着，让他们胡乱猜测，不如直接召开家族大会，光明正大地让众族老一起商议。

两个小时后，司家老宅。

所有的族老齐聚一堂，孙百草也在场，叶绾绾独自一人坐在角落的沙发里，有些心不在焉。

没人注意到叶绾绾，众人的注意力都在孙百草身上。

见孙医生也在，所有族老的脸色都有些微妙，猜到了这次家族会议肯定跟这段时间“司夜寒重病将死”的传言有关。

一时间，所有人都屏息凝神，朝着老太太和司夜寒的方向看去。

老太太坐在沙发上，手里拄着拐杖，若不是手里有东西支撑着，此刻，她或许已经坐不稳了。

目光凌厉地朝着在场的所有人扫了一眼，老太太语气冷肃地开口道：“这段时间大家对小九的关心，我都已经知道了。小九的身体状况这么大的事情，自然不应该瞒着大家，所以，今天我请来了孙医生，跟大家解释一下小九的病情，同时，有件事情，也要同大家商议。”

听到老太太的话，一众族老纷纷低声议论起来。

病情？

看样子，传言是有真无假了……

而且很可能病情已经恶化到瞒都瞒不住的地步了……

人群之中，司明礼暗暗露出嘲讽之色。

他还以为司夜寒准备瞒到死呢，没想到对方会选择亲自公布。

不过也难怪，随着司夜寒的病情越来越恶劣，这本来就是瞒不住的事情……

白发老者司明荣面色黑沉地开口问：“大嫂，家主的身体，到底是怎么回事？”

“你们听孙医生说吧……”老太太说完这一句，便闭上眼睛，不再开口。

孙百草看了老太太一眼，又与司夜寒对了个眼神，便开始跟一众族老说司夜寒的病情。

等孙百草说完之后，老太太才睁开眼，开口道：“现在孙医生建议三个月之内尽快替小九更换器官，你们怎么看？”

听完孙百草和老太太的话之后，大厅内的所有人全都愣了好半晌，接着，现场炸开了锅。

难怪司夜寒会公开病情，原来已经严重到了这种地步。传言竟然是真的，司夜寒真的已经病入膏肓。

“按照孙医生的说法，那当然是赶紧更换器官了，否则家主岂不是随时会有生命危险？”

“如果更换器官，至少还能支撑好几年，要是继续这么下去，半年都支撑不住了！”

……

在听完司夜寒的病情之后，几乎所有的族老都建议尽快进行器官移植手术——司家这样大的家族，想要找到合法的器官供给并非难事。

众人都沉浸在家主病入膏肓的恐慌中，只想着若是司夜寒倒台，家族没落，他们的利益将会遭受怎样的打击。

因此，此刻的他们都想着如何赶紧给司夜寒续命。可是，却没有人去考虑，司夜寒的身体是否能够经受住这样频繁的手术。

更不用说哪怕他经历重重手术，拖着虚弱的病体勉强得到几年寿命，又将承受怎样的病痛？

梦中司家到了后来之所以乱成那样，怕是因为到了后期，司夜寒的精力根本就不足以应付那些了……

“老夫人，荣叔，还是赶紧给家主寻找合适的器官吧！”

“是啊！否则以现在家主的身体状况，随时都可能出事，到时候司家岂不是大乱！”

“一直盯着我们司家的那几个家族和势力怕是也已经得到消息了！”

……

一片混乱的议论声中，司明荣沉吟良久后，开口道：“大嫂，你的决定是什么？”

老夫人捏着佛珠的手指微微颤抖，缓缓睁开了眼睛。

如果不做手术，阿九只剩下半年的寿命，而且因为器官的病变，随时可能猝死。

但是，若是做手术，阿九可以勉力支撑几年，在这几年内，可能要经受多次手术的痛苦，更不论手术后可能出现的排异反应和各种后遗症，以及手术对身体的消耗……

她实在无法做出抉择，却又，别无选择。

她想要阿九活着，不惜一切代价，即使只能多活几天……

不知过了多久，老太太才终于睁开眼睛，语气疲惫到了极致：“就按照你们说的做吧……”

司明荣大概也料到了老太太的决定，长叹一口气，没有说话。

众人纷纷附和道：“那就赶紧安排手术吧！拖不得了！”

司明礼眸子里闪过一抹精光，开口道：“家主手术期间，公司和家族这边有二哥和我们这些族老在，家主尽可以放心，好好养病！”

呵呵，放心？

就是这些人，趁着司夜寒重病，疯狂地开始为自己谋取利益。

角落里，叶绾绾朝着首席上的司夜寒看去，他从头到尾只说了简单的几句话，由着那些族老决定他的生死、他的命运。

她知道，司夜寒自己也同意手术治疗的方式。

因为在那个分外真实的梦中，他便是选择了手术。

所以，不可能指望司夜寒去否决族老们的意见了。

可一旦决定下来，司夜寒又将重复梦中的一切——司夜寒的体质本就特殊，对器官的排异反应极其严重。在不断的手术和排异反应下，她就算再怎么努力，恐怕也调理不回他的身体。

他的命是暂时保住了，但是，却只能多活几年……

在老夫人点头，司夜寒也默认之后，众人已经开始紧急商议手术的各种相关事宜。

司明荣站起身，开口道：“既然无人反对的话，那么，家主手术的事情，就这么定了，接下来……”

司明荣的话还没说完，骤然从角落里传来一个冷冽清越的声音：“我反对！”

伴随着这突兀的声音，所有人都朝着叶绾绾的方向看去。

原本嘈杂的大厅顿时陷入一片沉寂。

又是这个女人！

司明礼的眸中闪过一抹阴沉。

司明荣和其他族老看到叶绾绾竟然在这种时候冒出来打岔，脸色也都有些难看。

司夜寒深潭般的眸子在女孩开口的瞬间微微闪动，视线也朝着叶绾绾的方向看去。

冯义平用杯盖撇着茶叶浮沫，用一副“哪里冒出来的阿猫阿狗”般的语气，冷哼一声开口道：“呵，你反对？你有什么资格反对？！”

叶绾绾面无表情地朝着冯义平看去：“冯董事似乎和令千金一样健忘，这算是家族遗传？”

“你……”冯义平本要斥责，但眼角余光一看到首席上的司夜寒，顿时不敢说话了。

毕竟这女人现在还占着未来少夫人的身份。

叶绾绾不再理会冯义平，站起身，无视了所有厌恶、嘲讽、鄙夷的视线，坚定地开口道：“如果移植器官就能让阿九好好地活着，我没有任何意见！可是，移植器官治标不治本，最多也只能续命几年，绝对不是最好的解决方式！”

司明礼闻言，冷冷一笑：“你一个小丫头懂什么，在这里胡言乱语！孙医生都已经说了，家主只剩下半年寿命，不做手术就只能等死，这种时候，你却冒出来反对手术，到底存的什么居心？”

司明礼说完后，其他族老也纷纷附和。

面对所有人的指责，叶绾绾的目光丝毫不惧：“阿九的身体只要调养得当，配合孙医生的药物和针灸疗法，是可以养回来的。之前我帮阿九调理了半个月的时间，他的身体已经有好转的迹象，这点孙医生可以做证。”

孙百草点点头：“确实如此。只是……如今调理的速度远远赶不上九少爷的身体恶化的速度，所以我才建议手术。当然，如果可以调养回来，是最好的，这样九少爷的寿命会与常人无异……”

叶绾绾闻言，清亮的目光带着一股凌厉之气，扫过在场所有人：“所以，请给我三个月的时间，继续帮阿九调理身体。如果到时候孙医生还是断定阿九的身体必须手术，那么，我无话可说。”

叶绾绾话音刚落就遭到了现场所有族老的反对——

“简直是笑话！给你三个月的时间？！你知道这三个月对家主而言有多危险吗？”

“我看你若不是太无知愚蠢，就是想害死家主！家主身边这么多名医，还有孙医生在这里，若是能调理，早就调理好了，还轮得到你在这里指手画脚！”

“绝对不行，把家主的命交到这样一个无知的女人手里，简直荒谬！若是家主这三个月里出了什么事，她担得起？”

“她确实担不起……”

就在大厅里快要吵翻天的时候，首席上突然传来了一个清冷的声音。

男人低哑的声音并不大，却让所有人瞬间噤声，齐刷刷地朝着司夜寒的方向看去。

司夜寒的脸色微微有些苍白，但目光中的威压却丝毫不减。片刻后，在一片骇人的沉默中，司夜寒继续开口道：“所以，我来承担。”

随着话音落下，静默了几秒钟之后，整个大厅内一片哗然。

司夜寒这意思是……同意这女人的话，不做手术了？

一时间，所有族老都脸色大变，焦急不已。

“家主……这……不可！万万不可啊！”

“太胡来了！怎么能不相信孙医生的话，反而去相信这么一个什么都不懂的女人？”

“家主，你的身体事关我们整个家族的兴亡，如何能如此草率！”

……

司明荣的脸色也瞬间变得异常阴沉，原本是看在家主和老夫人的分上，他才给这女人几分面子，默认了她参加家族大会，可是，这女人未免也太胡来了。

事关家主的性命，司明荣忍无可忍，当即拄着拐杖站起身：“家主……”

结果，不等司明荣开口说话，司夜寒的目光便射过去：“三个月后，如果恢复失败，便安排手术。若我死了……”

死了……

所有人都神情惶恐地朝着司夜寒看去。

司夜寒恍若天神的俊脸上一片漠然，继续开口道：“司家的一切事宜，按照我的遗嘱行事。”

听到“遗嘱”两个字，老夫人的面上一片怆然，满脸的欲言又止，似乎想要说什么，可终究还是没有开口。

她虽然不满叶绾绾擅作主张，但是叶绾绾的话又太让她动心。

若小九的身体真的能调养好，与常人一样长长久久地活着该有多好。

她又何尝忍心让小九在病痛和手术的折磨下熬那几年？

可是，一旦失败……小九随时可能猝死……

叶绾绾的心神一阵恍惚，司夜寒居然连遗嘱都已经写好了……

见家主已经做了决定，肯定是没有更改的可能了，所有人盯着叶绾绾的眼神都恨不得将她千刀万剐。

冯义平起身离开，面上满是痛心疾首的表情，摇着头叹气道：“我早就说过，家主迟早有一天要被这个女人拖累！若主母的人选是若曦，怎么会弄成这样……”

“家主执意相信那个女人，我们现在说什么也没用了！”

……

看着其他族老的反应，司明礼路过叶绾绾时，眸底满是幸灾乐祸之色。

呵呵，愚蠢的女人，居然敢反对所有族老的意见，阻止司夜寒进行手术，真是不知死活。

若是司夜寒出事，她第一个倒霉，倒是省得他动手了。

真是没想到，司夜寒聪明一世，最后居然会栽在一个女人手里。

看来，他们的计划，马上就可以施行了。

这么一想，还真是要感谢她……

无人的走廊尽头。

许常坤满脸的担忧之色：“今天的事情，叶小姐还是太冲动了……”

许易的面上也满是凝重：“自从叶小姐开始帮着九爷调理身体以来，九爷的身体状态确实开始好转，若不是叶小姐，九爷这会儿的情况恐怕会更糟糕！”

“那，叶小姐有把握吗？”许常坤紧张地追问。

许易摇了摇头：“我也不知道……”

只是他下意识地觉得，她不是一时冲动才这么做的。

许常坤焦急不已：“唉……这可如何是好……”

天边浓云翻滚，闪过几道电光，伴随着轰隆隆的雷鸣，暴雨将至。

当天晚上，司夜寒发起了高烧。

原本不过是个小感冒而已，他却突然高烧不止，整个锦园的用人忙成了一团，私人医生也全都在外待命，生怕出什么意外。

如今司夜寒的身体就像脆弱的玻璃，任何小毛病都可能燃起一场无法熄灭的大火。

卧室浅灰色的大床上，司夜寒呼吸急促，脸上是病态的潮红。

叶绾绾不停地拧了冰毛巾给他降温，用酒精给他擦拭身体，刚收回手将毛巾放下，男人突然伸出手，一把将她手腕抓住。

因为对方太过用力，叶绾绾的手腕上顿时传来一阵疼痛，有种骨头都要被掐断的错觉。

叶绾绾眉头紧蹙，用空出的另一只手轻轻拍着男人的后背。

男人紧蹙的眉峰稍稍舒展了几分，只是握着她手腕的手始终没有松开过……

叶绾绾坐在床沿，盯着床上的男人，目光极其复杂。

在司夜寒身边这么久，她原以为自己已经足够了解这个男人，可有时候却又觉得，她好像从未了解过他。

叶绾绾的手指自男人苍白的薄唇缓缓滑至起伏的心口处，失神地喃喃道：“司夜寒……为什么……为什么相信我？”

叶绾绾盯着男人的脸，苦笑着轻叹一声：“你就不怕……我真的想要你的命吗？”

司夜寒眉头微微蹙了一下，缓缓睁开了眼睛，那双寒潭般深邃的眸子里如同笼罩着一层朦胧的雾气，看向她时，如同整个寂静的天地之间，只有她一人。

“你要什么……我都给你……”

闻言，叶绾绾的心脏如同被一只巨大的利爪紧攥着，她咬着唇，死死盯着眼前明显已经烧糊涂的男人：“我才不要那种东西！你给我好好活着，不许死……听到了吗？”

男人的眸子因为疲惫而缓缓闭上，唇边溢出一声呢喃：“好……”

叶绾绾捏紧了手指：“骗子……”

每次都答应得那么快，到底有没有认真在承诺？

……

次日清晨。

暴雨已经停了，空气一下子转凉。

睁开眼睛的时候，叶绾绾发现自己不知不觉趴在司夜寒的床沿上睡着了。

她身上只穿着一件单薄的睡衣，可是，却意外地没有觉得冷。

眼角余光一转，她好像在地毯上看到了几根银白色的毛——大白来过吗？

这时，身旁传来细微的动静，叶绾绾急忙朝着床上看去。

司夜寒动了动手指，似乎要醒来。

叶绾绾急忙伸出手去摸了摸司夜寒的额头。

几秒钟后，叶绾绾凝重的脸色总算缓和下来：“还好……退烧了……”

刚松了口气，她便对上了一双浅棕色的眸子，如同雨后的天空，清澈又微凉。

“你醒了，感觉还好吗？”叶绾绾看着床上的男人。

司夜寒没有说话，只是眼睛眨也不眨地看着她，似乎还没有完全清醒。

叶绾绾盯着他问道：“你昨晚答应过我的话，还记得吗？”

“什么？”司夜寒声音沙哑地开口。

叶绾绾的脸色顿时一黑，就知道，果然都是骗人的……

她正在生闷气，一只略有些粗硬的手掌缓缓覆上她的脸颊：“记得，我不会死。”

司夜寒感觉自己做了一个很长很长的梦，梦里没有一丝光亮，无论他怎么走，也走不到尽头。

那无尽的黑暗几乎要将他的一切都吞噬……

只有来自手掌心的那一抹温柔的温度，一直在提醒着他，让他不要停，继续走下去……

不知道过了多久，直到他终于逃脱黑暗，看到了微弱的光亮……

当他睁开眼睛的那一瞬间，便看到清晨的阳光从窗外洒落进来，跳跃在女孩盛满了关切的小脸上。

女孩问他，昨晚答应她的话，是否还记得。

怎会不记得？

她说要他好好活着……

此刻，女孩正挑着眉头，看神情似乎有些意外，意外他居然记得。

那双灵动的眸子如同整个世界的光源。

叶绾绾的眸子里闪过一丝狡黠，稍稍凑近了一些，幽幽地开口问道："那……你记不记得，你还说了很多其他的话？"

司夜寒忍不住伸出手去，轻轻碰触了一下女孩蝶翼般扇动的眼睫："说了什么？"

女孩露出小狐狸一般的表情："你说……不管我要什么，你都给我！你昨晚烧得迷迷糊糊地，不仅说我要啥给啥，还说……还说爱我爱得无法自拔，说从今往后什么都听我的，对我言听计从……"

见司夜寒盯着自己不说话，叶绾绾扬了扬眉峰："怎么，不相信啊？以为我骗你？"

叶绾绾一脸的义正词严，实际上，只有第一句话是真的。

司夜寒的眸底如微风轻拂湖面，漾起一圈圈涟漪，轻声开口道："没有，这些……确实像是我说的话。"

叶绾绾一听，顿时傻眼……

哈？像是他说的话？

她下意识地又去摸了摸司夜寒的额头，心想他不会是烧糊涂了吧？

她故意坑他呢，他都没看出来？还说这么肉麻的话像是他可能会说出来的？

秉承着不坑白不坑的心态，叶绾绾继续开口道："咳，那你可要记得自己的承诺，不许说话不算数。"

这时，敲门声响了起来。

许易站在门口："九爷，绾绾小姐……"

"许管家，有事吗？"叶绾绾问。

许易担忧地朝着床上的自家少爷看了一眼："绾绾小姐，九爷的身体……"

"已经退烧了。"叶绾绾回答。

许易松了口气，随即，面色看上去似乎有些为难，欲言又止半晌之后，还是开口道："薛总和若曦小姐已经在外面等了很久，有来自深城的紧急文件，需要九爷签字……"

听到许易的话，叶绾绾刚缓和了几分的脸色，一下就冷了下来。

许易自然知道现在司夜寒的身体状况，只是他职责所在，这种事情，不可能隐瞒不报，所以只能硬着头皮过来了。

许易朝着司夜寒投去请示的目光：“司总，您看……”

司夜寒稍稍坐起身，靠在床头，目光在叶绾绾冰冷的小脸上停留了一瞬，随即看向许易，不紧不慢地开口道：“不必问我。”

“这……”许易有些蒙。

不问他，那问谁啊？

叶绾绾板着脸，面无表情地开口：“问我！”

“……啊？”

许易还在一脸迷茫，叶绾绾已经开口道：“带我过去吧！”

她说完便站起身，朝着门口走去。

走到一半时，她又不放心地转过身来盯着床上的男人：“时间还早，你继续睡觉。”

司夜寒的语气里夹杂着一抹不易察觉的笑意：“嗯。”

许易呆呆地站在那里，愣了好半天才反应过来，快步跟上了叶绾绾。

身后，男人看着女孩离开的背影，眸子里是他自己都未察觉的温柔……

叶绾绾走后不久，一阵极轻的肉爪踩在地板上的声音传来。

一个银白色的影子悄无声息地踱步到了男人的床前，然后温顺地在男人床边的毯子上趴了下来。

司夜寒看着床边的白虎，眸底的温柔一点点变凉：“斯鲁特，万一……我做不到……”

他垂下眸子，捂着胸口处轻轻咳嗽着，伸手揉了揉白虎身上的毛发：“万一，有一天我不在了，对她好一点。”

斯鲁特略显烦躁地甩着尾巴，凶狠地低低吼了一声，似是不满与排斥……

……

楼下。

秦若曦和一个中年男子果然正等在原地，两人的神色看上去都非常焦急。

楼上传来一阵脚步声，两人都转身朝着楼上看去。

结果，却看到下楼的人不是司夜寒，而是叶绾绾，身后跟着许易。

叶绾绾径直走到客厅的沙发上坐下，对两人开口道：“两位请坐。”

分公司的负责人薛励顿时一愣，与秦若曦对视了一眼，然后下意识地开口问道：“九爷呢？”

叶绾绾：“有什么事情，直接跟我说就可以。”

秦若曦闻言，眸光微闪。

薛励皱了皱眉，开口道：“这里有深城分公司那边的几份紧急文件，需要九爷立刻确认签字。”

叶绾绾点了点头：“知道了，交给我吧。”

薛励的脸色顿时有些不太好看，语气严肃道：“这些合同非常重要，并且都是机密文件，绝对不可以经其他人的手，只能交到九爷手里。”

叶绾绾好整以暇地换了一下坐姿，面色不变地开口道：“从现在开始，这些事情都由我接手。”

什么？由叶绾绾接手？

“秦总监，这……”薛励下意识地朝着秦若曦看去，请示她的意思。

秦若曦始终风轻云淡的脸色终于稍稍变幻了几分：“叶小姐，确实事关重大，若司总醒着，还是请示他一下比较稳妥。”

呵，终于开始着急了吗？

也只有开始碰触到自身的利益时，秦若曦才会把她放在眼里。

叶绾绾似笑非笑地朝着秦若曦看了一眼：“不好意思秦小姐，对我而言，没有什么事情比我男朋友的身体更重要。”

叶绾绾语气近乎嚣张，丝毫没有顾忌。

毕竟就算是秦若曦找上族老和老太太，她也占着理。

秦若曦也知道，只要叶绾绾仗着司夜寒的身体这点，自己就奈何不了她。

秦若曦婉言开口道：“我们自然也关心司总的身体，若非是紧急事件，绝对不想打扰他。只是这几份文件，今天下午之前必须要司总签字，而且这也是司总一个月前就已经安排好并预约过的，所以，还希望叶小姐让司总确认一下比较好。”

一旁的薛励见秦若曦如此低声下气地跟一个什么都不懂的千金小姐说话，脸色有些难看。

他忍无可忍地开口道：“什么时候我们汇报工作，还要看一个外人的脸色？这位小姐，我想你并没有权力拦着我们见司总！”

这时，身后的许易适时轻咳一声，开口解释：“薛总，若曦小姐，确实是九爷让绾绾小姐过来处理的，二位有什么事情，直接跟绾绾小姐说就可以，文件绾绾小姐也会转交给九爷！”

听到许易这么说，薛励顿时被噎住，秦若曦也沉默了。

叶绾绾慵懒地打了个哈欠，神情已经有些不耐：“还有问题吗？”

秦若曦的面色变幻不定，半晌后终于开口：“既然是司总的意思，那就交给叶小姐吧，司总如今在养病，确实不宜操劳。”

薛励一听急了：“这怎么可以，怎么能把这么重要的事情交给一个外人……”

秦若曦朝着叶绾绾看了一眼：“叶小姐是未来少夫人，怎会是外人。”

“什么少夫人，分明就是个……”接下去的话，薛励终究还是没敢说出口，只能不甘心地将文件交到了叶绾绾的手里。

走出大门，薛励依旧是一肚子火：“秦总监，难道真的任由这女人插手这么重要的事情？现在九爷的身体状况摆在这里，终日不清醒，若是那女人背着九爷做什么，后果简直不堪设想……”

秦若曦蹙了蹙眉头：“既然是阿九信任的人，应该不会……”

薛励怒道：“什么不会！秦总监，你把人也想得太好了，那女人以帮九爷调理身体为名，一直待在九爷身边，现在连公司事务也开始插手，许易都已经被她拉拢，这分明就是别有所图！别到时候不仅害了九爷，还把公司也给毁了！”

秦若曦神色为难地捏了捏眉心：“可如今，她是阿九身边最信任的人，就算是我，也无法插手，何况，我身份尴尬……”

薛励对此表示理解，秦若曦一直被传是未来少夫人的最佳人选，这个时候出面反驳叶绾绾，岂不是被误会要与她争夺主母之位。

“什么最信任的人！司总最信任的人怎么也轮不到她吧？！我看司总真的是病糊涂了！秦总监，你不适合插手，那就我来，我这就去总公司找诸位董事，这件事绝对不能这么算了！”

薛励说着便整了整衣襟，大步流星地走了。

看着薛励愤然离开的背影，秦若曦面上的疲惫和为难之色缓缓退去。

“若曦小姐！”这时，身后突然传来一个青年的声音。

看到来人，秦若曦牵强地露出了疲惫的微笑：“流影，你回来了。”

流影死死捏着拳头：“是真的吗？”

“什么？”

“少爷……他的身体……”

秦若曦的神色黯然下去：“是的……昨天的家族大会上，阿九和老夫人亲口说的。”

“怎么会这样……”流影满脸的无法置信。

他只知道少爷的身体一直不太好，却不知道竟然严重到了这种地步。

“我听说是那个女人非要阻止少爷做手术的？”流影压抑着怒火问道。

秦若曦叹息一声：“叶小姐也是为了阿九的身体……”

看着秦若曦无奈疲惫的表情，流影气得胸口剧烈起伏着：“什么为了少爷的身体！若曦小姐，我都已经听说了，刚才你们说的话我也全都听到了，少爷的身体必须在三个月内尽快做手术，否则随时可能有生命危险！可那女人却坚决阻止少爷做手术，分明是要害死少爷！”

秦若曦安慰道：“说不定叶小姐真的可以调理好阿九的身体，那样也是皆大欢喜……”

流影气得笑了起来，面色阴沉道：“呵，调理身体？若曦小姐，你知道少爷的身体为什么会变成今天这个样子吗？都是被那个女人给刺激的！她恨不得少爷死，怎么会真心替少爷调理身体？就算她没有不轨企图，她有什么能耐做到连医生都做不到的事情？现在，她居然还公然插手公司内务！她有什么资格！”

……

客厅内，秦若曦和薛励离开之后，叶绾绾拿着文件上了楼。

推开卧室的门，司夜寒果然乖乖躺在床上。

叶绾绾的神色已经缓和不少，顺手将室内的一把椅子拖到了床边。

正要坐下来，司夜寒目光定定地注视着她，缓缓开口道：“坐我身边。”

叶绾绾闻言，心头蓦然一颤，看了他一眼，她不就是坐在他身边吗？椅子都拖过来了！

可从司夜寒的语气来看，他指的，明显是床上……

“我睡不着。”司夜寒开口。

一听到这话，叶绾绾顿时没话说了，掀开被子在司夜寒旁边坐了下来。

“这样行了吗？”叶绾绾问。

司夜寒补充道：“躺下更好。”

叶绾绾顿时有些无语：“……”

“不行，我要把这些文件看完，然后整理一下。你再多睡一会儿，等你睡醒，我应该整理得差不多了，到时候我总结一下，然后念给你听。”叶绾绾直接开口道，完全不容他拒绝。

面对着女孩严肃的小脸，司夜寒的神情略有些无奈。

“等等，你先把药给吃了，虽然退烧了，你感冒还没好全，别又变严重了！”叶绾绾忙又一骨碌爬起来，熟练地倒出几粒药丸。

叶绾绾拿着药，端着水杯走到床前。

可是，司夜寒看着她却没有动作。

“又怎么了？”叶绾绾蹙眉。

司夜寒眸光流转，突然缓缓问：“上次我昏迷的时候，你怎么喂我的？”

叶绾绾先是一愣，随即脸颊有些发烫，没好气地一把将水杯推过去：“我硬塞进去的行不行！”

她怎么发现这男人越发难缠了？说好的高冷呢？

上次她用嘴喂，是因为情况所逼好吗？

好不容易给司夜寒喂了药又哄睡着了，叶绾绾靠坐在床头，盯着手里的机密文件，神色有些怔忪。

以往司夜寒确实是任何机密都不防备她，但是，若她自己亲手去打开这些，那么，意义就完全不同了。

叶绾绾坐了良久，最后，终于还是缓缓将那些文件打开……

她方才直接对司夜寒说，她要看这些文件，司夜寒居然也没有表示任何反对。

之前她一直认为司夜寒不防备自己，只是觉得她掀不起风浪，可是现在，这么重要的事情也让她随便插手……

仔细想想，其实梦中司夜寒曾多次刻意让她插手过公司的事务，估计是想让她提升威慑力，给她的未来铺路，只是，这些良苦用心被她当成刻意为难，全都搞砸，她原本不堪的名声更是雪上加霜……

……

楼下，许易正在和用人们交代事情，流影满脸阴沉地走了进来。

许易看到来人，打了声招呼："流影，回来了？"

流影冷着脸开口："许易，你跟我过来一下。"

见流影脸色不好，许易也料到了什么，挥退下人之后，跟着流影走到了院子里。

两人一前一后地走到了院子里无人的角落。

刚一站定，流影陡然转身，一拳砸在了许易的脸上。

破风之声突然传来，许易完全没有防备，被结结实实的一拳砸下来，整个脑子嗡嗡作响。

流影如同被怒焰燃烧的声音传来："许易！你是不是忘了自己是谁，连自己的少爷是谁也忘了？！"

许易好半晌才从眩晕中缓过来，缓缓直起身，目光定定地看着眼前的青年："你想说什么？"

流影冷笑出声："说什么？说你讨好那个女人的姿态！"

许易面无表情地开口道："流影，注意你的言辞！你别忘了，绾绾小姐救过少爷，救过我们所有人，包括你！"

流影轻嗤一声说："这就是你的理由？若不是因为那次的事情，你以为我还能忍到现在？

"原本我也不想这样，但这次她竟然贸然阻止手术，你知不知道少爷会被她害死？

"何况那次不过是因为有内线通风报信，你以为是她的功劳？她有什么资格插手公司事务，有什么资格命令我们，甚至羞辱若曦小姐？！"

听到流影的话，许易沉默了。

叶绾绾做的那些事情根本就不是内线告诉她的，内线早已经死了，若不是叶绾绾，他们所有人都得死。

虽然他不知道叶绾绾为什么会知道这些，但他相信她对少爷没有恶意。

可是，他无法告诉流影这些，流影对叶绾绾的成见太深了，若是知道叶绾绾平白知道那么多事情，难免不会引出更多问题。

见许易沉默不语，流影的目光更加冰冷："怎么，无话可说了吗？你已经完全被那个女人给收买蒙蔽了！"

许易目光坚定地盯着流影，一字一顿地开口："流影，三个月之期未到，事情没有结果之前，谁都不可以轻易下定论。

"还有，绾绾小姐并非像你表面上看到的那样，只是个无知懦弱的千金小姐，相反，她有勇有谋，沉着冷静。就算那些情报都是内线告诉她的，你扪心自问，作为一个女人，能够在当时那种情况下面不改色地成功骗过穷凶极恶的式盟，只是凭借运气而已吗？

"流影，你总是带着情绪来评判她，已经失去了客观性，我现在不想跟你争论。"

说完，许易随手擦了一把嘴角的血迹："还有，我很清楚我在做什么！"

楼上主卧。

叶绾绾终于把所有文件都看了一遍，这么多繁杂的数据和资料，若不是她的记忆力好，简直要崩溃。

这时，耳边传来男人低哑的声音："好看吗？"

叶绾绾顿时扭头，朝着身旁睡醒的男人看去："你以为呢？真不知道你是怎么看这些玩意儿看到废寝忘食的！我光看一天都快看吐了！快过来给我看下你的脸，换个心情！"

司夜寒轻笑一声，笑意从眸子里散溢出来，宛如花开。

看着男人的笑容，叶绾绾顿时愣住。

太犯规了啊！

她还是第一次看到大魔头笑得这么……温柔……

看着男人难得的笑容，叶绾绾稍稍松了口气："你现在精神还好吗？"

司夜寒应声道："嗯。"

叶绾绾倾身过去，在他的脸上亲了一口，眯眼一笑："现在是不是更好了？充电完毕！你先起来吃饭，吃完我要开始汇报工作了。"

司夜寒起床洗漱之后，叶绾绾让厨房把早饭端了过来，用过早饭之后，便开始帮他处理事务。

书房内，司夜寒静静地靠在沙发上，女孩坐在他的对面，雨后草木的清香透过窗户飘进来，与女孩柔软的声音缠绕在一起。

明明她念的都是一些极其棘手晦涩、令人心情郁结的烦琐事务，可他内心却没有一丝压抑的情绪，反而只希望，她一直就这么念下去……

一天的时间转眼便过去，两人休息一会儿工作一会儿，所有的文件都已经被处理完毕。

晚上，叶绾绾洗完澡后坐在梳妆台前。

看着镜子里的自己，叶绾绾的神色有些迟疑。

以她的能力，现在能做的也不多，顶多总结汇报一下，帮他发发邮件之类的，最终决策还是得他来下。

叶绾绾从镜子里瞥了身后沙发上的司夜寒一眼，忍不住开口道：“司夜寒，我突然发现……最后费脑子的还是你啊！我这么光是整理好念给你听，到底有没有用啊？”

司夜寒的脸色虽然还有些苍白，但精神却不错，闻言放下手里的药碗，看了女孩一眼，淡淡地开口：“按照逻辑来说，用处不大。”

叶绾绾一听，顿时耷拉下了脑袋：“哦……那我岂不是做了无用功？”

司夜寒不紧不慢地回了一句：“我并没有说，这件事是遵循逻辑的。”

叶绾绾不解地扭过头：“啊？什么意思？”

司夜寒道：“字面上的意思。”

叶绾绾不解地问：“所以，你到底想说啥？”她还是没明白啊！

“自己悟。”司夜寒丢下三个字。

叶绾绾：“……”

“自己悟”是什么意思？

叶绾绾绞尽脑汁，半晌后，终于明白过来，黑着脸瞅着男人清冷的容颜：“你直接说因为给你念文件陪你处理事务的人是你的小可爱我，所以觉得心情愉悦、身心舒畅、效果超群，不就行了吗？

“怎么不绕死你呢，说个情话这么费劲……”

叶绾绾颇为嫌弃地吐槽。

这也真是多亏了她悟性高才能懂……

司夜寒看着女孩嫌弃的小表情，开口道：“你教我。”

叶绾绾无语地开口：“我觉得……”

估计教不会……资质太差了……

叶绾绾自然不敢说实话，一本正经地开口道：“嗯，我觉得你不用学，你靠脸就够啦！”

司夜寒闻言，眉峰微挑，明显她方才想说的话，不是这一句。

叶绾绾说完，起身坐到了司夜寒的旁边，仰着小脑袋看着他：“还是你教我吧！教我处理这些事情，回头等我学会上手了，就可以帮你分担了！”

听到这话，司夜寒的神色一点点变得严肃起来：“你要学？”

叶绾绾微微蹙眉，其实，她也不确定……

大概是看出了叶绾绾的犹豫，司夜寒深深地看了她一眼：“等你想好再回复我。”

叶绾绾回复道：“不用了，我已经决定了。”

她知道这个决定意味着什么，可是，早在她选择B国之行时插手的时候，很多事情就已经由不得她了……

叶绾绾正失神，一阵手机铃声响了起来，是江嫣然的电话。

叶绾绾这才猛然想起来，时间一晃而过，暑假都快结束了。

因为这个暑假她实在是太忙，都没什么时间跟江嫣然她们联系。

江嫣然是个很好的苗子，虽然之前她答应自己如果以后进圈，会首选自己做她的经纪人，不过这段时间相处下来，她对自己而言不仅是未来的合作伙伴，更是朋友。

到时候江嫣然如何选择，叶绾绾不会勉强。

“是嫣然的电话。”

叶绾绾跟司夜寒说了一声，然后将电话接了起来：“喂，嫣然。”

“绾绾……”

“我正想打给你，找你过几天一起去学校报到来着。”叶绾绾开口。

“好啊！到时候一起吧……”

叶绾绾正要继续说话，却敏锐地察觉出江嫣然的声音似乎有些不太对劲：“怎么了？声音有气无力的。”

“我……”江嫣然欲言又止。

隐约听到江嫣然那边嘈杂的喧闹和音乐声，叶绾绾蹙眉：“你那边怎么那么吵？你在哪里？”

江嫣然没有回答，沉默片刻后，缓缓开口说：“绾绾，我可能……要分手了……”

叶绾绾闻言，顿时愣住：“你说什么？”

怎么会这么突然？

见叶绾绾突然变了脸色，司夜寒侧目朝着她看了一眼。

“为什么突然要分手？楚风怎么了？”叶绾绾急忙问。

手机那头静默了良久，才响起江嫣然的声音：“这段时间……他跟我交往的同时……一直还跟另一个女孩子在一起……”

“你说什么？这怎么可能！”叶绾绾满脸错愕，如同听到了天方夜谭。

就算借给楚风那小子一百个胆子，他也不敢做出这种事啊！

“嫣然，会不会是你哪里弄错了？”叶绾绾忙问。

江嫣然苦笑一声：“弄错了？我早就发现他不对劲，可是却没有多想，直到那天，我亲眼看到他在陪那个女孩逛商场，我就站在店外，打了一个电话给他，他却撒谎说在家里。”

这下，叶绾绾没话说了。

如果不是有猫腻，为什么要撒谎？

可她总觉得这件事肯定是哪里有误会，楚风对江嫣然那么痴情，怎么可能会做这种事？

手机那头的音乐声更加震耳欲聋，叶绾绾眉头紧蹙：“你现在人在哪里？”

“绯色酒吧……”江嫣然的声音略带醉意。

听到江嫣然说在酒吧，而且说话的语气还透着醉意，叶绾绾顿时眉头紧蹙，江嫣然这个状态，一个人在酒吧太危险了。

“知道了，我马上过来。”

叶绾绾说完便挂了电话。

不等她说话，耳边便传来司夜寒的声音：“让许易送你。”

叶绾绾点点头，在司夜寒的脸颊上亲了一口，说：“我去看下到底怎么回事，很快就回来。”

不知道从什么时候起，她与司夜寒之间竟然能够如此自然地聊天说话，她见朋友，和朋友联系，再也不会第一反应是看他的脸色，害怕他会生气。

而这一切的改变也不过发生在短短几个月内……

叶绾绾匆匆下楼。

刚到楼下，正好看到许易在客厅里跟用人说话。

叶绾绾正要叫他，许易却看到她就立即匆匆往厨房的方向走去。

叶绾绾眉头微蹙，将人叫住：“许管家！”

许易脊背一僵，没办法，只能缓缓转过身，低垂着头，试图遮挡自己脸上的伤口：“绾绾小姐，你有什么吩咐？”

“你的脸怎么了？”叶绾绾沉声问。

“没事，撞门上了……”许易回答。

叶绾绾双臂环胸，笑了笑：“撞门上能撞成这样？不如，你再撞一次给我看看？”

此刻许易的半张脸都肿起来了，眼周青紫一片，布满了血丝，眼皮也已经撑不开。

“咳，这个……”许易顿时不说话了。

“是流影？”叶绾绾开口。

许易急忙道：“真的没事。绾绾小姐……你找我有什么事吗？”

许易试图转移话题。

叶绾绾沉着脸：“没事了，你把流影叫过来，让他开车送我去个地方。”

许易立即道：“你要去哪儿，我送你过去！”

“你伤成这样，怎么开车？去叫人！”叶绾绾的语气里透着一丝怒火。

见叶绾绾动了怒，许易没办法，只能赶紧让人去把流影叫来。

不知道为什么，面前明明只是个娇滴滴的小姑娘，但每次她动真怒的时候，总让人觉得不寒而栗。

那是一种和少爷身上的某种气息非常类似的感觉……

很快，流影被叫了过来，一看到叶绾绾就板起了脸：“有事？”

叶绾绾冷睨了他一眼，吩咐道：“备车，送我去绯色酒吧。”

“什么？”听着叶绾绾理所当然的命令语气，流影的面色一阵青白变幻。

不等流影面上的怒色显露，叶绾绾已经站起身，丝毫不给对方拒绝的余地，看了眼手机上的时间道：“我赶时间。”

“你……”流影死死攥着拳头，先是看了身旁的许易一眼，最后还是咬着牙跟了上去。

叶绾绾靠在后座上闭目养神，流影沉着脸坐在副驾驶座，正在开车的是流影手下的队员宋靖。

前座上，宋靖透过后视镜朝后面看了一眼，随即压低了声音开口道：“哎，队长，你别气了，司总喜欢她，咱们能有什么办法？”

“闭嘴！”流影此刻的心情明显很不好。

自己居然沦落到要去护送这个女人，这对他而言简直是屈辱。

“哦……”宋靖噤声了。

车子开了半晌，宋靖又不甘寂寞地开口：“其实吧，队长，虽然我也觉得若曦是最有资格做咱们少夫人的人，不过，叶绾绾其实没你想象中的那么糟糕吧？

“这长相就不说了，女孩子嘛，娇嗲一点不是很正常的事情？这也没啥好置喙的。再者，从上次B国的事来看，虽然是内线教她的方法，不过她能演得那么逼真，也是本事啊！当时连我们自己人都被她骗过去了呢！”

无论如何，好歹那次也是叶绾绾出手救了自己，宋靖还是挺感激的。

当时要不是她突然出声说出了尤金的弱点，他就死定了。

流影冷笑一声，丝毫没有遮掩，故意用叶绾绾能够听到的声音开口道：“演技好，那不如去做演员？”

后座上，叶绾绾正在想江嫣然和楚风的事情，听到流影的讽刺，并没有理会。

半个小时后，车子终于在绯色酒吧门口停下。

叶绾绾立即推门下车，快步朝着酒吧内走去。

“叶小姐这么晚去酒吧做什么？见男人还是女人？”宋靖一边嘀咕着一边停好了车。

流影双臂环胸，神色漠不关心。

酒吧内灯光闪烁，光怪陆离，音乐声震耳欲聋。

叶绾绾推开拥挤的人群，好不容易在其中一个卡座找到了趴在那里的江嫣然。

“嫣然！”

终于找到了人，叶绾绾松了口气。

江嫣然听到熟悉的声音，缓缓抬起头，怔怔地朝着来人看去。

几乎是看到来人的瞬间，女孩便红了眼眶，微笑道：“绾绾，你来了……”

看着女孩强颜欢笑的模样，叶绾绾眉头紧蹙，径直朝着她走去。

叶绾绾什么也没说，轻轻抱住她，拍了拍她的后背。江嫣然强忍的眼泪顿时便滚落下来，身体轻轻颤动着。

此时，宋靖和流影也跟着在不远处的卡座坐了下来。

“原来是见女人啊……难怪……”宋靖喃喃。

等江嫣然的情绪缓和一点后，叶绾绾问道："到底怎么回事？"

江嫣然扶着额头："就是我说的那样……"

叶绾绾还是觉得哪里不太对："确定那个女人不是楚风的亲戚？表妹、堂妹之类的？"

江嫣然摇摇头："确定过了，不是……"

"有那个女人的照片吗？"叶绾绾试探着询问。

江嫣然拿起手机："那天看到他们的时候，我偷拍了一张……"说完划动手机，点开了相册里的一张照片。

叶绾绾忙接过江嫣然的手机看，只见照片中的背景是在商场，画面中一个年轻的女孩子正在逛街，楚风提着大包小包跟在后面……

从照片上来看，两人确实很暧昧。

不过，引起叶绾绾注意的是，怎么觉得这女人有些眼熟？

叶绾绾放大照片又看了一次，结果越看越觉得自己好像在哪里见过对方，而且应该就是在近期见到的……

奇怪，到底是谁呢？

叶绾绾沉吟："从照片上来看，这女人少说也二十多岁了，肯定比楚风大，而且看上去也不像是楚风喜欢的类型啊？"

"谁知道呢……"江嫣然面色苍白地喃喃，将杯中的酒一饮而尽。

经历过宋梓航之后，江嫣然本就受了重创，若是楚风也……

而且楚风和江嫣然还是叶绾绾一手撮合的。

楚风这小子，亏得叶绾绾这么帮他，若是他真敢出轨，叶绾绾绝不会轻易放过他！

江嫣然将自己和叶绾绾身前的酒杯都倒满："陪我喝一杯？"

叶绾绾蹙眉："嫣然，别喝了！事情弄清楚之前先不要轻易下结论，回头找个时间把他约出来，开诚布公地谈一谈！"

江嫣然闭了闭眼睛："可是……绾绾……我不想……不想谈……"

叶绾绾轻叹一声，知道江嫣然不是不想，是不敢。

"哦哦哦——"酒吧里响起震耳欲聋的鬼哭狼嚎声。

中央的舞台上，几个身材曼妙的舞者开始跟随音乐起舞，舞步大胆火辣。

不远处，宋靖看得目不转睛，没想到出来一趟还能有这样的福利。

流影则是脸色一片黑沉，看着正在跟江嫣然说话的叶绾绾，脸色更差了。

一个女孩子，大晚上的跑来这种地方，简直不知分寸！

灯光迷离的酒吧里，穿着白衬衫、牛仔裤的叶绾绾显得非常格格不入。

明明是普通至极的装扮，面上也未施粉黛，可女孩明眸善睐，肌肤如雪，如同一个巨大的光源，从刚踏入酒吧的那刻开始，就引来了不少目光。

此刻，楼上 VIP 包厢卡座内。

“陈少，有……有美人啊！”有人眼睛一眨不眨地盯着楼下某个方向。

身旁端着酒杯、派头矜贵的公子哥一脚踹过去：“吵死了！什么美人？”

“那边，那边啊……”

公子哥朝着江嫣然的方向看去，神情不屑：“不就是个落单买醉的女孩吗？就这？”

那女孩长得倒是不错，不过他万花丛中过，什么样的美女没见过？

身旁的手下急忙道：“不是！不是她！是红衣服旁边那个穿着白色衬衫的女生！”

“旁边那个？”公子哥又移动了几寸目光，便看到了红衣女孩对面的女生。

看清女孩之后，公子哥喝酒的动作瞬间僵住，眼珠子都不会转了……

果然是绝色！

没想到在绯色还能遇到这样难得一见的美人！

楼下，叶绾绾正试图将江嫣然扶起来：“嫣然，乖，别喝了，现在太晚了，我们先回家，改天我陪你一起去找楚风……”

江嫣然这会儿已经喝高了，叶绾绾费了好大力气才终于把她扶起来。

她小心地扶着江嫣然，推开人群朝着酒吧外走去。

那个女孩她确定自己在哪里见过，只是一时间想不起来而已，等回去之后她再好好想想……

叶绾绾正一边扶着江嫣然，一边凝神想事情，路过吧台的时候，前方的路突然被几个人堵住。

她也没放在心上，直接让开道朝着另一边走去。可是，刚转过方向，另一边也被堵住了。

如此反复几次，叶绾绾自然知道不对了，这是故意的？

叶绾绾抬起头，朝着拦住她们去路的一行人看去。

为首的是个穿着一身 A 牌高定的公子哥，脚步虚浮，脸色蜡黄，醉醺醺的双眸浑浊无神，正用打量猎物的目光肆意地上下打量着她。

公子哥身后跟着好几个高大健硕的黑衣人，看身形和气质，不像是普通保镖，应当是经过严格培训的。

“啧啧，漂亮……确实漂亮……”

公子哥满眼惊艳，盯着叶绾绾的视线让人恶心反胃。

公子哥旁边的男人相貌猥琐，尖嘴猴腮，穿着黑色背心，染着一头黄发，闻言得意地搓着手：“我就说不错吧！少爷，我怎么可能会骗您！”

黄毛说完，神情傲慢地看向叶绾绾道：“美女，我们陈少想请你过去喝一杯！请吧！”

叶绾绾面无表情地扫了这些人一眼：“抱歉，没兴趣。”

见她居然敢拒绝，黄毛愣住了：“你知不知道我家少爷是谁？”

这酒吧是他家少爷的场子，来这里的人，还没有敢拒绝陈少的，除非眼瞎了不认识他们。

叶绾绾的面上依旧没有任何表情：“我应该认识？”

她漠然的语气顿时将黄毛惹怒：“我家少爷可是鑫达国际的少东，这绯色酒吧的老板！”

“所以？”

“所以，别给你脸不要脸！”

……

不远处，宋靖已经察觉了前面的情况不对，忙开口道：“队长，叶小姐被人找麻烦了！”

“招蜂引蝶！”流影冷嗤一声。

“队长，我们还是赶紧过去吧，不然事情闹大了……”宋靖面露焦急。

流影目光微动，斜了宋靖一眼：“急什么？那女人这么能耐，既然自诩是司家未来的少夫人，这点小事情还用你着急？”

宋靖神色讪讪地摸了摸鼻子，为难道：“可是……人家好歹只是个女孩子……找麻烦的是陈家那个纨绔陈士杰，他仗着自家父母横行霸道，是出了名的浑不懔！叶小姐被这种人缠上，怕是……怕是要吃亏……”

流影眸光冰冷：“原来你也清楚？我告诉你，没了少爷，没了司家，这个女人什么也不是，谈谈恋爱无所谓，做少夫人，不够资格。”

看着流影偏执的表情，宋靖沉默着，也不敢反驳。

从某种角度看，队长说的也确实没错，叶绾绾这样的女人，做少夫人，确实是……不够资格……

宋靖神色无奈，心想虽然如此，可是她不过是一个手无缚鸡之力的弱女子，所以才带着我们一起出来的，总不能要求她在这种情况下还能自己插着翅膀飞出去吧？

就在流影和宋靖静观其变的时候，叶绾绾已经被一群人围住。

酒吧里的其他人看到这边的情况，全都见怪不怪，没有一个人敢插手，反而躲得老远。

这酒吧都是陈士杰的，自然没人敢管闲事。

黄毛气焰嚣张：“小妞儿，别敬酒不吃吃罚酒，乖乖跟我们走，否则……”

“阿贵，对美女别这么粗鲁嘛！”陈士杰眼睛一眨不眨地盯着叶绾绾，那目光如有实质，让人不适。

当扫到叶绾绾身旁的江嫣然，陈士杰的目光又亮了几分，方才离得远还觉得没什么，这会儿走近了看，这个穿红衣服的女孩倒是也别有一番风情。

陈士杰手里端着杯伏特加，摇摇晃晃地靠过去：“这位小美人也不错，有没有兴趣和本少促膝长谈？”

周围的手下听了，全都大笑起来。

听着那些人的刺耳笑声，叶绾绾目光微冷，护着江嫣然往后退了半步。

不想跟这些人纠缠，她朝着身后看了一眼。

流影和宋靖就在附近。

结果，她转头找到流影他们时，却对上了流影嘲讽鄙夷的目光，而他身旁的宋靖明明看到了她，却故意回避她的眼神，垂着头不敢说话。

两人明明已经知道了她这边的处境，却一动不动地站在原地，完全没有要出手的意思。

不用猜也知道，流影这是故意不出手的。

叶绾绾见状，嘴角勾起一抹冷意，她还真是低估了秦若曦拉拢人心的能力。

“没听到陈少的话吗？还不请这两位美女一块去做客！”

“是！”

听到黄毛的命令后，两个大汉一拥而上，粗壮的大掌朝着叶绾绾和江嫣然抓去。

随即陈士杰悠悠踱步朝着叶绾绾走去……

叶绾绾目光一闪，在陈士杰靠近的瞬间，一脚踹在他的小腹，同时又用手肘击开了拉扯江嫣然的男人。

没料到叶绾绾居然还有两下子，陈士杰捂着自己被踹了一脚的小腹，醉醺醺的眸底滑过一丝阴沉：“哎哟，够辣啊！不错！我喜欢……”

见叶绾绾不好对付，竟然还打了陈士杰，顿时又有两人扑了上来。

叶绾绾一边护着江嫣然，一边还要应付四个男人，开始有些力不从心。

虽然她对各种武功招式的领悟极快，但是却非常讨厌学习这些东西，当年父亲派师傅教她身手的时候，她都是能偷懒就偷懒，因此对于实战完全是纸上谈兵。

对付一般人还可以，但这些明显是训练有素的保镖，身手全都不差，个个以一敌十，何况是对付她一个女人。

一开始叶绾绾还能应付，不一会儿就落了下风。

陈士杰和一群手下就那样笑嘻嘻地站在不远处看着她反抗。

时间久了，陈士杰便失去了耐性，眸光一点点变得阴狠起来：“呵呵，性子还挺犟，不跟本少爷走是吗？今天可由不得你！”

陈士杰自幼受宠，胡作非为惯了，加上眼下又喝了点酒，越发没有底线。

随着陈士杰的话，周围他的一群手下又是一阵起哄。

酒吧里的其他人大多也在看热闹不嫌事大地跟着起哄，人群中满是猥琐的目光，一张张醉醺醺的脸，都在等着好戏开场。

偶尔有人看不过去，也不敢多说，一个两个全都躲得远远地。

陈士杰的那帮保镖个个人高马大，看起来就不好惹，谁敢上去找不自在？

陈士杰端着酒杯，由身旁的手下帮他倒着酒，冷笑地朝着前方看去：“给我抓住她！”

顿时旁边剩下的几个保镖也全都迅速扑了上去……

醉酒昏睡中的江嫣然被两个身形健硕的大汉给扔到了一旁，剩下的几人则压制住了叶绾绾。

叶绾绾动弹不得，盯着那群人，目光一点一点变得森冷。

女孩眸底骇人的冷意让陈士杰莫名打了个寒战，但他很快就被酒气冲昏头脑，一边朝着女孩靠近过去，一边对手下命令道：“给我灌酒！我今天就要让她感受一下这是谁的主场！”

“是！”黄毛立即自告奋勇地跑过去，直接拿起一瓶伏特加开始灌酒。

“咳咳……”烈酒被猛地灌入，叶绾绾的喉咙处顿时火烧一般。

“哈哈哈哈……多喝点……”

陈士杰让人不停地给叶绾绾灌酒，很快一瓶伏特加便见了底。

陈士杰心情颇好地欣赏了良久，终于，“咣当”一声，他扔了手中的酒杯，一步一步朝着女孩走去……

不远处，宋靖看到这一幕终于忍不住了：“队长，真的不管吗？”

然而，流影却依旧站在原地，没有要出手的打算。

他自然不会真的不管。

但这个女人，也该给她一点教训。

眼见着女孩一个人对上了那么多人，流影还没有下令出手，宋靖更加着急了。

这样下去不行！

不管怎样叶绾绾也是少爷的女朋友，他们奉命出来保护，怎么能玩忽职守？

实在不行的话，他只能自己上了……

一整瓶烈酒灌下去之后，叶绾绾整个人就如同置身于一场正在燃烧的大火，她感觉全身都开始发烫，连灵魂仿佛都在燃烧，寸寸化为灰烬。

周遭震耳欲聋的音乐声，人群疯狂的大笑声，陈士杰越来越近的脸……

世界在眼前天旋地转……

叶绾绾躺在地上，脑子快要炸裂一般，整个人都因为疼痛而蜷缩了起来……

似乎是烈酒的后劲上来了，叶绾绾昏昏沉沉地，躺在地上渐渐停止了反抗。

“美……太美了……”陈士杰看着地上的叶绾绾，激动不已地伸出手去，但转念一想，大餐还是要留在最后。

先来点小菜开胃好了。

陈士杰转而朝着江嫣然的方向走去。

就在陈士杰的手碰触上江嫣然身体的一瞬间，一只纤细的手突然抬了起来，一把将陈士杰的手腕抓住。

"哟……醒了？"

见叶绾绾都这种时候了还在反抗，陈士杰的表情更加激动了，面皮因为极度兴奋而病态地痉挛着："别着急啊！马上就轮到你了……"

陈士杰一边说一边试图抽回自己的手。

可是，这一动之下，他突然发现，自己被抓住的那只手腕居然一动都不能动。

他继续用力抽了一下，结果依旧纹丝不动。

怎么回事……

这女人的力气怎么这么大？

简直跟一只铁铸的利爪一样牢牢地将他桎梏着。

好几次都没能挣脱之后，陈士杰微微变了脸色。

这女人似乎不太对劲。

"浑蛋，都傻站着干什么？不知道来帮我吗？"陈士杰气急败坏地对着手下大吼。

手下却面面相觑，帮他什么？

女孩一直抓着陈士杰的手，陈士杰半天都没抽出去，他们还以为他是有意为之呢。

"该死的……"就在陈士杰觉得手腕越来越疼，急得满头大汗的时候，躺在地上的女孩毫无征兆地缓缓睁开了眼睛——

那是怎样一双眼睛，里面满是漠然与冰冷，看不出一丝情绪，对视间令人毛骨悚然……

"你……"对上女孩的视线之后，陈士杰的心脏陡然漏跳一拍，仿若被铺天盖地的冷意包裹，对危险的本能令他瞪大了眼睛。

下一秒，陈士杰还没反应过来，"咔吧"一声脆响。

"啊——手！我的手——啊啊啊啊啊——"

这边陈士杰撕心裂肺的哭号声刚响起，随后他整个身体便被揍飞出去，摔在地上，昏了过去，一动不动，也不知是死是活。

这一幕发生在短短的几秒钟之内。

喧闹的酒吧里，人群如同被按下了开关一般，鸦雀无声。

所有人都呆呆地盯着那躺在地上的女人，下意识地集体往后退去，如同在看着什么怪物。

怎……怎么回事……

刚才发生了什么……

在一屋子惊悚的目光之下，叶绾绾以一种优雅而惬意的姿态，慵懒地扭动了一下自己纤细白皙的手腕，然后，缓缓站了起来……

本来宋靖的脚都已经迈出去了，结果就看到陈士杰一下子从他眼前飞了过去。

不仅是宋靖，流影面上淡漠的表情也僵在了那里。

这是……怎么回事？

片刻的沉寂后，陈士杰的那帮手下回过神来。

到底怎么回事？刚才那女人到底是怎么出手的？陈少一个大男人怎么会被揍飞出去？

黄毛来不及多想，惊慌失措地跑去查看陈士杰的状况：“陈少！陈少你醒醒……”

陈士杰缓缓转醒，但整个人都是蒙的，胸口处和手腕上钻心的疼痛让他又开始哀号起来。

黄毛盯着叶绾绾的方向，当场勃然大怒：“你算什么东西？居然敢打陈少！你死定了！上！全都给我上！”

陈士杰也大喊着：“给我抓住她！我要她好看！”

见自家少爷居然被一个女人给打了，陈士杰身边的保镖全都冲了出来，一个个凶神恶煞地朝着不远处身形娇小的女孩冲了过去。

女孩神色慵懒地站在原地，看着朝自己冲来的人，动都没有动一下，染着醉意的眸子里满是无趣。

直到那些保镖快要冲到眼前的时候，女孩才微不可察地稍稍转动了一下脚尖。

三步……

两步……

一步……

“砰”的一声巨大的声响，女孩的身体以脚尖为中心，一个一百八十度转的回旋踢，离她最近的那个保镖完全还来不及出手，就已经被一脚踹飞了出去。

“啊——”男人只来得及痛呼一声，便瞬间昏死过去。

这……这女人是怎么回事？

明明刚刚还毫无反抗之力的，怎么突然……

黄毛一愣，下意识地往后缩了一步，结结巴巴地开口道：“怕什么！上……上啊……所有人给我一起上！”

顿时所有人都不敢再掉以轻心，一起攻了上去。

叶绾绾抓住其中一人，扔沙袋一样直接砸到冲上来的人的身上，又轻飘飘地一个转身，一脚踹飞了右边的另一个人。

陈士杰那边的保镖一行有十几个人，且个个都训练有素，结果在叶绾绾面前竟然连还手之力都没有，不过片刻，便接二连三地被打飞出去。

其中一个身形高大的光头保镖眸子里精光一闪，脚步一动，朝着叶绾绾的身后扑过去。

眼见着女孩毫无察觉，光头面上一喜。

得手了！

结果，就在光头出手的瞬间，“砰”的一声，那女人身后就跟长了眼睛一样，白皙柔软的手指横成手刀，带着雷霆之势，陡然击在他最脆弱的颈项处。

“唔唔……”光头的整张脸涨成了猪肝色，眸子里盈满了惊恐。

女孩面上始终带着慵懒的神情，明明还是同一张脸、同一个人，可是又如同变了一个人一般，仿佛一柄冷厉的刀，散发着冰冷的气息。

所有人的第一反应就是赶紧跑……

然而，这女人的速度实在是太快了，所有人都还来不及迈步就已经哀号着倒下。

“啊——”

“饶……饶命……放过我……放过我……”

女孩眉头微微蹙了蹙，如同看蝼蚁一般扫了眼倒在地上的人，表情似乎很是失望：“啧，无聊……”

一个能打的都没有呢……

女孩好像方才只是轻轻挥了挥手赶走了几只苍蝇，不过短短几分钟时间，那十几个人高马大的保镖已经全都抱着胳膊蜷着腿，哀号着滚了一地，客人们也被吓得尖叫声四起，现场乱成了一团。

一片混乱之中，叶绾绾一步步朝着陈士杰的方向走去。

“拦住她！拦住她——”陈士杰惊恐地大吼。

然而，滚在地上的那些保镖看到她走过来，全都争先恐后地往后退着，没有一个人敢上去。

黄毛抖着身子站在几步远的地方，背上冷汗涔涔。

接着，他的眸子里闪过一丝冷光，手指悄无声息地摸向自己腰后，掏出一把刀来：“我看你还嚣张！给我乖乖束手就擒！哈哈哈哈……”

叶绾绾见状，眉头微挑。

就在黄毛还在嚣张大笑的时候，突然发现女孩居然消失在了原地。

怎……怎么回事？

人呢？

黄毛的神色一下子蒙了。

就在这时候，他突然感觉身后传来一股令人毛骨悚然的冷意。

“刀，可不是这么玩的哦……”耳边传来女孩幽幽的声音。

“你……你你你……”黄毛吓得魂飞魄散，下意识地想要挥出手中的刀。

结果手腕刚动，就发现刀已经消失不见，下一秒便是毫无征兆的“砰”的一声，黄毛也倒在了地上。

“啊——”黄毛的叫喊声几乎要冲破屋顶。

女孩将那把刀拿在手里把玩了一下，眼里似乎很是嫌弃：“这种玩具，也好意思拿出来？”

音乐声不知道什么时候已经停了，这边的局势越发不对，客人们全都尖叫着四处逃散，整个酒吧乱成了一团。

叶绾绾看也没看那些人一眼，迈着悠然的步子，径直朝对面的豪华卡座走去。

女孩在柔软舒适的卡座里坐了下来，一只手放在沙发的扶手上，另一只手端起一瓶刚开封的红酒，给自己斟了一杯，仰起脖子，一饮而尽。

此刻，陈士杰就趴在她脚边，眼睁睁看着那个娇小的女孩一个人击败了他所有的手下，吓得背后都被汗湿了。

“咕噜”一声，陈士杰惊恐地咽了一口唾沫，一点一点地试图往旁边爬去。

刚爬出不到一步，手骨上便传来一阵撕心裂肺的疼痛。

“嗷——”陈士杰疼得在地上打滚。

女孩嘴角挂着一抹淡淡的笑意，一只脚随意地踩在男人断裂的手骨上，稍稍俯身凑近了些，浸染了红酒的唇娇艳如玫瑰，低哑的声音响起在男人的耳边：“怎样？现在够刺激吗？”

女孩的语气风轻云淡得仿若在问“今天天气如何”，却让人不寒而栗。

宋靖原本要冲过去救叶绾绾的脚步如同被钉在了地板上，眼珠子都快要从眼眶里瞪出来。

“好……好……”

好帅！

这流畅到极致的揍人动作，这行云流水的打架招数，简直让人热血沸腾。

可是……这到底是什么情况？

娇滴滴的妹子怎么突然就跟杀神附身了一样？

他满脸蒙地朝着一旁的队长看去，却看到对方的表情比他还要惊愕，明显也是惊住了。

疼痛和惊恐让陈士杰抱着自己的手臂疯狂地大叫起来：“啊！够……够了够了……”

“知道错了？”女孩挑眉。

陈士杰赶紧连连开口：“是是是！知道了知道了！一千个知道！一万个知道！”

“既然如此……那就算了……”女孩一副大发慈悲的语气。

陈士杰闻言猛地松了口气。

女孩轻飘飘地补充了一句：“不过，算了的机会只有一次。如果日后再让我知道你做出像今天这样的事，那可就没这么容易解决了。”

陈士杰连连点头，生怕慢上一分惹来对方的不满。

酒吧里一阵混乱。

方才气焰嚣张的黄毛、躺了一地的保镖、周围躲得远远的人群，全都跟看着什么怪物一样瑟缩在角落里，大气都不敢出，生怕引起了女孩的注意。

周遭的尖叫声令人心烦意乱。

叶绾绾缓缓伸出手，抚上自己几乎要炸裂的太阳穴。方才的一通发泄只是短暂地消减了她体内的躁动，不过片刻，胸腔里的那股烈焰便又开始疯狂燃烧起来……

那疼痛几乎让她眩晕，周遭的一切在她眼前缓缓开始旋转。

下一秒，叶绾绾抚着额头晃了晃，目光缓缓扫过四周……

随后，蓦然锁定了某个方向。

宋靖本来还在惊愕状态中，突然被一道森冷至极的目光锁定，瞬间身体僵直，大脑短路。他“咕噜”一声咽了口唾沫，小腿肚子没出息地抖了起来……

不会吧……

看看看……看我干啥呀……

烈酒的后劲越来越强，叶绾绾的大脑一片混沌，眼前的所有人都成了重影，理智化为灰烬，只剩下身体最本能的判断。

她身体里的烈焰轰然引爆，冲开最后一丝枷锁，以燎原之势焚烧了她残存的最后一丝清明……

叶绾绾呆呆地站在原地，面色陡然一空，蛰伏在脑海深处的画面如同风暴下的狂潮般呼啸而来，耳边叫喊声四起，骇人的冷气如同一张大网越收越紧，牢牢地将她包裹，一点一点将她逼到极致，直到退无可退……

如果说方才揍人的叶绾绾只是女魔头，而此刻面色空洞，一动不动地静立在原地的叶绾绾，却如同，杀神降世！

女孩明明只是站在那里什么也没做，神情也呆呆的，但那木然的目光却让宋靖莫名地一阵毛骨悚然。

就在宋靖被那木然的目光盯得心里直打鼓的时候，耳边突然传来流影近乎惊恐的呵斥声：“宋靖！走！”

什么？宋靖不解。

但是，来不及，已经来不及了。

女孩犹如一柄已然开锋的利刃，径直朝着他们的方向袭来。

此刻能明显感觉到她的不同，不是像方才对那些人百无聊赖的戏弄，而是要完全置人于死地的孤注一掷。

这样的叶绾绾让宋靖感到无比陌生，不过是一瞬间的失神，胸口便结结实实地挨了一掌。

他的身体撞在冰冷坚硬的大理石墙壁上，发出“砰”的声响。

宋靖一张脸惨白，慌忙朝着前方看去，只见叶绾绾已经跟流影缠斗在了一起。

“噗——”

宋靖眼睁睁看着流影被一脚踹在小腹，还不等缓过神来，女孩的攻击已经紧随而至，化拳为掌，一掌拍在流影的右肩……

“啊——”流影连连后退了十几步，身体被巨大的力道冲击得重重地撞在了身后的酒桌上，一桌子的酒杯哗啦啦碎裂一地。

不等流影反应过来，女孩又一脚朝着流影的胸口踩去……

“队长——”宋靖惊恐不已，瞳孔放大，强撑着冲了过去。

叶绾绾的目光紧锁着流影的方向，看都没看他，又是一脚将宋靖踹倒在地。

宋靖趴在地上，喘着粗气。

“咳咳……”流影猛咳，盯着正居高临下地看着自己，一步步朝着他走来的女孩，脸色难看到了极致。

到底是怎么回事？

这个女人身手竟然这么好？

流影低吼一声，用力爬了起来，与此同时，宋靖也丝毫不敢松懈，两人一起攻了上去。

虽然他们不知道这到底是怎么一回事，但是他们清楚地知道，这个时候不能退缩，以叶绾绾目前这可怕到极致的武力值，他们必须全力以赴……

整个酒吧里一片混乱。

就在这时，门口处突然传来了一阵训练有素的脚步声。

当十一和许易带着人赶到的时候，只看到酒吧里一片狼藉。

宋靖狼狈不堪地躺在地上，流影被一个纤弱的身影一脚踹了出去，趴在地上，一动不动……

这到底是什么人？那个身影速度极快，招式凌厉，眼见着又要继续朝已经失去了反抗的流影攻去……

“流影！”

看到这一幕，十一陡然变了脸色，也来不及多想，赶紧闪身过去，硬生生拦下了那人的招式。

十一身后的其他人见流影和宋靖竟然被打成了这样，顿时全都如临大敌，也紧跟着冲了上去。

“你是什么人？”

十一的手臂几乎都被震麻了，目光凌厉地朝着那抹纤弱的身影看去。

结果，下一秒，看清女孩的脸之后，十一整个人都傻住了：“绾……绾绾小姐……怎么会是你？”

不等十一反应过来，肩头便是一阵剧痛，他只能赶紧应付着对方暴雨般的攻击。

与此同时，不远处的许易也看清了正与十一缠打在一起的女人是谁。

“绾绾小姐？这……”

这到底是怎么一回事？

怎么会是绾绾小姐？

“绾绾小姐！”许易焦急地大喊，但是对方像根本听不到他的话，动作反而越来越快。

十一带来的人一见对方竟然是叶绾绾，几乎全都惊得傻眼了，一个个畏手畏脚，不敢上前，怕伤到了她。

但很快他们就发现自己简直是天真。

“砰”的一声，十一重重地摔在了许易的脚边，眼前一片金星。

“十一！你怎么样？”许易赶紧把人扶了起来。

十一捂着伤口：“这……到底是什么情况……”

几步外的宋靖虚弱地开口说：“不知道……绾绾小姐突然就变成这样了。刚开始只是打陈士杰带来的那些人……突然连我和流影都开始攻击……”

就在三人说话的瞬间，十一带来的那些护卫都已经快要支撑不住。

十一和许易眼见着那么多护卫都压不住她，那抹身影正一步一步朝着他们的方向走来，然后继续朝着十一袭去。

似乎是谁的武力值越高，就越能吸引她的注意。

因为流影已经没有反抗的余地，所以叶绾绾此刻注意力瞬间转移到了闯进来的十一身上。

十一也已经绝望而惊恐地发现了这一点。

他怎么也无法相信，那个娇滴滴的女孩子竟然会突然可怕到这种程度。

这一次可不是像B国之行那样，全都是演技。

所有人的表情都跟做梦一样，完全无法相信眼前的人跟那个平日里娇滴滴地在他们家少爷面前撒娇的女孩是同一个人。

在叶绾绾那危险的一击落下之前，许易赶紧拦到了十一的身前：“绾绾小姐！不要！”

叶绾绾顿住脚步，空洞的目光朝着许易定定地看了一眼，暂时停住了攻击。

许易稍稍松了口气：“绾……”

然而，他的话还未说出口，就被一脚踹飞了出去。

许易重重地摔在了流影不远处。

“许易！该死的……”眼见着女孩眼神冰冷地注视着自己，一步一步朝着自己逼近，十一全身发凉，如同浸泡在冰窖里。

女孩的手掌如利刃般袭来，十一死死咬着牙，只能强撑着站起来，硬生生又跟她对了一招，挡住了那可怕的一击。

两人再次缠斗在了一处……

严格来说，是叶绾绾单方面地攻击十一，十一只剩下防守的余地。

这股强撑的力气没能支撑多久，十一开始破绽连连，实在支撑不住，而女孩身上的攻击性却有增无减，眼见带着破风之势的一掌朝着他袭去……

十一摇晃地站在原地，绝望地闭上了眼睛。

“绾绾小姐！”不远处的许易惊慌失措地大喊。

“十一！”宋靖和流影也面色剧变。

就在这时，一阵破空声从斜刺里袭来，一股强大的威压与女孩身上的气息碰撞在了一起。

时间仿若在这一瞬间静止。

十一预想之中的疼痛感并没有传来。

他冷汗涔涔地睁开眼睛，只看到一个高大修长的身影不知何时出现，正逆着光站在那里，手掌牢牢抓住女孩的手腕，挡住了那致命的一击。

司夜寒周身气势逼人，他目光阴沉地扫了眼躺了一地的下属，旋即盯着眼前的女孩，脸色冰冷到了极致。

“九……九爷……”许易等人顿时全都朝着司夜寒的方向看去。

叶绾绾的目光略有些迟钝地看了一眼自己被抓住的手腕，随即顺着那只微凉的手掌，看向眼前的男人，空洞黑沉的眸子里，倒映着男人的身影。

女孩似乎很是讨厌这样被禁锢的感觉，眉头顿时危险地皱了起来。

许易等人见状，心都提到了嗓子眼：“九爷！您小心！绾绾小姐她不太对劲……”

司夜寒盯着眼前一身煞气的女孩，眸底如同酝酿着海底深处的风暴。他几乎是用尽了所有的力气才压制住了胸腔中几乎要暴走的怒意，在女孩越来越危险的目光之下，手腕陡然一个用力，下一秒，便将女孩温软的身体按在了自己怀里，一字一顿地吐出无比冰冷的字眼：“我是不是警告过你，不许打架？”

眼睁睁看着自家少爷竟然把此刻的叶绾绾搂在怀里，许易简直吓得魂飞魄散。

“九……九爷……”

危险啊！

然而，只见叶绾绾盯着男人那张怒火之下更加颠倒众生的脸，目光微动，眸底的迷雾一点点如同潮水般退去。

“阿九……”似是知道自己终于安全了，女孩周身骇人的气息缓缓消散，处在战斗状态中的身体因为严重透支而蓦然软了下来。

司夜寒的脸色虽然无比冰冷，将女孩拦腰抱起的动作却极轻。

“许易，将那个女孩送回去，还有，封锁今晚的所有消息。”司夜寒丢下一句，便抱着叶绾绾大步流星地离开。

看到叶绾绾就这么跟只毫无杀伤力的小猫一样被自家少爷轻而易举地抱走，众人呆愣了。半晌后，所有人都猛地松了一口气，露出劫后余生般的表情。

因为神经过度紧张，十一眼前一阵眩晕，神色怔然，他得救了？

简直……太可怕了……

就算是从那些世界顶级高手和古武世家的传人身上，他也从未感受过这样可怕的气息和快到离谱的身手。

而从少爷的态度来看，他虽然愤怒，面上却没有意外的神色。

少爷早就知道绾绾小姐有这样的身手？

之前叶绾绾假扮黑寡妇的时候十一就觉得她不简单，家族大会上，她徒手挡下护卫对许易的处罚，也让他猜测她估计有些身手。

直到今晚，她真正的实力完全展露出来……

摔得七荤八素的许易听到司夜寒的叮嘱，急忙爬起来应了一声：“是！”

方才叶绾绾将他击飞出去的那一招虽然看似凌厉，但他只是胸口处有些疼痛，和流影、十一他们的伤势相比要好多了。

许易怔怔看着前方自家少爷抱着女孩消失在门口的身影，脑海中莫名便想起当初司夜寒对流影说过的话。

少爷说……他喜欢的女孩子……绝世无双……

许易从思索中回过神来，急忙安排人把江嫣然送回去，然后拦截了今晚所有的消息。

至于陈士杰……今夜之后，他怕是会自顾不暇。

“九……九爷？”蜷缩在角落里的黄毛刚才只是惊讶，这会儿已经完全被吓傻了，满脸的无法置信。

怎么会这样……

那女人竟然和司夜寒有关系？

难怪这么可怕！

许易并没有理会那些人，径直越过他们，走到了奄奄一息的流影跟前。

当时，他得到的消息是绾绾小姐在酒吧被陈士杰一行人纠缠住。

今晚是流影和宋靖一起陪着绾绾小姐来酒吧的，怎么会出了这么大的纰漏？

他太了解流影了，不难猜到当时的情况。

许易站在原地，居高临下地朝着躺在地上的男人看去：“流影，还记得当初我们一起发过的誓吗？”

流影动作迟缓地抬起头来，神色有些怔忪。

许易目光平静地看向流影，一字一顿地开口：“流影，变的人不是我，而是你。”

忘了自己是谁，忘了自己忠于谁的，也不是他。

相识一场，他只能言尽于此。

说完这一句，许易便再不多言，径自转身离开。

第二十六章

拜她为师

有妖的语言是温暖并有力量的，谢谢你，有妖、绾绾、阿九。

以及正在看这段文字的读者们，谢谢你一直喜欢支持“恰似”，愿你我同在。喜欢“恰似”的话，奔波与艰辛都不足挂齿。

——靠近向日葵的海

读者告白

QIASIHANGUANG
YUJIAOYANG

深夜，锦园。

司夜寒盯着床上的女孩，沉静的眸底风雨飘摇。

脑海中不断重复着之前在酒吧内的一幕幕——

女孩被逼至绝境时麻木、冷漠的小脸，以及看到他时，瞬间安心的表情……

令他心脏最柔软处如同被一只利爪紧紧抓住，窒息般的疼痛。

与此同时，华都某别墅。

司夏神色怔怔地坐在闪着荧光的电脑屏幕前。

屏幕上，是一组又一组的图片。

枪和鲜花……

草莓蛋糕和杏仁蛋糕……

炊烟袅袅的村庄与星辰大海……

图片自动在屏幕上一遍遍地不停重复播放着。

这时，一阵特殊的提示音响起。

少年心不在焉地点开邮箱，和以往一样不抱希望地查看着消息。

邮件中有一小段视频，视频中的画面摇摇晃晃，昏暗的光线和混乱的人群之中，女孩的速度快到几乎只剩下一道残影，招招凌厉，每一招快如闪电，最后一脚踹飞流影……

看清视频的瞬间，司夏腾地一下站起身，瞬间变了脸色，浅灰色的眸底迸射出夺目的光芒，无法置信地喃喃道："姐姐……"

……

次日清晨。

阳光透过枝叶的缝隙，洒落一室金色的光芒，树影在清晨的微风中轻轻摇曳着，发出沙沙的声响。

女孩安静地躺在柔软的纯白色床褥上，素净的小脸纯真无邪、不染纤尘，柔弱得如同温室里娇贵的花朵，经不起任何风吹雨打。

叶绾绾是被头疼给疼醒的。

宿醉让她的脑袋好像被一把斧子从中间劈成了两半，万分疼痛。

怎么回事？

她怎么回到锦园了？

她明明记得昨晚……昨晚她去酒吧找江嫣然，后来好像碰到了一群找麻烦的……

似乎被那些人灌了不少酒……后来……后来似乎就记不太清楚了……

对了，司夜寒呢？

叶绾绾猛然发现身旁并没有人，于是一边揉着酸疼的太阳穴，一边从床上爬了起来。

结果刚起身准备下床，就差点一头栽倒在地上。

什么情况？

她的整个身体就像是绕着华都疯跑了一夜，全身上下的肌肉都酸疼不已，一双腿都似乎不是自己的了，胳膊连稍微抬一下都疼得她龇牙咧嘴。

昨晚她到底干啥了？怎么跟被人打了一顿一样？

叶绾绾满腹狐疑，只能扶着床沿，艰难地一点一点朝着屋外挪动着。

好不容易挪到了门口，叶绾绾缓缓伸出手推开了房门。

推开房门的时候，门外正好有两个护卫站在那里说话。

于是，叶绾绾急忙问两人，想知道司夜寒在哪儿："那个，请问，你们家……"

结果，她刚开口，那两个护卫在看到她的瞬间，就跟见到了什么怪物一样，表情惊恐得无以复加，连头发都要炸起来了，"嗷"的一声之后，两人就跑了个没影……

叶绾绾的话完全没机会说出口，只能僵硬地保持着伸手问话的动作站在那里，嘴角一阵抽搐。

这是几个意思？

她很可怕吗？

"喂……别……别走啊……"

叶绾绾朝着护卫离开的方向喊了一声，无奈，走廊里空荡荡的，没有一丝回应，两人早已经跑了个没影。

如果她没看错的话，两人连楼梯都没走，是直接从窗户跳进院子里的，还好这是二楼。

至于吗？这到底是什么情况？

叶绾绾一脸迷茫地在原地呆立了许久。

没办法，她只能等身体稍微适应一点之后再继续往楼下走。

……

此刻，客厅里一片沉寂。

司夜寒面若寒霜地坐在沙发上，身旁站着面色凝重的许易，十一和手下的护卫们神情肃穆地排成了两列，站在中央的是流影和宋靖。

宋靖低低地垂着头站在那里，满脸羞愧："我办事不力，没能保护好叶小姐，甘愿接受任何惩罚！"

流影面色微沉地开口道："与宋靖无关，是我阻止他出手……"

沙发上，司夜寒清冷的目光在众人身上一一扫过，始终没有说话。

骇人的沉默，空气令人窒息般的凝滞。

就在这时，身后突然传来了一阵极轻的脚步声。

"嗒嗒嗒……"

脚步声越来越近……

叶绾绾好不容易才爬下了楼梯，然后弯着腰，气喘吁吁地站在距离众人几步远的地方，弱弱地开口道：“那个……打扰一下……”

“哗啦啦——”

瞬间，客厅里的许易、十一、宋靖等一众护卫全部整整齐齐地朝后退去，空出了一大片空地，只剩下叶绾绾一个人站在那里。

一双双眼睛全都惊恐不已地盯着她，所有人的表情都仿佛如临大敌，进入了一级戒备状态。

又来？

叶绾绾的脸色顿时黑了。

这些人到底怎么回事？

干吗一个两个的看到她全都这种表情？

宋靖自知自己在叶绾绾眼中的仇恨值仅次于流影，他艰难地咽了口唾沫，小腿肚子又开始抖了，伤处也好像更疼了。

流影的脸色同样一阵发白……

叶绾绾一脸莫名地朝着齐刷刷退出老远的众人看了一眼。

宋靖鼻青脸肿，胳膊打着绷带挂在脖子上，看着她像个受气的小媳妇；十一的半边脸肿了，脚上绑着夹板；许易的额头贴着绷带；流影更惨……几乎所有人身上都带着伤。

叶绾绾眉头紧蹙：“你们这是怎么了？”沉吟片刻又开口，“难道是昨晚你们为了从那个登徒子手里救我，所以才受伤了？”

所有人的表情：“……”

见众人表情诡异，叶绾绾发觉事情好像不是那样，但又没有一个人告诉她到底是怎么回事，不由得更狐疑了，嘀嘀咕咕地朝着沙发上的司夜寒走去。

叶绾绾一边可怜兮兮地揉着自己的胳膊，一边开口控诉道：“阿九，我怎么全身上下都疼得要命？昨晚他们谁趁着我不注意打我了吗？”

十一、许易、宋靖、流影、一干护卫都瞠目结舌：“……”

叶小姐，您这话是认真的吗？

我们……打你？我们简直六月飞雪，冤枉啊……

司夜寒本来还有些薄怒，听到这话，顿时皱了皱眉：“哪里疼？”

叶绾绾刚才就发现司夜寒的脸色不好看，所以才故意卖惨的，这会儿见有效果，立即麻溜地蹭过去：“哪儿哪儿都疼！肌肉又酸又胀！骨头也跟被人打断又接上了一样！还有这里……都受伤了……”

叶绾绾伸出一根手指，手指上一个指甲盖大小的地方擦破了皮。

真是……好大的伤口啊……

被揍得皮开肉绽、鼻青脸肿的众人表示内心一片凄凉……

“许易，去拿医药箱。”司夜寒开口。

许易忙起身去柜子里将医药箱给拿了过来。

司夜寒握着叶绾绾的手指，帮她消毒包扎了一下。

叶绾绾又要求道：“不要这个，不要这个！我要一个蝴蝶结！”

司夜寒抬眸瞥了她一眼，修长的手指穿插着细长的纱布，很快便系好了一个好看的蝴蝶结。

屋内身心受创的单身狗们：“……”

司夜寒盯着叶绾绾青紫的关节处，面色微沉。

叶绾绾陡然想起司夜寒关于不允许自己受伤的规定，顿时不敢卖惨卖得太过了，忙开口道：“我估计是喝醉了，不小心摔了，没事的，你帮我吹吹就不疼啦！”

司夜寒轻轻查看了一下她的手肘关节，神色严肃地开口：“你的身体太久没运动了，从今天开始，我找人教你一些基本功，每日坚持锻炼。”

司夜寒说完朝着对面的十一看去：“十一。”

十一听到司夜寒叫自己，急忙一瘸一拐地走了过去：“在！”

司夜寒缓缓开口道：“从今天开始，你做她的教练。”

“什……什么……”十一一脸震惊地盯着自家少爷，几乎以为自己出现了幻听。

司夜寒眸光微冷：“有问题？”

当然有问题！

太有问题了好吗？！

他怎么可能有本事去教绾绾小姐啊！去做人肉沙包还差不多好吧——

“没……没问题！”十一硬着头皮开口。

其实，这种任务一般是轮不到他的，以少爷的个性，应该安排给流影才对，可是现在，少爷却安排了自己……

看来……这次流影犯的错实在是太大了……

就算是对叶绾绾再有不满，也不该这么公然违背少爷的命令。

在这件事情的处理上，流影明显带着私人感情。

叶绾绾其实很讨厌运动，可是，见司夜寒都已经帮她安排好了，加上想到昨晚的事情，她也觉得自己有必要锻炼一下身手，至少以后再遇到类似情况可以保护自己。

于是，叶绾绾开口道：“那好吧……十一，以后就劳烦你多多关照了！麻烦你到时候教我一些防身的招数！”

十一的笑容比哭还难看：“好……好……”

需要防身术的人难道不是他吗？

屋内的其他护卫看着眼前又恢复了娇滴滴模样的叶绾绾，皆是面色凌乱。

看叶绾绾的反应，好像是酒醒之后全都忘了……

一喝醉就“变身”，武力值爆表？这是什么神奇的操作？

他们果然是太天真了，少爷喜欢上的女人，怎么可能会是一般人？

昨晚去绯色的全都是司夜寒的心腹，当时发生的一切他们都被下了封口令。

至于叶绾绾，喝醉了就什么也不记得，真以为自己是摔跤导致的全身酸痛。她虽然觉得有很多不对劲的地方，但是因为许易他们众口一词，她也没有过多追问。

“啊，完了！嫣然呢？嫣然怎么样了？”叶绾绾突然想起来。

“许易派人送回去了。”司夜寒回答。

“她有没有受伤？”

“没有。”

“那就好，那就好……”叶绾绾这才松了口气。

叶绾绾说着，朝流影和宋靖的方向看了一眼，面上并没有什么表情。

只是见死不救而已，这对比她梦中在司家曾经遭受过的，根本不算什么。

叶绾绾收回视线：“那就不打扰你们了，你们继续……”

司夜寒会怎么处置这两人，她不关心。

现在，她更关心的是怎么提升自己的实力。

像昨天晚上那样的事情，她不想再发生第二次。

这段日子以来她疯狂地改变自己、学习知识，却单单没有想过强化一下自己的身手，现在想想，果然还是有所疏漏。

“十一教练，回头见了。”叶绾绾对十一打了个招呼。

“咳……好……”十一轻咳一声，含糊地应了。

叶绾绾离开之后，客厅内重新恢复了沉寂。

流影一声不吭地埋头站在那里。

接下来，还剩下对宋靖和流影的处置。

一时间，所有人的目光都落在了司夜寒的身上，等待着他的处理。

虽然说，叶小姐还真不需要保护，但流影和宋靖的责任无法推卸，尤其是流影。

流影对叶绾绾的成见，在场的大家都心知肚明，他这次做得确实太过了。

片刻后，屋内终于响起男人清冷的声音：“从今天开始，流影卸去队长所有职责，转由十一代替。”

听到司夜寒第一句话的时候，流影陡然抬起了头，似是无法置信，其他人也都面面相觑，大气都不敢出。

居然……直接除权了……

这样的惩罚太严重了。

更惊讶的还有十一。

对于司夜寒的任命，他实在是受宠若惊，可是，他不过是暗 1 小队的队长而已，怎么能代管总队长的职位？

许易和流影为少爷的左右手，一个管内，一个管外，两人的重要程度可想而知。

更重要的是，总队长的职位每年考核一次，其中最重要的一项就是考核武力值，到时候所有人都可以对队长发起挑战，而流影已经连胜三届。

十一的身手虽然也不差，但每次都败在流影手下，作为流影的手下败将，由他来代替流影的职位，怎么能服众？

毕竟不是所有人都有叶小姐这种神奇体质的！

宋靖没想到司夜寒的惩罚会这么重，顿时急了：“九爷……这……这处罚会不会太重了？队长只是一时糊涂！求您三思！”

“宋靖，别说了！”流影喝止了宋靖。

旋即，他将手指上一枚火红色朱雀图案的戒指摘了下来，迈步走到十一跟前，将戒指递给了十一。

十一对上流影冷傲的神色，盯着那枚烫手山芋一样的戒指，不由得心中苦笑。

今年的队长考核也快到了，如果他现在代替了流影的职位，等到队长考核的时候，他便需要接受成员的挑战，包括流影，也有资格挑战他……

若到时候他再次败给流影……

最后的处置结果是，宋靖被扣除全年奖金，流影被撤了职。

司夜寒离开之后，客厅内的气氛有些沉闷。

十一手里拿着戒指，轻咳了一声，正要说话，流影冷着脸开口道：“别太得意了，这枚戒指，我很快会拿回来！”

流影说完，直接转身离开。

宋靖看了十一一眼，匆匆跟了上去。

十一只能憋回原本要说的话，尴尬地站在原地。

有跟十一熟识的护卫看不惯地开口道：“这家伙，也太嚣张了吧！”

“什么意思啊他，是他自己犯了错才被撤职的，又不是我们队长抢他的位置！”

十一叹了口气，神色无奈：“算了，也确实是我技不如人。”

他的身手虽然也算不错，但从未赢过流影。

这个总队长的位置，还是流影犯了错才落到他身上。

离下次总队长的考核已经没几个月了，这么短的时间内，他怎么可能打赢流影？

他这总队长，怕是也当不了多久……

……

叶绾绾被司夜寒灌了两大碗醒酒汤之后，总算被允许出门了。

她约了江嫣然和楚风见面。

临走之前，她把先前韩羡羽给她的签名专辑一起带上了。

之前她太忙，一直都没时间带给江嫣然。

当时她对韩羡羽说有个朋友是他的支持者，韩羡羽就直接送了她十张签名专辑。

万一待会儿，楚风那小子真的做了什么对不起嫣然的事情……或许这份礼物还能稍稍安抚她一下……

不过，她始终觉得这里面应该有什么误会。

大学城附近的一家餐厅里，叶绾绾和脸色憔悴的江嫣然面对面地坐着。

“嫣然，昨晚你在酒吧的时候没出什么事吧？”叶绾绾不放心地问。

江嫣然摇摇头：“我喝多了，我只记得你昨晚过来了，然后劝我回去……发生什么事情了？昨晚是你送我回家的？”

江嫣然那会儿也喝醉了，不知道后来发生了什么。

叶绾绾松了口气，为免她担心，没说昨晚被找麻烦的事情：“没事，是我送你回来的。”

叶绾绾说完，眉头紧蹙地看了眼手机上的时间：“楚风那小子怎么还不到？”

该不会是真的心虚，不敢来了吧？

相比昨天晚上的状态，此刻江嫣然的神情已经镇定了不少，怕是做好了最坏的打算。

两人等了大概有小半个小时，楚风总算是姗姗来迟。

楚风穿着一身白色的运动装，一路气喘吁吁地跑了过来，额头上渗出一层细密的汗珠。

“嫣然！对不起，我迟到了！”楚风喘息着一脸抱歉地开口。

“你干吗去了？怎么这么久才来？”叶绾绾问，眸光带着探究。

楚风的目光略有些回避：“没……没干吗呀……路上堵车……”

叶绾绾的目光扫去：“这个点你跟我说堵车？”

江嫣然始终沉默着坐在那里，没有说话。

“是……是啊……因为前面出了事故……”楚风结结巴巴地开口。

看着眼前明显不会说谎的少年，叶绾绾也懒得跟他废话了，直接把自己手机相册里江嫣然发给她的那张照片递到楚风跟前：“又去陪这个女孩子了，是吗？”

楚风狐疑地接过手机，看清手机上的照片之后，顿时变了脸色：“这是……”

“现在，你还有什么需要解释的吗？我以为你是真心喜欢嫣然，所以才一直撮合你跟嫣然在一起，结果这才多久，你居然脚踩两条船？”叶绾绾神情冷肃地盯着他。

楚风顿时傻眼了，连忙否认道：“不……不是！不是这样的！我怎么可能脚踩两条船！”

叶绾绾的脸色丝毫不变：“不是这样？那是怎样？嫣然亲眼看到你陪着这个女人逛街，打电话给你，你还撒谎说自己在家里！”

楚风显然没料到居然会被江嫣然撞到，这是三天前的事情，如果当时江嫣然就已经知道了，却从未跟他提过……

一想到这几天江嫣然是怎样想象自己的，楚风急得快要哭出来了，焦急不已地朝着江嫣然看去：“嫣然，事情不是你看到的那样，我跟这个女人绝对不是你想的那种关系！”

看着楚风急得满头大汗的样子，江嫣然的面色微微有些动摇，但眼角余光一看到照片，又实在没法相信他。

叶绾绾额头的青筋跳了跳：“说了这么久，你倒是说说这个女人到底是谁啊？既然是误会，解释清楚不就行了吗？”

“这……”楚风顿时满脸为难地嘀咕，“我不能说啊……”

“如果没有猫腻，你为啥不能说？”叶绾绾简直想把这小子的脑袋砸开，看看里面到底装的什么。

女朋友都要跟他分手了，居然还藏着掖着？

楚风死死抿着唇道：“我真的不能说！”

叶绾绾点点头，一把拉起江嫣然：“行，你不说是吧？恭喜你，你现在单身了！”

“啊——绾绾姐！不要！”楚风哀号一声拦到了两人跟前，“我说！我说还不行吗？那个女人是韩羡羽的助理！”

楚风赶紧说了出来。

叶绾绾神情一愣：“韩羡羽的……助理？”

江嫣然闻言也愣住了。

片刻的静默之后，叶绾绾总算回过神来，恍然大悟地捏了捏眉心：“难怪……”

难怪她觉得那个女孩子很眼熟，现在被楚风这么一说，她终于想起来了，那女孩可不就是韩羡羽的助理小梁！

她之前还在公寓看到过小梁几次。

“所以，你怎么会跟韩羡羽的助理在一起？”叶绾绾迟疑地问。

该不会是她想的那样吧……

楚风阳光俊朗的脸此刻就像霜打的茄子：“我也是前段时间才知道，我一个认识的学姐居然在给韩羡羽做助理！

“我知道嫣然一直都特别想要韩羡羽三周年限量版签名专辑，所以就去找那位学姐帮忙了。学姐答应帮我弄到，但条件是让我给她做一周的苦力，所以，这段时间我只能听她差遣。

“马上就要开学了，我本来想把专辑作为开学礼物送给嫣然，给她一个惊喜的！我真的没有劈腿！我生是嫣然的人，死是嫣然的鬼，怎么可能会喜欢上别的女人！”

楚风竹筒倒豆子一样把所有的事情都说了出来……

江嫣然呆呆地站在那里，完全没想到事情竟然会是这样。

至于叶绾绾……

她的脸色黑如锅底，简直都快要崩溃了：“就为了一张韩羡羽的签名专辑而已，你搞成这样？”

楚风顿时义正词严：“那可是三周年全球限量版特签专辑！全球只有一千张，市面上根本就弄不到的！有钱都买不到！”

江嫣然也附和着开口道：“这个确实很难弄到……我当时只是随便一说而已，没想到他竟然……”

竟然会做到这种地步……

叶绾绾噎得啥话也不想说了。

她能说那种东西她这儿有一堆吗？

楚风这小子秀恩爱的方式真是越来越让人无法言喻了……

她还以为是有什么惊天动地的苦衷才不能说！

少年耷拉着脑袋，头发被汗浸湿了，站在那里就像一只被丢弃的流浪狗，闷闷地开口道：“嫣然，对不起，都是我不好！让你误会，让你伤心了……”

叶绾绾问道：“所以，你专辑拿到了吗？”

楚风的脑袋垂得更低：“本来还差一天学姐就答应给我了，但是刚才急着赶过来，学姐有些生气，又多加了三天……”

叶绾绾深吸一口气：“你该不会想继续去当苦力吧？”

江嫣然站在一旁，不知道该说些什么，神色无奈地轻叹一声：“你别去了，我只是随口一说而已……”

这个人……怎么……怎么这么傻……

可是，让她的心前所未有地柔软。

自从认清宋梓航的真面目之后，她对楚风其实一直都没有安全感。

可是，这个男人却一次又一次地将她内心里不安的地方一点点填平。

楚风的神情异常认真：“可是，你喜欢……只要是你喜欢的东西，我都希望你可以拥有！”

叶绾绾头疼不已地扶了扶额头：“行了行了，别跟我这儿撒狗粮了！小梁那边你也别去了，你去给她当苦力，还不如给我当苦力呢！”

叶绾绾说完，无奈地从包里拿出了那张从家里带过来的专辑：“你说的三周年全球限量版特签专辑，是这个吗？”

楚风看到那张金色的专辑之后，眼睛顿时亮了：“对！就是它！绾绾姐，你是怎么弄到的？别说让我当苦力了，就算当你小弟我也愿意啊！”

叶绾绾嘴角微抽：“不用了，谢谢，只要你以后别再犯蠢了就行！”

说完，她将专辑递给了江嫣然。

江嫣然打开一看，居然还是特签，写了她的名字，顿时露出惊喜不已的神色：“绾绾，你怎么弄到的？”

叶绾绾随口解释道：“之前我不是跟你们说，我在光耀上班吗？反正就是托圈子里的关系搞到的……”

楚风恍然大悟：“对哦！刚放暑假的时候就听说你去光耀做兼职了！绾绾姐，你是做什么的？也是助理吗？跟的哪个艺人？是不是大明星？能不能见到韩羡羽？”

楚风连连追问。

一旁的江嫣然沉吟道：“光耀没几个拿得出手的大明星吧？不过，我记得宫旭是光耀的。至于韩羡羽，他是环球总公司那边的艺人，应该没那么容易见到……”

出于谨慎考虑，叶绾绾暂时没有说自己隐瞒身份入圈的事情：“我在圈子里的时间还不长，没什么名气，等我闯出名堂了再跟你们说。”

江嫣然不知想起什么，看向叶绾绾道：“对了，绾绾，你可是说过将来要签我的，不会忘记了吧？”

叶绾绾轻笑一声：“当然不会忘。嫣然，你现在也不用急着出道，安心学好基本功，等你毕业，我也站稳脚跟了，那时候你再过来跟我。”

叶绾绾说完顿了顿，看着身旁的女孩，继续开口道：“我签你可不是让你跟着我吃苦的！”

听完叶绾绾这句“我签你可不是让你跟着我吃苦”，江嫣然的双颊顿时红扑扑的，用力点了点头道：“嗯，我也会努力加油的！”

对面的楚风看看自家女朋友，又看看叶绾绾，幽幽道：“绾绾姐……”

“怎么了？”叶绾绾朝着楚风看去。

楚风咬着筷子：“你可不可以教教我……”

“教你什么？”叶绾绾不解。

“教我怎么撩妹！”楚风一脸哀怨。

叶绾绾顿时无语：“你确定要问一个妹子这种问题吗？”

楚风瞥了她一眼，低声咕哝：“幸亏你是妹子……”

不然他绝对不敢让嫣然跟她在一起玩！

叶绾绾微微扬起唇角，勾出一抹揶揄的笑意：“当然了，我如果不是妹子，你以为还有你的事吗？”

楚风表示无法反驳……

如果绾绾姐是男人，那这情敌也太可怕了！

总之，乌龙一场，江嫣然和楚风的事情总算是解决了。

楚风那小子，还问她怎么撩妹，其实最会撩的人是他自己才对吧！

因为再会撩的手段，也抵不上一颗真诚的心。

既然矛盾解决了，叶绾绾也不当电灯泡了，说了句有事便先走了。

刚离开餐厅，另一部工作手机上的微信就开始疯狂跳动起来。

宫旭：叶哥，你今天怎么没来公司？

宫旭：叶哥，我今天去拍杂志封面，你不陪我一起去吗？

宫旭：叶哥，你今天晚上有没有空啊？我请你吃饭！

宫旭：叶哥叶哥，你怎么不理我呀？

宫旭：感觉自己被打入了冷宫……快理我……

……

叶绾绾无语地看着这话唠式的微信轰炸，果然是宫旭的风格，上次看他给韩羡羽发的信息她就感受到了。

再反观洛辰，只给她发了一条信息，而且清晰明了，汇报了自己每日的行程和需要请示的事情。

叶绾绾先回复了洛辰，然后给宫旭回了一句：有事吗？你这几天没什么特别重要的行程，助理陪着你就可以。

结果，叶绾绾这边刚回复过去，宫旭立即秒回。

先是打了一大串感叹号过来，然后跟着一句：你居然先回复洛辰而不是先回复我！

叶绾绾无语地盯着满屏的感叹号：你跟洛辰在一起？

宫旭：公司楼下碰到的！你不要回避我的问题！！！

叶绾绾：先后有区别吗？

宫旭：当然有了！以后你必须先回复我的信息！

叶绾绾：今天跟我妹聊天，她说喜欢成熟稳重一点的男人。

宫旭：洛辰是前辈，是师兄，我觉得你确实应该先回复他！

叶绾绾：……

练武场。

"砰、砰"的声音不断响起。

流影绑着绷带的手发疯般一拳一拳砸在沙包上。

宋靖赶紧过去把人拉开："队长，快住手，你疯了吗？！伤得这么重还乱动！"

流影的胸口剧烈喘息着，眸底一片阴霾，不过停顿片刻，又不听劝阻地重新开始击打沙包。

"队长，你别这样！队长……"

宋靖劝了半天也没用，眼见流影的伤口又崩裂开。

就在这时，宋靖眼角余光突然看到一个熟悉的身影朝着这边走来。

"若曦小姐！"宋靖看到来人，顿时如同看到了救星，急忙开口求助道，"若曦小姐，您快来劝劝队长吧！"

见来人是秦若曦，流影的神色顿时僵住："若曦小姐，我……"

秦若曦走到青年跟前："事情我已经听说了。"

据说昨晚叶绾绾在酒吧遇袭，流影和宋靖等人保护不力，今日被司夜寒责罚了。

流影闻言，脸色更加阴沉："对不起，若曦小姐，让你失望了……"

秦若曦轻轻叹了口气，柔声开口道："流影，阿九不过是暂时撤了你的职而已，还有几个月就是队长考核，到时候你打败了十一，还是队长。所以，所谓撤职，也不过是暂停你几个月的职务，不必太过介怀。"

流影闻言依旧沉声不语，自从他跟着少爷以来，哪里受过这样的打击和屈辱，自然无法释怀。

"至于叶小姐……"秦若曦眸光微转，"倒确实是让人很意外，没想到她的身手居然这么好……"

司夜寒虽然对外封锁了消息，但以秦若曦的职位和身份，自然不难知道昨晚的真实情况。

流影一听，想到自己居然被叶绾绾伤成这样，脸色更加难看了，微微捏紧了双拳开口："那个女人不过是一身蛮力，喝醉了以后力气大于常人而已，加上我们无人敢对她出手，才会被她发酒疯伤成这样……"

秦若曦闻言点点头，流影的话和自己猜想的差不多，否则没有理由可以解释那个女人怎么会把流影、十一那么多人都打伤成这样。

于是，秦若曦继续安慰流影道："总之，别多想了，赶紧振作起来，我相信，队长的位置只属于你，也只有你有资格担任。"

流影的脸色终于缓了几分："谢谢你，若曦小姐，我一定会拿回来的！"

"这就对了！"秦若曦面露欣慰之色，"我等你的好消息！"

"好！"

晚上，锦园。

叶绾绾回来的时候，看到许易正站在院子里，似乎有些心不在焉。

叶绾绾估计他是因为流影的事情，便迈步走了过去："宋靖和流影的惩罚定了？"

许易点点头，叹了口气道："宋靖罚了奖金，流影……"

许易顿了顿，继续开口道："流影被撤职了，总队长的位置暂时由十一代替。"

叶绾绾闻言有些惊讶，流影居然被撤职了……

这个结果，她倒是真没料到。

流影的手下大多是武者，在他们的认知里，强者为尊，实力至上，想要压得住他们，身手必须要好，所以，流影在司夜寒的手下里还是很有威望的。

流影被撤职，怕是会引起不少人的不满，十一这个位置，可不好坐……

跟许易聊了一会儿之后，叶绾绾回到了楼上。

刚进门，叶绾绾就忍不住对司夜寒吐槽道："我回来了……被塞了满满一肚子狗粮回来了！果然出来混迟早都要还的！楚风那个傻小子，居然只是为了从韩羡羽的助理那里搞到一张限量版专辑送嫣然，才闹出这么一场乌龙，你敢信？害得我白担心这么半天！"

叶绾绾正说着，目光无意间落在司夜寒的手上，顿时皱起眉头："你怎么又在看文件啊？"

司夜寒将手中的一沓合同放了下来："顺手。"

叶绾绾也是无语："难道你除了工作，就没有任何业余爱好了吗？"

这个问题她已经想问很久了。

司夜寒闻言，似乎是认真思索了一下，开口道："爱好？"

叶绾绾点头，一一列举道："对啊，唱歌、听音乐、玩游戏、游泳、踢球，或者打个高尔夫？总有一样除了工作你喜欢做的吧？好不容易能趁着养病光明正大地休息一下，你就不能做点放松心情的事情吗？"

司夜寒深邃的眸子朝着女孩看了一眼，回答道："没有。"

叶绾绾顿时被噎得没话说，一张小脸严肃不已。

这家伙怎么这么擅长把天聊死？

叶绾绾气呼呼地跑过去，一把将他手里的东西抽走："那就陪我！我们出去看电影吧！你难道没发现我们认识以来，一次都没去看过电影吗？"

何止是看电影，情侣间该做的事情，他们几乎全都没有做过。

"上次我们已经一起出去吃过饭了，虽然带了一个电灯泡……这次就去看电影吧！就我们两个人！"叶绾绾有些兴奋地提议。

司夜寒看着女孩亮晶晶的充满期待的眼睛，一时没有说话。

叶绾绾蹙眉："怎么啦，你不想去啊？"

"只是怕你无聊。"司夜寒淡淡地开口。

叶绾绾愣了愣，怕她无聊？

怕她跟他待在一起会无聊吗？

叶绾绾眨了眨眼睛，自言自语地咕哝道："原来你也知道自己无聊啊……"

……

最后，叶绾绾还是把司夜寒给拖出了门。

今天是周末，这个时间点又是高峰期，电影院里排满了人。

叶绾绾环视一圈，终于找到了一个空位，然后拉着司夜寒走了过去："你坐在这里等我一下，我去取票。"

即使已经刻意穿得普通和休闲，但司夜寒只是随便坐在那里而已，在人群之中还是如同一个发光体。

叶绾绾说完便急忙去排队取票了。

终于取到了票，她又跑回司夜寒跟前："你想喝什么？我去买！爆米花要不要？"

司夜寒说："随意。"

叶绾绾也不在意："好吧！那我就自己看着买了啊！"

司夜寒回复道："嗯。"

叶绾绾便又跑去排队买饮料和爆米花，然后又去另一边买零食了……

司夜寒朝着排队的人群看了一眼，发现在排队的几乎全都是男人，可叶绾绾却抱着一堆东西蹦跶着跑东跑西……

某情商为负的男人这才后知后觉地发现，似乎哪里不对？

买好爆米花和可乐之后，叶绾绾回到了司夜寒那边：“宝宝，那家店的棉花糖特别好吃，我去给你买一个尝尝！你等我一下啊！”

叶绾绾说完，便一阵风似的朝着人群最多的地方跑过去。

卖棉花糖的地方确实很火爆，排了很长的队伍，叶绾绾跑过去排在队伍里，很快就挤在一群男人和情侣之间。

司夜寒深邃的目光定定地朝着人群之中的女孩看去，半晌后，缓缓站起身……

叶绾绾正踮着脚看前面还有多少人在排队，身旁突然落下一片阴影。

她下意识地扭头，结果就发现司夜寒不知什么时候走过来了。

“怎么了？你怎么过来了啊？”叶绾绾不解地问道，以为司夜寒是有什么事找她。

司夜寒面无表情地接过她手里提着的爆米花和可乐，开口道：“去那边坐着。”

“啊？”叶绾绾有些没反应过来司夜寒是什么意思。

司夜寒缓缓开口道：“我来排队。”

叶绾绾眨了眨眼睛，又眨了眨眼睛，满脸的不可思议。

高贵冷艳、不食人间烟火的司夜寒，居然还有这么……接地气的时候……

他居然知道这种事情应该是男朋友做的了！

叶绾绾好半天才回过神，急忙道：“没事啊，还是我来吧！你坐着休息就好！”

“我没那么虚弱。”司夜寒坚持道。

叶绾绾没办法，只好一把挽住他的手臂：“那我们一起排队好了！”

这次，司夜寒总算是没说什么了。

队伍终于排到了他们，叶绾绾开心地买了一根巨大的五彩花朵棉花糖。

司夜寒看着那根比人脸盘还大的糖果，问道：“吃得完？”

叶绾绾无语，刚刚还说他接地气呢……

她无奈地解释道：“放心好了，肯定吃得完，这是棉花糖，很软很蓬松的，入口就没了，只是看着很大！”

叶绾绾说完，在店员小姑娘不停偷看司夜寒的目光中，接过了棉花糖。

“快吃一口，你就知道了！”一离开队伍，叶绾绾便迫不及待地将棉花糖凑到司夜寒的唇边。

司夜寒蹙着眉头，显然对这种奇奇怪怪的东西有些抗拒。

叶绾绾见他迟迟不动，便迫不及待地凑到另一边，咬了一大口：“唔，好甜！”

司夜寒这才凑近尝了一下，确实，入口即化，是他从来没有尝过的新奇滋味。

叶绾绾期待地追问：“怎么样？甜不甜？”

司夜寒盯着女孩晶亮的眼睛：“嗯。”

棉花糖吃完后，电影正好开始，两人起身进场。

叶绾绾兴奋地跟一旁的司夜寒介绍道：“这部是乔可歆主演的片子，乔可歆是这届金兰奖影后呢，还是很值得一看的……”

说到这里，叶绾绾猛然想起金兰奖颁奖典礼是三天后，这个时候还没公布消息呢，于是急忙开口道：“我是听到内部消息说金兰奖最佳女主会是乔可歆，就是不知道真假，反正我感觉这部剧质量不错就是了……”

好险，差点说漏嘴了……

很快，大银幕上开始播放电影。

画面从远景的青山绿水切入到近景熙熙攘攘的长安大街，瞬间将观众带入繁花似锦的盛世年代。

接着，一座古色古香的清幽小院映入眼帘，几株睡莲在风中轻轻摇曳，锦鲤浅游其中，窗内，一袭月白色古装的乔可歆正垂着眸子静静地坐在那里绣花。

第一幕刚出来，观影厅里的观众全都眼前一亮。

大家习惯了乔可歆以妖冶美艳的形象示人，还是第一次看到她这么温婉的模样。

不禁让人想到那句“最是那一低头的温柔，似水莲花不胜凉风的娇羞”。

叶绾绾忍不住捧着脸花痴道：“哎呀，我家女神温婉风格的装扮也好好看，不过更期待后面的女帝形象！”

一旁的司夜寒正斜支着额头看着银幕，闻言用眼角余光朝着身旁正在对着一个女人满眼星星的女友看了一眼。

叶绾绾正襟危坐，开始全神贯注地欣赏女神。

乔可歆的这部《静姝传》，讲述了女主从一个深闺小姐到成为一代女帝，终身未嫁，与帝国和权力相伴的传奇人生。

剧中的女主跨度从天真烂漫的十六岁少女到中年成为女帝，一直到暮年，从头到尾都由乔可歆一人扮演，因此对演技的要求很高。

一般像乔可歆这样形象的女艺人，想要拿主流奖项，大多都必须牺牲形象扮丑，不是演下乡的女知青，就是身世可怜的母亲，这样方能突显演技。

这次乔可歆在剧中的形象明显不占优势，剧情也偏商业化，加上她天然招黑的体质，这部片子一直被唱衰，不被看好。

不过这部片子作为一部商业片来说，显然是成功的，有乔可歆做女主，韩羡羽演唱片尾曲，叶绾绾曾在梦中看到过，这部电影票房破了好几项纪录，片尾曲更是霸占了各大歌曲榜单的榜首。

此刻放映厅里，观众都看得目不转睛，观感很不错。

一旁司夜寒的态度也比她预想中的要好，并没有不耐烦的样子。

叶绾绾忍不住问道：“宝宝啊，你觉得这部片子怎么样？”

司夜寒开口说："不错。"

叶绾绾一听，眼睛立即亮了亮，居然能让司夜寒都说不错，难怪能得奖呢！

叶绾绾正要说话，突然，她耳尖地听到前排似乎有人在叫自己的名字"叶白"。

什么情况？听错了吗？还是重名……

叶绾绾朝着前排的位置看去，只见坐在前面的是一男一女，昏暗之中，依稀可以看到两人全都戴着口罩。

看电影还戴口罩？而且这两人的背影怎么有些眼熟？

叶绾绾更加狐疑了，稍稍朝前倾身，竖起耳朵听了起来……

"叶白？你是说，上次那个很会说话的小帅哥吗？"

"是啊，说不定叶白的话能成真呢！我也觉得你这部片子不错，商业片怎么了？谁规定商业片就不能得奖？"

"几乎所有人都跟我说不要抱太大希望，都担心我会失望，那位小帅哥还是第一个这么信誓旦旦地说我一定可以拿最佳女主的人……"

两人说话的声音很轻，不过大致内容叶绾绾还是猜了出来。

听到这里，叶绾绾顿时满头黑线。

乔可歆和韩羡羽居然大晚上的偷偷跑来看电影，还正好被她撞上了……

知道前面的两人是谁之后，叶绾绾赶紧往后缩了缩："运气要不要这么差啊？出来看个电影居然还能同时遇到乔可歆和韩羡羽……"

"怎么？"见叶绾绾一副惊吓的表情，司夜寒朝她看了一眼，"你不是喜欢女主？"

叶绾绾哭丧着脸："是啊，如果我现在是男装，就上去打招呼了，可问题是，我现在是女装啊！要是被发现就惨了！"

叶绾绾说完，笑靥如花地凑到司夜寒身边："当然啦，要是宝宝你不吃醋也不生气，其实我被发现也没啥的！"

司夜寒斜睨了眼女孩那副小狐狸似的狡黠模样，奉劝了她两个字："藏好。"

叶绾绾顿时耷拉下脑袋，就知道不可能……

接着，两人便继续看电影。

情侣们出来看电影大多是醉翁之意不在酒，看到大半的时候都开始趁着暗色亲亲搂搂抱抱。

哪里像叶绾绾和司夜寒，一个认真得就差一边看一边做笔记了，另一个从头到尾都面色清冷，目不斜视地看着大银幕，说是来看电影，居然就真的只是看电影。

叶绾绾旁边的小情侣正搂在一起腻腻歪歪。

"哼，看得目不转睛，乔可歆有这么好看吗？"

"没有没有，乔可歆哪有你好看啊！"

"骗人，你不是说乔可歆是你女神的吗？"

"不存在的，我女神明明是你好吗？我怎么可能有除了你之外的女神！乔可歆连你的一根手指头都比不上！”

叶绾绾听得嘴角抽搐，这位朋友，求生欲很强啊……

女孩子似乎是被哄开心了，在男人脸上亲了一口：“这还差不多！”

看着这对腻腻歪歪的小情侣，叶绾绾支着下巴，这才发现自己似乎冷落了司夜寒。

她是不是也该撒个娇什么的？

于是，叶绾绾轻咳一声，朝着司夜寒看去：“宝宝啊，你觉得乔可歆好看吗？”

司夜寒从屏幕上移开视线，朝叶绾绾看去，看表情，似乎是觉得她的问题有些无聊，不过还是回答道：“没注意。”

“哈？那你看到现在都在看什么？”叶绾绾不解。

司夜寒说：“这部戏虽然是架空，不过朝代的原型应该是宋代，但剧中的服装、道具却有十三处错误……”

叶绾绾：“……”

你赢了！

叶绾绾的撒娇腻歪计划就此夭折。

正在心里默默吐槽着自家男友感人的情商，旁边那对正在搂搂抱抱的小情侣似乎是动作太大了，一不小心把手边的爆米花打翻，全都朝着前排的位置飞去……

“啊……”

“怎么回事啊！”

前排的观众纷纷回过头来抱怨，同时回头的，还包括乔可歆和韩羡羽两人。

事情发生得太突然了，叶绾绾完全没有预料到，于是完全没来得及遮挡，就这么眼见着乔可歆和韩羡羽回过头来……

完蛋！

就在叶绾绾在内心咆哮的时候，旁边一片阴影迅速落了下来。

司夜寒微凉的唇落在了女孩的唇上，大掌从后方轻轻托着她的后脑勺，严严实实地将她遮挡住……

男人清冷出尘的容颜在呼吸可闻的距离，微凉的唇覆上她的唇，清冽的气息瞬间将她笼罩……

这所有的一切就发生在一秒钟之内。

当叶绾绾发现自己突然被吻住的时候，整个人都是蒙的，黑暗之中，一双眸子因为震惊而大大地睁着。

心脏不受控制地在胸腔里快速跳动着。

司夜寒的眼睛也是睁开的，额头轻轻碰触着她的额头，温热的气息与她的暧昧地交缠在一起，视线眨也不眨地将她紧锁着。

叶绾绾对上男人幽深的眸子，心跳声莫名地越来越快。她想要逃离这样近乎失控的感觉，便压低了声音开口道：“宝宝……你……好机智啊……”

情商不够又怎样？人家可以用智商来凑！

司夜寒盯了女孩一秒钟，没有说话，下一秒，再次俯身过去，这一次，不再是为了替她掩饰的蜻蜓点水……

前排的座位上，乔可歆看着那对正在缠绵接吻丝毫不受影响的情侣，耸了耸肩，表示见怪不怪。

至于韩羡羽，看着两人，除了略有些尴尬之外，眸底倒是滑过了一丝不易察觉的狐疑之色……

方才匆匆一眼之下，他怎么发现那个男人非常眼熟，好像是叶白的那个朋友？

因为叶白那位朋友的气质实在是太特殊了，所以即便是匆匆一眼，他也觉得自己应该不会认错。

至于那个男人旁边的女孩子，被男人遮挡得严严实实，匆忙之下倒是没看清……

之前他还觉得那个男人和叶白走得有些太近，现在看来，果然是他想多了。

只是，他还真是好奇，能让那样一个冰冷疏离的男人如此热情，甚至在电影院这种地方与其他小情侣一样情不自禁的，会是怎样的女孩子？

人家小情侣在腻腻歪歪，韩羡羽就算好奇也不好总盯着人家看，视线没停留多久，很快便轻咳一声挪开视线转过身去。

司夜寒的吻还在继续，叶绾绾被圈在一方之地，只觉得胸腔里的空气越来越少，大脑因为缺氧而一片昏沉。

眼角余光瞥到前方的乔可歆和韩羡羽似乎已经转过了身，叶绾绾的胸口起伏着，眨了眨眼睛，稍稍往后退了退：“那个……已经可以了……”

司夜寒气息微喘地停止，视线却没有从女孩的小脸上挪开，黑暗中的眸底似乎有火光跃动，极具侵略性。

叶绾绾眨了眨眼睛，莫名紧张地咽了口唾沫。

司夜寒抬起手，修长的手指在女孩微微有些红肿的唇上轻轻碰触了一下，随即滑到她的身侧，捉住她的小手，与她十指相扣，然后，再次倾身过去，一下一下地轻轻吻着女孩的唇……

一个又一个的吻，很轻，痒痒地落下来，却比方才的强势更加令她心跳如擂鼓。

叶绾绾心悦诚服地表示，某人虽然资质差，但是这学习能力，实在是太强了！

从主动帮她排队，到这个吻……

亏得她之前居然还嫌弃他的资质……

虽然这个吻结束了，但司夜寒与她十指相扣的手却一直没再松开。

至于接下来的电影内容，叶绾绾都没有看进去。

总算是有点在约会的感觉了……

不容易……

电影散场后，叶绾绾确定乔可歆和韩羡羽离开了，才跟司夜寒一起离开了放映厅。

商场外，许易已经在电影院门外等着，他抬头看了眼手表，掐着散场时间朝着影院门口看去，果然看到了两个熟悉的身影。

等两人走近，许易不禁瞪大眼睛，他发现，自家少爷竟然主动牵着叶绾绾的手。

许易几乎都不敢相信自己的眼睛，如果说是其他亲密的举动，他都不会这么惊讶，但是牵手这种考验情商和情趣的事情，对他家少爷来说简直是天方夜谭！

睡午觉、吃饭、看电影、牵手……

他突然发现，自家少爷似乎越来越有烟火气，像个普通人了。

绾绾小姐实在是……太厉害了……

直到两人走到车前，许易才反应过来，急忙下车拉开了车门。

上车后，司夜寒又恢复了一如既往的高冷神态。

叶绾绾满脸邀功地凑了过去："怎么样？多出来走动走动，是不是觉得心情好了很多？你就应该多出来走走！"

叶绾绾想了想，继续开口："不然……以后我们至少每周出来一次吧？"

司夜寒闻言，神色淡定地略一颔首道："可以。"

前方正在开车的许易看着自家少爷这副"我很淡定""我一点都没有很期待"的表情："……"

好吧，他就象征性地相信一下吧。

这时，一阵手机铃声响了起来，是叶绾绾的手机。

叶绾绾看了眼来电显示，顿时变了脸色。

"是韩羡羽打过来的！他怎么这个时候给我打电话？该不会是刚才发现了什么吧？"叶绾绾心虚不已。

司夜寒朝着女孩看了一眼："理论上来说，不会。"

叶绾绾无语。

请问，这个"理论"是怎么来的？

手机响了好久，再不接就更是欲盖弥彰了，叶绾绾只能接了起来，压低嗓音，切换到男声状态，紧张地开口道："喂？羡羽，怎么这个时候给我打电话？有事吗？"

"没什么大事，就是问你一下，金兰奖颁奖典礼你要不要去？"韩羡羽问。

"金兰奖的颁奖典礼？"叶绾绾愣了一下，随即开口，"我肯定去不了啊！"

"歆姐帮你弄了一张入场券，你要是有空的话，就一起过来吧！"韩羡羽道。

叶绾绾有些惊讶，没想到乔可歆会邀请她一个小透明："这个……会不会不太合适？"

"没什么不合适的，你过来吧，反正入场券都已经安排好了。今天我跟歆姐一起去电影院看《静姝传》的时候还说起你，我说这片子不错，搞不好你的预言会成真呢！"韩羡羽玩笑道。

叶绾绾轻咳一声："不过是我喝醉时的胡言乱语，千万帮我跟歆姐道个歉，希望她别介意……”

韩羡羽笑道：“放心好了，歆姐没介意。对了，你知道我今天在电影院的时候遇到谁了吗？”

听到这话，叶绾绾的心又提了起来，战战兢兢地问道：“谁啊？”

“你那个朋友，司九。”韩羡羽回道。

叶绾绾一听顿时愣住，韩羡羽居然认出司夜寒了？那她岂不是也危险？

不过司夜寒的气质太特殊，会被一眼认出来倒是也正常……

手机那头，韩羡羽继续开口道：“他跟女朋友一起过来的，就坐在我们后面，不过当时人多不方便，就没有打招呼。”

叶绾绾听韩羡羽的语气，应该是没认出自己来，略松了口气：“好巧啊！”

“我看他跟他女朋友还挺恩爱的，被两人撒了一脸狗粮，看不出来你朋友看起来总是冷冰冰的，对女朋友倒是很热情！”韩羡羽意外地开口道。

什么？司夜寒对她……热情吗？

叶绾绾嘴角微抽地朝着身旁的某冰山脸看了一眼，认真开口道：“那肯定是因为他女朋友太可爱了！”

韩羡羽笑了起来：“或许吧，英雄难过美人关！”

顿了顿，他补充道：“那我就不多说了，回头见，你哪天回公寓，到时候提前跟我说一声，我把入场券给你。”

“好的，那就谢谢了，也帮我感谢歆姐！”叶绾绾没有再推辞。

挂了电话后，叶绾绾庆幸不已地拍了拍自己的胸口：“还好还好，幸亏你当时反应及时，韩羡羽只来得及看到你，没看清我！”

……

两天后，十一手头的任务完成，伤势也恢复了一些，叶绾绾正式开始跟着十一训练。

院子里，司夜寒坐在不远处的树荫下喝牛奶，旁边趴着正在打盹的白虎。

他原本每天一杯的咖啡或浓茶已经被叶绾绾给强制换成了牛奶。

此刻，十一站在司夜寒跟前请示道：“九爷，不知道……绾绾小姐的训练计划，要做到什么程度？”

司夜寒轻轻放下手里那只印着卡通图案的粉色牛奶杯：“三个月内，让她的身体足以负荷她的身手。”

十一微微蹙眉：“三个月？这么短的时间，锻炼强度会不会太大了？”

司夜寒淡淡开口道：“不会。”

十一只好应声道：“好的。”

请示完之后，十一便在不远处临时为叶绾绾准备的训练场等候着。

叶缩缩换了一身轻便的服装，先是和以往一样绕着大白溜达了好几圈，直到偷摸到了一把虎毛才心满意足。

摸完大白，叶缩缩兴冲冲地跑到十一跟前："教练，我准备好了，今天我们学什么？"

十一看着眼前叶缩缩那副乖巧听话的模样，又默默看了一眼自己受伤的腿，心情十分复杂。

这大概是他有史以来接过的最艰难的任务了。

所以……

他到底要教她什么？怎么教？

回想起来，为什么少爷这段时间给他的任务一个比一个难处理……

见十一头疼不已地站在那里，叶缩缩眨了眨眼睛，有些抱歉地开口询问道："教练，怎么了？是不是我基础太差了，很难教？"

十一内心疯狂吐槽：这已经不是难的范畴了……

他垂死挣扎地朝着不远处自家少爷的方向看了一眼，无奈，自家少爷风轻云淡地靠坐在藤椅里，完全没有接收到他的视线。

没办法，十一只能硬着头皮开口道："这样吧，缩缩小姐，据我的观察和了解，你平时应该很少运动，所以，我们不如先从基本功开始，加强一下你的体质？"

"好的！"叶缩缩干脆地应道。

"那今天第一天，你先跑个八……"十一正要说"八公里"，就接收到了自家少爷犀利的目光。

于是，到了嘴边的话又改了："你先跑个五……"

那目光依旧没有移开……

十一只能继续改口："三公里吧！"

少爷，刚才明明是你一口咬定让我三个月内完成的，临到训练的时候又觉得我派的任务重是怎么回事？！

十公里对他们而言只是打底，他都没说十公里，只说了八公里，结果还是……

按照现在这个锻炼量，三个月内怎么可能完成？

叶缩缩利落地回复道："好！"

叶缩缩说完便跑了出去，十一也跟着上了车，缓缓跟在叶缩缩的身侧。

他肯定是要从头到尾陪着的，不过没办法，他的腿还没完全恢复，只能找人开了一辆类似观光车的车子过来跟着她。

锦园附近环境清幽，用来跑步最合适不过。

驾驶座上，开车的护卫忍不住开口道："队长啊，三公里太少了吧？"

十一神色无奈："你看不出来那位舍不得？我哪敢让缩缩小姐多跑！"

对于这个理由，小护卫表示无语凝噎……

舍不得？

开玩笑呢？

以这位的武力值，三公里不是跟玩一样？有什么好舍不得的？

结果……

这边刚跑了不到一公里，叶绾绾就已经开始跑不动了……

虽然锻炼之前信誓旦旦一定要好好训练身手，可是行动起来比她想象中还要难受。

因为太久没有运动，她刚跑没多久脚就像灌了铅，胸腔里像是揉了一把碎沙子，每呼吸一下都扯得肺部生疼，之前还没缓解的肌肉也更加酸疼了，整个身体都异常难受。

司夜寒就坐在院子里，叶绾绾跑步的时候会路过。

原本叶绾绾还能咬着牙继续跑，可是，路过院子看到司夜寒的时候，莫名就变得软弱起来，可怜兮兮地朝着男人看去："宝宝，人家可不可以减少一点训练量？我跑不动了，好难受……"

司夜寒看着女孩苍白的小脸，站起身走过去："哪里？"

"胸口，小腿，脚踝也疼……"叶绾绾的语气更加委屈。

一旁的十一忙下车解释："司总，这是长期没有锻炼的正常情况，不必……"

司夜寒恍若未闻："今天到此为止。"

十一："……"

少爷！我这训练计划已经够艰难了！求您别再给我增加难度了！

至于身后的小护卫，看着才跑了不到一千米就开始撒娇的叶绾绾，一脸震惊。

别说十一，连司夜寒身后的大白虎也抬了抬眼皮子，好像在表示鄙夷。

叶绾绾也知道自己这才跑一千米就撂挑子不合适，其实她刚才不过是想撒个娇而已，便忙对司夜寒开口道："不用了，我还是继续跑吧，大不了跑慢一点！"

司夜寒蹙眉。

叶绾绾又开始撒娇提要求："宝宝，你也上车好不好？这样的话，我看着你，就会跑得比较有动力了！"

司夜寒面色严肃："你确定没问题？"

"没问题没问题，我还能坚持一下的，只是刚才不知道为啥，一看到你就忍不住了……"

听着女孩的话，司夜寒的面色明显柔和了几分。

于是，司夜寒也上了车，车子在前面缓缓开着，叶绾绾跟在后面跑。

小护卫一直都处在怀疑人生的状态之中，实在没法把那天晚上招式凌厉、气势如虹的女人和眼前这个刚跑不到一千米就虚弱不已的软妹子联系到一起。

"队长啊，这确定是同一个人吗？"小护卫忍不住压低了声音跟十一吐槽。

十一正要开口，目光却不知为何渐渐变了："你减慢车速了？"

小护卫摇头："没有啊，怎么了？"

十一沉吟道："你没有减慢车速，那就是……缩缩小姐的速度越来越快了……"

正在开车的小护卫愣了愣，随即往后视镜里看了一眼："是真的！她都开始超我的车了……啊……已经超了……"

说话间，叶缩缩已经跑到了车前。

叶缩缩一边跑一边对着车内的人喊："你们别减速啊！让你们家少爷在我的视线前方，不然我跑不动啦！"

"是！马上！"小护卫面色微红，赶紧加速。

可是有一说一，压根就不是他们减速了好吗？

不对啊……她怎么还在加速？

方才根据他们的观察，叶缩缩绝对已经到了体能的极限，这种情况下常人是绝对无法加速的，结果她怎么越跑越轻松了？

"难道是身体到达了极限之后的反应？"

有时候身体到达极限后会有一段时间觉得脚步变轻，但这种情况持续极短，就跟回光返照一样。

十一和小护卫的想法差不多，但渐渐地，两人神色全都变了……

转眼三千米就已经跑完，中途叶缩缩竟一次都没有再停过。

十一看着公里数，已经准备喊停，叶缩缩却呼啦啦跑远了。

"司总，这？"十一朝着一旁的司夜寒看去，请示道。

结果，自家少爷正目光专注地盯着车后的女孩，似乎并没有要阻止的意思。

于是十一便噤声继续观察了。

叶缩缩惊讶地发现，自己不仅没有累趴下，脚步反而越来越轻快了，不由得满脸惊喜地朝着车上的司夜寒看去："宝宝，真的好有用！我发现只要你在我的视线里，我竟然一点都不觉得累了！好神奇！"

司夜寒斜支着额头坐在车上，看着女孩意气风发的小脸，眸底闪过一丝不易察觉的笑意。

连出来陪着跑个步都被能撒狗粮的十一与护卫："……"

从一千米到三千米到五千米，直到一万米，十一和小护卫的神色从无奈到震惊，最后已经瞠目结舌。

十一看着手里的秒表，咽了口唾沫，扭头朝着自家少爷看了一眼。

这哪里需要三个月？

人家才适应一千米而已，就已经生龙活虎了好吗？

简直……太变态了……

其实一开始他也以为叶缩缩只是力气异于常人，没想到体能也这么可怕。

所以，他真的已经没啥可教了啊……

结果，十一刚这么想着，便对上了叶绾绾亮晶晶的满含期待的眸子：“十一教练，我跑完啦！接下来我们要学什么？”

十一喉头一噎，朝着自家少爷投去求助的目光。

司夜寒看向身旁的女孩，问：“你想学什么？”

叶绾绾立即开口道：“当然是实战了！光是跑步肯定没意思啊！”

司夜寒说：“让十一带你去训练室。”

叶绾绾连连点头道：“好的呀好的呀！宝宝，你不用陪我了，你到了针灸的时间了，等我训练完就去孙医生那儿找你！”

司夜寒应道：“嗯。”

从头到尾都无法反抗的十一：“……”

……

训练场。

清晨时分，一抹微风吹拂，惬意舒畅，让人仅剩的一丝睡意一扫而空。

“十一教练，我来了！”叶绾绾换了训练服，将齐腰长发扎成一个马尾，看起来英姿飒爽。

“好……”十一看向叶绾绾，艰难地点了点头。

“十一教练，我们今天学什么？”叶绾绾期待地问道。

“这样，今天教你一点格斗技巧吧！”沉思许久后，十一决定。

一力破千巧，那晚在酒吧的时候，叶绾绾主要是力量上的优势，如果加上格斗技巧，效果将会加倍。

叶绾绾满脸兴奋之色：“十一教练的格斗技巧，在护卫中是数一数二的吧？！”

闻言，十一满脸傲然之色，刚想开口说些什么，神色却又迅速黯然下去。

在刚成为护卫时，他对自己的格斗战力十分自信，从来不惧任何人，甚至数次争夺护卫总队长的位置。

然而，每一次都败在流影手中，他近乎没有什么还手之力。

此后，十一才清晰地认识到，他的格斗技巧和战力，至多只能排在二流。

总队长的职位虽是他一直以来的梦想，但却从未实现过，流影像是一座不可逾越的高山，横挡在他身前……

虽说他如今已是总队长，但也仅是暂代，不久后，这一届护卫队长的选拔赛将开始，他还是会同往昔般，败在流影之手。

如今暂代队长的这个身份，于十一而言，并非荣耀，而像某种魔咒，时刻提醒和讽刺着他……

“十一教练？”叶绾绾见十一神色难看，蹙眉道。

“哦……没什么。”十一回过神，将心绪收敛，看着一身训练服装扮的叶绾绾道，

“格斗技巧，那都是西方的称呼，在咱们国家，这称为武学，是一种用拳脚或用兵刃给予敌人严厉打击的手段。”

“听起来很厉害的样子。”叶绾绾颔首。

“绾绾小姐，那是自然。而在所有武学之中，最厉害的，又称为飞花摘叶！”十一正色道。

“飞花摘叶？”叶绾绾看着十一，来了兴趣。

“不错。”十一道，“飞花摘叶，皆可伤人。顾名思义，这门武学练习到极致，飞花落叶皆可为己所用，一招一式全部浑然天成，普通人根本无法抵挡。”

叶绾绾托腮沉思，片刻后道：“那如果……飞花摘叶遇到枪呢？”

十一噎住：这还能好好学习吗……

“飞花摘叶能挡得住子弹吗？”叶绾绾认真开口。

十一沉默半晌，还是回道：“应该不能吧。但枪再厉害，也属于外力，而武学靠的则是自己……你看啊，枪械会走火，会遗失，子弹也会用完，但武学一旦学成，那将受用终身，绾绾小姐，你看是这个道理不？”

“你说的有一定道理，但我觉得内力和外力同样重要。”叶绾绾认真道。

“咳咳……”十一咳了两声，转移了话题，“绾绾小姐，时间不早了，咱们去训练室学习武学吧……”

最终，十一只能转换话题，再这样聊下去，他可能会接不上话。

叶绾绾和十一并肩朝着护卫的训练室走去。

半路上，不少已经起床活动的护卫，纷纷朝十一打招呼。

“十一队长早。”

“队长好啊。”

几名护卫聚在一处，看到十一现身，开口冷笑道，尤其是“队长”二字，喊得格外重。

十一蹙着眉头，好似未闻。

“哼，摆什么臭架子，还真拿自己当咱们总队长了？”

“笑话罢了，马上便是这一届的护卫队长选拔赛，他那个暂代队长，还能坐多久？”

“这一届护卫队长选拔赛，又是一出好戏。据说，前不久，流影队长又训练了几名实力不错的新人，准备让那几名新人争夺护卫分队长的位置，到时候，十一原先分队长的位置恐怕都保不住了，还妄想当咱们总队长，他凭什么？”

“不过，我还真有些奇怪，十一这段时间，一直和叶绾绾那个女人在一起……难道是想巴结叶绾绾，保住他护卫队长的位置？”

“呵呵，开什么玩笑，护卫队长是公开选拔的，谁的武力最高谁上任，可不是靠某些人的一句话就能上位。”

“不过，那女人似乎有些古怪，上次连流影队长都被她给伤了，难道……十一是打算让她教他两手？”某个护卫疑惑。

听闻此言，剩下几名护卫纷纷冷笑。

“那女人不过是有一身蛮力，仅此而已，那晚在酒吧，如果不是看在少爷的分上，流影队长一拳就能把她制服！”

“此话是不错，那女人的靠山可是少爷，流影队长哪里敢还手，别说叶绾绾还有一身力气，就算是个普通人，任你实力再强，光被打不能还手，也得被打成重伤……”

……

不远处，十一双拳紧握，面色阴沉得仿佛能滴出水来。几名护卫的闲聊，并未刻意压低声音，自然被十一听在耳中。

的确，正如那几名护卫所说，这一届的护卫队长选拔赛，他不可能会胜过流影。

流影前段时间培养了几名实力不俗的新人护卫，正是为了分队长的位置，或许，此次的选拔赛后，他连护卫分队长的位置都要被旁人抢去，沦为护卫中最普通的一员……

“十一教练，我相信你可以的。”叶绾绾见十一的脸色不太好，安慰道。

“谢谢绾绾小姐，我一定会努力！”十一点头。

十一的语气虽然坚定，可双眸却有些黯然，明显没什么自信。

片刻后，十一带着叶绾绾来到护卫训练室。

“队长！”几名正在训练的护卫见到十一后，立即跳下擂台打着招呼。

这几名护卫，皆是暗1分队的成员，对十一忠心耿耿。

“绾绾小姐好！”旋即，几名护卫朝着叶绾绾道。

叶绾绾点头：“你们好。”

“你们先退到一旁，今天我要教绾绾小姐一些格斗技巧。”十一道。

闻言，几名护卫用毛巾擦了擦脸上的汗水，坐在远处好奇地观望。

擂台上方，十一站在中央。

“绾绾小姐，武学的初步，并非攻击，而是防守，今天我先教你如何防守。”

“全听十一教练安排。”叶绾绾笑道。

“好，我示范给你看……你先用尽全力对我攻击。”十一道。

“好。”叶绾绾点头，刚欲出手，十一却又忽然道：“等等……绾绾小姐，你先别用全力……就用六分力气吧……”

想起那晚叶绾绾在酒吧所施展的力道，十一难免心虚，何况他这伤还没好全。

“好的！”说话间，叶绾绾握紧拳头，一拳朝着十一打去。

“啪！”

十一速度极快，转瞬之间，一把握住了叶绾绾轰来的右拳。

“绾绾小姐……你看……”

十一稳稳拦截住叶缩缩的攻击，刚欲开口指点，几乎是本能地，叶缩缩左拳挥动，打在了十一的脸上。

“哎哟……”当下，十一捂着脸，后退几步。

“缩缩小姐……你怎么不按套路出牌……”十一揉了揉自己的脸。

“人在险境，不是你死就是我亡，难道还要按照套路出牌吗？”叶缩缩有些疑惑。

见状，下方几名护卫哈哈大笑，这缩缩小姐的悟性未免太高了些，莫名其妙便让他们队长吃了个小亏。

“这次换我攻击你……你要像我之前一样，进行防守……”十一道。

“好。”叶缩缩表示明白。

当即，十一上前数步，右臂上扬，一拳朝着叶缩缩轰去。

十一已经刻意收敛了力道，控制在不会让叶缩缩受伤的程度。

然而，这一拳刚刚挥出，叶缩缩几乎是本能地，又一掌拍在了十一身上。

十一无语凝噎：说好只是防守的呢？为什么要打我？！

“缩缩小姐……咱们不是说好了吗……你是防守的一方……”十一有些无奈。

“十一教练，最好的防守，难道不是攻击吗……”叶缩缩沉吟片刻后道，说完还一副“你到底会不会教”的神色看着十一。

十一已经不知道该说啥了：“……”

“哈哈哈哈哈……”

几名护卫笑得前仰后合，这位叶小姐的武学悟性，着实是有些高啊……

“缩缩小姐，这次我会用武学招式来对你发动攻击，你试着防守，也可以反击。”十一收敛心绪。

此刻，十一已经摸清叶缩缩的套路，这次，他就不信自己还能吃亏。

“我这套武学，叫三瞬掌法，可以在瞬间发动三次掌击，缩缩小姐注意看、注意学。”将武学掌法的一些细节告诉叶缩缩后，十一猛然间拍出一掌。

十一这一掌奇快无比，甚至有破空之音传入叶缩缩的耳中。

一瞬间，叶缩缩脑中突然一片空白，四周的一切仿佛瞬间停止，十一那势如破竹的一掌，在叶缩缩的眸内，好似成为慢动作。

本能地，叶缩缩一拳打出。

这一拳，竟是绕过了十一掌法运转的轨迹，以极其刁钻古怪的角度，狠狠轰在了十一的脑袋上。

“砰！”

一声轻响，在几名护卫目瞪口呆的注视之下，他们的队长十一，整个人竟被打退十数步！

十一起身之后，瞪大双眼，盯着叶缩缩，一副不可置信的模样。

在十一的印象中，叶缩缩只不过是力气异于常人……

可方才，叶绾绾所打的一拳，速度快到极致，没有任何花里胡哨的技巧，干脆利落，只有真正的武学高手才能使出。

“这……怎么可能……”十一满脸诧异。

莫说十一，便连叶绾绾也愣在原地，下意识看了看自己的双拳。

方才那一瞬间，并非她有意所为，而是身体做出的本能反应。

甚至，十一所展现出的掌法，在她的眸中，全是破绽，和小孩子过家家没什么区别……

“刚才发生了什么？”

“没……没看清……”

“好像是，绾绾小姐一拳把十一队长给打飞了……”

“应该是……巧合……”

“肯定是巧合！”

几名护卫面面相觑。

十一眉头深深蹙起，盯着站在原地的叶绾绾，对于几名护卫认为巧合的言论，也相信了几分。

“绾绾小姐……你刚才，是怎么做的？”十一发问。

“我也不知道啊……”叶绾绾一脸无辜。

“那，我们再来一次！”十一不信邪。

说罢，十一返回擂台，口中一声厉喝，将全身力道汇聚于掌内，再次朝着叶绾绾挥去。

“砰！”

下一秒，熟悉的响声回荡在训练室。

十一再度被叶绾绾一拳打退。

这一次，叶绾绾已经能够清晰地看出十一的破绽在何处。

“再来！”十一重返。

“砰！”

“砰！”

“砰！”

……

一刻钟时间，十一用了数套武学招式，可依然被叶绾绾足足打退七八次。

每次十一全力出手时，叶绾绾脑中便是一片空白，旋即呈现出某种极为古怪的心境。

她心中无比冷静，没有一丝波澜和慌乱，将十一的出招和破绽全部看透，身体本能地做出调整，然后将十一打退。

这种感觉，她以往也曾有过，但却并未在意，更没有像今日这样如此直白地感受到。

几名护卫瞠目结舌，是哪个说缩缩小姐只有一身蛮力的？这叫作只有一身蛮力？

每次出手快准狠，仅用一招，却是最为直接的打击，没有丝毫拖泥带水。

叶缩缩眸光诧异，打量着自己的双手，脑中有些混乱。

“缩缩小姐……这也……”

台下几名护卫面面相觑，难以置信。

身为司家护卫，每个人皆是精英，自然能够看出，叶缩缩出手干脆果断。

如果叶缩缩手中多一把武器，只怕十一早已伤痕累累。

十一盯着叶缩缩，表情复杂。

他引以为傲的武学技巧，在叶缩缩面前连一招也难以抵挡！

无论他出手的速度有多快，叶缩缩却总是先他一步，角度更是刁钻至极，无法防备。

“你是不是……故意让我的？”许久后，叶缩缩看向十一，满脸疑惑。

十一乃是司家护卫，更是暗 1 小队的分队长，其实力自然不用多言。

自知之明这种东西，叶缩缩从来不缺，她今日刚刚接触格斗技巧，却每次都能将十一打趴下……

十一盯着叶缩缩，嘴角微微抽动，却是哑口无言。

起初，正如叶缩缩所言，十一的确并未认真，故意让着她，可后来，十一已然用尽全力，却每每还是敌不过叶缩缩一招。

无论是速度、力道还是出手时机，叶缩缩皆是恰到好处，仿佛经过精确计算一般，掌控一切先机，让十一永远处于被动状态，没有还手之力。

“缩缩小姐，您当真是深藏不露……”许久，十一如此说道。

叶缩缩满脸狐疑之色，看十一的表情，似乎并没有让着自己。

难不成，她就是传说中骨骼清奇、万中无一的绝世天才？

“十一教练……你不要让我，用尽全力对我出手。”叶缩缩深吸一口气，脑中始终无法忘记之前那种极其古怪的瞬间心境，仿佛自己进入某种玄之又玄的状态中，心静如止水，身体本能地做出应对。

“好……”十一点头，旋即一掌朝着叶缩缩拍去。

随着十一掌法挥动，叶缩缩莫名感受到威胁，再度进入那种玄妙心境中，冷眼打量着一切。

“砰！”

叶缩缩右臂上扬，化掌为拳，一瞬间，撞在了十一的下巴处。

而十一挥出的一掌，快虽快，却快不过叶缩缩，掌还在半途，未能近叶缩缩的身，整个人却已被叶缩缩打飞了出去。

世人皆说习武万分艰苦，难如上青天，可在叶缩缩看来，也就这么回事，似乎并不太难……

“咦……难道我真是武学天才？”叶缩缩收拳，心中说不出的古怪。

当年她只觉得自己的记忆力好，悟性高，不过是纸上谈兵，实战能力极差，今天认真训练一番，不想却发现自己在武学上竟然这么有天赋？

“十一教练……我觉得我还可以更快……你继续。”叶缩缩见十一爬起身，立即开口。

听闻叶缩缩此言，十一的头摇得如拨浪鼓般，哭丧着脸：“缩缩小姐……不来了……真不来了……”

“没事……我们再试一次……”叶缩缩循循善诱道。

“缩缩小姐……再试几次，我连命都没了……”十一鼻青脸肿，再也不愿意同叶缩缩过招。

见叶缩缩还要开口，十一立即看向台下的几名护卫道：“你们几个，来陪缩缩小姐过招。”

“啊？”

几位捧腹大笑的护卫，笑意顿时僵在脸上。

叶缩缩那诡异的身手，他们全看在眼里，连十一尚且无还手之力，他们几个上去，那不是纯粹找打？

然而，十一已经发话，几名护卫自然无法拒绝，只能硬着头皮走上擂台。

“砰！”

“轰！”

“砰啪！”

训练室内接连响起了几名护卫的鬼哭狼嚎。

半刻钟后，几名护卫同十一般鼻青脸肿，看着叶缩缩，眸内满是崇拜敬畏之色。

方才在台下，虽知叶缩缩实力可怕，但也只是眼见，这上台亲身感受后，自然更加不同。

几名护卫也自诩为精英，可在叶缩缩面前，却不堪一击。

他们无法想象，一个“弱女子”体内，怎么会拥有如此骇人的能量。

“你们真没让我？”叶缩缩看着鼻青脸肿的十一和几名护卫发问。

“没……没没没……”其中一名长相清秀的护卫被叶缩缩揍得最狠，连连摇头，说话有些结巴。

他们已然是用尽了全力。

全力尚如此，若是再让着叶缩缩，只怕他们连半招都接不住。

叶缩缩托着下巴沉思，真是没想到，她居然还是个练武的好苗子，这刚学习没多久，就能把师傅给揍了，要是再让她练习个几年，那不得打遍天下无敌手……

想到这里，叶缩缩兴致盎然，眸内泛出一丝兴奋：“来来来，你们一起上，用尽全力对我出手。”

“不了不了……”

“绾绾小姐……饶了我吧……”

“绾绾小姐，我们可是往日无怨近日无仇啊……”

“绾……绾绾……小……小姐……我……我们……打不……打不过你……你太……太……太厉害……了！”其中一位说话有些结巴的护卫，下意识朝后方退了几步。

“绾绾小姐……你收我为徒吧！”

忽然，十一走至叶绾绾身前，弯腰九十度朝叶绾绾行了一个大礼。

见十一如此，叶绾绾一愣。

什么？收他为徒？

她和十一的身份，怎么忽然之间便掉转了过来？

明明十一是教练，自己为学员才对！

“十一教练……你这是什么意思……”叶绾绾有些傻眼。

“绾绾小姐，我是认真的，我知道自己有很多不足，希望绾绾小姐不要嫌弃我，能够教我一些技巧，我想争夺此次的护卫总队长一职！”十一咬了咬牙道。

“绾……绾绾……小……小姐……求你……也……也收……收我……收……”刚刚那名护卫学着十一那般，也对叶绾绾行了一个大礼，然而他半晌都没说完，众人替他急得直冒冷汗。

“绾绾小姐，他想说，也让你收他为徒，教他个一招半式！”其中一名护卫实在听不下去了，抢着说道。

“对……对……对对……他……他……说……他说的……对！”对方连连点头，“我……我……我想……争……争……争夺本届……的……护卫……分……分……”

“他说，他想争夺本届护卫分队长，这是他一直以来的目标和愿望，希望绾绾小姐能够收他为徒，帮他完成心愿！”急性子的围观者帮忙一口气说出来。

“对……对……对对……他……他……他说的……对！”结巴护卫连连点头，“绾……绾绾……小姐……求……”

叶绾绾额上滑过一丝冷汗：“等等……让我收你们为徒？你们是不是对我有什么奇怪的误会？”

包括十一和结巴护卫在内的所有人都齐刷刷地摇了摇头。

完全没有好吗？

以前才是真的误会了她，现在看清了。

十一面色认真地开口道：“绾绾小姐，我们确实是认真的。我习武多年，已经进入瓶颈期，始终无法突破。绾绾小姐对招式路数的领悟力实在是令人惊叹，即使方才只是与你过了几招，也让我受益匪浅。若绾绾小姐肯收我，就算只稍微指点一二，十一也感激不尽！”

结巴护卫知道自己说话困难，还好队长已经说出了他想说的话，于是在一旁不停附和着点头：“我……我和十一队长一样，求……求……求……绾绾小姐……成……成全！我……我想要变强！”

叶绾绾还没从自己忽然就变成“骨骼清奇的武学天才”中回过神来，紧跟着就被自家师傅和这小护卫拜师，脑子整个都是蒙的。

“问题是……我真的不懂这些啊，收你们为徒岂不是误人子弟吗？”叶绾绾头疼不已地开口。

十一垂着眸子，面色微微有些黯然：“绾绾小姐可是嫌弃我资质太差？”

叶绾绾无语：“哈？”

她怎么可能嫌弃他这个护卫队长资质差啊！他哪里来的错觉？

叶绾绾觉得太荒谬了，自然不想答应，无奈扛不住两人死缠烂打，最后只能松口：“我答应可以……”

听闻叶绾绾此言，两人大喜过望，本还想说些感激的话，却被叶绾绾连忙打住。

叶绾绾严肃地继续开口道：“不过，话说在前面，我自己都是一知半解的，真的不一定能教你们什么，这可是你们逼我的，要是教错了，回头你们可不许去你们少爷那里告我的状！”

“师傅谦虚了！”十一神色略有些激动。

亲身感受过叶绾绾的恐怖战力后，要是相信叶绾绾只是一知半解，那才是见鬼。

“绾绾小姐，我们……我们也想要一个师傅……”

忽然，另外几名护卫也满脸殷勤地走上前开口道。

“好了，你们要拜师，也等这届争夺赛结束之后再说，师傅哪里教得过来。”十一连忙说。

闻言，几名护卫撇了撇嘴，只能作罢，纷纷后悔方才因为犹豫没有及时上前把握住机会。

因为晚上要去参加金兰奖颁奖典礼，训练结束，叶绾绾便脱掉训练服，洗完澡直接换上了男装。

主卧，司夜寒刚做完针灸治疗，裸露的上身隐约可见无数针孔。

叶绾绾有点晕针，所以每次司夜寒做针灸的时候她都不敢在场。

“疼不疼啊？”叶绾绾坐过去问。

司夜寒套上衬衫，面色平静道：“没事。”

叶绾绾蹙眉：“要么……下次我陪你一起吧？”

司夜寒看了她一眼，开口道：“不必。你晕倒了，我还要照顾你。”

叶绾绾无语，真是一点都不懂情趣。

“啊，对了……”叶绾绾不知想到什么，脸色突然变得无比严肃，“司夜寒，我有个很重要的事情要对你说。”

司夜寒一边系着衬衫扣子，一边问：“什么？”

叶绾绾盯着司夜寒裸露的肌肤，突然就卡壳了。

司夜寒投去狐疑的视线，等待着她接下来的话。

叶绾绾无奈地掩面扶额，摆手催促道：“那啥，你先把衣服扣好再说，我都忘了我想说什么了……”

男人先是一怔，随即胸腔内似乎传出一声低沉的笑声。

片刻后，他将所有的扣子都系好了，开口道：“好了，你想说什么？”

见司夜寒把衣服扣好了，叶绾绾才满意，也想起自己想说什么了。

叶绾绾斟酌了一下措辞，面色严肃道：“司夜寒，我突然发现，我可能是个武学天才！”

司夜寒：“……”

见司夜寒没反应，叶绾绾急了：“怎么，你不相信吗？今天我跟着十一去训练场，十一教我格斗技巧，结果我把十一都给打趴下了！十一还要拜我为师呢！”

“你收了？”司夜寒问，深邃的眸底暗芒闪动。

叶绾绾神色无奈：“本来我觉得太离谱了，肯定不可能收的，好端端的师傅怎么就变徒弟了？可是，十一态度坚决，还怀疑我是不是嫌弃他资质不好，我没办法就收了。除了十一之外，还有一个说话有点结巴的小护卫……”

叶绾绾说着，略有些疲惫地捏了捏额角：“其实不知道从什么时候开始……我就察觉我对很多东西的领悟力和接受力似乎有些异于常人，就好像那些东西我本来就会一样，比如武技，还有演技……好像是我的一种本能，我不是去学习它们，只是去重拾它们，这种感觉好奇怪……”

司夜寒看着女孩迷茫的小脸，宽大的手掌覆在女孩的脑袋上，轻轻揉了揉：“没什么奇怪的，你只是天赋异禀而已。”

担心她不相信似的，司夜寒又加了一句：“我也是如此。”

宽大的手掌覆在头顶的瞬间，叶绾绾顿时安心了，但下一秒听到司夜寒的话，满脸无语……

宝宝啊，你是认真的吗？

她？天赋异禀？

叶绾绾轻咳一声：“好吧，你的最后五个字我倒是信的。”

司夜寒天赋异禀那是肯定的，至于她，怎么可能是跟司夜寒同等级的天才……

大概是因为跟司夜寒倾诉了一下，叶绾绾平静了不少。

再说了，既来之，则安之，连十一这种武学高手被她打趴下这种事情都能发生，还有什么是不可能的？

第二十七章

金兰影后

从十年如一日坚持的囧，到坚韧果敢的绾，女性的光辉照亮了几年前小小的我，我从大山走出，一步一步为梦想奔跑，一路上，是二囧和叶绾绾这样发光的角色，与我一同成长，治愈着那个自卑敏感的我，我想，我一定会成为和叶绾绾一样强大的人！

——九倾的围脖

读者告白

QIASIHANGUANG
YUJIAOYANG

晚上八点，第四十六届金兰奖颁奖典礼正式开幕。

作为一年一度的业内盛宴，现场星光熠熠，媒体齐聚，红毯上走过的全都是明星大咖和后起之秀。

今晚，韩羡羽是和乔可歆一起结伴走红毯。

两人认识多年，在业内一直都是以姐弟相称，倒是不会传出什么绯闻。

俊男美女的组合总是最夺人眼球，两人刚一出场便引来无数闪光灯。

主持人一看到自带话题的乔可歆，眼睛就亮了，忙问出早就准备好了的问题：“可歆，这次《静姝传》票房已经破六亿，真是可喜可贺！不过，网上对于这部片子拿奖似乎普遍都不太看好呢，认为它是满身铜臭气的商业片，部分网友对于您的演技也颇有微词，不知道对于今晚的最佳女主奖，您是否有信心呢？”

主持人这话阴阳怪气的，明显是在故意激怒乔可歆，想弄个大爆点。

何况这个话题本身就是乔可歆的软肋。

果然，脾气火暴的乔可歆双眸微眯，便要开口怼人。

这时，一旁的韩羡羽察觉不好，赶紧咳嗽了一声，抢在乔可歆之前开口道：“呵呵，这个问题来之前我已经问过歆姐了，歆姐说今晚有实力的前辈这么多，并不强求，她只做好自己能做的，其他的随缘就好！”

韩羡羽说完便不给主持人开口的机会，直接拉着乔可歆走了。

乔可歆神色愤然地看着那个主持人，一副“算你走运”的表情。

不远处，叶绾绾看着这一幕，无奈地扶了扶额头，乔可歆在圈子里被黑得那么厉害，跟她的脾气真是不无关系。

就在这时，现场响起一阵比方才还要热烈的惊呼。

叶绾绾抬眼看去，便看到接下来这对走红毯的人，不是明星大咖，而是……皇天艺人经纪部总监叶依依与顾氏集团执行总裁兼皇天总经理顾越泽。

这对情侣，女孩娇弱秀美，男人高大俊朗，两人的形象完全不亚于明星，地位超凡，更醒目的是，两人身后还跟着皇天的几位大咖，全都是夺奖的大热门，这“皇天天团”顿时引起了现场不小的波动。

主持人拿着话筒，发出夸张的惊叹声：“哇！这一定是今晚咱们红毯上的最强组合阵容了！叶总监，顾总，不知道对于今晚的奖项，二位有信心吗？”

叶依依神情温柔地朝着一旁的顾越泽看去，一副夫唱妇随的表情。

顾越泽的面上没什么波动，只淡淡地说了四个字：“志在必得。”

男人俊逸面容上冷肃的表情，顿时又惹来现场不少花痴的尖叫声。

女主持人也满是星星眼：“果然有底气说话就是不一样，也难怪，这次李忠义前辈的最佳男主几乎是板上钉钉，祁美琳的最佳女主也是得奖大热门，说不定今晚皇天能够同时摘得影帝和影后的桂冠呢！”

什么“有底气说话就是不一样”，主持人这话，无疑是在讽刺方才的乔可歆……

叶绾绾静静地站在台下看向带领着明星天团，风头正盛的叶依依与顾越泽。

如今的叶氏集团，即使受到来自环球和其他公司的不少冲击，但依旧是业内的龙头老大，这次的奖项会收获颇丰也是必然。

之前皇天这边就出了不少通稿，说皇天这次要包揽各大奖项。

不过，想尽揽影帝、影后双冠，只怕他们是要失望了。

叶绾绾不需要走红毯，站在不远处看了一会儿之后，便直接朝着颁奖大厅走去。

韩羡羽太忙了，刚才匆匆让助理给她送来了入场券。

叶绾绾拿出入场券，准备对着号码找一下位置，结果一看座位号，顿时愣了。

怎么这么靠前？是不是哪里弄错了？

叶绾绾再三确认了几次，发现都是那个座位号，于是给韩羡羽的助理打了个电话，想再确认下。

结果，助理的电话正在通话中。

叶绾绾犯了难，毕竟这种场合的位置不是可以乱坐的。

助理的电话一直打不通，叶绾绾只能无奈地站在后面的角落里等待着。

正头疼的时候，前方突然传来一阵熟悉的脚步声，接着一只手臂亲昵地揽住了她的肩膀：“叶白，你在这里做什么？”

只见穿着一身白色C家高级定制西装，比往常更加耀眼夺目的韩羡羽，不知什么时候走了过来。

看着来人，叶绾绾愣了下：“羡羽……”

“我看你站这儿半天了不过来，小梁没给你入场券吗？”韩羡羽问。

“给了，只是座位号好像不太对啊！太靠前了吧？”叶绾绾回答。

韩羡羽凑近看了一眼，开口道：“没错，就是这个号，在我旁边，走吧！”

说着便直接揽着叶绾绾朝前面的位置走去。

“你旁边？”叶绾绾更惊讶了。

“放心，因为我旁边的副导来不了，所以我和歆姐就把这个位置留给了你，不会有问题的！”

听韩羡羽这么说，叶绾绾才放下心来。

虽然现在颁奖典礼还没开始，不过韩羡羽突然起身朝着后面走去，还态度亲热地带了一个生面孔，自然引起了不少人的注意。

叶绾绾就这么被韩羡羽带到了他左边的空位，他的右边就是乔可歆。

乔可歆一看到她，便隔着韩羡羽轻笑着开口：“嗨，算命小先生，又见面了！”

叶绾绾的脸色顿时有些尴尬：“歆姐好，非常抱歉，上次唐突了！”

乔可歆眨了眨眼睛：“没有啊，上次很愉快，一直期待着跟你再见面呢！你真的很可爱！回头有空，不如……”

坐在中间的韩羡羽听不下去了，无奈地用身体将两人挡住，提醒道：“歆姐，公共场合，你注意点好吗？已经快要开始拍摄了！”

乔可歆撇撇嘴，这才终于消停。叶绾绾松了口气，压低声音对韩羡羽道：“谢了。”

看着叶绾绾擦汗的样子，韩羡羽失笑：“你平常的样子和喝醉酒后的样子，还真是两个人。”

叶绾绾无奈：“咳咳，别再提我喝醉的事了……”

坐定之后，叶绾绾发现，坐在他们前排的，居然正好就是顾越泽和叶依依，叶依依身旁的是这次影后得主的大热门——祁美琳。

颁奖典礼还没开始，周围就已经有不少人恭维起来：“恭喜顾总，恭喜叶总监，这次皇天恐怕收获不菲啊！”

叶依依今晚一身香槟色限量版仙裙，美得不可方物，她谦逊地和众人寒暄着：“诸位谬赞了，结果还没出来，谁也说不定的。美琳的演技和前辈们相比还是差很多，需要多磨砺，何况这次其他提名者的实力也是不容小觑！”

“叶总监太谦虚了，您亲自带出来的苗子，哪有不好的！至于其他提名者，也就柳安尚且还能竞争一下，其他的如乔可歆之流，完全就是陪跑的嘛！”

“哈哈哈，是啊，我都已经准备好等着顾总拿了双冠请客了！”

叶绾绾和乔可歆他们离得这么近，自然听到了那些人的说话内容。

乔可歆的脸色已经无比难看，顿时又炸了：“拿双冠，真是好大的口气啊！”

听到身后传来乔可歆的声音，前面那些人的表情顿时都僵了一下。

谁不知道乔可歆的脾气不是好惹的。

立即有人转了话音，打着圆场道：“呵呵，歆姐这次的片子也是大爆啊，票房都破六亿了，恭喜恭喜！”

有跟乔可歆本就不对付的皇天女艺人压低了声音冷笑着轻嗤：“我们也不过是说了实话而已，有什么问题吗？”

韩羡羽蹙眉开口道：“结果没出来之前，有些话还是别说得太满的好。”

一身红裙的祁美琳顿时嗤笑道：“话确实不能说得太满。不过，不管谁来质疑影后得主，也轮不到她乔可歆吧？”

这话就实在有些难听了。

而一旁坐着的叶依依也没有要出来管束自家艺人的意思。

“轮不到我，难道就轮得到你……”乔可歆激动之下，便要站起身。

他们这边坐着随便说说话不会引起注意，要是闹大了，可就难看了。

“我倒是觉得，这次的影后得主，非歆姐莫属。”

一个男人低哑清越的声音突然在一旁响起，引得所有人都朝着他的方向看去。

只见韩羡羽的旁边坐着一个年纪不大的青年。

青年隐匿在昏暗的光线中，似乎毫无存在感，但是，当众人注意到他时，便发现青年的相貌相当惊艳，一身贵公子般的气度。

在不知道对方是谁的情况下，众人也不敢乱说话，祁美琳略有些不悦地朝着说话的男人扫了一眼：“你是谁？”

叶绾绾回道：“无名小卒罢了，这位美女不用知道我的名字。”

一听青年的话，祁美琳顿时神色傲然地开口道：“既然只是无名小卒，这里有你说话的份？”

她好歹是业内大咖，还不需要看什么人的脸色，加上有叶依依和顾越泽在这里撑腰，说话自然不会顾忌。

对于对方不善的态度，叶绾绾不在意地笑了笑，幽幽开口道：“只是，恰巧我会一点五行八卦，算到顾总的运势可能没那么旺，怕是拿不了双冠哦！”

顾越泽本来对众人的谈论争执全都不屑一顾，听到这话，不禁微微蹙眉，转过头来，朝着说话的人看去……

一看之下，顾越泽的神色顿时怔忪了一瞬。

这年轻男人的相貌，怎么如此眼熟？

好像……与那日叶老爷子宴会上的叶绾绾有些相似……

不过，两人的气质却是天差地别，何况他俩一个是男人，一个是女人。

长相相似的大有人在，尤其是近些年，因为整容盛行，撞脸更严重，于是顾越泽只是多看了一眼，并没有太过在意。

只是，这个男人的相貌难免让顾越泽想起那日在宴会上公然与他解除婚约的叶绾绾，于是他的脸色更加难看了。

生意人对运势一说大都宁可信其有，所以，现在这人突然冒出来说了一句算到他运势没那么旺，自然让他有些不舒服。

接触到顾越泽略有些阴沉的目光，叶绾绾的眸底顿时漾开一抹笑意：“怎么，顾总不信？不如我现场给顾总免费算一卦？”

顾越泽冷冷地看了他一眼，很快便转过头，完全没有理会他的意思，明显只是把他当成跳梁小丑。

祁美琳忙开口道：“顾总，别跟这种哗众取宠的人一般见识，一副江湖骗子的嘴脸，还会算命呢，那不如去道观、寺庙好了。”

叶绾绾耸了耸肩，缓缓道：“顾总若是后悔了，随时可以来找我。”

祁美琳无语地低骂道：“神经病……”

叶依依转身看了说话的青年一眼，略蹙了一下眉头，不过并没有开口。

众人只当叶绾绾是为了故意恶心顾越泽，为环球找回场子，所以并没有把她的话放在心上。

见那些人被气得不说话了，乔可歆顿时笑靥如花：“算命小先生，干得漂亮！要不是羡羽这电灯泡挡在中间，姐姐一定要亲你一口！”

叶绾绾：“……”

真是幸亏韩羡羽挡在中间。

韩羡羽也是一脸无语，神色无奈地开口道："叶白，你刚才这话虽然解了一时之气……等下岂不是要被打脸？"

叶绾绾灿若星辰的眸子里闪过一丝光芒："那……若是我真的算对了呢？"

韩羡羽被青年眸底的光芒闪得晃了一下神，旋即开口，失笑道："你要是算对了，那自然最好，以后我就叫你赛半仙好了！"

韩羡羽说完，不知道想到什么，先是看了一眼乔可歆，又看向叶白，脸色突然变得有些诡异。

见韩羡羽脸色不对，叶绾绾问："怎么了？"

韩羡羽轻咳一声，偏了下脑袋，凑到叶绾绾跟前："你是不是忘了那天你喝醉之后跟歆姐打的赌了？"

"啊？什么赌啊？"叶绾绾一脸迷茫。

果然忘了啊……

韩羡羽无奈扶额："就是你说要是你赌赢了，歆姐拿了影后，得给你一个吻啊……"

韩羡羽话音落下的瞬间，叶绾绾的大脑顿时一片空白，整个人都傻在了那里。

她喝醉之后居然还做过这种不要脸的事情吗？

叶绾绾此刻也想起来，韩羡羽确实跟她说过这个事，只是这段时间事情太多，她已经完全忘了这茬了。

"什么……你确定吗？确定我跟歆姐打过这种赌？"叶绾绾还是无法接受。

韩羡羽点了点头："我当然确定，而且印象深刻，当时歆姐都被你撩得脸红了！"

叶绾绾："……"

韩羡羽避开了乔可歆，小声安慰道："不过赌就赌了吧，还好歆姐得奖的可能性不大！"

说不大还是委婉了，大家都觉得完全没可能，不管这部片子多卖座，但商业片想拿奖太难了。

叶绾绾面色黑沉地扶着额头，内心咆哮：问题是，乔可歆肯定会拿奖的好吗？

原本她也不敢这么确定，但这么久以来发生的事都和她梦中的发展轨迹一样。

心好累，这个赌注她可怎么收呀？

让你喝酒！让你喝酒！让你不听宝宝的话！

"喂，你们俩，嘀嘀咕咕的，背着我说什么呢？"乔可歆不满地开口。

"咳，没什么没什么……"韩羡羽急忙坐直了身子。

叶绾绾也立即正襟危坐，虽然内心已经一片凌乱。

现在只能希望乔可歆忘了这茬了……

一旁的乔可歆托着下巴嘀咕："可惜，其实我还挺想得奖的，这样我是不是就可以光明正大地亲一口算命小哥哥了？”

叶绾绾有点想死。

韩羡羽听着乔可歆对叶白越来越亲昵的称呼，满头黑线，你比人家大那么多，还叫人家小哥哥，这真的好吗？

叶绾绾内心复杂，好在此时今晚的颁奖典礼终于正式开始了。

台上，两位主持人热情洋溢地说了一段开幕词，然后是开幕表演，随即大屏幕上开始快速播放今晚被提名的片子。

“好了，现在我们将要进入大家期待已久的颁奖环节，今晚我们第一个要颁发的奖项是，最佳剪辑奖……”

每年颁奖典礼的颁奖顺序是变化的，基本都是根据影响力的程度来排序，除了最佳影片奖需要放在最后，最佳导演奖以及最佳男女演员奖的顺序都是根据情况调整，主办方会把最大的悬念放在最后。

比如这次，影后的讨论度最高，仅次于最佳影片奖的影响力，便被排在了倒数第二的位置压轴。

前面热场的是几个无关紧要的小奖项，韩羡羽趁机闲聊起来：“对了小白，你上次是怎么预测的来着？好像听你说，最佳新人是赵明哲，最佳女配是林佳音，最佳男配是孟良钰，影帝是李忠义？我没记错吧？”

叶绾绾一阵无语，她居然把几个重要奖项的名单全都说了出来……

乔可歆笑眯眯地凑过来，故意开口补充道：“还有我呢，最佳女主是我呀！”

叶绾绾：“……”

拜托你们饶了我吧……

“下面要公布的是……最佳新人奖！今年的新人全都实力强劲啊，真的好难选，不知道最佳新人王会是谁呢？让我们拭目以待！”

这时，台上已经进行到了一个小高潮，将要公布最佳新人奖。

大屏幕上，最佳新人奖提名影片一一开始播放。

李毅，《花好月圆》。

蒋森一，《一百零一夜》。

赵明哲，《春宴》。

宫旭，《爱情不会来》。

……

主持人话说得好听，什么实力强劲，什么竞争激烈，实际上这一届由于各大影视公司都力推流量小鲜肉，导致新人演技普遍不高，完全是矮子里面挑将军。

就连宫旭居然都被提名了，可想而知这届最佳新人奖水分有多少。

这个赵明哲之前是周文斌手下的艺人，也是打通了不少关系，才高价请名导拍了这么一部纯粹为了得奖的文艺片。

“最佳新人奖得主就是——《春宴》中男主的扮演者赵明哲！恭喜！”

终于，主持人公布了奖项得主。

场上众人象征性地鼓起了掌。

一旁的乔可歆笑得花枝乱颤：“哎呀，恭喜算命小哥哥，算对一个了哦！”

叶绾绾轻咳一声：“咳，这个其实不难猜……”

前排，顾越泽和叶依依等人见环球的人领了这个奖项，并没有多大的反应，不过是个最佳新人而已，他们还不放在眼里。

祁美琳故意用后排的人能听到的音量嗤笑了一声：“不就是个最佳新人，得意什么？谁不知道这届的最佳新人没几个能看的？连宫旭都被提名了！”

听到“宫旭”的名字又被提起，叶绾绾无奈地叹了口气。

几乎所有人都用“连宫旭都被提名了”这句话来贬低这届的最佳新人奖，可想而知那小子的名声差到了什么地步。

所以这次她才特意没让宫旭来现场，不然又是一场风波。

虽然宫旭不来也要引起负面讨论，但影响能小一点就小一点吧。

现在这棘手的家伙到了她的手里，洗白是个漫漫长路的大工程，只能一点一点来了……

韩羡羽也挺理解叶绾绾的心情，拍了拍她的肩膀安慰：“节哀吧……”

韩羡羽顿了顿，又开口道：“不过，我还真是挺意外的，没想到你居然会收了宫旭！”

宫旭转到叶白手里的事情外面虽然还没传开，不过韩羡羽就是环球的人，自然知道这事，当时还惊讶了好半天。

真是不知道该恭喜宫旭，还是该同情他了。

叶绾绾只能苦笑：“咳，宫旭好歹有人气。你知道的，我现在很缺人，只能慢慢带了！”

韩羡羽自然知道想带好宫旭可不是件容易的事情，笑了笑开口道：“其实，我倒是挺想跟你的……”

叶绾绾意外地看了韩羡羽一眼，这好像不是韩羡羽第一次说这个话了，于是也笑道：“得了吧，你可是环球的摇钱树，怎么可能给我带……”

韩羡羽目光专注地朝着青年看去：“那你就努力一点啊，争取有一天可以带我！”

叶绾绾知道他在开玩笑，连连点头道：“好吧好吧，我一定为了羡羽小天使努力工作！以能够带羡羽小天使为职业目标！”

韩羡羽闻言，盯着青年面带笑意的脸：“我很期待。”

最佳新人奖后是两个小奖，接着便是最佳男配奖。

这届最佳男配的提名者倒都是实力派，并不是那么好猜。环球的唐星火，皇天的孟良钰，都是得奖大热门。

叶绾绾虽然不想唱衰环球，但这次的最佳男配，确实是孟良钰厚积薄发，更胜一筹。

与孟良钰同时被提名的还有皇天正在力捧的另一个新人。

孟良钰是皇天的老人了，叶绾绾的父亲还在公司的时候就一直稳扎稳打，可父亲走后他就不怎么受重视了，这次的奖项，应该能让他的处境好过一点。

韩羡羽沉吟：“最佳男配，倒是不好猜，叶白，你确定是孟良钰？唐星火这次的表现其实也不错……”

叶绾绾一本正经地开口道：“确实是不好猜测……”

乔可歆开口道：“我觉得糖糖的可能性比较大，上次酒宴上遇到了几个评委组的人，我看他们对糖糖的评价还挺高的……”

三人正议论着，主持人说了一堆废话之后，终于公布获奖者的名单了。

“最佳男配的获得者就是——《红莲》中常安的扮演者孟良钰！恭喜！”

全场掌声响起，摄像机对准了孟良钰的方向，皇天众人纷纷起身与孟良钰拥抱祝贺。

虽然他们更希望另一个力捧的男艺人得奖，不过好歹孟良钰也是皇天的艺人。

后面几排座位上，唐星火不在意地耸耸肩。

唐星火经常跟宫旭等人混在一起，也是富二代艺人里的代表人物，虽然演技比宫旭好多了，不过对于奖项什么的，估计他也并不怎么在意。

乔可歆恭喜道：“哎呀，算命小哥哥，你又算对了呢！”

叶绾绾干笑着没有说话，是啊，她又猜对了，而且后面她的猜测还会全部命中呢。

台上，孟良钰正在激动地发表获奖感言。

和其他艺人一样感谢了观众、导演、公司之后，孟良钰又多加了一句：“最后要感谢的还有我的伯乐！因为他的赏识和支持，我才能够走到今天！”

外人可能觉得孟良钰是在说叶绍安，但圈子里的知情人都知道，孟良钰是叶绍廷挖掘的。

叶绾绾听着孟良钰的话，神情有些感慨。

当初父亲的眼光没有错，孟良钰至今还记着父亲的恩情，甚至不惜说出这番会得罪如今高层的话。

果然，前面的叶依依和顾越泽听到孟良钰的话，脸色都有些不太好看。

韩羡羽作为外人都忍不住感叹道：“这个孟良钰，倒是条汉子……”

紧跟着的两个奖项是最佳音效和最佳纪录片，然后是第三个小高潮，最佳女配的角逐。

这个奖项是真的不好猜了，竞争的激烈程度仅限于最佳女主，观众和业内人士全都吵得天翻地覆，各家支持者也是不甘落于人后。

连叶依依和顾越泽的表情都变得有些凝重起来，专注地盯着大屏幕。

乔可歆点了点下巴，分析道：“这次最佳女配的几个提名者倒是真的实力强劲，不相上下……”

韩羡羽附和道：“确实，我看连评委组估计都挺为难的！”

相比起紧张讨论和等待结果的众人，一旁的叶绾绾偷偷打了个哈欠，神色明显有些百无聊赖。

这种预知剧情的感觉，简直就跟看刑侦片提前知道凶手是谁一样。

她只想感叹一句：人生可真是无趣啊……

果然，主持人为了营造悬念感，废话一大堆之后，说出了得奖者的名字：“恭喜，林佳音小姐！”

最佳女配公布后，韩羡羽和乔可歆的表情明显都怔了怔，不由得朝着叶绾绾的方向看去。

韩羡羽微微挑眉：“连中三个了……”

各种小奖项之后，终于，到了备受瞩目的影帝影后角逐环节。

“激动人心的时刻来临了，接下来要公布的，便是今晚的影帝得主！”

听着台上主持人亢奋的主持语，叶绾绾却几乎要睡着。

“很困吗？”韩羡羽见状问。

叶绾绾略耸了下肩：“提前算到答案了啊，当然有点无聊。”

“你啊……”韩羡羽只当她是在开玩笑，无奈地摇了摇头。

然而，几乎就在叶绾绾话音落下的瞬间，台上的主持人终于卖完了关子，公布了影帝得主：“今晚，金兰奖最佳男主的获得者是……《山河犹在》，李忠义！”

全场掌声雷动。

韩羡羽也忍不住惊叹：“小白，你运气也太好了，五个大奖，猜中了四个！”

是啊，马上还要猜中第五个，也是本次金兰奖最大的冷门……

乔可歆笑道：“连我都突然有点期待了，我不会真的是影后吧？”

前面的祁美琳听到后排三人的对话，无比嘲讽地喃喃了一句：“嗤，有些人的脸皮可真厚！乔可歆，我看你信这个江湖骗子，还不如信广大网友的呼声，你可是业内最不可能拿影后的艺人排行榜 No. 1 呢！”

这次祁美琳也被提名了，并且获奖的呼声不低，她和乔可歆戏路相仿，又在敌对公司，平时就一直矛盾不断，这次祁美琳自然是要逮着机会狠踩乔可歆。

相比乔可歆的骂声无数，祁美琳的名声要好多了，在圈子里是出了名的洁身自好的励志女神。

每次祁美琳的团队发通稿，都要把乔可歆拿出来做对比，顺带着踩乔可歆一脚。

然而，实际上，一直在用心钻研演技的恰恰是被众人嫌弃讨厌的乔可歆，而大众眼中的励志女神祁美琳，私生活却是不堪入目……

乔可歆直接怼了回去：“我爱信谁关你屁事！”

“江湖骗子啊……”

叶绾绾闻言，若有所思地喃喃，随即开口道：“我这个骗子得忠告祁小姐一句，夜路走多了，总会撞到鬼的。不巧，我刚好算到，就在今晚金兰奖颁奖典礼结束后，祁小姐会有一场大劫，或许我可以九点五折卖你一个破解之法哦！”

祁美琳当即笑出了声：“哈，真是笑死人了，我入行这么久，还是第一次见到像你这样的骗子，你们环球现在已经堕落到连这种人都收了吗？”

等祁美琳嘲讽得差不多了，叶依依才出来做了下老好人：“好了，美琳。”

见叶依依开口了，祁美琳这才噤声，转回身去：“跟你这种人说话都降低了我的身份！”

“你吓唬她的？”韩羡羽问。

叶绾绾挑眉：“你猜？”

韩羡羽虽然没说话，不过心里自然只当叶绾绾是随口吓唬人的。

中间插了一段歌舞表演后，到了今晚压轴的影后大奖。

大屏幕上陆续播放了几部被提名的影片。

方敏，《一封来自巴黎的信》。

祁美琳，《我的母亲》。

沈柔，《深宫》。

乔可歆，《静姝传》……

一男一女两位主持人在上面一唱一和。

“天啊！实在是太紧张了！这次的金兰奖影后得主到底会是谁呢？”

“你就别卖关子了，赶紧公布吧！大家都已经迫不及待了！”

“不如你来猜一猜会是谁吧？”

“这个也太难猜了吧，我可猜不出来，能不能给点提示？”

两个主持人聊来聊去，就是不说到底是谁，急得台下所有人都伸长了脖子，不过，显然主办方要的就是这种效果。

台上的大屏幕被分成了四格，四个提名者现场的不同反应全都呈现在了观众的眼前。

直到悬念铺得差不多了，男主持人才松口道：“好吧，看在美女请求的分上，提示你一下，获奖者的名字是……三个字！”

女主持人立即惊叹道：“哇，这个提示很大哦！那岂不是说，获奖者是祁美琳和乔可歆中的一位了？”

伴随着主持人的话，台下众人也是一片哗然，所有人都朝着乔可歆和祁美琳的方向看去。

这个提示何止是大啊，已经算是直接公布答案了吧？

乔可歆的脸色顿时黑沉了几分，是谁都好，除了祁美琳这个死对头。

但现在结果已经成了定局，不用想也知道回头祁美琳会怎么嘲讽她。

至于前排的祁美琳、叶依依、顾越泽等皇天的人，面上都露出了微笑，祁美琳更是已经难掩惊喜之色。

旁边甚至已经有艺人开始恭喜她了。

林佳音微笑着恭贺道："琳姐，恭喜了！"

祁美琳朝着后方看了一眼，故意道："先别急着恭喜，还没公布答案，说不定影后是可歆也不一定呢！"

因为此刻的摄像头都对准着，乔可歆只能忍着没当场跟她翻脸，只是心里一阵说不出的沉闷压抑。

出道以来，她付出的努力，从没有任何人看到过，只有铺天盖地的跟风谩骂，她甚至都已经开始怀疑，她付出的那些是否值得……

一旁韩羡羽的脸色也有些遗憾，苦笑道："没想到这次皇天还真拿双冠了……"

叶绾绾无奈："喂，你们俩对本大师的水平就这么不信任啊？"

乔可歆知道叶绾绾是想逗自己开心，只是此刻她的心情实在是无法释怀。

或许从一开始她就不该抱着什么可笑的所谓演员的信念感和职业梦想，不如轻轻松松继续当个花瓶，继续挣她的钱……

"好了好了，不卖关子了，再卖关子，你们估计要往台上扔鸡蛋了。下面，就由我们的前任影后，邱玥，邱大美人，给大家公布答案吧！"

其实方才主持人的提示已经等于公布了答案，众人都已经没那么着急了。

邱玥站在话筒前，打开了手里的信封，下一秒，眸底似乎滑过了一抹诧异，稍一停顿，便开口道："第四十六届金兰奖，最佳女主的获得者是……"

伴随着邱玥公布奖项的声音，前排的祁美琳一边回应身边众人的恭贺，一边拨了拨鬓角的头发，缓缓站起了身。

"最佳女主的获得者是——《静姝传》，乔可歆！"

伴随着邱玥的声音落下，现场有一瞬间诡异的静默。

所有人都以为自己听错了。

刚才邱玥公布的名字是什么？

乔……乔可歆？

不是祁美琳，而是乔可歆！这怎么可能？

都已经站起身的祁美琳，妆容精致的脸瞬间毫无征兆地僵在那里，狂喜得意的眸子里盈满了无法置信。

而比祁美琳还要惊讶的，却是乔可歆本人。

即使受万千唾骂也不动如山的乔可歆，难得地露出了迷茫和怔忪的表情。

"歆姐！歆姐……"

最后还是韩羡羽提醒，乔可歆才回过神来，第一反应是朝着韩羡羽身旁的叶白看去。

他所有的猜测，竟然全都应验了……

对上青年璀璨而坚定的眸子，乔可歆的心脏不受控制地波动了一瞬。

为什么她没有发现，叶白在说她会得影后的时候，面上从头到尾都没有玩笑的神色？

他是真的认为她会得这个奖项……

此刻，静默的现场一下子恢复了声音，掌声雷动，《静姝传》的导演组，还有环球的不少艺人，都兴奋地上前跟乔可歆拥抱道贺。

祁美琳还是被旁边的林佳音拉了一下才反应过来，脸色无比僵硬地坐了下来。

不过，她刚才抢先站起身的一幕，早已经被摄像机拍下。

这次金兰奖的最佳女配、最佳男配、最佳男主，全都花落皇天，要是再让皇天拿了影后，只捞到一个最佳新人的环球这次可真是颜面扫地了。

谁都没想到，最后一刻居然发生了如此大的反转，杀出一匹谁也没料到的黑马，影后获得者竟是环球的乔可歆，这让所有人大跌眼镜。

叶依依一向温婉淡然的小脸上明显流露出一丝尴尬，不过依旧在故作大方地微笑着鼓掌，她身旁顾越泽的脸色则是一片黑沉。

毕竟之前主持人在采访他的时候，他已经把话说得那么满，现在却被当众打脸……

周围的掌声、恭贺声、拥抱，这从地狱到天堂的感觉，这失落到了极致陡然获得新生的感觉，让乔可歆的心神剧烈震荡着。

下一秒，她越过韩羡羽，一把将他身旁的青年拥住，在青年耳边轻声低喃着："谢谢你，算命小哥哥……"

叶绾绾一愣，旋即大方地回拥了她一下："歆姐，恭喜！不用谢我，这跟我可没关系，是你实至名归！"

乔可歆缓了下激动的情绪，突然眨了眨眼睛开口："无论如何，你都赢了，我这人言出必行，不如现在兑现赌注？"

叶绾绾当即傻眼："哈？"

韩羡羽赶紧趁着拥抱恭贺之机，将乔可歆拦住，无奈地在乔可歆耳边提醒道："别闹了歆姐！这么多人看着呢！"

以乔可歆的性子，大庭广众之下直接去吻叶白这种事，她真的做得出来。

与此同时，主持人神情激动地在台上开口道："恭喜可歆！有请我们今晚的金兰影后上台领奖！"

乔可歆这才遗憾地撇撇嘴："好吧，那我先上去了！"

"好好好，歆姐你快去吧……"叶绾绾抹了把汗。

乔可歆实在是太随性了，如此完全不惧绯闻的女主，圈内大概也只有她了……

乔可歆一袭正红色晚礼裙，艳光四射地走到了台上。

主持人按照流程提示乔可歆发表获奖感言：“这个结果还真是令人意外！可歆，很抱歉我这么说，但是你也知道，提名者中，你最不被看好！不知道对于这次获奖，你有什么想说的吗？”

乔可歆的目光自台下扫过，深吸一口气，开口道：“对于这个结果，我自己也很惊讶，老实说，就在前几秒钟，我正在想，要不要放弃挣扎，反正无论我做什么也得不到认可，仿佛讨厌我已经成了真理。”

乔可歆对外的态度一向是不屑一顾，让人忽略了她也是在意这些的，毕竟没有人不希望受到赞美和肯定。

乔可歆的面上流露出一丝苦涩的无奈，继续开口道：“谁都知道，在这个圈子里，舆论能够颠倒是非黑白，更决定着一个艺人的生死。我想，反正被讨厌也是热度，我继续赚我的钱好了，何必研磨什么演技，何必证明自己？”

乔可歆的话让台下一时间陷入沉默，所有人都知道她说的没错，整个圈子里，怕是只有乔可歆敢当众说这种话了。

乔可歆说着，目光微微有些动容：“所以，很感谢，很感谢还有像金兰奖这样不受外界因素影响的奖项，让我还能有这样一个机会，可以证明自己。

“同时，我也由衷地希望，希望大家可以再次以客观的角度去看一看这部作品，去看一看，我这个人。”

乔可歆话音落下的瞬间，全场掌声雷动。

韩羡羽也略松了口气，还好乔可歆最后把话圆回来了，而且还圆得很好。

叶绾绾知道，梦中乔可歆的这番话给《静姝传》拉来了数字可观的票房，甚至还破了当年的总票房纪录。

接下来，乔可歆按照惯例感谢了支持者、工作人员、公司和主办方。

最后，她顿了顿，目光看向台下，开口道：“除此之外，我还要特别感谢一位朋友。在我上台之前，几乎身边所有的人都在安慰我，得不到奖也没关系，只有一个人，他从一开始就告诉我说，我一定会是金兰影后，让我知道，于万千人中，至少还有一人给予我肯定……”

听着乔可歆的话，祁美琳镜头下的脸都已经快要撑不住。

该死的！竟然真的被那个江湖骗子说中了！

影后的位置不管是谁也不该轮到她乔可歆才对！

很快，颁奖典礼结束。

叶依依站起身，一副大方的表情对乔可歆开口道：“可歆，恭喜了！实至名归！”

呵呵，皇天的人会觉得她实至名归？可真够虚伪的。

乔可歆笑了笑：“我怎么记得，贵公司有人说我是最不可能拿奖的女艺人No. 1？”

祁美琳气得脸都快要扭曲了：“乔可歆，我劝你收起小人得志的嘴脸，这种演技也敢拿金兰影后，我等着看你怎么被骂的！”

乔可歆轻笑一声，幽幽开口道：“只怕你会比我先倒霉呢！我家算命小哥哥刚才可是给你算了一卦，颁奖典礼一结束，你就有一场大劫哦！”

乔可歆眨着眼睛挽住叶白的手臂：“小哥哥，你说是吧？”

叶绾绾不好当众拂了乔可歆的面子，只能轻咳一声开口：“嗯。”

梦中她在网上看完了金兰奖颁奖典礼全程，清楚地记得当时刚看完不久，网页上就刷出了祁美琳一脚踏多船的八卦新闻，还曝出了大尺度照片。

这么严重的丑闻，完全粉碎了祁美琳在支持者面前塑造的励志女神、业内清流的完美形象。

听着两人的对话，祁美琳满脸鄙夷的神色，神情完全有恃无恐：“乔可歆，你可真够可以的，一大把年纪了，整天老牛吃嫩草，跟那些小白脸混在一起！现在更好，被迷得脑子都坏了吧？大劫？我倒要看看，我能有什么大劫！”

就算没拿到金兰奖最佳女主，她现在也是如日中天，何况还背靠着叶氏集团这棵大树，有什么事情是搞不定的？

一旁的顾越泽整了整衣襟，神色傲然地站起身，冷冷地朝着叶白的方向看去：“本公司艺人，就不劳这位先生费心了。”

叶绾绾对顾越泽的感情，现在回想起来虽然让她后悔不已，但毕竟也算刻骨铭心，每次面对顾越泽的时候，心里的戾气还是有些无法控制。

对上顾越泽那副高高在上的表情，叶绾绾勾唇一笑，不紧不慢地开口道：“顾总客气了，顾总哪里轮得到我这样的小人物费心，皇天那么多大咖，少一两个，自然也没什么要紧。”

叶白微微勾起唇角时的表情，与叶绾绾那日嘲讽自己的神情更加相似，令顾越泽的心情愈加阴沉了几分。

正准备开口说话，手机不断响起的信息提示音打断了他的思路。

顾越泽压下心头的阴郁，随手点开那些信息。

结果，也不知道看到了什么，顾越泽陡然变了脸色，面上满是风雨欲来，目光如同利刃一般朝着祁美琳射去。

“越泽，怎么了？”一旁的叶依依担忧地问。

祁美琳也小心翼翼地开口问道：“顾总，出什么事了吗？”

方才顾越泽看向自己时，那冰冷至极的眼神让她莫名有些不安。

该不会是她的那些事情暴露了吧？

肯定不会的，她藏得那么隐秘……

然而，就在下一秒，暴怒中的顾越泽直接把手机砸到了祁美琳的脸上。

“啊——”

祁美琳痛呼一声，然后战战兢兢地捡起手机。

刚看到手机上的第一张照片，祁美琳的脸色就唰地一下白了。

手机上竟然是她和不同男人的亲密合照！

祁美琳精致的面容一片惨白，瞬间乱了方寸，当即抖着手指开口："顾……顾总救我！叶总监救我！"

几乎就在祁美琳求救的瞬间，周遭已经响起了此起彼伏的惊呼声。

"你们快看！大新闻啊！"

"这照片里的……居然是玉女教主祁美琳！"

"这可真是劲爆了！"

……

乔可歆和韩羡羽见状面面相觑。

"什么情况？"

两人跟周围尚且不明情况的众人一样，急忙点开手机去查看，得知发生了什么之后，也是满脸惊讶。

叶绾绾静静地站在那里，面上没有任何表情。

祁美琳还在发疯一般催促："叶总监，赶紧让人删掉这些东西……"

叶依依的脸色一片阴沉："已经来不及了……"

这种事情的传播速度实在是太快了，刚才是因为大家的注意力都在金兰奖上，这会儿颁奖一结束，祁美琳的事情瞬间便爆炸开来。

果然，她刚一点开各大门户网站和博客，就看到"祁美琳劈腿""祁美琳亲密照"等关键词搜索的热度不断攀升。

更糟糕的是，由于祁美琳一向以玉女形象示人，皇天更是大力宣传这个人设，现在舆论的导向已经渐渐变成了质疑皇天以及皇天旗下其他艺人的真实面目。

宴会厅里的众人也陆续知道了这个大八卦，这会儿全都窃窃私语地朝着祁美琳的方向看去。

"一直以为乔可歆才应该是私生活混乱的那一个，万万没想到啊，人家乔可歆拿了金兰奖影后，反倒是祁美琳私下里乱到这种程度！"

"有什么好稀奇的，现实本来就是真真假假看不清，相信表面所看到的，你也太天真了！"

"祁美琳私下玩得开，之前就有传闻了好吗？听说皇天高层严重警告过她，花了不少钱给她公关，所以之前才没闹出来，无奈有人非要作死啊！"

"这次可算是完蛋了，皇天的钱全都打了水漂，还把一众艺人都拉下了水！叶氏集团自从高层换届之后，真是越来越乱了……"

祁美琳感到那些目光跟刺一样火辣辣地扎在身上，一想到她如今在圈子里的地位将会被毁于一旦，顿时满脸的惊恐："顾总，叶总监，你们这次一定要帮我啊！赶紧让公关部把这些东西全都删掉！删掉啊！"

“闭嘴！”顾越泽冷声怒斥。

这种丑闻，根本就已经没有公关的必要性。

事情已经传开，大家私下里都会留存，删帖没有任何作用，这样的丑闻足以摧毁任何一个艺人的职业生涯。

祁美琳，彻底废了。

他们在她身上投入的那么多资源和精力，全都完了，不仅如此，还要给各大代言品牌和广告商支付巨额违约金。

听到那句“叶氏集团自从高层换届之后，真是越来越乱了”，叶依依因为被踩中痛脚，也是恼火不已，低声呵斥道：“好了，别在这里说了，立刻回去，还嫌不够丢人吗？”

一行人避开众人和蜂拥而至的记者，匆匆离开了宴会厅。

临走前，顾越泽的目光在叶绾绾身上停留了一瞬。

叶绾绾风轻云淡地回了个微笑，挑衅意味十足。

顾越泽的瞳孔骤然紧缩，不知道为什么，这个叫叶白的男人给他的感觉很不好……

那些原本就不可能发生的事情全都极其精准地被这个男人说中，让他莫名想起这个男人之前说的那句仿佛是预言一般的“他的运势没有那么旺”，顿时他的心情更加糟糕。

至于乔可歆和韩羡羽，眼睁睁看着再次被叶绾绾言中，已经是满脸崇拜！

“这……这也行？厉害了小哥哥，你该不会……真的会算命吧？”

“对了，叶白，你给我也算一卦吧？近水楼台先得月，我认识你这么久，居然都没找你算过，好像有点亏啊！”韩羡羽突然道。

叶绾绾一脸无奈地朝着韩羡羽看去：“你这明显是前程似锦，有什么好算的！”

“帮我算姻缘啊！比如我什么时候能有桃花？”

叶绾绾闻言，不由得垂眸思索：“姻缘？”

“怎样？”韩羡羽的神色略有些紧张。

叶绾绾摸了摸下巴，沉吟良久后开口：“貌似没有吧……”

韩羡羽愣住：“什么？没有？！难道我要孤独终老？”

叶绾绾急忙开口：“不是不是！我的意思是……抱歉，这个我恐怕算不出来……”

圈子里比较出名的艺人或者她有印象的明星重要的人生轨迹，或许她还能知道一点，但问题是，韩羡羽这一世的人生已经被她改变了啊！

所以，韩羡羽日后的结果会如何，她自然是完全不知情了。

“为什么算不出来？”韩羡羽蹙眉。

叶绾绾也没法解释，只能开口道：“这个嘛，很玄妙啦，说了你也不懂。总之，有些人比较特殊，我是没法去算的！”

韩羡羽的表情似懂非懂："特殊……"

乔可歆也急忙凑了过来追问："那我呢？"

"歆姐您桃花运这么旺，就更不用我算了吧？"叶绾绾开口。

"这倒是……"乔可歆一边说，一边朝着身前还没开就夭折的"小桃花"看了一眼。

没想到自己这次好不容易看上个特别对胃口的小哥哥，对方居然已经有女朋友了，她多少还是挺遗憾。

"对了，今晚我请客庆祝，小白，你过来吗？"乔可歆问。

"歆姐邀请，自然恭敬不如从命，只是，我得给我女朋友打个电话报备一下。"叶绾绾开口道。

乔可歆闻言，眉头微挑："不过是参加个聚会而已，还要报备？"

韩羡羽在一旁帮忙解释道："歆姐，那个，小白的女朋友，管得比较严……"

乔可歆面露惊讶，似乎是有些意外："看不出来，小白你居然会怕女朋友……"

毕竟那天晚上叶白可是气场全开，魅力四射。

韩羡羽轻笑着揶揄："其实我当初刚知道的时候也很惊讶。"

叶绾绾心想：没错啊，她就是惧内不行吗？

乔可歆咕哝："我还以为你应该喜欢小鸟依人型的呢！"

叶绾绾干笑一声："没，我喜欢霸王龙型的……"

……

时间一晃而过。

祁美琳事件不断发酵，最后皇天只能弃了这颗棋子，宣布和祁美琳正式解约。

而乔可歆因为金兰奖上的那番获奖感言，《静姝传》票房再次飙升，又破了好几项纪录，加上在祁美琳的对比之下，被骂了这么多年的乔可歆，形象破天荒地开始往正面发展了。

至于叶绾绾，几乎每天日程都排得满满当当的，除了工作、学习，最多的时间就是带着十一他们训练，毕竟护卫队长考核已经剩下没几天，她这个莫名其妙就当上的师傅也是压力巨大……

司家，护卫会议室。

流影一身黑色劲装，面容冷肃地坐在主席位上。

会议桌四周坐着十数人，皆是司家护卫队的分队长。

"流影队长，本届比试没几天就要开始了，您一定要狠狠教训十一那个不知天高地厚的小子！"某身形壮硕的护卫分队长道。

"呵……"

流影将身体调整至一个舒服的姿势，眯着眼道："老三，叫我流影就行，如今的护卫总队长是十一。”

“队长，您说的这是什么话，十一连1队的分队长位置都没坐明白，就凭他，也妄想和您争夺总队长的职位？”被称为老三的暗3分队长冷哼一声道。

身旁有人开口道：“我听说，最近十一在训练室拼命训练，很少露面，应该是在为这次争夺赛做准备。”

另一人闻言，顿时冷笑一声：“无论他有多刻苦训练，在流影队长眼中，始终是一只臭虫，能掀起什么风浪？”

“对了……告诉你们一个消息。”暗3分队长笑道，“有消息说，十一拜了叶绾绾为师，让叶绾绾教他武学技巧，你们怕不怕？”

老三话音刚落，会议室内顿时响起一阵笑音。

“十一就是个蠢货罢了，如果不是流影队长看在少爷的分上，叶绾绾早就被队长一拳打死，哪轮得到她在酒吧里神气活现的？”

提及当日酒吧事件，流影眸内浮现出一丝阴霾。

那个女人，不过只是力气大罢了，世俗且平庸，他无法明白，一向英明神武的少爷，怎会被这样一个花瓶迷得失了心智！

这种女人，如何能够同秦若曦小姐相提并论？

“流影队长，十一该不是想巴结叶绾绾，让叶绾绾给少爷吹枕边风吧？……到时候，如果少爷心软，真让十一……”某护卫分队长眉头微微蹙起。

他们堂堂司家护卫队，岂能让一个不知所谓的女人给搅乱！

“呵……”流影嘴角微微上扬，勾勒出一丝冰冷的笑意，眼中寒光闪烁，“叶绾绾不过是少爷一时兴起罢了，少爷身边有一个若曦小姐就已足够，叶绾绾不过是萤火之光，又岂能同皓月争辉。”

他不相信少爷真会为了那样一个女人，干扰此次的护卫总队长争夺赛。

“也是，那十一拜叶绾绾为师，估摸着是将叶绾绾当成了救命稻草，还真以为叶绾绾有什么武学功底，想从她身上学点什么，同队长争锋。”暗3分队长笑道。

流影冷笑，十一也好，叶绾绾也罢，他从来不曾放在眼中。

少爷因为一个女人，近乎迷失了心智，可那叶绾绾，有何德何能进入司家大门，成为司家少夫人？

“人家未来可是司家的少夫人，咱们啊，还是小心点好。”某护卫分队长道。

流影调整坐姿，眸光扫过在场众人：“未来司家的少夫人，只可能是秦若曦小姐。”

“流影队长说的是，那叶绾绾是什么东西，怎可能与秦若曦小姐相提并论。”

“若曦小姐无论是家世背景，还是自身能力，绝不是叶绾绾那种女人能相比的。”

说话时，会议室的门被轻轻推开，一道身影出现。

“若曦小姐！”

见到来人，在场的护卫分队长连忙恭声道。

流影立刻起身，道：“若曦小姐请坐。”

“不必了。”秦若曦面带笑意，“这总队长的位置，我岂能随意乱坐。”

秦若曦说罢，坐在流影身旁。

秦若曦身后跟着一位相貌冷峻的男子，正是流影的心腹，名叫元生，也是护卫中的一员。

最近一段时间，元生一直跟在秦若曦身边练习，而秦若曦和流影的意思，正是让元生去争夺本届暗1分队的分队长，将十一彻底踢下台。

“元生，你在若曦小姐身边学习得如何了？”流影看着元生，开口问道。

“总队长，若曦小姐实力极强，并且教导有方，此次争夺赛，想是不必麻烦队长，凭我就能打败十一。”元生回答，旋即看向秦若曦，满是崇拜之色。

因流影的影响，这些人心中也早已将秦若曦当成了司家未来的少夫人。

“流影，你也不要气馁，此次阿九不过一时生气，这才让十一暂时替代你的位置，算是对你的小小惩戒，日后不要再犯这种小错，这次考核之后，护卫总队长的位置，依然是你的。”秦若曦看着流影道。

闻言，流影眸内一片阴霾：“若曦小姐，我真的不懂少爷，有您在少爷的身边，难道还不够吗？……为什么少爷却迷恋上一个花瓶？”

当下，秦若曦眉头轻蹙：“流影，不要胡言乱语，阿九有自己的想法。”

“想法？”流影摇了摇头，“以往，少爷是何等英明神武，我们护卫队所执行的都是高等级任务，可现如今，竟然让我们去酒吧保护那个叶绾绾！如果当日不是因为少爷，她对我出手，我岂能轻易放过她！”

说至此处，流影眸内寒光闪烁。

“流影，你话太多了。”秦若曦道。

“若曦小姐！您就是太好说话了！”流影气不过，“我说的都是实话，那叶绾绾算什么东西，拿什么和您争？若真让她未来成为司家的少夫人，岂不是要闹得司家天翻地覆？就是因为您一味忍让，才让那个叶绾绾越来越放肆。若曦小姐，您应该让她明白，这个司家，谁才是真正的少夫人，少爷真正在乎的是谁！少爷被那个女人蒙蔽了双眼，若曦小姐您应该站出来的……”

“流影队长说的不错，我们以往执行的都是什么任务，可前些日子，少爷让总队长和我们去酒吧保护那个女人不说，那女人发酒疯后到处伤人，到了最后，被罚的居然是流影队长，凭什么？”暗3分队长附和道。

秦若曦眉头轻蹙：“流影，你心中有怒气，那便在这次争夺赛上发泄，以后，少些抱怨，这些话，若是让阿九听见，连我都未必保得住你。”

“若曦小姐……”

流影还想说些什么，却被秦若曦挥手打断：“我相信阿九做事，一定有他的道理。”

到了这个地步，秦若曦还如此维护少爷，让在场的护卫对于叶绾绾的仇视，近乎上升至顶点。

“如今，暗1分队几乎全部投靠了叶绾绾，既然如此，暗1分队也是时候重新洗牌了。”流影看向云生，“云生，你跟在若曦小姐身边学习了不短的时间，这次别让我和若曦小姐失望，暗1分队长的位置，一定要拿到手。”

闻言，元生点头，冷声道：“队长放心，那个十一根本没什么本事，拿下他，手到擒来。”

“好。”流影点头，旋即站起身，走至窗口处，看向暗1训练室的位置，嘴角微微上扬，冷笑道，“十一，你真以为少爷会因为那个女人，彻底罢掉我护卫总队长的位置？拜叶绾绾为师……你这个暗1分队长的位置，也算是坐到头了，我倒要看看，那个花瓶，究竟能教会你什么东西！”

与此同时，暗1分队训练室内。

“砰！”

“砰啪！”

两道身影迅速横飞老远，旋即重重摔下擂台。

“师傅，再来！”鼻青脸肿的十一，再度冲上擂台。

“师……师……师……师傅……我……我……休……我想……休息……”清秀男子爬起身后，站在擂台边缘，结结巴巴地开口。

“停……小结巴，你是说，想休息一会儿？”叶绾绾擦了擦额头上的汗水。

“对……对……对对……师傅……说的……说的对！”小结巴点了点头。

小结巴并不是他的本名，只不过，刚入司家护卫队时，大家便喊他“小结巴”，至于他的真名，倒是无人过问。

“小结巴，你休息会儿。”十一巴不得如此。

一连多日，每天除了吃饭和睡觉，十一和小结巴都在暗1训练室度过，连带着叶绾绾也是寸步不离。

只不过，叶绾绾倒也不嫌，起初刚接触武学时，她的兴趣其实并不浓烈，可随着时间越来越长，叶绾绾却是逐渐来了兴趣，如今是一日不练上几招便浑身不舒坦。

甚至，有时十一和小结巴想休息个一日半日，叶绾绾却说什么也不放两人离开。

只不过，这段时间，十一和小结巴进步迅速，实力比起拜师叶绾绾之前，已判若两人。

“师傅，看招！”

十一口中大喝，右臂宛若灵蛇般在虚空中游动，旋即屈掌成爪，朝着叶绾绾脖颈抓去。

此刻，叶绾绾站在原处，一动未动。

“得逞了！”

见状，十一心下大喜。

然而，正当十一满脸兴奋时，叶绾绾却是本能地朝着左侧微闪，让十一这一爪抓空。

“什么！”

十一微微愣神。

而趁着十一愣神的工夫，叶绾绾左腿若蛟龙般横扫而出。

“砰”的一声——

“哎哟！”

十一口中惨号，整个人被叶绾绾踢飞出去。

“十一，你搞什么！”叶绾绾蹙眉呵斥。

“师傅……我……”十一有些心虚。

“早跟你说过，比试时专心一些，不要受任何心绪所影响，你的喜悦、愤怒，任何情绪都要隐藏，只有等到比赛真正结束之后才能展现，否则，一个不起眼的破绽，都能要了你的命！”叶绾绾面容微冷地开口。

其实，对于这些，她也是按照自己的心境教导的。

每每同十一和小结巴比试时，她的心中便毫无波动，唯有如此，才能洞察先机，更能冷静地分析对手每一步动向和想法。

“队……队……队长……别……别……别让……你的……情绪……”小结巴站在擂台下方，这场比试他看得真切，开口欲说出自己的想法。

“你……还是让师傅说吧……”十一嘴角微微抽动。

“好……好……好的……”小结巴点头。

“小结巴的意思是，别让你的情绪影响了你的发挥，对战时，喜怒哀乐全部摒弃。”叶绾绾开口。

“好！”十一立即点头。

“再来！”叶绾绾朝着十一钩了钩手指。

“师傅，不如你先出手如何？”十一笑道。

跟着叶绾绾学习的这段时间，叶绾绾从来都是被动出击，不曾主动出手。

然而，叶绾绾却摇了摇头。

并非她不想主动出手，实在是她只有受到威胁时，身体才会做出本能的反应。

如果自己先出手，那种玄妙的境界便完全无法呈现。

所以，她目前也只会被动出手，做不到主动出击。

“师傅，我跟你学习的，都是被动反击……如果在比赛场上，那该怎么办？”十一看着叶绾绾苦笑道。

叶绾绾托腮沉思片刻，道：“那还不简单，你先让对方出手不就行了。”

“这……”十一蹙眉，感觉怎么有点不太靠谱啊……

“你懂什么，这叫以不变应万变，属于武学上的高超技巧……”叶绾绾故作镇定。

“真的吗……”十一有些怀疑。

“我是师傅，还是你是师傅？”叶绾绾颇为不满，自己堂堂武学奇才，徒弟居然敢质疑自己。

“您是师傅，师傅说的对，是我愚钝了……”十一连忙改口。

比试继续，叶绾绾站在擂台中央，朝着十一钩动中指：“来打我啊！”

受到叶绾绾的挑衅，十一双眼一瞪，举拳便朝着叶绾绾挥去。

下一秒，叶绾绾左手挥动，以极为轻柔的力道，将十一挥来的拳弹开，旋即右拳朝着十一打去。

“我要冷静！”眼看叶绾绾一拳将至，十一深呼一口气，将所有心绪收敛。

“砰！”

几乎是在顷刻间，十一的身体做出本能反应，以极快的速度，一把抓住了叶绾绾的拳头。

此刻，站在擂台下方的小结巴一脸震惊。

跟着叶绾绾学习以来，十一还是首次接住叶绾绾的攻势！

“成功了……”十一看着自己掌中抓着的拳头，满脸震惊，旋即震惊化作喜悦的兴奋，“哈哈哈，我成功了！”

又是“砰”的一声。

十一得意忘形之间，再次被叶绾绾一脚踹飞。

看着不断呻吟，被自己一脚踹飞在地的十一，叶绾绾叹了口气，语重心长道：“看来，你还是没有成功啊……”

三人的训练并没有停止，十一和小结巴为了本届的争夺赛拼命特训，虽是被叶绾绾教训得极惨，可每次感受到自己的进步之后，两人却完全不觉得苦累，心中越发兴奋。

最后一日，暗1训练室内。

“明天就是你们护卫争夺赛，训练到此为止，你们好好休息。”叶绾绾看着两人。

“谢谢师傅！”十一自信满满。

“小结巴，跟着师傅学习这些时日，你的进步极大，争夺一个护卫分队长，应该没有问题。”十一看着小结巴道。

“对……对……对对对……队长……说的……对！”小结巴连连点头。

晨初时分，司家比试场。

除了司家数位高层之外，许易也早早到来。

每一届的护卫比试，皆是由许易负责评判，而本届因流影总队长的变动，又多了数位司家高层与许易一同担任裁判。

此刻，比试场下坐满了人，除了那些还在任务途中无法返回的护卫，余下的护卫几乎全部到场。

不多时，十一带着暗 1 分队成员也徐徐赶至。

见到十一等人，数位支持流影的分队长，嘴角皆扯出一丝冰冷的笑意，尤其是看见十一身旁的叶绾绾之后，眸内更是闪过不屑。

“呵……十一想要总队长的位置，当真是想疯了，竟拜那女人为师。”

“毕竟是在这个位置上坐了一段时间，自然是不愿割舍，奈何技不如人，整个护卫队内，他所带领的暗 1 分队实力最弱，分队长中，十一的战力也仅排在二流，就凭他，也妄想争夺本届的总队长？”

见十一满脸自信，暗 3 分队长冷笑一声道：“无知的人最幸福，难道他真以为自己能胜过流影总队长？人还是要有一些自知之明，否则，与跳梁小丑何异？”

“那个女人，除了会哄少爷之外，还有什么本事，如果不是她，流影总队长岂会被少爷惩罚，让十一白捡了几个月的便宜。”

“你们说，等会儿十一上了擂台，要是打出几套绣花拳，我们是让着他，还是不让着他……”

“绣花拳……跟叶绾绾学的吗……”

“哈哈哈……”

听着几位护卫分队长的嘲讽，众多司家护卫也跟着笑出了声。

“都闭嘴！”

比试台上，许易眸内寒光微闪，一眼扫过众人。

闻言，几个护卫分队长眉头微微蹙起，虽心中有些不满，但还是识相地不再多言。

对许易，这些护卫还是心下畏惧几分的，许易平时看起来一副好说话的样子，若真发起火来，便是总队长流影也未必扛得住。

人人都说，秀才遇到兵，有理说不清，可许易却是另类，完全反着来。

他们护卫队能够在司家拥有今日的地位，许易也是功不可没，倘若没有许易在背后出谋划策，规划护卫队的发展，他们现如今，或许在司家还只是最普通的守卫。

“流影总队长！”

不多时，暗 3 分队长看向不远处缓步走来的流影，开口喊道。

几息工夫，流影来到场上，漫不经心道：“在本届比试还未结束之前，总队长是十一。”

闻言，几位护卫分队长冷笑不已。

那十一，说是暂代总队长，可在他们心中，同跳梁小丑并没有本质上的区别，这几个月时间，谁也未曾将他当成护卫总队长看待。

平日里，十一对他们下达的命令，他们大多也都是阳奉阴违，甚至充耳不闻。

“流影总队长的意思是，此刻，十一为总队长，可本届比试之后，总队长是谁，那就另当别论了。”暗3分队长笑道。

“这是你自己的想法，我可没这般说。”流影淡淡道。

“那是自然。”暗3分队长连连点头。

流影看向不远处的十一，大步走上前，嘴角挂着淡淡笑意：“十一，这届比试，好好表现，别让大家伙失望。”

闻言，十一道：“就只怕，没人希望我得到总队长的位置吧！”

“那也未必，相信叶绾绾小姐应该是希望你有所突破的，我之前听说，你拜了绾绾小姐为师。”流影眼角余光略微淡漠地扫过了观众席上的叶绾绾。

“不错。”十一大方地承认，“师傅实力极强，可惜我也只是从师傅身上学到一些皮毛，不过，这些皮毛用来参加本届的比试，应该足够了。”

“实力极强？”

流影嘴角微微上扬，勾勒出一丝不易察觉的冷笑，眸中浮现出不屑和轻视。

那晚在酒吧，如果不是看在少爷的面上，他一根手指便能将那个女人打伤。

然而，今日在十一的口中，却用“实力极强”来形容叶绾绾……

“十一……”流影右臂上扬，手掌轻轻放在十一左肩，语重心长道，“想进步，想要往上爬，坐在更高的位置上，这些都并非坏事……但，位置和自身的实力却是相等的，做人最重要的，如老三所说，须有自知之明，病急乱投医，并不可取。”

听闻流影此言，十一眉头微微蹙起，流影侮辱自己倒没什么，可这话里话外，却对师傅满是轻蔑，甚至毫不掩饰！

“流……流……流影……我……十……十……十一队……队长……一定……会……打败……你的！”此刻，站在流影身旁的小结巴开口。

“呵……”流影冷漠一笑，“我倒希望领教十一从某些中看不中用之人身上学习的绣花拳，只不过……他却未必能够坚持到我出场。”

言罢，流影摇了摇头，转身离开。

等流影走后，暗1分队的成员双拳紧握。

在整个护卫队中，暗1分队的实力，根本不是旁人想的那么弱。

然而，每次执行任务，总队长却将他们无视，近乎让暗1分队失去了存在感。

直至十一暂代总队长后，他们的任务才逐渐重要起来，而且，每一次任务完成度都是完美，执行力超强，比起其他任何一支分队，丝毫不逊色。

如今，流影已经不是总队长，却还是如此盛气凌人，完全不将十一总队长放在眼里。

“队长，你一定要让他们看看咱们暗1分队的实力！”

“不错！别的护卫分队，哪一队不是戴着有色眼镜看咱们暗1分队！可咱们任务的完成度，不比他们任何一队差，十一队长的领导能力，也不比流影差！”

“我觉得，十一队长的指挥力远胜过流影，之前咱们一直被小看，这一届，咱们暗1分队一定要告诉他们，谁才是最强的护卫！”

此刻，暗1分队成员义愤填膺。

“队长，你一定要拿下总队长的位置！”某位暗1队员咬牙道。

十一闻言，颔首道：“我尽力而为。”

若是三个月前，十一的确没什么底气。

只不过，今非昔比。

“经过师傅这段时间高强度的训练……或许……我可以……”十一眸光闪烁，暗暗思忖。

观赛席上，叶绾绾不时打量十一，不由眉头蹙起。

这段时间以来，和十一相处的时间并不短暂，叶绾绾却发现，十一藏着心事，眉宇之间不经意便会透露出一丝丝的不自信。

叶绾绾也曾偶尔提及，但十一却只是陷入沉默，一言不发。

此刻，十一双拳紧握，眸光闪烁不定。

以往，他对护卫总队长的位置虽然渴望，却并不执着。

“我真的……可以吗……”十一双拳紧握。

不多久，秦若曦缓步而至，云生则跟在秦若曦身后。

“若曦小姐，你怎么来了？”见秦若曦出现，流影上前招呼。

秦若曦恬然一笑，道：“给你们加油打气。”

流影眸中泛出一丝感激，道：“若曦小姐，本届护卫争夺赛，并不会有什么变故。”

秦若曦一听，微微颔首，对云生交代几句后，转身走上观赛席。

“流影队长，教训十一，就不劳烦你出手了。”等秦若曦离开后，云生朝着流影淡淡一笑。

对此，流影也未多言。

“本届护卫争夺赛开始，最后说一遍规则。”许易扫过全场，道，“每一个司家护卫，皆有权力参与挑战分队长职位，成功晋级为分队长后，则可以向总队长十一发起挑战，机会只有一次，若挑战成功，则暂时接替十一，直至本届比试结束后，最终挑战成功者晋升总队长。擂台上可以使用冷武器，但不允许偷袭，明白了吗？”

“明白。”下方众司家护卫齐声道。

“好。”许易点头，看向司家几位高层，“诸位，可有什么需要补充的？”

“没有了。”某司家高层道。

“好，既然如此，比试开始。”许易点头，旋即退下擂台。

等许易离开后，下方众护卫却没了声音。

规则上说，只要是司家护卫便有资格挑战，话虽如此说，但参与的人数却并非很多。

每一个护卫分队长的实力皆不容小视，普通护卫很难敌得过。

获胜的机会十分渺茫，若是败了，等同于得罪了将要挑战的分队长，免不了会被秋后算账，哪怕在平日里给穿穿小鞋也不好受。

“你的实力不错，要不去挑战暗 4 分队长试试？”一个护卫看向身旁的年轻女子，悄悄道。

那女子却是连连摇头道：“我才不去，暗 4 分队长是出了名的下手狠毒，我若是败了，以后他肯定要记恨我，说我觊觎他的位置……到时打击报复，我可没招……”

“我……我……我来！”忽然，小结巴走上擂台，指着暗 3 分队长说，“我……我……我要……要挑……挑战……暗 3……分队……队长！”

见状，场下众护卫一愣。

这人说话都说不利索，在护卫中也是寂寂无名，这般就敢来挑战暗 3 分队长？

当下，身形壮硕的暗 3 分队长缓缓站起身来，不疾不徐地走上擂台，用眼角余光扫过小结巴。

“你要挑战我？”暗 3 分队长冷笑。

“对……对……对……你说……说的对！”小结巴点头。

暗 3 分队长虽是心中不屑，但嘴上却也不会多说。

“勇气可嘉。”暗 3 分队长点了点头，朝小结巴钩了钩食指，“出手吧。”

“你……你……你……你先出手……”小结巴道。

小结巴拜师叶缩缩，众护卫还不知晓，又哪里会清楚，小结巴从叶缩缩处也是只学到了被动反击，至于主动出手，他并不擅长。

“呵呵。”暗 3 分队长冷笑，“我身为暗 3 分队长，自然是要让你先出手，否则，岂不是让别人说我以大欺小。”

“别……别……别……”小结巴指着暗 3 分队长，“别……废话……让你……出……招……你就出……有种……你……你过来……过来打我啊！”

小结巴的语气极具挑衅，同叶缩缩的语气如出一辙。

随着小结巴话音落下，场下的护卫皆是一愣。

这说话都说不利索的小护卫，到底是什么来路，敢同暗 3 分队长这般说话，若要挑战失败，以后是不想在护卫队混了？

“你找死！”暗 3 分队长顿时大怒。

司家护卫足有上千人，就算是那些分队长，也从来不曾这般与他说过话。

而这暗 1 分队中寂寂无名的一个小小护卫，竟敢这般轻视他！

“唰”的一声，暗 3 分队长若移动的山丘般朝着小结巴冲去，几步之间，便已横跨至小结巴身旁。

“滚下去！”暗3分队长蒲扇一样的大手瞬间抓住小结巴的衣领，作势便要将之丢下擂台。

然而，下一秒，暗3分队长却是面色微微一变。

只见小结巴右臂微微上扬，变拳为掌，手臂宛若灵蛇，掌似蛇芯，以极其刁钻诡异的角度，瞬间将暗3分队长的大手弹开，旋即，威势不减，以惊雷之速，一掌拍打而出。

小结巴这一掌，没有经过任何思考，就如同本能反应，可越是如此，速度则越快，令人根本来不及反应，更别提如何应对。

掌势如波，层层递进，掌中力道，宛若浪潮连绵不绝。

暗3分队长甚至不清楚到底发生了什么，就被小结巴一掌打中下颌。

在众人惊诧的目光之下，暗3分队长若堡垒般的身躯，横飞而起，瞬间摔下擂台，落入人群中。

寂静无声许久后，场下才一片哗然。

“天哪……那小子什么来路？”

“一击打败暗3分队长？”

“哪来的高手？之前怎么没听过？！”

“那小子叫什么名字……”

此刻，暗3分队长看向小结巴，神情有些恍惚。

他从未想过自己会败，还是败得如此难看，如此莫名其妙……

甚至于，暗3分队长根本不清楚发生了什么，那小子的出招方式实在太过诡异，出手的速度更是快得可怕……

“怎么……怎么样……让你……少……少……废话……现在……知道……知道……我是……高……高手了……吧……”小结巴看着台下的暗3分队长，开口说道。

“结巴兄弟，厉害啊！”一些护卫惊叹道。

“别……别……叫我……结巴……记……记住了……我叫……封玄亦！”小结巴补充道。

小结巴挑战暗3分队长成功，让所有人出乎意料。

“小结巴厉害啊！”

“什……什么……小结巴……是……是封玄亦……封……封队长！”小结巴一脸严肃。

“对对对……是封玄亦，封队长！”

此刻，暗1分队众人纷纷附和开口。

小结巴当初在暗1分队，实力虽然还算不错，但和其他人比起来也只能算普通。再加上他说话结巴，所以经常被嘲笑欺负，而今日一战，暗3分队长被小结巴击败，他总算是为自己正了名。

“封玄亦挑战成功，暂代暗 3 分队长一职，原暗 3 分队长降为普通护卫，余下众人可继续挑战，如果胜了封玄亦，可取而代之。”

许易走上擂台，宣布本场比试结果。

虽说小结巴挑战成功，代替了暗 3 分队长的位置，却也只是暂时而已，除非是本场比试彻底结束，小结巴依然坐在这个位置上，否则暗 3 分队长依然会易主。

“我来挑战他！”

当下，暗 2 分队的一位女子上台。

女子身着紧身黑衣，扎着长长的马尾辫，英姿飒爽，朝气蓬勃。

“我……我……我不打……不打……女……女……女人！”小结巴盯着擂台上的女子，开口说道。

“你这小结巴，看起来倒是有些本事，本小姐想领教一番。”女子道。

小结巴却是眉头微微蹙起：“说……说……说了……多少……次了……叫我……封玄亦！”

“打赢我，就不叫你小结巴。”女子一笑。

“我不打……不打女人……”小结巴沉思片刻，又重复了一遍。

“哼，我看你是瞧不起我，本小姐会让你后悔！”女子面色微怒，右掌滑出一把寒光闪烁的匕首，当下一步踏出，匕首朝着小结巴挥去。

电光石火间，小结巴右腿宛若蛟龙般横扫而出，力沉势猛。

“砰！”

这一脚，正踢在护卫女子握着匕首的虎口处。

女子吃痛，匕首被踢落，整个人退了数步。

“你……你认……认输吧……”小结巴道。

“哼，想得美！不过是刚开始而已！”女孩再次朝着小结巴冲去。

然而，刚冲至小结巴身边，她便被小结巴一把扛了起来。

“你……你干什么？！”见状，女子面色微红，嗔怒道。

小结巴却也不理她，直接将人扛着朝擂台边缘走去。

“你放我下来！”女子怒道。

“马……马上……”小结巴开口。

下一秒，小结巴来到擂台边缘，双手一松，将护卫女子丢出了擂台。

“出界，封玄亦胜。”许易宣布结果。

此刻，在场众人皆是开口大笑，这种比试，倒也少见。

“哈哈，说不打女人，还真不打女人，封队长果然有气魄，把人直接送下擂台的，我还是第一次见……”

“我也长见识了……”

一些护卫分队长朝着小结巴开起了善意的玩笑。

接下来，暗3分队数位精英护卫不服，上台挑战，可无一例外，全被小结巴给丢下了擂台。

至此，再也无人自讨没趣挑战小结巴，而那些实力更强的护卫，则是将目光放在了总队长的位置上，也无心去和小结巴一争高下。

观赛席上，叶绾绾看向不远处的许易，开口道："许易。"

许易走至叶绾绾身前，笑道："绾绾小姐。"

"你们这护卫队长的选拔，就只是以实力决定？"叶绾绾略微有些好奇。

仅以武力来决定分队长和总队长的人选，似乎太草率了些。

"绾绾小姐，的确是这样。每年一届的选拔赛都是如此规则，这也是少爷当初立下的。"许易解释道。

"阿九立下的？"叶绾绾眸内浮出一丝诧色。

"护卫总队长和分队长的考核选拔，难道不需要综合实力吗？例如指挥……大局观……忠诚度这些？"叶绾绾将自己的疑惑道出。

听闻叶绾绾此言，许易却是微微一笑，目光扫过下方众护卫，轻声开口："绾绾小姐，你看看这些护卫，他们每一人的实力，比起普通人都强太多……另外，护卫成员大都出身复杂……"

"什么意思？"叶绾绾不解。

"绾绾小姐，你觉得，护卫分队之间的相处，和睦吗？"许易反问。

"似乎不太和睦。"叶绾绾如实回答。

"那是自然的。"许易颔首，"这便是少爷英明之处。护卫，只需按司家的指令完成任务，什么大局观和指挥，都是高层的事，他们照做便可，而最重要的，便是绾绾小姐方才说的忠诚。"

说至此处，许易沉吟片刻，方才继续道："护卫除了完成司家的一些任务之外，还需要保护司家安全，这护卫足有千人，若护卫每一人都齐心，万一有人想反叛，那便是千人同时反叛……那对于司家，会是怎样的结果……"

叶绾绾眉头微蹙，许易说的这些，她从未想到过。

"所以，少爷定下以武力争夺分队长和总队长的规矩。这般一来，平日里，护卫各有争斗，便不可能齐心。包括流影在内，以往他虽是总队长，明面上，各护卫分队长和队员对他俯首称臣，可暗地里，谁人不想击败流影，得到总队长的位置？"

许易嘴角微微上扬："护卫，永远不可能齐心，这便是少爷的制衡之术，有争夺，才有制衡，而有了制衡……方能真正掌控人心。

"其实，大多数人都和十一还有封玄亦相同，心中都想往上爬，只是十一与封玄亦敢说出来，而更多的护卫和分队长，表面上看着虽是不争，但心中是如何想法，那只有他们自己清楚。"

叶绾绾稍一沉思，便明白了个中道理。

即便是今日，十一得到了总队长的位置，未来，也会有更多人想要击败十一。

而十一能做的，就只能是加强自身训练，应对未来的争夺。

如此，谁人还有心思去反叛？

这一招，着实是所谓的制衡之术，所以，司夜寒用人，从来不曾出现过任何纰漏……

对于司夜寒的做法，叶绾绾也十分赞同。

毕竟护卫人数过千，一旦被有心之人买通反叛司家，后果不堪设想。

然而，护卫们却因司夜寒定下的争夺规则，根本不可能做到齐心。

就算是护卫总队长被人买通，想要反了司家，下面却还有各有心思的分队长……

所以，这种事情，将永远不可能发生。

各护卫分队内部，或许能够做到齐心，如暗 1 分队那般。

可分队之间，却不可能有齐心的时候。

“一旦所有护卫分队齐心，那护卫队就会永远从司家……消失！”许易眸内寒光一闪。

这种制衡的道理，许易自然十分明白，如果护卫队失去了平衡，对于司家，将是一个定时炸弹般的威胁。

正在此时，擂台下响起一阵雷霆般的掌声，流影上台，挑战暗 4 分队长成功，取而代之。

暗 4 分队长眸内满是阴霾之色，看着台上的流影，双拳紧握。

那么多分队长他不去挑战，却非要来挑战自己！

“呵呵……流影队长的实力，果然极强，小弟佩服……”眼看流影的眸光落在自己身上，暗 4 分队长敛去眼中的凶狠，脸上堆笑。

“流影队长如今是暗 4 分队长，已经有资格挑战十一总队长了！”台下，不知谁开口说道。

流影一听，看向前方的十一。

“且慢。”忽然，元生走上台。

“怎么？”流影看向元生。

“我要挑战流影。”元生满脸淡漠之色。

“你说什么？”流影双眼微微眯起，看着身前的元生。

“我说，我要挑战你。”元生冷笑。

流影没想到，自己的心腹竟然要挑战自己……

“流影，我跟随若曦小姐训练许久，自认为我的实力超过了你。挑战你，取代你，难道不可以吗？这也是若曦小姐的意思。”元生冷道。

“若曦小姐的意思？”听闻此言，流影嘴角微微上扬道，“元生，你自己翅膀硬了，却还说是若曦小姐的意思，你以为，我会相信你？”

“呵……不管是谁的意思，司家护卫的制度便是如此，谁的实力强便听谁的。”元生道。

“我看你是找死！”

当下，流影眸内寒光顿闪，整个人灵动至极，变拳为掌，以掌为刀，朝着元生劈去。

“不过如此。”元生反应更快，身形微微一侧，躲过流影的掌刀后，一拳打在流影腹部。

流影神色微变，被元生逼退数步。

“该我了！”元生冷笑，步步紧逼，主动出手。

元生的速度和力道，近乎完美结合，身形步法诡异灵动，不过半刻钟，流影已是节节败退。

元生竟然成长到了这个地步……

流影神色惊诧。

“流影，这足以说明，我比你强……所以，击败十一，得到护卫总队长的人，也只能是我了！”元生瞥了流影一眼。

百招之后，本就心神不定的流影在元生的紧逼之下，终于露出些许破绽，而元生却是抓住时机，一掌将流影打落擂台。

“不可能！”流影瞳孔猛缩，无法置信。

他竟然败了……败在元生手里……他怎么会败……

“流影，你这护卫总队长的位置，也坐了好几届，是时候换换人了，司家护卫，不需要一成不变，明白吗？”元生冷眼看着擂台下方的流影。

“你！”流影死死咬着牙，整张脸几乎都扭曲了。

这个元生，不过是自己身边的一条狗罢了，自己还没跟十一较量，竟然先输给了他，该死……

众目睽睽之下，誓要拿回总队长一职的流影，竟然输在了手下的手里。

流影只觉得胸腔里如同有一头野兽在嘶吼冲撞，羞窘、耻辱，各种情绪几乎要将他撕碎……

不远处，叶绾绾也是满脸愕然。

流影居然输了。

她对元生这个人并没有什么印象，梦里应该也没有听说过此人，可他竟然打败了流影……

“我要挑战十一！”

就在这时，场上响起了元生的声音。

“好！”十一应战，从护卫总队长的位置上起来，走上擂台。

“加加加……加油……打……打……打死……打死他！”小结巴在分队长的位置

上给十一加油。

“队长加油！”

“让这小子知道厉害！”

“呸，这种人哪有资格当队长，白眼狼，本来就是流影身边的一条狗……竟然还把一手栽培他的流影给咬了。”

“不错，要是让他当总队长，那以后出任务的时候，把我们卖了都不知道。”

此刻，暗1分队成员议论纷纷。

而除了暗1之外的分队，则全在给元生加油打气，阿谀奉承，在旁人眼中，连流影都败在元生手中，更不用说十一了。

真是没想到，这次的总队长之争居然杀出了一匹黑马……

“来吧，让我见识见识，你总队长的厉害。”元生满脸冷笑，朝着十一钩了钩食指。

“我身为总队长，让你先出手。”十一道。

“哦？让我先出手？”元生嘴角微扬，在他眼中，十一不值一提。

“有种你过来打我！”十一也学着小结巴道。

“呵……就凭你？”元生不屑地嘲笑，一步踏出，横跨数米，瞬间来到元生身旁。

“败！”

元生一套组合拳打出。

然而，十一站在原地却是动也未动，以掌为盾，在虚空中挥动。

两人拳掌相击，一连数招，元生却是未能取得任何便宜。

“什么……”

当下，元生后退几步，眉头微蹙，看向十一，神色有些古怪。

十一的实力他心中清楚，应该难接他三招，可方才，十一却轻描淡写间，挡住了他的所有攻势。

场上的十一，如同一座毫无破绽的防护堡垒，更像是一只全身长满锐刺的刺猬，根本让他无从下手。

“怎么了，你过来啊！”十一喝道。

只不过，元生眉头微蹙，似乎是发现了什么一般，这一次，他并未出手，而是开口道：“你过来。”

“有种你过来。”十一钩指。

“还是总队长您先吧！”

两人就这般耗了半刻钟时间，谁也没有动。

“打啊……”

“你们倒是打啊！这是干什么，相亲呢？”

“我都快睡着了，求你们快点打吧……”

场下众护卫有些无语，不知十一和元生到底是在玩什么花样。

不远处，叶绾绾也轻咳着默默捂住了老脸，谁让她不会主动出击呢，结果教出的十一也只会被动出招，但那个元生明显看出了这点。

片刻后，许易开口道："元生，你是挑战者，再过五分钟便到了半个小时，如果还没有分出胜负，就算你输。"

这种规则，元生自然也清楚，用不着许易提醒。

"呵……"忽然，元生站直了身子，幽幽开口道，"十一，你的过去，我都知道……就凭你这样的孬种废物，也好意思争夺护卫总队长？"

"你说什么……"十一眉头蹙起。

"啧啧啧……"元生摇了摇头，笑道，"四年前，你还没习武，更没成为司家护卫……你有一个青梅竹马的女朋友，感情甚好……"

"你！"被元生提及往事，十一身子微颤。

"可惜啊……一天晚上，你和你女朋友在公园散步，遇到几个持刀醉汉……"元生脸上的笑容更浓几分。

"别说了！"十一双拳紧握，呼吸越发急促。

"怎么，不敢面对吗？"元生冷笑，"可怜人啊，那几个流氓当着你的面，侮辱了你的女朋友……而你，却逃了。哈哈哈……丢下自己的女朋友逃了，你可真是够伟大的。"

"别说……别说了！"十一的指甲狠狠掐进掌心，鲜血顺着指尖流淌。

"当天晚上，你女朋友便投湖了……在她最无助、最恐惧的情况下，被心爱的男朋友抛弃……当真是可悲、可怜啊！"元生摇头。

"我没有……你闭嘴！"十一双眸湿润，四年前的往事浮上心头。

那时的他还算年少，对方人数众多，又有凶器在手，他的确是跑了……但并不是只顾自己，而是去寻人帮助！

只不过，最终还是迟了，女朋友被几人凌辱后，投湖自尽……

这些年，他从来没有原谅过自己，这也是他之后学武的原因。

他学武有成后，加入司家护卫。后来借助司家势力，将那几人绳之以法。

他没有逃，也从来没有想过丢下她！

只是形势所逼，他要寻求帮助……

女孩的音容笑貌浮现在脑海中，十一困兽一般嘶吼着："闭嘴！闭嘴！我没有逃！没有……"

"你这个懦夫、废物，当初就应该和你女朋友一起去死，如今，还有脸来争夺总队长？你凭什么？"元生加快语速。

"你给我闭嘴！闭嘴！"此刻的十一彻底丧失了理智，如同一头野兽，不管不顾，带着一身的戾气冲向元生。

“呵……”眼见自己得逞，元生满脸笑意。

“砰”的一声，元生一拳挥出，打在十一的腹部，将十一轰倒在地。

“你给我死！”十一口中怒啸，想要挣扎起身。

然而，元生却是一脚踩在十一的胸口，居高临下地看着十一：“你就是个废物，连自己女人都无法保护的废物！你这种人，为什么还要活着？不如死去，也算对得起你女朋友。”

“你闭嘴！”十一眸内布满血丝，额头青筋浮现。

“你就是一个丢下自己女人逃命的懦夫，认清现实吧！”元生嘴角上扬。

此刻台下已经是一片哗然，谁也没想到无名无姓没有来历的十一居然还有这样的过去。

“我不是，我没有……”听着元生的字字句句和台下嗡嗡的议论声，十一脑中思绪混乱，暴露出一身破绽。

此刻，观赛席上，叶绾绾满脸冷色：“许易，这种人，也配加入护卫队？他用这种手段，难道不算犯规？”

对此，许易摇头：“道理虽然是这样……不过，护卫争夺赛，只是规定不允许使用枪械和偷袭……”

“砰”的一声，肉体撞击台面的声音响起，十一被元生一拳揍得摔在了擂台边缘。

元生轻笑一声走过去，脚底用力地踩在了十一的脸上：“认输吗？总队长大人？”

十一手臂艰难地撑起身体，摇摇晃晃地再次爬了起来，汗水模糊了视线，眼前一片模糊。

“真是找死！”元生冷笑一声，下一秒，破空声起，他五指如利爪，迅速朝着十一戴着总队长戒指的手指掰去……

“啊啊啊——”十一撕心裂肺的叫声响起。

“嗒”的一声，银色的戒指坠落在擂台的大理石地面上，发出清脆的声响。

“队长！”

“十一队长！”

“元生！你个浑蛋！”

台下的暗1小队成员全都因为愤怒而气得双目通红，却因为比赛规则而无法在此刻冲上台去阻止。

至于其他护卫，神色则是一片漠然，十一自己技不如人，也怪不了谁，擂台上的成败，只能怪自己实力不济。

元生弯下腰，拾起那枚戒指，看向十一的眸底满是鄙夷和嘲讽：“啧啧，果然是孬种，连这枚戒指都保不住，也想做总队长？”

十一因为精神上的刺激和身体的剧痛，整个人都已经到了承受的临界点，但始终强撑着不愿意倒下，不愿意松口认输。

元生直接慢条斯理地将那枚戒指戴到了自己手上，居高临下地开口道：“总队长大人，你这是怎么了？比赛之前不是还信心满满，说拜了个厉害的师傅，一定能打败我们所有人吗？哈哈，结果呢？女人教出的废物！可真是一出好戏！”

趴在地上奄奄一息的十一双手掐进掌心里，用尽全身力气爬了起来，断断续续地开口道：“闭……嘴……你……可以侮辱我……我学艺不精……与人无尤……但是……不许侮辱我师傅……你这种垃圾……我师傅一只手……都可以打败你……”

“哈……哈哈哈……真是笑死人了！你们都听到了吗？咱们的总队长大人说教他绣花拳的高手师傅一只手都能打败我呢，我好怕呀！你倒是让她来啊！”

台下一阵大笑声，十一这话也确实搞笑了些，怕不是这些天被那个女人迷昏头了吧？

“呵呵，已经结束了，总队长大人……”云生眸中森冷的杀意大盛，拳头如同沙包一般重重地朝着十一的胸口砸去。

而此刻的十一空门大开，已经毫无还手之力……

下一秒，众人只觉眼前一晃，有什么东西以极快的速度闪到了台上。

接着，“砰——”的一声，那是……两只拳头撞在一起的声响。

当与那只娇小的拳头撞在一起，元生的整个身体都被震得连连后退数步，满是得意的脸色顿时僵住了……

叶绾绾纤弱的身体纹丝不动地站在台上，看着眼前叫嚣着让自己出现的男人，眸底没有一丝温度，樱色的唇中吐出冰冷的四个字：“如你所愿。”

“绾绾小姐！”

看着突然冲上擂台的叶绾绾，许易惊出了一身冷汗，台下众护卫则是一片哗然。

“师傅……对不起……”十一掐着掌心，深深地埋着头。

叶绾绾眉头紧蹙，将十一扶了起来：“该说对不起的，是我。”

因为自身的局限，她没能好好地教他，更没能及时发现十一的心结。

这一声“师傅”，她受之有愧。

元生感受着拳头上传来的麻痛之感，眸底一片沉色。

传言倒是不虚，这女人的力气确实不小。

元生神色傲然地站在那里，冷声开口道：“叶小姐，恕我冒犯地说一句，这里是护卫争夺赛的擂台，可不是商场、酒吧，可以由你随便进出，肆意破坏规则。”

听到元生的话，底下的护卫们也纷纷露出不满的神色，护卫争夺赛，就算是少夫人，也不能随意插手捣乱，况且，叶绾绾如今还没真正坐上那个位置。

叶绾绾冷睨了元生一眼，面无表情地开口：“规则？若我没出现幻听，方才可是你自己让我上来的，而我，不过是满足你的要求而已，就算违规，违规的人，难道不应该是你？”

元生出口反驳道：“我什么时候让你……”

结果，话说到一半，他不知想到了什么，瞬间噤声。

他好像……确实说过这话……

该死的，方才为了刺激十一，他不过是随口说了一句而已，结果居然被这女人拿来做文章。

台下的众护卫闻言也蒙了，不由得面面相觑，这女人的说法虽然有点强词夺理，但偏偏又无法反驳。

叶绾绾直接让小结巴将十一扶下了台，眸底一片冰凉之色，不再废话，直接开口道：“出招吧！”

元生轻嗤着低笑了一声：“呵，这我可不敢，若是伤着您，我便是万死也难辞其咎，担不起啊！”

叶绾绾的面上没有丝毫表情：“若不敢，就从这擂台上滚下去！”

“你……”

元生顿时被激怒，随即面上满是嘲讽与鄙夷之色。

这女人，竟这般没脑子，自己送上门来，还连这种可笑的大话都敢说。

真是跟那十一一样，稍微一刺激就失了方寸。

果然什么样的垃圾，就教出什么样的废物。

台下的护卫们听到叶绾绾这无知嚣张的话，果然也纷纷露出了厌恶鄙夷的表情。

“这女人是傻子吧？上次在酒吧，大家不过是让着她而已，她还真当自己是武林高手，打遍天下无敌手了？又是收徒弟，又是当众挑战总队长级别的护卫，到底谁给她的勇气？”

“被捧得分不清东南西北了吧？难怪教出十一这样的废物呢！”

“简直就是无理取闹！这种女人哪里能跟若曦小姐相提并论？”

……

元生叹了口气，一副为难的表情朝着一旁的许易看去：“许管家，叶小姐这般，实在是让我很为难，还是你来做决定吧！”

许易的脸色黑如锅底，此刻也是头疼不已，进退两难，只能朝着叶绾绾投去请求的视线。

大小姐，能给点面子吗？今天是我主持啊……

只可惜，后者不动如山，一副“这架必须得打”的表情。

许易没办法，只能苦着脸开口道：“稍等，我需要请示一下。”

许易疾步走到一旁，紧急给自家少爷打电话请示去了。

手机响了两声之后，被接了起来。

许易忙开口道：“喂，司总……”

“怎么？”手机那头传来男人低哑的声音。

还能怎么！你媳妇又闹事了，我快控不住场子了啊！

这好好的过来旁观个比赛都能闹出这种事来，他都快崩溃了好吗？

许易的内心在咆哮，面上却只能控制着情绪，把事情的始末细细跟自家少爷汇报了一遍，然后战战兢兢地开口道："这种情况之前从未有过……我也实在无法抉择……只能跟您请示了！您看现在怎么办？"

言下之意，你媳妇非要打架，我劝不住啊，你快管管吧！

结果，短暂的静默之后，手机那头传来了清冷的回答："可以。"

什……什么？

可以？

"可以"是几个意思啊？！

许易一脸蒙，正要开口说话，紧跟着就听到自家少爷语气淡定地说："按照擂台赛的规则行事即可。"

什么？按照擂台赛的规则来？

擂台赛的规则可是生死有命啊！

少爷，您是不是哪里搞错了？

若是绾绾小姐不小心被伤到，他要怎么交代……

"喂……九……"

许易正要追问的时候，手机那头已经挂断了。

见许易在那儿发呆，对面的元生开口道："许管家，这种危险的事情，少爷自然是不会应允的，我看，您还是劝劝叶……"

元生的话说到一半，许易抬头看了他一眼，出声打断了他："九爷同意了。"

什么？

元生一听，顿时愣住。

包括场下的所有护卫都是满脸愕然。

很快，云生眸底的惊愕化作一抹不易察觉的喜色，不过面上却做出了一副为难的表情，故意沉吟道："可是，若不小心伤了叶小姐，我只怕是担不起啊！"

许易虽然万分纠结，但也只能按照司夜寒的原话开口："少爷说了，按照擂台赛的规则来。"

一旁的叶绾绾闻言，眉头不易察觉地挑了挑，面色倒是缓和了几分。

许易的话再次掀起了轩然大波……

台下所有人都是一脸看好戏的表情。

这可真是不作死就不会死……

九爷八成也是厌倦了这女人的无理取闹，想给她一点教训吧？

这下元生就可以再无顾忌了……

当然，不能真的闹出人命，但给她一点教训还是完全可以的！

人群中，流影朝着台上看去，目光一片淡漠。

他早就知道会是这个结果，总有一日这个女人会为自己的无知和愚蠢付出代价。

不是所有人都会给她面子的。

以元生的野心，加上有少爷的承诺，今日元生绝对会出手教训这个女人，为自己立威。

得到了保证之后，元生总算是没了顾忌，面色惬意，一副绅士的表情开口道："叶小姐，虽然是公平比试，但您毕竟是女人，我会尽量在三招之内结束，以免伤到您！"

听着元生故作谦让的话，叶绾绾面无表情地站在那里，一言不发。

元生说罢，摆出了起始招式，整个人如猛虎下山，气势凌人。

呵呵，这个女人，来得正好，他正发愁怎么跟若曦小姐表忠心呢……

台下除了暗1分队的人，大部分都是一阵叫好，毕竟没人会乐意被一个女人擅自跑上台指手画脚。

"这次也是这个女人自己作死，总算是能给她一点教训了！"

"真当我们护卫都是吃素的呢？！"

"元总队长，三招太多了吧？一招就差不多了，人家身娇肉贵的，只怕半招骨头就断了……"

……

叶绾绾的目光丝毫没有在那些嘲讽的视线上停留，单手负在身后，朝着许易看去："可以开始了吗？"

许易轻咳一声："是的，现在可以开始了。不过我要提醒一下，绾绾小姐，擂台上拳脚无眼，并且规定生死都由自己负责，所以请您切记以自身的安全为主，不要冲动行事，千万不要……"

叶绾绾眉头微蹙道："啰唆。"

这边许易准备的一大番叮嘱还没来得及说完，伴随着叶绾绾的一声冷嗤，只见眼前一道残影飞过。

下一秒，"砰"的一声巨响。

正潇洒地摆开起手造型的元生，身体如同断线的风筝一样被一脚踹飞出去，重重地撞在擂台边缘的柱子上。

柱子发出一阵碎裂的声响。

元生当场"噗"地吐出一口血，险险贴着擂台站稳，才没有被一招击下台去。

许易："……"

这边元生整个人还没反应过来，叶绾绾的手肘已经犹如一座大山般凌空而来，重重地击打在他的肩膀上。

"啊——"元生瞬间摔飞在地。

许易："……"

这边元生刚爬起来，还没来得及反应，一道残影以极快的速度朝着他扑来，他的身体再次朝着刚才自己砸的那根柱子撞去……

许易："……"

"砰"的一声，柱子直接被砸断，元生的身体朝着擂台下飞去，眼见着就要摔下擂台。

不好！

就在这一秒，元生胸前的衣襟陡然被一股大力抓住，狠狠地将他往擂台的方向一拽，然后重重地将他扔在地上，震起一大片飞尘。

"噗……咳咳……"

短短五秒钟时间里，三招已过……

元生的脊背一阵钻心的剧痛，脸被掼在地上，瞬间鼻青脸肿，只能大口呼吸……

叶绾绾居高临下地看着原本已经要摔下台，又硬生生被她拖了回来的男人，突然懒洋洋地勾起了嘴角，低声开口道："想尽快结束？这个……恐怕不能如你所愿呢。半个小时的时间，一秒钟，都不能少……"

"砰"的一声，元生的身体再次被整个踹飞了出去。

接下来，整个台上只剩下肉体撞击地面的声音，以及各种痛呼声……

此时此刻，台下的护卫们全都呆呆地站在那里，连大气都不敢出一声。

台下，不知道谁"咕噜"一声，咽了口唾沫。

这……这是什么情况啊……

事情的发展怎么让人完全看不懂了呢……

"砰——"

二十多分钟过去，第六根柱子也断了。

元生的脑子一片混沌，整个人都已经被打傻了，满脸的惊惧之色。他看着一身煞气，一步步朝着他走来的叶绾绾，整个人都不受控制地往后退去。

怎么可能！

这个女人简直太诡异了，无论他怎样出招，她总是能够知道他下一步准备怎么做，然后提前发现他的空门所在，更可怕的是她的速度让他连思考的余地都没有，后面甚至连招数都乱了……

按照十一的打法，她不是应该只会防守，不会攻击的吗？可怎么……

"啊——噗！"

元生刚爬起到一半，胸腔一阵闷疼，嘴里突然吐出了一颗门牙，接着又跌回地面，气喘吁吁……

"我的天！发生了什么？是我看错了吗？……元生竟……竟然……毫无还手之力！"

"这……这会不会太过分了一点……"有人咽着唾沫开口。

"可是，少爷亲口说了，按照规则来，在擂台上，只要不闹出人命，都在规则允许的范围内。”

“呃……”

众人说到这里，面上全都露出难以形容的表情。

一旁的许易大大地张着嘴巴，下巴都快要掉了，他好像终于知道……少爷为什么要特意叮嘱按规则行事了……

不过，虽然规则是这么定的，但是大家真的比试的时候还是会适可而止，不会闹得那么难看的，万一今天真的闹得太大，对绾绾小姐的名声也不太好啊！

许易焦急不已，不停地看着时间，一看时间快到了，赶紧大喊道：“绾绾小姐，时间到了！时间到了！快停手吧！”

叶绾绾朝着头顶巨大的计时器看了一眼，斜睨了急得团团转的许易一眼：“急什么？不是还有三秒钟吗？”

几乎是掐着最后一秒的瞬间，“砰”的一声巨响，元生身后、擂台边缘的第八根柱子应声而碎。

劫后余生的元生震惊地看着眼前的女人，还好断的是柱子，要是人的话……

时间到，比试结束。

现场落针可闻。

许易不忍目睹地掩面……

人群之中，流影呆呆地站在那里，脸色一片惨白僵硬。

这……怎么可能……

元生的实力甚至在他之上，可在这个女人面前，怎么可能连还手的余地都没有？

在所有人瞠目结舌的视线之下，叶绾绾一步一步朝着擂台边缘走去。

擂台边上的所有人几乎都下意识地齐刷刷后退了一步，看着叶绾绾的表情如同看着什么怪兽。

这也太……太残暴了吧……

看着都疼啊……

而且重点是……人家从头到尾……真的是单手啊……

这么暴力，那么病弱的九爷吃得消吗？

一片惊悚的视线之下，叶绾绾踏过地面上的打斗痕迹，纵身一跃，跳下了擂台，朝着许易看了一眼道：“你们继续。”

说完，头也不回地走了。

许易盯着未来少夫人的背影，艰难地咽了口唾沫，好半天才平复了情绪，扫向众人开口宣布道：“咳咳……总队长争夺赛继续……方才最后一场的结果是，元生胜了十一，现在，有人要挑战元生，争夺总队长的职位吗？”

伴随着许易的声音，场下的众护卫才勉强从这场可怕的降维打击中回过神来……

有挑战总队长资格的几个分队长，看着被打成猪头的元生，全都面面相觑。

元生都被打成这样了，这……这还怎么挑战啊？

胜了也胜之不武吧？

再说……惨成这样……他们也下不去手啊……

元生奄奄一息地趴在地上，眸底一片狠厉之色。

他无法接受这个结果。

就凭这个女人？怎么会！

他竟然当着这么多人的面被揍得毫无还手之力……

可是，无论如何，这总队长的位置，终归还是他的！

“还好吗？”秦若曦忙走过去，让流影一起帮忙，将人扶了起来。

虽然争夺赛的过程与她预想之中的有些偏差，但总算结果还在她的控制之中，总队长的位置拿到了……

若不是那个女人，原本可以更完美……

台上，许易又问了一遍，还是没人回应。

于是，许易轻咳一声开口道：“好，既然无人挑战，那么，我宣布，这次护卫总队长……”

“我……我……我……要…………”

就在这时，台下突然响起了一个结结巴巴的声音。

许易朝着开口的青年看去：“你要什么？”

“我……我要……要……要……要……”

许易问道：“你要挑战？”

小结巴点头：“对！”

许易再度确认道：“你确定？”

台下的护卫们顿时一片议论之声。

“这无耻了一点吧？人都被打成这样了，还去挑战？”

“就是啊，这样赢了也胜之不武吧？”

……

小结巴哼了一声，扫视着那些人：“为……为……为什么我不能挑战？擂台赛上……本……本就生死有命，他被打成这样，那……那是他自己技艺不精，与人无尤，跟我有……有什么关系。何况，我最讨厌打……打女人的男人了……”

难得这次小结巴说话勉强算顺溜。

不过，听到小结巴的最后一句话，所有人都是满头黑线。

打女人？

你哪只眼睛看到他打女人了啊？

分明从头到尾都在被打好吗？

小结巴说完，一脸正气凛然地跳上了台。

听着小结巴言之凿凿，本来就已经被打得半死的元生差点直接被他气死：“你……”

这一场比试的结果，几乎是毫无悬念……

元生光是重新站在擂台上就已经很不容易，没几个回合就直接被小结巴给一脚踹了下去。

许易擦了擦汗，宣布道：“小结……不是……封玄亦胜！还有人要挑战封玄亦的吗？”

台下所有人都面面相觑，无人有上场的意思。

流影败给了元生，连分队长的资格都失去了，根本没有资格挑战总队长。

十一败给云生之后，虽然还是1队的分队长，但他不可能去挑战小结巴。

至于其他分队的队长，身手最好的是3队队长，但他刚才已经败给了小结巴，其他分队长自然不会上去自讨没趣……

所以，这场护卫总队长争夺赛的结果竟然是……

许易看没人开口，这才出声道：“既然无人挑战，那么，此次总队长争夺赛新任总队长为……封玄亦！”

许易的声音回荡在整个训练场，宣布了这个令所有人都没有想到的结果。

此时躺在地上动弹不了的元生，只能眼睁睁听着许易宣布结果。

手中那枚火红色的朱雀戒指“当”的一声滚落在地上，如同无形的嘲讽……

在场的谁也没想到，总队长的位置居然会落到了毫无存在感的小结巴手里。

“总队长的位置就这么定了？这也行？！”

“既不是十一，也不是流影，更不是黑马元生，居然是这个小结巴？我惊呆了！”

毕竟在此之前，大部分人甚至都不知道他到底是谁。

暗1小队的众人蜂拥过去将小结巴给围住，所有人的表情都是兴奋不已。

“哈哈哈哈……小结巴！你小子行啊！真是没想到！”

“太无耻了，不过我喜欢！”

“干得漂亮！就该这么对付元生那个无耻的浑蛋！不然岂不是太便宜他了！”

小结巴一脸严肃地纠正道：“叫……叫我封玄亦……还……还有……我才……不无耻……无耻的……是他……他……他打女人！十……十一队长，你别难……难过……我替你报……报仇了……”

“噗哈哈……”小结巴的话逗得众人又是一阵大笑。

连十一凝重的脸色也缓和了不少。

“不过刚才更爽的是咱们绾绾小姐的精彩表演才对！”

“对对对！简直不要太过瘾！那揍人的架势简直让人身心舒畅！”

“你们刚才看到没有？元生那傻子还在台上摆造型，直接就被绾绾小姐一脚踹飞出去了！生死场上打架，谁跟你比花架子啊，当然上去就是干！”

一旁的叶绾绾眼睁睁看着小结巴噔噔噔跑上台去，自己也是满脸蒙。

不过，这小结巴的行事风格倒是挺对她胃口的。

以其人之道还治其人之身，你无耻？那么，我就比你更无耻。

刚才小结巴上台时元生那表情，简直比被她揍了一百遍还要心塞。

此刻，其他护卫也在议论纷纷，今天这场争夺赛之后，众人看着叶绾绾的表情都明显有了不小的变化。

“真是没想到……那女人居然确实有两下子！”

“可不是吗，连流影都败在元生手里，结果元生在这个女人手里连还手的余地都没有，那女人的实力，可想而知……难怪少爷那么放心地说直接按照规则来……”

“明明长得娇滴滴的，这也太暴力了吧？少爷的口味简直让人捉摸不透！”

“咳，这……确……确实有点重口啊……”

……

“若……若曦小姐……我……”元生挣扎着出声。

秦若曦叫人将元生抬走治疗，随即目光落在不远处叶绾绾等人的方向，眸底一片暗色。

这一次，十一虽然没能守住总队长的位置，但他依旧是暗 1 分队的分队长，总队长的位置则是落在了封玄亦的手里。

而元生因为输给了小结巴，只落到了一个护卫 4 队分队长的位置。

至于流影，因为输给了元生，连分队长的位置都没了，沦为了普通成员……

怎么可能……

为什么事情竟然会变成这样……

护卫争夺赛已经结束，现场的人群渐渐散去。

原本信誓旦旦要夺回总队长之位的流影看着欢呼庆祝的暗 1 分队，看着元生被暗 4 分队的成员抬走，呆呆地立在人群之外。

直到此刻，他依旧无法相信，这场争夺赛的结果竟然会是如此。

没想到他会败给元生……

更没想到叶绾绾的实力竟然到了这种地步……

他竟一直在嘲笑她“手无缚鸡之力”，鄙夷她是个拖累，此刻看来，他简直就是个笑话……

一个彻头彻尾的笑话……

他连元生都打不过，更别提叶绾绾。

他出身古武世家，自认为天赋过人，从未将任何人放在眼中，可是在短短的一天之内，他整个人生观几乎都被颠覆。

此刻他才真正意识到，什么是“人外有人，天外有天”。

身边传来一阵轻柔的脚步声，秦若曦语气温和地开口安慰道：“流影，别灰心，你还年轻，武学上还有很大的进展空间，一次两次失败并不算什么。”

流影低低地垂着头：“我只是……觉得自己很可笑……我之前一直在嘲笑叶绾绾……可是最后却发现……我根本就不是她的对手……甚至……可能在她手下连一招都过不了……”

这个事实足以将他压垮。

秦若曦拍了拍流影的肩膀：“这种事情不能这么比的，叶小姐自身天赋不错，加上司总可能为了让她有自保能力，给她请过名师教导，实力自然比较精进。至于元生，也是因为这段时间突破了瓶颈的缘故。”

不知为何，此刻，流影看着眼前的女人，脑海里莫名浮现出之前元生那句“这也是若曦小姐的意思”。

难道若曦小姐真的是故意训练元生，想让元生坐总队长的位置？

他知道，自己技不如人，既是如此，也不该有什么怨言。但这个猜测，却让他一阵难受……

医务室。

看到秦若曦过来，元生立即挣扎着想要起身：“若曦小姐！”

“别起来了，躺着吧，你伤得很重。”秦若曦开口。

元生的脸色无比难看，本就青肿的脸此刻看上去更加狰狞可怖：“若曦小姐，这个总队长的位置明明该是我的！分明是那女人中途捣乱，破坏规则！您可一定要替我做主啊！”

元生说着，眸中精光一闪，继续开口道：“哼，那个叶绾绾再厉害，终究也不可能与若曦小姐相提并论，若曦小姐您才是真正的奇才，天赋异禀，自小习武，集各家所长，身手深不可测。元生也是因为得到了您的指点，才会突破。若曦小姐，我可是您一手带出来的，她这么打我的脸，完全就是在跟您挑衅啊！”

秦若曦自然知道元生说这番话的用意，淡淡地扫了他一眼：“行了，这件事情不许再提，事情已经如此，阿九当时没有阻止，便表示这件事已经没有更改的余地。”

元生满脸愤愤不平：“少爷简直太糊涂了，任由那个女人插足司家事务，甚至收买人心。不过若曦小姐您放心，我可不像流影那白痴一样只会对九爷愚忠，日后有关这个女人的任何消息，我一定都会及时跟您汇报，不给她任何可乘之机……”

训练场上，许易看着不远处围着叶绾绾欢呼的人群，眸光微闪。

原本他还不理解为什么少爷会同意十一和封玄亦拜绾绾小姐为师这么荒谬的事情，此刻才总算明白。

少爷这是在替绾绾小姐铺路，并且笃定，她一定可以做到。

整个司家各派系势力盘根错节，因为老家主的荒唐整出来那么多私生子，更是将司家弄得乌烟瘴气，差点分崩离析。

老家主留下来的护卫势力当时也是一团混乱……

直到原本无心家族继承权的少爷突然归来掌权，雷厉风行地整顿，才勉强维持了表面上的平和，司家才得以暂时稳定下来。

这种情况下，不是一句“叶绾绾是未来少夫人”便能镇住那些势力的，即便是少爷，也不可能强行抹杀所有反对的声音。

毕竟以绾绾小姐现在的身份地位，把她推得越高，只会让她越危险。

这也是之前他和其他人一样，对于叶绾绾的出现那么担忧的原因。

之前的叶绾绾实在是太荒唐了，那样的人待在少爷身边，有朝一日真的会把少爷害死。

他同样也不明白，少爷为什么对叶绾绾这么执着，一定要将她推上那个位置。

也是直到最近这段时间，他才渐渐对叶绾绾改变了态度……

大概是因为对父亲失望透顶，少爷从不插手家族争斗，以至于很长一段时间，司家众人差点都忘了少爷的存在。

在他的印象里，少爷无欲无求，对任何事情都不在意，男女之事上更是一窍不通。

所谓青梅竹马的秦若曦，少爷连正眼都没有瞧过。

毕竟，以他们家少爷的情商，那些女人做什么也是给瞎子看，少爷是完全理解不了那个点的。

所以，当从来不争不抢的少爷突然开始争权时，一度让他很意外。

而第二件令他意外，甚至是无法理解的事情，便是不通男女之事的少爷用那般激烈的方式，强行将叶绾绾这样的女人留在身边……

不知道其中到底有什么样的隐情……

……

不远处，护卫们一个个的全都是满脸兴奋之色。

“绾绾小姐太厉害了，直接教出了个总队长！”

“其实，要不是那个元生无耻耍诈，十一队长的总队长也完全没问题！还好咱们玄亦队长机智，没让他的奸计得逞！”

护卫们一边说着，一边凑到了叶绾绾跟前。

“绾绾小姐，也教我们几招吧！”

“十一队长说你能一眼看穿人家的弱点甚至是出招路数，到底是怎么做到的？”

“我也要，我也要学！”

叶绾绾笑了笑，说道：“等有空，随时奉陪。”

看着一帮热情的护卫，叶绾绾心中一阵感慨。

梦中，即使她与司夜寒已经结婚，是名正言顺的司家少夫人，也从无人真正将她放在眼中，司夜寒越是护她，她在众人眼中越是祸水，越是罪不可赦……

可是现在，总队长争夺赛之后，她却得到了眼前这些人真心的认可，崇尚武力的护卫们对她的态度有了明显的转变，总队长和暗1分队长甚至成了她的徒弟。

虽然这仅仅是很小的一步改变，却令她有种满足感。

记忆里那种处在格格不入的世界里，失去自我，一切都被人否认，就好像她是个废物，只能依附别人而活的感觉，实在是太糟糕了……

之前她是别无选择，被命运推着向前走，但此刻，她却陡然生出这样一种感觉——

或许，留在司夜寒身边，也并没有她想的那么可怕……

“绾绾小姐说话要算话啊！”众人闻言，纷纷兴奋地欢呼。

随即，有人提议道：“咱们喝酒庆祝去吧！”

“哈哈哈，好，今晚不醉不归！”

小结巴快速跑到叶绾绾跟前，发出邀请：“师……师傅……你……你也……你也一起来喝酒吧……”

叶绾绾闻言开口道：“喝酒？”

小结巴和叶绾绾的话音落下的瞬间，全场突然一片沉寂，欢快的气氛顿时结冰。

三秒钟之后，几个大汉联合一把将小结巴给拉到了角落里：“谁说我们要去喝酒了！总队长你别胡说！”

“你……你们……刚……刚才说的……”小结巴开口。

“没有！绝对没有！我们分明是要去勤奋练武！”某护卫义正词严道。

“对，你听错了！”其他人纷纷附和。

请绾绾小姐喝酒，他们是欠收拾吗？

那就不是庆祝了，是炼狱了好吗？

他们新任的总队长大人是不是缺根筋，竟然敢提出这种恐怖的要求！

护卫们颤巍巍地朝着叶绾绾的方向看去：“绾绾小姐，我……我们练武去了！您也早点回去休息吧！”

“对对对，喝什么酒，看到绾绾小姐一个女孩子都这么厉害，还有脸喝酒吗？练武练武！快走！”

话音刚落，一群人迅速架着小结巴跑得影子都不见，连身上带伤的十一动作都异常敏捷……

叶绾绾站在原地，连话都还没来得及说一句：“喂……喂……”

搞什么……

为什么一听要请她一起喝酒都吓成这样？

再说她也没打算去的好吗，她晚上还有约会呢！

叶绾绾没搭理那些莫名其妙的家伙，欢快地回去换衣服了。

第二十八章

见她父母

真的好喜欢二囧你笔下的司夜寒聂无忧，他们在无形中给我一股力量，指引了我的方向。

感谢你创作出了他们，每次刷微博永远会被你的真诚所打动哈哈。

很荣幸现在的我也是囧萌大家庭的一员啦，很高兴成为你的读者，我会一直支持着你，我们一起进步！

——司理事 nwy

QIASIHANGUANG
YUJIAOYANG

读者告白

转眼，距离跟司家众族老约定的时间已经过了大半。

这段时间司夜寒的身体情况时好时坏，但总算是有惊无险，不过她丝毫不敢掉以轻心。

另外还有件事情让她比较头疼……

之前为了让爸妈相信她是真的已经忘了顾越泽，便告诉他们自己已经有了男朋友。

为了让他们安心，她又骗他们说自家男朋友长得很丑，是个普通人。

现在爸妈隔三岔五就来关心一下她的感情状况，言语间暗示她什么时候把人带回去给他们见见，还说绝对不嫌弃人家长得难看……

虽然上次司夜寒已经答应了，但当时闹得挺不愉快，以他现在这样的身体状况，她哪敢提出来刺激他啊！

叶绾绾正一边头疼一边在屋子里挑衣服呢，这时候，手机铃声响了起来。

看到来电显示，叶绾绾顿时手抖了抖——

完蛋，怕什么来什么，妈妈打过来的……

之前她一直以学业和工作很忙来搪塞，这次可怎么办啊！

电话已经响了十几下，叶绾绾头疼不已地接了起来："喂，妈……"

"绾绾，今天忙不忙啊？"

叶绾绾没敢立即回答，而是谨慎地问道："妈，有啥事吗？"

梁婉君开口道："我给你织了一件毛衣，你什么时候有空过来拿？"

"过两天吧，等周末可以不？"叶绾绾回道。

"好啊，不如周末叫上你男朋友一起来家里吃个饭吧？"梁婉君试探着开口。

叶绾绾：居然还是掉进坑里了……

叶绾绾轻咳一声说："周末吗？他这段时间一直在加班，可能没有时间……"

"这样啊……"梁婉君的语气难免有些遗憾。

随后，大概是因为叶绾绾拒绝太多次，梁婉君察觉了什么，沉默了一会儿，小心翼翼地开口问道："绾绾，你没什么事情瞒着我吧？"

女儿一直说跟男朋友感情非常好，但另一方面又说等感情稳定一点了再带回家，她试探之下还多次推辞，梁婉君难免觉得不太对劲。

真是知女莫若母，她都已经这么小心了还被看出来了？

叶绾绾顿时一阵心虚，急忙回道："没有啊，我能有什么事情瞒着您啊！"

梁婉君的语气变得严肃起来："那你老实告诉我，你跟你男朋友的感情怎么样？是不是出了什么问题？"

原来是担心这个……

叶绾绾松了口气，忙道："没有的事情，我们俩好着呢，能出什么问题啊！他又不是顾越泽那种大少爷，没那么多花花肠子，对我死心塌地的！"

"哦，是这样的话，爸妈也能放心了，我们只希望你一定要好好的，你哥哥现在又是那个样子……”梁婉君叹气。

“妈，你放心，我一定会好好的！”

听到母亲提起叶慕凡，叶绾绾的面色微沉。

虽然这段时间她跟叶慕凡的矛盾没有再激化，但也好不到哪里去。

哥哥现在因为家境巨变和沈梦琪的耳边风而钻进牛角尖，旁人的话已经完全听不进去了，她说再多也是枉然。

沈梦琪现在什么可能惹麻烦的事情都交给叶慕凡去做，他还以为自己被信任、受重视……

现在，只能让他在沈梦琪那里吃个大亏才能长记性……

梦中他被坑得体无完肤，还傻乎乎地为沈梦琪数钱，他自己被坑不算，还连累了爸妈……

现在她必须要让他长个教训。

梁婉君这才放心：“那就好，绾绾你这么想就对了，爸妈看你现在能自己走出来，真的别提多高兴了。找男人还是要找个对你好的，踏踏实实的，男人的长相有什么要紧，你爸爸也是这个意思，我们绝对不会介意他的长相的！”

梁婉君再三强调不会嫌弃未来女婿的长相。

因为叶家人的基因都太好，导致叶绾绾从小眼光就很高，还特别的颜控，所以梁婉君很担心叶绾绾会因为这个跟男朋友闹矛盾。

叶绾绾简直有苦难言，只能连连附和道：“妈，我知道的，我最讨厌那些长得帅又有钱还到处招蜂引蝶的男人了……”

叶绾绾正在信誓旦旦地保证，所以完全没有注意到身后……

就在这时，突然“吱呀”一声，阳台的门猝不及防地被人推开。

叶绾绾闻声下意识地回过头去，然后就看到，司夜寒身形修长地立在那里，另一只手中拿着一本书。

因为她特别叮嘱过今天会出门约会，不要穿得太正式，所以司夜寒这会儿穿着简单的白色衬衣，外套蓝灰色羊绒线衫，没有经过任何处理的乌黑发丝看起来异常柔软。

男人鼻梁高挺，唇线清晰，看上去有几分薄情，一双清冷的眸子不染纤尘，这副模样比平日里正装打扮的他看上去要年轻了好几岁，加上这拒人于千里之外的高冷气质，简直魅力无敌……

此刻，司夜寒似乎是恰巧听到了她最后那句话，深邃的双眸微不可察地眯了起来……

至于叶绾绾，保持着打电话的姿势，盯着猝不及防撞入眼中的盛世美颜，一脸蒙！

为什么司夜寒会在这里啊啊啊啊？

“妈我这会儿太忙先挂了哈回头再跟你聊哈拜拜！”

叶绾绾飞快地挂了电话，然后“咕噜”一声咽了一口唾沫，结结巴巴地朝着司夜寒的方向看去：“你……你你你……你怎么在我屋里啊？”

司夜寒迈步过来，面无表情地开口说了三个字：“采光好。”

好吧，她屋里阳台的采光确实最好，司夜寒经常来这边阳台看书或者休息一会儿。

太大意了啊！

也不知道司夜寒到底听到了多少！

叶绾绾小心翼翼地看了他一眼，试探着开口问道：“那啥……刚才我跟我妈打电话……你听到了多少……”

司夜寒道：“没多少。”

叶绾绾不放心地追问：“没多少是多少？”

司夜寒静静地看了她一眼，沉默了一秒，重复道：“我最讨厌那些长得帅又有钱还到处招蜂引蝶的男人……”

叶绾绾无语掩面，果然还是听到了这一句……

叶绾绾只能赶紧跑上前解释：“那啥，这是误会！真的是个误会。你也知道的，我完全只是说给我爸妈听而已……我就喜欢长得帅又有钱还到处招蜂引蝶的男人！不然也不会被你迷得死去活来嘛！”

司夜寒眸光微闪：“招蜂引蝶？”

“对啊！我说错了吗？你这张脸难道还不够招蜂引蝶？你自己长得多帅心里没点数吗？”叶绾绾一脸严肃地开口，开始花样拍马屁。

司夜寒闻言，嘴角似乎不易察觉地抽了一下，不过看神色，明显已经没有不悦的痕迹。

日子久了，叶绾绾早就学会了察言观色，即使司夜寒是个面瘫，她也能看出他的情绪，知道危机应该是过去了，于是松了口气，继续顺毛：“不对不对！不管有钱没钱帅不帅，都跟我没关系，我只喜欢宝宝你！”

作为史上最好哄大魔头，司夜寒毫无悬念地再次落败。

男人朝着一身灰扑扑的女孩看了一眼：“今天玩够了？”

“够！够够的！活动了一下筋骨，简直美滋滋！等我换个衣服我们就去逛街哈，我带你去吃好吃的！”叶绾绾赶紧转移话题，然后一溜烟钻进衣帽间换衣服去了。

好险！

去见她爸妈的事情，待会儿约会的时候找个机会跟司夜寒提吧……

司夜寒看着女孩蹦跶着离开的背影，眸光如同月光下的深海，平静微凉，却又暗涌起伏……

叶绾绾换衣服的时候，司夜寒便在楼下等着，同样等着的还有大白虎。

这些天大部分时间斯鲁特都待在锦园，被叶绾绾喂得油光水滑，膘肥体壮……

很快，“噔噔噔”的下楼声响起，叶绾绾换好衣服下楼了。

女孩穿着嫩粉色的一字领碎花连衣裙，外面罩着一件与司夜寒同色系的蓝灰色呢绒线衫，露出白皙的锁骨和修长笔直的小腿，白色的细跟凉鞋设计独特，鞋跟如同爬满了花朵的枝丫，环绕着女孩纤细的脚腕，柔软乌黑的长发自然散落在肩头，伴随着跑动轻轻晃动着……

女孩满眼细碎的光亮，一路小跑到他眼前，犹如一轮骄阳撞进他的胸膛里，将经年不化的寒意融化……

“我换好啦！可以出发了！”

叶绾绾刚说完，便看到了趴在白色天鹅绒毯子上微微抬起脑袋看向她的大白虎。

那目光，似乎在提醒着她什么。

叶绾绾连忙一拍脑袋：“等等！我喂下大白！”

之前她都是偷东西悄咪咪地喂大白，现在胆子肥了，看司夜寒不管，都是直接光明正大地喂了。

司夜寒坐在沙发上，用眼角余光瞥了眼过去神出鬼没，如今却一直赖在锦园的大白虎，目光很是复杂。

半晌后，司夜寒开口问了一句：“它是不是胖了？”

叶绾绾乐颠颠地跑过来，拿着牛排的小手瞬间顿了一下，随后神情认真地开口：“胡说！哪有！一点都不胖好不好？大白它……它只是毛茸茸的！”

毛茸茸的……

司夜寒的嘴角不易察觉地抽了抽。

叶绾绾非常满意这个自我安慰，开心地继续投喂去了。

毛茸茸的大白懒洋洋地趴在那里，悠闲自得地吃着牛排，轻轻甩着尾巴，被叶绾绾偷撸一把虎毛的时候也没有甩脸子。

唔，真是物似其主啊……

其实，大白就是傲娇了一点，也没那么可怕！

喂好了大白，叶绾绾便挽着司夜寒出了门。

门外，一行护卫正准备出门去喝酒，正巧撞上了叶绾绾和司夜寒从院子里出来，简直被吓得魂飞魄散，顿时以迅雷不及掩耳之势齐刷刷地藏到了树丛后面。

“赶紧藏起来藏起来！别穿帮了！”

可是说好了要去练武的……

众人只见不久前刚在擂台上无比凶残暴戾的女孩，此刻穿着粉嫩嫩的小裙子和高跟鞋，正挽着他们家少爷的手臂，一副弱不禁风、小鸟依人的模样……

“阿九，我手腕好疼呀，好像有点扭到了……”

叶绾绾一副抱怨的语气。

虽然这段时间训练了一下体能，身体的灵活度比以前好多了，剧烈运动也不会再全身酸疼，但身体还是有滞涩感，无法随心所欲，每次打架都觉得不够畅快淋漓。

她总觉得……其实她可以更厉害一点……

躲在暗处的所有人看到这一幕都情不自禁地抖了抖。

叶绾绾这娇滴滴的样子简直比她凶残的样子看起来更惊悚。

他们居然还担心病弱的九爷吃不消，简直是杞人忧天。

人家在九爷跟前简直乖得跟小猫咪一样……

……

此刻正是傍晚，一条很有年代感的街道上，两边摊贩一片热闹的叫卖声，人群熙熙攘攘。

虽然街道很偏僻，但丝毫不影响它生意好，甚至不少外国游客穿梭其中。

叶绾绾挽着司夜寒介绍道：“这条美食街上的东西物美价廉，最重要的是几乎囊括了全国各地的小吃，以前我跟我爸妈还有哥哥也经常来这里！当年这条街上的美食可是给我贡献了不少肥肉，连我哥都因为总是陪着我来吃，胖了整整十斤……”

身旁，司夜寒认真地听着女孩的话，看那表情，显然这位不食人间烟火的司总并不知道华都还有这种地方……

毕竟这男人连棉花糖都不认识……

“老板！给我一个糖葫芦！我要那个……对，那个大个儿的！”

“好嘞，小姑娘你拿好！”

“谢谢老板！”

叶绾绾开心地拿着鲜亮的糖葫芦，问一旁的男人：“这个你知道是什么吗？”

司夜寒用“你当我是弱智吗”的表情看了叶绾绾一眼。

叶绾绾紧跟着又问了一句：“那你吃过吗？”

司夜寒沉默以对。

好吧，她就知道！

叶绾绾把糖葫芦递到了司夜寒的唇边：“快咬一口试试！可好吃了！”

司夜寒看着眼前红彤彤、亮晶晶，看起来跟塑料一样的物体，眉头微蹙，避开了唇，似乎有些嫌弃。

“不吃吗？那你喜欢吃什么？我们去买啊！”见司夜寒不想吃，叶绾绾也不勉强，自己开心地咬了半颗下来，腮帮子鼓着，吐核的动作非常熟练利落，跟只小松鼠一样。

“那边好像有……”叶绾绾刚开口，身旁的男人突然朝着她的方向倾身过来，一低头，叼走了另外半颗糖葫芦。

叶绾绾顿时眨了眨眼睛：“不是不吃的吗？”

司夜寒面无表情地咀嚼着，酸酸甜甜的滋味在口腔里蔓延开来，似乎，没有他想象中的那么难以接受……

“嘿嘿，好吃吧？走！我带你去吃更好吃的！”叶绾绾兴奋地跑在前面带路。

因为人群太拥挤，没一会儿女孩就被挤到了前面。

司夜寒眉头微蹙，长腿迈动，疾步追上去，脸色有些不太好："别乱跑。"

"哦……那这样不就行了嘛！"叶绾绾拉住男人宽大的手掌，十指相扣。

司夜寒垂眸看了眼两人牵在一起的手："嗯。"

叶绾绾简直就像扎进了羊群里的饿狼，没一会儿就买了一大圈吃食。

司夜寒的手上都拎满了。

叶绾绾扭头看着拎满了美食的冰山美人，瞬间觉得他简直金光灿灿、秀色可餐。

太完美了有没有！

"怎么？"见叶绾绾一直盯着自己，目光还如此炙热，司夜寒开口。

叶绾绾踮起脚尖，在司夜寒的脸颊上亲了一下："没怎么，你好看呀，多看你几眼不行啊？"

司夜寒眸光顿时转深……

叶绾绾正在这边美人美食在怀，不亦乐乎，完全没注意到自己的身后跟着两个人……

此刻，梁婉君和叶绍廷正满脸惊疑不定地跟在叶绾绾后面。

夫妻俩原本是来这边逛一逛，吃点东西的，谁知道突然看到了一个熟悉的身影，特别像是他们家绾绾。

叶绍廷面色狐疑："你看错了吧？刚才你打电话过去，绾绾还说特别忙呢，这么一会儿工夫，怎么会在这里逛街吃东西？"

"就是绾绾没错！我怎么可能连自己的女儿都认错？"梁婉君语气笃定。

叶绍廷又朝着女孩身旁的男人看了一眼："那她旁边的男人又是怎么回事？"

两人手拉着手，互动还这么亲昵，明显是情侣啊！

"绾绾的男朋友不是很普通吗？绾绾还好几次说长得特安全……这明显对不上号啊？"

这个男人全身上下哪里跟"普通""安全"沾得上边？

被这么一问，梁婉君也不确定了："奇怪……那是怎么回事……可是那个女孩明明就是我们家绾绾啊……"

可绾绾怎么这会儿跟个长相这么帅的男人在一起逛街吃东西？

难道真的是她年纪大了，看错了……？

夫妻俩跟了一路还是不能确定，最后叶绍廷看向纠结的妻子，开口道："你喊一声试试不就行了？"

梁婉君想了想，等稍稍跟近了一些之后，试探着开口唤了一声："绾绾？"

前面，叶绾绾正在思考下一个吃什么呢，陡然听到身后传来一个无比熟悉的声音，于是条件反射地转过身去……

然后就看到自家亲爹亲妈正双双站在自己身后。

下一秒，叶绾绾手里的臭豆腐“啪叽”一声掉在了地上，整个人都傻眼了。

“绾绾，真的是你……你怎么……”梁婉君看看女儿，又看看她身旁身形修长、气场强大、容貌俊逸非凡、异常夺目耀眼的男人，满脸的愕然。

叶绍廷也是一脸惊讶：“绾绾，这位是？”

叶绾绾的内心一阵天翻地覆的海啸。

她要不要这么倒霉啊！

她这边还没来得及跟司夜寒提见父母的事情呢，结果逛个街居然直接撞到了她爸妈，就这么当场穿帮了！

这要怎么收场……

她第一反应就是赶紧松手，结果手指却陡然被司夜寒攥得更紧。

叶绾绾进退两难地站在那里，简直要哭了。

爸，妈，拜托你们别用一副你们家女儿出轨的表情看着我好吗？

其实他就是你们那个普通又安全的未来女婿啊……

片刻后，四人在街旁一家餐厅里坐了下来。

叶绾绾埋着头一阵猛吸果汁，恨不得把自己泡进去。

坐在她身旁的司夜寒则面上没有任何表情，脊背笔直地坐在那里。

至于对面的亲爹亲妈，不停地打量着司夜寒，表情极其丰富……

这四人组合真是怎么看怎么诡异，吸引了餐厅里的不少目光。

当然，大部分都是女孩子在盯着司夜寒窃窃私语……

一阵尴尬的沉默后，还是梁婉君忍不住最先开口问道：“绾绾，这到底是怎么一回事？这个男人是谁？为什么你会跟他在一起？”

叶绾绾斟酌着措辞：“妈……我……”

“绾绾，妈妈知道你之前受了不少苦，但是有些事情，咱们不可以做，你不能变得跟那些伤害你的人一样！”梁婉君显然误以为叶绾绾是受了刺激故意报复社会，所以才做出了背叛男朋友的事情。

毕竟前一刻打电话的时候，她还在说跟男朋友感情很好，没有任何问题，可转头就跟别的男人在一起，梁婉君自然会误会。

叶绍廷的脸色也变得严肃起来，看向司夜寒，沉声问：“你知道她已经有男朋友了吗？”

司夜寒回道：“知道。”

叶绍廷一听，火气顿时就起来了：“你知道还跟她在一起？”

梁婉君也是满脸不可思议：“你们这是……绾绾……你男朋友对你那么好……你怎么可以这么做……”

叶绾绾实在听不下去了：“等等……爸妈，你们冷静一点！事情不是你们想的那样！我没有出轨！”

没办法，叶绾绾先是一咬牙，然后一把搂住了身旁司夜寒的手臂："因为……他就是我男朋友！"

司夜寒周身隐隐的冷意，因为女孩这一搂，瞬间消散，眸子里似乎闪过一丝意外。

叶绍廷和梁婉君闻言，面面相觑。

梁婉君满脸无法理解的表情："你说什么？他是你……男朋友？"

叶绍廷蹙眉："绾绾，你不要撒谎，跟我们说实话，之前你跟我们形容的你男朋友的样子，可不是这样的。"

"我现在说的是实话，之前才是骗你们的，我说男朋友很普通，长得还不好看，是怕……怕你们看到他真实的样子之后会不放心……就不让我们俩交往了……"事到如今，叶绾绾也只能坦白了。

梁婉君和叶绍廷闻言，再次错愕，怎么也没想到竟然会是这样。

对于女儿的解释，两人原本还有些疑虑，可是当他们再次抬头看向男人那张脸之后，顿时又觉得女儿这话可信度非常大……

因为这男人看起来……真的是太不让人放心了……

这副相貌，确实太招蜂引蝶。看这身气度，此人身份怕是也不简单。

就方才这么一会儿的时间，餐厅里都多少小姑娘往他的方向看了。

叶绾绾一边跟父母解释，一边不停地给司夜寒使眼色，都怪你，没事长得这么祸国殃民还这么有钱干啥，快点想办法刷刷好感度啊！

接收到叶绾绾催促的眼神之后，司夜寒起身表示暂时失陪一下，然后去了洗手间。

斟酌良久之后，司夜寒点开手机，翻出了一个从未说过话的三人微信群。

司夜寒：如何获得好感？

……

与此同时，某酒吧。

林缺原本正在无聊地看手机，结果也不知道看到了什么，一口威士忌径直朝着对面的谢折枝喷去，"噗——！"

"啧……林二，你怎么这么脏？"谢折枝一脸嫌弃地拍了拍自己身上价格不菲的礼服。

林缺急忙道："不是……你看群，快看群！"

谢折枝神色慵懒："什么群？"

林缺说："微信群！咱们跟九哥的那个三人微信群啊！万年潜水王冒泡了！这家伙自从有了女朋友，不是都已经把我们忘到脑后了吗？电话不接、短信不回，整个一个人间蒸发，最近连公司都不去了，这简直就是'春宵苦短日高起，从此君王不早朝'……"

司夜寒：如何获得好感？

林缺："……"

谢折枝："……"

此刻，盯着那条谜一样神奇的信息，两人皆是一阵诡异的沉默。

林缺沉吟良久："你说，九哥是不是被盗号了？"

谢折枝挑眉："什么级别的黑客能盗他的号？"

林缺一脸惊悚："所以，这是真人？如果是真人，以他那见色忘义的性子，怎么可能搭理我们？所以，该不会是分手了吧？九哥终于要回归我们的单身狗三人组了吗？"

单身狗三人组……

谢折枝斜睨了他一眼："别加上我。"

"就算全国的女孩子都喜欢你又怎样，你还不是一只单身狗！"林缺直接开启嘲讽模式，把谢折枝拖下水，随后赶紧打字发了过去。

林缺：九哥，你终于出现了，九哥！刷什么好感度？谁的好感度啊哥？你是不是最近感情出了什么问题啊？快跟小弟说说！

林缺兴奋地八卦。

不到三秒钟，那边就回复了——

司夜寒：绾绾的父母。

林缺先是一呆，随即痛心疾首地哀号道："九哥居然见父母去了——还以为他分手了呢，结果居然都发展到见父母了？以咱们九哥的情商，这怎么可能！简直不科学！"

群里。

司夜寒：@谢折枝。

司夜寒选择了无视林缺，并且艾特了谢折枝。

林缺顿时不满："凭什么单艾特你！太偏心了吧？！"

谢折枝轻笑一声，用语音回了一句："宝贝儿，你确定……你需要刷好感度？"

林缺急忙附和着用语音回道："就是啊九哥，你长得这么帅还这么有钱，还刷什么好感度啊！"

对于这个问题，正靠在走廊边缘的司夜寒选择了沉默。

他要怎么说就是因为太帅太有钱所以被嫌弃了呢……

林缺：所以，九哥，相信我，以你的条件，就算光靠脸好感度都满了！到时候见面能多帅打扮多帅！

谢折枝：不如直接给十亿聘礼？

司夜寒：……

片刻后，微信群显示了一条通知——"您的好友'司夜寒'已退出此群"。

"怎么退了呀？我觉得我们出的主意挺好的啊……"

片刻后，餐厅内。

求助失败的司夜寒回来了。

叶绾绾狐疑地朝着他看了一眼，怎么去个洗手间这么久？

此刻，梁婉君和叶绍廷再三跟叶绾绾确认过司夜寒就是她之前说的男朋友之后，已经稍稍冷静了下来。

于是，叶绍廷斟酌了一下措辞，看向司夜寒，开口问道："司九先生，可不可以问你几个问题？"

司夜寒："可以。"

叶绾绾不放心地插了一句："爸，妈，你们有什么问题，问我就好了。"

"绾绾，你别说话。"叶绍廷脸色严肃。

"哦……"叶绾绾只能乖乖噤声，心里却不停在打鼓。

依照一般的套路，她爸妈问的肯定是司夜寒的父母、工作之类的问题，这些问题若是有技巧性地回答的话，应该不会崩吧？

果然，叶绍廷开口询问道："不知道，司先生的父母都是做什么的？"

司夜寒说："我父亲已经去世。"

叶绍廷追问道："这样……那，母亲呢？"

司夜寒面色不改："目前下落不明。"

叶绍廷一愣："什么？"

梁婉君也追问起来："下落不明是什么意思？"

旁边的叶绾绾无语扶额……

我让你坦白从宽，但没让你这么实诚啊……

司夜寒如实回答道："从我记事起便离家了。"

叶绍廷和梁婉君对视一眼，随即梁婉君接着问："那你现在是做什么工作的？"

司夜寒坦白道："赋闲家中。"

叶绾绾一头栽在桌面上，这恋爱没法谈了……

父亲死了，妈妈失踪了，自己还失业了，哪个父母敢把女儿交到这种男人手里啊喂？

果然，她爸妈的脸都黑了。

叶绍廷强撑着镇定，继续问道："那你跟我们绾绾是怎么认识的？"

直接抢来的……

这个问题司夜寒要是一回答那就全完了！

叶绾绾赶紧抢在司夜寒之前开口道："爸，妈，还是我来说吧！我男朋友他不善言辞！我男朋友的父母在他很小的时候就因为感情不和而离婚了，这些年他的妈妈一直在国外，跟国内的亲人几乎都已经没有联系，所以他才不太清楚她目前的近况，不过有通过朋友了解她过得还不错，至于他的父亲，是在一场交通事故里去世的……"

叶绾绾三言两语把司夜寒口中的豪门内斗给说成了普通的情节。

听到女儿的话，叶绍廷和梁婉君的脸色才稍微好了一点。

虽然对方的家庭情况他们并不满意，但如今他们家也好不到哪里去，所以不会太苛求，何况这种事情也不是他一个小辈能决定的。

叶绾绾舌灿莲花，眼睛都不眨一下地继续开口：“他目前赋闲在家，是因为之前太忙了，一直没有时间陪我，所以特意休假陪我的。他在司氏集团任职，待遇也挺不错……”

听到叶绾绾这话，叶绍廷的脸色也好了不少：“司氏倒是不错……”

叶绾绾忙道：“对吧对吧！他工作很稳定的，而且几乎没有被裁员的可能，肯定能养活我！”

呵呵……谁能裁员他啊……

“至于我们的相识过程……”

叶绾绾深吸一口气，继续解释道：“是他先追我的，一开始我并不喜欢他，跟他的关系也很糟糕，毕竟当时我一心都在顾越泽的身上，希望能挽回跟顾越泽之间的感情，做了很多傻事，甚至跟你们还有哥哥也闹翻了。

“那段时间是我最痛苦、最艰难的时候，可他却一直默默地陪伴在我身边不离不弃，对我呵护备至，任打任骂，我渐渐被他感动，才接受了他的感情……”

司夜寒闻言，朝着说得天花乱坠的叶绾绾看了一眼，表情很是难以形容。

叶绾绾瞪他，看我干吗？我说错了吗？

难道他不是在司氏集团上班吗？

难道不是他先追她的吗？追得她上天无路，下地无门……

难道不是他不离不弃吗？她各种花样作死都没办法分手……

至于任打任骂……她之前闹得还少吗，再撒泼再骂他打他，他也是一张冰山脸没有丝毫反应，不是任打任骂是什么……

要是按照他那个说法，他们俩今天就得被“棒打鸳鸯”了好不好？

“原来是这样……”

听到这里，叶绍廷和梁婉君的脸色明显缓和了下来，再看着司夜寒时也觉得顺眼多了。

虽然他父亲不在了，母亲在国外，但重在对女儿好，工作也稳定。

“所以，爸、妈，请不要因为他的长相而对他抱有什么偏见，他肯定不会做对不起我的事情的，再说你们女儿长得也不安全好不好？怎么说也扯平了嘛！”叶绾绾道。

“你啊……”梁婉君一脸无奈，看向司夜寒，开口道，“绾绾之前的事情，想必你也知道一点，这孩子受了不少苦，所以我们才特别担心，怕她又受打击，所以，我们都希望她找个踏踏实实的对象，希望你不要介意。”

司夜寒开口道：“不会。”

梁婉君见他不善言辞，不过目光清澈，不像是有花花肠子的人，倒是比那些油嘴滑舌的男人好多了，不由得多了几分好感。

叶绍廷沉声叮嘱道："感情不是儿戏，虽然未来会怎样谁也不知道，但还是希望你们俩都能认真对待，互相扶持，好好在一起。"

司夜寒朝着身旁的女孩看了一眼，深沉的眸底如同一望无际的海水，静静地开口道："我会护她一世周全。"

叶绾绾对上男人深沉的视线，不由得愣住，大概是没想到，以司夜寒的性子还会说出这种话来……

最后，叶绾绾和司夜寒陪着父母吃了一顿饭，气氛还算和谐，因为是第一次见面，父母没有太过为难，没询问太深，最终总算是勉强应付过去了。

直到回了锦园，叶绾绾还有些心有余悸。

叶绾绾一边上楼，一边嘀嘀咕咕地扭头冲着司夜寒抱怨，司夜寒一直沉默地跟在她的身后。

这一路上，他都没有说话，也不知道在想什么。

"哪有你这么回答岳父岳母问题的？不知道的还以为你根本就不喜欢我，想跟我分手呢！算了，还好我的情商够高，就算你是负数，我们也能中和……"

叶绾绾一边扭头一边说话，结果一不小心脚下踩空，身子顿时往后仰了过去："啊……"

还好，司夜寒就在后面，稳稳地将她接在了怀里。

叶绾绾吐了吐舌头，正要开口，下一秒，头顶落下一片阴影，司夜寒蓦然倾身，朝着她的唇吻了下来……

微凉的唇瓣轻轻贴了过来，一时间，铺天盖地都是司夜寒清冽的气息，将她包裹在这一方天地，仿佛整个世界都只剩下了他们……

不知道过了多久，这个吻才终于结束。

司夜寒的手指轻轻在她发间抚过，眸底满是她看不懂的情绪。

叶绾绾盯着眼前的男人，有些发蒙："怎么了？"

好端端的怎么说吻就吻？都不提前提醒一下……

"那你呢？"司夜寒盯着她，突然说了三个字。

叶绾绾本来脑子就晕晕乎乎地，这话更是听得她一脸迷茫："我什么？"

司夜寒的目光一动不动地锁定她："你，喜欢我吗？"

叶绾绾闻言，神色一怔。

其实，一开始她之所以这么紧张带他去见父母，完全是害怕万一搞砸了，父母强烈反对，他情绪失控之下会伤害到父母。

毕竟以他之前的性情，这种情况太有可能发生了。

可是现在，她却在不知不觉间相信，眼前的人不会伤害自己，还有她身边的人。

今天，她更是努力地圆回了场子，想让父母接受他。

如今的自己，对司夜寒……

叶绾绾正在失神，司夜寒突然迈步，径自朝前走去：“跟我来。”

“啊？去哪儿啊？”

叶绾绾迷迷瞪瞪地跟了上去。

片刻后，司夜寒将她带到了顶层的阁楼。

见司夜寒将她带到这里，叶绾绾愣住了。

这不是锦园的禁地吗？

从前连她都不被允许踏入这里……

司夜寒带她来这里做什么？

“吱呀”一声，阁楼的门被推开。

叶绾绾站在门口，好奇地环视一圈。

阁楼里摆放着一些古旧的家具，两排满满当当的书柜，正中央是一张檀木书桌。

司夜寒走到书桌前坐下，打开其中一个抽屉，随即从里面拿出一枚玉佩。

严格来说，是半枚玉佩。

因为那玉佩只有一半。

司夜寒修长的手指拿着那半边玉佩，递到她身前。

叶绾绾一脸狐疑地接了过来，完全不知道司夜寒想做什么，给她这玉佩又是什么意思：“这是什么？”

昏暗的光线中，司夜寒清冽的声音回响在略有些空荡的阁楼里：“这半枚玉佩，可以调动一些人手，在遇到危机的时候使用。不过，他们只听命于我，这半枚玉佩只能让你使用三次，除非紧急，否则不要轻易动用。”

叶绾绾闻言，目光复杂地看着那枚通体碧绿、造型简单古朴的玉佩。

司夜寒暗中果然还有更隐秘的势力，而且这些人只效忠于司夜寒一人，估计连许易都不知道他们的存在，可是现在，他竟然告诉了自己，并且给了自己调动的权力……

不等叶绾绾思考结束，司夜寒说完这些，又拿出了一个木盒，盒子打开之后，里面摆放着一枚戒指。

那枚戒指灰扑扑的，没有任何稀奇，看上去非常老旧，雕刻着她看不懂的花纹。

司夜寒轻轻摩挲着那枚戒指，也不知道想到了什么，良久都没有开口。

叶绾绾站在书桌前，不敢出声打断他，也不知道他到底想做什么。

毕竟梦中他并没有拿出过这些东西。有一次司夜寒似乎是想带她来阁楼的，可当时沈梦琪不知道从哪儿听来的小道消息，说阁楼里面全都是可怕的刑具，是司夜寒折磨人的地方，以至于她特别害怕阁楼，从来不敢上去。

所以那次司夜寒要带她过去的结果可想而知，不仅未能成行，她还大闹了一场，当时她还以为司夜寒是要折磨她……

可是，没想到阁楼里居然什么可怕的东西都没有。

所以梦中的那一次，司夜寒要带她过来，也是准备给她东西的吗？

司夜寒抬起头，比窗外的夜色还要黑沉的眸光看向她："这枚戒指背后的势力，是目前的你绝对无法掌控的，切记，等到你有足够的实力时才可以接手它，这段时间里，我会尽可能多教你一些东西……"

司夜寒说完，执起她的手，将戒指放在了她的掌心里。

不论是梦中，还是曾经，司夜寒从未像此刻这样，一口气说过这么多话。

可是，叶绾绾越听越不对劲，这完全就是在交代后事的语气……

是因为觉得自己随时可能会死，所以才提前将这些东西交给她吗？

叶绾绾盯着掌心里的半枚玉佩和戒指，只觉得掌心一片滚烫，心脏也是一阵不受控制地紧缩。

"收好。"司夜寒叮嘱着，面上平静无波，如同此刻在说的只是再平常不过的话。

叶绾绾的掌心握起，然后又缓缓松开。

随即，她抬眸朝司夜寒看去，目光微冷地开口道："我不要。"

见叶绾绾拒绝，司夜寒的眉峰微蹙，面色也冷了下来。

叶绾绾将戒指和玉佩都放回了司夜寒身前的桌面上，面无表情地说："请你收回去，我不需要这些东西。"

不想接受他的东西吗……

司夜寒的脸色顿时更沉，眸光一点点黯了下去。

窗外，月光一点点隐藏在浓黑的云层之后，阁楼里，空气的温度一点点凝结成霜。

司夜寒脊背僵直地坐在那里，看着被叶绾绾退回来，孤零零地躺在桌面上的玉佩和戒指。

就在这时，叶绾绾的双手撑在书桌的桌面上，蓦然倾身，朝着男人紧绷的薄唇吻了上去——

"我不需要这些东西，我……只要你……"

女孩的吻落下的瞬间，司夜寒瞳孔陡然一缩，眸底掀起一阵波澜，面上也满是错愕，似乎完全没有料到叶绾绾的反应会是这样。

叶绾绾目光异常认真地盯着眼前的男人，一字一顿地开口道："我只需要你，好好活着！"

司夜寒似乎是完全没想到会听到这样的回答，那张冰冷的脸上满是怔忪与恍惚之色。

此时此刻，司夜寒的目光让她莫名有种穿越时光般的熟悉感，胸腔里一阵不受控制地心悸。

在大脑做出反应之前，话已经说出了口："我答应过要让你好起来，就一定会做到！你不是说要护我一世周全？我要你亲自护我，而不是用这些冰冷的死物。"

叶绾绾说着这些话，目光从犹疑一点点变得坚定。

她承认，梦中的阴影并非那么容易摆脱，但是，既然现实中并没有发生那些，她就会努力抛弃过去的一切，重新看待身边的人，否则上苍给予她的那一场神奇梦境还有什么意义？

我只要你……

我只需要你，好好活着……

女孩的话让司夜寒从地狱的烈火中回到人间，冰冷的心脏如同浸泡在温暖的潮水之中。

“好。”

他看着女孩那双灿若星辰的眸子，又仿佛穿透她回到某个遥远的过去，眸底一片深海般的浪涌。

……

深夜，两人静静地依偎而眠。

静谧的房间里，叶绾绾工作用的那部手机突然响了起来。

怕吵醒司夜寒，叶绾绾蹙着眉头看了眼来电显示，随后急忙捂住听筒接了起来，轻咳一声压低嗓音：“喂？宫旭？”

宫旭这大半夜地打电话给她干什么，难道是出了什么事？

“怎么这个时候给我打电话，出什么事了？”叶绾绾急忙问。

手机那头传来了青年拉长的声音：“叶哥，人家好无聊呀……”

叶绾绾沉默了几秒钟：“就为了这个？”

“叶哥……你咋啦？心情不好吗？”

“……”三更半夜的被铃声吓到，谁心情能好？

“叶哥……你是不是正跟你女朋友在一块啊？我是不是打扰到你了？”宫旭小心翼翼地问。

叶绾绾的嘴角一阵抽搐，干脆承认了：“知道你还废话？”

“好啦我错了……”宫旭的语气一阵哀怨，“可我真的很无聊！叶哥你到底什么时候给我安排工作啊？我觉得有点空虚……”

叶绾绾抚了抚额头：“给你安排的表演课程学完了？”

“还没有……”宫旭一阵心虚，随即语重心长地开口，“叶哥啊，你这样做经纪人不行啊！你算算这段时间不给我安排工作你损失了多少小钱钱？我都替你心疼你知道吗？”

“谢了。”叶绾绾嘴角微抽，“没什么事的话，明天再说吧。”

“好吧好吧，叶哥你继续，我不打扰你了……那你答应我一起聚会的，别忘了！”宫旭一副乖巧的语气，“到时候把洛辰前辈也一起叫过来吧，好多认识几个人，他太宅了。”

洛辰确实太宅了，可宫旭又太外向了……

这俩人要是能中和一下多好？

叶绾绾叹了口气："好，我知道了。"

叶绾绾正要挂，宫旭又悄悄开口道："叶哥等等，你要不要把你女朋友也带上一起啊？"

叶绾绾说："算了……"

宫旭疑惑地问道："为啥？"

叶绾绾无奈回复道："他估计没时间。"怕吓到你们。

"哦，那好吧！"宫旭无比失望地开口。

可是真的好好奇哦……

除了"小蜜饯"之外，他最想见的大概就是叶哥那位传说中特别漂亮的女朋友了……

叶哥也不知道到底什么时候才能消除对他的成见，介绍"小蜜饯"给他认识。

说起来也是见鬼了，他私下里动用了所有的人脉，包括顺着叶白这条线去找，居然愣是没找到"小蜜饯"这个人。

现在唯一的线索就是叶白。

他好不容易才遇到真爱，没想到老天居然这么折磨他……

他的情路怎么这么坎坷啊！

"嗯，那我挂了，早点休息，晚睡皮肤会变差的。"

叶绾绾说完挂了电话。刚放下手机，腰间突然一紧，温热的气息靠了过来。

叶绾绾转身朝着身旁的人看去："吵醒你啦？"

"谁的电话？"男人半睡半醒，语气略带慵懒。

"宫旭打过来的，要请我吃饭，拖了他一个多月，再不去估计要炸毛了。这家伙，对你可好奇了，非让我带女朋友一起去，我怎么可能带你一起啊……"

听着叶绾绾的吐槽，司夜寒面色一怔，眉头微微蹙起，猛然发现，当初他似乎给自己挖了个大坑。

如果叶绾绾一直以男装形象示人，他就一天没法在人前光明正大地出现……

司夜寒的脸色稍变，叶绾绾便猜到了他在想什么，沉吟片刻后开口道："其实吧，我们想要光明正大地在一起，也是有办法的！"

司夜寒看了她一眼。

叶绾绾眨巴着眼睛："要么……我恢复女装怎么样？"

想到外面那些狂蜂浪蝶，司夜寒瞥了她一眼，缓缓甩下四个字："想都别想。"

……

数日后，某高档酒吧。

几乎整个二层都被宫旭包了下来，除了 VIP 客人，其他人都无法进入。

现场播放着劲爆的曲子，一大群俊男美女围坐在一起，各色美颜冲击，令人眼花缭乱。

宫旭跷着二郎腿坐在沙发上喝酒，时不时朝着楼梯口的方向张望着，旁人跟他说话，他也是有一搭没一搭心不在焉地应着。

酒吧里的人越来越多，洛辰和韩羡羽等人也都过来了。

叶白还没来。

宫旭连续发了无数条短信轰炸，总算得知他陪完了女朋友，已经在来的路上。

“嗨！宝宝们，想我吗？”唐星火穿着一身骚包的低领衫走了进来。

刚一看到唐星火，正埋头不停发短信的宫旭顿时炸毛：“唐、星、火！你这个叛徒！居然还敢出现在我面前！”

“哈？我怎么了我？”唐星火被骂得一脸蒙。

宫旭一脸痛心疾首的表情：“你还装蒜！居然被金兰奖最佳男配提名！简直就是耻辱啊耻辱！说好的兄弟一生一起走，一起被骂不回头呢？”

宫旭和唐星火两人臭味相投，都是富二代出身，演技烂得掉渣，现在唐星火提名最佳男配，虽然没有获奖，但口碑却得以逆转，在宫旭看来，自然成了背叛。

唐星火顿时有些心虚，轻咳一声道：“这真不能怪我啊！完全是意外！意外！我也不想的好吗？哪里知道一不小心就被提名了……”

唐星火说着说着觉得哪里不对劲，猛然一拍脑门，开口道：“不对，你不是也被提名最佳新人了吗？居然还好意思骂我！”

宫旭义正词严道：“那怎么能一样，我被提名了还不是一样被骂吗？还被骂得更加厉害了！可你呢？我不管，你就是叛徒！居然背着我私底下偷偷去练演技！我真是看透你了！你对得起我，对得起你的颜粉，对得起我们曾经的岁月吗？”

宫旭正滔滔不绝地吐槽，周遭的众人突然盯着楼梯的方向发出一声轻呼。

角落里的洛辰也站起了身：“叶哥……”

看到不远处若清风霁月般的熟悉人影，宫旭顿时吓得魂飞魄散，一把拉住了唐星火的手：“星火！我的好兄弟！恭喜你被提名金兰奖最佳男配，演技有了长足的进步！你就是我的骄傲，我前进的方向！我一定会向你学习，好好锻炼自己的演技，努力跟你一样成为一个实力派演员——叶哥，你来了啊！”

宫旭一副刚发现叶绾绾的表情，丢开唐星火的手，一屁股挤开洛辰，麻溜地小跑着迎过去，把她带到自己身边的位置坐下。

紧跟着，他又把韩羡羽跟前的水果拼盘给拖过来，拿到了叶绾绾的跟前：“叶哥你坐，叶哥你吃水果！”

一旁眼睁睁看着他变脸比翻书还快的唐星火：“……”

这小子……

锻炼什么演技，看他的演技也挺好的嘛！这变脸变的！

当初宫旭换经纪人的时候他还觉得没什么，反正宫旭又不是第一次换经纪人，还真是没想到有朝一日宫旭这小子居然会被吃得死死的……

这看上去年纪轻轻、长相比艺人都好看的经纪人，还真是有些意思。

看到宫旭对待叶绾绾的态度之后，现场不少过来玩的艺人都抱着一样的想法，一个两个的下巴都快惊掉了。

这个乖巧听话又懂事的男人，真的是小霸王宫旭吗？

“这男人是谁啊？”有人跟韩羡羽打听。

韩羡羽朝着叶绾绾的方向看了一眼，轻笑着回答道：“宫旭的经纪人。”

“啊……原来他就是宫旭的新任经纪人……”

“居然能把宫旭训得服服帖帖，太厉害了吧！”

……

叶绾绾其实在宫旭骂唐星火的时候就已经到了，这会儿看着宫旭睁眼说瞎话，也是一阵无语，不过也没揭穿他。

此刻，宫旭正围着叶绾绾团团转，态度殷勤不已：“叶哥你喝酒吗？白的还是红的？红酒是我自己从家里带来的，1982年的珍藏！”

叶绾绾开口：“不用了，我不喝酒，给我一杯饮料就可以。”

“那叶哥，我叫个漂亮妹妹过来陪你吧？你喜欢什么类型的？”宫旭又问。

在宫旭这家伙的观念里，就不存在有了女朋友就不可以在外面逢场作戏这种意识。

她要是真有妹妹，绝对不可能介绍给这种男人的好吗？

叶绾绾的脸更黑了：“不必了。”

宫旭终于不再勉强了，黏着叶绾绾就开始邀功：“叶哥，我最近都有乖乖跟着老师练习演技的，一堂课都没有缺哦！”

一旁唐星火的表情复杂。

你刚还在怒骂我，结果你自己私下里偷偷去练习演技，到底还要不要脸了啊？

唐星火实在听不下去了：“我说宫旭，你也太不要脸了，刚才是谁说……”

后面的话还来不及说，宫旭一把捞住唐星火的脖子，把他拉到了一边：“闭嘴！你要是敢卖我，我跟你没完！”

唐星火推开宫旭，理了理衣服：“你搞什么啊？干吗对那小子这么殷勤？”

宫旭也不知道想到了什么，顿时眼含桃花，哼了一声：“你管我！总之，不许拆我的台！我现在可是一个努力向上的好演员！跟你不一样！”

唐星火满脸无语：“脸呢？”

另一边，叶绾绾刚跟韩羡羽打了个招呼，很快便有人上前搭讪。

一个长相清纯可爱的女孩子朝着叶绾绾的方向走去：“你好，我是林思思。”

“你好，久闻大名，我看过你的剧！”

女孩顿时笑靥如花：“你真的是经纪人吗？你长得这么帅，做艺人也够了吧？”

女孩一边说话，一边自然而然地在叶绾绾身旁的位置坐了下来。

不远处，宫旭一看自己的位置被人占了，脸色顿时便有些不太好看。

“宫旭……宫旭……看什么呢？跟你说话听到没有？”

“别叨叨了，我忙着呢！”宫旭说完就朝着叶绾绾的方向走了过去。

“思思！”宫旭笑眯眯地走到了林思思跟前，“我刚才看到你男朋友好像跟小琴一起出去了呢！”

“什么？”林思思顿时变了脸色，立即起身走了。

宫旭三言两语把林思思给挤走了，然后一屁股在叶绾绾的身边稳稳地坐了下来，附耳过去小声叨叨：“叶哥，你别跟这个林思思走得太近，这个女人表面上看着清纯，其实可表里不一了，私生活有点复杂……”

宫旭刚一凑近，莫名闻到了一股特别好闻的幽香……

咦，叶哥难道还喷香水了吗？

看着宫旭这副打小报告的模样，叶绾绾也是无语。

就你也好意思说人家？谁给你的勇气？

见叶绾绾不太相信的样子，宫旭忙探着身示意对面的韩羡羽：“不信你问羡羽哥啊！我说的全都是真的！羽哥，你说是不是？”

韩羡羽轻咳一声：“这个，我也不太清楚。”

叶绾绾觉得，这孩子大概是智商有点问题。

他想要打别人的小报告，却没发现把他自己也搭进去了，韩羡羽私生活这么单纯，自然不知道圈子里那些乱七八糟的事，至于宫旭为什么这么清楚，那原因就可想而知了……

“好了好了，你就消停点吧，别管别人怎样了，我去跟洛辰说话。”

“啊？为啥？！我还没跟你说几句呢……”宫旭一脸哀怨。

早知道不请那小子过来了！

好烦，为啥总有人跟他抢经纪人！

叶绾绾过去跟洛辰聊了一下最近《惊龙 2》的拍摄进程和刚给他接的一个杂志封面拍摄。

结果，这边刚聊没几句，又有几个妹子满脸激动地迎了上来。

叶绾绾正狐疑自己什么时候这么出名了，就听到其中一个娃娃脸的妹子开口道：“原来你就是叶白啊，你可不可以给我也算一卦？”

“什么？”叶绾绾愣了一下。

“歆姐说你会算命，而且算得可准了！”妹子们激动道。

叶绾绾顿时有些无语。

没想到乔可歆居然把他“算命先生”的名声传出去了。

“这个，歆姐开玩笑的，我怎么可能真的会算命。”叶缩缩无奈地开口。

这几个妹子她一个都没关注过，哪里能知道她们的未来。

“叶哥，你该不会是看不上我们，不愿意给我们算吧？歆姐明明说你很厉害的，连她会得金兰奖都算出来了！”

“就是啊！我们可以付费的！”

妹子们却并不相信。

被几个妹子缠得没办法，最后叶缩缩只能开口道：“我是唯物主义者，根本就不相信这些东西的，这年头怎么可能还迷信这些东西？”

刚说到这里，叶缩缩的脑海里下意识地浮现出一个道士模样打扮的青年……

说起道士，她还真见过一个活的，那天在大排档遇到的那个诈骗五人组。

一个摆地摊卖兽骨的，一个喜欢躺着的冰山死人脸，一个肌肉大汉，一个阴柔妖媚的男人，还有一个最奇葩，一副道士的打扮。

当时那些人没钱付饭钱，她想着占了聂无名的便宜，就帮他们付了钱，结果那道士免费给她算了一卦，信誓旦旦地说她有桃花运。

最后，叶缩缩绞尽脑汁才终于让妹子们相信了她是真的不会算命……

与此同时。

深夜。

某古武世家内，一名长相妖媚的男子坐在主座，嘴角挂着似有似无的笑意。

华国历史悠久，底蕴深厚，有着不少传承深远的家族，其中就有不少以古武传世的家族。他们往往有着自家的独门秘技，习之能极大程度地开发人体潜能，提高人的武力值。

主座两侧，则是站着几位面色惨白的老者。

“聂族分支……啧啧……”许久后，妖媚男子冷声一笑。

这处古武世家乃巴罗洲总部聂族建在华国的一个分支，在华国势力极大，也颇有名望，今日却迎来了一位不速之客。

为首老者一身白衣，头发已有些许花白，虽上了年纪，眸光却十分有神。

“身为聂族分支，却因总部在巴罗洲，天高皇帝远，所以胆子也大了，自立门户，改了聂的姓氏自称为周家，你们的勇气，倒是值得称赞。”妖媚男子眸光如刀，扫过白衣老者。

“你到底是谁，想要怎样？”白衣老者眉头深蹙。

这位相貌十分妖媚的青年，莫名闯入府邸，不过十数息工夫，便击败了族内数位天才，其战力如斯恐怖！

“我今天来这里的目的，也没什么……只需要你们告诉我聂无忧小姐的下落便好！”妖媚男子笑道。

听闻此言，一旁的数位老者皆是一惊。

聂无忧乃巴罗洲总部聂族大小姐，据说已经失踪了四年，最后一次出现，听闻是在华国周边……

“这位兄弟，我们并不知道聂无忧的下落，也从来没有见过她，更不清楚她的相貌，你应该是找错地方了。”白衣老者道。

当即，妖媚男子脸上的笑意微僵，面色起了一丝阴沉：“不说是吗……”

“我们真没见过聂无忧！”白衣老者道。

“既然如此，你们这聂族的叛徒，也没什么留下来的必要了。”妖媚男子缓缓站起身来，眼中满是戾气。

“哼！”白衣老者怒哼道，“我们是否为聂族叛徒，与你有何干系，你莫非以为，就凭你一人，能够如何？”

话音刚落，几位训练有素的世家强者瞬间涌上前，将妖媚男子围住。

“不管你是什么来历，今日都定让你有来无回，死在此处！”白衣老者眸内一寒。

话音刚落，妖媚男子猛然出手。

“噗——”

几乎须臾间，几位将他围住的世家强者同时后退，齐齐吐出血来。

“什么？！”白衣老者神色骇然。

说话间，妖媚男子却已来到他身前，一只手搭在其臂膀上。

“你到底是谁？！”白衣老者怒道。

“你可以叫我……一枝花……”妖媚男子轻声笑道。

“一枝花……”白衣老者瞳孔猛缩，盯着眼前的妖媚男子，难以置信，“你是……巴罗洲的……一枝花！”

“一枝花”仅为称呼，就如同当年的玫瑰集团一般，而这“一枝花”的恐怖……却绝不弱于玫瑰集团！

与玫瑰集团相同，“一枝花”早已销声匿迹，许久不曾露面，许多传言都曾道“一枝花”早已死去。

这种人，怎么会忽然出现在华国……找到他们……

“既然你不知聂无忧的下落，那留着也没什么用了。”“一枝花”嘴角微微上扬，勾勒出蛊惑般的笑意。

话音刚落，伴随着一阵脚步声，四个男人缓步走入大厅。

“哟，队长大人，你来了！”见到聂无名，“一枝花”眼中的嗜血和冷酷瞬间散去，变成了星星眼，再也不管白衣老者，作势便要扑进聂无名怀中。

“滚。”聂无名不悦道。

“宝贝……队长欺负我……”“一枝花”看向聂无名身旁背着棺材板的冰山美男，满脸委屈。

“宝贝……你就说句话嘛，一个字也好啊……”见冰山美男丝毫没有搭理他的欲望，“一枝花”噘起了嘴。

“滚。”冰山美男眸光扫过“一枝花”，冷冰冰地开口。

一枝花：“……”

此刻，聂无名看向白衣老者，淡淡开口道：“我妹妹最后一次出现，就是在华国周边地带，而整个华国，有能力控制我妹妹的，就只有你们华国的分支叛徒，说，我妹妹在哪儿？”

“你……你是谁？”白衣老者惊恐地打量着聂无名。

“聂无名。”聂无名直接说出了自己的名字。

“什……什么……聂无名……”白衣老者闻言倒吸一口凉气，若烂泥般瞬间瘫倒在地，眸内满是惊恐和畏惧。

“只要交出聂无忧……我便允许你们在这片土地上生存。”聂无名走上前，轻声笑道。

“我……聂无忧先生……我真没有见过……更没有将她囚禁在此……”白衣老者身躯微颤。

“队长，我感觉这老东西也没那个胆量对聂无忧出手，虽是聂族的叛徒，但躲着聂族都来不及，怎么还敢招惹无忧？”一身道人装扮的邪魅青年开口。

“嗯，你说的有道理。”聂无名点了点头，“既如此，这叛徒，你们看着处理吧。”

“不……不要！”白衣老者满脸惊恐之色，整个人朝着后方退去，可能是由于过分恐惧，突然一口气提不上来，晕倒在地。

眼见族长晕厥，大厅内一干高层惊慌失措。

“你们也不必害怕。”聂无名淡淡开口，“聂族的叛徒，仅他一人，日后，你们这处世家，只需换个家主，便可继续生存。如此，你们可知道该怎么做？”

“谢谢……我们明白的！”几位高层连声道谢。

“嗯，不嫌麻烦的话，去弄几盘饺子给我们吃。”聂无名想了想，开口道。

“啊……饺子？”

几位高层面面相觑。

“队长想吃饺子，还不快去！”外国搬砖友人道。

“是是是……”几位高层连连点头。

“除了饺子，再弄点好酒好菜……”“一枝花”补充。

“没问题，完全没问题……”

几位高层擦了擦额头上的冷汗，迅速退下。

不多时，白衣老者和几位世家强者都被拖了下去，大厅恢复了整洁。

“他们如此折辱我们，难道我们就这样算了？”某位高层咬牙道。

“你可知那聂无名是谁？别说聂无名，你可知他四个手下又是谁？你的愚昧无知，会让咱们周家彻底被覆灭！”另一位高层冷笑。

“他们到底是谁？”有人面色疑惑。

那位高层身躯微颤，最终摇了摇头，并未解释，只赶紧让人准备饺子。

……

聂无名坐在主座，眉头深蹙。

原本以为这周家会有妹妹聂无忧的下落，不承想，到了最后，却还是竹篮打水一场空。

“队长，周家挺有钱的，咱们拿他个百八十万怎么样？”“一枝花”笑道。

“队长，他说的对啊，你当初给咱们规定，不允许用武力赚钱，咱们又没有其他一技之长，还不知道猴年马月才能找到聂无忧，在这段时间，咱们吃什么、喝什么啊……”邪魅道人开口说道。

“那你们的意思是，我和你们一起去抢钱？”聂无名声音渐冷。

“队长，我们开个玩笑，这种事情，我极其不屑！抢来的百八十万，不如靠自己勤劳双手赚到的百八十块！”“一枝花”看见聂无名眸内冷光，忽然改口。

“对对对……说的对，我以后也要努力多给人算几卦，咱们难道还能饿死不成？队长你就放心好了！”邪魅道人连连点头保证。

“我再给你们几个月时间，如果还找不到无忧，我就弄死你们。”聂无名冷声警告道。

话音一落，“一枝花”就哭丧了脸：“队长，你这也太偏心了吧……封玄亦现在混入华国的司家，当了一个什么护卫，整天混吃等死，安逸得很，也不去找人，你要弄，就先弄死他吧……”

“对，先弄死那个死结巴！”外国搬砖友人也开口赞同。

“别废话。”聂无名冷笑，“封玄亦每个月赚的钱最多，不然你们早饿死了。”

“他待遇好啊……不行的话，我也去应聘护卫怎么样……我保证业绩比死结巴高。”邪魅道人想了想，提议道。

聂无名瞥了邪魅道人一眼：“有那精力，就去把无忧找出来。”

“队长，你也别着急，无忧实力不俗，能有什么危险？”邪魅道人笑道。

虽然他们没见过聂无忧，但聂无忧却是声名在外。

“毕竟……失踪四年了……”聂无名眉头深蹙。

“那……这样看来，就只有三种可能了。”邪魅道人正色开口道，“第一种可能，聂无忧因为某种意外导致失忆，所以五年来，从不和家中联系；第二种可能，聂无忧和野男人跑了；第三种可能，失忆后的聂无忧和野男人跑了。”邪魅道人开口。

聂无名：“……”

聂无名捏了捏眉心，他妹妹聂无忧当年还真有一个野男人。

他曾经得到消息，五年前，聂无忧和一个华国的野男人有过一段情缘。

看着聂无名的神色，“一枝花”微愣：“无忧还真有野男人啊？你不是说她在巴罗洲有个未婚夫吗？”

“她未婚夫好像是巴罗洲的纪修染，被巴罗洲那边称为‘纪皇’。”邪魅道人沉思片刻道。

不多时，饺子和酒菜端了上来，背着棺材板的冰山美男确定无毒之后，才开始动起了筷子。

聂无名一边吃着饺子，一边开口道：“我妹妹那性格跟我一样，世俗规矩都是狗屁，未婚夫是家里订的，怎么可能压得住她自由的心，那丫头五年前跟那个华国的野男人好上了，还生了个娃……”

“一枝花”瞠目结舌，有了未婚夫……还跟野男人生了娃，当真是比他还牛……

“那个野男人是谁？”外国搬砖友人问道。

“不清楚，没见过。不过，看我外甥那模样，长得应该挺帅的。那个野男人，既不知道无忧的身份，又不知道我妹妹给他生了娃，自己当了爸爸都浑然不知，我要是找到那个野男人，我弄死他！”聂无名道。

“队长，别这样，无忧和那个野男人在一起挺好的，这样就没人跟我抢纪皇了，那野男人再帅，肯定也没纪皇帅……”“一枝花”又变成了星星眼。

“死变态。”邪魅道人呸了一口，旋即看向聂无名，“队长，你妹妹到底有什么特征？”

“我少年就离家了，几乎和妹妹没见过几次面，只记得她十七岁时候的模样，就是漂亮。”聂无名道。

“难道有我漂亮吗！”“一枝花”不服气。

然而，“一枝花”此刻已经被彻底无视。

“对了，我记得我妹妹的胸前，有一个月牙胎记。”聂无名又补充道。

当下，邪魅道人一本正经道：“队长你放心，我一定把你妹妹找出来，就凭这个胎记……我上刀山下火海，在所不惜！”

“还有这个。”聂无名自怀中取出一张老旧相片递给几人。

相片上，是一位相貌脱俗的女孩，只不过，眸内却是冰冷一片，让人不寒而栗。

“这是我妹妹十七岁时的照片，我妹妹极少留下照片，我三天前才让纪皇把照片给我弄过来。”聂无名道。

“等等……”邪魅道人打量着照片，面露疑惑之色，“我好像在哪里见过这个人……”

听闻这话，聂无名顿时停下了筷子。

“这……”邪魅道人眉头深蹙，看向聂无名，“当初在大排档……那个叶有名……”

“你说叶有名是我妹妹？”聂无名摇头道，“是有几分相似，一开始我也怀疑过，不过她根本就不认识我，气质也相差太多。”

“这样……”邪魅道人叹了口气，将照片还给聂无名，开口道，“队长，聂族和纪皇的势力都派人找了那么久，我们还真不一定能够找出来。或许，无忧跟那个野男人早已经双宿双飞，她不想让你找到，你肯定找不到。”

“应该不可能。”聂无名摇头，“虽然那野男人不知道我妹妹给他生了娃，可我妹妹自己却清楚，难不成，双宿双飞到连自己的娃都不要了？”

这边正说着，聂无名的手机响了起来，来电显示是巴罗洲地域。

刚接通电话，一道稚嫩却又没什么情感的声音便淡淡传出。

“舅舅，找到了吗？”

“很遗憾，还没有。”聂无名道。

“我想我也很遗憾，我会告诉外公外婆，你有问题。”手机那头传来还有些奶气却冷冰冰的声音。

“谁有问题了？”聂无名顿时炸毛。

“‘一枝花’叫过你‘宝贝’，并扑在你的怀里，我有视频。”

“他就是那么个没有边界感的人好吗？”聂无名感觉自己快疯了。

“可惜，爷爷奶奶未必听你解释。”

“你个死孩子！”聂无名有些崩溃，这娃当真只有五岁吗？

“三个月，再找不到，我只能很遗憾了。”

“喂！喂？”

还不等聂无名继续开口，电话已被挂断。

“队长，咋了？”外国搬砖友人好奇道。

此刻，聂无名咬了咬牙，冲着几人吼道：“都给我赚钱去，马上到月底了，谁业绩最差，就给我滚去F洲执行任务！”

“怎么又去F洲……”邪魅道人哭丧着脸，他上个月刚从F洲回来……

“队长，那我们先去赚钱了……”

“一枝花”等人作势就要跑。

“等下。”聂无名站起身来，面色严肃地补充道，“我们的口号是——”

“好吃不过饺子！”

四人立即训练有素地齐声开口。

“继续。”聂无名道。

“诛神队长，风流倜傥，帅帅帅帅，强强强强！”

“滚吧！”聂无名终于挥手。

随着聂无名一声令下，四人作鸟兽散，无影无踪。

聂无名继续吃着饺子，叹息道：“死丫头……你到底在哪儿啊……你和那野男人的儿子，到底还管不管了……”

酒吧内。

宫旭见叶绾绾一整晚都被缠着，那张俊脸愈加难看。

“都起开，叶哥是我专属的，就算她会算命，那也只能给我算！”宫旭不满地将叶绾绾拉到自己旁边坐下。

也多亏宫旭那家伙解围，叶绾绾总算是清净一点了。

坐下来之后，叶绾绾无奈地问身旁的韩羡羽：“歆姐到底怎么说我的？”

韩羡羽神色无奈道：“她最近似乎确实逢人就说，有个得道高人算准了她今年一定会拿金兰奖之类的……”

叶绾绾头疼地叹了口气。

这边正跟韩羡羽说着话，对面传来一阵兴奋的议论声。

只见一个穿着时尚前卫、令人眼前一亮的男艺人走了进来，不少艺人上前询问他身上的穿搭。

叶绾绾盯着那个造型前卫的男艺人，不由得沉吟：“中间那个男艺人是……”

韩羡羽看了她一眼：“怎么，感兴趣？那是聚星的新人，已经签过经纪人了。”

“聚星？”

听到这两个字，叶绾绾的脸色顿时沉了几分。

聚星是沈梦琪家开的经纪公司。

韩羡羽解释道：“嗯，自从造型师何俊成加入聚星，这两年聚星的新人形象都非常不错，不仅以造型时尚前卫著称，最重要的是每个新人都打造出了属于自己的个人风格。可以说，聚星能这么快成功地推出新人，这个何俊成的功劳不小……”

听着韩羡羽的话，叶绾绾的心中满是嘲讽和凉意。

什么何俊成的功劳。

自从她哥叶慕凡被沈梦琪骗过去之后，聚星所有新人的造型都是她哥做的。

只是在沈梦琪的花言巧语之下，这些功劳和名誉全都被聚星的首席造型师何俊成占去了。

沈梦琪的理由是，毕竟叶慕凡一家在业内声名狼藉，如果他太高调的话，叶氏集团会找沈家的麻烦，所以让她哥躲在幕后，而何俊成在人前，拿走了所有属于叶慕凡的功劳。

恋爱中的人估计智商真的都是负数，亏得她哥还无怨无悔地信了，为了聚星拼死拼活，什么可能会惹麻烦的事情都是推到他头上，利用价值被榨干之后就被一脚踹开……

见叶绾绾突然变了脸色，韩羡羽立即放下手中的酒杯：“怎么了？好像脸色不太好？”

叶绾绾摇头：“没事。”

只是被某个傻子给气到了。

韩羡羽不放心地看了她一眼，伸手摸了摸她的额头："你确定吗？"

叶绾绾安抚地一笑："真的没事，放心好了。"

坐在叶绾绾另一边的宫旭好不容易把叶绾绾给拖回来，结果叶绾绾又一直在跟韩羡羽说话，以至于宫旭整个人都不好了。

正说着话，见洛辰一直一个人坐在角落里，也不去认识人，显得格格不入，叶绾绾叹了口气，出声叫他："洛辰，你过来这边坐吧！"

听见叶绾绾叫自己，洛辰的眼睛亮了亮，立即乖乖起身走了过来。

不过，宫旭肯定是不会让位的，他一脸不高兴地瞪着洛辰，并且又往叶绾绾的身边坐了一点。

韩羡羽就算了，怎么又来一个，真是令人讨厌。

叶绾绾见宫旭不让，正想着让洛辰坐哪儿，倒是韩羡羽体贴地起身往一边让出一个位置，让洛辰坐在了叶绾绾的旁边："坐这里吧。"

"谢谢羽哥。"洛辰道了声谢，在韩羡羽和叶绾绾之间的位置上坐了下来。

宫旭顿时觉得心情更差了。

以往在这种派对上，他都是玩得最嗨的，可今晚不知道为什么一直在生气。

宫旭的哀怨已经快要化成小幽灵从脑袋里飘出来了："叶哥，你都不理我，不陪我玩！"

叶绾绾叹了口气："我还要怎么理你？"

都听着他在耳边叽叽喳喳一晚上了。

宫旭正要开口，对面的唐星火一脸诡异地朝着宫旭看了一眼："我说宫旭，你什么毛病啊，一个大男人，一直缠着叶白！"

浪如宫旭丝毫不在意唐星火的调侃，干脆直接整个人都黏糊着趴到了叶白的肩膀上："我就是喜欢叶哥，就是喜欢跟他说话，怎么了？"

叶白跟他接触过的那些溜须拍马的经纪人都不一样，叶哥理都不理他的样子真是太帅了，平时一脸严肃地管教他的模样也让他觉得很顺眼。

其实，就算不是因为"小蜜饯"，光是对叶白这个人，他也挺喜欢的。

宫旭正这么想着，鼻息间又传来了那股清幽的香气……

叶哥的身上……怎么这么香……这么软……

宫旭下意识地想要继续靠近，不过依旧被叶绾绾一把推开："好好坐直了。"

宫旭这家伙，动不动就黏糊过来，实在是让人头疼。

"哦……"宫旭一脸遗憾。

唐星火看着宫旭那副乖宝宝的模样，简直觉得不忍直视，只好别开了脸。

他怎么觉得宫旭对叶白的态度怪怪的？

时间待得差不多之后，叶绾绾便起身道别。

"怎么这么早就回去啊？"宫旭不高兴地咕哝。

叶绾绾搬出万年理由——“女朋友一个人在家不敢睡。”

又是女朋友……

宫旭没办法，只能眼睁睁看着叶绾绾起身，洛辰自然也跟着叶绾绾一起。

韩羡羽因为有通告，明天要早起，不能待太晚，也一起离开了。

叶绾绾离开之后，原本每次聚会都要嗨到天亮才爽的宫旭，顿时跟戳破了的气球一样瘫在了沙发上，不管谁跟他打招呼都没兴致。

今天本来有很多机会可以套一些“小蜜饯”的消息，结果他只顾着赶叶白身边的苍蝇了，真是太失误……

都怪那些苍蝇妨碍他！对，一定是这样！

唐星火从刚才起就好奇，这会儿见叶白走了，急忙凑过来八卦：“我说宫旭，你到底什么情况啊？”

宫旭心情烦躁地瞪他：“别跟我说话，烦死了你！你怎么这么多话啊？”

唐星火：“哈？”他才刚开口说一句话好吗？

看着宫旭那一副心烦意乱的表情，唐星火一阵无语。

与此同时，楼下。

“元生队长，真是可惜了，原本司家这一届的护卫总队长肯定是非你莫属，结果叶绾绾那女人也不知道发了哪门子疯，竟然非要和队长你过不去！”某司家护卫站在元生身旁道。

“肯定是元生队长让着叶绾绾的，不然……”

“哼，要是老家主还在，我们护卫哪能沦落到这种地步，争夺赛跟儿戏一样，让个女人中途跑上台？最后总队长的位置，竟然还让那个话都说不利索的废物结巴给抢去了！”

“闭嘴！”元生一眼扫过几人，神色阴沉。

此刻，提及叶绾绾和封玄亦，元生便一肚子火。

“对对对，别提那个女人，太扫兴了，今天咱们暗4分队出来小聚，一定要不醉不归！”

说话间，暗4分队已经来到酒吧门前。

元生刚成为暗4分队长不久，故此，暗4分队决定为他庆祝一番。

就在这时候，叶绾绾等人聚会结束，缓步走出酒吧。

见到司家护卫站在酒吧门前，叶绾绾一愣，不过，转念一想，这暗4分队应该是前来为元生庆祝。

叶绾绾以叶白的身份出现，男装打扮，又隐藏在人群中间，所以暗4分队众人没能发现她。

助理送洛辰回去了，韩羡羽则是看向叶绾绾，开口问道：“叶白，你还是去你女朋友那儿吗？”

叶绾绾应声道：“嗯。”

韩羡羽点了点头：“好，那我就先走了。”

叶绾绾道：“好的，你路上慢点。”

“好。”韩羡羽已经迈出了一步，最后还是不放心地转身叮嘱了一句，“我看你今晚状态似乎有些不对，回去后如果哪里不舒服，记得吃药。”

“好，谢谢！”叶绾绾感激道。

道别之后，韩羡羽上了早已等候在路边的车。

“羽哥，回公寓吗？”司机看了眼后座的男人问。

韩羡羽想了想，开口道：“算了，去别墅吧。”

原本他留在公寓只是为了躲狗仔，后来是因为叶白住在隔壁，他才一直在公寓住了下来，方便偶尔过去和叶白聊聊天。

可是最近，叶白在公寓的时间越来越少，他觉得自己住在那里，似乎也没什么意思。

“好的。”司机应声。

另一边，叶绾绾对于元生等人的出现也没有多在意。

然而，正当叶绾绾准备打车回锦园时，眸光一瞥，脚步却是停了下来。

只见百米外，一位道士打扮、长相邪魅的男人，也缓缓朝着酒吧的方向走了过来。

邪魅道士左手持拂尘，右手握着白布幡，腰间挂着葫芦，当真有几分出尘之姿，身上似沾着几许仙气。

要不是叶绾绾上次打交道之后知道那行人有多不靠谱，怕是还真要被他这副样子给骗了……

“诈骗五人组的那个道士？”叶绾绾有些吃惊自己会在这里见到诈骗五人组的其中一员。

看到那道人，叶绾绾有些疑惑，这人难道又是来搞诈骗的吗？

“都什么年代了，还整天装神弄鬼，招摇撞骗，呸！”

暗 4 分队众人看见那邪魅道人后，其中某护卫朝着邪魅道人脚下啐了一口。

当即，邪魅道人停下脚步，弯腰看看自己的脚，抬起头来，朝那名护卫问道：“兄弟，我鞋子上的这口痰，是你吐的吗？”

那名护卫冷笑道：“对，你说的不错，就是我吐的，怎么了，有什么问题吗？”

“没没没。”邪魅道人连忙摇头，“没什么问题，我就随便问问。”

见状，暗 4 分队众人纷纷笑了起来，这神棍倒还算识相。

“滚吧，别在这里碍眼。”元生挥手。

“好的好的。”邪魅道人转身离开。

然而，还未走两步，邪魅道人却又忽然返了回来。

“贫道与你们有缘，不如今日便为你们算上一卦吧……”当即，邪魅道人也不等那些人回话，便闭上双眼，口中念念有词，指尖掐动。

很快，邪魅道人睁开双眼：“不好不好，你们最近怕是有血光之灾啊！”

“你说什么？”那位朝着邪魅道人脚下啐了一口的护卫闻言，怒目一睁，冷声喝道。

这神棍居然咒他有血光之灾！

“我说你们最近有血光之灾……”邪魅道人正色道。

“你再乱说，我就不会放过你，给我滚！”

那名护卫迅速上前，朝着邪魅道人推搡一把。

“好的，你不信那就算了吧！不过，我刚才算命的钱，谁给付一下？一千块，谢谢。”

言罢，邪魅道人朝着那名护卫伸出了手。

见到此情此景，叶缩缩嘴角微微抽动，这诈骗五人组中的道士难道疯了，没看见暗 4 分队那么多人，硬说他们有血光之灾，这不是找打吗？

果如叶缩缩所料，那护卫顿时勃然大怒：“我看你是找死！”

随着话音落下，那名护卫一拳朝着邪魅道人的面门轰去。

见状，邪魅道人嘴角微微扬起，勾勒出一丝冰冷笑意。

当下，只见邪魅道人手中拂尘微扬，谁也不知发生了什么，却见那名护卫的身体，瞬间横飞而出，摔在地面。

那护卫面色煞白，身躯剧烈颤抖。

“刚说了你有血光之灾……贫道算得这么准，你还不给钱，太欺负人了。”邪魅道人摇了摇头，满脸无奈之色。

一旁的叶缩缩见状，顿时一惊，心中闪过一个念头。

高手……

虽然只是一招，叶缩缩便已经能断定，这个道士怕是不简单，甚至身手远在她之上！

“你找死！”

一瞬间，数名护卫朝着邪魅道人围去。

“贫道也给你们算上一算吧！”邪魅道人看也未看那几名护卫，只是低着头，似模似样地掐指算着。

几乎须臾间，邪魅道人便抬起头，看着朝自己围来的几名护卫，开口道：“你们……也有血光之灾。”

“灾什么灾！”

几名护卫怒骂。

只不过，这才刚刚骂出口，邪魅道人的拂尘却如同衍生的手足一般，轻描淡写之间，便将几名护卫打至吐血。

“你瞅瞅，贫道算得准不准，我说你们有血光之灾，你们为什么不信呢？”邪魅道人摇头叹息。

“找死！”

元生面色阴沉得仿佛能滴出水来，忽然一步踏出，朝着邪魅道人攻去。

元生的实力，不是那几名普通暗4分队的护卫能够相比的，他出手狠毒果断，直取邪魅道人命门。

“小朋友，你有血光之灾啊！”邪魅道人盯着冲来的元生，开口说道。

元生自然未搭理他，几步便来到邪魅道人身前。

“跪下。”邪魅道人一声冷笑，瞬间朝着元生的双膝分别点出一指。

这邪魅道人出手的速度快到极致，便是叶缩缩竟然也未能看清。

“啊！”

当下，元生一声惨呼，与此同时，扑通一声跪倒在邪魅道人脚下。

“你……”

此刻，元生看向邪魅道人，满脸惊恐之色。

这邪魅道人是他有生以来见到过的最恐怖的角色，他连此人出手的轨迹也看不见分毫！

“误会误会……”元生声音微颤，顿时服软，好汉不吃眼前亏，得罪这种人没有任何好处。

“哦，原来是误会啊？那来帮我把鞋子擦干净？”邪魅道人满脸人畜无害的笑意。

“这……”

元生咬牙。

该死的！

最后，元生还是用袖口将邪魅道人脚上的唾液擦干净了。

眼前这人绝对不是他得罪得起的……

“可以了吗……”元生问道。

“麻烦你付下算命钱。”邪魅道人笑着，继续开口道。

“好……”元生深吸一口气，从怀中取出崭新的十张百元钞票，递给了邪魅道人。

“嗯……不够，一个人一千，你们这么多人……算了，给你打个折吧，一万。”邪魅道人想了想，开口说道。

“我没那么多现金……”元生摇头。

“没现金？”邪魅道人娴熟地从怀中取出POS机，“支持刷卡转账。”

众人的表情：“……”

一旁，叶缩缩打量着那邪魅道人，眸内满是诧色。

原本，她以为这相貌英俊邪魅的道士和那个聂无名都是搞诈骗的。

万万没想到，这道人的身手竟这般恐怖，那元生在他手中完全是被耍弄，甚至连还手的余地……不，连还手的资格也没有！

“这群人，还有那个聂无名，到底什么来头……”叶缩缩心中好奇。

记得爷爷寿宴时，她从聂无名的小摊上以一百元的价格，却是购买了一件十分珍贵的兽骨制品，当时她还以为自己只是运气好捡漏了，如今看来，这群人绝不像表面那般简单。

此刻，元生取出卡，用邪魅道人的POS机刷了一万元。

暗4分队余下的护卫成员看着邪魅道人，一个个心惊胆战，怎么从不曾听说过，华都竟有这号恐怖的人物……

“我们走！”

元生此刻哪里还有庆祝的心情，朝着暗4分队众人挥手，转身离去，不想在这个地方多待一秒。

“多谢惠顾，欢迎下次光临！”邪魅道人朝着暗4分队挥手。

等暗4分队众人离开后，邪魅道人竟是哼起了小曲，好似心情不错。

“嘿嘿，一万块……够队长吃多少顿饺子了……”邪魅道人口中喃喃。

赚了一万块，他这个月的业绩，不用多想，定是几个人中最好的，不用去F洲了……

叶缩缩在旁边看了一会儿，本来已经准备离开。

然而，这时候邪魅道人忽然看向不远处的叶缩缩，旋即径直走至叶缩缩身前。

站在叶缩缩身旁，邪魅道人上下打量了她一眼，开口笑道：“叶有名妹子，咱们又见面了。”

叶缩缩微微愣神，自己男装打扮，这他都能看出来？

“什么叶有名？你认错人了吧？”叶缩缩轻咳一声否认。

“妹子，你这伪装未免太粗糙了些，你要是喜欢，我可以教你高超一些的……”邪魅道人摇头感叹，眼神很是嫌弃的样子，这叶有名穿了一套男装，随便化了个妆就想瞒住他……糊弄谁呢？

“这你都能看出来？”叶缩缩神色诧异。

她的男装是精心收拾出来的，就算是父母也认不出来，竟被这道士一眼看穿了！

“像，真的像……”邪魅道人没有回答叶缩缩的问题，而是口中自言自语。

“像什么？”叶缩缩好奇地问。

“像聂无忧……”邪魅道人喃喃开口。

“聂无忧是谁？”叶缩缩疑惑。

“先别问这个。叶有名妹子，你今年多大？”邪魅道人发现，仔细看的话，这叶有名和照片上的聂无忧，的确很相似啊。

“二十，怎么啦？”叶缩缩虽然不知这道人搞什么名堂，但还是如实说了。

“二十？”

邪魅道人闻言，若有所思，二十的话，年龄有些对不上，聂无忧今年至少也二十三四岁了吧……

“叶有名妹子，你是不是失忆过啊？或者有过野男人？再或者，又失忆又有过野男人？”邪魅道人急忙一连串地问道。

叶绾绾：“……”

忽然好想撕烂他的嘴……

“又或者……会不会你有一个五岁的儿子，你自己却不知道？”那道人又一本正经地开口道。

叶绾绾额头青筋微跳。我有儿子我却不知道？你是傻子吗？

见叶绾绾不开口，道人一脸认真的表情道：“妹子，你能不能让我看看你的胸……”

叶绾绾终于忍无可忍，笑眯眯地盯着那道人开口道：“呵呵，这位道友，我方才给你算了一卦，你今晚怕是有血光之灾呢！”

看着叶绾绾那皮笑肉不笑的模样，道人顿时咽了口唾沫，大概也意识到了自己这些问题有多欠揍，干笑着开口道：“呵……呵呵……我算到我家里可能着火了，就先走了……先走了……妹子，咱们有缘再见哈！”

说完，那贱兮兮的道人顿时脚底抹油，跑了个没影。

看着那道人离开的方向，叶绾绾无语地捏了捏眉心。

身手倒是挺恐怖的，可是这脑子怕是有问题吧，简直神经病……

第二十九章

撕破假面

对"恰似"：是喜欢，是满心欢喜的喜欢；是未来里，来日方长的热爱。

——sunrise-朝式快乐

QIASIHANGUANG
YUJIAOYANG

读者告白

“我回来啦！”

叶绾绾回到锦园，刚一进门就看到司夜寒坐在客厅沙发上，膝上摆放着一部笔记本电脑。

见司夜寒坐在客厅，叶绾绾有些狐疑：“哎？宝宝，你怎么坐在这里不去房间啊？”

司夜寒正要开口说话，叶绾绾已经一屁股坐了过去：“上次是采光好，这次是不是要说客厅风水好啊？不用口是心非啦！我知道你就是特意在等我的！”

司夜寒沉默以对。

她也不知道咋回事，明明以前自己那么害怕司夜寒的，现在却一看到他就忍不住想撩几句。

叶绾绾正要继续撩，发现体力不支，肚子咕噜噜叫了起来，顿时捂着肚子哀号：“宝宝，我饿了！”

司夜寒看了身旁的女孩一眼，然后，俯身在她嘴角亲了亲。

叶绾绾顿时轻咳一声：“不是这种饿啦，是真的肚子饿！”

“没吃东西？”

“那种聚会能吃什么啊！”叶绾绾咕哝。

一晚上光听宫旭碎碎念了。

司夜寒招手将用人叫了过来。

很快厨房那边就端来了热腾腾的一桌子夜宵，馄饨、包子、饺子都有。

以前她连出个门都要战战兢兢，现在回来还有热腾腾的夜宵等着，叶绾绾觉得简直像是做梦一样。

只要把大魔头顺好毛了，她的日子还是非常好过的，不吃醋的大魔头太好说话了吧。

叶绾绾正心情愉悦地吃着消夜，顺带着喂司夜寒几口，微信提示音就跟爆炸一样“叮叮叮”不停地响了起来。

果不其然，又是宫旭那家伙发过来的。

[宫旭：叶哥，你到底什么时候让我见小蜜饯？]

[宫旭：叶哥，你是不是不爱我了？]

[宫旭：不然你为什么都不给我安排工作？]

[宫旭：叶哥你是不是要冷藏我……]

叶绾绾看得一阵无语，谁有本事能封杀他这个大少爷啊？

[叶白：你下部戏的剧本我已经在准备了，耐心等待。]

叶绾绾飞快地回了一句，然后赶紧开了静音。

宫旭的黑历史太多，名声差得不忍直视，想洗白简直是不可能的事情。

现在最好的办法只有从根本上解决问题——让他有一部拿得出手的作品。

毕竟演员最根本的还是演戏。

对于一个艺人来说，艺人自身才是最好的公关。

不过，有一部拿得出手的作品，对宫旭来说，这难度也是够可怕的。

即使从现在开始恶补，基本上不可能在短时间内让宫旭的演技有质的飞跃，那么，就只有先从剧本上下功夫，恰好，她知道一部非常适合宫旭出演的剧本。

若是剧本进展顺利，宫旭才有那么一丝可能反转……

司夜寒看着叶绾绾那部不停响的手机，眉头微蹙。

叶绾绾见状忙把手机收起来，信誓旦旦地开口道："现在的人吃饱了没事干，就爱传绯闻、各种乱来什么的，实在是太肤浅了，宝宝你放心，我跟他们可不一样！"

司夜寒不紧不慢地斜睨了她一眼："哦？你哪里不一样？"

叶绾绾抱着饭碗说道："我吃不饱！"

司夜寒："……"

华都传媒大学。

今天有位教授的课很值得一听，叶绾绾特意抽空来了学校一趟，顺便办理跳级的一些手续。

下课后，江嫣然约了叶绾绾一起在华都传媒大学附近吃饭。

"绾绾，你总算来学校了，我好无聊啊！四人间的宿舍几乎只有我一个人住，有一个两三周才来一次，其他两个长什么样子我现在都不知道，据说都已经签约经纪公司了！"江嫣然咕哝着抱怨道。

华都电影学院的艺考生很多都是从大一就开始接活儿，不少甚至大学之前就出道了，在学校的出席率低是很正常的事情，华传的情况也差不多，大家都是快要考试了才赶紧过来攒学分。

叶绾绾轻笑着问道："怎么，楚风没陪你吗？"

"他最近跟着导师做课题呢！"江嫣然说着，突然想起一件事，又道，"对了绾绾，你猜我前几天碰见谁了？"

"谁啊？"

"沈梦琪！"江嫣然开口，"她居然虚情假意地邀请我去聚星，还说要签我！"

叶绾绾闻言，嘴角勾出一抹嘲讽，沈梦琪哪里是真心邀请，怕是故意炫耀呢。

江嫣然现在不过是个无人问津的学生，而沈梦琪，已经是一颗冉冉升起的新星，更是聚星的大小姐，前途不可限量。

"不过，聚星最近发展得倒确实挺好的，近两年推出了好几个大火的新人，沈梦琪自己更是刚出道就被冠了个什么'时尚教主'的名头，她的穿搭被时尚界的很多前辈夸过……"

叶绾绾不用猜也知道沈梦琪的形象包装是出自谁手。

这时，叶绾绾的手机铃声响了起来。

看到来电显示，叶绾绾顿时露出惊讶的神色。

竟然是她哥打来的……

叶绾绾眉头微蹙，沉默片刻后，接通了电话：“喂？”

“在学校吗？我在你学校门口，出来一下，我有事找你。”手机那头的叶慕凡开口。

叶慕凡居然会主动约她见面？

叶绾绾略一思索，开口道：“五分钟。”

见叶绾绾的脸色有些不太好，江嫣然问：“绾绾，谁的电话啊？”

“我哥。”

“啊……”叶慕凡的事情江嫣然也知道一点，闻言小心地开口问道，“你哥他，现在还在聚星工作吗？”

叶绾绾点点头：“他约我见面，我得过去一下。”

“哦哦，那你去吧，时间不早了，我也要回学校了，下次见。”

“好，拜拜。”

……

出了饭店，叶绾绾朝着学校门口走去。

果然，刚走近就看到门口处立着一个熟悉的身影。

虽然叶慕凡手下包装出来的艺人一个个全都光鲜亮丽，可是他自己身上却穿着地摊货，只是因为他的搭配和审美在线，所以依旧将他衬得清俊帅气。

他赚的那点钱，除了给父母的，怕是全都花在沈梦琪身上了。

要知道，从前的叶慕凡在穿着打扮上是最讲究的，非特别定制的牌子不穿，就算一个小小的配饰也是经过十几道工序的定制，要求独一无二。

叶慕凡还特别喜欢给她挑衣服、买衣服，甚至亲自画图纸给她定制漂亮的裙子和礼服。

她差点走丢又回归，伤后开始发胖的那两年，她所有的衣服几乎都是叶慕凡帮她根据身形特别准备的，即使是胖后穿了也很好看，所以她就算长胖了也从来没有因此而自卑过……

“哥……”

听到女孩的声音，叶慕凡的脊背似乎僵硬了一下，随即缓缓转过身来，朝着身前的女孩看去。

只见女孩扎着马尾辫，穿着最简单的浅蓝色连衣裙，亭亭玉立地站在那里，如出水芙蓉，令人眼前一亮。

自从上次在爷爷的宴会上见过一次之后，这是他们第二次见面。

他一直都知道自己的妹妹长得很漂亮，即使变胖了也掩饰不了她的容貌，但是他却从来不知道，她可以漂亮成这样。

那日宴会上见到她时的感觉是惊艳，而此刻眼前的女孩，比那日宴会上看到她时更多了灵动和生气，就像是吸满了朝露和阳光的花朵。

与从前总是打扮得奇形怪状，天天追在顾越泽身后时的样子，已经判若两人。

原本他并不相信她会改变，但是这么长时间过去，却不得不相信，她是真的不一样了。

叶绾绾一时有些不知道该说什么，半晌才开口道："你找我？"

叶慕凡也是沉默了半天才说："听爸妈说，你交男朋友了？"

"是啊，那天在宴会上跟顾越泽解除婚约的时候，我就说过了，我已经有喜欢的人。"

叶慕凡大概是从梁婉君和叶绍廷那里听到了什么，面上带着几分怒气："你光看脸的毛病什么时候能改改？在司氏集团工作，又姓司，想必家境不简单，当时你又是那种糟糕的形象，他凭什么看上你？对你不离不弃？人家说什么，你就信什么？说在司氏工作，就真的是在司氏工作？"

叶绾绾面色平静道："我自己心里有数。"

叶慕凡冷笑一声："你能有什么数？上次被骗得还不够吗？"

叶绾绾也被逼出了火气，目光微凉地朝着叶慕凡看去："那也比你好，我好歹已经迷途知返，可你还在被沈梦琪骗得团团转！沈梦琪又凭什么看上你，对你不离不弃？人家说什么，你就信什么？"

"你……"叶慕凡一噎，怒道，"你别随便拿什么乱七八糟的人跟梦琪比！我今天不是来跟你吵架的，有正事跟你说。我问你，你现在在光耀传媒兼职？"

"怎么，有问题？"

"立刻辞了。"叶慕凡道。

"理由？"

叶慕凡的面上满是怒色："理由？还能有什么理由？你难道不知道光耀传媒现在是聚星的死对头？可你却在光耀上班，到底是什么意思？"

呵，知道，她怎么可能不知道？

自从她坐上光耀传媒艺人经纪部总监位置之后，就是她在暗中促成光耀传媒去和聚星恶性竞争的。

叶绾绾嘲讽地勾起唇角："你能去给爸的司机当苦力，我为什么不能去环球的子公司？"

"叶绾绾！"涉及沈梦琪，叶慕凡立即动了怒，"话别说得这么难听，沈叔已经不是爸的司机了，就算曾经是，这也不是什么见不得人的事！

"而且，梦琪一直以来对你那么好，私下里说了多少你的好话，处处为你着想、为你解释，甚至陪着你一起留级，而你是怎么回报的？侮辱她，甚至侮辱她的父亲？”

听到叶慕凡对沈梦琪这么死心塌地，完全把沈家当成了自己人，为了沈家这样攻击她，叶绾绾差点气笑了。

梦中，沈梦琪不仅把她坑得体无完肤，更是直接把叶慕凡害死，最后，父母，他们一家都被坑害……

她清楚地记得，梦中沈梦琪为了让沈家拿到一块投资的地皮，撺掇叶慕凡去叶家偷竞标书。

而叶慕凡居然真的去了。

最后沈家是拿到了那块地，而叶慕凡却被叶绍安和叶依依发现。

父亲虽然犯了错，但毕竟是长子，叶慕凡又是长孙，爷爷奶奶很有可能心软又让他们回家，所以二叔和叶依依始终视他们一家为眼中钉肉中刺。

叶绍安一直想把父亲彻底整垮，正愁找不到借口，结果，叶慕凡就这么把现成的把柄给递了过去。

最后的结果是爷爷奶奶雷霆大怒，彻底与父母决裂，甚至要让叶慕凡负法律责任，而父亲当时为了保住哥哥自己直接坐了牢，也是在那个时候，父亲的身体彻底垮掉……

而这件事情，叶绾绾按照梦中的时间推算，没多久就要发生了。

那个土地竞标案很快就要开始……

看叶慕凡现在这个情况，百分百是沈梦琪让他做什么，他就会去做什么。

叶绾绾再也忍不住，直接看向对面的男人怒道：“叶慕凡！你能不能清醒一点？你在聚星做个小小的造型助理，跟只狗一样跟在何俊成身边，帮着聚星包装艺人，可最后所有的荣誉和功劳全都落在了何俊成身上，你是不是脑子有坑？你到底图什么？”

叶慕凡的神色丝毫没有动摇：“你知道什么？梦琪全都是为了我好！叶绾绾，我告诉你，梦琪是我这辈子最重要的女人，你如果继续对梦琪这个态度，那么我们之间也没什么好说的了！”

叶慕凡说完，怒气冲冲地离开。

“你……”看着叶慕凡离开的背影，叶绾绾想要叫住他，让他不要相信沈梦琪，不要犯傻。

可是，终究还是一句话也没有说出口。

因为她就算这会儿说了，叶慕凡也不会相信她的话，反而会跟她的关系更糟糕。

就算他相信了，她阻止得了第一次，也阻止不了第二次。

这一次，她必须要让叶慕凡醒悟，并且让他得到彻彻底底的教训！

至于爸妈那边……只能暂时让他们受点委屈了……

否则，如果这次不彻底把哥哥的事情解决的话，爸妈将来还会为此操更多的心。

聚星娱乐。

一辆银色的法拉利呼啸着在门口停下。

男人身穿一身顶级潮牌，戴着昂贵的墨镜，整了整衣襟，自车内迈步下来。

刚踏入公司大门，一路便有不少艺人和工作人员殷勤地上前打招呼。

“何总监好！”

“何总监，您上次说要帮我做造型的，什么时候有时间啊，人家都等您好久了！”

“何总监明明先答应我的好吗？”

对于明星来说，幕后造型团队的重要性可想而知，很多明星大咖幕后都有实力强劲的顶尖造型团队，让他们如虎添翼。

何俊成如今是圈子里炙手可热的造型师，不仅获得了上一届SN时尚盛典年度造型师大奖，还被时尚界冠以“造神手”之称。沈梦琪也被赞为“时尚教主”，只要是她的穿搭，都会瞬间成为爆款，备受服装商的青睐，刚一出道就接了不少资源不错的代言。

何俊成拈着法拉利的车钥匙，享受着众人的恭维，直接乘坐专属电梯上了顶楼。

公司大楼顶层的舞蹈房内。

何俊成悄然靠近正在里面练舞的女人，一把从背后将女人抱住：“亲爱的……”

沈梦琪先是一惊，随即娇笑着嗔道：“在公司里呢，注意点。”

何俊成的手迫不及待地在女人身上摸索着：“不在公司就可以不注意了吗？嗯？我们都已经好久没有……”

沈梦琪气息微喘：“别闹，等这周末。”

何俊成的眼睛顿时亮了亮：“好，那我在老地方等你。”

何俊成说完在沙发上坐下，点了支烟，面色微沉道：“对了，华光项目的进程，恐怕不乐观。”

“怎么了？”沈梦琪立即问。

“我听说这次叶家也参与了竞标……”何俊成开口道。

“什么？”

提到叶家，沈梦琪的脸色顿时便有些不太好看。

父亲曾经是叶家的用人这点一直都是她的忌讳。

好在人都是只看利益的动物，随着近两年聚星的发展越来越好，那些人的态度也开始变化。

沈梦琪咬了咬牙，眸底闪过一抹精光：“那又怎样？只要知道叶家的标底，华光项目还不是手到擒来！”

何俊成道：“这种机密怎么可能轻易知道？难道你们在叶氏集团安插了人？”

沈梦琪幽幽开口：“你也说了是机密，就算安插了人，也不可能接触到这种程度的机密文件。不过，你忘了现在叶家的谁在我们公司了？”

“你是说……叶慕凡？那个只会吃喝玩乐，除了会做点造型就一无是处的小白脸，他能做什么？”何俊成面露不屑之色。

“虽然叶慕凡一家都被赶出了家门，但他毕竟曾经是叶家大少爷，若是让他潜进去打听点内部消息，也不是不可能的事情，不是吗？”沈梦琪轻笑一声。

何俊成面色不太确定地沉吟道：“叶慕凡会去冒这个险？盗取商业机密，这可是犯法的……”

沈梦琪抚了抚自己修剪精致的指甲，神色傲然道：“那又怎样？只要我开口，他当然会去了！”

何俊成搂住沈梦琪的腰身：“呵，你这个小妖精，把叶慕凡那个傻子迷得神魂颠倒，自然你说什么，他就做什么了！”

闻言，沈梦琪嘴角微微上扬，面露得意之色，她知道叶慕凡对她自然是死心塌地。

她相信，就算此刻自己让他去死，叶慕凡也会毫不犹豫地照做。

呵呵，不知道叶绾绾看到自己的亲哥哥被她耍得团团转，心中是何感想。

“嘿嘿，那个叶慕凡，也不撒泡尿照照自己，还以为你真对他一往情深呢！”何俊成冷笑一声。

还不等沈梦琪开口，何俊成的手开始滑动，当即，沈梦琪自口中发出一声娇吟，面色微红。

“那叶慕凡对你如此痴情一片，你该不会给他尝到了什么甜头吧？”何俊成若有所指地开口。

“胡说什么！”沈梦琪嗔怒，“我怎么会……怎么会看上……叶慕凡那种人，我连我的手都没让他碰过……”

“真的？”

“当然！每天对着他那张脸，我都快要吐了！我还不是为了你，他的时尚造诣和天赋的确不错，不过，现在，都是你的了……”沈梦琪说着，身躯不由自主朝着何俊成的怀中靠了靠。

何俊成面露不屑：“叶慕凡就是个废物，能为我做事，那是他几辈子修来的福气，为了回报他，我也只好把他最心爱的女人，伺候得舒舒服服……”

“讨厌……”沈梦琪一把钩住了何俊成的脖子。

……

深夜。

叶慕凡终于忙完，正准备下楼，路过办公区的时候，发现沈梦琪办公室的灯还亮着。

叶慕凡走过去，敲了敲门：“梦琪，你怎么这么晚了还不回家？”

沈梦琪满脸疲惫之色：“有点事情没处理完……”

“这是？”叶慕凡朝着沈梦琪桌面上的一沓文件看去，“华光的项目？”

“是啊，你也知道的，这个投资项目对我们沈家很重要，要是这次错过，怕是很难再有这么好的机会。”

“我看了下参加这次竞标的几家公司的实力，相比之下，沈家拿下这个项目，应该问题不大。”叶慕凡开口道。

沈梦琪面色微凝地开口道：“华宇、兴达、方氏这几家的公司确实不如我们沈氏，可是，现在我们最大的竞争对手，是叶氏集团……”

叶慕凡的神情略有些意外：“什么？叶氏也参与了？”

“是啊，我也是刚刚得知的消息，现在我们双方能给出的其他项目评分应该差不多，只剩下价格这块，若是能推算出对方的竞标底价……”

沈梦琪说着摇了摇头，叹着气开口道：“可是，对方的底价怎么可能那么容易推算出来，为了这个项目，我们沈家投入了无数精力，只怕还是拼不过叶家……”

叶慕凡看着沈梦琪重重的黑眼圈，一阵心疼：“别烦心了，我会帮你打听打听情况。”

“慕凡哥，谢谢你，我没事的，虽然以我的能力可能做不了什么，但也希望尽可能帮到爸爸一点忙……”沈梦琪说着，便要起身去书架上拿资料。

结果，起身的瞬间，沈梦琪的身形突然一晃，竟直接晕了过去。

“梦琪！”叶慕凡吓得面色大变，赶紧冲过去将沈梦琪扶住抱到了沙发上，掐着她的人中。

“梦琪，你醒醒，别吓我……”叶慕凡满脸紧张。

半晌后，沈梦琪才悠悠转醒：“慕凡哥，我没事的……就是头有点晕……可能是因为这几天熬夜……”

叶慕凡的手在身侧死死握着拳头：“对不起，都是我没用，才让你这么劳累。”

“怎么会，慕凡哥，你已经帮了我很多了。”沈梦琪一副体贴的表情。

叶慕凡看着女孩苍白疲惫的脸色，沉默片刻，终于下定决心似的开口道：“梦琪，别烦心了，现在立刻回家好好休息，这件事情交给我，我保证帮你弄到叶氏集团的标底！”

沈梦琪掩去眸底的喜色，面露不安道：“真的吗？可是……你要怎么做？”

叶慕凡安抚地看了她一眼：“我自然有我的办法，总之相信我，既然答应了你，我就一定会做到。”

沈梦琪的目光中满是仰慕之色：“慕凡哥，你对我真好，只要有你在身边，我就特别安心，什么也不怕了！等咱们的公司壮大了，壮大到可以跟叶家抗衡，到时候你就再也不用偷偷摸摸地受委屈！我要让所有人都知道我的慕凡哥有多厉害、多优秀！”

叶慕凡闻言，心中满是感动：“傻丫头，我只要你开开心心地就足够了！为了你……我做什么都愿意！”

“慕凡哥……”沈梦琪娇柔地依偎着靠在叶慕凡的怀里，心中却满是不屑和嘲讽。

她就知道，只要她稍微用点小手段，叶慕凡就会言听计从，什么事情都愿意做。

搞定叶慕凡之后，沈梦琪目光微闪，试探着问道："对了，慕凡哥，你最近有绾绾的消息吗？她还好吗？"

如今自己的身价水涨船高，自然待价而沽，不急着找男友，跟何俊成也只是玩玩。

沈梦琪见识过司夜寒那个层次的男人之后，再看那些凡夫俗子，实在是看不过眼……

提到叶绾绾，叶慕凡的脸色便不太好："不知道，没联系过。你提她做什么，那丫头已经无可救药了！听我爸妈说她正在跟个小白脸交往，怕是到时候被人卖了还要给人家数钱！"

"小白脸……"沈梦琪面露喜色。

果然玩腻了叶绾绾就被抛弃了？

只可惜没能在她被踹掉之前搭上司夜寒这条线……

不过，看着叶绾绾倒霉，她还是挺开心的。

还有那个不可一世的江嫣然，如今自己早就已经把她甩在身后……

与此同时，某餐厅包厢内。

"高记者，怎么样？有消息了吗？"叶绾绾问。

叶绾绾对面坐着的是《火星周刊》的首席记者高飞，也就是当初在她的指示下帮助韩羡羽洗清罪名的业内第一狗仔。

之前《火星周刊》已经濒临停刊，因为韩羡羽的事件才重新崛起，高飞在圈子里也逐渐恢复了昔日的地位。

叶绾绾加入光耀之后，也一直保持着与高飞的联系。

"我说叶总监，你是跟沈家有仇吗？我看你最近似乎一直在搞聚星啊？"高飞试探着问。

叶绾绾靠在椅背上，修长的手指摩挲着白瓷茶杯，漫不经心地开口道："算是吧。"

高飞笑了笑，倒也没多问，开口道："叶总监你猜的不错，这个沈梦琪跟何俊成确实有问题。不过她为人非常谨慎，我跟了她很久都没抓到把柄，直到一个星期前才得到一点蛛丝马迹，这两人定期会在一家酒店幽会。"

叶绾绾眸光微转："帮我查到房间号。"

"没问题，放心，这周之内，一定给你结果。"高飞爽快道。

叶绾绾举起茶杯，道了个谢："那就多谢了。"

"叶总监客气了，要谢也应该是我谢你，当初如果不是你，我们《火星周刊》恐怕已经停刊了。"高飞由衷地开口道。

跟高飞聊完各自道别之后，叶绾绾盯着手机里有关华光项目的新闻，眸底冷意蔓延……

竞标的前一天。

深夜，叶慕凡拉开书桌最下面的一格抽屉，从里面拿出了一串老旧的钥匙。

当初他们一家如同丧家之犬般被赶了出去，老宅也被叶绍安霸占，不过，老宅的所有钥匙，他这儿都有备份。

几年前他不小心把家里钥匙弄丢了，特意让人去重新做了一套，只是后来他丢的那串钥匙又找到了。

依照叶绍安的个性，这么重要的文件，肯定是放在家中的书房里。

只要他潜进去看一眼，便能神不知鬼不觉地弄到底价……

深吸一口气之后，叶慕凡拿着钥匙出了门。

叶家老宅，寂静无声。

这里毕竟是他从小长大的地方，叶慕凡再熟悉不过，轻而易举便避开保安进了院子。

黑暗之中，叶慕凡满脸自嘲之色，明明是他的家，可是他进来这里，居然需要偷偷摸摸跟做贼一样……

事情比他想象中的还要顺利。

叶慕凡很快便潜入书房，成功找到了华光项目的投标书，看到了标底的价格。

第二天早上。

聚星娱乐。

何俊成夹着腿，神色嘲讽：“到现在还没有消息，你确定叶慕凡能搞得定？”

沈梦琪神色淡然地坐在那里：“急什么，时间不是还没到吗？难道你还不相信我？”

何俊成笑了笑：“我对沈大小姐的魅力怎么会没信心呢？”

“你先出去吧，别待会儿他过来了发现什么！”沈梦琪开口，等到现在还没音信，她有些心烦意乱。

“看到了他又奈我何？那个窝囊废……”

何俊成冷哼一声，正朝着沈梦琪的唇凑过去，“咚咚咚”的敲门声响了起来。

“应该是叶慕凡。”沈梦琪面色一喜，立即将人推开。

“啧，真是扫兴……”何俊成不甘不愿地起身。

沈梦琪整了整衣服，随后开口道：“进来！”

叶慕凡推门进来，看到何俊成也在的时候，眉头微蹙了一下。

“我有事情要单独跟梦琪说。”叶慕凡开口。

何俊成眸底闪过一抹阴沉，面上却大方地站起身：“呵呵，我的事情已经说完了，你们聊！”

等何俊成一出房门，沈梦琪立即亲昵地挽住叶慕凡的手臂：“慕凡哥，事情怎么样了？”

“已经查到了，叶家的标底是七千八百万，你们只要高于这个价就能拿到项目。”叶慕凡开口道。

沈梦琪听到叶慕凡说得这么笃定，自然不敢立即相信，迟疑地开口道：“慕凡哥，你确定吗？当然，我不是怀疑你，只是，这个项目对我的重要性，你知道的……”

叶慕凡语气笃定：“放心，我亲眼看过叶氏集团的竞标书，不会有错。”

沈梦琪一听，眼睛立刻亮了，怕是叶慕凡利用之前的便利潜入叶家看到了竞标书。

这样一来，真的就是万无一失了。

果然，利用叶慕凡这个傻子的这步棋是走对了！

沈梦琪满脸喜色地将叶慕凡抱住：“慕凡哥，你太厉害了！谢谢你，真的谢谢你！”

叶慕凡揉了揉沈梦琪的头发：“傻丫头，跟我还说什么谢谢，我该谢谢你信任我！”

……

叶慕凡离开之后，何俊成悄然从办公室外隐匿的角落里走了出来，对着叶慕凡离开的背影啐了一口。

一个傻子而已，傲什么！

推开门走进办公室，何俊成搂住沈梦琪的腰身：“亲爱的，怎么样了？”

此刻沈梦琪的心情颇好，胸有成竹地开口道：“七千八百万。”

何俊成闻言，眉头微挑：“呵呵，没想到叶慕凡那二世祖还真把自家的标底给弄过来了啊！”

说完他眸光微转，看向沈梦琪建议道：“既然都已经知道底价了，不如你直接报价七千八百一十万，在损失降到最低的情况下，拿下这个项目。”

沈梦琪闻言沉吟道：“可是，如果报价相差这么小，只怕会被看出端倪吧？只差十万，这也太巧合了，不是明摆着告诉叶家，我们知道他们的竞价？”

何俊成打开一瓶红酒，倒进杯中轻轻晃动，笑了笑开口道：“梦琪，你都已经拿到标底了，何不争取最大利益？如果再高的话，就没什么盈利空间。再说了，就算怀疑又怎样？跟你又没有任何关系。”

这竞价是叶慕凡打探的，盗取商业机密的人也是叶慕凡，自然跟她没有任何关系了。

想到这里，沈梦琪的眸光微亮：“不错，你说的有道理！”

华光是她负责投资的第一个项目，对她而言非常重要，自然是完成得越漂亮越好，能用这么合算的价格打败叶家，那是再好不过。

何俊成举起红酒杯：“那么，干杯！祝贺你拿下这个项目！”

沈梦琪笑靥如花：“干杯！”

竞标结果公布当天。

大厅内，六家单位齐聚一堂，围坐在长条桌边。

叶氏集团出席的代表人是叶绍安和叶依依，沈家这边是沈梦琪和副总经理带着公司团队。

看到叶依依后，沈梦琪立即热情地上前打招呼："依依姐，好久不见，你还是一样的漂亮迷人！"

"梦琪……"叶依依朝着来人看去，笑道，"真正好看的是你吧？果然是女大十八变，我方才差点不敢认！"

"依依姐，你又打趣我！依依姐的气质哪里是我能比得上的！"沈梦琪恭维着。

两人一番商业互吹之后，各自坐到了自己的位置上，揭标发布会正式开始。

正中央的主位上，负责人起身宣布结果："各位来宾，各竞标单位，现在我正式宣布，经过华光项目竞标组委会审核，此次中标单位是……沈氏集团！中标价格是七千八百一十万！"

"大小姐，我们成功了！"沈氏集团副总和公司团队顿时兴奋地欢呼起来。

沈梦琪端着一副淡定自若的表情，微笑着。

而对面叶氏集团的几人则全都变了脸色。

"什么？七千八百一十万？"

"怎么只比我们的竞标价格多出十万？"

"这也太巧了吧！"

……

"叶叔叔，依依姐，多谢相让了！"

沈梦琪完全不担心叶家会怀疑什么，走过去客气地跟叶依依他们打了个招呼。

叶依依掩去眸底的一抹异色，面色平静地开口道："哪里，是你们凭实力胜出。"

"那么，依依姐，叶叔叔，我们就先走了！"沈梦琪神色傲然地带着公司众人离开。

受了叶家的气这么久，她总算是可以出口气了。

沈梦琪等人走后，叶绍安的面上一片阴沉："一个用人的女儿，也敢在我面前耀武扬威！"

这种小项目叶家其实并不看在眼里，但是居然被这么中途截和，他的面子往哪里搁？

旁边的其中一位高层开口道："董事长，我们公司肯定出了内奸！这价格绝对不对劲！不可能这么巧相差这么小的！"

叶绍安轻嗤一声："他们沈家有什么本事在我们叶氏安插内奸？"

叶依依沉吟片刻后，开口道："竞标的相关文件从头到尾只经手了我和父亲，没有第三个人知道，而且文件都是直接锁在书房的，根本就不可能泄露！”

“那是怎么回事？难道家里还能进了贼不成？”叶绍安沉声道。

叶依依不知想到什么，试探着开口问道：“爸，如果我没记错的话，慕凡现在是不是在沈家的聚星上班？”

叶绍安面露鄙夷之色：“是在沈家没错，好几次应酬的时候碰到有人说我们叶家的少爷在给用人打工，他也真是不嫌丢脸！”

叶依依闻言，欲言又止：“那么，爸，有没有可能是慕凡……”

叶绍安的面色陡变：“你是说……是叶慕凡偷看了竞标书？”

叶依依开口道：“这个，没有证据，我也不敢乱说，只是这个价格肯定是有问题，而公司其他人又没有接触到竞标书的可能，那么，只可能是我们叶家的人了！”

叶绍安顿时冷笑连连，面上露出得意的神色：“呵，好啊！好你个叶慕凡！竟然监守自盗，吃里扒外，做出这种损害家族利益的丑事来！叶绍廷，我倒是要看看，这次你要怎么保你这个好儿子！”

说完，他又对叶依依道：“依依，你现在就吩咐下去，立刻派人给我去查！一定要把证据找到！”

“好的，父亲，我马上就去办！”叶依依立即应声道。

原本她还一直怨恨叶绍廷狠心到连她这个亲生女儿都不认，现在倒是无比庆幸。

若不是叶绍廷抛弃了自己和妈妈，她现在也不会是叶家唯一的千金小姐和继承人！

叶绾绾和叶慕凡，凭这两个草包废物，也配跟她争夺家产？

叶绾绾她倒是不放在眼里，只是叶慕凡有些棘手，他毕竟是叶家唯一的男孙，而母亲又只有她一个女儿，难保爷爷奶奶哪天为了家业会又把他给找回来。

现在，叶慕凡居然自己将把柄送上门来。

爷爷奶奶最憎恶的就是损害家族利益的行为，光是偷盗公司机密还泄露给竞争对手这一点，就足以让他这辈子再也回不到叶家，回不到公司！

呵，这一次，她倒是真要谢谢沈梦琪，给了她这么好的机会……

……

揭标发布会结束后。

叶慕凡因为不放心，所以一直在等沈梦琪的消息。

“慕凡哥！成功了！我拿到华光的项目了！”

听到沈梦琪的话后，叶慕凡这才松了口气：“真的？太好了！恭喜你，梦琪！”

沈梦琪忍着恶心和不屑，小鸟依人般扑进叶慕凡的怀里：“慕凡哥，这次多亏了你！我真的不知道该怎么感谢你才好！我觉得光是以身相许这辈子都不够了，我要下辈子、下下辈子都跟你在一起！”

“你啊……”看着女孩天真无邪的笑脸，叶慕凡的眸底满是宠溺，简直想把他的全部都捧到她面前。

“晚上一起吃饭吗？给你庆功！”叶慕凡开口。

沈梦琪闻言，神色略有些为难，一脸抱歉地开口道：“这个，今天晚上我恐怕没有时间，改天可以吗？”

她还约了何俊成狂欢呢，哪里有工夫应付他。

叶慕凡虽然有些失望，还是开口道：“当然可以了，等你什么时候有空吧，今晚你们肯定要开庆功宴，是我疏忽了！”

“慕凡哥你真好！那我先走啦！明天见！”

沈梦琪刚要离开，身后的叶慕凡一把拉住她的手，将她叫住：“梦琪，等等……”

“怎么了？”

慕凡盯着女孩精致的小脸，神色似乎有些紧张，半晌后，从口袋里拿出了一条银色的链子：“这个……是我替你设计的……”

只见银色的链子上挂着一枚设计独特的戒指，看上去非常漂亮梦幻，只是材质是非常普通的质地。

沈梦琪一眼看出这条链子只是便宜货，心中满是鄙夷之色，面上却是一脸惊喜：“哇，真好看！是送给我的吗？”

“不是多贵的东西，不过花费了我整整一百天的时间，从设计到制作，都是我亲自完成的，希望有一天，这枚戒指可以戴在你的手上！”叶慕凡满目深情地看着眼前自己深爱的女孩。

“我也很期待！”沈梦琪暗自冷笑，面上却期待地开口催促，“慕凡哥，快帮我戴上吧！”

“好。”叶慕凡站到女孩的身后，小心翼翼地帮她将项链戴了上去。

“慕凡哥，好看吗？”

“好看！”叶慕凡看着女孩娇美的小脸，克制地在女孩的额头上落下一吻，“去吧！”

“嗯嗯，慕凡哥拜拜，项链我非常喜欢，一定会好好保管的！”沈梦琪掩去眸底的不耐之色，迫不及待地挥手离开。

……

万景名苑。

客厅的沙发上，叶绾绾缓缓睁开眼睛，抬头朝着墙上的挂钟看去。

看时间，揭标发布会结束了，沈家已经拿到了那个项目，而叶家也不是傻子，此刻怕是已经在查内鬼了。

叶绾绾捏了捏眉心，倾身过去，拿起茶几上一张酒店VIP房卡，露出若有所思的表情。

她这么做……对哥哥来说……会不会太狠了一点？

不过，她这样的犹豫很快又被理智挥退了。

野火烧不尽，春风吹又生。这次，她必须要狠一点，斩断他的所有希望，否则，前功尽弃。

只是要委屈爸妈受点罪了……

叶家老宅。

叶慕凡太过自信，以为自己足够谨慎，避开了摄像头，却忘了他已经那么久没有来过老宅，很多摄像头的位置都已经变动，并且还增加了摄像头。

很快叶依依便查到竞标的前一天晚上，叶慕凡在深夜偷偷摸摸出入书房的画面。

叶绍安怎么可能放过这样的好机会，当即就把事情捅到了叶家二老那里。

此刻，老宅的书房内。

叶绍安、梁美萱、叶依依，还有管家黄明坤全都在。

叶家二老坐在沙发上，脸色异常难看。

叶绍安满脸遗憾的神色："我之前以为，慕凡只是性子散漫一些而已，谁知道竟然连这种偷鸡摸狗的事情都做得出来！"

梁美萱叹了口气："这件事情的性质已经不是偷盗了，慕凡居然盗取叶家的商业机密去帮外人，这就实在是有些过了，唉，绍廷和姐姐怎么能这么放纵孩子乱来呢……"

梁美萱面上一副心痛不已的表情，心中却满是幸灾乐祸。

原本她以为叶绍廷和梁婉君生的那个好儿子只是不学无术而已，谁知道还是个蠢货，居然被一个小丫头哄几句就做出这种没脑子的事情来，真是老天都在帮她。

现在总算是能除了这一家子碍眼的了。

叶老爷子气得用力拍着身前的茶几："混账东西！他这是要气死我！是要气死我！"

叶依依赶紧轻轻拍着老爷子的后背："爷爷，您别生气，千万保重身体，慕凡应该只是一时糊涂。"

一旁的黄明坤适时添油加醋，幽幽开口道："依依小姐，慕凡少爷如此损害家族利益，实在是令人心寒，这可不是'一时糊涂'四个字就能解释过去的，若是今天不严加处置，也不知道日后还会发生什么事情……"

"黄管家说的不错！"老爷子怒吼，"黄管家，你去！你现在立刻去给我把老大还有那个小兔崽子全都叫过来！我要当面跟他们问清楚！"

"是，老爷。"黄明坤得意地退了出去。

这一次，叶绍廷怕是再也没有可能回叶家了……

叶绍廷和梁婉君一接到电话就立即赶了过来。

“爸，妈……这么晚了，是有什么事吗？”叶绍廷试探着开口问道。

叶鸿维一看到叶绍廷立即勃然大怒：“你还有脸问什么事？！你教的好儿子！”

“慕凡？”叶绍廷闻言一愣。

梁婉君急忙开口追问：“是慕凡闯了什么祸吗？”

一旁的梁美萱穿着昂贵的华服，保养得当的脸上没有一丝皱纹，她神色傲然地斜睨着昔日艳压华都，现在却明显露出老态的梁婉君，悠悠开口道：“姐姐，慕凡这一次，怕不只是闯祸这么简单了，他的行为，已经是犯罪了。”

“什么？犯罪？”梁婉君一听，急了，“慕凡的性子是有些散漫，但绝对不可能做犯罪的事情！”

梁美萱嘲讽地轻笑一声：“我说大嫂啊，当初你还说，大哥绝对不会做那些背叛公司的事情呢，结果又是怎样呢？”

黄明坤立即附和：“有句话说得好，‘子不教，父之过’。依依小姐在二少爷和二少奶奶的教导下，高贵优雅，孝顺懂事。可缩缩小姐和大少爷，一个行为无状，一个不学无术，现在甚至连损害家族利益的事情都做。其中，大少爷您和大少奶奶怕是有不可推卸的责任！”

叶绍廷冷冷地朝着黄明坤看了一眼。

昔日他还在叶家的时候，发现黄明坤利用职权多次欺负家里的女佣，甚至发现他跟梁美萱也有些不清不楚……

看在他在叶家多年的分上，自己给他留了几分面子，没有把他送进警局，只是把他重打一顿之后赶了出去。

谁知道，自己离开叶家之后，黄明坤竟然又被请了回来。

叶绍廷冷声道：“缩缩从前确实有些荒唐，但她如今已经改过，上次在寿宴上，爸也是亲眼看到的。至于慕凡，你口口声声说他损害家族利益，到底有什么证据？”

叶绍安朝着叶绍廷看了一眼，不由得暗暗冷笑，真是不见棺材不落泪。

叶绍安皮笑肉不笑地开口道：“大哥好威风啊，只是，你知道真相之后，能不能还像现在这样底气十足！

“叶氏对华光的项目原本势在必得，结果，这个项目居然被沈家以仅仅高出我们十万元的差价拿下。很明显，我们的竞价泄露了。

“竞标书前后只经手了我和依依，并且一直都存放在老宅的书房。试问，我们的竞价到底是怎么泄露的呢？

“于是我让依依去查了家中的监控记录，结果……大哥，你猜我发现了什么？”

叶绍安说着，朝黄明坤看了一眼。

黄明坤了然，立即将一旁的笔记本电脑打开，当着所有人的面播放了一段监控：“大少爷，您自己看吧！”

只见监控画面中，叶慕凡偷偷摸摸地翻墙进入院子，又摸进了书房，过了好半天才又出来了。

看到监控里的画面之后，叶绍廷和梁婉君对视了一眼，两人全都一脸无法置信的神色，怎么也不相信自己的儿子真的会做出这种事情……

梁美萱轻叹一声：“我原本也不相信慕凡会做这种事，无奈证据确凿，偷盗公司机密的人就是他，现在，姐姐还有什么好说的吗？”

梁婉君变了脸色：“这……这不可能！慕凡他怎么可能做这种事！”

可是，走廊里的监控拍得很清晰，那个推开书房门的男人正是叶慕凡没错。

叶绍廷的脸色一片惨白：“慕凡……怎么会这样……”

叶鸿维气得抄起手边的茶杯便砸到了叶绍廷的额上：“混账东西！我原本还想着让叶慕凡回公司，现在看来，是没有这个必要了，他已经被你教得完全没有改过的可能性！我们叶家就算是断子绝孙，也绝对不能让这种人继承！大不了从依依和越泽那里过继一个孩子来！”

听到这话，梁美萱顿时满脸喜色，叶依依的眸底也滑过一抹精光。

只要叶慕凡完了，她便是叶家唯一的继承人，将来这叶家，还不都是她和越泽的。

一旁始终没有开口的老夫人谭艺兰此刻长叹一声：“家门不幸！家门不幸啊……”

叶家有两个孙女、一个孙子，叶依依和叶绾绾这两个孙女都不怎么像叶家的人，只有叶慕凡这个孙子，最是像她和鸿维，还遗传了她的时尚天赋。

她原本是最偏爱叶慕凡这个孙子的，赶他出去，只是想让他一个人在外面历练历练，能成熟一点，可是现在，他实在是让她太失望了。

继承人决定着一个家族的兴衰，叶家若是交到这样的继承人手里，怕是时日无多了。

好在还有绍安和依依……

叶绍廷深知这件事情的严重性，满脸焦急地乞求道：“爸，求您原谅慕凡这一次，他……他只是一时糊涂……求您给他一次改过的机会……”

“一时糊涂？一时糊涂就能为了一个女人连这种背叛家族的事情都做得出来！今天能盗取公司机密，改天是不是能把公司都给卖了？”梁美萱一边说，一边意有所指地朝着叶绍廷看了一眼。

叶鸿维顿时想起大儿子非法私吞公司资金的事情，顿时怒意更甚：“绍廷，我已经给过你太多机会了，可你实在是让我太失望，这次绝对不可能这么轻易罢了，这件事情我会交给律师，该怎么处理就怎么处理！”

老爷子这意思是要送慕凡进监狱了……

梁婉君和叶绍廷顿时脸色大变。

要是慕凡真的因为这件事情坐牢的话，那么，他一辈子都完了。

与此同时，聚星娱乐。

叶慕凡的桌上堆满了各种画册和资料。

此刻，他正在办公室加班加点地给聚星最近投拍的一部新戏设计演员造型。

这部古代时装剧以古代各式各样的服饰为看点，很有希望拿到下一届国际电影节的最佳化妆师奖和最佳服装设计奖。

工作时，他的手机开的都是静音模式。

等暂时告一段落准备休息一下的时候，他才随手拿起手机看了一眼。

结果，这一看之下就发现手机上多了十几通未接来电和短信。

三通是来自老宅的，其他都是爸妈打过来的。

叶慕凡面色剧变，腾地一下从椅子上站了起来。

这个时候，老宅和爸妈一起这么着急地给他打电话……

叶慕凡瞬间便意识到可能发生了什么：偷盗竞标底价的事情……被发现了……

怎么会这样，他明明避开了监控……

怕是他太久没去老宅，监控的位置有变化和增减……

叶慕凡僵直着脊背坐下，面色一片黑沉。

他死死盯着手机，不知过了多久，才按下快捷拨号键，给沈梦琪拨了电话。

沈梦琪正在化妆换衣服，看到叶慕凡打电话过来，顿时满脸的不耐烦。但想想他还有点用处，最后她还是耐着性子接了起来：“喂，慕凡哥？”

“梦琪……”叶慕凡的声音微微有些沙哑。

“慕凡哥，怎么了？刚分开就想我啦？”

听到女孩甜美的声音，叶慕凡心头的压抑才减轻了几分，随后开口道：“梦琪，方才老宅那边给我打电话，我泄露标底的事情，大概被发现了……”

沈梦琪为了省点钱，故意把竞标价格设得差距这么小，自然早就猜到了叶慕凡可能被怀疑，此刻却装出惊讶不已、丝毫不知情的语气：“什么？怎么会这样呀？！那可怎么办，慕凡哥，你不会有事吧？”

“别担心，他们还不能把我怎样，我只是提醒你一下，万一叶家找到你问你什么，你只要说你什么都不知道就可以，千万别傻乎乎地说是你求我帮忙的，否则可能会惹上麻烦！”叶慕凡忙开口道。

废话，她当然会撇得干干净净了，他以为她跟他一样是傻子吗？

沈梦琪乖巧地应声：“好的……可是，慕凡哥，你真的不会有事吗？”

“没事的，你安心聚会吧，其他的一切有我。”

“那……好吧，万一有什么事，慕凡哥你一定要告诉我，我不能让你因为我被连累！”

沈梦琪又贴心地说了好半天担忧的话，这才将电话挂了。

她随手将手机扔在床边，一边心情颇好地哼着歌，一边换上了一套性感内衣和昂贵的高级定制套装，准备去赴约。

叶家老宅。

附近不远处，悄无声息地停靠着一辆黑色的路虎越野。

叶绾绾娇小的身体倚靠在驾驶座上，静静地等待着。

一阵手机铃声响起，是高飞的电话。

叶绾绾接起电话问道：“喂，高记者，怎么样了？”

高飞回答道：“沈梦琪已经出门了！”

叶绾绾点头：“O K，随时联系。”

高飞随即应声：“没问题。”

叶绾绾刚挂了电话，就看到叶慕凡匆匆赶来，进了叶家老宅的门。

叶绾绾见状，紧接着也下了车，跟了上去。

老宅的书房里。

叶绍安扶着大怒的叶鸿维和谭艺兰离开，书房里只剩下了叶绍廷、梁婉君、梁美萱，还有叶依依。

叶依依满脸抱歉：“大伯，对不起，我帮不了慕凡，慕凡这次的事情确实有点太过分了……”

梁美萱眸底满是阴沉之色：“依依，人家怕是不稀罕你的好心呢，当初可是他叶绍廷为了自己所谓的老婆孩子，狠心不要你的！”

这时，门口处一阵急促的脚步声响起，叶慕凡姗姗来迟。

叶慕凡刚一进门，就看到母亲满脸泪痕地瘫坐在地上，父亲的脸色惨白，额头红肿流血……

在接到老宅的电话时，叶慕凡便已经做好了最坏的打算，但是亲眼看到这一幕之后，还是满心怒火。

“爸！妈！你们怎么样？”叶慕凡大步流星地冲过去。

叶绍廷一看到儿子，顿时满脸愤怒悲痛之色：“混账东西！你怎么……怎么能这么糊涂？！平时我都是怎么教你的！”

梁婉君绝望地闭了闭眼睛：“慕凡……你这次实在是错得太离谱了……你知不知道你这么做是犯法的？”

看着父母失望到了极致的眼神，叶慕凡的心脏如同被利爪撕扯：“爸、妈，我做错了什么？我根本就没有错！为什么全都要这么对我？！”

梁美萱啧啧摇头：“都已经到了这种地步，还死不悔改，幸亏爸妈先走了，不然若是听到这话，怕是要被气死呢！”

叶绍廷气急：“你……你居然到现在还不知悔改！”

叶慕凡梗着脖子：“我只是为了守护我心爱的女人，我没有做错！”

叶绍廷气血上涌，脑袋一阵眩晕，心脏剧烈地疼痛起来：“你……你……”

“爸……”紧跟着赶来的叶绾绾一个箭步上前，将身形摇晃的叶绍廷扶住，迅速喂了叶绍廷一颗速效救心丸，然后从包里掏出消毒纸巾，简单给叶绍廷处理了一下伤口。

“缩缩，你来了……”看到女儿之后，叶绍廷的脸色才稍微好了一些。

叶缩缩看着父亲额头上的伤口，看着到了这个地步还丝毫不觉得自己错了的叶慕凡，当场扬起手“啪”的一巴掌扇在了叶慕凡的脸上：“叶慕凡，你就是个彻头彻尾的傻子！”

本来她还抱着一丝希望，以为叶慕凡看到爸妈被他连累，能有一丝悔过，谁知道……

“你……”叶慕凡不可思议地捂着火辣辣的脸，瞬间暴怒，“叶缩缩，你居然敢打我！你有什么资格对我冷嘲热讽！你根本就不了解梦琪！我对我所做的一切都无怨无悔！所有的代价我也会自己承担！”

叶缩缩冷笑连连：“呵，你承担？你以为你去坐牢，你这辈子被毁了，只是你一个人的事情？你让爸妈怎么办？”

旁边正在悠闲地看好戏的梁美萱幸灾乐祸地轻笑了一声：“哎，你们有这时间吵架，还不如赶紧筹钱去请个好律师，争取能少判几年！”

叶缩缩目光冰冷地睨了梁美萱一眼，压下了眸底的怒意。

现在还不是跟梁美萱计较的时候。

“爸，妈，你们先回去吧，有什么事情明天再说！”

叶缩缩对父母叮嘱了一句，随后一把抓住叶慕凡的手腕：“你跟我来！我现在就让你看看，你无怨无悔、至死不渝爱着的女人，到底是人是鬼！”

“叶缩缩，你干什么！放手！”

叶慕凡要挣脱叶缩缩的桎梏，却没想到叶缩缩的力气居然大得惊人，纤细的手掌如同铁爪，直接将他拽了出去。

一路将叶慕凡拖下楼之后，叶缩缩用力将他按在了副驾驶座上，然后直接把车门全都锁了。

“叶缩缩，你别无理取闹！放我下去！”叶慕凡怒吼着，随即注意到了这辆价值不菲的车，“你这车子怎么来的？”

以叶缩缩的工资，怎么可能买得起这么贵的车？

上次房子的事情他就已经觉得不对劲了，她哪里来的一个叫叶白的朋友，借给她这么多钱把房子赎回来？

叶缩缩的声音异常冰冷：“闭嘴。”

叶慕凡正要逼问，却感觉车厢内的温度冷了下来，竟然不自觉地打了个寒噤，被迫噤声……

车子很快开到华都与C市交界处的一家高档酒店停了下来。

叶缩缩推算了一下时间，按照她的车速，他们应该比沈梦琪早到才对。

叶绾绾拿起手机给高飞发了一条信息：[沈梦琪和何俊成到房间了吗？]

高飞很快便回复过来：[还没有，他们都在路上，不过就快到了。]

[叶绾绾：好，收到。]

回复高飞后，叶绾绾收起手机，打开车门，拉起叶慕凡就飞快地迈进了酒店。

“叶绾绾！你疯了吗？装神弄鬼的，到底想做什么？”

无论叶慕凡怎么怒骂，叶绾绾一路上都没有开口，直接用那张复制的酒店房卡刷开电梯上了楼，然后顺利进了沈梦琪和何俊成幽会的房间。

“你带我来这种地方做什么？”

叶绾绾的目光环视一圈，落在了卧室对面的阳台上，她“唰”的一声推开阳台的落地玻璃门，将叶慕凡推到了阳台上。

透过玻璃门上挂着的白纱与飘窗的缝隙，正好可以隐约看到卧室内的情况。

“叶绾绾你……”

叶慕凡忍无可忍，正要开口怒吼，却被叶绾绾一把捂住了嘴巴：“安静！”

高飞的情报非常精准。

没等一会儿，便响起“嘀”的一声，房门被人推开。

“嗯……”

门口处，猛然传来女人高声放纵的尖叫以及暧昧声响。

反应过来房里的一对男女正在做什么之后，叶慕凡的脸颊顿时一阵不受控制地发烫，他恶狠狠地瞪向了妹妹。

倒不是他多纯洁、脸皮多薄，而是这会儿他亲妹妹也在这里。

叶绾绾松开了手，叶慕凡立即压低了声音道：“叶绾绾，你是不是脑子有问题？！带我来偷看这种东西！”

耳畔的声音越来越大，叶绾绾的面上没有丝毫表情：“急什么。”

“你……”叶慕凡正要继续开口，脸上的表情却陡然一空。

为什么这个女人的声音听起来好像有些耳熟？

“啊，俊成……”

俊成？何俊成？

这个声音分明是——梦琪？

何俊成和梦琪……

怎……怎么可能……

一定是他听错了……

“梦琪，你真美……”何俊成在沈梦琪身上狠狠揉了一把，随后一把将人拦腰抱起。

伴随着脚步声越来越近，两人从门口来到了卧室……

叶慕凡透过缝隙，死死盯着卧室门口的方向，下一秒，一男一女交叠的身影就这样猝不及防地撞入眼帘。

而那两人赫然正是沈梦琪和何俊成……

叶慕凡看着印象里单纯天真的沈梦琪躺在何俊成的身下，脸上的表情一片空白，脑子更是嗡的一声炸响，完全无法反应过来自己看到了什么。

不可能……

这怎么可能……

叶慕凡完全无法相信自己所看到的。

身旁，叶绾绾面无表情、目光冰冷地开口小声道："叶慕凡，好好看看清楚……这就是你的真爱……这就是你口中那个所谓单纯善良的女人……"

床上，何俊成一边动作一边说话："梦琪，怎么样？我是不是比叶慕凡那个窝囊废更能让你开心？"

"讨厌啦，人家都说过没让叶慕凡碰过一根手指了！"

"哼，那个傻子自然没有资格碰你！我还不是怕你假戏真做吗，人家为了你，可是不惜盗取自家的商业机密呢！说起来，当初叶绍廷破产被赶出家门的时候，你可是还对他不离不弃呢！"

沈梦琪在他面前倒也不隐瞒，轻嗤一声道："呵呵，假戏真做？我看到那个废物的样子就恶心，怎么可能假戏真做！没了叶家，他什么都不是，不过是一条丧家之犬！

"当初为了接近他，我在叶绾绾那个小贱人面前做小伏低受了多少气？没想到他爸居然连叶绍安都玩不过，害我白费力气！果然一家子都是废物！"

听着沈梦琪的一字一句，叶慕凡胸口剧烈起伏，脑子嗡嗡作响，瞳孔骤然收缩。

不可能……

不可能的……

这一切都是假的……

都是假的！

此时，他听到卧室里何俊成的大笑："哈哈，不过也不亏了，那废物好歹还算有点利用价值，早知道，就把竞价定到七千八百万零一毛钱，这样还能省下十万块呢！十万块！怕是卖了那个垃圾也换不到十万块！"

"嗯，你别幸灾乐祸了！万一叶家要让他坐牢，我看你怎么办，你的那些作品，可全都是他做的……"

何俊成脸色微变："该死的，我倒是忘了这一茬！他要是坐牢了，谁来给我做枪手？"

何俊成说着，又邪魅一笑："小妖精，你肯定有办法的，对不对？"

沈梦琪娇笑着："不告诉你……"

"呵呵，不告诉我？"何俊成陡然一个大力，"说不说？说不说！"

"好哥哥……我说……我说就是了……"沈梦琪满脸潮红，面色得意地开口道，

“那还不简单嘛！到时候只要我让叶慕凡回家撺掇他爸叶绍廷代替他顶罪不就行了？反正我说什么他都会听！”

“好主意！这样就两全其美了！你记得帮我盯着他新剧造型的进度，我还要指着这部剧拿奖呢！”

沈梦琪用手指暧昧地在男人的胸口上划着：“那就要，看你的表现了……”

卧室里又响起了令人作呕的声响……

此时此刻，叶慕凡听着沈梦琪和何俊成的对话，面上血色退去，双眸一片可怕的猩红，身体剧烈颤抖着。

“宝贝，你脖子上是什么东西，真是碍事！”

沈梦琪语气鄙夷，如同看着什么恶心的东西：“啧，这个？叶慕凡送的破烂货！呵呵，你知道吗？那废物还想娶我呢，真是笑死人了！”

何俊成顿时大笑：“哈哈哈……可不是傻子吗？头上都绿成草原了，还在熬夜帮我做设计！”

“呵呵……”沈梦琪被逗得娇笑不止。

何俊成则是一把扯下沈梦琪脖子上的链子，重重地朝着地上扔了过去。

那条叶慕凡精心设计的项链被硬生生从中间扯断，摔在地板上，发出“咚”的一声，如同重重地砸在人的心上，砸出一个血淋淋的大坑。

叶慕凡目眦欲裂地盯着那条项链，面色如同窗外浓重得化不开的夜色。

他的整个身体像浸泡在冰冷的海水里，手掌间滴答滴答滚落着血液，可是，却依旧自虐般呆呆地站在那里，死死地继续盯着卧室大床上的沈梦琪和何俊成……

他脑海中，与沈梦琪从相遇开始的画面一幕幕如同走马灯一样闪过。

初次与她见面时，女孩纯真羞怯的小脸……

确定关系时，女孩欣喜雀跃的眼神……

他最困难的时候，女孩温暖鼓励的话语……

可是此刻卧室里不堪的画面，却将这一切颠覆，他脑海里的一幕幕全都在眼前碎成了粉末……

叶慕凡的胃部剧烈地翻涌着，整个世界天翻地覆……

为什么……为什么他没有早一点发现？

哈，没错……

绾绾说的没错……

他就是个傻子，一个彻头彻尾的傻子！

下一秒，“砰——”的一声巨响，叶慕凡身前的玻璃门被他硬生生地一脚踹开，整个往后倒去，摔在地上，四分五裂……

“啊啊啊——”这突如其来的巨响吓得大床上的沈梦琪高声尖叫起来。

接着，沈梦琪和何俊成顺着声音传来的方向看去，只见阳台的半边门被踹翻，旁边立着一个颀长的身影。

男人低低地埋着头站在那里，周身散发出冰冷至极的气息。

两人看了半天，总算分辨出来那男人是谁。

沈梦琪陡然变了脸色，手忙脚乱地抄起旁边的被子遮住自己的身体："慕……慕凡哥……"

"叶慕凡？"何俊成也变了脸色。

两人正一脸惊愕，又一个身影从阳台上走了出来，正是叶绾绾。

看到叶绾绾竟然也在，沈梦琪的神色更加惊讶了："你……你们俩怎么会……"

正在情到浓时，屋子里却突然冒出两个人来，任谁也会被吓得魂飞魄散。

何俊成满脸惊魂未定，一张脸白得像鬼。

沈梦琪反应过来后，小脸上满是凄楚委屈，慌乱地开始解释："我……慕凡哥你听我解释……事情不是你想的那样！"

叶慕凡面上没有丝毫表情，静静地站在那里："不是我想的哪样？"

沈梦琪一边伤心地哭泣，一边开口道："真的，慕凡哥你相信我，晚上公司开庆功宴，我喝醉了，什么都不知道……"

叶慕凡看着女孩伤心可怜的模样，若是平日里，看到她哭得这么伤心，他早已经用尽一切办法去换她的笑颜。

可是，此时此刻，女孩那单纯的小脸却令他一阵阵作呕。

叶慕凡微微倾身，捂住翻涌着想要呕吐的胃部，突然低低地笑了起来："哦，是吗？你不知道？你不知道他比我这个窝囊废更能让你开心？"

听到叶慕凡的话，沈梦琪哭泣的小脸顿时僵硬了一瞬。

叶慕凡还在继续开口："你不知道，你看到我这个废物的样子就让你恶心？你不知道，就算卖了我这个垃圾……也不值十万块？"

沈梦琪的脸彻底僵在了那里。

叶慕凡这个废物，竟然全都听到了……

这表示他不是后来翻窗进来的，而是一开始就潜伏在屋子里。

叶慕凡抄起手边床头柜上的花瓶，用力砸在了对面的墙上："沈梦琪！我掏心掏肺地对你，为了你，我什么都可以做，我连自己家的商业机密都可以偷来给你！你居然……跟着这个小白脸厮混！你从头到尾都在耍我，利用我！"

"啊！"花瓶砸在墙面上的巨响吓得沈梦琪埋头尖叫，"叶慕凡，你疯了！"

该死的……

沈梦琪恶狠狠地朝着叶绾绾的方向看了一眼。

叶慕凡根本就没有这种心眼，这傻子从来没有怀疑过她，怎么可能突然跑来抓奸，肯定是叶绾绾从中作梗。

沈梦琪本来还有些心虚，此刻既然已经被戳穿，便只剩下了恼羞成怒："我找小白脸又如何？总比你妹妹不要脸倒贴男人好！

“你是个什么样，你自己心里不清楚吗？凭你也配得上我？原本我还准备多陪你玩玩，既然你自己不识趣，那就怪不了我了！”

这时，一旁的何俊成悠悠开口道：“叶少爷啊，你这是何必呢？只要你乖乖地继续帮我，我总少不了你一口饭吃的！今天的事情，我可以当作没有发生过！”

“呵呵……”听着两人无耻的言语，叶慕凡低低地笑了起来，下一秒，“砰”的一拳砸在了何俊成的脸上。

“啊——”何俊成顿时一声哀号，刚要爬起来，紧跟着又是重重的一拳砸下来。

叶慕凡如同一头暴怒的狮子，拳头疯狂地朝着何俊成的脸砸去。

直到何俊成连声求饶，叶慕凡才停下来，一步一步朝着床上的沈梦琪走去。

“你……你想做什么？叶慕凡，我告诉你，你要是敢对我怎样，你就死定了！”

“唰”的破空声响起。

“啊——”沈梦琪尖叫。

一道拳风擦着她的脸，用力砸在了她身后的墙上。

叶慕凡的拳头顿时鲜血淋漓，他漆黑的眸子毫无温度地盯着眼前的女孩，直到眸底的光亮全都消失殆尽。

三秒钟后，叶慕凡缓缓直起身，一步一步地离开了这间屋子。

叶绾绾朝着沈梦琪和何俊成看了一眼，旋即离开。

两人离开之后，沈梦琪气得一阵尖叫。

“该死的！”

原本她的计划这么完美，结果就这么毁了。

好在就算叶慕凡反水也没有任何证据，这件事情绝对不会牵扯到她的身上。

就是莫名失去了一个免费劳力，让她心情实在不好……

“梦琪，现在可怎么办？叶慕凡发现了我们的事情，肯定不会再帮我做事了！”何俊成却是急了。

“闭嘴，没了叶慕凡你就自己上，你自己也是造型师，没了他，难道你还不行了？”沈梦琪没好气道。

“我……”何俊成被堵得没话说，眸底一片阴沉。

该死的，实在不行，也只能去找下叶慕凡那个废物，大不了多给他一些钱，难道还怕他不答应？

想到这里，何俊成又恢复了有恃无恐的表情。

夜晚，人迹罕至的马路上。

叶慕凡失魂落魄地沿着街道跌跌撞撞地走着，如同游魂一般。

叶绾绾一言不发地走在他身后。

也不知走了多久，路过一个广场的时候，突然传来一阵欢呼声。

原来是一对小情侣，男的拿着花和戒指，半跪在那里，正在对女孩求婚。

“我愿意……”伴随着女孩的话，人群兴奋地欢呼起来。

叶慕凡呆呆地站在那里看着这一幕，直到广场上人群散尽。

这时，一阵手机铃声响了起来。

叶慕凡机械地接通电话，手机那头传来刻板冰冷的声音：“叶慕凡先生，我是叶鸿维董事长委派的律师，明天早上八点，请您准时来公司一趟。”

“呵呵……没错……我是个傻子……我就是个傻子……”叶慕凡癫狂地低笑着，掌心的手机滑落摔在地上。

随后，他缓缓蹲下身，肩膀抖动着，终于失控地嘶吼着号啕大哭起来……

叶绾绾深吸一口气，忍无可忍地拎住叶慕凡的衣领，将瘫软在地上痛哭的他提了起来：“哭什么哭！你还是不是男人？”

“呵呵……完了……绾绾……我已经完了……彻底完了……为了这样一个女人，我毁了自己的人生，连累了爸妈……我还有什么脸面活在这个世界上……”

叶绍安绝对不会放过这个把柄的。

绾绾说的不错，他要怎么承担？他如何承担得起？

无论是谁去承担，谁去坐牢，他们家都毁了……

叶绾绾瞪了他一眼：“谁说你完了的？”

叶慕凡闻言，神色微怔地看着叶绾绾。

叶绾绾面无表情地开口：“明天去公司之后，按照我说的做，没有谁可以追究你的责任。”

叶慕凡面色绝望：“怎么可能……他们有监控录像为证……”

叶绾绾又恨又气地看了眼前的男人一眼，递了一张纸巾过去：“少废话，我说可以就可以！”

叶慕凡接过纸巾，站起身，面色怔忪地看着女孩自信璀璨的眸子。

从什么时候起，那个从来只生活在家人羽翼保护下的妹妹，已经成长至此，他却丝毫没有发现……

深夜，叶绾绾将叶慕凡送回宿舍，又反复叮嘱他明天应该怎么做，然后才离开。

回到锦园。

“事情解决了？”沙发上，司夜寒朝着女孩看去。

叶绾绾端起茶几上的果汁，一口气喝完，开口道：“解决了！看了场好戏，我眼睛都快瞎了！唉，我哥那个傻子，头顶都绿得冒油了都不知道……”

司夜寒似乎欲言又止，斟酌半天之后开口道：“盗取商业机密的事，你准备怎么解决？”

一旁的许易见状，叹了口气，想帮人家缩缩小姐就直接说嘛，还拐弯抹角的。

谁让你当初制定什么规矩，让缩缩小姐不许主动来找你帮忙，现在好了吧，想帮人家都不行。

不过，他发现，以缩缩小姐的能力，似乎也不需要……

只是，这次似乎有些棘手吧？

都证据确凿了，她要怎么给叶慕凡洗脱罪名？

叶缩缩眨了眨眼睛："你猜啊？"

司夜寒想了想，开口道："让叶氏破产。"

对司夜寒而言，叶氏没了，就能从根本上解决问题。

看着司夜寒那完全没有开玩笑的语气，叶缩缩的脸色顿时黑如锅底："并不是，好吗？！"

哪有正常人动不动就让人家公司破产的啊大哥？这天凉王破的既视感是闹哪样？

而且这也是她家的公司啊，她还要夺回来呢！

算了算了，就不应该问他的……

叶缩缩也不逗他了，眼珠子滴溜溜地转了转，托着下巴，开口道："我可以不费任何金钱和人脉就解决这件事，并且还让叶家的所有人给我哥哥道歉，你信不信？"

司夜寒闻言，眉头微挑，看那脸色，明显是不相信的。

一旁的许易擦了擦汗，虽然他相信缩缩小姐的能力，但是这话说得有点太夸张了吧？

叶缩缩眨了眨眼睛，兴奋地开口道："哼，就知道你不信，不如我们来打个赌啊！"

司夜寒看着女孩小狐狸般灵动狡黠的眸子："赌什么？"

叶缩缩开口道："你不是不相信我能做到吗？如果你赢了，随你让我做什么；如果你输了，就要无条件答应我一件事。"

司夜寒朝着女孩看了一眼，开口道："这个赌注没有意义。"

叶缩缩不满："哈？为啥没有意义啊？"

司夜寒抿了口茶："自己想。"

叶缩缩的脑子转了好半天，最后，终于明白了……

"唔，你的意思是……就算不打赌……你也会无条件答应我的任何事……对不对？"

司夜寒轻咳一声，没有说话，算是默认了。

叶缩缩无语掩面："我说宝贝儿啊，你啥时候撩我的时候，能直接一点啊？"

这恋爱谈的，她都要用脑过度了……

一旁早已经习惯这狂风暴雨般的狗粮的许易嘴角抽搐着开口道："话说回来，缩缩小姐，你的方法到底是什么啊？"

叶缩缩笑道：“其实办法非常简单，就是让我哥在爷爷奶奶面前抵死不认。监控只拍到了我哥进书房的画面，又没拍到他进去之后做了什么，凭啥说他进去之后偷看了竞标书啊？

“我问我哥了，他还算有点脑子，戴了手套，翻竞标书的时候没有留下指纹。他毕竟是我们叶家唯一的男丁，尤其是我奶奶，特别喜欢我哥哥，当初把他赶出家门，只是看他不求上进，让他在外面历练一下，只要明天我哥按照我说的做，演技在线，再无赖一点，卖个惨，绝对搞得定！”

司夜寒和许易双双沉默。

这也行？

许易听得一脸无语。

咳咳，果然符合缩缩小姐的处事风格……

“嘿嘿，阿九，我聪明不？”叶缩缩一脸求夸奖的表情。

司夜寒看着女孩小狐狸般灵动狡黠的眸子，微笑时脸颊上若隐若现的小酒窝，无论何时都灿若骄阳、活力满满的模样，神色略有些恍惚：“嗯，聪明。”

许易感慨地看着两人温馨相处的画面。

从前的叶缩缩总是一身怨气，愤世嫉俗，但如今却仿佛完全变了个人一样。

不仅救赎了她自己，也救赎了身边的人。

第三十章

还他公道

要说喜欢的，太多啦，“恰似”真的有很多很多吸引我的地方，有人物角色的立体感、有语言风格的幽默感，更多的还是角色本身怀有的那些炽热的感情。

——老锦住锦园

读者告白

QIASIHANGUANG
YUJIAOYANG

第二天早上。

叶氏集团公司大楼下。

玻璃大门外，叶慕凡止步不前，神情明显很忐忑。

身旁，叶绾绾看了他一眼，问道："怎么了？"

叶慕凡眉头紧蹙："绾绾……你的办法……真的可以吗？"

都证据确凿了还抵死不认？怎么可能啊！

叶绍安和梁美萱那些人又不是傻子……

叶绾绾风轻云淡地看了他一眼："只要你够不要脸！"

叶慕凡："……"

会议室内。

叶家二老，叶绍安、梁美萱、叶依依，以及叶绍廷和梁婉君已经全都到场。

律师拿着准备好的起诉书，冷着脸站在一旁。

看这架势，明显是准备追究到底了。

叶绍廷急声开口道："爸，求您原谅慕凡这一次，若是他留下这样的案底，那么他一辈子都毁了……"

叶鸿维已经失望到了极致，明显不想跟他多言："你给我闭嘴！现在知道着急了？早干什么去了？"

"爸……爸……"

见老爷子铁了心，梁婉君哭着朝谭艺兰扑了过去："妈！妈您是最疼慕凡的，求您饶了他这一次吧……"

谭艺兰的目光如利刃一般朝着梁婉君看去，眸底满是厌恶之色。

当初她本来已经替大儿子订了一门婚事，结果儿子却执意要娶梁婉君，她拗不过儿子，只能顺了他的意。

她一开始就很不喜欢这个太过漂亮的儿媳，何况梁婉君当时嫁过来好几年都未曾生育。倒是当时寄住在家里的梁美萱孝顺懂事，经常陪在她身边。

后来美萱意外怀孕，她便让大儿子离婚，结果大儿子再一次忤逆了她，愣是狠心地连亲生骨肉也不要，最后还是老二站出来娶了美萱，才保住了依依。

当初绍廷要是早听她的离了婚，娶了美萱，哪里会出这么多事情？说不定现在不仅有依依，儿子也生好几个了！

现在果然证实了她当初的话，梁婉君就算生出了孩子，也是两个不成器的，把叶家搅得一团乱。

一想到这里，谭艺兰就怒不可遏，重重地推开梁婉君的手："都说娶妻娶贤，我这辈子最大的错误，就是当初没有阻止绍廷娶你，才让我的大儿子、孙子，都毁在你的手里！"

听到这样的诛心之言，梁婉君的心脏顿时一阵绞痛："妈……"

谭艺兰气得剧烈喘息着：“滚开，别叫我妈！”

梁美萱和叶依依适时迎了上去。

叶依依满脸担忧地轻拍着谭艺兰的后背：“奶奶，您别生气了！”

梁美萱看着被骂得狗血淋头的梁婉君，掩去眸底的得意之色：“妈，您消消气，别气坏了身子！”

看到梁美萱和叶依依，谭艺兰的面色才好看了几分：“从今往后，我只有美萱一个儿媳，只有依依这么一个孙女！”

梁婉君满面泪痕地跌坐在地上，叶绍廷的手指死死掐在掌心里，鲜血淋漓。

梁美萱居高临下地朝着梁婉君看去：“姐姐，你还是少说几句吧！非要气死妈才甘心吗？慕凡这孩子我看是彻底废了，再不给他一点教训，迟早要闹出大事来！”

叶依依柔声道：“大伯，大伯母，你们不要怪爷爷奶奶狠心，其实爷爷奶奶也是为了慕凡好。”

叶绍安走到叶绍廷跟前，拍着他的肩膀：“大哥，犯了错，就该付出代价，这是天经地义的事情，你不能仗着爸妈心软就有恃无恐啊！

“当初你违背爸的原则挪用自家公司公款，现在儿子又盗取公司机密！你到底把公司当成什么了？你的私人银行吗？这可是爸一生的心血啊……”

眼见着事情已经完全没有转圜的余地，叶绍廷挺直了脊背：“子不教，父之过。慕凡犯的错，我愿意一力承担！坐牢也好，赔偿也好，都由我这个做父亲的来负责！”

听到叶绍廷的话，叶绍安和梁美萱对视了一眼。

如果由叶绍廷坐牢的话，倒也不错。

有个囚犯父亲这样的污点，叶慕凡和叶绾绾这辈子也翻不起风浪了。

就在这时，门口一阵脚步声传来。

叶绾绾和叶慕凡一前一后地推门进来。

听着叶绍安一家人的无耻之言，叶绾绾慵懒的眸底滑过一丝冷意。

呵，当初明明是他们陷害父亲，什么挪用公款，全都是他叶绍安干的事情，却陷害到了父亲的头上，此刻居然还能冠冕堂皇地说出这种话来，真是刷新了无耻的下限。

看到叶慕凡姗姗来迟，叶绍安顿时嘲讽地开口：“我的大少爷，你可算是来了！”

叶慕凡穿着一身亮眼的浅蓝色西装，单手插在口袋里，吊儿郎当地朝着会议室内的所有人扫了一眼：“哟，今儿个人怎么这么齐？叫小爷来做什么？”

看到叶慕凡这副吊儿郎当有恃无恐的模样，梁美萱满脸冷笑，难不成这位大少爷还以为这次能够大事化小、小事化了？

这次叶慕凡偷取了竞标书，已经完全将二老惹怒，叶绍廷这一家，必是彻底毁了，而叶慕凡，还得去吃牢饭！

想到此处，梁美萱眸底便闪过一抹笑意。

叶绍安神色不耐地开口：“既然人都来齐了，那就开始处理吧。你是要去自首，还是要法庭上见？”

叶缩缩不紧不慢地朝着叶慕凡的方向看了一眼。

接收到妹妹的视线，叶慕凡略一点头，面上的表情顿时更加玩世不恭了。

“自首？”叶慕凡朝着四周打量，神色诧异，“谁要自首？怎么，我们叶家有人犯法了吗？”

叶绍廷和梁婉君同时一愣，慕凡这孩子该不会吓坏了吧？叶绍安这话明显是和他说的啊……

“叶慕凡，你装什么蒜，叶家犯罪的人，当然是你！”叶绍安怒斥。

“我？”叶慕凡愣在原地，下意识指着自己，“我犯罪了？”

“废话！”梁美萱没好气道。

“二婶，你该不会没睡醒吧？”叶慕凡眉头蹙起，“我是杀人了，还是放火了？”

梁美萱冷笑一声：“叶慕凡，你挺能演戏啊！偷了叶家的竞标书，你别不是忘了吧？”

“竞标书？”

叶慕凡满脸疑惑之色，旋即看向叶缩缩：“缩缩，二婶说的竞标书是什么意思？”

叶缩缩懒洋洋地开口配合道：“好像是华光项目的竞标书。”

“哦……华光竞标我之前也听说过，怎么，我们叶家也参与了？”叶慕凡点头。

“是参与了，不过却被沈家拿下了。”叶缩缩叹道。

“沈家？”叶慕凡啧啧开口，“沈家那点小家小业的，能争得过我叶家？这次华光竞标究竟是谁负责的，简直就是个废物！”

“你！”梁美萱没想到叶慕凡如此厚颜无耻，不仅装傻充愣，还拐着弯骂他们是废物！

“要不是你这个吃里扒外的白眼狼，把竞标书偷给了沈家，那沈家怎么会知道我们的竞价！”梁美萱怒道。

“哦，我明白了，你是说，竞标书被我给偷了，然后我故意让沈家拿下华光项目？”叶慕凡一副恍然大悟的表情。

“你装什么，难道不是这样吗？”梁美萱冷笑。

“闭上你的嘴！”当即，叶慕凡怒吼一声。

“啪——”

随后，只听一声清脆的响声，在大厅内回荡。

只见叶慕凡竟然反手一个大嘴巴直接抽在了梁美萱脸上。

不止是二老愣在原地，便是叶绍廷和梁婉君也呆住了。

一旁的叶缩缩则是嘴角微微抽搐了一下。

“浑蛋，你要造反啊，你敢打我？”梁美萱睁大双眼，捂着左脸，口中高声尖叫。

“二婶，我没想到你这样狠毒，竟然诬陷我！”叶慕凡大声咆哮着，比梁美萱还要激动，抬手又要打下去。

不过这次，却被叶绾绾拉住了：“哥，你怎么能这样，二婶是长辈！”

“什么二婶，她竟然在爷爷奶奶面前冤枉我，她分明想陷害我！简直为老不尊！”叶慕凡仿佛发疯了般吼着。

什么？她老？

梁美萱气得脸都扭曲了。

“哥，你别乱说，我想其中一定有误会，二叔二婶怎么会做出这种事情呢？”叶绾绾面色焦急地开口道。

“叶绾绾！”叶慕凡冷喝道，“你到底是谁的妹妹，你居然不相信我！”

“哥，我没不相信你，我只是觉得其中肯定是有误会的！”叶绾绾急忙解释道。

“全都别吵了！”叶鸿维一拍桌子，怒声呵斥。

眼见老爷子发火，梁美萱和叶慕凡终于安静了下来。

“竞标书，我没偷过！”叶慕凡板着脸冷哼一声。

一旁的叶绍安顿时气得冷笑连连：“呵呵，没做过？你上次来的时候，可不是这么说的，当时你分明都已经承认了。”

“上次来我承认了？”叶慕凡朝着叶绍安啐了一口，“叶绍安，你说我承认了？我还说你上次承认是自己偷的，为的就是故意陷害我！”

“你胡说！”叶绍安怒道。

“你才胡说！”叶慕凡冷笑。

梁美萱尖声嘲讽：“我可算是见识到了，都这种时候了还强行诡辩！打骂长辈，这哪里是我们叶家的种，简直是个流氓！”

叶慕凡立即反唇相讥：“我算见识到了，因为自己的无能输给沈家，感觉自己面子上无光，怕被爷爷奶奶责骂，就说竞标书被偷走故意诬陷我，这种人，也好意思自称长辈？”

说着，叶慕凡脸色一变，带着哭腔对叶家二老道：“爷爷，奶奶……我没做过，我怎么可能会做这种事情，他们是想陷害我，弄死我啊！”

见状，叶鸿维和谭艺兰眉头深蹙，心底暗忖：看叶慕凡这表现，不像假的……

“爷爷奶奶，既然他们口口声声说是我做的，那就拿出证据来！”叶慕凡冷哼。

“证据？”梁美萱顿时冷笑，“好，你要证据是吧？我们有监控！”

“来啊，拿出来啊！”叶慕凡满脸凶狠。

叶绍安立即给一旁的律师使了个眼色。

不多时，律师便取出笔记本电脑，播放了一段视频。

只见视频上，一位与叶慕凡体形差不多的男子，鬼鬼祟祟出现在叶家老宅。

青年穿着一身黑衣，戴着手套，头上还戴着鸭舌帽，虽未看见正脸，但体形和侧面，与叶慕凡十分相似。

叶鸿维和谭艺兰看完视频之后，面容有怒意浮现，然后转头直视叶慕凡。

“你继续狡辩啊！”梁美萱得意道。

“哈哈哈哈……”毫无征兆地，叶慕凡指着电脑上的视频哈哈大笑，“你说这是我？”

“不是你还能有谁，证据确凿，你还想狡辩？”梁美萱怒道。

“绾绾，你看这人是我吗？”叶慕凡看向叶绾绾。

“嗯……背影和侧面确实有些相似，不过，如果有人真想陷害你的话，可以找个体形相似和侧面相似的人冒充。”叶绾绾道。

“爸妈，你们看，这人是我吗？”叶慕凡朝着梁婉君和叶绍廷道。

“这……”梁婉君摇了摇头，“似乎不太像……”

叶绍廷此刻已经完全相信儿子是被冤枉的，于是大怒着开口道：“我还以为你们是真的弄到了证据，结果居然随便找个人就说是我儿子？”

不给梁美萱和叶绍安开口的机会，叶慕凡又抱着电脑来到谭艺兰和叶鸿维的面前：“爷爷奶奶，你们是看着我长大的，你们仔细看这监控里的人，是我吗！”

谭艺兰和叶鸿维则是越来越疑惑，仔细打量监控内出现的青年后，又对比了眼前自己的孙子。

也不知为何，看着叶慕凡笃定自信的神色，二老越是对比，越觉得似乎确实不像……

一旁的叶绍安见状怒骂：“叶慕凡，你少装模作样，谁不知道你被沈梦琪那个女人迷得团团转，所以才去沈家公司的，也是为了讨好那个女人才偷盗自家的商业机密！竞标书没有其他泄露的可能，除了你，还能有谁？”

叶依依目光微转，也蹙着眉头道：“而且偏偏中标的人又是沈家，这未免也太巧合了……”

“所以，你们就找个人冒充我被监控拍到，从而达到诬陷我的目的是吗？”叶慕凡冷声开口。

“还有……”叶慕凡嘴角微扬，继续开口道，“那沈家家主，当初不过是我父亲的司机而已，我叶慕凡能看上他的女儿？哈哈，别傻了，我不过是一时兴起，喜欢我的女孩子不知道有多少，你们拿这个来冤枉我，未免也太荒谬了！

“我看这就是你们为了彻底解决我们这些隐患，达到让爷爷奶奶对我们一家彻底失望的目的，所以索性故意输掉竞标，嫁祸给我！”

梁美萱气得半死，啧啧咂舌道：“爸妈，你们看到了吗？他到现在还不知悔改！简直是没救了！”

“爷爷奶奶，是非公道，自在人心，他们拿不出任何证据，却一口咬定是我，视频里的人，是他们请来冒充的。

“说我被沈家女人迷得死去活来，更是一派胡言，爷爷奶奶要是不喜欢，我马上和她分手。这点我随我爷爷，洒脱！”叶慕凡正色道。

谭艺兰抬眼看向身旁的叶鸿维：“这一点还真是随你。”

叶鸿维一听，满脸尴尬道：“咳咳……那都是以前……以前的事情了。”

叶慕凡又道：“爷爷奶奶，我是你们的亲孙子，是你们从小一手带大的！从小你们就教育我，做人要诚实，要顶天立地，我承认，我这些年有些贪玩，但我从未做过有悖道义的事情，从未有一刻忘记爷爷奶奶对我的教导！

“无论谁怀疑我、斥责我，我都可以不在意！爷爷，奶奶！你们是我最敬佩、最爱的亲人，只要你们不怀疑我就行。”

“不是爷爷奶奶不相信你，只是……”谭艺兰见孙子那委屈的模样，心里也有些难受。

叶慕凡满脸委屈地说：“爷爷，奶奶，你们相信二叔、二婶，甚至是叶依依……相信他们所有人的话……为什么不听我解释呢？

“离开家的这些年来，我一直谨记爷爷奶奶的教导，想要改过自新，重新开始。我很清楚爷爷奶奶这么做，只是为了历练我，是为了我好，所以我才进了一家小公司，想要从基层做起，想要有朝一日，可以成为让爷爷奶奶骄傲的人！”

听到这里，不仅是谭艺兰，连叶鸿维也动容了。

一旁的叶绍安和梁美萱眼见着叶慕凡全盘否认，还信誓旦旦说自己多听话多懂事，则是满脸的不可思议。

叶慕凡说完后，“扑通”一声，直接在二老面前跪下，表情更加委屈伤心了：“爷爷，奶奶，我真的没有做过，二叔他为什么要这么冤枉我？

“我们一家都已经被赶出家门了，难道还不够吗？他还要把我们逼到什么地步才满意？

“竞标书是他和叶依依保管的，一定是他们故意泄露的，偏偏还要栽赃在我的头上！爷爷奶奶，求你们为孙子做主！”

一旁，叶绾绾暗暗扶额，好吧，白担心了，这家伙比她想象中的还要入戏，以及豁得出去……

叶绍安这会儿已经快要气得吐血了：“你……你你你……”

可是，他“你”了半天却说不出一句完整的话来，这叶慕凡，简直太会狡辩、太无耻了！

这会儿谭艺兰的脸色已经完全缓和了，眼眶也微微有些泛红，看向一旁的老爷子开口道：“鸿维，慕凡是我们一手带大的，这孩子最像我，他的心性我再了解不过，不至于做出这种事情来，我们真的误会他了！”

叶鸿维也面色凝重地点点头：“嗯，不错。”

叶依依看着二老竟然被叶慕凡随口几句话就蒙混过去了，小脸顿时僵住。

怎么会这样……

叶绍安和梁美萱更是面色大变："爸、妈！你们别被这小子的花言巧语给骗了啊！"

叶鸿维沉声怒斥道："好了，方才已经证明了慕凡确实是冤枉的，这件事情谁都不许再说！"

想到叶慕凡方才说叶绍安是故意失去这个项目好嫁祸给他的，虽然叶慕凡只是随口乱猜，却让叶鸿维的面色微微变得凌厉起来。

依照老二的个性，慕凡说的，不是没有可能……

叶绍安看着老爷子眼底的怀疑，简直快要呕血，可是如果再闹下去，别说陷害不到叶慕凡，可能还要把他自己也给搭进去。

见孙子这次受了这么大的委屈，谭艺兰面色略有些不满地朝着叶绍安看去："绍安，这件事情，你也要从自己身上找找问题。不过是一个小小的华光项目而已，都能闹出这么多问题，这是你这个总经理的失职！还有，到底是谁冒充慕凡，要陷害他，你也要给我查清楚！"

查什么啊，分明就是这小子干的，他能怎么查清楚？

叶绍安有口难言，只能硬生生强忍下这口怒气："是……"

"奶奶，那他们冤枉我，难道就这么算了吗？他们连一声'对不起'都没有说，有这么做长辈的吗？绾绾，你说我说的对不对？"叶慕凡贯彻了无耻到底的原则。

叶绾绾："……"

别问我，请继续，你自由发挥吧……

叶鸿维朝着叶绍安等人看了一眼："给慕凡道歉吧。"

什么？被倒打了一耙还要去道歉？

"还愣着做什么？这点小事都做不好，搅得家里鸡犬不宁！"

见老爷子动了怒，叶绍安只能不情不愿地开口道："贤侄，实在是不好意思，这件事情，二叔会查清楚的。"

梁美萱也压着怒火："对不起了，慕凡……"

叶依依满脸抱歉地开口道："慕凡，对不起，误会你了，看样子是有人故意要陷害你！爸妈也是不知情才会如此的。"

叶慕凡大方地摆摆手："算啦，以后别什么屎盆子都往我头上扣就行！"

"你啊，要不是你平日里行为太荒唐，人家又怎么会怀疑你？"谭艺兰嗔怒地开口，但语气却明显亲昵了不少。

叶慕凡忙开口道："奶奶，我知道错了，我已经在改过自新，努力做人，我会好好跟绾绾学习！"

谭艺兰闻言，这才朝着一旁安静不多话的小孙女看去。

叶绾绾这两年在外面闹得鸡飞狗跳，把自己弄得人不人鬼不鬼，简直让他们叶家丢尽了脸。

这次，听说寿宴上的时候，这丫头大变了样，原本她还不相信，今天亲眼一看，倒确实是变化不小。

“听说你考上了华都传媒大学，还是以升学考试第一的成绩被录取的？”谭艺兰上下打量着叶绾绾。

叶绾绾垂着眸子：“是的，奶奶。”

“嗯，还不错，上了大学就好好念书，别再给叶家丢脸。”

“奶奶，我会的。”

虽然谭艺兰的态度依旧称不上多热络，但相比以前连正眼都不会看她的态度，已然改善很多。

叶绾绾安静乖巧的态度令谭艺兰略有些讶异，以往她说什么这丫头都要顶嘴，现在性子倒是沉稳了不少，果然还是要在外面碰碰壁才能懂事一些。

虽然她不喜欢梁婉君，大儿子又太让她失望，但绾绾和慕凡毕竟还是她的亲孙女、亲孙子，若非实在是被气得狠了，她哪里愿意把孩子都赶出家门不认，弄得一家分离。

谭艺兰接着开口道：“晚上你们都留下吧，回老宅一起吃个饭！”

叶绍廷和梁婉君闻言，顿时满脸无法置信，两年了，这还是母亲第一次主动开口让他们回去……

至于叶绍安等人的脸色，可想而知，他们也算是赔了夫人又折兵……

晚上，老宅。

叶慕凡本来就很会哄人，只是父亲破产之后，因为落差太大，有些愤世嫉俗，对亲近二叔一家的爷爷奶奶也没有那么亲近了。

这会儿叶慕凡天赋技能全开，一顿饭下来把二老都哄得开开心心，旁边的叶绍安一家三口脸都绿了。

“奶奶，这猪蹄还是给二婶吃吧，你皮肤这么好，根本就不用吃这个！”

“你呀，别贫嘴了！我可警告你，虽然这次确实是大家冤枉了你，但你别以为你平日里做的那些荒唐事我就都不知道了！我和你爷爷都是白手起家，几十年如一日才把家业做到这么大，我们叶家不可能交到一个不求上进的人手里！”

叶慕凡面色严肃地点头道：“奶奶，我明白。”

一旁的老爷子也开口道：“你和绾绾，都要跟依依学习，你们俩要是能有依依一半懂事能干，我跟你奶奶也不至于这么操心。你一个大男人，连依依一个女孩子都比不上，你好意思吗？”

叶依依坐在谭艺兰身旁，柔声开口道：“爷爷，奶奶，绾绾和慕凡只是年纪小，还没收心而已，你们别太操心了。”

叶鸿维冷哼一声，朝着梁婉君看了一眼：“有这样的父母，我怎么能不操心？”

叶慕凡捏了捏拳头，强忍下了怒气，没有当场翻脸：“爷爷，奶奶，我会努力的，不在外面做出一番事业，我绝不回来！”

叶鸿维满意地点点头："你有这样的志气就好，爷爷奶奶等着看你的表现。"

这是他第一次公开表明要给叶慕凡机会。

也就是说，如果叶慕凡的表现让二老满意，他随时有可能回到叶家……

叶绍安轻嗤一声："呵，就怕他这辈子都回不来！"

叶慕凡笑眯眯地看了过去："这个就不劳二叔费心了，二叔还是赶紧去查查陷害我的到底是什么人吧，我还等着二叔查出真凶还我一个公道呢！"

"你……"

……

一顿饭结束。

门口处，叶依依将叶慕凡他们送出来，一副亲昵的语气开口道："慕凡，今天没有帮你说话，你不会怪姐姐吧？那个假扮你的人太逼真，我实在是也没认出来！"

叶慕凡轻嗤一声："姐姐？你是谁的姐姐呢？我怎么不知道我妈还给我生了一个姐姐？"

叶依依的脸色顿时有些难看："慕凡，你在说什么……我是你……是你堂姐啊！"

叶慕凡恍然大悟地点点头："哦，原来是堂姐啊！我还以为我已经够会演了，跟堂姐你一比真是自愧不如！"

叶依依本来想装好人，结果却被怼得脸色一阵青白。

身后，梁美萱尖厉的声音传来："依依，过来，你跟这种垃圾废什么话？也不怕被拉低了档次！"

梁美萱目光鄙夷地朝着两人扫去："呵呵，你们知道依依只是你们的堂姐就好，可别乱攀关系、乱认亲！"

叶慕凡掏了掏耳朵："原话还给你！"

梁美萱满脸嘲讽："叶慕凡，你以为撒个娇说点好话就能回来了？我告诉你，有我在叶家一天，你们这辈子都别想回来！你就一辈子在沈家那个小破公司给用人当苦力吧！"

听到梁美萱提到沈家，脑海中顿时浮现沈梦琪和何俊成在酒店那令人作呕的一幕，想到自己这两年的愚蠢，叶慕凡的脸色便阴沉下来。

这时，一旁的叶绾绾轻笑一声，懒洋洋地斜睨了梁美萱一眼："我看二婶还是关心关心自己，好好珍惜做你当家少奶奶的日子吧，因为，你做不了几天了。"

"小丫头片子，你可真是好大的口气！"

这时，叶绍廷和梁婉君也出来了。

叶绍廷一看到梁美萱和叶依依两人也在，顿时满脸警惕，大步走来，挡在了叶绾绾身前："绾绾，在聊什么？"

"没什么，随便聊聊，爸、妈，我们走吧！"叶绾绾担心母亲单独面对梁美萱和叶依依会心里不舒服，并不准备多留。

一家人刚要离开，梁美萱突然叫住叶绍廷：“叶绍廷！”

叶绍廷的脚步顿住。

梁美萱冷笑着继续开口道：“你会后悔你当初的决定！”

叶绍廷转过身，目光冰冷，没有一丝温度：“我不后悔我做的任何决定，若一定要说有什么后悔的，我只后悔当初同意婉君的请求，让你来家中借住，引狼入室！”

“叶绍廷，你……”

叶绍廷没有再理会梁美萱，护着妻女，头也不回地离开。

……

将父母送回家后，车上。

方才父母在的时候不好说，这会儿叶慕凡终于忍不住吐槽道：“要不是为了爸妈，真不想留下吃这顿饭，恶心死我了！对了绾绾，我这事儿，要不要告诉爸妈？”

叶绾绾开口道：“还是别说了，爸妈心里存不住事，别被人看出来了，正好也省得他们担心。”

叶慕凡点点头：“哦。”

叶绾绾说完，朝着叶慕凡看了一眼：“离开聚星之后，你准备去哪里？”

叶慕凡如同被抽干了所有力气般仰靠在副驾驶上，面上一片灰败：“我……不知道……”

就算过了这一关又怎样，他的人生还是没有任何希望。

“公司肯定是回不去了，就算是爷爷奶奶松口，我也不会回去的，到了叶绍安的地盘无异于羊入虎口……”对此，叶慕凡心里很清楚。

父亲出事的时候，他还是叶氏集团采购部的总监，结果被叶绍安以权压人，处处挑事。

他从小被捧着长大，哪里受得了这样的落差，加上他原本在公司就是在混日子，太容易被抓住把柄和错处。

最后，他一气之下揍了叶绍安一顿，自己离开了公司，并且在爷爷奶奶面前扬言再也不会回来。

如果再次回到叶绍安的手下，他不用想也知道下场是什么……

父亲一倒台，他无权无势无背景，两年来在时尚圈的那点成就也全都被何俊成占去，他一无所有，拿什么去跟叶绍安斗？

这时，一阵手机铃声响了起来，来电显示“何俊成”。

叶慕凡冷笑一声将手机接通，他倒要看看，何俊成还想说什么。

“喂。”

手机刚一接通，那头立即传来何俊成气急败坏的声音：“你这一整天去哪儿了？公司里一大堆的事情等着你做你不知道吗！”

“你确定，是在跟我说话？”

一想到叶慕凡丢下的烂摊子，还有公司那部新戏的造型设计，何俊成的声音略软了几分，语重心长地开口：“慕凡啊，我劝你做人还是识抬举一点的好，只要你愿意继续帮我做事，每个月我可以给你加三千……不，五千块钱的工资！”

叶慕凡盯着手机，直接回了五个字：“你！给！小！爷！滚！”

“你……好……好啊！叶慕凡，我倒是要看看你能去哪里，到时候你可别哭着来求我！”

叶慕凡气得直接砸了手机。

叶缩缩偏头朝着身旁的叶慕凡看了一眼：“来我这里吧。”

“你那里？光耀传媒？”

叶慕凡闻言苦笑：“从一个地方当苦力换到另一个地方当苦力？还是叶家的对手公司？”

叶缩缩面无表情地开口道：“对手公司又如何？”

叶慕凡眉头微蹙：“这……”

其实缩缩说的不错，敌人的敌人就是朋友，对他而言，如今环球确实是最好的选择，至少叶绍安的手绝对插不进来，沈家就更不必多说。

可问题是……

“缩缩，你涉世未深，很多事情都想得太简单了。想进光耀谈何容易？

“你要知道，光耀传媒在环球的几家分公司中实力虽然垫底，但放在行业内却是不可小觑，聚星虽说这两年风头强盛，但最近在与光耀传媒的几次冲突中，明显占不到半分好处。

“尤其是光耀新上任的艺人经纪部总监，背景成谜，刚上任没几天就得了开门红，他以超前的敏锐预感和眼光，将一个过气艺人带火，拿到别人抢破头的角色，最后甚至将光耀老大周文斌挤下台，取而代之。

“据说，光耀第一季度的业绩直接翻倍，摆脱了垫底的位置。

“若只是应聘一个像你这样的小助理的位置，或许还有可能，但是，明星造型这样重要的核心职位，想要通过面试，谈何容易？”

叶慕凡摇头苦笑，基本不抱什么希望。

如今叶慕凡都只当叶缩缩在光耀只是个实习生、小助理。

听着叶慕凡的话，叶缩缩的神色有些微妙：“那个新上任的艺人经纪部总监，有你说的那么可怕？”

叶慕凡看了她一眼：“你在光耀工作，难道不清楚吗？不过也难怪，估计你还接触不到那个层次的高管。”

叶缩缩点点头，也没反驳，直接开口道：“光耀的造型设计部正在招人，明天面试，我已经帮你报名了，你明天过去一趟吧，不试试怎么知道不可能，说不定人家很看好你的才能天赋，你不用面试就通过了呢？”

“怎么可能……”叶慕凡摇头笑了笑，只当妹妹在哄自己开心。

他本来想要拒绝，但终究还是不想让妹妹失望，便面色牵强地开口道：“好吧，我明天去试试，只是，你不要抱太大的希望……”

叶绾绾点头：“好。”

“绾绾……”叶慕凡看着眼前的妹妹，欲言又止。

“怎么？”

叶慕凡垂着头，满脸的愧疚：“对不起……如果不是你，我可能这辈子都要跟傻子一样被蒙在鼓里……我根本就不配做你的哥哥……我没有照顾好你，保护好你，却反而要让你一个女孩子来操心这些事情……”

叶绾绾看着从前意气风发的哥哥此刻仿若失去所有光亮的样子，轻轻叹息一声：“你要是真觉得愧疚，就别再混日子了，从今天开始认真工作，不许再吊儿郎当虚度时光。”

叶慕凡苦笑：“你看我现在这个样子，哪还有资本？更不敢浪费时间……”

“有资本你就敢了吗？”

“不敢不敢！”

“好了，快回去早点休息吧，明天等你的好消息。”

“好。”叶慕凡应着，眸底却是一片迷茫之色……

第二天，光耀传媒。

光耀之前都是周文斌在管理，推出的新人形象倒是都不错，但造型团队却很薄弱，导致艺人缺乏自己的特色，看起来就像是同一条流水线上包装出来的。

叶绾绾上任后，正在全面重组造型团队。

叶慕凡带着个人资料来到造型部，只见现场已经聚集了不少应聘者。

每个应聘者的履历都很漂亮，不是著名造型师的关门弟子，就是给哪个明星做过御用造型师。

可他呢，还是叶家大少爷的时候每天只知道吃喝玩乐，在聚星的这两年就是个隐形人，自己所有作品还都冠的是何俊成的名字……

昨晚他挖空心思地准备简历，却发现自己连一个字都写不出来，一件作品都没有，履历总共只有单薄的一页纸。

说聚星造型总监的作品全都出自他的手？怎么可能会有人相信……

负责人拿着一大沓资料站在面试厅门口，漫不经心道：“待会儿都带上简历，先进来做第一轮初试。”

陆续有面试者进去，里面不断传来负责人的声音。

“这种简历也敢来应聘光耀？把我这儿当垃圾处理站吗？”

“不是说了要两年以上的经验？”

“作品再多又怎样？一个独立完成的作品都没有！下一个！”

……

门外，听着负责人尖锐严厉的声音，叶慕凡捏着简历的手指紧了紧，他这简历，拿出来不过是自取其辱而已。

“下一个！”负责人催促。

叶慕凡深吸一口气，推门进去。

面试的一共有三人，中间，面色严厉的负责人目光如同X射线一般上下扫了叶慕凡一眼——面前这人的一身搭配倒是非常亮眼，只可惜全都是廉价的低端品牌。

“简历呢？”负责人问。

“忘带了。”叶慕凡终究还是没有将那份简历拿出来。

“这都能忘？”负责人面露不悦，看在对方颜值和审美的分上，决定给他一次机会，喝了口咖啡，又随口问了一句，“你叫什么名字？”

“叶慕凡。”

“噗——”负责人听到男人的名字，顿时一口咖啡喷了出来，“咳咳咳咳……”

叶慕凡见状眉头微蹙，不懂对方为什么这么大反应。

只见那严厉的负责人态度瞬间一百八十度大变，赶紧起身朝着他迎了上来：“哎呀，原来是叶老师，您怎么不早说，总监交代了，让您过来后直接去他办公室的！”

叶慕凡一脸迷茫：“总监让我直接去他的办公室？不是要先面试吗？”

“不会错不会错！叶老师您是总监亲自请过来的人，哪里还需要面试啊！”

负责人直接把剩下的面试工作交给了其他同事，然后一边说话一边亲自领着叶慕凡朝外走去。

什么？总监亲自请过来的？

叶慕凡完全搞不清楚状况，一头雾水地跟着负责人走进一间宽大的办公室里。

“我们总监还有一会儿才来，叶老师您稍等一会儿，我这就让人给您泡茶，您还有什么其他需要的吗？”负责人殷勤地开口。

“没有……”叶慕凡决定静观其变，反正就算弄错了又不是他的错。

“那好的，有事您随时叫我！”

“好。”

叶慕凡坐在窗边的单人沙发里等待着，约莫五分钟之后，一阵脚步声传来。

办公室的门被人推开，叶慕凡下意识地朝着门口看去，只见来人是最近新剧未播人先火的洛辰。

来人一身简单的T恤和牛仔裤，虽然青春干净，却有些单调沉闷。

看到他在屋里，洛辰对他略点了下头，也不问他是谁，直接在对面的沙发上坐了下来，随即插上耳机，安静得似乎没有任何存在感。

他还以为洛辰对外沉默寡言的人设是公司故意包装出来的，没想到私下里比对外的时候更加安静……

因为洛辰的爆火可谓经典案例，叶慕凡忍不住朝着他多看了几眼。

结果，他眼角余光扫过去，看到洛辰的手机打开的是微信，原来洛辰不是在听音乐，而是在听什么人的语音，还时不时在本子上记录着什么……

“叶哥——”

伴随着“砰”的一声，一个穿着荧光绿的年轻男人风风火火地闯了进来，身后的助理拎着大包小包，满头大汗。

叶慕凡差点被宫旭这身荧光色的服装和樱花粉的头发给亮瞎眼。

真是颜好任性，一般人若是这么穿，简直就是车祸现场。

“你是谁啊？怎么在叶哥的办公室里？”宫旭一脸警惕地朝着叶慕凡看去。

尤其是看到对方的相貌不俗，顿时更加警惕了。

难道叶哥又要收新人了？

怎么可以这样！叶哥有他还不够吗？

叶慕凡被宫旭直勾勾的目光盯得有些莫名：“我是来应聘造型师的，叶总监让我在这里等。”

听到叶慕凡的回答之后，宫旭才卸下了警惕，不感兴趣地撇撇嘴，再不看他，径直朝着洛辰的方向走去，摆出一副土匪的表情：“起来，这是我的位置。”

洛辰看了他一眼，没跟他计较，拿着手机和本子起身朝着沙发的另一边走去。

宫旭大摇大摆地坐了下来，看向一旁的助理：“你跟叶哥说了没有，我那综艺叶哥陪不陪我去？”

助理闻言一脸为难，小心翼翼地开口道：“这个……叶哥说那几天要去《惊龙２》剧组探班，恐怕没法陪着你一起去！”

“你说什么？”宫旭顿时炸毛。

随即他起身走向洛辰，一把摘下了洛辰的耳机：“洛辰！你什么意思？”

洛辰面色微冷地抬起头：“有事？”

一旁的叶慕凡看看宫旭，又看看洛辰，心想外界传闻这两人不和，看来是真的啊！

宫旭怒道：“还跟我装蒜，拍个戏还让经纪人陪着，你是小学生吗？”

一旁的小助理内心默默吐槽：这话说的……洛辰如果是小学生，你岂不是幼儿园孩子？

面对宫旭的挑衅，洛辰抿了抿唇，没有开口，似乎是不想跟他起冲突。

宫旭还在那儿怒吼：“你不就比我早跟叶哥几天，得意什么！叶哥又不是你一个人的，你一天到晚一副正房的姿态摆给谁看呢！”

叶慕凡：……

正房？宫旭这形容是不是有哪里不太对？

洛辰似乎终于忍无可忍，冷冷地开口道："宫旭，你别欺人太甚。"

宫旭用力一拍桌子："哟，你还敢威胁我了？！小爷这辈子最不怕的就是被威胁！信不信我一句话就让你混不下去！"

叶慕凡被宫旭的蛮不讲理震惊了，难怪这家伙换过这么多任经纪人，哪个经纪人受得了他啊？

就在这时，"吱呀"一声，办公室的门被人推开，门口处传来一个清越低哑的声音——

"又在吵什么？宫旭，大老远就听到你的声音！"

刚才还跟战斗的公鸡一样的宫旭脸色顿时僵住，拍在桌面上的手掌刺溜一下滑到旁边，端起旁边的茶杯，笑靥如花地递给洛辰，满脸谦虚地开口道："洛辰前辈，刚才那段戏你演得实在是太好了，我受益匪浅！受益匪浅啊！"

说完，他蹭到叶绾绾跟前："叶哥，我刚才是在跟洛辰前辈对戏呢！是不是特别逼真，情绪特别到位？"

叶慕凡看到来人之后，面色顿时一怔，这人就是光耀那个传说中的总监叶白？

居然这么年轻！

还有……这个男人的长相，看起来怎么有些眼熟？

叶绾绾朝着叶慕凡看了一眼："抱歉，请稍等我片刻。"

"没事没事，我没关系的，您先忙！"叶慕凡立即开口，挥去脑子里的胡思乱想。

叶绾绾"啪"的一声将一沓报纸拍在宫旭跟前："你跟洛辰已经被媒体拍到三次，再这么闹下去，是要让所有人都知道我们自家人不和？"

"叶哥，对不起，我错了。"洛辰立即道歉，满脸的愧疚。

"行了，我知道不是你的错。"

宫旭一听，顿时委屈得快要哭了："叶哥你偏心！你去剧组给洛辰探班，却不陪我去录节目！你是不是不在乎我了？你果然要抛弃我了！"

叶绾绾一脸无语："洛辰这是我第一次探班，而且他那几天的戏份比较重要，你再无理取闹，信不信我让你去乡下参加《改造记》？"

说到最后一句的时候，叶绾绾已经动了真怒。

宫旭知道他既然这么说了，是真的能做得出来，自己才不要去乡下喂猪吃窝窝头呢！

宫旭顿时不敢再闹，赶紧撒娇卖乖："叶哥，你别生气了，不去就不去嘛，那么简单的综艺，我自己完全可以搞定，还有，我这几天可乖了，课程没落下，没偷吃零食，还在偷偷健身，你看我腹肌都已经出来了！"

叶慕凡几乎不相信自己的眼睛，这真是小霸王宫旭？

居然能把宫旭训得服服帖帖……这个叶白……果然不是一般人……

宫旭说完把自己的衣角一掀，嘚瑟地露出了小半边线条漂亮的腹肌。

叶绾绾扫了一眼，面色稍微缓和了几分：“还不错，让助理给你拍个照片，你去发博客，跟支持者道个歉！”

她不想太过严苛地控制艺人的社交，结果一不留神这家伙就乱发博客，内容全都是伤春悲秋，还喜欢刷屏，弄得外界猜测纷纭。

“叶哥你给我拍呗！”宫旭眨巴着眼睛。

叶绾绾伸出手：“手机拿来。”

宫旭立即屁颠屁颠地把手机递了过去。

叶绾绾接过手机，随手给他拍了一张：“好了。”

“啊，这么快，就拍一张啊，不多换几个角度吗？”宫旭顿时一脸失望。

叶绾绾朝着叶慕凡的方向看了一眼，随后看向宫旭：“这张已经很完美，去发吧。我今天约了人，还有正事。”

叶绾绾说着从抽屉里拿出一册剧本：“这个剧本你拿回去好好看看，还有，剧本记住保密，不可以对外透露。”

宫旭一看到剧本，顿时开心了，觉得自己受到了重视：“叶哥你终于给我接戏了，我一定好好看！”

说完，他得意地看了洛辰一眼，心满意足地走了。

宫旭走后，叶绾绾又将洛辰未来几天的通告安排了一下。

全部忙完之后，叶绾绾终于能够处理正事。

“叶慕凡先生，你好，不好意思，让你久等了，请这边坐！”

“你好，叶总监，久闻大名。”叶慕凡略有些紧张地打了声招呼。

叶绾绾笑了笑：“是吗？”

叶慕凡立即开口道：“当然，外界有不少你的传闻，我对叶总监的事迹也非常佩服，没想到，你比我想象中的还要年轻，而且……”

“什么？”

“没什么，没什么……”叶慕凡觉得自己贸然说人家一个大男人长得像自己的妹妹，未免有点太唐突了，于是并没有开口。

叶绾绾拿出一份合同，开口道：“那么，我就不多废话了，怎么样，有兴趣加入光耀吗？”

叶慕凡顿时愣住：“加入……光耀……我不太明白您的意思……”

叶白这语气怎么不像是面试，而像是在邀请他？怎么可能……

“我想邀请你担任光耀传媒的造型总监。”叶绾绾直接开门见山。

“什么？造型总监？”叶慕凡面色一呆，满脸不可思议，“叶总监，你确定……没有找错人吗？”

叶缩缩点头道："叶氏集团前任采购部总监，聚星造型助理，叶慕凡，对吗？"

"是……是我……"叶慕凡愣了愣，然后面色微沉地开口，"我与叶氏的关系……想必也不用我多说了，现在的我今非昔比，至于在聚星，更只是个小小的助理，连名字都没有出现过，叶总监为什么要选择我担任这样重要的位置？"

"怎么？没信心？"叶缩缩反问。

叶慕凡捏了捏拳头："我当然有，只怕叶总监您会后悔。"

"放心，我敢请你，自然是做过充分的调查。"

叶慕凡闻言不禁思索，难道叶白查出了他跟何俊成之间的事情？否则他实在想不到什么其他原因了。

"所以，你的决定是？"叶缩缩问。

叶慕凡深吸一口气："既然叶总监您都已经这么说了，我自然是荣幸之至。"

叶缩缩的眸子里漾起一丝笑意，站起了身："那么，合作愉快！"

"合……合作愉快……"直到此刻，叶慕凡依旧不敢相信，他本来没有抱希望的，结果没想到这么简单就应聘成功了，还是空降总监。

叶慕凡正神情恍惚，这时，一阵手机铃声响了起来。

叶慕凡正要将手机按掉，叶缩缩的眼角余光朝着叶慕凡的手机看了一眼："父母打来的？没关系，接吧。"

叶慕凡这才点了下头，接通了电话："喂，妈？"

"慕凡，我听缩缩说，你今天要去光耀传媒面试？"

"是，我现在已经在公司了。"

"那面试结束了吗？结果怎么样？"

叶慕凡压抑着激动的心情："结束了，我现在已经是光耀传媒的造型总监了。"

"什么？"梁婉君闻言，惊讶不已。

很快，手机那头传来了叶绍廷严肃的声音："以你的背景资历，人家能收你都是问题，怎么可能一来就让你做总监？"

"是啊，慕凡，你可别为了安慰我们就撒谎！"

叶慕凡有些尴尬地朝着对面的叶白看了一眼，随即轻咳一声开口道："咳，爸，妈，我说的是真的，你们就这么不相信我吗？"

"不是爸妈不相信你，你自己觉得这事儿可能吗？缩缩跟你在一起吗？你让她接电话，我问问她是不是真的……"

叶慕凡神色无奈："她不在，我……"

叶慕凡话没说完，对面的青年突然伸手过来："可以让我跟你父母说几句吗？"

"这……"叶慕凡一脸迟疑，但对方面色和善，又是自己的上司，便将手机交了过去，略有些尴尬地开口道，"我爸妈不相信我面试上了造型总监……"

"没关系，我来解释。"叶缩缩笑了笑，拿起手机。

“喂，慕凡？喂？慕凡你在听吗？”

叶绾绾露出一抹甜美的微笑，声音娇软地开口：“喂，妈，是我，绾绾。”

叶慕凡正感动于自家上司的亲切和体贴，这一秒，整个人都跟被雷劈到了一样，目瞪口呆地朝着身旁的“青年”看去，一瞬间以为自己精神错乱，出现了幻觉。

什么情况？他怎么会从叶白的嘴里听到了绾绾的声音……

“是绾绾啊，快告诉妈妈，你哥的应聘结果怎么样了？他说应聘上了造型总监，这怎么可能呢？”手机那头的梁婉君和叶绍廷没有发现任何异常，正在追问着。

叶绾绾朝着已经呆愣如石像的亲哥看了一眼，继续开口道：“爸，妈，哥哥说的是真的，光耀的负责人很欣赏他，应该是调查过，知道聚星的那些造型是出自他手，所以才邀请他的。爸您也知道，光耀的艺人造型这块确实很薄弱，急缺人才。”

听着叶绾绾的解释，叶绍廷和梁婉君这才终于相信了。

“那就好那就好！真是太好了！”

“我一直不放心你在光耀，现在好了，你哥跟你在同一个公司，正好能照应你！”

叶绾绾连连点头：“嗯嗯，哥哥会照顾我的，爸妈你们放心好了！那爸妈我先挂了啊，回头见面再跟你们细说！”

“好好好，你跟你哥晚上一起回家吃饭吧！”

“好的呀，我想吃妈妈你做的松鼠鱼！”

……

等叶绾绾跟父母聊完，挂了电话，叶慕凡依旧处在呆滞之中，看着叶绾绾的表情简直就跟见鬼了一样：“你……你你你……”

叶绾绾已经切换到了女声，眨了眨眼睛：“怎么了，哥哥？”

叶绾绾的这声“哥哥”如同惊雷一般炸响在叶慕凡的脑海里。

“绾……绾绾……你是绾绾？我是不是在做梦？！你……你就是光耀新上任的老大叶白？不对，叶白不是男人吗？！不对不对，叶白居然是女人？”叶慕凡整个人都凌乱了，说话都开始语无伦次。

“有必要这么惊讶？”叶绾绾微微挑眉，懒洋洋地在一旁的沙发上坐了下来。

此刻，叶绾绾虽然还是一身男装，但周身凌厉清冷的气质已经完全消失，神情也柔和下来，渐渐多了几分熟悉的感觉。

叶慕凡这才终于相信，眼前的人真的是他家亲妹妹。他捂住差点心脏骤停的胸口：“废话！我刚差点都被你吓得心脏停止跳动了好吗？你这简直是大变活人！”

自己的上司一秒变妹妹，谁能受得了？

叶慕凡上下打量着她这身男装，一脸难以言喻地咽了口唾沫：“你……你也……太能玩了！你这样难道就没人发现吗？”

叶绾绾托着下巴，眉头微扬：“我亲哥都没发现，你觉得别人会发现吗？”

叶慕凡表示无法反驳。

“不对不对，重点是，你到底是怎么混到环球的地盘来，还混到这个位置的？”

要知道，在这一行艺人经纪部总监的权力甚至比总经理还要大，这是最有实权的位置，几乎掌握着所有艺人的资源，否则周文斌当初也不会在光耀只手遮天。

怎么混到现在的？

叶绾绾不禁回忆了一下这段时间来发生的一切……

仔细想想，入圈以来确实还算顺利，进展比她想象中的要快。

韩羡羽事件让她获得了进入公司的资格，洛辰的爆火让她站稳了脚跟，宫旭更是意外的收获，让她省了不少时间，直接挤走了周文斌。

这么想来……她是不是应该对宫旭好一点？

叶绾绾回过神来，简单跟叶慕凡说了一些自己是怎么进光耀的事迹。

虽然有关叶白的公关案例，叶慕凡早已经有所耳闻，但这次却是从自家那个冲动任性、完全不谙世事的妹妹嘴里说出来，实在是让他觉得很玄幻……

名震全国的“韩羡羽猥亵女生”事件竟然是他妹妹在幕后一手公关澄清的；未卜先知，利用天时地利人和让过气三年的洛辰一夜爆红的，也是他的妹妹；将宫旭从周文斌处挖来，甚至将宫旭制得服服帖帖的，还是他的妹妹……

本来他还在各种担心，担心在这样精明可怕的老大下面不好混，担心就算他侥幸进来了也会被人穿小鞋，结果，部门老大就是他亲妹妹，拥有这样稳如泰山的后台，还有谁敢搞他？

叶慕凡盯着叶绾绾，蓦然觉得她金光闪闪。

“所以说……金都碧海是你以韩羡羽那件事为条件要来的，但是那个老狐狸竟然套路你，玩文字游戏，用巨额房款牵制你！”叶慕凡一脸气愤。

叶绾绾现在的收入虽然非常可观，但是想还清房款至少还要好几年。

叶绾绾神色淡淡：“以褚洪光的个性，意料之中而已。”

“这么一大笔钱，还有爸的债务在那里，这要怎么还……”叶慕凡面色微沉。

叶绾绾面色不变：“我既然敢要这个房子，自然有办法还清这笔债务。”

见叶绾绾一身干净利落的装束，神态胸有成竹，叶慕凡莫名觉得，自家老妹怎么这么有安全感呢？

他都想叫一声“大哥”了！

“你有什么计划吗？”叶慕凡问。

“我准备自己投拍一部电影，剧本已经准备好了，主演那边我正在物色，现在你过来了，造型我就不用愁了，目前只剩下拉投资这一步。”

叶慕凡略有些惊讶：“自己拍电影？现在的电影市场竞争这么激烈，多少人赔得血本无归……”

“具体细节回头我会跟你慢慢说，现在嘛，我们先去逛商场！”叶绾绾起身开口道。

“啊？逛商场做什么？”叶慕凡不解。

“你都是我们公司的造型部总监了，当然要去置办几身像样的行头。”

叶慕凡闻言，想到之前自己穿着这一身去面试的时候那些异样的目光，微微沉了脸色。

现在的人，尤其是圈子里的人，都现实得很。

绾绾说的不错，马上就要上任了，他确实需要买几身像样的衣服，否则岂不是给妹妹丢脸？

叶慕凡的神色略有些窘迫：“只是，我恐怕没钱买……”

叶绾绾黑着脸朝自家哥哥看了一眼，人家何俊成占着他的作品都年入几百万了，他却还是个穷光蛋，真不知道该说他什么。

叶绾绾开口道：“我先借你，你下个月发了工资还我，买几身衣服也就花你半个月的工资而已，总比你拿去吃喝玩乐好！”

叶慕凡连连点头：“好的好的，都听你的……不过我有一个请求！”

“什么请求？”

叶慕凡轻咳一声道：“那个……你能换回女装跟我逛街吗？两个大男人一起逛街是不是有点怪怪的？可能会被别人误会……”

离开公司后，在叶慕凡的强烈要求下，叶绾绾先找地方换回了女装。

很快，叶绾绾驱车到了本市最大的奢侈品商场，陪着叶慕凡买衣服。

“绾绾，怎么样？”

叶慕凡换好一身V家限定套装，从试衣间里走了出来。

此刻的叶慕凡已经从上到下焕然一新，身上穿着一身酒红色的西装，明明是极难驾驭的颜色，却将他衬得风流倜傥、潇洒迷人，旁边的小店员全都躲在一旁，一边看一边犯花痴。

自家亲哥的颜值，她还是没话说的，加上服装的加持，更是光彩夺目。

有时候造型和服装对人的影响真的很大，这种影响是由外而内的。

叶慕凡身上那种洒脱不羁、游戏人间的贵公子气质仿佛又回来了……

比起他从前满身颓废的阴郁之气，果然还是这个样子比较顺眼……

“不错，很帅，这套也买下来。”叶绾绾满意地点点头。

“还是好料子穿着舒服，你看我之前穿那些地摊货，穿得我敏感的肌肤都起疹子了。”叶慕凡抬起手腕，上面一片红色的小疹子。

叶绾绾无语：“你就是公子病……”

叶慕凡立即反驳道：“你也好意思说我？你的皮肤比我的还敏感好吗？知不知道我每次给你挑衣服有多费劲？生怕哪块料子不对就会让你过敏。”

“有吗？我觉得我还好啊！”叶绾绾眨了眨眼睛。

这几年，她的皮肤好像都不怎么敏感了……

果然之前都是日子太好了，被惯出来的吧？

叶绾绾没有多纠结这个问题，指着不远处一套深蓝色的西装开口道："你去试试那套。"

"那套深色的？"叶慕凡问。

"对。"

"不是吧？你什么眼光，那套明显不适合我的气质好吗？"

"谁说是买给你的了？"叶绾绾挑眉。

"你让我试穿不是买给我，那是买给谁……"叶慕凡说着说着，突然想到什么，脸色顿时有些不太好看了，问道，"你该不会是……想买给那个野男人的吧？"

"什么野男人，那是我正牌男友，你帮他试试，我看下大致效果。"叶绾绾倒是也不否认。

叶慕凡的脸色顿时更黑，一脸严肃地走到了叶绾绾的跟前："你居然送他这么贵的衣服？绾绾，你确定那小子说的都是真话吗？你一定要多长几个心眼，现在的男人没几个好东西！"

听着叶慕凡那句"男人没几个好东西"，叶绾绾一脸无语，哪有连自己都骂的？

叶慕凡还在碎碎念："绾绾，你别不以为然，万一他看你有钱长得又好看，对你骗财骗色怎么办？"

听到这话，叶绾绾更加无语了："骗财……骗色？"

叶慕凡点点头："对啊！"

叶绾绾："……"

叶绾绾无语了良久，最后语重心长地开口："哥，你想太多了，就算骗财骗色，那也是我骗财骗色！"

"什么意思？"

"字面上的意思。好了，别再碎碎念了，快去穿给我看！"叶绾绾催促。

叶慕凡在叶绾绾的催促下，心不甘情不愿地去试衣间换衣服了。

几分钟后，叶慕凡板着脸走了出来："行了吗？"

叶绾绾摸着下巴，看了良久："怎么觉得怪怪的？"

"都说了不适合我了啊！"叶慕凡没好气地开口。

顿了顿，他试探着打听："你男朋友长什么样子，什么类型的？跟我说说。"

叶绾绾斟酌了一下措辞，然后开口："长什么样子……大概是你的颜值乘以一百吧。"

叶慕凡的脸色顿时黑如锅底："你说大话也不怕闪了舌头！"

叶家基因好，所以亲戚全都是俊男美女，尤其他这个哥哥的颜值摆在这儿，导致她从小就颜控，说她男朋友长得不错，他相信，说是他的颜值乘以一百，这也太夸张了吧？

叶绾绾也没解释：“就买这套吧，不用试了，反正他穿什么都好看。”

叶慕凡：“……”为什么有种失宠的心酸感？

以前妹妹总是追在他后面说“哥哥最帅”，现在居然说那个野男人比他帅一百倍！

把叶慕凡上上下下都换了一遍之后，叶绾绾又驱车带着他前往另一个地方。

“还要去哪里？”叶慕凡不解。

“去了就知道了。”

十几分钟后，叶绾绾在华都唯一的帕尼拉旗舰店前停了下来。

叶绾绾刚到便有热情的店员迎了上来：“叶小姐，您来了！快请进！这位是？”

“我哥。”

“叶先生好！”女店员忙打招呼，见叶慕凡面容俊逸，偷看了他好几眼。

“你好……”叶慕凡一头雾水地跟在叶绾绾和店员身后。

“我订的车子到了吗？”叶绾绾问。

女店员回过神来，急忙开口：“到了到了，今天就可以签合同了。”

“好的，现在开走可以吗？”叶绾绾问。

“当然可以，您请这边坐，稍等片刻。”店员说完便去安排了。

叶绾绾将提车手续全都办好后，很快，一个工作人员将一辆崭新的大红色帕尼拉开了过来。

看到那辆超跑，叶慕凡的眼睛顿时亮了一下。

爱车毕竟是男人的天性，而他最喜欢的超跑牌子就是帕尼拉，颜色也非常符合他的心意。

叶绾绾站在车前，对一旁的叶慕凡开口道：“试试吧。”

叶慕凡愣住：“啊？”

“送你的。”

“什么？”叶慕凡顿时满脸蒙，“送……送我？”

这些年他开的都是二手别克，做了那么久的普通人，他都快忘了超跑是什么样子。

结果这丫头随手便把一辆超跑扔在了他面前，说是送他的……

叶绾绾扫了眼叶慕凡呆滞的模样：“不要？那算了。”

“要！要要要！”叶慕凡以迅雷不及掩耳之势，一溜烟坐进了车子里，试着手感。

叶慕凡从车窗探出脑袋：“绾绾，你……你真的要送我啊？这车很贵啊！”

虽然当年他还是叶家大少爷的时候，什么跑车都见过，可那毕竟是当年，这几年，那辆二手车都快被他开烂了，也没舍得换。

想想也难怪，他每次说要去接沈梦琪，沈梦琪都找借口，怕是不屑坐他那辆破车吧……

叶绾绾开口道：“挖你过来，自然要表示一点诚意了。”

叶慕凡立刻回复道："我亲妹挖我，不给工资我也来好吗？"

叶绾绾轻笑一声，又递了一串钥匙和门卡过去："你住的那地方鱼龙混杂，搬到公司的公寓吧！"

接过钥匙和门卡，此时此刻，活了二十多年的叶慕凡终于知道，真正对一个人好，不是虚情假意地甜言蜜语，而是二话不说地买衣买车又塞卡啊！

"天色不早了，你直接开去公寓吧！"

"那你呢？"叶慕凡问。

叶绾绾幽幽开口道："我是有男朋友的人。"

叶慕凡顿时脸一黑："你确定这样对一个刚失恋的人合适吗？"

叶绾绾面色如常："没塞你狗粮已经是我的仁慈。"

叶慕凡腹诽，你确定没塞吗？

他刚才已经被塞了一肚子了好吗？

……

最近，深城异动连连，司夜寒不得不亲自过去一趟。

自从司夜寒重病的消息传出去，司家明里暗里就没有一天消停的。

他还没死呢，这些人就已经开始按捺不住，暗地里拉帮结派，甚至和外部势力勾结，若是他死了，这司家怕是要天下大乱，到时候，整个司家就是一盘散沙。

知道今天司夜寒肯定赶不回来，晚上叶绾绾还是回到了锦园。

这里曾经是她最憎恶、恐惧的地方，如今却是她的安心之所。

转眼距离家族大会已经过去三个月的时间。

当时她跟众族老承诺一定会将司夜寒的身体养好，毕竟根据孙百草的理论，如果她能做到他要求的那些，司夜寒的身体是可以慢慢恢复的。

这三个月以来，司夜寒的身体时好时坏，但总算没有出什么大毛病，暂时稳定。最近两次的例行检查，他的身体也没有继续恶化的迹象。

众族老还是一样地吵吵嚷嚷，但这三个月总算是熬了过来，因为司夜寒的强势，他们一时也没办法。

司夜寒虽然暂时度过了最危险的几个月，但叶绾绾依旧丝毫不敢松懈，那些族老不会就这么善罢甘休，其间司夜寒的身体若是出了任何问题，都会成为他们的借口和把柄。

有些担心那边的情况，叶绾绾给许易发了一条信息。

[他的身体怎么样？事情还顺利吗？]

等了良久，许易那边都没有回复，估计是在忙。

叶绾绾神色微凝地看了眼窗外深沉的夜色，今夜的深城怕又是个不眠之夜。

靠坐在客厅的沙发上，叶绾绾一边等回复，一边在弄电影企划书。

时间不知不觉地过去，转眼已经是深夜，窗外不知何时下起了小雨，丝丝寒意浸透进来。

叶绾绾有些集中不了注意力，修改了一会儿便盯着企划书发起了呆，不知为何，今夜她总有些心神不宁。

叶绾绾并没有注意到，夜色里，院门口，一辆熟悉的黑色车子悄无声息地开了回来。

一旁的女佣见叶绾绾迟迟不睡，忍不住出声提醒道："绾绾小姐，您是在等司总吗？司总出差，应该没有这么快回来，您早点休息吧，现在已经很晚了。"

直到用人提醒，叶绾绾才发现时间过了十二点，于是赶紧起身，准备去洗澡睡觉。

"好的，我知道了，你们也去休息吧！"

叶绾绾拢了拢身上的线衫外套，放下剧本准备起身。

她刚站起，厚重的大门突然缓缓推开，一阵夜晚的寒气伴随着冷风瞬间从屋外侵袭而来。

看着门口处穿着一袭黑色风衣的司夜寒，叶绾绾顿时愣住。

男人的衣摆在风中翻动，面上的寒意比雨夜更深，一股冰寒之气从他身上飘散而来。

"司总！"

"司总！"

家里的用人们全都战战兢兢地分列两排，不敢抬头正视男人的脸。

叶绾绾一脸惊讶："怎么这么早就回来了？事情办完了？"

"嗯。"男人说着，将身上的大衣交给了一旁的女佣。

说话间，男人已经大步流星地走到了她跟前。

女孩一副居家的打扮，手中拿着一沓资料，面容温暖而绵软，瞬间将冷意驱散。

如同黑夜中的人本能地追随光热，男人倾身过来，似乎是想抱一下她，不过，却又立即起身："我去洗澡。"

大概是怕身上的寒气惊扰到她。

可是，起身的瞬间，男人的身体却已经被他一路都在思念的气息拥住。

司夜寒先是一怔，随即轻轻将女孩回拥住："怎么这么晚还不睡？"

叶绾绾叹气："大概是被你传染了……"

他不在，她居然会失眠。

司夜寒似乎没有理解她的话，垂眸朝着女孩看去："什么意思？"

叶绾绾眉头微挑，眸底透着狡黠："字面上的意思，自己猜啊！"

让你每次说话都山路十八弯，让你也尝尝烧脑的滋味！

司夜寒闻言略一思索，随即目光微深地盯着女孩，开口道："我不在，睡不着？"

叶绾绾顿时有些惊讶："厉害了……"

居然猜中了！

司夜寒一副理所当然的语气："正常推断罢了！"

听到这话，叶绾绾表示，心脏再次遭受了一击。

"对了，许易呢？没跟你一起回来？"叶绾绾朝着司夜寒的身后看了一眼。

司夜寒回答道："还有点后续的事情处理。"

"哦哦……"叶绾绾点头，难怪没回她信息。

叶绾绾没有多问司夜寒深城的事情，看他的表情便能猜到大概了。

"好了，快去洗澡吧，身上这么凉，别感冒了。正好我给你买了衣服，洗完澡去试一下。"叶绾绾有些兴奋地催促。

司夜寒吐出一个字："好。"

楼上卧室。

司夜寒洗完澡后，叶绾绾立即把今天买的那套西装拿出来给司夜寒试穿。

等司夜寒换好之后，叶绾绾连连点头："果然，我就说嘛，我男朋友穿什么都好看！我哥居然还不信！"

"你哥？"司夜寒的面色微不可察地闪过一丝异样。

"是啊，今天我哥来我这儿面试造型师了，知道叶白就是他亲妹之后，你是没看到他那表情！"叶绾绾笑着跟司夜寒说起今天发生的事情。

"陪他买衣服的时候，我看到了这套衣服，觉得你穿肯定好看，就买下来了！喜欢吗？"

"嗯。"司夜寒眼角余光落在床边的企划书上，随手拿了起来，"这是什么？"

"这个啊，之前不是跟你提过吗？我准备新拍一部电影，这是企划书。巧妇难为无米之炊，开拍之前，我当然得先拉到投资了！"叶绾绾摊手道。

最近她一直在准备的工作就是这部电影的剧本。

梦中她看过不少经典的电视剧和电影，凭借她的记忆力，完全可以将未来可能大热的剧本复述出来，提前拍摄。

这么做难免会夺取他人机缘，改变太多的事情，用这种方式获得利益，也不是她想要的。

不过，有一部剧本却比较特殊。

梦中的时候，叶氏集团的皇天拍摄了一部火遍大江南北的青春偶像神剧。

这部剧从演员到制作班底全都大火，创造了无数纪录，成为青春偶像剧的代表，后来被翻拍出了各个国家的版本。

但是，这部剧的编剧徐林的结局却非常悲凉。

徐林的经历跟叶慕凡有些相似，他名义上是皇天的金牌编剧谭振新的徒弟。

但实际上，所谓的金牌编剧谭振新知名的好几部非常有灵气的大火剧本，其实都是出自他的徒弟徐林之手。

编剧圈子里，利用师徒之名，或者以指导的名义，让名不见经传的新人编剧代笔的知名编剧不在少数。

火了两部剧后，徐林自然不甘愿一辈子做人枪手，提出要署名权，当时谭振新和皇天原本答应得好好的，谁知道第三部又没署他的名字，只给了他三万块钱的补偿。

徐林不堪被欺骗，决定自立门户，带着自己的新剧准备去找别的公司合作。

因为徐林对谭振新这个老师太过尊敬和信任，离开公司前将新剧发给谭振新看过。可他显然低估了谭振新和皇天的无耻程度。

谭振新早就抢在徐林之前把剧本改头换面，自己抢注了剧本的版权。而皇天在明知道剧本是徐林创作的情况下，为了谭振新这个金牌编剧的名气，选择了与他狼狈为奸，以最快的速度把这部戏给拍了出来。

当时徐林的新剧开拍到一半，突然被谭振新和皇天倒打一耙，说他侵犯版权，偷盗老师的剧本。

因为自己剧本的注册时间比谭振新晚，徐林有口难言，只能背负着骂名被迫退圈，眼睁睁看着那些人偷走自己的剧本，大火特火，声名鹊起……

在那部剧获得百花奖的当天，徐林在家中烧炭自杀。

她给宫旭的剧本，正是她提前凭借记忆写出来的，那部火遍大江南北的剧本。

按照梦中的时间推算，此时徐林还没有写完这部剧。她搜索了一下官网，这部戏还没注册。

她凭借着记忆，提前把剧本写了出来，在所有人之前注册了。

螳螂捕蝉，黄雀在后……

到时候不仅能坑皇天一把，还能将徐林收入麾下……

司夜寒闻言，垂眸略翻了一下她制作的电影企划书，看神色，似乎有些不太高兴的样子。

片刻后，他抬起头朝着叶绾绾看去："拉投资？"

叶绾绾眨了眨眼睛："对啊！不拉投资没钱怎么拍电影啊？我想过了，有几家公司的老板很喜欢投资这种类型的青春偶像剧，拉到投资的机会还是挺大的……"

叶绾绾正说着，司夜寒的脸色却更差了，半晌后开口道："是吗？"

叶绾绾终于发现，司夜寒的态度怎么突然怪怪的啊？

明明刚才还好好的……

"怎么啦，你怎么好像不太高兴？"叶绾绾试探着问。

司夜寒将企划书放下，目光径直朝着她看去："为什么不找我？"

叶绾绾一听，反应过来他的意思后，顿时有些傻眼："哈？找……找你？"

见叶绾绾一副完全没有考虑过他的模样，司夜寒的脸色顿时更黑："怎么？"

凭什么就不能找他？

他这么大一座金山在这里，她居然还要去找别人拉投资？

叶绾绾见状，咽了口唾沫，小心翼翼地开口道："可是，当初你跟我约法三章，我可以自由的前提之一，不是不准求你的吗？"

司夜寒那会儿是笃定她会在外面撞得头破血流，然后乖乖回去求他的……

结果……

又被自己坑了一把的大魔头："……"

司夜寒薄唇抿成了一条直线，片刻后，面无表情地开口道："你可以试试，说服我。"

说完，男人往旁边的沙发上一坐，看了她一眼，继续说："或许我会改变主意。"

叶绾绾："……"

司夜寒可能改变自己说过的话？

无论如何，把司夜寒当成拉投资的对象来试试倒是个很不错的练习方法，如果连司夜寒她都能说动，那想要拉别人的投资岂不是轻而易举？

于是，叶绾绾轻咳一声："好的好的，那……那我现在开始了啊？"

司夜寒轻启薄唇："可以。"

这个投资企划叶绾绾已经准备了良久，所以淡定自若地开口道："第一，项目背景——光耀传媒是环球娱乐子公司，实力雄厚，资源和人脉都非常广，我可以为这部电影申请到一线资源……"

司夜寒微微斜支着额头，似乎并没有动心的意思。

叶绾绾不泄气，继续开口："第二，演员阵容——男主的人选是目前流量最大的人气小生宫旭，虽然宫旭的演技备受诟病，但最近我集中时间对他做了专业训练，最重要的是，这部剧本非常适合他，我有信心这部剧可以成为宫旭在公众面前挽回形象的关键作品，到时候话题度绝对足够……"

司夜寒依旧面无表情，甚至在听到"宫旭"的名字时，眉头微蹙了一下。

叶绾绾观察到这个小变化，内心无语，她说了这么半天，不仅没能加分，搞不好还减分了。

叶绾绾不敢再提宫旭，只能赶紧补救："第三，剧本——现在的投资人只看制作班底和演员阵容，反而很少看剧本的，但实际上，剧本才是一部戏的核心，H国和M国的电影电视剧制作便是以剧本为核心，编剧在整个剧组有着最大的话语权，所以拍出了很多高质量的戏，质量领先国内不少所谓爆款作品……"

叶绾绾说得口干舌燥，结果司夜寒完全无动于衷。

叶绾绾有些无语，把企划书一摔，咕噜咕噜喝了大半杯水。

难道她准备了这么久的企划书就这么差吗？

那她还怎么拉投资啊？！

司夜寒的目光追随着她，一副催促的表情："怎么不继续？"

叶绾绾嘴角微抽，继续可以，但你倒是给点反应啊！

叶绾绾深吸一口气，继续开口：“总之，我有信心，也可以保证，这部电影最终的各项收入和带来的影响力，会是你投入的数倍！”

梦中投资这部剧的公司便赚了个盆满钵满。

司夜寒扬眉：“所以？”

叶绾绾看着司夜寒那副“本大爷钱多，你再多赚一百倍又如何”的不屑表情，默默无语。

你都视金钱为粪土了，还让我怎么说服你？

最后，叶绾绾实在是没辙了，于是脱口而出道：“那……那肥水不流外人田嘛！”

听到这句“肥水不流外人田”，司夜寒那张面瘫脸终于有了变化——

“你说服了我。”

叶绾绾愣住了：“哈？”

这就说服了？她说什么了？

明明他刚刚还视钱财为粪土，怎么莫名其妙地就被说服了？

难道就因为那句“肥水不流外人田”？

本来她今天是想把司夜寒当成投资商模拟演习一下的，毕竟如果她连司夜寒这样的大 BOSS 都刷成功了，那还有什么她谈不下来的投资商？

结果倒好，这家伙不按套路出牌，她忙活了这么半天，完全没有参考意义。

叶绾绾耷拉着脑袋叹气，这绝不是她的企划书的问题，试问，一个每天赚一个亿的人看到地上掉了一毛钱会捡吗？

司夜寒用一支乌金色的钢笔在企划书上点了点：“你要多少？”

这副“想要多少随便说”的语气是闹哪样？

叶绾绾咽了口唾沫，盯着某“金山”：“你还真要投资啊？”

这不是自己打脸吗？

司夜寒的表情明显有些不自在，却还摆出一副“我制定的规则，我想改就改”的表情：“怎么？”

叶绾绾见状忍不住失笑，一只手托着下巴，笑眯眯地盯着眼前看似高冷却傲娇又闷骚的男人：“宝贝儿啊，你怎么这么可爱啊？”

司夜寒的脸色顿时僵住，怔怔地看着女孩慵懒揶揄的表情。

叶绾绾放下手里的企划书，笑着开口道：“不是要教我吗？不是要让我独自历练，好让我可以独当一面，有朝一日自己也能应对一切吗？”

听着女孩口中的“独自”二字，司夜寒的唇线更加绷直。

如果可以……他怎么可能愿意……让她独自面对……

甚至他希望她什么都不会……什么也不懂……

看着司夜寒的表情，叶绾绾的心脏一阵紧缩，随即目光认真地看向他，开口道：“司夜寒，未来，如果你不在我身边，我会好好照顾自己，努力做到你希望的。如果，你在……”

叶绾绾顿了顿，继续开口道：“我也希望，可以与你并肩而立。”

女孩话音落下的瞬间，司夜寒的眸光中如同有漫天烟火绽放，宽大的手掌蓦然扣住女孩的脑袋，用力吻住了女孩的唇……

因为刚洗完澡，男人的头发微湿，清冽的气息伴随着湿润水汽缠缠绵绵地将她包裹，身体被碰触的地方如同燃起了一簇又一簇火焰……

胸腔的呼吸越来越少，等终于能够呼吸时，叶绾绾一抬眼便对上了男人旋涡一般深邃的眸子……

此刻，叶绾绾被压在柔软的沙发上，司夜寒的头发湿润而凌乱，方才动作的时候睡衣已经有些松散，露出了一片虽然因为病态而过度白皙却不显孱弱的胸口，往下是线条极其漂亮和具有爆发力的腹肌……

叶绾绾赶紧摇摇头，让自己在美色面前稳住：“孙医生说了，你的身体完全恢复之前，不可以剧烈运动的……”

司夜寒闻言，脸色顿时一僵，眸底一片暗沉懊恼之色。

叶绾绾见状失笑，手指探进男人乌黑的短发里安抚地揉了揉：“未来的日子还长着呢！有句话怎么说来着，来日方长！”

闻言，司夜寒的嘴角不易察觉地抽了抽。

叶绾绾一边顺毛，一边开口问道：“司夜寒，我有个问题想问你……”

沙发很宽大，司夜寒直接在女孩的身旁躺下，目光眨也不眨地落在女孩身上，眸底一片暗色：“什么问题？”

叶绾绾沉吟片刻，开口问道：“就是想问问……你理想之中的，我们的婚后生活是什么样子？”

不知不觉间，她想要离开的心思似乎越来越淡，甚至开始思考起结婚的问题……

明明梦中她和司夜寒结婚之后的生活，曾是她再也不愿回忆的噩梦……

婚后生活……

难得地，司夜寒沉默了很久，终于开口道：“柴米油盐酱醋茶。”

叶绾绾闻言不禁挑眉，明显没料到司夜寒的回答居然这么……平淡……

平淡到毫无特色……

她还以为以大魔头的个性，答案肯定是与众不同才对。

叶绾绾正要开口，这时，一阵手机铃声响了起来，是她哥打来的。

“等下，我接个电话。”

司夜寒面色微冷：“第三条规定。”

叶绾绾的嘴角顿时抽了抽，这条规定倒是坚如磐石，不可动摇。

“知道，第三条，不许招惹异性嘛！可这是我亲哥啊，这么晚了，万一有什么急事……”

司夜寒沉默着，没有说话，算是勉强不计较了。

好吧，相比以往她看别的男人一眼都不行，司夜寒如今已经算是天大的进步了，她应该给予鼓励才对。

“谢谢亲爱的！”叶绾绾在男人脸上亲了亲，随即接通了手机。

“喂，哥，出什么事了吗？怎么这么晚了给我打电话？”

手机那头，叶慕凡一本正经地开口道：“今天见到洛辰和宫旭本人的时候，脑子里有些灵感，半夜睡不着给他们设计了几套不同风格的造型，我发你邮箱了，你看看。”

叶绾绾闻言忍不住感叹：“你真是勤奋得仿佛是个高仿！”

叶慕凡没好气道：“正品谢谢！”

说完，他又支支吾吾地开口：“你现在跟那个野男人在一起？你们现在到底是什么情况，同居了？”

“不是野男人，是光明正大的男朋友，谢谢！”叶绾绾先是纠正，随即回答，“他最近身体不舒服，我在这边陪他。”

虽然知道妹妹如今已经不同往日，叶慕凡还是不太放心：“记住我白天对你说的话，自己多长几个心眼！”

“知道啦！”

挂了电话后，叶绾绾忙去安抚旁边醋海翻腾的大魔头：“亲爱的，你别介意啊，我哥总担心我被你骗财骗色，实在是杞人忧天！就算骗财骗色，那也应该是我骗你好吧！”

司夜寒：“……”

深夜。

把司夜寒哄睡之后，叶绾绾发了一条微信朋友圈——

[余生愿陪你，柴米油盐酱醋醋醋醋醋醋醋醋醋茶！]

原本以为这么晚了不会有人回她，结果没想到，很快便有夜猫子在下面评论了。

[林缺：深夜放毒还有没有公德心了？单身狗半夜刷个朋友圈都要被虐！]

[谢折枝：小白兔，精辟了哦！]

[许易：数了一下，有九个醋，嗯。]

[叶慕凡：已屏蔽谢谢。]

……

第二天早上。

叶绾绾一起来就看到那条微信下面又多了不少回复。

此刻，她恍然发现，之前她圈子里认识的那些人几乎都已经不联系了，而现在她圈子里的人几乎都与司夜寒息息相关。

叶绾绾随手一刷，刷到从来不发朋友圈的司夜寒居然也发了一条——[余生愿你财色兼收。]

“噗——”

财色不就是他吗？

这意思是愿她余生收了他？

真是令人动容的祝福啊……

洗漱之后，叶绾绾正要下楼找人，刚走出门口，路过书房的时候，看到一人从里面走了出来。

“叶小姐，早。”秦若曦手里抱着一堆文件，见到叶绾绾招呼道，面色没有丝毫异样。

“听说叶小姐准备投拍一部新戏？如果需要帮忙的话，可以随时开口。”秦若曦又友好地补充了一句。

“多谢，不用了。”

“这样啊，也是，我想阿九肯定会安排的，是我多虑了。”

叶绾绾顿时眉头微挑，似笑非笑地朝着秦若曦看了一眼。

这话，分明是在暗指她利用司夜寒呢。

梦中的时候便是如此，当时她也想过要独立，不想天天待在家里，司夜寒也投资了她鼓捣的好几个项目，可惜最后全都赔得血本无归。

这件事后来一直被秦若曦那边的人拿来说事，说什么是她能力不足，根本就不能胜任少夫人的位置。

“秦小姐确实多虑了。”叶绾绾说了一句，转身离开。

秦若曦看着女孩一闪而过的精致容颜，眸底一片暗沉。

阿九不是个只看美色的人，这个女人，到底有什么特别……

……

光耀传媒。

到了公司之后，叶绾绾开了个会，将叶慕凡介绍给了公司同仁认识。

“这位是我们新上任的造型总监。”

叶慕凡站起身：“大家好，我姓叶，你们可以叫我Felix，以后就是同事了，还请多多指教。”

这段时间，在叶绾绾雷厉风行的整治之下，公司的风气有了很大的改变。

说白了，利益决定一切，手下的人服不服她，还是看她能不能带着他们赚钱。

而从目前的情况来看，叶绾绾的威信还是很高的。

所以即使她空降了一个造型总监过来，众人也没有什么意见，全都表示了欢迎，何况叶慕凡这身派头和气质也确实挺能唬人的。

“欢迎欢迎！”

“欢迎Felix老师！”

……

叶绍廷倒台之后，叶慕凡便在圈子里销声匿迹了整整两年，此刻，圈子里几乎已经无人认识他，也少有人听过他的名字。

“好了，以后造型部的事情便归Felix老师管理，大家可以互相熟悉一下，有什么关于造型方面的问题，都可以直接去找他！”

叮嘱一番之后，叶绾绾单独将叶慕凡叫到办公室里，跟他详细介绍了一下目前公司的情况。

“洛辰不用怎么操心，他会完全配合你；宫旭虽然有自己的御用造型师，但基本是摆设，他向来喜欢自己乱穿衣服，这个估计要你特别留意一下。”叶绾绾叮嘱了一下需要重点“关注”的对象。

“没问题。”

“还有环球总公司那边的几部大型时装剧，我推荐了你，不过我能做的也只有提供资源。”

“已经足够。”

叶绾绾点点头，笑了笑，将手机递到了叶慕凡跟前：“看看这个。”

“什么东西？”叶慕凡接过手机一看，结果，是一条关于沈梦琪的八卦新闻……

标题是“时尚教主沈梦琪上演车祸现场”，配图中，沈梦琪穿着一身皮质机车服，头发做了玉米卷，乱七八糟地披散着，简直堪称雷人。

下面一开始是支持者的无脑吹，最后被路人和一些时尚人士喷得体无完肤。

[这叫特立独行？我看是造型师脑子抽了才对吧？]

[一点都不好看，丑死了，如果这是时尚，简直是在侮辱我们的审美。]

[没想到时尚教主也有造型失误的时候，这身穿搭真的是太糟糕了，估计是想模仿之前乔可歆的那一身吧，不过没穿出乔可歆的帅气潇洒，完全是东施效颦了！]

[我突然发现沈梦琪的身材好像不太行啊……以前居然没发现，还觉得她身材挺好的……]

……

叶慕凡默不作声地看着那些评论。

以往他给她设计造型的时候，向来最用心，都是刻意避开了她的短板，他们自然没有发现那些硬伤和缺陷。

“怎么样，心情有没有好一点？”叶绾绾开口。

最近他总觉得妹妹变得有些陌生了，但是她对自己的关心却从来没变。

“无关紧要的人而已。”叶慕凡开口。

为了这种人浪费任何情绪，都不值得。

……

与此同时，聚星娱乐。

沈梦琪气得一把撕了桌上的报纸，然后怒不可遏地瞪向对面的男人：“何俊成，你搞什么？不是说那身穿搭绝对没有问题的吗？”

“确实没有问题……当初乔可歆有一身跟这差不多的造型……非常惊艳……”

“所以说，你的意思是，不是造型的问题，是我的问题？”

“梦琪，你别激动，我不是这个意思，你天生丽质，自然是穿什么都好看，完全是那些人眼瞎！”

“何俊成，你别给我打马虎眼，我马上就要参加时尚风云盛典了，要是再出问题，你知道后果！”

“梦琪……梦琪……”

沈梦琪“砰”的一声关上门，何俊成碰了一鼻子灰，满脸的阴鸷之色。

“该死的……”

都怪叶慕凡那个窝囊废！

看来，必须得下点血本了……

第三十一章

维护同门

囧的笔下创造了无数个世界，男主对女主极致的偏爱、女主对男主的救赎、干净到极致的爱情、真挚的友情、轰轰烈烈的青春，虽然他们之间有过错过，有过遗憾，但故事的结局是美好的，十六岁的年纪，脑子中总是充满幻想，但直到现在我依旧喜欢。

——九 RLSFXJY

读者告白

QIASIHANGUANG
YUJIAOYANG

上班第一天，叶慕凡忙得团团转，一整天一刻都没有休息过，不过，这种忙碌的感觉却令他觉得很充实和享受。

下班后，他走出公司大楼，刚准备上车，手机铃声响了起来……

看到来电显示，叶慕凡的脸色顿时风雨欲来——是何俊成。

叶慕凡面上的阴沉很快退去，变为漫不经心："喂？"

"喂，叶少啊，有时间吗？我们谈谈？"何俊成语气殷勤地开口。

"哦？谈什么？"

"上次的事情呢，确实是我的不对，不过一个女人而已嘛，叶少爷你当年也是游戏花丛，何必这么计较！"

"呵……"叶慕凡低低笑了一声，"说完了？"

何俊成咽了口唾沫，生怕他挂电话，急忙道："我想过了，为了表示我的诚意，只要你愿意回来帮我，价钱绝对让你满意！"

此刻的叶慕凡已经完全没有那晚的暴怒之色，他的手指轻轻摩挲着手里的车钥匙："好啊！"

何俊成大喜过望，心中满是嘲讽和鄙夷。

果然，以叶慕凡那个穷酸样，一说价钱让他满意，立刻就松口了。

还以为他多有骨气呢！

呵，要不是看他还有用，像他这种阴沟里的老鼠，哪里值得自己这么好声好气。

"叶少爷果然爽快！这才对嘛，何必为了怄气跟钱过不去？毕竟我们合作这么久了，放心，我不会亏待你的。你在哪儿，我们现在就见面详谈吧？"何俊成迫不及待地开口。

"行啊，城北龙潜山脚见吧。"

"好好好，回头见！"

……

暮色四合，龙潜山。

郊外冷清而安静，路上几乎没有车辆和行人。

何俊成开得很快，半个小时的车程不到一刻钟就赶到了。

彼时，叶慕凡刚到万景名苑地下停车场。

他将车子停好后，拿着钥匙悠然自得地进了电梯。

进了公寓，他舒服地躺在沙发上，正在此时，何俊成的电话打过来了。

叶慕凡扫了眼手机屏幕上跳动的来电显示，不紧不慢地从冰箱里拿出一瓶矿泉水喝了一口，这才慢悠悠地接通电话："喂？"

"喂！叶少，我已经到了，你出发了吗？"何俊成问。

叶慕凡跷着二郎腿，面不改色心不跳地开口："出发了啊，已经在路上了。"

“好好好，那我等你！”

“OK！”叶慕凡挂了电话，将手机扔到一旁，转身去拿换洗的衣服，洗澡去了。

何俊成坐在车子里，时不时看着手表。

又过了一刻钟，叶慕凡还没到。

何俊成也不急，继续等着，他是开着跑车一路飞驰过来的，自然来得早。

大概又过了半小时，叶慕凡还没来，何俊成才打了第二通电话过去。

“喂，叶少啊，你到了吗？”

叶慕凡穿着睡衣躺在床上，一边喝着红酒，一边翻看时尚杂志：“路上堵车，估计还有一会儿！”

何俊成问道：“哦，好吧……那你大概还要多久？”

叶慕凡回道：“估计十分钟吧！”

结果，十分钟又过去了，叶慕凡还是没到，何俊成只好又打电话过去。

“啊，在路上呢……”叶慕凡这回连借口都懒得找了。

何俊成的脸色渐渐有些不耐烦，自成名之后，都是人家等他，他何俊成什么时候等过人？

可今天，他又偏偏只能等着！

他也是运气好，凭着平日里勾搭女人的那点本事，进公司后就勾搭上了沈梦琪，哄得沈大小姐很开心。

正好沈梦琪似乎跟叶家有什么仇，不想叶慕凡出头，他便无端得了个好处，将叶慕凡的所有成果收归己有，大出风头，春风得意。

可现在倒好，就因为叶慕凡这个不听话的傻子，害得他焦头烂额。

还好，想要摆布这傻子轻而易举，给点钱他便能乖乖听话，到时候，一切都还是他的……

不过是等等而已，不算什么。

何俊成深吸一口气：“哈哈，好，不急！”

叶慕凡斜睨了眼扔在一旁的手机，继续品着红酒，悠然自得地开口：“呵，那就且等着吧……”

太阳缓缓落山，天色越来越暗。

转眼两个多小时过去，周遭已经漆黑一片。

这鬼地方前不着村后不着店，山上还是一片墓园，阴森森、冷飕飕的。

何俊成搓了搓手臂，低咒一声，拨了不知道第几通电话过去：“叶少，你车子打到了没有？不会又路上坏了吧？不然我去接你好了！”

“快了快了，还有五分钟吧！”

刚才他也说五分钟！这小子分明就是故意的！

何俊成气得差点直接爆粗口：“我车子就在指示牌前面，你直接来这边啊！”

“行，知道了！”

叶慕凡挂了电话，红酒喝了小半瓶，杂志和一堆资料也看完了，这才慢悠悠地起身准备出门。

一个小时后，叶慕凡终于坐着辆出租车，姗姗来迟。

何俊成整整等了叶慕凡四个小时，整个人都差点炸了。

结果，见到叶慕凡的时候，他还得笑眯眯地：“哎呀，叶少，你可算是来了！今天运气不太好啊，路上一直出事。不过没什么，好事多磨，好事多磨嘛！”

明知道叶慕凡是故意的，他还不能说什么。

该死的，等他解决了手头的事情，看他怎么整这小子！

“不过，叶少啊，你怎么约这么个地方，要不要换一处，我们坐下来一边喝点东西一边聊？”何俊成总觉得这地方有点瘆人。

叶慕凡点了一支烟，缓缓抽了一口，吐出一个烟圈：“这地方挺好的啊，安静，没人。”

“好好好，你喜欢就行，那咱们谈正事吧，只要你肯继续给我做事，我每个月给你一万，怎么样，够意思了吧？”何俊成赶紧说出自己的目的。

叶慕凡吸了口烟，又缓缓吐出，口中喃喃道：“一万啊……”

见叶慕凡迟疑，何俊成一副豪迈的语气：“这样，我给你两万！公司里的正式员工也就这个价了！”

叶慕凡闻言，低低一笑。

“那……三万？三万可是赶上我的工资了！”何俊成一副施舍的语气开口。

真当自己是傻子呢？他的工资是三万不假，可是名气给他带来的收入何止这个数的百倍，他这是打发叫花子呢……

何俊成语重心长地开口道：“叶少啊，我知道你现在日子过得不容易，你自己也清楚你现在的情况，你家里那个二叔可不是省油的灯，不会让你出头的。

“老实说，你去哪儿也拿不到这个价了，甚至有可能连人家公司的门都进不去，你爸又欠了一屁股债，跟我做事，你至少衣食不愁不是？”

叶慕凡眉头微挑：“说得有道理……”

一看有戏，何俊成立即面色一喜：“你还想要什么，可以尽管开口！”

叶慕凡轻笑，拉长了声音道：“我想要什么……你过来，我告诉你！”

何俊成立即眼巴巴地凑了过去。

叶慕凡扔了手里的烟，用脚底碾灭，随后，勾唇一笑，朝着何俊成看去。

下一秒，在何俊成走到他跟前的瞬间，“砰”的一声巨响。

“啊——”刚凑过来的何俊成立即凄惨地哀号一声，被一拳砸得摔在了地上。

何俊成被揍得眼冒金星，好半天才回过神来，捂着开始飙血的鼻子，大声怒吼道：“叶慕凡，你疯了！”

叶慕凡一步步走近，嘴角勾起一抹冷笑：“还有更疯的，要试试吗？”

何俊成面露惊恐之色：“你……你想做什么？你别乱来啊！啊……你干什么！”

何俊成骨瘦如柴，一副手无缚鸡之力的模样，可叶慕凡却是从小打架打到大的，何俊成根本不是他的对手，三两下就被他制服，用不知从哪儿弄来的绳子绑得严严实实。

“叶慕凡！放开我，你想清楚后果！”

叶慕凡没理会何俊成的大喊大叫，把他身上的手机摸出来扔了，然后拎小鸡一样一路把他拎到了山上。

最后，叶慕凡将何俊成当成麻袋，丢进了一片墓碑中间：“何大总监，好好享受这个夜晚吧！”

何俊成扫了眼周围密密麻麻的墓碑，冒出了一身鸡皮疙瘩，吓得嗓音都破了：“放开我！放开我！叶慕凡！”

现在他终于知道叶慕凡为什么要约在这个地方见面，可是，已经迟了。

叶慕凡的手背在脑后，就着头顶的月光，听着何俊成的咆哮，悠然自得地下了山。

“叶慕凡！你这个王八蛋！”

“救命……救命啊……有没有人啊……”

“快来个人啊！”

何俊成就这么扯着嗓子叫了一晚上，可是，大半夜的，这荒郊野岭怎么可能有人听到他的叫喊声。

……

回去之后，叶慕凡一觉睡到第二天自然醒，气色颇好地来到了公司。

刚到办公室就听到几个同事在那儿八卦兮兮地议论着什么。

“我去！真的假的啊，真是何俊成？聚星的那个造型总监何俊成？”

“脸拍得挺清晰的，就是他没错吧！”

“他这是得罪谁了，居然被人绑起来扔到了坟堆里！”

……

“在聊什么？”叶慕凡隐约听到何俊成的名字，于是走了过去。

“Felix 总监！”

“总监早！”

“我们在说今早博客上的一条热门帖子呢，有人清早去龙潜山扫墓，看到一个男人被绑着扔在了坟堆里，路人吓得差点以为见鬼了，拍了照片发到网上，结果有网友发现那个男人竟然是聚星的何俊成，你说稀奇不稀奇？”

叶慕凡眉头微挑，面不改色地开口道：“嗯，挺稀奇的。”

这时，叶慕凡的手机响了起来，显示是叶绾绾打过来的。

叶慕凡面上的悠然顿时转为紧张，赶紧走到洗手间，小心翼翼地接了起来：“喂，绾绾啊……”

叶绾绾的语气果然有些不太好，直接开门见山道：“何俊成的事，你做的？”

完蛋！果然被发现了。

叶慕凡心虚不已，结结巴巴地开口：“那个什么，妹妹，你……你别生气啊，我以后再也不冲动，再也不乱……”

“怎么不脱光了他的衣服再绑？还有，你不觉得扔在华都时尚管理协会总部大门口更好？”手机那头，叶绾绾颇有些语气不满地开口。

“呃……”叶慕凡后面的话顿时被噎了回去。

妹妹啊，你赢了……

叶慕凡呛咳出声：“这……这不太好吧……有碍市容的……”

叶绾绾开口：“算了，想整他，以后有的是机会。你先专心工作吧，我去环球总部开会了，找机会给你推荐一下，看能不能让你进《盛世皇朝》剧组，回来给你消息。”

“好的好的！谢谢老大！”

……

环球总部大厦，会议室。

褚洪光心情愉悦地当着所有人的面大大夸奖了叶绾绾。

“哈哈哈……这么短的时间里，光耀的盈利额翻了一倍，叶白啊，你做得很不错！”

下面的高层们见状都在谄媚地附和。

“叶总监确实是后生可畏啊！”

“褚总果然是伯乐！”

“不错不错，褚总眼光好，一眼挑中了叶总监这匹千里马！”

叶绾绾谦虚地开口：“全靠褚总您教导有方。”

对于叶绾绾的回答，褚洪光很是满意：“好了，不必谦虚，我重用你，也是因为你确实有能力！不过嘛，年轻人切不可浮躁，别像一些心思不纯之人，权力一大，就生出些花花心思。”

褚洪光夸赞的同时，不忘敲打。

毕竟叶绾绾现在冒头太快了，又不是他带出来的人，他不放心也是在所难免。

“谨记褚总教导！还有一件事情，需要请示褚总！”叶绾绾开口。

“哦？你但说无妨。”

叶绾绾开口道：“听说《盛世皇朝》那边的造型师还没定，我这边倒是有个合适的人选，不知道可否让他过去试试？如果不合适的话，褚总可以随时换人。”

“我还当是什么，这种小事情而已，你让他直接过去报到吧，造型师就定他好了，既然是你推荐的人，那肯定不会错。”褚洪光大方地开口。

“多谢褚总！”叶绾绾倒也不意外，她刚立了功，褚洪光为了表示施恩自己，这样的小要求还是会满足的。

只不过，褚洪光现在也是表面上对她信任看重而已，这只老狐狸，绝对不会这么放心她，只怕没多久就会有动作了，她必须要提前做好充足准备……

会议结束后，环球董事长办公室。

一个吊儿郎当的年轻男人坐在沙发上，一看到褚洪光，立即殷勤地凑了过去：“舅舅，你开完会了？”

“嗯，今天怎么有空来找我？”褚洪光不动声色地扫了外甥一眼。

年轻男人眼珠子转动着，神色焦急地开口道：“我说舅舅，我还不是替你担心吗？你真这么信任叶白那小子？毕竟不是你亲自带出来的人，光耀这么大一个公司，你放心交到一个外人手里？你看，周文斌跟了你那么多年都靠不住，何况一个外人呢……”

褚洪光哪里能不知道自家外甥这是看上了光耀这块肥肉：“瞧你这猴急样，叶白刚接手光耀没多久，公司暂时还不稳，你急什么？”

年轻男人听出了褚洪光的话外之意，顿时大喜过望：“舅舅，那你这意思就是等稳下来就让我去接手了？舅舅你原来早有打算了啊！舅舅果然英明神武！是我多虑了！”

褚洪光被这马屁拍得挺愉悦：“臭小子，回去好好了解一下光耀的情况，别到时候手忙脚乱！”

年轻男人眸底满是得色：“知道了舅舅，你放心好了！”

出了环球大门，叶绾绾给叶慕凡打了个电话告知他结果。

“哥，那边已经搞定了，你准备下，尽快去《盛世皇朝》剧组报到。”

“哈？”叶慕凡蒙了好几秒才反应过来，“搞……搞定了？！这就搞定了？直接去报到吗？不要试一下妆造？”

“不用，褚洪光亲口定下你了。造型师这种位置，不同于重要选角，对褚洪光而言不会太在意，随手拿来做个人情很正常。”

但是，这个机会对叶慕凡而言却极为重要，能不能抓住，能不能利用这个机会崭露头角，就看他自己了，毕竟从头开始太慢了，他现在急需一个有影响力的作品证明自己。

趁着她现在还有话语权，会尽量帮他争取资源，以后……怕是就没这么容易了……

“但能不能抓住机会，只能看你自己。”叶绾绾开口提醒。

“明白，绾绾，我不会让你失望的！”

叶绾绾的面色柔和了几分：“嗯，你忙吧，我去一趟《惊龙2》剧组看下洛辰。”

“好！”

……

某综艺节目现场。

“结束了没？”宫旭的脸上满是不耐烦的神色。

电台导演赶紧小跑过来：“结束了结束了，旭哥，晚上台里想请你一起吃个饭，不知是否赏脸？”

“不赏！”宫旭一听结束了，立即唰地一下站起身，大步流星地走了。

“啊……”导演尴尬地站在原地。

小助理赶紧追了上去：“旭哥……旭哥您慢点，咱们这是要去哪儿啊？”

“去《惊龙 2》剧组！”宫旭回答。

“啊？去那儿干吗呀？”小助理不解。

“当然是去找叶哥了！他没时间来，那我就去找他好了！”宫旭一副理所当然的语气。

“这好吗？要不要跟叶哥说一声？”小助理弱弱地问。

“干什么？你这什么表情？我是去找叶哥的，又不是去搞事的！”宫旭一脸不满。

“是是是……”小助理抹着汗。

自家领导跟洛辰的关系这么水火不容，这会儿跑去剧组，他怎么能不担心，万一惹出什么事来，他可怎么跟叶哥交代啊！

只能希望叶哥这会儿已经开完会到剧组了……

与此同时，华都《惊龙 2》拍摄场地。

为了拍摄这部剧，剧组租用了整个景区。

此刻，拍摄正在紧张地进行着。

工作人员全都准备就绪，摄像机对准林中的一对年轻男女，洛辰和剧中角色青青与孟小柔的扮演者梁玥。

《惊龙 2》中有这样一段剧情：当朝国师算到一人为祸国灾星，会使大历王朝灭亡，圣上下令，必须要除掉此人。

国师算到了那人的生辰八字和所在方位，众人找不到林落尘，为了所谓的国泰民安，便干脆一把火烧光了村子。

当时全村的人都死了，只有林落尘、云海和青青一起逃了出来。

三人一起逃到将军府，加入了军营。

多年之后，林落尘的身份被发现了。当时云海在大漠出任务，并不知晓这件事情。而青青陪着林落尘一起逃亡，最后还为林落尘挡了一剑而死。

青青的死是林落尘转变最大的催化剂之一，也是林落尘心底最大的禁忌。

林落尘加入邪教之后，整个人性情大变，断情绝爱。

直到在一次战斗中，林落尘意外发现某教派的一个女弟子孟小柔，长相与青青极为相似。

因为孟小柔和心爱的女子长相相似，林落尘没有杀她，而是将她带到了教里养伤。

二人相处的过程中，孟小柔渐渐发现林落尘跟自己印象中的那个大魔头完全不一样，竟日久生情、心生爱意。

而林落尘也陷入挣扎，明知道她不是青青，还是忍不住从她身上找青青的影子，甚至对她生出情愫……

今天这场戏，就是孟小柔对林落尘告白的一场戏。

拍摄开始。

树林中，女孩一身湖绿色的裙子，面容娇俏可爱，男人一袭黑袍，冰冷的面容如同冰原之上的皑皑积雪。

女孩痴迷地盯着眼前的男人，完全无法掩饰眸底的爱慕之意，只见她双颊微红地开口道："阿……阿尘……我喜欢你……"

面对着这个众人眼中的大魔头，女孩的面上却丝毫没有厌恶和憎恨之色，只有满满的崇拜。梁玥将一个坠入爱恋的小女孩形象演绎得淋漓尽致。

接下来，镜头对准了洛辰。

这时候洛辰应该表现出震惊，最重要的是要表现出爱恨交加的纠结，以及一丝原本已经泯灭的，属于少年该有的无措和羞涩，这种返璞归真的感觉尤为重要。

然而，此刻，洛辰的面上依旧是一片冰冷，虽然眉头微微蹙了起来，但表情明显有些僵硬……

"CUT！"导演一把摔了手里的剧本，"十七次了！这么简单的戏份，你到底还要拍多少次？洛辰，你还能不能拍？！不能拍就趁早滚蛋！"

这几天洛辰和孟小柔的戏份一直不顺利，今天更是连续NG了一天，宋金鳞终于爆发了。

宋金鳞平日里都是一副文弱书生的模样，但一拍起戏来就非常严苛，骂人也是毫不留情。

洛辰的脸色一阵苍白："对不起，导演……"

"我最后给你一次机会，现在先拍其他人的戏份，你自己去找感觉，再NG你就不用来了！！"

……

回到休息区。

休息区这边的演员明显分成了好几派，为首的是皇天的凌少哲。

见洛辰今天一整天被导演骂得狗血淋头，围着凌少哲的其他几个皇天小演员正在窃窃私语。

"啧，什么新生代实力派偶像啊，就这演技？！可真能吹！"

"之前还以为他演技真的很好呢，敢情只会演面瘫脸？稍微有点感情的戏份就演成这样？！”

“居然还有人拿他跟我们少哲相提并论，外面的那些人怕是瞎吧！”

“就是……过气艺人就是过气艺人，上不了台面！”

……

“喂，你们……”洛辰的助理小晴正要开口，洛辰轻轻摇头，将她拦了下来。

他早就习惯了隐忍，也不想给叶哥惹麻烦，何况这本来就是他自己的问题。

洛辰捏了捏放在身侧的拳头，一言不发地回到了休息椅上。

刚拿起一旁的咖啡，结果，旁边一个女艺人故作不小心地伸脚绊了他一下。

洛辰手里的咖啡一晃，便泼洒到了凌少哲的身上。

“哎呀，你怎么这么不小心啊！把少哲的衣服都弄脏了！”女艺人顿时尖声指责，同时一脸殷勤地拿出纸巾蹭过去给凌少哲擦拭胸口的污渍。

凌少哲有些洁癖，顿时眉头紧蹙：“脏死了！”

“可不是嘛，这种垃圾，跟他在一个剧组真是够恶心的！喂，你还愣着干什么，还不赶紧给少哲道歉！”女艺人厉声道。

小晴忍不住了，老母鸡一样站了出来：“万珊珊，你有没有搞错啊，明明是你伸脚绊我们家洛辰，洛辰的咖啡才会洒的，要道歉也该是你道歉才对！”

“你哪只眼睛看到我绊他了？你们看到了吗？”万珊珊朝着周围几个艺人扫了一眼。

那些人立即异口同声地开口——

“没有没有……就是洛辰自己泼的！”

“是洛辰故意拿咖啡泼凌少哲的！”

“对对对，是他嫉妒故意的，真是太过分了！”

……

“你……你们！简直血口喷人！”小晴气得半死。

凌少哲成名之后一向喜欢仗势作恶，欺压新人，何况是洛辰这个旧仇。

此刻，他先是扫了洛辰一眼，随即神色傲然地开口道：“别说我欺负新人，不道歉也行，这件衣服八十万，你赔偿一下损失，这件事情就算了。”

众人一听衣服的价格，全都露出惊讶不已的表情……

“哇！这件衣服居然这么贵？”

“当然贵了，这可是H家的限量款，全球只有十件，光是一颗镶钻的扣子都要十万……”

一听到这件衣服居然这么贵，小晴顿时也慌了：“只……只是脏了一点，洗洗不就行了，至于吗？”

万珊珊声音尖厉地开口道：“洗洗就行了？你在开玩笑吗？这种衣服能洗？就算脏了一小块，整件衣服也毁了好吗？算了，跟你这种乡巴佬说了你也不懂！”

洛辰一脸阴沉地捏着放在身侧的拳头，他拍这一整部戏，拿到手的片酬也不过百万，而且已经全都缴纳了母亲的医药费和手术费，他从哪里去弄这么多钱……

“怎么，赔不起啊？”

“啧，没钱还装什么高贵！”

“就是，乖乖道歉不就行了！装什么呀！”

皇天和环球向来不和，凌少哲和洛辰的恩怨也是由来已久，这些人早就想搞事了。

之前只是一些小摩擦，这次看洛辰被导演怒骂，他们自然抓紧机会就开始落井下石。

凌少哲好整以暇地看着眼前面容俊美的青年，一想到自己当年演《惊龙 1》的时候，他堂堂男主，结果处处被洛辰这个男配压着一头，心里就一肚子火。

更让他窝火的是，《惊龙 2》开拍的消息一出来，那些议论又开始冒出来，时不时有人拿他们做比较，并且预言第二部洛辰的表现会更出彩。

他都已经发展得这么好了，结果还要被洛辰这个过气艺人压着，叫他怎么能咽得下这口气。

今天既然万珊珊出了这个头，凌少哲自然是乐得顺坡走。

以他的咖位，就算是剧组的人知道，也只会站在他这边，而不可能去管洛辰一个过气三年、只接了部男二的小艺人。

“明明是你们自己故意惹事在先，你们也太欺负人了！”小晴气得不行。

洛辰沉默地站在那里，就算他之前爆火了一把，但在凌少哲这种级别的艺人面前，他仍然什么都不是。

以他现在的地位和身份，有什么高贵的资本？

不过是道个歉而已……

这就是现实，他早就该清楚了。

何况待会儿叶哥就要来，他不能给叶哥添麻烦。

洛辰深吸一口气：“好……我道歉……”

“呵……”凌少哲闻言，轻嗤一声，开口道，“光是道歉可不行，我这鞋子也脏了呢，不过，皮鞋脏点倒不至于毁了，给我擦干净就行！”

凌少哲一副大方的语气。

“你说什么？”小晴气得叫出声。

洛辰的面色也顿时一变。

就在所有人都等着看好戏的时候，突然，大家都朝着洛辰身后的方向看去，包括小晴。

“啊……宫旭……”

宫旭怎么会来《惊龙 2》剧组？

洛辰只感觉到肩上一重，随后，一个熟悉中带着一丝欠揍的声音在他耳边响了起来。

“哟，我当是谁呢？原来是凌少哲你啊！”宫旭笑眯眯地瞅着对面坐在真皮长椅上的凌少哲，一颗小虎牙若隐若现，透着几分邪恶。

“宫旭……”洛辰有些惊讶地朝着一手亲昵地搭着自己肩膀的宫旭看去。

凌少哲一见宫旭，脸色顿时黑了下来：“怎么，你有意见？”

如果说洛辰跟他只是有旧怨的话，那宫旭可谓是他的死对头了。

两人戏路相同，又是在敌对公司，经常有摩擦。

“呵呵，没有，当然没有了，只不过……”

宫旭勾着唇朝洛辰看了一眼，突然伸手把他手里的咖啡端了过来。

随后，宫旭笑眯眯地走到凌少哲的跟前站定，然后将咖啡杯举高，二话不说，全都哗啦啦朝着凌少哲的裤子上泼去，一滴不剩。

“宫旭！你做什么？！”凌少哲唰地一下站起身，面上勃然大怒。

这会儿凌少哲的整条裤子都湿透了。

“做什么？”宫旭挑眉，接着伸出手。

跟在他身后的小助理立即跑过来，递了支票和笔过去。

宫旭大笔一挥，在支票上写了个八十万的数字，一把拍在了凌少哲身上，然后说道：“现在，这件衣服是我的了，小爷泼我自己的衣服，跟你有什么关系？瞎嚷嚷什么！”

凌少哲简直肺都快气炸了：“你……”

“我怎么了？不是你说赔钱就行了吗？”宫旭一脸无辜。

“噗……”一旁的小晴笑出声，一脸星星眼地朝着宫旭看去。

至于洛辰，大概是没料到一直跟自己作对的宫旭竟然会替自己解围，神色明显有些复杂。

“啊！冬仔，宫旭好帅啊！”小晴星星眼地捧着脸，“哼，让你们不讲理！让你们欺负人！现在碰到更不讲理、更欺负人的了吧！”

宫旭的小助理一时分不清，小晴这话到底是在夸人，还是骂人呢？

不过，小助理倒是难得表示同意地点了点头，第一次觉得自家艺人嚣张跋扈、蛮不讲理的样子竟然还挺帅气的。

凌少哲气得脸红脖子粗，偏偏又奈何不了宫旭，自己可以用钱去打压洛辰，但是这么对宫旭？怎么可能！

你跟他拼钱？他能用钱砸死你……

此刻的宫旭活脱脱就是个二世祖：“还等什么呢？脱啊！小爷的衣服穿着就这么舒服吗？”

凌少哲大怒道：“你……”

万珊珊气结：“宫旭，你别欺人太甚！”

旁边几个皇天的艺人也纷纷附和。

“宫旭，你简直蛮不讲理！”

“实在太过分了，仗着自己有人气就目中无人！”

宫旭笑眯眯地，心情颇好的样子：“原来你们也觉得我比你们家凌少哲红啊？不错不错，很有自知之明嘛！”

“你……”

宫旭完全是油盐不进，一群人说了半天，半分好处都没捞到，全都被他气得半死。

这时，万珊珊的眸子里闪过一抹精光，忽然冷笑一声拿出手机，然后点开了一段视频。

“宫旭，等我把这段视频发到网上，看你还能不能像现在这样嚣张！”

视频被点开，开头便是宫旭用咖啡泼凌少哲的场景。

见状，一旁的洛辰和两个小助理都变了脸色。

太卑鄙了！居然玩断章取义！

就在洛辰和两个小助理一脸担心的时候，宫旭则是嗤笑出声，一副看傻子的表情：“啧，用这玩意儿就想威胁小爷，小爷还可以更嚣张一点，你信不信？”

看到宫旭的反应，万珊珊一下子蒙了，得意的表情也僵在了脸上。

用这招来威胁别人或许还管用，但是威胁宫旭？

这家伙完全是债多不压身，死猪不怕开水烫，反正名声已经差到极致了，哪里还怕这点东西？

宫旭朝着一旁的冬仔看了一眼，道：“去，再给我买一打咖啡来！小爷多泼几次，让你慢、慢、拍、个、够！”

听到这话，对面皇天的几个小艺人全都大气不敢出。凌少哲的脸都白了，目光不悦地朝着一旁的万珊珊看了一眼。

要不是这个女人自作聪明，他怎么会像现在这样下不来台！

万珊珊这会儿也是焦头烂额，她哪里知道宫旭这么难搞，简直刀枪不入、油盐不进！

眼见着事情闹得无法收场，无计可施之下，万珊珊突然想到传闻宫旭似乎很忌惮他那个新经纪人，于是脱口而出道：“宫旭，你敢！要是被你的经纪人知道了，我看你怎么跟他交代！”

万珊珊话音落下的瞬间，宫旭的表情僵在了脸上。

万珊珊原本只是随口试试，一看宫旭的表情，发现自己竟然抓到了宫旭的软肋，顿时大喜过望：“哈哈哈……你嚣张啊！继续嚣张啊！不怕被你经纪人知道的话，就继续闹好了！”

宫旭生平最讨厌被威胁，尤其还涉及他最在意的东西，目光顿时如冰刃一般朝着万珊珊射去。

“怎么了？怕了？不敢了？”万珊珊此刻已经完全是有恃无恐，“现在立刻给我们少哲道歉，不然我马上把视频发到网上！到时候你家经纪人怕是会非常生气哦！”

旁边的小晴和冬仔见状，全都焦急不已。

怎么办……

这些人实在是太无耻了，居然用叶哥来威胁宫旭。

宫旭最在乎的就是叶哥的看法了！

难得看到宫旭吃瘪，凌少哲的心情颇好，好整以暇地靠坐在那里：“怎么了？宫少爷好像很不情愿的样子？”

呵，宫旭，没想到你也有今天！

就在气氛僵持的时候，冬仔眼尖地看到一人朝着他们的方向走来，顿时眼睛一亮，如同看到了救星。

“叶哥！”

“叶哥你来了……”小晴一看到叶白，顿时满脸委屈。

叶绾绾扫了眼这边的几个人：“怎么回事？”

万珊珊双臂环胸，站在那里：“叶大经纪人，你来得正好，好好管管你家艺人吧！一个两个的，演戏不行，惹事倒是在行，在剧组横行霸道！”

小晴焦急不已，赶紧把事情的过程全都说了一遍：“叶哥，不是这样的，是他们惹事在先，这女人故意用脚绊洛辰，洛辰才会不小心把咖啡泼到凌少哲的衣服上，然后他们狮子大开口要八十万，还逼洛辰擦鞋子……”

“你们哪只眼睛看到我伸脚了，可别血口喷人！倒是宫旭故意往我们少哲身上泼咖啡，我可是有视频为证的！”万珊珊一脸有恃无恐。

叶绾绾听完小晴和万珊珊的话，随即朝着宫旭的方向看去：“你故意往凌少哲的身上倒咖啡了？”

宫旭这会儿哪里还有半分刚才的嚣张，见到叶绾绾之后就完全蔫了，紧张地站在那里：“我……”

怎么办……

叶哥最讨厌他惹事了！

万珊珊看到宫旭的怂样，顿时更得意了，冲着他晃了晃手机道：“宫旭，你家经纪人看着呢，赶紧乖乖道歉吧！”

没想到宫旭居然真的如同传闻中那样，这么怕这个经纪人。

凌少哲面露嘲讽，悠然地坐在那里，等着宫旭给自己道歉。

洛辰死死咬着唇，毕竟所有的事情都是因他而起，要道歉也应该是他道歉才对，于是忍不住站出来开口：“叶哥，这件事情跟宫旭没关系，是我……”

万珊珊轻嗤一声：“少不了你的份，你当然也要道歉了！”

万珊珊说完，看向叶绾绾的方向：“再不让你家艺人道歉，我可真的要发了！叶大经纪人，你想清楚后果哦！”

在皇天艺人看好戏的目光下，在洛辰、宫旭紧张慌乱的视线下，叶绾绾不带丝毫情绪地朝着万珊珊的方向看了一眼，随后，面色淡淡地开口说了两个字：“发吧。”

万珊珊：“……”

凌少哲：“……”

洛辰：“……”

宫旭：“……”

在场众人瞬间傻在那里，包括洛辰和宫旭也完全愣住了。

尤其是宫旭，无法置信地抬起头，似乎不敢相信自己的耳朵。

叶哥难道不应该……让他道歉的吗……

宫旭都已经做好被骂得狗血淋头的准备了，结果没想到叶绾绾居然会是这样的反应，不仅没有骂他，还直接拒绝了对方的要求。

万珊珊顿时一阵恼羞成怒：“你……你说什么？你知道这段视频发上去对一个艺人的影响吗？你就是这么做经纪人的？我再给你一次机会……”

“请便。”

丢下两个字，也不管万珊珊等人的反应，叶绾绾看向宫旭和洛辰开口道：“你们俩，过来。”

“是……”

洛辰和宫旭呆呆地对视了一眼，赶紧跟了过去，两个小助理也随即跟上。

身后，万珊珊气得跳脚。

“该死的！他什么意思？他真以为我不敢发吗？我这就发给他看！”

万珊珊本来是准备爆料给八卦博主的，气愤之下，直接登录自己的大号把这段视频给发了上去。

……

化妆间里。

宫旭紧张不已地耷拉着脑袋站在那里，心想，完了完了，叶哥肯定是觉得家丑不可外扬，所以要单独教训他了！

洛辰和两个小助理也是满脸担忧。

叶绾绾坐在梳妆台前的椅子上，抬头朝着忐忑不安的宫旭看了一眼。

宫旭被看得更加慌张了，哭丧着脸：“叶哥，我……”

话没说完，叶绾绾开口道：“刚才，做得不错。”

叶绾绾话音落下的瞬间，宫旭整个人都傻在那里，似乎反应不过来自己听到了什么。

“叶哥……你刚……说什么？”宫旭的表情呆呆的。

一旁的冬仔兴奋地开口："旭哥，叶哥他夸你呢，夸你做得不错！"

宫旭的眼睛顿时一红，随后"嗷"的一声就朝着叶绾绾的怀里扑过去……

叶绾绾一时没有防备，就这么被扑了个满怀。

某人就跟个大型哈巴狗一样蹭在她的身上。

叶绾绾一脸无语，忙伸手拎着他的后领把他提开："站好。"

"哦哦哦……"宫旭站直身子，依旧满脸感动，然后，眨了眨眼睛，"叶哥，你怎么这么软和？"

叶绾绾一噎："……"

幸亏刚才推开得快，不然差点露馅……对这小子真是丝毫不能掉以轻心！

叶绾绾定了定神，继续说道："虽然你维护同门的行为值得称赞，但有勇无谋，做事冲动，我已经提醒过你多少次……"

"嗯嗯嗯，我知道，我知道了！叶哥，我好开心啊！这还是你第一次夸我做得好呢！"宫旭已经完全沉浸在叶绾绾的夸赞里，明显没把她接下来的话听进去。

叶绾绾："……"

她无语地看了眼跟前的青年，如果他身后有尾巴的话，这会儿估计已经摇得起飞了……

见叶绾绾没有责怪宫旭，洛辰和两个小助理也都松了口气。

洛辰担忧地开口问道："叶哥，那……万珊珊偷拍的视频怎么办啊？"

不等叶绾绾开口，已经完全恢复嚣张气焰的宫旭抖着腿，开口回道："嘁，就知道瞎操心，反正小爷已经够黑了，还怕更黑一点吗？只要叶哥不生我的气，小爷我无所畏惧！"

看着宫旭这副不以为耻反以为荣的表情，叶绾绾头疼不已地捏了捏眉心："这件事情我会处理的，你们不用操心。"

听到这话，洛辰的一颗心才放了下来。

毕竟这件事情因他而起……

叶绾绾说完，目光朝着洛辰看去："洛辰，你今天的戏份是怎么回事？导演方才和我说，你这两天的进展很不顺利。"

洛辰神色落寞地垂下眸子："叶哥，对不起，我的状态出了点问题……我的感情戏确实是短板，我已经试着模拟过很多次，但还是无法代入情绪……"

叶绾绾捏了捏眉心，她刚才跟导演说话的时候，导演给她看了洛辰的NG画面，问题确实有点大。

这部戏洛辰做了大量的功课，叶绾绾本以为肯定没事，谁知道居然会在这种地方出了问题。

二十几岁的年轻小伙子，怎么会在演感情戏的时候出问题？

不需要他多代入感情，也不应该演得这么尴尬……

宫旭嘀咕："真没用，这么简单的戏都演不好！"

一旁的冬仔闻言嘴角抽搐，旭哥，这种时候你就少说几句吧，你也好意思说人家演技差？

叶绾绾沉吟良久，洛辰一直默不作声地站在一旁。

片刻后，叶绾绾站起身，脱了身上的风衣外套，开口道："这样吧，你过来，我们对下戏。"

"对戏……"洛辰愣了愣。

要怎么对？

"我来演孟小柔一角，你跟我对一下戏。"叶绾绾开口。

一旁的宫旭瞪大眼睛："她不是女人吗？"

叶绾绾问道："是，怎么？"

宫旭更震惊了："叶哥，你居然要演一个女人？"

叶绾绾挑眉："有问题？"

"没……没没……"宫旭连忙摆手，一脸谄媚道，"叶哥你说什么就是什么！"

因为对演戏实在是没兴趣，宫旭便百无聊赖地坐在对面的沙发上。

"开始吧！"叶绾绾走了两步，站到了洛辰的跟前。

此刻，叶绾绾脱了风衣之后，身上穿着灰色毛衣，里面搭配白色衬衫，浅棕色的头发看上去异常柔软。

"好……"洛辰愣了一下才反应过来。

叶绾绾闭上眼睛。

一秒钟，两秒钟。

第三秒，再次睁开眼睛的时候，叶绾绾那双一向冷静淡漠的眸子已经变了，温柔得如同能够将人融化的春水，让人觉得，他就是她的整个世界和所有的信仰……

"阿……阿辰……"叶绾绾的表情羞涩、紧张、不安，可能下一秒就会退缩，但又如同勇敢地可以为他付出一切一样，最后，她的目光终于变得坚定，"我喜欢你……"

洛辰只感觉脑海里轰的一声炸响，白皙的双颊以肉眼可见的速度一点点变红发烫……脑海中蓦然浮现他十六岁第一次被女孩子告白时的模样，当时他手忙脚乱，全然是年少的青涩……

没人注意到，现场有人比洛辰的脸还要红。

宫旭原本正无聊地托着下巴，结果在看到叶白演孟小柔对林落尘告白的一幕后，整个人就如同被点燃了一样。

明明是男人，明明还是一样的形象，甚至连声音都是男人，只是眼神和表情的变化而已，怎么就让他觉得好像完全变了一个人……

好……好可爱！

自己疯了吧？！他居然会觉得一个男人可爱？

宫旭赶紧揉了揉脸，好让自己清醒一点。

可当他一回想起刚才那一幕，顿时又陷入粉色的泡泡里……

就在洛辰、宫旭和两个小助理都惊叹连连的时候，叶绾绾已经恢复了一如既往的清冷模样，满意地点了下头道："很好，生动多了。情绪再收几分就完美了。"

就在这时候，敲门声响起，剧务小陈走进来通知："洛辰，拍摄开始了！"

"去吧，记住刚才的感觉。"叶绾绾叮嘱。

"是……"洛辰终于回过神来，不知为什么，他突然有点不敢直视叶白，急忙跟着助理走了。

"走吧，一起去看看，来都来了，顺便学习一下。"叶绾绾对宫旭开口。

结果，宫旭一直傻呆呆地站在原地。

"怎么了？"叶绾绾在宫旭的肩膀上拍了一下。

宫旭顿时如同触电一样跳了起来。

叶绾绾一脸莫名。

宫旭咽了口唾沫，赶紧开口："啊？没……没事！我没事啊！"

简直见鬼了！他竟然觉得一个男人能用"可爱"二字来形容，而且这个男人还是叶哥……

很快，洛辰那边的拍摄再次开始。

旁边的工作人员正小声聊着天，似乎已经对洛辰不抱希望，皇天的几个艺人一脸嘲讽地等着看好戏，孟小柔和青青的扮演者梁玥也有些不耐烦了。

"3，2，1，开始！"

树林中。

孟小柔羞涩地仰起头，开口告白道："阿……阿尘……我喜欢你……"

下一秒，摄像头迅速切换到了洛辰的表情。

画面里，林落尘的表情先是震惊，随即满是复杂，明知道她是敌对派系的弟子，明知道她不是青青，却还是控制不住自己对她的感情。

已经断情绝爱的大魔头，此刻却难得露出了属于少年的青涩，展现了他真实的一面……

宋金鳞一直面色严肃地盯着摄像机，此刻面上滑过一丝惊讶，随后反应过来，喊了一声："很好！过！"

洛辰猛然松了口气，鞠躬感谢所有人："谢谢导演，谢谢大家！给诸位添麻烦了！"

"没事没事，演戏这种事情，谁能一直保持好的状态！"

"对啊，刚才演得真棒！加油哦！"

众人纷纷鼓励。

叶绾绾知道洛辰不擅长人际交往，所以一直叮嘱小晴跟剧组的人打好关系。虽然这几天洛辰一直NG，众人也有些暴躁，不过他们对洛辰的印象都还不错，所以并没有太在意。

这会儿，小晴已经按照叶绾绾的叮嘱，乖觉地开口道：“大家辛苦了，今天洛辰请客，订了翡翠阁的外卖！还有一点小礼物，请大家务必收下！”

有吃又有喝，众人顿时更没话说了，纷纷笑呵呵地感谢着。

万珊珊咬牙切齿地看着洛辰等人，随后看了眼博客上越来越多的转发和评论，冷笑一声：“这群人还真是死猪不怕开水烫！我就不信到时候他们顶得住压力，敢不道歉！”

说完，万珊珊又讨好地朝着凌少哲看去：“少哲，你别生气，回头我就去安排人把这条博文扩散出去！会有人帮你出这口气的，你就等着他被骂死吧！跟这种没品的富二代计较，简直就是降低你的档次！”

听到这话，凌少哲乌黑的脸色才稍微缓和了几分。

虽然同是人气小生，但宫旭的名声和口碑和他相比差得不是一星半点。

宫旭迟早把自己玩死！

小晴在忙着打点，给工作人员送礼物。叶绾绾则亲自走到剧务跟前：“小陈，这几服药你试试！我女朋友跟你情况差不多，每个月那几天都痛得厉害，后来找到一个很有经验的老医生开的这个药方，她说挺管用的，你可以试试看。”

其实这服药方是叶绾绾从孙百草那儿问来的，孙老开的药方，自然不可能有错。

剧务小陈看着男人俊美的容颜，小脸顿时一红：“啊……这……这怎么好意思！太感谢了！”

叶绾绾不在意地开口道：“没什么，举手之劳而已。何况就算感谢，也该是我感谢你才对，谢谢你对洛辰的照顾！”

剧务看似只是个打杂的，但管的却是整个剧组的所有杂事，要调动剧务组全体成员，分派各处，处理各种日常事务，可谓耳听八方、眼观六路。

比如今天的事情，小陈就帮了大忙……

“不用谢啦，能帮到你就好，我也是看不过去他们欺负人！”

小陈羞赧地开口，随后，眸子里满是遗憾的神色。

第一次跟这位叶经纪人见面是在开机仪式的时候，当时她因为痛经疼得生不如死，可她不过是个小小的剧务，当时那么忙，又根本走不开，只能强撑着。

只有叶白，也不知道对方到底是怎么发现她痛经的，不仅默默让助理给她送去了暖宝宝、红糖水和止痛药，还让助理帮她分担工作。

当时她就一个想法：想嫁……

可惜这么极品的男人，已经有女朋友了……

不远处，宫旭看剧务小陈被叶绾绾哄得笑靥如花，小脸羞红，心里莫名有些不太舒服。

不过一个小小的剧务而已，干吗要对她这么好啊？真是的！有那个空闲，不如来哄他啊！

宫旭正在那儿嘀咕，身旁脚步声传来。

“宫旭……”洛辰走到宫旭跟前，站在那里，满脸的欲言又止。

看到来人，宫旭立即又变成了一只战斗的公鸡，进入了战斗状态：“干吗？”

“刚才的事情……”洛辰顿了顿，然后开口，“谢谢你。”

宫旭闻言顿时搓了搓手臂，面色一阵不自在：“别用这么恶心的目光看我，我可不是为了你！”

“我知道，但还是谢谢。”洛辰神情郑重地开口。

叶绾绾的声音突然响起：“在说什么？”

见叶绾绾走过来，宫旭立即迫不及待地开口道：“叶哥，你什么时候也给我开开小灶，帮我对对戏啊？”

叶绾绾笑道：“我的戏，你接不住。”

宫旭瞬间被打击得小脸垮了下去：“我的演技有那么差吗……”

“你以为呢？还没学会走，就想跑了？”叶绾绾斜了他一眼，“我给你的剧本，你看过了吗？”

一提到剧本，宫旭立即双眼放光：“看过了看过了！太棒了，那剧本简直就是为了我量身定制的啊！男主太帅了！”

帅？

男主的设定明明是个不学无术的纨绔子弟……

叶绾绾无奈道：“喜欢就好。”

宫旭急忙催促：“叶哥，咱们什么时候开始拍啊，我都已经迫不及待了！”

叶绾绾闻言，眸光微闪：“没这么快，你先进行其他工作，不是还有公司安排的那部电影吗？这部先不急。”

“啊？为什么啊？我想先拍这部啊！”宫旭咕哝。

原本，叶绾绾是准备拉投资来拍这部戏的，如果能打着环球的旗号和名声，想拉投资不是什么难事。

可是，她最近得到消息，褚洪光的外甥正在暗中打听和关注光耀传媒，并且频繁出入褚洪光的办公室，怕是已经盯上了光耀……

既然肥水不流外人田，那到时候这部戏，她为什么不自己出资拍？

这是她最大的底牌，不能这么快掀了……

叶绾绾看向宫旭：“等你把你的演技练到及格线再说。”

就算她可以凭借技巧去引导艺人入戏，但前提是也要演员有这个本能和意识，不是任何一个普通人她都能让他突然会演戏的，那一点也不现实。

苹果树怎么可能长出橘子？演戏也是一样的道理。

宫旭的基本功太差，多给他一点时间才更稳妥。

“那好吧……”宫旭乖乖点头，然后特意朝着洛辰看了一眼。

开小灶有什么了不起，叶哥给他量身定制了新剧本哦！

“今晚公司聚会，你是现在跟我和洛辰一起过去，还是自己有安排？”叶绾绾问。

宫旭连忙开口：“一起一起！当然跟叶哥你一起去了！”

以往那些公司聚会对他而言简直是无聊透顶，他从来都不会去，但是有叶哥在当然就不一样了！

“行，那走吧。”

半个小时后，蓝调酒吧。

这会儿酒吧里已经到了不少人，一看到叶绾绾进来，纷纷走过来打招呼。

“总监！”

“叶总监！”

“叶哥您坐这儿！”

叶绾绾略点了下头，然后在对面沙发中间的位置坐了下来，宫旭和洛辰一左一右。

虽然后来她陆续接手了不少艺人，但洛辰和宫旭的地位不同，宫旭不用说，洛辰毕竟是她亲手带的第一个艺人。

叶绾绾刚坐下，手机铃声响了，韩羡羽的电话打了过来。

韩羡羽问道：“喂，叶白，在哪儿呢？”

叶绾绾回复道：“蓝调酒吧，公司聚会，怎么了？”

韩羡羽说道：“这么巧，我就在附近，正好有件事情找你商量，方便我过来吗？”

叶绾绾挑眉：“当然，欢迎之至。”

韩羡羽笑着说：“那好，我五分钟到。”

“ＯＫ．”叶绾绾随意应声。

旁边的宫旭耳朵都已经竖起来了：“叶哥，谁啊？”

“韩羡羽。”叶绾绾回答。

宫旭咕哝道：“叶哥，你跟羡羽哥关系很好呀？他明明自己有经纪人，为啥有事情老喜欢找你商量？！”

最讨厌的是，韩羡羽还总喜欢开玩笑说让叶哥去当他的经纪人。

要是洛辰还好，可韩羡羽……宫旭是真的比不过！

他太清楚叶哥有多欣赏韩羡羽了！

那家伙简直是十项全能，名声又好得不像话。

要是叶哥真被韩羡羽挖走了，那他怎么办！

“吱吱——”趁着叶绾绾出去接韩羡羽，宫旭对着洛辰发出怪声，“呆子，过来！”

洛辰朝着一旁投去狐疑的眼神。

宫旭一把将人揪过来，在洛辰耳边小声开口：“你说韩羡羽对叶哥这么殷勤，是不是想挖墙脚？”

洛辰蹙眉：“他们只是朋友。”

“你怎么这么傻！哪天叶哥不要你了，我看你怎么办！”宫旭企图拉个同盟。

敌人的敌人就是朋友。

洛辰面色严肃：“叶哥不会。”

宫旭努力游说：“你凭啥觉得不会？你觉得你哪里比得上韩羡羽？”

洛辰一本正经地说：“叶哥答应过，只要我愿意跟着他，他去哪儿，都会带着我。”

宫旭面色一呆，顿时如同晴天霹雳……

叶哥居然对洛辰许下过这样的承诺！

“哈哈，宫旭，恭喜你啊，又出名了！”宫旭正处在打击中，唐星火一边笑，一边一屁股在宫旭旁边坐了下来。

万珊珊之前发的那条博客，刚一发上去转发量和评论量就开始唰唰唰地往上涨，一瞬间留言便汇聚成了汪洋大海……

每次宫旭引发的“战场”都是这么声势浩大，简直是业内奇观之一。

说到拉仇恨值，他也算是业内独一份了！

万珊珊：[我原本想要息事宁人，可是，有些人，实在是欺人太甚！]

这句话后，便是她偷偷录下的视频。

一时间引来无数评论……

[简直是太气人了！怎么会有这种人！]

[为什么这种只会拿钱砸人的浑蛋还能继续存在于公众面前，社会风气就是被这种人败坏的！]

[道歉！给凌少哲道歉！]

[珊珊好样的，就该曝光这种人！放心，我们全都站在你这边！]

看着网上铺天盖地的声讨，唐星火咂舌道：“啧啧，你这是仇恨值爆表啊！每次大家对付你的时候都是无比和谐地同心协力啊！”

包厢里的其他人也都看到了万珊珊发的博客，这会儿都在议论纷纷。不过大家也知道，宫旭不在乎这种事情，便随口揶揄了几句。

“旭哥牛啊！每次关于你的热度都是热门第一！”

“万珊珊是不是有病？宫旭和凌少哲俩人的恩怨，她在中间蹦跶什么？”

“肯定是为了上位呗，宫旭你别搭理这种人！”

……

宫旭冷哼了一声，她是谁啊，他凭什么搭理她！

不过，宫旭还是有些担忧地朝着叶绾绾的方向看了一眼，见她正神色如常地在跟韩羡羽说话，完全没有生气的迹象，这才松了口气。

可是，松了口气的同时，他心头却有一股前所未有的失落蔓延开来。

若是洛辰被这样骂，叶哥肯定早就开始想办法了，可是他被骂……叶哥却没有丝毫反应……

对叶哥而言，他到底算什么？

叶哥有把他当成自己的艺人吗？

还是只是敷衍他，也把他当成一个纨绔子弟……所以从未想过在他的身上花费心思？

该死的，他到底在想什么！

他入圈不过是玩玩，又没想过真的做这一行，接近叶白也只是为了“小蜜饯”而已……

对，他是为了“小蜜饯”！

宫旭挥去脑子里的胡思乱想，努力说服自己。

可是，为什么他现在天天在想那些乱七八糟的事情，反而是“小蜜饯”，他已经很久没有想起过了。

包厢里，大家都在热热闹闹地唱歌。

有女艺人殷勤地走到叶白跟前，闹着要跟叶白合唱一首《你的酒窝》。

宫旭烦躁不已地倒了满满一杯酒，一饮而尽：“什么酒窝？一边去！”

唐星火一脸莫名：“人家女孩子要跟叶白唱《你的酒窝》，你生什么气？”

宫旭满脸不耐：“关你屁事！”

唐星火：“……”

宫旭的脸色阴晴不定，总觉得今晚看谁都不顺眼。

叶绾绾的原则是跟所有的艺人都保持一定的距离，因为自己现在是男装打扮，便对女艺人尤其会避嫌，所以婉拒了邀请。

可是，这会儿气氛正好，众人便不愿意放过他，起哄道：“叶哥，唱一首！唱一首嘛！你喜欢什么歌？唱别的也行啊！”

叶绾绾拗不过，便随手点了一首歌，然后招呼角落里一晚上都不说话的洛辰：“洛辰，我记得这首你也喜欢，一起？”

这孩子实在是太内向了，自家公司聚会也这么安静。

洛辰闻言，眸光顿时微微发亮，有些受宠若惊，他没想到叶绾绾会记得这些，点点头走了过去。

两人拿起话筒，叶绾绾最先开口唱：“烹，神清血热一碗羹，腥与苦入侠骨，刀光剑影里品几分，人世浮沉……”

洛辰紧跟着开口：“道，莫急莫停莫转身，狭路相逢莫论归程，莫问，有谁在等……”

叶绾绾：“待我撕开半里这晨昏的乾坤，三尺青光轮转洗烟尘，喝最烈的酒，恋最美的人，看海阔云高波澜生……”

叶绾绾的嗓音低哑清越，明明只是随意地靠坐在沙发上，可那慵懒肆意的姿态、眸底流转的流光，还是吸引了无数目光。

洛辰怔忪了片刻，漏了一拍才接上：“人说江湖浪涌最多无畏的人，来三钱热酒买我的心魂，教山川颠倒，教地裂天崩，这天地我来撑，快平生……”

一曲唱完，全场掌声雷动。

“厉害了厉害了！”

“不愧是金牌组合，配合太默契了！”

……

宫旭摇摇晃晃地挤到点歌台前：“起来，我要点歌！”

他要给他的“小蜜饯”唱歌！

旁边的人急忙让开：“好的，旭哥你点！”

宫旭点完了歌，然后坐在高脚椅上，醉醺醺地唱……

“我要你在我身旁，我要看着你梳妆，这夜的风儿吹，吹得心痒痒，我的姑娘……

“时间太漫长，我的姑娘，你在何方，眼看天亮，都怪这夜色撩人的疯狂……

“我要唱着歌，默默把你想，我的姑娘……”

见状，包厢里的所有人几乎都面面相觑。

“宫旭这什么情况啊？风格不对啊！失恋了？”

“失恋？你在开玩笑吧！宫旭会失恋？”

“也是……”

……

宫旭唱完，醉醺醺地拿着话筒，走到叶绾绾跟前，一脸严肃地开口说：“叶哥，陪我一起唱歌！唱《你的酒窝》！”

叶绾绾：“……”

唐星火盯着宫旭的脸，若有所思地摸着下巴，敏锐地察觉宫旭此刻的状态不太对。

怀着八卦吃瓜的心情，唐星火转了转眼珠子，随后开口：“唱歌有什么意思啊！咱们来玩游戏啊！真心话大冒险怎么样？”

唐星火的提议得到了一致赞同，大家纷纷凑了过来。

“不玩！我要唱歌！”宫旭坚持要跟叶绾绾一起唱那首歌。

唐星火一脸无语，刚人家女孩子要跟叶白一起唱这首歌的时候，他还一副嫌弃的模样，现在自己又要唱……

“叶哥！陪我一起唱歌嘛！我要唱《你的酒窝》！”

叶绾绾扶额："我不会。"

宫旭顿时一副受了天大委屈的表情："骗人！你陪这呆子唱都不陪我！"

叶绾绾无奈地瞥了眼宫旭醉醺醺的样子，把他手里的酒杯给夺下来，随后掏出一颗醒酒糖，剥了糖衣，塞进他的嘴里。

宫旭含糊地说："唔……什么……"

叶绾绾解释道："醒酒糖。"

"好吃。"宫旭眼睛晶亮，方才的哀怨顿时全都被冲散了。

他扭头朝着唐星火看去："唐星火，你刚说要玩啥？来玩来玩！"

唐星火面色愈加诡异地看着一颗糖就被搞定的宫旭。

很快，大家开始玩真心话大冒险。

唐星火是个中高手，第一个就抽中了大王，立马挑中宫旭。

"哈哈！宫旭，说吧，选择真心话还是大冒险！"唐星火得意地晃着手里的牌。

宫旭心情颇好地吃着糖："真心话吧！"

唐星火的眼珠子转了转，一只手托着下巴，拉长了声音开口道："宫旭啊，我问你一个很严肃的问题，你一定要认真回答我！而且必须说真话！"

"啥问题？"宫旭不耐烦地看着唐星火这副卖关子的模样，还没什么游戏是他玩不起的。

唐星火又盯了他片刻，幽幽开口："你有喜欢的人吗？"

听到这个问题，众人一阵起哄。

"噗……唐星火，你这是什么问题？"

"咱宫少爷可是早就公开说自己对一个妹子一见钟情了！"

"是啊是啊，糖糖，你是 2G 网吧！"

……

唐星火却一副若有所思的模样，他特意等大家玩过了几局之后，才终于找了一个合适的机会抽中了叶绾绾。

唐星火双眸发亮地盯着叶白那张精致的脸，想道：叶白这长相，真的是很吸引人啊……

不等唐星火说话，叶绾绾直接选择："真心话。"

虽然对她而言，真心话也挺危险的，但大冒险更作孽，这群人玩起来太疯了。

听到叶绾绾选择真心话，唐星火表示，正合他的意啊，于是，暗戳戳地开口："哎，正好，叶哥啊，我很想问你一个问题！"

"什么问题？"叶绾绾不紧不慢地开口。

唐星火先是朝着宫旭的方向看了一眼，随即摸着下巴，悠悠开口道："今天在场这么多的帅哥、小鲜肉，你觉得谁的长相最符合你的喜好？"

叶绾绾无语，这是什么鬼问题？

什么叫“符合你的喜好”？

这个问题到底有什么意义啊！

洛辰的反应明显最大，脸色蓦然一僵，叶绾绾旁边的韩羡羽端着酒杯的手指顿了顿，宫旭则是目光唰地一下直勾勾地朝着叶绾绾的方向看了过去，眼睛眨都没有眨一下。

唐星火贱兮兮地一笑，完全一副唯恐天下不乱的表情，特意强调了一句：“叶哥，必须是在今天的这些人里面选一个哦！”

众人一阵起哄，有奔放的男明星直接就冲着叶绾绾抛起了媚眼：“叶哥，选我啊！”

立马有人接话道：“一边儿去！我觉得叶哥更喜欢我这种类型的男人才对！”

……

见男人们都在起哄，女孩子们忍不住了。

“你们这些男人还有没有节操了？还有，凭啥只能从男人里选啊！”

“就是！唐星火你在搞什么？”

“问题为什么不能是从在场的女孩子里面选一个理想型？这不公平！”

见女孩们都开始抱怨自己，唐星火一脸无辜，耸了耸肩膀：“你们要想问这个问题，你们待会儿自己问嘛！不过我要提醒你们一句哦，你们叶哥已经有女朋友了，所以啊，还是别想了！”

听到唐星火的话，女孩子们顿时一阵哀号。

什么？叶哥居然已经有女朋友了？

“哎哎哎，说重点说重点啊，叶哥，你还没回答我的问题呢！快选！”唐星火急吼吼地催促。

见众人都盯着自己，叶绾绾无奈，这个唐星火，今晚发什么神经？

她头疼不已地捏了捏眉心，目光在包厢里扫了一眼，只能看看选谁比较妥当。

她作为一个经纪人，唐星火的这个问题虽然无伤大雅，但毕竟还是有几分敏感，所以肯定不能随便选个不熟悉的人，这样日后工作往来难免不便。

但是，如果是熟悉的人……范围就会缩减到很小了，她工作之外比较熟的人还真的不多。

只有洛辰、宫旭、韩羡羽……相对其他人更加熟悉一点。可是不管选择谁，其他人内心可能都会有落差感。

洛辰？完全不用想，叶绾绾第一个就把洛辰给排除了，他肯定不会生自己的气的。

洛辰明显察觉到叶绾绾的目光在自己的身上一晃而过，很快便移开了，肩膀不由得放松了下来，但又忍不住朝着叶绾绾看去。

叶绾绾继续斟酌。

宫旭？

这家伙内心戏倒是很丰富来着，如果不选他，说不定又要开启碎碎念模式了……

此时此刻，包厢内所有人都在兴奋地等着叶绾绾的选择。

宫旭察觉到叶绾绾的目光落在自己身上后，整个身体都绷直了，不由得挺直了脊背，心脏跳动得越来越快，接触到他视线的地方，温度一点点上升，整个人就如同放在沸水里蒸煮一样……

叶哥会选择自己吗？

不会吧？但如果真的选择自己怎么办？毕竟他这么帅！

包厢里的一些女孩子此刻都已经激动得血液沸腾。

“啊啊啊！叶哥到底会选谁啊？我的天！紧张死我了！”

“我站洛辰！洛辰可是叶哥带的第一个艺人，金牌搭档！多有 CP 感啊！”

“不不不，你太肤浅了，明明宫旭和叶哥更般配好吗？在叶哥面前，宫旭简直乖得就跟小绵羊一样，又甜又苏！”

“拜托，你们是不是新来的不懂情况？懂不懂先来后到啊？最先跟叶哥走得近的明明就是韩羡羽！这俩才是相识于微时好吗？除了韩羡羽，我不接受任何人跟我叶哥组 CP！”

“你们难道没人站叶哥和唐星火吗？”

……

叶绾绾完全不知道自己已经被众人暗地里嗑上了 CP，略作思索之后，她把宫旭也排除了。

算了，宫旭和洛辰一样都是她手下的艺人，跟手下的艺人还是一碗水端平比较好。

于是，最后只剩下了一个人选——韩羡羽。

此时选韩羡羽确实最安全，也最保险。

叶绾绾斟酌再三后，终于做了决定，在所有人关注的目光下，开口道：“韩羡羽吧！”

包厢里静默了一秒钟，随后，所有人“哦”地叫了起来。

“啊啊啊啊！我就知道！我叶哥最重感情，不会被花花草草迷了眼睛！”

“简直白羽 CP 不动摇！”

“怎么这样啊，居然是韩羡羽，不过，俩人站在一起确实很养眼啦……”

……

相对包厢内那些看热闹的人，韩羡羽自己听到这个回答后也愣了一下。

他端着酒杯的手一顿，温润的眸底微不可察地闪了闪。

虽然，他基本可以猜到叶绾绾为什么会选择自己，但听到这个回答后，还是莫名有种与对方更亲密了一层的感觉……

洛辰敛下眸子，手指稍稍紧了紧。

叶哥关系最亲近的人，果然还是韩羡羽，不过，这也是理所当然的事情。

谁都知道叶哥和韩羡羽的关系有多好，不是其他人可以相比的。

唐星火一脸同情地朝着宫旭的方向看了一眼，后者这次居然没有当场炸毛，而是反常地安静地坐在那里，神情掩藏在阴影之中，不知道在想什么。

“哈哈，羽哥，叶哥觉得你最帅呢，你有没有什么想说的？”唐星火一脸揶揄。

韩羡羽先是朝着身旁的青年看了一眼，眉头微挑，神色如常地开口：“荣幸之至。”

“哦哦哦——”包厢里顿时又是一阵起哄声。

因为叶绾绾和韩羡羽的关系好，两人的态度又坦荡，大家也都是善意地玩笑，不会多想。

但是有些人却……

此时此刻，角落里，宫旭一只手紧紧按着心脏处的位置，额上冷汗涔涔。

当叶白从他的身上移开视线的时候，当叶白的视线落在韩羡羽身上的时候，当叶白口中说出“韩羡羽”这个名字的时候，为什么他的心里居然会这么难受……

难道他的占有欲已经这么强，不允许自己经纪人更看重其他艺人了吗？

宫旭面色阴沉地低咒一声，目光如同利刃般朝着唐星火的方向看去。

唐星火感觉脊背一冷，下意识地缩了缩脖子。

真心话大冒险游戏还在继续。

宫旭面无表情地抽了一张牌——大王！

宫旭盯着唐星火：“真心话还是大冒险？”

唐星火被宫旭的目光盯得心里有点发毛：“大冒险？不不不，还是真心话吧！”

跟宫旭一起玩，他可不敢选大冒险。

“真心话是吗？”宫旭露出半颗小虎牙，浅浅勾唇，表情异常可怕，“好，我的问题是，如果你女朋友和你最好的兄弟——也就是我——灵魂互换了，必须要伤害一个，两人才能互换回来，你选择伤害哪一个？”

唐星火脸色一呆，片刻后，直接骂出了声。

这简直就是送命题好吗？

听到这个问题，包厢内的众人全都拍着大腿大笑不止。

“哈哈哈哈……这个问题！宫旭你太牛了！”

“果然，每次旭哥的问题都是绝杀啊！”

“旭哥发飙了！”

……

刚才玩游戏的时候，宫旭吃了一颗甜丝丝的糖果，一直都是笑眯眯的，没什么杀伤力，这会儿却突然爆发了。

要知道，宫旭可是玩真心话大冒险的高手，他要是想搞谁，那么那人肯定不会轻易被放过！

唐星火的脸色如丧考妣："宫旭……算你狠！我喝酒！"

说完，他只能把三大杯罚酒给喝了。

宫旭好整以暇地坐在那里："O K . 游戏，继续开始。"

唐星火被呛了一口，莫名觉得更可怕了……

事实证明，他的预感是正确的。

宫旭再次抽到大王，并且选中了他。

宫旭再度开口道："真心话，还是大冒险？"

唐星火的眼珠子滴溜溜乱转，虽然真心话很惨，但大冒险肯定更惨。

"还是……真心话吧！"唐星火咬牙。

宫旭点点头，然后开口问："如果你的女朋友和你最好的兄弟互换灵魂了……"

"怎么又是这个问题？"唐星火崩溃。

"急什么？"宫旭斜了他一眼，继续开口，"如果你女朋友和你最好的兄弟互换灵魂了，而你必须从中选择一个亲吻，你会选择谁？"

唐星火大怒道："宫小旭！你这是在玩火！"

"嗯？"宫旭笑眯眯地，小虎牙闪着锋利的光。

"有你这么奇葩的问题吗？"唐星火都已经快被问哭了。

没办法，这个问题实在无法回答，唐星火只能继续喝了三杯酒，六杯酒下去，他都快吐了。

游戏继续，第三次，大王又是宫旭。

所有人都下意识地朝着唐星火的方向看去，虽然不知道为什么，但大家都看得出来，宫旭这是跟唐星火杠上了。

唐星火此刻简直后悔得泪流满面，早知道他就不作死，不搞事情了！

可是兄弟啊！人家不选你关我什么事啊？

你迁怒谁也不应该迁怒到我的身上吧？

"真心话，还是大冒险？"宫旭的话犹如魔音贯耳。

唐星火哀号着抱头鼠窜："兄弟，旭哥，宫大爷，你留着机会去问叶哥！对，你去问叶哥问题多好啊！干吗把机会浪费在我身上呢？！"

宫旭闻言，动作顿了顿，朝着叶绾绾的方向看去。

唐星火说的没错，真心话大冒险，确实是非常好的机会。

可以打听到"小蜜饯"的消息……

事实上，以他的智商，早就应该想到这一点。

可是现在，他到底在做什么？

"真心话，还是大冒险？"宫旭重复，神色更加冷酷了。

唐星火从没见过宫旭这么可怕的样子，咕噜咽了一口唾沫就朝着叶绾绾狂奔过去："叶哥，救——嗷！"

唐星火刚迈出一步，就被宫旭揪住了后衣领子。

还想跑！

“啊啊啊……轻点轻点轻点！”唐星火差点被勒断气。

叶绾绾看着宫旭莫名其妙地突然在那儿疯狂欺负唐星火，无奈地捏了捏眉心，起身握住了宫旭的手腕：“好了，到底怎么了？”

当青年白皙柔软的手指覆上自己手腕的瞬间，宫旭脊背一僵，顿时如同被烫到一样松开了手。

得救了！

唐星火眼疾手快地赶紧一缩脑袋，就飞奔着逃窜出去。

“他怎么招你了？”叶绾绾开口。

宫旭埋着头，一声不吭。

青年靠近时的气息，手腕上残留的触感，全都让他心烦意乱。

“他欠揍而已。”宫旭开口说了一句，然后转身离开了包厢。

叶绾绾看着宫旭离开的背影，露出狐疑的神色。

宫旭的情绪，似乎不太对劲……

叶绾绾正在沉吟思索，手机提示有信息进来，她一看，是司夜寒发过来的。

[结束了吗？]

叶绾绾的眸光蓦然柔和，回了一句：[快了，估计还有半个小时。]

[我在附近办事。]

司夜寒发了这几个字过来，然后就没有下文了。

看着这条信息，叶绾绾略有些无语。

“我在附近办事，待会儿顺便过来接你吧！”就不能完整地说一句话吗？

她感觉自己都要被磨炼出读心术了！

算了算了，男朋友都是要宠的！

叶绾绾虽然心里在吐槽，还是发了一条信息过去：[那待会儿一起回家吧？]

[嗯。]司夜寒秒回。

看着那个“嗯”，叶绾绾一阵失笑。

身旁，韩羡羽略有些怔忪地看着身旁的青年，青年目光清浅地看着手机屏幕，眸子里是化不开的温柔。

是在跟……女朋友发短信？

与此同时，洗手间门口。

“砰”的一声巨响。

唐星火刚想偷偷跑路，结果却被宫旭堵住，一拳砸在他身后的墙壁上，拦截了他的去路。

唐星火这会儿真的是悔得肠子都青了：“我的祖宗哎，你到底想怎样啊？”

宫旭一言不发，目光直勾勾地盯着唐星火，直到唐星火的小腿肚子都开始抖了。

这家伙到底想干什么？

吓死他了！

就在唐星火大气都不敢出的时候，宫旭毫无征兆地蓦然凑近，随后抱住了他。

唐星火整个人犹如五雷轰顶：“宫旭你个王八蛋！你疯了！我的贞操！”

唐星火一把推开了宫旭。

而宫旭的反应却比唐星火还要大，只见他不停用自来水冲洗着自己的胳膊和手腕，表情嫌弃到了极致：“恶心死了……”

唐星火闻言差点气疯了：“你恶心？我还恶心呢！你突然抱住我还嫌弃我恶心，你有没有搞错！”

宫旭将水流开到了最大，把自己的胳膊和手都搓出红印了。

唐星火看着宫旭这样子，咽了口唾沫，弱弱地开口：“我说宫旭啊，你最近的压力是不是有点大？要不要去看看心理医生？”

宫旭缓缓抬起头来，湿淋淋的发丝下，目光阴森森地朝着唐星火看去：“你刚刚……说什么？”

“我没说什么！什么都没说！”唐星火连连摆手，“你肯定没什么问题！”

以宫旭现在的状态，千万不能让他知道，自己怀疑他压力过大精神出问题的事。

还好，宫旭听到他这么说，脸色缓和不少。

真是谢天谢地……

沉默片刻后，宫旭开口：“你说为什么叶白会选择韩羡羽呢？”

这种时候唐星火哪里敢惹怒他，只能凭着本能顺毛安抚，一副理所当然的语气开口道：“拜托，这还不好理解吗？就是为了避嫌而已！毕竟今天在场的不是光耀的员工就是他手底下的艺人，不管选谁，都会得罪其他同事！”

听到唐星火分析得有理有据，宫旭心里的烦躁总算稍稍缓解了几分。

聚会结束后，酒吧门口，众人陆续告别离开。

韩羡羽问道：“叶白，你怎么回去？”

“朋友在附近，顺路带我一起。”叶绾绾回答。

洛辰、宫旭、韩羡羽还有唐星火等几个人正在等车。

韩羡羽侧着脑袋在跟叶绾绾说话，洛辰正在跟助理通话，以往总喜欢往叶绾绾跟前凑的宫旭反常地站在她身后好几步远的地方。

唐星火的目光在叶白、洛辰、韩羡羽、宫旭身上一一滑过，好奇得心痒难耐。

总觉得有什么八卦，可是偏偏他又找不到！

“宫旭。”这时，叶绾绾朝着宫旭的方向走了过来。

结果，当青年走到自己跟前的瞬间，宫旭原本已经平静下来的心脏再次狂跳，血液又开始沸腾起来。

宫旭用力按住心口处，试图平静下来。

“怎么了？”叶绾绾见状问。

“没……没事！叶哥你有啥事吗？”宫旭终于稳下心神开口，目光却有些闪避。

“你头发怎么了？”叶绾绾开口。

宫旭白皙的手掌此刻一片通红，双袖也湿了一片。

唐星火躲在角落里，泪流满面，这都是他的泪啊！

“没事，沾到东西，洗了一下。”宫旭回答，随后一脸欲言又止，眉头快要拧成麻花。

他到底是怎么回事？为什么一见到叶哥，一跟叶哥说话，就整个人都不对劲，心跳加快，身体升温，六神无主……

寒夜，天空飘起了小雨，一如宫旭拔凉的心情。

宫旭正在胡思乱想，却听到叶绾绾开口问道：“是想问我小蜜饯的事情？”

“啊？什么？”这会儿宫旭早就把“小蜜饯”忘到了九霄云外。

叶绾绾越发觉得宫旭的表现不对劲，目光探究地朝着宫旭看去。

就在宫旭被盯得更加心慌意乱的时候，叶绾绾的眼角余光突然看到一辆黑色的车子缓缓在路边停了下来。

是司夜寒的车。

叶绾绾这才从宫旭的身上移开目光，朝着对面的方向看去。

只见车门打开，一条修长的腿迈了出来，随即便是一个清冷颀长的身影，从安静夜色中缓缓朝着酒吧炫目的灯光下走来。

男人一步一步走到叶绾绾的跟前，站定。

韩羡羽看到来人，顿时瞳孔微缩。

叶白说的朋友，原来是司九。

“司先生，又见面了！”韩羡羽打了个招呼。

司夜寒面色淡漠地朝着韩羡羽看了一眼，点了下头。

洛辰虽然只见过司夜寒一次，倒是也印象深刻，那次司夜寒当着他和韩羡羽的面抱了叶白一下，当时他被吓得不轻……

见司夜寒来了，叶绾绾跟众人打招呼：“羡羽，我朋友到了，我就先走了！”

“好的，路上慢点。”

“洛辰，小晴到了吗？”叶绾绾看向洛辰。

洛辰回答道：“还有五分钟。”

“好。”叶绾绾点头，看向宫旭，“宫旭，在这儿等司机过来，你喝了酒，别碰车。”

“哦……”宫旭心不在焉地朝着叶绾绾身旁的男人看去。

这男人是谁？

也不知道怎么回事，明明只是个陌生人，却让他有种来自本能的警惕和排斥……

这是一种很有威胁的感觉……

一直在减轻存在感的唐星火忍不住开口：“这男人谁啊？气场好强大……”

叶绾绾跟韩羡羽等人打完招呼之后便和司夜寒一起离开，朝着对面车子的方向走去。

夜晚的风有些凉，叶绾绾走到一半，猛地打了个喷嚏。

身旁，司夜寒眉头蹙起，微微顿住脚步。

男人脱下身上宽大的黑色风衣，轻轻披在了叶绾绾的肩上。

带着体温的风衣外套包裹住身体，叶绾绾顿时觉得身体一暖。

叶绾绾一愣，随后着急道：“哎？不用给我啊！万一你感冒了怎么办？”

他要是感冒了可不是小事，而且她现在可是男装状态啊，万一被其他人误会自己弱不禁风怎么办！

见叶绾绾要把衣服还给自己，司夜寒突然拉住她的一只手。

感受到女孩手指的冰冷，司夜寒的眉头顿时皱得更加厉害，直接将那只小手贴在了自己温热的怀里……

看到这一幕之后，宫旭犹如五雷轰顶，感觉自己的世界观正在崩塌。

叶绾绾自然注意到了宫旭的反应，但是，慎重考虑过这时候抽回手的后果，她还是明智地选择了乖乖不动。

叶绾绾眼角余光朝着不远处洛辰、宫旭等人的方向看了一眼，随后神色无奈地抬眸看向司夜寒，开口道：“宝贝儿啊，在我家艺人面前，能给点面子不？”

面子？

司夜寒露出狐疑的神色。

略一思索后，司夜寒大概以为叶绾绾的意思是怕被误会，不喜欢自己在她公司的人面前与她太亲近，目光便微微沉了几分，与此同时，握着她的手也松开了。

叶绾绾见状，勾起唇角，也没解释。

下一秒，她直接脱下身上的外套，轻轻一扔，披回了司夜寒的身上，随后，摘下了自己脖子上的围巾，严严实实地在司夜寒的脖子上围了两圈，低笑一声，用只有他们两人能听到的声音开口道：“我的意思是，我的人设可是可靠威猛的叶哥，要是被手下误认为是弱不禁风，那多没面子？”

司夜寒无语。

而在围观群众眼中，面前的两个男人一个眉宇间正泛着慵懒的笑意，相貌清俊绝俗，如游戏里富贵人家中的翩翩公子；另一个气场凛然，如覆于山顶千百年的皑皑风雪，不沾凡尘。

他们明明看上去格格不入，却又如此和谐，站立在一起的一幕美如画卷……

不远处的洛辰、韩羡羽、宫旭、唐星火等人面上全都是一副难以形容的复杂表情。

刚才的画面如果是一男一女，那绝对是唯美温馨的，可现在，两个大男人，这是不是……哪里不对啊？

唐星火咽了口唾沫，小心翼翼地凑过来开口问道："刚才那个男人是谁啊？跟叶哥什么关系？我怎么感觉两人之间有种莫名的磁场？"

宫旭直接就炸了，旋风一样冲到了韩羡羽和洛辰跟前："这男人到底是谁？他和叶哥是什么关系？"

韩羡羽和洛辰对视了一眼。

随后，洛辰开口："怎么了？"

宫旭额头青筋暴跳："你还问怎么了？刚才你自己没看到吗？"

洛辰一脸淡然："看到了又如何，不过是很正常的朋友之间的相处。"

对于曾经亲眼看过叶绾绾将司夜寒扑倒在沙发上那一幕的洛辰来说，刚才不过是披个衣服、摸个小手而已，对洛辰来说自然正常了。

"很，正，常？你是眼瞎吗？"宫旭咆哮着。

他又看向韩羡羽："羡羽哥，你也觉得正常？"

韩羡羽摸了摸鼻子："应该……没什么吧……"

毕竟……韩羡羽比洛辰见识更广……

最后，只剩下了宫旭在风中凌乱……

第三十二章

绝不道歉

亲爱的囧囧有妖，“恰似”是我看的第一本言情小说，当时家里出了点事情，父母每天都吵架，“恰似”就是我的乌托邦，怀念每晚打着灯在手机里追更，我感受到因为期待剧烈跳动的心。我将“恰似”小心翼翼收藏起来，放在柜子的最显眼处，伤心时翻开看看，透过每一段剧情，仿佛时空交错，我可以感受到曾经夜晚偷摸看书的悸动，每一页都是我青春的见证，我总庆幸，遇到“恰似”。后来看过很多言情小说，但是“恰似”在我心里一直是top1。“恰似”在我心里早已不是简简单单的一本言情小说，它是我青春的见证，也是在我人生低谷时，让我看到世界美好、人性美好的指引者。

——S无忧忧

读者告白

QIASIHANGUANG
YUJIAOYANG

车子平缓地行驶在马路上，宫旭的心情却如同在乘坐云霄飞车。

后座上，宫旭近乎崩溃地一直在自言自语：“难道真是我想太多？可是叶哥跟那个面瘫男之间的气场实在是太特别了……”

唐星火怯怯地贴着车窗坐着，弱弱地开口道：“我可以说一句话不？”

宫旭没好气地看了他一眼：“有屁就放！”

唐星火开口：“我就是想说，叶哥和那个男人是啥关系这件事跟你有啥关系？你完全没必要……没必要这么纠结啊……”

唐星火话音落下的瞬间，宫旭的脸色便僵住。

没错……

叶白的人际关系跟他有什么关系，他为什么要这么在意？

宫旭努力告诉自己，他一点都不在意，他不过是因为叶白是“小蜜饯”的哥哥，所以才多关注了一点。

可是，脑海中却不停在循环播放今晚叶白替那个男人披衣服、戴围巾的画面，还有叶白看着那个男人时的表情……

车子终于开到别墅附近，唐星火见势不对，早就盼着赶紧下去，结果，刚要下车，突然发现前面的情况不对劲。

别墅外面围满了黑压压的人群，有扛着长枪短炮的记者，还有无数拉着LED灯横幅的围观群众……

横幅上清晰地写着：“宫旭退圈”“宫旭给凌少哲道歉”……

宫旭的车子刚一出现在众人的视线当中，车窗便开始“砰砰砰”地响了起来，不断有臭鸡蛋和烂菜叶子朝着车子砸来。

宫旭今晚的心情本来就不好，这会儿更加烦躁了：“小爷新买的跑车！”

唐星火蹙眉：“你这栋别墅除了几个熟人，没人知道，是谁透露的消息？”

“还能有谁！”宫旭冷哼一声。

“总之先避避风头吧。”唐星火开口。

从万珊珊发文到现在，也不过是短短几个小时的时间，但事件已经闹得尽人皆知，部分主流媒体也开始加入讨论的行业……

虽然宫旭的背景够硬，但是，如果影响太恶劣，到了无法控制的地步，事情就棘手了……

唐星火扫了眼窗外疯狂的人群：“宫旭，这次你做得确实是有点太过了，我看你还是道个歉吧，不然闹大了，后果怕是不可收拾。”

驾驶座上，小助理冬仔寸步难行，正在焦头烂额地想办法脱身，唐星火则是苦口婆心地继续开口劝着：“宫旭，不是我危言耸听，这次皇天明显是要搞你，业内不少人都转发了，事情现在越闹越大，你……”

“这跑车小爷我等了一年多，900匹马力，百公里加速2.8秒，极速限定时速350

千米，最高时速384千米，那玻璃简直是艺术品……有本事再砸我的小宝贝试试？！还砸？！小爷跟你们拼了……”

旁边的唐星火一脸崩溃：“祖宗哎，你有没有在听我说话啊？你的关注重点到底在哪里啊？别，你别下车啊，宫旭你疯了……”

唐星火压根就拦不住，眼睁睁看着宫旭在这种情况下，居然直接下了车。

宫旭一下车，简直就跟冷水倒进了油锅里一样。媒体顿时跟疯了一样涌了上来，一个接一个的问题如冰雹一样劈头盖脸地砸了下来。

“宫旭！关于你在剧组往凌少哲身上泼咖啡的事情，请问你怎么看？”

宫旭抬起下巴，扬起精致俊美、飞扬跋扈的脸：“没错，小爷我就是比他凌少哲红！”

“你这样仗势欺人，难道不觉得自己很过分吗？”

宫旭咧着一口冷森森的白牙：“小爷就是仗势欺人了咋地？你咬我啊！”

“那你的态度就是不会跟凌少哲道歉了？”

宫旭眉头一挑：“哈，道歉？凌少哲那个傻子，小爷见他一次泼他一次！有种叫他出来跟小爷单挑！”

……

听到宫旭这话还得了，围观的人全都已经炸了，群情激愤地冲了过去：“宫旭！你这个败类！毒瘤！滚出！”

宫旭眉头一挑，抖了抖衣角：“哎哟，来啊，你砸，就往这里砸，小爷这身衣服可不是凌少哲身上的便宜货，一块布都值一百万，你尽管砸！来啊！来来来……”

唐星火：“……”

冬仔：“……”

两人生无可恋地看着宫旭一头扎进人群里，然后，开始放飞自我……

冬仔急得都快要哭了：“星哥，这下可怎么办啊，您快帮着拦一下吧，不能再让旭哥这么乱来了啊……”

唐星火看着前面独自舌战群雄、怼天怼地的宫旭：“你认为我拦得住？”

每次负责跟宫旭的记者最开心了，因为，永远都不缺爆点，话题管够……

不用想都能猜到明天的热门八卦会是什么标题了。

唐星火挤进人群里，费了九牛二虎之力才把宫旭给拉了出来：“祖宗，够了够了，别骂了！”

“凭啥！除非他们把我的车擦干净！”宫旭心心念念只记着自己的宝贝跑车。

唐星火咬牙：“我擦，我找人来给你擦行吗？！快进去行不行！”

宫旭大刀阔斧地往人前一站：“不行！谁砸的谁给我擦！今儿个不给我擦干净了，谁也不许走！小爷我跟你们没完！”

众人：“……”

明星们遇到这种被围堵的情况，全都是诚惶诚恐，巴不得赶紧躲开，宫旭倒好，反而拦着媒体不让他们走。

完全不按照套路出牌的宫旭，简直是业内一朵奇葩……

不过是洗个澡的工夫，叶缩缩的手机差点被无数信息弄得卡到死机。

点开其中一条链接，立刻弹出了一个视频。

视频里的画面摇晃着，人声嘈杂，场面一片混乱。

黑压压的人群里，一身荧光蓝飞行服外套的宫旭异常醒目。

“没错，小爷我就是比他凌少哲红！”

“小爷就是仗势欺人了咋地？你咬我啊！”

“哎哟，来啊，你砸，就往这里砸……”

“今儿谁也不许走……”

听到最后一句，叶缩缩颇有些哭笑不得。

遇到媒体了不赶紧躲，反而跟恶霸一样堵着媒体不让他们走，敢这么做的，除了宫旭，怕是找不到第二个。

手机铃声催命一样响了起来，是宫旭的助理冬仔的电话。

叶缩缩接起电话：“喂？”

冬仔的语气已经快要哭了：“叶哥，对不起，刚才在门口遇到媒体，我没看住宫旭，宫旭他……”

叶缩缩开口道：“我已经看到了。”

冬仔连忙问道：“叶哥，现在可怎么办啊？我实在拦不住他！”

这情况完全在叶缩缩的预料之中：“没事，随他去。”

冬仔闻言愣了一下：“啊？随他去？这怎么能行？！叶哥您确定吗？”

“那你拦得住？”叶缩缩反问。

冬仔顿时一噎：“拦……拦不住。”

叶缩缩轻笑道：“所以，还有问题吗？”

冬仔无奈：“没……”

说完，冬仔一脸迷茫地挂了电话，他遇到的都是什么上司啊？

为什么一个比一个不按套路出牌？

叶缩缩浏览着网页，现在铺天盖地全都是有关宫旭的八卦和新闻。

这一行能够做到这样可怕的“屠版”现象的人，屈指可数。

宫旭的性格太特别了，所以自出道以来他就一直都是话题之王、人群的焦点，他是天生的明星。

这样张扬的性格如果不加以控制和引导，对他而言是致命的，比如现在。

但是，只要公关得当，日后没有谁的人气、流量和话题度可以与他相媲美，他会是人气之王。

原本接手宫旭只是个意外，如今对于这个挑战，她倒是很感兴趣……

……

第二天早上。

光耀传媒，叶绾绾的办公室里。

叶绾绾处理了一会儿公事，有些疲惫，一只手斜支着脑袋，正靠在沙发上闭目养神。

这时，办公室的门“砰”的一声被人推开。

宫旭风风火火地冲了进来，冬仔跌跌撞撞地跟在后面：“旭哥，您慢点！慢点啊……”

“我要和凌少哲势不两立，以后有他没我，有我没他！叶哥，你立即帮我去跟上头说，我要和凌少哲对战！老虎不发威，他当我是病猫是吧？居然敢搞到我头上来！想玩是吧！小爷我……”

宫旭噼里啪啦跟个炮仗一样炸着，话说到一半，猛然看到正靠在沙发上休息的青年。

阳光透过窗户洒落进来，跳跃在青年安静美好的脸上，一瞬间就让他安静了下来……

扑通——

扑通——

他的心跳又开始乱了节奏。

跳跳跳！没完了是吧！

宫旭跟做贼一样，一点点朝着沙发上的男人靠近过去……

可是，就在他靠近的瞬间，叶绾绾突然睁开了眼睛。

宫旭立即“嗖”的一下站直了身体：“叶……叶哥！”

叶绾绾放下手里的文件，扫了眼身旁的沙发：“来了，坐下说。”

宫旭没有动，而是立在原地，脸色严肃地开口道：“叶哥，我有一个要求，请你务必要答应我！”

叶绾绾挑眉问：“什么要求？”

宫旭掷地有声地开口道：“我能不能抱你一下？！”

一旁的冬仔瞪大了双眼：我刚才听到了什么？我的耳朵大概是聋了！

叶绾绾闻言，眼尾微微一挑，眸底滑过一抹危险的光泽，似笑非笑地朝着对面的宫旭看去，缓缓开口道：“你找死？”

宫旭顿时感觉“biu”的一声，如同有一支箭射进自己的心脏里，他捂着胸口，哀号出声：“嗷！叶哥，你别这样！别用这种表情看我！别用这种语气跟我说话！”

顿了顿，他继续道："叶哥你长得跟小蜜饯实在是太像了，我对着你，一不小心就会把你当成小蜜饯，感觉自己精神都快错乱了……"

叶绾绾正要开口，敲门声响起，同时传来催促声："叶总监，旭哥，开会时间到了。"

叶绾绾说道："知道了，马上到。"

说完，她漫不经心地朝着宫旭的方向看了一眼："想我同意你的要求？"

宫旭眼睛晶亮，连连点头。

叶绾绾起身，整了整衣襟，斜睨了他一眼："行啊，只要，你的两条腿够硬。"

言外之意，不怕腿被打断的话……

闻言，宫旭顿时脊背一寒，小腿肚子一抖。

会议室里。

光耀传媒的所有高层都在。

正中间位置上的是总经理杨进源，左手边一二位的是叶绾绾和宫旭。

杨进源神色凝重："公关部到底是怎么办事的？到现在事情还没压下去，反而越闹越大了！"

公关部总监一脸哀怨，偷偷瞄了眼大爷一样架着腿坐在那里的宫旭："杨总，我们压了，删帖、控场，该做的全都做了，可是……可是宫旭他昨儿一晚都在我行我素地发博客……实在是……压不住啊……"

不怕神一样的对手，就怕猪一样的队友。

他们这边辛辛苦苦好不容易压下去一点，宫旭转头一个评论转发又把热度带起来掀起新一轮讨论，他们简直快要疯了好吗？

遇到这种事情，当事人哪个不是乖乖缩着，一句话都不敢乱说，全听从公司安排。

可宫旭竟然直接开着大号在博客上大放厥词，而且他还嘴毒，不知道多能拉仇恨。

每次宫旭一出事，整个公关部的人心情就万分沉重。

杨进源当然知道原因了，但他也拿宫旭没办法，只能拍着桌子骂手下："我现在要的不是借口和理由，而是解决方法！"

公关部总监战战兢兢地开口："现在……唯一能降低影响的方法，只有宫旭出来道歉，然后等事情慢慢平息下去……"

宫旭闻言，眉峰一扬，放下架着的腿，缓缓站起身，朝着一旁的公关部总监走去："哎哟，方总监，胆子挺大的嘛，你刚刚说什么，让小爷做什么来着？再说一遍，嗯？"

方总监顿时哀号道："叶……叶总监……"

救命啊！

叶绾绾的眼角余光警告地朝着宫旭看了一眼。

宫旭冷哼一声，心不甘情不愿地退了回去。

方总监这才长舒了一口气，不停地擦着冷汗，心想这差事真是没法做了……

杨进源朝着一直没说话的叶绾绾看去：“叶总监，你是宫旭的经纪人，你的意思呢？”

叶绾绾的表情淡淡的，神色不变地开口道：“我的意思之前已经跟杨总说过，我认为，这件事情宫旭并没有错。”

宫旭的心情本来无比暴躁，听到这一句，顿时气顺了不少。

整个公司果然就叶哥一个明白人，其他的全都是一群傻子！

见叶绾绾是这个态度，杨进源顿时皱起眉头，显然并不满意。

不过，对于叶白的态度，他也可以理解。

以宫旭的性子，叶白也只能顺着他。

杨进源不知想到了什么，面色严肃地看向宫旭开口道：“宫旭，这次的事情影响太恶劣，连文化中心那边都惊动了，打了电话到总部去，褚总已经说了，公司这边必须给个交代，你如果执意不配合的话，公司也只能做出取舍了。”

宫旭的双眸顿时微微眯起：“你威胁我？”

杨进源冷着脸道：“宫旭，这不是威胁，而是事实。三天后，公司会召开记者发布会，如果到时候你不出席道歉的话，那么很抱歉，公司只能暂停你的一切活动。”

宫旭闻言，眸光微闪，杨进源的态度不对。

谁给他的勇气，让他突然敢这么硬气地对自己说话？

甚至隐隐威胁要雪藏自己……

除非，自己的“后台”出了问题……

宫旭正这么想着，这时，他的手机铃声响了起来，是家里的电话。

一看到来电显示，宫旭顿时心头浮上一抹不好的预感。

“喂，干吗？”

“小兔崽子，你给我立刻回来一趟！”手机那头传来父亲隐含怒气的声音，说完便“啪”的一声挂了电话。

宫旭低咒一声，老头子果然插手了……

一声刺耳的声音响起，宫旭猛地拉开身后的椅子，站起了身：“随便你，爱开不开！”

宫旭丝毫不给杨进源面子，直接摔门离开。

会议室内一阵尴尬的沉默。

整个公司里除了叶白，宫旭还真没给过任何人面子，连褚洪光也不例外。这么一想，杨进源才平衡了些。

“散会吧，公关部别松懈，继续给我盯紧了，别再让事情扩大！”杨进源叮嘱。

……

深夜，某酒吧 VIP 包厢。

皇天一干艺人正在聚会狂欢，众人围在一起幸灾乐祸地议论着——

“哈哈哈，这次宫旭那小子死定了！一人一口唾沫都能喷死他！”

“宫旭的后台摆在那里，怕是没那么容易弄倒他吧？”有人质疑。

有知情人立即神秘兮兮地开口道：“这你就不知道了，宫家三个儿子呢，宫旭排行老二，是最不受宠的那个。这次的事情闹得那么大，宫家的股票都受到了影响，我刚得到最新消息，现在宫旭已经被家里禁足，所有经济来源都断掉了，还要被发配到国外鸟不拉屎的小分公司，他啊，好日子到头了！”

“哈哈，我就说嘛，这家伙迟早自己把自己作死！”

万珊珊坐在凌少哲的身边，给他倒着酒，满脸嘲讽地开口道：“光耀那边已经发了声明，说三天后召开记者发布会，啧，宫旭之前在剧组的时候多嚣张啊，现在没了家里撑腰，还不是要乖乖给你道歉！”

“就是！他居然还想跟咱们少哲相提并论，跟少哲比咖位，真是没脸没皮，要不是他家里有那点臭钱，他算个屁！”

听着众人的议论，凌少哲神色惬意地靠坐在沙发上，一想到平日里总是压他一头的宫旭低头的样子，心情就相当愉悦。

这次的事情不仅帮他报了咖啡的仇，还让他的人气暴涨。

说起来，这杯咖啡被泼得太值了！

……

宫旭自从回去之后就失去了消息。

后来是唐星火出面去找到了叶绾绾，洛辰这些天也一直在为了这件事情着急，当时万珊珊刚闹的时候，洛辰立即发了博客解释原委，无奈根本没有人相信他的话。

唐星火叹气：“叶哥，你真的完全不管他吗？”

叶绾绾静静地看了唐星火一眼，没有回答，而是问了一句：“你了解的宫旭是怎样的人？”

唐星火轻咳一声，如实回答道：“点他一下，他就能上天，完全放飞自我，九条龙都拉不回来，打死都不会认，一副‘本少爷就是要嚣张到底，扶摇直上九万里’的模样……”

叶绾绾轻笑一声道：“如你所说。”

她至今不出手，一方面是因为需要等待时机，另一方面也是因为，宫旭与洛辰不同，他根本就不是能忍的性格。

“想用常规的方法去约束宫旭，是不可能的事。”叶绾绾开口。

唐星火头疼不已道：“道理我也明白……那……那叶哥你说应该怎么做啊？现在情况很糟糕，宫旭彻底跟家里闹翻了，之前他的性子嚣张跋扈，不用想也知道现在肯定是墙倒众人推，如果继续任由他这么作的话，明天的记者发布会肯定得炸锅……”

唐星火正在问叶绾绾现在到底该怎么办，一旁的洛辰突然神色焦急地盯着手机开口：“叶哥，不好了，宫旭又发博客了……”

一听到说宫旭发了博客，唐星火牙都疼：“他又发啥了？”

唐星火赶紧点开宫旭的博客主页，然后就看到，宫旭转发了光耀官博上发的说记者发布会上宫旭会给大家一个交代的博客，然后回应了一句——绝不道歉！

光耀居然敢强迫宫旭，单方面宣布召开记者发布会，说他到时候会道歉，宫旭就真的敢当众把光耀的脸都打肿。

唐星火的脸色简直黑如锅底：“这家伙……忍一下会死吗？来之前我还警告了他！”

叶绾绾靠坐在沙发上，扫了眼宫旭转发的那条博客，嘴角不易察觉地勾了勾。

随后，她轻点了一下，按下“转发”，写了几个字：[与你同在。]

唐星火眼睁睁看着叶白不仅不劝，居然还转发了博客，火上浇油地表示支持宫旭，眼珠子都快瞪出来了。

卧槽！叶白是不是被宫旭给传染了？

“叶哥！你干啥？！”

好好好，你说不能用常规方法约束宫旭我懂，难道你不常规的方法就是跟他一起疯吗？！

唐星火正崩溃着，结果，下一秒，他又刷出了一条最新博客。

站在他旁边的洛辰紧跟着转发了叶绾绾的，同样写了四个字：[与你同在。]

洛辰捏着手机，看向叶绾绾的方向，目光没有丝毫动摇。

虽然他不知道叶白的计划是什么，但无论叶白想做什么，他都会追随到底，不问缘由。

唐星火已经什么都不想说了……

记者发布会当天。

经过几天时间的发酵之后，这件事情的热度已经到达了顶点，记者发布会现场被挤得水泄不通，大大小小的媒体无一缺席。

所有人都没料到，宫旭如期到场，而且还难得地没有迟到。

若是换作别人，这会儿估计已经被折磨得憔悴不堪，就算不憔悴，也一定要穿着一身黑衣，做出憔悴的模样。

然而，几日不见，宫旭却是一如既往地光彩夺目，穿着骚包的荧光夹克，没戴墨镜、口罩，面上没有任何遮挡，就这么出现在所有媒体跟前……

台上，宫旭坐在中间，右手边是公关部的高层和总经理杨进源，左手边坐着叶绾绾，叶绾绾的另一边坐的是洛辰。

这会儿杨进源已经悔得肠子都青了，无奈话已经说了出去，无论发生什么他都只能咬牙硬撑下来。

不过，杨进源还是垂死挣扎了一下，凑到叶绾绾耳边开口：“叶总监，你看咱们能不能商量一下，你劝下宫旭，让他装作身体不舒服，咱们发布会延期……”

宫旭托着下巴，笑眯眯地瞅向杨进源，开口：“哎，别啊，杨总不是警告我今天必须到场，不到场就要雪藏我吗？你看我乖不乖？”

杨进源：“……”

大哥，求你放过我吧……

本以为只要宫旭没了家里的依仗，肯定会妥协，谁知道这家伙根本就是刀枪不入、油盐不进……

杨进源咬了咬牙，眸底滑过一丝暗色，如果到时候事情闹得不可收拾，光耀这边只能对宫旭进行雪藏，然后将所有事情推干净……

这个叶白，真是拎不清轻重，这种时候还由着宫旭乱来，他以为宫旭还跟往日一样风光，就算捅破了天也没事？

没有宫家在背后撑腰，宫旭不过就是只纸老虎。

截至今日召开记者发布会，距离万珊珊发布博客已经过去五天时间。

整件事情的起因是宫旭去《惊龙2》剧组探班，遇到死对头凌少哲，明明是宫旭自己不小心弄脏了凌少哲的衣服，结果不仅不道歉，还用钱侮辱人，当众往凌少哲的身上泼咖啡，各种言辞侮辱。

从目前的网民心理来看，有三种非常普遍：一种是仇富心理，一种是同情弱者，还有一种是愤青心理。

这样的心理在有心人的利用之下，会汇聚成一股极其可怕的力量。

宫旭的事件正好三样全都占了，甚至都不需要再推波助澜，一个小小的视频就足以把他推到风口浪尖，被所有网民集体口诛笔伐。

这几天，网上铺天盖地都是“坚决抵制霸凌”“论宫旭的反社会型人格”“肃清行业乱象”等这样耸人听闻的标题。

原本宫旭为人张扬、绯闻多、性格嚣张，这些都只是个人层面上的“黑点”，如今却上升到了阶级矛盾。

人言可畏，如今宫旭面临的不仅是可能被封杀的处境，甚至他日后的生活都会受到影响。

那些看似没有杀伤力的文字，其实是伤人于无形的刽子手。

酒店外，群众拉着横幅将整个酒店围得水泄不通，宫旭的几处住所全都沦陷，大街小巷的八卦报纸头条皆是关于这件事情的报道……

而此时此刻，酒店内，媒体正在进行采访：“宫旭，众所周知，你与凌少哲之间的矛盾由来已久。凌少哲为人低调，从不与你争辩，这次原本也只是个小摩擦，而你却肆意践踏与侮辱对方人格，并且你事后还有恃无恐，拒不认错，敢问一句，到底是什么给了你这样肆无忌惮的底气？是你身后的公司，还是你背后的亿豪集团？”

记者这样的提问方式引战意味明显，就是想要把光耀和宫家都拉下水，好进一步扩大事件的影响力。

“呵……”宫旭低低轻笑一声，随即扬起那张无论何时都飞扬跋扈的脸，一字一顿地开口——

“谁给我的底气？我，宫旭，今天就告诉你，就算我父亲跟我断绝关系，就算我被公司雪藏、全民抵制，就算此刻我一个支持者都不剩，我也照样可以说这句话：想让我道歉，下辈子！”

宫旭的话让全场一片哗然……

媒体原本还在猜测这次宫旭是否会在压力下妥协，但万万没想到宫旭会是这样的态度。

叶绾绾的眉峰微不可察地扬了扬。

不得不承认，宫旭这个大少爷，此刻的样子，倒还是挺男人的……

虽然宫旭是人群中永远的聚光点，是天生的明星，可是，他的性格却过刚易折，并不适合在这个圈子里生存。

如果想要在这条路上走得更稳更远，他必须找到一个平衡点。

作为他的经纪人，她希望，她可以成为那个平衡点。

洛辰目光复杂地朝着宫旭看去，虽然宫旭的很多行为他都并不赞同，可是，对方的肆意洒脱和无所畏惧，却是他所羡慕和向往的。

宫旭的这句话让媒体一下子就炸锅了，每个人的脸上都露出了更加兴奋的笑容——宫旭果然没有让他们失望！

紧跟着，一个接一个更加尖锐的问题如冰雹一般劈头盖脸地砸了下来。

“宫大少爷的人品真是令人大开眼界，所以你拒不道歉，是认为你根本就没有做错吗？”

“宫旭，在你眼里，是否认为，那些在底层为了生存而努力的人对你们这些有钱人来说就是蝼蚁，活该被踩踏？！”

“权力意味着责任，能力有多大，责任就有多大，这才是正确的价值观念，而你这样的人，占据着社会顶级资源，到底为社会做出了什么贡献？”

现场气氛逐渐失控，看着群情激愤的一幕，杨进源面色微沉，看来，宫旭果然是留不住了……

就在媒体集体炮轰宫旭的时候，人群中突然冲出来一个情绪激动的男人，他大喊着：“宫旭！你这个垃圾！下水道里的臭虫！”

“怎么回事！拦住他！”杨进源怒斥。

保安急忙赶来，但因为人群拥挤，那个男人又力大无比，竟然直接朝着宫旭的方向冲了过去。

一道冷光闪过，男人身上竟然还带着小刀，情绪失控之下，支持者用力扑向宫旭。尖叫声四起，场面一片混乱。

就在刀子划向宫旭脸颊的瞬间，叶绾绾的动作却更快，手臂如同闪电一般格挡过去，严严实实地将宫旭护在身后，那男人摔倒在地，被赶来的保安按在了地上。

只是，混乱之中，为了保护宫旭，叶绾绾的手臂处被割伤了一道，鲜红的血液顿时染透了白色西装。

“叶哥！”宫旭看着叶绾绾手臂上的伤口，顿时目眦欲裂，随即一脚将旁边的椅子踹翻，然后便朝着那个伤人的男人跑去。

只见宫旭一把揪住那个男人的衣领，拳头高高地挥起，像是要朝着对方的脸砸下去。见状，在场的媒体全都激动不已地架起了摄像机，迫不及待地欣赏着这场大戏。

“宫旭。”

一个清泉般的声音在身后淡淡响起，明明只是唤了一声宫旭的名字，可宫旭的动作瞬间顿在那里。

但是，宫旭的气息凌乱粗重，依旧死死揪着那个男人不松手，明显处在巨大的愤怒和失控的边缘。

叶绾绾用工作人员送上来的纱布随手包扎了一下手臂，不紧不慢地开口道：“回来。”

宫旭的拳头捏得咯吱作响，他深吸了一口气，终究还是收回拳头，重重地将那男人扔在地上，然后一声不吭地坐回了叶绾绾的身边。

见宫旭的动作被打断，媒体满脸遗憾，突然，他们不约而同地想起了什么，然后齐刷刷地将目光全都落在了宫旭身旁的年轻经纪人身上。

这人是什么来头？在刚才那种情况下，他居然还能把宫旭给拉回去？

媒体似乎又发现了新的爆点，立即有记者开口问：“叶总监，可否问你一个问题？”

叶绾绾颔首道：“请问。”

记者言辞尖锐，丝毫不留情面：“叶总监，昨晚八点你转发了宫旭的博客，表示与他同在，这是否表示你同意和支持宫旭所做的一切？”

宫旭正面色冰冷地盯着叶绾绾受伤的手臂，此刻听到记者将问题引到了叶白的身上，顿时眉头紧蹙，脸色更加难看了。

叶绾绾神色不变，简单明了地给予肯定的回答：“是。”

提问的记者一听，顿时冷笑连连：“真是物以类聚，人以群分，难怪当初宫旭会选择你作为自己的经纪人，原来你们全都是一丘之貉！为了金钱和利益而出卖自己的职业和道德，这就是你作为一个经纪人的专业吗？”

其他记者也连连附和——

“助纣为虐，你对得起自己的良心吗？”

“既然你是宫旭的经纪人，就别躲在后面不吭声，请你对宫旭的所作所为给媒体、给支持者、给所有公众一个交代！给受害者一个公道！”

……

宫旭捏着拳头，愤怒地开口吼道：“你们别在这里到处煽风点火，我警告你们，这件事情跟任何人都没有关系！你们要来就冲着我来！”

宫旭还要继续说话，叶绾绾的手覆上他的肩膀，压回了他后面的话，随后，她缓缓站起了身。

见叶绾绾突然站起来，所有镜头都对准了她。

宫旭的经纪人这是准备认怂，代替宫旭道歉了吗？

一般如果艺人不配合，只能是经纪人出面收拾烂摊子。毕竟现在宫旭处境艰难，这种时候再不道歉就是自寻死路了。

在所有的视线关注之下，叶绾绾清冷的目光扫过在场的所有人，随后，一字一顿地开口道：“方才，有记者朋友提到交代与公道。不错，今天的记者发布会，我正是要讨回一个公道，请皇天旗下，以万珊珊、凌少哲为首的涉事艺人，给宫旭一个交代，请你们，对宫旭道歉！”

叶绾绾话音落下的瞬间，整个发布会大厅里，落针可闻。

所有媒体都是一副无法置信的表情。

方才宫旭的经纪人……说什么？

他要讨回公道？他要万珊珊和凌少哲给宫旭一个交代？

他居然还要别人对宫旭道歉？

这人是不是疯了啊？

杨进源同样是一脸震惊，简直气得跳脚，压低声音看向自作主张的叶绾绾怒斥道：“叶白，你疯了？你在胡说八道些什么？还不赶紧给我闭嘴！”

不仅是媒体和杨进源等高层，宫旭也呆住了。

如果今天叶白迫于压力妥协，他也无话可说，可他怎么也没想到，叶白竟然会说出这番话……

“居然让凌少哲对宫旭道歉，他脑子没毛病吧？怎么会有这么无耻的人？”

“难怪之前凌少哲每次被宫旭欺负都不吭声，这些人也太不要脸了！”

“连凌少哲这么谦虚低调的艺人都被这些人欺负成这样，其他人还不知道要怎么被宫旭霸凌！”

“我看这次洛辰站出来替宫旭打掩护，肯定也是被逼的，谁不知道宫旭跟洛辰的关系一直很恶劣，各种欺压洛辰，宫旭怎么可能是为了帮洛辰？说瞎话都不打草稿的！我倒要看看这个叶白又准备怎么编！”

……

伴随着叶绾绾的一番话，整个发布会大厅里乱成了一团，所有人都在疯狂怒骂着。

叶绾绾什么也没说，只神色淡然地拿出了一枚小小的U盘，随后走到台上，将U盘插入电脑——

“下面，请诸位观看一段视频。”

视频？叶白想做什么？

众人满头雾水地看过去。

“谁知道啊！看看呗！”

“我就不信都这样了，他还能说出花来！”

“也是……”

叶绾绾在进度条大约中间的位置点击了一下，这才按下播放按钮，然后，众人前方的大屏幕上，视频开始播放。

“宫旭！你做什么？！”

“现在，这件衣服是我的了，小爷泼我自己的衣服，跟你有什么关系？你瞎嚷嚷什么？”

“你……”

“我怎么了？不是你说赔钱就行了吗？”

……

视频里播放的，正是当日宫旭霸凌欺压其他艺人的场景，也就是万珊珊发布的那条博客中的视频。

再次看到这段视频，众人的怒火顿时又被引爆了。

“这个姓叶的经纪人想做什么？这么欺负人还不够，还要让大家再回忆一下他家艺人是怎么不要脸的？”

“你把万珊珊发的视频再放给我们看一遍是什么意思？谁想看宫旭那张恶心的嘴脸！”

众记者正怒骂着，人群中有经验丰富的记者突然发现哪里不对：“奇怪，这个视频……似乎不是万珊珊博客上发的那个……”

“怎么不是了？就是一模一样的啊！”

“你们仔细看，内容是一样的，但角度不一样，这两个视频不是同一个人拍的！而且，刚才叶白为什么要从中间开始播放？”老记者面露狐疑。

“可能当时也有别人把现场拍下来了，但是碍于宫旭的淫威不敢发出来吧，这有什么好奇怪的？”

……

很快，视频播放结束。

叶绾绾目光扫过在场的所有人：“正是这段视频，将宫旭钉在了十恶不赦的耻辱柱上。而随后，万珊珊、凌少哲，以及当日在场的皇天所有艺人，所谓言之凿凿的证词，更是淹没了我们所有解释的声音，所有的网络暴力开始铺天盖地地攻击宫旭！”

叶绾绾顿了顿，继续开口：“而事实的真相，又到底是怎样的，已经没有人再去追究，似乎因为所有人都说他十恶不赦，那他便一定是十恶不赦，这就是真理！”

说完这一句，叶绾绾重新看向电脑屏幕。

鼠标轻点的声音响起，这一次，她没有从进度条的中间播放，而是直接点击了播放按钮，从头播放。

视频开头画面依旧是在《惊龙2》剧组，包括凌少哲、万珊珊在内的几个皇天的艺人正围在一起窃窃私语，字里行间都是“过气艺人”“上不了台面”这样的字眼，对洛辰百般嘲讽。

洛辰的助理似乎要上前理论，不过被洛辰给拦了下来，随后洛辰一言不发地朝着自己的位置走去。

就在这时候，视频画面中出现了一个红色的圈圈，圈圈里框出来的位置是万珊珊的腿。

紧接着，所有媒体清晰地看到，下一秒，万珊珊故意伸出腿去绊了洛辰一下。

洛辰手中的咖啡一晃，不小心泼到了凌少哲的衣服上。

接下来发生的事情……

方才还在群情激愤的媒体全都噤若寒蝉，瞠目结舌。

所有人都没想到，洛辰在博客上解释的一切居然都是真的。

完整的视频揭露了一个差点淹没在网络流言里的真相。

所有人都没想到，真相竟然是……表面上不畏强权的万珊珊故意挑衅在先，所有勇敢站出来的皇天的艺人压根就是助纣为虐、沆瀣一气，而整件事情中最大的“受害者”凌少哲才是真正的霸凌者！

被所有人追着骂了整整五天的宫旭，不过是看不下去凌少哲仗势欺人，才挺身而出，给自家公司艺人解围。

明明宫旭做的事情还是那些，但是此刻看到了前面的视频，所有人只觉得大快人心。

直到整个视频播放结束，整个发布会大厅依旧是落针可闻，没人发出一点声音。

每个记者都涨红着脸、面面相觑地站在那里，完全不知道该说什么。

他们自诩正义，追在宫旭后面口诛笔伐了这么多天，结果居然骂错人了？

相反，他们维护的那个人才是真正的无耻小人，才是真正仗势欺人的恶霸……

叶绾绾的目光如同冰刃一般扫过在场的每一个记者：“这就是你们所维护的真相？这就是你们自诩正义讨伐的公道？这就是你们要的交代！不知各位是否还满意？”

听着叶绾绾犀利的话语，媒体的表情万分尴尬。

“怎……怎么会这样……”

“咳咳，误会……原来是一场误会啊……”

刚才那个蹦跶得最厉害，骂完宫旭又骂叶绾绾的记者喃喃开口道：“但是这也不能怪我们吧？谁知道事情的真相竟然会是这样！毕竟我们是记者，又不是警察，难免有疏忽的时候……”

叶绾绾闻言，一步一步地走到了那个记者跟前。

“你……你想做什么？”记者因为对方身上太过强大的压迫感，不由得后退了一步。

叶绾绾盯着记者开口道：“呵，‘不是警察’，好一个‘不是警察’！既然不是警察，你们凭什么代替警察，代替法律？更别提你们的所作所为是在肆无忌惮地煽动群众，引导网络暴力，对无辜的艺人动用‘私刑’！你方才不是信誓旦旦地说，一个人有多大的权力，也意味着多大的责任吗？既然如此，作为媒体，你们掌控着话语权，直接影响到艺人的前途，那么，还原事实、寻求真相，难道不是你们的义务和责任？

“可是现在，记者手中的笔却成了你们用来哗众取宠、换取流量、肆意伤害他人的武器！是谁给你们的权力？

“为了宣泄，为了跟风，甚至只是因为无聊，便对一个你们并不了解的陌生人用尽世界上所有最恶毒的语言，还安然地躲在网线的另一端疯狂敲击键盘，亲手毁掉别人的生活。

“而在事实的真相出现后，一句‘误会’，一句‘疏忽’，便能抵消你们对一个无辜的受害者所做的一切，这就是你们作为媒体的态度？

“你们这样无良的媒体，这样肆无忌惮的网络暴力施加者，是否是垃圾，是刽子手？

“请这位记者先生，请在场的诸位，正面回答我的问题！”

叶绾绾的话字字锋利如刀刃。

“我……我……”那记者结结巴巴，被逼问得满头是汗，一个字都说不出来。

整个现场一片沉寂，再没有任何记者发出一点声音。

宫旭从头到尾都呆呆地盯着叶绾绾的脸，看着她冰冷却令人无比安心的神情，看着她以一人之力为他逆转万千骂名，心潮无法控制地汹涌起伏……

叶绾绾顿了顿，最后开口道：“对于万珊珊、凌少哲等皇天艺人对我公司艺人宫旭恶意诽谤的行为，光耀传媒将会保留追究法律责任的权力。”

剩下的几个光耀传媒的高层这会儿终于反应过来了。

“剩下的事情我们将交给法务，今天的记者发布会到此结束了……大家还有什么问题，请回头再另外安排时间……

“请大家有序离场！”

杨进源满脸怔忪地朝着叶白年轻甚至略显青涩的面容看去，眼里满是惊叹与赞赏。

他无论如何也没想到，这种情况下，叶白竟然还能扭转乾坤，硬是把宫旭的形象给逆转了，还堵得所有媒体都哑口无言。

此刻，其他工作人员的想法也相差无几……

他们已经能够想象到，今天的记者发布会的内容公布之后，将会是怎样一番光景……

“咱们叶总监也太厉害了吧！居然闷不吭声地留着这么个大招！”

“我算是看明白了，这次看似是皇天要陷害我们，实际上是他们所有人都被咱们叶总监给坑了！”

“这次皇天可要倒大霉了，万珊珊是第一个，凌少哲人设全崩，牵扯进去的艺人至少有十几个！”

……

“走吧。”叶绾绾看向身旁的宫旭和洛辰时，目光才稍稍柔和了几分。

“哦……”宫旭好半天才回过神来，猛然站起身，乖乖跟在叶绾绾的身后。洛辰也紧跟在了另一边，目光落在青年的身上，始终没有移开过。

当晚，万众瞩目的“宫旭霸凌”事件回应记者发布会结果终于公布。

发布会现场的全过程被完完整整地放到了网上。

真相大白后，整个网络一片哗然。

原本一边倒跟风黑宫旭的几十家报纸、杂志、自媒体，在记者发布会结束之后，集体发出了道歉声明，声势浩大，整个网络前所未有。

各大平台满是有关这次事件反转后的报道，头条的标题全都是“网络暴力是一场社会霸凌”“媒体之殇：反霸凌却成了霸凌者”，最后连带着对宫旭的负面形象也已经完全逆转，标题变成了“还原一个最真实的宫旭”“宫旭：业内最后的清流”……

之前网络上就已经出现过不少先例，网民被不实言辞误导引战，事实查清后事件逆转，但对当事人的伤害却已经造成，无法挽回。

好在这次，宫旭凭着自身人气和影响力，再加上经纪人的有力回击，才得以洗清骂名。

这次的事件引起了非常大的反响。

整个网络就此展开讨论，所有人都在反思——

网络暴力的可怕之处，在于没有人关心真相，而不明真相的“正义之善”，比真正的作恶还要可怕。

请不要轻易评论你们所不知道的事情，因为你们看到的不一定是真相的全部。

舆论，永远不代表真理。

……

与此同时，宫旭的名声一夜之间彻底逆转，光耀传媒也是名声大噪……

而皇天则陷入了最被动的境地。

皇天会议室里，公关部总监蒋华森的咆哮声震耳欲聋：“万珊珊，你这个蠢货！到底是怎么做事的？！就因为你，这次皇天被你拉下水了十几个人！你们这些二三线艺人就算了，少哲都被你们拉下了水！现在你说要怎么办！”

“蒋……蒋总监……我……我不知道……我不知道叶白手里竟然会有完整的视频……”万珊珊面上哭得梨花带雨，肩膀一抽一抽地，心里却把对方骂了千百遍。当初她刚发博的时候，这些人可全都在夸她做得好，还各种推波助澜，现在居然把所有的责任都推到了她的身上。

可偏偏她一个字都不能说，只好一脸哀求地朝着一众高层看了过去：“张姐，蒋总监，求你们一定要帮帮我，我也是为了少哲打抱不平才会发那个视频的啊！”

蒋华森阴沉着脸色，现在万珊珊是肯定不能保了，至于凌少哲那边，只能让他回应什么都不知道，把责任全都推到万珊珊的身上。

蒋华森得赶紧把影响降低到最小，不然这么大的事情，他要怎么跟顾总还有叶总监交代！

蒋华森很快便做出了决定：“万珊珊，你因为个人恩怨，故意挑衅在先，事后又欺骗公司同仁，诽谤宫旭，现在你立刻发布一条道歉声明，并且宣布永远退圈！”

“什……什么？！”万珊珊顿时变了脸色，当场尖叫出声。

她只是一个小小的三线艺人，这种情况下，注定会被拿出来牺牲，她早该想到的。

万珊珊此刻终于知道害怕了，面对着高层们漠然的目光，她惊慌失措地扑到了一旁的凌少哲跟前：“少哲……少哲你帮帮我……你一定要帮帮我！我可都是为了你啊……”

凌少哲扫着手机屏幕上那些铺天盖地的唾骂，心情已经郁结到了极致，听到万珊珊的话后更是暴怒：“滚开！全都是你自作主张，还连累了我，跟我有什么关系！”

……

黑色的车子平稳地行驶在马路上。

叶绾绾、宫旭、洛辰刚从公司开完会离开，前面冬仔正在开车，后座上，叶绾绾坐在中间，左边是洛辰，右边是正在暗戳戳地不停刷博客的宫旭。

“宫旭，业内最后的清流！宫旭，一个真正的勇士！啊，宫旭，最单纯的是你，最真实的是你，最张扬的是你，最可爱的是你……”

宫旭一边看，一边还非要把那些无比羞耻的夸赞之词念出来。他兴奋地在座位上直打滚：“小爷自打生下来开始还从来没有这么被人夸过，哎呀，原来小爷居然这么惹人爱吗？果然是金子就一定会发光的，哈哈哈……”

叶绾绾很不想承认旁边的白痴是她手下的艺人。

宫旭打完滚后突然直起身，眼睛忽闪忽闪地朝叶绾绾看去，一眨不眨地盯着她：“叶哥，你实在是太帅了！我要是女人，我一定要嫁给你！”

叶绾绾的嘴角顿时一抽，内心开始吐槽：这家伙能不能有点节操？能不能有洛辰半分的矜持？

叶绾绾继续看着网络上的风向，随后，突然发现了一个她意料之外的情况。

“咦？”

“怎么了叶哥？”宫旭像个好奇宝宝一样立刻凑过去追问。

叶绾绾眉头微挑，目光在宫旭和洛辰身上来回看了好几次：“这倒是个……好主意……”

“什么好主意啊？叶哥，你在说什么？”宫旭嘀咕，他怎么觉得叶哥看着他的眼神有点让人后背发凉？

叶绾绾轻笑一声：“这次的事情让你和洛辰多了一大批支持者！”

宫旭顿时一愣：“啥？我和洛辰？叶哥你是不是弄错了什么？”

洛辰也是满脸不解。

叶绾绾将手机递给他们：“自己看。”

两人顺着叶绾绾的目光朝她的手机屏幕看去，随后就看到了一些让两人心情极其复杂的评论……

[啊啊啊！天哪天哪！重新看了一遍视频！我家宫小霸王真是帅炸了！]

[太 MAN 了！路人转粉！这嚣张的样子也太帅了吧！]

前面的评论都还算正常，宫旭看得还挺开心的，可是，到了后面突然画风就不对劲了……

[我还以为宫旭和洛辰是死对头呢，原来两人的关系竟然这么好！]

[宫旭对洛辰也太维护了吧！]

……

宫旭看得脸都黑了：“什么啊！这些人几个意思？到底从哪里看出来我和这家伙关系好的？”

一旁洛辰的脸色比宫旭还要黑，他总觉得这群支持者话里有话。

“这群人到底在想什么？居然说我维护这个呆子！”宫旭整个人都炸毛了，瞬间暴起怒吼。

叶绾绾面无表情地看了他一眼，你可闭嘴吧……

“叶哥，你的手还好吗？需不需要去医院处理一下？”这时，一旁的洛辰担忧地盯着叶绾绾的手臂开口道。

宫旭一听，脸色顿时也变得严肃起来：“叶哥，先送你去医院看下吧！那浑蛋，小爷绝对饶不了他！”

“行了，都别紧张了，一点小伤而已。”叶绾绾不在意地摆了摆手。

此时，车子已经开到了公寓附近，叶绾绾这边刚说完这句话，眼角余光就看到公寓楼下，夜风里立着一个颀长冷厉的身影……

看到那人之后，叶绾绾顿时心里咯噔一下，下意识地朝着自己受伤的胳膊看了一眼，脊背阵阵发寒……

完了完了，她怎么把这么重要的事情给忘了！

“叶哥，到了。”前面驾驶座上的冬仔提醒。

“好，你们俩都回去早点休息，我走了。”叶绾绾匆匆下了车。

洛辰就住在隔壁那栋，跟叶绾绾道别之后便进了大楼。

“叶哥，我……”宫旭本来还有话要跟叶白说，结果她动作飞快地就下了车。

宫旭有些莫名地看着叶白仓促下车的背影，有些不解发生了什么事情。他还从来没看到过叶白这么如临大敌的表情……

叶绾绾忙走到司夜寒跟前：“咳，阿九，你什么时候来的？怎么不进去，站在这里啊？晚上这么冷！”

叶绾绾一边说一边安慰自己，司夜寒这种从来不关注八卦也很少上网的人，肯定不知道记者发布会上的事情，她这点小伤，一两天就结疤了，到时候就算他知道也没什么了……

叶绾绾的小算盘打得很好，然而，她这边话音刚落，站在她跟前的男人便面无表情地看着她，说了一句：“你犯规了。”

叶绾绾：“……”

冰冷的仿佛来自雪山之巅的声音，冻得她整个人都哆嗦了一下，瞬间击碎了她所有的侥幸。

她居然企图在司夜寒跟前蒙混过关，简直是太天真了……

因为这些天司夜寒太接地气，她竟然就忘了这个男人有多敏锐。

此刻站在她跟前的男人冷气逼人，看着她的目光也不带温度——这次，他是真的动怒了。

“对不起，这次是意外，而且只是一点小伤，不信你看！”为了证明，叶绾绾赶紧挽起了衣服袖子，露出那不算严重的小伤口。

然而，叶绾绾很快就发现自己到底犯了多大的错误。

在看到她的伤口之后，司夜寒的脸色明显更加可怕了，隐约让她看到了之前的那个司夜寒，没有理智，也没有情感，如同一只随时都可能失控的野兽。

司夜寒的目光比头顶的月光还要清寒，一瞬不瞬地看着她，问道：“你喜欢他？”

“啊？谁啊？”叶绾绾被这没头没脑的话问得一蒙。

随后，过了好几秒才反应过来……

简直是天大的误会！

司……司夜寒该不会是以为她跟宫旭有什么吧？

怎么可能啊！

他到底是怎么产生这么可怕的误会的？

叶绾绾正绞尽脑汁该怎么解释和安抚自家男朋友，偏偏这个时候，身后突然传来了宫旭大大咧咧的声音——

“叶哥叶哥，你怎么跑得这么快啊！我那别墅太远，懒得回去，所以刚让冬仔把车子开走了，今晚我跟你一起睡呗！”

几乎是宫旭话音落下的瞬间，叶绾绾感觉一阵无形的阴风吹起……

什么叫今晚一起睡？他知不知道自己在说什么？

她这带的都是什么不省心的家伙，简直要被他害死了！

叶绾绾冷着脸：“不行，该回哪儿回哪儿去！”

见叶绾绾竟然毫不犹豫地拒绝了，宫旭顿时一脸哀怨：“为啥啊？我人都来了，你还不收留我！”

叶绾绾强忍着怒气：“今晚我有客人。”

我今晚要“度劫”！

宫旭探着脑袋看去，这时才终于发现了隐匿在一旁阴影中的人。

这人怎么……看起来这么眼熟？

这不是那天过来接叶哥的朋友吗？

虽然那天只在酒吧外见过一面，但是因为印象太深刻了，他想忘也忘不掉。

都这么晚了，这人怎么还上门来做客？

不对啊，为什么这人看着他的眼神……这么吓人……

宫旭虽然觉得哪里不对劲，但是因为神经大条，加上今晚心情颇好，根本就没有多想，然后走到叶绾绾的身旁，一副大方的语气开口道：“没事啊叶哥，你有客人就有客人嘛，他待一会儿不就走了吗？我不介意的！”

此时此刻，叶绾绾简直掐死这呆子的心都有了！

她小心翼翼地朝着司夜寒看了一眼……对方那表情简直让她冷汗直冒。

司夜寒的目光淡淡地掠过叶绾绾和她身旁的宫旭，声音低哑地开口道：“客人？”

一看司夜寒这表情，一听他这语气，叶绾绾就知道，他这是真的气狠了。

叶绾绾头疼不已地扶着额头，在心里哀号：宝贝儿，你这是闹哪样，你明知道因为我现在的身份摆在这里，所以只能这么回答啊，绝对没有别的意思！

而且他就算用脚指头想想，她也不可能放着他不要跑去选宫旭啊，他也不至于对自己这么没信心吧？

肯定是因为那时候司夏一直说什么“乱花渐欲迷人眼”，挑拨说她会被外面的小鲜肉勾走……

叶绾绾稍稍凑近了些，用只有两人能听到的声音开口说：“阿九，我都解释过很多次了，无论是洛辰还是宫旭，都只是我的艺人，今天在记者发布会上，选择去救他只是我的职责所在。他刚才的话也只是因为在他眼里我是个男人，没有任何其他的意思，你这醋吃的，也太没道理了！不要无理取闹好不好！”

“无理取闹？很好……”

司夜寒低低地笑了一声，一字一顿地开口，那声音犹如冰凌坠入寒潭里，让人遍体生寒……

叶缩缩恨不得扇自己一耳光，她怎么又说错话了，真是越乱越出错。

明知道眼前这位本来就是个完全不能跟他讲道理的主，就像是女朋友生气的时候绝对不要去跟她讲道理，换到司夜寒身上同样适用！

叶缩缩又气又急又懊恼，简直是一肚子火。她烦躁不已地扯了扯领口的领带，随后眸光一转，笔直地朝着不远处的罪魁祸首射去："宫旭，你给我过来！"

"啊？我吗？怎么了叶哥……"宫旭一脸无辜地指了指自己，然后小心翼翼地挪了过去。

为什么觉得叶哥的表情这么可怕，他做错了什么？

叶缩缩直接把领带给扯下来扔到地上，然后大步流星地走到面沉如水、随时在暴走边缘的大魔头跟前。

"给我听清楚——"

叶缩缩先是扭头对宫旭说了一句，随后白皙的手一伸，一把攥住了司夜寒的领口，说道："这是我在这个世界上最重要的人之一！"

宫旭闻言，手里的跑车钥匙和手机全都"啪叽"一声掉在地上，满脸呆滞地站在原地，叶哥这话是什么意思？

没等他问出口，叶缩缩就已经补充道："司九是我女朋友的亲哥哥，自然就是我最亲的人！"

叶缩缩一句话便堵住了宫旭的嘴，随即，她偏头瞟了一眼司夜寒的脸色，见对方依旧面无表情，决定再加一把火。

"我女朋友对我的占有欲有点强，不喜欢我和别人过于亲密，不管对方是男是女。由于她不太喜欢在人前露面，便让司九代替她实时监督我。"

宫旭："……"是不是有哪里不太对？

叶缩缩继续完善故事设定："所以你以后少往我身上扑，黏黏糊糊的，我女朋友知道了会吃醋的！我也不方便留你在我家过夜，不然我家宝贝生气了，你帮我哄吗？"

此刻宫旭的内心十分复杂，一方面他知道了叶哥并不是对他有意见才不让他在自己家过夜的，另一方面他震惊于那么英明神武的叶哥，竟然是个妻管严……

不知道过了多久，宫旭才艰难地咽了口唾沫，满脸无法置信地开口："叶哥……你就这么怕你女朋友生气？可是我是个男人，她也会吃醋吗？"

叶缩缩正色道："我那不是怕她，是尊重她的感受。何况她吃我的醋，不正说明了她对我爱得深沉吗？"

叶缩缩想，司夜寒这么聪明，应该能听出自己的意思吧！

见宫旭还是满脸迷惑的样子，叶缩缩也不想再多废话："打个电话让冬仔把车子开回来，早点回去洗洗睡吧。"

说完，她牵住了司夜寒的手，直接转身朝着公寓大楼走去。

“等……等等……”

身后，宫旭呆呆地站在夜风里。叶哥竟然在大舅子和自己之间果断选择了前者，不带半点犹豫，这让他莫名有种被抛弃的凄凉感……

“叮——”

电梯到达，叶绾绾拉着司夜寒一起走了进去。

两个人静静地站在电梯里，全都没有说话，司夜寒的目光一直落在她的身上。

很快楼层到了，两人走出了电梯。

走到门口之后，叶绾绾才松开手，掏出钥匙将门打开。

司夜寒跟在身后走了进来。

“咔嗒”一声，玄关的门开启后又关上……

“换拖鞋吧……”叶绾绾弯腰，从鞋柜上帮司夜寒把拖鞋拿了下来。

她刚直起身，腰间陡然一紧，男人炙热的气息铺天盖地地侵袭过来……

“喂……”叶绾绾疼得眉头微蹙，抱怨地往后退了一步。

然而她这不经意的躲闪，却立刻引来司夜寒更加激烈的动作。她的身体被抵在身后冰冷的墙面上，身前是男人滚烫的剧烈起伏着的胸口，她整个人犹如处在冰火两重天。

叶绾绾的面上露出几分无奈，偏头稍稍避开了男人的吻，手指覆在了男人的手背上，安抚地轻轻抚了抚：“还生气呢？今晚为了你，我可是给自己立了一个‘惧内’的人设！你信不信，明天整个圈子都会流传着我‘妻管严’的消息。”

司夜寒垂下眼睑，一瞬不瞬地盯着她，那黑曜石般的眸子如同深海里的旋涡，危险，又令人无比着迷……

司夜寒缓缓开口，没接叶绾绾的话，只说：“不许看他。”

这就说不过去了吧？怎么做到不看啊，每次和自家艺人见面她都要把眼睛蒙起来吗？

可是叶绾绾这次学乖了，也不管司夜寒的话有理没理，只管连连点头：“不看不看！除了你之外，所有物种在我眼里都是浮云好不好？再说，宫旭有什么好看的！不及你的万分之一！”

依旧在公寓楼下苦苦等助理开车回来的宫旭，突然重重地打了个喷嚏……

司夜寒拥着女孩的手臂收紧，声音冰冷地警告道：“别忘了违约的后果。”

叶绾绾听着男人毫无起伏的声音，明明应该感到恐惧的，可一颗心却蓦然软了下来。她轻轻地低笑一声，懒洋洋地勾起唇角：“嗯？违约的后果吗？和你待在一起一辈子？突然还挺想违约的，怎么办……”

听到女孩的回答，司夜寒深邃的眸子瞬间泛起层层热浪，炙热得似是能够将人融化。

叶绾绾清晰地从男人清冷的眸底看到了自己的影子。

在司夜寒的吻落下来的瞬间，叶绾绾赶紧一头将脑袋砸在了他的胸口处，可怜兮兮地开口道："我忙了一天都没吃东西，好饿啊……我想吃面……可是我手疼……"

司夜寒在呼吸相闻的距离静静地注视着她。

他怎么可能不知道叶绾绾那点小心思，每次都是胆大包天，事到临头又撩完就跑……

在女孩的唇上重重地咬了一口，男人迈步朝着冰箱的方向走去。

"围裙就挂在冰箱侧面，我帮你拿！"

叶绾绾乖巧地跑了过去，拿出一条超市赠送的粉色围裙，上面还印着可爱的图案。

司夜寒朝着围裙斜睨了一眼，明显非常嫌弃。当他看到叶绾绾拿着围裙一副期待的表情时，还是张开了手。

"欸，等等，你会煮面吗？"叶绾绾突然想起来。

司夜寒顶着一张高贵冷艳的脸睥睨了她一眼。

叶绾绾顿时讪讪开口道："唔，好吧好吧，我错了，你怎么可能连煮面都不会！"

司夜寒刚进厨房没多久，叶绾绾的手机突然响了起来。

来电显示是许易。

叶绾绾接通电话："喂？许管家？"

叶绾绾刚一接通，手机那头立即传来许易十万火急的声音："绾绾小姐，你没事吧？我马上赶到你公寓楼下了！十一和封玄亦也已经在来的路上！你千万撑住，冷静一点，不要冲动！"

叶绾绾听得一头雾水："哈？你在说什么？发生什么事了？"

许易被问愣了："怎么回事？少爷还没到你那儿吗？他明明是一路狂飙出门的，这个时候肯定已经到了啊……"

"啊？一路狂飙？"

"少爷看到你在发布会现场为了宫旭受伤的视频了，最糟糕的是当时视频上全是乱七八糟的弹幕，大概是你对宫旭实在是太好了之类的话，这些网友就是看热闹不嫌事大！"许易用最快的速度把当时的情况解释了一下，语气那叫一个惊心动魄。

"那个，许管家啊……"

"绾绾小姐，待会儿少爷找到你的话，你可千万要冷静！我们马上就到了！"许易千叮万嘱。

叶绾绾轻咳一声，再次打断道："许管家，麻烦你冷静一点，让我说一句，ＯＫ？"

叶绾绾说完，直接在手机屏幕上点了一下，转到了视频通话，随后，将镜头对准了厨房里。

下一秒，许易就看到，自家少爷腰上围着粉色的卡通围裙，白色衬衫的袖子随意地往上卷着，正在厨房里手拿锅铲，有条不紊地煮着面。

手机屏幕上，许易的表情出现了一瞬间的空白。

叶绾绾直接站起身，拿着手机走到了司夜寒跟前：“宝贝儿，看我一眼！”

司夜寒一听，目光朝着叶绾绾的方向看去，只见叶绾绾正拿着手机对准他的方向，手机屏幕的小格子里，似乎是许易。

叶绾绾凑到司夜寒跟前，前置摄像头对准自己和司夜寒的方向：“快亲我一下，你家管家都急疯了！”

司夜寒明显不会去注意他家管家急疯了这种细节，只听到了叶绾绾的前一句要求“快亲我一下”。

男人淡定地将手里的面放到了锅里，随后稍稍偏了下角度，配合地在叶绾绾的脸颊上亲了亲，然后继续切火腿肠去了。

叶绾绾笑眯眯地看向手机：“现在冷静一点了吗，许管家？”

许易：“……”

冷静……太冷静了……

叶绾绾又问道：“还有事不？”

许易僵硬地开口说：“没……”

对不起，打扰了，就当我从没来过……

手机屏幕一黑，某管家身心受创地将视频通话给挂了。

为了让许易更加放心，叶绾绾又非常体贴地直播了好几张司夜寒煮面的照片给他发过去，最后是许易哭着请求，说不用发了，他真的已经很冷静了……

等了半天，司夜寒终于把面煮好了。

叶绾绾看了眼餐桌上的汤面，颇有些意外地挑了挑眉，面条煮的火候应该是刚刚好，没有糊掉，也没有半生不熟，上面卧着一个溏心蛋和几片火腿，汤汁上漂着翠绿色的葱花和鲜嫩的青菜心，看上去令人食欲大开。

原本她对不食人间烟火的司夜寒的期待仅限于能煮熟就可以了，结果没想到他的厨艺居然还不错……

司夜寒递给她一双筷子，随后一言不发地在餐桌对面坐下。

“看起来很好吃的样子……你居然会下面……什么时候学的啊？”叶绾绾尝了一口，眼睛顿时亮了，“哇！居然很好吃！”

司夜寒对叶绾绾的“居然”两个字显然有些不满：“需要学？”

叶绾绾埋着头吃得欢快：“不需要不需要！这么简单的事情，以我家宝贝的智商，怎么可能需要学！”

听到这话，司夜寒的脸色才缓和了几分。

与此同时，锦园。

锦园的御用大厨与厨房的几位用人看着黑漆漆的灶台和一地狼藉，泪流满面。众人纷纷祈祷，希望司总放过厨房，这都炸了多少次了……

为啥自家少爷突然多了这么个可怕的爱好啊？

晚上，司夜寒自然是在这边留宿。

叶绾绾卸了妆，洗了个澡，换上轻柔的睡衣，此时，司夜寒已经洗好躺在了床上。

这种吃饱喝足有美人在床的感觉不要太美好！

见叶绾绾过来，司夜寒放下手里的书：“手给我。”

叶绾绾赶紧安抚道：“真的就是小伤，都已经结疤了，刚才洗澡的时候我很注意，还用保鲜膜包起来了，一点没碰到水……”

司夜寒再三检查了好几次，神色才缓和几分。

叶绾绾盯着男人专注的侧脸：“你明天要去孙老那边做检查了吧？”

司夜寒“嗯”了一声。

叶绾绾又说：“你这段时间身体状况挺稳定的，每天的睡眠都已经没问题了，应该不会有什么大问题……”

可为什么上次见孙老的时候，他的神情看起来那么奇怪？

看那样子就好像有什么难言之隐，她问他，他也没明说，只说等这次检查之后再跟他们详谈，难道司夜寒的身体又有什么其他问题？

算了，现在胡思乱想也没用，具体情况等明天检查结果出来就知道了……

次日清晨。

叶绾绾和司夜寒起床吃完早饭，然后各自就要去忙工作。

因为身体状况已经稳定不少，现在司夜寒可以去公司正常上班了。叶绾绾虽然不放心，但以司家现在的情况，司夜寒如果再不出现在人前，引起的恐慌只会越来越严重，所以他还是要定期露面，只要不太过耗费心神就可以。

这段时间她也跟着司夜寒学了不少东西，只是没有实践过，也没单独插手过公司事务……

“这条好看！”叶绾绾替司夜寒挑了一条暗红色的领带，刚系好，不知想到什么，突然直勾勾地朝着公寓门口的方向看去。

“等等……”叶绾绾想着，突然伸手摘掉刚系好的领带，又把司夜寒一丝不苟的衣服领子给扯开了。

司夜寒垂眸，朝着女孩投去狐疑的眼神。

叶绾绾要求道：“低一点。”

司夜寒虽然不知道她想做什么，但还是依言稍稍倾身过去。

叶绾绾的目光落在司夜寒敞开的领口处，一把钩住司夜寒的肩膀，柔软的唇覆了上去。不等司夜寒反应过来，锁骨处便是一痛，除了疼痛之外，是一阵蹿上神经末梢的酥麻，被女孩吻咬过的地方留下了一小片暧昧的粉红色印记……

男人的双眸危险地眯起，朝突然对着他的锁骨处啃了一口的女孩看去。

叶绾绾又朝着门口看了一眼，像是一只狡黠的小狐狸，盯着自己的“杰作”，心满意足地开口道：“好啦！完美！现在可以走了！”

叶绾绾说着，这才朝着门口走去。

拉开门，下一秒，“啪叽”一声，一个荧光色的身影贴着门滚了进来……

宫旭一脸尴尬地拍拍身上的灰尘爬了起来，故作镇定地打着招呼：“哈……呵……呵呵……叶哥……早……早啊！”

叶绾绾双臂环胸，好整以暇地看着大清早偷偷摸摸堵在她家门口的某人，幽幽回了一句：“早——”

宫旭挠着头，结结巴巴地开口道：“呵呵……今天不是要去剧组给洛辰探班吗……我干脆直接来这里等你一起了……我刚到你家门口，你就开门了！真是太巧，太巧了……”

叶绾绾闻言，嘴角微抽了一下。

宫旭内心还是很难接受自家叶哥居然怕女朋友怕到在未来大舅子面前都处处小心。

平时看上去总是那么冷漠严肃又不近人情的叶哥，居然会有这么卑微的一面，宫旭的心里突然觉得有点不是滋味。

叶绾绾自然注意到了宫旭的反应，见效果达到了，这才朝着司夜寒看去：“晚上我去公司接你。”

司夜寒淡淡应声道：“嗯。”

从昨晚到今早，叶绾绾的这场“顺毛行动”可谓完成得非常到位，不留任何死角，这场危机总算是彻底解除。

去剧组的路上。

宫旭顶着两个大大的熊猫眼：“叶哥，你长得这么帅，想找什么样的美女找不到啊，为什么在一棵树上吊死？”

叶绾绾说：“因为他值得。”

闻言，宫旭顿时再也无话可说。

叶绾绾也没再多说，以宫旭的性子，给他一点时间消化就好，若是洛辰，只怕是这辈子都消化不了。

第三十三章

盗用作品

读者告白

我常常觉得，阅读“恰似”是我人生中最幸福的一环。它让我在茫茫书海中找到了方向，让我在孤独时有了陪伴。感谢您囧，让我在阅读中找到了快乐，让我在成长中找到了力量。

——夕海鲸风

QIASIHANGUANG
YUJIAOYANG

晚上，孙百草的私人住所。

孙老和以往一样给司夜寒的身体做了详细的检查。

检查结束后，叶绾绾忙上前询问：“孙老，阿九的情况怎么样？”

孙百草开口回答道：“跟上次的检查结果差不多，虽然隐患未除，但是能稳定到这种地步，已经非常不容易了。”

孙百草颇有些感慨地朝叶绾绾看去：“叶小姐，你怕是没少花心思吧？”

司夜寒的这种情况，稍有不慎便前功尽弃，想要维护，花费的心思不是常人可以想象的，何况她还顶着这么大的压力。

“孙老谬赞了，全靠您医术高明……”叶绾绾稍稍松了口气，但还是觉得孙百草大概有什么事情没说。

回去的路上。

“喜欢孩子吗？”司夜寒突然毫无征兆地问了这么一句。

“啊？孩子？”叶绾绾愣了一下。

“嗯，你喜欢小孩子吗？”司夜寒重复。

叶绾绾托着下巴，沉吟着开口道：“怎么突然问这个问题？”

司夜寒毫不隐瞒：“我可能无法有子嗣。”

叶绾绾闻言，愣住了，原来这就是孙百草之前态度奇怪的原因。

估计是司夜寒的身体亏空太厉害，伤了根本。

不过，更让她意外的是，司夜寒居然会这么直接地告诉她。

叶绾绾半天才回过神来，随后语气轻松地开口道：“唔，其实我对小孩子没什么执念，感觉挺麻烦的。以前家里的几个小侄子、小侄女都太闹腾了，要是乖巧懂事、听话呆萌、长得又可爱倒还可以，不过万一生个熊孩子多糟心！再说现在都什么时代了，外面丁克不要娃的夫妻可多了，一辈子过二人世界也挺好的，干吗非要带个拖油瓶啊！”

车里，一阵沉闷的静默。

男人身上又恢复了那种令人捉摸不透的气场，如同眼前这个人存在于整个世界之外，难以触及。

不知为什么，她发现自己特别不喜欢从司夜寒的脸上看到这样疏冷的表情。

叶绾绾微笑着朝男人看去：“不要总是板着个脸嘛，有什么大不了的，开心一点啊，这个世界上美好的事情多着呢！”

司夜寒的目光融进了车窗外的夜色：“是吗？”

叶绾绾从口袋里摸出一颗巧克力，轻轻放进男人的嘴里：“当然是了！”

香甜的气息在唇齿间融化，而女孩的笑容比唇齿间的甜还要融化人心……

司夜寒垂下眸子，缓缓将身旁的女孩拥进怀里：“绾绾，这世界……并不美好……”

只是因为有你在……

虽然司夜寒并没有说出这一句，但叶绾绾莫名就明白了司夜寒的未尽之意。

从前，叶绾绾从未认真去了解过眼前这个男人，对于他毫无来由却深沉炽热的爱只有恐惧和排斥，不敢轻易打开自己的心门。

直到她渐渐发现，他所做的一切，仅仅是因为他的整个世界里，除了他自己，就只有她的存在。

换句话说，这个男人所做的一切都仅仅是因为，太害怕失去她了……

可是到底为什么？

她不过是个普通到不能再普通的人，与司夜寒也并无任何交集，他对自己这样沉重的感情，到底从何而来……

……

宫旭霸凌事件逆转之后，皇天受到了不小的冲击，即使皇天将万珊珊推了出来试图转移火力，但大家不是傻子，稍微有点脑子的都知道皇天玩的什么把戏。

涉事的一干艺人全都受到了不小的影响，其中影响最大的要数凌少哲，虽然他解释自己并不知晓万珊珊是故意绊倒洛辰的，但视频中，他咄咄逼人的态度还是颠覆了他以往的人设，引起群众很大的反感。

有时候就是这样，你一直将自己塑造成善良、正义、受害者的形象，有朝一日突然做了一件不好的事情，就会人设崩塌；而像宫旭这样以往被黑得体无完肤的，随便做了件好事，倒是令人轻易改观。

不过凌少哲好歹有作品撑着，这种丑闻只能短时间内对他造成一点影响，过段时间大众就会淡忘。

可宫旭想要彻底扭转口碑，还有一段路要走……

还好每次想想洛辰，叶绾绾多少都能安慰一点。

今天《惊龙2》杀青，叶绾绾特意去了一趟剧组，刚到那里，就看到宋金鳞正在发脾气：“这都是什么花拳绣腿！不是说了让你找个像样的人来吗？”

“导演，这些人都是龙套……能摆几个动作就不错了……总不能指望人家真会飞檐走壁啊……”章华话说到一半，接收到宋金鳞严厉的目光，顿时讪讪开口，“我这就继续找！继续找……”

“怎么了章哥？”看着章华一副头疼不已的表情，叶绾绾随口问了一句。

章华是群众演员的领队，专门负责帮助剧组找一些龙套演员。

见宋金鳞走远，章华才神色无奈地吐槽道：“今天这场戏需要两个身手好一点的龙套，我给宋导找了好几个，可宋导全都不满意。你说，这跑龙套的人大多是业余的，就算是专业的，也没几个是练家子，我上哪儿给他找个武功超群的去啊……”

叶绾绾闻言失笑，还真是宋金鳞的风格，把电视剧当成电影一样拍，每个镜头都力求完美。

“叶总监，不跟你说了，我这就继续找人去！不然今天怕是都没法杀青……”

“好，你去忙吧！”

今天的拍摄取景地点在一处破旧的天桥附近。

到了拍摄地点，场务正在清场，不过似乎出现了一点状况。

小陈正在天桥上跟什么人争论。

叶绾绾看清那几个人是谁之后，顿时愣住……

居然是熟人？

姑且算是熟人吧……

天桥上，一个穿着花里胡哨的女装的男人没骨头似的躺在地上，边上放着一副担架，担架上躺了一个人，旁边立了一个牌子——“家夫身患绝症，好心人给点医药费”。

对面是那个招摇撞骗的道士。

三人全都穿得破破烂烂，简直可以原地加入丐帮。

“不好意思，我是剧组工作人员，待会儿我们要在天桥下面取景，附近都不能有人，麻烦你们暂时回避一下！”

“月底了，我们可是要冲业绩的，时间就是金钱，宝贝，你说是吧？”

担架上的人连动都没有动一下，仿佛能睡到天荒地老。

这两个人，一个明显是男扮女装，一个明显是在装病，就这样还指望能讨到钱？难道别人都是瞎子吗？

小陈的嘴角似乎抽搐了一下，只当他们是想讹钱，也不想跟这些人多纠缠，于是开口道：“你们要多少钱才肯走？”

女装打扮的男人一听，顿时一脸严肃：“这位小姐，请你放尊重一点，我们只接受正当劳动所得，不要玷污我们的人格！”

小陈满头黑线：“你们是不是存心捣乱？”

“非也非也，君子爱财，取之有道，这位姑娘，不如贫道给你算一卦？”

闻言，女装打扮的男人顿时爬了起来，怒气冲冲地指着那道士的鼻子骂道：“呔！臭道士，你要算命不会换个地方，非要跟我抢生意？”

“这地方是你家的？”

“你们俩别吵了，到底走不走啊？”小陈头疼地道。

“小陈……”

小陈正跟那边沟通得一肚子火，听到喊声，回头一看，叶绾绾正朝着这边走来，顿时双颊微红：“叶哥，你来了……”

“怎么回事？”叶绾绾扫了那几人一眼。

小陈没好气地开口道：“今天我们要在这边取景拍摄，所以我正在清场。可这几个人怎么说都说不通，我都怀疑他们是不是隔壁剧组派来捣乱的。”

叶绾绾内心疯狂吐槽，想多了，他们还真不是来捣乱的……这群人日常也是这副模样……

那道士一看到叶绾绾，眼睛立刻亮了：“哎呀，叶有名妹……”

话没说完，叶绾绾无比冷冽的目光射了过去。

道士非常自觉地闭了嘴，一副“我懂”的表情。

男扮女装的“一枝花”上下打量了女扮男装的叶绾绾一眼，颇感兴趣地喃喃道：“呵，同道中人……”

叶绾绾看向小陈开口道：“小陈，你先去忙你的，这几个人我来沟通吧！”

“啊，那怎么好意思！”小陈的脸颊顿时更红了。

“举手之劳而已。”

“喂！小陈——”这时，对面正好有人在催小陈过去。

“那……那好吧！麻烦您了，叶哥，这几个人纯粹是没事找事，要是说不通，我回头就去找保安直接赶走！”催促之下，小陈只好连连感谢地先离开了。

“好。”

小陈走后，三人不动如山地继续霸占着“风水宝地”，完全没有要挪窝的意思。

“保安？真是好怕呀！我城管都不怕，还怕保安！”

叶绾绾见状，笑了笑：“想赚钱吗？正好我这边有份工作，可以雇你们。”

“一枝花”嘴里叼着根稻草，神情冷傲，满脸不屑地轻嗤了一声：“哟，我听到了什么，想雇佣我们？真是好大的口气！”

神虚道人也意味深长地开口道：“叶……小兄弟还是慎言，我们之中任何一人，也不是你能开得起价的。”

叶绾绾点点头：“哦，那请问，雇佣你们要多少钱？”

“一枝花”“啧”了一声：“本人还从没接过一亿以下的活儿。”

神虚道人冷笑出声：“你装什么？一亿了不起？我最高纪录十亿！”说完摸着手里的拂尘，对叶绾绾开口道：“咱们三人，就算地上躺着的那个，报价也不会低于五千万。”

叶绾绾嘴角微抽地听着两人在那儿吹牛：“能不能砍价，便宜一点？”

“一枝花”一脸傲娇：“本人从不接受议价。”

神虚道人笑了笑：“若是美人的单子，我倒是可以额外优惠一些，打个九折。”

叶绾绾点了点头：“哦，一百块一个人，做不做？”

“一枝花”：“……”

神虚道人：“……”

“一百块？！你这是在侮辱我？”“一枝花”尖叫出声。

神虚道人的脸色非常难以形容：“叶小兄弟啊，我觉得，你对‘砍价’这两个字可能有点误解。”

“不行吗？那算了……”叶绾绾转身就走。

就在叶绾绾转身的瞬间，道士身形极快地闪到了她的身前：“等等！叶兄弟，我做，我做！只要不违背道义，不动用武力，正当且合法！”

叶绾绾轻笑道：“我这里需要几个群众演员，就跑个几分钟龙套，很简单，而且这算演戏，不需要动用武力，符合你说的所有要求，非常正当合法。”

道士的眼睛顿时亮了，迫不及待地开口道：“成交！什么时候上工？什么时候给钱？管饭吗？”

“你居然跟我玩阴的！”“一枝花”在后面大叫，“老板，别听他的，我比他便宜，我只要八十块！”

这时，角落里，担架上传来一个幽幽的声音：“老板，可以演尸体吗？五十块可以躺一天。”

叶绾绾：“……”

上次意外撞见那个道士揍元生等人，光看身手的话，眼前几人绝非一般人。

现在看来，他们确实不一般，不是一般的神经病……

叶绾绾带着三人过去的时候，章华那边还没找到合适的群演，正被宋金鳞催得火烧眉毛。

宋金鳞发起火来实在是太可怕了，现在没有群演敢上去挑战。

“章哥，人找到了吗？”叶绾绾带着三人走了过去。

“还没呢……”

“不然这三个你带去试试？这个道士打扮的身手应该还可以，缺尸体的话，这个长头发的可以去凑个数。”

“谢谢叶总监推荐！我这就让他们去试试！”章华这会儿也是实在找不到人了，正好叶绾绾推荐了三个人过来，于是也顾不得多想，赶紧谢过，死马当活马医，先试试再说吧。

至于这个凑数的，就当给叶总监一个面子，反正也无伤大雅。

章华把重点放在了另外两人身上，看向两人问道：“你们俩，之前演过打戏吗？”

剧组这种地方，穿成什么样子的都有，所以这两人虽然穿得相对常人而言很奇怪，章华也没觉得有什么。

“一枝花”一副惊讶的语气，摆着手说：“我们是和平主义者，从来不打架的。”

道士做了个道家的拱手礼：“修身养性，从不动粗。”

章华一听急了：“哎，那不行啊！待会儿上去的时候必须得打！我跟你们说下，待会儿啊，你们俩分别从两头跟着人群冲过去，然后你们俩开始对打，一定要打得激烈一点，要那种有深仇大恨，恨不得你死我活的感觉，懂吗？”

“这也太难了，还不如去讨饭！”

“这位先生，不如我给你算个命？”

“老章，你那边好了没有？”不远处，导演助理催促。

“好了好了！马上让他们就位！”

章华一边应声一边无奈地看向两个越看越不靠谱的人，咬咬牙道：“你们……算了算了，反正你们先试试看吧！”

章华不放心地叮嘱了半天后，拍摄开始了，他已经做好再次被骂得狗血淋头的准备。

“3、2、1，Action！”

拍摄开始后，几十个蒙面黑衣人缠打在一起，地上满地的“死尸”。

其实这场戏多是远镜头，大部分人都是凑数的，不过剧情设定有两人需要给到特写，所以要求比较高，过招不能太敷衍。

“啊——冲啊——”

一群人的呼喊声伴随着兵器相撞的声音响了起来。

黑压压的人群之中，镜头对准的那两个人凌空跃起，朝着对方扑了过去，“砰”的一声，面容精致的男子一拳头捶在道士身上，发出瘆人的声响……

“唰——”

两人几乎同时踹出腿，迅速缠斗在一起，打得那叫一个天翻地覆、难解难分……

围观的所有工作人员都看傻眼了，好久没看到这么敬业的群演，他们打得可真逼真啊，哎哟喂，那动作，自己看着都觉得疼……

章华的嘴巴都张成了“O”字形，这……这叫从来不打架？

还有，这到底是在真打还是假打啊？

叶绾绾无语，一百块钱而已，要不要这么拼？她站这么远都能听到这两人骨头撞击在一起的声音……

莫非他俩有什么深仇大恨？

就这样还敢说自己只接上亿的大单子？到底是谁给他们的勇气……

最后，这场一条就过了。

直到导演喊停，两人依旧打得难解难分，敬业极了。

也不知道是不是她的错觉，叶绾绾总觉得这两人就好像是憋了很久，其实很想打架似的……

宋金鳞表示非常满意，难得对章华露出了笑脸：“演得不错，动作和情绪也到位，这两人你哪儿找来的？”

章华笑意盈盈地开口道：“嗨，哪里是我啊，是神通广大的叶总监，我只是跟他这么一说，他转头就给我拉了这两个人过来，真是神了！”

宋金鳞略显意外地朝着叶白看去：“劳烦叶总监费心了。”

对于叶白，他的印象倒是不错，此人虽然年纪轻轻，但心思细腻，为人处世不骄不躁，手下带出来的艺人也都很踏实。

当然，宫旭这个例外他不做评判。

“宋导客气，一点小事。”

宋金鳞点点头，随后又问道：“《惊龙 2》马上就要杀青了，洛辰的下一部戏你有计划了吗？”

洛辰出道至今也只演过两部戏，《惊龙 1》和《惊龙 2》，《惊龙 1》让他一夜爆火，《惊龙 2》让他顺利复出，接下来的第三部戏便是他能不能在此基础上稳住的关键，所以叶绾绾也非常慎重。

此刻听宋金鳞的话音，似乎是对洛辰有些意向？

于是，叶绾绾坦诚回道：“手头倒是有几个本子，可惜没有合适的，他的下一部戏爆不爆火、是否卖座倒是其次，但作品的质量和口碑一定要好。我并不希望将洛辰打造成流量小生，那样太浪费他的天赋。”

宋金鳞闻言面露赞赏：“洛辰很幸运，能够遇到你这样的经纪人。若遇到的是别人，指不定就想趁他此刻爆火赶紧多捞一点，接些乱七八糟的烂片，把孩子的天赋都消耗光了！这样的艺人，我见了太多！”

叶绾绾笑道：“也是他自己争气、有实力，我才敢拼一把，换作其他人，我也不敢，毕竟大家也要吃饭。”

听到这话，宋金鳞倒是觉得对方挺实在，面上带了几分微笑：“这样吧，洛辰的下部戏，你先缓缓，等我这边的消息。我正在筹备的新戏，男主倒是挺适合他……”

宋金鳞敢说这话，那洛辰接到这部戏的可能性至少有七成。

叶绾绾眸光微亮，忙感谢道：“那我替洛辰感谢宋导了，一定等宋导您的消息！”

……

群头那边发钱的效率很高，这边刚演完，奇葩三人组就已经拿到了钱，三人都拿了一百，道士和“一枝花”因为尤其卖力，表现又好，每人又多发了一百块的红包。

三人拿着刚到手的钱，满脸激动之色。

“赚……赚钱了，终于开张了！”

“不如贫道以后就改行做演员？”

见叶绾绾走了过来，道士果断将她叫住，此时的态度已经是一百八十度大转弯，别提多热情：“老板，有个事情跟你商量！”

“怎么？”叶绾绾顿住脚步，朝着三人看去。

“嘿嘿，是这样的，作为咱们几个目前为止最大的金主，我觉得老板你很是靠谱，以后若是还有这样的活儿，可以随时联系我们！随传随到！”

叶绾绾：“……”

她居然是他们目前为止最大的金主？这混得到底是有多惨？

方才这两人看在别人眼中是在演戏，不过叶绾绾却很清楚他们那是真打，且招式、身法她从未见过。

照理说他们有这身手，做什么也不至于饿死，不过听他们的意思，似乎还有个什么不能动用武力赚钱的奇怪规定。

这几人个个看起来都是四体不勤、五谷不分，加上神奇的脑回路，正常老板哪个会用他们，也难怪只能讨讨饭、算算命、摆摊当苦力。

虽然这几人行为诡异、来历不明，不过这跟她又没关系，她不过是上次看这道士揍了元生等人，觉得还算顺眼，今天才随口问了一句。

“如果有机会的话当然可以。对了，你们可以等一下，一会儿发盒饭，今天杀青，伙食应该不错。”叶绾绾开口回了一句，便没再多停留，完全不知道几人看着她的眼神已经闪闪发光，如同在看着一座金山。

……

深夜，大排档。

聂无名一只脚踩在长条凳上，脸色阴沉得可怕：“今天是月底最后一天。”

对面的大块头老老实实地拿出了搬砖赚的钱，面值全是五块十块的，拼凑起来大概有一百多。

“一枝花”一屁股挤开了道士，过来邀功道：“队长，人家今天赚了两百块哦！人家终于可以养队长了！”

“一枝花”刚一靠近，聂无名顿时汗毛直竖，警惕不已地朝着附近扫了一圈：“不想死就离我远点！”

看着自家队长一副避之不及的样子，“一枝花”如同受到了天大的打击，顿时泫然若泣：“队长，您怎么能这么嫌弃我……”

道士谄媚地挤过来说：“一边去！队长，这是我的两百块！”

最后，连冰山男也默不作声地拿了一百块出来。

除了小甜甜之外，这三个家伙居然也能赚到钱？聂无名表示一百个怀疑。

“钱哪来的！是不是又去抢了？咱们团队的核心价值观你们是不是又忘了！”聂无名厉声开口。

“一枝花”赶紧解释道：“队长，这钱的来源绝对正当合法！这是我们在剧组当群众演员赚来的！”

以这几人的智商，能想到去当群演？最重要的是，哪个剧组会要他们？聂无名表示怀疑。

“队长，是上次帮我们付账的那个叫叶有名的妹子帮忙介绍的！这可真是太有缘了！”

最近队长被他家小魔头折磨得整个人都处在随时可能爆发的边缘，谁敢犯他的禁忌啊！

“叶有名……”

听到这个名字，聂无名才相信了他们的说辞。

聂无名看了眼日期，距离小魔头的最后期限已经越来越近，整个人都心烦意乱：“人有消息了没有？”

几个人一听这话，顿时面面相觑，缩成了鹌鹑状。

“一枝花”委屈地小声咕哝道：“大小姐就跟凭空消失在这个世界上一样，什么线索都没有。现在唯一的线索只有一张照片，还是四年前的，女大十八变，现在人家指不定长成了什么样子……这人海茫茫的，要到哪里找人去？”

这时，聂无名腰上那部黑色的手机突然响了起来，犹如魔音贯耳。

众人顿时头皮发麻，齐刷刷搬着凳子后退了一步，尽量减少存在感。

聂无名捏了捏眉心，虽然极不情愿，但还是不敢耽搁，立刻接了起来：“喂……”

“找到我妈了吗？”手机那头传来熟悉的童音，稚嫩奶气，却冷冰冰的。

聂无名深吸一口气说：“我说……你每次给我打电话，就不能换个台词？”

“找到我爸了吗？”

聂无名一顿，行，就当我啥都没说。

“舅舅，你还剩下半个月的时间，如果到时候还是没有他们的消息，我只能亲自来华国了。”

聂无名一听这话，顿时头皮发麻：“你可别乱来，要是乱跑出了什么事怎么办！”

要是这个宝贝外甥出了事，他爹妈不会轻易放过他！

何况现在这小魔头在千里之外都已经折磨得他这么惨了，要是来了华国，他这日子还怎么过！

“那也只能怪我有个这么没用的舅舅。”

聂无名：“……”你一定要这么伤害我吗？

聂无名咬着牙，阴森森地开口道：“你知不知道，你这么不可爱，以后就算找到了你爹妈，他们也会不要你！”

“舅舅还是担心一下自己吧，在此之前，你爹地妈咪会先不要你。”

聂无名一口气差点没上来。

桌旁的四人一看聂无名的表情就知道队长又被怼了。

明知道每次都会被怼，干脆直接放弃挣扎好了，何必呢……

聂无名放下手机，目光幽幽地扫过桌旁的四人：“半个月后，若再找不到人，小魔头会亲自来华国。”

正在幸灾乐祸的四人齐刷刷变了脸色。

……

这段时间，叶绾绾可谓是顺风顺水。

学校那边顺利修满学分完成了跳级；光耀传媒在叶绾绾的管理下业绩飞速上涨；上次“霸凌”事件之后，宫旭口碑逆转，成功塑造成了心直口快、肆意洒脱的人设；洛辰那边《惊龙2》刚一播出收视率便节节攀升，彻底爆火，虽然是男二，人气却碾压男主凌少哲，一时间广告代言、杂志封面人物、综艺，各种通告雪花一样砸了过来……

这些倒是都在叶绾绾的计划和意料之中，最让她欣慰的还是叶慕凡，原本还担心他一蹶不振或者又半途而废，还好那家伙这次总算是争了口气，带领造型部大展拳脚，彻底改变了光耀艺人一贯给人的“流水线生产”印象。

他接手的《盛世皇朝》上映后更是好评如潮，剧中的服装造型设计在时尚界引起了不小的轰动。

仅凭着这部戏，叶慕凡一举拿下了这届百花奖最佳服装设计师奖等大大小小十几个奖项，成为时尚界最大的黑马。另外，他颇得时尚协会主席牧文清的赏识，居然坐上了副主席的位置，在圈子里混得风生水起……

光耀传媒，叶慕凡的办公室。

“相关合作细节已经全部确认完毕，沈小姐还有什么想问的吗？”叶慕凡手里夹着一支烟，扫了眼对面沙发上的女人问道。

女人相貌美艳，一身黑色晚礼裙勾勒出完美的身形。闻言，她缓缓站起身，一步一步朝着叶慕凡走去。

女人在叶慕凡的办公桌前站定，随后微微俯下身，声音甜美地开口：“Felix总监……”

叶慕凡弹了弹烟灰，漫不经心地瞥了对方一眼，明知故问道：“怎么，还有事？”

当年他好歹也是个游戏情场的花花公子，类似这种套路实在是见得太多了，怎么可能不知道她想做什么。

果然，沈曼珠从身上摸出一张洒了香水的纸片，递到他跟前：“这个，是我的手机号码……”

叶慕凡扫了那女人一眼，丝毫不为所动。

现在他已经改邪归正，工作就是他的生命，是绝对不会为外面那些花花草草所动摇的。

于是，叶慕凡一脸正色地拒绝道：“沈小姐，很抱歉，我不是你想的那种人，我现在以事业为……”

叶慕凡拒绝的话刚要说出口，就听到女人一脸恳求地说道：“麻烦您帮我转交给叶总监，谢啦！”

叶慕凡顿时傻眼，一副愣住的表情：“咳咳咳……你……你刚说给谁？”

圈子里的人都叫他英文名，不会称呼他“叶总监”，会被称呼成“叶总监”的，只有一个……

那就是他妹……

女人面露羞怯地捧着脸："叶白，叶总监啊！你不是跟他关系很好吗？帮忙牵个线呗！我自己实在是不好意思！"

叶慕凡："……"

怎么不按照套路出牌？

"拜托拜托啦！一定要帮我转交啊！成了人家请你吃饭哦！"女艺人将纸片塞在叶慕凡的手里，抛给他一个飞吻，然后就这么走了。

叶慕凡盯着那张写了手机号码的纸片，心中的悲伤逆流成河。

想当年，都是绾绾帮女孩子给他传情书送礼物，万万没想到，有朝一日居然会颠倒过来……

叶慕凡花了好长时间才缓和了悲伤的情绪，然后哀怨地揣着号码，去找自家妹妹了。

"咚咚咚——"连敲门声都透着哀怨。

"请进！"叶绾绾随手把正在看的司氏集团的资料给盖了起来。

叶慕凡推门进来，直接把纸片往叶绾绾的桌上一扔："给你的！"

纸片上的香水味太重，叶绾绾被呛得打了个喷嚏："什么东西？"

叶慕凡嫉恨不已地嘀咕道："一个妹子的手机号码，人家想认识你，让我帮忙牵线！"

叶绾绾闻言，垂眸轻笑了一声，将纸片放到一边，摊手道："你明知道我有心无力，好歹帮我推了啊！"

看着叶绾绾神色慵懒勾唇浅笑的模样，叶慕凡一阵失神。

然后他突然发现，自家妹妹还真挺帅的……

工作时认真的样子让人特别有安全感，放松时矜贵慵懒的模样又特别撩人……

不对，重点不是这个，重点是……啥叫"有心"无力，她一个妹子，有什么心啊她……

叶慕凡正在心里吐槽，叶绾绾拉开抽屉，拿出了一个黑丝绒包装的礼盒递给他。

"差点忘了，送你的，恭喜获奖！"

"嘿嘿，还有礼物啊！这多不好意思！"叶慕凡虽然嘴里这么说着，但接过去的动作倒是飞快。

打开一看，是块价值不菲的百利达手表，还是特别限定款。

叶慕凡看到她抽屉里还有个同样的盒子，于是问了一句："你买了两块？"

"下个月是爸的生日，你忘了？"

"对哦！不过，这么贵的表，以爸的个性，肯定不会收啊……"

"骗他说是赝品，两百块钱买的。"叶绾绾不在意地开口道。

叶慕凡闻言一阵无语："咳，你认为咱爸会连真品赝品都认不出来？"

叶绾绾挑眉："会不会相信，那要看是谁说的！"

叶慕凡顿时撇撇嘴："对对对，宝贝女儿说什么他都信！"

"对了，今晚的风尚盛典你来不来啊？"叶慕凡有些兴奋地追问。

经历了这么多事情之后，叶慕凡现在做事低调了不少，今晚时尚协会主办的风尚盛典，算是他第一次公开在人前出现，还是以时尚协会副主席和专家评委团这样的身份。

"我还有点事要忙，估计会晚点过去，今晚是你的主场，我随便走个过场就行，你开车慢点，少喝点酒。"叶绾绾笑着开口道。

之前她多少还要盯着点叶慕凡，现在已经放心让他一个人应付了。其实社交方面，叶慕凡这个老油条比她擅长多了。

"好吧，那晚上我就自己先去了，你记得一定要来啊……"叶慕凡反复叮嘱。

不然他嘚瑟给谁看啊！毕竟好不容易混出了个人样来……

临走之前，叶慕凡的眼角余光落在叶绾绾手边的一沓文件上，露出的一角上似乎印着司氏集团的LOGO……

绾绾这儿怎么会有司氏集团的文件资料啊？

叶慕凡挠挠头，只当自己看花眼了，也没多想，心情愉悦地哼着歌转身走了。

叶慕凡离开之后，叶绾绾继续翻看着司氏的相关资料。

之前，她把所有的时间都花费在了倒追顾越泽和怨天尤人上，现在她一分一秒都不敢浪费，如同海绵一样疯狂地吸收着所有的知识。

除了了解演艺圈相关专业的信息，其他时间她全都在了解司氏集团。

司家各个嫡系、支系遍布全球，旗下分公司更是百花齐放，涉及房产酒店、珠宝首饰、玉器古董、服装、电子等各个领域，她光是把其中的关系理顺就已经花了好几个月的时间。

不过这些东西也确实复杂，就算是在司家多年的内部人员都不可能全都搞清楚，她能在这么短的时间里吸收消化这么多信息，已经是非常不容易的了。

第一步信息收集阶段完成，下一步，便是实践了。

想收服人心，可不是光会纸上谈兵就可以……

自然，这段时间秦若曦也没闲着，她在司夜寒养病期间谈成了好几个大单子，各种收买人心。

也不能怪所有人都认为，秦若曦的位置无可替代。

呵，她会让那些人知道，什么才是真正的，无可替代……

聚星总部，众人正殷勤地围着何俊成恭喜道贺。

"何总监，恭喜恭喜！"

"果然实力证明一切，那些个外行的乡巴佬，明明是自己不懂时尚，还非说咱们老大江郎才尽！"

“那是当然了，百花奖竞争多激烈？连皇天的 Chasel 都没入围！”

何俊成参与的时装剧刚刚入围了百花奖，虽然只是入围，最后并没有得奖，但作为国内电视剧含金量最高的奖项，能入围的都是业界顶尖高手。

最近他的造型风格出现了好几次失误，外界的流言蜚语越来越多，好在这个奖项证明了他的实力，连带着之前说他实力大跌的流言都消散了不少。

其实这部入围百花奖的时装剧是叶慕凡临走之前接手的，当时只完成了一半，本来他好言相劝叶慕凡回来继续给他做事，谁知道那废物不识好歹，害得他只能临时组建团队完成剩下的造型。

好在这两年的积累已经足够他在时尚圈站稳脚跟，就算是吃老本也足够了。

“只可惜半路杀出了一个《盛世皇朝》，不然这次拿奖的肯定是咱们何总监了！”

人群中，有人遗憾地开口道。

不过立即有人谄媚地凑到何俊成跟前说：“没办法，《盛世皇朝》是环球投资的大制作，人脉资源和投资不是咱们可以比的。得奖的那个设计师是直接空降到光耀的，肯定是哪个走关系的大神，他们得奖，只能说是理所当然，咱们何总监以小博大，那才是真正的黑马呢！”

“没错没错！听说时尚协会主席牧文清亲自开口邀请了何总监参加这次的风尚盛典，上次还当着记者的面盛赞了何总监的作品呢！”

提起这次压他一头的《盛世皇朝》，何俊成心里自然是不舒服，不过，输给那种对手，对他而言并非丢脸的事情，反倒是荣耀。

听着周围的恭维声，何俊成一阵飘飘然：“不过是运气好，入了牧主席的眼！”

众人忙又拍起了马屁：“何总监你太谦虚了，这两年你获得了那么多奖项，帮助公司培养出了这么多的艺人，怎么可能是光凭运气？你一步一个脚印走到今天这个位置，那是绝对的实力派啊！”

何俊成接受完了众人的恭维，随后心满意足地驱车到了沈梦琪那里接她。

车上，何俊成一脸春风得意之色：“梦琪，怎么样？我就说不会有问题吧！那小子以为自己是谁啊，还真把自己当根葱了！”

沈梦琪的脸色虽然缓和了不少，但依旧透着不悦和烦躁：“我下个月参加国际时装周的造型怎么办，靠你吗？”

何俊成眸子里闪着精光：“我早就打算好了，今晚的风尚盛典，时尚协会新上任的副主席 Felix 也会到场，到时候咱们准备点礼物带过去，拉拢拉拢关系，约他出来谈谈，然后请他亲自给你做造型！”

沈梦琪没好气地白了他一眼：“人家可是环球的金牌造型师，牧文清的座上宾，时尚协会副主席，哪儿那么容易请到！”

今晚，新晋金牌造型师、造神手 Felix 的运气似乎有些不太好。

出了公寓后，叶慕凡穿得光鲜亮丽，头发梳得整整齐齐，还打着发蜡，俨然一副贵公子的模样。

他开着叶绾绾送的那辆大红色帕尼拉超跑，春风满面地开往风尚盛典现场。

这次风尚盛典在京郊一处高端私人会所举办。

虽然这两天天气不好，一直阴雨连绵，不过这丝毫不影响他的好心情。

车窗开了半边，丝丝小雨往脸上飘着，很是舒爽惬意，因为路上没什么人，叶慕凡便加快了车速。

万万没想到，车子开到中途，突然有辆蓝色的小车逆行，朝着他的方向笔直开了过来。

叶慕凡赶紧猛踩刹车，急打方向盘避开那辆车。

但因为车速太快，红色帕尼拉还是蹭上了那辆别克，然后一路冲到旁边的灌木丛里才险险停了下来。

所幸他躲避及时，没出什么大事。

只是刚下过雨，这灌木丛一片泥泞，等叶慕凡好不容易爬出来的时候，精心打理过的头发一团乱，身上全是污渍和泥点，整个人已经没法看了。

那辆帕尼拉引擎盖也凹进去了一大块。

完了！

叶慕凡抓挠着头发，急得如同热锅上的蚂蚁，第一反应是完蛋了。今天临走的时候绾绾还交代了让他开慢一点，结果这就撞车了。

被绾绾知道，还不得扒了他的皮！

“你怎么开车的呢？！”

对面的蓝车车主下了车，对着叶慕凡就是一阵破口大骂。

叶慕凡被骂得一脸蒙，明明是对方逆行在先好吗？什么叫恶人先告状，他算是见识到了。

对方一身酒气熏天，明显就是酒驾。

得了，报警吧，他跟个醉汉说什么道理。

因为还要赶着参加风尚盛典，叶慕凡直接报了警，然后给助理打了电话，让助理过来处理。

与此同时，何俊成和沈梦琪已经赶到了风尚盛典现场。

两人递上设计精美的烫金邀请函，顺利入场。

宴会厅里衣香鬓影，来的全是时尚圈的名人和各路明星大咖。

两人进去之后，不少认识的熟人上前寒暄着打招呼。

“何总监，恭喜这次入围啊！”

何俊成拱着手：“客气客气！”

两人寒暄一圈之后，沈梦琪有些急切地在人群中扫视着：“你说的那个Felix来了没有？”

何俊成环顾一圈：“好像还没来……”

“何俊成，你现在给我个准话，到底有没有把握请到人？”沈梦琪不放心地再三追问。

何俊成的神色也有些不确定，迟疑地开口问道：“梦琪，你一定要请Felix吗？”

沈梦琪冷睨了他一眼：“当然了，这可是我的国际首秀，不能出半点差错！”

最近她的造型平平无奇，甚至还有翻车迹象，时尚教主的人设已经摇摇欲坠，她怎么能不急。

所以，这次无论花费多大的代价，她都必须把人请到。

要是何俊成靠得住，她至于费这么大精力吗？

至于叶慕凡，更是个没用的！这会儿估计又不知道在哪里鬼混了！

何俊成的神色有些为难：“梦琪，我劝你别抱太大的希望，听说这个新任副主席性格很古怪，如果是光耀传媒的艺人找他做造型，他分文不收，但光耀之外的人，就算是环球总公司的，那也要看他的心情，而且开价非常高！

“即使如此，找他的人还是络绎不绝，非常难请。我认识时尚协会的郑理事，到时候可以让他帮忙牵个线，但到底能不能请到，也只能看运气……”

沈梦琪闻言蹙眉：“不过是个造型师而已，架子这么大……”

旁边一个聚星的造型师闻言忙开口：“大小姐，您可别小看造型师，在这一行，包装和造型关乎艺人生死，业内有水准的造型师一人难求，何况还是Felix这种可以化腐朽为神奇的顶尖大神，他现在炙手可热，再红的艺人也要对他礼让三分！”

何俊成也赞同地点了点头：“是这样没错……”

这时，不远处传来一阵人声：“是时尚协会的郑理事到了。”

“梦琪，郑理事来了！快！”

何俊成等了半天，才终于挤开人群，带着沈梦琪凑了过去搭话。

“郑理事，您好您好，我是聚星的何俊成，上次我们见过的！”

郑理事略点了下头，随即抬起手中的酒杯：“何总监，还没恭喜你这次入围百花奖！作品很精彩！连主席大人也赞誉有加！”

“多谢多谢，郑理事您太客气了！”何俊成笑着寒暄了一番，随即问正事，“郑理事，不知道……副主席人来了没有？我之前跟您说的那个事情，您看怎么样？能不能想办法约他出来见个面？”

郑理事闻言，摇摇头道：“约Felix见面？下个月洛林国际时装周开幕，几乎所有人都在排着队找他，若是光耀传媒的艺人倒还好说，至于其他公司的……”

郑理事一副大家心知肚明的表情，拍了拍他的肩膀道：“今晚你能跟他说上几句话就是运气好了，等着吧！”

何俊成忙道：“是是是，多久我们都可以等的，麻烦您回头帮忙引见一下就行……”

郑理事正要开口，手机铃声突然响了起来，于是忙走到一边接电话，态度非常殷勤。

“哎，喂，副主席，您到了没？什么？怎么会这样？要不要紧？您人没事吧？没事就好，没事就好，衣服这个好办，我这就亲自去为您准备……好好好……”

郑理事打完电话后，对何俊成等人开口：“诸位，我这边还有事要忙，就先失陪了！”

“好的好的，您去忙吧！”众人忙送郑理事走。

郑理事走后，众人三五成群地围在一起八卦了起来。

“刚才郑理事是在跟副主席打电话？是出什么事了吗？”

“好像是路上出了点故障耽误了……”

“说起来，这个Felix到底是什么来头？既然这么厉害，为什么不去龙头公司，这么死心塌地地留在光耀那个小旮旯？”

“不清楚，只知道他当初是被光耀传媒的艺人经纪部总监挖过去的……而且现在光耀其实也不错吧？势头挺猛的！”

……

众人热络地聊了一会儿，眼见着风尚盛典就快开始了，Felix依旧没有到。

今晚不少人都是冲着他来的，这会儿可谓是望眼欲穿。

沈梦琪百无聊赖地跟几个小明星聊着服装首饰，何俊成在一旁跟几个造型师夸夸其谈。

这时，何俊成对面一个扎着低马尾小辫的造型师突然看向不远处，语气夸张地开口：“哎哟喂，真是稀罕事儿，你们猜我看到了谁？”

“谁啊？你这么大惊小怪！难道是Felix？”

“呸！别玷污我男神！是叶家那个废物大少爷！”

“皇天大少爷？你是说叶慕凡？”

叶慕凡不是早就因为父亲犯事，一家子都被除权赶出家门了吗？他已经好久没有出现在类似这种高端场合了。

“不会吧？他来这儿做什么？你是不是看错了？”

众人一边议论纷纷，一边顺着长发男的视线看去，一看之下，好像还真是叶家那位纨绔大少爷。

听到周围几人的议论，何俊成也朝着对面看去，果然看到叶慕凡正避开人群往里走。

只见叶慕凡的头发乱糟糟的，礼服也皱巴巴的，上面还沾着泥点和树叶，整个人看起来很是狼狈。

“噗——他怎么搞成这样就跑来了？大少爷这是放飞自我，彻底不要形象了吗？”

谁都知道叶慕凡以前对于穿着装扮是最为讲究的，何曾这么狼狈地出现在人前。

以前叶慕凡为人太过高调，众人对他的观感本来就不好，这会儿见他落魄，自然是幸灾乐祸。

“什么大少爷啊，现在叶家早就变天了，如今的叶氏是二房叶绍安的天下，叶依依又是顾家钦定的未来少奶奶，强强联合，哪还有他什么事！”

叶家那点破事，圈子里的人都知晓。

谁不清楚，叶慕凡早就被废了，现在他就是个丧家之犬。

旁边有个尖下巴的设计师八卦兮兮地凑到何俊成跟前打听：“听说他之前在你们聚星给你打杂啊？这次是你们给他弄的邀请函？”

长发男顿时轻嗤一声：“什么啊，他早就被辞退了！这种废物，也就我们大小姐和何总监心善，才给他一口饭吃！”

叶慕凡正准备去找郑理事换衣服，突然，有一人拦在了他身前。

“哎呀，这不是咱们聚星的叶大造型师吗？看来离开了聚星，混得……很不错啊！怎么，你也来参加风尚盛典？”

叶慕凡这会儿正头疼要怎么跟绾绾交代，心情很是烦躁，闻言目光冷冷地在以何俊成为首的这几个造型师身上扫了一眼，懒得搭理这群人：“好狗不挡道！”

何俊成没想到今天还能看到这么有趣的消遣节目，心情颇好地走上前去：“叶少爷，别来无恙啊！”

不远处，沈梦琪也已经注意到了这边的情况，落在叶慕凡身上的视线满是嫌恶和不屑之色。

这家伙跑来做什么？该不会是对她贼心不死故意跟来的吧？

想到这里，沈梦琪顿时一阵恶心，只看了一眼，便嫌恶地别开头去。

何俊成走到叶慕凡身边，压低了声音，一副遗憾的语气开口道：“你说你这是何苦呢？当初，我好心好意地去请你，你却不识好歹……”

说到这里，何俊成顿了顿，眸子里满是得意之色：“现在再想求我，恐怕没那么容易了……”

叶慕凡这会儿倒是不急着走了，微微一挑眉：“求你？”

何俊成想到那天被叶慕凡绑在坟地的事情，顿时满脸阴沉：“你若是跪下来，在大家面前当场给我磕三个响头，我倒是可以考虑考虑给你一口饭吃……”

叶慕凡正要开口说话，这时，手机铃声响了，是叶绾绾打过来的。

叶慕凡一看，顿时满脸心虚，也没心情怼人了，赶紧小跑到没人的地方去接电话……

众人看着叶慕凡那慌里慌张的表情，顿时嘲讽出声道：“既然这人都已经被聚星开除了，那他是怎么混进来的？”

“你们看他那贼头贼脑的样子，肯定是混进来的呗，这位大少爷别的不行，投机倒把的事情可是擅长得很！”

“保安呢，到底怎么做事的？”

何俊成一副好脾气的模样，拍了拍对方肩膀，开口道：“算了算了，好歹同事一场。”

“何总监，这种人你还替他说话！”

众人见何俊成解围，加上风尚盛典马上就要开始，全都忙着去准备，才没有继续追究。

跟这种垃圾计较，实在是浪费时间……

台上，主持人热情洋溢地开口——

“诸位尊敬的来宾，感谢大家的到来，第十三届风尚盛典，正式开始……”

按照以往的惯例，每年的风尚盛典除了行业交流之外，重头戏是各知名造型师都会展出自己至今为止最得意的作品。

台下席间，沈梦琪扫了身旁何俊成一眼：“今晚叶慕凡混了进来，不会是想找麻烦吧？”

毕竟今晚何俊成展出的作品，用的还是叶慕凡的设计，叶慕凡能善罢甘休？

何俊成闻言，面上满是有恃无恐，轻嗤一声，嘲讽地开口道：“就凭他？梦琪，你也太高看那个废物了，别说他不敢，他要真是蠢到自寻死路，今天这种场合来这里找我的麻烦，那正好，我让他这辈子都别想在这个圈子里混下去！”

沈梦琪也觉得自己的担心多余，耸耸肩没再说话：“我去后台准备了。”

“去吧，宝贝儿，你今晚一定是最美的！”

……

音乐声响起，台上，各个造型师的成名作、巅峰之作纷纷亮相，模特们争奇斗艳，展示了时尚界百花齐放的盛景。

前排中间的位置上，时尚协会主席牧文清正坐在那里，他右边坐着郑理事，左边的位置空着。

此刻，年逾五十的牧文清穿着一袭正装，正聚精会神地看着众人的作品，在看到沈梦琪上场之后，眸子里明显滑过一抹惊艳之色：“不错！”

一旁的郑理事忙附和道：“是不错！牧主席有没有觉得，这何俊成的风格，在某些方面跟咱们副主席很是有些相似？”

牧文清摇头道：“跟慕凡比，还是差得远……”

郑理事知道自家主席对这位新上任的副主席很欣赏，忙开口道：“那是当然的，只是风格类似，不过明显稚嫩得多！”

牧文清闻言朝着身旁空着的位置看了一眼：“慕凡呢？怎么还没来？”

“说是路上出了车祸，正在处理，要晚点过来！”

“什么？车祸？”牧文清顿时眉头紧蹙。

郑理事忙开口道：“主席您别紧张，人没事，就是车子剐蹭了一下。算算时间，人应该已经到了，我这就去门口接一下！”

……

郑理事的暂时离席没有引起什么波动。

沈梦琪刚一出现在台上，下面便是一片称赞之声，这会儿众人正纷纷鼓掌夸赞。

“不愧是何总监的巅峰之作，确实厉害！”

“这创意，这脑洞，不是一般人可以想到的！”

“刚才连牧主席都点头了！”

何俊成乐呵呵地接受了所有的溢美之词：“诸位谬赞了，雕虫小技，不足挂齿！”

就在这时……

一片夸赞之中，突然响起了一个突兀的声音——

“呵，什么时候时尚协会的格调这么低了？居然连这种偷盗他人作品的无耻之徒也能堂而皇之地登台，接受众人的赞赏？”

男人的声音悠悠然中透着几分玩世不恭，满是嘲讽不屑之意。

因为这道突兀的质疑之声，人群诡异地静默了一秒。

何俊成面上的得意之色僵在脸上，神情无比阴沉地朝着一旁看去——

只见叶慕凡依旧是头发乱糟糟的，穿着一身皱巴巴的衣服，嘴角似笑非笑地勾起，好整以暇地站在那里。

叶慕凡！

他居然还真敢来！

好，很好……

不用何俊成亲自开口，已经有人怒骂出声：“哪来的小瘪三，居然恶意诽谤时尚协会的名声，还污蔑我们协会的造型师是小偷！”

在场见过Felix真容的没有几个，加上看到叶慕凡这副不修边幅的样子，自然不会将他放在眼里。

“这人是谁啊？怎么看上去有些面熟？”

“你们不知道吗？人家可是叶氏集团的大少爷，叶慕凡！”

“就是那不学无术的纨绔？他怎么跑这儿来了？”

“听说之前在聚星给何俊成打杂，后来被辞退了，估计是怀恨在心，所以跑来闹事！”

“这也太无耻了吧！”

等众人骂得差不多了，何俊成才站了出来，不紧不慢地开口道：“叶少，当初看你被赶出家门，流落街头，咱们大小姐看你可怜才收留你，让你跟在我身边打杂。

“可是，你实在是没有天赋，又不肯好好工作，为了公平，我也只能辞退你，毕竟公司也要赚钱，不养闲人。

“谁知道，你不仅不思悔改，还跑来污蔑我……”

何俊成一副痛心不已的表情，叶慕凡也不说话，就静静地在那儿看着他编：“哦？我没有天赋？那谁有天赋？只会用别人作品的何大造型师你吗？”

何俊成就等着他说这话呢，当即呵呵一笑：“叶少，你说我盗取别人的作品，你倒是说说，那我盗用的，是谁的作品？”

叶慕凡双臂环胸，想也不想地开口道：“自然是我的！”

“哈哈……这废物刚才说什么？”

叶慕凡话音刚落，何俊成周围的几个设计师顿时哄笑出声。

“叶慕凡，你怕不是脑子有问题？咱们何总监盗用你的作品？你以为你是谁？”

“哎哟喂，咱们堂堂聚星的总监，盗用你一个打杂的作品，可真会往自己脸上贴金！”

何俊成完全不用亲自出手，在场的众人一人一口唾沫就足以淹死叶慕凡。

“喂！保安呢？你们怎么办事的？有人没邀请函混进来了都不知道，还由着他这么闹事！”

“就是！还不把人给赶出去！”

这边的动静闹得太大，很快惊动了工作人员。

“请问出了什么事？”一个穿着干练的女孩慌慌张张地赶来，看到叶慕凡之后，眼睛顿时亮了一下，“郑理事一直在找……”

女孩话没说完，便被旁边的一个长发造型师打断：“这个人，没有邀请函混了进来捣乱，因为嫉妒我们何总监，还污蔑何总监盗用他的作品！你们是怎么办事的？还管不管了？”

周围不明真相的众人都在看热闹，三五成群地交头接耳。

“什……什么……他混进来捣乱……嫉妒何总监……”女孩一脸迷茫，完全不知道发生了什么事。

长发男神色笃定，厉声道：“没错！不信你查一下他有没有邀请函！”

“哎，算了……”何俊成一副宽容的表情。

长发男为了拍何俊成的马屁，满脸大义凛然：“怎么能算了，这种时尚界的败类，也敢踏进我们时尚协会大门，简直是玷污协会的门面！”

女孩闻言，脸色有些难以言喻，看着何俊成等人的表情如同看着异类：“这位先生确实没有邀请函的……”

长发男一听，顿时更来劲了，得意地开口说：“我就说吧，他给了你什么好处，让你徇私放他进来！”

女孩被这人咄咄逼人的态度也激出了几分怒气，冷冷地扫视了何俊成等人一眼，随后，一字一顿地开口道：“这位先生，是我们时尚协会副主席，是今天这场风尚盛典的东道主和主办方，自然是不需要邀请函的，请问，诸位对此是有什么问题吗？”

女孩话音落下的瞬间，现场一片死一般的寂静。

长发男面上的得意完全僵住，何俊成的瞳孔骤然紧缩，猛地抬起头，朝着叶慕凡死死瞪了过去……

台上好整以暇地看热闹的沈梦琪，身体也瞬间僵直了，精致的小脸一白，无法置信地朝着叶慕凡看去。

刚才那个女孩说……说什么？

时尚协会副主席……

叶慕凡？

此时，好不容易才回过神来的何俊成艰难地开口："你……你刚……刚刚说什么？你说他是谁？"

女孩白了他一眼："我们时尚协会新上任的副主席，Felix 先生。就是你们刚才说没有邀请函混进来的，还玷污时尚协会门面的人。"

所有人顿时目瞪口呆。

何俊成咕噜咽了口唾沫，整个人都已经傻了。

这……怎么可能！

叶慕凡就是 Felix？

这绝对不可能！一定是哪里弄错了！

就在众人面面相觑的时候，郑理事匆匆赶来："我的副主席大人啊，总算是找到您了，我刚在门口怎么没看到您，衣服已经帮您准备好了，您赶紧过去换吧！"

似乎是察觉这边的气氛不太对，郑理事茫然开口道："怎么了？发生什么事了？哦，对了，何总监，你不是要找我们副主席吗，这位就是！"

说完，他又看向叶慕凡开口道："Felix，这个是聚星的何总监，台上的是聚星的沈梦琪小姐，他们想跟您谈谈洛林时装周合作的事情……"

叶慕凡随手扯下衣袖上沾到的一片草叶："哦，是吗？"

此时此刻，何俊成和沈梦琪想死的心都有了，听着郑理事的这番话，恨不得找个地洞钻进去。

郑理事都已经亲自开口，现在他们想不相信都已经不行！

刚才郑理事说 Felix 在路上出了车祸，所以叶慕凡才会这副样子出现……

所以，他们费尽心思想请的金牌造型师、炙手可热的造神手 Felix，竟然就是叶慕凡那个废物？！

这到底是怎么回事？

皇天对外一直宣称叶慕凡是被扫地出门的，他怎么可能在这么短的时间里混到这个地步？

沈梦琪站在台上，恶狠狠地朝着何俊成瞪了一眼。

叶慕凡就是 Felix，为什么这么重要的事情他都不知道！

何俊成这会儿实在是有苦难言，他怎么可能把Felix跟叶慕凡联想到一起？

然而，更糟糕的事情还在后面……

前面，时尚协会主席牧文清面色冷肃地迈步走了过来：“慕凡，你方才说，何俊成的设计是盗用你的作品，这是怎么回事？”

叶慕凡朝着牧文清看了一眼：“老师，没什么大事，就是不久之前，我丢了一本手稿，不想，原来是被何总监捡了去。”

一听这话，何俊成额上的冷汗都快下来了：“这……这是误会……一场误会……”

这件事情要是被坐实了，那他就毁了。

何俊成急了，打定主意不认，立即反驳道：“什么手稿？！完全没有的事，这是我自己的设计！主席您一定要相信我！”

想到叶慕凡根本就拿不出证据，何俊成渐渐有了底气：“叶少，你说这是你的设计，请你拿出证据来！你是什么时候丢失的手稿？又是在哪里丢失的？”

怎么样？拿不出来了吧！

叶慕凡轻轻一笑：“证据？我这人的记性不好，还真不记得这种无关紧要的事情……何总监的意思是，我冤枉你，嫉妒你的天赋与才能，所以污蔑你，想要霸占你的作品？”

叶慕凡这话一说出来，何俊成就僵住了，而众人更是炸开锅，纷纷鄙夷地朝着何俊成看去。

“开玩笑吧，人家百花奖得主，时尚协会副主席，嫉妒他？”

“何俊成是不是有被害妄想症？”

何俊成气急了，开始有些口不择言：“叶慕凡你血口喷人！这些作品是我自己的！是我的设计！你没证据就想污蔑我，那我还说你盗用我的作品呢！”

叶慕凡一副大度的表情，丝毫不在意地开口道：“何总监，别着急，我不过是随口一说，也没打算追究你的责任，不过是个造型设计而已，这种东西，我一天能给你十几个。

“你既然看得上，那就送你了，没什么大不了，毕竟同事一场，你这么喜欢，我再送你一本都行！”

“你……”何俊成差点被气得吐血。

叶慕凡口口声声不计较，甚至连证据都没有，却把这顶盗用作品的帽子给扣死了，加上他现在的身份摆在这里，大家自然是相信他说的话。

“天哪，真没想到，何俊成居然是这种人，捡了人家的手稿，一声不吭地就占为己有！”

“就是啊，仗着人家没证据就可以有恃无恐了吗？”

“居然还说是Felix盗用他的！”

刚才都在帮着何俊成说话的围观群众，此刻已经全都掉转了枪口，刚才是怎么嘲讽叶慕凡的，现在全都怎么嘲讽何俊成。

现在的何俊成和叶慕凡，就好比是乞丐和富豪。

你一个乞丐，说人家富豪偷了你的钱，有人会相信吗？

叶慕凡看着被围攻到百口莫辩的何俊成，眸底闪过一丝冷意。

他就算胡诌，那又怎样？

以他现在的身份地位，搞何俊成还需要证据？

总之，今天叶慕凡说出了这番话，何俊成这辈子的职业生涯就算是毁了。

因为，谁也不知道叶慕凡口中的那本手稿中到底有多少作品，而何俊成日后的设计到底是他自己设计的，还是偷的手稿里的。

至于穿着盗用造型的沈梦琪，估计也好不到哪里去……

牧文清这个主席自然是站在叶慕凡这边的，且他为人又护短，当场宣布将何俊成从时尚协会除名，并且让保安把人给赶了出去……

聚星的其他造型师面上也挂不住，纷纷悄悄溜走了。

沈梦琪跟个傻子一样，一个人呆呆地站在台上，没有一个人来为她解围。

她抱着一丝希望朝着叶慕凡的方向看去，这个男人虽然纨绔，虽然玩世不恭，但对她确实全身心地呵护，每次她有什么事情，都会第一时间出现……

可是，这一次，叶慕凡从头到尾连看都没看她一眼。

男人这会儿完全被上去搭讪的人群围住，连他的后脑勺都看不到……

“好说好说……”

叶慕凡正如鱼得水地应酬，眼角余光看到不远处一个熟悉的人影走来，顿时吓得一口红酒喷了出去。

“我家老板来了，失陪失陪！麻烦让一下！”叶慕凡赶紧把手里的酒杯交给身旁的工作人员，然后匆匆朝着来人的方向赶去——

看着叶慕凡秒怂的模样，身旁的郑理事一脸无奈：“我怎么感觉我们家副主席，每次看到叶总监都跟老鼠看到猫一样？”

旁边的工作人员也是哭笑不得：“还真是……Felix 平时可跩了，心情不好的时候谁的面子都不给，但只要叶总监一句话，让往东不敢往西！”

“所以说，光耀的这位叶总监，到底什么来头？手下那么多大神！”

……

小花园里。

叶慕凡这会儿衣服还没来得及换呢，脸上的心虚完全掩饰不住：“老……老板……”

叶绾绾上下扫了他一眼：“怎么回事？”

叶慕凡非常自觉，直接认错道：“绾绾，对不起，我错了！虽然我当时车速是快了那么一点，但主要还是因为对方逆行在先！就是车子撞废了……”

“有没有哪里受伤？”叶绾绾眉头紧蹙。

“就擦伤……”叶慕凡弱弱地回答。

叶绾绾松了一口气：“人没事就行，车子废了就废了。”

“绾绾……”叶慕凡一听妹妹没有怪自己，顿时眼泪汪汪。

主要叶绾绾之前对他真的是太严厉了，害得他现在一见到她就怂得不行。

“何俊成那事，解决了？”叶绾绾问。

叶慕凡顿时笑道：“放心，搞定！他刚才还让我拿证据呢，呵呵，真是搞笑！”

说完，叶慕凡目光微亮地朝着眼前的妹妹看去：“绾绾，还是你说得对，有了话语权，想什么时候讨公道都行！”

其实之前有段时间，他也天天满心怨愤，觉得老天不公，各种愤世嫉俗，毕竟自己的心血被人霸占，以至于差点心态失衡。

最后，是绾绾的话让他沉淀下来，让他把精力放在了作品上。

叶绾绾闻言，看着叶慕凡神采飞扬的表情，面色也柔和了不少：“搞定就行，晚上一起回家吃饭吧！”

叶慕凡：“好嘞！”

……

晚上，叶绾绾和叶慕凡回到了家，梁婉君做了满满一桌子菜。

“绍廷，你少喝点！”

叶绍廷满脸笑意：“没事，今天高兴！”

眼见着绾绾越来越懂事，连慕凡也开始稳重起来，事业有了起色，他心里说不出地欣慰。

这种欣慰，是以往任何成就都无法相比的。

“是爸爸对不起你们，让你们吃了这么多苦……”叶绍廷很清楚，两个孩子未来的道路会多艰难。

叶绾绾忙甜甜地开口道：“爸，你胡说什么，你是世界上最好的父亲！”

如果不是因为自己，父亲怎么可能会落到今天这个地步。

在这个利益为上的圈子里，骨肉亲情脆弱得不值一提，又有几人能做到像叶绍廷一样，为了子女毫不犹豫地放弃一切。

叶绍廷看着女儿，满脸的慈爱之色，不过看向儿子的时候，又板起了脸：“臭小子，这个浮躁的毛病到底什么时候能改改！说了多少遍了开车慢一点，你偏不听！你看看你！那么贵的车子，说毁了就毁了！这要多少钱？”

叶慕凡一听父亲的碎碎念，顿时痛苦不已地抱住了脑袋。

叶绾绾忙开口道：“爸，是对方酒驾逆行在先，不是哥哥的错，何况车子毁了便毁了，再买一辆就是，那辆的型号有些旧了，以哥哥的身份，也该换一辆了！”

叶绍廷闻言点头：“嗯，绾绾说的也有道理。”

叶慕凡简直泪流满面：“爸，你太偏心了吧，我说了一百遍都没用，绾绾一说你就说对对对……”

梁婉君失笑地摇了摇头，看着一双儿女，眸子里满是欣慰。

现在一家人能这样坐在这里欢声笑语，真是她之前想都不敢想的事情。

不知想到什么，梁婉君的脸色微微沉了几分，犹豫着开口道：“对了，绍廷，妈昨天打电话过来，说……让慕凡和绾绾有空去老宅吃个饭……”

听到梁婉君的话，叶慕凡的脸色顿时冷了下来：“去那儿干什么？！我不去！”

叶绾绾淡淡扫了叶慕凡一眼，缓缓开口道：“这段时间我哥比较忙，估计没空，下个月吧。哥，这几天你记得去给爷爷奶奶挑下礼物，用心点挑。”

叶慕凡顿时改口道：“哦，知道了！”

梁婉君一阵无奈失笑，刚刚还在吐槽爸爸只听绾绾的，结果他自己还不是这样。

虽然二老那边对她是不可能改变想法了，但她不希望绾绾和慕凡因为他们大人被牵累。

慕凡这个性子，在叶依依母女那里，太容易吃亏……

还好现在有绾绾在身边帮忙劝着慕凡，让她安心了不少。

看着自家越来越漂亮懂事的女儿，梁婉君的心里真是比吃了蜜还甜，关心地问道：“绾绾啊，你最近跟阿九还好吗？”

为了让父母放心，叶绾绾连连点头：“嗯嗯，好着呢！学校快放假了，过段时间我们俩准备一起出去玩儿！”

叶慕凡一听，顿时一脸紧张：“你们单独去？那怎么行？我也要去！”

“不要！”叶绾绾直接拒绝。

叶慕凡一脸正色：“绾绾你太天真了，单独旅行什么的，那家伙肯定是对你有什么企图！”

叶绾绾斜睨了他一眼：“是啊，当然有企图，不过，是我对他有企图，所以，你不许去！”

叶慕凡：“……”

第二天，风尚盛典上的事情被媒体添油加醋地报道了出去。

不管是媒体还是路人，全都一边倒地站在叶慕凡这边。这也难怪，毕竟人家有才又长得帅，现在身处高位，谁没事闲得慌去污蔑一个不如自己的人？

既然不是污蔑，那肯定是确有其事了。

办公室里。

叶绾绾正在翻看一堆玉石鉴定方面的资料，敲门声响了起来。

“请进。”

“叶总监……”

看到来人，叶绾绾的目光不易察觉地闪了闪：“曼珠，坐，有事吗？”

对上男人的目光，沈曼珠顿时小脸通红，站在那儿犹豫了半天，才扭捏着开口：“那个……叶总监……Felix他……有帮我把东西给您吗？”

叶绾绾的手指轻轻在光可鉴人的办公桌桌面上敲击着，闻言开口说道：“你的号码？”

沈曼珠的脸顿时更红了，语气颇有些哀怨：“人家等了一晚上，都没等到你的电话，叶总监，你是不是很讨厌我……”

叶绾绾轻咳一声，颇有些头疼地捏了捏眉心。

拒绝女孩子这种事情，她还真是不太有经验啊……

当然了，她也不可能有经验。

男人倒是简单，她可以毫无心理障碍地说出口，可对方是可爱又娇弱的女孩，她一换位思考，就实在狠不下心了。

叶绾绾斟酌了好半天措辞，然后才开口道：“曼珠，你是个好女孩……”

沈曼珠顿时更委屈了：“不要给我发好人卡！”

叶绾绾的话瞬间被噎了回去。

此时此刻，光耀传媒大门口围满了支持者。

一辆保姆车在门口停下，穿着英伦风黑色西装的青年迈步走了下来。

洛辰一贯喜欢以校园风的白衬衫和牛仔裤造型出现，叶慕凡接手之后，他的风格开始往轻熟转变，此时的他一身经典款制服，惹得支持者们惊叹连连。

因为《惊龙2》的播出，洛辰现在人气飙升，直接迈入了当红小生的行列。

就在支持者们尖叫连连的时候，保姆车里，又一人走了下来。

宫旭依旧是一头挑染着樱花粉的凌乱碎发，但造型从头到尾都被叶慕凡改造过，不再是一身闪瞎人的荧光色，更注重品位和个性。这样一来，既能保持他嚣张桀骜的独特气质，又没有那么非主流，自然吸引了又一大批颜粉。

宫旭整了整领口，一脸不屑：“啧啧，这年头的人真是越来越没品位了，一张面瘫脸有什么好看的？”

说完，他微笑着对着支持者们打了个招呼：“嗨！”

那微笑的模样，比阳光还要耀眼，小虎牙更是可爱到爆，还带着几分勾人的邪恶。

“啊啊啊啊啊——宫旭宫旭！太可爱了！”

“天哪天哪！我要昏过去了——”

得到支持者们的热情回应后，宫旭这才算是满意了。

“我说两位祖宗！赶紧进去吧！不然待会儿保安都拦不住了！”小晴和冬仔两人赶紧护着这两尊大神进了公司大楼。

宫旭和洛辰相看两相厌，也不说话，一起沉默着乘坐专属电梯上了楼。

宫旭向来是个不喜欢敲门的，到了叶绾绾的办公室门口，直接一下把门给推开。

“叶哥，我回来啦——”

下一秒，门外的人便看到，办公室里，沈曼珠正跟叶绾绾抱在一起……

宫旭：“……”

洛辰：“……”

四双眼睛，大眼瞪小眼。

“对不起，打扰了。”宫旭最快反应过来，“砰”的一声带上了房门。

“哎哟，这么劲爆——”

刚一关上门，宫旭就开始自言自语，然后兴奋不已地趴在门缝上企图偷看。

身后，洛辰眉头紧蹙，显然是对宫旭的行为很不认同。

察觉洛辰鄙夷的视线，宫旭白了他一眼：“嘁！装什么？难道你不想知道里面发生了什么吗？”

反正他自己现在已经是好奇心爆炸了！

到底什么情况？

叶哥不是有女朋友吗？怎么会跟沈曼珠如此亲密？

与此同时，办公室里。

叶绾绾简直头疼不已，不用想也知道宫旭那个脑子会误会成什么样。

其实刚才什么也没发生，就是沈曼珠被她婉拒之后有点激动，扑过来抱了她一下。

她一个没防备，就被抱住了，谁知道就在这个时候，宫旭突然推门进来了……

“对……对不起！是不是给你添麻烦了？”沈曼珠一脸抱歉。

“没事，我会解释的。”叶绾绾递了一张纸巾过去。

片刻后。

沈曼珠从里面出来了。

宫旭早已经等得望眼欲穿，一看到人出来，顿时跟劫匪一样，一把将人拉到了无人的角落里：“看不出来啊沈曼珠，你竟然喜欢叶哥？”

沈曼珠被拒绝了，心情很不好，瞪了他一眼：“不行吗？”

“行行行，当然行了！我叶哥这么帅，你喜欢不是很正常的事情吗！进展如何啊？”宫旭急着八卦。

沈曼珠哭丧着脸，光是看表情就知道，出师未捷身先死了：“叶总监完全就是不近女色……”

宫旭听着沈曼珠的抱怨，内心活动十分丰富，那是当然了，人家被女友管得严着呢！傻妹子！

宫旭的眼珠子骨碌碌地转动着，也不知想到了什么，突然露出了一抹坏笑。

叶哥的女朋友从没在人前露过面，不知道到底是个什么模样，再加上掌控欲实在是太强了，搞不好以后还会影响到叶哥和大家的正常相处……

他觉得，这样的女孩子跟叶哥一点都不般配，他家叶哥值得更好的女友！

想到这里，宫旭看向沈曼珠，语重心长地开口道："曼珠啊，想知道怎么把叶哥追到手吗？"

闻言，一脸颓丧的沈曼珠顿时朝他看过去："难道你知道？"

宫旭拍着胸口，一脸骄傲："那是当然了，我可是叶哥手下最宠爱的艺人，最了解他的喜好了！"

洛辰："……"

宫旭瞪了洛辰一眼："你有意见？"然后摆出一副就算有意见也不接受反驳的表情。

洛辰淡淡地扫了他一眼，没有搭理他，只不过，却不自觉地朝着宫旭看去，想知道那个答案……

叶哥的喜好？他确实也不知道……

"叶哥到底喜欢什么类型的女孩子，你快说啊！"沈曼珠催促。

宫旭扫了她一眼，慢悠悠地开口道："你先告诉我，你之前是怎么追的？"

沈曼珠的脸顿时又红了："我……我让 Felix 帮我转交了我的手机号码……"

宫旭追问道："然后，还有呢？"

沈曼珠接着说："然后我就一直等电话了，结果等到今天早上也没等到，我就过来找叶总监了……"

等着听劲爆八卦的宫旭眨了眨眼睛，一脸失望："没了？就这样？"

沈曼珠跺脚："对啊！你还想怎样啦！我让 Felix 帮我牵线都已经鼓起所有的勇气了好不好？"

宫旭唉声叹气，不停地摇头摆手："唉，不行不行，你这完全不行啊！你知道叶哥喜欢什么类型的女人吗？"

"废话！就是不知道才问你啊！你到底说不说？别卖关子了！"沈曼珠没好气地开口。

"过来，我告诉你！"宫旭钩了钩手指。

沈曼珠立即凑过去。

宫旭拉长了声音，神秘兮兮地开口："我告诉你啊，叶哥啊，喜欢热情似火的，越放得开越好，越主动越好！"

沈曼珠："……"

状似不经意却在偷听的洛辰："……"

沈曼珠愣了一下，满脸的迟疑："你……确定？看叶总监的样子，应该喜欢甜美可爱、单纯矜持的类型吧？"

宫旭语气肯定："错！大错特错！所以啊，这就是你失败的理由！懂了吧？"

沈曼珠还是有点不太相信："真的？"

宫旭一副信誓旦旦的模样："千真万确！所以，妹子放心大胆地上吧！"

见宫旭说得这么肯定，加上他又是叶白手下比较亲近的艺人，沈曼珠总算是相信了，一副恍然大悟的表情："我还以为叶哥喜欢矜持一点的呢，原来如此……"

"嘿嘿，剩下的，就不用我教你了吧？"

"懂了懂了，谢了宫旭，成了我给你包大红包！"沈曼珠一副醍醐灌顶的表情。

"客气了客气了！"

沈曼珠离开之后，洛辰眉头紧蹙地朝着宫旭扫去："你在胡说什么？"

宫旭白了他一眼："我哪里胡说了，你就知道叶哥不喜欢热情的吗？"

洛辰想要开口，却又无法反驳："……"

虽然他是叶哥的艺人，虽然叶哥对他的一切都很了解，但是，他对叶哥却知之甚少。

八卦完之后，宫旭才推门进去了。

"叶哥！嘿嘿嘿……艳福不浅哦！"

叶绾绾扫了眼宫旭那八卦的表情，随手一沓报纸扔了过去，报纸上赫然又是宫旭跟某女星的花边新闻。

宫旭顿时"嗷"的一声叫了出来，不敢再蹦跶了："叶哥，冤枉！这次是那女人恶意蹭我热度！人家很挑的好吗？怎么可能看得上这种类型！"

……

夜晚，珠江帝景。

叶绾绾扫了眼茶几上的一堆翡翠玉石鉴定书，然后将手中司夜寒给她准备的厚厚一沓资料随手扔在一旁。

之前她跟爸妈说要去旅游，其实是她自己要去一趟M国。

她在司氏集团实践的第一个任务，便是采购原石。

这是她作为未来少夫人插手公司事务的第一件事，自然至关重要。

不过，"赌石"这种东西，别说她是现在开始恶补，就算她是专家高手，也不能说稳赚不赔。

但是，她还是选择接手这个风险度很大的任务……

叶绾绾正在沉吟思索，这时，门铃声突然响了起来。

嗯？司夜寒这么快就来了？

叶绾绾忙起身去开门，结果，门一拉开，却发现来人不是司夜寒，而是沈曼珠。

"曼珠……"看到来人，叶绾绾有些惊讶，暗中庆幸还好自己还没换装。

不过，她这么晚过来这里做什么？

“叶……叶总监……可以进去吗？”沈曼珠穿着一件宽大的黑色风衣，整个人包裹得严严实实。

“请进。”

进屋之后，叶绾绾给沈曼珠倒了杯水：“曼珠，你这么晚过来，是有什么急事吗？”

沈曼珠看起来似乎有些紧张，端起那杯水咕噜咕噜喝了大半杯，想到白天宫旭的叮嘱，于是也不废话了，直接开门见山地问出口：“叶哥，您真的就不能考虑一下我吗？”

叶绾绾愣了一下……

原来沈曼珠还没死心。

可自己白天分明已经说得很清楚了，她怎么晚上又来了？

叶绾绾的面上滑过一丝狐疑，耐着性子开口道：“曼珠，你应该知道我的原则。”

沈曼珠连连点头：“我知道，我知道的，圈子里谁不知道叶哥您不潜规则手下艺人！但是，叶哥您误会了，我不是那个意思，我没想让您给我安排资源什么的，也没有要让您潜规则我，我只是单纯地，很单纯地……”

沈曼珠虽然没说出口，但叶绾绾算是听明白了。

她没打算玩潜规则，就是单纯地喜欢自己而已……

沈曼珠说完，深吸一口气，缓缓站起身，然后，将手覆在自己的风衣腰带上：“叶总监……”

叶绾绾见状，眉头微蹙，突然有种不太好的预感……

只见，下一秒，沈曼珠的手一拉，风衣便打开了。

沈曼珠里面居然穿着一件薄薄的吊带睡裙，衬得她肌肤雪白、身材火辣。

叶绾绾的脑子里犹如卷起一阵海啸。

妹子，你也太主动了吧？

明明白天还那么矜持的，怎么晚上画风突变，这么奔放了？

到底发生了什么？

饶是叶绾绾再淡定，这会儿也傻眼了，猛地一阵呛咳起来。

就在叶绾绾脑子里嗡嗡作响的时候，“啪嗒”一声——

玄关处，突然传来门锁打开的声音，随后，是一阵熟悉的脚步声。

完了，这个时候进来的，而且还有钥匙直接开门的，只可能是……

等叶绾绾反应过来的时候，已经来不及了。

司夜寒已经迈步走了进来，并且一眼看到了客厅里的情况。

叶绾绾默默闭上了双眼。

在看清客厅里画面的瞬间，司夜寒的瞳孔骤然紧缩，脸色难看到了极致。

而叶绾绾，以生平最快的速度，一把抄起旁边的毯子把沈曼珠蒙头盖了起来，然后，如离弦的箭一样冲到了司夜寒跟前，伸出手去，一把捂住了司夜寒的眼睛：“闭眼！”

“啊——”这会儿沈曼珠也发现有人进来，吓得惊呼一声。

客厅里，一阵鸡飞狗跳……

叶绾绾简直是焦头烂额，一边死死盯着司夜寒不许他睁开眼睛，一边看向沈曼珠开口：“曼珠，你把衣服穿好，现在离开，这人是我朋友，不会说出去的。”

沈曼珠羞窘交加，还不忘宫旭的叮嘱：“叶总监……我……我是真的喜欢你……”

叶绾绾内心暴躁不已：妹子，别说了，求你……

还好沈曼珠顾忌到屋子里还有其他人，没有多待，说完便穿好衣服，迅速离开了。

叶绾绾差点虚脱，后背的冷汗出了一层又一层。

几秒钟后，叶绾绾抬眼看去，只见司夜寒依旧站在玄关处，闭着眼睛。

一想到刚才司夜寒可能看到了什么，叶绾绾连害怕司夜寒生气都忘了，因为她自己已经先气得不行，于是，立马冲了过去：“司夜寒！你怎么进来也不敲门！就算有钥匙，你好歹也先敲一下门啊！你看到了是不是？肯定看到了！你看到了多少？气死我了……”

司夜寒睁开眼睛。

“不许睁开！我还在生气！”叶绾绾立即道。

虽然叶绾绾是抱着先发制人的想法，但一想到司夜寒看到了什么，心里也确实是不太舒服。

司夜寒重新闭上了眼睛，面无表情地开口道：“收起你脑子里乱七八糟的想法，我没看到你想的那些。”

叶绾绾撇撇嘴：“骗人！分明就是看到了！”

要是没看到，他刚才的表情怎么会这么可怕？

这完全是睁着眼睛说瞎话嘛！

不对，他这会儿是闭着眼睛的……

司夜寒闭着眼睛站在那里的样子，实在是太引人遐想了……

叶绾绾正胡思乱想，司夜寒沉默了一会儿后，突然开口道：“没有，我只看到了你。”

本来，深更半夜看到一个女人以这种姿态出现在她的屋子里，生气的应该是他。

结果，这丫头一番恶人先告状，加上那副紧张兮兮吃醋的小表情，瞬间就把他的怒火给浇熄了。

这是第一次，她为他吃醋。

即使知道，这可能只是她先发制人的套路，这生气里也不知道几分真假，但他的心，还是忍不住为之所动……

听到这话后，叶绾绾直接惊呆了。

他居然说情话了？

这是说情话了吧？？

我的眼里看不到别人，只能看到你？

真是不容易……

好吧，毕竟是司夜寒第一次说了她能直接听懂的情话，还是给点面子好了。

叶绾绾正准备大方地原谅他，结果，下一秒，便看到司夜寒睁开眼睛，清冷的目光极具威慑力地落在她的脸上："所以，解释。"

叶绾绾看着瞬间翻脸开始问罪的大魔头："这个……"

真是感动不过一秒。

叶绾绾完全不敢动，僵硬地站在那里："宝贝儿啊，你不会连女孩子的醋都吃吧？"

司夜寒的表情已经是他的回答：没有他不能吃的醋。

叶绾绾试图晓之以理、动之以情："这不能怪我，我发誓我白天都已经拒绝她了，我也不知道怎么就画风突变了。再说，我是个女人，她就算勾搭我，也不可能怎么样呀！

"还有啊，因为你的失误不敲门，导致你居然看到了别的女人，我也很生气啊，所以，抵消了，可以不？"

听到叶绾绾这句"我也很生气"，司夜寒的神色总算缓和了几分，扫了眼客厅里到处散落的资料，开口道："后天出发，准备好了？"

叶绾绾轻咳一声："差不多了吧！"

司夜寒在沙发上坐了下来，拿起一本专业书："都看完了？"一副要给她恶补的架势。

叶绾绾顿时满脸痛不欲生的表情："别啊，这些天一直在看这些东西，我头都快看大了，现在我只想看着你！"

结果，司夜寒并不吃她这一套："过来。"

叶绾绾忙赌咒发誓道："亲爱的，你放心好了，我既然敢从秦若曦手里把这个任务给抢过来，就肯定不会让你失望的！一定给你办得漂漂亮亮！妥妥的！"

其实，也不能怪司夜寒不放心她。

毕竟在梦里，司夜寒费心费力为她铺了多少次路，全都被她胡来搞砸了。

但是，这一次，她绝对不会重蹈覆辙……

第二天，司氏集团会议室。

司夜寒坐在中间的首席，左手边是一身香槟色职业套装的叶绾绾。

手把手地教了这么久，司夜寒终于第一次正式将叶绾绾带到了公司，职位是他的特助。——一个什么部门都可以插手，可以让她在最快的时间里熟悉公司、积累人脉的职位。

“大家好，以后还请多多指教！”叶绾绾落落大方地起身，简单打了个招呼。

因为司夜寒在这儿坐镇，不管下面的那些牛鬼蛇神心里到底是什么想法，所有人至少脸上都是一副热情欢迎的表情，秦若曦更是第一个站起身鼓掌。

“因为司总的身体不适宜长途奔波，这次M国那边，便由我代为出行。”叶绾绾开口道。

去M国的事情本来已经定了秦若曦，现在却被叶绾绾横插一脚抢了过去。

秦若曦一副没有丝毫芥蒂的模样，神色自若地开口道：“这次采玉，我这边准备了不少资料，市场调查也做了一些，叶特助若有什么不清楚的地方，可以随时来问我。”

这话一说出来，无非是在提醒众人，叶绾绾这是在抢她的功劳。

秦若曦演戏，叶绾绾自然也跟着演，一副什么都没察觉的模样：“呵呵，多谢秦总监，那我就不客气了！”

下面那些支持秦若曦的高层看到叶绾绾这么嚣张，这会儿都已经快要压不住火，可司夜寒淡淡扫了一眼，他们便抖得跟鹌鹑似的，不敢轻举妄动，只能跟在后面说着漂亮话。

叶绾绾冷眼旁观，突然觉得这些高层也不容易，不仅要业务过关，演技还要一流。

“散会。叶助理，你来我办公室一趟。”司夜寒迅速结束了这场会议。

“是！”叶绾绾苦着脸，跟上了前方冷硬的背影。

司夜寒肯定又要对她碎碎念了。

他对她就这么不放心吗？

昨天他都已经唠叨了她大半夜，现在还不放过她……

方才开会的时候，没人敢说一个字，一旦到了私下里，便什么话都出来了。

“秦总监就是被这个女人挤走的？”

“瞧她那个烟视媚行的样儿，男人就吃她那一套，就算是咱们BOSS（老板）也不例外！”

“就算BOSS喜欢她，那也不能偏心得这么厉害吧？M国这趟，本来应该是秦总监去的，她倒好，一来公司就把人家的事情给抢了！”

“秦总监跟BOSS青梅竹马，她自然是看不惯要跟人家作对了！”

“啧啧……”

……

深夜，秦家。

院子里摆放着一张低矮复古的茶几，茶几旁是一张蒲团。

秦若曦跪坐在蒲团上，正在泡茶。

看着秦若曦这副不动如山的模样，有人沉不住气了。

“若曦小姐，那女人的手越伸越长，现在甚至开始插手公司事务，还故意抢了你手上的事情，实在是太过分了！”

元生面色阴沉：“若曦小姐，我早就查过了，那女人对赌石完全一窍不通，居然还大言不惭主动请缨，我们只要稍微用点手段，就足以让她把事情办砸，到时候……”

秦若曦闻言，淡淡地扫了他一眼，命令道：“什么都不许做。”

元生一听急了：“这都欺负到您头上来了，难道您还要继续忍下去？”

眼见着十一和封玄亦跟在叶绾绾那个女人后面占尽了好处，秦若曦的利益却渐渐受到影响，他自然着急。

不等秦若曦开口，一旁的薛励已经神色不屑道：“哼，愚蠢！这次去M国赌玉，若曦小姐前期早就已经做了大量的准备，那个女人就算谈成了，那也是若曦小姐的功劳，跟她有什么关系？公司的人又不是傻子，会不知道这点吗？”

元生一听，情绪这才缓和了几分，喃喃开口道：“这倒是，这女人这样抢若曦小姐的功劳，只会让人对她更加反感而已！”

薛励的眸底闪过一抹精光：“到时候我们随便利用一下这件事，就足以让她人心尽失！”

秦若曦抿了口茶：“这次你陪着一起过去，该怎么做，知道了吗？”

薛励忙开口道：“若曦小姐放心，属下一定让你满意！”

第三十四章

似曾相识

"恰似"对我来说不仅仅是一部喜欢的小说，还是我努力前进的动力。立志成为叶绾绾这样可爱活泼、勇敢坚强的人，也永远为绾绾和司夜寒双向奔赴的爱情而感动。

——桃桃乌龙

读者告白

QIASIHANGUANG
YUJIAOYANG

转眼到了出发当天。

偌大的国际机场内，叶绾绾和封玄亦一行人在旁候机。

此次叶绾绾前往M国，除了随行的薛励和玉石鉴定专家团外，封玄亦、十一等十数位护卫队成员也一同前往。

因为此次的行程较为匆忙，又是临时决定，所以，叶绾绾他们并没有预约包机。

等待了半小时左右，叶绾绾等人这才登上前往M国的航班。

此次航班上，除了叶绾绾一行人之外，还有一对中年男女带着个十一二岁的小男孩。

从华都到M国，整个航程大约需要五个小时。

叶绾绾坐上飞机之后，在轰鸣的起飞声中，她的目光看向了窗外，看着渐入眼帘的万里晴空，一丝丝的倦意涌上心头，她双眸微闭，黑暗覆盖眼眸的那一刻，梦中过往忽地涌入她的脑海。

梦中，司夜寒也是因身体抱恙，所以没能亲身前往M国，最后是由秦若曦代为前去。

秦若曦自身对赌石一行也有些研究，加上这次是她代司夜寒前往M国赌石，所以，梦中秦若曦出发之前，特意对M国的赌石行市做了很多的了解，可谓信心满满，可是谁也没有想到……

那时M国的赌石行业似乎发生了一些波动，秦若曦虽是做足了准备亲自前往，却最终落了个血本无归。

具体的细节，叶绾绾倒是记不清了。

梦中，她虽是跟着秦若曦一行人一起前往的M国，可是秦若曦等人却从未让她插手过任何赌石的事情，便是平日里，也只是让她在一旁跟着，从未让她参与过任何实质性的问题，所以，她就是个可有可无的摆设罢了。

饶是如此，叶绾绾也全程跟着看了许久，所以对于此番赌石之行，她心中也有几分底气。

叶绾绾虽是不懂赌石个中技巧，但是这“赌石”二字，却是有一个“赌”字，但凡与“赌”字相关，大概都是有着一些运气成分在内。

纵然是在赌石一行中磨砺数十载，经验老到、技巧丰富的人，也绝不敢夸海口稳赚，否则，这世上，岂不是到处都是富豪了？

梦中的一幕幕在叶绾绾的脑海中闪过，没多久，她缓缓睁开双眼，看着窗外白云飘过，便自随身携带的包内取出一本关于赌石的书籍，准备乖乖谨遵司夜寒的叮嘱，先了解一些赌石的基础。

可她不过把那书翻了三四页，一只手却忽地出现，猛地一把将书拽了过去！

叶绾绾微微一愣，下意识地抬起头来。

这才看到拽走她书籍的，竟然是那名十一二岁的小男孩。

小男孩丝毫不觉得自己做的事情有什么不对的，径自拿了那书，大摇大摆地便要回自己的位置。

叶绾绾旋即看向小男孩：“小朋友，能把书还给我吗？”

“凭啥给你！”小男孩不以为然地转头，敷衍地瞪了叶绾绾一眼。

叶绾绾被这小男孩瞪得着实有些无语。

早先就在博客上看到过不少关于熊孩子的传闻，没想到，今天竟然让她遇到了一个！

之前她还跟司夜寒讨论过有关小孩子的问题来着，真不能怪她不太喜欢小孩子。

眼前这个男孩明目张胆地拿了陌生人的东西，非但没有丝毫歉意，竟还一脸理所应当的态度……

更让人生气的是，坐在一旁的中年男女对于男孩的所作所为视而不见，没有任何制止的行为，更没有半点想要对叶绾绾这个当事人解释或致歉的意思。

“你们是他的监护人？”叶绾绾眉头蹙起，看向中年男女。

“怎么了？”

身材有些发福的中年女子尖眼淡眉，有些不耐烦地看向叶绾绾。

“你家孩子拿了我的东西。”叶绾绾道。

中年女子一听，不屑地撇了撇唇角，看了看自家熊孩子手里夺来的那本书，不以为然道：“不就是一本书吗，你说你那么大人了，跟一个小孩子计较什么？给他看看怎么了？再说了，这种书，你看得懂吗？”

中年女子这番话，着实让叶绾绾无语到了极点。

这还真是……

龙生龙，凤生凤，老鼠的儿子会打洞。

什么样的熊家长，养出什么样的熊孩子。

还不等叶绾绾开口，十一便忽地离开座位，沉着一张脸，二话不说，直接一把从那熊孩子手中将书夺了下来。

“你敢抢我的书？！”熊孩子看着自己手中的书被人抢了去，顿时炸了，几乎是下意识地抬脚就要踹向十一的大腿处。

十一脚步微微一移，那熊孩子连他的裤脚都没挨到半点。

十一脸色越发阴沉起来，眯着眼睛，看着不知死活的熊孩子，冷声道：“谁家教出的这样没教养的东西！”

熊孩子被十一沉着脸一吼，当下脸色一僵，完全没有丝毫的心虚，竟然直接委屈地转过脸，扑到了中年女子的怀里。

“妈！他骂我！”

“你干什么！”看着自家儿子好似受了委屈，中年女子哪管谁对谁错，直接站起身来，朝着十一左肩推了一把，“你一个大男人，欺负小孩子算什么本事，你个没礼貌的东西！”

什么小孩子？这孩子都十几岁了，还小孩子？

“你再推，信不信我揍你？”十一眸内寒光一闪，他平生虽然是不打女人，但眼前这么个东西，应该也不算是女人吧。

早知道就坐私人飞机过去了，可是，绾绾小姐现在要树立口碑，笼络人心，不能太特殊化，不然又要落人口舌。

“你想打我？”中年女子顿时尖声叫道，“你个五大三粗的大老爷们儿，竟然想对手无寸铁的小孩和女人动手？还要不要脸了？来，你打我一个试试？”

“你是个什么东西，欺负女人、孩子？”一直沉默不语的中年男子忽然起身，挥拳作势就要朝着十一打下去。

可这一拳还未落下，十数位坐在飞机上的护卫队员便纷纷站了起来。

十数个身材高大的男人一并起身，那视觉效果，在机舱这等封闭的空间中，越发醒目。

只一瞬间，中年男子的神色便有些愣住了，四周数十双眼睛正齐齐盯在他身上，那如坐针毡的感觉顿时让中年男子扬在半空中的拳头僵在了那里，愣是半晌也未能砸下去。

这一番争吵，直接引来了飞机上乘务员的注意。

见乘客中出了状况，乘务员赶忙过来，一番好言好语地劝着，试图平息争端。

原先气焰嚣张的中年男女也没想到叶绾绾身边竟然还有这么多人，当下也没敢继续吵闹，顺势借着乘务员的劝说，重新坐回了座位。

“等到了M国，再找这几个人算账。”中年男子虽然坐了下来，可是憋着的那口气却窝在了胸口，他的目光从叶绾绾等人身上扫过，冷哼一声，“不开眼的东西，连我都敢惹，看我到时候怎么收拾你们！”

十一懒得同这极品的一家子废话，把赌石书交给了叶绾绾之后，便暗示其他护卫坐下，而薛励和那专家团众人，自始至终都未曾说过一句话，只是冷眼看着这番闹剧。

叶绾绾拿过书，也没有多说什么，这么一小段插曲，众人也都未曾放在心上。

至当日下午，此次航班终于到达目的地。

M国H城。

叶绾绾等人刚走下飞机不多久，那飞机上的一家三口也下来了。

“你们人多了不起是吧，等着好了！”

中年男女狠狠瞪了叶绾绾一眼，旋即头也不回，大步离开。

叶绾绾着实懒得与这一家子极品计较，连搭理的欲望也没有，只是和十一等人领了行李，朝着机场的出口处走去。

还未等叶绾绾他们走出机场，一位戴着墨镜的黑衣男子便快步走来，手中还扬着接机牌。

十一和薛励上前，与来人打起了招呼，看似是相熟。

相互打过招呼之后，那黑衣男子便满脸笑意地看向叶绾绾，客气开口道：“叶小姐，您好……我叫马兵，是许易先生在M国的朋友，知晓此次叶小姐大驾光临，许易先生特意叮嘱让我来接机。”

叶绾绾一听点了点头，来M国之前，许易也已经跟自己说过此事。

这马兵在H城当地十分有名，不仅长袖善舞、人脉广阔，而且对赌石这块也有着丰富的经验。

M国H城，号称赌石之城，赌石的暴利给这座城市带来繁荣和喧闹，却也让这里变成M国颇为混乱的城市，这里龙蛇混杂，秩序混乱。

有道是，强龙不压地头蛇，若仅靠着十一、封玄亦等人，还是有些不妥，毕竟他们在这里人生地不熟，所以，许易才会提前给马兵打了招呼。

这马兵在H城属于地头蛇级别，有马兵在，他们也会省去诸多麻烦。

“您好，马兵先生，麻烦你了。”叶绾绾朝着马兵笑道。

“叶小姐说哪里话，您是司家的少夫人，我能为叶小姐办事，那当真是我的福气，而且，我和许易是莫逆之交，当年，如果不是许易，我早饿死在这M国的街头了！”马兵爽快地笑道。

叶绾绾也不再客气，众人跟着马兵，大步离开机场。

这一路上，叶绾绾询问了马兵H城和赌石的一些情况，马兵自然是爽快地一一告知。

M国H城，号称赌石之城，却也是赌石风险最大之地。

与普通赌石不同，H城的赌石，赌的全是翡翠，翡翠的价值如今被炒得极高，在国际上有着非常大的市场，如此暴利诱惑之下，前来拼一把的人更是数不胜数。

而且H城的赌石，也是世界上最贵的赌石，没有之一，这里所有赌石价格都是从石头的大小和色泽来判定。

国内普通赌石，从数万元一斤至数千元一斤不等，而在M国H城，好一些的，甚至高达数十万元一斤。

一块上百斤的石头甚至需要花费千万元，可一旦开出的是空石，那就真是血本无归了。

在H城，多的是一夜暴富和一夜破产的赌石者。

这些赌石者，为了搏上这一把，多少人倾家荡产，最终结果如何，唯有在开石的那一刻才能知晓，而他们赌上全部身家，只为了就此一搏，可谓疯狂。

“嘿，叶小姐，赌石这个行当，一夜暴富和血本无归只在一念之间。”马兵迈着小碎步跑至叶绾绾身前，“这不，几个月前，咱们H城一家赌石行出了一块三百斤的巨石，无论是色泽、质地，那都是极好的品相，价格被炒到四十万一斤。不少人都说这块石头很有可能开出极品翡翠。没多久，一位富商带着赌石专家鉴定团，花了一亿多，买了那块巨石，叶小姐，您猜结果怎么着？”

“如何？”叶绾绾轻声一笑，摆出一副感兴趣的神情追问道。

实际上，这件事情，梦中她来M国的时候就已经听说过了。

马兵一拍大腿道：“三百斤的巨石啊，花了一亿多……结果开出来之后，里面什么都没有，那富商当天就气得脑溢血……”

对此，叶绾绾也十分无奈。赌石便是如此，就算拥有极为丰富的专业手段，也不敢说能够百分百获利，当然，相较于全靠运气的普通人，这样的手段还是能降低些许风险。

在H城，如那富商般的情况，绝非少数。

叶绾绾想着，梦里秦若曦不知做了多少准备，结果却依旧惨败而归。若非司家资本雄厚，换作其他富商，亏损那样一个天文数字，恐怕真的会倾家荡产了。

马兵一边同叶绾绾说着H城的事情，一边将叶绾绾一行人领到了H城最好的酒店。

利落地将众人安排好后，马兵便匆匆离去。

叶绾绾让封玄亦和十一等人先好好休息一日。

到了酒店房内，叶绾绾收拾好了行李之后，便站在酒店的落地窗前，看着高楼大厦之下的车水马龙，若有所思。

M国H城，除了赌石行业较为发达之外，其他行业都很落后，社会环境十分复杂，城市治安也相对混乱。

一座混乱的城市，拥有极大的机缘，可谓遍地黄金，可若稍有不慎，异国他乡遇到危险，只能是叫天天不应，叫地地不灵。

危险与机遇并存，这座城市和赌石都是如此。

“轰！”

一声巨响，骤然间将叶绾绾拉回现实。

叶绾绾眉头微微蹙起，目光朝着声音的来源看去。

原本坚硬的房间大门，此刻却是被砸得轰隆作响。

“轰！”

不过几个眨眼的工夫，酒店套间的房门已经被人砸开。

房门被破开的瞬间，三四十位青年直接涌入叶绾绾的房中。

这些青年，一个个流里流气，手中拿着刀枪棍棒，为首的，正是飞机上那一对中年男女。

“就是这个女的！”中年女子一看到站在落地窗前的叶绾绾，便指着她大喊。

说完，中年女子气势汹汹地上前，手臂扬起，朝着叶绾绾挥下。

就在女子手臂挥下的瞬间，叶绾绾神色平静，轻描淡写之间，便握住了中年女子的手腕。

中年女子的这一巴掌，生生被叶绾绾扣着僵在了半空中。

“你还敢还手？”中年女子恶狠狠地瞪着叶绾绾，“你信不信今天老娘弄死你！”

听闻此言，叶绾绾眸内寒光一闪而过，抬手便扇了中年女子一个嘴巴。

“啪”的一声，中年女子的脸颊上，瞬间被印上了鲜红的五指印记。

“你敢打我？”中年女子被叶绾绾打得愣在原地，有些不可置信。

“有你们这种父母，也难怪教养出那种孩子。”叶绾绾淡淡道。

“你这贱人！”中年女子破口大骂。

随着话音落下，叶绾绾又是一个耳光抽在中年女子脸上。

谁也没有想到，眼前看似弱不禁风的女子，竟然会有如此大的力气，连着两巴掌愣是让跟着中年女子一并进来的那些人看得有些发愣。

“给我打死她！”中年男子第一个回过神来，当即朝着四周怒斥道。

数十位青年瞬间上前，将叶绾绾围了起来。

叶绾绾冷眼看着围在自己四周的这些人，眼底没有丝毫的波动。

“给我抓住她！”中年女子捂着被抽肿了的面颊，尖声吼道。

这个女人，竟然敢打她！

那些一脸凶神恶煞的青年闻言，便要朝着叶绾绾扑过去。

然而，还不等动手，十几个身影突然冲入房间。

十一和封玄亦等十数名护卫齐刷刷地冲入房间。发现那些人将叶绾绾包围其中，十一的脸色瞬间沉了下来，他的房间就在叶绾绾房间隔壁，方才听到动静，惊觉不对，这才带人赶了过来，却不想……竟是飞机上的那对极品夫妻带人找了过来。

当下，十一怒喝道：“你们想干什么？”

中年男子看着冲入房间的十一等人，面上没有丝毫的畏惧，反而冷笑道：“当然是给你们这群不知天高地厚的东西一点教训了！这里是M国H城，是我的地盘！不管你们是谁，来了这儿，是龙你得给我盘着，是虎你要给我卧着！”

中年女子和身旁的青年们看着十一等人，满脸冷笑。

只怕这群外国来的傻子还不知晓这位中年男子的身份。这中年男子据说是华国司家管家许易安插在M国H城的眼线，在H城势力不小。

这群外来户也是走霉运，招惹谁不好，偏偏招惹到这中年男子，可不是找死吗？

十一的双眼微微眯起，看着气焰嚣张的中年男子，脸色阴沉得几乎要滴出水来。

“给我打！”

十一也不管三七二十一，直接带着十数名护卫就冲了上去。

这些护卫皆训练有素，那三四十位混混不过是一群乌合之众，落到这群护卫手中哪有什么招架之力。

不过半刻钟，这三四十位混混便都被打翻在地，痛苦的呻吟声此起彼伏，哪里还有半点方才的嚣张气焰？

眼看着自己带来的几十号人，眨眼间就被撂倒了一片，那对中年夫妻脸上的得意之色瞬间凝固崩裂。

“都是练家子？”

中年男子愣在原地，这十数人，每人的身手都不凡，他们带来的混混，莫要说反抗了，根本就是全程被摁在地上打，没有任何招架之力……

当即，中年女子尖声骂道：“我们是华国司家的人，你们敢动我们一根头发试试！”

那中年女子的吼声落地的瞬间，十一等人顿时一愣。

华国司家？

中年女子见状，还以为司家的名号镇住了十一等人，当即得意地朝着中年男子扬了扬下巴。

中年男子恢复了方才的嚣张，对着十一等人冷声笑道：“不管你们是什么人，招惹了我，就没你们的好果子吃！”

然而，十一等人看向这对夫妻的眼神，变得更加诡异了起来。

一旁的叶绾绾也着实被对方报出的名号给“惊着”了。

可是，还不等十一等人开口，之前离开的马兵回来了。

马兵刚踏入酒店房间，看着满地被揍趴的人，脸色便是一黑。而当他抬起头，看到正在那儿耀武扬威的中年夫妇之时，脸色更是难看到了极点。

“周灿老弟，了不得啊，这么大阵仗。”马兵看向中年男子，冷笑一声。

见到马兵，中年夫妇一惊，脸上的气焰顿时散得无影无踪。

这马兵在H城势力极大，并且还是他们顶头上司许易的兄弟。

只不过，这马兵，为何会出现在此？

难不成，马兵与这些人有什么关系……

“哟，马哥！”中年男子来不及多想，脸上堆笑，赶忙上前，殷勤地从口袋里掏出香烟，朝着马兵递去。

“呵呵。”马兵冷笑，看着中年男子递来的香烟，轻轻摇了摇头道，“使不得使不得，你周老弟现在面子太大了，我可不敢接你的烟。”

“马哥……这是哪里的话……是不是有什么误会……这些人，是马哥的熟人？”看马兵这副神色，中年男子心中暗觉不妙，他之前与马兵虽然见过面，但几乎没什么接触，可马兵从未摆出这样的态度。

“你不是许易手底下的人吗？怎么……这位小姐，你不认识？”马兵冷笑道。

“啊……这位是……”中年男子心头一跳，当即盯着叶绾绾，眼底有些疑惑和紧张。

“周老弟啊，你应该知道，你们老大许易是什么人吧？”马兵瞥了一眼中年男子。

“知道……知道……许老大，是华国司家的人，这我哪会不知道……”中年男子小心翼翼地开口道。

“既然知道，那你现在是在做什么？”马兵冷哼一声，随即指着叶绾绾对那中年男子道，“你眼前的这位小姐，可是司家的少夫人啊……”

“什么？”中年男子瞬间愣在原地。

等他回过神后，盯着前方淡漠如冰的叶绾绾，瞳孔猛然一阵收缩。

方才马兵说了什么……

这女人是……司家……少夫人？

这一刻，中年男子脑中一片空白，只觉得天旋地转，身子一软，踉跄着栽倒在地。

如果真如马兵所言，这女人是司家的少夫人，那么，守在她身边的这十数位练家子……就是司家的护卫了……

难怪个个身手了得，几十个混混被他们瞬间打得毫无还手之力。

中年男子只觉得一身冷汗瞬间流了下来，他根本想不明白，司家少夫人，为什么会来到M国H城，而他事先却没有接到许易的电话……

而且，身为司家的少夫人，就算真来M国，也应该是包机才对，怎么会跟他们坐同一班飞机？

“什么司家的少夫人？！马兵，你说是就是啊？！我们凭什么相信你！”中年女子扯着尖锐的嗓音道。

“你还敢多嘴？”马兵怒目一睁，当即一巴掌抽在了中年女子的脸上。

这一巴掌，直接将那中年女子抽翻在地。

见到自家男人有些呆滞地瘫坐在地，中年女人爬起来推了他一把：“你还是不是男人？！你老婆让他打了，你还发什么呆！”

“你闭嘴！”中年男子回过神来，当即怒声一喝，一拳将中年女人打翻在地。

“呵呵……”马兵盯着中年男子，“我说周老弟啊，你可是了不得，这门道清得很，现在连司家少夫人叶小姐都敢得罪了，以后你就是我哥，我给你当小弟使唤，你觉得可好？”

一听这话，中年男子冷汗直流，打死他也想不到，这女人竟然会是司家的少夫人啊！

若是知道，便是给他一百个胆子，他也不敢得罪半点啊！

“叶小姐！叶小姐我不知道……叶小姐您大人有大量，我要是知道您的身份，您就是给我一万个胆子，我也不敢啊，叶小姐……”

惊恐之下，中年男子直接“扑通”一声跪倒在叶绾绾身前，颤颤巍巍地开口。

“滚！”其中一名护卫一脚将中年男子踹至一旁。

“打着司家的名号，在这里作威作福，胆子大到连叶小姐的门你都敢踢了？”另一位护卫看着中年男子，冷笑不已。

“这样吧，这个人我来帮忙处理，还有这群人。”马兵扫了一眼那群混混。

“麻烦了。”叶绾绾略微点头，心中却有些哭笑不得。

没想到自己刚到H城，竟然会遇到这样的事情，而且对方竟然还是许易的手下……

“叶小姐，您太客气了，这也怪我，没早些发现。”马兵叹了口气，随后朝着门外挥了挥手。

当即，门外走来一队训练有素的黑衣男子，将中年夫妇和那些青年混混全部带了出去。

那对夫妻被拉出房间之时，还在不断哀求。

不过，声音随着他们被拖拽远离而渐渐小了下去。

处理好了这对作威作福的纸老虎，马兵当即让酒店给叶缩缩重新换了一间套房，并且警告了酒店经理。

毕竟，那中年男子能够查到叶缩缩的房间，必定和酒店脱不开关系，若是这酒店经理再这么不知轻重可不行。

等到一切安排妥当，此事才告一段落。

房内，叶缩缩透过酒店的落地窗，看着H城的面貌。

经过今日之事，叶缩缩越发觉得自身势力的重要性，她不可能一直靠着司家的威名。

唯有自身的势力，才是她最大的筹码。

如果，她能够拥有自己的一些势力……

忽然，叶缩缩眸光一闪，似是想起了什么。

依稀记得，梦中她随行来到M国H城之后，虽然不常独自外出走动，但是她也从那些护卫的口中，听到了一些关于H城的消息。

据说，在H城外，有一伙突然出现的神秘势力，在与当地的势力斗争中落败，自此再无下落。

如果想要建立一支属于自己的势力，这似乎就是一个很好的起点，如果她能够将那些人救下来，收为己用……

叶缩缩双眼微微一闪，当即，她翻开通信录，拨了一组号码。

“喂，哪位老板，是要请搬砖的吗？”一个有些熟悉的声音从电话里传出。

叶缩缩：“……”搬砖？

“我是叶有名。”叶缩缩捏了捏眉心，这都是些什么奇葩。

“哦……叶老板啊，你改行了吗？要请我搬砖吗？”外国搬砖友人的声音有些迫切。

“不……不是，我想问问，你确定这是你的手机电话吗……”叶缩缩叹了口气，她明明是给那个年轻道人打的电话。

“哦，这不是我的手机。”外国搬砖友人的声音响起，“神棍，你的电话！”

“你拿我手机干什么，难怪我手机半天找不到，万一有客户让我去算命呢？耽误我一单生意，够你搬一个月的砖，赔得起吗你！”

“喂，我是神虚道人，看风水还是算命？你上门还是我上门？我上门是要收上门费的。”神虚道人一把接过电话，十分麻利地说道。

叶绾绾颇为无语，却还是平复了一下心绪道：“既不算命，也不看风水。”

神虚道人翻了个白眼道：“你有病啊，那你找我干什么？”

叶绾绾心中轻叹，随即道：“我是叶有名。”

“哟，原来是有名妹子啊！”神虚道人立即换了一副口吻，“叶老板，有什么关照？”

神虚道人上次在剧组受叶有名关照，赚了两百块，轻松惬意来钱快。

今天叶绾绾忽然找到他，神虚道人自然以为又有买卖。

“你们人齐吗？”叶绾绾笑着问道。

“齐齐齐！叶老板你放心，有叶老板关照，咱们不齐也得齐啊，这次连咱们队长都有空，你说吧，演什么，这次应该还管饭吧？”

“嗯……”叶绾绾沉思片刻，组织了一番语言，“的确有个活儿，你们人齐是最好，不过要出国。”

“出国？”神虚道人顿时一愣，旋即扯着大嗓门喊道，“叶老板有照顾，出国的活儿接不接啊？”

自手机中传来一阵嘈杂之音后，神虚道人又道：“叶老板，去哪个国家，你们剧组外出取景啊？”

“算是吧……M 国 H 城，你看你们有没有空过来一趟？”叶绾绾道。

“去 M 国？队长，咱去不去啊？”

片刻后，神虚道人开口：“叶老板，是这样的，咱们虽然愿意接你这活儿，不过咱们没钱坐飞机啊，一个人，机票来回得三千块，我们五个人就是一万五……”

“报销。”叶绾绾道。

“没钱坐飞机……不是报销的问题，不然，你先给我们汇一万五来……叶小姐，你放心，咱们也是熟人了，不会骗你的。”神虚道人拍胸脯保证道。

叶绾绾也十分干脆，记下神虚道人报来的银行卡号，将机票钱汇了过去。

“等下……叶老板，这出国，咱们可得加钱啊，除了报销机票，还要报销吃住。另外，这每个人，至少一千块钱，不然我们就不去了。”神虚道人的声音传出，很是理直气壮。

叶绾绾嘴角微抽，居然这时候要求加价，这机票钱都汇出去了，自己不答应也不行吧……

“可以，你们的要求我答应了，并且每个人在一千块酬劳的基础上，再给你们加一千块补贴。”叶绾绾爽快地说。

“每个人加一千还是……”神虚道人不确定地问道。

“每个人。”叶缩缩有些无奈，感觉自己并不是很适合同这几个人聊天谈生意，与他们说话，真的很累。

“哈哈，叶老板果然大气！叶老板你放心，有什么活儿，你交代一句，咱们都给你办得漂漂亮亮，妥妥的！”

叶缩缩嘴角微微抽动，将详细地址告知神虚道人之后，便匆匆挂断了电话。

不得不说，这五人组的办事效率极高，第二日天刚亮，他们便来到了 H 市，也未让叶缩缩去接机，自己就找到了酒店。

“哈哈，有名，咱们又见面了。”

聂无名一身休闲装，衣服虽然十分廉价，但穿在聂无名身上，看起来既舒服又得体。

“一枝花”依然是打扮得花枝招展，屁颠屁颠地跟在聂无名身后。

刚到叶缩缩的房间，背着棺材的冰山美男便侧身躺在了地上。

“宝贝，你快起来，在叶老板面前，就不用演死人了。”“一枝花”看着躺在地上的冰山美男，开口说道。

然而，冰山美男却没有丝毫想起来的意思。

“给我站起来，你没骨头吗？”聂无名喝道。

被聂无名这一呵斥，冰山美男十分不情愿地从地板上爬起了身。

“哈哈，叶老板，管教不严，见笑了……”聂无名满脸尴尬。

“哦……没事，我习惯了。”叶缩缩见怪不怪。

看着那冰山美男，叶缩缩不免有些好奇，此人到底是如何说服酒店工作人员同意他把棺材给带进来的……

“叶老板，这次有什么关照？”聂无名一屁股坐在沙发上，跷着二郎腿，一副商谈业务的成功人士模样。

“嘿，您祖宗来视频了！”

还不等叶缩缩开口，聂无名的手机突然响了起来，而且来电铃声很是奇葩……

听闻这铃声后，聂无名面色顿时一变，神虚道人和“一枝花”等人也是面面相觑，又是那个小祖宗……

“不……不好意思……”聂无名对着叶缩缩歉意一笑，旋即接通了视频。

叶缩缩眼角余光看到，聂无名的手机屏幕上，一个小男孩穿着一套黑色英伦风的定制西装，坐在一处豪宅内。

“好漂亮的孩子……”作为颜控的叶缩缩，瞬间被视频中的小男孩给吸引了目光。

小男孩粉雕玉琢的脸蛋无一处不精致，只不过，男孩却是板着一张小脸，面无表情，看上去跟他的年龄很不符。

叶缩缩站在聂无名身后，好奇地偷偷打量着小男孩，结果，下一秒，正巧与他四目相对。

瞬间，叶绾绾突然发现一件事——

“这孩子，看起来怎么这么眼熟？”

叶绾绾一边想一边仔细打量视频中的小男孩，看着看着，顿时一愣。

这神态，这气质，这板着小脸面无表情不食人间烟火般的姿态……

好像缩小版的司夜寒啊……

简直神奇！

“你是我妈咪吗？”小男孩原本毫无波动的眸子，在见到叶绾绾后，却浮出一丝涟漪。

“哈……什么？你妈咪？”叶绾绾被小男孩一句话问蒙了。

她还没结婚好吗？哪来这么大的儿子……

不过，如果是这么漂亮的小男孩……她还真不介意……

“我的小祖宗，你可别乱说了，这是我的客户，不是你妈！”聂无名一听急道。

“哦。”

听闻聂无名之言，小男孩的一双眸子再次回归平静。

“所以说，我妈还没找到？”小男孩盯着聂无名，嘴角微微上扬，却让人后背一凉。

“你可以这么理解……不过我们有线索了……”聂无名见到这小祖宗的笑容，莫名有些心虚。

“加上你今天说的，这句话我已经听了整整十遍。”小男孩面无表情道。

“咳咳……别着急，舅舅一定给你找个妈。”聂无名叹了口气。

“所以，你是打算随便找个女人糊弄我了？”小男孩道。

还不等聂无名继续开口，小男孩却是淡漠地打断道：“过几天我会亲自去华国，在此之前，你最好找到我爸妈，如果我真的过去，我怕你的精神世界会就此崩塌。”

说完，小男孩并不给聂无名开口的机会，只是看了几眼聂无名身后的叶绾绾后，平静地挂断了视频。

叶绾绾原本还想多看几眼，却发现视频已被挂断。

这小奶娃虽然没多大，但气场简直一米八啊……

“你儿子啊？”叶绾绾问。

叶绾绾问完，盯着聂无名，很是有些诧异，看不出来，这不靠谱的队长竟有这么漂亮的儿子！

那小男孩长得可真漂亮可爱啊，甚至让她觉得有些似曾相识……

聂无名闻言一阵无语，他要是有个这么可怕的儿子，他就不活了。

“是我亲妹妹的儿子。”聂无名回答。

“那……他不认识自己的妈？”叶绾绾神色古怪，方才小男孩分明盯着自己喊了一声“妈咪”……难道他连自己的亲娘都不认得？

“唉……”聂无名很是感叹地拍了拍脑袋，“一言难尽啊。”

似是以往都无人倾诉一般，聂无名一把拉住叶绾绾，将一肚子苦水吐了出来：“我妹妹跟我一样，从小就离开了家。原本，家里给她定下了一个未婚夫，可谁知道那死丫头就是不回家，还在外面找了个野男人，把孩子生下来后就失踪了……别说小祖宗不认识他妈，我们连他爸都不知道长什么样！”

叶绾绾：“……”

这对父母，还真是够奇葩，能让亲儿子都不认识，也挺不容易的。

“有名妹子，你不知道，这孩子多难缠……太厉害、太吓人了……”聂无名哭丧着脸，再过几天，那小魔头要真过来，而他还没找到聂无忧，那可真的麻烦了……

忽然，聂无名似想到了什么，一双眼紧紧盯着叶绾绾，闪闪发亮：“有名妹子……不如，你帮我个忙怎么样？”

看着聂无名一脸迫切的模样，叶绾绾毫不犹豫地开口道：“没钱，不借。”

聂无名连忙解释道：“不是……我是说，你演一下我妹妹……”

闻言，叶绾绾神色一愣，瞬间明白这聂无名打的什么算盘，笑道：“你该不会是让我冒充你外甥的妈妈吧？”

“对对对！”聂无名连连点头，“我就是这个意思！”

叶绾绾嘴角抽动，现如今这世道，连生母都能冒充了吗？这聂无名当舅舅当到这个份上，也真是委屈他了。

但也不知为何，叶绾绾脑海中总是想起那个一身黑色定制西装，满脸正经的小男孩。

小家伙面无表情地板着脸，神态高傲的样子，真像一只傲娇的小猫咪……

如果真是冒充这个孩子的妈妈，自己似乎也没那么排斥……

而且，在这M国H城，叶绾绾之后也还需要聂无名几人帮忙，此刻倒不如卖他一个人情。

“不过，你刚才视频里不是说了，我是你的客户，我看你外甥并不像是好糊弄的。”叶绾绾沉思片刻后，将自己的想法说出。

“无妨，再精明还不是小孩，到时候……我就说，想给他一个惊喜，所以才没有承认你是他的妈妈……”见叶绾绾答应，聂无名满脸激动，比他吃了十碗饺子还要高兴。

“好吧……你是他舅舅，你说了算。”叶绾绾无所谓地耸耸肩。

“对了对了……嘿嘿嘿，你看，你能不能再帮他找个爸爸什么的？”聂无名笑道。

“什么？”叶绾绾还以为自己听错了。

“好人做到底……你再给他找个爸爸，让你男朋友或者你老公冒充一下，怎么样……”聂无名解释道。

叶绾绾一听，瞬间想起了司夜寒，当即浑身打了个寒战。

且不说司夜寒会不会答应，自己似乎也没法解释这件事……

况且，退一万步来说，即便司夜寒答应了，两个冰山撞在一起，只怕会将整个世界都给冰封了吧？

叶绾绾总觉得这不是什么好主意……

“我……考虑一下吧，暂时还不能给你答复，需要咱们回国之后再聊。”叶绾绾叹了口气。

“为什么要回国之后才能给答复？”聂无名有些不满地问道。

“难道，突然多了一个儿子这种事情，我不需要跟我的爱人去商量一下吗？”叶绾绾感觉有些头痛，下意识捏了捏眉心。

“好吧好吧！这倒也是……那麻烦有名妹妹了。”聂无名点了点头，只要她答应了，那一切都好说。

神虚道人和“一枝花”几人，神色惊悚，纷纷摇头。

这要是被小魔头发现聂无名找人冒充他的爸爸妈妈……后果不堪设想啊……

队长的胆子未免也太大了吧？

反正他们不知道，他们什么也不知道，跟他们没有关系……

出了事也是队长的锅……

“先谈谈业务吧。”叶绾绾正色道。

听闻此言，几人顿时来了精神，纷纷坐直了身体，全神贯注。

“叶老板，咱们之前说好的，机票报销，管吃管住，每个人的酬劳两千，对吧？”神虚道人连忙开口，这种事情他是记得清清楚楚的。

叶绾绾回复：“不错。”

“所以，叶老板，咱们这次演什么？还是龙套吗？……能不能给个好点的角色？我认为，我可以成为武打巨星。当然了，如果是反串的武打巨星，那更好，我适合演女侠、女魔头、女江洋大盗、女将军之类的！”身着大红衣，比女人还漂亮的“一枝花”连忙凑上前。

“我也可以！”外国搬砖友人举手。

叶绾绾看着这群奇葩，竟有些无言以对。

不得不说，这小道人和“一枝花”的模样的确不俗，若是经过包装，绝对可以打造成超越流量小生的顶级实力派，毕竟几人的好底子摆在这儿。

叶绾绾扫视一圈，几人中先天资质最好的，应该就是喜欢装死人的冰山美男，还有聂无名……

只不过，这冰山美男看起来实在是太懒了，如果让他演一具尸体，十有八九能拿个影帝，演别的，那还是算了吧。

而聂无名属于那种极为阳光的形象，颜值也很高，如果他开口说话，气质完全可以秒杀所有小鲜肉。

想到这些，叶缩缩盯着聂无名几人，眼冒星星，她以前怎么就没发现呢！

这几个人，是移动宝藏啊！

叶缩缩有信心，如果自己签了他们的话，一定能够把他们带红！

当然，这也只是想想而已了……

“叶老板，这M国H城，我记得是赌石之城吧，你们要拍摄关于赌石的电影吗？”神虚道人好奇地开口。

叶缩缩回过神来，眸光微闪，随即笑道：“其实，这次叫你们过来，并非拍摄电影或电视剧，主要是让你们几人当我的保镖。”

“保镖？”

听闻叶缩缩此言，神虚道人和“一枝花”面面相觑。

“叶老板，这就是你不厚道了啊，我们还以为拍电影呢！”“一枝花”满脸不情愿，“当保镖得加钱啊……两千块钱哪够。”

“对对！这得加钱！”外国搬砖友人连连点头附和。

“加什么钱！”聂无名眉头一蹙，目光凌厉地扫过几人。

随着聂无名开口，神虚道人和外国搬砖友人很是识相地闭上了嘴巴。

“有名妹妹，是这样的，我们有规矩，不动用武力做任何违法犯纪的事，就算是饿死，咱们也不干。”聂无名说完，看向神虚道人和“一枝花”，“我说的对不对！”

神虚道人和“一枝花”齐声应答道：“对。”

只是两人都显得有气无力，这好不容易找到一单大活儿，机票报销，吃喝全包，每个人还有两千块酬劳，不就当个保镖吗？这都不行……

得，瞎忙活了。

“你确定？”叶缩缩似笑非笑地盯着聂无名。

“我当然确定了。”聂无名一脸严肃地点头。

“好。”叶缩缩微微颔首，当即开口道，“那，你还是找别人去冒充你外甥的父母吧，还有……你刚才视频的时候，我好像记下了你外甥的号码……万一我哪天喝醉了，告诉你外甥你找人冒充他爸妈的事……你，应该不会怪我吧？”

听闻叶缩缩之言，聂无名整个人都愣在了原地。

如果，小魔头知道自己找人冒充他爹妈的话……自己绝对没什么好果子吃！

“有名妹子，你瞧你这话说的！”聂无名的态度来了个一百八十度大转弯，满脸堆笑，“我方才说的规矩，那是针对别人，对有名妹子，肯定不是这种规矩。再说了，当保镖怎么了，咱们又不违法乱纪，也不一定会动用武力！”

其余几名成员相顾无言，队长，你还能再没骨气一点吗？

叶缩缩看着聂无名，淡淡笑道：“算了吧，感觉挺勉强的，再说了，不动用武力，这是你们的原则。”

“不勉强！一点都不勉强！”聂无名连连摇头，“我们都十分乐意当有名妹妹的保镖，又管吃又管喝的，还报销机票……这好事咱们上哪儿找去！”

“真的？”叶绾绾眸底一片笑意。

“那必须是真的啊！”聂无名满脸笃定，一眼扫过“一枝花”几人，“我说的对不对？”

“一枝花”：“队长说的对！”

余下几人纷纷点头表示赞同。

“不过，要不……咱们再加点钱怎么样？有名妹妹，你看，这H城太乱了，每个人再加五百吧，怎么样？”聂无名凑近叶绾绾，轻声笑道。

原本叶绾绾是打算每人再加一千，不过，既然聂无名自己提议加五百，叶绾绾也只好接受了。

“我来H城，是来做一单赌石生意……”

叶绾绾将来龙去脉详细告知了聂无名等人。

几人谈完之后，叶绾绾在这家酒店给聂无名等人各自安排了一间套房。

将聂无名等人安置后，叶绾绾这才放下了心。

其实，此次叫聂无名等人前来，主要还是想骗……不对，是救下神秘势力里的人。

自然，这件事有些复杂，叶绾绾打算整理好语言后，明日再告诉聂无名等人，否则，一旦自己说偏了，只怕聂无名又要提及什么原则，到时候他们不愿意动用武力，拍拍屁股走人，可不是她希望看到的局面。

……

深夜时分，叶绾绾躺在床上，不知为何，脑海中却浮现出那神情傲慢的小男孩的样子。

那张小脸让叶绾绾神色疑惑。

那孩子的神态、气质，与司夜寒真的太像了……

有没有一种可能——司夜寒……就是聂无名口中的那个野男人，小男孩的父亲？

越是如此想，叶绾绾便越是觉得两人像是一个模子里刻出来的，就连穿衣风格和说话语气都一模一样！

“该不会是他的私生子吧……”叶绾绾眉头蹙起，在床上辗转反侧。

还不等叶绾绾继续沉思，这时，手机铃声响了起来，司夜寒突然发了一条短信来。

司夜寒：睡了吗？

叶绾绾立即飞快地打字：先别问我睡了吗，我现在要问你一个事情！

司夜寒秒回：说。

叶绾绾继续打字：我问你，你是不是除了我以外，还有别的女人？

消息发完后，手机那头沉默了片刻。

“叮！”

是手机来了信息的声音。

司夜寒回：没。

叶绾绾：你再好好想想，说不定你还跟那个野女人生了一个私生子！

司夜寒：……

司夜寒几乎从不用省略号，现在的这个省略号，显然代表了主人极度无语的心情。

司夜寒：做梦了？

除此之外他想不到是什么情况，让她生出这么诡异的想法。

叶绾绾抱着手机，在床上滚了几圈：没有啦，今天我偶然看到了一个长得超级可爱的小奶娃，重点是那小奶娃的气质跟你好像，傲慢、冷漠、不可一世、满脸写着“愚蠢的人类，跟你说话都是拉低我的智商”，活脱脱一个小魔头，我差点都要以为是你的私生子了……

司夜寒：傲慢、冷漠、不可一世、魔头？

啊！完蛋！她居然一不小心暴露了自己对司夜寒的真实想法……

她一边说小奶娃跟司夜寒气质像，一边又说人家傲慢、冷漠什么的，岂不是在说司夜寒嘛！

叶绾绾赶紧挽救：重点是那小奶娃长得实在是太漂亮了，粉雕玉琢，跟观音童子似的，这得多强大的基因才能生出这么好看的娃啊？我觉得吧，除非是我们俩的基因加起来，才有可能生出这么漂亮的小娃娃！

司夜寒：想要？

叶绾绾回忆了一下视频里小奶娃冷冰冰的小脸和冷飕飕的气场，不禁打了个寒噤：咳，自己要就算了吧，孩子嘛，还是别人家的好玩，若只是养几天玩玩，倒是可以有！

如果聂无名今天的提议是认真的，她倒真不介意试试。

但若真是自己的孩子，她可hold不住，现在有一个大魔头在，就已经够她受的了，再来一个小的，她还有安稳日子过吗？

叶绾绾：已经很晚了，你还不睡觉吗？

经过这段时间的调养，司夜寒的睡眠已经越来越稳定，即使她偶尔不在身边，也可以入睡。睡眠好了，连带着他的情绪都稳定了不少，形成了良性循环。

司夜寒：正准备睡。

听着手机那头大提琴般沙哑低沉的声音，叶绾绾拨了个电话过去：“要不要听睡前故事啊？”

司夜寒开口道：“好。”

叶绾绾轻咳一声，开始认真讲故事：“很久很久以前，有一个小女孩，因为她外婆送了她一顶很好看的红帽子，所以大家都叫她‘小红帽’。

“有一天，小红帽去给外婆送蛋糕，结果在路上遇到了一只大灰狼。小红帽从来没见过长得这么帅的狼，于是用蛋糕把大灰狼骗到了没人的小树林里，小红帽恶狠狠地说，你吃了我的蛋糕，那就是我的狼了……”

司夜寒：“……”

就算他没听过童话故事，也知道这睡前故事……是不是哪里不对？

……

第二天早上。

五人组全都顶着黑眼圈出现了。

叶绾绾倒是精神抖擞，看到他们一个个顶着黑眼圈，有些奇怪道：“你们昨晚做贼去了？”

神虚道人立马反驳道：“怎么可能，我们是正经团队！”

“一枝花”附和道：“对，偷鸡摸狗的事情我们早就不做了！”

叶绾绾无语：“……”看来是以前做过？

外国搬砖友人回答：“老板，为了演好保镖，队长命令我们看了很多电影，这次的任务，老板你可以放心了。”

叶绾绾闻言，表示很感动，没想到这几人也有靠谱的时候：“辛苦，真是有心了！放心，这单生意如果办好了，我会给你们每人再包一个大红包！”

聂无名立刻接话：“老板，今天的行程是什么？神棍，记下来。”

“好嘞！”神虚道人掏啊掏，没掏出本子，最后掏出了一沓黄符代替，“忘带笔了……”

“一枝花”鄙夷地看了他一眼，然后递上了一支眼线笔。

叶绾绾嘴角微抽地轻咳一声，说道：“今天去赌石，你们只需要跟在我后面装装样子就行，不用记什么。”

聂无名信誓旦旦地保证：“有名妹子，你放心，包在我们身上，保管连只苍蝇都近不了你的身！”

说完，他扫了四人一眼：“今天该怎么做，都清楚了？”

四人齐声道：“清楚——”

聂无名：“我们的口号是？”

四人：“有名老板，貌美如花，美美美美，靓靓靓靓！”

听到对方的口号，叶绾绾差点一口老血喷出来，万万没想到，这么羞耻的口号有朝一日居然会落到她的头上……

“咳咳咳，好意心领了，这口号就免了，免了……”

叶绾绾正跟五人组说着话，这时，身后传来一阵脚步声，十一和封玄亦走了过来。

“唰唰唰”，“一枝花”、外国搬砖友人、神虚道人一下子拦到她的身前，进入了一级戒备状态，冰山男也被聂无名一脚踹到了她的前面当肉盾。

“一枝花”喝道：“什么人？！”

外国搬砖友人接过话茬：“这两个人很危险，老板退后！”

神虚道人更是一本正经地说：“何方妖孽！”

叶绾绾简直泪流满面：“冷静点，这两个是自己人……”

“一枝花”立即开口道：“老板，知人知面不知心啊，我看你后面那个穿红衣服、手上戴戒指的，就很有问题！”

叶绾绾闻言，朝着封玄亦看了一眼。护卫总队长的队服是暗红色的，手上戴着朱雀戒指。

叶绾绾无奈地开口道：“这是我徒弟，我一手带出来的，你们别被害妄想症哈！”

“绾绾小姐，这些人是？”十一目光狐疑地打量着五人。

封玄亦则是一脸迷茫的表情。

“我雇的……私人保镖……”叶绾绾真的很不想承认自己雇佣了这些人。

十一闻言，顿时眉头微蹙：“保镖？”

他和封玄亦一起陪着绾绾小姐过来，结果她却自己找了私人保镖，难道是不信任他们吗？

叶绾绾一看就知道十一在想什么，开口解释道：“别多想，我现在的处境你也清楚，过度动用司夜寒的心腹，在别人眼中难免狐假虎威，不如另外找人更方便一点，而且过几天我有点私事要去办，你们不方便出手。”

叶绾绾简单解释了一下情况，然后帮他们互相介绍认识了一下。

正准备带着他们下楼，一直没说话的封玄亦结结巴巴地开口道：“绾……绾……绾绾小姐……”

“怎么了？”叶绾绾问。

封玄亦：“内……内急……我……我想去……去……上个厕所……”

“哦，去吧，待会儿大堂集合就行。”叶绾绾开口道。

“是……”封玄亦立即朝着洗手间的方向跑去。

对面，聂无名笑了笑，说道：“哎呀，老板，突然发现我也有些内急，失陪一下，抱歉抱歉。”

神虚道人闻言飞蹿出来：“我也要去上个厕所！”

“一枝花”嗖的一声紧跟其后：“我也去我也去！”

外国搬砖友人：“哦，那我也上吧。”

冰山男：“……”他还能憋一下。

“一枝花”去而复返，一把将冰山男拖了过去：“愣着干吗？快过来，一家人最重要的就是整整齐齐！”

叶绾绾一脸无语地看着呼啦啦一起涌进洗手间的六人。

什么鬼？

难道男人也有一起结伴上厕所的爱好？

叶绾绾扭头朝着十一看了一眼：“十一，你要去吗？”

十一汗颜道：“我不用……我去楼下看看薛励那边准备好了没有。”

叶绾绾点点头：“好的。”

总算有个正常点的了……

与此同时，男洗手间里。

“一枝花”阴森森地将封玄亦逼在了角落里：“死结巴，总算是逮着你了！队长，这货偷奸耍滑，躲在司家混吃等死，你还管不管了？！”

神虚道人扔了拂尘就开始对封玄亦上下其手：“钱呢？钱呢？快点拿出来！护卫总队长的工资一定很高吧？”

“一枝花”扭头瞪着冰山男：“死鬼，还不过来帮忙！”

冰山男吐出三个字：“打不过。”

“你个没用的男人！小甜甜你来！”“一枝花”又朝着外国搬砖友人看去。

外国搬砖友人仔细斟酌了一下，说道：“我虽然打得过，可是……我不敢。”

“一枝花”大怒：“有队长撑腰，你怕什么？这次可是他违规在先！”

外国搬砖友人朝着对面的队长和封玄亦看了一眼：“队长会给我们撑腰？花花，你确定吗？”

“当然确……”“一枝花”正要开口，结果一抬头就看到聂无名和封玄亦已经凑在一块儿说话了。

封玄亦斜倚着身后的窗台，说道：“队长，给我支烟。”

聂无名掏出烟和火柴，递给封玄亦一根，自己也叼了一根，擦燃火柴，两人凑在一起把烟给点着了。

聂无名开口问道：“说吧，什么情况？”

封玄亦吸了口烟，随后神色意外地扫了几人一眼：“没想到你们也查到了，啧，居然比我想象中的要快……”

神虚道人满脸疑惑：“查到什么？”

“一枝花”更是不解：“查到什么东西？你在说啥？”

外国搬砖友人继续追问：“什么意思？”

冰山男：“……？”

封玄亦的嘴角不易察觉地抽了抽：“……算了，当我什么也没说。不该高估你们的智商。”

神虚道人顿时怒了：“你什么意思你？！”

“一枝花”难得跟神虚道人站在统一战线：“就是，拐弯抹角地挤对谁呢？！”

封玄亦扫了几人一眼，问道：“既然不是查到了什么，那你们混在这女人身边做什么？”

“一枝花”正色道：“叶小姐是我们的客户。”

神虚道人说：“上次雇佣我们当群演，这次是演保镖，开价很高的！”

外国搬砖友人补充道：“给钱很大方。”

冰山男也附和道：“嗯。”

封玄亦扭头朝聂无名看了一眼：“队长，你确定不要重招几个队员吗？”

“一枝花”气得不行：“封玄亦你个王八蛋，又挑拨离间，我跟你拼了！”

聂无名摆摆手，示意外国搬砖友人把“一枝花”拉开，随后问封玄亦：“你发现了什么？”

“这女人的身份，有问题。”封玄亦开口。

聂无名吐出一口烟圈：“她的长相与无忧是有三分相似，但绝不可能是无忧。”

“一枝花”立即附和道：“你当我们傻就算了，难道当队长也傻吗？队长什么时候放过任何蛛丝马迹了？这女人我们早就查过，华都叶氏集团叶鸿维最小的孙女，叶绾绾，身份没有任何问题。”

封玄亦开口：“我也查了，身份确实没有任何问题。”

“那你刚才还说有问题？你智商才有问题吧？！”

封玄亦斜睨了“一枝花”一眼：“谁告诉你，查不出，就代表没问题？”

“一枝花”气道：“简直谬论，查不出来当然就是没问题。队长，你别相信他的鬼话，我看他就是想偷懒！”

神虚道人连连附和说：“对，他分明就是在那儿混吃混喝！休想唬贫道！司家的油水可肥了！队长你看，他都胖了！”

聂无名沉吟着朝封玄亦看去：“你确定？”

封玄亦掐了手里的烟，开口道：“两年前，我顺着一点线索查到了华国，将目标放在了叶绾绾的身上，但正如队长你所调查的，这女人的身份没有任何问题，原本我也已经准备撤离，不过……”

聂无名挑眉：“不过什么？”

封玄亦低声说道：“不过最近这段时间，我突然发现，这女人……有点意思……”

“一枝花”立即叫了起来，当面打小报告：“队长，这家伙不仅混吃等死偷懒，还假借办事之名跑去泡妞！”

神虚道人沉吟：“确定是泡妞，不是作死？”

谁不知道聂无忧跟纪皇有婚约，不要命了吗？敢给纪皇戴绿帽子……

封玄亦没有搭理两人，继续开口道：“这女人的身手挺不错，虽然只是比护卫队那群废物高那么一点点，但能一眼看破他人的罩门，倒是有点意思。你们认为，一个普普通通的深闺小姐，有这样的身手和悟性，甚至可以指点司家护卫，这正常吗……”

封玄亦把这段时间调查到的细节都跟几人说了一遍，五个人听着，都没有吭声。

司家消息森严，若不是封玄亦今天告诉他们，他们都没有发现，那个娇滴滴的女孩居然还有身手。

聂无名正色道：“事出反常即为妖。”

封玄亦笑了笑：“不错。”

“一枝花”还是有些不甘心：“不就打败了几个废物而已？有什么好稀奇的……”

神虚道人也表示不服：“搞不好是受了什么特训也不是没可能，说她跟大小姐有什么关系，还是太牵强了……”

几人正说着话，一阵传讯器的声音响了起来。

封玄亦碾灭烟头，开口道：“总之，你们想怎么玩，随便你们，但别坏我的事。”

聂无名沉默片刻，最后扫了眼“一枝花”等人，开口道：“这段时间我们就装作互相不认识，别露馅了。一枝花，尤其是你，听到了没？”

“一枝花”当场哭晕在厕所：“队长！你居然对我这么凶！这死结巴一回来你就凶人家！你果然更信任这死结巴！”

神虚道人却没忘记重点：“你们别转移话题，重点是钱呢？钱呢？……”

第三十五章

极品翡翠

“恰似”对我来说更像是朋友，很荣幸能见证他们的幸福，陪伴他们一段时间，故事完结了但是他们还在继续生活，只是我只能陪到这里了。看着他们越来越好我也很开心，就像看着自己的朋友走向幸福。

——小妖精肖纪

QIASIHANGUANG YUJIAOYANG

读者告白

叶绾绾带着封玄亦、聂无名等一行人到了楼下，与薛励和专家团们会合。

叶绾绾身边除了十一、封玄亦，还带着五个生面孔，一行共八人，很是声势浩大。

薛励见状只是眉头微蹙，也没管她带了什么人，直接开口道：“叶小姐，此次行程时间有限，我们就不要耽误时间了，直接去H城最大的荟萃坊，秦总监早已提前打点好，让老板帮我们留了一批品质极佳的料子。”

薛励身后的三个赌石专家都是秦若曦的人，此刻也纷纷开口道：“叶小姐此次之行还是很省心的，秦总监对H城这边的市场很熟悉，经验比我们都要老到，之前就已经做了大量调查。”

“不错，秦总监亲自挑的货，不会有错的，您只要照着买，过去付个账就成了！”

这几人说话倒是挺客气，但话里话外明显都是嘲讽，觉得她不过是个摆设。

叶绾绾倒也不反驳，只笑了笑，开口道：“行吧，去看看！”

H市不愧是M国的赌石之城，街头大大小小的店铺林立，到处是来自世界各地的翡翠商人、有钱老板和游客，大街上热闹非凡。

所谓赌石，是珠宝业的术语，翡翠在刚开采出来的时候，外面有一层风化的皮包裹着，以现有的水平，不管是什么勘测手法，都无法知道原石里面的好坏，以及石头里到底有没有翡翠，必须要切割开才能知道翡翠的质量。

如果切开后里面有玉，并且质量高，那就是赌赢了；如果切开后里面什么都没有，就是一块废石头，那就赌输了。

现在的原石价格低的只要几百块，质量好、出翡翠率高的原石几十万、上百万甚至上亿不等，一旦赌输了，那就是倾家荡产。当然，若是赢了，几十上百倍的高额回报，一夜之间便能暴富。

珠宝业是司氏集团旗下的主营业务之一，其中翡翠经营所占的比重颇大。

对翡翠经营来说，最重要的环节便是原石采购。

比如，不久前司家珠宝行的竞争对手便通过赌石得了一块极品老坑玻璃种的翡翠，价值连城，瞬间声名大噪，吸引了大批顶级客户。

见叶绾绾四下打量，薛励的眸底滑过一丝鄙夷：“叶小姐，这些路边的小店就不用看了，先不说料子太次，造假也多——做假皮、镶嵌贴片、掏心涂色、伪装风化……你完全不懂行，很容易被骗！”

在薛励的带领下，一行人来到了H城最大的赌石店之一，荟萃坊。

楼下宽敞明亮的大厅里，架子上堆满了大大小小的石料，不少人手里拿着放大镜和手电筒在原石上仔细查看着。

叶绾绾等一行人刚一进门，便有眼尖的伙计热情地迎了上来。

“哟，薛先生，您来了，快请进！”

薛励与秦若曦之前已经来过多次，伙计一眼便认出了他，知道他是华国司氏集团的高层，态度自然殷勤。

见这次跟薛励一起过来的是个长相极其漂亮的女人，伙计忍不住多看了几眼，不过没有多嘴乱问。

“我们老板早已经等候多时，您请这边坐，我这就去请老板！”伙计一边让人泡茶，一边小跑着去楼上叫人了。

从刚才开始，叶绾绾就发现神虚道人一直双眼放光。

“想玩一把？”叶绾绾轻笑一声问。

一旁的聂无名扫了神虚道人一眼，脸色严肃地开口道：“我们禁止一切赌博行为。”

神虚道人立马辩解道：“开玩笑，像我这么飘逸脱俗的世外高人，怎么可能会对这种赌博行为感兴趣！”

外国搬砖友人挠挠头开口道：“难道不是因为咱手太黑？”

“一枝花”在旁边笑得花枝乱颤：“小甜甜，瞎说什么大实话！”

叶绾绾闻言不禁失笑，赌石这种东西，三分看实力，七分靠运气，除了经验之外，运气也很重要。

至于她，大概属于两者都没有，专业知识是这几天才刚刚开始恶补的，运气估计也不咋地，手黑也是她的痛。

为免五人组待会儿又戏精上身，叶绾绾叮嘱几人去一边喝茶，没有她的吩咐不要轻举妄动。

等待片刻后，一个穿着褐色唐装、四五十岁模样的老板从楼上走了下来。

见到薛励和专家团，荟萃坊的老板侯茂峰笑呵呵地拱手道：“薛先生，好久不见！远道而来，有失远迎！”

薛励笑道：“侯老板，都是老熟人了，不必如此客气！”

薛励与专家团跟老板打过一番招呼之后，老板这才朝着他身后看了一眼，神色狐疑地开口道：“秦小姐呢？怎么这次没跟您一起来？”

薛励目光淡淡地朝着身后的叶绾绾看去，给老板介绍道：“是这样的，这次过来的是我们总裁的特助，叶绾绾叶小姐！叶小姐，这位就是H城最大的赌石行荟萃坊的老板，侯茂峰侯老板！”

“侯老板！”叶绾绾简单打了声招呼。

侯茂峰上下打量了叶绾绾一眼，脸色却并不太好：“薛先生，之前我一直都在跟秦小姐对接，这会儿怎么突然就换了人？我可是看在秦小姐的面子上，才将这批料子留到现在，连黄老板亲自来要我都没给！现在你随随便便派个人过来，就要把东西领走？”

侯茂峰突然发难，十一和封玄亦的脸色都有些不太好看。

什么叫随随便便派个人？

十一正色开口道：“侯老板，这位是我们司家未来的少夫人，你的意思是，我们少夫人亲自过来，这面子都不够了？”

侯茂峰在一旁坐下，端了茶杯，用杯盖轻轻拨弄着杯里的茶叶，神色很是傲然：“这批货我是为了秦小姐留的，其他人来领，我可不认。”

什么未来少夫人，司家那点事情，他倒是有所耳闻，就算这女人现在凭着这张脸和哄男人的功夫得宠了，也长久不了几天，哪比得上秦家根深树大。

一个是真正板上钉钉的少夫人，一个是谈恋爱玩玩的对象，面子怎能一样？

再说了，这M国赌石行可是他的地盘，就算司家到了这地界，也得看他的面子。

想要最好的原石，也只能从他这边走货。

薛励见侯茂峰不松口，顿时面色不善地朝着叶绾绾看了一眼。

如果不是因为她硬抢了这趟活儿，哪会生出这么多事端。

此刻，那三个鉴定专家也都急了，轮番在侯茂峰跟前劝说，侯茂峰却完全不为所动。

三人看着叶绾绾的眼神都有些埋怨：“侯老板手里的这批原石确实是非常难得的好货，顶上已经开了天窗，我上次看过，极品老坑玻璃种啊，极有可能出极品翡翠，还是满绿！

“不仅是黄老板，我们对头的那家也在竞争，秦总监花费了好大精力才说服他留给我们，这下怕是要全都泡汤了！”

“没那金刚钻就不要揽瓷器活儿，真以为狐假虎威靠着司总，就谁都卖她的面子呢？”

……

看着薛励和那三个专家轮流在与侯茂峰商谈，叶绾绾从头到尾都没有插嘴，神色淡定地坐在一旁喝茶。

叶绾绾这事不关己、甩手掌柜的态度又把薛励等人给气得不轻。

十一见状面露担忧：“绾绾小姐，要不要我去联系许管家，让他帮忙找马兵过来，或许侯老板能给几分面子……”

叶绾绾放下茶杯，不紧不慢地开口道：“不用。”

另一边，薛励见侯茂峰不松口，只能给秦若曦打了个电话。

“侯老板，您稍等，我给我们秦总监打个电话……”

薛励不知道在电话里跟秦若曦说了什么，脸色似乎缓和了不少，随即走到侯茂峰跟前：“侯老板，我们秦总监亲自跟您说……”

侯茂峰接过手机，态度顿时转变不少：“喂，秦小姐啊，之前约好的今天你亲自过来验货，怎么这会子却换了人？这么重要的货物，我怎么能随便交给别人，你说是这个理吧？”

“哟，秦小姐哪里话，你的面子，我哪能不给啊！行吧，既然秦小姐你都这么说了，我这边自然没有问题……”

侯茂峰在手机那头跟秦若曦聊了有十几分钟，最后才挂了电话。

薛励走上前去：“侯老板，您看？”

侯茂峰端着架子，一副勉为其难的表情：“既然秦小姐做担保了，我自然是没有问题，你们跟我上去验货吧！”

“好的好的，麻烦您了，侯老板！”薛励松了口气。

三个专家也露出了笑容：“果然还是秦小姐有办法……”

“真是，以往跟着秦小姐来的时候，哪里会有这么多的事情！害得我们还被人摆脸色！”

很快，侯茂峰让人将之前秦若曦预订的原石搬了上来。

店里的伙计拉过来两辆拖车，其中一辆上面是散放的几块石头，每块有十几斤重，另一辆拖车上单独摆放着一块上百斤的大石头。

赌石无非看两点，一个是种，俗称原石的品相，另一个是场口，也就是翡翠原石的产地。

一般品相好、产地又靠谱，那么出绿的可能性就很大。

而品相和产地到底如何，全都需要靠经验去判断。

叶绾绾最近也做了些功课，看出这是会奇场口的料子，这个场口的料子大多是这种灰白色的大象皮。

原来，这块就是梦中让秦若曦赔得血本无归的石头啊……

会奇是十大名坑之一，又是老坑，现今的翡翠储量已经非常少，这么大个头的更是难得。

更难得的是这块石头的皮壳上不仅黑癣多，还有一条清晰的绿色蟒带贯穿其上。

所谓“绿随癣走”，有黑癣的原石出绿的可能性会大大增加。

至于“蟒”，多数是由构成翡翠的硬玉矿物形成，硬度大，故常呈凸起的条带、斑块状。

蟒带分好几十种，每一种代表的可能会出的翡翠种类都不同，但有蟒带就证明，里面肯定能出翡翠。

侯茂峰指着那两堆石头，神色得意地开口道：“这几块稍小的黑乌沙，都是我从公盘上花大价钱淘来的；这块大的，已经开了天窗，诸位都是懂行的，想必不用我多说，可以自己去看，种好，场口也是会奇的老坑，绝对极品的料子！若不是秦小姐来，我原本是准备自己留的！”

薛励拱手道谢，生怕再出什么变故，急忙问道：“多谢侯老板，侯老板你给个价吧，我们这边直接一次性付清！”

侯茂峰不情不愿地让伙计去将账簿拿过来，然后跟薛励和专家团一起商讨价格。

神虚道人不知什么时候凑到了叶绾绾跟前：“老板，我觉得他们是在无视你！”

“一枝花”也凑了过来：“老板，要不要给他们一点颜色看看？一拳只收八十八！”

聂无名轻咳一声，两人顿时缩回去不说话了。

聂无名开口道：“有名妹子，需要出手你就吱一声，虽然不能动武，但给你出气的法子还是很多的。”

叶绾绾闻言低低一笑：“呵，不用了，多谢。”

想无视她？怕是不可能。

最后没有她的签字，这钱可付不出去。

那边商议了好半天，终于商议结束。

薛励拿着账单走到叶绾绾跟前，直接开口道：“叶小姐，事情已经全都办好了，签个字吧！”

身后，侯茂峰还在一脸不情愿：“这次我是给秦小姐面子，下次若是再派些乱七八糟的人来，我可不会再这么好说话！”

“侯老板说的是！说的是！”

“叶小姐，快签字吧！这顶级的原石，价格也公道，外面多少人盯着，侯老板都没给！”

叶绾绾风轻云淡地抿了口茶，轻轻将茶杯往桌上一放，目光掠过身前催促她签字的薛励等人，以及一脸不情不愿的侯茂峰，淡淡开口道：“签字？签什么字？”

薛励脸色微沉：“自然是这采购原石的账单！”

叶绾绾眉头微挑：“谁说……我要买这些原石了？”

听到叶绾绾的话，众人顿时一愣。

薛励的脸色已经完全沉了下来：“叶小姐，你这是什么意思？你不买？”

叶绾绾勾唇浅笑，缓缓开口道：“从方才开始，一直说要买的，似乎都是你们，执意要来这家店的，也是薛副总监你，而我不过是跟着过来看看，谁说我要在这家店里买了？”

薛励满脸无法置信的表情：“你……”

一旁的侯茂峰见状也完全变了脸色：“薛励，你们这是什么意思？！搞了这么半天，结果是耍着我玩？！”

叶绾绾的话一石激起千层浪，在场的薛励、专家团和荟萃坊老板侯茂峰全都变了脸色。

“侯老板请息怒，这件事情可能是有点误会，我这边一定会解决！”

薛励一边安抚侯茂峰，一边忍无可忍地对叶绾绾发难：“叶小姐，我知道你对秦总监有偏见，但私事是私事，公事是公事，你这样公私不分，随意乱来，连商量都不跟我们商量一声，就擅作主张，是什么道理！”

十一闻言立即站了出来，开口道：“薛副总监，你们在做决定的时候，可从未跟绾绾小姐商议过，擅作主张的人，难道不是你们吗？”

薛励深吸一口气："你……好，既然你要商议，那我们现在就好好商议，之前我已经把理由说得很清楚，这批料子是最好的选择，秦总监为此花费了大量的时间和精力……"

叶绾绾一只手斜支着额头，也不打断他，就听着薛励在那儿滔滔不绝地演讲，说着秦若曦的功绩。

一直等到他说完了，叶绾绾才幽幽开口道："说完了？那我也说一句吧，这次采购的总负责人是我，我说了算。"

薛励一听，直接被一口血哽在了嗓子眼："你……"

官大一级压死人……

跟他还用说什么道理？

十一本来还担心叶绾绾要怎么应付呢，没想到她这么简单粗暴，不由轻咳一声摸了摸鼻子。

这样真的没问题吗？

就在这时候，一阵整齐划一的口号声传了过来："有名老板，貌美如花，美美美美，靓靓靓靓！"

"噗——"叶绾绾一口茶水喷了出来。

这就是他们所谓的不动用武力也能给她出气？

薛励看着从刚才起就一直跟在叶绾绾身后的五人这时候还在火上浇油，脸色更加难看了。

眼见着气氛越来越僵持，旁边的三个专家都开始劝说起来。

"叶小姐还请千万三思啊！"

"这次的任务虽说不算多大，但如今好玉难求，珠宝行那边等这批料子已经等了大半年时间，如果错过这次机会，被其他家拿了这批货，那我们的损失可就大了……"

……

"砰"的一声，一直在旁边听着的侯茂峰用力一拍桌子，当场勃然大怒。

"简直岂有此理！小丫头，你好大的口气，我放着价更高的几家都不要，把这单子给了你们，你倒好，居然看不上我们荟萃坊的货？薛先生，难道这就是你们的诚意？"

薛励怨愤地朝叶绾绾看了一眼，忙开口道："误会，这些都是误会，侯老板你听我解释……"

侯茂峰冷着脸，用力一甩袖子："行了，什么都不用再说了，原本这批货就是除了秦小姐本人来，我谁都不会给的，既然你们这么不识好歹，我也没必要再给你们这个面子！几位请回吧！"

跑堂的伙计一脸鄙夷地朝着叶绾绾看去，声音尖厉地开口道："这位小姐，你怕是不了解行情，以为这H市遍地都是原石店，石料便满大街都是了？顶级翡翠的料子，你等个好几年都不一定能等到，你们知道这批料子有多少人在等着吗？”

伙计话音刚落，一个肥头大耳，穿着金色丝绸马褂的男人，手里握着两颗核桃，笑容满面地走了进来。

“哟，侯老板，这是怎么了？怎么发这么大的火？”

看到来人，薛励顿时变了脸色：“不好！是黄世鑫！”

三个专家一见也急了：“黄世鑫跑来做什么？！之前我们已经都放出话去，这批货我们司家要了！”

“还用问吗？肯定是得到消息了！”

“这么快？”

“你以为呢！这货多少人盯着，不到最后一刻，谁愿意放手？可这女人倒好，居然硬生生往外推……”

“糟了，这个黄世鑫可不是省油的灯！这批货怕是悬了！”

……

伙计一看到来人，先是瞪了叶绾绾等人一眼，随后立即笑眯眯地朝着门口迎了上去：“黄老板！什么风把你吹来了，快请进！”

黄世鑫一副遗憾的表情，试探着开口道：“我听说侯老板今天跟司氏珠宝行签合同，但还是不死心，想来问问，侯老板还有没有什么别的货？稍微次点的也行啊！”

侯茂峰闻言顿时冷哼一声，显然还憋着火。

黄世鑫看到侯茂峰的表情，面上顿时便是一喜，看来消息没错了！

伙计斜眼朝着叶绾绾等人看去，开口道：“嗨，黄老板，别提了，这都临要付钱了，人家反悔不要了！”

“哦，居然有这种事？他们难道不知道这批货的品质？这可是侯老板花大精力从公盘淘来的原石，那块会奇的料子开了天窗，那可是老坑玻璃种，可能出帝王绿的料子！”黄世鑫一副惊奇的语气。

侯茂峰朝着叶绾绾几人看了一眼，幽幽开口道：“原本这次要来的是秦若曦秦小姐，结果中途却换了这么个什么也不懂的花瓶来跟我谈生意，人家可是不愿意买呢！传闻把那位司家家主说得神乎其神，我看眼光也不过如此！”

无论这些人说什么，叶绾绾都丝毫不在意，在那儿风轻云淡地喝着茶，唯有在听到最后一句的时候，目光不易察觉地冷冽了几分。

黄世鑫浑浊的目光肆意地在叶绾绾的身上打量着：“听说司家家主得了一位绝色美人，不惜与家中所有族老作对，整日沉迷女色，把身子骨都毁了……原来是真的……”

叶绾绾：“……”

他们商界也这么八卦的吗？

什么沉迷女色把身子骨都毁了！为了照顾司夜寒的身体，这段时间两个人的关系再纯洁不过了！

听着那些越来越难听的话，薛励走到叶绾绾跟前，神色冷厉地开口提醒："叶小姐，这人是司氏珠宝行的死对头，如意堂的老板黄世鑫，之前一直在跟我们抢这批料子，秦总监打点了好几个月，才搞定侯老板这边，若您执意不签字，最好考虑清楚后果！"

叶绾绾抚着白皙的手指，目光扫过黄世鑫和侯茂峰，冷笑一声道："后果？在我看来，这批原石不过是表象漂亮，内里出不了什么好货，说不定血本无归。"

叶绾绾这话刚一说完，五人组的口号立即就响起来了："有名老板，才貌双全，美美美美，棒棒棒棒！"

"你们——！"这下，侯茂峰是真的气炸了。

原本好歹顾忌着她是司家的人，他方才不过是给点脸色给他们看看，等他们自己服软，最后还是会卖给他们。

但他怎么也没想到，这女人居然张狂到了这种地步。

黄世鑫一看这情况，自然是喜不自胜，赶紧上前挑拨："这位小姐，你知不知道侯老板店里的货是整个M国最好的？你居然说这批顶级原石里出不了什么好货？你说这话到底是什么意思？"

此刻，叶绾绾的神态完全就是个带着一批家丁、护卫的纨绔公子，她扫了眼那两拖车石头，悠悠然地开口道："我说，这批货，必垮。"

赌石里，赌涨就是赌赢了，赌垮就是输了，叶绾绾这话，可谓直白。

侯茂峰气得七窍生烟："你……你……好！你这不仅是在侮辱我，更是在侮辱我荟萃坊的牌子！薛先生，请回吧，今天就算你们跪下来求我，这批石料我也绝对不会卖给你们司家！别逼我叫保安赶人！"

黄世鑫原本只是抱着试试看的态度赶来的，万万没想到运气居然这么好，这次司家放着到手的生意不要，派了这么个花瓶来谈生意，生生把侯茂峰给得罪了。

黄世鑫立即软声上前劝慰道："哎呀，侯老板，莫生气莫生气，这些没见识的外行不懂货，你跟他们计较什么！大家打开门做生意，她不识货，那是她的损失，与人无尤，侯老板您的这批料子，难道还愁买家？"

黄世鑫的暗示已经非常明显。

黄家虽然不比司家在华国的地位，但也是华国港城很大的珠宝行了，出价比司家还要高一成。

侯茂峰略作思索，就已经做了决定，于是脸色微沉地朝着薛励看去："薛先生，这批货，你确定不要了是不是？"

薛励眸光一闪，他知道，这是侯茂峰最后的忍耐了。

专家团急得团团转，毕竟任务完成不了，他们也要跟着遭殃。

三人赶紧围在叶绾绾跟前苦口婆心地劝说。

"叶小姐，我们三人在业内虽不敢说顶级，但你出去打听打听，没人不知道我们的名字，这批料子，是我们一起掌过眼的，绝对不会有错！”

“叶小姐，你不过才看了几本专业书籍，就敢判断石头是赌涨还是赌垮？这未免太荒谬了！”

“就算你对秦总监有意见，也不该仗着司总的宠爱，就拿公事开玩笑！”

其实，原本这几人如果愿意好好跟她商谈，她不介意跟他们解释一下自己的计划，可是，明显这几人从头到尾就没将她放在眼里，眼中、口中只有秦若曦。

所以，她也没必要再给他们面子。

叶绾绾笑了笑：“我是只了解过几天，不过那又如何，赌石这行，三分看眼力，七分看运气，我一直觉得，我的运气还挺好的。”

“手黑星人”叶绾绾直接睁眼说瞎话。

侯茂峰冷笑一声，眸底滑过一丝阴霾：“呵呵，看来，我们已经没什么好谈的了！阿财，送客！”

就算她是司夜寒派来的人又怎样，这可是她自己作死，何况两人还没结婚，未来的变数多着呢，他侯茂峰还用不着给这种人面子。

既然她给脸不要脸，那就不能怪他了。

伙计一听，立即会意地挥了挥手，顿时，一群人高马大、身形健壮的男人走了过来，气势汹汹地走到了叶绾绾等人跟前。

赌石一条街每日的流动资金动辄千万上亿，所以几乎每家店都会有自己的保安，更别提荟萃坊这种规模的赌石店了。

不等十一有所动作，聂无名等五人组已经齐刷刷走到了叶绾绾跟前，与那些看起来训练有素的手下呈对峙状。

聂无名眉峰微扬：“呵，我倒是要看看，谁敢动我们老板。”

“大胆！我们老板想在这里待多久，就在这里待多久！”神虚道人怒斥道。

“一枝花”一勾嘴角：“放肆！就算我们老板在这里住下来，那也是给你面子！”

外国搬砖友人只好附和：“花花和道士说得对！”

冰山男：“……”

叶绾绾：“……”

她深深怀疑，这些人看的不是保镖电影，是看了一夜相声小品，这一唱一和的。

侯茂峰见状满脸怒色：“呵，还没人敢在我这荟萃坊的地界闹事，我倒要看看，你们有什么本事！”

接收到侯茂峰的指示后，其中一个身形高大的手下立即朝着五人当中看起来最弱的冰山男攻去……

冰山男连说话都懒得说，更别提打架了，此刻站在那里一动不动，任由那人攻上来。

叶绾绾看得有些着急，毕竟她只知道道士和“一枝花”的身手不错。

不过，说不定这个冰山男也是深藏不露？

叶绾绾刚这么想着，冰山男动了，在那个手下碰到他身体的瞬间，冰山男“轰隆”一声，往后倒去……

紧跟着，“一枝花”嗖地扑倒在冰山男的身上：“哎哟！杀人了！杀人了！”

神虚道人顿时一脸痛心疾首地瞪着那些人：“光天化日、朗朗乾坤，居然这般纵容保安伤人，这事没完！”

“一枝花”大声喊道：“要么坐牢！要么赔钱！”

叶绾绾目瞪口呆地看着这场演技精湛的“碰瓷”，哑口无言。

“你胡说！我刚才只是碰了他一下！”手下当即恼羞成怒。

无论如何他也知道对方是司家的人，不过是恐吓一下，怎么可能真的下手。

“走开！你们这些无赖！碰瓷是吧！”伙计气势汹汹地冲过去，在冰山男的颈边摸了摸，正准备揭穿他们，结果脸色大变，“真……真的没气了……”

“你说什么？”侯茂峰也变了脸色。

神虚道人见状，立刻说道：“还不赔钱！”

“一枝花”狮子大开口：“赔钱！看看这相貌、这身材，至少也一个亿！”

聂无名瞪了两人一眼：“想造反？”

神虚道人立即道：“没有没有！吓吓就差不多行了，我们可是正经保镖，不做碰瓷这种事情！”

话音刚落，“一枝花”踢了踢地上的冰山男：“还不快起来！”

地上的人一动不动，显然对于现在躺着的姿势很满意。

“一枝花”无奈：“得，又躺开心了……”

伙计气得大吼道：“你们这些无赖！故意找碴儿是吧？”

黄世鑫在旁边看着这场闹剧，笑得很是开怀：“侯老板，别跟这些莫名其妙之人浪费时间了，不如我们谈谈这批料子的事情？

“现在既然司家这边不要，侯老板不如转手卖给我。当然了，我知道外面多的是人排队等着想要这批货，但是侯老板，我的诚意，你是很清楚的，而且我的价格也绝对让你满意！”

见时机成熟，黄世鑫终于说出了自己的真实意图，接着给随行的人使了个眼色。

身后立即有几名穿着黑色制服的手下走了上来，“砰砰砰”打开了几个大箱子，里面全都是现金。

赌石交易都是当场付款结清，支票、转账都可以，也有很多玩赌石的老板喜欢直接带现金过来。

黄世鑫连现金都准备好了，这明显是有备而来。

司家这边，三个专家此刻近乎已经绝望：“薛副总监，现在可怎么办？！要不要打个电话去总部？”

薛励的眸底滑过一抹精光："不需要，记住，这次是她自己一意孤行，跟我们没有任何关系……"

三人闻言对视了一眼，都明白过来薛励的意思。

在薛励的刻意纵容下，黄世鑫已经迫不及待地跟侯茂峰把单子给签了。

现在，这批货正式归属黄世鑫，再没有转圜的余地。

眼睁睁看着黄世鑫把这批货买走，十一不由得面露担忧之色："绾绾小姐，现在原石被黄世鑫买走了，那我们这次的任务怎么办……"

"不急……"叶绾绾依旧不动声色，似乎在等什么人的样子。

"喂，你们不买东西，还留在这里做什么？"荟萃坊的伙计忍不住开口。

原本以为没可能了，没想到最后居然捡了漏，黄世鑫一脸春风得意，笑着对伙计开口道："呵呵，不必动怒，他们爱待多久就待多久，正好亲眼看看，我是怎么在侯老板的店里开出极品翡翠的！"

侯茂峰神色傲然地开口道："阿财，去把店里最好的切割师傅叫来！"

买方可以自己去公行请切割师切石头，不过大部分都是当场在店里让店里的师傅现场切割。

"是，老板！"伙计立即上楼去请人了。

因为这边的动静颇大，此刻已经吸引了不少人围观。

十一在一旁忧心忡忡，黄世鑫跟侯茂峰热络地聊着天。

这时，门口一个穿着灰色长衫的中年男人带着一个年轻的伙计，推着一车石头走了进来。

"黄老板，您要的货我都给您拉来了！"进门后，灰衫男人佝偻着腰，神色卑微地开口。

看到来人，不等黄世鑫开口，侯茂峰顿时扬了扬眉，满脸嘲讽之色："哟，我当是谁，这不是琳琅阁的万老板吗？怎么，卖石头卖到我的荟萃坊来了？"

灰衫男人听着侯茂峰嘲讽的语气，脸色微变，不过，还是强忍了下来，继续看向黄世鑫开口道："黄老板，您验一下货？"

黄世鑫漫不经心地在那堆石头上扫了一眼，不耐烦地开口："我已经签了侯老板的货，你这些用不到了，拉走吧，别堵在这里耽误我开石头。"

黄世鑫说完立刻跟侯茂峰解释道："侯老板您别见怪，之前您手头这批货不是要卖给司家吗，我这儿实在是弄不到货，也是没办法，正好这万鹤云店里的货急着要出手，价又特别低，我就接了！"

万鹤云一听，顿时明白过来什么情况，黄世鑫明明都已经跟他谈好价了，甚至让他送到这里来，现在却因为临时买到侯茂峰的货，要出尔反尔。

侯茂峰摇着头，看向黄世鑫开口道："黄老板，不是我说，这种垃圾货色，你也收？"

黄世鑫叹气道："唉，他价格低，之前有点交情，现在求着我要卖，我看他可怜，就当做善事了！"

侯茂峰嗤笑一声："黄老板啊，话不是这么说。众所周知，琳琅阁都已经快三年没开出像样的翡翠来，这琳琅阁的货多晦气，你又不是不知道，也不怕收了他们的货，你血本无归不说，还平白沾了晦气？"

此刻，围观的一些商人和游客见状，正在议论纷纷。

"这男人是谁啊？侯老板说他店里的货晦气，是什么意思？"

"你居然不认识他？琳琅阁的老板，万鹤云啊，这琳琅阁之前在H城的生意也算红火，不输荟萃坊，只可惜万鹤云的时运不好，店里的石头有将近三年开不出像样的翡翠，现在已经没人敢去他的店里买原石了……"

"就是，谁不知道这琳琅阁都三年没开出什么好玉了，晦气得很，谁赌谁亏！黄老板还真是做善事了！"

如果一家赌石店长期开不出好玉，自然不会有人再愿意去买。

相反，若是一家店偶然开出了顶级翡翠，可能瞬间便名声大噪，上门的人络绎不绝，毕竟大家都想讨个好彩头。

像琳琅阁这种那么长时间都开不出好翡翠的店铺，即使他的料子质量和其他店是一样的，也不会有人愿意去买，免得触了霉头。

叶绾绾听到这里，端着茶杯的手指一顿，眸光微闪。

琳琅阁……万鹤云？

万鹤云听着那些难听的话，脸色一阵青白交加。

黄世鑫一副做善事的语气，可实际上，他这批货是以七成的价格亏本转让给黄世鑫的，黄世鑫是占了大便宜，不然怎么可能会要。

至于侯茂峰，他们两家原石店一直是竞争对手，多年前侯茂峰造假，被他当场揭穿，自此结下仇怨。

这些年侯茂峰一直给他的原石店使绊子，加上他也确实运气太差，店里一块像样的翡翠都没出，以至于经营每况愈下。

如今琳琅阁已经到了强弩之末，难以维系……

侯茂峰冷声开口："万鹤云，你居然昧着良心卖给黄老板这种破石头，未免太没有职业道德了吧？"

黄世鑫知道侯茂峰跟万鹤云不对付，两人刚刚才签成了一笔大单子，此刻，他倒是不介意卖给侯茂峰一个人情。

于是，黄世鑫直接反悔改口道："万老板，我看你还是去别处问问收不收吧，这种残次品，我们珠宝行怕是不能收。"

万鹤云顿时急了："什……什么？黄老板，之前我们明明已经谈好了……而且我愿意以七成的价格成交……"

侯茂峰冷笑：“呵，万鹤云，你这种垃圾货色，别说七成了，就算送给人家，怕是也没人敢收，为免平白沾了晦气！”

一直低声下气的万鹤云听了，气得浑身发抖：“侯茂峰！你到底想怎样？”

侯茂峰也不避讳有这么多人在，神态傲然地开口道：“万鹤云，我早就说过，只要有我侯茂峰在一天，你的琳琅阁，就别想卖出一块石头！”

万鹤云死死掐着掌心：“侯茂峰，你别欺人太甚！”

侯茂峰闻言大笑：“哟，我就欺负你了，你能把我怎样？你若肯以三成的价钱成交的话，我倒是可以考虑做个好事，把你这些垃圾收了，否则……我倒要看看，这整个H城，谁敢接手你的石头！”

三成？这跟白送有什么区别！这完全是趁火打劫！

琳琅阁的小伙计气得双眼通红：“侯老板，你别太过分了！当初你……”

万鹤云深吸一口气，打断了店里的伙计：“别说了，走吧……”

他们再继续待下去，也不过是自取其辱。

小伙计满脸悲愤：“那这批货怎么办？再卖不出去，我们的店就真的要关门了……”

十一看着不远处的情况，摇头开口：“这侯茂峰非常记仇，万鹤云也是倒霉！”

此刻，一直坐在一旁淡定喝茶的叶绾绾看到这里，不动声色地站起了身。

“绾绾小姐……”十一不知道叶绾绾想做什么，神色狐疑地看了过去。

叶绾绾直接起身，叫住了正要带着伙计离开的万鹤云：“这位老板，请留步！”

万鹤云失魂落魄地转过身来：“小姐有事？”

叶绾绾看向对面落魄的中年男人：“琳琅阁，万鹤云，万老板？”

万鹤云回复道：“正是，不知小姐有何指教？”

叶绾绾展颜一笑：“指教不敢当，只是想跟万老板您谈谈生意。”

万鹤云神色一怔，似乎是没反应过来：“谈……生意？小姐，您要买……我的原石？”

叶绾绾笑着说：“不错。”

万鹤云的神情更惊讶了。

难道是哪个不信邪的游客？

这几年他卖出去的几块石头，大多是游客抱着猎奇的心态过来买的。

万鹤云下意识地以为叶绾绾也是如此。

现在店里的资金已经周转不开，能卖出一块是一块吧……

“小姐您看中了哪块，可以随便挑……”万鹤云示意伙计停下推车，开口道。

即使是一块石头的生意，他也同样认真对待。

叶绾绾闻言俯身，一块一块地认真看了起来。

每块都看了一遍之后，叶绾绾悲催地发现，她挑不出来。

她记得，梦中的这个时候，侯茂峰以超低的价格强占了琳琅阁的原石，结果那批石头出了收藏级别的顶级帝王绿老坑玻璃种，一时之间震惊了整个珠宝界。

后来，万鹤云受不了这个心理打击，跳楼自杀了……

M国每天都有赌垮自杀的，万鹤云的自杀没有引起任何波澜，只有那块出了帝王绿的顶级原石传遍了珠宝界，但所有的钱财和名声都落在了侯茂峰的头上……

现在的情况是，叶绾绾知道这堆石头里就有那块出了顶级翡翠的原石，但是，她不知道，到底是这堆里的哪一块原石出的……

这就尴尬了……

叶绾绾算了算，既然她不知道到底是哪块原石里面开出了那块帝王绿，不如全都买下来好了。

总归肯定是不亏的！

想到这里，叶绾绾扫了眼那辆推车上大大小小的石头，直接开口道："这些原石，我全都包了。"

万鹤云顿时愣在原地："什……什么？小姐您要买……买我的原石？全部？"

"不错。"

听到叶绾绾跟万鹤云的对话，不仅是万鹤云自己震惊，围观的所有人几乎都认为她疯了。

"居然有人要买琳琅阁的石头，还一下全包了！"

"这位美女胆子真是大啊！"

"我看是个傻子吧！我今天算是知道什么叫人傻钱多了！"

……

司家的专家们满脸不可思议，此刻全都炸开了锅。

"这琳琅阁可是家快要倒闭的小铺子，而且都三年没开出过像样的石头了！"

其他两人也完全是一副叶绾绾已经没救的表情："这女人是不是疯了啊？放着荟萃坊的顶级原石不要，跑去买一堆垃圾？薛副总监，现在怎么办，你倒是快说句话啊！"

薛励也是满脸怒容："简直荒谬！"

侯茂峰嘲讽地朝着薛励看去："居然任由这种人插手公司事务，我看如今的司家嘛……呵呵……"

听着侯茂峰的嘲笑，薛励的脸上一阵火烧火燎。

叶绾绾这不仅是在胡闹，更是在丢整个司家的脸！

叶绾绾没管周围一片哗然的议论声，随手拾起一块石头摸了摸，追问道："万老板，卖吗？"

万鹤云一脸为难，忌惮地朝着侯茂峰的方向看了一眼，最终开口道："这位小姐，感谢您的好意，不过，还是算了，别莫名给您惹上麻烦……"

侯茂峰刚才已经放出话，不许任何人买他的石头。

若是平白连累了别人，并非他想看到的。

做珠宝生意的，都得给侯茂峰几分面子，得罪了他没有好处。

叶绾绾朝侯茂峰看了一眼，笑了笑道：“呵，别人不敢买，并不代表我不敢，万老板放心，我的后台还是挺硬的。”

毕竟有大魔王撑腰，她无所畏惧！

这时候叶绾绾才发现，有时候大魔王的名头还真挺好用的！

侯茂峰闻言脸色有些难看，却一句反驳的话都说不出来。

叶绾绾背后毕竟有司家撑腰，若是她插手，他还真拿她没办法。

原本他是想趁着万鹤云走投无路把这批货给低价吞下来，没想到被这女人打乱了计划……

不过也无所谓，这种垃圾货色，他也并不是非买不可，只是想恶心万鹤云罢了。

万鹤云迟疑地询问道：“敢问小姐您是？”

叶绾绾吐出四个字：“华国，司家。”

“司……司家……”万鹤云顿时满脸受宠若惊，华国的司家谁不知道，哪怕是在M国，影响力也十分之大。

万鹤云犹豫地开口道：“小姐您确定要买我这批石头？”

叶绾绾微微一笑：“我看万老板这批原石的品相，倒还算顺眼，所以……万老板开个价吧！”

还算顺眼？

听闻叶绾绾此言，在场众人顿时愣在原地。

这女人要买万鹤云的原石，仅仅是因为……看着还算顺眼？

万鹤云犹豫良久，想到自家店铺的情况，终于开口道：“这位小姐，这是我店里所有的存货了，既然您不嫌弃，我可以全部亏本处理，半价给您……”

原本他已经做好最坏的打算，也就是一块石头都卖不出去，全部砸在他手中，而现在有人接手，对他来说已经是最好的结果。

叶绾绾笑道：“我看顺眼的东西，从来不喜欢让别人打折扣，原价多少，尽管说。”

叶绾绾话虽如此，但心中却十分清楚，万鹤云的这批原石将会带来极大的惊喜，若真的半价购买，叶绾绾心中自然也是过意不去。

况且，万鹤云的赌石行已经濒临破产倒闭，梦中万鹤云的下场那么凄惨，而现在既然自己赚到了便宜，又为何不能给万鹤云一条活路？

万鹤云闻言神色一怔，不觉动容，没想到叶绾绾会这么说……

周围的人又是一阵议论：“这女人真是司家派过来的人吗？放着荟萃坊的货不要，去买琳琅阁的垃圾，人家打折不要，还一定要正价买？”

“长得倒是挺漂亮的，可惜脑子有问题……”

“司家的这些人都是干什么吃的？”

听着围观众人那些难听的话，薛励的脸色难看到了极致，都因为这个女人，他还从没这么丢脸过。

“叶小姐！请三思而后行！”薛励蹙眉开口。

“三思而后行？”叶绾绾瞥了薛励一眼，“你是在跟我说教？”

“叶小姐！我没这个意思，只是尽自己的本分职责罢了！”薛励道。

“尽责？”叶绾绾冷笑，“你尽的是谁的责？别忘记自己是什么身份，又在与谁说话！”

薛励点了点头，看向叶绾绾，开口道：“好，若叶小姐执意如此，我只能上报总部！”

叶绾绾神色淡然：“请便。”

薛励气急，取出手机，拨出一通电话。

华国，会议室里，一众高层和族老正在开会。

身为司家董事会董事之一的冯义平突然起身离开，接通了电话。

片刻后，冯义平接完电话返回，神色似乎很为难：“诸位，抱歉，打断一下，M 国那边情况有变。”

“什么事？”司明礼看向冯义平，狐疑地开口。

当即，冯义平将事情的过程都说了一遍。

听到冯义平说的情况之后，整个会议室一片哗然。

“这也太荒唐了！”

“司总给她挂个特助就已经够特殊对待了，现在第一个任务居然还如此胡闹，把公司当成什么地方！”

“司总太糊涂了，这种人怎么能成为司家的少夫人！”

“呵呵。”司明礼冷笑一声，“那有什么，咱们司家家主高兴不就成了。”

白发老者司明荣当即冷声道：“明礼，你这说的是什么混账话！”

司明礼看向白发老者：“二哥，那我能说什么？上次，我只不过说了那女人几句，家主便那般羞辱我，你让我能怎么说？我要是再说她不好，就怕我这条老命都没了。”

司明荣看向冯义平：“跟薛励说，让那个女人接电话！”

冯义平点了点头，片刻后回道：“那女人不接……”

听闻此言，会议室里又是一片哗然，那女人，胆子竟然如此之大？

“不接电话，让薛励开视频不就行了。”司明礼道。

……

荟萃坊中，叶绾绾坐在一旁，身前的薛励却是将手机对向她。

“叶绾绾！”

一声怒喝，从电话的另一头传来。

闻声，叶绾绾转头看向视频中司家的一干高层。

此刻，薛励和侯茂峰心中冷笑不已，一副看好戏的表情，这女人以为自己是谁，惹怒了司家高层，看她要怎样收场！

“你们不好好开会，这么闲来无事，非要跟我视频聊天？”叶绾绾看向视频中的诸多高层，淡淡笑道。

“叶绾绾，你的胆子也太大了，荟萃坊是秦若曦小姐早已经联系好的货源，而你一个门外汉，什么都不懂，现在这样做，是在坑害公司！”冯义平怒道。

身为公司董事之一，就算是少夫人，他也有权力劝阻，更不说这个叶绾绾，现在还不是司家的少夫人。

“阿九既然信任我，将任务交托于我，那自然是由我全权处理，你们不服，那就去找你们的家主，来找我做什么。”叶绾绾平静开口。

“你……你说什么？！”冯义平咬牙切齿。

“呵呵，我都说了，阿九愿意玩，就让他玩，反正这点钱他也不在乎，就当是施舍给乞丐了。”视频中的司明礼冷笑一声道。

当下，叶绾绾看向司明礼，诧异道：“四叔公，你怎么也在啊？我还以为你在家照顾你儿子呢。”

随着叶绾绾话音落下，司明礼顿时从座位上站起了身：“叶绾绾……你真以为你成了精？现在你做的事，将会损害我们司家所有人的利益，你有这个能力承担后果？”

“叶绾绾，你如果抗命不从，一切后果将由你一个人来承担，等你从M国回来，就算是阿九，这次也保不住你！”身为司家执法堂主的司明荣，终于发话。

“我倒没什么问题……你们既然认为我稳输，那咱们就来打个赌如何？”叶绾绾笑道。

“你想怎么赌？”冯义平蹙眉。

“如果，我这次赚了，参与者就要说自己是乌龟王八蛋，谁赌？”叶绾绾想了想，说道。

“简直胡闹！”冯义平怒道。

“怎么，不敢啊？”叶绾绾眉头微挑。

冯义平气怒道：“你……”

倒是司明礼好整以暇地看向叶绾绾，开口道：“好，我跟你赌。不过，如果你输了，你就得给我滚出公司！”

“可以。如果我赢了，就按照我说的；如果我输了，我就离开公司，从此再不插手公司事务。”叶绾绾拍案敲定。

“那好，我也跟你赌！”冯义平也开口道。

这女人，对赌石一窍不通，竟敢在这里口出狂言，简直是自取其辱！

别说是赌石菜鸟，即便是那顶级的赌石大师，也不敢拍着胸脯说自己能够稳赢。

毕竟赌石这行当，三分靠实力，七分靠运气。

此刻，侯茂峰和薛励看着叶缩缩，神色惊诧。

他们没想到，连司家的族老和董事会高层都镇不住这个女人……

只不过，侯茂峰却也只是当作笑话看，毕竟，都是他们司家撕破脸的局，跟他又没有半点关系。

“薛励，视频就一直开着，我倒要看看，叶小姐是怎样稳赢的。”

视频中，某位司家高层冷声道。

“好。”薛励点了点头，答应下来。

此刻，围观者越来越多，里三层外三层地将荟萃坊外围得水泄不通。

“一枝花”和神虚道人等严阵以待，守在叶缩缩身前，仿佛谁要害她命一般。

“万老板，你这批原石，我都要了，现在方便交易吗？”叶缩缩看向万鹤云。

“这个……叶小姐，您当真不再考虑一下吗……”万鹤云叹了口气。

万鹤云虽然也很想赚这笔钱，若是能够原价卖出，他不仅能够将之前借的高利贷还清，甚至还能多出不少运作资金，这么一来，他的赌石坊，起码还能够稳定运作两年左右……

但叶缩缩这边是个什么情况，万鹤云却也是看得一清二楚。

莫要说司家的高层和族老，就算是他，对自己这批原石也没抱太大的希望，光从品相和质地而言，平心而论，的确是次了荟萃坊许多……

“不用考虑了，现在可否交易？”叶缩缩道。

“可以……”万鹤云点了点头。

既然能够交易，叶缩缩也不愿继续浪费时间，立即同万鹤云进行现场交易。

大约一刻钟后，这批原石的交易才算结束。

至于黄世鑫那边，也与荟萃坊进行了原石交易，如今，原本秦若曦谈下来的那批原石，全都被黄世鑫给买了下来。

当下，侯茂峰看向叶缩缩，冷笑道：“叶小姐既然这么有自信，不如就在我店里切割，我可以把店里的切割师傅借给你，你从万鹤云手中买的这批原石能开出什么极品料子，我倒是很想见识见识！”

“那自然是可以，只不过，你荟萃坊的切割师还是算了，万一将我的极品料子切坏，我怕你也未必赔得起。”叶缩缩笑道。

“呵呵……从这些垃圾中开出极品料子……叶小姐只怕是昨晚太累没睡好，现在做起了白日梦。”侯茂峰眸内满是不屑之色。

叶缩缩也懒得搭理侯茂峰，直接看向万鹤云：“万老板，麻烦你将你们店的切割师找来。”

闻言，万鹤云点了点头，道：“叶小姐，这您放心，我肯定将我们最好的切割师给您叫来。”

说完，万鹤云便离开了荟萃坊。

此刻四周众人纷纷议论，大多觉得，这司家女人可能是脑子受到了什么刺激。

荟萃坊这批料子虽然贵，但大多是开窗料。

所谓开窗料，是在原石的基础上，擦开了一道口子，而顾客可以通过这道口子，观察原石内的种、水色和一些细节情况。

而万鹤云那批货，大多是全赌料，原石是没有经过任何处理的，原石的内部是什么情况，谁也说不清楚。

一个是风险最高的全赌料，一个是风险较低的开窗料，谁也不知道，这司家的女人，到底是从哪里来的自信，认为自己的全赌料能够赢过荟萃坊的开窗料。

叶绾绾这边等待的时候，黄世鑫那边已经开始解石。

“黄老板，开出来了！”

才第一块原石，荟萃坊的切割师那边便报来了喜讯。

“黄老板，恭喜恭喜！满绿的冰种，种好，水头足，透明度高，个头也不小，能做出至少十副镯子，边角料还能做几个对牌挂饰，这是大涨了！”

那切割师已经完成第一块原石的切割，并且从中切割出一块品质尚算不错的翡翠。

见状，黄世鑫心情大好，连着侯茂峰也是满脸得意，周遭围观的客人纷纷羡慕不已地感叹起来。

“荟萃坊毕竟是荟萃坊，这出绿的概率是整个H城赌石坊里当之无愧最高的！”

“那可不是，毕竟荟萃坊是咱们H市的招牌了！”

“啧啧，这价钱转眼就翻了十倍啊！难怪人家说赌石是一刀穷、一刀富……”

“我倒想看看，司家那边能够开出什么料子！”

见到荟萃坊开出不错的翡翠之后，围观众人纷纷议论。

这时候，万鹤云带着他们店里最好的切割师匆匆赶来了。

两人刚赶到，便看到黄世鑫买的原石大涨。

万鹤云的眸底顿时滑过一抹黯然，看向叶绾绾的表情也是满脸的忧心忡忡。

一旁跟着万鹤云而来的切割师，六十多岁的年龄，以往店内的生意不好，他已经好久未能给顾客切割原石，如今一听老板开张了，比谁都激动。

每一位切割师的梦想，都是切割出上好的料子。

“叶小姐您好，我是切割师王祜。”老者看向叶绾绾，很是礼貌地笑道。

“王师傅你好，这次就麻烦你了。”叶绾绾点头示意。

“怎么样，叶小姐，可以开始了吧？大家伙儿可是已经迫不及待地想要见识见识你这批极品的好料子呢！”侯茂峰笑得异常讽刺。

“切割师都来了，自然可以。”叶绾绾淡淡道。

“叶小姐，咱们现在就开始吗？”王祜看向叶绾绾，请示道。

“可以了，解吧。”叶绾绾微微颔首。

随着叶绾绾话音落下，切割师开始工作。

薛励、专家团、侯茂峰、黄世鑫等人全都将目光集中到了王祐手中那块原石上。

大概是想要讨个开头彩，王祐手里的这块石头，是这堆里面品质最好的一块。

绿癣，黑色的蟒带，种种表现都证明里面极有可能出绿……

在所有人的目光之下，王祐小心翼翼地在顶上擦开了一小块天窗。

出绿了。

众人的眼睛顿时亮了亮……

看那绿处的老种和水头，表现倒是不错。

万鹤云的心都提到了嗓子眼，忙指挥道：“小心一点，从这个位置，斜着切一刀！”

王祐点点头，继续往下切……

结果，下一秒，万鹤云的脸色就白了，这一刀下去，里面空无一物，是白花花的一片，居然只有头顶那薄薄的一小片绿色。

“哈哈哈……里面居然什么都没有，这还真是琳琅阁的原石……”

“真是不信邪都不行！现在后悔了吧？也不知道跟谁在赌气，放着荟萃坊的石头不要，非要原价购买万鹤云那晦气的原石！”

众人不由摇了摇头，口中轻轻叹息。

开店多年，尽管已经习惯了这种情况，尤其是这几年，店里的运气更是差到离谱，可此刻万鹤云的心里还是一阵难以言喻的失望。

“叶小姐，抱歉……”

就在这时候，黄世鑫那边又传来了一阵惊呼——

“又开出来了！又开出来了！”

很快，荟萃坊的切割师再次赌涨，切出了一块品质上佳的翡翠，还是难得的红翡。

见荟萃坊一连开出两块质地和品相都不俗的翡翠，围观众人一片哗然。

再看薛励和他手中的手机屏幕上，那些正在观看现场直播的司家高层和族老，则是一个个面色铁青。

切割还在继续。

一块又一块的石头被切割开来，荟萃坊那边收获颇丰，可谓大涨，黄世鑫正春风得意地让属下给周围的人发红包。

而叶绾绾这边，琳琅阁的切割师和万鹤云的脸色却很不好看，到现在为止，他们就只切割出了半块尚有瑕疵的黄翡。

侯茂峰对这种情况完全不意外，不由得一阵嗤笑：“呵呵，看来叶小姐的运气，并非如你所说的那么好嘛。”

此时，黄世鑫和叶绾绾这边已经全都只剩下两三块石头了，胜负很快便要揭晓。

又半个小时后，人群一片哗然。

因为黄世鑫那边马上就要开始解最后一块原石，也就是之前叶缩缩看到的那块会奇的大象皮料子。

那块已经开了天窗，最有可能出极品翡翠的料子……

叶缩缩这边也只剩下最后两块石头了，如果再开不出像样的翡翠，叶缩缩这次会血本无归。

此时，连叶缩缩这边的切割师都忍不住停了下来，朝着侯茂峰那边看去。

这次侯茂峰的那批货，其他原石其实都只是陪衬，最主要的还是这块会奇的料子。

“黄老板，怎么样？我们这就开始切最后一块了？”此时侯茂峰已经没有再浪费时间注意叶缩缩那边，现在最重要的，是他这块极品料子。

黄世鑫兴奋地搓了搓手：“好好好，开始吧！”

“小心点，一点点地擦！”侯茂峰谨慎地叮嘱。

这解石的过程也非常重要，不然一块品质好的石头都可能被解坏了。

切割师点点头，作为一个老手，此刻都忍不住有些紧张。

当然，紧张是因为太激动，他手上要是解出了顶级的翡翠，以后他的身价也会大涨！

众人看着开窗处那一抹喜人的绿色，不禁议论纷纷。

“这是老坑玻璃种的质地，颜色也非常不错！”

“当然了，翡翠本来就以绿色为尊，这是苹果绿，价格仅次于帝王绿！”

“如果待会儿开出来，里面的颜色更好，能出帝王绿，即使一小块，那也是啧啧……”

“一小块？开玩笑呢吧？顶级帝王绿是按照克数算钱的，上次我去港城拍卖行，看到一个戒面都拍了两千多万港币！H城都几年没开出顶级帝王绿了！”

……

翡翠的品质一般看“种”“色”“水头”。

“种”是指翡翠的质地与结构。质地越细腻，玉质就越晶莹剔透。比如市场上经常提到的玻璃种、冰种、糯种、豆种等，其中以玻璃种为顶级。除此之外还分老种和新种，老坑种价值高于新种。

“水”是指翡翠的透明度。虽然一般来说，翡翠的种好，透明度相对较高，但是有的时候翡翠的透明度还是由翡翠内部杂质决定，翡翠内部是否干净、有没有棉絮等等因素，所以透明度越高，价值越高，比如玻璃种，就是透明度最高的翡翠。

“色”便是指颜色。翡翠有各种颜色，有时候色差一分，价差十倍。翡翠以绿色为尊，而绿色之中，又分祖母绿、苹果绿、黄杨绿、翠绿等，其中，祖母绿又称帝王绿，价值最高。

因此大家看到颜色才会格外兴奋。

很快，荟萃坊这边的切割师开始解石了……

切割师沿着边缘一点点擦着皮，众人的眼睛都舍不得眨一下，生怕自己错过了激动人心的画面。

“水！”切割师开口。

旁边的助理忙用水冲洗着切割面，方才切割的地方，终于一点点露在了人前……

看到切割了一部分后的原石，众人心中不免有些遗憾。

果然，帝王绿不是那么好出的。

切割师继续解石头，小心翼翼地在这块巨大的石头上陆续擦了好几处皮。

结果，越擦众人越激动。

虽然没有出帝王绿，但擦出的这几块地方，全都是绿色……

这证明什么？

这证明里面很可能满满一大块全都是翡翠啊！

“虽然不是帝王绿，但也非常难得了，毕竟帝王绿可不是那么好出的！”

“可不是！这么一大块石头，如果全都是玉，那得值多少钱？”

“真不愧是荟萃坊，太厉害了！”

……

众人的眼睛都看直了。

此刻，薛励看着叶绾绾，暗暗咬牙切齿，心中涌现阵阵怒意，如果不是这个女人从中作梗，那这块大涨的料子，就应当是他们的才对！

“叶小姐现在可满意了？秦总监研究了这么久挑的料子，怎么可能会有错！”

司家这边的三名专家遗憾地不停摇着头：“唉，太可惜了，保守估计，这块料子至少涨十倍，而看现在的情况，擦了这么多地方，全都出绿，价格翻百倍都不是没有可能……”

“哈哈哈，叶小姐，真是要多谢你了！”听着周围的惊叹之声，黄世鑫朝着叶绾绾大笑道。

叶绾绾神色悠然地轻笑一声：“小心一刀切开，里面什么也没有哦！”

对于叶绾绾的话，黄世鑫、侯茂峰等人自然是不屑一顾，只当她是嫉妒眼红。

“继续开！直接从这个位置，一刀切下去！”侯茂峰胸有成竹地开口。

“好的，老板！”切割师点头应声，搓了搓手，开始切这关键性的一刀。

所有人的目光都落在了切割师的手上，黄世鑫面上的激动之色更是溢于言表。

切割机的声音嗡嗡作响……

切割师将这块石头一分为二，切到了底，随后小心翼翼地用水清洗残渣。

终于，这块顶级原石内部的结构完完整整地展现在了所有人面前——

自荟萃坊的切割师手中，竟是切出一块颜色碧绿的料子，侯茂峰特意用手电筒的强光照射，在强光照射之下，这块料子碧绿难言，美轮美奂。

“帝王绿？”

见状，黄世鑫满脸激动。

不止黄世鑫，便是琳琅阁的切割师王祐和万鹤云也忍不住诧异。

帝王绿乃是M国赌石行非常贵的料子之一，而且切割出的只怕足足有几十斤！

“去找专家过来鉴定！！”侯茂峰连忙朝着店内道。

闻言，几位工作人员立即离开了荟萃坊。

此刻，薛励和专家团看着叶绾绾已经出离愤怒。

这可是帝王绿啊！还是这么大块的帝王绿！

“哈哈哈，叶小姐，只怕又要让你失望了啊！”黄世鑫朝着叶绾绾笑道。

侯茂峰也笑道：“不知道叶小姐这批原石的结果如何？”

叶绾绾没有理会侯茂峰等人，转头看向万鹤云问：“万老板，我们还有几块石头？”

万鹤云脸色难看地开口：“只……只有最后一块了……”

方才他们又切了一块，又垮了。

这么多石头，就算没有荟萃坊的质量高，但也是他千挑万选出来的，结果居然连一块像样的石头都开不出来。

或许，他真的不适合继续在这一行里生存吧……

“哈哈哈……”侯茂峰一听，顿时大笑，“叶小姐，我看你才是真正的血本无归吧！开啊，不是还有一块吗？怎么，不敢了？”

“叶小姐……”万鹤云不知道该说什么，满脸愧疚的神色。

“不是还有一块吗，接着切吧！”叶绾绾神色随意地开口。

“王师傅，切吧……”万鹤云神色颓然。

“好。”王祐点点头，开始行动。

这块料子也非常大，有百十来斤，是一块典型的黑乌沙，也是这堆石头里面最贵的一块。

在机器的运作下，将近一百斤的全赌料，开始缓慢切割。

随着时间一分一秒地流逝，一百斤的全赌料逐渐展示在了人前。

当原石里面的颜色露出来之后，万鹤云的心顿时沉到了谷底……

完了……垮了……

“哈哈哈，之前这女人说得那么信誓旦旦，我还以为这块压轴的料子里会有什么绝世好货呢，结果就是一块儿黄翡？”

黄色的翡翠在翡翠之中算是最低档的了。

“所以说，这女人花了这么多钱，结果就开了块垃圾黄翡？”

此刻，众人看着那一百斤全赌石开出的料子，纷纷大笑出声。

只剩下这最后一块了。

王祐切割的手指都不禁抖了抖……

可最后，还是……垮了啊……

居然是黄翡……

只是一块极其普通的黄翡而已，价值不过几万块……

而侯茂峰那块，却切割出了帝王绿。

“叶绾绾，这就是你所谓的稳赢？你自己算算你这次给公司造成了多大的损失！”

与此同时，薛励的手机屏幕里，冯义平看着那切割出的料子之后，顿时怒声大喝。

“呵呵，真是可笑，一块是不值钱的废料子，另一块是帝王绿……有意思啊，叶绾绾，所以你打算什么时候兑现你的诺言，滚出公司？”司明礼冷笑道。

然而，还不等叶绾绾开口说些什么，数位赌石毛料的鉴定专家便已赶至。

其中一位专家拿着手电筒，仔细朝着所谓的“帝王绿”照射，反复确认了数次后，这才摇头道：“这并不是帝王绿！”

听闻此言，黄世鑫面色大变：“你胡说什么？这不是帝王绿是什么？”

对于黄世鑫的大吼，专家有些不满，面色笃定地开口道：“这种料子看似水头很好，透明度极高，外观很像水头好的冰种甚至玻璃种翡翠。特别是飘蓝花的品种，像极了冰种、玻璃种的满绿翡翠，经常被用来冒充优质翡翠，其实与真正的极品价格，天差地别……”

此时，叶绾绾带过来的司家那些专家闻言，也全都凑了过来。

这一看之下，发现居然真是……

“这……这确实不是帝王绿……”

他们下意识地认为荟萃阁的这块一定是极品，就没有去怀疑，也没细看，万万没想到，这居然是一块废料。

不过，这种货色确实非常难以辨认，就算是老手也很容易认错，何况是方才那种混乱的情况下。

就在这时候，那边正在不死心地继续解石的王祐突然惊呼一声：“叶小姐！老板！跳……跳色了！”

所谓跳色，就是一块石头里面同时出现两种或者多种颜色。

侯茂峰这边请来的其中一个专家眼角余光瞥到那一抹翠绿后，突然激动不已地冲了过来：“这……这是……”

“天哪……”

不过片刻，那名鉴定专家立即朝着另外几位专家道：“快！都过来看看！”

当即，几个鉴定专家纷纷上前，以手电强光照去，这块毛料显现出极其逼人纯正的绿色。

“帝……帝王绿！这才是真正的帝王绿啊！”

随着鉴定专家的话音落下，在场众人瞬间愣在原地。

什么？

荟萃坊开出来的是假的，倒是琳琅阁开出了帝王绿？

这怎么可能？

“这是我做这一行以来，见过的最大的帝王绿，价值已经没办法估计了。”某位鉴定专家看着眼前近百斤的料子，惊叹不已，虽然只有中间一部分是帝王绿，但分量也是相当惊人了。

“帝王绿？怎么可能？！这不可能的！凭什么说我的不是，他们的才是？！我开赌石店这么多年，难道帝王绿都能认错？”侯茂峰气急败坏。

“侯老板，这真是帝王绿，你不信自己来看看！”专家一脸无奈，心想就算你开店再多年，能有几次机会亲眼见到帝王绿的？

侯茂峰急忙上前打量，在鉴定专家再三讲解之后，才不得不相信……旋即，他愤怒地看向了叶绾绾，气得血液都快要逆流。

如果不是这个女人，万鹤云这批货就是他的了！

黄世鑫这会儿更是整个人都已经疯了，不停地追着专家问。

“帝王绿……哈哈哈，竟然跳色了，还是帝王绿！”王祐激动得手舞足蹈。

有生之年，居然从他的手里开出了帝王绿。

而且，还是顶级的料子，这简直就是个奇迹！

万鹤云同样满脸激动，他们琳琅阁竟然开出了这么大块的帝王绿，以后何愁客源？

压在他头上整整三年的耻辱，也终于能够一洗而空。

他们琳琅阁，也是可以开出极品翡翠的！

“这帝王绿是谁的？”某位鉴定专家好奇地打量道。

虽然是在荟萃坊开出来的，但是看侯茂峰的反应，应该不是他店里的货。

神虚道人立即道：“我的我的我们的！哦不对，是我们老板的！”

“恭喜这位小姐了，沾你的光，我今天也算是长见识了！”鉴定专家笑道，小心翼翼地把手放下来，“小姐千万小心点！”

开出这种东西，还的确是得小心点，不过有聂无名几个保镖，倒也没什么了。

黄世鑫那边还在不死心地想多切几刀，结果，一无所获。

“所以，我这块料子到底值多少钱？”黄世鑫嘶吼着追问。

鉴定专家无奈开口：“大……大概十几万吧……”

叶绾绾打量着那块原石，无奈地轻叹一声：“我早说过，里面什么都没有的啊！”

此时此刻，黄世鑫看着被大卸八块的石头，已经完全傻在了那里。

垮了……彻底垮了……

就算前面几块原石开出的翡翠还不错，但是能顶什么用？

光是这一块，就足够让他血本无归！

一旁的薛励面色难看地追问三人："你们几个看清楚了吗？这真的是帝王绿？"

三个专家对视一眼，硬着头皮开口道："薛副总监，千真万确……"

"这种事情我们怎么敢乱说，方才我们已经多次确认了，叶小姐这块，确实是帝王绿没错！"

"上次看到帝王绿，都已经是半年前的事情了，而且当时只有拇指大小……"

"俗话说，神仙难断寸玉，这叶小姐到底是怎么看出来琳琅阁的原石里一定有极品翡翠的？太不可思议了！"

……

司家那三个专家此刻看着叶绾绾的眼神已经跟看神仙差不多。

当下，叶绾绾看向目瞪口呆的薛励，冷声一笑，随后朝着视频中的司明礼和冯义平等人看去。

此刻，司家高层已完全被震惊得说不出话来。

她竟然真的用全赌料开出了顶级帝王绿，还是这么大一块……

这……这世界是疯了吗？

"诸位，我们的赌约，是不是应该兑现了？"叶绾绾笑道。

"这……"冯义平本想狡辩几句，可却发现，他一句狡辩的话也说不出来。

现场不仅有M国的顶级鉴定专家，还有司家的三个专家都在，所以不可能弄错。

这个该死的女人，运气未免也太好了！

会议室里全都是高层，方才他话都已经说出去了，若这种时候反悔，无疑是自打嘴巴。

可谁能想到这个女人居然真的能赢？

最终，冯义平咬了咬牙，面色涨得通红，只能咬牙一字一顿地开口道："我、是、王、八、蛋！"

见冯义平开了口，司明礼眸内一片阴冷："好，叶绾绾，这次算你狠……我……我是王八蛋……"

话音刚落，那边立即匆匆挂断了视频，动作别提多迅速。

第三十六章

玫瑰集团

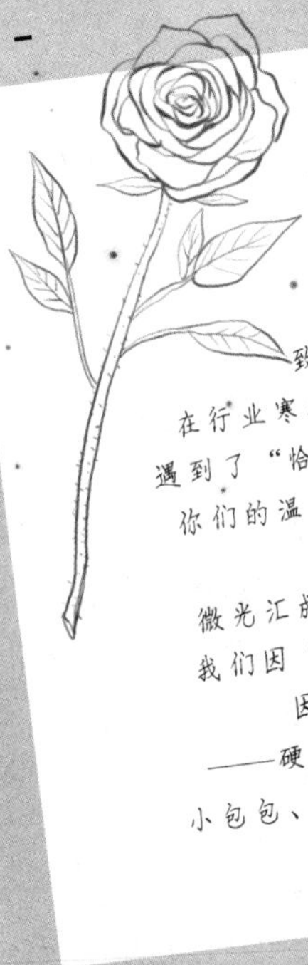

致全体读者：

在行业寒冬里，我们何其有幸，遇到了“恰似”，遇到了你们。

你们的温暖守候，如暗夜里的希望微光。

微光汇成骄阳，驱散冬日寒光。

我们因“恰似”而相遇，“恰似”因你们而完整。

——硬核编辑部 夜祺、乔木木、小包包、肉沫沫、夏坨坨敬上。

读者告白

QIASIHANGUANG
YUJIAOYANG

华国，司氏集团。

会议匆忙结束，所有高层的表情都有些难以形容。

原本大家都在等着看那个女人的好戏，结果，谁也没想到，最后是冯义平和司明礼丢了这么大的脸。

私下里，众人皆是唏嘘不已。

“真没想到居然会是这么个结果，你们说，若这次他们过去买的是秦总监预订的那批货，那岂不是血本无归了？”

“可不是！奇怪了，不是说那女人就是个什么都不懂的千金大小姐吗？怎么会一眼挑中这么好的料子？”

“不仅如此啊，你们之前在视频里没看到吗，她还断定了秦总监挑的那批料子里没货！”

“这女人有点本事在身上……”

……

与此同时，锦园。

“已经可以了，司先生，您的身体现在恢复情况良好，不过切记不可松懈，一定要继续保持。”

楼上卧室，孙百草给司夜寒做完针灸后叮嘱。

“劳孙医生费心了。”

“司先生客气了，没什么事的话，那我就先走了。”

孙百草走后，一直在旁边焦急等待的许易忍不住再次开口道：“司总，绾绾小姐那边……真的不需要管吗？这次绾绾小姐确实是太冒险了，方才公司那边传来消息，绾绾小姐在电话里，直接跟司明礼和冯义平当着会议室里所有高层的面打了赌，说若是那块石头赌输了，她就要离开公司，再也不插手公司事务！”

说到这里，许易急得不行。

少爷好不容易才帮绾绾小姐把路铺好，万一输了，那岂不是前功尽弃？

毕竟赌玉这种事情，不是有能力就行的……

许易这边急得团团转，不过他家少爷却是淡定得连眉头都没皱一下。

“让你准备的东西订好了？”司夜寒问。

许易闻言不由得愣住，半天才反应过来，开口道：“呃，A 家限量出售的杏仁蛋糕，已经安排好从 F 国空运过来。”

少爷的关注重点是不是哪里不对？

为什么这种时候关注的还是蛋糕？

就在这时候，公司那边打来了电话。

听那头说完结果，许易简直目瞪口呆。

半晌后，他满脸不可思议地朝着自家少爷看去：“司总……绾……绾绾小姐她……”

“怎么？”司夜寒抬了抬眸子。

许易激动不已地开口道：“结……结果出来了！最后一块石头里面居然开出了那么一大块帝王绿！司总，您是没看到当时冯义平和司明礼那两人的表情，两人最后被逼得没办法，只能当众兑现了承诺……”

当时，绾绾小姐一意孤行非要把琳琅阁那堆石头买下来，所有人都觉得她无理取闹，要不是这样，冯义平和司明礼怕是也不会跟她打这种赌。

但他没想到，绾绾小姐居然真的赌赢了！

现在想想他才发现，绾绾小姐这招实在是太高了，她知道自己不可能索取什么动摇他们根本的赌注，以她现在的实力根本做不到，反而会弄巧成拙，于是用这种接近玩笑的方式，大挫了他们的锐气。

这样一来，以后她在公司的威望和话语权都会大增，而这两人在公开场合无法再肆无忌惮地与她作对，除非他们真的不要脸了。

许易一边想一边朝着自家少爷的方向看去，果然BOSS就是BOSS啊，绾绾小姐的做法看在谁眼里都是不可理喻，但少爷却从头到尾都没有动摇过。

一阵手机铃声响起，是叶绾绾的电话。

司夜寒接通手机：“喂？”

“快夸我夸我夸我！我要听一千个字！少一个字都不听！”手机刚一接通，手机那头便传来叶绾绾邀功的嚷嚷声。

一旁的许易听着手机那头女孩清脆的声音，擦了擦汗，轻咳一声。

一千个字？

司总就算一个月说的话加起来恐怕也不到一千个字吧？

司夜寒的眸底泛起一抹不易察觉的涟漪，开口道：“给你订了A家的杏仁蛋糕，等你回国。”

叶绾绾立即开心地说：“嗷！爱你爱你爱你！宝宝你太棒啦！”

最后，反了过来，变成了她夸他……

其实叶绾绾以前不喜欢吃杏仁的，但最近一段时间不知道怎么突然就爱上了，上次不过跟司夜寒随口提了一句，没想到他就记了下来。

叶绾绾听着手机那头司夜寒的话，有些狐疑地开口：“唔，亲爱的，可以问你一个问题不？”

司夜寒问道：“什么？”

“你居然提前给我订好了蛋糕庆功，你就这么笃定我一定可以做到吗？”叶绾绾忍不住追问。

司夜寒看着窗外遥远的方向，没有回答，而是反问道：“你做不到，又如何？”

叶绾绾眨了眨眼睛，又眨了眨眼睛，脑子里迅速翻译了一下，“所以……你的意思是……就算我做不到也照样有 BOSS 你撑腰收拾烂摊子，所以我爱怎么做怎么做……我理解的，正确不？”

司夜寒应声道：“差不多。”

叶绾绾：“……”

什么差不多，就是吧！

许易隐约听到两人的对话，简直泪流满面……

难怪 BOSS 从头到尾一点都不急呢！

这猝不及防的狗粮冷冷地往我脸上拍……

一听到有吃的，叶绾绾顿时什么毛都顺了，开心不已地开口道：“我这边进展一切顺利，会按时回国的，等我回来吃！”

比起蛋糕，她其实更期待见他……

……

M 国 H 城。

五人组对叶绾绾开启了疯狂的商业吹嘘模式。

聂无名一本正经地说：“有名妹子，你这手也太红了！”

神虚道人也连连赞叹道：“我以后再也不敢说自己是赛半仙了！”

“一枝花”的马屁拍得更为熟练：“老板你简直是活神仙。”

外国搬砖友人的漂亮话不要钱似的往外蹦：“老板英明神武、盖世无双、风华绝代，运筹帷幄之中，决胜千里之外……”

冰山男举起一个牌子，上面写了一个数字：6 。

叶绾绾一阵无语，逼得人家外国友人学了这么多中文成语，连冰山男都会写 6 了。

叶绾绾失笑，拿出准备好的五个红包发给五人：“今天的事情很顺利，又开出了极品翡翠，这是包给你们的红包！”

虽然这几个人有点用力过猛，但还是挺敬业的。

几人顿时双眼发光地接了过去，一数之下，2888！

他们这次每人的雇佣费是 2500，结果这红包比雇佣费都高了！

五人对视一眼，随后立即接连开口。

神虚道人自荐道：“老板，你缺私人占卜师吗？保证你每天的卦都是上上签的那种！”

“一枝花”也不甘示弱：“老板，还缺助理吗？会聊天解闷、会唱小曲儿的那种！”

外国搬砖友人比起他们来就很直白了：“老板，搬砖了解一下。”

冰山男：“……”

聂无名坚定地说：“他们可以打包一起便宜卖，后面那个没开口的是赠品。”

叶绾绾："……"

你们够了……

听这几人胡扯了半天后，叶绾绾开始说正事："先把这次出行的任务完成了再说吧。"

聂无名立即正色道："没问题，有名妹子，一定让你满意，接下来的行程是什么？"

叶绾绾略一沉吟："明天我赌石坊那里还有些后续的事情需要处理，结束之后，你们跟我去个地方。到时候，你们帮我演一场戏，具体情况等到了地方，我会详细跟你们说。"

这次过来之后，她最大的感受就是，她自己的力量太弱了。

这一点，之前的B国之行时，她就已经考虑过，但以她目前的能力，根本没办法有自己的势力和人手。

这次来M国，正好有个绝佳的机会。

这也是她选择M国这趟任务的重要原因之一。

她若是能趁机将那批人给收了，有了自己的势力，以后她做很多事情都会方便不少。

第二天。

赌石坊那边的事情解决之后，叶绾绾便带着聂无名等人出发了。

冰山美男背着一口棺材，速度比旁人慢了数倍。

"一枝花"看向身后的冰山美男，一副恨铁不成钢的语气："你能不能快点！"

"就不能让他把棺材板丢了吗？"叶绾绾捏了捏眉心，有些无奈道。

闻言，外国友人上前，摸了摸下巴，一双大眼看向叶绾绾，用有些生疏别扭的中文道："叶老板……他走路慢……其实，和棺材没关系……"

"纯粹就是懒得走。"神虚道人朝着叶绾绾笑道。

叶绾绾："……"当真是懒出了新高度。

不过，那么懒的人，一天到晚背着一口棺材，也十分不易了。

因为冰山男的关系，叶绾绾一行六人足足走了一个多小时才来到目的地。

前方是一处大平原地带，在最左侧，建着一个较为诡异的、与四周格格不入的工厂。

此处是M国H城数十里外的郊区，还不曾被开发，人迹罕至，几乎没什么人，甚至偶尔还能够见到几只野兽路过。

为了避免打草惊蛇，叶绾绾带着聂无名和"一枝花"几人步行，并未使用任何交通工具。

"还好这条路线径直而行便可……否则我还真不一定记得住。"看着前方的工厂，叶绾绾在心中暗暗思忖。

梦中，自己同秦若曦等人来到M国H城时，也曾路过此处，后来才得知那股神秘势力的事情。

据闻，那股神秘势力其实是一队赏金猎人，其中数位成员接了H城某个家族的任务，去获取某样重要物品。

最后，等东西拿到了，也按照约定交给了这个家族，结果，这个家族突然对外声称根本就没有拿到东西。

因为当时很多的组织全都在找那样东西，所以这个家族拿到东西后，为了避免惹上麻烦，竟然把那几个成员给推了出去吸引火力。

外界所有人都以为那东西被这队人私吞了，全都在寻找他们。

他们被这个家族坑得那么惨，自然是不肯轻易善罢甘休，便直接跑到了H城的地界与其对峙。

只可惜，这行人落入了对方的陷阱，此后便再无消息。

梦中她也是听当时随行的司家护卫们路上聊天说起来，才得知了这些信息……

前方那处格格不入的工厂，乃是那个家族的一处暗中据点，用于处理一些明面上不太好处理的事情。

工厂只是一个很小的作坊，随时可弃，M国H城本就属于混乱地带，尤其是这种未开发的郊区，更是很少有人踏足，就算被其他人发现，撤离起来也很方便。

“叶老板，咱们来这里干什么？”

“一枝花”朝着四处打量，满脸莫名之色。

之前叶绾绾只说带聂无名等人外出办事，却没说明目的，主要是怕聂无名等人不愿前往，故此，叶绾绾打算到了地方之后再说。

“你们看那个小工厂。”叶绾绾指向前方。

“看到了，不就是个小作坊吗，怎么了？”神虚道人却是没瞧出什么与众不同来。

“在这种地方，有这样一个小作坊，你们不觉得奇怪？”叶绾绾又问。

“奇怪？”神虚道人摇了摇头，“有什么奇怪的，不就是一些本地家族和势力做的违章建筑吗？”

“先别管这个，这次咱们过来，是要演一场戏。”叶绾绾看着聂无名几人，一脸神秘。

“演戏？这个好，比当保镖好！”“一枝花”连连点头。

“我觉得，还是当保镖好。”神虚道人则不认同。

冰山美男依旧没有参与讨论。

聂无名不耐烦道：“都别废话！”

随着聂无名开口，“一枝花”和神虚道人立即识相地闭上了嘴，至于冰山男，最乐意听到的大概就是这个要求。

“有名妹子，演戏咋没摄像机啊？”聂无名等神虚道人和“一枝花”彻底安静后，朝着四处瞅了瞅，“也没导演、灯光啥的，最重要的是，怎么没有管盒饭的剧务？”

“谁说演戏一定要用那些东西？”叶绾绾白了聂无名一眼，这家伙其实最关心的还是盒饭吧……

“不需要吗？”聂无名皱眉深思。

“需要吗？”叶绾绾反问。

“你是老板，你说了算，你说要就要，你说不要就不要。不过，这临时换业务，有名妹子，你得加钱啊……”聂无名看向叶绾绾，轻声笑道。

“对对对，队长说得对，之前咱们说好当保镖，现在又要演戏，这得加钱！”“一枝花”赶忙附和着点头。

“叶老板，你这起码，得给我们每个人加个两百块钱。”神虚道人开口。

“什么两百！”聂无名扫了神虚道人一眼，旋即看向叶绾绾：“每个人，我感觉最少要加五百！”

“我给你们每个人加一千。”叶绾绾笑道。

听闻叶绾绾此言，聂无名上前，一把握住叶绾绾的手：“有名妹妹，这可是你说的啊，每个人一千，五个人就是五千，你可不能反悔！”

“叶老板大气！”

“叶老板果然讲究！”

“叶老板发大财！”

除冰山男外，余下三人纷纷夸赞道。

冰山美男依旧懒得开口。

叶绾绾无语地一把将手抽回：“不过，事先声明，咱们必须得好好演，不能任性妄为。”

“有名妹妹，你且把心放到肚子里面，我让你见识见识，什么叫作真正的影帝。”聂无名一脸傲然。

不就演个戏吗？正所谓“人生如戏，全靠演技”，每个人都是最好的演员。

叶绾绾沉默，她只是怕他们太入戏用力过猛好吗？

“都过来，都过来，听叶老板说戏！认真着点！”聂无名朝着“一枝花”几人挥了挥手。

马上，四人全部围在了叶绾绾左右。

“你们听说过玫瑰集团没有？”叶绾绾一脸神秘地看向聂无名几人。

这聂无名五人组，应该实力都算不错，见识和阅历必然也不少，所以叶绾绾相信，这几人应当听说过玫瑰集团。

提及玫瑰集团，神虚道人和外国搬砖友人顿时大笑，笑得叶绾绾一脸莫名其妙。

“玫瑰集团……叶老板，你还听说过玫瑰集团啊？！”很快，神虚道人止住了笑意。

“怎么，玫瑰集团的名气如此之大，我听说过，难道有什么问题吗？”叶缩缩反问。

“哈哈，队长，你说咱要不要跟有名妹子说实话？”神虚道人看向聂无名。

得到聂无名的应允后，神虚道人这才笑道：“叶老板，我就实话告诉你算了，这个世上，根本就没有玫瑰集团。”

“没有玫瑰集团？”

听闻神虚道人此言，叶缩缩顿时一愣，这世上没有玫瑰集团……是他们疯了还是自己疯了？

于是叶缩缩朝着神虚道人露出一丝鄙夷之色：“你们不知道就说不知道。”

“叶老板，我说的可都是真的，在这个世界上，的确没有玫瑰集团这个势力，只不过是杜撰的而已。”神虚道人一脸正色地解释。

“杜撰？”叶缩缩哪里会相信。

这种层次的势力，也能全靠杜撰？上次在国外，她正是靠着冒充玫瑰集团，才帮司家躲过一劫。

如果是杜撰，连司家都不知道？外界的所有人也都不知道？

“骗你干什么，玫瑰集团这个势力的确不存在，其起源，不过是一些手稿罢了。”“一枝花”神色笃定地开口道。

“手稿？”

叶缩缩闻言更加疑惑，这都什么跟什么？

“其实，玫瑰集团这个势力不过是脱胎自队长父亲年轻时写的一本书而已，书中只是大概形容了这样一个势力，之后，手稿就被搁置了。再后来，有了队长，队长小时候续写了他父亲的手稿，觉得玫瑰集团这个设定有些意思，这才更加详细地描述了玫瑰集团这个势力……

“什么玫瑰集团的成员都是身着绣着暗纹玫瑰的风衣，面戴银色面具；还有什么玫瑰集团的首领黑寡妇喜欢长相精致的人，也都是队长写出来的！”神虚道人笑着开口。

“之后，聂家遭过一次贼，手稿也在那次失窃案中丢失。正是在这段时间，玫瑰集团的事情便被传了出去，这一传十、十传百的，到如今，大家竟然都以为真有玫瑰集团这么个组织……说起来也好笑，人人都说有，可谁真的见过？”“一枝花”摊手补充。

听闻神虚道人和“一枝花”解释了玫瑰集团的来历，叶缩缩顿时愣在原地，满脸不可置信。

那令人闻风丧胆的玫瑰集团……居然是……一沓手稿产出的虚拟势力和人物？

还是聂无名几岁的时候写出来的？

仔细一想，叶缩缩又觉得十分不合理，便带着质疑的目光看向聂无名等人：“随便丢失的一沓手稿，就让人信以为真，你当我是傻子……”

这聂无名父子两人，幸亏写的是玫瑰集团，万一这要写的是个超人……

“叶老板，话不是这么说的，要是普通人家，只怕家里进了贼，看都不会看你们手稿一眼吧……但你要知道，这手稿可是从巴罗洲聂家丢的，可信度自然不会有任何人怀疑。况且，聂老爷子和队长，都不是用写书的方式去描述玫瑰集团，而是用记录的方式，所以，更是让人深信不疑。”神虚道人再次开口。

“唉，都是陈年旧事，不提也罢，况且，我不是禁止有人再提及玫瑰集团了吗？”聂无名道。

只怕聂无名自己也未想过，小时候自己随手杜撰的几笔，到了今时今日，这个虚构势力在旁人眼中，竟是成了真实的存在。

看聂无名的模样丝毫不像作假，再看看神虚道人和“一枝花”几人的表情，叶绾绾心中不由大吃一惊。

这聂无名，到底是什么人……

仅是他和他父亲随手而为的杜撰，传到外界，竟是让整个世界信以为真，甚至连司家都丝毫不曾怀疑过……

而且根据方才聂无名所言，十年前，他便禁止有玫瑰集团的消息继续流出，恰巧，玫瑰集团的确是在十年前销声匿迹，没有了任何消息，除了上次她的冒充……

眼前这群人，究竟是何方神圣……影响力竟然如此之大？！

还有一点，让叶绾绾如何也想不明白，他们又为何会每天为温饱发愁……

虽说聂无名这群人并不简单，但叶绾绾却也没全信他们的话，说不定他们是故意忽悠自己，尽管她找不出聂无名想要忽悠自己的任何理由。

“对了，叶老板，你问玫瑰集团干什么？”“一枝花”看向叶绾绾，好奇地问道。

叶绾绾整理好语言，开口道：“此次，我们要演的，就是玫瑰集团这个组织，我演‘黑寡妇’……你们演玫瑰集团的成员。”

听闻叶绾绾此言，包括聂无名在内的几人皆是一愣，啥？让他们去演玫瑰集团的成员？

当年，聂无名可是严厉禁止再有玫瑰集团的消息传出，包括聂老爷子也觉得是因为自己的手稿才凭空杜撰出了这个莫须有的组织，所以也十分支持聂无名的决定。

而现如今，这叶有名竟然让原手稿创作人之一的聂无名，去演玫瑰集团的成员……

“叶老板，玫瑰集团有什么好演的，不如来演绎我聂家吧……我聂家怎么着也比玫瑰集团厉害个几百倍，怎么样？你考虑一下，我给你来个本色出演，价格实惠。”聂无名走至叶绾绾身前，以商量的口吻道。

闻言，叶绾绾一副看傻子的目光看向聂无名，吹……接着吹，比玫瑰集团厉害几百倍……

“不行，就演玫瑰集团。”叶绾绾态度坚决，不给聂无名商量的余地。

不管有没有玫瑰集团，她的计划不会改变。

若“玫瑰集团”这个组织和头脑“黑寡妇”真的全都是杜撰的，并不存在，那倒更好……

这样一来，谁也没有亲眼见过“玫瑰集团”这个组织。

不如，她便坐实这“玫瑰集团”之名……

“那……我不演！”聂无名也十分坚决地摇了摇头，一副非常坚持原则的模样。

“哦，你不演我就告诉你侄儿你请我和我男朋友去冒充他爸妈。”叶绾绾面无表情道。

“别啊，有名妹妹……咱们有事好商量……”聂无名一听叶绾绾拿小魔头说事，当即冷汗直流。

想他聂无名天不怕地不怕，就是怕了自己那个外甥。

“那你演还是不演？”叶绾绾嘴角含笑，看着聂无名。

“我演，我演行了吧！”聂无名无奈之下，只能答应。

且不说叶绾绾会不会告诉小魔头真相，就算她临时变卦，不答应出演小魔头的妈妈，这也足够聂无名喝一壶的了。

所以，聂无名左思右想，在双重威胁之下，最终只能选择妥协。

“队长，反正咱们到时候会戴着银色面具，谁都不知道是你演的！”外国搬砖友人很是机智地跟聂无名分析道。

“对啊！”聂无名一拍大腿，“反正要戴银色面具……”

说到这儿，聂无名朝着四周看了看：“面具呢？”

他们跟着老板外出时，也没拿什么面具啊！

“我这儿有。”叶绾绾神秘一笑，将自己的手提箱打开。

手提箱内，放着黑纱、黑纱裙、几个银色面具，还有几件绣着暗纹玫瑰的黑色风衣。

“有名妹子，你这……你这早都准备好了啊……”

聂无名盯着箱子内的银色面具和绣着暗纹的玫瑰风衣，神色一愣，敢情这叶老板，压根也没打算跟他们商量啊，直接拍板定案，连道具都准备好了……

片刻后，聂无名便戴上了银色面具，披上了绣着暗纹玫瑰的风衣，看起来倒也有模有样，与叶绾绾想象中的玫瑰集团势力相差无几。

“还不都过去换上！”聂无名看向“一枝花”和神虚道人开口道。

听闻聂无名此言，神虚道人连连摇头道：“队长，你怕被人发现，我们又不怕……所以，我们就不必装扮了吧？”

玫瑰集团的手稿，又不是他们写的。

而且这一身……真的好幼稚……

还不等聂无名开口，叶绾绾看向神虚道人：“你们也得换上，不然，咱们如何冒充玫瑰集团？不是说一家人最重要的就是整整齐齐吗？”

在聂无名和叶绾绾的威逼利诱之下，“一枝花”和外国搬砖友人，连同神虚道人，只能十分无奈地换上了玫瑰集团的服饰。

“队长，你说你当年写玫瑰集团这个组织的时候，干吗要写面具和披风，我觉得……玫瑰集团的成员，应该都换上女装，这样才对得起玫瑰集团这个名字嘛。”“一枝花”看了看自己身上的风衣，似乎有些不满意。

叶绾绾：“……”幸好玫瑰集团的手稿不是“一枝花”写的。

“我写的是神秘组织，又不是描写一个变态组织。”聂无名瞥了“一枝花”一眼。

“队长连发火的样子都好帅……”“一枝花”忍不住就要凑上前，可最终被聂无名一个眼神给瞪了回去。

“队长，别管他，这儿还有一个没换上衣服！”神虚道人指着躺在地上的冰山男道。

聂无名和叶绾绾等人立即朝着地上看去。

果不其然，冰山男将身躯调整至一个十分舒服的姿势，正在地上躺着。

“给我起来！”聂无名没好气道。

冰山男：“……”

“我纵横江湖那么多年，什么大风大浪没见过，像你这么懒的，我是头一次见。”神虚道人开口。

“一枝花，你去给他换上！”聂无名道。

“队长真好……我去给宝贝换衣服！”“一枝花”屁颠屁颠地朝着冰山男走去。

下一秒，冰山男从地上一跃而起，嫌弃地取过面具和风衣，一脸不情愿地换在身上。

“你什么意思嘛……人家都愿意给你换衣服，你还嫌弃人家，哼……”“一枝花”朝着冰山美男撇了撇嘴。

“滚。”冰山美男难得开口，可见真不是一般的嫌弃。

还不等“一枝花”继续开口，叶绾绾突然做出一个噤声的手势。

很快，顺着叶绾绾的目光，聂无名等人朝着下方望去。

只见那工厂里走出了数位全副武装的男人。

他们守在工厂外，目光不停地朝着四处打量。

“你们看。”

片刻后，叶绾绾朝着左下方指去。

只见几辆越野车缓缓行驶至工厂后方停了下来，接着从车上下来十数人。

这十数人都做同一打扮，看起来似乎是叶绾绾口中等待的那群人。

此刻，十数人正蹑手蹑脚地朝着工厂前进。

“站住！”

守在工厂附近的几位武装男子，恰巧发现了。

“呀，被发现了呢……怎么办……都怪你们，人家都说了，把车子开远一点嘛……车都开到工厂旁边来了，是个人都能听到声音。”

这群人里一位年纪不大、相貌十分可爱甜美的小萝莉，撇嘴抱怨道。

“我早踩刹车了，车子停不住，我有啥办法。我说了我不开车，你们硬让我开。其实，我刚才是想直接开进大门里的。”其中一个长相喜人的胖子，满脸委屈。

“唉……连个车都不会开，你说你每天吃那么多，白浪费这一身肉。”

一位留着长发的美男子抠了抠指甲，冷哼道：“刚下车就被发现了，怎么办？”

说罢，长发美男一拳捶在了胖子的胸口上。

“我嘞个乖乖，你能别用你的小拳头捶我的胸口吗？”胖子满脸嫌弃。

“宝儿，发现就发现了呗，有强哥在，怕啥！”长发美男身前，站着一位身材壮硕、留着胡须的男子。

闻言，长发美男朝着胡须男说道：“强哥，还是你好，有强哥在，人家一点都不怕！”

“哈哈，啥都别怕，强哥在这儿呢，天塌了，不还有强哥给你顶着嘛！”胡须男豪迈一笑。

“我嘞个乖乖，你们两个开玩笑注意分寸，这是公共场合。”胖子看向胡须男，忍不住开口。

还不等胡须男说些什么，这群人里缓缓走出一位老者。

老者满脸阴沉，眸底一片阴霾：“你们都别废话，先把那几个人解决了。”

“让我来……让我来！”小萝莉立即跳了出来，大步朝着前方走去。

守在工厂附近的武装男子见从那群人中，走来一位相貌可爱甜美的小萝莉，纷纷对视一眼。

“啊呀……几位小哥哥，你们长得真不好看……不过没关系，今天遇到我，我会让你们好看！”小萝莉看向几位武装男子，嘻嘻笑道。

“找死！”

当下，几人大喊出声，作势奔向小萝莉。

然而，他们还没动起来，就见虚空中寒光闪烁——

那几位武装男子的膝盖便被暗器打中，纷纷扑倒在地上。

此刻，小萝莉拍了拍手，满脸人畜无害的笑意：“我觉得嘛……抬头看人才是待客之道哦！”

随着小萝莉话音刚落，地上几人满脸愤怒地抬起了头。

“怎么样……厉害吧，厉害吧？！”小萝莉将几个武装男子解决后，转身看向后方的几人，弯腰做着鬼脸。

“我嘞个乖乖，我觉得精彩！”胖子上前，开口笑道。

“别废话了！”很快，老者挥手，“今天，无论如何，都要将那件东西找出来！”

一行人小心翼翼地朝着工厂内走去。

山坡上，神虚道人见到那群人进入工厂后，转身看向叶绾绾：“老板，那是一群什么奇葩？”

“没见过这么奇葩的团队。”“一枝花”点了点头。

“一群傻子。”外国搬砖友人认真道。

冰山男：“嗯。”

叶绾绾嘴角微微抽动，是谁给他们的勇气，说别人奇葩……最奇葩的，难道不是他们自己吗……

“叶老板，你到底是让咱们来演戏，还是来看戏啊？”神虚道人满脸不解。

聂无名等人到了此时此刻，依然不清楚叶绾绾的目的。

“是这样的，咱们此次的目的，就是为了将那一群人救出来。”叶绾绾开口道。

“救那群人？”“一枝花”满脸疑惑，这好端端的，为什么要救他们？

“叶老板，人家似乎是去砸场子的，还用咱们救吗？”神虚道人发问。

聂无名几人不知道，但做过那个神秘的梦的叶绾绾心中却是十分清楚，这群人的下场绝不会太好。

那工厂内，有数位高手坐镇，等的就是他们。

“好麻烦，我不想救。”“一枝花”道。

外国搬砖友人扁扁嘴：“我饿了……想吃土。”

冰山男：“……”

“每人再加一千！”叶绾绾无奈之下，只能如此。

当即，“一枝花”和神虚道人眸光一闪。

神虚道人直接开口：“叶老板，你说怎么救？”

“一枝花”满脸真诚：“肯定要救，见死不救，那是咱们的作风吗？良心不会痛吗？晚上睡得着吗？”

外国搬砖友人握紧拳头：“必须要救，这不是钱的问题……”

聂无名总结道：“都听叶老板的！”

冰山男：“……”

叶绾绾上前，与聂无名等人将自己的计划说出。

……

与此同时，工厂内传来一阵激烈的打斗声，其中还夹杂着几声哀号。

没多久，原本潜入工厂内的几人全部被逼了出来。

“就凭你们，也敢来此地？”

一位中年男子看向身前的这群人，冷笑不已。

“你这个言而无信的东西，高价雇佣我们去拦那件货……我们顺利完成任务，东西交给你后，你却说从来没下过任务，将黑锅全部推给我们……”领队老者看着那中年男子，眸内寒光闪烁。

“哼，那是你们蠢。”中年男子冷笑，“也罢，我也懒得与你们这些人多费口舌，今天我请来了李三爷和骨先生，我倒要看看，咱们谁笑到最后！”

当下，中年男子看向身旁的一位白发老者和一名医生打扮的年轻人，满脸堆笑：“两位，今天就有劳了……”

闻言，白发老者挥了挥手：“拿人钱财，与人消灾。周老大，这群人今天绝不会轻易全身而退。”

看到这两人，领队老者眉头深蹙，如临大敌。

白发老者是李三爷，年轻人是骨先生，这两人，都是鼎鼎有名的高手。

“你们别多管闲事！”队伍里的一个人冷声喝道。

然而，话音刚落，李三爷顿时怒喝，一掌轰出。

那个人还不知发生了何事，便被一掌打得口喷鲜血，整个人若断线风筝般横飞出去。

“哈哈哈，不愧是李三爷。”周老大连连点头。

此刻，领队老者心中暗暗思忖着对策。

这周老大早已知晓他们会返回，故意在工厂内设下了陷阱，他们刚入工厂就被卸了兵器。

此刻，赤手空拳的他们面对一群拿着武器的高手，胜算寥寥无几。

“强哥，怎么办……”长发男子哭丧着脸。

“宝儿，别怕，有强哥在这里，不足为惧，他们算啥！”胡须男冷笑道。

然而，话音刚落，胡须男便被李三爷狠狠打了一个嘴巴。

“你敢打我……有种你再碰我一下试试？”胡须男怒目一睁。

“啪！”

话音一落，李三爷反手又给了他一个嘴巴。

“你……”胡须男攥紧了拳头，“你……很听话！看在你这么听话的分上，我就不为难你了！”

“强哥你好棒！临危不乱，还那么大度！”长发男子满脸崇拜。

“哼，宝儿，那是自然，要不是这个老东西这样听话，我一拳就打死他，只不过，看在他年纪大又听话的分上，我这才放他一马。”胡须男冷笑道。

“我嘞个乖乖……都死到临头了，你还吹呢？”胖子看向胡须男，满脸惊讶。

“啊呀……好烦，被设计了……一点都不可爱，不可爱，我才不想死呢！”小萝莉泪眼婆娑。

“你们今天，全都得死在这里。”医生打扮的年轻男子嘴角上扬，满脸邪魅，手中把玩着寒光闪闪的手术刀。

还不等年轻男子继续说些什么，他眼角余光忽然瞥到不远处的山坡上。

刹那间，年轻男子脸上的笑意僵住，下意识揉了揉双眼，随后继续朝着山坡上看去。

只见一位头戴复古黑帽、脸上蒙着黑纱的女人，缓缓走下山坡，朝着此处行来。

那女子的身后，跟着五位戴着银色面具、身着黑色风衣之人，看体形，应该都是男人。

“玫瑰集团？”当即，年轻男子眸内浮出惊诧之色，难以置信。

那一身装束，的确与传闻中的玫瑰集团如出一辙。

虽说玫瑰集团已将近十年没了消息，但最近，却是在附近的B国传出玫瑰集团再现的消息……

周老大和李三爷等人也是满脸惊讶。

“啊呀……那装扮……玫瑰集团？”小萝莉瞪大了双眼，满脸不可置信。

领队老者等人也是一脸震惊。

很快，叶绾绾带着聂无名等人走近此处。

还不等叶绾绾开口，聂无名却是忽然上前一步，冷声道：“我是聂无名，给个面子，把人放了。”

叶绾绾：“……”你是猪吗……

“聂……聂无名？”

听闻此言，李三爷面色一震，哪个聂无名？

“聂无名……你在开玩笑吗……”年轻男子看向聂无名。

那聂无名是什么人？！就是玫瑰集团的黑寡妇见了，也得客客气气，放低自身的姿态，怎么可能会成了玫瑰集团的一员，开什么玩笑！

“队长，咱们现在是在冒充玫瑰集团……”神虚道人上前，用只有聂无名能够听见的声音开口。

“哦……”聂无名回过神来，看向李三爷等人，重新开口道：“我是玫瑰集团成员，叫你们给个面子，难道我们玫瑰集团，没面子？”

叶绾绾嘴角微微抽动，这演技……似乎太浮夸了一点……

“老贼，我乃玫瑰集团成员，你们难道没听说过玫瑰集团？”聂无名大喝一声。

看着放飞自我的聂无名，叶绾绾只想时间倒退，让她换个演员……

她突然发现，宫旭的演技也并不是那么不堪入目了，不……相比之下，宫旭的演技，简直堪称神级！

就在这时，冰山男将身后的棺材平放在地面，旋即躺了进去，“砰”的一声，棺材板盖得严严实实。

叶绾绾：“……”她早该知道是这个结果的。

此刻，唯有神虚道人和“一枝花”守在叶绾绾身前，这两个演员，还算勉强及格吧……

“老东西，快将人放了！”

聂无名依然沉迷在演戏之中不能自拔。

当下，叶绾绾真想上前问问聂无名，他当初写玫瑰集团时，玫瑰集团的成员，难道就是这样的吗……

一群人斜着眼看傻子般盯着聂无名，这当真是玫瑰集团成员？

“你们难道没听见我跟你们说的话？快点照做，不然，接下来我们就没那么好说话了！”聂无名大喝道。

“你，就是玫瑰集团的黑寡妇？”李三爷饶有兴致地盯着叶绾绾，完全没有搭理聂无名的欲望。

叶绾绾：“……”她可以选择不说话吗……

“放肆！你是什么身份，敢这么跟我们老大说话，你竟然没有一丁点畏惧之心？”聂无名喝道。

“呵呵……”医生装扮的年轻男子冷笑，“还以为真是玫瑰集团来了，闹了半天，来了一群神经病。”

领队老者看向叶绾绾，摇了摇头，他刚才也以为真是玫瑰集团，可现在看来……

“你说你们是玫瑰集团？”李三爷看着聂无名，冷笑道。

“老东西，还不明显吗？”聂无名道。

“我听说，玫瑰集团每一位成员都身手了得，上得了大场面，既然如此，不如，你我就比画比画……让我看看，这传言是不是真的。”李三爷笑道。

“我不想跟你动手，到时候伤到你就不好了。”聂无名道。

“呵呵，李三爷……就是一群神经病，不管他们是什么目的，一个都别放过！”年轻男人嘴角勾勒出一丝残忍的笑意。

“好。”李三爷点了点头，旋即右臂上扬，掌影一闪。

下一秒，只见李三爷一掌轰在喋喋不休的聂无名的小腹处。

聂无名停住了口，下意识地看看自己小腹。

“哦？”李三爷眸内浮出一丝诧色，这小子，没事？

“你，刚才是不是打我了？！”聂无名缓缓将脸上的面具摘了下来，冰冷的眸看向老者，仅一眼，仿佛便能立刻让人陷入冰窟。

聂无名神色淡漠，一双眸子毫无波动。

“队长……是他先打你的！”“一枝花”连忙开口。

李三爷冷声一喝，又是一掌轰在聂无名的腹部，这一次，他近乎用了全部力道。

然而，让李三爷难以置信的是，眼前这个男人没有丝毫躲闪，正面承受自己一掌后，竟是毫发无损……

“你……是真的胆大包天。”聂无名眸内寒光一闪。

无人见他如何动作，下一秒，却是一把抓住了李三爷的脖子。

巨大的力道让李三爷根本没有丝毫反抗的余地。

在聂无名手中，这位鼎鼎有名的高手却毫无反抗之力，被聂无名单手抓住脖子，缓缓从地面提至半空。

李三爷面色涨红，双眼充满血丝，双手疯狂地朝着聂无名身上轰去。

这一招一式，若是普通人承受，只怕会瞬间身受重伤。

只不过，落在聂无名身上，却无关痛痒。

“这……”

领队老者看着聂无名，满脸震撼之色。那李三爷的实力，他心中清楚，就算他们这群人一起上，也未必敌得过，可在那年轻人手中，却没有一丁点的还手之力！

“你找死！”当下，年轻医生手中的手术刀朝着聂无名掷去。

然而，还不曾近身，手术刀却已被聂无名的左手握住。

“有意思……”聂无名看了那年轻医生一眼，旋即便收回了目光。

“我本来不想惹事……可你们，似乎……真的有点无知过头了。”聂无名言罢，掌间发力。

“咔吧”之声响起。

众人瞪大了双眼，只见那李三爷的双手和下巴已然脱臼，失去反抗能力！

“嘶！”

此情此景，让在场众人倒吸一口凉气。

方才，众人还在怀疑，这些人究竟是不是传说中的玫瑰集团。

而此刻，众人依然在怀疑，就算是传说中的玫瑰集团，也不应该如此恐怖！

“唰！”

聂无名右臂挥动，将李三爷随手抛在一边。

然后，聂无名迈动双脚朝着医生装扮的年轻人走去。

“你……”这一刻，年轻医生面色有些慌乱。

“已经有太多年，无人敢对我动手了。”聂无名看着那位年轻医生，冷漠地开口。

见到动了怒气的聂无名，“一枝花”和神虚道人面面相觑。

也算那几个人不开眼，竟然敢对他们队长下手，还真应了一句话，无知者无畏。

叶绾绾看着聂无名，神色诧异，聂无名竟然还有这样的一面……

尤其是聂无名方才展现出来的恐怖实力和气势，便是叶绾绾，额头上也渗出了一丝冷汗，这哪里还是她认识的聂无名，分明就是一个气场强大到了极限的上位者！

“你，过来。”

此时，聂无名看向年轻医生，轻声笑道。

“你……想如何……”年轻医生皱着眉头，看向聂无名。

“嗖！”

忽然间，只听一道破空之音传遍全场。

下一秒，全场是死一般的寂静。

只见聂无名不由分说，一掌拍出，年轻医生还不知发生何事，整个人已飞出数米外，摔在地上，人事不省。

此情此景落在众人眼中，就好似见了鬼一般。

被称为周老大的中年男子目瞪口呆，不敢相信自己的双眼。

“一枝花”和神虚道人面面相觑，没想到，演个玫瑰集团竟闹出这么大的动静。在这种地方，他们家队长竟还难得认真了一次。

周老大一干人等面色煞白，此时此刻，对于忽然冒出来的这些人，再也没了怀疑，如此恐怖，定然是那传说中的玫瑰集团。

周老大自然也是知晓玫瑰集团的存在，只不过，心中却不清楚，玫瑰集团竟然如此强大，随便一位成员，随手便能够将自己请来的李三爷和骨先生制服……

无论李三爷也好，还是骨先生也好，都是本地颇负盛名的高手，自身实力强劲，可即便如此，遇到了那传说中的玫瑰集团，却还是毫无还手之力，在玫瑰集团面前，脆弱得如同那刚刚降生的婴儿。

聂无名打量着倒在地上昏迷过去的骨先生。

“没控制好力道，下手有点重了。”聂无名口中喃喃。

听闻聂无名此言，外国搬砖友人和神虚道人等，脸上完全是一副鄙夷的表情。

明明就是手痒难耐，却还非要说得如此冠冕堂皇。

此时，余下众人看着聂无名，神色惊诧至极。

玫瑰集团，他们也都听说过，但就算是玫瑰集团的首领黑寡妇，也不应该有着如此恐怖的身手，而现如今，玫瑰集团随便一位成员都展现出如此骇人的强大战力，令人心神皆颤。

“强哥，你有那个人强吗？”长发男子看向身前的胡须男，开口说道。

听了长发男子的发问，胡须男沉默片刻，旋即道：“宝贝，那算啥，你见过强哥认真时的模样不？让强哥来告诉你，如果强哥认真起来，要比那家伙强多了，大概，估计……那家伙只有你强哥一半的实力水准吧！”

听了胡须男此言，长发男子满脸崇拜之色：“强哥，你实在是太厉害了！”

“哈哈哈，那是当然了，宝贝，让强哥来告诉你，如果不是那人出手太快，把那什么骨先生和李三爷制服了，强哥我随手就能把他们打趴下，你以为强哥是跟你吹吗？强哥从来都不吹牛。”胡须男冷笑一声道。

“我嘞个乖乖，这牛都吹上天了，还不吹牛呢……”胖子不由朝着胡须男看去。

他们这支队伍，最能吹嘘的，就是那个胡须男了吧。

叶绾绾掩去微抽的嘴角，看向周老大，声音淡漠地开口道：“这支队伍我要带走，你可有意见？”

“没没没……没有意见……完全没有任何意见！”

面对叶绾绾的提问，周老大见鬼一般连连摇头。

毕竟那说话的女人可是玫瑰集团的黑寡妇，这群变态的老大！

一个手下都这么可怕了，黑寡妇本人，该是怎样骇人的存在？

周老大咽了口唾沫，弱弱地开口道：“那，我……我们可以走了吗……”

叶绾绾轻轻抚了抚指甲：“慢着。”

周老大额上的冷汗立即便下来了：“还……还有什么事吗？”

“今天，你看到了什么？”叶绾绾问。

周老大先是愣了愣，随后忙开口道：“我……我什么也没看到！什么人也没见到！”

叶绾绾闻言，这才抬了抬手。

周老大等人立即屁滚尿流地跑了。

叶绾绾原本还以为要多费些波折，没想到聂无名超常发挥，直接秀翻全场，把那些人镇住了……

那些人走后，叶绾绾看向眼前的这支队伍道：“你们，都跟我走吧。”

一行人面面相觑，他们还没从劫后余生中回过神来，就听到这一句，顿时全都愣住了，一时没反应过来她是什么意思。

“什……什么……跟……跟你走……”长发男子先是呆立了一秒，随后一头扎进胡须男的怀里，“强哥，我不要被抓走啊！”

胡须男立即站了出来：“要抓就抓我吧！”

叶绾绾：“……”

到底谁给你们的勇气？

对自己的颜值有点清醒认知好吗？

“一枝花”大声呵斥道：“放肆，就凭你们这些歪瓜裂枣也敢想入非非！”

神虚道人点头：“至少达到我这样的颜值还差不多！”

胖子弱弱地开口道：“那……那是为什么……”

这时，老者面色阴沉地开口道：“敢问夫人，难道您也是为了那批货？请夫人明察，当初我们接了这青家的单子，弄到了那批货，并且顺利送到，谁知这群人却对外声称我们私吞了这批货物，让我们背锅，导致我们一直被人悬赏……”

“事情我已经清楚。”叶绾绾神色淡淡地开口，“现在，我给你们两个选择。第一，臣服于我，听从我的命令，自然保你们无恙。第二……我相信，你们不会想要选择这第二个选项。”

“一！一一一！”胖子眼珠子一转，立即做出了选择。

第二个选择肯定不是什么好下场，还用纠结吗？

现在他们不仅死里逃生，还能得到玫瑰集团这样传说中的组织的庇护，简直是天上掉馅饼的大好事，当然是同意了。

其他四人听闻对方是想要招揽自己，也顿时振奋起来。

因为被陷害，他们被各路人马连番围堵，早已经无路可去……

……

这次的目的比她预想中还要顺利地达成了。

回去后，叶绾绾让封玄亦和十一安顿了这些人，然后给聂无名等人结算工资。

神虚道人忍不住问：“老板，你这样冒充玫瑰集团，难道就不怕被揭穿吗？”

叶绾绾不紧不慢地看了他一眼：“谁说我是冒充？”

神虚道人不解道：“啊？什么意思？”

叶绾绾挑眉：“玫瑰集团是人为杜撰的，不是吗？”

神虚道人点点头：“确实如此！”

叶绾绾又说：“既然玫瑰集团并不存在，也没有任何人亲眼见过，那么，为何玫瑰集团不能是我？”

神虚道人：“……”这也行？

“一枝花”捧场道：“嗯，老板果然有想法！是干大事的人！”

第二天。

琳琅阁老板万鹤云热情地邀请叶绾绾等人吃了个饭，为他们践行。

如今琳琅阁开出极品帝王绿的消息已经传遍了整个圈子，一时间，琳琅阁声名大噪。

黄世鑫则正在跟侯茂峰争执，毕竟若不是侯茂峰阻止，原本应该是黄世鑫买了万鹤云那批石头。

万鹤云将叶绾绾买原石的那笔资金全都用来采购了原石，不到两天时间就被疯抢一空。

大概是真的时来运转了，这批原石开出了不少不错的料子，琳琅阁自此告别了“鬼坊”的称呼。

“叶小姐，若不是因为您，我这琳琅阁今日怕是已经不存在，万某敬您一杯！”万鹤云感慨不已地举杯，开口道。

“万老板客气了！我不会饮酒，便以茶代酒了。祝万老板生意兴隆！”

“多谢多谢，借叶小姐您吉言！”

一旁的王祐笑道：“自从叶小姐在我们店里开出帝王绿之后，我们店真的转运了，叶小姐您福星高照，我们都跟着沾光了！”

一顿饭结束后，众人回到酒店。

叶绾绾来到套房，跟五人组道别。

这边正说着话，熟悉的手机铃声突然响了起来，而且还是视频通话。

叶绾绾微微挑眉："聂队长，你的电话，不接吗？"

聂无名脸色发青，抓着头发在屋子里团团转："我去……什么情况？这频率不对劲啊！小魔头前天不是刚打的电话吗？怎么又来……"

其他四人纷纷面面相觑，然后缩到了角落里装不存在。

聂无名做了个祷告的姿势，然后才接通手机，开口道："你爸没找到，你妈也还没找到，但你舅我一定会在期限内找到人的，不然我就不回去了！"

"紧张什么，我只是想看看你。"手机那头传来小魔头不冷不热的声音。

"嗯？"聂无名顿时咽了口唾沫，想看看他？这话怎么听起来这么奇怪呢？

"你一个人？"手机那头的小魔头目光在他的身后扫了一眼，问道。

"没……他们几个都在呢……"聂无名有些蒙。

"嗯。"小魔头面无表情地点点头，然后问了一句，"你吃过晚饭了吗？"

聂无名当即吓得差点把手机给扔出去，小魔头居然对他嘘寒问暖？

这小祖宗到底想干吗啊？

聂无名没办法，又不敢挂电话，只能继续回答道："吃……吃过了……祖宗啊，你有啥事？"

"不能跟你聊聊天？"

只见视频那头的小魔头抿着唇，神色高冷，这哪里有半分是想跟人聊天的样子？

小魔头折磨人的方式又换花样了？

聂无名差点被折腾疯了："能……"

他一点都不想跟他聊天好吗？

一旁的叶绾绾见聂无名迟迟没有挂断电话，轻咳一声，走过去开口道："聂队长，没什么事的话，我就先走了？"

聂无名忙开口："哦，好的好的……"

聂无名跟叶绾绾说话的时候，手机晃动了一下，小魔头看到叶绾绾在视频里一晃而过。

叶绾绾离开后，聂无名继续应付自家小魔头："咱继续聊？"

小魔头用看傻子般的眼神睥睨了自家舅舅一眼："在你找到我爸妈之前，我与你有什么好聊的？"说完，"啪"的一声挂了视频通话。

被挂断电话的聂无名一脸疑惑，不知自家侄子葫芦里到底卖的是什么药。

“恰似”告白墙，

用文字记录你的爱

图书在版编目（CIP）数据
恰似寒光遇骄阳 ： 全两册 / 囧囧有妖著. -- 南京 ： 江苏凤凰文艺出版社, 2025.7. -- ISBN 978-7-5594-9139-8
Ⅰ. I247.5
中国国家版本馆CIP数据核字第2025G2U701号

恰似寒光遇骄阳：全两册

囧囧有妖　著

总 策 划　常　飚　冯　娟　孙　硕
选题策划　长沙硬核文化
出版统筹　北京长江新世纪文化传媒有限公司
责任编辑　周颖若
特约编辑　田　云　刘莹莹　夏　欢　夏寿艳
插画绘制　柠檬漫游　雨中的葱
装帧设计　宗　介　安柒然
出版发行　江苏凤凰文艺出版社
　　　　　南京市中央路 165 号，邮编：210009
网　　址　http://www.jswenyi.com
印　　刷　天津盛辉印刷有限公司
开　　本　710mm × 1000mm　1/16
印　　张　61.25
字　　数　1269千字
版　　次　2025 年 7月第 1 版
印　　次　2025 年 7月第 1 次印刷
书　　号　ISBN 978-7-5594-9139-8
定　　价　88.00 元（全两册）
